CW01622695

GOLDMANN
Lesen erleben

Buch

Ein schäbiges Hotel in New York wird zum Schauplatz eines grausamen Verbrechens: In einer Badewanne voll Säure liegt die entsetzlich entstellte Leiche einer Frau. Es gibt keine Fingerabdrücke, keine DNA-Spuren, keine Hinweise auf den Täter. Der Mord ruft den ehemaligen Geheimdienstagenten Scott Murdoch auf den Plan – und ist erst der Auftakt zu einem Fall, der Murdochs härtester werden soll. Denn der amerikanische Geheimdienst ist einer Verschwörung auf die Spur gekommen, die das Gesicht der westlichen Welt für immer auszulöschen droht. Unter dem Codenamen »Pilgrim« verfolgt Murdoch eine Spur, die ihn an die türkische Küste und zur geheimnisvollen Polizistin Leyla führt. Doch nicht nur Leyla scheint etwas zu verbergen. Auch die Identität des Drahtziehers hinter den Anschlagsplänen liegt im Dunkeln. Um den unsichtbaren Feind aufzuhalten, muss Agent Pilgrim einen hochgefährlichen Kampf gegen die Zeit gewinnen – einen Kampf jenseits aller Grenzen von Gut und Böse …

Autor

Terry Hayes arbeitete als Journalist, bevor er nach Los Angeles ging und sich auf das Schreiben von Drehbüchern verlegte. Als Drehbuchautor und Produzent wirkte er bisher an zahlreichen erfolgreichen Filmen mit, so an der »Mad Max«-Reihe mit Mel Gibson und dem Blockbuster »From Hell« mit Johnny Depp. Für seine Arbeit wurde er bereits mehrfach mit bedeutenden Filmpreisen ausgezeichnet. Heute lebt Terry Hayes mit seiner Frau Kristen, mit der er vier Kinder hat, in Australien. Mit seinem ersten Roman, »Faceless – Der Tod hat kein Gesicht«, gelang ihm auf Anhieb ein internationaler Bestseller.

Terry Hayes

FACELESS

Der Tod hat kein Gesicht

Thriller

Aus dem Englischen
von Michael Benthack

GOLDMANN

Die englische Originalausgabe erschien 2013 unter dem Titel
»I Am Pilgrim« bei Bantam Press, an imprint of Transworld Publishers,
a Random House Group Company Ltd, London.

Nachweis S. 5
aus: John le Carré: Krieg im Spiegel; aus dem Englischen von Manfred von Conta
© 2004 List Verlag in der Ullstein Buchverlage GmbH, Berlin
© der deutschen Übersetzung Paul Zsolnay Verlag, Wien
aus: Raymond Chandler: Die simple Kunst des Mordes
aus dem Amerikanischen von Hans Wollschläger
Copyright der deutschsprachigen Ausgabe © 1975 Diogenes Verlag AG Zürich

Dieses Buch ist auch als E-Book erhältlich.

MIX
Papier aus verantwortungsvollen Quellen
FSC® C014496

Verlagsgruppe Random House FSC® N001967
Das FSC®-zertifizierte Papier *Salzer Alpin* für dieses Buch
liefert Salzer Papier, St. Pölten, Austria.

1. Auflage
Taschenbuchausgabe August 2015
Copyright © der Originalausgabe 2012 by Terry Hayes
Copyright © der deutschsprachigen Ausgabe 2014
by Wilhelm Goldmann Verlag, München,
in der Verlagsgruppe Random House GmbH
Umschlagkonzeption: UNO Werbeagentur, München,
unter Verwendung des Designs von R. Shailer / TW;
Fingerabdruck: Shutterstock
Redaktion: Eva Wagner
KS · Herstellung: Str.
Druck und Bindung: GGP Media GmbH, Pößneck
Printed in Germany
ISBN: 978-3-442-47433-2
www.goldmann-verlag.de

Besuchen Sie den Goldmann Verlag im Netz

There is no terror so consistent,
so elusive to describe, as that which haunts a spy
in a strange country.

John le Carré, *The Looking Glass War*

Keine Furcht ist so schrecklich und gleichzeitig so schwer zu beschreiben wie die, die einen Spion in fremdem Land befallen kann.

John le Carré, *Krieg im Spiegel*

Down these mean streets a man must go who is not himself mean, who is neither tarnished nor afraid.

Raymond Chandler, *The Simple Art of Murder*

Aber durch diese schäbigen Straßen muß ein Mann gehen, der selbst nicht schäbig ist, der eine reine Weste hat und keine Angst.

Raymond Chandler, *Die simple Kunst des Mordes*

TEIL EINS

KAPITEL EINS

Es gibt Orte, an die ich mich zeitlebens erinnern werde – der Rote Platz, über den ein heißer Wind hinwegfegt, das Schlafzimmer meiner Mutter auf der falschen Seite der 8 Mile Road, der riesige Park eines exklusiven Kinderheims, eine Gruppe von Ruinen namens »Theater des Todes«, in denen ein Mann wartete, um mich zu töten.

Doch nichts hat sich mir tiefer ins Gedächtnis eingeprägt als ein Hotelzimmer in New York: fadenscheinige Vorhänge, schäbiges Mobiliar, ein mit *Tina* und anderen Partydrogen überhäufter Tisch. Neben dem Bett liegen eine Handtasche, ein ultraknappes schwarzes Höschen und ein Paar Jimmy Choos mit 15 Zentimeter hohen Absätzen. So wie ihre Besitzerin gehören auch diese Dinge nicht hierher. Sie ist im Badezimmer, nackt. Mit durchschnittener Kehle liegt sie mit dem Gesicht nach unten in einer Badewanne voller Schwefelsäure, des Wirkstoffs von Abflussreinigern, die in jedem Supermarkt erhältlich sind.

Auf dem Boden liegen Dutzende leere Flaschen des Reinigungsmittels, *DrainBomb* mit Namen. Unbemerkt fange ich an, sie mir anzuschauen. Da an allen noch das Preisschild klebt, sehe ich, dass der Täter, um keinen Verdacht zu erregen, die Flaschen in zwanzig verschiedenen Läden gekauft hat. Wie ich immer sage: Es fällt schwer, umsichtiges Planen nicht zu bewundern.

Im Raum herrscht das reinste Chaos, der Lärm ist ohrenbetäubend – Polizei-Funkgeräte plärren, Assistenten des Coroners, die lautstark Unterstützung anfordern, eine Latina, die schluchzt. Selbst wenn das Opfer mutterseelenallein in der Welt war, gibt es offenbar immer jemanden, der an einem solchen Ort weint.

Die junge Frau im Bad ist unidentifizierbar. Weil sie drei Tage lang im Säurebad gelegen hat, sind ihre Gesichtszüge völlig zerstört. Das war der Plan, nehme ich an. Denn wer immer sie getötet hat, hat auch ihre Hände mit Telefonbüchern beschwert. Durch die Einwirkung der Säure sind nicht nur ihre Fingerabdrücke unkenntlich geworden, sondern es wurde auch nahezu das gesamte darunter befindliche metakarpale Gewebe zerfressen. Sollten die Kriminaltechniker vom New York Police Department beim Gebissabgleich keinen Treffer erzielen, dürfte ihnen die Identifizierung des Opfers verdammt schwerfallen.

An Orten wie diesem, an denen man das Gefühl hat, dass das Böse noch an den Wänden klebt, schweifen die Gedanken mitunter in eigenartiges Terrain ab. Das geistige Bild einer jungen Frau ohne Gesicht ruft mir einen alten Lennon/McCartney-Song in Erinnerung: Eleanor Rigby – eine Frau, die ein Gesicht aufsetzt, das sie in einem Konservenglas neben der Tür aufbewahrt. Also nenne ich das Opfer Eleanor. Das Tatort-Team hat noch Arbeiten zu erledigen, doch alle im Zimmer Anwesenden glauben, dass Eleanor beim Sex ermordet wurde: die halb von der Unterlage gezogene Matratze, das zerwühlte Bettlaken, die bräunlichen Spritzer geronnenen arteriellen Bluts auf einem Nachttisch. Die richtig Perversen meinen, der Täter habe ihr die Kehle durchgeschnitten, noch während er in ihr war. Das Üble daran ist: Sie könnten recht haben. Doch wie immer die Frau auch gestorben ist – wer nach Positivem sucht, kann es ja darin finden, dass sie vermutlich gar nicht bemerkte, was geschah, beziehungsweise erst im letzten Augenblick.

Dafür dürfte *Tina* – Crystal Meth – gesorgt haben. Die Droge macht einen so geil, so euphorisch, dass jedes Gefühl von Vorahnung verloren geht. Die meisten Menschen haben unter dem Einfluss von *Tina* nur einen zusammenhängenden Gedanken: *Wo gabele ich jemanden auf, den ich um den Verstand vögeln kann?*

Neben den beiden leeren Alufolien mit *Tina* liegt etwas, das wie eines dieser kleinen Shampoofläschchen aussieht, die man in Hotelbadezimmern gratis bekommt. Es hat kein Etikett und enthält eine klare Flüssigkeit – wahrscheinlich GHB. In den Schmuddelecken des Internets wird es inzwischen offen angeboten: In hoher Dosierung eingenommen, hat es Rohypnol als beliebteste Vergewaltigungsdroge ersetzt. Die meisten Musikschuppen sind voll davon. Die Discogänger nehmen einen kleinen Schluck, um *Tina* zu verschneiden, damit sich die Wahnvorstellungen abschwächen. Doch GHB hat selbst Nebenwirkungen: eine herabgesetzte Hemmschwelle und ein intensiveres sexuelles Erleben. Auf der Straße wird es unter anderem »Easy Lay« genannt. Nachdem Eleanor ihre Jimmy's weggekickt hat und aus ihrem winzigen schwarzen Rock gestiegen ist, muss sie abgegangen sein wie eine Rakete am 4. Juli.

Allen Anwesenden unbekannt, ein Fremder mit teurem Sakko über der Schulter und jeder Menge Ballast in der Biographie, schiebe ich mich durch das Gedränge und bleibe neben dem Bett stehen. Ich blende den Lärm aus und sehe Eleanor vor mir: Sie sitzt oben, nackt, reitet ihn wie ein Cowgirl. Sie ist Anfang zwanzig, hat eine gute Figur, und ich stelle mir vor, dass sie mitten dabei ist – weil sie den Drogencocktail intus hat, steuert sie auf einen ungeheuren Orgasmus zu. Dank des Crystal ist ihre Körpertemperatur erhöht, die angeschwollenen Brüste hängen nach unten, Atem- und Herzfrequenz schnellen unter dem Ansturm der Leidenschaft und der chemischen Wirkstoffe in die Höhe. Ihr Atem kommt stoßweise, ihre feuchte Zunge sucht angestrengt nach dem Mund unter ihr. Sex ist heutzutage sicher nichts für Feiglinge.

Das Licht der Neonreklamen einer Reihe von Bars vor dem Fenster muss auf die blonden Strähnen in ihrer hochmodischen Frisur gefallen sein und sich auf ihrer Panerai-Taucheruhr gespiegelt haben. Sicher, die Uhr ist ein Plagiat, aber ein gutes. Ich kenne diese Frauen. Wir alle kennen sie – jedenfalls den Typus. Man sieht sie im riesigen neuen Prada-Shop in Mailand, in den Schlangen vor den Clubs in Soho, an wässrigen Latte macchiatos in den angesagten Cafés in der Avenue Montaigne nippend –

junge Frauen, die *People* für eine Zeitschrift mit Nachrichtenwert und ein japanisches Schriftzeichen auf dem Rücken für das Sinnbild ihrer Rebellion halten.

Ich stelle mir die Hand des Mörders auf Eleanors Brust vor, sie berührt einen edelsteinbesetzten Brustwarzenring. Der Typ nimmt ihn zwischen die Finger, reißt daran und zieht Eleanor zu sich heran. Sie schreit auf, ist auf Touren – ihr ganzer Körper ist jetzt überempfindlich, besonders die Brustwarzen. Aber das macht ihr nichts aus – wenn's jemand rau will, heißt das nur, dass er sie wirklich mag. Während sie rittlings auf ihm sitzt, das Kopfbrett des Betts heftig gegen die Wand schlägt, muss sie zur Zimmertür geblickt haben, die mit Sicherheit abgeschlossen und verriegelt war. In diesem Viertel ist es das Mindeste, was man tun sollte.

Ein Schaubild an der Wand zeigt den Fluchtweg: Eleanor befindet sich in einem Hotel, aber hier endet auch schon jede Ähnlichkeit mit dem Ritz-Carlton. Das Hotel heißt *Eastside Inn* – das Zuhause von Arbeitsmigranten, Rucksacktouristen, den Verlorenen und allen anderen mit zwanzig Dollar für eine Nacht. Bleib so lange, wie du willst – einen Tag, einen Monat, den Rest deines Lebens –, dafür brauchst du nur zwei Ausweise, einen davon mit Foto.

Der Typ, der Zimmer 89 bewohnte, war vermutlich schon eine Weile hier – auf einer Kommode stehen ein Sixpack Bier, vier halbleere Schnapsflaschen und ein paar Schachteln Frühstücksflocken. Auf einem Nachttisch steht eine Stereoanlage, daneben liegen einige CDs. Ich sehe sie kurz durch. Sein Musikgeschmack ist gar nicht mal übel. Der begehbare Kleiderschrank ist allerdings leergeräumt – anscheinend hat er seine Klamotten mitgenommen, als er das Weite suchte, während sich die Leiche in der Badewanne zu verflüssigen begann. Ganz hinten in der Ankleide liegt ein Haufen Abfall: weggeworfene Zeitungen, eine leere Dose Kakerlakengift, ein Wandkalender mit Kaffeeflecken. Ich greife nach dem Kalender. Jedes Blatt zeigt ein Schwarz-Weiß-Foto einer antiken Ruine – das Kolosseum, ein griechischer Tempel, die Celsus-Bibliothek bei Nacht. Auf Kunst gemacht. Doch die Kalenderblätter sind leer, auf keinem ist ein Termin vermerkt – außer als Kaffeeuntersetzer ist der Kalender offenbar nie verwendet worden. Ich werfe ihn wieder zurück.

Ohne zu überlegen, im Grunde aus Gewohnheit, wende ich mich ab und streiche mit der Hand über den Nachttisch. Seltsam: kein Staub. Ich mache dasselbe bei der Kommode, dem Kopfteil des Betts und der Stereoanlage und bekomme das gleiche Ergebnis. Der Mörder hat alles abgewischt, um seine Fingerabdrücke zu beseitigen. Das ist zwar nicht besonders originell, aber als ich einen Geruch wahrnehme und meine Finger an die Nase hebe, ändert sich alles. Der Geruch stammt von einem Desinfektionsspray, wie man es auf Intensivstationen verwendet. Es tötet nicht nur Keime, sondern zerstört, als Nebenwirkung, auch DNS-Material – Schweiß, Haut, Haare. Indem der Täter alles im Raum damit besprüht und anschließend die restliche Flüssigkeit über den Teppich und an die Wände geschüttet hat, hat er sichergestellt, dass sich die Leute vom NYPD mit ihren speziellen Staubsaugern gar nicht erst bemühen müssen.

Plötzlich wird mir klar, dass es sich hier um alles andere als ein lehrbuchmäßiges Tötungsdelikt wegen Geld, Drogen oder sexueller Befriedigung handelt. Dieser Mordfall ist etwas Außergewöhnliches.

KAPITEL ZWEI

Nicht jeder weiß es – oder interessiert sich dafür –, doch der wichtigste Grundsatz der Forensik ist die Locard'sche Regel. Sie besagt: »Jeder Kontakt zwischen Täter und Tatort hinterlässt eine Spur.« Während ich in dem Raum stehe, umgeben von Dutzenden Stimmen, frage ich mich, ob Professor Locard wohl so etwas wie dem Zimmer 89 begegnet ist: Alles, was der Mörder berührt hat, befindet sich jetzt in einer Badewanne voll Schwefelsäure, ist sauber gewischt oder durchtränkt von industriellem Desinfektionsmittel. Ich bin überzeugt, dass keine Zelle, kein Molekül von ihm zurückgeblieben ist.

Ein Jahr zuvor hatte ich ein kaum beachtetes Buch über moderne Ermittlungstechniken geschrieben. Im Kapitel mit der Überschrift »Neue Herausforderungen« schrieb ich, dass mir die Verwendung von antibakteriellem Spray nur einmal begegnet sei – und zwar bei einem hochprofessionell durchgeführten Mord an einem Geheimdienstagenten in der Tschechischen Republik. Der Fall verhieß nichts Gutes, und bis auf den heutigen Tag ist er nicht aufgeklärt. Wer immer im Zimmer 89 gewohnt hat, kannte sich offenbar gut aus in seinem Geschäft. Darum beginne ich die Untersuchung des Raums mit allem gebotenen Respekt.

Besonders ordentlich war der Täter allerdings nicht. Zwischen dem anderen Müll entdecke ich neben dem Bett einen leeren Pizzakarton. Ich will gerade darüber hinwegsteigen, als mir klar wird, dass der Täter vermutlich dort sein Messer deponiert hatte: auf dem Pizzakarton, leicht zu erreichen, so natürlich, dass Eleanor es wahrscheinlich nicht mal bemerkt hat.

Ich stelle sie mir auf dem Bett vor, wie sie unter der zerwühlten Bettdecke nach seinen Genitalien greift. Sie küsst ihn auf die Schulter, die Brust, nimmt ihn in den Mund. Vielleicht ahnt der Typ, was gleich kommt, vielleicht auch nicht: Zu den Nebenwirkungen von GHB gehört, dass es den Würgereflex unterdrückt. Da es keinen Grund gibt, warum eine Person sich nicht ein achtzehn, zwanzig oder fünfundzwanzig Zentimeter langes Ding in den Mund schieben kann, zählen zu den Orten, an denen man GHB am leichtesten kaufen kann, Schwulensaunen. Und Sets von Pornofilmen.

Ich stelle mir seine Hände vor, wie sie Eleanor packen – er wirft sie auf den Rücken, setzt seine Knie links und rechts von ihrer Brust auf. Sie glaubt gerade, der Typ bringe sich in Stellung für ihren Mund, da muss er, wie zufällig, die rechte Hand neben das Bett fallen gelassen haben. Unbemerkt tasten seine Finger nach dem Deckel des Pizzakartons, dann greifen sie nach dem

Messer. Es ist kalt und billig, aber, weil es neu ist, mehr als scharf genug, um die Sache zu erledigen.

Wer den beiden von hinten zugeschaut hätte, hätte gesehen, wie sie den Rücken durchdrückt, gehört, wie sie eine Art Stöhnen von sich gibt – und geglaubt, dass der Typ in ihren Mund eingedrungen ist. Ist er aber nicht. In ihre von den Drogen geweiteten Augen tritt ein angstvoller Ausdruck. Er legt die linke Hand fest auf ihren Mund und drückt ihren Kopf so weit nach hinten, dass die Kehle freiliegt. Sie bäumt sich auf und windet sich, versucht, die Arme einzusetzen, aber er hat das vorausgesehen. Er setzt sich rittlings auf ihre Brüste, drückt die gebeugten Knie auf ihre Bizepsmuskeln – an der Leiche, die in der Badewanne liegt, sind die beiden blauen Flecken gerade eben zu erkennen. Eleanor ist hilflos. Seine rechte Hand hebt sich in ihr Blickfeld – sie erblickt sie und versucht zu schreien, während sie sich wie verrückt wehrt und sich mit aller Macht befreien will. Der geriffelte Stahl des Pizzamessers blitzt auf, vorbei an ihrer Brust, auf ihre blasse Kehle zu. Ein kräftiger Schnitt …

Das Blut spritzt auf den Nachttisch. Jetzt, da eine der Arterien, die das Gehirn versorgen, vollständig durchtrennt ist, muss es sofort vorbei gewesen sein. Eleanor sackt zusammen, röchelt und verblutet. Mit ihrem Restbewusstsein erkennt sie, dass sie soeben Zeugin ihrer eigenen Ermordung geworden ist. Alles, was sie war und sich erhofft hatte, ist weg. So hat er es getan – er ist gar nicht in ihr gewesen. Man muss wohl für wenig dankbar sein, wie immer …

Der Mörder macht sich daran, das Säurebad vorzubereiten, und zieht das blutige weiße Hemd aus, das er getragen haben muss – gerade eben wurden Stücke davon unter Eleanors Leiche in der Badewanne gefunden –, außerdem das Messer: zehn Zentimeter lang, schwarzer Plastikgriff, millionenfach in irgendwelchen Ausbeutungsbetrieben in China produziert.

Da ich von meiner Vergegenwärtigung des Tathergangs noch ganz erschüttert bin, bemerke ich kaum, dass mir jemand seine raue Hand auf die Schulter legt. Kaum spüre ich sie, schüttle ich sie ab, bereit, dem Typ auf der Stelle den Arm zu brechen – ein Echo aus meinem früheren Leben, leider. Er murmelt eine knappe Entschuldigung, sieht mich seltsam an und will mich beiseitedrängen. Es ist der Leiter des Forensik-Teams – drei Männer und eine Frau –, sie stellen die UV-Lampen auf und packen die Behältnisse mit dem blauen Fluoreszenzfarbstoff aus, mit denen sie die Matratze auf Spermaflecken untersuchen wollen. Von dem Desinfektionsmittel wissen sie noch nichts, und ich sage auch nichts davon – soweit ich erkenne, hat der Mörder einen Teil des Betts vergessen. Sollte das zutreffen, dürften sie, angesichts des Charakters des *Eastside Inn*, Tausende positive Treffer erhalten, die bis in die Zeit zurückreichen, als Prostituierte noch Netzstrümpfe trugen.

Tief in Gedanken mache ich ihnen Platz. Ich versuche alles auszublenden, denn der Raum, die ganze Situation verströmt etwas Beunruhigendes. Ich bin nicht ganz sicher, was. Das Szenario stimmt nur teilweise, und ich kann nicht sagen, warum. Ich schaue mich um und gehe noch einmal alles durch, was ich gesehen habe, aber ich komme einfach nicht darauf – ich habe das leise Gefühl, dass es sich auf etwas von früher am Abend bezieht. Ich versetze mich zurück und spule gedanklich das Band bis zu jenem Zeitpunkt zurück, als ich den Tatort betrat.

Worum handelte es sich? Ich zapfe mein Unterbewusstsein an und versuche, meinen ersten Eindruck zurückzuholen – es war etwas, das von der Gewalt losgelöst ist, eine Kleinigkeit, aber von größter Bedeutung.

Wenn ich es nur zu fassen bekäme … dieses Gefühl … es ist … es ist irgendein Wort, das mir jetzt partout nicht einfällt. Ich erinnere mich, in meinem Buch geschrieben zu haben, dass es ungeprüfte Annahmen sind – Annahmen, die man voraussetzt, ohne sie zu hinterfragen –, die einen jedes Mal straucheln lassen. Und dann komme ich darauf.

Beim Betreten des Zimmers habe ich das Sixpack auf der Kommode und einen Karton Milch im Kühlschrank gesehen, die Titel einiger CDs wahrgenommen, die neben dem Fernseher lagen, den Eyeliner im Abfalleimer bemerkt. Und der Eindruck – das Wort, das mir als Erstes in den Sinn kam, aber nicht bis in mein Bewusstsein vordrang, war »weiblich«. Ich habe das Geschehen in Zimmer 89 richtig rekonstruiert, nur das Wichtigste hatte ich übersehen. Es war gar nicht ein junger Typ, der in dem Hotelzimmer wohnte. Es war gar nicht ein nackter Mann, der mit Eleanor Sex hatte und ihr die Kehle durchschnitt. Es ist gar kein cleverer Typ gewesen, der ihre Gesichtszüge mit Säure zerstört und Desinfektionsmittel in dem Zimmer ausgegossen hat.

Sondern eine Frau.

KAPITEL DREI

Ich habe in meinem Beruf viele Mächtige kennengelernt, doch bin ich nur einem Menschen mit echter natürlicher Autorität begegnet – der Sorte Mann, die einen mit einem geflüsterten Wort zum Schweigen bringen kann. Er steht jetzt im Flur. Kommt auf mich zu und sagt den Leuten vom Spurensicherungsteam, sie sollen warten: Die Feuerwehrleute wollen die Säure abpumpen, bevor sich jemand Verätzungen zuzieht.

»Aber behaltet eure Plastikhandschuhe an«, rät er. »Dann könnt ihr euch im Flur ja gegenseitig gratis die Prostata abtasten.« Alle lachen – bis auf die Leute vom Spurensicherungsteam.

Bei dem Mann handelt es sich um Ben Bradley, den Lieutenant der Mordkommission, der die Ermittlungen in dem Mordfall leitet. Er war unten im Büro des Hotelmanagers und hat versucht, den Dreckskerl ausfindig zu machen, der den Laden leitet. Er ist ein hochgewachsener Schwarzer – Bradley, nicht der Dreckskerl –, Anfang fünfzig, hat große Hände und trägt eine Arbeiterjeans mit umgekrempelten Hosenbeinen. Seine Frau hat ihn kürzlich zum Kauf der Jeans überredet – ein zum Scheitern verurteilter Versuch, sein Image aufzubessern. Stattdessen sieht er darin, wie er selbst meint, wie eine Figur aus einem Steinbeck-Roman aus, wie ein zeitgenössischer Flüchtling aus den Great Plains.

So wie all die anderen Ermittler in solchen Mordfällen empfindet auch er wenig Zuneigung für die Forensik-Spezialisten. Zum einen wurde die Arbeit vor einigen Jahren ausgelagert, und es tauchten überbezahlte Leute wie diese auf, in frisch gebügelten weißen Arbeitsoveralls mit Aufschriften wie »Forensic Biological Services, Inc.« auf dem Rücken. Und zum anderen – und das brachte für ihn das Fass zum Überlaufen – liefen diese beiden Shows, die die Forensik in den Mittelpunkt rückten, mit großem Erfolg im Fernsehen und hatten zu einem unerträglichen Ausbruch von Promi-Allüren bei den Forensik-Experten geführt.

»Herrgott noch mal«, hatte er sich kürzlich mir gegenüber beschwert, »gibt es in diesem Land eigentlich noch jemanden, der nicht von einem Auftritt in einer Reality-Show träumt?«

Während er den Möchtegern-Promis zusieht, wie sie ihre Laborutensilien wieder in ihre Koffer verstauen, sieht er mich. Ich stehe schweigend an der Wand und schaue zu – eine Beschäftigung, mit der ich gefühlt mein halbes Leben zugebracht habe. Er ignoriert die Leute, die nach ihm rufen, und bahnt sich seinen Weg zu mir. Wir geben uns nicht die Hand. Ich weiß nicht, warum, es ist nur eben nie unsere Art gewesen. Ich bin mir nicht einmal sicher, ob wir Freunde sind – aber weil ich mich so ziemlich aus allem heraushalte, sollte ich mir wahrscheinlich kein Urteil erlauben. Doch wir respektieren einander – wenn das denn hilft.

»Danke, dass Sie gekommen sind«, sagt er.

Ich nicke und mustere seine umgekrempelte Arbeitsjeans und die schwarzen Arbeitsstiefel – ideal, um durch das Blut und die Scheiße an einem Tatort zu waten.

»Wie sind Sie hergekommen – mit dem Traktor?«, frage ich.

Er lacht nicht. Ben lacht eigentlich nie, er hat den trockensten Humor, den man sich vorstellen kann. Was nicht heißt, dass er nicht witzig ist. »Konnten Sie sich schon umschauen, Ramón?«, fragt er ruhig.

Ich heiße nicht Ramón, und das weiß er auch. Aber weil er außerdem weiß, dass ich bis vor Kurzem einem der geheimsten

Nachrichtendienste unseres Landes angehörte, spielt er vermutlich auf Ramón García an. Ramón war ein FBI-Agent, der sich unendlich viel Mühe gab, seine Identität zu verbergen, während er die Geheimnisse unseres Landes an die Russen verriet – und dann seine Fingerabdrücke überall auf den Müllsäcken hinterließ, in denen er die gestohlenen Dokumente ablieferte. Ramón war mit an Sicherheit grenzender Wahrscheinlichkeit der unfähigste Geheimagent aller Zeiten. Wie gesagt, Ben ist sehr witzig.

»Ja, ich habe ein bisschen was gesehen«, erwidere ich. »Was wissen Sie über die Frau, die in diesem Loch gehaust hat? Sie ist doch die Haupt-Tatverdächtige, oder?«

Ben kann zwar vieles verbergen, aber jetzt spricht aus seinen Augen doch Verwunderung – eine Frau?!

Ausgezeichnet, denke ich. Ramón schlägt zurück.

Trotzdem, Ben ist ein cooler Cop. »Das ist ja interessant, Ramón«, sagt er und versucht herauszufinden, ob ich wirklich an etwas dran bin oder einfach nur meinen Zenit überschritten habe. »Wie sind Sie denn darauf gekommen?«

Ich zeige auf das Sixpack auf der Kommode, die Milch im Kühlschrank. »Welcher Mann macht denn so etwas? Ein Typ hält das Bier kalt und lässt die Milch umkippen. Und sehen Sie sich mal die DVDs an – romantische Komödien, und kein einziger Action-Film darunter. Wollen wir ein bisschen herumgehen?«, rede ich weiter. »Rausfinden, wie viele andere Typen in dieser Absteige Eyeliner in ihre Mülleimer werfen? So etwas macht nur eine Frau – eine, die nicht hierhergehört, egal, welche Rolle sie spielt.«

Er wägt meine Worte ab und hält meinem Blick stand, es ist aber nicht zu erkennen, ob er mir meine Hypothese abnimmt. Bevor ich fragen kann, erscheinen hinter den Gefahrgut-Tonnen der Feuerwehr zwei junge Detectives – eine Frau mit ihrem Kollegen – und bleiben vor Bradley stehen.

»Wir haben was, Ben!«, ruft die Polizistin. »Es geht um die Bewohnerin …«

Ben nickt gelassen. »Ja, es ist eine Frau – erzählt mir was, was ich noch nicht weiß. Was ist denn mit ihr?«

Er hat es mir also abgenommen. Die beiden Cops sehen ihn ungläubig an und fragen sich, warum, zum Teufel, er das weiß. Bis morgen früh dürfte ihr Chef eine noch größere Legende sein. Und ich? Ich finde den Typen schamlos – will er meine Erkenntnis umstandslos auf seinem Konto verbuchen? Ich muss lachen.

Bradley wirft mir einen Blick zu. Einen Moment lang glaube ich, er würde mein Lachen erwidern, aber da habe ich mich getäuscht. Doch seine schläfrigen Augen scheinen zu zwinkern, als er sich wieder dem Polizistenpaar zuwendet. »Woher wisst ihr eigentlich, dass es sich um eine Frau handelt?«

»Wir haben das Hotelregister und sämtliche Gästeakten«, antwortet der männliche Detective, Connor Norris mit Namen.

Plötzlich ist Bradley hellwach. »Vom Manager? Ihr habt den Dreckskerl gefunden – ihn dazu gebracht, dass er das Büro aufschließt?«

Norris schüttelt den Kopf. »Es sind vier Haftbefehle wegen Drogenhandel auf ihn ausgeschrieben – wahrscheinlich befindet er sich schon auf halbem Weg nach Mexiko. Nein, Alvarez hier« – er zeigt auf seine Kollegin – »hat oben einen Typ wiedererkannt, der wegen Einbruchdiebstahl gesucht wird.« Er blickt seine Kollegin an, unsicher, ob er noch mehr sagen darf.

Alvarez zuckt mit den Achseln, hofft auf das Beste und packt aus. »Ich hab dem Einbrecher Haftverschonung versprochen, wenn er die Schlösser zum Büro des Geschäftsführers und zum Safe knackt.«

Sie blickt Bradley nervös an und fragt sich, was sie sich damit wohl eingebrockt hat.

Ihr Chef verzieht keine Miene. Seine Stimme wird nur ein wenig leiser, sogar weicher. »Und dann?«

»Insgesamt acht Schlösser, er hat sie in weniger als einer Minute geknackt. Kein Wunder, dass in dieser Stadt nirgends mehr was sicher ist.«

»Was haben Sie in der Gästeakte der Frau gefunden?«, fragt Bradley.

»Quittungen. Die hat hier etwas länger als ein Jahr gewohnt«, sagt Norris. »Hat bar bezahlt und das Telefon nicht anschließen lassen – kein Fernseher, kein Kabelanschluss, nichts. Die wollte nicht aufgespürt werden.«

Bradley nickt. Genau das hatte er sich gedacht. »Wann hat einer der Zimmernachbarn die Frau zuletzt gesehen?«

»Vor drei oder vier Tagen. Keiner weiß was Genaues«, berichtet Norris.

Leise sagt Bradley: »Vermutlich ist sie untergetaucht, unmittelbar nachdem sie ihr Date ermordet hat. Was ist mit ihrer Identität? Es muss doch etwas in ihrer Gästeakte gewesen sein.«

Alvarez prüft ihre Notizen. »Fotokopien ihres Führerscheins, ausgestellt in Florida, und ein Studentenausweis oder so was – ohne Lichtbild«, sagt sie. »Ich wette, die sind echt.«

»Überprüfen Sie sie trotzdem«, weist Bradley die beiden an.

»Wir haben die Kopien Petersen gegeben«, sagt Norris und meint damit einen weiteren jungen Polizisten. »Er arbeitet schon daran.«

Bradley nimmt das zur Kenntnis. »Kennt der Einbrecher – oder irgendeiner der anderen Hotelgäste – die Tatverdächtige, weiß man irgendwas über sie?«

Sie schütteln den Kopf. »Niemand kennt sie. Die haben sie nur kommen und gehen gesehen«, sagt Norris. »Anfang zwanzig, etwa eins fünfundsiebzig groß, super Figur laut Aussage des Einbrechers …«

Bradley hebt die Augen gen Himmel. »Nach seinen Standards heißt das wahrscheinlich, sie hat zwei Beine.«

Norris lächelt, Alvarez aber nicht – sie wünscht sich einfach, Bradley würde sich zu ihrer Abmachung mit dem Einbrecher äußern. Sie wenigstens zusammenstauchen, damit sie's hinter sich hätte. Stattdessen muss sie weiter mitspielen, professionell agieren: »Nach Aussage einer sogenannten Schauspielerin auf Zimmer 114 hat die Frau dauernd ihr Aussehen geändert. Mal Marilyn Monroe, dann wieder Marilyn Manson, manchmal beide Marilyns am selben Tag. Dann wären da noch Drew und Britney, Dame Edna, k. d. lang …«

»Meinen Sie das ernst?«, fragt Bradley. Die jungen Polizisten nicken und rattern weitere Namen herunter, so als ob sie es beweisen wollten. »Ich freue mich schon darauf, das Fahndungsfoto zu sehen.« Ihm wird klar, dass alle üblichen Wege einer Mordermittlung versperrt sind. »Sonst noch etwas?«

Sie schütteln den Kopf. Das war's.

»Am besten, wir besorgen uns Aussagen von den Verrückten – oder wenigstens von denen ohne Haftbefehl, was wahrscheinlich auf drei hinausläuft.«

Bradley entlässt sie und dreht sich zu mir um. Ich stehe im Schatten. Er will mir etwas zeigen, was ihn ziemlich beunruhigt.

»Schon mal so was gesehen?« Er zieht Plastikhandschuhe an und nimmt von einem Regal im begehbaren Kleiderschrank eine Metallbox. Sie ist khakifarben, so schmal, dass ich sie nicht bemerkt habe. Er will sie gerade öffnen, wendet sich aber noch kurz zu Alvarez und Norris um. Sie verlassen gerade das Zimmer, schlängeln sich durch die Feuerwehrleute, die jetzt ihre Gefahrgut-Pumpen einpacken.

»Hey, ihr beide!«, ruft er. Sie drehen sich um. »Was den Einbrecher angeht: Das war gute Arbeit.«

Die Erleichterung steht Alvarez ins Gesicht geschrieben. Kein Wunder, dass das Team Bradley verehrt.

Ich betrachte die Metallbox – bei näherem Hinsehen ähnelt sie einem Attaché-Koffer, an der Seite ist in weißen Buchstaben eine Seriennummer aufgeprägt. Offensichtlich dient der Koffer irgendwelchen militärischen Zwecken, ich erinnere mich vage, so etwas schon einmal gesehen zu haben. »Medizinkoffer fürs Schlachtfeld?«, frage ich ohne große Überzeugung.

»Fast«, sagt Bradley. »Zahnmedizin.« Er klappt den Koffer auf, und zum Vorschein kommt, in Schaumstoff gebettet, ein komplettes Set von Armee-Zahnarztinstrumenten: Spreizer, Sonden, Extraktionszangen.

Ich starre Bradley an. »Sie hat dem Opfer die Zähne gezogen?«

»Alle. Wir haben keine gefunden, ich nehme also an, sie hat sie entsorgt. Vielleicht hat sie sie auch ins Klo gespült, und wir haben Glück – darum reißen wir gerade die Rohrleitungen auf.«

»Wurden die Zähne gezogen, bevor oder nachdem das Opfer getötet wurde?«

Ben merkt, worauf ich hinauswill. »Nein, das war keine Folter. Das Team des Coroners hat einen Blick in den Mund der Toten geworfen. Die sind sich ziemlich sicher, dass das nach dem Tod gemacht wurde – um die Identifikation zu verhindern. Das ist auch der Grund, warum ich Sie gebeten habe vorbeizukommen – ich habe mich an etwas in Ihrem Buch erinnert. Es ging da um zahntechnische Dinge im Zusammenhang mit einem Mord. Wenn der in den Staaten stattgefunden hat, könnte es vielleicht einen …«

»Da ist kein Zusammenhang – das war in Schweden«, sage ich. »Ein Typ hatte den Zahnersatz und die Kiefer des Opfers mit einem Chirurgenhämmerchen zertrümmert, mit demselben Ziel, nehme ich an. Aber Extraktionszangen? So etwas habe ich noch nie gesehen.«

»Na, jetzt haben wir's«, erwidert Ben.

»Inspirierend. Dieses Voranschreiten der Zivilisation, meine ich.«

Wenn ich meine Verzweiflung über die Menschheit einmal außen vor lasse, dann muss ich sagen, dass die Vorgehensweise der Täterin mich zunehmend beeindruckt. Es kann nicht leicht gewesen sein, einer Toten zweiunddreißig Zähne zu ziehen. Offenbar hatte sie ein wichtiges Prinzip verstanden, etwas, das den meisten Menschen entgeht, die sich in diesem Geschäft betätigen: Niemand wird je wegen eines Mordes verhaftet. Sondern nur, weil er ihn nicht richtig geplant hat.

Ich zeige auf den Metallkoffer. »Wo kommt ein Zivilist denn an so was ran?«

Ben zuckt mit den Achseln. »Wo er will. Ich habe einen Freund im Pentagon angerufen, er ist daraufhin ins Archiv gegangen:

Vierzigtausend Koffer waren Überschuss – die Armee hat sie im Laufe der vergangenen Jahre über Survival-Läden ausgemustert. Wir lassen die Besitzer der Koffer ermitteln, aber das dürfte uns auch nicht weiterhelfen. Ich bezweifle, dass jemand …«

Er zögert – er hat sich in einem Labyrinth verirrt. Er lässt den Blick durchs Zimmer schweifen und versucht, einen Weg nach draußen zu finden. »Ich habe kein Gesicht«, sagt er leise. »Keine zahnärztlichen Unterlagen, keine Zeugen – und was am schlimmsten ist, kein Motiv. Sie kennen dieses Geschäft besser als jeder andere – wenn ich Sie bitten würde, den Fall aufzuklären, welche Erfolgsquote würden Sie einschätzen?«

»Im Moment? Ungefähr die gleiche wie bei PowerBall, oder wie diese Lotterie heißt«, antworte ich. »Man wird zum Tatort gerufen und denkt sofort: Amateur, schon wieder ein Drogen- oder Sexualmord. Dann schaut man genauer hin – ich habe nur ein paar gesehen, die auch nur annähernd so gut ausgeführt waren wie der hier.« Dann erkläre ich ihm die Sache mit dem Desinfektionsspray, aber natürlich will er das nicht hören.

»Vielen Dank für die Aufmunterung.« Gedankenverloren reibt er Zeigefinger und Daumen aneinander. Weil ich Ben über einen langen Zeitraum aus der Nähe beobachten konnte, weiß ich: Es bedeutet, dass er jetzt gern eine rauchen würde. Er hat, wie er mir einmal erzählte, das Rauchen in den Neunzigern aufgegeben, und seitdem muss er bei zahllosen Gelegenheiten geglaubt haben, eine Zigarette könnte ihm helfen. Das ist jetzt offenbar so eine. Um über das Verlangen hinwegzukommen, redet er. »Sie kennen ja mein Problem. Marcie hat mir mal gesagt« – Marcie ist seine Ehefrau –, »wenn ich einem Opfer zu nahe komme, stelle ich mir am Ende vor, ich sei der einzige Freund, den es noch hat.«

»Und dass Sie sein Anwalt sind?«

»Genau das Wort, das sie gebraucht hat. Aber das Einzige, was ich nie konnte – Marcie sagt, dass es das Einzige ist, was sie an mir mag –, ist, einen Freund im Stich zu lassen.«

Der Anwalt der Toten, denke ich. Es gibt Schlimmeres. Ich wünschte, ich könnte etwas tun, um ihm zu helfen, aber es gibt nichts – es ist nicht meine Ermittlung. Außerdem bin ich, obwohl noch keine vierzig, im Ruhestand.

Ein Techniker betritt das Zimmer und ruft lauthals mit asiatischem Akzent: »Ben?« Bradley dreht sich um. »Im Keller!«

KAPITEL VIER

Drei Kriminaltechniker in Overalls haben eine alte Backsteinmauer eingerissen. Sie tragen zwar Gesichtsmasken, ersticken trotzdem fast an dem Gestank, der aus der Höhlung dringt. Aber sie haben keine Leiche gefunden – verwesendes Fleisch hat einen ganz eigenen, besonderen Geruch. Hier handelt es sich um austretendes Abwasser, Schimmel und hundert Generationen Rattenscheiße.

Bradley bahnt sich einen Weg durch mehrere, hintereinanderliegende Kellerräume und bleibt im grellen Licht einer Reihe von Arbeitslampen stehen, die die eingerissene Wand beleuchten. Ich folge dichtauf, zusammen mit den anderen Ermittlern, und komme gerade rechtzeitig dazu, um zu sehen, wie der Asiat – ein Sino-Amerikaner, den alle, aus offensichtlichen Gründen, Bruce nennen – mit einer tragbaren Lampe tief in den kurz zuvor geöffneten Raum leuchtet.

Darin befindet sich ein Wirrwarr von Rohrleitungen. Bruce erklärt, dass sie, nachdem sie das Bad in Zimmer 89 auf den Kopf gestellt haben, ohne etwas zu finden, was sich im U-Rohr verfangen hat, einen Schritt weiter gegangen sind. Sie hätten sich von den Jungs vom Spurensicherungsteam ein Röhrchen mit dem blauen Fluoreszenzfarbstoff besorgt, es mit einem halben Liter Wasser gemischt und das Ganze das Abflussrohr runtergespült.

Da es fünf Minuten gedauert habe, bis die gesamte Flüssigkeit durchgelaufen war, wüssten sie, dass irgendwo zwischen dem Keller und Zimmer 89 eine Verstopfung bestehe. Und jetzt hätten sie die gefunden – in dem Gewirr der Rohrleitungen und illegalen Abzweigungen hinter der Mauer.

»Bitte sagen Sie mir, dass es die Zähne sind«, sagt Bradley. »Hat sie sie im WC runtergespült?«

Bruce schüttelt den Kopf und leuchtet mit der tragbaren Lampe auf die Pampe aus verkohltem Papier in einem Winkelrohr. »Das Rohr kommt geradewegs aus Zimmer 89 – wir haben das getestet«, sagt er und zeigt auf den Brei. »Was immer es ist, sie hat's wahrscheinlich verbrannt und ins Klo gespült. Das war zwar genau richtig – nur hat sie nicht mit dem Pfusch am Bau gerechnet.«

Mit einer Pinzette nimmt Bradley die pampige Masse auseinander. »Schnipsel von Quittungen, Fetzen einer U-Bahn-MetroCard, eine Kinokarte«, zählt er allen auf, die zuschauen. »Wie's aussieht, ist sie das Zimmer noch ein letztes Mal durchgegangen, um alles loszuwerden, was sie übersehen hatte.« Sorgfältig trennt er weitere verbrannte Bruchstücke voneinander. »Eine Einkaufsliste – könnte nützlich sein, die Handschrift abzugleichen, falls wir jemals …«

Er hält inne und blickt auf ein Blatt Papier, das nicht ganz so verkohlt ist wie die anderen. »Sieben Ziffern. Handgeschrieben: 9025234. Ist nicht vollständig, der Rest ist verbrannt.«

Er hält den Papierfetzen der Gruppe hin, tatsächlich aber spricht er mit mir. Als wäre ich ein Entschlüsselungsexperte, nur weil ich früher bei einem Geheimdienst gearbeitet habe. Sieben handgeschriebene Ziffern, der Rest davon vernichtet: Sie können alles bedeuten. Aber ich bin im Vorteil. Die Leute in meiner früheren Branche befassen sich ständig mit Bruchstücken, darum lasse ich mich auf die Diskussion ein.

Die anderen fangen natürlich sofort an zu spekulieren – Bankkonto, Kreditkarte, Postleitzahl, eine IP-Adresse, eine Telefonnummer. Alvarez sagt, es gebe keine Postleitzahl mit 902, und sie hat recht. Fast.

»Ja, aber das kanadische System ist mit unserem verbunden«, entgegnet ihr Petersen, der junge Detective mit der Figur eines Linebackers. »902 – das ist Nova Scotia. Mein Großvater hatte eine Farm da oben.«

Bradley gibt keine Antwort. Er sieht mich immer noch an, will meine Meinung hören. Bittere Erfahrung hat mich gelehrt, mich erst zu äußern, wenn ich sicher bin, also zucke ich nur mit den Achseln – was dazu führt, dass Bradley und alle anderen weitermachen.

Tatsächlich denke ich über den Wandkalender nach, über den ich mir den Kopf zerbreche, seit ich ihn gesehen habe. Dem Preisschild auf der Rückseite zufolge hat er vierzig Dollar gekostet und wurde bei Rizzoli gekauft, einem gehobenen Buchladen. Viel Geld für einen Kalender, den man nie benutzt. Bei der Täterin handelt es sich offenbar um eine intelligente Person, deshalb kommt mir der Gedanke, dass der Kalender vielleicht gar nicht zur Datumsangabe diente. Vielleicht hatte sie ein Faible für antike Bauwerke.

Ich habe meinen Beruf größtenteils in Europa ausgeübt, und obwohl es schon lange her ist, dass ich so weit nach Osten gereist bin, bin ich mir sicher, dass 90 die internationale Vorwahl für die Türkei ist. Ich bin sogar mal einen Tag lang in dem Land herumgereist, und da wird einem klar, dass es da mehr griechisch-römische Ruinen gibt als in jedem anderen Land der Welt. Wenn 90 die Landesvorwahl ist, handelt es sich bei den folgenden Ziffern möglicherweise um eine Ortsvorwahl und den Teil einer Telefonnummer. Unbemerkt gehe ich in den ruhigsten Teil des Kellers und rufe mit meinem Handy bei Verizon an. Ich will mich schlaumachen über türkische Vorwahlnummern.

Während ich darauf warte, dass im Kundenzentrum der Telefongesellschaft jemand abnimmt, blicke ich auf die Uhr und stelle erschrocken fest, dass es bereits frühmorgens ist. Es ist inzwischen zehn Stunden her, dass ein Hausmeister, der einem Stromausfall im Nachbarzimmer nachging, die Tür zum Zimmer 89 aufschloss, um Zugang zu einem Sicherungskasten zu bekommen. Kein Wunder, dass alle müde aussehen.

Schließlich erreiche ich jemanden bei Verizon, eine Frau mit starkem Akzent – vermutlich in einem Call-Center in Mumbai –, und erfahre, dass mich meine Erinnerung nicht getrogen hat: 90

ist tatsächlich die internationale Vorwahl für die Türkei. »Und 252? Ist das eine Ortsvorwahl?«

»Ja, für eine Provinz … Muğla oder so ähnlich.« Dabei gibt sie ihr Bestes, den Namen richtig auszusprechen. Die Türkei ist ein großes Land – größer als Texas, mit einer Bevölkerung von über siebzig Millionen, und der Name sagt mir nichts. Ich bedanke mich bei der Frau und will gerade auflegen, als sie hinzusetzt: »Ich weiß zwar nicht, ob Ihnen das weiterhilft, aber hier steht, dass eine der größten Städte der Provinz ein Ort an der ägäischen Küste ist. Er heißt Bodrum.«

Bei dem Wort durchfährt es mich, ein Schauder der Angst, die auch nach so vielen Jahren kaum nachgelassen hat. Der Name schwemmt Erinnerungen an, wie Treibgut eines fernen Schiffswracks. »Tatsächlich?«, sage ich ruhig und versuche Herr meiner Gedanken zu werden. Dann erinnert mich jener Abschnitt meines Hirns, der sich mit der Gegenwart beschäftigt, daran, dass ich bei dieser Ermittlung nur Gast bin, und ich bin erleichtert. Ich möchte mit diesem Teil der Welt nie wieder etwas zu tun haben.

Ich gehe zurück ins Zimmer 89. Bradley sieht mich, und ich sage ihm, dass es sich meiner Ansicht nach bei dem Fetzen Papier um den ersten Teil einer Telefonnummer handele, er Kanada aber vergessen könne. Ich erzähle ihm von dem Kalender, worauf er erwidert, dass ihm der schon gestern Abend aufgefallen sei und dass der ihm ebenfalls Sorgen bereite.

»Bodrum? Wo liegt dieses Bodrum?«

»Das müssen Sie selbst herausfinden. In der Türkei. Der Ort ist eines der angesagtesten Sommerreiseziele der Welt.«

»So wie Coney Island?«, fragt er, ohne die Miene zu verziehen.

»Fast«, entgegne ich und stelle mir den Hafen voller extravaganter Yachten vor, die eleganten Villen, die kleine, in den Hügeln gelegene Moschee, die Cafés mit Namen wie Mezzaluna und Oxygen, voll von hormongesteuerten Gästen, mit 10-Dollar-Cappuccinos vor sich.

»Sind Sie mal dort gewesen?«, fragt Bradley.

Ich schüttle den Kopf – es gibt ein paar Dinge, über die zu sprechen mir die Regierung verboten hat. »Nein«, lüge ich. »Wieso sollte sie jemanden in Bodrum anrufen?«, frage ich mich laut, um das Thema zu wechseln.

Bradley zuckt mit den Achseln. Er will nicht spekulieren, ist mit seinen Gedanken woanders. »Der stämmige Bursche dort hat auch ganze Arbeit geleistet«, erzählt er und zeigt auf Petersen auf der anderen Seite des Raums. »Das war gar kein Studentenausweis – natürlich mit gefälschtem Namen –, den Alvarez in der Akte des Geschäftsführers gefunden hat, sondern ein Ausweis für eine Bücherei in New York.«

»Na prima«, sage ich, ohne viel Interesse. »Eine Intellektuelle.«

»Eigentlich nicht«, antwortet er. »Laut der Datenbank der Bücherei hat sie in einem Jahr nur ein Buch bestellt.« Er hält inne, mustert mich. »Ihres.«

Sprachlos erwidere ich seinen Blick. Kein Wunder, dass er mit seinen Gedanken woanders war. »Sie hat mein Buch gelesen?«, bringe ich schließlich heraus.

»Nicht nur gelesen. Sie hat es durchgearbeitet, würde ich sagen. Wie Sie gesagt haben: Es gibt nicht viele, die so professionell vorgehen. Aber jetzt wissen wir auch, warum: Die fehlenden Zähne, das Desinfektionsspray – das alles steht in Ihrem Buch, nicht wahr?«

Ich bin wie vor den Kopf geschlagen, als mir aufgeht, was das bedeutet. »Sie hat sich Teile aus unterschiedlichen Fällen zusammengesucht, hat mein Buch als eine Art Anleitung verwendet – wie man jemanden ermordet und wie man das vertuscht.«

»Genau«, sagt Bradley und lächelt, was nur höchst selten vorkommt. »Und jetzt habe ich das Vergnügen, Ihre Schülerin zu jagen, die beste der Welt.«

KAPITEL FÜNF

Wenn Sie die Wahrheit wissen wollen: Mein Buch über Ermittlungstechniken war kein Renner – sondern ein Buch, das, soweit ich das erkennen konnte, jedem verlegerischen Ideal zuwiderlief: Hatten die Leute das Buch einmal aus der Hand gelegt, wollten sie es in der Regel einfach nicht mehr weiterlesen.

Doch in dem kleinen Kader von Ermittlern, der eigentlichen Zielgruppe, schlug es ein wie eine Bombe. Es ging bis an die Grenzen der forensischen Praxis, der forensischen Wissenschaft, ja sogar der *Glaubwürdigkeit*. Nach genauerer Lektüre konnten aber nicht einmal die hartnäckigsten Skeptiker ihre Zweifel aufrechterhalten. Jeder von mir vorgestellte Fall beinhaltete jene kleinen Details, jene seltsame Patina aus Umständen und Motiven, mit deren Hilfe gute Ermittler das Wahre vom Falschen unterscheiden können.

Bereits einen Tag nach der Veröffentlichung stellte man sich in der geschlossenen Welt der Top-Ermittler eine Flut von Fragen. Wie, zum Teufel, kam es, dass niemand von einem dieser Fälle gehört hatte? Sie erschienen wie Verlautbarungen von einem anderen Planeten, nur die Namen waren verändert, um die Schuldigen zu schützen. Und was noch wichtiger war: Wer, zum Teufel, hatte das Buch geschrieben?

Ich hatte nicht den Wunsch, dass irgendjemand jemals dahinterkam. Aufgrund meiner früheren Arbeit hatte ich mir so viele Feinde gemacht, dass es schon egal war, und ich wollte nicht eines Morgens mein Auto anlassen und als Handvoll kosmischer Staub enden, der Ringe um den Mond bildet. Sollte ein Leser Erkundigungen über den vermeintlichen Autor einholen, würde er nur auf den Namen eines Mannes stoßen, der kürzlich in Chicago verstorben war. Eins steht aber fest: Ich habe das Buch weder um des Geldes noch um des Ruhmes willen geschrieben.

Ich habe es geschrieben, sagte ich mir, weil ich Verbrechen aufgeklärt habe, die von Menschen begangen wurden, die an der

Grenze des menschlichen Einfallsreichtums operierten. Und weil ich glaubte, dass anderen Ermittlern einige der von mir erstmals verwendeten Methoden vielleicht von Nutzen sein könnten. Und das traf auch zu, jedenfalls bis zu einem gewissen Grad. Aber es gibt auch einen tieferen Beweggrund: Ich bin noch jung – habe hoffentlich noch ein anderes, echtes Leben vor mir – und betrachte das Buch als eine Zusammenfassung, als eine Art, meiner früheren Existenz Lebewohl zu sagen.

Fast zehn Jahre lang gehörte ich der geheimsten Nachrichtendienstorganisation unseres Landes an, die so tief im Verborgenen operierte, dass nur eine Handvoll Personen überhaupt von ihrer Existenz wussten. Dem Geheimdienst oblag es, die anderen Nachrichtendienste unseres Landes zu überwachen, in der Welt der Geheimdienste als Abteilung für interne Ermittlungen zu fungieren. Insofern stellten wir, gewissermaßen, eine Rückkehr ins Mittelalter dar. Wir waren die Rattenfänger.

Obgleich die Anzahl der Mitarbeiter der sechsundzwanzig in der Öffentlichkeit bekannten – und der acht unbekannten – Geheimdienste der USA auch streng geheim ist, kann man doch sagen, dass über hunderttausend Menschen in unseren Machtbereich fielen. Eine so große Anzahl führte dazu, dass die Straftaten, in denen wir ermittelten, das gesamte Spektrum umfassten – von Landesverrat bis zu Korruption, von Mord bis zu Vergewaltigung, von Drogenhandel bis zu Diebstahl. Nur gehörten einige der Täter eben zu den besten und intelligentesten der Welt.

Die mit dieser streng vertraulichen Mission betraute Gruppe wurde von Jack Kennedy in den Anfangsmonaten seiner Regierung gegründet. Nach einem besonders schmutzigen Skandal bei der CIA – dessen Einzelheiten immer noch unter Verschluss sind – war Kennedy offenbar zu der Überzeugung gelangt, dass Angehörige von Nachrichtendiensten für menschliche Schwächen ebenso anfällig sind wie der Durchschnittsbürger. Wahrscheinlich noch anfälliger.

Unter normalen Umständen hätte das FBI als übergeordnete Ermittlungsbehörde fungiert. Unter der Fuchtel von J. Edgar

Hoover ging es dort allerdings alles andere als normal zu. Hätte man ihm die Macht verliehen, intern gegen Geheimdienstler zu ermitteln, wäre das ungefähr so, nun ja, als hätte man Saddam Hussein Zugang zu den exquisitesten Waffenfabriken gewährt. Und deshalb schufen Kennedy und sein Bruder einen Geheimdienst, der mit einer noch nie dagewesenen Machtfülle ausgestattet war. Gegründet per Verfügung des Präsidenten, war er zudem einer von nur drei Geheimdiensten, die dem Präsidenten unmittelbar unterstellt waren, ohne die Aufsicht des Kongresses. Fragen Sie erst gar nicht nach den anderen beiden – auch ihre Namen zu nennen ist per Gesetz verboten.

In der abgeschotteten Welt, in der die mit der höchsten Sicherheitsüberprüfung leben, wurden die Mitarbeiter des neu gegründeten Geheimdienstes und seine schwierige Mission zunächst verunglimpft. Entzückt über die eigene Schlauheit, titulierten seine Kritiker ihn als »11. Luftlande-Divison« – anders ausgedrückt: als Kavallerie. Kaum jemand rechnete mit dem Erfolg des Dienstes, doch als dessen beeindruckende Reputation wuchs, fanden ihn die Leute nicht mehr ganz so lustig.

Wie durch gegenseitiges Einvernehmen verschwand ein Teil des Namens allmählich, bis die Geheimdienstler die neue Behörde – in ehrfürchtigem Tonfall – nur noch als »die Division« bezeichneten. Es ist nicht Eitelkeit, wenn ich sage, dass viele Mitarbeiter brillant waren. Das war auch nötig. Denn einige der Zielpersonen der *Division* gehörten zu den fähigsten Undercover-Agenten, die die Schattenwelt je gesehen hat. Während ihrer jahrelangen Ausbildung hatten diese Männer und Frauen gelernt, wie man log und von sich ablenkte, wie man sich verabschiedete, ohne eine Spur zu hinterlassen, wie man die Finger überall drin und Fingerabdrücke auf nichts hatte. Die Konsequenz war, dass ihre Jäger über noch größere Fähigkeiten verfügen mussten. Da der Druck, dem Wild einen Schritt voraus zu sein, ungeheuer, mitunter fast unerträglich war, war es kein Wunder, dass die *Division* die höchste Selbstmordrate von allen Regierungsbehörden aufwies.

Ich wurde während meines letzten Studienjahres in Harvard für diese elitäre Truppe rekrutiert, ohne dass mir das zunächst überhaupt bewusst war. Eine Headhunterin des Dienstes – eine sympathische Frau mit hübschen Beinen und überraschend kurzem Rock, die sich als stellvertretende Vorstandsvorsitzende der RAND Corporation ausgab – kam nach Harvard und sprach mit den vielversprechenden jungen Studierenden.

Ich hatte drei Jahre lang Medizin studiert, Hauptfach Pharmakologie. »Hauptfach« ist wörtlich zu verstehen. Tagsüber eignete ich mir die Theorie der Arzneimittel an, die Wochenenden waren der praktischen Anwendung gewidmet. Als ich in Boston einen Arzt konsultierte, nachdem ich mir die Symptome der Fibromyalgie angelesen und ihn davon überzeugt hatte, mir ein Rezept für Vicodin auszustellen, hatte ich eine Art Erleuchtung.

Und wenn nun ich hinter dem Schreibtisch säße und die Krankheiten – die echten und eingebildeten – der Patienten zu behandeln hätte, die ich im Wartezimmer verstohlen beobachtet hatte?

Da wurde mir klar, dass ich mich nicht für die Leiden, sondern für die inneren Antriebe der Menschen interessierte. Ich schmiss das Medizinstudium, schrieb mich in Psychologie ein, beendete mein Studium *magna cum laude* und stand kurz davor, meine Promotion abzuschließen.

Kaum hatte ich die Arbeit zu Ende geschrieben, bot mir die Dame im Kurzrock das doppelte Anfangsgehalt eines jeden anderen Arbeitgebers sowie nahezu grenzenlose Forschungsmittel und Beförderungsmöglichkeiten an. Die Folge: Ich schrieb ein halbes Jahr lang Berichte, die niemand las, und entwarf Fragebögen, die nie ausgefüllt wurden – bis ich dahinterkam, dass ich in Wirklichkeit gar nicht für die RAND Corporation arbeitete. Ich wurde observiert, befragt, beurteilt und überprüft. Und plötzlich war Kurzrock nirgends mehr zu sehen.

Stattdessen brachten mich zwei Männer – sehr kräftige Männer, die ich vorher noch nie gesehen hatte und nachher auch nie mehr sah – zu einem Verhörraum in einem unscheinbaren Gebäude in einem Gewerbegebiet unmittelbar nördlich der CIA-Zentrale in Langley, Virginia. Sie ließen mich eine Reihe von Formularen unterzeichnen, die mir jede Informationspreisgabe untersagten, und teilten mir anschließend mit, man habe mich für einen Posten in einem der Öffentlichkeit unbekannten Geheimdienst vorgesehen, dessen Namen zu nennen sie sich jedoch weigerten.

Ich sah sie ungläubig an und fragte mich, warum sie an mir interessiert waren. Doch wenn ich ehrlich bin, kannte ich die Antwort. Ich war ein idealer Kandidat für die Welt der Geheimdienste. Ich war intelligent, immer ein Einzelgänger gewesen und in meiner Seele zutiefst beschädigt.

Mein Vater hatte seine Familie vor meiner Geburt sitzenlassen und ward nie mehr gesehen. Ein paar Jahre später wurde meine Mutter in ihrem Schlafzimmer in unserer Wohnung an der 8 Mile Road in Detroit ermordet. Wie gesagt, es gibt einige Orte, an die ich mich zeitlebens erinnern werde.

Als elternloses Kind kam ich schließlich zu Adoptiveltern in Greenwich, Connecticut – acht Hektar manikürte Rasenflächen, die besten Schulen, die man für Geld kaufen konnte, das ruhigste Haus, das man sich nur vorstellen kann. Nachdem die Familie vollständig war, gaben Bill und Grace Murdoch vermutlich ihr Bestes, aber ich konnte ihnen nie der Sohn sein, den sie sich gewünscht hatten.

Elternlose Kinder lernen zu überleben. Sie kommen früh dahinter, ihre Gefühle zu verbergen, und wenn der Schmerz unerträglich wird, bauen sie sich eine Höhle im Kopf und verstecken sich darin. Nach außen hin versuchte ich der zu sein, den Bill und Grace sich meiner Meinung nach wünschten – und wurde am Ende doch für beide zu einem Fremden.

Während ich in dem Raum in der Nähe von Langley saß, wurde mir klar, dass die Annahme einer neuen Identität, das Verbergen von so vielem, was einen ausmacht und was man fühlt, das ideale Training für die Welt der Geheimdienste darstellt.

In den folgenden Jahren, in denen ich unter zahlreichen falschen Namen in der Welt herumreiste, begriff ich, dass die besten Geheimagenten, die mir begegneten, bereits vor ihrem Eintritt in einen Geheimdienst gelernt hatten, ein Doppelleben zu führen.

Zu ihnen gehörten wortkarge Männer in einer homophoben sozialen Umwelt, heimliche Ehebrecher mit Ehefrauen in den Vorstädten, Spieler und Süchtige, Alkoholiker und Perverse. Worin ihre Probleme auch bestanden, sie hatten alle lange geübt, der Welt ein Trugbild ihrer selbst vorzugaukeln. Von dort war es nur ein kleiner Schritt, eine weitere Maske aufzusetzen und der Regierung zu dienen.

Ich nehme an, die beiden kräftigen Männer merkten, dass etwas davon in mir steckte. Schließlich kamen sie zu jenem Teil, in dem es um gesetzwidriges Verhalten ging. »Erzählen Sie uns von Ihren Drogenerfahrungen.«

Mir fiel ein, was jemand einmal über Bill Clinton gesagt hatte: Er habe nie eine Frau getroffen, die ihm nicht gefiel. Wahrscheinlich wäre es wenig hilfreich gewesen, ihnen zu antworten, dass ich über Drogen genauso dachte. Ich leugnete selbst flüchtige Kenntnisse, froh darüber, dass ich nie die draufgängerische Lebensweise gepflegt hatte, die oftmals mit Drogenkonsum einhergeht. Ich hatte Drogen nur im Geheimen genommen und war meinen eigenen Regeln gefolgt – ich dröhnte mich ausschließlich allein zu, versuchte nicht, in Bars oder Clubs Frauen aufzureißen, fand, dass Partydrogen etwas für Amateure waren, und die Vorstellung, in einem Open-Air-Drogenmarkt herumzukurven, kam mir vor wie ein Rezept, erschossen werden zu wollen.

Es klappte. Ich wurde niemals wegen Drogenkonsum festgenommen oder verhört. Nachdem ich also bereits erfolgreich ein geheimes Leben geführt hatte, besaß ich genügend Selbstvertrauen, in ein zweites zu schlüpfen. Als die Männer schließlich aufstanden und wissen wollten, wie lange ich brauchen würde, über ihr Angebot nachzudenken, bat ich einfach um einen Kugelschreiber.

So war das also abgelaufen. Ich unterzeichnete die vorbereitete Vereinbarung in einem fensterlosen Raum in einem trostlosen Gewerbegebiet und trat in die Welt der Geheimdienste ein. Ob ich damals einen Gedanken an den damit verbundenen Preis verschwendete, an die ganz normalen Dinge, die ich nie erleben oder mit jemandem teilen würde – daran kann ich mich beim besten Willen nicht erinnern.

KAPITEL SECHS

Nach meiner vierjährigen Ausbildung – in der ich lernte, winzige Zeichen zu lesen, die andere übersahen, und in Situationen zu überleben, in denen andere umkommen würden – machte ich eine steile Karriere. Mein erster Auslandsposten führte mich nach Berlin, und innerhalb eines halben Jahres hatte ich zum ersten Mal einen Menschen getötet.

Seit Gründung der *Division* unterstanden ihre Operationen in Europa dem Befehl eines ihrer ältesten und erfahrensten Agenten mit Sitz in London. Als Erster hatte ein hochrangiger Offizier der britischen Navy den Posten bekleidet, ein Mann, der durchdrungen war von der Geschichte der Seekriegsführung. Folglich begann er sich selbst als »Blauen Admiral« zu bezeichnen, als jene Person, die früher der zweite Kommandant der englischen Seekriegsflotte war – dies entsprach genau seiner Stellung innerhalb der *Division*. Der Name blieb an ihm hängen, wurde jedoch im Laufe der Jahrzehnte verändert und verunglimpft, bis der Mann unter dem Namen Rider of the Blue Bekanntheit erlangte.

Als ich in Europa eintraf, leitete der damalige Bürochef gerade eine hochangesehene Operation, wobei kaum ein Zweifel daran bestand, dass er eines Tages nach Washington zurückkehren und den Top-Posten der *Division* bekleiden würde. Diejenigen, die sich seiner Ansicht nach bewährten, fielen die Karriereleiter unweigerlich eine Stufe hinauf, wodurch ein intensiver Wettstreit entstand, seine Gunst zu erlangen.

Vor diesem Hintergrund nun entsandte mich das Berliner Büro Anfang August – im schlimmsten Monat in dieser heißen, verzweifelten Stadt – nach Moskau, um Behauptungen zu untersuchen, wonach es in einem dort operierenden US-Geheimdienst zu Betrugsfällen gekommen war. Gewiss, das Geld fehlte, aber als ich tiefer grub, stellte sich das, was ich aufdeckte, als sehr viel übler heraus: Ein leitender US-Nachrichtendienst-Offizier war eigens nach Moskau gereist und stand kurz davor, die Namen unserer wertvollsten russischen Informanten an den FSB, die, was Aufgabe und Brutalität betrifft, Nachfolgeorganisation des KGB, zu verkaufen.

Da ich sehr spät auf dieser ganz besonderen Party erschien, musste ich auf der Stelle eine Entscheidung treffen – keine Zeit, Rat einzuholen, kein längeres Nachdenken. Ich fing unseren Offizier ab, als er sich gerade auf dem Weg zu einem Treffen mit seinem russischen Kontaktmann befand. Und ja, er war der erste Mensch, den ich getötet habe.

Ich habe ihn erschossen – ich erschoss den Rider of the Blue auf dem Roten Platz, während ein übler Wind von den Steppen her darüber hinwegfegte und den Geruch von Asien und den Gestank des Verrats mit sich führte. Ich weiß nicht, ob man auf so etwas stolz sein kann, aber obwohl ich jung und unerfahren war, brachte ich meinen Chef um wie ein Profi.

Ich war ihm bis zum Südrand des Platzes gefolgt, wo sich ein Kinderkarussell drehte. Ich nahm an, der plärrende Lärm der aufgezeichneten Musik würde helfen, den kurzen Mündungsknall einer Pistole zu überdecken. Ich näherte mich diesem Mann, den ich so gut kannte, von der Seite. Er sah mich erst im letzten Augenblick.

Ein Ausdruck der Verwirrung trat in sein Gesicht, der fast augenblicklich Angst wich. »Eddy …«

Mein richtiger Name war gar nicht Eddy, aber so wie alle anderen in der *Division* hatte ich meine Identität geändert, ehe ich die ersten Außenaufträge ausführte. Ich glaube, das machte die ganze Sache einfacher, so als wäre ich nicht wirklich der, der die Tat ausführte.

»Stimmt irgendetwas nicht? Was machen Sie denn hier?« Er

stammte aus den Südstaaten, und sein Akzent hatte mir immer gefallen.

Ich schüttelte nur den Kopf und sagte: »*Vyschaja mera.*« Ein alter KGB-Ausdruck, von dem wir beide wussten, dass er wörtlich »die Höchststrafe« bedeutete – ein Euphemismus dafür, dass man jemandem eine großkalibrige Kugel in den Hinterkopf jagt.

Ich umfasste bereits die Waffe in meiner Hosentasche, eine schlanke PSM 5.45 – ironischerweise ein sowjetisches Fabrikat –, die nur wenig dicker war als ein Feuerzeug. Dadurch konnte ich die Waffe so bei mir tragen, dass sie kaum eine Falte ins Jackett meines gut geschnittenen Anzugs machte. Ich sah, wie sein angsterfüllter Blick zu den Kindern glitt, die Karussell fuhren, und vermutlich dachte er an seine beiden eigenen Kleinen und fragte sich, wie alles so weit hatte kommen können.

Ohne die Waffe aus der Tasche zu ziehen, drückte ich ab – feuerte eine Stahlkernkugel ab, die die dreißig Schichten Kevlar und die einen Zentimeter dicke Titanplatte in der kugelsicheren Weste zu durchschlagen vermochte, die er vermutlich trug.

Wegen des Lärms des Karussells war kein Laut zu hören.

Die Kugel bohrte sich in seine Brust. Die Mündungsgeschwindigkeit war dabei so hoch, dass er einen Herzstillstand erlitt und sofort tot war. Genau dafür war die Waffe gebaut. Ich streckte den Arm aus, fing ihn im Fallen auf, wischte ihm den Schweiß von der Stirn und tat so, als sei mein Begleiter wegen der Hitze ohnmächtig geworden.

Ich schleppte ihn zu einem Plastikstuhl unter einer flatternden, nicht genutzten Segeltuchüberdachung. Gleichzeitig redete ich in gebrochenem Russisch auf die Gruppe von Müttern ein, die zehn Meter entfernt auf ihre Kinder warteten, deutete zum Himmel und beschwerte mich über das Wetter.

Die Frauen lächelten, insgeheim wieder einmal erfreut darüber, dass die Slawen stark und die Amerikaner schwach waren. »Ah, die Hitze – schrecklich, ja«, sagten sie mitfühlend.

Ich zog dem Rider das Jackett aus und legte es ihm auf den Schoß, um das sich rot verfärbende Einschussloch zu verbergen.

Noch einmal rief ich den Müttern etwas zu, sagte, ich lasse ihn kurz allein, während ich ein Taxi hole.

Sie nickten, mehr an ihren Kindern auf dem Karussell interessiert als an dem, was ich gerade tat. Ich bezweifle, dass eine von ihnen auch nur bemerkte, dass ich seine Aktentasche – und sein Portemonnaie – mitgenommen hatte, als ich zum Taxistand am Kreml-Prospekt eilte.

Ich betrat schon mein mehrere Kilometer entfernt gelegenes Hotelzimmer, als irgendwem auffiel, dass dem Rider Blut aus dem Mundwinkel rann, und derjenige die Polizei rief. Da ich keine Möglichkeit gehabt hatte, alle seine Taschen zu leeren, war mir klar, dass es nicht lange dauern würde, bis man ihn identifiziert hatte.

Bei meinen Besuchen in London war ich zu ihm nach Hause zum Abendessen eingeladen worden und hatte dabei oft mit seinen Kindern gespielt, zwei Mädchen im Grundschulalter. Jetzt zählte ich die Minuten bis zum Zeitpunkt, da das Telefon in seinem Haus in Hampstead klingeln und sie die Nachricht erhalten würden, dass ihr Vater tot sei. Dank meiner eigenen Kindheit konnte ich mir besser vorstellen als die meisten, wie sich dieses Ereignis auf ein Kind auswirkt – die Welle des Unglaubens, der Kampf, die Endgültigkeit des Todes zu verstehen, die Flut der Panik, der gähnende Abgrund der Verlassenheit. Ganz gleich, wie sehr ich mich bemühte – ich konnte nicht verhindern, dass sich die Szene in meine Gedanken drängte: Die Bilder zeigten die Familie, aber das Gefühl, fürchte ich, war meines.

Schließlich setzte ich mich aufs Bett und knackte das Schloss an seiner Aktentasche. Das einzig Interessante darin war eine Musik-CD mit Shania Twain auf dem Cover. Ich schob sie ins Laufwerk meines Laptops und ließ sie durch ein Algorithmen-Programm laufen. Versteckt zwischen der digitalen Musik befanden sich die Namen und geheimen Akten von neunzehn Russen, die an uns Geheiminformationen weitergaben. Hätte der Rider die Übergabe durchgeführt, hätte das für sie *Vyschaja mera* bedeutet.

Während ich die Unterlagen durchforstete und die persönlichen Daten in den neunzehn Akten betrachtete, begann ich, die

Namen sämtlicher russischer Kinder aufzulisten, denen ich begegnet war. Ohne dass ich es wollte, stellte ich eine Art Gewinn-Verlust-Rechnung auf. Am Ende standen vierzehn russische Kinder in der einen Spalte, die beiden Töchter des Rider in der anderen. Ein nach jeder Berechnung guter Tausch, könnte man sagen. Aber es reichte nicht: Die Namen der russischen Kinder waren zu abstrakt und Riders Kinder viel zu real.

Ich griff nach meinem Mantel, schwang mir die Reisetasche über die Schulter, steckte die PSM 5.45 ein und begab mich zum Spielplatz in der Nähe des Gorki-Parks. Aus den Akten wusste ich, dass einige der Ehefrauen unserer russischen Agenten oft am Nachmittag mit ihren Kindern dorthin gingen. Ich setzte mich auf eine Bank, und aus den Beschreibungen, die ich gelesen hatte, identifizierte ich zweifelsfrei neun der Frauen, deren Kinder gerade an einem imaginären Strand Sandburgen errichteten.

Ich ging ein paar Schritte und schaute ihnen zu – wahrscheinlich bemerkten sie den Fremden mit dem Brandloch im Sakko, der da durch den Zaun blickte, gar nicht –, diese lächelnden Kinder, deren Sommer nun, wie ich hoffte, länger dauern würde als meiner. Und obwohl es mir gelungen war, mir ein Bild von ihnen zu machen, ging mir durch den Kopf, dass ich in dem Maße, wie ich ihnen etwas geschenkt hatte, in ebensolchem Maße einen Teil meiner selbst verloren hatte. Man nenne es meine Unschuld.

Mich älter, aber irgendwie ruhiger fühlend, schritt ich auf eine Reihe von Taxis zu. Weil ich ein paar Stunden vorher – als ich zu meinem Hotelzimmer eilte, nachdem ich Rider getötet hatte – ein verschlüsseltes Telefonat mit Washington geführt hatte, wusste ich, dass sich eine CIA-Maschine, getarnt als Manager-Jet von General Motors, auf dem Weg zum Flughafen Scheremetjewo befand, um mich aus Moskau rauszuholen.

Weil ich mir Sorgen machte, dass mich die russische Polizei bereits als den Killer identifiziert haben könnte, wurde die Fahrt zum Flughafen zu einer der längsten Reisen meines Lebens. Schließlich betrat ich mit überwältigender Erleichterung den Flieger. Meine Hochstimmung währte ungefähr zwölf Sekunden. Drinnen saßen vier bewaffnete Männer, die sich weigerten zu offenbaren, wer sie waren, aber so aussahen, als gehörten sie irgendeiner Spezialeinheit an.

Sie überreichten mir ein juristisches Dokument, dem ich entnahm, dass ich Gegenstand der hochrangigsten Untersuchung der US-amerikanischen Nachrichtendienste geworden war: der internen Ermittlung zu einem sicherheitsrelevanten Vorfall. Der Anführer der Gruppe erklärte mir, dass wir nach Amerika flögen.

Dann las er mir meine Rechte vor und nahm mich fest.

KAPITEL SIEBEN

Montana, vermutete ich. Als ich aus dem Fenster des Fliegers blickte, erkannte ich etwas an der Form der Hügel wieder, das mich fast sicher sein ließ, dass wir uns irgendwo im Nordwesten befanden. Sonst zeichnete den Ort nichts aus – nur ein Flugplatz, der so geheim war, dass er nur aus einer Gruppe nicht gekennzeichneter Bunker, einem Dutzend unterirdischer Hangars und kilometerlangen Elektrozäunen bestand.

Wir waren die Nacht durchgeflogen, und als wir schließlich – kurz nach Sonnenaufgang – landeten, war ich in schlechter psychischer Verfassung. Ich hatte jede Menge Gelegenheit gehabt, über alles nachzudenken, und meine Zweifel waren mit jedem Kilometer größer geworden. Was, wenn es sich bei der Shania-Twain-CD um eine Fälschung handelte oder jemand sie dem Rider untergeschoben hatte? Vielleicht hatte er ja einen Undercover-Einsatz geleitet, von dem ich nichts wusste – oder ein anderer Geheimdienst benutzte ihn, um dem Gegner eine Flut von Desinformationen zuzuspielen. Und auch Folgendes war denkbar: Vielleicht würden die Ermittler behaupten, dass es sich um meine CD handele und der Rider *mich* als Verräter enttarnt habe. Das würde erklären, warum ich ihn ohne Rücksprache erschossen hätte.

Ich geriet noch tiefer in das Labyrinth meiner Zweifel, als mich die Jungs von der Spezialeinheit aus dem Flieger und in einen Geländewagen mit geschwärzten Scheiben scheuchten. Die Tür verriegelte sich automatisch, die Griffe innen waren entfernt worden. Es war fünf Jahre her, dass ich in die Welt der Geheimdienste eingetreten war, und jetzt, nach drei hektischen Tagen in Moskau, stand alles auf dem Spiel.

Zwei Stunden lang fuhren wir durch die Gegend, ohne dass wir den Käfig des Elektrozauns verließen, bis wir schließlich vor einem abgelegenen, von verdorrten Rasenflächen umgebenen Ranch-Haus anhielten.

Da man mir lediglich zwei kleine Zimmer zuwies und ich nur mit den Vernehmungsoffizieren Kontakt haben durfte, ahnte ich, dass in einem anderen Flügel des Hauses ein Dutzend Forensiker mein Leben – und auch das des Rider – unter die Lupe nahmen, um die Fußabdrücke der Wahrheit zu finden. Außerdem war mir klar, wie sie mich befragen würden. Aber noch so viele Übungssitzungen während der Ausbildung können einen nicht darauf vorbereiten, wie es ist, in der Realität von feindseligen Verhörspezialisten in die Mangel genommen zu werden.

Vier Teams arbeiteten in Schichten, und ich möchte das Folgende ganz bewertungsfrei, als bloße Tatsachenfeststellung verstanden wissen: Die Frauen waren am schlimmsten – oder am besten, je nachdem, wie man es betrachtet. Die Formschönste glaubte offenbar, sie könnte dadurch, dass sie den obersten Knopf ihrer Bluse offen ließ und sich vorbeugte, der Wahrheit näherkommen. *Wonderbra* nannte ich sie. Jahre später sollte man die gleiche Methode mit großer Wirkung bei den muslimischen Inhaftierten in Guantanamo anwenden.

Die Theorie, die dahintersteckte, war mir klar. Die Methode war als Erinnerung an die Welt gemeint, nach der man sich verzehrte, an die vom Ort der permanenten Angst weit entfernte Welt des Vergnügens. Man musste nur eines tun: kooperieren. Und glauben Sie mir, sie funktioniert. Wenn Tag und Nacht Fragen nach Details auf einen niederprasseln, die einen in Widersprüche verwickeln sollen, wird man müde – hundemüde. Zwei

Wochen einer solchen Befragung, und man sehnt sich nach einer anderen Welt, irgendeiner anderen Welt.

Eines späten Abends, nach einem zwölfstündigen Verhör ohne Pause, fragte ich Wonderbra: »Sie meinen, ich hätte das alles geplant – ihn am Rand des Roten Platzes zu erschießen? Des *Roten Platzes*? Warum hätte ich das tun sollen?«

»Weil Sie dumm sind, nehme ich an«, sagte sie gleichmütig.

»Wo hat man Sie rekrutiert – bei Hooters?!«, schrie ich. Zum ersten Mal hatte ich die Stimme erhoben. Ein Fehler. Denn jetzt würden die Analysten und Psychologen, die mit versteckten Kameras zuschauten, wissen, dass sie mich provozieren konnten.

Augenblicklich hoffte ich, sie würde zurückschreien, aber sie war Profi. Sie blieb ganz ruhig und beugte sich nur noch weiter vor, sodass die Knöpfe an ihrer Bluse spannten. »Die sind echt, und es ist kein Verdienst des BHs, falls Sie sich das fragen. Was für ein Lied hat das Karussell gespielt?«

Ich unterdrückte meine Wut. »Das habe ich Ihnen bereits gesagt.«

»Dann verraten Sie es uns noch einmal.«

»›Smells Like Teen Spirit‹. Im Ernst, das ist das moderne Russland, nichts ergibt einen Sinn.«

»Haben Sie den Song vorher schon einmal gehört?«

»Natürlich, er ist von Nirvana.«

»Auf dem Roten Platz, meine ich, als Sie die Örtlichkeiten ausgekundschaftet haben …«

»Ich habe nichts ausgekundschaftet, ich hatte nämlich keinen Plan«, gab ich ruhig zurück. In meiner linken Schläfe entwickelte sich ein Kopfschmerz.

Als sie mich endlich zu Bett gehen ließen, hatte ich das Gefühl zu gewinnen. Aber egal, wie unschuldig man ist – es ist nicht ratsam, sich an die Freiheit zu klammern, wenn man in einem abgelegenen Haus festgehalten wird und für die Welt so gut wie verloren ist.

Früh am nächsten Morgen – Mittwoch, nach meiner Rechnung, tatsächlich aber Samstag, so desorientiert war ich inzwischen – wurde die Tür zu meinem Schlafbereich aufgeschlossen, und der Betreuer hängte eine Garnitur sauberer Kleidung an die Rückseite. Er machte zum ersten Mal den Mund auf und bot mir ein Duschbad an, statt der üblichen Katzenwäsche an einem Eck-Waschbecken. Auch diese Vorgehensweise kannte ich: mich denken lassen, dass man mir zu glauben begann, mich ermutigen, ihnen zu vertrauen. Aber inzwischen war mir die Psychologie hinter der ganzen Sache ziemlich egal. Wie Freud vielleicht gesagt hätte: Manchmal ist eine Dusche eben eine Dusche.

Der Betreuer schloss die Tür zu einem angrenzenden Badezimmer auf und ging. Ein weißer Raum, klinisch, mit Halterungsschrauben an Decke und Wänden, die an einen weitaus düstereren Zweck gemahnten, aber es war mir gleich. Ich rasierte mich, zog mich aus und ließ das Wasser auf mich herabprasseln. Während ich mich abtrocknete, sah ich mich kurz in dem Ganzkörperspiegel und hielt inne. Ein seltsamer Anblick. Ich hatte mich schon lange nicht mehr richtig betrachtet.

In den drei Wochen, oder wie lange ich auf der Ranch verbracht hatte, hatte ich fast zehn Kilo abgenommen. Ich konnte mich nicht erinnern, mein Gesicht je ausgemergelter gesehen zu haben. Ich wirkte sehr viel älter. Eine Zeitlang besah ich mein Gesicht, als wäre es ein Fenster in die Zukunft. Ich war nicht hässlich: Ich war hochgewachsen, mein Haar dank des europäischen Sommers mit hellen Strähnen durchsetzt.

Weil wegen der Ermittlung die zusätzlichen Pfunde von Taille und Hintern weg waren, war ich in guter Form – es geht hier nicht um die Waschbrettbauch-Eitelkeit von Filmstars, sondern um die körperliche Fitness, die daraus resultierte, dass ich täglich vierzig Minuten lang Krav Maga trainierte. Dieses moderne israelische Selbstverteidigungssystem gilt laut einigen Leuten, die es wissen müssen, unter New Yorker Drogendealern nördlich der 140th Street als höchste Form des unbewaffneten Kampfes. Wenn es gut genug für die Profis ist, ist es auch gut genug für mich, fand ich. Eines Tages, mehrere Jahre später – in einer Situation, in der ich allein und verzweifelt war –, sollte es mir das Leben retten.

Während ich dicht vorm Spiegel stand und eine Bestandsaufnahme des Mannes machte, den ich da vor mir sah, und mich fragte, ob er mir gefiel, fiel mir ein, dass vielleicht nicht nur ich mich betrachtete. Wonderbra und ihre Freunde standen vermutlich auf der anderen Seite des Spiegels und nahmen ebenfalls eine Einschätzung vor. Ich stehe vielleicht nicht ganz oben auf der Liste für die männliche Hauptrolle in *Deep Throat II*, aber an mir war nichts, dessen ich mich schämen musste. Nein, nicht das machte mich wütend – sondern das Eindringen in jeden Bereich meines Lebens, die endlose Suche nach Beweisen, die es nicht gab, die seelenzerstörerische Überzeugung, dass niemand einfach nur deshalb etwas tat, weil er es für richtig hielt.

Krav-Maga-Lehrer werden Ihnen sagen, dass die meisten Menschen während eines Kampfes den Fehler begehen, dem Kontrahenten einen enorm starken Hieb auf den Kopf zu versetzen. Als Erstes bricht man sich dabei die Fingerknöchel. Deswegen ballt ein echter Profi die Faust und verwendet die Seite wie einen Hammer, der auf einen Amboss schlägt.

Ein solcher Schlag, ausgeführt von einem einigermaßen fitten Menschen, entwickelt laut den Lehrern eine Kraft von mehr als vier Newton am Punkt des Aufpralls. Sie können sich vorstellen, was das mit einem Gesicht anrichtet. Oder einem Spiegel. Er zerbrach in tausend Stücke. Besonders überraschend war die Wand dahinter – sie war nackt. Kein Spiegelglas, nichts. Ich starrte ungläubig darauf und fragte mich, ob ich hier der Irre war.

Geduscht und rasiert, lief ich ins Schlafzimmer zurück, zog die sauberen Sachen an, setzte mich aufs Bett und wartete. Niemand kam. Ich stand auf, donnerte an die Tür – und stellte fest, dass sie unverschlossen war. Ist ja nett, dachte ich, der Vertrauensquotient schießt jetzt durch die Decke. Entweder das, oder ich würde, in dieser besonderen Folge von *The Twilight Zone*, feststellen, dass das Haus leer und seit Jahren unbewohnt war.

Ich ging ins Wohnzimmer. Ich war noch nie darin gewesen, aber dort fand ich das gesamte Team vor, ungefähr vierzig Mitglieder an der Zahl, die mich anlächelten. Einen schrecklichen

Augenblick lang glaubte ich, sie würden klatschen. Der Teamleiter, ein Typ mit einem Gesicht wie aus Ersatzteilen, sagte etwas, das ich kaum verstand. Dann streckte Wonderbra die Hand aus und sagte, es sei ja nur Arbeit gewesen und sie hoffe, ich nehme es ihnen nicht übel.

Ich wollte ihr schon vorschlagen, mit mir nach oben zu gehen, wo ich ihr Gewalt antun würde, einiges davon sexueller Natur, doch was der Teamleiter dann sagte, ließ mich innehalten – und ich sagte mir, dass solche Gedanken eines Mannes, der vom Präsidenten der Vereinigten Staaten einen handgeschriebenen Brief erhalten hatte, unwürdig seien. Das Schreiben lag auf einem Tisch, ich setzte mich, um es zu lesen. Unter dem beeindruckenden blau-goldenen Siegel hieß es, dass eine umfassende und gründliche Untersuchung mich von jeglichem Fehlverhalten freigesprochen habe. Überdies dankte mir der Präsident, so seine Worte, für die große Tapferkeit »jenseits des Rufs der Pflicht«.

»Auf feindlichem Gelände, weit entfernt von Hilfe oder Sicherheit und angesichts der Notwendigkeit, sofort zu handeln, haben Sie weder gezögert noch irgendeinen Gedanken an Ihr persönliches Wohlergehen verschwendet«, schrieb er.

Zwar sei es nicht möglich, so der Präsident weiter, die Öffentlichkeit jemals über meine Aktion zu informieren, doch er persönlich wie auch das ganze Land seien zutiefst dankbar für den Dienst, den ich für sie geleistet hatte. Irgendwo in dem Brief stand sogar das Wort »Held«.

Ich ging zur Tür. Die Blicke der Versammelten waren auf mich gerichtet, was ich aber kaum wahrnahm. Dann verließ ich den Raum, blieb auf der verdorrten Rasenfläche stehen und betrachtete die trostlose Landschaft. »Freigesprochen von jeglichem Fehlverhalten.« Während ich darüber nachdachte und über das andere Wort, das der Präsident verwendet hatte, kamen ganz unterschiedliche Gefühle in mir hoch. Was hätten Bill und Grace wohl gedacht? Hätten sie Stolz empfunden – dieses Gefühl, das ich ihnen so lange verweigert hatte?

Ich hörte ein Auto die lange Kiesauffahrt heraufkommen und

vor dem Haus halten, aber ich ignorierte es. Und was war mit der Toten in Detroit, der mit den gleichen himmelblauen Augen, wie ich sie hatte? Sie hatte mich geliebt, da war ich mir sicher. Ein seltsames Gefühl angesichts der Tatsache, dass ich sie kaum kannte. Was hätte meine Mutter empfunden, wenn ich ihr hiervon erzählt hätte?

Die Schultern zum Schutz vor dem Wind hochgezogen, blieb ich stehen, während die Trümmer meiner Emotionen in mir herumwirbelten, bis ich hörte, wie eine Tür aufging. Ich drehte mich um – der Teamleiter und Wonderbra standen auf der Veranda. Bei ihnen stand ein älterer Mann, der gerade im Wagen angekommen war. Ich kannte ihn schon lange. Sein Name spielt hier keine Rolle – es hat seine Richtigkeit, dass niemand jemals von ihm gehört hat. Es war der Leiter der *Division*.

Langsam ging er die Stufen herab, stellte sich neben mich und fragte: »Haben Sie den Brief gelesen?«

Ich nickte.

Er legte mir die Hand auf den Arm und übte ein wenig Druck aus – seine Art, sich zu bedanken. Vermutlich wusste er, dass seine Worte ohnehin nicht mit den Sätzen unter dem blau-goldenen Siegel konkurrieren konnten.

Er folgte meinem Blick auf die triste Gegend und sprach von dem Mann, den ich getötet hatte. »Lässt man seinen letzten Verrat außer Betracht, war er ein guter Agent. Einer der besten.«

Ich sah ihn an. »So kann man das auch nennen. Lässt man die Bombe außer Betracht, war der 6. August vermutlich ein schöner Tag in Hiroshima.«

»Verflucht, Eddy! Ich gebe hier mein Bestes, ich versuche, etwas Positives zu finden – er war mein Freund.«

»Meiner auch, Chef«, sagte ich rundheraus.

»Ich weiß, ich weiß, Eddy«, entgegnete er, hielt sich aber zurück – erstaunlich, was ein Brief vom Präsidenten bewirken kann. »Ich habe ein Dutzend Mal gesagt, dass ich heilfroh bin, dass Sie's getan haben, nicht ich. Selbst in jüngeren Jahren hätte ich das vermutlich nicht über mich gebracht.«

Ich sagte gar nichts. Nach allem, was ich gehört hatte, wäre er mit einer Maschinenpistole in Disneyland einmarschiert, wenn das seiner Karriere förderlich gewesen wäre.

Er klappte seinen Kragen zum Schutz gegen den Wind hoch und sagte, ich solle nach London zurückkehren. »Ich habe mit allen Verantwortlichen gesprochen. Die Entscheidung ist einstimmig gefallen. Hiermit ernenne ich Sie zum neuen Rider of the Blue.«

Ich erwiderte nichts darauf, sondern blickte nur lange über die verdorrten Felder, unsagbar betrübt wegen der Umstände und wegen der beiden kleinen Mädchen. Ich war neunundzwanzig Jahre alt und der jüngste Rider of the Blue, den es je gegeben hatte.

KAPITEL ACHT

London hatte nie schöner ausgesehen als an dem Abend, als meine Maschine landete – wie Skulpturen erhoben sich die St. Paul's Cathedral, die Houses of Parliament und all die anderen Zitadellen der vergangenen Macht und Größe vor dem roten, dunkler werdenden Himmel.

Meine Beförderung lag kaum zwanzig Stunden zurück, und seitdem war ich ununterbrochen gereist. Was den Standort des Ranch-Hauses betraf, hatte ich mich geirrt. Es lag in den Black Hills in Süd-Dakota, noch abgelegener, als ich mir vorgestellt hatte. Von dort fuhr man zwei Stunden bis zum nächsten öffentlichen Flughafen, wo ich in einen Privatjet nach New York stieg und von da mit British Airways über den Großen Teich flog.

Ein Ford-Geländewagen, drei Jahre alt und mit Dreck vollgespritzt, damit er nicht auffiel, holte mich von Heathrow ab und brachte mich nach Mayfair. Es war Sonntagabend und wenig los auf den Straßen, trotzdem kamen wir nur langsam voran – das Fahrzeug war gepanzert und wegen des zusätzlichen Gewichts schwer zu lenken.

Schließlich bog der Typ, der sich am Steuer abmühte, nahe

der South Audley Street in eine Sackgasse ein, und das Garagentor eines eleganten Stadthauses schwang hoch. Wir fuhren in die Tiefgarage eines Gebäudes, das laut dem Messingschild an der Haustür die europäische Zentrale des *Balearic Islands Investment Trust* beherbergte.

Ein darunter befindliches Schild erklärte dem Besucher, Termine könnten ausschließlich telefonisch vereinbart werden. Keine Telefonnummer war angegeben, und falls sich jemals jemand danach erkundigte, bekam er bei der Londoner Telefonauskunft zur Antwort, die Nummer existiere nicht. Natürlich rief niemand jemals an.

Mit dem Aufzug fuhr ich vom Keller ins oberste Stockwerk und betrat das Büro des Rider of the Blue – einen großen Raum mit poliertem Holzboden und weißen Sofas, allerdings fensterlos und ohne natürliches Licht.

Das Gebäude selbst hatte einen Betonkern, und aus dieser Zelle innerhalb einer Zelle versuchte ich nun das Netz des Verrats meines Vorgängers zu entwirren. Spät an diesem ersten Abend wählte ich mehrere geheime Telefonnummern, von denen die Telefongesellschaften nicht einmal wussten, dass sie sie vergeben hatten, und stellte ein Spezialteam aus Entschlüsselungsexperten, Analysten, Archivaren und Außenagenten zusammen.

Ungeachtet der Behauptungen von Regierungen werden nicht alle Kriege unter Einbeziehung von »eingebetteten« Reportern geführt, und auch nicht im Schein der Kameras von 24-Stunden-Nachrichtensendern. Am folgenden Tag starteten der Rider und seine kleine Gruppe von *Partisanen* ihren Feldzug in Europa, um zu bekämpfen, was sich als die schwerwiegendste Infiltration der US-Nachrichtendienste seit dem Kalten Krieg herausstellen sollte.

Wir erzielten zwar einige größere Erfolge, aber obwohl sich im Laufe der Zeit die Leichen der Feinde allmählich stapelten, konnte ich immer noch nicht schlafen. Eines Nachts – ich jagte gerade einer erkalteten Fährte in Prag nach – ging ich stundenlang durch die Stadt und zwang mich, eine Bestandsaufnahme unserer Anstrengungen vorzunehmen. Gemessen an meinen eigenen Maßstäben hatte ich, alle Schwierigkeiten einbezogen, versagt – nach zwanzig Monaten unablässiger Arbeit war ich noch immer nicht dahintergekommen, auf welchem Wege die Russen unsere Agenten – soll heißen, die gekauften Verräter – bezahlten.

Der Weg des Geldes blieb also weiter geheimnisvoll. Aber nur wenn wir ihn erfolgreich aufspüren konnten, würden wir jemals herausfinden, wie weit die Ansteckungsherde sich ausgebreitet hatten. Daher entschloss ich mich, alles, was wir hatten, einzusetzen. Doch am Ende spielte nichts davon eine Rolle: Es waren ein schüchterner forensischer Buchprüfer und eine gehörige Portion Glück, die uns zu Hilfe kamen.

Als er ein letztes Mal den Berg von Unterlagen durchforstete, den wir im Haus meines Vorgängers sichergestellt hatten, bevor sie im Archiv der *Division* verschwanden, war der Buchprüfer auf eine handgeschriebene Einkaufsliste gestoßen, die hinten in einem Scheckbuch steckte. Er wollte sie gerade wegwerfen, als er sie umdrehte und sah, dass sie auf die Rückseite eines unbenutzten Laufzettels für eine FedEx-Lieferung geschrieben worden war – merkwürdig, denn keine unserer Ermittlungen hatte irgendwelche Anhaltspunkte für ein FedEx-Konto ergeben. Neugierig geworden, rief der Buchprüfer das Unternehmen an und erhielt eine Liste von Abholungen von der Adresse, von denen alle bar bezahlt worden waren.

Nur eine davon war für uns von Interesse: eine Kiste teurer kubanischer Zigarren, die an das Luxushotel Burj al Arab in Dubai geliefert worden war. Rasch stellte sich heraus, dass der Name des Empfängers auf dem FedEx-Lieferschein gefälscht war, womit die Sache gegessen gewesen wäre – wenn wir nicht mehr Glück als Verstand gehabt hätten. Eine Frau, die mit dem Buchprüfer zusammenarbeitete, hatte früher als Reisebürokauffrau gearbeitet und wusste deshalb, dass alle Hotels in den Vereinigten Arabischen Emiraten verpflichtet sind, vom Pass eines jeden Gastes eine Fotokopie anzufertigen.

Ich rief in dem Hotel an, wobei ich mich als Special Agent des

FBI ausgab, der mit Interpol zusammenarbeitete, und überzeugte den Geschäftsführer davon, die Akten zu durchforsten und mir die Details aus dem Pass des Gastes durchzugeben, der am betreffenden Datum in Suite 1608 gewohnt hatte.

Es handelte sich um eine Person namens Christos Nikolaides. Ein vornehmer Name. Viel zu schade für diesen Mann.

KAPITEL NEUN

In einem waren sich alle einig: Christos hätte gut ausgesehen, wenn er nicht so klein gewesen wäre. Doch der olivfarbene Teint, der Schopf dunkler Haare und das strahlende Gebiss konnten nichts ausrichten gegen Beine, die für den Körper viel zu kurz waren. Aber Geld half vermutlich, vor allem bei den Frauen, mit denen er herumlief, und Christos Nikolaides hatte mit Sicherheit viel davon.

Zahlreiche Recherchen in Polizeidatenbanken bewiesen, dass er der Gesuchte war. Eine wirklich zwielichtige Erscheinung ohne Überzeugungen, aber mit nachgewiesener Beteiligung an drei Morden und einer ganzen Reihe anderer Gewaltverbrechen. Der 31-jährige gebürtige Grieche war der älteste Sohn ungebildeter Eltern, die außerhalb von Thessaloniki wohnten, im Norden des Landes. Es ist wichtig, hier das »ungebildet« hervorzuheben – im Gegensatz zu dumm, was er mit absoluter Sicherheit nicht war.

In den folgenden Wochen, in denen wir uns weiter in Nikolaides' Leben vertieften, wurden die Familienclans zunehmend interessanter. Oberhaupt der eng verbundenen Familie von Brüdern, Onkeln und Neffen war Christos' 60-jähriger Vater Patros, der gnadenlose Vollstrecker der Familie. Wie man in Athen sagt: Er hatte eine dicke Jacke, will heißen: ein langes Vorstrafenregister. Das aber mit großem materiellem Erfolg einherging. Nach einer kleinen Korrektur der Umlaufbahn eines US-Satelliten, der den Balkan überwachte, erhielten wir Fotos, die das Anwesen der Familie in allen Einzelheiten zeigten.

Zwischen endlosen sanften Hügeln voll Lavendel gelegen, bestand der Gebäudekomplex aus sieben luxuriösen Häusern mit Swimmingpools und aufwendigen Pferdeställen. Er war von einer vier Meter hohen Mauer umgeben, die, wie wir vermuteten, von mit Skorpion-Maschinenpistolen bewaffneten Albanern bewacht wurde. Das war merkwürdig, denn die Familie war im Blumengroßhandel tätig. Vielleicht war Blumenraub ja ein größeres Problem in Nordgriechenland, als den meisten Leuten bewusst war.

Wir vermuteten, dass die Familie, so wie das Medellín-Kartell in Kolumbien vor ihr, das komplexe und extrem schnelle Straßen- und Luftverkehrsnetz weiterentwickelt hatte, das für den Transport einer verderblichen Ware wie Blumen erforderlich ist, sodass es ein weitaus profitableres Produkt einschloss.

Doch was hatte eine Familie von griechischen Drogendealern mit meinem Vorgänger zu tun, und warum sollte er dem ältesten Sohn eine Kiste Zigarren in ein Sieben-Sterne-Hotel im Nahen Osten schicken? Zwar konnte es sein, dass der ehemalige Rider ein Drogenproblem gehabt hatte und dass Christos sein Dealer gewesen war, aber das ergab nicht viel Sinn: Die Griechen waren in dieser Branche definitiv im Großhandel tätig.

Ich war im Begriff, die ganze Ermittlung als eine weitere Sackgasse abzutun – vielleicht waren Christos und mein Vorgänger ja nichts weiter als freundliche Dreckskerle –, als ich an einem trostlosen Abend in London nicht einschlafen konnte, glücklicherweise. Ich blickte aus meiner Wohnung in Belgravia über die Häuserdächer und dachte, dass die beiden Männer vermutlich gerade in einem der Michelin-Sterne-Restaurants in dem Viertel speisten, als mir aufging, dass mir die Antwort auf unser schwierigstes Problem möglicherweise mitten ins Gesicht starrte.

Was, wenn die Russen überhaupt nicht diejenigen waren, die unsere abtrünnigen Agenten bezahlten? Angenommen, Christos Nikolaides und seine Familie waren für die Zahlungen verantwortlich. Warum? Weil sie Drogen nach Moskau schmuggelten und dies der Beitrag war, den sie an die klammen Russen leisten mussten, um die Lizenz dafür zu erhalten. Man nenne es Gewerbesteuer.

Das bedeutete, dass die Griechen ihr Schwarzgeld und ihre Geldwäschekompetenz nutzten, um Geld von ihren Konten auf solche unter den Namen unserer Verräter zu überweisen – und dass die russischen Geheimdienste bei diesem Vorgang nirgendwo auftauchten. In so einem Szenario könnte jemand, der eine große Zahlung erhalten hatte – der Rider of the Blue –, durchaus eine Kiste teurer Zigarren jenem Mann schicken, der ihn kurz zuvor bezahlt hatte. Christos Nikolaides, auf Urlaub in Dubai.

Ich schob alle Gedanken an Schlaf beiseite, fuhr ins Büro und startete mithilfe der griechischen Regierung eine intensive Untersuchung der tief unterirdischen finanziellen Verhältnisse der Familie Nikolaides.

Eine Information, die im Zuge der Nachforschungen auftauchte, führte mich in die Schweiz und in die ruhigen Straßen Genfs. Obgleich die Stadt im Ruf großer Sauberkeit steht, ist sie doch ein schmutzigerer Ort, als ich jemals einen gesehen habe.

KAPITEL ZEHN

Die Büroräume der verschwiegensten Privatbank der Welt liegen hinter einer anonymen Kalksteinfassade im Zentrum des Genfer Bankenviertels. Kein Namensschild ist angebracht, doch Clément Richeloud & Cie. befindet sich seit zweihundert Jahren im selben Gebäude und zählt zu ihren Kunden zahllose afrikanische Despoten, zahlreiche Kriminelle aus der Geschäftswelt und die reichen Nachfahren einiger Nazi-Größen.

Richeloud war zudem die Hausbank der griechischen Familie Nikolaides und bot uns, soweit ich erkennen konnte, die einzige Chance voranzukommen. Die Bank müsste dazu überredet werden, uns eine Liste der Transaktionen der Familie Nikolaides während der vergangenen fünf Jahre auszuhändigen – Dokumente, die zeigen würden, ob Christos als Zahlmeister der Russen fungierte und, wenn ja, welche Amerikaner auf der Lohnliste standen.

Natürlich hätten wir eine gerichtliche Verfügung erwirken können, aber Richeloud würde, richtigerweise, behaupten, dass es wegen des Schweizer Bankgeheimnisses – eine Gesetzgebung, die das Land zum Favoriten bei Tyrannen und Verbrechern macht – rechtswidrig sei, irgendwelche Informationen preiszugeben.

Aus diesem Grund nahm ich als der in Monaco ansässige anwaltliche Interessenvertreter des paraguayischen Militärs Kontakt mit der Bank auf. Ich betrat die Marmorstufen vor der Eingangstür mit dem Ziel, eine ganze Reihe hochgradig vertraulicher finanzieller Angelegenheiten zu besprechen. Mit meinem Attaché-Koffer mit gefälschten Papieren in der Hand und der Aussicht auf Einlagen von Hunderten Millionen Dollar im Kopf nahm ich in einem Konferenzraum voller Pseudo-Antiquitäten Platz und wartete auf das Erscheinen eines der persönlich haftenden Gesellschafter der Bank.

Die Besprechung erwies sich als eines der denkwürdigsten Ereignisse in meinem beruflichen Leben – aber nicht wegen Christos Nikolaides, sondern dank der Lektion, die mir erteilt wurde. Meine Schulung begann, als eine eichengetäfelte Tür aufging.

Man kann wohl sagen, dass meine Arbeit größtenteils einer Fahrt durch einen Abwasserkanal in einem Glasbodenboot glich, doch selbst an diesen niedrigen Maßstäben gemessen, war Markus Bucher denkwürdig. Obgleich er im Dom im streng calvinistischen Genf als Laienprediger sprach, watete er, wie die meisten in seinem Metier, bis auf Achselhöhe in Blut und Scheiße. Inzwischen war er Mitte fünfzig, und man könnte sagen, dass er einen Home Run erzielt hatte – ein großes Anwesen in Cologny mit Blick auf den See, einen Bentley in der Garage. Doch davon einmal abgesehen, hatte er es nicht weit gebracht: Seine Familie war der größte Anteilseigner der privat geführten Bank.

Bucher machte viel Aufhebens davon, dass das Zimmer, in dem wir uns befanden, schallisoliert sei, und zwar »nach den Standards der amerikanischen Nachrichtendienste«, vergaß aber die versteckte Kamera zu erwähnen, die ich im Rahmen eines Porträtgemäldes an der Wand entdeckt hatte. Die Kamera war so platziert, dass sie den Kunden über die Schultern sah und jedes Dokument filmte, das sie vor sich liegen hatten. Nur um Bucher ein bisschen zu ärgern, stellte ich die Stühle so um, dass die Kamera lediglich die Rückseite meiner Aktentasche filmte. Diese Amateure …

Während Bucher die gefälschten Papiere durchsah und vermutlich im Kopf bereits die Managementgebühren addierte, die die Bank bei einer solch großen Summe erhalten würde, blickte ich auf meine Uhr – drei Minuten vor eins, fast Mittagszeit.

Dummerweise hatte die Familie Nikolaides einen wichtigen Punkt übersehen, während sie immer mehr Geld in die Richeloud-Bank einschleuste: Auch Buchers einzige Tochter war im Bankgeschäft tätig. Dreiundzwanzig und unerfahren, was die Menschen und die Welt anging, arbeitete sie am seriöseren Ende der Branche: für Credit Suisse in Hongkong.

Meine Uhr zeigte zwei Minuten vor eins. Ich beugte mich vor und sagte leise zu Bucher: »Ich kenne keine Sau beim paraguayischen Militär.«

Er sah mich verwirrt an – und dann lachte er, vermutlich, weil er das für US-amerikanischen Humor hielt.

Ich versicherte ihm, dass er mich ganz richtig verstanden habe. Ich nannte ihm Christos' vollständigen Namen und seine mutmaßliche Kontonummer und forderte die Kopien der Bankunterlagen von ihm selbst, seinen Familienmitgliedern und allen Firmen, die ihnen gehörten, und zwar über die vergangenen fünf Jahre. In einem dunklen Winkel meines Geistes hoffte ich, dass meine Informationen richtig waren, weil ich andernfalls schwer dafür würde büßen müssen. Aber jetzt gab es kein Zurück mehr.

Bucher erhob sich. Rechtschaffene Empörung stieg in ihm auf, er schwadronierte über Leute, die sich unter falschen Angaben Zugang verschafften, dass er das Dokument sofort als Fälschung erkannt habe, dass nur ein Amerikaner glauben könne, dass ein Schweizer Bankier derartige Informationen herausgeben würde, selbst wenn er das müsste. Als er auf mich zutrat, wurde mir klar, dass mir die einzigartige Ehre erwiesen wurde, die so vielen Diktatoren und Massenmördern verweigert wird: Ich sollte aus einer Schweizer Bank rausgeworfen werden.

Es war ein Uhr. Bucher blieb stehen. Er warf einen Blick auf seinen Schreibtisch: Sein privates Handy, das neben den Unterlagen lag, vibrierte. Es erschien die Nummer, von der er glaubte, nur engste Familienangehörige würden sie kennen. Ich beobachtete schweigend, wie er auf das Display schielte. Er nahm sich vor, sich später damit zu befassen, wandte sich um und sah mich wütend an. Die Empörung diente ihm als eine Art Körperpanzer.

»Es ist 20 Uhr in Hongkong.« Ich blieb ganz ruhig sitzen, bereit, ihm den Arm zu brechen, sollte er mich anfassen wollen.

»Was?!«, herrschte er mich an, ohne allerdings die Lage zu begreifen.

»In Hongkong«, sagte ich langsamer, »ist es schon spät.«

Ich erkannte die aufblitzende Angst in seinen Augen – er hatte begriffen, was ich gerade gesagt hatte. Er sah mich an. Fragen stürmten auf ihn ein, die er nicht beantworten konnte: Wieso zum Teufel wusste ich, dass der Anruf aus Hongkong kam? Er drehte sich um und griff nach dem Telefon.

Ich behielt ihn im Blick. Gleichzeitig hörte er, dass ich nicht nur recht hatte, der Anruf also tatsächlich aus Hongkong kam, sondern dass seine Tochter – die die Panik in ihrer Stimme kaum zu unterdrücken vermochte – ihm sagte, sie habe ein großes Problem. In Genf war es Mittagszeit, doch für Markus Bucher verdüsterte sich der Tag sekündlich.

Offenbar waren zwei Stunden vorher in der Hochhaus-Luxuswohnung seiner Tochter sämtliche Telekommunikationsverbindungen ausgefallen – Telefon, Kabelfernsehen, WLAN, Hochgeschwindigkeits-DSL. Ein Dutzend Teams von der Hongkong Telecom hatten sich auf Fehlersuche begeben. Eines dieser Wartungsteams – drei Männer, die weiße Arbeitsoveralls und Ausweise um den Hals trugen – war in Clare Buchers Wohnung gekommen.

Als sie ihren Vater anrief, glaubte sie, dass es sich bei den Männern vielleicht doch nicht um Mitarbeiter der Telecom handle. Das erste Indiz sei gewesen, dass zwei von ihnen gar kein Chinesisch sprachen – mehr noch, dass sie sich wie Amerikaner anhörten. Der zweite Hinweis betraf ihr Handwerkszeug. Zwar kenne sie sich in solchen Dingen nicht gut aus, sie sei aber ziemlich sicher, dass man keine 9-Millimeter-Beretta mit Schalldämpfer wie bei der NATO benötige, um einen Leitungsfehler zu reparieren.

Die Gesichtsfarbe des Vaters wechselte zu einem ungesunden Grau, während die Tochter ihm die Situation erläuterte. Er warf mir einen hasserfüllten und zugleich verzweifelten Blick zu. »Wer sind Sie?«, fragte er, so leise, dass es beinahe nicht zu hören war.

»Soweit ich das sehe«, sagte ich, »bin ich der einzige Mensch auf der Welt, der Ihnen helfen kann. Zufälligerweise schuldet der Leiter der Hongkong Telecom mir einen Gefallen – sagen wir einfach, ich habe ihm zum erfolgreichen Abschluss eines lukrativen Vertrags in Paraguay verholfen.«

In diesem Augenblick glaubte ich, Bucher würde sich auf mich stürzen, deshalb wappnete ich mich, ihm nötigenfalls sehr wehzutun, und redete weiter. »Ich bin überzeugt, dass ich ihn, unter den richtigen Umständen, anrufen und bitten könnte, die Techniker anderswo nachschauen zu lassen.«

Irgendwie schaffte es Bucher, sich in den Griff zu bekommen. Er sah mich an. Inzwischen befand er sich tiefer im Wald, als er es jemals für möglich gehalten hätte, an einem Scheideweg, an dem sich sein restliches Leben entscheiden würde.

Ich beobachtete den inneren Kampf, der sich in seinen Gesichtszügen widerspiegelte: Er konnte seine Tochter einfach nicht im Stich lassen, und ebenso wenig konnte er alles verletzen, für das er in seinen Augen stand. Er war wie gelähmt, also musste ich ihm helfen, die richtige Entscheidung zu treffen. Wie gesagt, es war ein schrecklicher Tag. »Wenn ich nur das sagen könnte – wenn Sie sich entschließen, nicht zu kooperieren, und die Techniker Ihre Tochter eliminieren müssen, kann ich nicht beeinflussen, was sie eventuell vorher mit ihr anstellen – wenn Sie verstehen, was ich meine. Das steht nicht in meiner Macht.«

Ich mochte das Wort »Vergewaltigung« nicht benutzen, nicht vor einem Vater. Er schwieg, dann drehte er sich zur Seite und erbrach sich auf den Boden. Auf wackeligen Beinen stehend, wischte er sich den Mund am Ärmel ab. »Ich hole die Unterlagen«, sagte er und schlurfte los.

Es heißt, Liebe sei schwach, aber das stimmt nicht: Liebe ist *stark*. Bei fast jedem Menschen übertrumpft sie alles andere – Patriotismus und Ehrgeiz, Religion und Herkunft. Und von allen Arten der Liebe – der großen und der kleinen, der edlen und der niederen – ist die, die ein Elternteil für sein Kind empfindet, die größte. Das war die Lektion, die ich an jenem Tag lernte, und ich werde ewig dankbar dafür sein. Einige Jahre darauf, tief in den Ruinen namens »Theater der Todes«, würde sie meine Rettung sein.

Als ich Bucher am Arm packte, befand er sich schon auf halbem Weg zur Tür, willens, alles aufzugeben, verzweifelt bemüht, seine Tochter zu retten. »Halt!«, ermahnte ich ihn.

Den Tränen nahe, drehte er sich zu mir um. »Glauben Sie etwa, ich rufe die Polizei?«, rief er. »Obwohl sich Ihre ›Techniker‹ noch immer in der Wohnung meiner Tochter aufhalten?«

»Natürlich nicht«, sagte ich. »Sie sind ja kein Narr.«

»Dann lassen Sie mich jetzt gefälligst die Unterlagen holen, verdammt noch mal!«

»Was sollte Sie daran hindern, mir gefälschte Unterlagen oder die eines anderen Kunden auszuhändigen? Nein, wir werden gemeinsam einen Blick in Ihren Computer werfen.«

Er schüttelte den Kopf, geriet in Panik. »Das geht nicht. Niemand darf ins Backoffice – die Mitarbeiter könnten uns sehen.«

Das stimmte – aber nicht ganz. »Wieso habe ich wohl den Termin mit Ihnen für ein Uhr am Freitag vor einem langen Wochenende vereinbart?«, fragte ich. »Weil alle beim Mittagessen sind.« Ich nahm meine Aktentasche, folgte Bucher aus dem Konferenzraum und schaute zu, wie er mit einer verschlüsselten Ausweiskarte eine Tür zu den hinteren Büroräumen öffnete.

Wir setzten uns an ein Terminal. Mittels eines Fingerabdruck-Scanners öffnete Bucher das System und tippte die Ziffern einer

Kontonummer ein. Da waren sie – die Seiten von Christos Nikolaides' angeblich geheimen Bankunterlagen, verlinkt mit einem Netzwerk anderer Familienkonten. Binnen Minuten waren wir dabei, das alles auszudrucken.

Lange starrte ich auf die Seiten – die Bücher von so viel Korruption und Tod. Die Familie war milliardenschwer – oder knapp darunter –, überdies bewiesen die Unterlagen zweifelsfrei, dass Christos der Zahlmeister der Russen war. Mehr noch: Wie ich gehofft hatte, legten die Dokumente auch den Rest des Unternehmens offen. Regelmäßige Überweisungen auf andere Konten der Bank offenbarten die Namen von sechs unserer Leute, die ich niemals für Verräter gehalten hätte.

Zwei von ihnen waren mit Gegenspionage befasste FBI-Agenten, die vier anderen Karrierediplomaten in US-Botschaften in Europa – darunter eine Frau, mit der ich einmal geschlafen hatte. Für das, was sie getan hatten, gab es normalerweise nur eine Strafe. In einem Winkel meines Herzens hoffte ich, sie würden sich gute Anwälte nehmen und einen Vergleich aushandeln können, sodass sie mit »lebenslänglich« davonkämen. Man glaube nicht, was die Leute sagen – es ist etwas Furchtbares, das Leben eines anderen Menschen in der Hand zu halten.

Und so legte ich die Unterlagen, mit weniger Genugtuung als vorausgesehen, in meine Aktentasche. Ich drehte mich zu Bucher um und erklärte ihm, dass ich in zwei Stunden den Leiter der Hongkong Telecom anrufen und die Techniker abziehen lassen würde. Ich stand auf und entschied mich unter den Umständen dagegen, ihm die Hand zu reichen. Wortlos verließ ich den Raum und ließ Bucher einfach stehen. Erbrochenes verschmierte seinen Anzug, die eine Hand zitterte. Und er versuchte zu entscheiden, ob das Klopfen in seiner Brust einfach nur auf Nervosität oder auf etwas sehr viel Schwerwiegenderes zurückzuführen sei.

Ich wusste nicht, ob sich der Mann jemals von diesem Treffen erholen würde, und vielleicht hätte ich auch Mitgefühl mit ihm gehabt – hätte es da nicht ein denkwürdiges Ereignis in meiner Kindheit gegeben.

Begleitet von Bill Murdoch, hatte ich ein kleines französisches Dorf namens Rothau an der deutschen Grenze besucht. Zwanzig Jahre voll mit zahllosen Abenteuern sind seither vergangen, doch in gewisser Weise hat ein Teil von mir diesen Ort nie verlassen. Oder vielleicht sollte ich sagen: Ein Teil des Ortes hat mich nie verlassen.

KAPITEL ELF

Wenn Sie sich je in dem Teil der Welt aufhalten, wo Frankreich und Deutschland aneinandergrenzen, und sich das Herz brechen lassen wollen, dann nehmen Sie die gewundene Straße, die aus dem Dorf hinausführt, durch den Kiefernwald und die Ausläufer der Vogesen.

Früher oder später gelangen Sie an einen entlegenen Ort namens Natzweiler-Struthof. Es handelt sich um ein ehemaliges Konzentrationslager, es ist heute fast vergessen und war nie Ziel eines bestimmten Elends-Tourismus, wie beispielsweise Auschwitz oder Dachau. Verlässt man den Kiefernwald, ist an einer Kreuzung der Landstraße ein schlichtes Schild zu sehen: Es weist auf der einen Seite zu einer Kneipe, auf der anderen zur Gaskammer. Nein, ich mache keine Witze.

Zehntausende Gefangene haben das Tor des Lagers passiert, aber das ist nicht das Schlimmste. Das Schlimmste ist, dass kaum jemand von dem Ort gehört hat – das Leid ist einfach nicht groß genug, als dass es auf der Richterskala des 20. Jahrhunderts aufgezeichnet werden könnte. Eine andere Möglichkeit, den Fortschritt zu messen, nehme ich an.

Ich war zwölf, als ich dorthin fuhr. Es war in den Sommerferien, und wie üblich hatten sich Bill und Grace für beinahe den ganzen August in einer Suite im *Hotel George V* in Paris einquartiert. Beide interessierten sich für Kunst. Ihr gefielen die alten Meister, die den Leuten, die zu ihr nach Hause kamen, verrieten, dass hier eine Frau mit Geld und Geschmack wohnte. Bill tummelte sich dagegen, Gott sei Dank, in Avantgarde-Zirkeln – immer auf der Suche nach Neuem. Nie war er glücklicher, als wenn er eine neue Galerie fand oder im Atelier eines jungen Künstlers herumspazierte.

Grace, die an so etwas überhaupt kein Interesse hatte, hatte ihm vor langer Zeit verboten, irgendwelche seiner Erwerbungen aufzuhängen, worauf Bill mir zuzwinkerte und sagte: »Sie hat ja recht. Was immer es ist, man sollte es nicht Kunst nennen. Ich nenne es Wohltätigkeit – manche Leute spenden für lokale Zwecke, ich unterstütze hungernde Künstler.«

Jahre später ging mir auf, dass er einen geschulten Blick hatte, was merkwürdig war, wenn man bedachte, dass er keinerlei künstlerische Ausbildung durchlaufen hatte und sich seine Familie einzig und allein für Chemie interessiert hatte. Der Mädchenname seiner Mutter war Dupont.

Während unserer zweiten Woche in Paris erhielt Bill einen Anruf von einem Mann, der behauptete, ein Konvolut von Zeichnungen von Robert Rauschenberg aus der Zeit zu besitzen, als der bedeutende Pop-Art-Künstler noch als unbekannter Marinesoldat diente. Tags darauf bestiegen Bill und ich ein Flugzeug mit kleinem Handgepäck und überließen es Grace, ihrer zweiten großen Leidenschaft zu frönen – Einkaufen bei Hermès.

Und so kam es, dass wir, nachdem Bill die Zeichnungen gekauft hatte, an einem Sonntagmorgen in Straßburg waren, ohne etwas vorzuhaben. »Wir könnten ja in die Vogesen fahren«, sagte er. »Grace würde vermutlich antworten, du bist noch zu jung dafür, aber es gibt dort einen Ort, den du sehen solltest. Manchmal kann das Leben schwierig erscheinen, und es ist wichtig, die Dinge in der richtigen Relation zu betrachten.«

Bill kannte Natzweiler-Struthof wegen seines Vaters. Dieser war Lieutenant Colonel in der 6. US-Armee gewesen, die überall in Europa gekämpft hatte. Der Oberst war unmittelbar nach dem Abzug der SS im Lager eingetroffen und wurde damit beauftragt, einen Bericht zu verfassen, der schließlich auch bei den Nürnberger Prozessen eine Rolle spielte.

Ich weiß nicht, ob Bill je den Report seines Vaters gelesen hat, aber er fand die kurvenreiche Straße ohne Mühe, und so bogen wir kurz vor zwölf an einem strahlenden Sommertag auf den Parkplatz ein. Langsam gingen wir auf das Gelände des KZs.

Frankreich hatte die Anlage als Gedenkstätte bewahrt, weil so viele Angehörige der Résistance dort ermordet worden waren. Bill deutete auf das Nebengebäude des alten Hotels, das die Deutschen zu einer Gaskammer samt Krematorium mit Leichen-Aufzügen und Verbrennungsöfen ungewandelt hatten.

Ich hielt seine Hand – eines der wenigen Male in meinem Leben.

Wir kamen an den Galgen für die öffentlichen Hinrichtungen vorbei, an dem Gebäude, in dem die Nazis medizinische Experimente durchgeführt hatten, und gelangten schließlich zur Gefangenenbaracke 1, die ein Museum beherbergte. Drinnen – zwischen der alten Kleidung der Sträflinge und den Schautafeln zum System der Konzentrationslager – verloren wir uns aus den Augen.

In einem stillen Winkel im rückwärtigen Teil, in der Nähe einer Reihe von Feldbetten – dort, wo die umherschwirrenden Gespenster noch spürbarer waren –, stieß ich auf ein Foto an der Wand. Tatsächlich gibt es viele Fotos vom Holocaust, aber dies ist dasjenige, das ich nie vergessen werde. Das Schwarz-Weiß-Foto zeigte eine kleine, untersetzte Frau, die einen breiten Weg zwischen aufragenden Elektrozäunen entlangging. Dem Licht nach zu urteilen, war es später Nachmittag. Die Frau war wie eine Bäuerin gekleidet.

Zufällig waren keine Wachen, keine Hunde, keine Wachtürme auf dem Foto zu sehen, doch ich war mir sicher, dass sie dort waren – nur eine einsame Frau mit einem Baby in den Armen und ihre beiden anderen Kinder, die sich an ihrem Rocksaum festklammerten. Stoisch, unbeirrt, ihre winzigen Leben unterstützend – ihnen helfend, so gut eine Mutter dies vermag –, schritt sie mit ihnen in Richtung Gaskammer. Die Stille war förmlich zu hören, das Grauen zu schmecken.

Ich starrte auf das Foto, beeindruckt und bestürzt zugleich von diesem krassen Bild einer Familie und der endlosen Liebe einer Mutter. Eine kleine Stimme in mir, eine Kinderstimme, wiederholte ständig etwas, das ich nie vergessen habe: Was hätte ich dafür gegeben, die Frau gekannt zu haben. Dann senkte sich eine Hand auf meine Schulter. Es war Bill, der mich gesucht hatte. An seinen Augen war zu erkennen, dass er geweint hatte.

Von Gefühlen überwältigt, zeigte er auf die Stapel von Schuhen und kleinen Gegenständen, Haarbürsten zum Beispiel, die die Insassen zurückgelassen hatten. »Mir ist gar nicht klar gewesen, wie aussagekräftig Dinge des Alltags sein können«, sagte er.

Schließlich schritten wir einen Pfad innerhalb des alten Elektrozauns entlang zum Ausgangstor. Auf dem Weg dorthin fragte er mich: »Hast du den Teil mit den Zigeunern gesehen?«

Ich schüttelte den Kopf.

»Die Zigeuner haben, prozentual gesehen, noch mehr ihrer Bevölkerung verloren als die Juden.«

»Das habe ich nicht gewusst«, sagte ich und versuchte, erwachsen zu sein.

»Ich auch nicht«, antwortete er. »Sie bezeichnen es aber nicht als Holocaust. In ihrer Sprache haben sie einen anderen Namen dafür. Sie nennen es ›das Verschlingen‹.«

Schweigend gingen wir den restlichen Weg zum Auto. Noch am selben Abend flogen wir nach Paris zurück. Aufgrund irgendeiner unausgesprochenen Vereinbarung haben wir Grace gegenüber nie erwähnt, wo wir gewesen waren. Ich glaube, wir beide wussten, dass sie es nicht verstanden hätte.

Monate später, ein paar Tage vor Weihnachten, stieg ich die Treppe in dem ruhigen Haus in Greenwich hinunter und wurde von wütenden, erhobenen Stimmen gestoppt. »Fünf Millionen Dollar?«, sagte Grace ungläubig. »Aber egal, du kannst machen, was du willst, nehme ich an – es ist schließlich dein Geld.«

»Da hast du verdammt recht.«

»Der Steuerberater sagt, es geht an ein Waisenhaus in Ungarn. Und das begreife ich auch nicht – was weißt du über Ungarn?«

»Nicht viel. Aber offenbar kamen viele Zigeuner von dort. Es ist ein Waisenhaus für Zigeuner«, sagte er, mehr oder weniger gelassen.

Sie sah ihn an, als wäre er verrückt. »Zigeuner? *Zigeuner?!*«

Dann drehten sie sich um und sahen, dass ich ihnen von der Tür aus zuschaute. Als sein Blick den meinen traf, wusste er, dass ich verstand. *Porajmos*, wie die Roma auf Rumänisch sagen – *das Verschlingen*.

Nach jenem Weihnachten schrieb ich mich in der Caulfield Academy ein, einer wirklich verlogenen Highschool, die stolz darauf war, »jedem Schüler die Mittel bereitzustellen, um ein erfülltes Leben führen zu können«.

Angesichts der schwindelerregenden Schulgebühr war für diesen Aspekt vermutlich bereits Sorge getragen – man musste sechs Generationen mit dicken Aktienpaketen hinter sich haben, um auch nur vors Tor gelassen zu werden.

In der zweiten Woche, in der ich dort war, hatten wir einen Kurs, der unsere Fähigkeit zum Sprechen in der Öffentlichkeit fördern sollte. Nur die Caulfield Academy konnte sich so etwas ausdenken. Das Thema, das jemand aus dem Hut zog, war Mutterschaft. Wir redeten eine halbe Stunde lang darüber, wie männliche Jugendliche eben darüber reden, was ihre Mütter für sie getan haben – vermutlich nichts –, und über lustige Dinge, die sich in ihrer Villa in Südfrankreich zugetragen haben.

Dann wurde ich aufgerufen. Ziemlich nervös stand ich auf und erzählte von einem Kiefernwald im Sommer und der langen Straße ins Gebirge. Dann versuchte ich dieses Foto, das ich gesehen hatte, zu erklären, auszudrücken, dass die Mutter ihre Kinder mehr liebte als alles andere auf der Welt, dass ich dieses Buch von jemandem, an dessen Namen ich mich nicht mehr erinnern könne und der diese Formulierung »Trauer schwebt« gebraucht hatte, gelesen hatte und dass ich ähnlich über das Foto dachte. Und dann wollte ich gerade zum Schluss kommen, als die Anwesenden in Lachen ausbrachen und fragten, was ich denn geraucht habe. Sogar die junge Lehrerin, die sich für einfühlsam hielt, es aber nicht war, sagte, ich solle mich setzen und mit dem Gerede aufhören und es mir gut überlegen, bevor ich für ein hohes Amt kandidiere. Worauf alle nur noch lauter lachten.

Danach meldete ich mich nie mehr freiwillig im Unterricht, nicht in den fünf Jahren, in denen ich auf der Caulfield war, ganz egal, wie viel Ärger ich mir damit einhandelte. Das brachte die Leute dazu, mich als Einzelgänger zu bezeichnen, zu sagen, dass mich eine düstere Aura umgebe, womit sie vermutlich recht hatten. Wie viele treten denn auch in einen Geheimdienst ein und töten so viele Menschen wie ich?

Das Merkwürdige ist aber: Trotz all der Schwierigkeiten und des Zeitraums von zwanzig Jahren ist meine Erinnerung an jenes Foto nicht verblasst. Sie ist vielmehr deutlicher geworden – sie wartet auf mich, kurz bevor ich einschlafe. Und sosehr ich mich auch bemüht habe, ist sie mir bis heute nie mehr aus dem Kopf gegangen.

KAPITEL ZWÖLF

Ich dachte erneut an das Foto, als ich aus der Tür des Bankhauses Clément Richeloud & Cie. trat, hinein in den Genfer Sonnenschein. Sicher, ich hätte mehr Mitgefühl für Markus Bucher und seine Tochter aufbringen können, aber ich konnte nicht umhin, mich daran zu erinnern, dass es Schweizer Bankiers wie Bucher und seine Familie waren, die mitgeholfen hatten, das Dritte Reich zu finanzieren und zu unterstützen.

Ich hege keinen Zweifel, dass die Mutter auf dem Foto und Millionen anderer Familien in Viehwaggons mit Freuden mit den Stunden des Unbehagens der beiden Buchers getauscht hätten. Es war genau so, wie Bill in all den Jahren gesagt hatte: Es ist wichtig, die Dinge in Relation zu betrachten.

Und während ich an die düstere Geschichte dachte, die so viel des verborgenen Reichtums in Genf begründete, ging ich zur Rue du Rhône, bog rechts ab, blieb unweit der Altstadt stehen und tätigte mit meinem Mobiltelefon einen verschlüsselten Anruf auf eine griechische Insel.

Die Kontounterlagen in der Aktentasche, die jetzt mit einer Handschelle mit meinem Handgelenk verbunden war, stellten Christos Nikolaides' Todesurteil dar, denn in der Welt, in der ich lebte, gab es keine Berufungen, keine Last-Minute-Aufschübe einer Hinrichtung. Wie sich herausstellte, war es kein Fehler, ihn zu töten – aber die Art der Durchführung war es sicherlich.

Auf Santorin warteten fünf Agenten – drei Männer und zwei Frauen – auf meinen Anruf. Mit seinem azurblauen Hafen, den schneeweißen Häusern, die sich auf der Steilküste entlangziehen, und den Eseln, die die Touristen zwischen den kleinen Läden hin und her befördern, ist Santorin die schönste aller griechischen Inseln.

Bekleidet mit Chinos und Caprihosen, waren die Mitglieder des Teams unter den Tausenden von Touristen, die die Insel täglich besuchen, nicht zu erkennen. Die Waffen befanden sich in ihren Kamerataschen.

Monate vorher, als die geheimnisvolle Familie Nikolaides immer stärker in unser Visier geriet, waren wir auf einen ehemaligen Eisbrecher namens *Arctic N.* aufmerksam geworden. Das neunzig Meter lange, in Liberia registrierte Schiff, das nahezu jeden Angriff überstehen konnte, war zu immensen Kosten zu einem Luxus-Kreuzfahrtschiff umgebaut worden, samt Helikopterlandeplatz und einer Garage für einen Ferrari. Angeblich war es zum Zweck des superexklusiven Chartergeschäfts im Mittelmeer umgerüstet worden. Das Komische war nur, dass es lediglich einen Charterkunden hatte – Christos Nikolaides und seine Entourage aus Mädels, Mitläufern, Geschäftsfreunden und Bodyguards.

Den ganzen Sommer über behielten wir das Schiff per Satellit im Auge, und während wir in Grosny und Bukarest Verräter und Drogenhändler jagten, beobachteten wir, wie das Schiff der endlosen Partys von St. Tropez hinunter nach Capri fuhr und schließlich in die vom Meer geflutete Caldera einlief, die den Hafen von Santorin bildet.

Und dort blieb das Schiff. Nikolaides und seine Gäste pendelten jeden Tag vom riesigen Sonnendeck des Schiffs in die Restaurants und Nachtclubs der Insel und wieder zurück.

Unterdessen wartete ich einen halben Kontinent entfernt an einer Straßenecke in Genf darauf, dass mein Anruf beantwortet wurde. Als dies geschah, sagte ich zu einem Mann, der in einem der Cafés oben auf der Steilküste saß, drei Worte: »Bist du's, Reno?«

»Falsch verbunden.« Er legte auf. Jean Reno war der Name des Schauspielers, der den Killer in dem Film *Léon* spielte, und der Teamleiter im Café wusste, dass der Name Tod bedeutete.

Er nickte seinem Kollegen zu, der umgehend die anderen drei Agenten anrief, die inmitten der Touristen in anderen Cafés saßen. Die fünf Agenten trafen sich in unmittelbarer Nähe des wunderschönen Restaurants *Rastoni*, wobei sie wie eine Gruppe wohlhabender europäischer Urlauber aussahen, die sich zum Mittagessen verabredet hatten. Die wichtigsten Schützen waren die beiden Frauen. Diese Einteilung war, fürchte ich, ein Fehler.

Es war kurz vor 14 Uhr und das Restaurant noch gut besucht, als meine sogenannten Urlauber es betraten. Die drei Männer sprachen mit dem gestressten Manager wegen eines Tischs, während die Frauen an den Tresen gingen – vorgeblich, um ihr Make-up im Spiegel dahinter zu überprüfen, in Wahrheit jedoch, um dort die Position der einzelnen Zielpersonen in dem Gewölberaum zu bestimmen.

Christos und seine Gruppe – drei albanische Bodyguards und eine Schar Tussis, vor denen seine Mutter ihn vermutlich gewarnt hatte – saßen an einem Tisch mit Blick auf den Hafen.

»Alles klar?«, fragte eine unserer Frauen ihre männlichen Kollegen in passablem Englisch. Sie betonte es wie eine Frage, meinte es aber als Feststellung. Die Männer nickten.

Die Frauen hatten ihre großen Handtaschen geöffnet, legten ihren Lippenstift hinein und griffen nach den Kamerakoffern. Beide zogen eine Edelstahl-SIG P232 hervor und machten eine knappe Drehung.

Christos' Leibwächter, mit ihren True-Religion-Jeans, Muscle-Shirts und tschechischen Maschinenpistolen, hatten keine Chance gegen echte Profis. Zwei von ihnen sahen das Unheil nicht einmal kommen – das Erste, was sie hörten, waren brechende Knochen, als die Kugeln ihren Kopf und ihre Brust durchschlugen.

Der dritte Bodyguard sprang auf – was lediglich dazu führte, dass er für den Teamleiter ein größeres Ziel abgab. Und zeigte, wie wenig er wusste. Der Agent traf ihn mit drei Kugeln, was gar nicht nötig war, denn bereits die erste fegte ihm das Herz mehr oder weniger zum Rücken hinaus.

Wie in solchen Situationen üblich, fingen viele Leute an zu schreien, aber absolut ohne Wirkung. Zu diesen gehörte auch Christos, der vermutlich das Kommando zu übernehmen versuchte. Er rappelte sich auf und griff unter seinem weiten Leinenhemd nach der Beretta, die hinter dem Hosenbund steckte.

Wie so viele schwere Jungs, die nicht richtig trainieren, meinte er, gut vorbereitet zu sein, weil er sie entsichert hatte. In der Panik dieses echten Schusswechsels zog er die Waffe, krümmte den Finger um den Abzug – und schoss sich ins Bein. Während er gegen den Schmerz und die Demütigung ankämpfte, drehte er sich weiter zu seinen Angreifern um. Da sah er zwei Frauen im mittleren Alter mit weit gespreizten Beinen, die – wäre ein Orchester anwesend gewesen – aussahen, als würden sie gleich einen merkwürdigen Tanz aufführen.

Stattdessen eröffneten sie aus etwa sechs Meter Entfernung das Feuer. Jede gab zwei Schüsse ab. Christos' lebenswichtige Organe – darunter das Gehirn – waren zum großen Teil zerstört, bevor er zu Boden sank.

Unmittelbar danach zerschossen die fünf Agenten die Spiegel, was eine Menge beeindruckenden Lärm und maximale Panik erzeugte. Verängstigte Gäste spurteten zu den Türen, ein japanischer Tourist versuchte das Geschehen mit seinem Handy zu filmen, ein Querschläger traf ein weibliches Mitglied von Christos' Gruppe in den Hintern. Wie eine meiner Agentinnen mir hinterher erzählte: Wenn man sah, was die Tussi anhatte, musste man annehmen, dass sie sonst vermutlich dafür bezahlt wurde, dass man ihr am Hintern wehtat.

Diese Fleischwunde war der einzige Kollateralschaden – kein geringer Erfolg angesichts der vielen Gäste in dem Restaurant und der Unvorhersehbarkeit der Entwicklungen bei jedem Anschlag.

Die Agenten steckten ihre Waffen ein, rannten inmitten der ausbrechenden Panik aus dem Restaurant und schrien, jemand solle die Polizei rufen. An einem zuvor vereinbarten Ort – einem kleinen, kopfsteingepflasterten Platz – kamen sie wieder zusammen und bestiegen vier Vespa-Motorroller, die eigentlich nur Anwohner fahren durften, die aber früher am Tag mittels einer großzügigen Zahlung an eine örtliche Reparaturwerkstatt besorgt worden waren. Das Team raste in die engen Gassen der Stadt, während der Einsatzleiter mit einem Anruf von seinem Handy zwei Schnellboote herbeirief, die in der nächstgelegenen Bucht warteten.

Nach drei Minuten erreichten die Agenten eine pittoreske Seilbahn, die eine Alternative bot – und ein sehr viel schnelleres Hinabkommen zum Hafen als ein Eselsritt. Die Fahrt, bei der ein Höhenunterschied von 360 Metern überwunden wird, dauerte weniger als zwei Minuten, die Boote bogen bereits in den Hafen ein. Als die ersten Polizisten im *Rastoni* eintrafen, war das Team auf halbem Weg zur nächsten Insel und brauste, eine Fahne aus weißer Gischt hinter sich herziehend, über das glitzernde blaue Wasser dahin.

Zu ihrem derben Amüsement erfuhren die griechischen Polizisten rasch, dass Christos, der erstgeborene und am meisten geliebte Sohn des Patros Nikolaides, von zwei Frauen in Caprihosen und mit Chanel-Sonnenbrillen erschossen worden war. Und das war mein Fehler – nicht, dass ich Nikolaides hatte töten lassen, sondern das mit den Frauen. Ich hatte, ehrlich gesagt, nicht daran gedacht, sondern einfach die besten Leute für den Auftrag losgeschickt, aber es sind, wie ich immer wieder lernen musste, die nicht hinterfragten Annahmen, die einen jedes Mal stolpern lassen.

In den Dörfern in Nordgriechenland, in denen Entscheidungen ausschließlich in den Ratsversammlungen von Männern getroffen werden, wurde der Umstand, dass jemand Frauen mit der Durchführung des Mordes beauftragt hatte, in gewisser Weise als schlimmer angesehen als der Tod selbst. Es war eine *Beleidigung*. Für den alten Nikolaides war es, als hätten die Killer ihm damit mitgeteilt, Christos sei ein derart unbedeutender Castrato, dass er nicht einmal einen Matador wert sei.

Vielleicht hätte Patros, der schonungslose Vollstrecker und Vater, aufgrund seines Wesens ohnehin seinen Rachefeldzug gestartet. Doch als er von den Umständen erfuhr, glaubte er, wegen seiner Würde als Mann, wegen seiner Ehre – vergessen Sie es, angesichts seiner Vergangenheit hatte er weder die eine noch die andere – keine andere Wahl zu haben.

Zudem hatte sich die Agentin geirrt, was die Verletzte betraf: Trotz ihrer Spandex-Hose war sie gar kein Flittchen. Sondern Christos' jüngere Schwester. Wie ich später erfuhr, war sie zur Zeit des Anschlags im *Rastoni* eines der wenigen Male in ihrem Erwachsenenleben relativ clean und nüchtern. Während die anderen Gäste zu den Ausgängen rannten, kroch sie über die Glasscherben, beugte sich über ihren Bruder und versuchte ihn durch Reden am Leben zu erhalten.

Als ihr aufging, dass dies misslang, griff sie nach ihrem Handy und tätigte einen Anruf. Sie rief den trotz ihrer ständig wechselnden Sexpartner einzigen echten Mann in ihrem Leben an: ihren Vater. Folglich erfuhren Patros und seine Phalanx von Albanern früher als ich, was genau meine Leute an jenem Nachmittag getan hatten.

Ich hatte mich nicht aus meiner Ecke in der Nähe der Genfer Altstadt fortbewegt, als ich zehn Minuten nach Patros eine Nachricht erhielt. Eine SMS, die mir den Preis einer *Léon*-DVD bei Amazon durchgab – was bedeutete, dass Christos tot und das Team sicher auf den Booten war und es keine Anzeichen für eine

Verfolgung gab. Ich steckte das Telefon ein und sah auf die Uhr. Achtzehn Minuten waren vergangen, seit ich den Anruf getätigt hatte, der den ganzen Vorfall auslöste.

Unterdessen hatte ich telefonisch die Anweisung durchgegeben, dass sich kleinere Teams in Marsch setzten, um die anderen sechs Kollaborateure festzunehmen. Und damit näherten sich die Ereignisse, die mehrere Jahre zuvor auf dem Roten Platz begonnen hatten, ihrem Ende. Ich hätte mir wohl kurz Zeit nehmen können, um mir leise zu gratulieren, mir ein kleines Triumphgefühl zu gestatten, aber ich neige zu Selbstzweifeln – ich zweifle immer, fürchte ich.

Als ich den Aktenkoffer fester in die Hand nahm – ein anonymer junger Geschäftsmann, der aus den Schatten in die gesichtslose Menschenmenge trat –, kam mir der Satz eines historischen britischen Staatsphilosophen und Schriftstellers in den Sinn. Edmund Burke schrieb einmal, das Problematische am Krieg sei, dass er das, wofür man kämpfe – Gerechtigkeit, Anstand, Menschlichkeit –, meistens aufzehre, und ich konnte nicht anders, als daran zu denken, wie oft ich die bedeutendsten Werte unserer Nation verletzt hatte, um sie zu schützen.

Gedankenverloren begab ich mich zu der kleinen Brücke, die über den Fluss führte. Es waren achthundert Schritte vom Rand der Altstadt zum Hotel, in dem ich abgestiegen war. Achthundert Schritte, ungefähr vier Minuten – im Grunde ein kurzer Moment. Und doch wurden in diesem Augenblick unsere Seelen durch ein paar Verrückte zutiefst verletzt.

KAPITEL DREIZEHN

Das Hotel du Rhône wirkte menschenleer, als ich es betrat. Der Portier war gegangen, der Concierge war nicht auf seinem Posten, die Rezeption war unbesetzt. Besonders beunruhigend war die Stille. Ich rief, und als niemand antwortete, ging ich zur Bar auf der einen Seite der Lobby.

Dort standen die Mitarbeiter des Hotels zusammen mit den Gästen und schauten auf einen Fernsehschirm. Es war kurz vor 15 Uhr in Genf, 9 Uhr in New York. Das Datum war der 11. September 2001.

Das erste Flugzeug war soeben in den Nordturm des World Trade Center geflogen, und die Berichterstattung wurde bereits laufend wiederholt. Einige Kommentatoren spekulierten schon darüber, dass es sich um antiamerikanische Terroristen handeln könnte, was von mehreren Schweizer Idioten mit Jubel begrüßt wurde. Sie sprachen Französisch, aber weil ich mehrere Sommer in Paris verbracht hatte, verstand ich genügend, um mitzubekommen, dass sie den Mut und den Einfallsreichtum der Täter lobten.

Ich dachte an die Menschen zu Hause in New York, die dieselben Bilder sahen wie wir, im Wissen, dass sich ihre Liebsten irgendwo in dem brennenden Gebäude befanden, und verzweifelt beteten, dass sie es irgendwie nach draußen schaffen würden. Vielleicht gibt es ja Schlimmeres, als zuzuschauen, wie Familienangehörige live im Fernsehen sterben, aber wenn dem so ist, fiel mir in diesem Moment nichts ein.

Ich hatte eine Pistole in der Tasche – aus Keramik und Plastik, entworfen, um Metalldetektoren wie die in Buchers Büro zu überlisten – und war derart wütend, dass ich erwog, sie zu benutzen.

Noch während ich gegen meine Gefühle ankämpfte, raste die Maschine des United-Airlines-Fluges 175 aus Boston kommend in den Südturm. Alle im Raum, selbst die Idioten, waren erschüttert. Ich erinnere mich, dass es nach anfänglichen Aufschreien in der Bar ganz still wurde, aber das stimmt möglicherweise nicht – ich weiß nur, dass ich das furchtbare Gefühl hatte, dass Welten aufeinanderprallten, dass sich die Achse der Großen Republik verschob.

Allein, weit weg von zu Hause, fürchtete ich, dass nichts mehr so sein würde wie zuvor: Zum ersten Mal in der Geschichte hatte ein nicht identifizierter Feind in den USA Menschenleben vernichtet. Nicht nur das. Eine Ikone war zerstört worden, die in gewisser Weise die Nation selbst repräsentierte – ehrgeizig, modern, immer höher strebend.

Niemand vermochte zu sagen, wie tief der Schaden reichen würde, doch in der Hotelbar zersprang das Leben zu unverbundenen Augenblicken – ein Telefon läutete, unbeantwortet, eine Zigarre verglomm, der Fernseher, der zwischen der unmittelbaren Vergangenheit und der furchterregenden Gegenwart hin- und hersprang.

Und noch immer sagten die Anwesenden kein Wort. Vielleicht fragten sich selbst die Idioten, so wie ich, ob da noch mehr käme. Wo würde das alles enden – mit dem Weißen Haus, mit dem Atomkraftwerk Three Mile Island?

Ich ließ die Waffe stecken, drängte mich durch die Menschenmenge, die sich unbemerkt hinter mir gebildet hatte, und ging zu einem leeren Aufzug, der mich zu meinem Zimmer brachte. Ich versuchte einen Anruf nach Washington, erst über ein herkömmliches Unterseekabel und dann einen via Pine-Gap-Satellit, doch alle Verbindungen mit der Ostküste der Vereinigten Staaten waren unter dem Gewicht des Datenverkehrs zusammengebrochen.

Schließlich rief ich eine Relaisstation der NSA in Peru an, nannte ihnen den Prioritäts-Code des Rider of the Blue und kam über ein Notfall-Satelliten-Netzwerk zur *Division* durch. Ich sprach mit dem Leiter über eine dermaßen hallende Verbindung, dass es klang, als hätten wir eine Unterhaltung in einer Toilettenschüssel, bat ihn, eine Maschine zu schicken, damit ich zurückkehren konnte, und erkundigte mich, wie ich helfen könne.

Ich könne nichts tun, sagte er, und ohnehin habe er gerade eben vom Nationalen Sicherheitsrat erfahren, dass alle Flüge ins Land und aus dem Land gestrichen seien. Ich solle bleiben, wo ich sei; niemand wisse, worauf diese verdammte Sache hinauslaufe. Nicht so sehr das, was er sagte, machte mir Angst, sondern der Hauch von Panik in seiner Stimme. Er sagte, er müsse los – sein Gebäude werde, so wie das Weiße Haus, evakuiert.

Ich legte das Telefon aus der Hand und schaltete den Fernseher ein. Wer diesen schrecklichen Tag miterlebt hat, weiß, was geschah: Menschen, die Hand in Hand aus weiß Gott wie großer Höhe sprangen, der Einsturz der beiden Türme, der Staub und die apokalyptischen Szenen in Lower Manhattan. In Häusern, Büros und Einsatzzentralen auf der ganzen Welt sahen Menschen Dinge, die sie nie vergessen werden. *Trauer schwebt.*

Und obwohl ich das erst sehr viel später herausfand, gab es, während die Polizisten und Feuerwehrleute in das hineineilten, was ihr Betongrab werden sollte, jemanden, der – in diesem Taifun des Chaos – die Chance seines Lebens erblickte. Diese Person gehörte zu den intelligentesten Menschen, denen ich je begegnet bin, und trotz meiner vielen Affären mit anderen Substanzen ist Intelligenz immer meine wahre Droge gewesen. Aus diesem Grund allein werde ich diese Person nie vergessen. Was immer die Leute über die moralische Seite denken mögen – es besteht keinerlei Zweifel daran, dass man eine Art Genie sein musste, um im Mahlstrom des 11. September den perfekten Mord zu planen und ihn dann, sehr viel später, in einem schäbigen kleinen Hotel namens *Eastside Inn* auszuführen.

Während diese Person ihre finsteren Pläne ausheckte, verbrachte ich den Abend damit zuzuschauen, wie Menschen in die Tiefe sprangen, bis sich um 22 Uhr Genfer Zeit die Krise entspannte. Der Präsident flog aus einem Bunker in der Offutt Air Force Base in Nebraska nach Washington zurück, der Brand im Pentagon war unter Kontrolle, und die ersten Brücken nach Manhattan wurden wieder geöffnet.

Ungefähr zu dieser Zeit erhielt ich einen Anruf von einem Berater des Nationalen Sicherheitsrates, der mir mitteilte, die Regierung sei im Besitz geheimer Informationen, die auf einen saudi-arabischen Staatsbürger, Osama bin Laden, hinwiesen, und dass bereits Angriffe auf seine Stützpunkte in Afghanistan, ausgeführt unter dem Deckmantel einer Rebellengruppe namens Nordallianz, gestartet würden. Zwanzig Minuten später sah ich in den Nachrichtensendungen Berichte über Explosionen in der afghanischen Hauptstadt Kabul und wusste, dass der sogenannte »Krieg gegen den Terror« begonnen hatte.

Niedergeschlagen und in klaustrophobischer Stimmung unternahm ich einen Spaziergang. »Krieg gegen den Terror«, das klang ungefähr so abschreckend wie der Krieg gegen die Drogen, und ich wusste aus persönlicher Erfahrung, wie erfolgreich dieser war. Die Straßen von Genf lagen verlassen da, in den Gaststätten herrschte Stille, die Straßenbahnen waren menschenleer. Später erfuhr ich, dass es in vielen Städten von Sydney bis London ähnlich aussah. Als wären eine Zeitlang die Lichter in der westlichen Welt aus Anteilnahme für Amerika gedimmt worden.

Ich spazierte durch den Englischen Garten, wobei ich mich dem Zugriff der marokkanischen Drogendealer entzog, die sich untereinander über die schlechten Geschäfte beklagten, überlegte kurz, ob ich ihnen, nur so zum Spaß, eine Kugel in den Leib jagen sollte, und schlenderte die Seepromenade entlang. Geradeaus lag das exklusive Dorf Cologny, wo Fahd, der Herrscher von Saudi-Arabien, der Aga Khan und die Hälfte der Ganoven der Welt ihre Häuser hatten. Ich setzte mich auf eine Bank am Seeufer und blickte über das Wasser auf die Gebäude der Vereinten Nationen auf der anderen Seite – strahlend hell erleuchtet, völlig nutzlos.

Darunter, fast am Seeufer, erhob sich der graue Baukörper des Hotels *Président Wilson*, aus dessen vorderen Zimmern man einen unverstellten Blick auf den beliebtesten Strand am Genfer See hatte. Jeden Sommer bezahlten Saudis und andere reiche Araber Riesensummen für diese Zimmer, damit sie beobachten konnten, wie Frauen oben ohne auf den Grünflächen sonnenbadeten. Zusammen mit den gut bestückten Minibars war das wie eine arabische Version eines gehobenen Stripclubs – ohne die Unannehmlichkeit, Trinkgelder geben zu müssen.

Obwohl es schon sehr spät war, waren die Lichter in den meisten Zimmern angeschaltet. Vermutlich war den Saudis klar geworden, was ihnen bevorstand, und sie packten ihre Ferngläser und Taschen und bereiteten sich auf den nächstmöglichen Flug nach Hause vor.

Aber gleichgültig, welche Vergeltung der Westen an Osama bin Laden und den Arabern im Allgemeinen üben würde, eines stand fest: Die Geschehnisse der vergangenen zwölf Stunden stellten ein Versagen der westlichen Geheimdienste von historischem Ausmaß dar. Die vorrangige Zielsetzung der enorm teuren Nachrichtendienste der Vereinigten Staaten war der Schutz der Heimat, und nicht mehr seit Pearl Harbour hatten diese allmächtigen Organisationen in einem solch spektakulären und öffentlich sichtbaren Maße versagt.

Während ich in der kühlen Genfer Abendluft saß, zeigte ich jedoch nicht mit dem Finger auf andere – niemand von uns ist ohne Schuld. Wir alle trugen die blaue Dienstmarke, wir alle trugen Verantwortung.

Aber das galt auch für den Präsidenten und die Kongressabgeordneten, denen wir dienten, diejenigen, die unsere Etats und Prioritäten festlegten. Anders als wir konnten sie sich jedoch zumindest öffentlich äußern, auch wenn es lange dauern dürfte, bevor das amerikanische Volk von irgendeinem von ihnen eine Entschuldigung hören würde – vielleicht ja im nächsten Jahrtausend.

Der Wind frischte auf, er wehte von den Alpen herunter und führte den Geruch von Regen mit sich. Es war ein langer Spaziergang zurück zu meinem Hotel, und in diesem Augenblick hätte ich losgehen sollen, aber ich blieb sitzen.

Denn ich war überzeugt: Auch wenn niemand sonst bereits daran dachte, in naher Zukunft würde nicht nur Lower Manhattan in Schutt und Asche liegen – sondern das gesamte nachrichtendienstliche Gefüge der Nation würde auseinandergerissen werden. Das musste so sein, wenn es wiederaufgebaut werden sollte. Nichts in der Welt der Geheimdienste würde jemals wieder so sein wie vorher, zumindest für die *Division*: Die Regierenden würden kein Interesse mehr daran haben, die Welt der Geheimdienste heimlich zu kontrollieren. Sie würden nur daran interessiert sein, die islamische Welt zu überwachen.

Am Morgen war ich aufgestanden, und als ich mich schlafen

legte, war die Welt eine andere: Die Welt ändert sich nicht vor unseren Augen, sondern hinter unserem Rücken.

Ich wusste, dass ich weder über die sprachlichen noch über die operativen Fähigkeiten verfügte, die für die im Entstehen begriffene schöne neue Welt der Nachrichtendienste notwendig waren. Deshalb stand ich – so wie Markus Bucher – plötzlich an einem Scheideweg. Ich wusste nicht genau, welche Zukunft vor mir lag, ich suchte nicht unbedingt Glück, aber Erfüllung wäre nicht schlecht gewesen. Ich wusste nicht weiter und musste mich fragen, was für ein Leben ich mir wirklich wünschte.

Während ich allein dasaß und das Unwetter auf mich zurollte, blickte ich zurück auf die Jahre und fand, wenn schon nicht eine Antwort, so doch wenigstens einen Weg nach vorn. Aus der Erinnerung tauchte ein abgeschiedenes Dorf namens Khun Yuam auf, in Thailand unmittelbar an der burmesischen Grenze gelegen. Rückblickend glaube ich, dass die Erinnerung jahrelang im Dunkeln gelauert hatte, im Wissen, dass ihre Zeit kommen würde.

Es ist eine wilde, gesetzlose Gegend dort, nicht weit entfernt vom Goldenen Dreieck. Es hatte mich zu Beginn meines Berufslebens – ich war erst einen Monat in Berlin – dorthin verschlagen. Nichts unterscheidet Khun Yuam von den anderen Bergdörfern, außer dass fünf Kilometer entfernt, draußen im Dschungel, eine Reihe von abweisenden, von Wachtürmen und einem Elektrozaun umgebenen Schlackenbeton-Gebäuden stehen.

Offiziell handelte es sich um einen Relaisposten für das Global Positioning System, tatsächlich aber um ein CIA-Gefängnis, Teil des vehement geleugneten, aber real existierenden US-amerikanischen Gulags: abgeschieden gelegene Einrichtungen, in denen Gefangene untergebracht wurden, die zu Hause nicht gefoltert werden durften.

Einer der Wärter war vor Ort gestorben, und obwohl eigentlich das Tokioter Büro das Ganze geregelt hätte, war man dort derart überfordert von einem anderen Skandal um einen chinesischen Spion, dass ich unvermittelt Europa verließ und in einer alten Propellermaschine zu einem Ort namens Mae Hong Son – »die Stadt der drei Nebel« – flog.

Normalerweise ist es ein kurzer Flug mit dem Hubschrauber zu der GPS-Station, aber jetzt war Monsun-Zeit, und der Ort hieß nicht ohne Grund »Stadt der drei Nebel«. Ich mietete einen Toyota mit Allradantrieb von einem Mann, bei dem es sich, wie ich annahm, um einen Opiumbaron handelte, und machte mich auf den Weg nach Khun Yuam und zum dortigen CIA-Gefängnis.

Nachdem ich durch eine atemberaubende Bergregion gefahren war, gelangte ich an eine uralte Kabel-Fähre. Nur auf ihr konnte man den tosenden, wegen des Monsuns stark angeschwollenen Fluss überqueren. Dieser war ein Nebenarm des mächtigen Mekong, des Schauplatzes von so vielen geheimdienstlichen Operationen und von so viel Leid für die USA während des Vietnamkrieges.

Ausgemergelt und hohläugig stieg ich aus dem Wagen. Zweiunddreißig Stunden war ich nonstop gereist, angetrieben von nichts anderem als Ehrgeiz und Angst, meine Mission könnte scheitern. Während ich in einer Gruppe von Lebensmittelhändlern und Dorfbewohnern wartete und zuschaute, wie ein rostiges Kabel die Flachboden-Fähre in dem aufspritzenden Wasser auf uns zuzog, fragte mich ein buddhistischer Mönch in safranrotem Gewand, ob ich eine Tasse Masala-Chai möchte, den hiesigen Tee. Er sprach gut Englisch, und weil mir nichts anderes angeboten worden war als das hochprozentige thailändische Elephant Beer, nahm ich dankend an.

Der Mönch reiste ebenfalls landeinwärts. Und da ich vorgab, als WHO-Experte tätig zu sein, der endemische Krankheiten untersuchte, war es schwierig, seine Bitte um eine Mitfahrgelegenheit abzuweisen. Wir überquerten den Fluss im Toyota. Die Fähre hielt sich dabei kaum über Wasser, die Fluten schossen nur so über die Reling. Nur das fünf Zentimeter dicke, rostige Kabel lag zwischen uns und einem der höchsten Wasserfälle des Landes, der einen Katzensprung flussabwärts lag. Die nervenaufreibendste Fahrt meines Lebens.

Als wir aus der Schlucht hinausfuhren und der Dschungel über uns ein Blätterdach bildete, blickte mich der Mönch etwas zu lange an und fragte mich nach meiner Arbeit. Dank meiner medizinischen Ausbildung lieferte ich eine ausgezeichnete Beschreibung des Dengue-Fiebers, wobei allerdings rasch klar wurde, dass er mir kein Wort glaubte. Vielleicht kannte er ja das Betonschalstein-Camp in Khun Yuam.

Weil er in einem Aschram nicht weit entfernt von New York gelebt hatte, kannte er sich im amerikanischen Alltag besser aus, als man erwarten würde. Auch äußerte er sich intelligent über Modedrogen und den seelischen Stress im heutigen Leben. Allmählich bekam ich das Gefühl, dass es sich hier nicht um Smalltalk handelte. »Sie sehen gehetzt aus«, sagte er schließlich, auf diese buddhistische Art, eher bekümmert als urteilend.

Gehetzt? Lachend antwortete ich, dass ich das zum ersten Mal höre: Normalerweise platziere man mich ans obere Ende der Nahrungskette.

»Es gibt kein oberes Ende der Nahrungskette«, sagte er ruhig. »Das glaubt nur ihr im Westen. Wir alle laufen, wenig anmutig, vor etwas davon.«

Unsere Blicke trafen sich. Lächelnd fragte ich, ob er schon einmal daran gedacht habe, sein ganzes Leben im Kloster zu verbringen. Er lachte sofort zurück und fragte, ob ich wisse, wie die Dorfbewohner Affen fingen.

Ich erklärte, dass ich einiges über das Leben wisse, dass dies aber nicht darunter falle. »Wir haben in Harvard nicht viel Affe gegessen – im Allgemeinen nur zu Thanksgiving und zu Weihnachten.«

Also erzählte er mir, dass die Dorfbewohner einen Krug mit schmalem Hals und bauchigem Unterteil unten an einen Baumstamm binden.

»Sie füllen den Boden mit Nüssen oder dem, was Affen sonst noch gern essen. In der Nacht klettert dann einer der Affen aus den Bäumen und steckt seine Hand in den langen Hals des Krugs. Er packt die Leckereien und ballt die Hand zur Faust. Die

Faust ist aber so groß, dass der Affe sie nicht durch den Hals wieder herausziehen kann, also steckt er fest. Am Morgen kommen dann die Dorfbewohner vorbei und versetzen ihm einen Schlag auf den Kopf.«

Er blickte mich an. »Das ist natürlich eine Zen-Geschichte.« Wieder lächelte er. »Der springende Punkt ist: Wer frei sein will, muss einfach loslassen.«

Das hätte ich schon verstanden, entgegnete ich. Es sei eine gute Geschichte, aber sie habe keine Bedeutung für mich, jedenfalls nicht im Moment.

»Das mag sein, aber vielleicht wurde ich ja auf die Straße geschickt, damit ich Ihnen diese Geschichte erzähle. Sie sind noch jung, Doctor – vielleicht kommt einmal die Zeit, da sie Ihnen etwas sagt.«

Damit hatte er, natürlich, recht. Die Zeit kam tatsächlich, allerdings auf andere Weise, als ich es mir hätte träumen lassen: Ich saß zu später Stunde in Genf, wartete auf ein Gewitter und dachte an einen Massenmord in New York und Frauen in kurzen Röcken, die noch intelligentere junge Absolventen für eine neue Ära rekrutierten.

Ich war zweiunddreißig Jahre alt und ohne eigenes Zutun für die Kriegsführung in Europa ausgebildet worden – nur um festzustellen, dass der Kampf gegen Rebellen in Afghanistan ging. Ob es mir nun gefiel oder nicht, die Geschichte war an mir vorbeigegangen.

Auf einer anderen, viel tieferen Ebene war mir bewusst, dass ich früher oder später etwas finden wollte, das ich nur schwer benennen konnte … etwas, was die meisten Menschen wohl Liebe nennen. Ich wollte mit dem geliebten Menschen am Strand spazieren gehen und dabei nicht über die Reichweite eines Heckenschützengewehrs nachdenken. Ich wollte vergessen, dass man die Kugel spürt, lange bevor man den Schuss hört. Ich wollte jemanden finden, der mir sagen konnte, was ein sicherer Hafen wirklich bedeutet.

Tief im Herzen wusste ich, dass das nur geschehen würde,

wenn ich die Welt der Geheimdienste verließ. Allem, was man weiß, den Rücken zuzukehren ist schwierig. Es gehört zu den schwierigsten Dingen überhaupt, aber immer wieder sagte ich mir:

Wer frei sein will, muss einfach loslassen.

KAPITEL VIERZEHN

Am späten Abend setzte ich im Hotel du Rhône mein Kündigungsschreiben auf, verschickte es am folgenden Morgen per Diplomatenpost und flog sofort nach London.

In den folgenden drei Wochen brachte ich meine noch offenen Fälle zum Abschluss und überreichte die Akten dem FBI: Im Zuge der ersten von vielen großen Veränderungen innerhalb der US-amerikanischen Nachrichtendienste war die *Division* geschlossen worden, und ihre Verantwortlichkeitsbereiche wurden – nach vier Jahrzehnten der Versuche – von der Bundespolizei übernommen.

Ironischerweise verbrachte ich meinen letzten Arbeitstag in Berlin, der Stadt, in der für mich alles angefangen hatte. Ich schloss das Büro zum letzten Mal ab und begleitete die Mitarbeiter bis nach Tempelhof, von wo sie nach Hause flogen. Ich schüttelte ihnen die Hand und sagte – bis zum Schluss typisch Geheimagent –, ich hätte einen Sitz in einer späteren Maschine gebucht.

Stattdessen verließ ich das Flughafengebäude und fuhr – ausgestattet mit einer völlig neuen Identität – zu einem Autohändler, wo ich einen Cayenne Turbo in Empfang nahm. Mit 500 PS war ich mehr oder weniger bereit für die Autobahn, nahm ich an.

Ich warf mein Gepäck in den Kofferraum, war am Abend an Frankfurt vorbei und überquerte in den frühen Morgenstunden die Grenze. Es war in jenem Jahr spät Herbst geworden, selbst im Mondlicht hatte ich die französische Landschaft wohl noch nie schöner gesehen. Ich raste an Dörfern mit romantischen Namen vorbei und fand schließlich das Schild »Péage« – die Mautstraße, nach der ich gesucht hatte.

Wenn man von Süden nach Paris kommt, gibt es einen bemerkenswerten Ort – zwischen den aufragenden Hochhäusern, in denen die Franzosen ihre Einwanderer einpferchen –, wo der erste Blick auf die Stadt fast vollständig versperrt ist. Lediglich der Eiffelturm ist am Horizont zu sehen.

Es war früh am Morgen. Die kalte Luft verlieh allem eine glitzernde Klarheit. Zwar kannte ich den Anblick von früheren Reisen, trotzdem raubte er mir den Atem. Schließlich brach das Gefühl der Erleichterung, das sich in der Nacht immer mehr in mir ausgebreitet hatte, aus mir hervor. Ich fuhr rechts ran: In Paris zu sein, wenn man jung und frei ist – tja, es gibt wohl nicht viel Schöneres auf Erden.

Ich mietete eine Wohnung in jenem Teil des 8. Arrondissements, den die Pariser das Goldene Dreieck nennen, gleich bei der wunderschönen Rue François 1er. Tag für Tag und spät bis in die Nacht schrieb ich an dem Buch, das kaum jemand lesen würde – außer einer jungen Frau in New York, von der ich wünschte, sie hätte es nicht getan.

Nach einem halben Jahr war das Buch fertig – Hunderttausende Worte, alle Fakten mit Fußnoten versehen und überprüft. Ich fand, dass die Austreibung meines früheren Lebens abgeschlossen war. Ich hatte das letzte Kapitel über diese Zeit geschrieben und schickte es gleich einer Begräbnisbarke stromabwärts in die Vergangenheit. Ich war stolz auf das Buch: Man nenne es Dienst an der Öffentlichkeit, man nenne es naiv, aber wenn meine Fachkenntnis würde helfen können, auch nur einen Mann wie Christos Nikolaides zu besiegen, dann hätte sich, wie ich glaubte, die ganze Mühe gelohnt.

Nachdem ein Team von Analysten, das für den Koordinator der nationalen Nachrichtendienste arbeitete, das Buch sorgfältig geprüft hatte, wurde es von einem kleinen Verlag herausgebracht, der sich auf erschütternde Erinnerungsbücher über die Flucht aus Castros Kuba und Ehrenmorde an Frauen unter Arabern spezialisiert hatte. Anders ausgedrückt: Es handelte sich um einen geheimen Ableger der CIA.

Ein solcher Verlag war offenkundig Autoren gewohnt, deren Identität verborgen bleiben musste. Trotzdem war mein Fall kompliziert: Als ich meinen Dienstausweis zurückgab, wurde entschieden, ich wisse genug über die nationale Sicherheit, dass niemand jemals erfahren dürfe, wer ich war oder welche Arbeit ich gemacht hatte. Die Nachrichtendienste nahmen mir meine Identität und meine Geschichte.

Als das Buch schließlich erschien, wurde nicht nur Jude Garrett als Autorenname genannt, sondern auch eine völlig neue Identität für den Autor erfunden. Wer sich nach ihm erkundigte, erhielt folgende biographische Angaben:

> *Jude Garrett schloss sein Studium an der Universität von Michigan ab, arbeitete vierzehn Jahre lang bei verschiedenen Strafverfolgungsbehörden, zunächst beim Sheriff's Department in Miami und dann als Special Agent beim FBI. Er kam bei einem Einsatz in Chicago ums Leben. Das Manuskript des vorliegenden Buches, für das der Autor intensive Recherchen vorgenommen hat, wurde nach seinem Tod in seinem Arbeitszimmer gefunden und stellt das Vermächtnis eines der besten Ermittler der Welt dar.*

Und das stimmte – jedenfalls teilweise. Es hatte einen FBI-Agenten namens Jude Garrett gegeben, aber der war tot. Ein Verkehrsunfall auf dem Nachhauseweg von der Arbeit. Er war unverheiratet, ein Einzelgänger mit wenigen Interessen außerhalb der Arbeit. Und so eignete sich der Verlag einfach seine Identität an und versah ihn nach dem Tod mit einer schriftstellerischen Leistung, die er im Leben nie erbracht hatte.

Ich muss gestehen, dass mir seine Biographie gefiel, und auch die Tatsache, dass er tot war. Ich meine, wer sucht schon nach einem Toten?

Nun ja, einer tat es.

Nachdem das Buch schließlich erschienen und die Begräbnisbarke beinahe aus dem Blickfeld verschwunden war, lebte ich zum ersten Mal in meinem Erwachsenenleben in einer Welt ohne Geheimnisse. Ich betrachtete die lachenden Frauen, wie sie ihre Hüften schwangen und die breiten Pariser Boulevards entlangstolzierten, und als der Frühling in den Sommer überging, glaubte ich, alles sei möglich.

Das Problematische am Spionagegeschäft ist, dass man zwar kündigen, sich aber nie ganz daraus verabschieden kann. Vermutlich wollte ich es mir damals nicht eingestehen, aber im Kielwasser eines Lebens wie meinem trieben zu viele Trümmer: Menschen, denen man wehgetan hat, vergessen nie. Und ganz hinten im Kopf lauert die eine Lektion, die man einem eingebläut hat, als man jung war und die ganze Laufbahn noch vor einem lag: *In diesem Metier kannst du nicht aus Fehlern lernen. Du bekommst keine zweite Chance. Mach einen, und du bist tot. Was dich retten kann, sind allein deine Intuition und dein Handwerk. Brenn dir beides in die Seele ein.*

Ich muss wohl genau hingehört haben, denn noch ein Dreivierteljahr nach meiner Kündigung fiel mir ein Taxi mit einem Fahrgast auf, das immer wieder um den Block fuhr. Niemand tut das in Paris. Angesichts des chaotischen Verkehrs konnte so etwas Stunden dauern.

Es war kurz nach 20 Uhr, ein belebter Freitagabend. Ich saß in einem Straßencafé an der Place de la Madeleine und wartete auf einen älteren Arzt. Er war ein Gourmand, dessen junge russische Freundinnen für eine Nacht meist mehr kosteten als die Abendessen, zu denen er sie einlud, weshalb er immer knapp bei Kasse war. In meinen Augen bot die vornehme Armut des Mediziners einen großen Vorteil. Sie führte dazu, dass er, wenn er eine Diagnose stellte und ein Rezept ausschrieb, bereit war, den Vorschlägen des Patienten zuzuhören, wenn Sie wissen, was ich meine.

Ich nahm das weiße Taxi nicht beim ersten Mal wahr, als es vorbeifuhr – jedenfalls nicht bewusst. Aber irgendwie muss es mir in dem sich ständig ändernden Wirrwarr des Verkehrs doch aufgefallen sein. Als es das zweite Mal vorbeifuhr, wusste ich, dass es schon einmal dort gewesen war.

Mein Herz schlug schnell und fest, aber ich reagierte nicht. Das lag an meiner Ausbildung. Ich folgte dem Taxi nur mit möglichst lässigem Blick und fluchte, weil wegen der Kombination aus Scheinwerferlichtern und Verkehr nicht klar zu erkennen war, wer im Fond saß. Was aber nicht wichtig war – ich finde es nur schön, die Identität der Leute zu kennen, die gekommen sind, um mich zu töten.

Als der Strom der Fahrzeuge das Taxi davontrug, wusste ich, dass mir nicht viel Zeit blieb: Beim ersten Durchgang machen sie dich ausfindig, beim zweiten planen sie die Schussposition, beim dritten schießen sie. Ich legte zehn Euro auf den Tisch und betrat raschen Schrittes den Bürgersteig.

Hinter mir vernahm ich einen Ruf. Der Arzt – aber ich hatte keine Zeit, ihm zu sagen, dass wir einander heute Abend nicht in gewohnter Weise Gesellschaft leisten konnten. Ich bog nach links ab, betrat Hédiard, das beste Lebensmittelgeschäft der Stadt, und eilte an den Pyramiden mit makellosen Früchten vorbei in die gut besuchte Weinabteilung.

Wie immer in solchen Situationen ging alles ganz schnell und überstürzt, und obwohl ich keine Belege dafür hatte, sagte mir mein Instinkt, dass es die Griechen waren. Der Alte besaß nicht nur die finanziellen Mittel, sondern auch ein starkes emotionales Rachemotiv – die Art von Anreiz, die durch jedes ausgefallene gemeinsame Weihnachten, jeden ausgefallenen Geburtstag nur verstärkt wird. Außerdem hatte er mühelos Zugang zum erforderlichen Personal: Sicherheitsdienstliche Berichte jeder Polizei in Europa verrieten, dass die Hälfte der albanischen Bevölkerung im Auftragskiller-Geschäft tätig war.

Aus der Weinabteilung von Hédiard führte eine Tür in eine Seitenstraße. Ohne zu zögern, trat ich ins Freie und bog links ab. Einbahnstraße. Forschen Schrittes ging ich in Richtung entgegenkommender Verkehr, die einzig sinnvolle Strategie unter den Umständen. Zumindest sieht man dann den Schützen kommen.

Als ich die vor mir liegende Straße absuchte, ging mir auf, dass ich nach einem durchdachten Plan handelte. Wo immer ich hinging, ein Teil von mir dachte immer über den besten Ausweg nach – ein unsichtbares Fluchtprogramm, das im Hintergrund meines Bewusstseins ständig abläuft. Am meisten bedauerte ich, dass ich meine Waffe nicht bei mir hatte.

Eine Tasse Kaffee, ein kurzes Treffen mit dem Arzt und mit dem Taxi zurück nach Hause – eine halbe Stunde, höchstens. Darum lag die Waffe im Tresor in meiner Wohnung. Ich war nachlässig geworden, nehme ich an. Selbst wenn ich die Killer kommen sehen würde, konnte ich im Moment wenig machen.

Ich musste also sofort nach Hause – und als Erstes den verdammten Safe öffnen und mich bewaffnen. Ich bog rechts ab, ging raschen Schrittes einen Häuserblock weit und stieß schließlich auf die Rue du Faubourg Saint-Honoré, genau dort, wo ich es wollte: nicht weit entfernt vom Élysée-Palast. Welcher Grieche oder Albaner auch immer im Taxi saß – er würde wissen, dass es sich um die sicherste Straße der Stadt handelte: Scharfschützen auf den Dächern, auf ganzer Länge unter ständiger Antiterror-Überwachung. Erst jetzt fühlte ich mich so sicher, dass ich ein Taxi nahm.

Ich ließ den Fahrer direkt vor dem Service-Eingang meines Gebäudes anhalten. Wenn ich die Tür des Taxis ein Stück weit öffnete und mich duckte, könnte ich die Stahltür öffnen und ungesehen ins Haus gelangen. Der Fahrer hielt mich für verrückt – aber in seiner Religion hält man es ja auch für vernünftig, eine Frau wegen Ehebruch zu Tode zu steinigen, deshalb waren wir wohl einigermaßen quitt.

Ich knallte die Tür hinter mir zu und rannte durch die Tiefgarage. Das Kalksteingebäude war früher einmal ein prächtiges Stadthaus gewesen, erbaut in den 1840er Jahren vom Comte du Crissier, seither jedoch verfallen. Im Vorjahr war es kernsaniert und in ein Geschosswohnungs-Gebäude ungewandelt worden. Eine davon, im ersten Stock gelegen, hatte ich gemietet. Sie war klein, und normalerweise hätte sie sich keiner in meiner Situation leisten können, aber meine materiellen Verhältnisse hatten sich verändert. Drei Jahre zuvor war Bill Murdoch gestorben, während ich für einen kurzen Auftrag in Italien war.

Man hatte mich nicht zum Begräbnis eingeladen, und das tat weh – ich erhielt lediglich einen kurzen Brief von Grace, in dem sie mir mitteilte, Bill sei plötzlich verstorben und bereits beerdigt worden. Aber so war meine Adoptivmutter: eifersüchtig bis zum Schluss. Einige Monate später erhielt ich ein Schreiben von einem Rechtsanwalt, in dem es hieß, Bills Unternehmen – kontrolliert von einem Offshore-Trust – seien an Grace vererbt worden. Das kam nicht unerwartet, sie waren mehr als vierzig Jahre verheiratet gewesen. Weiter hieß es in dem Brief, dass ich keine Anteile erhalte, Grace sich jedoch entschlossen habe, genügend Geld für mich auf die Seite zu legen, damit ich lebenslang ein Einkommen von achtzigtausend Dollar im Jahr beziehen könne. Es wurde zwar nicht klar dargelegt, aber der Ton war eindeutig: Sie glaubte, sich dadurch aller Verpflichtungen mir gegenüber entledigt zu haben.

Fast auf den Tag genau zwei Jahre, nachdem diese Regelung getroffen worden war, starb auch Grace. Ich fand, dass ihr früheres Verhalten mich jeder Verpflichtung entband, und flog nicht in die Staaten zu der riesigen Society-Beerdigung in der alten episkopalischen Kirche in Greenwich.

Wieder – und nicht zum ersten Mal – war ich allein in der Welt. Aber ich konnte nicht anders, ich musste darüber lächeln, wie viel zwei Jahre doch ausmachen: Wäre die Abfolge ihres Ablebens umgekehrt gewesen, hätte Bill mir sicherlich ein beträchtliches Vermögen hinterlassen. So aber vermachte Grace alles dem Metropolitan Museum of Art, damit die Galerie der alten Meister in ihrem Namen wieder aufgebaut werden konnte.

Diese Information wurde mir in einem Schreiben desselben Anwalts übermittelt, der zudem erwähnte, dass es da noch eine Kleinigkeit hinsichtlich Bills Anwesen gebe, die abgeschlossen werden müsse. Ich antwortete, ich würde ihn bei meinem nächsten Besuch zu Hause in seinem New Yorker Büro aufsuchen –

und strich die Sache aus meinem Gedächtnis. Die Schecks aus Grace' Nachlass trafen regelmäßig ein, was bedeutete, dass ich ein weitaus komfortableres Leben führen konnte als jenes, das die Pension der Regierung mir erlaubte.

Das Greifbarste davon war meine Pariser Wohnung. Nun rannte ich durch das, was einmal die Küche des Herrenhauses gewesen und jetzt ein Technikraum war, und eilte eine Feuertreppe hinauf, die zu meiner Wohnung führte. Ich öffnete eine verborgene Tür in der Nähe des Aufzugs und stürzte in das kleine Foyer.

Dort stand eine Frau. Madame Danuta Furer, meine siebzigjährige Nachbarin, die in der größten Wohnung des Stadthauses lebte. Die perfekt frisierte Witwe eines aristokratischen Industriellen besaß die unheimliche Fähigkeit, dass sich in ihrer Gegenwart jeder wie ein Angehöriger der Dritten Welt fühlte.

Sie sah, dass ich außer Atem war, sah das Hemd, das mir aus der Hose hing. »Stimmt irgendetwas nicht, Mr Campbell?«, fragte sie in ihrem rätselhaften Oberschicht-Französisch.

Sie kannte mich als Peter Campbell, der eine Auszeit von seinem Job als Hedgefonds-Manager genommen hatte – der einzige Beruf, der, wie ich wusste, jemandem meines Alters ermöglichte, in der Wohnung zu leben, ohne zu arbeiten.

»Alles bestens, Madame – ich habe mir nur Sorgen gemacht, ich könnte den Herd angelassen haben«, log ich.

Der Fahrstuhl kam, sie stieg ein, und ich schloss die Stahlkerntür zu meiner Wohnung auf. Ich verriegelte die Tür, schaltete kein Licht ein, spurtete durchs Wohnzimmer mit den schönen Erkerfenstern und der kleinen, aber wachsenden Sammlung von zeitgenössischer Kunst. Bill hätte das gefallen.

Im Halbdunkel riss ich den Schrank im Ankleidezimmer auf und tippte den Code in den kleinen Tresor ein. Darin befanden sich eine große Summe Bargeld, ein Stapel Papiere, acht auf unterschiedliche Namen ausgestellte Pässe und drei Handfeuerwaffen. Ich zog eine 9-Millimeter-Glock mit verlängertem Lauf hervor – die genaueste von allen –, überprüfte die Funktion und schnappte mir ein zusätzliches Magazin.

Als ich mir die Pistole hinter den Hosenbund steckte, fiel mir etwas ein, das mir auf dem ganzen Nachhauseweg nicht aus dem Kopf gegangen war: Wenn es sich um die Griechen handelte, wie zum Teufel hatten sie mich gefunden?

Eine Theorie, die mir einleuchtete, lautete, dass die Russen zufällig auf irgendetwas gestoßen waren und es an ihre ehemaligen Partner weitergegeben hatten, nur um der alten Zeiten willen, Sie wissen schon – und eines Haufens Schwarzgeld.

Oder hatte ich bei Richeloud einen winzigen Fehler begangen, den Markus Bucher an seine Kunden weitergegeben hatte und der ihnen erlaubte herauszufinden, wer ich war? In beiden Fällen galt jedoch: Was hatte die Griechen auf die Spur nach Paris gebracht? Um Himmels willen, ich lebte unter einer völlig neuen Identität!

Es klopfte an der Tür, fest und entschieden.

Ich reagierte nicht. Ich hatte immer gewusst, dass ein Gegner wenig Schwierigkeiten haben würde, in das Gebäude zu gelangen – François, der wehleidige Concierge mittleren Alters, ließ immer die Haustür offen, wenn er neue Tiefen der Unterwürfigkeit erkundete. Kaum hatte er gehört, dass Mme Furer im Fahrstuhl herunterkam, war er vermutlich bereits auf der Straße, um den Fahrer der Limousine zu benachrichtigen und sich zu vergewissern, dass er auf Mme Furers Weihnachtsgeschenke-Liste stand.

Ohne zu zögern, tat ich genau das, was ich während meiner Ausbildung gelernt hatte: Schnell und leise zog ich mich in den rückwärtigen Teil der Wohnung zurück. Eine Strategie erfahrener Killer besteht darin, vor dem Klingeln ein paar Unzen Semtex – einen Plastiksprengstoff mit der Konsistenz von Lehm – am Türrahmen zu befestigen.

Der Täter geht in Deckung – in diesem Fall wäre dies die Fahrstuhlkabine – und zündet den Sprengstoff per Handy-Anruf. Acht Unzen Semtex hatten den Pan-Am-Flug 103 über Lockerbie zum Absturz gebracht. Was die Hälfte davon mit einer Stahltür und dem, der durch den Spion blickte, anrichten würde, ist also leicht vorstellbar.

Ich zog mich durchs Wohnzimmer zurück, schnappte mir ein Sakko, um die Glock zu verbergen, und lief ins zweite Schlafzimmer. Zu Zeiten des Comte du Crissier hatte das Personal die Mahlzeiten mit einem per Hand betriebenen Aufzug von der Küche zum Speisezimmer befördert. Dieser Aufzug endete in einer Speisekammer, die jetzt mein zweites Schlafzimmer war.

Während der Renovierung waren in dem Schacht Elektrokabel verlegt worden. Außerdem erhielt ich, unter dem Vorwand, ein Hochgeschwindigkeitskabel für Computer zu installieren, damit ich die Umsätze meines nicht existierenden Hedgefonds überwachen konnte, die Erlaubnis, dem Handwerker, der die Überwachungsgeräte für die *Division* installiert hatte, Zugang zum Schacht zu verschaffen. Ich hatte ihn beauftragt, eine Leiter darin anzubringen, damit ich in den Keller gelangen konnte. Dadurch war die Wohnung die Mondmiete wert. Im Moment war die Leiter unbezahlbar.

Ich öffnete die Tür zum Ankleidezimmer und zog ein Paneel von der Wand. Und schon nach einer Minute betrat ich eine schmale Gasse auf der Rückseite des Gebäudes. Jeden Augenblick rechnete ich damit, dass die Fassade aus dem 19. Jahrhundert mit ihren denkmalgeschützten Erkerfenstern krachend auf die Champs-Élysées stürzen würde.

Nichts. Was hielt die Killer ab? Unten an der Place de la Madeleine war ich ihnen entwischt, also waren sie vermutlich sofort zu meiner Wohnung zurückgekehrt. Unsicher, ob ich bereits wieder dort eingetroffen war, hatten sie das durch Klopfen an der Tür feststellen wollen.

Nur gut, dass ich nicht geantwortet hatte. Ich war beinahe überzeugt, dass sich zwei von ihnen – so viele hätte ich eingesetzt – im Moment in der Nähe des Fahrstuhls versteckt hielten und auf meine Rückkehr warteten. Dadurch blieb mir nur eine Chance. Wenn ich das Gebäude durch die Vordertür betrat und die Treppe hinaufging, könnte ich sie höchstwahrscheinlich überrumpeln. In meiner Abschlussklasse war ich nicht der beste Schütze gewesen, schoss aber gut genug, um beide ausschalten zu können.

Ich verließ die Gasse, verlangsamte meine Schritte und ließ einen professionellen Blick über die Passanten schweifen – nur um mich zu vergewissern, dass die Jungs im Haus keine Helfer auf der Straße hatten. Ich sah Frauen auf dem Nachhauseweg, nachdem sie in den Luxusgeschäften auf der Avenue Montaigne eingekauft hatten, Paare, die ihren Hund ausführten, einen Mann mit einer Mets-Basecap auf dem Kopf, den Rücken mir zugewandt – dem Aussehen nach ein Tourist –, der sich die Auslage der Patisserie neben meinem Gebäude anschaute, entdeckte jedoch niemanden, der dem Profil entsprach, das mir vorschwebte. Ich konzentrierte mich auf die Fahrzeuge, aber auch hier war nichts Verdächtiges zu erkennen: kein weißes Taxi, keine Schützen, die in geparkten Autos saßen.

Ich stellte mich dicht hinter eine Fünfzigjährige mit hochhackigen Schuhen und ihren zwanzig Jahre jüngeren Freund. Sie würden mich zwar nicht vollständig vor einem Scharfschützen auf einem Dach abschirmen, aber das Ganze sicher erschweren. Unter ihrem Schutz verringerte ich die Strecke bis zu meinem Gebäude: achtzig Meter, vierzig, zwanzig …

Als ich an der Patisserie vorbeikam, sagte der Typ mit der Mets-Basecap hinter mir: »Wäre es nicht einfacher gewesen, die Scheiß-Tür aufzumachen, Mr Campbell?«

Mir blieb das Herz stehen, und alle Angst ballte sich in dem Vakuum zusammen, wo eigentlich mein Magen sein sollte. Sofort kämpften in mir zwei widerstreitende Gedanken um die Vorherrschaft. Der erste lautete: So endet also alles? Der Agent im Ruhestand, überrumpelt auf einer Straße in Paris, in den Kopf geschossen, vermutlich von jemandem, der in der Patisserie stand. *Vyschaja mera* für mich, nahm ich an, auf dem Bürgersteig verblutend, ein Mann, den ich nicht einmal kannte, steckt seine Waffe ein, während er und der Kerl mit der Mets-Basecap davonschlendern und in ein – was sonst? – weißes Taxi steigen.

Mein zweiter Gedanke war: ausgeschlossen, dass die mich umlegen. Selbst wenn sich ein Schütze auf einem Gebäude oder in einem Zimmer im *Hôtel Plaza Athénée* versteckte, hätte der Typ mit der Basecap schweigend das Signal gegeben, und der Schütze hätte seine Arbeit gemacht. In der realen Welt reden diese Leute nicht mit einem: Nur in Filmen haben die bösen Jungs das krankhafte Bedürfnis, einem ihre Lebensgeschichte zu erzählen, ehe sie abdrücken. Hier draußen lauern zu viele Gefahren, und man ist innerlich derart aufgedreht, dass man das Ganze nur schnell hinter sich bringen will. Siehe Santorin.

Trotzdem gibt es immer ein erstes Mal – deshalb war ich mir immer noch nicht sicher, ob ich mir vor Angst oder vor Freude in die Hose machen sollte. Ich sah den Mann an: ein Schwarzer, Mitte fünfzig, schlank, mit schönen Gesichtszügen, etwas ausgezehrt an den Rändern. Mehr Porzellan zweiter Wahl als edles Limoges, dachte ich. Meine Einschätzung wurde bestätigt, als er ein wenig näher trat und ich bemerkte, dass er das rechte Bein stark nachzog.

»Sie haben mich Mr Campbell genannt, glaube ich. Sie irren sich«, sagte ich auf Französisch und stattete jede Silbe mit meiner besten Nachahmung der Pariser Herablassung aus. »Ich heiße nicht Campbell.« Ich wollte Zeit gewinnen, dahinterkommen, was hier vor sich ging.

»Das ist wohl das Einzige, worin wir uns einig sind«, sagte er auf Englisch, »wenn man bedenkt, dass kein Peter Campbell eine Wall-Street-Handelslizenz besitzt und der Hedgefonds, den er leitet, nicht existiert.«

Woher zum Teufel wusste er das? Ich stellte mich so hin, dass er direkt zwischen mir und dem Schaufenster der Patisserie stand.

»Also, wenn Sie nicht Campbell sind, wer dann?«, setzte er hinzu. »Jude Garrett, FBI-Agent und Autor? Na, auch das ist merkwürdig – er ist nämlich tot. Und es gibt da noch eine komische Sache, was diesen Garrett betrifft«, sagte er ruhig. »Ich habe mit seiner Cousine in New Orleans gesprochen. Sie staunte nicht schlecht, als sie von seiner schriftstellerischen Glanzleistung erfuhr. Sie bezweifelt, dass er je ein Buch gelesen hat – geschweige denn geschrieben.«

Er wusste das ganze Zeugs über mich, aber ich lebte noch immer! Das war der wichtige Punkt, aber er schien ihn nicht zu sehen. Ich blickte hoch zu den Hausdächern, um zu sehen, ob sich dort ein Scharfschütze aufhielt.

Er beobachtete mich. Er wusste, was ich gerade tat, was ihn in seinem Schwung aber nicht bremste. »Ich sage Ihnen mal, was ich glaube, Mr Campbell, oder wer immer Sie sind: Sie leben unter falschem Namen, aber das Buch haben Sie geschrieben und sich dabei des Namens eines Toten bedient, nur um sicherzugehen. Ich glaube, dass Sie für die Regierung gearbeitet haben und nur eine Handvoll Leute Ihren wahren Namen kennt. Vielleicht sogar weniger. Für mich heißt das, dass es unklug wäre, Sie nach Ihrer Arbeit zu befragen, aber ehrlich gesagt interessiert sie mich auch nicht. Ihr Buch ist das beste Werk über kriminalistische Ermittlungstechnik, das ich je gelesen habe. Ich möchte mit Ihnen nur darüber sprechen.«

Ich starrte ihn an. Schließlich sagte ich auf Englisch: »Sie wollen über ein Buch reden?! Ich hätte Sie fast *erschossen*!«

»Das stimmt nicht ganz.« Er senkte die Stimme. »Soll ich Sie Mr Garrett nennen?«

»Campbell«, zischte ich zwischen zusammengebissenen Zähnen hervor. »Campbell.«

»Nicht ganz, Mr Campbell. Ich glaube, wenn hier jemand einen Mord begangen hat, dann ich.«

Er hatte natürlich recht, was mich erwartungsgemäß noch mehr nervte. Er streckte die Hand aus, ohne zu lächeln. Mit der Zeit sollte ich erfahren, dass er nur höchst selten lächelte.

»Ben Bradley«, sagte er ruhig. »Lieutenant im Morddezernat, NYPD.«

Weil ich nicht wusste, was ich sonst tun sollte, ergriff ich seine Hand – ein Cop, der wieder laufen lernte, und ein pensionierter Geheimagent.

An jenem Abend, als wir uns zum ersten Mal begegneten, glaubten wir beide, dass unser Rennen gelaufen, unser Berufsleben zu Ende sei, aber das Merkwürdige ist: Das Treffen hatte eine ungeheure Bedeutung.

Es war wichtig – Mann, wie wichtig es war. Alles würde sich später als wichtig herausstellen: der Mord im *Eastside Inn*, Christos Nikolaides, erschossen in einem Restaurant auf Santorin, die fehlgeschlagene verdeckte Operation in Bodrum, meine Freundschaft mit Ben Bradley, und selbst der buddhistische Mönch, der in Thailand herumreiste. Hätte ich an das Schicksal geglaubt, hätte ich sagen müssen, dass es eine unsichtbare Hand dahinter gab.

Schon bald sollte ich erfahren, dass eine weitere große Aufgabe vor mir lag, eine, die – mehr als jede andere – mein Leben bestimmen sollte. Eines späten Nachmittags, kurze Zeit darauf, sollte ich zurück in die verborgene Welt gezogen werden, und ich begrub jede Hoffnung, mich der Normalität anzunähern, wahrscheinlich für immer. Wie man so sagt: Wenn du Gott zum Lachen bringen willst, sag ihm, du hast Pläne.

Mit herzlich wenig Informationen und noch weniger Zeit ausgestattet erhielt ich die Aufgabe zu finden, was jeder Geheimdienst am meisten fürchtet: einen Mann mit keinerlei Verbindung zu radikalen Kräften, keinem Eintrag in irgendeiner Datenbank und keiner kriminellen Vorgeschichte. Ein *cleanskin*, ein Gespenst.

Ich fürchte, das Folgende ist keine angenehme Lektüre. Wenn Sie ruhig schlafen möchten, Ihre Kinder anschauen und denken wollen, dass sie in einer Welt leben werden, die besser ist als diejenige, die wir ihnen hinterlassen, wäre es vielleicht besser für Sie, diesen Mann nicht kennenzulernen.

TEIL ZWEI

KAPITEL EINS

Egal, wie viele Jahre vergehen mögen, und selbst wenn ich Glück haben und meinen Lebensabend in der Sonne verbringen sollte, wird er für mich immer der Sarazene bleiben. Das war der Codename, den ich ihm gleich am Anfang verlieh. Später habe ich dann so lange versucht, seine wahre Identität aufzudecken, dass es mir schwerfällt, ihn mir unter einem anderen Namen vorzustellen.

»Sarazene« bezeichnet einen Araber beziehungsweise – in einem viel älteren Sinn des Wortes – einen Muslim, der gegen die Christen kämpft. Geht man noch weiter zurück, stellt man fest, dass das Wort früher »Nomade« bedeutete. Das alles traf auf ihn auf vollkommene Weise zu.

Noch heute ist vieles, was wir über ihn wissen, bruchstückhaft. Was aber gar nicht überraschend ist: Er hat den Großteil seines Lebens in der Welt der Schatten verbracht, während seine Spuren verwehten wie bei einem Beduinen in der Wüste.

Doch jedes Leben hinterlässt eine Spur, jedes Schiff ein Kielwasser. Obwohl es sich dabei oftmals nur um ein phosphoreszierendes Flimmern im Dunkeln handelte, sind wir allem nachgegangen. Die Suche führte mich durch zahllose Suks und Moscheen auf der ganzen Welt, in die Geheimarchive der arabischen Staaten und die Arbeitszimmer von Dutzenden Personen, die ihn möglicherweise gekannt hatten. Später – selbst noch, nachdem die Ereignisse jenes furchtbaren Sommers vorüber waren – befragten Teams von Analysten wochenlang seine Mutter und seine Schwestern. Man kann mir vorwerfen, ihm Worte in den Mund gelegt oder Gedanken eingeflüstert zu haben, aber ich entschuldige mich nicht dafür. Zum Schluss wusste ich mehr über den Sarazenen und seine Familie als irgendjemand sonst.

Unstrittig ist dabei, dass er als kleiner Junge einer öffentlichen Hinrichtung beiwohnte. In Dschiddah, der zweitgrößten und, dem allgemeinen Verständnis nach, weltoffensten Stadt Saudi-Arabiens. Glauben Sie mir, das heißt nicht viel.

Dschiddah liegt am Roten Meer. Im Alter von vierzehn Jahren lebte der Sarazene zusammen mit den Eltern und zwei jüngeren Schwestern in einem Häuschen am Stadtrand, nahe genug am Wasser, um die salzige Meeresluft zu riechen. Das wissen wir, weil ich Jahre später vor dem alten Haus stand und es fotografierte.

So wie die meisten Saudis verachtete der Vater, ein Zoologe, die Vereinigten Staaten und das, was die arabischen Zeitungen »ihre bezahlte Hure Israel« nannten. Sein Hass gründete jedoch weder auf Propaganda noch auf der desolaten Lage der Palästinenser oder religiöser Heuchelei – nein, er reichte sehr viel tiefer.

Im Lauf der Jahre hatte der Vater sowohl Washington als auch Tel Aviv zugehört, aber anders als die meisten Bewohner der westlichen Welt glaubte er, was unsere politischen Führer ihm erzählten: dass es ihr Ziel sei, dem Nahen Osten Demokratie zu bringen. Als strenggläubigen Muslim erfüllte ihn eine solche Aussicht mit Zorn. Weil er, zumindest nach einheimischen Maßstäben, gut ausgebildet war, wusste er, dass zu den Fundamenten der westlichen Demokratie die Trennung von Staat und Kirche gehört. Doch für viele Muslime *ist* die Religion der Staat. Das Letzte, was sie wollen, ist, beides voneinander zu trennen.

Seiner Meinung nach befürworteten die Gottlosen eine solche Trennung nur aus einem Grund, nämlich um die arabische Welt zu spalten und zu erobern, sie auszuhöhlen und zu vernichten. Und zu diesem Zweck würden sie den Feldzug fortsetzen, der mit dem Ersten Kreuzzug vor eintausend Jahren begann und bis zum heutigen Tage reicht.

Es wäre leicht, den Zoologen als Extremisten abzustempeln, aber in der zwielichtigen Welt der Politik des Nahen Ostens rangierte er auf dem gemäßigten Flügel der öffentlichen Meinung in Saudi-Arabien. Eines unterschied ihn aber doch von der Mehrheit: seine Ansichten über die Königsfamilie.

Es gibt vieles, was man im Königreich Saudi-Arabien nicht darf – über das Christentum predigen, ins Kino gehen, als Frau Auto fahren, dem Glauben abschwören. Doch über allem steht das Verbot, das Haus Saud zu kritisieren, die aus dem König, zweihundert mächtigen Prinzen und zwanzigtausend Familienangehörigen bestehende herrschende Dynastie.

Während des ganzen Jahres kursierten in Dschiddah zahllose Gerüchte, nach denen der König amerikanische Truppen, die Soldaten eines gottlosen Landes, in das heilige Land des Propheten gelassen habe. Ebenso beunruhigend waren Informationen, die von saudischen Dissidenten in Europa zurück ins Land kamen, nach denen prominente Prinzen wahre Vermögen in den Casinos von Monte Carlo verspielten und in Paris junge Frauen von »Modell«-Agenturen mit goldenen Armbanduhren überhäuften. Wie alle Saudis hatte auch der Zoologe über die vergoldeten Paläste und den ausschweifenden Lebensstil des Königs stets Bescheid gewusst, aber schlechter Geschmack und Extravaganz sind im Islam nicht *haram*: verboten. Prostitution, Glücksspiel und Alkohol sind es mit Sicherheit.

Lebt man in Saudi-Arabien, kann man seinen Abscheu über die Politik des Königs und das Verhalten seiner Familie natürlich zum Ausdruck bringen, man kann es, wenn man will, gotteslästerlich nennen und sogar die gewaltsame Entfernung der Sauds fordern. Man muss nur sicherstellen, dass man das für sich behält. Mit jemand anderem als der Ehefrau oder dem Vater darüber zu sprechen, und sei es in der abstraktesten Form, ist leichtfertig. Denn die Mabahith, die saudi-arabische Geheimpolizeibehörde – ein Staat im Staate –, mit ihrem Netz von Informanten hört alles, weiß alles.

Es war spät an einem Frühlingstag, als vier Mabahith-Agenten, alle mit den weißen Umhängen namens *thawbs* und dem üblichen rot-weiß karierten Kopfschmuck bekleidet, den Zoologen im Büro aufsuchten. Sie zeigten ihm ihre Ausweise und führten ihn aus dem Büro, durch einen Bereich mit Laboratorien und Arbeitsplätzen und schließlich auf den Parkplatz.

Die zwanzig anderen Mitarbeiter in diesem Bereich des Instituts für Meeresbiologie des Roten Meeres schauten zu, wie die Tür hinter ihm zuschlug. Keiner sagte ein Wort, auch nicht seine drei engsten Freunde – von denen einer höchstwahrscheinlich der Informant war.

Wir werden nie genau erfahren, wie die Anklage gegen den Zoologen lautete, auch nicht, womit er sich verteidigte, denn in den geheimen saudi-arabischen Gerichtsverfahren geht es keinesfalls um so zeitaufwendige Feinheiten wie Zeugen, Anwälte, Geschworenengerichte oder gar Beweise.

Das System beruht vollständig auf unterschriebenen Geständnissen gegenüber der Polizei. Es ist merkwürdig, dass Foltermethoden zu jenen wenigen Dingen gehören, die alle ethnischen, religiösen und kulturellen Grenzen überschreiten – arme Milizionäre in Ruanda, die Geister anbeten, verwenden im Grunde keine anderen Methoden als reiche Katholiken, die die Staatssicherheit in Kolumbien überwachen. Die Folge: Die muslimischen Polizisten, die den Zoologen in eine Zelle in einem Gefängnis in Dschiddah brachten, konnten nichts Neues bieten – nur eine schwere Lkw-Batterie mit Spezialklemmen für Genitalien und Brustwarzen.

Zuerst erfuhr die Familie des Zoologen von der Katastrophe, die sie verschlang, als er von der Arbeit nicht nach Hause zurückkehrte. Nach den Abendgebeten tätigten sie eine Reihe von Telefonaten, in denen die Kollegen entweder gar nicht oder mit vorgetäuschter Unkenntnis antworteten – aus grausiger Erfahrung wussten sie, dass diejenigen, die mithörten, jeden ins Visier nahmen, der der Familie eines Straftäters zu helfen versuchte. Zunehmend verzweifelt willigte die Ehefrau des Zoologen ein, dass ihr Vierzehnjähriger das Haus verließ, um seinen Vater zu suchen. Selbst konnte sie das nicht tun, denn laut saudi-arabischem Gesetz ist es Frauen verboten, sich in der Öffentlichkeit zu zeigen, es sei denn, sie werden vom Bruder, Vater oder Ehemann begleitet.

Der Teenager verließ seine Mutter und seine beiden Schwestern und fuhr auf seinem Geländemotorrad los, ein Geschenk von seinem Papa zum letzten Geburtstag. Über Nebenstraßen gelangte er schnell zu einem Komplex von direkt am Meer gelegenen Bürohäusern, wo er den Wagen seines Vaters allein auf dem Parkplatz fand. Nur in einem Polizeistaat betet ein Kind, dass Vater oder Mutter nichts Schwerwiegenderes als ein folgenschwerer Unfall zugestoßen ist. Allah anflehend, dass der Vater verletzt in dem nachtdunklen Gebäude lag, das sein Büro beherbergte, näherte sich der Junge dem Eingang.

Erschrocken sah ein pakistanischer Sicherheitsmann, der in einer Nische im düsteren Gebäudeinneren stationiert war, das Gesicht eines Jungen durch die Glastür spähen. Er rief irgendwas in schlechtem Arabisch und scheuchte den Jungen weg, indem er nach seinem Gummiknüppel griff, um die Tür zu öffnen und ihn einzusetzen, wenn es sein musste.

Doch der Junge wich nicht zurück – verzweifelt rief er etwas auf Arabisch, flehte um die Hilfe des Propheten, sagte irgendetwas über einen vermissten Vater. Erst da begriff der Wachmann, dass der Besuch mit dem Ereignis zusammenhing, das am Nachmittag eine regelrechte Flut von geflüstertem Klatsch ausgelöst hatte. Er blickte in das verzweifelte Gesicht des Jungen, der viel zu jung war, um so etwas erleben zu müssen – und senkte den Knüppel. Vielleicht lag es daran, dass er selbst Kinder hatte, jedenfalls verschoben sich die tektonischen Platten in der Welt des Sicherheitsbeamten. Und dann tat er etwas für ihn völlig Ungewöhnliches: Er ging ein Risiko ein.

Mit dem Rücken zu den Kameras, die die Eingangstür überwachten, gestikulierte er, als verscheuche er den Jungen. Tatsächlich sagte er ihm das Wenige, was er wusste: Vier Angehörige der Staatspolizei, angeführt von einem Oberst, hätten seinen Vater in Handschellen abgeführt. Laut ihrem Fahrer – einem befreundeten Pakistani, dem er eine Tasse Tee gebracht hatte – hätte man seit

Monaten geheime Ermittlungen gegen den Mann geführt. Aber hör genau zu, sagte er, jetzt kommt der wichtige Teil: Die Männer hätten davon gesprochen, den Mann wegen »Verderbtheit auf Erden« anzuklagen. Dieser Begriff war so weit gefasst, dass er bedeutungslos war, außer dass die Todesstrafe darauf stand.

»Sag deinen Angehörigen«, fuhr der Pakistaner fort, »dass sie rasch handeln müssen, wenn sie deinen Vater retten wollen.«

Und damit stieß er die Tür auf, als habe er die Geduld verloren, und begann, für die Überwachungskameras, mächtig den Gummiknüppel zu schwingen. Der Junge rannte zu seinem Geländemotorrad und startete es. Ohne an seine Sicherheit zu denken, raste er über den Parkplatz und flüchtete in einer Staubwolke zum Tor hinaus.

Zwar wird niemand es mit absoluter Sicherheit wissen, aber ich stelle mir vor, dass der Junge innerlich völlig zerrissen war: Als Kind sehnte er sich verzweifelt nach dem Trost der Mutter, doch als Mann, als Familienoberhaupt während der Abwesenheit des Vaters, benötigte er den Rat von Männern. Dieser Widerstreit ließ sich nur auf eine Weise lösen: Er war Araber, und das bedeutete zweitausend Jahre Gepäck an Männerstolz. Deshalb war es unvermeidlich, dass er sich nach Norden wandte, in den dunkelsten Teil der Stadt, zum Haus des Großvaters.

Noch während der Fahrt dorthin erfasste ihn ein Gefühl von drohendem Verhängnis. Er wusste, dass sein Vater höchstwahrscheinlich in einem Gefangenentransporter der Geheimpolizei eingesperrt war, und begriff, dass es eine Riesenmenge *wasta* erfordern würde, um dessen Route zu ändern. Weil es in der arabischen Welt keine Demokratie und keine effiziente Bürokratie gibt, ist *wasta* die Art, wie sie funktioniert. *Wasta* bedeutet Verbindungen, Einfluss, ein Geflecht aus alten Gefälligkeiten und Stammesgeschichte. *Wasta* öffnet Türen – selbst zu Palästen. Ohne *wasta* bleiben sie für immer geschlossen.

Der Junge hatte zwar noch nie daran gedacht, doch jetzt erkannte er, dass die Mitglieder seiner Familie, darunter auch der Großvater, den er so sehr liebte, bescheidene Menschen waren:

bescheiden in ihrem Ehrgeiz, bescheiden in ihren Verbindungen. Wenn sie die Staatssicherheitsbehörde beeinflussen wollten, damit diese den Vorwurf, der als Angriff auf das Haus Saud angesehen wurde, fallen ließ, dann wäre das ... na ja, ungefähr so, als ziehe man, mit einem Messer bewaffnet, in einen Atomkrieg.

Am Ende der Nacht – nach den langen Unterredungen und Beratschlagungen zwischen seinem Onkel, seinem Großvater und seinen Cousins war es nicht gelungen, ein einziges erfolgversprechendes Telefonat zu führen – wusste der Junge, dass er recht gehabt hatte, was die Chancen seiner Familie betraf. Was aber keineswegs hieß, dass sie aufgaben: Fünf Monate lang versuchten die Familienangehörigen, die unter dieser Belastung seelisch fast zusammengebrochen wären, in den saudi-arabischen Gulag einzudringen und in seinem Labyrinth ein winziges Menschenleben ausfindig zu machen.

Und was bekamen sie für ihre Mühe? Keine Informationen, keine Unterstützung seitens ihrer Regierung und sicherlich keinen Kontakt mit ihrem Verwandten, dem Zoologen. Vergleichbar mit den Opfern des 11. September war er eines Morgens ins Büro gegangen und nicht mehr zurückgekehrt.

Der Mann war in einem surrealen Irrgarten gefangen, eingekerkert zwischen den lebenden Toten in den Hunderten überfüllten Gefängniszellen. Und hier erfuhr er auch bald, dass am Ende jeder ein Geständnis unterschreibt – der Tribut an die 12-Volt-Blei-Säure-Batterie. Allerdings gab es unter den Insassen zwei Gruppen.

Die Mitglieder der ersten Gruppe ergaben sich ihrem Schicksal beziehungsweise Allah und kritzelten einfach ihren Namen unter das verdammte Ding. Die zweite Gruppe meinte, ihre einzige Hoffnung bestehe darin, das Dokument zu unterschreiben, um endlich vor einen Richter zu kommen. Denn dann könnten sie ihr Geständnis widerrufen und ihre Unschuld beteuern.

Diese Strategie verfolgte der Zoologe. Das saudi-arabische Rechtssystem hatte jedoch eine Möglichkeit entwickelt, damit umzugehen: Der Gefangene wird einfach an die Polizei zurückgegeben, damit er seinen Sinneswandel erklärt. Es ist viel zu deprimierend, diese »verstärkten« Methoden zu erläutern, die bei diesen Männern und Frauen zur Anwendung kommen – es genügt hier zu sagen, dass niemand vor einen Richter gekommen ist und sein Geständnis ein zweites Mal widerrufen hat. Niemals.

Nachdem der Zoologe schließlich gestanden hatte und wegen aufwieglerischer Äußerungen und »Verderbtheit auf Erden« verurteilt worden war, geriet seine Reise durch das System plötzlich ins Stocken.

Ursache dafür waren Verkehrsprobleme in der Innenstadt von Dschiddah: Eine mindestens zweiwöchige vorherige Bekanntmachung war erforderlich, damit der riesige Parkplatz vor der Hauptmoschee abgeriegelt werden konnte. Erst dann konnte das Podest aus weißem Marmor in seiner Mitte errichtet werden.

KAPITEL ZWEI

Die Schaulustigen begannen sich früh am Morgen zu versammeln, sobald sie sahen, dass die Absperrungen aufgestellt wurden und die Sonderabordnung von Zimmerleuten das Podest errichtete. Öffentliche Bekanntmachungen von bevorstehenden Hinrichtungen sind selten im Königreich Saudi-Arabien, aber per Handy und SMS machen sie immer die Runde.

Binnen Stunden strömte eine große Menschenmenge auf den Parkplatz. Als ein zwölfjähriger Junge – der beste Freund des Sarazenen – zusammen mit seinem Vater im Auto vorbeifuhr, wusste er genau, was das Ganze bedeutete. Es war Freitag, der muslimische Ruhetag, und weil auf den Straßen schrecklich viel Verkehr herrschte, dauerte es eine Stunde, bis der Junge zu Hause war. Dort schnappte er sich sofort sein Fahrrad und radelte dreizehn Kilometer weit, um seinem Freund zu berichten, was er gesehen hatte.

Der Sarazene, der das Schlimmste befürchtete, erzählte seiner Mutter und seinen Schwestern nichts davon, stieg auf sein Geländemotorrad, holte seinen Freund an Bord und fuhr zur Corniche, der Straße, die am Roten Meer entlang bis ins Zentrum von Dschiddah führt.

Als die Jungen das Meer erblickten, waren die Mittagsgebete in der Hauptmoschee eben zu Ende gegangen. Hunderte Männer strömten heraus und gesellten sich zu den Schaulustigen, die auf dem Parkplatz warteten. Im grellen sommerlichen Licht bildeten die Männer in den weißen *thawbs* einen imposanten Kontrast zu den Gruppen von Frauen in den schwarzen *abayas* und mit ihren Gesichtsschleiern. Nur kleine Kinder in Jeans und Hemden fügten einige Farbtupfer hinzu.

Hinrichtungen sind beinahe die einzige Form öffentlicher »Unterhaltung«, die in Saudi-Arabien erlaubt ist – Kinofilme, Musikkonzerte, Tanzveranstaltungen, Theateraufführungen, ja selbst Cafés, in denen Frauen und Männer verkehren, sind verboten. Doch jeder ist eingeladen – auch Frauen und Kinder –, sich anzusehen, wie ein Mensch stirbt. Die saudi-arabische Methode scheut zwar so moderne Neuerungen wie die Hinrichtung per Giftspritze oder Erschießungen, aber die öffentliche Enthauptung scheint bei den Leuten gut anzukommen.

An jenem Tag betrug die Temperatur an der Corniche 43 Grad. Die Hitze flimmerte auf dem Asphalt. Rasant schlängelte sich das Geländemotorrad durch den Wochenendverkehr. Weiter vorn herrschte ein heilloses Chaos: Die Straße wurde für den Bau einer neuen Überführung aufgerissen, Baufahrzeuge blockierten alle Fahrbahnen bis auf eine. Autos stauten sich mehrere Häuserblocks weit.

Auch unter dem glühend heißen Sturzhelm des Jungen herrschte Chaos: Er war so verängstigt, dass er sich fast übergab, und hoffte verzweifelt, dass es sich um einen afrikanischen Drogenhändler handelte, der dort zum Podest geführt wurde. Wenn er sich irrte, wäre das Letzte, was er von seinem Vater sehen würde, wie dieser auf dem Marmor kniete, bereits umschwirrt von Fliegen, das silberne Schwert in einer roten Fontäne verschwindend. Er mochte sich das gar nicht vorstellen.

Er warf einen Blick auf den undurchdringlichen vor ihm liegenden Autoverkehr, lenkte das Motorrad vom Seitenstreifen und steuerte es in einem Wirbel aus Staub und Steinchen auf die mit großen Schlaglöchern durchsetzte Baustelle zu.

Obwohl es sich um eine große Menschenmenge handelte, die sich auf dem Parkplatz versammelt hatte, um dem Geschehen beizuwohnen, war es dort recht still – nur Stimmengemurmel und die Stimme eines Mullahs waren zu hören, der über das öffentliche Lautsprechersystem der Moschee aus dem Koran las. Nach und nach verstummten selbst die leisen Stimmen, als sich ein Behördenfahrzeug einen Weg durch die Menge bahnte und vor dem Podest hielt.

Ein kräftig gebauter Mann in makellos weißem *thawb* entstieg dem Fahrzeug und ging die fünf Stufen zum Podest hinauf. Schräg über der Brust trug er einen polierten Lederriemen, der an der linken Hüfte endete und an dem eine Scheide mit einem langen Krummschwert hing. Der Scharfrichter. Er hieß Sa'id bin Abdullah bin Mabrouk al-Bishi und galt als der beste »Handwerker« im Königreich, wobei sein Ruf hauptsächlich auf einer Methode namens Kreuzamputation gründete. Weitaus schwieriger als eine einfache Enthauptung und zugemessen als Strafe für Straßenraub erforderte sie den gekonnten Einsatz individuell gefertigter Schwerter, mit denen die rechte Hand und der linke Fuß des Gefangenen abgetrennt wurden. Durch das intensive Studium dieser Vorgehensweise hatte Sa'id al-Bishi im Laufe vieler Jahre das Gesamtniveau der öffentlichen Bestrafungen in Saudi-Arabien stetig erhöht. Nur gelegentlich sah die Öffentlichkeit noch, dass ein Scharfrichter mehrmals auf den Kopf oder die Gliedmaßen eines Gefangenen hacken musste, um diese vom Leib abzutrennen.

Al-Bishi erwiderte die Grüße mehrerer Zuschauer und hatte kaum Zeit, sich mit seinem Arbeitsplatz vertraut zu machen, als er einen weißen Lieferwagen sah, der sich durch die Menge drängte. Ein Polizist schob eine Absperrung zur Seite, das klimatisierte Fahrzeug hielt neben den Stufen. Die Schaulustigen drängelten sich vor, um einen Blick auf den Insassen zu werfen. Die Hecktür öffnete sich.

Barfuß stieg der Zoologe aus dem Lieferwagen und betrat den Hexenkessel. Seine Augen waren mit einem dicken weißen Tuch verbunden, die Handgelenke auf dem Rücken gefesselt.

Unter den Zuschauern befanden sich Leute, die ihn kannten oder zu kennen glaubten, sodass es einen Augenblick dauerte, bis sie ihn wiedererkannten. Gott allein wusste, was die Geheimpolizei ihm in den vergangenen fünf Monaten angetan hatte, aber er sah aus wie geschrumpft. Nur noch ein Schatten seiner selbst, zumindest körperlich gebrochen und geschwächt, ähnelte er jenen wie transparent erscheinenden alten Menschen, die man manchmal in Altersheimen sieht. Er war achtunddreißig Jahre alt.

Er wusste genau, wo er sich befand und was geschah. Vierzig Minuten zuvor hatte ihn ein Beamter des sogenannten Justizministeriums in der Zelle aufgesucht und ihm einen amtlichen Beschluss vorgelesen. So erfuhr der Zoologe zum ersten Mal, dass man ihn zum Tode verurteilt hatte. Während zwei uniformierte Polizisten ihn langsam zu den Stufen des Podests führten, so sagten Zeugen aus, habe er das Gesicht zur Sonne gehoben und die Schultern zu straffen versucht. Bestimmt wollte er nicht, dass sein Sohn und seine Töchter zu hören bekamen, ihr Vater sei ein Feigling.

Auf der Corniche schauten die im Stau feststeckenden Autofahrer mit einer Mischung aus Abscheu und Neid zu, wie das Geländemotorrad an ihnen vorbeiraste und die Baustelle als Schnellstraße nutzte. Diese verdammten Jugendlichen.

Der Junge lenkte das Motorrad an den aufgerollten Feuerwehrschläuchen vorbei, mit denen man die überarbeiteten Bauarbeiter aus Bangladesch bespritzte, damit sie nicht aufgrund von Überhitzung und Erschöpfung ohnmächtig wurden, dann kurvte er durch einen Wald von Betonpfeilern. In etwa sieben Minuten würde er am Platz ankommen.

Ich bezweifle, dass er – selbst später im Leben – hätte erklären können, warum er diese wilde Fahrt unternahm. Was wollte er dort? Meines Erachtens konnte er, in seiner Angst und Pein, nichts anderes denken, als dass er dem Leib und der Seele seines Vaters entsprungen war und dass diese Verbindung nichts anderes als seine Anwesenheit verlangte. Abrupt lenkte er das Motorrad nach links, über ein Brachland voller gestapelter Bauteile, und raste noch schneller auf eine Straße zu, die zum Platz führte. Dieser war mit einem Maschendrahtzaun abgesperrt, aber auf der anderen Seite der Stapel mit Armierungsstangen sah der Junge eine Lücke, durch die er sich so gerade hindurchzwängen konnte. Allah war mit ihm!

Er lenkte das Motorrad noch schärfer nach links und fuhr Slalom durch die Armierungsstangen. Wolken aus feinem Staub stoben auf, als er sich schnell der schmalen Lücke näherte. Er würde es schaffen!

Der Zoologe, der mit verbundenen Augen auf dem Podest hockte, spürte eine Hand auf seinem Nacken, die ihn niederdrückte. Sie gehörte dem Scharfrichter, der ihm zu verstehen gab, er solle niederknien. Im Hinknien verriet ihm das Gefühl der heißen Sonne auf dem Gesicht, dass er gen Mekka blickte, das fünfundsechzig Kilometer entfernt lag. Auf gerader Linie dorthin stand sein Haus. Bei dem Gedanken, dass seine Frau und seine Kinder dort in der Geborgenheit ihres Heimes saßen, überlief ihn angesichts des Verlusts ein Schauder.

Der Scharfrichter packte ihn an den Schultern – er war schon mehrere Male hier gewesen und wusste, wann ein Delinquent ein wenig beruhigt werden musste. Aus der öffentlichen Lautsprecheranlage der Moschee ertönte ein Befehl.

Auf dem gesamten Platz, der sich vom abweisenden Gebäude des Außenministeriums bis zur Rasenfläche vor der Moschee erstreckte, knieten Tausende Menschen, um gen Mekka zu beten. Wie alle strenggläubigen Muslime kannte auch der Zoologe den Text auswendig, er sprach ihn gemeinsam mit der Menge. Und er wusste auch genau, wie lange das Gebet dauerte: Nach vernünftiger Schätzung würde er noch vier Minuten leben.

Der Junge, der wegen des Staubs, den sein herumschleuderndes Motorrad aufgewirbelt hatte, fast nichts sehen konnte, bemerkte die Stapel von Armierungsstangen eine Sekunde zu spät. Eine der Stangen, die mindestens dreißig Zentimeter über die anderen hinausragte, geriet bereits zwischen die Speichen seines Vorderrads.

Er reagierte unglaublich schnell und riss das Motorrad zur Seite, aber nicht weit genug. Während das Vorderrad sich drehte, zerfetzten die Stangen die Speichen. Bruchstücke davon durchbohrten den Benzintank und den Zylinderkopf, das Vorderrad brach, die Vordergabel bohrte sich in den Sand. Jählings kam das Motorrad zum Stehen. Der Sohn des Zoologen und sein Freund wurden über den Lenker geschleudert und in einem Durcheinander fliegender Gliedmaßen und aufwirbelndem Staub zu Boden geschleudert. Völlig fassungslos, das Geländemotorrad Schrott, waren die beiden Teenager kaum noch bei Bewusstsein.

Als die ersten schockierten Verkehrsteilnehmer, die von der Corniche aus zugeschaut hatten, schließlich bei ihnen ankamen, waren die Gebete auf dem Parkplatz zu Ende, und die Menschenmenge erhob sich. Der Scharfrichter machte einen Schritt auf den Gefangenen zu. Stille auf dem ganzen Platz. Der Scharfrichter rückte den Nacken des Zoologen etwas zurecht. Die Zuschauer, die nahe genug standen, hörten, dass sie ein paar Worte wechselten.

Viele Jahre später sprach ich mit mehreren Personen, die sich an jenem Tag auf dem Platz befunden hatten, darunter auch mit Sa'id al-Bishi, dem Scharfrichter. Ich trank Tee mit ihm im *majlis*, dem Empfangsraum seines Hauses, und fragte ihn, was der Zoologe gesagt habe.

»Ein Mensch ist in solch einer Situation nur selten imstande, irgendetwas zu äußern«, erklärte mir Sa'id al-Bishi, »deshalb ist es mir natürlich im Gedächtnis geblieben.« Er atmete tief durch. »Es war kurz, aber er hat es mit Überzeugung gesagt. Er erklärte mir: ›Es zählt nur eines: dass Allah und das saudische Volk mir meine Sünden vergeben.‹«

Al-Bishi verstummte und blickte gen Mekka – das war's anscheinend gewesen. Ich nickte ehrfürchtig. »*Allahu Akbar*«, erwiderte ich. Gott ist groß.

Noch einmal nippte er an seinem Tee und blickte in die Ferne, verloren in Gedanken über die Weisheit, die einen Mann in seinen letzten Augenblicken überkommt. Ich blickte ihn weiterhin an und nickte weise. Was man in keinem arabischen Land tun darf: einen Mann der Lüge bezichtigen, ganz gleich, wie indirekt.

Die Folge war, dass ich ihn einfach nur weiter ansah und er weiter weise in die Ferne schaute. Draußen im schönen Innenhof plätscherte ein Springbrunnen, ich hörte die Geräusche von Dienerinnen, die im Frauenbereich hin und her eilten. Die Arbeit als staatlich angestellter Scharfrichter wurde offenbar ziemlich gut entlohnt.

Schließlich rutschte er unruhig auf seinem Sitz herum und blickte mich an, um herauszufinden, ob ich einfach nur ein ruhiger Typ war oder ihn tatsächlich auf den Arm nehmen wollte.

Ich hielt seinem Blick stand.

Er lachte. »Für einen Westler sind Sie ein intelligenter Mann. Sprechen wir also darüber, was er wirklich gesagt hat, ja? Als ich mich zu dem Gefangenen hinunterbeugte, habe ich ihm gesagt, er soll möglichst viel von seinem Nacken frei machen und sich nicht rühren – das würde es uns beiden erleichtern. Aber das schien ihn gar nicht zu interessieren, er winkte mich nur weiter heran. Jemand musste seine Mundhöhle verletzt haben – vielleicht mit einer Elektrode –, denn er hatte Mühe mit der Aussprache. ›Kennen Sie den König?‹, flüsterte er. Das überraschte mich, aber ich antwortete, ich hätte mehrmals die Ehre gehabt, Seiner Majestät zu begegnen. Er nickte, als habe er damit gerechnet. ›Wenn Sie ihn das nächste Mal treffen, richten Sie ihm aus, was mal ein Amerikaner gesagt hat: Einen Denker kann man töten, nicht aber den Gedanken.‹« Der Scharfrichter sah mich an und zuckte mit den Achseln.

»Und haben Sie es ihm ausgerichtet?«, fragte ich. »Dem König, meine ich.«

Der Scharfrichter lachte. »Nein. Weil ich die Alternative gesehen habe, genieße ich es, meinen Kopf auf den Schultern zu tragen.«

Ich musste gar nicht fragen, was als Nächstes geschah – andere, die an jenem Tag auf dem Parkplatz gewesen waren, hatten mir davon erzählt. Als al-Bishi sein kurzes Gespräch mit dem Gefangenen beendet hatte, wehte vom Roten Meer her eine frische Brise – fast alle erwähnten das, weil es auf dem Asphalt so heiß war. Der Scharfrichter erhob sich und zückte sein Schwert in einer furchterregenden Bewegung. Er trat einen Schritt zurück von dem Gefangenen und nahm professionell Augenmaß, dann setzte er die Füße fest auf.

Der einzige Laut war das Geknister aus der Lautsprecheranlage der Moschee. Al-Bishi hielt das lange Schwert waagerecht ausgestreckt, straffte den Rücken und hob das Kinn, um sein Profil zu akzentuieren – bei unserem Treffen war mir seine Eitelkeit sofort aufgefallen. Mit einer Hand hob er den Säbel in die Höhe, und als er den Scheitelpunkt der halbbogenförmigen Bewegung erreichte, folgten ihm die Blicke aller Schaulustigen, die von der weißen Sonne direkt über ihnen fast geblendet waren.

Er hielt inne, das Schwert blitzte auf, wie um das Dramatische an der Situation auszukosten. Dann schloss er die andere Hand um den Griff und hieb mit atemberaubender Geschwindigkeit zu. Die rasiermesserscharfe Klinge traf den Zoologen mitten im Genick. Genau, wie er gebeten worden war, hatte der Gefangene sich nicht gerührt.

Das, wovon mir alle erzählt haben, ist das Geräusch – laut und feucht, wie wenn jemand eine Wassermelone aufhackt. Die Klinge durchschnitt die Wirbelsäule des Zoologen, die Halsschlagadern und den Kehlkopf, bis der Kopf abgetrennt war.

Der Kopf rollte über den Marmor, die Augenlider flatterten, gefolgt von einer Fontäne von Blut aus den durchtrennten Arterien. Einen Augenblick lang schien der kopflose Torso des Zoologen wie im Schockzustand zu verharren, dann stürzte er nach vorn in die eigenen Flüssigkeiten.

Im weißen *thawb* stand der Scharfrichter da und blickte hinunter auf sein Werk, das Knistern aus dem Lautsprechersystem kündigte ein muslimisches Gebet an, ein Schwarm Fliegen versammelte sich, die Menge auf dem Platz brach in Beifall aus.

Der junge Sohn des Toten – er atmete schwer, weil er gerannt war, übel aufgeschürft an der ganzen linken Seite, ein Taschentuch um die eine blutige Hand geschlungen – humpelte auf den Parkplatz, unmittelbar nachdem der Leichnam des Vaters in die überraschende Kühle des weißen Lieferwagens geladen worden war. Das war auch der Grund, weshalb das Fahrzeug klimatisiert war – nicht um es den Lebenden behaglich zu machen, sondern um den Gestank der Toten zu überdecken.

Die meisten Zuschauer waren gegangen. Die Polizisten bauten die Absperrgitter ab, ein paar Arbeiter aus Bangladesch spritzten den Marmor ab.

Der Junge blickte sich um. Vielleicht erkannte er jemanden, den er fragen konnte, wer der Hingerichtete war. Aber die Männer beeilten sich, aus dem Wind herauszukommen, und zogen die karierten Kopftücher weit über den Kopf wie Beduinen, um ihre Gesichter zu schützen. Auf der gegenüberliegenden Seite der Rasenfläche schloss gerade der Muezzin die hölzernen Fensterläden und verriegelte das Gebäude zum Schutz vor dem herannahenden Sandsturm.

Gepeitscht vom Wind, lief der Junge los und rief ihm durch das Eisengitter etwas zu, bat ihn um einen Namen, einen Beruf. Der Muezzin drehte sich um und rief, das Gesicht vor dem Sandsturm geschützt, etwas zurück. Seine Worte wurden vom Wind verweht, nur eines verstand der Junge: »Zoologe«.

Sehr viel später ausgegrabene Aufnahmen der Kameras, die den Platz überwachten, zeigten, dass der Muezzin sich wieder an die Arbeit machte. Er sah nicht einmal, dass der Junge sich abwandte und auf das Marmorpodest starrte, den Körper von Windböen geschüttelt, das Herz offensichtlich verzehrt von absoluter Verzweiflung und Verlassenheit. Minutenlang rührte er sich nicht. Entschlossen, wie ein Mann zu handeln und nicht zu weinen, sah er aus wie eine windumtoste Statue.

Tatsächlich aber war der Junge, glaube ich, bereits der Wirklichkeit entrückt: Wie die meisten Menschen, die ein großes Trauma erleiden, hatte auch er sich aus Raum und Zeit gelöst. Vielleicht wäre er dort stundenlang stehen geblieben, aber einer der Polizisten ging zu ihm hin und schrie ihn an, er solle verschwinden. Worauf der Junge davonschlich, um den schmerzhaften Schlägen des Polizisten mit dem Rohrstock zu entgehen.

Während er durch den wirbelnden Sandsturm lief, brach er trotz aller eisernen Entschlossenheit schließlich doch in Tränen aus. Und weil er allein in einer Stadt war, die er nun hasste, stieß er einen grauenerregenden Schrei aus. Später erzählte man mir, es sei ein Aufschrei der Trauer gewesen, aber ich wusste, dass dem nicht so war. Es war der Urschrei der Geburt.

Während eines Vorgangs, so blutig und schmerzlich wie sein Widerpart, war der Sarazene auf einem windumtosten Parkplatz in der Innenstadt von Dschiddah in den Terrorismus hineingeboren worden. Später sollte er sich aus treuer Liebe zu seinem Vater zu einem leidenschaftlichen Gläubigen des konservativen Islam entwickeln, einem Feind der abendländischen Werte, einem eingeschworenen Zerstörer der Fahd-Monarchie und einem Unterstützer des gewaltsamen Dschihad.

Vielen Dank, Saudi-Arabien, vielen Dank.

KAPITEL DREI

Trotz seines ungeheuren Reichtums, seiner riesigen Ölreserven und seiner Vorliebe für amerikanische Hightech-Waffensysteme funktioniert eigentlich nichts in Saudi-Arabien. Ein Beispiel ist der Busverkehr in Dschiddah.

Jetzt, wo sein Motorrad nur noch Schrott war, blieb dem Sohn des Zoologen nichts anderes übrig, als den Bus zu nehmen. Wegen des unregelmäßigen Fahrplans und wegen des zunehmenden Sandsturms erreichte die Nachricht von der Hinrichtung zwanzig Minuten vor ihm sein Elternhaus.

Seine erweiterte Familie hatte sich bereits im bescheidenen *majlis* des Hauses versammelt, seine Mutter hatte die Verwandten immer mehr in Angst und Schrecken versetzt. Zwischen den Wellen ihres Leids und ihres Unglaubens wetterte sie gegen ihr Land, das saudi-arabische Rechtssystem, ja die Königsfamilie selbst. Zwar hätte kein saudi-arabischer Mann – von der saudi-arabischen Gesellschaft ganz zu schweigen – es sich je eingestehen können, aber sie war beinahe immer die klügste Person im Raum.

Ihre Hasstirade endete erst, als jemand aus einem der Fenster blickte und ihren Sohn herbeikommen sah. Schluchzend, vor lauter Weinen nach Luft ringend, lief sie ihm im Flur entgegen, ungeheuer besorgt, er könnte – Tragödie über Tragödie – Zeuge der Hinrichtung seines Vaters geworden sein.

Als er den Kopf schüttelte und vom Unfall mit dem Motorrad auf der Baustelle berichtete, sank sie zum ersten und letzten Mal auf die Knie und dankte Allah für jede Wunde am Körper ihres Sohnes. Er beugte sich vor und zog seine Mutter vom Boden hoch. Dabei sah er über ihre Schulter hinweg seine beiden Schwestern. Sie standen abseits, als säßen sie auf einer Insel der Verzweiflung fest.

Er nahm alle fest in die Arme und erzählte von der Trauer, die auf dem ganzen Nachhauseweg auf ihm gelastet, aber bislang noch niemanden von ihnen erfasst hatte. Aber für einen hingerichteten Strafgefangenen gab es weder ein Begräbnis noch eine Feuerbestattung, kein Schließen der väterlichen Augenlider, keine Waschung und Umhüllung seines Leichnams, die islamischen Rituale zum letzten Gruß an den Toten. Die sterblichen Überreste des Vaters würden in ungeweihte Erde geworfen und in einem nicht gekennzeichneten Grab verscharrt werden. Wenn sie Glück hätten, würde einer der Arbeiter ihn auf die rechte Seite legen, damit er mit dem Gesicht nach Mekka gewandt seine letzte Ruhe fand. Wenn sie denn Glück hätten …

In den folgenden Monaten habe sich die dunkle Wolke des Verlusts, die sich über das Haus gesenkt hatte, kaum verzogen, wie die Mutter später in der ausführlichen Befragung sagte. Außer den Verwandten kam niemand zu Besuch, keiner rief an – die Besonderheit des Vergehens bedeutete, dass die Familie von Freunden und der Gemeinschaft gemieden wurde. In gewisser Weise waren auch sie in ein nicht gekennzeichnetes Grab geworfen und begraben worden. Trotzdem nahm die Zeit ihrer Trauer langsam die Schärfe, und schließlich nahm der Junge, der ein herausragender Schüler war, seine Schulbücher und lernte zu Hause weiter. Das festigte mehr als alles andere die Familie. Denn Bildung verheißt eine bessere Zukunft, egal wie fern die Aussicht darauf auch erscheinen mag.

Dann, acht Monate nach der Hinrichtung, zog am Himmel im Osten eine unangekündigte Dämmerung herauf – unbemerkt von der Familie hatte der Großvater sich unablässig für sie eingesetzt. Durch das wenige *wasta*, über das er verfügte, und die Zahlung von Bestechungsgeldern, die er sich kaum leisten konnte, war es ihm gelungen, für seine Schwiegertochter und die drei Kinder Pässe, Ausreisegenehmigungen und Visa zu bekommen. Das zeugte gewiss davon, wie sehr er sie liebte, tatsächlich aber war die Familie den Behörden peinlich, die sich vermutlich darüber freuten, sie loszuwerden. Aber wie immer auch die unterschwellige Botschaft lautete: Eines späten Abends erschien der Großvater im Haus, überbrachte der Familie die erschreckende Nachricht und teilte ihnen mit, sie müssten in aller Frühe abreisen, bevor die Leute, deren Hilfe er sich erkauft hatte, es sich anders überlegten.

Die ganze Nacht hindurch packte die Mutter das Notwendigste und ging ein letztes Mal ihre Erinnerungen durch, und da es niemanden gab, von dem sie sich verabschieden konnten, machten sie sich bei Sonnenaufgang auf den Weg. Zwölf Stunden fuhr die Kolonne aus vier überlasteten Familienfahrzeugen quer durchs ganze Land, es ging durch zeitlose Wüsten, vorbei an endlosen Ölfeldern, bis sie in der Abenddämmerung das türkisfarbene Wasser des Persischen Golfs erblickten.

Sich wie eine Perlenkette über das Meer erhebend erschien vor ihnen die glitzernde Dammstraße, die Saudi-Arabien mit dem unabhängigen Inselstaat Bahrain verbindet. Fünfundzwanzig Kilometer weit führt sie über Brücken und Viadukte, ein Triumph niederländischer Ingenieurskunst, bekannt als der King Fahd Causeway. Während sie das Meer überquerten, lächelte im Abstand von einem Kilometer der saudische Monarch von gigantischen Werbeplakaten auf die Familie herab – eine Ironie, die dem Jungen nicht entging: Das war der Mann, der das Dekret unterzeichnet hatte, seinen Vater hinzurichten. Fahds verhasstes Gesicht war das Letzte, was er von der Heimat sah.

Nachdem sie an der Grenze nochmals Bestechungsgeld gezahlt hatten, wurde dem Großvater und den drei Cousins gestattet, kurz ohne Papiere nach Bahrain einzureisen, um die Habseligkeiten der Familie zu einem Haus zu bringen, das der alte Mann über einen Freund eines Nachbarn angemietet hatte. Niemand sagte ein Wort, aber alle waren bestürzt, als sie das Haus sahen.

Das heruntergekommene Gebäude lag an einem kleinen, unbefestigten Platz in einem halbindustriellen Viertel der Landeshauptstadt Manama. Die Haustür hing in den Angeln, die Toilettenspülung funktionierte sporadisch, und Strom gab es nur in zwei Zimmern – aber es gab kein Zurück mehr. Und alles war besser als das Leben in Dschiddah.

Als der dürftige Hausstand schließlich ausgeladen war, stand die Mutter des Jungen mit dem alten Mann in der schäbigen Küche und versuchte, ihm ruhig für alles zu danken, was er getan hatte. Er schüttelte den Kopf, drückte ihr eine kleine Rolle Banknoten in die Hand und versprach, ihr jeden Monat Geld zu schicken – nicht viel, aber genug. Während sie versuchte, ob seiner Großzügigkeit nicht in Tränen auszubrechen, ging er langsam zu seinen Enkelinnen, die vom Hof her zuschauten, und nahm sie in die Arme.

Dann drehte er sich um und zögerte – den schwierigsten Teil hatte er sich bis zum Schluss aufgehoben. Sein Enkel, der genau wusste, was gleich kam, versuchte geschäftig zu wirken, und öffnete auf der hinteren Terrasse Kartons. Der Großvater ging auf ihn zu und wartete, dass er den Kopf hob. Beide waren nicht ganz sicher, wie viel Gefühl sie als Männer zeigen sollten, bis der Großvater den Jungen in die Arme schloss. Es war nicht die richtige Zeit für Stolz. Er war ein alter Mann, nur Gott wusste, ob er seinen Enkel jemals wiedersehen würde.

Er trat einen Schritt zurück und blickte den Jungen an – jeden Tag dachte er daran, wie sehr er seinem Sohn ähnelte, dem, der hingerichtet worden war. Aber wir leben in unseren Kindern und Kindeskindern weiter, und nicht einmal ein König kann einem das wegnehmen. Abrupt drehte er sich um, schritt auf die Fahrzeuge zu und rief den Cousins zu, sie sollten die Wagen anlassen. Er warf keinen Blick zurück, damit die Familie nicht sah, dass ihm Tränen über die Wangen liefen.

Noch lange stand der Junge, umringt von der Mutter und den zwei Schwestern, in der hereinbrechenden Dunkelheit und verfolgte, wie mit den Rücklichtern auch ihr früheres Leben in die Nacht entschwand.

KAPITEL VIER

Zwei Tage später ging die Mutter zum ersten Mal in ihrem Erwachsenenleben ohne Begleitung eines männlichen Erwachsenen in die Öffentlichkeit. Trotz aller Angst und Verlegenheit blieb ihr nichts anderes übrig – wenn sie die Kinder nicht beschäftigte, würden ihre Einsamkeit und die bisher nicht gekannte Armut sie erdrücken.

Einsam in einem fremden Land, ohne Verwandte oder Freunde, lief sie zur nahe gelegenen Bushaltestelle, drängte die Kinder in den Bus und ging mit ihnen stundenlang durch die Einkaufszentren der Stadt. Es war eine Art Erleuchtung. Keiner von ihnen hatte Erfahrung mit einer liberalen Interpretation des Islam, deshalb sahen sie mit großen Augen die Werbeplakate für US-amerikanische Filme und Bollywood-Musicals, betrachteten westliche Frauen in Tanktops und Shorts und waren fassungslos, dass Muslimas in aufwendigen *abayas* ihre Schleier durch Chanel-Sonnenbrillen ersetzt hatten.

Vor allem eines machte den Jungen fassungslos: Die einzigen weiblichen Gesichter, die er je gesehen hatte, waren die seiner Mutter und seiner nahen Verwandten – nicht mal auf Fotos hatte er je Frauen gesehen: Zeitschriften und Werbeplakate, die unverschleierte Frauen zeigten, waren in Saudi-Arabien verboten. Deshalb lieferten die Geschäfte in Bahrain eine Grundlage für Vergleiche. Durch diese erfuhr er etwas, was er sonst nie gewusst hätte – dass seine Mutter schön war.

Natürlich halten alle Söhne ihre Mütter für schön, doch der Junge wusste, dass er nicht voreingenommen war. Die Mutter war erst dreiunddreißig, sie hatte hohe Wangenknochen, eine makellose Haut und große mandelförmige Augen, die vor Klugheit blitzten. Die Nase war schmal und gerade und leitete den Blick auf den vollendeten Schwung ihres Mundes. Das Leid, das sie kürzlich erfahren hatte, verlieh ihr zudem eine Anmut und eine Würde, die weit über ihre bescheidene Stellung in der Gesellschaft hinausgingen.

Eines Nachts kurz darauf saß er – die Schwestern lagen schon im Bett – unter einer nackten Glühbirne in der Küche und sagte seiner Mutter zögernd, dass sie sehr schön sei. Lachend küsste sie ihn auf den Kopf, doch abends im Bett weinte sie leise. Wenn einem Jungen die Schönheit einer Frau auffällt, heißt das, er wird erwachsen, und sie wusste, sie würde ihn verlieren.

In den darauffolgenden Wochen gelang es ihr, die drei Kinder in guten Schulen anzumelden, und nach sechs Versuchen fand der Junge eine Moschee, die streng und so antiwestlich war, dass sie die Zustimmung des Vaters gefunden hätte. Ein 15-Jähriger, der von der Straße hereinspaziert kam, ohne Begleitung eines männlichen Angehörigen, fiel einer Gruppe von Gläubigen sofort auf. Und deshalb luden ihn am ersten Freitag nach den Gebeten der von Geburt blinde Imam und mehrere andere Männer zum Tee in einen wunderschönen Garten hinter dem Gebäude ein.

Unter einem blau blühenden Jacaranda-Baum gab der Junge fast nichts über die Ereignisse preis, die ihn nach Bahrain geführt hatten. Aber die Männer ließen sich nicht beirren, und weil er nicht lügen konnte, erzählte er ihnen schließlich, in abgehackten Sätzen, wie sein Vater gestorben war. Am Ende neigten die Männer die Köpfe und priesen seinen Vater. »Welcher Sohn – welcher fromme Muslim – ist nicht stolz auf einen Mann, der in Verteidigung seines Glaubens und von dessen Werten das Wort erhoben hat?«, fragten sie zornig.

Für einen Jungen, den seine Gemeinschaft beschämt und zurückgewiesen hatte, der so lange einsam gewesen war, stellte das eine heilsame Erfahrung dar. Schon jetzt füllte die Moschee die emotionale Leere im Zentrum seines Lebens.

Der blinde Imam erklärte ihm, dass Gott nur so viel Leid schicke, wie ein Mensch ertragen könne. Deshalb seien die grauenvollen Geschehnisse in Dschiddah Zeugnis des tiefen Glaubens und der Tapferkeit seines Vaters. Und damit streckte er die Hand aus und strich dem Jugendlichen über das Gesicht, damit er sich an seine Worte erinnerte. Die Geste war ein Zeichen des Respekts, eine besondere Aufnahme in ihre Gemeinschaft.

Der Junge – er erwähnte nur, dass die Gläubigen enorm gebildet seien – erzählte der Mutter nichts von den Vorlesungen in der Moschee, die er fast jeden Abend besuchte. Das sei Männersache, sagte der Imam, und außerdem könne ein Mann nur frei sprechen, wenn er wisse, dass seine Worte nicht weitergesagt würden.

Während der Junge diese ersten Schritte in die gewalttätige Politik machte, in einer – wie sich später herausstellte – Zelle der Muslimbruderschaft, zog die Karawane in die entgegengesetzte Richtung weiter. Anders als die meisten Menschen in Bahrain besaß die Familie keinen Fernseher, doch wurden die Töchter täglich stärker der Popkultur ausgesetzt – in der Schule, in den Einkaufszentren, auf Plakaten. Und wie in jedem anderen Land in der Region war populäre Kultur gleich nichtarabische Kultur.

Die zunehmende Amerikanisierung der Schwestern führte zu immer heftigeren Streitereien zwischen dem Jungen und der

Mutter, bis sie eines Abends ein offenes, strenges Gespräch mit ihm führte. Sie erklärte ihm, Bahrain sei ihre einzige Zukunft, und sie wünsche, dass die Mädchen sich integrierten und die Liebe von Freunden fänden – dies wünsche sie für alle ihre Kinder. Und wenn das bedeutete, alles an ihrer Lebensweise in Saudi-Arabien hinter sich zu lassen, dann würde sie dem keine Träne nachweinen, da diese so viel Leid über sie alle gebracht habe.

Einsamkeit sei wie ein Messer, das ein Herz in Fetzen schneide, und ein Kind habe das Recht zu träumen, und wenn die Mädchen jetzt nicht danach strebten, glücklich zu sein, würden sie es nie mehr tun. Sie sagte das voller Einsicht und Aufrichtigkeit, und warum auch nicht? Sie hätte genauso gut über sich selbst sprechen können. Er hatte seine Mutter noch nie so erregt erlebt, und da wurde ihm klar, dass sie nach außen hin zwar immer noch Muslima war, im Herzen jedoch, weil sie sich von Gott verlassen fühlte, nur das Leben und ihre Kinder anbetete. Tief beunruhigt ermahnte er sie, dass Allah sie alle beobachte, und ging zu Bett.

Nachdem er eingeschlafen war, ging die Mutter ins Zimmer der Töchter, weckte sie leise und legte ihnen die Arme um die Schultern. Sie sagte ihnen, sie wisse, dass sie einem anderen Licht entgegenstrebten, sie dürften den Bruder aber nicht mehr im eigenen Haus beleidigen. Sie müssten die Musik ausstellen, und wenn sie das Haus verließen, um zur Schule zu gehen, müssten sie den Schleier tragen.

Die Mädchen ähnelten ihrer Mutter in Aussehen und Temperament, weshalb sie zu protestieren begannen. Sie brachte sie zum Schweigen und erklärte ihnen, der Grund sei, dass ihr Bruder sie liebe und er lediglich versuche, der riesigen Verpflichtung gerecht zu werden, die er dem Vater gegenüber empfand. Sie betrachtete ihre Mienen, die sie anflehten, ihre Meinung zu ändern, und fast hätte sie gelächelt – sie war drauf und dran, ihren Töchtern ein Geheimnis anzuvertrauen, etwas, was sie, außer bei der eigenen Mutter, noch nie jemandem gegenüber getan hatte.

»Ich brauche eure Hilfe. Es gibt da etwas sehr Wichtiges, was ich mit eurem Bruder besprechen muss – aber er wird niemals zustimmen, wenn er euch für verdorben hält.«

Die beiden Mädchen vergaßen zu protestieren und fragten sich, was um alles in der Welt ihre Mutter ihnen eröffnen wollte.

»Wir können so nicht weitermachen«, sagte sie. »Es geht nicht nur um das Haus hier. Euer Großvater ist nicht mehr jung – was geschieht, wenn er stirbt und wir kein Geld mehr von ihm bekommen?« Sie wartete, bis sie begriffen hatten, welch schlimme Folgen das haben würde, dann sagte sie ihnen: »Ich habe mich auf eine Stelle beworben.«

Von allen Lektionen, die die Mädchen als junge Muslimas lernen sollten, war diejenige, die ihre Mutter ihnen an jenem Abend erteilte, die wichtigste: Verantwortung für sich zu übernehmen, zu erkennen, dass die einzige Treppe zum Himmel die ist, die man selbst auf Erden baut. Sie schauten sie verwundert an. Ein Job?!

Sie habe von der offenen Stelle von einer der Mütter an ihrer Schule erfahren und die Firma vor Wochen angerufen, erklärte sie ihnen. Sie habe schon aufgeben wollen, doch am heutigen Tag sei ein Brief eingetroffen, in dem sie aufgefordert worden sei, zum Vorstellungsgespräch zu erscheinen. Sie erklärte den Mädchen, dass sie ihrem Bruder nichts gesagt habe, für den Fall, dass sie nicht eingestellt würde. Seien wir ehrlich, sagte sie, es sei fast sicher, dass sie den Job nicht bekommen würde, nicht beim ersten Versuch. Und es habe keinen Sinn, sich zu streiten, ohne dabei etwas zu gewinnen. Mehr als diese einfachen Tatsachen wollte sie ihnen gegenüber nichts preisgeben, sondern beharrte darauf, dass es schon spät sei und sie sich schlafen legen sollten.

Am Morgen hatten sich die Mädchen auf die einzige ihnen denkbare Weise hinter ihre Mutter gestellt: Die Poster waren von den Wänden genommen, die Stapel mit Zeitschriften in Müllsäcke gestopft und ihre Musikkassetten und ihre Schminksachen versteckt.

Am Tag des Vorstellungsgesprächs, als die Kinder in der Schule waren, kratzte ihre Mutter die wenigen Ersparnisse zusammen, die sie besaß. Dann ging sie, einem sorgfältig ausgedachten Plan folgend, in einen kleinen Laden in einem der besten Einkaufszentren und kaufte eine gute, herabgesetzte Louis-Vuitton-Handtasche und eine Gucci-Sonnenbrille.

In der öffentlichen Toilette packte sie die neue Handtasche aus, warf die alte in den Mülleimer und nahm den Schleier ab. Sie war entschlossen, sich jeden Vorteil zu verschaffen, einschließlich desjenigen, den ihr Sohn einige Monate zuvor kommentiert hatte. Lebenslange Bescheidenheit zu überwinden ist jedoch gar nicht leicht, und selbst mit der Sonnenbrille auf der Nase brachte sie einfach nicht den Mut auf, sich im Spiegel zu betrachten.

Modern und schön aussehend trat sie schließlich aus der Tür und ging zu Fuß zum angrenzenden Bürohochhaus: die Zentrale von Batelco, dem örtlichen Telefonmonopolisten. Kribbelig vor Angst und Aufregung setzte sie sich auf ein Sofa und wartete darauf, zum Gespräch hereingerufen zu werden. Ihr fiel auf, dass ihre Gefühle sich kaum von jenen in der Hochzeitsnacht unterschieden – und dass sie sich ungefähr genauso nackt fühlte.

Kein Wunder, dass Frauen Spaß daran haben, so gekleidet auszugehen, dachte sie.

Eine Sekretärin kam herbei und begleitete sie in ein Konferenzzimmer, wo zwei Männer und eine Managerin ihr erläuterten, dass das Unternehmen die Anzahl seiner »Kundenbetreuerinnen« vergrößere. Was sie davon halte? Sie sagte ihnen, das sei eine gute Idee – was den Service betreffe, habe das Unternehmen einen derart schlechten Ruf, dass es schwer zu glauben sei, dass es überhaupt einen zu verlieren habe.

Der ältere Mann blickte sie an – und lachte. Den ganzen Tag hatten die Bewerberinnen geäußert, welch herausragendes Unternehmen Batelco sei. Endlich sprachen sie mit einer, die wenigstens verstand, warum der Job notwendig war. Immer noch lächelnd sagte er, dass es bei der Tätigkeit größtenteils um die Beschwerdenannahme von Kunden wegen zu hoher Rechnungen ginge, das Erklären von Abrechnungszeiträumen, das Erläutern von Tarifen.

Sie habe keinerlei Erfahrung mit so etwas, kenne sich aber

trotzdem aus, erklärte sie ihnen: Als Witwe mit geringem Einkommen müsse sie alle Haushaltsrechnungen verstehen und unter die Lupe nehmen, darunter auch die von Batelco. Vor lauter Angst plapperte sie weiter, jedoch ohne zu bemerken, dass die Angehörigen der Bewerbungskommission zwar nickten, ihr aber kaum noch zuhörten.

Sie wussten, dass es bei der Anstellung eher um den Umgang mit erzürnten Kunden als um technische Kompetenz ging. Die Frau, die dort vor ihnen saß, schien auf seltene Weise Intelligenz und Stil in sich zu vereinigen – genug, um selbst den aufgebrachtesten Kunden zu besänftigen.

Die Mitglieder des Bewerbungsausschusses blickten einander an, tauschten sich mittels erhobener Augenbrauen und winzigen Schulterzuckens aus und fällten wortlos eine Entscheidung. Der Leiter unterbrach sie und fragte, ob sie am Montag anfangen könne. Sie war so aufgeregt, dass sie gar nicht antworten konnte, und erst als er seine Frage wiederholte, brachte sie ein Ja über die Lippen.

Als sie den Konferenzraum verließ, schwirrte ihr der Kopf, aber ihr war klar, dass sie ihren Töchtern nichts von dem Bewerbungsgespräch erzählen durfte. Alles konnte noch an der letzten Hürde scheitern: ihrem Sohn.

Nach dem Abendessen bat sie ihn beiläufig, sie zum nahe gelegenen Supermarkt zu begleiten. Sie hatte es den ganzen Nachmittag geplant, und als sie losgingen, sah sie, dass sie genau den richtigen Zeitpunkt gewählt hatte. Es war der Beginn des Wochenendes, und Gruppen von Jugendlichen hatten sich vor einem Laden für Autoteile versammelt, an Straßenecken hockten Grüppchen von Pakistanern, die auf dem Gelände der örtlichen Fabriken wohnten, Autos voller Rowdys fuhren in die Kinos in der Innenstadt. Im Gehen wies sie auf jeden einzelnen unappetitlichen Aspekt hin und erklärte ihrem Sohn, dass seine Schwestern, ob nun verschleiert oder nicht, in einem Alter seien, in dem sie das Haus nicht mehr verlassen dürften.

Er nickte – er hatte auch schon daran gedacht. Als Mann war er das Familienoberhaupt und für die Tugendhaftigkeit der Frauen verantwortlich.

»Wir müssen in eine bessere Gegend umziehen«, sagte sie.

»Natürlich. Und wie wollen wir das bezahlen?«

»Indem ich mir Arbeit suche«, sagte sie ruhig, verschwieg aber, dass sie bereits eine hatte.

Er hielt inne und schaute sie an. »Das ist doch lächerlich!«

Gehorsam senkte sie das verschleierte Gesicht und ließ klugerweise den ersten Ansturm seiner Wut und Überraschung vorüberziehen. Er wandte sich um, wollte in Richtung Supermarkt gehen, aber sie rührte sich nicht vom Fleck.

»Lächerlich, vielleicht, aber nenn mir eine Alternative«, sagte sie mit fester Stimme. »Wie sonst können wir die Mädchen beschützen?«

Er ging weiter in Richtung Supermarkt. Aber sie rührte sich noch immer nicht, denn sie war entschlossen, sich gegen ihren Sohn durchzusetzen, damit sie eine Chance auf ein besseres Leben bekam.

»Wir können doch nicht ewig von Almosen leben!«, rief sie ihm nach. »Welcher Mann kann das denn wollen? Keine Mutter würde es erlauben. Mit einer Anstellung könnten wir uns ein ganz anderes Leben leisten …«

Aber sie beendete den Satz nicht. Er drehte sich um und kam zurück, schritt wütend auf sie zu. »Die Antwort lautet Nein – es ist unmoralisch!«

Er zerrte sie am Ärmel, aber sie hatte die Lücke gesehen, auf die sie so verzweifelt gehofft hatte. »Eine berufstätige Frau entspricht vielleicht nicht irgendeiner Vorstellung von Männlichkeit, sie beleidigt möglicherweise ein paar fanatische Imame, aber zu arbeiten ist nicht unmoralisch«, sagte sie kühl.

Ihr Sohn sah den Abgrund, der sich vor ihm auftat, aber er konnte nicht zurücknehmen, was er gesagt hatte. Stattdessen versuchte er, das Thema abzuschließen, indem er auf die Gruppen der Männer deutete, die den sich entfaltenden häuslichen Disput verfolgten. »Hör auf! Die Leute schauen ja schon.«

Doch sie rührte sich nicht. »Meine religiösen Studien liegen schon einige Jahre zurück«, sagte sie, »aber erkläre mir einmal, bitte, in welchem islamischen Text steht, dass es unmoralisch ist, wenn eine Frau eine ehrliche Arbeit annimmt.«

»Es ist unmoralisch, weil ich es sage …«, aber sie ließ nicht zu, dass er diesen Unsinn zu Ende sprach.

»Deine Meinung ist also bedeutender als die des Propheten, Friede sei mit ihm.«

Allein schon so etwas zu denken war ein Sakrileg, sodass ihm einen Augenblick lang keine Antwort einfiel.

Seine Mutter nutzte den Vorteil. »Es war Gottes Wille, dass du den Platz deines Vaters eingenommen hast – dann fang jetzt auch an, wie er zu handeln. Glaubst du, er würde wollen, dass seine Töchter so leben? Glaubst du, er würde wollen, dass seine *Ehefrau* so lebt?«

Der Junge kannte die Antworten. Er blickte über den großen Abgrund zwischen den Geschlechtern und spähte in ein winziges Fenster: den schmalen Schlitz im Schleier der Mutter – seit über tausend Jahren die einzige Möglichkeit, wie Männer und Frauen in der arabischen Öffentlichkeit sich gegenseitig ansehen können.

Mit ihren wunderschönen, dunklen Augen hielt sie seinem Blick stand. »Ich habe dich gefragt, ob du glaubst, dass dein Vater gewollt hätte, dass wir in diesen Verhältnissen leben. Antworte mir.«

Er wollte sie dazu zwingen wegzuschauen, aber sie ließ es nicht zu, deshalb wandte er den Blick ab.

»Wie viel würdest du denn verdienen?«, fragte er schließlich.

KAPITEL FÜNF

Der Nachsommer der Familie hätte vielleicht ewig weitergehen können – hätte es da nicht eine Gruppe bangladeschischer Bauarbeiter gegeben.

Innerhalb eines Monats, nachdem ihr Sohn eingewilligt hatte, dass sie arbeitete, waren sie in ein Haus in einem guten Viertel umgezogen, und so stieg sie fünf Tage die Woche zusammen mit ihren Töchtern in den Bus und fuhr ins Büro. Noch nie in ihrem Leben hatte sie sich so zielstrebig gefühlt, sich so an ihren beiden Töchtern erfreut. Das Ganze endete zwei Tage, nachdem Bauarbeiter damit anfingen, neben der Schule des Jungen ein kleines Bürohaus zu errichten.

Nicht vertraut mit den feineren Details der Vorbereitung eines Bauplatzes hatten sie mit dem Schaufelbagger die Wasser- und die Stromleitungen durchtrennt und dadurch die Klimaanlage in der Schule lahmgelegt. Während der unglückselige Fahrer seinen kaputten Bagger betrachtete, jubelten ihm die Kinder von den Fenstern her zu, denn sie wussten ja, dass sie für den Rest des Tages schulfrei bekommen würden.

Der Sarazene beschloss, seine Mutter zu überraschen und zum Mittagessen einzuladen. Aber weil der öffentliche Nahverkehr in Manama ungefähr so zuverlässig wie der in Dschiddah war, traf er einige Minuten nach der Schließung zur Mittagspause ein. Da er annahm, dass seine Mutter in der Kantine war, ging er vom Batelco-Gebäude zum Einkaufszentrum hinüber, um sich etwas zu trinken zu kaufen und um zu überlegen, wie er seinen freien Nachmittag verbringen konnte.

Er trat aus einem Aufzug, sah sie in fünfundzwanzig Meter Entfernung, und in diesem Moment fiel das kleine Leben, das er sich in Bahrain aufgebaut hatte, in sich zusammen. Unverschleiert und Lippenstift tragend, die Gucci-Sonnenbrille ins Haar geschoben, aß sie inmitten einer Gruppe von Mitarbeiterinnen in einem Café zu Mittag.

Erschrocken starrte er auf ihr unverschleiertes, geschminktes Gesicht. In seinen Augen hätte sie genauso gut nackt sein können. Schlimmer noch als ihre Unanständigkeit waren jedoch die vier Männer, die mit ihr an dem großen Tisch saßen. Ein Blick genügte, um zu wissen, dass es sich bei ihnen nicht um die Väter oder Brüder der anderen Frauen handelte.

Fast wäre eine Welle der Übelkeit und der Gefühle von Verrat über ihm zusammengeschlagen. Und während er sie abebben ließ, empfand er die alles überschwemmende Trostlosigkeit des Scheiterns: Ihm wurde bewusst, dass er seinen Vater auf die schlimmstmögliche Art im Stich gelassen hatte.

Er überlegte, ob er seine Mutter vor diesen Leuten zur Rede stellen, ihr Gesicht verhüllen und sie nach Hause zerren sollte – aber irgendwie brachte er es fertig fortzugehen. Zornig, auf fast nicht wiedergutzumachende Art und Weise gekränkt, begab er sich zu dem einzigen Zufluchtsort, den er kannte: der Moschee. Der Imam und die anderen Muslimbrüder mussten ihm unbedingt Trost und Rat spenden.

An jenem Abend kam er so spät nach Hause und stand am nächsten Morgen ganz bewusst so spät auf, dass er seiner Mutter und seinen Schwestern erst abends zur Essenszeit wieder begegnete. Merkwürdigerweise machte er keinerlei Anspielung auf das, was er im Einkaufszentrum gesehen hatte, aber während des Essens spürte seine Mutter, dass etwas nicht stimmte.

Als die Mädchen ins Bett gegangen waren, fragte sie ihn, was denn los sei, aber er blieb in sich gekehrt und mürrisch und ließ sich auch nicht in ein Gespräch darüber verwickeln. Sie konnte sich nur vorstellen, dass es etwas mit einem Mädchen zu tun hatte, und beschloss deshalb, ihn nicht zu bedrängen. Sie hatte selbst Brüder und wusste, wie schwer die Teenagerjahre für Jungen waren.

Es dauerte mehrere Tage, aber schließlich setzte er sich mit ihr zusammen und redete mit ihr. Mit niedergeschlagenen Augen sagte er, dass er sich nach Monaten der Selbstprüfung entschieden habe, ein frommes Leben zu führen und eines Tages – so Gott wollte – Imam zu werden.

Sie sah ihn bestürzt an, unternahm jedoch keinen Versuch, ihn zu unterbrechen. Sie hatte viele Träume für ihren Sohn, doch dieser gehörte nicht dazu.

Ruhig teilte er ihr mit, er wisse, dass der Weg zum spirituellen Leben kein leichter sei, dass ihm die Religion aber seit dem Tod seines Vaters mehr Trost gespendet habe als alles andere und dass es, wie der Imam bei mehreren Anlässen gesagt habe, ein Entschluss sei, auf den der Vater ungeheuer stolz gewesen wäre.

Das stimmte, wie seine Mutter wusste. Und wenn es auch sein Schweigen in jüngster Zeit erklärte, konnte sie nicht umhin zu denken, dass sich da etwas anderes hinter seinem Entschluss versteckte, was sie nicht verstand.

Sie musterte ihren einzigen Sohn. Mit jedem Monat ähnelte er mehr seinem Vater, und deshalb liebte sie ihn immer mehr – er sollte ihr alles erzählen. Aber er hob nur den Kopf und erwiderte standhaft ihren Blick.

»In zwei Wochen werde ich sechzehn, aber ich brauche immer noch deine Erlaubnis, wenn ich einen Reisepass beantragen will. Ich möchte für einen Monat nach Pakistan.«

Sie schwieg, zu schockiert – Pakistan? Woher kam das denn?

»Das wäre in den großen Sommerferien, deshalb würde es meine Studien nicht beeinträchtigen«, fuhr er gelassen fort. »In der Nähe von Quetta gibt es eine berühmte *madrasa* – eine Religionsschule –, die einen idealen Kurs für junge Studienanfänger anbietet. Der Imam hat mir gesagt, dass dieser den hohen Standard für den Rest meiner Laufbahn begründen wird.«

Seine Mutter nickte, sie konnte den Blinden förmlich hören. Aber was wusste der denn schon über ihren Sohn? Der Junge war hochgewachsen und kräftig, überraschend sportlich, deshalb bezweifelte sie, dass ein dem religiösen Studium gewidmetes Leben ihn je zufriedenstellen würde. »Selbst wenn ich einwilligte – wie sollen wir uns das denn leisten?«, fragte sie und entschied sich damit zunächst für den Widerspruch, der sich am vernünftigsten anhörte.

»Der Kurs ist gratis«, sagte er, »außerdem hat der Imam angeboten, das Flugticket zu bezahlen. Mehrere Mitglieder der Moschee haben mir versprochen, Freunden zu schreiben, die mir ein Zimmer besorgen können.«

Sie biss sich auf die Lippen. Sie hätte es sich denken können. »Wann willst du da hinfliegen?«

»In zehn Tagen.« Damit forderte er sie heraus zu sagen, dass das zu früh sei.

»*Wann?*«

»In zehn Tagen.« Er wusste genau, dass sie ihn verstanden hatte.

Es dauerte eine Weile, bis sich ihr Herzschlag beruhigt hatte. Erst danach konnte sie sich ihrer Angst stellen, dass sich, wenn sie ihm nicht half, eine Kluft zwischen ihnen auftun würde, die sich nie wieder schließen könnte.

»Was sagst du dazu?« Sein Tonfall klang so aggressiv, dass sie begriff, welche Antwort er erwartete.

»Ich werde mich niemals einem solch ehrenhaften Streben widersetzen«, sagte sie schließlich. »Aber natürlich habe ich meine eigenen Interessen, es hängt also von meinem Treffen mit dem Imam ab und davon, ob ich mich mit den getroffenen Vereinbarungen einverstanden erklären kann.«

Er lächelte freundlich und erhob sich. »Kein Problem. Er erwartet deinen Anruf.«

Zwei Tage später, beruhigt nach ihrem Treffen mit dem Imam, unterschrieb sie den Antrag auf beschleunigte Ausstellung eines Reisepasses, und am Nachmittag ging er ins Büro von Pakistan Air und kaufte sein Flugticket.

Mittlerweile war seiner Mutter klar geworden, dass er an seinem Geburtstag nicht zu Hause sein würde. Und so bürdeten sie und die Mädchen, während sie in aller Eile packten und einkauften, sich noch eine zusätzliche Last auf: Sie organisierten eine Überraschungs-Geburtstagsfeier für den Tag seiner Abreise. Es war ein kaum gehütetes Geheimnis, aber er schien das Spiel mitzumachen. Er tat so, als bemerkte er nicht, dass zusätzliche Speisen ins Haus gebracht wurden und dass Einladungen an die Schule und die Moschee hinausgingen.

Um vier Uhr morgens am Tag der Feier war er jedoch schon wach und komplett angezogen. Leise schlich er sich ins Zimmer seiner Schwestern und stellte sich an die Fußenden ihrer Betten. Sie waren erschöpft, weil sie bis um Mitternacht aufgeblieben waren, damit sie die Vorbereitungen zu Ende bringen konnten. Keine von beiden regte sich.

Er betrachtete die schönen Gesichter seiner Schwestern, die ruhig über das dunkle Meer des Schlafes segelten, und vielleicht ging ihm da erst jetzt auf, wie sehr er sie liebte. Doch es war nicht die Zeit, Schwäche zu zeigen. Er steckte jeder von ihnen ein mit seinem Namen signiertes Exemplar des Korans unter die Kissen und küsste sie ein letztes Mal.

Mit schwererem Herzen, als er sich vorgestellt hatte, ging er über den Flur und öffnete die Tür zum Zimmer seiner Mutter. Sie schlief auf der Seite und hatte ihm das Gesicht zugewandt, das vom sanften Licht der Nachtleuchte in ihrem Bad erhellt wurde.

Heimlich war er vor drei Tagen zum Büro der Fluggesellschaft zurückgekehrt und hatte sein Ticket auf einen 6-Uhr-Flug umgebucht. Seit er seine Mutter im Einkaufszentrum gesehen hatte, verbarg er seine Gefühle, aber er war sich unsicher, ob er sie im emotionalen Aufruhr der Abschiedsparty weiterhin unterdrücken konnte. Er hatte ihnen gesagt, er werde in einem Monat wieder zu Hause sein, doch das stimmte nicht. Tatsächlich hatte er keine Ahnung, ob sie einander jemals wiedersehen würden.

Während er jetzt seine Mutter betrachtete, ahnte er, dass ihm der Abschied schwerfallen würde. Er war in der Wüste aufgewachsen und hatte erst einmal im Leben Nebel gesehen. Eines frühen Morgens hatte sein Vater ihn geweckt, und sie hatten eine – irgendwie unwirkliche – Wand aus weißem Dunst beobachtet, die über das Rote Meer auf sie zurollte. Nun überfielen ihn die Erinnerungen: der Bauch der Mutter, der groß wurde, weil sie mit einer seiner Schwestern schwanger war, der Vater, der sie wegen Ungehorsam kräftig auf den Mund schlug, ihr schönes Gesicht, wenn sie über einen seiner Scherze lachte. Die sich wälzende Masse menschlicher Gefühle – von Hoffnung bis hin zu Verzweiflung, von kindlicher Liebe bis hin zu bitterer Enttäuschung – schlang ihre merkwürdigen Ranken um ihn, bis er in ihrem weißen, sich hin und her bewegenden Universum verloren war.

Er wäre in seinen tränenreichen Erinnerungen hängengeblieben, hätte ein ferner Muezzin nicht die Gläubigen zum Gebet gerufen. Denn es bedeutete, dass der Morgen anbrach und er schon spät dran war. Er trat ans Bett, beugte sich über das Gesicht der Mutter und spürte ihren Schlafatem sanft auf seiner Wange.

Es heißt, wenn Männer in der Schlacht fallen, bohren sie die Finger fast immer in den Boden, da sie sich an der Erde und all dem Schmerz und der Liebe, die darin liegen, festhalten wollen. Es war dem Jungen nicht klar, doch hätte er an sich herabgeblickt, hätte er gesehen, wie sich seine Finger in die Bettdecke seiner Mutter krallten.

Als er sie auf die Stirn küsste, murmelte er ein einziges Wort, etwas, was er ihr noch nie gesagt hatte: Er sprach ihren Namen aus, als wäre sie sein Kind.

Er richtete sich auf und ging rückwärts aus der Tür, während er den Blick so lange wie möglich auf sie gerichtet hielt. Rasch griff er nach seinem Rucksack, trat hinaus in den neuen Tag und rannte die Straße entlang, damit seine Tränen ihn nicht übermannten, seine Füße nicht seinem Herzen folgten und ihn zum Umkehren bewegten. Am anderen Ende der Straße wartete, wie vereinbart, ein Auto. Darin saßen der Imam und zwei leitende Mitglieder der Muslimbruderschaft. Sie begrüßten ihn, sowie er sich in den Fond setzte. Der Fahrer legte den Gang ein, dann fuhren sie los, um ihn am Flughafen abzusetzen.

Zwei Stunden später wachte seine Mutter auf. Sie wollte früh aufstehen, um die Vorbereitungen für das Fest zu beenden. In der Küche fand sie einen an sie adressierten Brief vor. Als sie zu lesen begann, hatte sie das Gefühl, als dringe durch den Fußboden kaltes Wasser hoch und zerquetsche ihren Unterleib. Sie spürte, wie ihre Beine unter ihr nachgaben, und schaffte es gerade noch, sich auf einen Stuhl zu setzen, bevor sie stürzte.

In schlichten Worten teilte er ihr mit, dass er sie in ihrer voll erblühten Schamlosigkeit im Einkaufszentrum gesehen habe, dass er gewiss sei, dass seine Schwestern ihr Verhalten deckten, und dass sein einziger Ehrgeiz darin bestehe, die Frauen zu beschützen, genau so, wie sein Vater das gewollt hätte.

Während sie weiterlas, zwei Seiten in seiner besten Handschrift, wurde ihr eine Lehre erteilt, die auch viele andere Eltern schon über sich ergehen lassen mussten: Es sind normalerweise die eigenen Kinder, die einen besonders tief kränken und verletzen.

Schließlich kam sie zum letzten Absatz, und da wurde ihr klar, dass sie sich in dem Imam komplett getäuscht hatte. Was sie las, zerriss die letzten Fäden ihrer dürftigen Selbstbeherrschung, und sie stürzte in einen Abgrund aus Verlust, Schuldgefühlen und entsetzlicher Angst.

Er werde nach Quetta reisen, aber dort gebe es keine berühmte *madrasa*, sondern nur eine andere Art Lager, verborgen in den hohen Bergen, schrieb ihr Sohn. Dort werde er eine sechswöchige Grundausbildung durchlaufen, bevor er dann auf einer alten Schmugglerroute über die Grenze aufs Schlachtfeld geführt werde.

Er habe nie die Absicht gehabt, schrieb er, ein frommes Leben zu führen. So wie jeder wahrhaft richtgläubige Muslim breche er vielmehr nach Afghanistan auf – um in den Dschihad gegen die sowjetischen Invasoren zu ziehen, die die Kinder des Islam töteten.

KAPITEL SECHS

Während des neunjährigen Krieges in Afghanistan kamen über eine Million Menschen ums Leben. Der Sarazene gehörte nicht zu ihnen – was angesichts dessen, was er später tat, die meisten Menschen veranlassen würde, wenn nicht die Existenz Gottes, so doch zumindest seinen gesunden Menschenverstand anzuzweifeln.

Nachdem er die Grenze überquert hatte, kämpfte der Sarazene zwei Jahre lang gegen die Russen, bis er – achtzehn Jahre alt und groß und kräftig geworden – eines kalten Abends im Februar auf einem Bergkamm stand und auf eine Straße hinabblickte, die sich bis in das ferne Europa erstreckte.

Hinter ihm fiel das Licht des Halbmonds auf die gezackten Reihen der Gipfel und Grate, wo zehntausend kampferprobte Mudschaheddin ebenfalls Wacht hielten.

Vor ihren Augen hatten sich bemerkenswerte Dinge abgespielt – wie schnell ein russischer Gefangener tanzen konnte, wenn man ihn mit Benzin übergoss und in Brand steckte, wie die eigenen Toten aussahen, wenn man ihnen die Genitalien abgehackt und in den Mund gestopft hatte –, doch in dieser Nacht, mit Millionen Sternen am Himmel, hätten sie genauso gut im fünften Ring des Saturns stehen und die Imperiale Sternenflotte vorbeifliegen sehen können. So etwas hatte die Welt noch nie gesehen.

Sechzig Kilometer entlang des breiten Tals – und laut Berichten im afghanischen Militärradio hundertsechzig Kilometer dahinter – war die zweispurige Asphaltstraße voll mit Tiefladern, Lkws und Panzertransportern. Alle paar Kilometer loderten Feuer, die die Nacht erhellten, als handelte es sich um irgendeine Christo-Version von Scheiterhaufen. Während die Fahrzeuge an den Feuern vorbeifuhren, warfen die Soldaten Ballast ab: Schneeanzüge, Rationskisten, Zelte, Sanitätskisten.

Hin und wieder gerieten auch versehentlich Patronen oder Leuchtgeschosse in die Feuer, sodass die Männer auf den Fahrzeugen sich zu Boden warfen. Dann aber hellte sich der Himmel wie bei einem schaurigen Feuerwerk auf, das einen der größten auf Erden je gesehenen Konvois immer wieder für Augenblicke in blendend helles Licht tauchte. Die Fahrzeuge steuerten auf den Fluss Amudarya und die Grenze zu Usbekistan zu: Die riesige 40. sowjetische Armee – die Besatzer Afghanistans – zog ab. Sie war besiegt.

Der Sarazene und die anderen Mudschaheddin wussten genau, warum die Russen verloren hatten. Nicht wegen der Tapferkeit der Rebellen oder Moskaus Entschlossenheit, den falschen Krieg zu führen. Sondern weil sie gottlos waren: Es war der Glaube der Krieger, der ihnen den Sieg gebracht hatte.

»*Allahu Akbar!*«, rief eine Stimme von der Spitze eines der höchsten Gipfel. »Gott ist groß.« Zehntausende stimmten in ihren Ruf ein, riefen ehrfurchtsvoll, lauschten auf das Echo. »*Allahu Akbar!*« Immer und immer wieder riefen sie es den Russen nach, während diese nach Hause flohen. Afghanistan, der Friedhof so vieler Reiche, hatte ein weiteres Opfer gefordert.

Zwei Wochen später ritten zwanzig schwer bewaffnete Männer in das von Schnee umtoste Dorf, in dem der Sarazene mit anderen erfahrenen ausländischen Kämpfern sein Lager aufgeschlagen hatte.

Der Anführer der Besucher hieß Abdul Mohammad Khan und war, selbst in dieser Zeit der Giganten, eine lebende Legende. Mitte vierzig, als die Sowjets einmarschierten, führte er seinen Clan in den Krieg. Er wurde von zwei »Militärratgebern« eines anderen Stammes in eine Falle gelockt, während eines wüsten Schusswechsels gefangen genommen und in einem Gefängnis in Kabul auf solch extreme Weise gefoltert, dass selbst den russischen Wachleuten übel wurde. Während eines blutigen Gefängnisaufstands gelang ihm die Flucht, und obwohl sein Körper mehr durch Willenskraft als durch Verbände zusammengehalten wurde, kehrte er schließlich in seine Festung in den Bergen zurück.

Ein halbes Jahr später – seine Gesundheit war zum Teil wiederhergestellt – erfüllte er sich den Traum, der ihm in den Stunden der Prügel und der Elektroden in Kabul Kraft und Energie verliehen hatte: Seine Kämpfer nahmen die beiden Männer gefangen, die ihn verraten hatten. Aber er folterte sie nicht. Schwere Stahlplatten wurden ihnen auf den Rücken gebunden, dann wurden sie nackt – mit dem Gesicht nach oben – in große Gießformen gelegt. Unfähig aufzustehen schlugen sie mit Armen und Beinen wild um sich, als sie sahen, wie flüssiger Beton in die Formen gegossen wurde.

Sobald ihre Körper und Gesichter gerade so weit bedeckt waren, dass sie ertranken, wurde kein weiterer Beton dazugeschüttet. So konnte er härten. Und somit waren die Umrisse ihrer zuckenden Gliedmaßen und die angsterfüllten Züge auf ihren Gesichtern auf ewig in Stein festgehalten – ein groteskes Basrelief.

Die Betonblöcke, die die begrabenen Männer und ihren ewigen Befreiungskampf festhielten, wurden im luxuriösen Sitzungsraum der Festung aufgestellt, und zwar zur Erleuchtung aller, die den Warlord Abdul Mohammad Khan besuchten. Niemand verriet ihn je wieder.

Als er mit seiner Militäreskorte in dem eisigen Dorf eintraf, hatte er sich bereits – als Kriegsherr ohnegleichen und zutiefst frommer Mann des Glaubens – zum Gouverneur der Provinz ausgerufen. In dieser Eigenschaft reiste er nun durch sein Riesenreich, um den ausländischen Kämpfern für ihre Hilfe zu danken und ihre Repatriierung zu organisieren.

Auf dieser langen Reise wollte er vor allem einen Mann treffen. Schon seit zwei Jahren hörte er Geschichten über den Sarazenen, der mit einem 18 Kilo schweren Blowpipe-Flugabwehrsystem auf dem Rücken und einer AK-47 über der Schulter durchs Gebirge zog.

In den Kriegsjahren, die den ersten sowjetischen Panzern diesseits der afghanischen Grenze gefolgt waren, hatten die Russen über 320 Helikopter verloren. Drei davon, allesamt furchteinflößende Hind-Kampfhubschrauber, waren von dem jungen Araber mit seiner Blowpipe abgeschossen worden – zwei in den allerschlimmsten Kriegsmonaten, einer in den letzten Wochen des Konflikts. Egal welche Maßstäbe man anlegte, das war eine bemerkenswerte Leistung.

Abdul Khan – der wegen seines Aufenthalts in dem, was die Sowjets liebevoll den »Kabuler Sportverein« nannten, für immer humpeln würde und dessen hageres und hübsches Gesicht auch dann ein wenig zu lächeln schien, wenn er Männer in Betonskulpturen verwandelte – hielt vor den versammelten Männern Hof und hörte sich ihre Bittgesuche an: von medizinischer Behandlung bis hin zu Reisespesen. Nur der Sarazene, der hinten stand, sagte nichts und wollte nichts – wofür ihn der Kriegsherr noch mehr bewunderte.

Nachdem alle gemeinsam in der Gemeindeküche des Dorfes zu Abend gegessen hatten, winkte der Gouverneur dem Sarazenen zu, er solle sich allein zu ihm in eine Nische neben dem prasselnden Feuer setzen. Während der Wind die Täler hinaufpfiff und bis nach China heulte, die Schneeflocken sich zu Schneewehen an den geduckten Häusern auftürmten, servierte Abdul Khan den Tee persönlich und sagte, er habe gehört, der junge Mann sei ein zutiefst frommer Muslim.

Der Jugendliche nickte, worauf Khan ihm sagte, es gebe da einen Religionslehrer, einen ehemaligen Kommandeur der Mudschaheddin, der in der Schlacht ein Auge verloren habe und seine eigene Elite-Schule in der Stadt Kandahar zusammenstelle. Seine Schüler seien allesamt ehemalige Kämpfer, und wenn der Sarazene den Islam in all seiner Größe und Herrlichkeit studieren wolle, dann würde Gouverneur Abdul Khan gern die Kosten dafür übernehmen.

Der Sarazene, der kleine Schlucke aus dem Stahlbecher trank und an einer der amerikanischen Zigaretten des Gouverneurs sog, hatte von Mullah Omar und seinen Taliban – das arabische Wort bezeichnet einen Menschen, der nach religiösem Wissen strebt – gehört, aber obwohl das Angebot des Gouverneurs ihm schmeichelte, schüttelte er den Kopf. »Ich reise nach Hause, in das Land, in dem ich geboren bin.«

»Nach Dschiddah?« Der Gouverneur konnte seine große Überraschung nicht verbergen. In anderen Nächten, an anderen Lagerfeuern, hatte er Männer von der Hinrichtung erzählen gehört, die den jungen Mann auf seinen langen Weg zum Dschihad geführt hatte.

»Nein, nach Riad.« Jetzt ahnte der Gouverneur, was den jungen Mann antrieb. Riad war die Hauptstadt Saudi-Arabiens, der Regierungssitz des Königs und des Hauses Saud. »Sie haben davon gehört, was sie meinem Vater angetan haben?« Er musterte die tiefliegenden Augen des Älteren.

»Man hat davon gesprochen«, entgegnete der Warlord gelassen.

»Dann verstehen Sie mich sicher – ich reise dorthin, um Vergeltung zu üben.«

Das sagte er ohne jede Verbitterung, ohne jedes Gefühl, sondern als handelte es sich um eine schlichte Tatsachenfeststellung. Gleichwohl: Wenn irgendein junger Bursche das gesagt hätte, dann hätte der Gouverneur gelacht und ihm eine weitere seiner guten Zigaretten angeboten. Doch die meisten jungen Männer hatten niemals einen sowjetischen Hind-Helikopter in voller Aktion gesehen, noch nie, nicht einmal in ihren schlimmsten Alpträumen. Während er den Sarazenen musterte, fragte sich der Gouverneur nicht zum ersten Mal, ob er selbst den Mut aufgebracht hätte, mit nichts weiter als einer Blowpipe bewaffnet so etwas zu tun. Wie alle in Afghanistan wusste er, dass die Blowpipe zu den übelsten Dingen gehörte, die jemals erfunden worden waren, und jeden, der so unglückselig war, sie zu benutzen, das Leben kostete.

Von der Schulter abgefeuert nutzt der einen Meter zwanzig lange Raketenwerfer ein manuelles Zielführungssystem: Mit anderen Worten, die Rakete wird abgefeuert und hinterher mittels eines Joysticks an einer kleinen Funkbox ins Ziel gelenkt. Als wäre das nicht schon gefährlich genug, erzeugt die Rakete beim Abfeuern eine solch helle Stichflamme, dass das angesteuerte Ziel, in aller Regel ein Hubschrauber, sie ausnahmslos kommen sieht.

In dem Fall wendet die Bordcrew augenblicklich den Helikopter und bringt die mehrläufigen Maschinengewehre und 50-Millimeter-Bordkanonen in Stellung. Und dann feuert der Pilot einen Hagelsturm aus Metall ab, um den Schützen mit seinem Joystick auszulöschen, bevor er seine Rakete ins Ziel lenken kann.

Siebzehn Jahre alt zu sein, ohne Eltern, die einen beerdigen oder gar beschützen, bei Sonnenaufgang auf einem Bergschuttkegel in Afghanistan zu stehen, wo man sich nur in langen Schatten verstecken kann, während kleine Fels- und Kugelsplitter an einem vorbeizischen und kampferprobte Flieger alle Höllenhunde von der Leine lassen, im Auge des Orkans zu stehen, während alles um einen herumwirbelt und sich auflöst, das ohrenbetäubende Dröhnen der Rotoren und Motoren, das Kreischen der Maschinengewehre und Bordkanonen zu hören, um dann, während der Hubschrauber schnell näher kommt, seinen Mann zu stehen, nicht davonzulaufen oder zurückzuzucken und einen Joystick zu bedienen im Angesicht des heranbrausenden Todes, die endlosen Sekunden zu zählen, bis sich dieser apokalyptische Reiter aus Furcht abwendet, den Hebel des Joysticks umzulegen und den Sprengkopf in den ungeschützten Unterbauch des Hubschraubermotors zu lenken, anschließend die Hitzewellen der Explosion zu spüren, dann den Tod und das brennende Fleisch zu riechen und plötzlich zu erkennen, dass das nicht das eigene ist, jedenfalls nicht dieses Mal – nun ja, es gibt nicht viele Männer, die so etwas können.

Dreimal hatte der Sarazene eine der tödlichsten Mutproben überhaupt gespielt, und dreimal hatte er bestanden. Lord Abdul Khan würde nie mehr über irgendetwas lachen, was dieser junge Mann sagte.

»Bleib«, sagte der Warlord ruhig zu ihm. »Die Saudis würden dich gleich bei der Ankunft in ihrem Land verhaften. Mit deinem Namen und weil du im Dschihad gekämpft hast, kommst du nicht über die Grenze.«

»Ich weiß«, antwortete der Sarazene und schenkte ihnen beiden Tee nach. »Ich werde zuerst nach Quetta gehen. Für tausend Dollar bekommt man dort auf dem Waffenmarkt einen Pass auf jeden Namen, den man will.«

»Mag sein – aber gib acht, die meisten pakistanischen Fälscher sind Ganoven. Welche Nationalität willst du annehmen?«

»Ist mir egal. Jede, mit der ich in den Libanon komme. In Beirut gibt es eine medizinische Hochschule, die zu den besten gehört.«

Abdul Khan stutzte. »Du willst Medizin studieren?«

Er nickte. »Wenn ich kein Saudi mehr bin, wie kann ich denn sonst in mein Land zurückkehren und dort leben? Es ist für Ausländer geschlossen, aber nicht für Ärzte – ein ausländischer Muslim mit einem guten Abschluss in Medizin erhält sicher ein Einreisevisum. Und es hat noch einen weiteren Vorteil: Die Mabahith wird einen Arzt nicht überwachen. Ärzte sollen Menschenleben retten, nicht wahr?«

Abdul Khan lächelte und sah ihn einfach nur weiter an. »Das wird Jahre dauern«, sagte er schließlich.

»Vielleicht ein ganzes Leben.« Der Sarazene erwiderte sein Lächeln. »Aber mir bleibt keine andere Wahl, ich schulde es meinem Vater. Ich glaube, dass mich Gott deshalb auf den Bergen geschützt hat: damit ich das Haus Saud vernichte.«

Lange saß der Gouverneur schweigend da – er hätte nicht gedacht, dass der junge Kämpfer etwas vorhaben könnte, was ihm noch mehr imponieren würde, als den Hinds die Stirn zu bieten. Aber da hatte er sich getäuscht.

Er schwenkte den Tee in seinem Becher und hob ihn schließlich anerkennend an – er wusste mehr über Vergeltung als die meisten Menschen. »Also dann: auf Saudi-Arabien und die Vergeltung«, sagte er. »*Inschallah.*«

»*Inschallah*«, antwortete der Sarazene. So Gott will. Und fast fünfzehn Jahre lang blieb dies das letzte Wort, das sie wechselten. Am nächsten Morgen reiste der Gouverneur mit seiner Eskorte bei Sonnenaufgang ab. Aber drei Wochen später, nachdem die ausländischen Kämpfer ihr Lager aufgeschlagen hatten und darauf warteten, dass der letzte Schneesturm des Jahres vorbeizog, schleppten sich zwei der jungen Neffen des Gouverneurs ins Dorf.

Sie hatten ihre Pferde im Schneesturm freilassen müssen, und während die Pferde in tieferes, sichereres Gelände hinabstiegen, kletterten die beiden Jugendlichen weiter durch den Sturm. Unangekündigt und völlig unerwartet brachten sie ein kleines Öltuch-Päckchen für den Sarazenen mit, den legendären Mudschahed, der kaum älter war als sie.

Als sie mit ihm allein in der Küche waren, warteten sie, während er sich den Inhalt ansah. In dem Päckchen befand sich ein libanesischer Pass, ausgestellt auf einen falschen Namen – doch das war nicht irgendeine miserable Fälschung, erworben auf dem Basar in Quetta. Sondern ein echter Reisepass, in dem jede Einzelheit in korrekter Weise eingetragen war und den ein bestechlicher Mitarbeiter der libanesischen Botschaft in Islamabad gegen 1000 Dollar in bar verkauft hatte.

Genauso wichtig: Das Päckchen enthielt Visa und Passierscheine, die zeigten, dass der Besitzer drei Jahre zuvor aus Indien eingereist war, um an einer angesehenen internationalen Schule sein Abitur zu machen. Im unteren Teil befanden sich 4000 Dollar in gebrauchten Scheinen. Es gab keinen Brief, keine Erklärungen, was aber auch nicht sein musste: Das Päckchen war wie eine sorgsam gepflegte AK-47, ein Geschenk von einem Kämpfer. Sein Kriegswerkzeug ging auf einen anderen über, dessen Feldzug gerade erst begonnen hatte.

Jetzt, da die Schneeschmelze einsetzte, begab sich der Sarazene auf seine lange Reise nach Afghanistan. Auf den Schleichwegen, denen er folgte, waren die Kriegszerstörungen überall zu sehen: Städte, in Schutt und Asche gelegt, verwüstete Felder, Leichen in Gräben. Aber schon jetzt pflanzten Familien die lukrativste Feldfrucht von allen – Mohn. Als er sich der pakistanischen Grenze näherte, begegnete er den ersten der fünf Millionen Flüchtlinge, die in ihre Häuser zurückkehrten. Von nun an schwamm er gegen die ansteigende Menschenflut.

An der Grenze war jede Ordnung zusammengebrochen. Ohne gesehen zu werden, verließ er an einem wolkenlosen Spätnachmittag Afghanistan – ein junger Mann mit einer gefälschten Vergangenheit, einer falschen Identität und einem echten Pass.

Kein Wunder, dass es am Ende so lange dauerte, bis ich ihn fand. Wie gesagt: Er war ein Gespenst.

KAPITEL SIEBEN

Beim ersten Einsetzen des Monsuns machte sich der Sarazene auf den Weg hinunter nach Karatschi. Die riesige Stadt zieht sich am Arabischen Meer entlang. Mit ein paar seiner Dollars ergatterte er einen Schlafplatz an Deck eines alten Frachters, der nach Dubai auslief. Von dort flogen ein Dutzend Fluggesellschaften direkt nach Beirut. Eine Woche später erfüllte der Reisepass all seine teuren Versprechungen, als der Sarazene mühelos den Schalter der libanesischen Einwanderungsbehörde passierte.

Beirut selbst blickte auf eine Geschichte voller Katastrophen zurück. Die Stadt lag zur Hälfte in Trümmern, die Einwohner waren zum großen Teil verwundet oder erschöpft. Doch das kam dem Sarazenen gelegen – das Land erholte sich allmählich von fünfzehn Jahren Bürgerkrieg, und in einer Stadt voll zerstörter Lebensläufe hatte ein heimatloser Mann keine Mühe, als Einheimischer durchzugehen.

Er war immer ein guter Schüler gewesen, und nach einem halben Jahr echter Büffelei, unterstützt von Lehrern, die er in der radikalsten und intellektuellsten Moschee der Stadt kennenlernte, bestand er ohne jede Mühe die Aufnahmeprüfung für die Universität. Wie für die meisten Studenten stellten auch für ihn die hohen Studiengebühren ein Problem dar, aber glücklicherweise wurde er in ein Stipendienprogramm des amerikanischen Außenministeriums aufgenommen, das darauf abzielte, das Land wiederaufzubauen und die Demokratie zu fördern. Die Mitarbeiter der US-Botschaft halfen ihm sogar beim Ausfüllen der Formulare.

Mit reichlich US-Hilfsgeld versehen widmete der Sarazene die – nur von Gebeten und einfachen Mahlzeiten unterbrochenen – Tage dem Studium der Medizin, die Nächte dem Terror und der Revolution. Er las die Klassiker – Mao, Che, Lenin – und besuchte Diskussionen und Vorlesungen radikaler panarabischer Nationalisten, palästinensischer Kriegstreiber sowie mehrerer Männer, die sich am ehesten als islamische Höhlenbewohner beschreiben ließen. Einer von ihnen war zu Besuch, um Geld zu beschaffen, und gründete gerade eine Organisation, deren Name übersetzt »die Basis, das Fundament« bedeutet – al-Qaida auf Arabisch. Der Sarazene hatte, während er in Afghanistan kämpfte, von dem großgewachsenen Scheich, auch er ein Saudi, gehört, doch anders als alle anderen in der Moschee an diesem Tag versuchte er nicht, Osama bin Laden mit feuriger Rhetorik zu beeindrucken – was einmal mehr beweist, dass der ruhigste Mann im Raum für gewöhnlich der gefährlichste ist.

Auf einer weiteren dieser Diskussionsveranstaltungen – diesmal mit so wenigen Teilnehmern, dass sie in einem winzigen Raum stattfand, den normalerweise der Briefmarkenclub der Universität benutzte – begegnete er dann einer Idee, die sein Leben verändern sollte. Und auch unser Leben, wie ich leider sagen muss. Weil es sich beim Gastredner um eine Frau handelte, wäre der Sarazene – ironischerweise – fast nicht hingegangen. Die Frau gab ihren Namen als Amina Ebadi an – vermutlich ein Deckname – und arbeitete als politische Aktivistin im riesigen Flüchtlingslager Jabalia im Gazastreifen, einem der benachteiligtsten und radikalsten Quadratkilometer auf der Erde, wo mehr als 140 000 palästinensische Flüchtlinge lebten.

Das Thema ihres Vortrags, zu dem zehn Zuhörer kamen, war die humanitäre Krise im Lager. Doch die Frau war es so sehr gewohnt, gegen den Strom der internationalen Gleichgültigkeit zu schwimmen, dass ihr das nichts ausmachte – eines Tages würde jemand sie erhören, und diese Person würde alles ändern.

Es war ein drückend heißer Abend, weshalb sie mitten in ihrer Rede innehielt und ihren Halbschleier abnahm. »Wir sind so wenige, dass ich das Gefühl habe, mich im Kreise der Familie zu befinden«, sagte sie und lächelte. Keiner aus der winzigen Zuhörerschaft protestierte, und auch wenn der Sarazene dazu geneigt gewesen wäre, brauchte er doch ziemlich lange, um sich vom Anblick ihres Gesichts zu erholen, weshalb die Gelegenheit verstrich.

Da er sich nur nach ihrem ernsthaften Tonfall richten konnte, hatte er sich ein Bild von der Frau gemacht, das ihren großen Augen, dem ausdrucksstarken Mund und der makellosen Haut gänzlich widersprach. Das straff nach hinten gebundene Haar verlieh ihr ein burschikoses Aussehen, und obwohl die einzelnen Gesichtszüge für sich genommen viel zu unregelmäßig waren, um als attraktiv zu gelten, schien, wenn sie lächelte, alles ineinanderzufließen, und niemand hätte den Sarazenen je davon überzeugen können, dass sie nicht schön war.

Obgleich sie ungefähr fünf Jahre älter war als er, hatte sie etwas – die Form ihrer Augen, ihr Lebenshunger –, was ihn an die ältere seiner Schwestern erinnerte. Seit dem Tag, als er Bahrain verlassen hatte, hatte er keinen Kontakt mehr zu seiner Familie, und plötzlich schlug eine Welle von Heimweh über ihm zusammen.

Als er seine Fassung wiedergewonnen hatte, sagte die Frau irgendetwas über »die nahen Feinde«.

»Entschuldigen Sie«, sagte er. »Könnten Sie das wiederholen?«

Sie richtete den Blick auf den selbstbeherrschten jungen Mann, von dem ihr jemand erzählt hatte, es handle sich um einen strenggläubigen Medizinstudenten, von dem sie wegen des wettergegerbten Gesichts jedoch annahm, dass er höchstwahrscheinlich ein zurückgekehrter Dschihad-Krieger war. Sie kannte diesen Typus – das Lager in Jabalia war voll von *Muji*-Veteranen.

Nachdem sie ihn mit dem großen Respekt angesprochen hatte, den er verdiente, sagte sie, dass fast alle Probleme der arabischen Welt durch etwas verursacht seien, was man ihre nahen Feinde nennen könnte: Israel natürlich; die skrupellosen, in der ganzen Region verstreuten Diktaturen; die korrupten feudalen Monarchien wie zum Beispiel Saudi-Arabien, die der Westen in der Tasche hatte.

»Ich höre die ganze Zeit, dass die meisten unserer Probleme gelöst wären, wenn unsere nahen Feinde vernichtet seien. Ich bezweifle, dass das möglich ist – die nahen Feinde sind zu skrupellos, allzu sehr darauf aus, uns unterdrücken und töten zu können. Aber sie überleben und gedeihen nur deshalb, weil sie vom ›fernen Feind‹ unterstützt werden. Einige fortschrittliche Denker – kluge Leute – behaupten, dass die Gesellschaften aller nahen Feinde zusammenbrechen werden, wenn man den fernen Feind besiegen kann.«

»Das mag ich so an Theorien«, erwiderte der Medizinstudent, »sie funktionieren immer. Etwas anderes ist es, wenn man versuchen muss, sie in die Praxis umzusetzen. Ist es denn überhaupt möglich, ein so mächtiges Land wie Amerika zu vernichten?«

Sie lächelte. »Wie Sie sicherlich wissen, haben die Dschihadisten einer ebenso mächtigen Nation in Afghanistan das Rückgrat gebrochen.«

Innerlich aufgewühlt ging der Sarazene die acht Kilometer zu Fuß nach Hause zurück. Er hatte nie eine klare Vorstellung davon gehabt, wie man das Haus Saud stürzen könnte, und er musste zugeben, dass es einen Grund gab, warum alle saudi-arabischen Dissidenten ihre Stützpunkte in Übersee hatten: Diejenigen, die in Saudi-Arabien lebten oder umherreisten, wurden stets verraten und ausgeschaltet. Man schaue sich nur an, was seinem Vater widerfahren war. Doch das Land nie zu betreten und trotzdem den Zusammenbruch der saudischen Monarchie zu erzwingen, indem man dem fernen Feind eine schwere Niederlage zufügte – nun ja, das war doch schon ein ganz anderer Ansatz.

Als er schließlich durch die Tür zu seiner winzigen Wohnung trat, kannte er den Weg in die Zukunft: Zwar würde er wohl immer noch den Arztberuf ergreifen, aber er würde nicht nach Saudi-Arabien zurückkehren. Er wusste zwar noch nicht, wie er das anstellen sollte – Allah würde ihm zeigen, wann der richtige Zeitpunkt gekommen war –, doch er würde die Schlacht an jenem Ort schlagen, der in der kollektiven arabischen Fantasie einen bedeutenderen Platz einnahm als jeder andere.

Es würde Jahre dauern, und bisweilen kam es ihm vor, als wären die Hürden unüberwindbar, aber er hatte seine lange Reise zum Massenmord angetreten. Er würde im Herzen Amerikas zuschlagen.

KAPITEL ACHT

Zehn Jahre nach der Erleuchtung des Sarazenen und Tausende Kilometer entfernt stand ich auf einem Bürgersteig in Paris und stritt mit einem Fremden, einem Schwarzen, der humpelte.

Am Ende würde Lieutenant Bradley mein Leben in Händen halten, aber jetzt verfluchte ich ihn im Stillen. Indem er mir sagte, dass er mit mir über mein Buch sprechen wolle, hatte er die Fassade der falschen Identitäten zerstört, die ich so sorgfältig um mich herum errichtet hatte.

Ohne sich darüber im Klaren zu sein, was für einen Schrecken er mir eingejagt hatte, erklärte er jetzt, er sei eine Stunde zuvor an meiner Wohnung eingetroffen, gerade rechtzeitig, um eine Person, die er für mich hielt, in ein Taxi steigen zu sehen. Er habe sich dann selber ein Taxi genommen, sei mir bis zur Place de la Madeleine gefolgt, sei um den Block gefahren, um mich zu finden, und sei, als das nicht funktioniert habe, zu meiner Wohnung zurückgekehrt, um die Spur wiederaufzunehmen. Dort habe er an die Tür geklopft. Und da er nicht sicher gewesen sei, ob ich in der Wohnung war oder nicht, habe er beschlossen, auf der Straße darauf zu warten, ob ich erscheinen würde.

Ich hatte den Eindruck, dass er das alles ziemlich amüsant fand, was ihn mir noch unsympathischer machte. Aber sosehr ich ihn auch abwimmeln wollte, ich brachte es einfach nicht fertig – denn ich hatte Angst. Er hatte mich gefunden, und wenn er das konnte, dann konnten das auch andere. Die Griechen zum Beispiel. Alles, meine Gefühle eingeschlossen, musste so lange beiseitegeschoben werden, bis ich herausgefunden hatte, wie er das alles geschafft hatte.

»Lust auf einen Kaffee?«, fragte ich höflich.

Ja, gern, sagte er und bot sich an zu zahlen. Ein Fehler. Angesichts des Stadtteils von Paris, in dem wir uns befanden, müsste er für einen Espresso und ein Eclair vermutlich seinen Pensionsplan auflösen, aber ich war nicht in besonders gnädiger Stimmung.

Schweigend und mit einigen Schritten Abstand voneinander gingen wir über die Rue François 1er, doch wir hatten kaum fünf Meter zurückgelegt, als ich stehen bleiben musste: Bradley versuchte zwar tapfer, das Tempo mitzuhalten, aber er humpelte rechts stärker, als mir aufgefallen war.

»Geburtsfehler?« Ich kann ziemlich unhöflich sein, wenn ich sauer bin.

»Am anderen Bein«, gab er blitzartig zurück. »Das hier habe ich mir voriges Jahr zugezogen.«

»Beruf oder Sport?« Ich musste neben ihm gehen. Daher schien es unvernünftig, das Gespräch nicht fortzusetzen.

»Beruf.« Er hielt kurz inne. »Lower Manhattan. Ich bin, ohne nachzudenken, in ein Gebäude gerannt. Das hab ich nicht zum ersten Mal gemacht, aber diesmal war es anders – ich hatte Glück, dass ich nicht umgekommen bin.« Seinem Tonfall war zu entnehmen, dass er sich über die näheren Umstände nicht auslassen wollte.

»Sieht so aus, als wäre Ihre Hüfte betroffen«, sagte ich, während wir noch langsamer weitergingen. Nach der Art seines Hinkens zu urteilen und dem, was ich aus meinem Medizinstudium noch wusste, war ich ziemlich sicher, dass ich recht hatte.

»Ist durch Titan und Kunststoff ersetzt worden. Man hat mir gesagt, ich würde jede Menge Physio brauchen, aber doch nicht, verdammt noch mal, acht Monate lang …«

Ein Bulle aus dem Morddezernat, eine kaputte Hüfte, Titanschrauben, um die Knochen zusammenzuhalten – für mich hörte sich das nach einer Schusswunde an, verursacht durch ein großes Kaliber. Aber mehr gab er freiwillig nicht preis, und ich muss sagen, dass ich wider Willen begann, ihn sympathisch zu finden. Es gibt nichts Schlimmeres als Cops, die Geschichten aus ihrem Berufsleben erzählen – außer vielleicht Geheimagenten.

Wir blieben an einer Ampel stehen. Ich deutete auf ein in hellem Sandstein erbautes Hotel, vor dem drei neue Rolls-Royce Phantoms parkten. »Das *Plaza Athénée*«, sagte ich. »Da können wir einen Kaffee bekommen.«

»Sieht teuer aus«, erwiderte er, ohne zu ahnen, dass er schon bald die wahre Bedeutung dieses Worts kennenlernen würde.

Wir gingen durch die Drehtür und durch das Marmor-Foyer in die prächtige Säulenhalle. Von dort öffneten sich die Türen in einen der schönsten Innenhöfe von Paris.

Der Innenhof war völlig umschlossen, auf allen Seiten blickte man von den Zimmern hinein, die Mauern waren mit Efeu bewachsen. Die Balkone, die zwischen dem Grün lagen, waren von roten Markisen überdacht, sodass die Gäste auf einen Konzertflügel, kunstvolle Formschnittgärtnerei, jede Menge russische Oligarchen und eine bunte Mischung aus Euro-Trash hinuntersehen konnten. Nachdem wir an einem fast uneinsehbaren Tisch im hinteren Teil Platz genommen hatten, begann der arg gebeutelte Polizist mir zu erläutern, wie er die Legende eines der geheimsten Agenten der Welt aufgedeckt hatte.

Zwar sagte er das nicht ausdrücklich, doch ziemlich schnell wurde deutlich, dass die Verletzungen, die er sich zugezogen hatte, als er in das Gebäude lief, sehr viel schwerwiegender waren als eine zertrümmerte Hüfte. Ein Lungenflügel war eingefallen – eine weitere Kugel, wie ich vermutete –, das Rückgrat war verletzt worden, und er hatte einen üblen Schlag an den Kopf bekommen, was, zusammengenommen, zu einem dreiwöchigen Aufenthalt auf der Intensivstation geführt hatte.

In der ersten Woche war es gar nicht ausgemacht, ob er durchkommen würde, und Marcie wich nicht von seiner Seite. Doch irgendwie wälzten sie und der Arzt den Stein vor der Höhle zurück, und schließlich wurde ihr Mann auf die Station für stark Pflegebedürftige verlegt. Dort stellte sich heraus, dass seine Leiden nicht nur körperliche Ursachen hatten. In welchen Abgrund er auch geblickt hatte – die Folge war, dass er kaum noch redete und noch weniger zu empfinden schien. Vielleicht war es Angst oder Feigheit, vielleicht hatte er beim Versuch, jemanden zu retten, versagt – er sprach nie darüber –, aber was immer ihm in jenem Gebäude begegnet war: Es bedeutete, dass er vieles von sich zurückgelassen hatte.

»Ich lebte, aber ich war nur noch ein Schatten der Person, die an jenem Morgen zur Arbeit gegangen war«, sagte er ruhig. »Die innere Erstarrung, das emotionale Abgeschnittensein war schlimmer als jede körperliche Verletzung – nicht nur für mich, sondern auch für Marcie.«

Nicht einmal die Liebe seiner Frau konnte sein Gemüt aufhellen, und deshalb war ich überzeugt (auch wenn er den Ausdruck nie verwendete), dass er unter dem litt, was früher Kriegszittern hieß und heute als posttraumatische Belastungsstörung bezeichnet wird. Nachdem er wochenlang Anxiolytika eingenommen hatte, sich jedoch kaum eine Besserung zeigte, meinten die Ärzte, es sei wohl das Beste, ihn mit nach Hause zu nehmen, damit er wieder Zugang zu seinen Gefühlen bekomme. Vermutlich wurde das Bett gebraucht.

Marcie räumte zwei Tage lang die Wohnung um – verwandelte eine Ecke des Schlafzimmers in einen Bereich für seine Physiotherapiesitzungen und stattete es mit seinen Lieblingsbüchern, Musik-CDs und allem anderen aus, was ihn vielleicht fesseln könnte.

»Das brachte nichts«, erzählte er. »Ich hatte zu viel Zorn in mir und litt außerdem an einem schweren Fall der Störung, die die Psychologen ›Überlebenden-Syndrom‹ nennen.«

Zum ersten Mal begriff ich, dass während des Vorfalls Menschen umgekommen sein mussten – ein Kollege vielleicht, ein paar Mitglieder seines Teams? Rückblickend benahm ich mich ziemlich töricht in der ganzen Situation. Zu meiner Verteidigung kann ich jedoch vorbringen, dass ich keine Zeit hatte, sie etwas genauer zu betrachten – denn Bradley redete schnell weiter.

Welche Hoffnung Marcie auch immer gehegt habe, ihn mit ihrer Liebe wieder gesundpflegen zu können – sie sei schon bald von dem furchtbaren Tribut zunichtegemacht worden, den eine seelische Erkrankung manchmal auch von einer guten Beziehung fordere, sagte er.

Weil er im Rahmen seiner Berufsausübung verletzt worden war, musste sie sich wegen der Arzneimittel- und Arztrechnungen keine Sorgen machen, und nach drei seelenzerstörenden Wochen bekam sie schließlich die Nummer einer hochangesehenen Pflegeeinrichtung im Staat New York. In den düstersten Stunden fragte sie sich, ob ihr Mann nach seiner Einweisung wohl jemals wieder nach Hause kommen werde.

Ich hatte an genügend Treffen der Anonymen Drogensüchtigen teilgenommen, um zu wissen, dass nach zwanzig Minuten jemand aufsteht und sagt, man müsse erst in einem ganz tiefen Tal stecken, bevor man wieder herauskommt. So erging es auch Marcie. Sie war eines Abends länger aufgeblieben und füllte die Formulare aus, die sie am Morgen von der *Wellness Foundation* in Hudson Falls erhalten hatte.

Während Ben im Nachbarzimmer schlief – und in seinen Träumen immer wieder Menschen sterben sah – und einer der Fragebögen in Marcie so viele gemeinsame Erinnerungen weckte, versank sie tiefer in der Verzweiflung als jemals zuvor. Natürlich wusste sie es nicht, doch sie hatte schließlich »den Boden« gefunden. Eine Frage lautete, welche persönlichen Dinge der Patient gern bei sich haben würde. Eigentlich nichts, schrieb sie hin – was sollte das auch, sie hatte versucht, alles bereitzustellen. Als sie fortfahren wollte, fiel ihr Blick auf das Wort im Fragebogen, und da kam ihr ein merkwürdiger Gedanke. »Nichts«, sagte sie leise.

Marcie war eine kluge Frau – Lehrerin an einer stiftungsfinanzierten Highschool in New York – und hatte, so wie die meisten Frauen, viel über die Liebe nachgedacht. Sie wusste: Wenn man, selbst in einer Ehe, dem anderen zu weit entgegenkommt, entfernt er sich langsam, und zum Schluss lacht und streitet und vögelt dann jeder in seinem eigenen Revier. Manchmal muss man sich behaupten und den anderen dazu bringen, auf einen zuzukommen – und wenn auch nur, um das Gleichgewicht zu wahren.

Sie drehte sich um und blickte zur Schlafzimmertür. Sie hatte so viel getan, um die geistige Gesundheit ihres Mannes wiederherzustellen, dass das Gleichgewicht stark verschoben war. Vielleicht war der Trick ja, ihn dazu zu bewegen, aus der engen Zelle, die er sich gebaut hatte, herauszukommen und sich allmählich wieder auf sie zuzubewegen.

Als Ben sieben Stunden später aus seinem medikamentengestützten Schlaf erwachte, glaubte er, im falschen Film zu sein.

Das war ja gar nicht das Schlafzimmer, das Marcie und er teilten, nicht das Zimmer, in dem er eingeschlafen war. Sicher, die Türen und Fenster waren am gleichen Platz, aber all die Dinge, die es persönlich und zu seiner und Marcies ganz privater Sphäre machten, waren verschwunden.

Da waren keine Fotografien, keine Gemälde und keine unordentlich hingeworfenen Dinge auf dem Boden. Der Fernseher war weg, selbst der Kelim, den sie beide so liebten, war lautlos verschwunden. Bis auf das Bett und einige Physiotherapiegeräte war da, tja – *nichts*. Soweit er das erkennen konnte, handelte es sich um den weißen Raum am Ende des Universums.

Verwirrt darüber, wo er sich tatsächlich befand, schwang er sich aus dem Bett und durchquerte, auf seinem zerschmetterten Oberschenkel humpelnd, das Zimmer. Er öffnete die Tür – und blickte in ein Paralleluniversum.

Seine Frau stand in der Küche, trank noch schnell einen Kaffee. Bradley sah ihr schweigend zu. In seinen Augen war sie in den zwanzig Jahren ihres Zusammenlebens noch schöner geworden. Sie war großgewachsen und schlank und trug eine schlichte Frisur, die zwar ihre feinen Gesichtszüge betonte, aber – was wichtiger war – auch auszudrücken schien, dass sie sich nicht viel aus ihrem guten Aussehen machte. Natürlich die einzige Art, mit einem solchen Geschenk umzugehen, und das machte Marcie für ihn noch anziehender.

Sie inmitten des geliebten Zuhauses anzuschauen machte ihn furchtbar beklommen. Wurde ihm hier gerade vorgeführt, was er zurückgelassen hatte? Vielleicht war er gar nicht aus dem Gebäude herausgekommen und längst tot?

Da bemerkte Marcie ihn und lächelte ihn an. Er war erleichtert – er war ziemlich sicher, dass Menschen, die in ihrer Schlafzimmertür einen Toten sahen, sich anders benehmen würden. Jedenfalls Marcie, die sich kaum etwas aus Halloween machte und eine tiefe Abneigung gegen Friedhöfe hegte.

Zum ersten Mal seit Monaten stieg Marcies Stimmung: Die neue Strategie hatte zumindest dazu geführt, dass Bradley zur

Zellentür kam und herausschaute. »Ich fahre gleich zur Arbeit – ich bin rechtzeitig zum Abendessen wieder zurück.«

»Zur Arbeit?« Er begriff nicht ganz, was sie damit meinte. Seit er sich verletzt hatte, war sie nicht mehr zur Arbeit gegangen.

Sie schwieg – wenn er Antworten wollte, musste er dafür schon etwas tun. Sie steckte sich ein Stück Toast in den Mund, griff nach ihrem Thermobecher mit Kaffee und ging mit einer kleinen, schwungvollen Bewegung zur Wohnungstür hinaus.

Bradley blieb wie angewurzelt im Türrahmen stehen. Und dann tat er, nach einem Augenblick der Stille und unfähig, auf dem verbundenen Bein zu stehen, das Einzige, was er für vernünftig hielt – er verließ die Parallelwelt und kehrte in den weißen Raum zurück.

Er legte sich hin. Doch weil er so viele psychoaktive Medikamente in sich hatte, konnte er einfach nicht klar nachdenken über das, was gerade geschah. In der Stille, allein an diesem trostlosen Morgen, entschied er, dass die einzig praktikable Lösung darin bestand, sich der Medikamente zu entwöhnen. Ein gefährlicher, aber entscheidender Entschluss – endlich übernahm er die Verantwortung für seine Genesung.

Entgegen ihrem Versprechen machte ihm Marcie kein Essen an jenem Abend. Weil er unruhig schlief, beschloss sie, ihn in Ruhe zu lassen. Statt eines Tabletts legte sie ihm wieder ein Buch auf den Nachttisch, in der Hoffnung, dass er es, weil er sonst nichts zu tun hatte, zur Hand nehmen würde. Die Idee mit dem Buch war ihr am Morgen gekommen, und sofort nach Schulschluss war sie zu einem Buchladen unweit der Christopher Street geeilt. Er nannte sich *Zodiac Books*, hatte aber nichts mit Astrologie zu tun. Namensgeber war vielmehr ein Serienmörder in Nord-Kalifornien, dessen Taten die Buchbranche zu unzähligen Titeln inspiriert hatte.

Marcie hatte das Geschäft noch nie betreten – sie kannte es nur durch Ben. Als sie also die steile Treppe hinaufstieg, betrat sie zu ihrer Verwunderung einen warenhausgroßen Raum, der mit dem weltweit größten Vorrat an Büchern über Kriminalfälle, Forensik und Ermittlungen gefüllt war. Dem älteren Besitzer hinter seinem Tresen erklärte sie, wonach sie suchte: etwas Methodisches, Faktenreiches, etwas, was einen Polizisten interessierte.

Der Ladenbesitzer war fast zwei Meter groß und sah eher aus, als gehöre er in die tiefste Provinz als in einen Buchladen. Aber dann kam der ehemalige FBI-Profiler langsam aus sich heraus und führte sie an staubbedeckten Regalen vorbei zu einer Reihe von Büchern und Zeitschriften, die mit dem Schild »Neuerscheinungen« gekennzeichnet waren. Manche mussten vierzig Jahre alt sein. Aus einem frisch vom Verlag angelieferten kleinen Karton am Boden zog er einen braungelben Wälzer.

»Sie sagten, dass er krank sei«, sagte der Riesenkerl und schlug das hochwissenschaftliche Werk auf. »Fünfzig Seiten davon, und er ist tot.«

»Im Ernst – ist das Buch gut?«

Er lächelte und machte eine weit ausholende Geste. »Ich könnte genauso gut den ganzen Rest hier wegwerfen.«

Und so gelangte das Buch, das ich während so vieler Monate geschrieben hatte, auf Bradleys Nachttisch. Er sah es, als er am nächsten Morgen früh aufwachte, griff aber nicht danach. Es war Samstag, und als Marcie ihm das Frühstück hereinbrachte, fragte er sie nach dem Buch. »Wozu ist das?«

»Ich habe gedacht, es interessiert dich vielleicht – wirf doch mal einen Blick hinein, wenn du möchtest.« Sie wollte ihn nicht unter Druck setzen.

Aber er sah es sich nicht an, sondern wandte sich stattdessen seinem Essen zu. Im Laufe des Tages, als sie hereinkam, um nach ihm zu sehen, wuchs ihre Enttäuschung. Das Buch lag unberührt da.

Sie wusste es nicht, aber auch Bradley war seit dem Aufwachen in Aufruhr. Er spürte die Entzugserscheinungen und hatte rasende Kopfschmerzen, ein Kaleidoskop wüster Gedanken drehte sich in seinem Kopf, sodass ihm Erinnerungen kamen, obwohl er nicht einmal nachdenken wollte.

Als Marcie ihm schließlich das Abendessen bereitete, hatte sie die Hoffnung aufgegeben. Da Ben kein Interesse an dem Buch zeigte, suchte sie die Formulare der *Wellness Foundation* und legte sich zurecht, wie sie ihm nahebringen konnte, dass es das Beste sei, wenn er zurück ins Krankenhaus ging. Ihr fiel keine Möglichkeit ein, wie sie ihm das so schmackhaft machen konnte, dass es nicht wie eine Niederlage aussah, und sie ahnte, dass er daran zerbrechen könnte. Doch sie war mit ihrem Latein am Ende. Den Tränen nahe, öffnete sie die Tür zum Schlafzimmer und wappnete sich gegen den deprimierenden Anblick ihres seelisch zerrütteten Mannes.

Schwitzend und mit schmerzverzerrtem Gesicht saß er aufrecht im Bett und hatte schon dreißig Seiten gelesen. Gott allein wusste, wie viel Mühe es ihn gekostet hatte, so weit zu kommen, aber er wusste, es war Marcie wichtig. Immer wenn sie hereinkam, glitt ihr Blick zu dem Buch.

Marcie fürchtete, das Tablett fallen zu lassen, aber möglicherweise würde sie ihn zurück in seine Zelle scheuchen, wenn sie seine Lektüre zum Thema machte. So machte sie weiter, als sei nichts geschehen.

»Das ist Quatsch«, sagte er. O Gott. Ihre Hochstimmung war wie weggeblasen. Sie machte sich auf einen weiteren seiner wüsten Wutausbrüche gefasst.

»Entschuldige, aber der Mann im Buchladen hat gesagt …«

»Nein, nicht das Buch – das Buch ist fantastisch«, sagte er gereizt. »Ich meine den Autor. Nenn es Intuition, nenn es, wie du willst, aber der ist nicht vom FBI. Ich kenne diese Typen – die arbeiten nicht an der Front. Der Kerl ist etwas Spezielles.«

Er winkte sie näher zu sich heran und zeigte ihr die interessanten Stellen, die er markiert hatte. Allerdings erinnerte sie sich nicht, ihn etwas anstreichen gesehen zu haben. Sie hatte ihrem Mann verstohlene Blicke zugeworfen und sich gefragt, ob durch sein Interesse ein Feuer in ihm entfacht würde oder ob es rasch wieder erlöschen und er in die Leere zurücksinken würde – wie sie es über Leute gelesen hatte, die aus dem Koma erwacht waren.

Er nahm die Serviette vom Tablett und wischte sich damit den Schweiß von der Stirn. Das gab Marcie die Gelegenheit, zum Anfang des Buchs zurückzublättern. Bei den kurzen biographischen Daten hielt sie inne. Auffällig war nur, dass es kein Foto vom Autor gab. »Wer ist er also? Wer, glaubst du, ist Jude Garrett wirklich?«

»Keine Ahnung. Ich hoffe, er macht einen Fehler und erzählt es uns versehentlich.«

Zu Marcies Erleichterung loderte das Feuer das ganze Wochenende weiter. Sie saß auf dem Bett, während er das Buch durcharbeitete – er las ihr Passagen daraus vor, sie diskutierten über die dort vorgebrachten Ideen. Während er tiefer in den Text vordrang und dabei ständig über kriminalistische Fragen nachgrübelte, dachte er zwangsläufig an das Verbrechen, das er unbedingt vergessen wollte. Bruchstücke der Geschehnisse in dem Gebäude stiegen an die Oberfläche seines Bewusstseins und ließen ihn atemlos und schweißgebadet zurück.

Am Sonntagabend überspülten dann, scheinbar wie aus dem Nichts, die Worte den Damm, und er erzählte Marcie, dass er in etwas feststecke, was sich wie ein Betongrab anfühlte, das so dunkel gewesen war, dass er das Gesicht des Sterbenden, bei dem er war, nicht erkennen konnte. Dann brach er in Tränen aus und sagte, er habe lediglich die letzten Worte des Mannes verstanden – eine Nachricht an seine Frau und seine zwei kleinen Kinder. Und zum ersten Mal glaubte Marcie, während ihr Mann in ihren Armen weinte, dass alles gut werden würde.

Dann begann er wieder in dem Buch zu lesen, während Marcie die ganze Zeit neben ihm sitzen blieb. Stunden später sagte er zu ihr, er halte den Autor für zu gescheit – dass er seine Identität nicht freiwillig preisgeben werde. Witzelnd meinte er, der Test für einen jeden großen Ermittler bestehe darin herauszufinden, wer dieser Typ wirklich sei. Sie wandten sich um und sahen einander an.

Wortlos ging Marcie ins angrenzende Zimmer und holte ihr Notebook. Ab diesem Augenblick wurde die Aufdeckung meiner Identität zu Bens und Marcies Vorhaben, das ihre Beziehung wiederherstellte, ihre Liebesgeschichte erneuerte.

Und was bedeutete ihr Projekt für mich? Für mich war es ein Fiasko.

KAPITEL NEUN

Neunzehn Wörter. Als ich mit Bradley im *Plaza Athénée* saß und nichts zugab, hatte ich ihn gefragt, wieso er eigentlich glaube, dass der Autor sich in Paris aufhalte, worauf er mir die obige Antwort erteilte. Das Buch umfasste 320 000 Wörter, doch verdammte neunzehn Wörter davon hatten mein Geheimnis gelüftet.

Mit sieben davon, sagte er, habe der Autor die unterschiedlichen Farben von sich zersetzendem Blut zu beschreiben versucht. Die Passage war mir noch in guter Erinnerung: Ich hatte die Schattierungen mit einer besonderen Baumart verglichen, deren Laub sich, wie ich es in meiner Kindheit in jedem Herbst sah, von Hellrot zu Braun verfärbte. Na und? Nachdem er alle Details überprüft habe, sagte Bradley, habe er einen Botanik-Professor angerufen und ihn nach dem Baum ausgefragt. Offenbar wuchs diese Baumart nur an der Ostküste, sodass ich unwissentlich zumindest preisgegeben hatte, in welcher Gegend ich aufgewachsen war.

Die anderen zwölf Wörter fanden sich zweihundert Seiten weiter und bezogen sich auf eine Mordwaffe: den Stock, mit dem Lacrosse gespielt wird, etwas, was ich, wie ich schrieb, erkannt hätte, weil ich Schüler in meiner Highschool damit hätte spielen sehen. Wenn man bei der Lacrosse Association der USA anrufe, erklärte mir Bradley, erfahre man, dass es an der Ostküste 124 Highschools gebe, die Lacrosse als Sportfach anböten. Aufgrund dieser Information habe man die Region weiter einschränken können.

Inzwischen hatte Marcie Garretts Cousine ausfindig gemacht, die in New Orleans lebte, und erfahren, dass sich der Mann ausschließlich für Sportsendungen interessierte. Die Cousine sagte, Garrett habe die Highschool 1986 beendet. Aufgrund zweier Hinweise im Buch vermutete Bradley zudem, dass der wahre Autor aus der gleichen Gegend stammte.

Er rief die hundertvierundzwanzig Highschools an, in denen Lacrosse gespielt wurde, bat, in seiner Funktion als Detective der New Yorker Polizei, um die Namen aller Schüler, die in den Jahren zwischen 1982 und 1990 von der Schule abgegangen waren – und erweiterte die Suche, nur um auf Nummer sicher zu gehen. Schon bald hielt er eine lange Namensliste in Händen – jedoch eine, die seiner Überzeugung nach die Identität des wahren Autors preisgeben würde.

Sie komplett durchzugehen wäre nicht zu bewältigen gewesen – selbst wenn es sich überwiegend um Privatschulen gehandelt hätte, die ständig auf der Suche nach Spendern waren, um ihre finanzielle Ausstattung zu verbessern. Die beste Geldquelle stellten die ehemaligen Schüler dar, und es gab nicht viele Datenbanken, die mehr hergaben als die von Ehemaligen-Vereinigungen, die die Hand aufhielten. Dort gab es umfassende Unterlagen von allen ehemaligen Schülern, und so durchforstete Bradley Seiten über Anwälte und Wall-Street-Banker auf der Suche nach etwas Auffälligem.

Trotz aller Bemühungen stand er mit leeren Händen da, bis er und Marcie eines Abends unter den Schülern einer Schule namens Caulfield Academy auf eine Person namens Scott Murdoch stießen.

»Er ist 1987 von der Schule abgegangen«, sagte Bradley zu mir und biss ins teuerste Eclair der Welt. »Wurde in Harvard zugelassen, studierte Medizin und promovierte in Psychologie. Eine tolle Karriere lag vor ihm, aber dann – nichts. Der Alumni-Club hatte keine Adresse, keinen beruflichen Werdegang, keine neueren Nachrichten. Kaum hatte er die Uni absolviert, wusste man dort weniger über ihn als über alle anderen Studenten. Er war schlicht verschwunden. Unter allen Schülern und Studenten, die wir uns angesehen haben, war das nur bei ihm so.«

Er blickte hoch, um zu erkennen, was ich dachte. Ich sagte kein Wort, dafür war ich zu sehr in Gedanken – es war schon seltsam, nach so vielen Jahren den Namen Scott Murdoch zu hören. Manchmal – in den schlimmsten Augenblicken meines geheimen Lebens, als ich Richter und Henker in einem war – hatte ich mich gefragt, was mit dieser Person wohl geschehen war.

Nach langem Schweigen fuhr Bradley unbeirrt fort. »Nach ein paar Wochen Recherche teilte mir Harvard mit, dass Dr. Murdoch eine Stelle bei der RAND Corporation angetreten habe – das wisse man, weil er auf dem Campus rekrutiert worden sei und man in den Unterlagen einen Eintrag darüber gefunden hätte. Das Eigenartige ist nur: Bei RAND war man sich sicher, nie von ihm gehört zu haben. Das Gleiche galt für die Berufsverbände, Zulassungsgremien und alle anderen Organisationen, mit denen wir Kontakt aufnahmen. Soweit wir das erkennen konnten, wurde Dr. Scott Murdoch, nachdem er von Harvard abgegangen war, vom Erdboden verschluckt. Aber wohin ist er gegangen?, fragten wir uns.«

Die Kälte, die sich unten an meiner Wirbelsäule gebildet hatte, breitete sich rasch aus. Sie hatten Scott Murdoch ausgegraben und wussten, dass er verschwunden war. Das war schon eine großartige Leistung, aber nicht halb so stark wie das, was gleich kommen sollte.

»Wir hatten eine Adresse von Scott Murdoch aus seiner Zeit an der Highschool«, fuhr Bradley fort. »Also sind wir nach Greenwich, Connecticut, rausgefahren. Dort habe ich mit jemandem über die Gegensprechanlage gesprochen und gesagt, dass ich von der New Yorker Polizei bin, worauf das Tor aufschwang.«

Ich sah ihn an – und fragte mich, was er und Marcie, ein Paar, das sich in Manhattan abmühte, miteinander klarzukommen, wohl gefühlt haben mussten, während sie auf der schier endlosen Auffahrt zu meinem Elternhaus hinauffuhren, vorbei an dem künstlichen See und den Stallungen, und vor etwas hielten, was einmal als eines der zehn schönsten Hauser der USA beschrieben wurde. Zufälligerweise beantwortete Bradley meine Frage.

»Wir wussten gar nicht, dass es solche Häuser in Amerika überhaupt gibt«, sagte er leise.

Der derzeitige Eigentümer, eine bekannte Heuschrecke, habe ihnen erklärt, dass beide Murdochs verstorben seien. »Ich habe nur von einem Sohn gehört«, habe er geantwortet. »Nein, ich habe keine Ahnung, was aus ihm geworden ist. Muss stinkreich sein, mehr kann ich nicht sagen.«

Tags darauf nahmen die beiden Ermittler Einblick ins Sterberegister und stießen auf die Einträge hinsichtlich Bill und Grace. »Wir haben sogar mit ein paar Leuten gesprochen, die bei beiden Beerdigungen waren«, sagte Bradley. »Alle haben uns gesagt, dass Scott auf keiner anwesend war.«

Seinem Tonfall war deutlich zu entnehmen, dass er das besonders merkwürdig fand, aber ich hatte keine Lust, ihm zu erzählen, dass ich alles Mögliche getan hätte, um zu Bills Beerdigung zu erscheinen – wenn ich davon erfahren hätte.

Bradley spürte wohl, dass er einen Nerv getroffen hatte, aber er war ein anständiger Kerl, denn er verfolgte das Thema nicht weiter. Stattdessen sagte er, er und Marcie seien inzwischen davon überzeugt gewesen, dass Scott Murdoch ihr Mann war. »Zwei Tage später waren wir uns ganz sicher.«

Anscheinend hatten er und Marcie meine Sozialversicherungsnummer – beziehungsweise die, die ich auf der Caulfield Academy und in Harvard besessen hatte – zur gründlichen Überprüfung nach Washington geschickt. Sie erkundigten sich, wo sie ausgestellt worden war, ob sie jemals ersetzt worden war sowie nach einer Liste mit Details, die Hinweise auf Dr. Murdochs Aufenthaltsort geben konnten. Als die Antwort kam, war sie beunruhigend kurz: Eine solche Nummer sei nie ausgestellt worden.

Ich saß schweigend da. Irgendein Backoffice-Trottel in der *Division* hatte die Sache komplett vermasselt. Mir war sofort klar, was geschehen war. Jahre zuvor, als ich eine neue Identität annahm, bereit für meinen ersten operativen Einsatz, hatte ein Spezialteam meinen alten Namen und meine Lebensgeschichte gelöscht. Meine Bankkonten wurden gekündigt, Kreditkarten gelöscht, Pässe ungültig gemacht – alles wurde gesäubert, was einen Geheimagenten mit seiner früheren Identität in Zusammenhang brachte. Der Agent war angeblich nach Übersee gereist, so wie viele junge Leute das taten, und galt seither als verschollen.

Einer aus dem »Löschungs«-Team – entweder war er überehrgeizig, oder er wurde schlecht überwacht – musste entschieden haben, dass es noch effizienter wäre, meine alte Sozialversicherungsnummer zu löschen. Man hätte der Sozialversicherung mitteilen können, dass ich verstorben war, hätte die Nummer ruhen lassen können, hätte hundert verschiedene Dinge tun können – aber das Einzige, was man nie hätte tun dürfen, war, darum zu bitten, sie zu *löschen*.

Dieser Fehler führte zu der Situation, vor der ich jetzt stand: Ein Junge aus Connecticut besaß eine Sozialversicherungsnummer, die laut Angaben der Regierung nie ausgestellt worden war. Man musste nicht Bradley sein, um dahinterzukommen, dass da irgendetwas nicht stimmte.

»Ich nahm an, dass man, um eine Sozialversicherungsnummer in einem schwarzen Loch verschwinden zu lassen, die CIA oder dergleichen braucht«, sagte der Cop. Es habe ihm bestätigt, was er bereits vermutet hatte: Obwohl viele Details in dem Buch verändert worden waren, stammten die behandelten Fälle aus der Welt der Geheimdienste.

Ein Abend, der als angenehmes Treffen mit einem willfährigen Arzt begonnen hatte, hatte sich zu einem Fiasko entwickelt, das immer schlimmer wurde – mein Buch hatte Bradley zu Scott Murdoch geführt und ihn davon überzeugt, dass es sich bei ihm um dieselbe Person wie bei Jude Garrett handelte. Jetzt wusste er, in welcher Branche ich arbeitete.

Aber wie schlimm war das wirklich?, fragte ich mich. Sehr schlimm, erwiderte der Agent in mir. Das hier war mein letzter Abend in Paris, nahm ich an.

Ich hatte keine Zeit zu vergeuden, deshalb sprach ich ruhig und schonungslos mit ihm. »Ich habe nicht viel Zeit, Lieutenant. Beantworten Sie mir bitte Folgendes: Sie halten Garrett also für einen Spion – aber der Mann hätte sich überall auf der Welt aufhalten können. Warum haben Sie ihn in Europa gesucht?«

»Wegen der Schule«, sagte er.

Wegen der Schule? Wie zum Teufel konnte die Caulfield Academy wissen, dass ich in Europa stationiert war?

»Als wir die Schule besuchten, haben sich einige Lehrer an ihn erinnert. Komischer Junge, sagten sie, verweigerte die Teilnahme am Unterricht, aber brillant in Sprachen – besonders Französisch und Deutsch. Wenn er für irgendeine geheime Regierungsbehörde arbeitete, würden die ihn doch wohl nicht nach Südamerika schicken, oder?«

»Vielleicht nicht«, antwortete ich, »aber Europa hat eine Bevölkerungszahl von 740 Millionen, und Sie kommen ausgerechnet nach Paris? Geben Sie's zu – jemand hat Ihnen verraten, wo Sie ihn finden.«

Das war der Alptraum jedes Agenten. Verrat, zufällig oder absichtlich begangen, das bringt die meisten von uns um. Bradley sah mich angewidert an, weil jemand seine Fähigkeiten für derart begrenzt hielt. »Die Sache war verdammt viel schwieriger, als wenn man einen simplen Tipp kriegt.«

Nachdem er monatelang nach Scott Murdoch gesucht hatte, so Bradley, und überzeugt war, dass der Typ für einen Geheimdienst arbeitete, wurde ihm klar, dass er unter einem anderen Namen nach ihm suchen musste. Wenn Murdoch ein US-Geheimagent war, wie würde so jemand dann ins Ausland gelangen? Er nahm an, die beste und sicherste Methode sei, die Identität und den Job eines kleinen Regierungsbeamten anzunehmen – als junger Börsenanalyst, Handelsattaché oder dergleichen.

Da Bradleys Vater in Washington gearbeitet hatte, wusste er, dass alle solche Anstellungen in einer Vielzahl von obskuren Regierungspublikationen abgedruckt wurden. Die Bekanntmachungen enthielten für gewöhnlich Informationen wie Ausbildung, Alter, beruflicher Werdegang, Postleitzahl, Geburtsdatum und andere scheinbar unwichtige Details.

Als er eines Nachts wach lag, versuchte Bradley sich vorzustellen, wie es wohl wäre, immer wieder eine neue Identität anzunehmen, an jeder Grenze Stress zu haben, sich abzumühen, eine endlose Liste unverblümter Lügen im Kopf zu behalten, aber nie Zeit dafür zu haben nachzudenken, sondern nur zu antworten.

Wäre er diese Person, würde er – und zwar nur, um zumindest eine Chance zu haben – die falschen Identitäten mit leicht erinnerbaren Fakten ausstatten: eine Telefonnummer aus der Kindheit, ein echtes Geburtsdatum, bei dem das Jahr geändert war, die echten Vornamen der Eltern.

»Sie verstehen, worauf ich hinauswill«, sagte er. Und so tranken wir unseren Kaffee, ein Universum entfernt vom Stacheldrahtzaun an einem Kontrollpunkt an der bulgarischen Grenze, wo ein Schlägertyp in Uniform einen verhört, dessen Atem nach Zigarettenrauch und dem Essen vom Vorabend stinkt, der einem die Dokumente in der Hand umdreht, einen von der Seite anquatscht, auf ein Zögern wartet und nur allzu gern den Helden spielen und unrasierten Vopos zurufen würde, er glaube diesem Amerikaner, Briten, Kanadier oder als wer immer man sich zu der Zeit an dem Ort an dem Tag gerade zufällig ausgibt, kein Wort.

Ja, ich verstand, worauf er hinauswollte, aber ich war zu bestürzt, um antworten zu können. Ausgestattet nur mit seiner Intelligenz hatte Bradley genau erahnt, auf welche Weise Geheimdienstagenten in ein Land einreisten und sich die unzähligen Details merkten, von denen möglicherweise ihr Leben abhing. Ganz ehrlich, es fiel mir schwer, weiter auf jemanden wütend zu sein, den ich allmählich ziemlich bewunderte.

Er hatte, so Bradley, seine Theorie mit Marcie diskutiert, worauf sie beschlossen, ein Experiment zu machen. Aus den Informationen, die sie über Scott Murdochs Kindheit und Jugend gesammelt hatten, stellten sie eine Liste mit zwanzig eher unbedeutenden Fakten zusammen. Während Marcie in der Schule unterrichtete, verbrachte er den Tag am Computer und lud die Ausgaben einer jener Publikationen aus den letzten Jahren herunter, die Einstellungen von Regierungsbeamten abdruckten – des wöchentlich erscheinenden *Federal Register*.

Eines Abends gaben er und Marcie die Fakten dann in einen Suchroboter ein. In der Hoffnung, eine Übereinstimmung für ein Faktum zu finden, durchsuchten sie auf diese Weise die Riesenanzahl von Bekanntmachungen im *Register*.

Sechsunddreißig Stunden später hatten sie drei Treffer. Bei einem handelte es sich um die Postleitzahl von Greenwich, Connecticut – verwendet von einem Mann, der als US-Delegierter zum Treffen des International Arts Council in Florenz entsandt worden war –, was etwas bedeuten konnte oder auch nicht. Ein anderer Treffer betraf einen Handelsattaché, der in Harvard Squash gespielt hatte, genauso wie Scott Murdoch, und sehr vielversprechend war – bis sie merkten, dass sie seinen Nachruf lasen. Der dritte Treffer bezog sich auf einen Mann namens Richard Gibson, einen US-Beobachter bei einem Treffen der Weltorganisation für Meteorologie in Genf. Seine Mini-Biographie beinhaltete ein Geburtsdatum, das mit dem Scott Murdochs identisch war, sowie einen Abriss seines Ausbildungsweges. Als Schule wurde die Caulfield Academy genannt.

»Wir haben das Archiv der Alumni-Vereinigung durchforstet, aber niemand namens Richard Gibson war jemals auf die Caulfield Academy gegangen«, sagte Bradley ruhig.

Es war eine bemerkenswerte Leistung. Er und Marcie hatten mit nichts weiter als der Bezeichnung eines Baumes in Connecticut angefangen und Richard Gibson gefunden, den Decknamen, unter dem ich zu meiner Unterredung mit Markus Bucher bei Richeloud & Cie. in die Schweiz eingereist war.

Der Name Gibson war der entscheidende Beweis – jetzt waren sie sicher, dass ihre Methode funktionierte, und sie gingen aufs Ganze. Drei Wochen später identifizierte die Suchsoftware einen kleinen Beamten, der im US-Finanzministerium arbeitete und angeblich zu einer Konferenz nach Rumänien geflogen war. Der Name, den der Mann benutzte, lautete Peter Campbell.

»Ich habe das rumänische Finanzministerium angerufen und mit einem Mann gesprochen, der an der Organisation der Veranstaltung mitgewirkt hatte. Er besaß eine Kopie des Einreisevisums von Peter Campbell, darunter seine Passangaben. Ein Kumpel beim Heimatschutzministerium hat die Angaben überprüfen lassen und festgestellt, dass der Pass zur Einreise nach Frankreich benutzt worden war. Die französische Regierung teilte mir mit, Campbell sei nicht nur ins Land eingereist, sondern habe auch einen Wohnsitz in Paris beantragt. Weil er in seinem Antrag als Beruf Hedgefonds-Manager angegeben hatte, rief Marcie bei der Börsenaufsichtsbehörde SEC an. Niemand namens Peter Campbell hatte jemals eine Handelslizenz beantragt, und den Hedgefonds gab es auch nicht.«

Schweigend schaute ich zu, wie Bradley in sein Jackett griff, zwei Bögen Papier hervorholte und auf den Tisch legte.

Beim ersten Blatt handelte es sich um eine Seite aus einem alten Highschool-Jahrbuch, das ein Foto der vier Mitglieder des Squashteams der Caulfield Academy zeigte. Einer der Jugendlichen stand etwas abseits – so als ob er zwar in der Mannschaft spielte, aber nicht dazugehörte. Sein Gesicht und sein Name waren eingekreist: Scott Murdoch.

Beim zweiten Blatt handelte es sich um die Kopie eines Passfotos, das dem Antrag auf französischen Wohnsitz auf den Namen Peter Campbell beigeheftet war. Kein Zweifel, die Fotos zeigten ein und dieselbe Person. Mich.

Ich sagte gar nichts.

»Also, ich denke mir das so«, sagte Bradley. »Peter Campbell ging auf die Caulfield Academy, studierte in Harvard, trat in einen Nachrichtendienst ein und schloss sich einer Geheimorganisation an. Er wurde Geheimagent, benutzte hundert falsche Namen, und einer davon war Campbell …«

Ich starrte weiter auf das Jahrbuchfoto und versuchte mich an die Mitglieder der Squashmannschaft zu erinnern. Ein Typ hieß Dexter Corcoran – ein echter Widerling, alle hassten ihn, daran erinnerte ich mich noch. An die anderen – noch größere Arschlöcher – konnte ich mich nicht einmal erinnern. Bewusste Unterdrückung hätte ein Psychologe das wohl genannt.

»Vielleicht wurde Dr. Murdoch ja aus dem Geheimdienst entlassen, oder seine Seele war der ganzen Sache überdrüssig – ich weiß es nicht«, sagte Bradley. »Aber er ist mit Campbells Pass nach Frankreich eingereist, hat ein Buch geschrieben, um sein Wissen weiterzugeben, und es unter dem Namen von Jude Garrett, einem toten FBI-Agenten, veröffentlicht.«

Als ich noch immer nicht reagierte, sagte er achselzuckend: »Und so sind wir beide nun hier.«

Ja, und es bestand kein Zweifel: Bradley und seine Frau hatten glänzende Arbeit geleistet. Aber, wie gesagt: Heute war es ihre Entdeckung, morgen vielleicht die eines anderen.

Deshalb blieb mir nur eines übrig: aufzustehen. Es war an der Zeit, die Flucht zu ergreifen.

KAPITEL ZEHN

Bradley holte mich an der Tür ein, die aus dem wunderschönen Innenhof des Hotels in die große Galerie führte. Trotz seiner Gehbehinderung bewegte er sich erstaunlich behände.

Ich hatte mich kurz von ihm verabschiedet und wollte das Hotel verlassen, aber er hatte mich am Arm gepackt, bevor ich merkte, dass er mir gefolgt war. »Ich muss Sie um einen Gefallen bitten«, sagte er. »Deshalb sind Marcie und ich nach Paris gekommen.«

Ich schüttelte den Kopf. »Ich muss los.«

»Hören Sie – bitte …« Er holte Luft, rang mit dem, was er sagen wollte. Doch ich ließ ihm keine Chance. Ich schob seine Hand weg und wandte mich zum Gehen.

»Nein«, sagte er in gebieterischem Tonfall. Ich schaute mich um und sah, dass uns mehrere Leute an den Tischen in der Nähe beobachteten. Ich wollte keine Szene machen, und das nutzte er aus.

»Wenn man tief genug in die Dunkelheit geht, ist nichts mehr so wie zuvor«, sagte er leise. »Meine Verletzung hat mein Denken verändert – über das Leben, meine Beziehung zu Marcie und meinen Beruf. Insbesondere meinen Beruf. Wenn es eine positive …«

Es reichte mir. »Es tut mir leid«, sagte ich, »die Verletzung muss furchtbar sein, und ich freue mich, dass Sie sie gut überstanden haben, aber ich habe noch etwas zu erledigen.« Ich hatte weder Zeit für eine rührselige Geschichte noch dafür, mir Betrachtungen über das Leben von einem Mann anzuhören, den ich nie wiedersehen würde. Ich hatte vor, Paris zu verlassen, in Deckung zu gehen und vielleicht mein Leben zu retten – und ich durfte dabei keine Zeit vergeuden.

»Nur eine Minute – nur noch eine«, sagte er.

Nach kurzem Zögern seufzte ich und nickte. Ich schuldete ihm wohl ein wenig Höflichkeit, denn er hatte mir gezeigt, dass mein früheres Leben so mühelos enthüllt werden konnte. Doch ich rührte mich nicht, und meine Körpersprache verriet ihm, dass die Klagemauer in Jerusalem liegt und er endlich mit der Sprache herausrücken sollte.

»Sie haben nicht gefragt, wie ich mir meine Verletzungen zugezogen habe – und dafür möchte ich Ihnen danken. Profis fragen natürlich nicht nach so etwas. Die meisten von uns sind in üblen Situationen gewesen, darum hat es nicht viel Sinn, darüber zu reden.«

Ja, ja – genug über korrektes Verhalten im Beruf. Was willst du mich fragen?, dachte ich.

»Ich sagte Ihnen, dass ich in einem Gebäude eingeschlossen war. Es war weitaus mehr – ich war im Nordturm des World Trade Center, als er einstürzte.«

KAPITEL ELF

Bradley redete weiter, aber bis auf den heutigen Tag habe ich keine Ahnung, was er sagte. Irgendwie kehrten wir an unseren Tisch zurück, aber ich konzentrierte mich ganz darauf, meine Dummheit zu verfluchen und ihm zuzuhören. Kein Wunder, dass er unter posttraumatischer Belastungsstörung litt, kein Wunder, dass er wochenlang auf der Intensivstation gelegen hatte, kein Wunder, dass er unter dem Überlebenden-Syndrom litt, kein Wunder, dass er ein fast unlösbares Ermittlungsvorhaben benötigte, um von den Toten zurückzukehren.

Bradley hatte gesagt, dass er im Dunkeln einen Mann im Arm gehalten und ihn sterben gehört hatte. Zur selben Zeit stand, außerhalb ihres Betongrabs, Lower Manhattan in Flammen. Trotzdem hatte ich geglaubt, dass es sich um eine Verletzung durch einen Schuss in die Hüfte und einen weiteren in die Lunge handelte. Wenn ich es nicht mehr besser konnte, war es vermutlich ganz gut, dass ich in Rente war.

Seine Stimme riss mich aus meiner selbstkritischen Stimmung. Er hatte sein Handy hervorgeholt und mich etwas gefragt. »Stört es Sie, wenn ich einen Anruf tätige? Ich möchte kurz mit Marcie sprechen.«

Ich nickte. Er wartete, dass sie den Anruf entgegennahm, wandte sich leicht ab und sagte ein paar Sätze, die ich nicht verstand. Beim Auflegen winkte er dem Kellner, mehr Kaffee und Gebäck zu bringen. Hoffentlich war er im Besitz einer goldenen Kreditkarte.

»Ich habe den 11. September nur deshalb erwähnt«, sagte er, »weil der Anschlag die Grundlage für das ist, worum ich Sie bitten möchte.«

»Reden Sie weiter«, sagte ich und versuchte Abbitte zu leisten für meinen Gedanken, der bedauernswerte Kerl hätte sich lieber an die Klagemauer stellen sollen.

»Als Teil meiner Genesung bin ich schließlich zum Ground Zero zurückgekehrt, zu der Stelle, wo der Nordturm gestanden hat«, sagte er. »Ich habe ihn lange betrachtet – mein Gott, war es kalt –, und schließlich habe ich begriffen: Ich bin so zornig, dass ich jede Hoffnung auf vollständige Genesung verloren hatte. Aber ich war gar nicht wütend wegen der Flugzeugentführer – die waren ja schon tot. Und auch nicht wegen der Verletzungen, die ich davongetragen hatte – ich war schließlich noch am Leben. Ich war wütend wegen der Ungerechtigkeit. Darüber, wie gleichgültig es auf der Welt zugeht. Viele ganz gewöhnliche Menschen haben an jenem Tag nicht wegen des Feuers oder wegen herabfallender Trümmer ihr Leben verloren, sondern wegen ihres *Mitgefühls*. Es waren ihre verzweifelten Versuche, andere Menschen – oft ihnen völlig Fremde – zu retten, die schließlich dazu führten, dass sie ums Leben kamen.«

Er trank einen Schluck Kaffee, aber ich merkte, dass er ihn gar nicht trinken wollte. Sondern Zeit gewinnen, herausfinden, wie er am besten fortfahren konnte. Ich wartete einfach nur. Meiner Meinung nach hatte er sich das Recht verdient, so lange zu reden wie notwendig.

»Haben Sie schon mal darüber nachgedacht, wie viele Behinderte an jenem Tag in den Zwillingstürmen gearbeitet haben?«, fragte er schließlich. »Nein, ich auch nicht«, fuhr er fort, »erst kurz nachdem das Flugzeug in den Turm eingeschlagen war. Wenn man im Rollstuhl sitzt, hat man natürlich größere Schwierigkeiten als alle anderen – man kann ja immer noch versuchen, mit dem Aufzug rauszukommen. Das weiß doch jeder, oder? Diese Hinweisschilder, die uns ständig warnen, die Treppen zu benutzen. Aber wenn man nun nicht gehen kann? Sollte ich je in einem brennenden Gebäude eingeschlossen sein, Mr Campbell, würde ich nur darum bitten, meine Beine benutzen zu können. Nur um eine reelle Chance bitten, damit ich um mein Leben laufen kann. Das ist doch nicht viel verlangt, oder? Eine reelle Chance.

Da war so ein junger Kerl – er arbeitete für ein Finanzdienstleistungs-Unternehmen –, der bei allen Brandübungen aufgepasst hatte und wusste, wo sich sein Evakuierungsstuhl befand. Schon mal so einen gesehen? Er ähnelt einem Aluminium-Esszimmerstuhl mit langen Griffen, die hinten und vorn herausragen, damit die Leute einen hochheben und tragen können. Der Mann war querschnittsgelähmt, wahrscheinlich war er stolz, dass er seine Behinderung bewältigt und einen Job bekommen hatte. Vielleicht hatte er auch Frau und Kinder, man weiß ja nie. Der 11. September war der erste Schultag, deshalb waren viele Leute spät dran. Das heißt: Er war allein an seinem Arbeitsplatz im Nordturm, als das American-Airlines-Flugzeug hineinraste.

Der Aufprall schleuderte seinen Rollstuhl mitten durch den Raum. Als er aus dem Fenster schaute und den riesigen Feuerball sah, der in den Himmel schoss, da wusste er, dass er sich beeilen musste, oder er wäre tot. Er suchte seinen Evakuierungsstuhl, legte ihn sich auf die Oberschenkel und rollte zur Fluchttreppe. Auf dem Weg dorthin wurde er durchnässt – die Sprinkler waren angesprungen. Gleichzeitig gingen aber auch überall die Lichter aus. Er schaffte es bis zu den Fahrstühlen, aber weil es dort keine Fenster gab, war alles dunkel. Es waren die Jungs vom Gebäudemanagement, die ihm eine Chance gaben. Ein paar Jahre vorher hatten sie die Fluchttüren mit Leuchtfarbe gestrichen, damit die Leute sie im Katastrophenfall schneller fanden. Gott weiß, wie viele Leben diese Entscheidung an jenem Tag rettete. Der Mann stieß mit seinem Rollstuhl die Tür zur Treppe A auf und stellte seinen Evakuierungsstuhl auf die Schwelle. Er war nicht kräftig, aber es gelang ihm, sich in den Stuhl zu hieven. Jetzt ist er immobil, sitzt in einem Fluchttreppenhaus in einem brennenden Gebäude und tut das Einzige, was er kann. Er wartet.

Im Nordturm gibt es drei Fluchttreppenhäuser. Zwei sind 112 Zentimeter breit, das dritte 142 Zentimeter. Das ist ein großer Unterschied. In dem breiten Treppenhaus können zwei Leute aneinander vorbeigehen, und es ist auch nicht so eng in den Kehren. Diese Kehren sind entscheidend für jeden, der etwas zu tragen versucht, was im Grunde eine Krankentrage mit Sitz ist. Wie Sie sich sicher denken können – so spielt das Leben –, steckt der Querschnittsgelähmte in einem der schmalen Treppenhäuser fest. Im gesamten Gebäude überlegen Menschen, in welche Richtung sie fliehen wollen – nach unten auf die Straße oder aufs Dach, um sich mit dem Hubschrauber retten zu lassen. Die, die nach oben gehen, sterben – die Tür zum Dach ist zur Verhinderung von Selbstmorden abgeschlossen. Treppenhaus A ist voller Menschen, Staub, Rauch und Wasser. Wie ein schnell fließender Fluss strömt das Wasser aus den überstrapazierten Sprinklern und den geplatzten Rohren die Treppen hinunter. Aber der Mann im Evakuierungsstuhl ruft nicht, bittet nicht um Hilfe. Er wartet einfach. Auf ein Wunder, vermute ich.«

Bradley hielt inne, er dachte wohl über Wunder nach. Als er wieder zu sprechen begann, lag einen Moment lang ein Zittern in seiner Stimme, das er aber unterdrücken konnte. »Sehr viel weiter unten hört ein Mann im mittleren Alter, nicht sehr fit, dass dort ein Mann im Evakuierungsstuhl sitzt, und ruft nach ihm. Freiwillige sollen mit ihm zurück nach oben gehen und mithelfen, den Mann nach unten zu tragen. Drei Männer melden sich. Ganz normale Typen. Sie steigen hinter dem Mann im mittleren Alter die Treppe hinauf, packen je einen Griff des Stuhls und entscheiden sich für den richtigen Weg – sie gehen nicht nach oben, sondern tragen den Mann nach unten. Durch das Gewühl, den Rauch, das Wasser und diese Kehren, die zu eng sind, verdammt noch mal.«

Erneut hielt er inne. »Sie haben ihn *siebenundsechzig Stockwerke* runtergetragen! Und wissen Sie, was sie feststellten, als sie unten angekommen waren? Dass es keinen Weg nach draußen gibt. Sie hatten so lange gebraucht, dass der Zusammenbruch des angrenzenden Südturms seinen Nachbarn destabilisiert hatte. Vor ihnen war einfach nur Beton. Hinter ihnen die Flammen.«

Bradley zuckte mit den Achseln. Ich schwieg weiter. Was sollte ich sagen – selbst wenn ich sicher gewesen wäre, dass mir nicht die Stimme brechen würde? *Trauer schwebt* – mehr konnte ich nicht denken.

»Sie kehrten um, kamen an eine Tür zu einem Zwischengeschoss und betraten die Lobby. Kurz darauf ging alles zum Teufel, das Gebäude stürzte ein. Der Rollstuhlfahrer und zwei seiner Retter konnten sich irgendwie in Sicherheit bringen, aber die zwei anderen nicht.« Er hielt kurz inne. »Ahnen Sie, warum die Männer ums Leben gekommen sind, Mr Campbell?«

»Weil sie Mitgefühl hatten?«

»Ganz genau. Wie gesagt – sie sind nicht den herabfallenden Trümmerteilen oder den Flammen zum Opfer gefallen. Sondern ihrem gottverdammten Versuch, einem anderen Menschen zu helfen. Daher kam mein Zorn. Was ist gerecht daran, dass sie gestorben sind?«

Er stockte, dann sagte er leise: »Ich war mir nicht sicher, ob ich in solch einer Welt leben will.«

Da begriff ich, dass Bradley den Ground Zero auf mehr als nur eine Art besucht hatte. Ich stellte ihn mir in der Abenddämmerung vor, im Schnee, diese winzige Gestalt in den Weiten der Leere, dort, wo einst die Zwillingstürme gestanden hatten – sein Bestes gebend, einen Grund zum Leben zu finden.

Zum Glück war Marcie bei ihm, und er sagte, sie hätten sich bei den Händen gehalten, als er ihr von seiner Verzweiflung erzählte. »Also, was willst du dagegen tun?«, hatte sie wissen wollen, ganz sachlich.

Er hatte sie verwirrt angeschaut, hatte nicht gewusst, was sie meinte. »Ja, ich hab schon begriffen, Ben, du möchtest in so einer Welt nicht leben. Okay. Aber wie man so sagt: Willst du die Dunkelheit verfluchen – oder eine Kerze entzünden? Ich frage dich also noch mal: Was willst du dagegen tun?«

Das war Marcie – sie war ziemlich taff geworden und dachte nicht daran, auch nur einen Zentimeter zurückzuweichen.

»Sie hatte natürlich recht«, fuhr Ben fort. »Und dann haben wir auf dem Nachhauseweg darüber gesprochen, was zu tun sei. Wegen meines langen Krankenstands wusste ich nicht viel über die 9/11-Ermittlungen, und während wir aus der Stadt hinausspazierten, hörte ich genau hin, als sie mir erzählte, dass fünfzehn der neunzehn Flugzeugentführer Saudis gewesen waren, dass bin Ladens Familie im Anschluss daran aus dem Land ausgewiesen worden war, dass die meisten Täter sich mit abgelaufenem Visum in den USA aufgehalten und mehrere zwar erlernt hatten, ein Flugzeug zu steuern, aber keinerlei Interesse daran gezeigt hatten, das Landen zu lernen. Obwohl die Entführer jede Menge Fehler begangen hatten, wurde deutlich, dass sie uns immer noch überlegen waren – und falls jemand das bezweifelte, gab es zum Beweis dreitausend Morde in meinem Revier. Als wir im Village ankamen, hatte sich in meinem Kopf eine Idee gebildet.

Ich arbeitete die ganze Nacht daran, und tags darauf – es war ein Montag – bin ich dann zur New York University gegangen und habe meine Kerze entzündet.«

In einem großen Büro gegenüber vom Washington Square hatte er dem Verwaltungschef der Universität mitgeteilt, er wolle eine Veranstaltungsreihe ins Leben rufen, die auf ihre Art ebenso bekannt werden sollte wie das Weltwirtschaftsforum in Davos: eine jährliche Reihe von Vorlesungen, Seminaren und Elitekursen für die führenden Ermittler der Welt. Ein Ort, wo neue Ideen offen diskutiert und neueste wissenschaftliche Erkenntnisse vorgelegt würden. Die Veranstaltung sollte von den Top-Experten auf dem Gebiet moderiert werden und die Grenzen aller Disziplinen und Behörden überschreiten.

»Ich deutete durch das Fenster«, erklärte Bradley, »dorthin, wo die Zwillingstürme gestanden hatten. Solche Attentäter werden wiederkommen«, sagte er, »und beim nächsten Mal werden sie besser, intelligenter, stärker sein. Das müssen auch wir sein. Wir alle, die wir Ermittler sind, haben ein klares Ziel: Wir müssen diese Leute beim nächsten Mal besiegen. Es befanden sich elf Personen im Raum, von denen ich wohl drei auf meine Seite gezogen hatte, deshalb erzählte ich ihnen die Geschichte vom Rollstuhlfahrer und erinnerte sie daran, dass dies hier die dem Ground Zero am nächsten gelegene Hochschule sei – dass sie eine besondere Verantwortung hätten. Wenn nicht sie die Veranstaltung durchführten, wer dann? Am Ende war die Hälfte von ihnen beschämt, ein paar waren den Tränen nahe, und die Abstimmung fiel einstimmig aus. Vielleicht kandidiere ich im nächsten Jahr ja bei den Bürgermeisterwahlen.«

Er versuchte zu lachen, aber das Lachen blieb ihm im Halse stecken.

Die Vorbereitungen für dieses *World Investigative Forum* seien besser als erwartet gelaufen, sagte er. Und dann rasselte er eine Liste mit den Namen der Personen herunter, die sich bereit erklärt hatten, einen Vortrag zu halten oder teilzunehmen.

Ich nickte, aufrichtig beeindruckt. Er sagte: »Ja, es sind all die großen Namen.« Dann sah er mich an. »Nur einer fehlt.« Er ließ mir keine Gelegenheit zu antworten. »Ihr Buch hatte große Wirkung«, fuhr er fort. »Weil Sie hier in Europa waren, ist es Ihnen möglicherweise gar nicht bewusst, aber es gibt kaum einen Top-Ermittler …«

»Und deshalb sind Sie nach Paris gekommen – um mich zu rekrutieren?«

»Zum Teil. Natürlich bin ich gekommen, um letztlich das Geheimnis um Jude Garrett zu lösen, aber jetzt, wo ich es gelöst habe, bietet sich Ihnen die Gelegenheit, einen Beitrag zu leisten. Sicher, wir können nicht sagen, wer Sie wirklich sind, deshalb habe ich mir überlegt, dass Sie sich ja als Garretts langjähriger Rechercheur ausgeben können. Als Dr. Watson des Meisterdetektivs Sherlock Holmes. Als jemand, der mitgeholfen hat …«

»Schweigen Sie«, sagte ich – eine solche Antwort war er vermutlich nicht gewohnt. Ich schaute auf den Tisch, und als ich aufsah, sprach ich so leise, dass nur er mich hören konnte.

»Im Moment«, sagte ich, »verstoße ich zwar gegen alle Regeln meines früheren Berufs. Aber ich werde Ihnen die Wahrheit sagen. Es ist wahrscheinlich das einzige Mal, dass Sie die je von jemandem aus meiner Branche hören werden, passen Sie also genau auf. Es war eine bemerkenswerte Leistung, mich aufzuspüren. Sollte es jemals zu einer Neuauflage des Buchs kommen, dann nehme ich Sie mit Sicherheit darin auf. Sie haben brillante Arbeit geleistet.«

Er zuckte mit den Achseln – geschmeichelt, glaube ich, wirklich stolz, aber zu bescheiden, um es zum Ausdruck zu bringen.

»Sie haben viele Namen gefunden und viele Tarnungen aufgedeckt, aber Sie haben nichts darüber herausgefunden, was ich tatsächlich für mein Land getan habe, oder?«

»Das stimmt«, erwiderte Bradley. »Ich bin mir auch gar nicht sicher, ob ich das wissen will. Ich finde, alles Geheime sollte am besten unangerührt bleiben.«

»Das war richtig von Ihnen. Lassen Sie mich Ihnen also sagen: Ich habe Menschen festgenommen, und die, die ich nicht festnehmen konnte, habe ich umgebracht. Mindestens dreimal habe ich sie erst festgenommen und dann umgebracht.«

»Verdammt«, flüsterte er. »So etwas tut unser Land?«

»Mordkommissare und Richter haben sicherlich einen Ausdruck dafür. Ich kann Ihnen jedoch versichern, dass solche Taten einen Menschen schwer belasten können – vor allem, wenn er älter wird. Und eines kann ich Ihnen versprechen: Niemand hat mich je der Diskriminierung beschuldigen können. Ich war sozusagen ökumenisch in meiner Arbeit – ich habe Katholiken und Araber umgelegt, Protestanten, Atheisten und mindestens zwei Juden. Die Einzigen, die ich übergangen habe, sind die Zoroastrier. Glauben Sie mir: Ich hätte auch sie getötet, wenn ich genau gewusst hätte, wer sie waren. Nur: Viele Leute, denen ich wehgetan habe – ihre Freunde und Angehörigen, hauptsächlich –, praktizieren nicht gerade, was man als christliche Nächstenliebe bezeichnen könnte, Mr Bradley. Insbesondere halten sie nicht viel von dem Satz, dass man die andere Wange hinhalten soll. Kennen Sie die Serben? Die sind immer noch wütend wegen einer Schlacht, die sie im Jahr 1389 verloren haben. Manche behaupten, die Kroaten und die Albaner seien noch schlimmer. Für solche Leute würde es nicht einmal als ein Wochenende zählen, wenn sie mich jahrzehntelang verfolgen würden. Ich erzähle Ihnen das nur, damit Sie mich verstehen: Ich bin nach Paris gekommen, um in der Anonymität zu leben. Ich habe versucht, wieder Normalität zu finden. Der heutige Abend ist nicht besonders gut für mich gelaufen, und deshalb denke ich nicht daran, einen Workshop zu leiten, denn ich renne um mein Leben.«

Ich stand auf und streckte die Hand aus. »Leben Sie wohl, Mr Bradley.«

Er schlug ein. Dieses Mal versuchte er erst gar nicht, mich aufzuhalten. Der Innenhof hatte sich geleert, und Bradley gab eine einsame Gestalt ab, wie er dort allein zwischen den Kerzen saß.

»Viel Glück«, rief ich ihm im Hinausgehen zu. »Das Seminar ist eine großartige Idee, das Land braucht so etwas.« Ich drehte mich um, ging weiter – und stand plötzlich vor einer Frau.

Sie lächelte. »Dem Gesichtsausdruck meines Mannes entnehme ich, dass die Antwort Nein lautet.« Marcie. Bradley musste ihr während des Telefonats mitgeteilt haben, wo wir waren.

»Ganz recht. Ich kann nicht teilnehmen – er weiß, warum.«

»Trotzdem danke ich Ihnen, dass Sie sich Zeit für ihn genommen haben«, antwortete sie ruhig. »Ihm so lange zugehört haben.«

In ihren Worten lag weder Groll noch Wut – ihre einzige Sorge galt offenbar dem Wohlergehen ihres Mannes. Sie gefiel mir auf Anhieb.

Bradley wandte sich ab, versuchte, die Aufmerksamkeit des Kellners auf sich zu ziehen, und orderte die Rechnung.

»Wissen Sie, Ben bewundert Sie ungeheuer. Wahrscheinlich hat er's Ihnen nicht gesagt, aber er hat Ihr Buch dreimal gelesen, nur zum Vergnügen. Ständig hat er gesagt, er wünschte, er hätte nur die Hälfte der Dinge getan, die Sie darin schildern.«

Kurz sah ich einen anderen Bradley – den Top-Ermittler, der glaubte, nie in einer Liga gespielt zu haben, die hoch genug war, dass sie seinem Talent entsprach. Weil ich besser als die meisten Leute wusste, wie schrecklich es war, mit berufsbedingter Reue zu leben, dachte ich wie so oft über zwei kleine Mädchen nach und darüber, was ich vor langer Zeit in Moskau getan hatte.

Marcie musste mich am Arm fassen, um mich aus dem Tunnel meiner Erinnerungen herauszuholen. Sie reichte mir eine Visitenkarte. »Das ist unsere Telefonnummer in New York. Wenn Sie einmal die Gelegenheit haben, rufen Sie ihn an – ich meine nicht jetzt, sondern irgendwann in der Zukunft.« Sie sah mein Widerstreben und lächelte. »Ein paar Jahre wären in Ordnung.«

Aber ich kapierte es noch immer nicht. »Er ist ein guter Mensch«, sagte sie ernsthaft. »Der beste, den ich kenne, besser, als die meisten Leute sich vorstellen können. Es würde ihm sehr viel bedeuten.«

Natürlich würde ich sie nicht anrufen, fand es aber unnötig verletzend, die Visitenkarte abzulehnen. Als ich sie einsteckte, drehte sich Bradley um. Kurz trafen sich seiner und Marcies Blick in dem stillen Innenhof.

In diesem ungeschützten Augenblick, als beiden nicht bewusst war, dass ich sie beobachtete, sah ich sie ohne ihren sozialen Panzer. Sie waren nicht mehr in Paris, nicht in einem Fünf-Sterne-Hotel. In ihren Gesichtern las ich, dass sie genau dort waren, wo sie vor und nach dem Einsturz des Nordturms gewesen waren – in Liebe vereint. Sie waren keine Kinder mehr, und es war sicher auch nicht Verliebtheit, aber es war gut zu wissen, dass es in einer Welt voller Lügen und Täuschungen so etwas immer noch gab. Vielleicht war der Abend doch kein totaler Reinfall gewesen.

Der Augenblick verstrich, Marcie warf mir einen Blick zu, und ich verabschiedete mich. Ich ging durch die hohe Tür und blieb am Pult stehen, neben dem der Oberkellner mit vorwurfsvollem Blick stand. Er kannte mich ziemlich gut, und nachdem ich ihm für seine Gastfreundschaft gedankt hatte, bat ich ihn, den Servierwagen noch einmal hinüberzuschicken, und drückte ihm zweihundert Euro in die Hand, um die Rechnung zu begleichen.

Keine Ahnung, warum ich bezahlte. Einfach nur aus Blödheit, nehme ich an.

KAPITEL ZWÖLF

Der American-Airlines-Flug kam frühmorgens in New York an – die Stadt lag hinter Türmen dunkler Wolken, Regen und starke Winde rüttelten uns beim Landeanflug durch. Zwei Stunden nach dem Start in Paris war das Zeichen FASTEN SEAT BELTS angegangen, und danach hatten sich die Wetterverhältnisse derart rasant verschlechtert, dass jeder Service eingestellt worden war. Keine Speisen, keine Getränke, kein Schlaf. Es konnte nur noch besser werden.

Ich reiste mit der perfekten Kopie eines kanadischen Diplomatenpasses, der nicht nur meinen Platz in der ersten Klasse erklärte, sondern mir auch erlaubte, alle Fragen am US-Einwanderungsschalter zu vermeiden. Man winkte mich durch, ich holte mein Gepäck und trat hinaus in den strömenden Regen. Ich war zu Hause, was mir jedoch weniger Trost spendete, als ich gehofft hatte. Ich war so lange fort gewesen, dass ich das Land kaum noch kannte.

Achtzehn Stunden waren vergangen, seit ich mich von den Bradleys im *Plaza Athénée* verabschiedet hatte. Sobald mir klar war, dass meine Tarnung aufgeflogen war, wusste ich, was ich zu tun hatte. Die Regeln meiner Ausbildung waren da ganz eindeutig: weglaufen, Schutz suchen, wo immer man kann, versuchen, sich neu zu sammeln, und dann das Testament schreiben. Letzteres vielleicht nicht, aber das war so der Tonfall, in dem über eine Enttarnung diskutiert wurde.

Die USA boten mir die beste Chance, dachte ich. Nicht nur, dass es einem Feind schwererfallen würde, mich unter Millionen Landsleuten zu finden. Sondern ich wusste auch: Wenn ich je in Sicherheit leben wollte, musste ich die Fingerabdrücke verwischen, die ich zurückgelassen hatte, und dafür sorgen, dass niemand dem Weg folgte, den Ben und Marcie gebahnt hatten.

In sechs Minuten hatte ich die Strecke vom *Plaza Athénée* zu meiner Wohnung zurückgelegt, und kaum hatte ich sie betreten, rief ich die Fluggesellschaften an. Durch glückliche Fügung gab es noch einen freien Platz in der ersten Klasse im ersten Flug nach New York.

Doch es ist seltsam, wie das Unterbewusste wirkt. Im nachfolgenden Chaos, als ich rasch meine Sachen zusammensuchte, Rechnungen bezahlte und meine Taschen packte, kamen mir plötzlich ohne ersichtlichen Grund zwei Briefe der Anwälte von Bill und Grace in den Sinn. Ich kramte in einer Akte mit alten Briefen, warf sie in die Reisetasche und widmete mich dem einzigen verbliebenen Problem: dem Inhalt des Tresors.

Es war ausgeschlossen, die drei Faustfeuerwaffen, hunderttausend Dollar in verschiedenen Währungen und acht Pässe mitzunehmen, nicht einmal im Diplomatengepäck. Wenn die Metalldetektoren oder Röntgengeräte anschlugen, würde man mich – auch als vermeintlichen Diplomaten – genau unter die Lupe nehmen. Sobald man herausgefunden hätte, dass mein Pass gefälscht war, was bestimmt gelingen würde, müsste ich alles wochenlang erklären – erst meine wahre Identität und dann die anderen Gegenstände. Angeblich hatte ich alle Waffen, falschen Pässe und Notizhefte mit den Namen von Kontakten nach meiner Kündigung bei der *Division* zurückgegeben.

Stattdessen schlitzte ich einen Saum meiner Matratze auf, entfernte ein wenig Füllmaterial und befestigte darin das Handwerkszeug meines Berufs. Sowie ich in den USA wäre, würde ich François, den triefnasigen Concierge, anrufen und ihn bitten, eine Umzugsfirma damit zu beauftragen, mein vollständiges Mobiliar an meine neue Adresse zu befördern. Nachdem alles ordentlich befestigt war, verschloss ich den Saum mit Kleber, spannte das Laken wieder über die Matratze und rief einen Taxiunternehmer an, der mich zum Charles de Gaulle bringen sollte.

Zehn Stunden später stand ich am Kennedy Airport im Regen und bat einen anderen Taxifahrer, mich ins Stadtzentrum zu fahren. Auf dem Weg rief ich im *Four Seasons* an, einem von diesen Hotels, deren schiere Größe Anonymität garantiert, und buchte ein Zimmer.

Nachdem ich drei Tage lang von einem Immobilienmakler zum nächsten gerannt war, mietete ich ein kleines Loft in NoHo. Nichts Besonderes, aber mit Morgensonne, und am ersten Tag, an dem ich dort wohnte, suchte ich die Briefe des Anwalts heraus und rief in seinem Büro an, um einen Termin zu vereinbaren.

Am späten Nachmittag saßen wir in seinem weiträumigen Büro und blickten bis zum Central Park. Was er »eine Kleinigkeit betreffend Bills Anwesen« genannt hatte, veränderte mein Leben für immer.

Danach spazierte ich mehrere Tage lang bis spätabends durch die Stadt, wälzte die Angelegenheit immer wieder im Kopf herum und versuchte – wie ein Psychologe sagen würde –, sie zu internalisieren. Ich ließ mich treiben, ging vorbei an überfüllten Bars und Restaurants, den langen Schlangen vor den angesagtesten Clubs und den Kinos mit den neuesten Filmen. Schließlich, wundgelaufen, wurde mir schmerzlich bewusst, wie wenig Erfahrung ich mit dem hatte, was man gemeinhin als »normales« Leben bezeichnete. Und so akzeptierte ich allmählich, was der Anwalt mir erzählt hatte. Erst jetzt widmete ich mich dem Problem der Fingerabdrücke.

Zuerst rief ich einen FBI-Supervisor an – die Frau, der ich die europäischen Akten der *Division* übergeben hatte, als die Behörde geschlossen wurde. Sie kontaktierte einen ihrer stellvertretenden Leiter und erzählte ihm, ich sei früher mal der Rider of the Blue gewesen. Tags darauf saß ich dann mit ihm in einem schäbigen Konferenzzimmer in einem nichtssagenden Hochhaus in der City.

Nachdem ich darum gebeten hatte, allein mit ihm zu sprechen, und seine beiden Berater die Tür hinter sich geschlossen hatten, erklärte ich, dass Scott Murdochs Sozialversicherungsnummer gelöscht worden sei und dass dies eine große Bedrohung für mich darstelle. Es dauerte eine Weile, bis er seine Skepsis bezwungen hatte, aber kaum hatte er damit aufgehört, den Verantwortlichen zu verfluchen, tätigte er ein Telefonat und machte sich daran, die Nummer wiederherzustellen.

»Ich winke das durch – und sorge dafür, dass Sie, falls sich jemand nach Ihrer Nummer erkundigt, gewarnt werden«, sagte er. »Was sonst noch?«

»Jemand muss die Angaben in den Computerdatenbanken ändern. Es gibt darin jede Menge Informationen über mich – beziehungsweise die Personen unter meinem Decknamen –, die gelöscht werden müssen.«

»Regierungs- oder private Datenbanken?«

»Beides«, sagte ich. »Alles – vom Archiv der Ehemaligen-Vereinigung einer Schule namens Caulfield Academy bis hin zu sämtlichen Bekanntmachungen im *Federal Register*.«

»Ausgeschlossen«, sagte der stellvertretende Leiter. »Datenbanken funktionieren nach Striptease-Regeln – der Oberste Gerichtshof sagt: Anschauen, ja, aber nicht anfassen. Es wäre bereits rechtswidrig, Ihnen jemanden zu nennen, der Ihnen helfen könnte.«

Ich machte Druck, erzählte ihm, wie viele Jahre ich meinem Land gedient hatte, und erläuterte ihm, warum er die Regeln für mich brechen musste.

Er nickte nachdenklich, dann gab ihm offenbar irgendetwas den Rest, und er fing an zu poltern. »Die Regeln brechen? Sie fordern mich auf, Computer zu hacken – wissen Sie, wie viel das die Gemeinschaft kostet? Das sind heute nicht mehr einzelne Computerfreaks, die so etwas machen, das ist Jahre her – im Cyberspace herrscht heute echter Krieg. Knack eine Site, ignorier den Schaden, klau alles, was irgendwie von Wert ist …«

Ich war perplex. Mich interessierten weder der Oberste Gerichtshof noch die neuesten Entwicklungen der Cyberkriminalität – ich wollte einfach nur meine Vergangenheit bereinigen. Ich nahm an, ich hatte einen wunden Punkt getroffen, was mir aber auch nicht half, in Sicherheit zu kommen.

Allerdings war er jetzt richtig in Fahrt – und hatte nicht vor aufzuhören. »Es gibt Leute, die operieren noch eine Ebene höher als die Panzerknacker«, fuhr er fort. »Man könnte sie als Fassadenkletterer bezeichnen – die gehen rein, kopieren alles, und keiner weiß, dass sie da waren. Das sind die Brillanten. Ich kenne da einen Burschen, der hat fünfzehn Millionen Hypotheken-Dateien gestohlen. *Fünfzehn Millionen!* Jede beinhaltete die Kreditkartenangaben, die Sozialversicherungsnummer, das Bankkonto, die Adresse der betreffenden Person. Wissen Sie, was er damit machen wollte?«

»Identitätsdiebstahl?« Mir war ein Rätsel, warum wir immer noch über diese Sache redeten.

»Natürlich. Aber er wollte die Daten nicht selber nutzen – o nein, das wäre ja harte Arbeit gewesen. Er wollte sie an die russische Mafia verkaufen. Ein Dollar pro Datei für die erste Million, hat er uns gesagt, nur um die anzufixen. Dann wollte er das Ganze allmählich steigern, bis er zehn Dollar pro Datei bekam. Schätzte, er würde hundert Millionen verdienen. Dafür, dass er vor einem Bildschirm hockt. Wissen Sie, wie viel ein Bankräuber im Schnitt kriegt?« Er beugte sich über den Tisch. »Neuntausend

Dollar und vielleicht eine Kugel. Wer hat da wohl den richtigen Businessplan entwickelt?«

Ich hob die Schultern. Es war mir wirklich egal.

»Der Typ ist dreiundzwanzig und wahrscheinlich der beste Hacker der Welt.«

»Wie lange muss er dafür in den Bau?« Ich bemühte mich, ein bisschen Interesse zu zeigen.

»Ist noch nicht entschieden. Vielleicht gar nicht – hängt davon ab, ob er weiter kooperiert und hilft, diese Samurai-Hacker dranzukriegen, die genauso schlimme Sachen machen. Sein Online-Passwort lautete Battleboi, also haben wir ihn auch so genannt.«

»Battleboy?« Hatte ich das richtig verstanden?

»Ja, mit i geschrieben. Ein Latino. Ist in Miami aufgewachsen, wohnt jetzt aber in der Nähe, unweit der Canal Street, über Walgreens.«

Er sah mich an. Unsere Blicke trafen sich. Dann fiel es mir wie Schuppen von den Augen, warum er mir das alles erzählt hatte.

»Wie auch immer. Genug von meinen Problemen – ich muss aufhören, bevor ich noch irgendwas Gesetzwidriges sage. Kann ich sonst noch etwas für Sie tun?«

»Nein. Sie haben schon mehr als genug getan. Vielen Dank«, sagte ich in freundlichem Tonfall.

Er stand auf und ging zur Tür. Dort blieb er stehen und wandte sich zu mir um. »Ich freue mich, dass ich Ihnen hinsichtlich der Sozialversicherungsnummer helfen konnte. Ich kenne Ihren Ruf – viele von uns kennen ihn –, und es war mir eine Ehre, eine echte Ehre, den Rider of the Blue kennenzulernen.«

Das sagte er mit so großer Bewunderung, und sein Handschlag war so fest – er hätte damit Kohle in Diamanten verwandeln können –, dass ich beinah die Fassung verlor. Er und seine Berater blickten mir schweigend nach – respektvoll, könnte man wohl sagen –, während ich zum Fahrstuhl ging. So geschmeichelt ich mich auch fühlte, ich musste unwillkürlich daran denken, dass einen sein guter Ruf manchmal auch überlebt.

Draußen nahm ich ein Taxi, fuhr durch die Stadt und betrachtete die vorbeiziehenden Gesichter. Die Schatten wurden länger, es wurde Nacht, und mich überfiel wieder dieses merkwürdige Gefühl der Distanziertheit, das Gefühl, ein Fremder im eigenen Land zu sein. Wenn ich weiter diesen Weg ginge, wäre ich am Ende mit Sicherheit für die Welt verloren – man sieht solche Menschen auf den Parkbänken, in Lesesälen öffentlicher Büchereien, allein in Bahnhöfen. Noch lange hin, dachte ich. Aber was sollte ich machen? Die Karawane zieht weiter, die Hunde bellen weiter, und es war unumgänglich, dass ich meine Vergangenheit begrub.

Das Taxi hielt vor Walgreens. Ich ging am Gebäude entlang und fand eine etwas versteckt gelegene Tür in der Mauer. Nur ein Klingelknopf samt Gegensprechanlage, die wenigen Wörter daneben auf Japanisch. Na prima.

Ob ich den FBI-Typ vielleicht missverstanden hatte? Aber ich drückte den Knopf trotzdem.

KAPITEL DREIZEHN

Eine schroffe Männerstimme antwortete auf Englisch. Ich sagte, ein gemeinsamer Freund, der im 23. Stock eines nahe gelegenen Gebäudes arbeite, habe vorgeschlagen, ich solle mal kurz vorbeischauen. Der Mann betätigte den Summer, ich trat ein und stieg eine Treppe hoch. Dabei fiel mir auf, dass sich jemand ziemlich angestrengt hatte, die vier Überwachungskameras zu verstecken, die das Treppenhaus überwachten. Machte sich wohl Sorgen wegen der Russen-Mafia.

Ich bog auf einen Flur ein. Erst als sich meine Augen an das Schummerlicht gewöhnt hatten, sah ich ihn: Battleboi stand direkt vor mir, in der Art Stahltür, die ein Hacker-Haus stolz gemacht hätte. Am überraschendsten war aber nicht seine Leibesfülle – er wog etwa hundertachtzig Kilo –, nein, wirklich schockierend war, dass er wie ein japanischer Daimyō gekleidet war. Ein Samurai-Hacker erster Güte.

Er trug einen sündhaft teuren Seidenkimono und traditionelle japanische weiße Socken, mit einem Loch für den großen Zeh, das schwarze Haar geölt und nach hinten zu einem Haarknoten gebunden. Wenn jemand einmal einen hispanischen Sumo-Ringer braucht, ich kenne da genau den Richtigen. Er verneigte sich knapp, das Mindestmaß an guten Manieren – wahrscheinlich mochte er unseren Freund aus dem 23. Stock nicht besonders. Dann trat er zur Seite, um mich hereinzulassen.

Zugegeben, seine Ländereien erstreckten sich lediglich auf vier Räume in einer engen Nebenstraße, aber auf dem Boden lagen schöne Tatamis, Shojis unterteilten die Räume, und vor einer Wand stand ein antiker bemalter Wandschirm, darstellend den Fuji, im Gegenwert von mindestens 20 000 seiner teuersten Dateien.

Kaum hatte ich die Schwelle übertreten, vermied ich gerade noch einen irrsinnigen Fauxpas – im letzten Moment fiel mir ein, dass ich meine Schuhe gegen ein Paar Gästesandalen eintauschen musste. Während ich meine barbarischen Stiefel auszog, fragte ich, wie ich ihn anreden solle.

Er sah mich verständnislos an. »Was soll das heißen – hat man es Ihnen nicht gesagt?«

»Also, ja, doch. Es kam mir bloß nicht richtig vor, jemanden mit Battleboi anzusprechen.«

Er zuckte mit den Achseln. »Stört mich nicht, Schwachkopf.« Er ging mir voran zu zwei Bodenkissen.

»Der stellvertretende Leiter sagt, dass Sie mit ihm kooperieren«, sagte ich, als wäre ich mit seinen vollen Befugnissen ausgestattet.

Er sah mich angewidert an, stritt es aber nicht ab. »Was wollen Sie?«

Nachdem wir den Schneidersitz eingenommen hatten, erzählte ich ihm von den Hinweisen auf Scott Murdoch in den Datensätzen, die die Ehemaligen-Vereinigungen meiner früheren Schule und meiner Universität gelöscht haben wollten. Kein schlechter Einstieg, wie ich fand.

Er fragte, wer dieser Murdoch sei, worauf ich antwortete, ich wisse es nicht. »Man hat beschlossen, seine Vergangenheit loszuwerden – über mehr müssen wir uns keine Gedanken machen.«

Er fragte nach Murdochs Geburtsdatum und nach Details der Alumni-Clubs und stellte eine ganze Reihe weiterer Fragen, um sich zu vergewissern, dass er es mit der richtigen Person zu tun hatte. Nachdem ich alles beantwortet hatte, rückte er den Kimono zurecht und sagte, wir könnten in wenigen Minuten anfangen.

»*Cha, neh?*«, sagte er leichthin, aber die unterschwellige Botschaft war klar: Ich sollte dumm dastehen und mich unterlegen fühlen, wozu ich aber, ehrlich gesagt, keinerlei Lust verspürte.

Ich kramte in meinem Gedächtnis nach einem längst vergangenen Sommer: Ich saß an einem blutgetränkten Strand, umgeben von einer Welle von Enthauptungen und zahlreichen Samurai, die rituellen Selbstmord begingen. Mit anderen Worten: Ich hatte im Urlaub *Shogun* gelesen. Aus diesem dickleibigen Roman waren mir ein paar Schlüsselwörter in Erinnerung geblieben – *cha* heißt Tee.

»*Hai, domo.*« Ich hoffte, dass mich mein Gedächtnis nicht trog und ich damit sagte: »Ja, danke«, statt »Du kannst mich mal«.

Offenbar hatte ich mich richtig erinnert. »Sie sprechen Japanisch?«, fragte er erstaunt und respektvoll zugleich.

»Ach, nur ein wenig«, sagte ich bescheiden.

Er klatschte in die Hände. Einer der Wandschirme glitt zur Seite. Eine schlanke Latina im roten Seidenkimono betrat den Raum und verbeugte sich, was in mir eine Frage weckte, die die großen Philosophen seit ewigen Zeiten beschäftigt: Warum bekommen unattraktive Männer fast immer die heißen Frauen?

Sie war ein paar Jahre jünger als er, hatte große Augen und einen sinnlichen Mund. Bei näherer Betrachtung wurde deutlich, dass sie den traditionellen Kimono frei interpretiert hatte – er lag an Hüften und Brüsten sehr viel enger an, als man das in Tokio jemals sehen würde. Um mehr Bewegungsfreiheit zu haben, trug sie den Saum bis zum Oberschenkel geschlitzt. Als sie durchs Zimmer ging, war daran, wie sich die Seide rüschte und eng am Körper anlag, zu erkennen, dass sie sich keine Sorgen machen musste um das Auftragen von Slip oder BH-Trägern. Sie trug weder das eine noch das andere. Der Gesamteindruck war verführerisch und verrückt zugleich.

»Tee?«, fragte sie.

Ich nickte. Battleboi wandte sich zu mir um. »Das ist Rachel-san.« Sie blickte in meine Richtung und lächelte ein ganz klein wenig.

Battleboi? Rachel-san? Alt-Japan über Walgreens? Ganz egal, was das FBI über seine Fähigkeiten sagte, ich machte mir keine großen Hoffnungen. Für mich hatte es den Anschein, als hätte ich es hier mit einem Paar Sozialhilfeempfängern zu tun.

Drei Stunden später sah ich mich gezwungen, meine Meinung drastisch zu revidieren. Nicht nur hatte Lorenzo – zumindest hatte ihn Rachel einmal so genannt – alle Hinweise auf mich im Archiv der Ehemaligen-Vereinigungen gelöscht, sondern er sagte auch, er könne das Gleiche mit den weitaus komplexeren Datensätzen machen, die die Caulfield Academy und Harvard selbst besaßen.

»Sie können sämtliche Datensätze betreffend seiner schulischen und akademischen Ausbildung löschen?«, fragte ich. »Es so aussehen lassen, als hätte Scott Murdoch weder die Caulfield noch Harvard besucht?«

»Warum nicht?« Er lachte. »Es leben inzwischen so viele Menschen auf diesem Scheiß-Planeten, dass wir nur noch Codezeilen auf einer Festplatte sind. Man nehme die Zeilen weg, und wir existieren nicht mehr; man füge etwas hinzu, und wir sind wer. Wollen Sie einen Professorentitel – nennen Sie mir den Fachbereich. Brauchen Sie hundert Millionen? Warten Sie, bis ich irgendeinen Binärcode manipuliert habe. Übrigens, Sie können mich Gott nennen, wenn Sie möchten.«

»Danke, aber Battleboi gefällt mir ganz gut.« Ich lächelte.

Spät an jenem Abend schaute ich zu, wie er die letzten von Dr.

Murdochs akademischen Erfolgen in den digitalen Orkus schickte. »Jammerschade – dieses lange Studium, und jetzt ist das alles weg.«

Ich erwiderte nichts darauf. Dafür gingen mir zu viele Erinnerungen durch den Kopf, besonders an Bill. Er war mit seinem Ferrari-Oldtimer nach Boston hinaufgefahren, der Einzige, der bei meiner Abschlussfeier anwesend war.

Sowie Lorenzo zufrieden war, keinen Hinweis darauf zurückgelassen zu haben, dass er sich Zugang zu den Daten verschafft hatte, erzählte ich ihm vom nächsten Punkt auf meiner Liste: den Informationen, die aus Regierungsrechnern und amtlichen Bekanntmachungen ausgemerzt werden mussten.

»Wie viele Daten?«

»Ein paar Hundert, wahrscheinlich mehr.«

Dem Gesichtsausdruck nach zu urteilen, hatte ich ihn aufgefordert, *seppuku* zu begehen.

»Lassen Sie mich raten – die Sache ist eilig, *neh*?« Doch er wartete meine Antwort erst gar nicht ab: Er kannte sie ja. »Sie haben Kopien von diesen Bekanntmachungen, oder müssen wir die selber ausgraben?«

Ich zögerte. Ben Bradley und seine Frau besaßen zwar alle Informationen, aber sie wären die Letzten, die ich darum bitten würde. »Darüber muss ich nachdenken.«

»Wenn wir ganz von vorn anfangen, könnte das Monate dauern. Lassen Sie mich wissen, wie Sie sich entschieden haben.« Er begann seine Reihen von Festplatten zu schließen.

Als er mich zur Tür begleitete, war er so entspannt, dass er ein wenig Smalltalk machte. »Ich lerne seit drei Jahren Japanisch – schwere Sprache, was? Wo haben Sie sie gelernt?«

»Shogun«, sagte ich schlicht. Nachdem er den ersten Schreck überwunden hatte, nahm er es enorm sportlich, wie ich sagen muss. Der Fleischberg wabbelte, als er über seine eigene Gutgläubigkeit lachte. Seine Augen blitzten, und da entdeckte ich seine Großmut. Das, was Rachel in ihm gesehen haben musste.

»Shit«, er wischte sich die Tränen aus den Augen, »und ich

habe mich in den vergangenen sechs Stunden minderwertig gefühlt – als ob ich wieder die Schulbank drücken würde.«

Während ich meine Schuhe wieder anzog, fragte er, ermutigt von unserem Lachen: »Was genau machen Sie eigentlich beim FBI?«

»Ich darf … Das ist kompliziert, man könnte wohl sagen, dass ich ein Mitreisender war, mehr nicht.«

»Sind Sie Scott Murdoch?«

Ich lachte wieder. »Glauben Sie, ich würde, wenn ich diese Qualifikationen hätte, hier auf meinem Hintern sitzen und mit Ihnen reden?« Ich traf genau den richtigen Ton zwischen Verbitterung und Humor – wenn es sein muss, bin ich ein verdammt guter Lügner.

»Wer immer Sie sind, Sie müssen mit den Leuten im 23. Stock ziemlich dicke sein.«

»Nicht wirklich. Warum?«

»Ich hatte gehofft, Sie könnten beim Vizeleiter ein gutes Wort für mich einlegen und ihn bitten, die Anklagepunkte fallen zu lassen.«

»Ich habe das so verstanden, dass es keine Anklagen geben wird, wenn Sie kooperieren.«

»Na klar«, lachte er bitter. »Darum haben die ja eine Sonderabteilung für Cyberkriminalität aufgemacht. Das ist ihre schöne neue Welt – ich nehme an, die lassen mich für alles bluten, was ich ihnen besorgt habe, und legen mich dann aufs Kreuz. Sie wissen schon, nur um ein Exempel zu statuieren.«

Ich schüttelte den Kopf und erklärte, er sei paranoid, so würden sie nicht vorgehen. Aber natürlich hatte er recht. Einige Monate darauf überzogen sie Battleboi mit jeder Anklage, die sie finden konnten, und boten ihm hinterher einen Vergleich an, der keiner war. Am Ende, als er sich keine weiteren Anwälte mehr leisten konnte – er verkaufte sogar seinen geliebten Fuji-Wandschirm –, sah er sich gezwungen, die Vereinbarung zu unterschreiben. Er bekam 15 Jahre Leavenworth.

Und dort wäre er auch versauert, praktisch vergessen, wenn

nicht – in einer beängstigenden Lawine von Entwicklungen – die Suche nach dem Sarazenen in einer Sackgasse angekommen wäre, was dramatische Konsequenzen haben würde.

KAPITEL VIERZEHN

Der Sarazene traf kurz vor der Mittagszeit an der syrischen Grenze ein. Mit einer ledernen Arzttasche in der einen Hand, einem unscheinbaren Koffer in der anderen und einem bemerkenswerten Plan im Kopf stieg er aus dem Bus aus Beirut.

Es war fünf Jahre her, dass er im Fach Medizin mit Auszeichnung promoviert hatte. Und das waren die fehlenden, die mageren Jahre. Ich hatte lange gebraucht, um seine Bewegungen in dieser Zeit zusammenzustellen, aber eines stand zweifelsfrei fest: Als er vor dem syrischen Grenzbeamten stand, hatte er das Rätsel gelöst, das ihn in jeder wachen Stunde beschäftigt hatte. Er wusste, wie er Amerika attackieren konnte.

Weil er behauptet hatte, Arzt und auf dem Rückweg zu einem großen Flüchtlingslager zu sein, war sein libanesischer Pass ohne Probleme abgestempelt worden. Er wich den Taxifahrern und diversen aufdringlichen Straßenhändlern aus, bog nach links in einen vermüllten Parkplatz ein und suchte einen Bus, der ihn nach Damaskus bringen würde.

Im Busbahnhof der Stadt gab er seine beiden Taschen bei der Gepäckaufbewahrung ab, verließ das Gebäude durch einen Seiteneingang und machte sich zu Fuß auf den Weg. Er war entschlossen, möglichst wenig Spuren von seinen räumlichen Bewegungen zu hinterlassen, und nahm deshalb noch nicht einmal ein Taxi.

Über eine Stunde lang ging er auf staubigen Straßen und durch zunehmend trostlose Wohnviertel – Damaskus hat fast zwei Millionen Einwohner, von denen 500 000 verarmte palästinensische Flüchtlinge sind.

Schließlich fand er an der Kreuzung zweier Schnellstraßen,

wonach er gesucht hatte. Unter den Hochstraßen befand sich eine Art Niemandsland, ein versteinerter Wald aus von Dieselabgasen geschwärzten Betonpfeilern. Das Areal war voll mit farbigen Lampen, schlaffen Flaggen und Zitaten aus dem Koran, die dem Eigentümer seine Liebe zur Ehrlichkeit attestierten. Es handelte sich um das Gelände eines Gebrauchtwagenmarktes.

Hier, am unteren Ende der automobilen Nahrungskette, wählte der Sarazene einen uralten Nissan Sunny aus. Während der Verkäufer die Fähigkeit eines Mannes lobte, an Roststellen vorbeizusehen und den Diamanten auf dem Hof zu finden, bezahlte der Sarazene bar. Er legte noch fünf syrische Pfund drauf, um keinen Vertrag unterschreiben zu müssen, und verschwand in der Dunkelheit. Der Wagen verbrannte mehr Öl als Benzin, was den Sarazenen aber nicht interessierte – Beförderung war nur der zweitrangige Zweck des Fahrzeugs. Der erstrangige war Unterkunft. Weil er wusste, dass sich die Leute selbst in billigen Hotels an zu viel erinnerten, fuhr er drei Stunden in der Stadt herum, ehe er einen abgeschirmten Bereich auf einem Parkplatz hinter einem Supermarkt fand, wo er sich häuslich einrichtete.

In den folgenden Wochen stellte er das für die vor ihm liegende Aufgabe benötigte Material zusammen und ließ die persönliche Hygiene zum Teufel gehen. Er begann Sachen zu tragen, die immer schmuddeliger wurden. Und obwohl das seine eigenen Standards beleidigte, blieb ihm kaum eine andere Wahl – sein Plan hing davon ab, dass er wie der Inbegriff eines Obdachlosen wirkte. Schließlich, nach einem langen Observationsausflug zum Schlachtfeld, war er bereit.

Das vierstöckige Glas-und-Beton-Gebäude am Rand von Damaskus hatte fast Alleinlage. Auf dem Schild davor stand SYRISCHES INSTITUT FÜR MODERNE MEDIZIN, aber der genaue Zweck des Instituts war unklar. Niemand konnte sich erinnern, wann sich die Führer des Landes das letzte Mal nicht in einer der Privatkliniken in London oder Paris medizinisch hatten behandeln lassen.

Weil die westlichen Geheimdienste Sorge hatten, das Gebäude

könnte für nukleare oder biologische Forschungen genutzt werden, wurde es von einem der acht US-Satelliten, die den Nahen Osten patrouillierten, rund um die Uhr überwacht. Der Satellit fotografierte Gesichter durch Fenster, zeichnete sämtliche Anlieferungen auf und überwachte die chemische Signatur der Emissionen, machte aber leider keine Fotos von der unmittelbaren Umgebung. Folglich gab es keinerlei Aufnahmen des Obdachlosen, der laut einem späteren Bericht der syrischen Geheimpolizei dort nach und nach sein Camp aufschlug.

Eines frühen Freitagabends sah ein Wachmann, der durch den Garten am Ende des Gebäudes spazierte, dass zwischen zwei Palmen eine alte Wagenplane aufgespannt war. In ihrem Schatten befand sich eine Handpumpe, mit der die Pflanzen gewässert wurden. Ein paar Tage darauf kamen eine kleine Kochplatte, eine alte Gasflasche und eine abgenutzte Kühltasche hinzu. Aber noch immer hatten die Scharen von Menschen, die vom Parkplatz zur Vorderseite des Instituts gingen, den Obdachlosen nicht gesehen – nicht einmal, nachdem ein ziemlich zerfledderter Koran in einem alten Einband sowie zwei fadenscheinige Decken aufgetaucht waren.

Doch dann war es zu spät, etwas dagegen zu unternehmen – Ramadan, der neunte Monat im islamischen Kalender und bei Weitem der heiligste, hatte begonnen. Das heilige Buch auf der Decke diente allen Passanten als stumme Erinnerung daran, dass Bettler, Reisende und Arme laut den Gesetzen des Islam versorgt werden müssen. Welcher wahre Gläubige würde einen Obdachlosen während des Ramadans entfernen lassen?

Erst dann, als seine Religion ihm Schutz bot, erschien der Sarazene selbst. Er ließ den Nissan auf dem Supermarkt-Parkplatz stehen, trat aus dem trockenen Gestrüpp und hockte sich unter die Plane, als gehörte er schon immer hierher – was sein Plan war, wie ich mir sicher bin. Bärtig und zerlumpt, im langen Gewand und mit dem gleichen Kopftuch wie Tausende palästinensische Flüchtlinge, drehte er die Standpumpe auf, um ein wenig Wasser zu trinken, und begann im Koran zu lesen.

Zu den geweihten Zeiten füllte er seine Bratpfanne, führte die Waschungen aus, die den fünf täglichen Gebeten vorausgehen, und richtete seine Matte gen Mekka aus, beziehungsweise gen Toilette der Wachmannschaft, was vermutlich davon abhängt, ob man religiös ist oder nicht.

Niemand beschwerte sich über seine Anwesenheit, und so hatte er die erste Hürde genommen. Am nächsten Morgen machte er sich an die Arbeit – er putzte die Fenster der geparkten Autos, kehrte Müll auf und verhielt sich ganz allgemein wie der Wächter des Al-Abah-Parkplatzes Nummer drei. So wie die meisten Flüchtlinge bat er nie um Geld, stellte aber dennoch eine Untertasse auf den Bürgersteig – für den Fall, dass jemand plötzlich den dringenden Wunsch verspürte, seinen karitativen Verpflichtungen nachzukommen.

Ein in jeder Hinsicht brillanter Schachzug. Mehrere Wochen später, nachdem der verstümmelte Körper eines der leitenden Angestellten des Instituts gefunden worden war, schwärmten Polizisten und syrische Geheimdienstler in die umliegenden Gebäude aus, bis sie schließlich den Obdachlosen ins Visier nahmen und versuchten, ein Phantombild zu erstellen. Alle, mit denen sie redeten, stimmten in ihren Aussagen überein: ungefähr eins achtzig groß, achtzig Kilo, Vollbart, und dann – na ja, eigentlich nichts.

In der Welt der Geheimdienste wird eine erfundene Lebensgeschichte, die die wahre Identität einer Person tarnen soll, Legende genannt. Der zerlumpte Wächter des Al-Ahab-Parkplatzes Nummer drei – Saudi, Student der Beiruter Universität mit einem Abschluss in Medizin, Held des Afghanistan-Krieges – hatte sich eine so wirkungsvolle Legende als palästinensischer Flüchtling zugelegt, dass er nahezu unsichtbar war. Selbst für einen Profi wäre das eine großartige Leistung. Für einen Amateur ohne Ressourcen und Ausbildung war es brillant.

Eine Woche nach seiner Ankunft machte es sich der Sarazene zur Gewohnheit, in der heißesten Zeit des Tages mit dem Koran in einem Palmenhain nahe der Eingangstür des Gebäudes zu sitzen und die kühle Brise aus der defekten Leitung einer Klimaanlage auszunutzen. Zwar lächelten die Leute über seinen Einfallsreichtum, tatsächlich aber scherte ihn die Hitze einen feuchten Kehricht – er hatte während der sengend heißen Sommer in Afghanistan im äußeren Ring der Hölle gelebt, deshalb bereitete ihm ein Herbst in Damaskus keinerlei Probleme. Nein, von dem Bereich unterhalb der Leitung konnte er durch eine Glasscheibe diejenigen Sicherheitsvorkehrungen genau verfolgen, die alle, die das Gebäude betraten, durchlaufen mussten. Sowie er überzeugt war, dass er diese Maßnahmen begriff, machte er sich daran, die Leute, die im Institut arbeiteten, abzuschätzen – und zwar im Wortsinn wie auch im übertragenen Sinn.

Der stellvertretende Direktor des Instituts ging immer als einer der Letzten. Der Mittfünfziger hieß Bashar Tlass, war verwandt mit einem Mann der herrschenden Klasse Syriens sowie ehemaliges Mitglied der Geheimpolizei des Landes und – wie ich leider sagen muss – ein Stück Dreck.

Doch weder seine hohe Stellung noch seine Qualifikation als Chemotechniker oder seine Vorliebe für langsames Garottieren während seiner Tätigkeit bei der Geheimpolizei hatten irgendeinen Einfluss darauf, dass die Wahl auf ihn gefallen war. Tlass selbst wäre höchst überrascht gewesen, wenn er erfahren hätte, dass der Grund für seine Tötung sein Körpergewicht von etwa achtzig Kilo war – soweit der Arzt, der unter den Palmen hockte, das erkennen konnte.

Nachdem er die Zielperson identifiziert hatte, musste der Sarazene nur noch abwarten. Überall in der islamischen Welt enden die dreißig Tage des Fastens, des Gebets und der sexuellen Abstinenz mit einem wahren Feuerwerk von Festen, Geschenken und Gastfreundschaft namens Eid al-Fitr. Am Vorabend des Festes verlassen beinahe alle früh ihren Arbeitsplatz, um sich für das rituelle Abendgebet vorzubereiten, gefolgt von einem Tag voller opulenter Festessen.

Auch in Damaskus war das nicht anders. Um vier Uhr nachmittags wurden Banken und Büros verrammelt und die Läden verriegelt, und die Straßen wurden zunehmend menschenleer. Tlass trat aus der Eingangstür des Instituts und hörte, wie die Wachleute an ihrem Bedienungstisch hinter ihm die elektronischen Schlösser aktivierten. Das hieß: Niemand war mehr im Gebäude, und die Wachleute würden, sowie er außer Sichtweite war, den Rest der Anlage scharfschließen und beruhigt nach Hause gehen, um selbst Vorbereitungen für die Festivitäten zu treffen.

Jahre zuvor hatte der Direktor die Wachleute dazu bewegen wollen, über Eid al-Fitr zu arbeiten, war dabei aber auf so viel Gegenwehr gestoßen – auch in den Moscheen der Angestellten –, dass alle sofort zur vorherigen Praxis des Sich-dumm-Stellens zurückkehrten. Wie auch immer: Niemand wusste besser als Tlass, dass Syrien ein Polizeistaat war – wer wäre da so töricht, in ein Regierungsgebäude einzubrechen?

Die Antwort darauf bekam er ein paar Minuten später, während er auf einem Weg zwischen den Gartenanlagen zu seinem Wagen ging. Da die wenigen umliegenden Gebäude und Parkplätze menschenleer waren, war er ein wenig beunruhigt, als er um eine Ecke bog und, vorübergehend umschlossen von Hecken und Palmen, hinter sich ein Rascheln hörte. Er fuhr herum – und hätte fast gelächelt, als er sah, dass es nur der dumme Palästinenser war, der Mann, der immer darauf bestand, die Windschutzscheibe seines Geländewagens zu putzen, obwohl er noch keinen einzigen Piaster in seine Blechuntertasse gelegt hatte.

Nun glaubte der Bettler, er hätte ihn gestellt. Im Näherkommen verneigte er sich dauernd, hielt ihm die Untertasse hin und murmelte den traditionellen Gruß »*Eid Mubarak*«. Tlass erwiderte den Gruß, wie es die Tradition verlangte, mehr aber auch nicht. Er fegte die Untertasse beiseite, drehte sich um und ging weiter den Weg entlang.

Da zuckte der Arm des Sarazenen vor, überwand die winzige Entfernung zwischen ihnen und schlang sich in einer blitzartigen Bewegung um Tlass' Hals, was diesen gleichermaßen würgte und schockierte.

Der erste, aus Wut geborene Gedanke des stellvertretenden Direktors war, dass er dem Flüchtigen kein Geld geben würde. Dafür musste der ihn schon umbringen. Der zweite lautete: Wie konnte ein Bettler, der nur von Resten lebte, nur so scheißkräftig sein?

Tlass rang bereits nach Luft. Und noch während er aus seinem Gedächtnis den Griff im unbewaffneten Nahkampf heraufbeschwor, mit dem man sich aus einem Würgegriff befreite, und verzweifelt versuchte, ihn anzusetzen, spürte er, wie ihn unten am Hals ein rasender Schmerz durchfuhr. Geblendet von der dadurch ausgelösten aufsteigenden Hitze hätte er aufgeschrien, wenn ihm nicht die Luft weggeblieben wäre. Er wusste sofort, dass es sich nicht um ein Messer handelte. Es hätte seine Kehle durchtrennt, und er hätte warmes Blut auf der Brust gefühlt. Kaum hatte sich dieser Gedanke gebildet, da spürte er in seinem Nackenmuskel einen jähen Schmerz, der gewaltsam in seinen Blutkreislauf eindrang.

Er taumelte, aber jetzt kannte er die Waffe: eine Injektionsspritze, deren Kolben kraftvoll heruntergedrückt wurde. Angesichts der Umstände ein beeindruckender Gedanke – und völlig zutreffend. Verwirrt und verängstigt wusste Tlass, dass er schleunigst um Hilfe rufen musste. Aber welche chemische Substanz auch immer durch seinen Körper floss, plötzlich wollten seine Mundmuskeln nicht die Worte bilden, die in seinem Kopf brüllten.

Die chemische Flut erreichte seine Gliedmaßen. Mit ungeheurer Wut merkte er, dass jetzt nichts mehr sie aufhalten konnte, und sah, wie sein Autoschlüssel seiner völlig kraftlosen Hand entglitt. Die Finger seines Angreifers zuckten vor und fingen den Schlüssel auf. Und das verriet Tlass, mehr als alles andere, dass er sich in der Gewalt eines Meisters befand.

Tlass sackte auf die Knie. Der Sarazene fing ihn auf, bevor er stürzte, und schleppte ihn zu seinem Fahrzeug – einem schwarzen amerikanischen Geländewagen, demselben, dessen Windschutzscheibe er so viele Male geputzt hatte. Auf halbem Weg dorthin blieb er stehen.

Er versetzte Tlass einen kräftigen Schlag ins Gesicht und sah, wie die Augen des Gefangenen vor Schmerz und Wut funkelten.

Während der Planungsphase gehörte zu seinen größten Sorgen, dass ein intravenöses Beruhigungsmittel, das in einem Leichnam festgestellt wurde, möglicherweise chemische Marker enthielt, sodass es bis zu seiner Chargenbezeichnung zurückverfolgt werden konnte. Eine solche Nummer würde zu dem Kreiskrankenhaus führen, in dem er im Libanon gearbeitet hatte. Und es würde nicht sehr lange dauern, bis gewissenhafte Ermittler – zum Beispiel ein Team der syrischen Geheimpolizei – damit anfingen, die Liste der Angestellten durchzugehen und festzustellen, dass er während des betreffenden Zeitraums angeblich im Urlaub war.

Allerdings gab es in Beirut so viele Eselskarren, dass in der Stadt ein großer, unregulierter Markt für Veterinärprodukte entstanden war. Infolgedessen strömte nun ein Pferdeberuhigungsmittel, das chemisch schnell abgebaut wurde, durch Tlass' Organismus. Der Sarazene hoffte, die Dosis richtig berechnet zu haben – hoch genug, um jede Muskelbeherrschung zu hemmen, aber nicht so hoch, dass das Opfer bewusstlos wurde. Wenn Tlass die Augen verdrehte, wäre er nutzlos – was immer sonst geschah, der Gefangene musste bei Bewusstsein bleiben.

Sicherheitshalber schlug ihm der Sarazene abermals ins Gesicht, dann zerrte er ihn weiter zum Geländewagen. Genau so, wie er es gesehen hatte, während er beim Putzen der Windschutzscheibe Tlass beobachtet hatte, drückte er den Knopf am Schlüssel, öffnete die hintere Tür und stieß den Gefangenen ins Wageninnere.

Es glich einer Höhle. Überall in den sengend heißen Ländern, die sich vom Mittelmeer bis hinunter zum Arabischen Golf erstrecken, gibt es eine unfehlbare Methode, mit der sich feststellen lässt, wer *wasta* hat und wer nicht. Das umgangssprachliche Wort dafür heißt *makhfee* und bedeutet Tönung. Gemeint ist hier die getönte Folie, die man als Sonnenschutz an Autofenstern anbringt. Per Gesetz ist die Tönung auf 15 Prozent begrenzt, doch je mehr *wasta* man hat, mit desto mehr *makhfee* kommt man ungestraft davon.

Und weil Tlass jede Menge *wasta* hatte, waren die Fenster seines Cadillacs zu 80 Prozent auf furchterregende Weise getönt. Und so war das Wageninnere fast völlig abgeschottet, ideal für das, was dort gleich stattfinden würde. Der Sarazene knallte die Tür zu, setzte sich hinters Steuer, steckte den Schlüssel ins Zündschloss und startete den Motor. Er hatte nicht vor, irgendwohin zu fahren, aber die Klimaanlage musste so hoch wie möglich eingestellt werden. Er drehte am Schalter, mit dem man die Position der Rückenlehne einstellt, und schaute zu, wie sie sich so lange senkte, bis Tlass sich auf einer ebenen Fläche wie ein Thunfisch auf einem Schiffsdeck wand.

Indem er die einzelnen Schritte genau befolgte, die er schon seit Wochen plante, zog er Rollen dicken Textilbands aus seiner Tasche und kletterte auf die Fläche. Mit stummem Entsetzen verfolgte Tlass, wie der Meister seine Handgelenke packte. Er band sie an die Türgriffe, sodass er ausgebreitet und mit dem Gesicht nach oben dalag, genau so, wie Tlass es einmal mit einer nackten Frau getan hatte, die er zu seinem großen Vergnügen so lange »befragt« hatte, bis sie zu erschöpft war, um zu schreien, und er sich langweilte und sie garottiert hatte.

Dann befestigte der Meister Tlass an Füßen und Brust auf der Unterlage, sodass er sich nicht mehr rühren konnte. Als Nächstes geschah jedoch etwas besonders Seltsames: Der Meister band Tlass' Stirn und sein Kinn an der Kopfstütze fest, wodurch sein Kopf wie in einer Schraubzwinge steckte. Tlass versuchte etwas zu sagen, wollte wissen, was zum Teufel er da tat. Mit dem

Kopf konnte er ja schließlich nicht davonlaufen. Doch kein Wort drang aus seinem sabbernden Mund.

Mit stiller Genugtuung sah der Sarazene, wie Tlass zu sprechen versuchte, und schaute zu, wie Tlass' verängstige Blicke umherhuschten: Jetzt wusste er genau, dass er die Dosis des Beruhigungsmittels richtig berechnet hatte. Nachdem er sich davon überzeugt hatte, dass Tlass seine ausgestreckten Arme und Beine nicht bewegen konnte, öffnete der Sarazene die hintere Tür, sah, dass niemand in der Nähe war, stieg aus und lief zu seinem Lager.

In einer krachenden Bewegung zog er die Plane von ihren Fixierstäben und legte seine Kochplatte und seine anderen Habseligkeiten darauf. Er ließ nichts zurück, was den Forensik-Experten Aufschluss würde geben können. Er rollte die Plane zu einem Bündel, legte es sich auf die Schulter und griff nach der alten Kühltasche, die er früher am Tag so sorgfältig gepackt hatte, als ob er sich auf eine Art bizarres Picknick vorbereitete.

Das, was er als Letztes in die Kühltasche gelegt hatte, bereitete ihm am meisten Kopfzerbrechen: ein großer Beutel voller Eis. Wochenlang hatte er darüber nachgegrübelt, wie er das Eis erwerben sollte, doch schließlich entpuppte sich die Antwort als entwaffnend einfach. Er bat den freundlichsten der Wachleute – den, der ihm erzählt hatte, dass die Wachmannschaft zu Eid al-Fitr nach Hause ging –, ihm zu helfen, ein paar Getränke kühl zu halten, damit er selbst an dem Fest teilnehmen könne.

»Wäre es möglich, etwas Eis aus dem Kühlschrank in der Kantine zu bekommen?«, hatte er den Wachmann gefragt. Worauf der brave Muslim es ihm vor ein paar Stunden geliefert hatte.

»*Eid Mubarak*«, hatten sie einander gewünscht, während der Sarazene das Eis in der Kühlbox verstaute – obenauf zwei kleine Plastikbehälter, einige Essensreste und mehrere Fläschchen Herzmedikamente, die eigentlich nur zur Ablenkung dienten. Der wahre Inhalt der Kühlbox – der Rest der Spezialistenausrüstung, die er benötigte – befand sich in einem Geheimfach am Boden versteckt.

Mit der Kühlbox unterm Arm und dem Bündel auf dem Rücken

lief der Sarazene zum Geländewagen. Tlass hörte, wie sich die hintere Tür öffnete. Als er mühsam zur Seite blickte, sah er, wie der Palästinenser seine Habseligkeiten in den Wagen lud, sich neben ihn setzte und die Tür zuschlug. Unheilverkündend griff der Meister nach vorn und legte einen Schalter um, sodass die Zentralverriegelung arretierte und sie beide im Wagen festsaßen.

Der Sarazene langte nach unten und leerte die Taschen des stellvertretenden Direktors. Er legte sein Handy zur Seite, klappte seine Brieftasche auf, wobei er das Geld ignorierte, und fand genau das, was er brauchte: Tlass' Kartenschlüssel.

Mit jeder Minute fühlte er sich sicherer. Er kniete nieder, setzte sich neben Tlass' Kopf und nahm den Deckel von der Kühlbox. Er holte die Lebensmittel heraus und löste den Schnappverschluss, mit dem sich der doppelte Boden öffnen ließ. Dem Geheimfach entnahm er einen schweren Plastikbeutel, zusammengerollt und zusammengebunden mit einer Schnur, und legte ihn neben sich. Als Nächstes füllte er die beiden Plastikbehälter mit Eis. Die ruhige, gewissenhafte Art, wie er das alles tat, kam Tlass irgendwie bekannt vor.

Der Scheißkerl ist Arzt!, dachte er. Unruhig huschten seine Blicke umher. Die erschreckende Erkenntnis jagte ihm mehr Angst ein, als er das je für möglich gehalten hätte.

Was für ein krankes Arschloch, und dazu auch noch ein studiertes – der hatte doch eine gute Karriere vor sich, solange er sich aus allem heraushielt. Wieso fegte der Kerl dann einen Parkplatz?

Weil er einen Plan hat, lautete die Antwort, die er sich sogleich selbst gab. Und seiner Erfahrung nach waren Männer mit Plänen normalerweise Fanatiker, nicht Leute, die mit sich reden ließen – selbst wenn er seine Mundmuskeln dazu bringen könnte, jene Sätze zu äußern, die er so verzweifelt hervorzubringen versuchte.

Der Arzt nahm ein Paar durchsichtiger Plastikhandschuhe aus dem Geheimfach. Sie versetzten Tlass an irgendeinem tieferen Ort in Angst und Schrecken. *Wozu sind die denn?*, wollte er hinausschreien.

Wie zur Antwort sprach der Arzt ihn an. In anderen Situationen hatten die Leute ihm Komplimente wegen seiner freundlichen Art am Patientenbett gemacht. Er sagte: »Ich werde Ihnen jetzt die Augen herausnehmen.«

KAPITEL SECHZEHN

Was hat er da gesagt!?, schrie es in Tlass' Kopf. *Was hat der Scheißer da über meine Augen gesagt?*

Der Sarazene sah, wie Panik in die beiden dunklen Augäpfel trat – in Wahrheit hatte er kein Interesse, Tlass zu erklären, was er da gerade machte, aber er brauchte die jähe Angst, den Adrenalinstoß, damit die Pupillen sich weiteten und die Organe sich mit Blut füllten. Je besser die Augen durchblutet waren, desto länger würden sie aussehen, als handelte es sich um lebendes Gewebe, nachdem sie entfernt worden waren.

»Ich kenne Sie nicht«, sagte der Sarazene, »das hier ist also nicht persönlich gemeint.« Aber natürlich kannte der Sarazene ihn – und zwar, weil er sich die Männer, die seinen Vater vor so vielen Jahren in eine Zelle in Dschiddah abgeführt hatten, immer genau so vorgestellt hatte.

Nicht persönlich gemeint?, schrie Tlass innerlich. Ganz klar, der Typ war ein Fanatiker – das sagten solche Leute immer. Er versuchte die letzten Reserven zu mobilisieren, jedes Jota Energie, um seine Muskeln einzusetzen, damit er sich vielleicht losreißen konnte. Der Sarazene sah, wie winzige Schauer den Mann durchliefen. Es war traurig, wirklich.

Tlass' Augen füllten sich mit Tränen – aus Angst, aus Frustration, aus Hass. Der Sarazene griff nach unten, nahm den Plastikbeutel, zog die Schnur auf und entrollte den Beutel. Ein Chirurgenbesteck, und er freute sich, dass Tlass es sah. Das ergab noch einen jähen Adrenalinstoß, noch eine jähe Panikattacke, wie er hoffte. Aus einer der Innentaschen zog er ein Instrument – ein zehn Zentimeter langes Skalpell.

Tlass starrte darauf – ein beschissenes Skalpell? Er musste etwas unternehmen! Irgendetwas. Eine Aufwallung, endlich, wie der Sarazene zufrieden feststellte. »Ich denke, das rechte Auge zuerst.«

Indem er jede Sehne in seinem geschwächten Körper anspannte, gelang es Tlass, in ersticktem Flüsterton zu hauchen: »Nein.«

Sollte der Sarazene das gehört haben, dann ließ er es sich jedenfalls nicht anmerken. »Die Entfernung der Augen ist eine vergleichsweise leichte Operation«, sagte er ruhig und umfasste den Griff des Instruments.

Tlass begann eine schwarze Wand des Schreckens und der Verzweiflung hinaufzuklettern und beobachtete, wie das Skalpell auf das zuglitt, was viele Leute als ihren verletzlichsten Körperteil ansehen. Riesenhaft erschien die Klinge vor seinem rechten Auge. Daumen und Zeigefinger des Arztes hielten seine Augenlider auseinander.

Mit einer geschickten Bewegung begann der Sarazene, die Augenlider abzuschneiden. »Fachlich gesprochen handelt es sich um eine Enukleation«, kommentierte er hilfreicherweise.

Tlass glaubte, sich übergeben zu müssen. Er *wollte* sich übergeben, er hätte alles getan, nur um diesen Irren zu stoppen.

Er blutete, sodass das Sichtfeld des rechten Auges stark eingeschränkt war. Erst schob der Irre den Daumen zwischen Tlass' Nasenrücken und seinen Augapfel. Dann drückte er den Augapfel zur Seite, fand die Augenmuskeln, die ihn in der Augenhöhle hielten, und durchtrennte die Sehne.

Der Schmerz schlug über Tlass zusammen. Aber noch konnte er mit dem operierten Auge sehen. Ha, das würde nicht klappen! Der Sarazene machte die letzte Befestigung ausfindig: der Sehnerv mit den Blutgefäßen, die sich darum schlangen. Dann durchtrennte er auch ihn.

Sogleich verschwand die Hälfte des Universums, das Tlass sehen konnte, es wurde in ein schwarzes Loch gesaugt. Der Augapfel fiel aus der Augenhöhle.

Jetzt musste es schnell gehen. Der Sarazene band die Blutzufuhr zum Augapfel ab, damit möglichst viel Flüssigkeit darin verblieb, und warf ihn ins Eis, damit er sich länger hielt. Aus demselben Grund hatte er auch die Klimaanlage auf höchste Stufe gestellt. Nun widmete er sich dem linken Auge – und operierte noch schneller.

Binnen weniger Sekunden büßte Tlass die andere Hälfte seines Universums ein. Die Schmerzen waren derart betäubend, dass ihm entging, dass er jetzt komplett erblindet war.

Der Sarazene löste die Zentralverriegelung des Cadillacs, lief über den Parkplatz und spurtete zur Eingangstür des Instituts. In der Hand trug er Tlass' beide Augen, jeweils fest eingebettet in ihrem jeweiligen Behälter voll Eis.

Aber die Augen waren nur der erste Teil des Puzzles – das nächste Problem war das Gewicht des Opfers.

KAPITEL SIEBZEHN

Mit dem codierten Kartenschlüssel, den der Sarazene Tlass' Brieftasche entnommen hatte, klappte es auf Anhieb. Die Eingangstür glitt auf.

Zwar war der Tresen der Wachleute unbesetzt und niemand mehr im Gebäude, aber die Metalldetektoren arbeiteten noch. Er passierte sie problemlos – Stunden zuvor hatte er seine Uhr abgenommen und seine Taschen geleert. Er machte noch sechs weitere Schritte und blieb stehen.

Vor ihm lag ein schmaler Gang. Am anderen Ende befand sich eine automatische Stahltür. Zwischen ihm und der Tür bestand der Boden aus langen Metallplatten.

Als er vermeintlich den Luftstrom der Klimaanlage genossen hatte, hatte er durch die Fenster gesehen und war einem der vielen Geheimnisse des Gebäudes auf die Schliche gekommen: Der Boden war eine verborgene Waage. Bevor man den Metallboden betrat, musste man seine verschlüsselte Karte durch ein weiteres Lesegerät ziehen. Dann verglich ein Computer den Namen auf der Karte mit einer Datenbank, die das Gewicht der Person überprüfte.

Wären diese Sicherheitsvorkehrungen nicht gewesen, hätte der Sarazene Tlass beim Kragen packen und hinter ihm das Gebäude betreten können. Doch wenn sich zwei Männer mit einem Gewicht von jeweils gut 80 Kilo auf die Waage gestellt hätten, hätten sich sämtliche Türen des Gebäudes automatisch verriegelt.

Immer noch mit den Chirurgenhandschuhen an den Händen, zog der Sarazene Tlass' Karte durch die Lesegeräte. Als er auf die Waage trat, hatte er keine Ahnung, wie groß die Fehlertoleranz des Systems war. Fast rechnete er damit, dass gleich Gitterstäbe von der Decke herunterrasseln würden und er in der Falle säße.

Nichts geschah – seine Vermutung, dass Tlass so viel wog wie er selbst, traf also zu. Jetzt zur letzten Hürde: ein Retina-Scanner. Er stellte die Eisbehälter auf einen Fenstersims und nahm ein Auge in jede Hand, wobei er sich merkte, welches das linke und welches das rechte war. Je einen schlüpfrigen Augapfel zwischen Daumen und Zeigefinger haltend, drückte er sie sich fest gegen die Augenlider, tief in die knochige Augenhöhle. Ohne etwas sehen zu können, lediglich auf Hoffnung und Gebete setzend, wandte er sich zum Scanner an der Wand um.

Die behandschuhten Hände stellten kein Problem dar – das System war so entworfen, dass es Kunststoff- oder Drahtgestellbrillen, Kontaktlinsen, Make-up und alles andere ignorierte. Für ihn war nur eines wichtig: die Blutgefäße in der Netzhaut hinten im Auge, deren Anordnung bei keinem der sechs Milliarden Menschen auf dem Planeten gleich ist, selbst bei eineiigen Zwillingen nicht.

Der Hersteller behauptete, die Technik könne nicht ausgetrickst werden. Und es stimmt ja, dass die Netzhaut von Toten sehr schnell abstirbt. Aber die wichtige Frage lautete, ob Augen, die einem Lebenden drei Minuten zuvor entnommen worden waren, genügend durchblutet waren, um die Software davon zu überzeugen, dass Bashar Tlass vor ihr stand. Der Sarazene kannte die Antwort auf diese Frage nicht – und wohl auch sonst niemand. Allerdings hatte sie bislang auch niemand finden wollen.

Aufgrund seiner Beobachtungen wusste der Sarazene, dass die meisten Leute ungefähr zwei Sekunden lang vor dem Scanner standen, deshalb zwang er sich, bis drei zu zählen, und wandte sich dann ab. Er ließ die Augäpfel wieder ins Eis fallen und drehte sich zur Metalltür im hinteren Bereich um. Wieder begann er zu zählen – der längste Zeitraum, nach dem sich die Tür vor einem Wartenden geöffnet hatte, betrug vier Sekunden.

Er hatte langsam bis sechs gezählt, als ihm klar wurde, dass er Schwierigkeiten bekommen könnte. Sein Plan B sah vor, dass er die Glasscheibe einschlug – gründend auf der Annahme, dass das Sicherheitssystem den Kartenschlüssel und die Türen verriegelte. Sowie er draußen war, würde er mit dem Geländewagen in die Nähe der Müllkippe fahren, die er bereits ausgekundschaftet hatte, Tlass ausschalten und die dreißig Kilometer zum Busbahnhof zu Fuß gehen. Dann würde er den ersten Bus zur Grenze nehmen und hoffen, sie überqueren zu können, bevor die Syrer sie schlossen.

Auf acht wandte er sich ab. Seine Planung gerann zu Selbsthass, zu Angst, zu einem hämmernden Druck in allen Bewegungen. Da öffnete sich die Stahltür. Er war drin.

Der Grund für die Verzögerung würde ein Geheimnis bleiben – vielleicht hatten kleine Veränderungen in den Augen das System durcheinandergebracht und gezwungen, einen komplexeren Algorithmus zu verwenden, vielleicht hatte es sich auch erst aus dem Stand-by-Modus hochfahren müssen –, aber das war ihm egal. Er schritt den Gang entlang, durch die Stahltür und in ein großes Atrium, während er sich die ganze Zeit in einem Hochgefühl über den Erfolg sonnte. Doch dann verließ ihn der Mut.

Wegen der hohen Mauer, des Stacheldrahts und der Überwachungskameras hatte er das Innere des Instituts nicht einsehen können, nur die Vorderfassade. Darum hatte er die Größe des Gebäudes nur grob geschätzt. Was sich nun als schwerer, womöglich fataler Fehler herausstellte. Denn als er jetzt im Atrium stand, ging ihm auf, dass das Gebäude riesig war.

Nur Allah wusste, wie lange es dauern würde, das zu finden, wonach er in diesem großen Gebäude suchte, während draußen in der Welt zu irgendeinem Zeitpunkt, vermutlich sehr bald, Tlass vermisst werden würde. Wenn seine Freunde oder Angehörigen ihn nicht im Büro oder über sein Handy erreichen konnten, würde garantiert jemand zum Parkplatz fahren, um nach ihm zu suchen.

Wie lange er also Zeit hatte, konnte der Sarazene nicht sagen – vielleicht war schon jemand auf dem Weg –, aber jetzt wusste er zumindest, dass ihm nicht viel Zeit blieb und die Aufgabe riesig war. Wie lautete doch diese Wendung im Türkischen: Das ist ja, als würde man mit einer Nadel einen Brunnen graben.

Unbewaffnet, völlig der Willkür eines jeden ausgeliefert, der ins Gebäude kommen würde, spurtete er den ersten der fünf breiten Gänge hinunter, bog scharf nach rechts ab und gelangte an eine Kreuzung. Mitten im Lauf stoppte er: Panzerglasscheiben und die nicht besetzte Arbeitsstation der Wachleute versperrten ihm den Weg.

Zwei Wachleute, die mit ihm bald nach seiner Ankunft einen Wochenendtee getrunken hatten, hatten spezielle Sicherheitsmaßnahmen irgendwo tief im Gebäude erwähnt, was ihm verriet, dass dazu auch ein Körperscanner gehörte. Es war unmöglich, etwas daran vorbeizuschmuggeln, denn man war darin nicht nur so gut wie nackt, sondern er konnte auch eine Riesenmenge an Körpermaßen überprüfen – die Länge des rechten Oberschenkels, die Entfernung zwischen Nase und Ohrläppchen. Anders als im Fall des Retina-Scanners musste man darin genau der sein, als der man sich ausgab.

Weil keine hochmoderne medizinische Einrichtung in der Welt über Panzerglasscheiben und Röntgen-Rückstreuungs-Scanner verfügt, mussten sich hinter ihren Mauern zweifellos all die schauerlichen Dinge befinden, an denen in dem Institut bereits geforscht wurde. Der Sarazene hatte nie geglaubt, Zutritt zur inneren Bastion zu erhalten, was aber auch unwichtig war. Wenn er recht hatte, musste er das auch gar nicht.

Er wandte sich um und kehrte schleunigst zu der Stelle zurück, an der sich die Flure kreuzten. Ein Fremder in einem fremden Land, der verzweifelt versuchte, etwas zwar Seltenes, auf seltsame Weise aber völlig Harmloses zu finden: bloß einen Karton mit Fläschchen, deren Inhalt die Mitarbeiter schützen sollte.

Als er in das nächste Labyrinth aus Fluren und Büros vordrang, durch Bereiche voll dunkler Schatten, vorbei an Formen, die alle möglichen Arten von Bedrohung bedeuten konnten, sprangen plötzlich an den Fußleisten und in den Gängen Lichtleisten an. Er blieb stehen und drehte sich auf dem Absatz um.

Jemand hatte das Gebäude betreten und das Licht eingeschaltet! Er lauschte mit jeder Faser seines Körpers, um einen Hinweis auf den Standort der Person zu bekommen. In großer Entfernung hörte er ein Telefon klingeln, einen Wasserhahn tropfen, einen Fensterladen im Wind schlagen. Sein Rhythmus war fast identisch mit dem seines klopfenden Herzens. Er lauschte, ob da Schritte waren, auf das Rascheln von Kleidung, das Klirren einer Waffe, die aus einem Holster gezogen wurde. Nichts.

Und da wurde ihm klar – und die Angst zog sich wieder in ihre Höhle zurück –, dass die Lampen mit einer Zeitschaltuhr verbunden waren und es draußen dunkel geworden sein musste.

KAPITEL ACHTZEHN

Überall auf dem leeren Parkplatz des Instituts sprangen zischend Natriumdampflampen an. Tlass konnte ihren gelblichen Lichtschein nicht sehen – er würde nie wieder etwas sehen können –, aber er hörte sie, und da fasste er neuen Mut: Dass die Nacht hereinbrach, hieß, dass die Zeit für den dreckigen Palästinenser ablief.

Ein ungeheurer roter Schmerz hatte sich ihm immer tiefer in die Stirn gebohrt. Zwar konnte er immer noch spüren, wie ihm das Blut aus den Augenhöhlen troff, aber die Wirkung des Beruhigungsmittels ließ nach, während seine Schmerzen wie auch seine Kräfte exponentiell zunahmen.

Er war ein kräftiger und trainierter Bursche, aber was war das wert, wenn der Widerstand gebrochen war? Sein Rettungsanker, das geheime Wissen, das ihn am Leben erhielt, war der Umstand, dass er beim Verlassen des Gebäudes schon spät dran gewesen war. Inzwischen war es Nacht, und deshalb würden seine Freunde und Verwandten äußerst alarmiert sein.

Bestimmt hatten sich seine Frau und die vier erwachsenen Kinder, die ungeduldig im Haus seiner ältesten Tochter warteten, wo man sich am Pool treffen wollte, bereits mit allen möglichen Leuten telefonisch in Verbindung gesetzt. Vielleicht war einer seiner breitschultrigen Söhne – beide machten sich gerade einen Namen im früheren Metier ihres Vaters – sogar ins Haus gegangen und hatte die Geliebte seines Vaters angerufen, um sie zu beschimpfen, weil sie ihn von seinen familiären Verpflichtungen fernhielt.

Weil sie ihn nicht ausfindig machen konnten und es bereits dunkel war, würden seine beiden Söhne mit Sicherheit in einen ihrer Wagen steigen, um seinen Heimweg zurückzuverfolgen, in Sorge, er könnte in einen Unfall verwickelt sein. Als Mitglieder der Geheimpolizei waren beide stets bewaffnet, deshalb musste er bloß am Leben bleiben und ihnen dabei helfen, ihn so schnell wie möglich zu finden. Trotz seiner Verletzungen, trotz seiner Schmerzen und seiner Übelkeit wusste er, was zu tun war.

Indem er das Gesicht hin und her bewegte und dadurch das Isolierband lockerte, mit dem sein Kopf festgebunden war, riss er sein Haar, seine Kopfhaut und seinen Bart nach und nach los. Ein enorm schmerzhafter Vorgang, aber wenn er den Kopf frei bekam, würde er mit den Zähnen das Textilband um die Brust abreißen und seine Arme befreien können.

Vorhin hatte er gespürt, wie der Fanatiker ihm das Handy aus der Tasche gezogen hatte, und gesehen, dass er das Mobilteil des Autotelefons aus der Halterung nahm. Kurz darauf hatte er gehört, wie beide Telefone auf dem Asphalt zerschmettert wurden. Aber der Idiot hatte den Motor laufen lassen, für den Fall, dass er schnell abhauen musste, und weil er keine Ahnung von Luxusautos hatte, war ihm nicht klar, dass deswegen die Freisprechanlage eingeschaltet war. Wenn er die Arme frei bekäme und nach vorn zum Fahrersitz greifen könnte, brauchte er seine Augen gar nicht, um die Taste am Lenkrad zu finden, die das Autotelefon aktivierte. Und das Mobilteil auch nicht.

Als Letzten hatte er am Morgen seinen ältesten Sohn angerufen, und wenn er die Taste am Lenkrad drückte, würde er automatisch dieselbe Nummer noch einmal anrufen. Also musste er, Tlass, nur laut genug sprechen, damit das Mikrofon über dem Kopf seine Worte aufnahm. »Büro. Parkplatz«, flüsterte er, zur Probe.

Sein Sohn würde seine Stimme erkennen, und dann gnade Allah dem Palästinenser, wenn seine Söhne hier einträfen. Die Schreie der Frau um Erbarmen, unmittelbar bevor er zum ersten Mal in sie eindrang – und dann, mehrere Stunden später, ihr Flehen um einen raschen Tod –, hätten wie sanfte Poesie geklungen verglichen mit dem Lied, das seine Söhne und ihre Kollegen den Dreckskerl singen lassen würden. Er wiederholte noch immer die beiden Wörter – lauter, kräftiger –, als er endlich Kopf und Kinn vom Isolierband frei bekam. Er stöhnte auf vor Schmerzen und hätte fast geweint – wenn er noch Tränengänge gehabt hätte.

Einen Augenblick lang lag er einfach da und erholte sich von den Torturen. Wer in diesem Augenblick die Hände gegen das Fenster gelegt und durch die getönten Scheiben des Cadillacs geschaut hätte, hätte einen Mann mit leeren Augenhöhlen erblickt, Haarbüschel, die an der Kopfhaut fehlten, und Hautstreifen, die aus seinem Gesicht gerissen waren.

Hätte er länger hingeschaut, hätte er gesehen, wie der Mann sich vorbeugte, um mit den Zähnen am Isolierband um seine Brust zu zerren, und – angesichts seiner wilden Entschlossenheit – gesagt, dass es sich nur um eine Frage von Minuten handeln könnte, bis er sich befreit hätte.

Ein winziger Rettungstaucher machte sich unermüdlich im Wrack einer spanischen Galeone zu schaffen, während fünf wunderschöne Clownfische durch die Luftblasen schwammen, die aus seinem Helm strömten.

Der unheimliche Schein des wandlangen Aquariums erhellte das Wartezimmer der opulenten Räume der Geschäftsführung des Instituts und warf den schimmernden Schatten des Sarazenen an die gegenüberliegende Wand. Während er sich durch den stillen Raum bewegte – der Verzweiflung nahe, weil er nicht sicher war, welchen Gang, welche Nische er als Nächstes erkunden sollte –, zögerte er beim Anblick der strahlend bunten Fische.

Er hatte sie seit mindestens zwanzig Jahren nicht mehr gesehen, aber er kannte sie genau. »*Amphiprion ocellaris*«, flüsterte er und wunderte sich, dass er sich nach so langer Zeit an ihren biologischen Namen erinnerte. Von allen Tropenfischen war der Clownfisch der Liebling seines Vaters gewesen. Wenn er am Wochenende arbeitete, hatte er seinen kleinen Sohn häufig in sein Büro am Meer mitgenommen und zwischen die riesigen Forschungsaquarien gesetzt. Das größte war voller Seeanemonen gewesen, die schönen, aber trügerischen »Blumen« der Unterwasserwelt.

»Schau dir mal die Clownfische an«, hatte sein Vater oft gesagt. »Es sind die einzigen Fische in der Welt, welche von den Tentakeln der Seeanemone nicht vergiftet und getötet werden. Warum? Genau das versuche ich herauszufinden.«

Jetzt, so viele Jahre später, allein in einem geheimen Waffenlabor, war dem Sarazenen die Ironie wohl bewusst. So wie den Vater verzehrte ihn die Suche nach etwas, das Schutz vor einem tödlichen Krankheitserreger bot.

Gern hätte er ein wenig länger bei den Fischen verweilt und sich daran zu erinnern versucht, wie Unschuld sich anfühlt, aber dafür blieb keine Zeit. Er wandte sich ab – und spähte mitten hinein in einen dunklen Gang, der ihm zuvor gar nicht aufgefallen war. Am anderen Ende befand sich eine Tür. Irgendwie ahnte er, noch bevor er den Roten Halbmond an der Wand sah, dass es sich um den Raum handelte, nach dem er suchte.

Das Emblem der Organisation – das islamische Gegenstück zum Roten Kreuz – wies darauf hin, dass es sich um das medizinische und Erste-Hilfe-Zentrum des Gebäudes handelte. Eine frühere Angestellte hatte ihm davon erzählt – eine Krankenschwester, mit der er im Krankenhaus im Libanon zusammengearbeitet hatte. Doch es waren die Clownfische seines Vaters, die ihn zu dem Raum geführt hatten. Was er als Zeichen Allahs deutete.

Die Tür zur Notfall-Klinik war nicht abgeschlossen. Rasch trat er ein und hastete durch die Behandlungsbereiche, bis er im hinteren Teil den Vorratsraum fand. Zweck des Medizinzentrums war, jede Vor-Ort-Erkrankung zu behandeln und bei neu angestellten Mitarbeitern Untersuchungen durchzuführen – deshalb verfügte es über EKG-Geräte, Laufbänder, Defibrillatoren, Beatmungsgeräte und genug weitere Apparate, auf die jedes Krankenhaus stolz wäre.

In der Mitte von alldem befand sich eine Apotheke. Der Sarazene betrat sie mit der lässigen Vertrautheit eines Menschen, der jahrelang Erfahrung in Krankenhäusern gesammelt hatte. Die Wand hinter einem Tresen wurde eingenommen von Kisten mit Medikamenten und Regalen mit chirurgischen Vorräten. An einer anderen Wand standen abgeschlossene, mit Stahlgittern versehene Schränke, von denen der Sarazene wusste, dass sie die Klasse-A-Medikamente enthielten: Narkosemittel, Halluzinogene, Amphetamine und verschiedene Opiate, die als Anästhesiemittel verwendet wurden.

Das alles ignorierte er – denn im hinteren Bereich befand sich ein kleineres Zimmer. Und darin sah er die Reihe von Kühlschränken, die ihn in dieses gottverlassene Land geführt und ihn gezwungen hatten, wie ein Hund auf einem Parkplatz zu hausen.

Hoffnung und Angst wallten in ihm auf, als er an den Glasfront-Kühlschränken entlangging. Mit Expertenblick registrierte er die Beutel mit Blutprodukten, Ampullen mit wärmeempfindlichen Medikamenten und, wie in allen Krankenhäusern, Speisen und Getränke der Mitarbeiter. Doch nichts von dem, was er brauchte. Mit jedem Schritt wuchs seine Verzweiflung – vielleicht hatte ja jeder Klatsch, den er gehört, jede Vermutung, die er gehabt hatte, zu nichts anderem geführt als zu einer großen Täuschung. Wie ein Narr hatte er geglaubt, was er glauben wollte …

Dann blickte er in den letzten Schrank – und neigte den Kopf zum stillen Gebet. Auf einem Regal standen acht Pappkartons, darin Reihen kleiner Glasfläschchen. An der Vorderseite befand sich eine komplizierte medizinische Bezeichnung, die dem Sarazenen verriet, dass es sich um das Gesuchte handelte.

Er öffnete den unversperrten Schrank und nahm sechs der Fläschchen aus einem halbleeren Karton. Die darin enthaltene klare Flüssigkeit stellte das unmittelbare Ergebnis eines Experiments dar, das in einem kleinen englischen Dorf zweihundert Jahre zuvor durchgeführt worden war. Als der Sarazene die Fläschchen in ein Tuch wickelte und einsteckte, ging ihm durch den Kopf, wie viel er und die Clownfische bald gemeinsam haben würden. Auch er würde sich durch eine schöne, aber gefährliche Umwelt bewegen können, vollkommen geschützt vor ihrem tödlichen Gift. Es kann gar nicht hoch genug geschätzt werden, was ihm das bedeutete: In den ungeheuer schwierigen Wochen, in denen ich versuchte, den Sarazenen aufzuspüren, und noch während meine Reise sich zu einem schreckenerregenden Wettlauf steigerte, stieß ich nur auf zwei Fetzen Papier, die auf seine Identität hinwiesen. Auf beiden stand das Wort »Clownfisch«.

Nachdem er die Fläschchen sicher in der Tasche verstaut hatte, wandte er sich zum Arzneimittelbuch um, das auf einem Tresen lag, und wies die Entnahme dadurch nach, dass er sorgfältig mehrere Einträge änderte. Dabei ging er drei Jahre zurück, um sicherzustellen, dass niemand jemals dahinterkam, dass auch nur ein Fläschchen fehlte. Er legte das Buch zurück, ging zum Flur und schloss die Tür. Dank der Chirurgenhandschuhe verließ er die Klinik, ohne irgendeinen kriminaltechnischen Hinweis zu hinterlassen, dass er sie je betreten hatte. Er lief am Aquarium vorbei und hinein in die langen, stillen Flure, die zur Eingangstür führten.

In schätzungsweise zwei Minuten würde er in Sicherheit sein. Nur ein Problem gab es noch: Der Gefangene im Geländewagen war drauf und dran, ihn noch auf den letzten Metern zu schlagen.

KAPITEL ZWANZIG

Das Isolierband, das Tlass' Brust fesselte, riss, als er mit den Zähnen den letzten Streifen durchbiss. Weil ein Schneidezahn abgebrochen war, blutete er, was er aber kaum registrierte. Er riss die Arme vom übrigen Isolierband los und setzte sich auf.

Während das Blut in seine Hände zurückkehrte, sodass er vor Schmerzen keuchte, warf er sich nach vorn und befreite seine Beine und Sprunggelenke. Dabei fiel er jedes Mal zurück, wenn er das Gleichgewicht verlor. Er warf sich erneut nach vorn, um weiterzumachen, und malte sich bereits aus, wie er die Telefontaste am Lenkrad drückte, gefolgt vom Geräusch, wie seine Jungs die Sirene am Wagen einschalteten und kurz darauf auf den Parkplatz einbogen.

Doch nicht der Gedanke an Rettung beseelte ihn. Sondern der an Rache. Er riss das erste Bein frei und kickte das übrige Isolierband mit dem Fuß beiseite. Tastete in seiner ewigen Dunkelheit herum und setzte sich auf die Knie. Er war frei.

Zweihundert Meter entfernt glitt die Glastür des Instituts auf. Der Sarazene, der die Kunststoffbehälter mit den Augen wieder an sich genommen hatte, spurtete aus dem Gebäude und auf den Fußweg, der zum Parkplatz führte. In zwanzig Sekunden würde er im Cadillac sitzen. Weil der Motor lief, würde er einfach den ersten Gang einlegen und vom Parkplatz fahren, während die elektronischen Schlösser und Rechner des Instituts das Gebäude wieder verriegelten.

Schon jetzt sah er direkt geradeaus den fremdartigen Lichtschein der Natriumdampflampen. Er bog nach links, lief durch die Blumenbeete, wodurch er ein paar Sekunden einsparte. Er lief auf den Asphalt. Unmittelbar vor ihm stand der schwarze Geländewagen. Das Fahrzeug schaukelte auf den Stoßdämpfern. Jemand bewegte sich darin …

Tlass – ein Besessener – kletterte über die umgelegten Sitze, dass die Radaufhängungen wackelten. Dabei prallte er mit der Schulter gegen die Rückseite des Fahrersitzes, fing sich und fiel irgendwie zwischen die Vordersitze. Er streckte eine Hand aus, um sich abzustützen, und erwischte, mit Glück, das Lenkrad.

Der Sarazene ließ die Plastikbehälter mit den Augen fallen und rannte auf den Wagen zu. Er hatte zwar keinen Schimmer, was Tlass vorhatte – Gas geben und einen Unfall bauen, die Gangschaltung zertrümmern und blockieren, ihn ausschließen –, aber die größte Gefahr dürfte vom Fahrersitz ausgehen.

Während er auf den Wagen zulief, fällte er eine Entscheidung, von der sein Leben und das von Tlass gleichermaßen abhingen. Wichtiger noch: Sie würde den Ausgang seines ganzen Vorhabens bestimmen. Ein besserer Mann – ein Mann mit Frau und Kindern und Träumen für sie, egal, wie bescheiden, ein Mann, der weniger Morde und mehr Liebe erlebt hatte, mit anderen Worten: ein anständiger Mann – hätte sich die Zeit genommen, die Tür zu öffnen. Aber der Sarazene tat genau das, was ich oder jeder andere Killer getan hätte – er entschloss sich, die getönte Fensterscheibe auf der Fahrerseite mit der Faust einzuschlagen.

Als er den Arm anwinkelte, durchfuhr ihn kurz Panik: Und wenn es sich um Panzerglas handelte? Das wäre der Fall, wenn Tlass noch bei der Geheimpolizei angestellt wäre. Aber der Cadillac – groß und protzig – war sein Privatfahrzeug. Doch egal: Ihm blieb keine Zeit, sich darüber den Kopf zu zerbrechen …

Tlass hatte sich bereits auf den Fahrersitz gehievt, die Telefontaste gefunden und gedrückt. Schnell piepend wählte das System automatisch die Nummer. Hilfe war ein paar Zahlen entfernt. Drei, zwei …

Mit jaulender Sirene, aufgeblendeten Scheinwerfern, die rotblauen Lichter hinter dem Kühlergrill blinkend jagte ein weißer Toyota Land Cruiser über eine Schnellstraße am Rand der alten Oase und steuerte direkt auf das Institut zu. Am Abend vor dem Feiertag behinderte kein Auto seine Fahrt. Im Wagen suchten die beiden igelhaarigen Söhne von Tlass die Straße nach Löschzügen, Rettungsfahrzeugen, einer durchbrochenen Leitplanke und anderen Hinweisen auf einen Verkehrsunfall ab.

Das Telefon am Armaturenbrett des Toyotas klingelte. Sofort warfen die Brüder einen Blick auf die Anrufererkennung auf dem kleinen Monitor. Ihr Vater, endlich!

Die Faust des Sarazenen erschien in einem Schauer aus Glas und versetzte Tlass einen Schlag auf den Nasenrücken. Ein wüster Hieb, von der Art, auf die jeder afghanische *muji* stolz gewesen wäre, zertrümmerte ihm das Nasenbein, dass das Blut nur so spritzte. Tlass fiel der Länge nach auf den Beifahrersitz, eine Flut von Schmerzen erfasste ihn.

Der größere von Tlass' Söhnen, der auf dem Beifahrersitz saß, zog das Telefon aus der Halterung und sagte nur dringlich: »Vater!«

Keine Antwort.

Der lag auf der Mittelkonsole des Geländewagens, nichts als ein wimmerndes, blindes Häufchen Elend. Aber er war noch immer bei Bewusstsein: Er hörte seinen Sohn nach ihm rufen, immer dringlicher. Wie ein Konvertit auf dem Sterbebett musste Tlass nur die Kraft finden, die wenigen Worte auszusprechen, die ihn erlösen würden. In diesem Fall: »Büro. Parkplatz.«

Verwirrt – ohne jede Vorstellung, wie das Telefon ohne Mobilteil funktionieren könnte – hörte der Sarazene eine unbekannte Stimme nach ihrem Vater rufen und sah, wie Tlass sich auf die Schulter stützte und den Mund bewegte, um zu antworten. Zum zweiten Mal in ebenso vielen Sekunden traf der Sarazene eine intuitive Entscheidung. Er ignorierte Tlass und die eigene Verwirrung, drehte den Zündschlüssel im Schloss und zog ihn heraus. Der Motor erstarb. Das elektrische System unterbrach die Telefonverbindung.

Tlass, der nicht erkennen konnte, was geschah, bemühte sich, den Schmerz zurückzudrängen, der von seiner zersplitterten Nase ausging. Nur eines war ihm klar: Er hatte nicht die Worte äußern können, die ihn retten würden. Langsam richtete er sich auf.

Im dahinrasenden Toyota hörten die beiden Männer, wie die Verbindung unterbrochen wurde. Der größere wählte sofort die Nummer des Vaters. Noch immer hatten sie keine Ahnung, wo er war, deshalb raste sein Bruder weiter auf das Institut zu.

Tlass stützte sich auf einen Ellbogen, als er hörte, wie die Beifahrertür des Geländewagens aufgerissen wurde. Die kräftigen Hände des Sarazenen packten ihn am Revers und zogen ihn über die Mittelkonsole auf den Beifahrersitz. Er versuchte sich zu wehren, doch ohne Erfolg.

Der Sarazene zog am Gurt des Beifahrersitzes und schlang ihn fest um den blutigen Hals und die Arme des Gefangenen. Dabei hielt er den erschöpften Mann aufrecht im Sitz und band ihn fest. Er ließ das Gurtschloss einrasten, stellte sicher, dass Tlass sich nicht rühren konnte, und stieg aus. Er lief über den Parkplatz, hob die Plastikbehälter mit den Augen auf und spurtete zum Fahrzeug zurück.

Kaum hatte er den Motor angelassen, läutete das Telefon erneut. Der Sarazene hätte es gern ausgeschaltet, doch weil er sich mit dem System nicht auskannte, ließ er die Finger davon. Schnell setzte er den Geländewagen zurück und vergewisserte sich, dass die Räder das Glas des geborstenen Fensters zerdrückten. Er hätte es vorgezogen, die Glassplitter aufzuheben, damit er keine Spuren hinterließ, aber er wollte keine Zeit vergeuden. Erst die körperlose Stimme und nun das Telefongeklingel verrieten ihm, dass die Hunde los waren. Und obwohl er keine Ahnung hatte, wie nahe sie waren, musste er wegen der Verzögerung bei der Durchsuchung des Gebäudes und wegen seiner zerrütteten Nerven seinen Plan schleunigst ändern.

Er drehte das Lenkrad, gab Gas und bog mit schleuderndem Heck auf die Zufahrtsstraße ein. Statt die Schnellstraße zu nehmen und zu einem der Langzeitparkplätze am Flughafen zu fahren, wo er Tlass exekutieren und den Wagen unter den Tausenden anderen stehen lassen wollte, entschloss er sich, den B-Plan auszulösen und das Fahrzeug so schnell wie möglich stehen zu lassen.

Aus diesem Grund, und nur aus diesem Grund, ging für uns Übrige alles zum Teufel. Der Sarazene fuhr weiter auf der Zufahrtsstraße und raste hinter der Rückseite des Gebäudekomplexes hervor. Die Pistolen auf dem Schoß, bogen Tlass' Söhne von der Schnellstraße ab, fuhren zum Vordereingang und verpassten den schwarzen Cadillac um nicht einmal zehn Sekunden.

Zehn Sekunden – eigentlich gar nichts –, aber es reichte. Es bedeutete, nicht zum ersten Mal, dass sich das Schicksal unzähliger Menschen durch ein winziges Ereignis wendete. Wenn nur die Bombe im Konferenzzimmer des »Führers« nicht unter einen Eichentisch gelegt worden wäre. Wenn nur der russische Zar Lenins Bruder nicht hätte hinrichten lassen. *Wenn nur* … Meine bedauerliche Erfahrung ist jedoch, dass man sich auf das göttliche Einschreiten nicht verlassen kann und dass das Schicksal ebenso oft die Bösen begünstigt wie die Guten.

Die Männer im Toyota trafen jene wenigen Sekunden zu spät ein und sahen das Auto ihres Vaters nicht, was bedeutete, dass sie sich nicht an die Verfolgung machten und den Sarazenen nicht schnappten und somit niemand jemals dahinterkam, dass sechs kleine Glasfläschchen fehlten.

KAPITEL EINUNDZWANZIG

Noch bevor die Söhne aufgehört hatten, den Parkplatz abzusuchen, hatte der Sarazene die gewünschte Straße gefunden. Er schaltete die Scheinwerfer des Cadillacs aus und war auf dem langen, mit Schlaglöchern durchsetzten schwarzen Straßenbelag nicht mehr zu erkennen.

Auf der einen Straßenseite lag eine städtische Müllkippe.

Der Sarazene fuhr extra so langsam, damit er nicht die dort hockenden Möwen aufscheuchte oder die herrenlosen Hunde aufschreckte, die ständig am Zaun umherstreunten. Auf der anderen Seite erstreckte sich ein Brachland mit Gestrüpp, dessen einzige Orientierungspunkte die Hüllen von Fahrzeugwracks und ein mit Ried überwucherter, stinkender Wasserlauf waren.

Langsam fuhr der Sarazene an einen Maschendrahtzaun heran, steuerte den Cadillac durch ein Tor mit herunterhängenden Angeln und kam in einer verlassenen Sackgasse zum Stehen – der Zufahrt zu etwas, was ein optimistischer Immobilienmakler einmal als Gewerbegebiet bezeichnet hatte. An der Straße lagen einige Gebäude, die eine Autowerkstatt bildeten, in der vermutlich gestohlene Fahrzeuge ausgeschlachtet wurden, ein lang gestreckter, niedriger Lagerschuppen, in dem gebrauchte Waschmaschinen verkauft wurden, und fünf umgewandelte Garagen, in denen Lamm-Delikatessen abgepackt wurden. Manchmal ist es besser, die Herkunft von Lebensmitteln nicht so genau zu kennen.

Wegen seiner Schmerzen und wegen des Sicherheitsgurts, der ihm den Hals wie eine Garotte einschnürte, wegen des Fiebers und der galoppierenden Infektion, verursacht vom unsterilen Skalpell, war Tlass in eine rauschhafte, nahezu psychedelische Ohnmacht gefallen. Der Sarazene öffnete die Tür, löste den Gurt und zog Tlass hinaus in die modrige Stille. Mit der warmen Luft, die Tlass einsog, drang ein Splitter der Realität in seine Fieberwelt, sodass er sich, wenn auch schwankend, auf den Beinen halten konnte.

»Sie können gut umgehen mit der Garotte – von Profi zu Profi gesprochen«, gab er durch seine beschädigte Luftröhre von sich. Und damit brach er auf dem rissigen Asphalt zusammen und plapperte leise und in merkwürdig abgehackten Sätzen irgendetwas über Gott und das göttliche Licht.

Der Sarazene wusste genau, woher dieses Licht kam: So wie jemand, dem der Arm amputiert wurde und der immer noch seine Finger spürt, sieht auch ein Mensch, der seine Sehkraft verloren hat, oftmals spektakuläre, helle Lichter. Der Sarazene überließ

Tlass seinem ganz privaten Nordlicht, suchte die Sachen, die er brauchte, von der Rückbank des Geländewagens zusammen und schleifte den Gefangenen dann zu einem Müllcontainer voller Abfälle aus der Fleischfabrik.

Zwischen dem Schilf und den verkrüppelten Sträuchern bewegten sich urtümliche Gestalten – kaum mehr als huschende dunkle Flecken. Da wusste er, dass die herrenlosen Hunde kamen. Die Fleischfabrik war ein beliebter Futterplatz bei den kräftigeren Hunden, und jetzt rochen sie Schweiß und Blut und ahnten, dass ein Tier, ein großes Tier, in Schwierigkeiten steckte.

Der Sarazene setzte Tlass mit dem Rücken gegen den Müllcontainer. Nahm die toten Augen aus den Plastikbehältern, drückte sie zurück in ihre Augenhöhlen und band dem Mann einen zerschlissenen Lappen um den Kopf. Der sah aus wie eine schmutzige Augenbinde, diente jedoch in Wahrheit dazu, die Augen an ihrem Platz zu halten.

Während Tlass eine jähe Kühle auf seiner fiebrig heißen Haut verspürte, verblasste das Kaleidoskop der Farben. In seinem Wahnzustand glaubte er, ihm würden die Wunden verbunden. Sicher, er hatte diese Kerle umbringen wollen, aber so wie bei den meisten Gefolterten erfasste ihn ein Gefühl der Dankbarkeit für auch die geringste Freundlichkeit. »Danke für den Verband«, flüsterte er.

Beim Gedanken an den frischen, sauberen Verband hob sich seine Stimmung, sodass er seine Aufmerksamkeit dem erstickenden Gestank nach Blut, Erbrochenem und Exkrementen zuwandte. Aufgrund seiner Erfahrungen bei der Geheimpolizei wusste er genau, wo er sich befand – man hatte ihn nach unten in die Zellen geschleift. In Kürze würde jemand kommen, ihn ausziehen und mit Wasser abspritzen. Weil die Wärter die vollgeschissenen Gefangenen niemals anfassten, übernahmen das zwei weibliche Gefangene. Normalerweise zwangen die Wärter die Frauen, das nackt zu erledigen, und wenn sie nahe genug waren, machte sich Tlass an sie heran und begrabschte sie – die Wärter lachten jedes Mal darüber.

Ein scharfes Klicken von Metall drang zu ihm. Er hielt inne. Das Geräusch kam ihm bekannt vor, wie ein … wie …? Dann begriff er es, trotz seines Fiebers, und lachte – es hörte sich an, als würde eine Pistole gespannt. Aber das war absurd – niemand wurde jemals in den Zellen erschossen, das machte viel zu viel Dreck. Und warum seine Wunden behandeln, wenn die ihn exekutieren wollten? Nein, das musste etwas anderes sein.

»Wer ist da? Ist da jemand?«, rief er in festem, aber freundlichem Ton, wie er fand.

Der einzige Anwesende – der den Lauf seiner afghanischen Pistole senkte, die er aus dem Geheimfach unten in der Kühltasche genommen hatte – hörte ihn die Frage krächzen, die Wörter stark genuschelt und kaum hörbar, und ignorierte es. Der Sarazene stand zwei Meter entfernt, schätzungsweise gerade weit genug, um nicht von Knochensplittern und Blut getroffen zu werden, und zielte auf die Augenbinde über Tlass' linkem Auge.

Überzeugt, dass sich noch jemand in der Zelle befand, lauschte Tlass angestrengt und blieb völlig regungslos sitzen. Nie würde sich ein besserer Augenblick ergeben. Der Sarazene war wahrhaft gesegnet. Er drückte ab.

Tlass spürte den Schmerz … und dann nichts mehr. Eine Gischt aus hellem Blut, Knochensplittern und Hirn drang aus seinem Hinterkopf, gerade als der Sarazene hinter sich eine huschende Bewegung registrierte und sich schnell umdrehte. Die herrenlosen Hunde, die in Deckung gingen.

Der Sarazene wandte sich wieder um, zielte und schoss erneut. Diesmal traf er den Toten an der rechten Seite der Augenbinde und vernichtete dadurch – mit Glück – jede Spur, dass die Augen chirurgisch entfernt worden waren. Vielleicht glaubten die Ermittler ja, dass Tlass, weil er etwas vergessen hatte, ins Büro zurückgekehrt war und erst ausgeraubt und entführt wurde, nachdem er das Institut ein zweites Mal verlassen hatte. Dann würden sie nicht mal auf die Idee kommen, dass etwas aus dem Gebäude gestohlen worden war.

Sicher: Je weniger sie wussten, desto besser. Darum freute sich der Sarazene, als er die Hunde zurückkommen hörte. Sie sprangen durch die Dunkelheit, gierten danach, sich mit dem Beweismaterial den Bauch vollzuschlagen. Unterdessen hatte er den Cadillac in der dunkelsten Ecke der Autowerkstatt geparkt, denn er war überzeugt, dass jeder zufällige Beobachter glauben würde, es sei bloß ein weiteres Fahrzeug zum Ausschlachten. Von der Rückbank des Geländewagens entfernte er, immer noch mit den Chirurgenhandschuhen an den Händen, alles, was für Kriminaltechniker von Interesse sein könnte.

Die Kühltasche und die übrigen Habseligkeiten in Händen, machte er sich auf den Weg in die Einöde. Dabei ging er flott und hielt die Pistole schussbereit – nur für den Fall, dass einige der Hunde doch lebende Nahrung bevorzugten.

Bei der städtischen Müllkippe zertrümmerte er die Kühltasche und verstreute alles andere aus seinem Obdachlosen-Camp zwischen den Müllhalden. Bereits zwei Stunden nach Sonnenaufgang würden Plünderer die Sachen eingesammelt und in die illegalen Flüchtlingslager verkauft haben.

Außer der Injektionsspritze, einem Papierticket und ein wenig Kleingeld besaß er nur noch eine Pistole, den Koran seines Vaters und die sechs Glasfläschchen. Seiner Ansicht nach machten ihn diese Fläschchen zum reichsten Mann der Welt.

KAPITEL ZWEIUNDZWANZIG

Stundenlang marschierte der Sarazene, geleitet nur vom matten Licht der Sterne, durch die Nacht. Nachdem er die Müllkippe verlassen hatte, überquerte er das Brachland und folgte dem Wasserlauf, bis er schließlich auf eine wackelige Holzkonstruktion stieß, die als Brücke diente.

Er überschritt sie und marschierte kilometerweit am Schilf entlang, bevor er sah, was er brauchte: das verrostete Chassis eines alten Allradwagens, der halb im stinkenden, trüben Wasser lag.

Er füllte die Plastikbehälter mit der Injektionsspritze, Tlass' Brieftasche und anderen Wertsachen, beschwerte das Ganze mit Kieselsteinen und warf es mitten in den Kanal.

Mit größtem Bedauern nahm er die Pistole in die Hand und holte aus – die Waffe hatte ihn länger begleitet als irgendeines seiner anderen Besitztümer, den Koran seines Vaters ausgenommen. Aber sie war das Einzige, was ihn unzweifelhaft mit dem Mord an Tlass verband, und deshalb blieb ihm nicht anderes übrig. Er schleuderte sie so weit, dass sie neben dem verrosteten Chassis im Wasser landete. Wenn man den Kanal absuchte und einen Metalldetektor durchs Wasser gleiten ließ, würde man glauben, es handele sich um ein Teil des Fahrzeugs.

Nun beschleunigte er seine Schritte und wandte sich dem fernen Lichtschein zu: Damaskus.

Vier Stunden später, wundgelaufen und schmutzig, reichte er dem Mitarbeiter am Gepäckschalter des Busdepots das Ticket und holte seinen Koffer und seine Arzttasche ab. Er löste das Gurtschloss, das den Koffer sicherte, und nahm eine dünne Rolle Geldscheine daraus hervor, bezahlte für die Gepäckaufbewahrung und gab einem Angestellten ein Pfund, damit er einen kleinen Waschraum benutzen durfte.

Ihm blieben noch zwei Stunden Zeit, bis der erste Bus in Richtung libanesische Grenze und von dort weiter nach Beirut fuhr. Er nutzte die Zeit, um sich den Bart zu stutzen und zu duschen, bis die Haut fast wundgescheuert war. Aus dem Koffer zog er einen billigen westlichen Anzug, Hemd und Krawatte und legte zwei der gestohlenen Fläschchen (die Etiketten hatte er entfernt) in seine Arzttasche, deutlich sichtbar zwischen die anderen Fläschchen und Arzneien. Als er aus dem Waschraum trat, Pass und Gepäck in Händen, sah er genau so aus wie der, als der er sich ausgeben würde, wenn ihn jemand fragte: ein strenggläubiger libanesischer Arzt, der in den Flüchtlingslagern gearbeitet hatte und sich nun auf den Heimweg machte.

Die schmutzigen Kleider, mit deren Hilfe er seine palästinensische Legende erschaffen hatte, hatte er in einen Plastikbeutel gestopft. Während er auf den klapprigen Bus zuging, warf er diesen in einen großen Altkleidercontainer. Dann blieb er nur noch einmal kurz stehen, um die Abfälle seiner gekauften Mahlzeit aus Pitta-Brot, Obst und Tee in einen Mülleimer zu werfen. Obwohl das auf jeden Betrachter völlig unverdächtig gewirkt hätte, war es bedeutsam.

Kurz nach vier Uhr nahm er hinten im Bus Platz. Fast genau eine Stunde, bevor Tlass' Söhne – die lange gebraucht hatten, weil sie in immer größeren Kreisen suchen mussten, bis sie schließlich vom Lärm streunender und sich balgender Hunde angezogen wurden – die Leiche ihres Vaters fanden.

Trotz der gottlosen Stunde und der Tatsache, dass es sich um einen der wichtigsten Feiertage des Islam handelte, wussten sie aufgrund ihrer Mitgliedschaft in der Geheimpolizei, wen sie anrufen mussten. Die Nachricht wurde den höchsten Kreisen der Regierung zugeleitet. Und schon bald war der Äther voll von Telefongesprächen und Textmitteilungen in vermeintlich sicheren Kommunikationsnetzwerken.

Sie wurden alle von Echelon abgefangen.

Das Spionageprogramm Echelon wird nie müde, schläft nie. Es patrouilliert in der riesigen Leere des Raumes, ohne Luft, Essen oder Komfort zu benötigen, es macht sich als leiser Dieb in den Glasfaser-Knotenpunkten der Welt zu schaffen und befehligt zahllose Radarkuppeln – diese Gruppen überdimensionierter Golfbälle – auf Militärstützpunkten rund um den Globus. Insgesamt belauscht es sämtliche elektronischen Kommunikationen auf der Erde. Das riesige Satelliten-und-Computer-Netzwerk ist so geheim, dass die fünf englischsprachigen Nationen, die es während des Kalten Krieges installierten, seine Existenz nie zugegeben haben.

Die Milliarden von Datenbytes, die es in jeder Nanosekunde sammelt, werden auf Superrechner im Hauptquartier der NSA in Fort Meade, Maryland, heruntergeladen, wo von streng geheimer Software Schlüsselwörter, wiederkehrende Formulierungen und selbst – laut mehreren Berichten – Spracherkennung dazu genutzt werden, jedes Fragment, das weitere Ermittlungen lohnenswert erscheinen lässt, herauszuziehen.

Und es gab viele Bruchstücke in dieser Nacht in Damaskus. Echelon lauschte, als einer von Tlass' Söhnen, untröstlich, seine Schwester anrief und ihr sagte, es werde die Mutter aller Razzien gegen die Dissidenten und Staatsfeinde stattfinden, die vermutlich für den Tod des Vaters verantwortlich waren. »Allah möge ihnen und ihren Familien beistehen.«

Die Analysten der US-Geheimdienste, die die abgefangenen Gespräche auswerteten, gelangten zu einer ähnlichen Schlussfolgerung: Tlass war ein Mann gewesen, dem ein Ruf von so großer Grausamkeit anhaftete, dass viele Leute nur zu glücklich gewesen wären, ihn den Hunden zum Fraß vorzuwerfen. Weil ein Rachemord in einem gescheiterten arabischen Staat für die US-Geheimdienste jedoch von geringem Interesse ist, wurde der Vorfall rasch als unwichtig abgetan.

Das war ein furchtbarer Fehler – wie auch der Umstand, dass die syrische Staatssicherheit, die mit der frühen Stunde und dem Feiertags-Wochenende zu kämpfen hatte, nicht augenblicklich die Grenzen schließen ließ.

KAPITEL DREIUNDZWANZIG

Ruckelnd und quietschend fuhr der alte Bus durch die Nacht, kroch im Schneckentempo durch die großen Baustellen auf der syrischen Autobahn 1. Nachdem er die hinter sich gelassen hatte, musste er nur noch zum *fajir* anhalten, zum Morgengebet.

Als der Sarazene schließlich an der Grenze ankam, untersuchten mürrische Einwanderungs- und Zollbeamte seine Dokumente und behandelten ihn erst dann mit so etwas wie Respekt, als sie merkten, dass er Arzt war. Hätten sie sich jedoch die Mühe gemacht, ihn zu durchsuchen, hätten sie vier der Fläschchen mit Sicherheit nicht gefunden – ihr Inhalt war nämlich weit außerhalb ihrer Reichweite versteckt. In seinem Blutkreislauf.

Bevor er den Waschraum in Damaskus verlassen hatte, hatte er als Letztes aus der Arzttasche eine spezielle zweizinkige Impfnadel hervorgeholt, sie in die Flüssigkeit in den Fläschchen getaucht und seine Haut am Oberarm so lange gestochen und gekratzt, bis sie stark blutete. Die Dosis war viermal höher als normal, aber er wollte nichts unversucht lassen, um möglichst viel Schutz zu bekommen. Er verband sich den Arm, zog sein Hemd an und zerstampfte die leeren Fläschchen bis zur Unkenntlichkeit. Ebendies hatte er, zusammen mit den Abfällen seiner Mahlzeit, in den Mülleimer geworfen.

Erwartungsgemäß litt er bereits während der Grenzkontrolle unter Fieber, Schweißausbrüchen und fürchterlichen Kopfschmerzen. Er hoffte bloß, sich in irgendein billiges Hotel in Beirut schleppen zu können, bevor die Symptome zu schlimm wurden. Sie waren fast identisch mit jenen, die ein Junge in einem englischen Dorf zweihundert Jahre zuvor gezeigt hatte – die erste Person, die sich einem Verfahren unterzog, das sich ein Landarzt namens Edward Jenner ausgedacht hatte: der Forscher, der der Schutzimpfung den Weg bahnte.

Und daran hatte der Sarazene angeknüpft – er hatte sein Leben aufs Spiel gesetzt, war in ein Biowaffen-Labor eingebrochen und hatte einen Mann getötet, dem er vorher noch nie begegnet war, um einen Impfstoff zu stehlen. Wobei das wirkliche Merkwürdige war: In dem Waschraum hatte er sich gegen eine Krankheit geimpft, die gar nicht mehr existierte und die für niemanden mehr eine Gefahr darstellte, da sie über dreißig Jahre zuvor vollständig ausgemerzt worden war.

Vor dieser Zeit handelte es sich jedoch um die katastrophalste dem Menschen bekannte Krankheit. Sie war verantwortlich für mehr Tote als jede andere Ursache, einschließlich Krieg, und tötete noch in den 1960er Jahren zwei Millionen Menschen – was einem Holocaust alle drei Jahre entspricht. Die Krankheit war den Epidemiologen als *Variola vera* und allen anderen als Pocken bekannt.

Die völlige Ausrottung des Virus war einer der Gründe, warum es nur noch an so wenigen Orten auf der Welt den Impfstoff gab – abgesehen von Forschungseinrichtungen und geheimen Waffenlabors wurde er nicht mehr benötigt. Es sei denn natürlich, man plante, so wie der Sarazene, das Virus zu synthetisieren, und hatte Sorge, ein winziger Fehler in diesem nahezu unmöglichen Verfahren könnte einen selbst anstecken und töten. Ebendeshalb hatte er einen hochmodernen Impfstoff ausgewählt, der zweifellos gründlich getestet war und sich als wirksam erwiesen hatte und ihm jetzt erlauben würde, so viele Fehler zu machen, wie er benötigte.

Nicht alle Impfstoffe schlagen an, und nicht alle Impfstoffe wirken bei einzelnen Menschen auf die gleiche Weise. Um das auszugleichen und sich, wie gesagt, so gut wie möglich zu schützen, hatte der Sarazene die Dosis vervierfacht. Kein Wunder, dass er sich krank fühlte. Trotzdem war das Fieber eine gute Nachricht. Es bedeutete ja, dass sein Immunsystem aktiviert wurde, damit es den Eindringling bekämpfen konnte. Der Impfstoff hatte also angeschlagen.

Während ein Einwanderungsbeamter darauf wartete, dass die Passdaten des Sarazenen auf dem Computerbildschirm vor ihm überprüft wurden, begann im angrenzenden Büro ein Telefon zu läuten. Als schließlich jemand drangegangen war und den Befehl weitergeleitet hatte, die Grenze zu schließen, hatte der Beamte den Sarazenen bereits durchgewinkt. Und so war er im Libanon – ein Mann mit falschem Namen, echtem Pass und einer zunehmenden Immunität gegen den tödlichsten Krankheitserreger der Welt.

KAPITEL VIERUNDZWANZIG

Ich kann nicht verhehlen, dass das Gefühl von Tag zu Tag immer stärker wurde. Ich glaube weder an das Schicksal noch an die göttliche Bestimmung – aber nicht lange, nachdem ich Battleboi verlassen hatte und durch die nachtdunklen Straßen Manhattans nach Hause ging, war mir, als ob eine Naturkraft mich erfasste.

Ich betrat mein kleines Loft mit der chronischen Atmosphäre von Einsamkeit und begann in den Taschen zu kramen, die ich aus Paris mitgebracht hatte. Kaum hatte ich mich von Battleboi verabschiedet, war mir klar, dass ich nur auf eine Weise mit den Hunderten von Regierungs-Bekanntmachungen, die mein Leben bedrohten, fertigwerden würde, nämlich, indem ich Ben und Marcie bat, mir mitzuteilen und zu überreichen, was sie gefunden hatten. Offen gestanden bezweifelte ich, dass der Hacker oder ich selbst die Zeit oder die Fähigkeit haben würde, so etwas zu wiederholen. Schließlich fand ich, wonach ich gesucht hatte: das Jackett, das ich im *Plaza Athénée* am Abend, als ich Ben und Marcie kennenlernte, getragen hatte. In der Tasche befand sich die Visitenkarte, die Marcie mir gegeben und die ich so widerstrebend entgegengenommen hatte.

An jenem Abend war es schon zu spät dafür, aber tags darauf rief ich am frühen Abend an. Marcie nahm ab.

»Hier ist Peter Campbell«, sagte ich leise. »Wir sind uns in Paris begegnet.«

»Sie haben nicht lange mit dem Anruf gewartet«, sagte sie und überwand ihre Verwunderung. »Schön, von Ihnen zu hören. Wo sind Sie?«

»In New York, für eine Weile«, antwortete ich, so vorsichtig wie immer. »Ich habe mich gefragt, ob Sie und Ihr Mann vielleicht bereit wären, mir das Recherchematerial über Scott Murdoch zu überlassen, von dem Sie gesprochen haben.«

»Ben ist nicht zu Hause … aber sicher, ich wüsste nicht, warum nicht.«

»Danke«, sagte ich erleichtert. »Kann ich zu Ihnen kommen und es mir abholen?«

»Nicht heute Abend – ich bin mit ihm fürs Kino verabredet, und morgen treffen wir uns mit Freunden zum Abendessen. Wie wär's am Freitag, so gegen sieben?«

Eine Verzögerung von zwei Tagen war sehr viel länger, als ich wollte, aber ich befand mich nicht in der Position, Einwände zu erheben. Ich dankte ihr, notierte mir die Adresse und legte auf. Da ich ein hochgradig erfahrener Profi bin, ein Mann, der sich im Metier der Geheimdienstarbeit auskennt, einer, der – wie ich erwähnte – dazu ausgebildet worden war, in Situationen zu überleben, in denen andere möglicherweise umkamen, war es naheliegend anzunehmen, dass ich es kommen sehen würde, wenn es einen Hinterhalt gäbe. Aber ich sah ihn nicht kommen – die in Queens aufgewachsene Highschool-Lehrerin hatte mich ausgespielt, was mir jedoch erst beim Betreten der Wohnung aufging.

Die Wohnung war in sanftes Licht getaucht, die Stereoanlage spielte »Hey Jude«, im Wohnzimmer hing der Geruch nach Essen, der Tisch war für drei gedeckt: Ich war zu einem Abendessen eingeladen worden. Wahrscheinlich sollte der Abend dazu dienen, dass ich es mir hinsichtlich Bradleys Seminar noch mal anders überlegte, aber es gab keinen Ausweg, nicht, wenn Menschen monatelang ein Dossier über das eigene Leben zusammengestellt haben und man um diese Unterlagen betteln muss.

»Sie hätten nicht so viele Umstände machen sollen«, sagte ich und lächelte, so gut ich konnte.

»Ist doch das Mindeste, was wir tun können«, erwiderte Marcie, »wenn man den Ärger bedenkt, den wir Ihnen verursacht haben.«

Bradley erschien, streckte die Hand aus und fragte mich, was ich trinken wolle. Zufällig befand ich mich in einer meiner periodischen »Hör auf und widerstehe«-Phasen: Ich hatte mir vorgenommen, einen neuen Anfang in New York zu machen, eine perfekte Gelegenheit, um vielleicht clean und trocken zu werden. Und diesmal sollte es nicht nur ein Lippenbekenntnis sein – ich hatte mir sogar den Terminplan der Treffen der Anonymen Drogenabhängigen besorgt. Da ich jedoch eine Suchtpersönlichkeit bin, kannte ich nichts in Maßen – nicht mal Nüchternheit – und hatte deshalb dem Alkohol ebenfalls abgeschworen. Das würde ein langer Abend werden.

Bradley kehrte mit einer Flasche Evian zurück. Während Marcie nach dem Essen schaute, trank Bradley einen Schluck Hochprozentiges und ging mir voran ins weiße Zimmer am Ende des

Universums. Nur: Das war es nicht mehr – auf dem Boden lag der Kelim, die Vorhänge waren wieder aufgehängt, der einzige Hinweis auf das verzweifelte Drama, das sich zwischen diesen Wänden abgespielt hatte, war die Physiotherapie-Ausrüstung in der Ecke.

Daneben standen Dutzende von Stehordnern. Bradley zeigte darauf und lächelte. »Das ist Ihr Leben, Mr Murdoch.«

Als ich mich vorbeugte und einen Blick hineinwarf, schockierte mich der Umfang ihrer Nachforschungen – die Boxen waren voll mit Computerausdrucken, Datenspeicherungs-CDs und Kopien von allem – von den Jahrbüchern der Caulfield Academy bis zu den Jahresberichten von UN-Behörden. Ich griff aufs Geratewohl nach einer Mappe. Sie enthielt die Liste mit den Decknamen, die ich verwendet hatte. Die Namen lösten eine Welle von Erinnerungen aus.

Bradley sah zu, während ich umblätterte. »Marcie und ich haben uns unterhalten. Würde es Ihnen etwas ausmachen, wenn wir Sie Scott nennen?«

»Was stört Sie an Peter Campbell?«

»Ich dachte nur … wäre es nicht, wenigstens unter uns, einfacher, den richtigen Namen zu verwenden? So haben wir immer an Sie gedacht.«

Ich blickte ihn an. »Ben, das Dumme ist bloß, dass auch Scott Murdoch nicht mein richtiger Name ist.«

Ben sah mich entgeistert an, versuchte, meine Antwort zu verarbeiten. Log ich, plante ich einen letzten Schritt, sie von dem Weg abzubringen, dem sie so beharrlich gefolgt waren, oder handelte es sich um einen armseligen Versuch, witzig zu sein?

Ich zeigte auf die Liste der Decknamen. »Der Name ist genauso wie der Rest: bloß eine weitere falsche Identität – eine andere Zeit, ein anderer Ort, ein anderer Name.« Ich zuckte mit den Achseln. »Das war mein Leben.«

»Aber … in der Schule waren Sie Scott Murdoch … ein Teenager. Das war Jahre vor Ihrem Eintritt in den Geheimdienst«, sagte er, noch verblüffter.

»Ich weiß. Niemand hätte sich freiwillig dafür entschieden, was dann geschah – aber so ist es eben gekommen.«

Ich sah, wie es hinter der Stirn des Ermittlers arbeitete: dass der Name des Jungen nicht mein echter war, dass ich bei keiner der Beerdigungen zugegen gewesen war, die Tatsache, dass ich offenbar nichts vom großen Reichtum der Murdochs geerbt hatte. Er sah mich an und begriff: Ich war adoptiert worden, ich war gar nicht das leibliche Kind von Bill und Grace.

Ich lächelte ihn an – ein Lächeln, in dem keinerlei Humor lag. »Ich freue mich, dass Sie nicht versucht haben, noch weiter als bis zu Scott Murdoch nachzuforschen. Alles vor Greenwich ist meine Privatsache, Ben – es geht niemanden etwas an.«

Er begriff mit Sicherheit, dass ich ihn damit warnte. Die drei Zimmer auf der falschen Seite der 8 Mile-Road, die Gesichtszüge der Frau, die mit jedem Jahr in meiner Erinnerung mehr verblasst waren, der echte Name, den sie mir gegeben hatte – das waren die Kernbereiche meiner Identität, die einzigen Dinge, die unbestreitbar mir gehörten.

»Wer interessiert sich schon für Namen?«, sagte Bradley schließlich lächelnd. »Pete ist doch prima.«

Marcie rief zu Tisch. Der Abend entwickelte sich dann ganz anders als erwartet. Zunächst einmal konnte sie vorzüglich kochen, und wenn ein ausgezeichnetes Essen einen nicht in gute Stimmung versetzt, ist man wahrscheinlich einmal zu oft fürstlich bewirtet worden. Außerdem erwähnten sie das Seminar mit keinem Wort und hatten offenbar auch nicht mehr vor, mich anzuheuern. Ich entspannte mich. Und da kam mir die Idee, dass sie so viel über meine Vorgeschichte wussten, dass es, zumindest für sie, so aussah, als äßen sie mit einem alten Freund zu Abend.

Bradley hatte unzählige Fragen über das Buch und die darin behandelten Kriminalfälle, und Marcie hatte sichtlich Freude daran, ihrem klugen Ehemann dabei zuzuschauen, wie er mich nach Details auszufragen versuchte, über die ich nicht sprechen durfte. Während einer besonders heißen Phase der Diskussion sagte sie lachend, sie hätte ihn noch nie so genervt erlebt. Ich sah sie an und musste ebenfalls lachen.

Wenn einen zwei Menschen zum Lachen bringen, sie einen zu sich nach Haus einladen und alles tun, damit man sich wohlfühlt, wenn sie einem Kisten mit Material aushändigen, die einem vielleicht das Leben retten, wenn sie diese Kisten dann auf die Straße tragen und einem helfen, sie in ein Taxi zu laden, während man unter einer Straßenlaterne in Manhattan steht und alles, was auf einen wartet, eine Wohnung ist – so kalt, dass man sie »Camp NoHo« nennt –, wenn man sich im eigenen Land so verloren fühlt und die Versprechungen des Lebens kaum in Erfüllung gegangen sind, wenn man das unausweichliche Gefühl hat, dass einem eine nicht sehr angenehme Zukunft bevorsteht – und wenn diese beiden Menschen lächeln, einem die Hand schütteln, einem fürs Kommen danken und sagen, sie haben keine Möglichkeit, sich mit einem in Verbindung zu setzen, dann steht man vor einer schwierigen Entscheidung.

Ich hielt inne. Meine Berufserfahrung riet mir, eine falsche Telefonnummer aufzuschreiben und mit dem Recherchematerial der beiden davonzufahren. Wozu brauchte ich die beiden jetzt noch? Aber dann dachte ich an die Herzlichkeit, mit der sie mich empfangen hatten, Bradleys Freude an der Musik, die er für den Abend ausgewählt hatte, und deshalb – tut mir leid, ich brachte es nicht über mich. Ich zog mein Handy hervor, holte meine Handynummer auf den Bildschirm und sah zu, wie Marcie sie sich aufschrieb.

In den darauffolgenden Wochen riefen sie mehrmals an. Wir gingen gemeinsam ins Kino oder in einen Club, hörten uns die alten Bluesmusiker an, die Bradley so liebte, und machten die ganze Nacht durch – immer nur wir drei. Zum Glück versuchten sie nie, mir ein Date zu verschaffen, und sie wichen auch nie von der vereinbarten Linie ab und erwähnten Bradleys Seminar nicht mehr.

In dieser Zeit unterzog sich Bradley zahlreichen körperlichen und psychologischen Untersuchungen und wurde zu seiner großen Erleichterung wieder für arbeitsfähig erklärt. Zwar humpelte er noch ein wenig und wurde deshalb für leichtere Arbeiten eingeteilt, aber manchmal, meistens spätabends, rief er mich an und fragte, ob ich zu einem Tatort kommen könne, der seiner Meinung nach ein Element aufwies, das mich vielleicht interessieren könnte. Eines Abends hinterließ er mir eine Nachricht, als ich gerade an einem meiner regelmäßigen Zwölf-Stufen-Treffen teilnahm. Zu diesem Zeitpunkt war ich zu den Anonymen Alkoholikern übergewechselt – wie Tolstoi vielleicht gesagt hätte: Alle verrückten Drogenabhängigen sind einander ähnlich, aber jeder Alkoholiker ist verrückt auf seine Weise. Das führte zu weitaus interessanteren Treffen, und so beschloss ich, wenn ich denn das Leben schon nüchtern verbringen musste, mich wenigstens gut unterhalten zu lassen.

Das Treffen – das in einem heruntergekommenen Gemeindesaal an der Upper West Side stattfand – ging zu Ende, und ich verabschiedete mich von den anderen Ausgestoßenen, die in der Eingangshalle herumstanden. Ich ging in Richtung Osten und genoss den für die Jahreszeit warmen Abend. Erst als ich die neogotischen Türmchen des Dakota-Gebäudes sah, fiel mir ein, mein Handy auf Nachrichten zu überprüfen. Ich sah Bradleys Nummer und nahm an, dass er wieder einmal von einem seiner Rock-'n'-Roll-Geister gerufen worden war, deshalb wunderte ich mich, als ich auf Abhören klickte und hörte, dass er mich, zum ersten Mal seit unserem Kennenlernen, um Hilfe bat.

»Ich habe hier einen Mordfall, der extrem merkwürdig ist«, hatte er auf die Mailbox gesprochen. Er sagte nur, dass es um eine junge Frau gehe, und nannte mir anschließend die Adresse eines schäbigen Hotels, wo er mich treffen wollte.

Der Name: *Eastside Inn.*

Die Frau, die für das Verbrechen in Zimmer 89 verantwortlich war, hatte mein Wissen, meine Erfahrung, *meinen Verstand* missbraucht, um den Mord zu begehen. Und damit wurde ich – wenigstens in meinen Augen – der Beihilfe schuldig.

Ich dachte nicht daran, so etwas durchgehen zu lassen. Als die Assistenten des Coroners den Sack mit Eleanors Leichnam darin zugezogen hatten, verließ ich deshalb – wütender, als ich seit Langem gewesen war – den Raum und ging die Treppe hinunter.

Ich fand, wonach ich gesucht hatte: die Tür zum Büro des Hotelmanagers in einer kleinen Nische nahe dem Empfangstresen. Alvarez, oder einer der anderen jungen Cops, hatte sie abgeschlossen, als sie gegangen waren, deshalb nahm ich einen Schritt Anlauf und trat mit der Schuhsohle fest gegen das Holz direkt unterhalb des Türgriffs.

Das Geräusch von splitterndem Holz ließ einen uniformierten Polizisten herbeieilen. »Ich gehöre zu Bradley«, sagte ich im Tonfall uneingeschränkter Befugnis. Er zuckte mit den Achseln, ich beendete meine Tritte und betrat die Höhle des Drecksacks, die widerlich nach Körperausdünstungen und kaltem Zigarettenrauch stank.

Mitten in dem Dreck war ein großer Aktenschrank zur Seite geschoben worden, sodass eine verborgene Aussparung im Boden zum Vorschein kam. In der Höhlung lag ein schwerer Tresor. Der Einbrecher, ein Experte, musste genau gewusst haben, wo er suchen musste, und hatte die Kombination bereits geknackt und die Tresortür geöffnet.

Zwischen dem Bargeld und den Dokumenten lagen Computerausdrucke der Hotelkonten, ein paar billige Handfeuerwaffen und Mengen von winzigen, farblich unterschiedenen Beutelchen. Ich beugte mich vor und hielt ein paar davon ins Licht: die grünen enthielten Koks, Crack-Steinchen waren schwarz gekennzeichnet, *Tina* war – angemessen, wie ich fand – in Eisblau verpackt. Andere Farben bedeuteten andere Waren, genau wie in jedem guten Lagerhaus. Der Dreckskerl hatte seinen Beruf verfehlt. Er hätte Wal-Mart leiten sollen.

Ich betrachtete das Geheimdepot – und hätte lügen müssen, wenn es mich nicht in Versuchung geführt hätte, besonders das Percodan in den gelben Säckchen. Ich streckte die Hand aus, um festzustellen, wie viele es waren – Sie wissen schon, reine Neugier. Komischerweise zögerte meine Hand, bevor sie die Säckchen berührte, und bewegte sich dann langsam zur Seite. Wer sagt, dass Zwölf-Stufen-Programme reine Zeitverschwendung sind?

Ich nahm die Computerausdrucke und anderen Dokumente aus dem Tresor und setzte mich an den ramponierten Schreibtisch. Dort fand mich Bradley eine halbe Stunde später.

»Was machen Sie denn hier?«, fragte er und lehnte sich an den Türrahmen. Er war so müde, dass sein Gesicht aussah wie ein ungemachtes Bett.

»Ich helfe aus.«

Er zog die Augenbrauen hoch. »Ich dachte, Sie wären in Rente.«

»Bin ich auch. Aber man nenne mich altmodisch: Jemand hat ein Buch, das ich geschrieben habe, missbraucht, um eine junge Frau zu ermorden – und das nervt mich.«

Bradley betrat das Zimmer und nahm vorsichtig auf einem Stuhl Platz. Vor einiger Zeit hatte er mir gesagt, dass ihm das Bein wahrscheinlich für den Rest seines Lebens Probleme bereiten werde, besonders, wenn er müde war.

»Sie sollten nach Hause fahren und sich ein wenig ausruhen«, sagte ich. »Sind Ihre Leute schon fertig?«

»Noch eine halbe Stunde. Sie packen gerade ihre Sachen zusammen. Schon was gefunden?« Er zeigte auf die Dokumente, die verstreut auf dem Schreibtisch lagen.

»Ja.« Ich schob ihm eine Mappe hin. »Das ist die Gästeakte für Zimmer 89. Ihre Detectives haben sie durchgesehen, sie hatten recht – die Frau ist vor gut einem Jahr eingezogen und hat im Voraus bezahlt. Aber die Details sind ein völliges Durcheinander, es gibt nicht einmal genaue Datumsangaben. Ich nehme an, das wurde absichtlich so gemacht …«

»Für den Fall, dass das Finanzamt eine Betriebsprüfung durchführt?«, unterbrach mich Bradley.

»Genau. Darum habe ich mir auch mal den Boden des Drogen-Tresors angesehen. Dort habe ich die Computerausdrucke der echten Konten gefunden. Die sind fehlerfrei, jeder Cent ist abgerechnet.«

»Das geht auch gar nicht anders – die Konten werden für die Mafiosi geführt, denen der Laden gehört. Sie können sich sicher vorstellen, was die machen würden, wenn der Drecksack versuchen würde, sie zu bescheißen.«

Ich zeigte auf einen der Einträge, die ich markiert hatte. »Hier steht's: Die Mörderin ist am 11. September eingezogen.«

Bradley legte die Stirn noch tiefer in Falten, beugte sich vor und schaute sich den Eintrag genauer an. »Sind Sie sicher?«

»Ja. Ein Zeitstempel zeigt, dass sie gegen 17 Uhr eingecheckt hat – ungefähr sechs Stunden, nachdem die Zwillingstürme eingestürzt sind. Sie waren noch im OP, Ben, aber wahrscheinlich haben Sie – so wie ich – die Geschichten über diesen Tag gelesen. Die ganze Gegend ähnelte einem Kriegsgebiet, Asche regnete herab, Leute rannten um ihr Leben, alle glaubten, dass es noch schlimmer kommen würde. In den Stunden, bevor die Frau eingecheckt hat, hing so viel Rauch in der Luft, dass es draußen dunkel gewesen sein muss. Autos standen verlassen auf den Straßen. Nur die Sirenen waren zu hören. Ich erinnere mich, gelesen zu haben, dass ein Priester durch die Straßen ging und Menschen aufforderte, ihre Beichte abzulegen. Das war apokalyptisches Zeugs, und laut den Computerausdrucken wussten das sogar die Huren und Zuhälter im *Eastside Inn*. Am Vorabend waren neunzig Zimmer belegt. In der Nacht des 11. September sechs. Der ganze Schuppen – das ganze Viertel! – war ausgezogen.

Aber unsere Mörderin begibt sich in dieses Hotel. Sie muss zu Fuß gegangen sein, sich ihren Weg durch die Trümmerlandschaft gebahnt haben. Stellen Sie sich das mal vor, Ben – schmutzig vom herabrieselnden Staub, vermutlich unkenntlich, die Schuhe fast verbrannt von der heißen Asche, vielleicht mit einem Halstuch vor dem Gesicht, um sich vor dem beißenden Qualm zu schützen. Schließlich schiebt sie die Eingangstür zum Hotel auf und nimmt das Halstuch ab – erst am nächsten Morgen fängt sie mit der Maskerade an. Was bedeutet, dass nur der Drecksack weiß, wie sie aussieht – wenn er sich denn erinnern kann. Nicht, dass wir ihn etwa finden werden. Sie erklärt ihm, sie möchte sich ein Zimmer nehmen. Wie gesagt, sie gehört nicht hierher, aber sie weiß bereits, dass sie bleiben wird – die Ausdrucke zeigen, dass sie zwei Monate im Voraus bezahlt hat.«

Ich schob die Kontounterlagen zur Seite. »Warum, Ben? Wieso hat sie das alles getan? Konnte sie denn nicht woanders absteigen, ist das hier das einzige Hotel in New York? Ist sie buchstäblich über heiße Kohlen gegangen, weil sie das Hotel so gut fand?«

Er zog eine Camel aus einer Packung, die auf dem Schreibtisch liegen gelassen worden war. Manchmal hielt er nur gern eine in der Hand. Ich nahm mir vor, mit ihm über den Wert von Zwölf-Stufen-Programmen zu sprechen.

»Das alles haben Sie aus ein paar Zahlenkolonnen herausgelesen?«, fragte er beeindruckt.

Ich schwieg.

»Ich weiß nicht, warum sie das getan hat«, sagte er schließlich. »Ich habe keine Ahnung.«

»Ich auch nicht«, antwortete ich, »aber irgendetwas ist geschehen. Irgendwas ist an jenem Tag passiert, das für sie alles verändert hat.«

Er zuckte mit den Schultern. »Klar – das trifft auf viele Leute zu.«

»Ja, aber keiner hat im *Eastside Inn* eingecheckt. Sie war entschlossen, ihre Identität zu verbergen und von allem unbehelligt zu leben. Ich glaube, sie hat sich an jenem Tag entschlossen, jemanden umzubringen. Dass sie hier abgestiegen ist, war der Beginn der Vorbereitungen.«

Der Cop sah mich an. Das war gar keine gute Entwicklung:

eine Person, die so viel Zeit mit der Planung eines Verbrechens verbracht hatte, würde wahrscheinlich nicht so leicht einen Fehler machen. Er ließ die Schultern hängen – er dachte an die bevorstehenden langen Ermittlungen. Und kombiniert mit den Schmerzen im Bein ließ ihn das so aussehen, als sei er drauf und dran, im Stehen einzuschlafen.

Ich blickte auf und sah jemanden durch die Tür kommen. »Petersen!«, rief ich. »Steht ein Streifenwagen unten bereit?«

»Ich kann einen holen«, gab er zurück.

»Schnappen Sie sich Ihren Boss. Und bringen Sie ihn nach Haus.«

Bradley protestierte, aber ich schnitt ihm das Wort ab. »Sie haben selbst gesagt, dass Ihre Leute einpacken – niemand wird den Fall heute Abend lösen.«

Petersen hatte noch nie gehört, dass jemand Bradley herumkommandierte, und konnte seine Freude nicht verbergen. Er beugte sich vor, als wollte er meine Anweisung befolgen, aber sein Chef stieß ihn zur Seite und sagte schroff, es gebe immer einen freien Platz in der Kanal-Patrouille.

Petersen lächelte mich an. »Wie wär's mit Ihnen – soll ich Sie mitnehmen?«

»Danke, ich komme schon allein nach Hause«, sagte ich. Was jedoch nicht stimmte – ich würde nicht nach Hause gehen, sondern dorthin, wo die Mörderin meiner Einschätzung nach ihre Reise an jenem furchtbaren Tag begonnen hatte. Zum Ground Zero.

KAPITEL SECHSUNDZWANZIG

Ich bin an vielen heiligen Orten gewesen, aber keiner war so merkwürdig wie das sechseinhalb Hektar große Gelände von Ground Zero. Es handelte sich um eine Baustelle.

In der Zeit, die zwischen dem Angriff auf die Zwillingstürme und dem Mord an Eleanor vergangen war, war das gesamte Areal in eine riesige Baugrube verwandelt worden. Um es zur Neubebauung vorzubereiten, waren fast zwei Millionen Tonnen Bauschutt abtransportiert worden.

Am Ende sollten neue Türme aus den Ruinen auferstehen. An ihnen würden Plaketten mit den Namen der Toten angebracht, bis – in einem kürzeren Zeitraum, als die meisten von uns für möglich hielten – Menschen daran vorbeihasteten und sich kaum noch daran erinnerten, dass sie auf heiligem Boden wandelten.

Doch an diesem ruhigen Sonntag zählte der Anblick der zerstörten Fläche zu den bewegendsten Erfahrungen meines Lebens: Die ungeheure Verlassenheit des Ortes sagte mehr darüber aus, was verloren gegangen war, als jedes große Denkmal. Während ich von der Aussichtsplattform darauf hinunterschaute, wurde mir klar: Der Angriff hatte sich unserem Denken so sehr eingeprägt, dass die Baustelle eine leere Leinwand bildete, einen leeren Schirm, auf den wir unsere schlimmsten Erinnerungen projizierten.

Mit gebrochenem Herzen blickte ich erneut in den strahlend blauen Himmel und auf die brennenden Gebäude und sah Menschen aus geborstenen Fenstern um Hilfe winken, die nie kommen würde; ich sah, wie die Verletzten durch stauberfüllte Straßen liefen, hörte den krachenden Donner der einstürzenden Gebäude; ich sah Rettungskräfte mit ihrem eigenen Namen auf dem Arm, daraufgeschrieben, sollten sie tot aus dem Schutt gezogen werden. Ich roch geradezu das Geschehen, durchlebte es und versuchte einige leise Worte an die 2700 Seelen zu richten, die diesen Ort nie verlassen würden. 2700 Menschen – von mehr als tausend waren die sterblichen Überreste nie gefunden worden.

Es war ein Wunder, dass überhaupt Leichen geborgen wurden. Bei 815 Grad Celsius verwandelt sich menschlicher Knochen innerhalb von drei Stunden in Asche. Die Brände im World Trade Center erreichten 1090 Grad und waren erst nach hundert Tagen gelöscht.

Der Koran sagt, dass die Tötung eines einzigen Lebens eine Welt vernichte, und der Beweis lag vor mir – 2700 Welten in wenigen Augenblicken vernichtet. Welten von Familien, von Kindern, von Freunden.

Als die aufgehende Sonne Licht, aber wenig Wärme spendete, verließ ich die Tribüne und begann umherzugehen. Ich wusste nicht, wonach ich suchte – Inspiration vermutlich –, aber ich hegte keinerlei Zweifel, dass die Mörderin ihre Reise zum *Eastside Inn* von einem Ort ganz in der Nähe des Weges begonnen hatte, den ich jetzt ging.

Es gab keinen anderen Weg, um zum Hotel zu gelangen – unmittelbar nachdem die erste Maschine in einen der Zwillingstürme geflogen war, hatte die Hafenbehörde sämtliche Brücken und Tunnel nach Manhattan geschlossen. Busse, U-Bahnen und Straßen auf der gesamten Insel stellten entweder den Betrieb ein oder steckten im Verkehr fest. Hundert Minuten später ordnete der Bürgermeister die Evakuierung des gesamten Areals südlich der Canal Street an. Um zum Hotel zu kommen, musste sie bereits im Sperrgebiet gewesen sein.

Im Gehen versuchte ich mir vorzustellen, was sie in diesem Teil der Stadt um, meiner Schätzung nach, 9 Uhr morgens an einem Dienstag getan hatte. War sie auf dem Weg zur Arbeit gewesen, oder war sie eine Touristin, die zur Beobachtungsplattform oben auf dem Südturm hinaufsteigen wollte? Eine Lieferwagenfahrerin? Eine Straftäterin mit einer Besprechung in einer der Anwaltskanzleien? Warum war sie hier?, fragte ich mich immer wieder. Würde ich die Antwort finden, hätte ich die Hälfte der Fragen beantwortet.

Und obwohl es stimmte, dass ich keine Ahnung hatte, wonach ich suchte, war ich auf das, was ich fand, ganz und gar nicht vorbereitet.

Weil ich so sehr in meine Mutmaßungen über die Bewegungen der Frau an jenem Tag versunken war, dauerte es eine Zeitlang, bis ich die kleinen Schreine bemerkte, die links und rechts am Wegesrand aufgetaucht waren. Für die Tausende Menschen, die die sterblichen Überreste ihrer Angehörigen nie wieder zurückbekommen hatten, repräsentierte Ground Zero eine Art

Friedhof. In den Wochen nach dem Anschlag waren die Menschen hierhergekommen und hatten schweigend dagestanden – um nachzudenken, um sich zu erinnern, um zu verstehen. Doch während die Monate verstrichen, Jahrestage und Geburtstage, Thanksgiving und andere Ferien kamen und gingen, war es nur natürlich, dass die Menschen Blumen, Karten und kleine Andenken hinterließen. Diese Schreine waren jetzt hier und da an den Zäunen und Wegen zu sehen.

In unmittelbarer Nähe von mir lagen mehrere Spielzeuge, die drei Kinder für ihren toten Vater abgelegt hatten. Am Zaun war ein Foto der Kinder befestigt. Ich blieb stehen und schaute hin – das älteste Kind musste ungefähr sieben gewesen sein. Auf dem Foto ließen sie gerade Luftballons steigen, damit, so ihr handgeschriebener Brief, ihr Vater sie im Himmel einfangen könne.

Ich ging weiter und sah mehrere Briefe, die alte Eltern für ihre Kinder geschrieben hatten, die ums Leben gekommen waren, ich las Gedichte von Männern, denen das Herz gebrochen war, und betrachtete Foto-Collagen, die Frauen zusammengestellt hatten, die ihre Wut kaum zu verhehlen vermochten.

Merkwürdigerweise war ich inmitten dieses großen Leids aber nicht deprimiert. Vielleicht täuschte ich mich, doch es kam mir so vor, als ob da etwas anderes durchschien: der Triumph des menschlichen Überlebenswillens. Ringsum sah ich, dass zerstörte Familien das Versprechen abgaben, sich nicht unterkriegen zu lassen. Ich las von Männern und Frauen, die ihr Leben riskiert hatten, um wildfremde Menschen zu retten, und sah mehr Fotos von toten Feuerwehrleuten, als es mich interessierte zu zählen.

In der Mitte blieb ich stehen, allein zwischen so vielen selbst gemachten Mahnmalen, und neigte den Kopf. Ich betete aber nicht – ich bin nicht fromm, kein Bibelmensch –, und so viel Tod berührte mich auch nicht besonders. Ich war in Auschwitz und Natzweiler-Struthof gewesen, in der Gedenkstätte mit dem Beinhaus der Schlacht von Verdun, deshalb erstaunte mich der Tod in industriellem Maßstab schon lange nicht mehr. Doch so viel schierer Mut machte mich demütig – vor allem, weil ich so sehr an meinem eigenen zweifelte.

Schmerz und Leid haben sich mir in sehr frühem Alter eingeprägt – denn ich war ja als Kind in der Wohnung, als meine Mutter umgebracht wurde. Man verstehe mich nicht falsch, ich habe nicht besonders große Angst vor dem Sterben, sondern habe immer nur um eines gebeten: Wenn es so weit ist, soll der Tod schnell und sauber kommen. Ich hatte immer große Angst davor, so wie meine Mutter verletzt zu werden, nicht in der Lage zu sein, den Schmerz aufzuhalten – das war der geheime Schrecken, der auf mich lauerte, dort, wo die Straßenbeleuchtung endete.

Mit der Erinnerung an die Tapferkeit ganz gewöhnlicher Menschen konfrontiert erkannte ich erneut, dass ich ein Mann mit Schwächen bin, wenn es um Mut geht, und wandte mich in Richtung Zuhause. Und da sah ich es. Ein weißes Brett, das am Zaun hing, halb versteckt in einer Biegung des Weges, leicht zu übersehen, wäre da nicht die aufgehende Sonne gewesen, die von der Oberfläche reflektiert wurde. Darunter lag ein kleiner Haufen Blumensträuße, größer als normal, und das erregte meine Aufmerksamkeit.

In sorgfältiger Handschrift waren die Namen von acht Männern und Frauen auf dem Brett festgehalten, samt Fotos. Eine Unterschrift bezeugte, sie seien von einem Mann, einem New Yorker Polizisten, lebend aus dem einstürzenden Nordturm herausgeholt worden. Eine Teenagerin, deren Mutter unter den Geretteten war, hatte den Schrein entworfen – eine liebevolle Hommage an den Mut eines einzelnen Mannes. Der Text des Mädchens führte die Menschen auf, die der Polizist gerettet hatte, darunter eine Anwältin im Businesskostüm, ein Devisenhändler mit einer Bilderbuchfamilie, der richtig erfolgreich aussah, ein Mann im Rollstuhl …

Ein Mann im was? Mein Blick wanderte das Brett hinunter, und ich sah das Foto des Polizisten, der dafür gesorgt hatte, dass alle herauskamen. Natürlich erkannte ich ihn wieder – Ben Bradley. Wie gesagt, es war das Letzte, womit ich gerechnet hätte.

Als Ben mir in Paris erzählt hatte, dass er im Nordturm des World Trade Center eingeschlossen gewesen war, hatte ich angenommen, er sei im Dienst im Gebäude gewesen, doch ich irrte. Die Jugendliche erzählte die wahre Geschichte. Er sei auf der Fulton Street gewesen, als die Maschine einschlug und ein riesiger Teil des Turms wie eine übergroße Austrittswunde am Himmel explodierte, schrieb sie.

Während die Trümmer aus großer Höhe herabregneten und alle die Flucht ergriffen, steckte er sich seine Dienstmarke an den Hemdkragen, zog sein Jackett aus und sprintete auf den Turm zu. Wie es sich für New York selbst sagen lässt, war es Bradleys dunkelster Augenblick und zugleich seine Sternstunde.

Fünf Mal ging er in das Gebäude hinein und wieder heraus, und jedes Mal stieg er eine Nottreppe hinauf, gegen das Meer von Menschen, die herunterkamen –, und versuchte zu erkennen, wie er helfen, wen er retten konnte. Irgendwann – er stand vor den Fahrstühlen im 13. Stock –, während sich die ersten der zweihundert Personen die Fassade hinabstürzten – musste sich Bradley das Hemd um den Mund schlingen, damit er atmen konnte. Dabei verlor er die Dienstmarke, seinen einzigen Ausweis.

Für sich mit dem Schlimmsten rechnend stürmte er in ein leeres Büro und fand einen Leuchtstift, mit dem er sich seinen Namen und Marcies Telefonnummer auf den Arm schrieb. Er sah aus dem Fenster und konnte es nicht glauben – vierzig Meter entfernt stürzte der Südturm ein. Bis dahin hatte er nicht einmal gewusst, dass der Turm getroffen worden war.

Im Nottreppenhaus A brachte er sich in Sicherheit, und da sagte ihm jemand, es gebe weiter oben einen Mann im Rollstuhl, der auf Hilfe warte. Durch den Bericht der Jugendlichen erfuhr ich, dass Bradley der Mann mittleren Alters gewesen war, der Freiwillige aufgefordert, die anderen drei Männer hinaufgeführt, den behinderten Mann gefunden und den Evakuierungsstuhl die siebenundsechzig Stockwerke hinuntergetragen hatte.

Die Jugendliche schrieb, dass das Team seinen Weg zum Zwischengeschoss fand und den Evakuierungsstuhl und den Mann nach draußen brachte. Aus Angst, der Turm könnte einstürzen, brachten sie sich in Sicherheit. Einer der Retter – ein großer, kräftiger Bursche, ein junger Versicherungsvertreter – merkte, dass die anderen Teammitglieder mit ihren Kräften am Ende waren, ließ seine Ecke des Stuhls los und nahm den Behinderten auf die Schulter. Er rief Bradley und den anderen – einem Wachmann und einem Devisenhändler – zu, sie sollten abhauen.

Zwei Minuten später brach eine ganze Welt zusammen. Der Nordturm stürzte ein, als würde er geschält. Alles in jenen Minuten war Zufall, der Tod eingeschlossen – der Versicherungsvertreter und der gehbehinderte Mann suchten Deckung in einem Durchgang, der keinen Schutz bot, und entkamen den herabfallenden Trümmern dennoch unverletzt. Drei Meter entfernt prasselten Trümmer auf den Sicherheitsbeamten ein, der auf der Stelle starb. Bradley und der Devisenhändler warfen sich unter einen Feuerlöschzug, der unter Betonteilen begraben wurde.

Gefangen in einem Luftloch, war es der Devisenhändler – zweiunddreißig und Millionär –, den Bradley festhielt und dessen letzte Worte er sich einprägte, um sie seiner Familie auszurichten.

Fünf Stunden später zogen Feuerwehrleute mit einem Spürhund Bradley heraus und sahen die Angaben auf seinem Arm, riefen Marcie an und sagten, sie solle so schnell wie möglich zur Notaufnahme kommen.

Ich blieb lange schweigend stehen. Es war eine der bemerkenswertesten Geschichten über Mut, denen ich je begegnet bin, und ich wusste, dass ich am folgenden Tag Bradley das einzig Wertvolle anbieten würde, das ich geben konnte. Ich würde ihm sagen, dass ich eine letzte Legende erfinden und auf seinem verdammten Seminar sprechen würde.

Ich wandte mich ab und überlegte, was ich vor einer Versammlung der besten Ermittler der Welt sagen würde. Ich würde mich vermutlich als Peter Campbell ausgeben, ehemals Arzt, danach Hedgefonds-Manager. Ich hätte Jude Garrett während meines Medizinerdaseins kennengelernt, als er mich wegen eines Mordfalls, in dem er gerade ermittelte, konsultierte, würde ich sagen. Wir hätten uns angefreundet, und es hätte kaum einen Fall oder eine Ermittlungstechnik gegeben, die er erfunden hatte, die er nicht mit mir besprochen habe. Ich würde enthüllen, dass ich es gewesen war, der das Manuskript des Buchs nach seinem Tod gefunden hatte, und derjenige, der es zur Veröffentlichung aufbereitet hatte. Ich würde sie im Glauben lassen, so wie Bradley vorgeschlagen hatte, dass ich der Dr. Watson dieses Sherlock Holmes sei.

Das war zwar nicht perfekt, aber es würde reichen. Ich war vor allem deshalb zuversichtlich, weil ich Campbells akademische Referenzen kannte und weil zahlreiche weitere Einzelheiten, die ich erfinden müsste, fast jeder Überprüfung standhalten würden. Da konnte ich mich auf Battleboi verlassen.

Sicher, ich hätte Peter Campbells Legitimität etablieren können, aber was sollte ich sagen, wenn ich die Teilnehmer des Forums ansprach? War es denn möglich, solchen Top-Ermittlern einen ungelösten Fall vorzustellen, sie durch die seltsamen Details eines brillanten Verbrechens zu führen – mit anderen Worten: Könnte ich den Mord im *Eastside Inn* zur offenen Diskussion stellen?

Der Mord beinhaltete sicherlich alle richtigen Elemente für eine gute Fallstudie: eine Frau, die jeden Tag ihr Aussehen änderte, ein Hotelzimmer, das mit handelsüblichen Desinfektionsmitteln abgewaschen worden war, eine Leiche, der man die Zähne gezogen hatte, und die Verwendung von Jude Garretts Buch, jenem Buch, das unter den Teilnehmern so große Aufregung verursacht hatte, als eine Art Anleitung.

Aber das wären nur die Tatsachen, und die Zuhörer würden sich damit nicht zufriedengeben. »Geben Sie uns eine Theorie«, würden sie sagen. »Wo ist die Geschichte? Warum der 11. September? Wäre das nicht das Erste, was ein brillanter Kopf wie Jude Garrett fragen würde?«

Und sie hätten natürlich recht – warum, von allen Tagen, gerade dieser? Wäre ich Garrett – der ich zum Glück war –, dann würde ich ihnen antworten …

Ein beunruhigender Gedanke schoss mir durch den Kopf. Befeuert von den Bildern meiner Fantasie kam mir eine Idee, warum die Frau, als alle anderen wegliefen, nach einer Übernachtungsmöglichkeit gesucht hatte.

Angenommen es gab jemanden, den sie ermorden wollte, aber sie hatte nicht gewusst, wie sie das anstellen sollte, ohne ertappt zu werden. Angenommen sie arbeitete in einem der Zwillingstürme und hatte sich an jenem Morgen verspätet. Und angenommen sie saß nicht am Schreibtisch, sondern stand draußen und sah das Gebäude brennen und einstürzen. Wenn alle ihre Arbeitskollegen tot waren, wer würde dann je wissen, dass sie überlebt hatte?

Auf diese Weise hätte sie einfach vom Erdboden verschwinden können. Sie benötigte lediglich eine Unterkunft und musste sicherstellen, dass niemand sie erkannte. Dann konnte sie den Mord begehen, wann immer es ihr passte.

Es gibt kein besseres Alibi, als tot zu sein, oder?

KAPITEL SIEBENUNDZWANZIG

Obwohl ich mich mit Ben und Marcie am folgenden Abend zum Essen traf, sagte ich Ben nichts über meine frischgebackene Theorie – ich wollte sie im Kopf hin und her wenden wie ein komplexes Architekturmodell, um festzustellen, ob alle Teile zusammenpassten.

Als Dank für Marcies hausgemachte Mahlzeiten hatte ich sie ins *Nobu* eingeladen. Irgendwann zwischen den Tempura-Garnelen und der Gelbschwanzmakrele erwähnte ich dann jedoch, dass ich mich anders entschieden habe – und mich freuen würde, an dem Seminar teilzunehmen.

Sie starrten mich an. Marcie war die Erste, die ihre Sprache wiederfand. »Lassen Sie mich raten – Sie haben Jesus getroffen?«

Ich lächelte, aber – Männer sind eben Männer – ich dachte nicht im Traum daran, mich oder Bradley in Verlegenheit zu bringen, indem ich über den Schrein redete, den ich auf Ground Zero gesehen hatte, und die Gefühle, die es in mir ausgelöst hatte, von seiner mutigen Tat zu lesen.

»Vielleicht, weil ich hier in New York wieder zu Hause bin«, sagte ich. »Aber ich finde, es ist an der Zeit, der Gemeinschaft etwas zurückzugeben.«

Bradley hätte sich beinahe an seinem Sake verschluckt. Er und Marcie tauschten einen Blick. »Das ist wundervoll«, sagte Bradley. »Da können Sie doch gleich bei der Nachbarschaftswache mitmachen. Nur aus Neugier – besteht die Möglichkeit, dass Sie uns den wahren Grund mitteilen?«

»Eigentlich nicht«, antwortete ich, lächelte zurück und dachte im Stillen an die siebenundsechzig Stockwerke und daran, dass der Mann im Rollstuhl, nach dem Foto zu urteilen, ziemlich korpulent gewesen war.

Das Schweigen zog sich hin. Schließlich merkte Marcie, dass ich gar nicht vorhatte, noch mehr zu erklären. Sie wechselte das Thema und fragte: »Haben Sie mal daran gedacht, in Ihr Elternhaus zurückzuziehen?«

Jetzt war ich überrascht. Ich sah sie an, als sei sie verrückt. »Nach Greenwich, meinen Sie? Was – soll ich die Gegensprechanlage betätigen und die Heuschrecke fragen, ob ich mich mal umsehen kann?«

»Das könnten Sie durchaus versuchen, aber ich habe ihn kennengelernt und bezweifle, dass das klappen würde. Ich dachte nur, Sie hätten vielleicht den Artikel im *New York Magazine* gelesen.«

Ich stellte mein Mineralwasserglas ab und sah sie fragend an.

»Eine örtliche Gartengesellschaft präsentiert die Gärten, um Geld für einen wohltätigen Zweck zu sammeln«, erklärte sie. »Wenn Sie interessiert sind, würden Ben und ich gern mit Ihnen dort hinfahren.«

In meinem Kopf drehte sich alles – wieder nach Greenwich ziehen? Aber ich sprach weiter. »Danke – aber: nein. Es ist nur ein Haus, Marcie – es bedeutet mir nichts. Das ist alles sehr lange her.«

Natürlich kaufte ich, sobald wir nach dem Essen auseinandergegangen waren, ein Exemplar der Zeitschrift, rief am nächsten Tag die *Connecticut Horticultural Society* an und kaufte eine Eintrittskarte.

Bill hätte es geliebt. »Zweihundert Dollar, um ein paar Bäume zu sehen? Ist der Central Park denn so schlecht?«

Es war ein strahlender Samstagmorgen, die Sonne stieg in den wolkenlosen Himmel, als ich im Taxi auf den gewundenen Alleen von Connecticut dahinglitt. Ich hätte dem Fahrer sagen können, er solle die Zufahrt nehmen und mich direkt vorm Haus absetzen, aber ich wollte zu Fuß gehen – es war wohl am besten, den Erinnerungen Luft zum Atmen zu lassen. Das riesige schmiedeeiserne Tor stand offen. Ich reichte einer älteren Dame mit einer Rosette am Kleid meine Eintrittskarte und betrat meine Vergangenheit.

Es erstaunte mich, wie wenig sich in zwanzig Jahren verändert hatte. Noch immer bildeten die Ahornbäume ein Blätterdach über der kiesbestreuten Auffahrt, die Rotbuchen verliehen den Hügeln nach wie vor eine gewisse Tiefe, die Rhododendren in ihren kühlen Tälern waren so schön wie immer. Auf halbem Weg sah ich eine Lücke im Blattwerk, wie geschaffen, um den Besuchern einen ersten Blick aufs Haus zu gestatten. Wenn der Anblick schockieren sollte, dann tat er es jedes Mal aufs Neue.

Ich blieb stehen und blickte nach langer Zeit wieder auf Avalon. Das Haus stand in der Ferne, die Fassade spiegelte sich im großen, künstlich angelegten See. Bills Großvater war in den 1920ern nach England übergesiedelt und hatte bei den Astors in Cliveden gelebt, ihrem umwerfenden Haus im italienischen Stil an der Themse. Er kehrte mit Dutzenden Fotos zurück, zeigte sie seinem Architekten und forderte ihn auf, »etwas in der Art zu bauen, nur schöner«.

Die Bauarbeiten waren ein halbes Jahr vor dem Börsencrash abgeschlossen. Zusammen mit dem Mar-A-Lago von Marjorie Merriweather Post in Palm Beach gehörte es zu den letzten großen amerikanischen Herrenhäusern des zwanzigsten Jahrhunderts.

Mein Blick schweifte die Mauern aus Indiana-Kalkstein entlang, die im Morgenlicht erstrahlten, und fand die drei hohen Fenster am Nordende. Dahinter lag mein Zimmer, und vielleicht können Sie sich vorstellen, wie sich ein solcher Raum für einen Jungen aus meiner Gegend in Detroit anfühlte. Bei der Erinnerung an diese furchteinflößenden Tage wanderte mein Blick hinunter zum See, an dem ich so oft allein spazieren gegangen war.

Unter einer Reihe von Sumpfeichen sah ich die rasenbewachsene Landzunge, von der aus Bill mir, Jahre später, Segeln beibrachte. Als Kind hatte er die Sommer in Newport verbracht und sich in die 12-Meter-Yachten verliebt, die am America's Cup teilgenommen hatten. Eines Tages kam er mit maßstabsgerechten Modellen von zwei der größten Boote nach Hause, die je vom Stapel gelaufen waren. *Australia II* und *Stars and Stripes* waren mehr als anderthalb Meter lang, ihre Segel und Ruder ferngesteuert, angetrieben nur vom Wind und vom Geschick des Anwenders. Weiß der Kuckuck, wie viel sie gekostet hatten.

Ich sah den Verrückten vor mir, wie er zum See hinunterrannte, die Segel trimmte und versuchte, mir den Wind aus den Segeln zu nehmen und mich an jeder Boje zu überholen. Erst als ich ihn dreimal hintereinander geschlagen hatte, nahm er mich nach Long Island mit und brachte mir auf einem Zwei-Mann-Dingi das richtige Segeln bei.

Ich halte mich nicht für einen Angeber, deshalb glauben Sie mir vielleicht, wenn ich sage, dass Segeln zu den Dingen gehört, für die ich ein natürliches Talent besaß. Abgesehen vom Täuschen natürlich. Und zwar so sehr, dass Bill mir eines Samstags, während er auf dem umgedrehten Rumpf saß, sagte, dass ich durchaus Chancen hätte, an den Olympischen Spielen teilzunehmen.

Weil er wusste, dass ich mich stets von anderen fernhielt, war er so vernünftig, eine der Solo-Klassen vorzuschlagen – einen Laser –, und trainierte jedes Wochenende hart mit mir. Am Ende spielte es keine Rolle – als ich etwa sechzehn war, verloren und zornig über das Leben, und nichts hatte, wogegen ich sonst hätte rebellieren können, gab ich es auf. Ich sagte ihm, dass ich nie wieder segeln würde, und glaubte in meiner Naivität und Grausamkeit, dass sein enttäuschter Gesichtsausdruck eine Art von Sieg bedeutete. Ich muss wohl hundert Mal daran gedacht haben, es zurückzunehmen, aber ich war nicht schlau genug zu verstehen, dass eine Entschuldigung ein Zeichen von Stärke ist, nicht von Schwäche, und die Gelegenheit verstrich mit dem Sommer.

Und während ich nach so vielen Jahren auf der Auffahrt stand und wieder auf den See blickte, ging mir auf, warum ich zurückgekommen war. Er war tot, aber ich wollte mit ihm sprechen.

Ich ging auf das alte Haus zu. Auf den Rasenflächen standen Zelte fürs Lunch-Buffet, die Türen ins Haus waren mit Seilen abgesperrt – nur Komitee-Mitglieder und VIP-Gäste mit Eintrittskarten kamen an den Sicherheitsleuten vorbei. In das Haus hineinzukommen hätte sich selbst für einen äußerst gut ausgebildeten Agenten als Problem erweisen können, aber nicht für jemanden, der seine Kindheit darin verbracht hatte.

Auf der Rückseite der Servicegebäude stellte ich fest, dass die Tür zum Umkleideraum der Gärtner nicht abgeschlossen war, ging schnell hinein und betrat die riesige Garage.

An der gegenüberliegenden Wand griff ich über ein Werkstattregal und drückte einen Knopf, der unter einer Reihe von Steckdosen versteckt war. Ein Teil des Regals öffnete sich knarrend: Ein unterirdischer Gang führte ins Haus. Bills Vater hatte ihn bauen lassen, allem Anschein nach, um bei eisigem Wetter in die Garage zu kommen, doch der wahre Zweck war ein ganz anderer.

Dem alten Hausmeister zufolge startete der Oberst – der mit der 6. US-Armee Europa erobert hatte – nach seiner Heimkehr einen ähnlichen Feldzug mit den Hausmädchen. Sein Hauptquartier schlug er auf dem Tagesbett in seinem Arbeitszimmer auf. Der Raum bot einen weiten Blick auf die Auffahrt, wodurch dem Mädel der Woche viel Zeit blieb, sich anzuziehen und den Gang entlang und in die Garage zu laufen, bevor die Dame des Hauses die Haustür erreichte. Die Haushälterin sagte immer, der Plan sei so gut, dass man ihren Chef zum General hätte ernennen müssen.

Im Durchgang hielt ich inne und lauschte auf Geräusche aus dem Arbeitszimmer. Ich hörte nichts, also drückte ich die Klinke und trat durch die Geheimtür ein, die in der Wandverschalung versteckt war.

Grace hätte der Schlag getroffen. Verschwunden waren ihre unschätzbaren englischen Antiquitäten und der Versailles-Parkettboden, ersetzt durch Sofas mit Schottenstoff und einen Tartan-Teppichboden. Über dem alten, in irgendeinem Chateau erworbenen Kamin, wo einst ihr schönster Canaletto gehangen hatte, hing ein Porträt des Eigentümers und seiner Familie, die auf einen Punkt in der Ferne schauten, als hätten sie soeben die Neue Welt entdeckt. Man hätte es nur auf eine Art verbessern können: wenn man es auf schwarzem Samt ausgelegt hätte.

Ich ignorierte ihren heroischen Blick, durchquerte das Zimmer und öffnete die Tür zur Eingangshalle. Stimmen – all die Guten und Großen versammelten sich gerade im Wohnzimmer. Aber weil die beiden Gorillas an der Vordertür dem Hausinnern den Rücken zugekehrt hatten, sahen sie mich nicht die Treppe hinaufsteigen. Oben angekommen erlebte ich einen dieser Augenblicke.

Im ersten Stock hatte die Heuschrecke keinen Inneneinrichter sich austoben lassen, deshalb kamen die Erinnerungen schnell zurück, und meine Kindheit war überall um mich herum. Ich ging den schönen Flur entlang – ich glaube, ich habe bereits geschrieben, dass es das ruhigste Haus war, das ich je gekannt habe – und öffnete die Tür an seinem nördlichen Ende.

Die Anordnung der Zimmer war unverändert, das Gewicht der Vergangenheit mit Händen zu greifen – ein großes Wohnzimmer, ein Bad, begehbare Kleiderschränke und ein Schlafzimmer mit Blick auf die Wälder. Es gab ein Dutzend ähnlicher Suiten im Haus, und es war offensichtlich, dass die Familie des Finanzinvestors sie nie bewohnte.

Schweigend stand ich einige Minuten da, erinnerte mich nur, bis ich mich schließlich aufs Bett hockte und anschließend auf einen in einem Erkerfenster eingebauten Sitzplatz. Immer wenn Bill kam, um mit mir zu reden, saß er dort, das Gesicht gerahmt von den Rotbuchen im Wald dahinter. Langsam richtete ich den Blick nach innen, und ich schwöre, es war, als sähe ich ihn wieder.

Im Herzen erzählte ich ihm all die Dinge, die ich ihm zu seinen Lebzeiten nie anvertrauen konnte. Ich sagte, er habe sich um mich gekümmert, obwohl er nicht dazu verpflichtet war, weder aus Gründen der Blutsverwandtschaft noch aus Freundschaft, und versicherte ihm, dass für mich, wenn es einen Himmel gäbe, dort immer ein Platz für jemanden sei, der so etwas für ein Kind tut. Ich gestand, dass alles, was gut an mir sei, von ihm stamme, aber die weiten Bereiche der Dunkelheit ganz meine eigenen seien, und versicherte ihm, dass er für immer in meinen Gedanken sei und dass kein Tag vergehe, an dem ich mir nicht wünschte, ich könnte wieder segeln gehen, um ihn stolz zu machen. Schließlich bat ich ihn um Vergebung, weil ich nicht der Sohn gewesen war, den er sich so sehr gewünscht hatte. Danach saß ich still da.

Wäre jemand ins Zimmer gekommen und hätte mich gesehen, wie ich mit gesenktem Kopf dasaß, hätte er geglaubt, ich würde beten, und ich muss wohl schon lange so gesessen haben, als der Klang einer Geige mich aufschreckte. Mit den zweihundert Dollar hatte man nicht nur das Lunch-Buffet, sondern auch die Begleitmusik durch ein Kammerorchester bezahlt. Vermutlich begaben sich jetzt alle Gäste in die Zelte. Ich stand auf, warf einen letzten Blick in meine Vergangenheit und ging zur Tür.

KAPITEL ACHTUNDZWANZIG

Ich kam die Treppe herunter und hatte die Eingangshalle zur Hälfte durchschritten, war noch sechs Meter von der Haustür und der Freiheit entfernt, als ich jemanden rufen hörte: »Scott …? Scott Murdoch? Bist du das?«

Die Stimme klang vertraut, aber mir fiel kein Gesicht dazu ein. Ich ging weiter – noch ein paar Schritte, und ich wäre in Sicherheit, untergetaucht zwischen den Gästen, die dem Ausgang zustrebten. Jetzt noch vier Schritte. Drei …

Ihre Hand fasste mich am Ellenbogen, ich blieb stehen. »Scott – hast du mich denn nicht gehört?«

Ich drehte mich um – und erkannte sie. Sie trug die violette Rosette der Komitee-Mitglieder, und da wurde mir klar, dass ich hätte wissen müssen, dass sie hier sein würde – sie hatte Gärten immer geliebt. Es war das Einzige, was Grace und sie gemeinsam hatten, und der Hauptgrund ihrer Freundschaft.

»Ach, hallo, Mrs Corcoran«, sagte ich und lächelte, so gut ich konnte. Sie war die Mutter von Dexter, dem Vollidioten, der auf der Caulfield mit mir zusammen im Squashteam gespielt hatte. Ich hatte zahllose Einladungen bei ihr zu Hause über mich ergehen lassen, die den Mannschaftsgeist fördern sollten.

»Ich glaube es nicht! Was machst du denn hier?«

»Wissen Sie – ich sehe mich nur um ... um der alten Zeiten willen.« Ihr Blick huschte über mein Jackett, aber da war kein Namensschild, das mir den Zutritt gestattet hätte. Ich spürte, dass sie mich unbedingt fragen wollte, wie zum Teufel ich an den Sicherheitsleuten vorbeigekommen war, aber sie beschloss, auf die Nachfrage zu verzichten.

»Begleite mich doch zum Essen«, sagte sie und hakte sich bei mir unter. »Wir bringen uns auf den neuesten Stand, und dann stelle ich dich dem Besitzer vor. Ein reizender Mann.« Im Flüsterton sagte sie: »Es gibt nichts, was er nicht über die Märkte weiß.«

Aber ich rührte mich nicht und antwortete mit einer gewissen Schärfe in der Stimme: »Nein, ich wollte gerade gehen, Mrs Corcoran – ich habe alles gesehen, was ich sehen wollte.«

Sie blickte mich an, und ich glaube, in diesem Augenblick wurde ihr klar, dass der Besuch mir viel bedeutet hatte.

Sie lächelte. »Du hast recht. Wie dumm von mir. Vergessen wir den Besitzer. Er ist ein schrecklicher Mann, um ehrlich zu sein. Die Frau ist noch schlimmer – hält sich für eine Innenarchitektin.« Ihr Lachen war schon immer ein wenig brüchig gewesen, wie Glas, das bricht, und es hatte sich nicht verändert.

Sie trat einen Schritt zurück und musterte mich. »Du siehst gut aus, Scott – du hast dich gut gehalten.«

»Sie auch«, sagte ich und schüttelte den Kopf in gekünsteltem Erstaunen. »Sie haben sich kaum verändert.« Unfassbar, was ich da sagte, aber sie nickte glücklich – Schmeichelei und Täuschung waren Teil der Luft, die sie atmete.

Wir sahen einander einen etwas peinlichen Augenblick lang weiter an, beide um die nächste Frage verlegen. »Wie geht's denn Dexter?«, fragte ich, nur um die Hürde zu nehmen.

Ein Schatten der Verwirrung zog über ihre straffgezogene Gesichtshaut. »Das ist merkwürdig. Grace sagte, sie hätte dir geschrieben.«

Ich hatte keine Ahnung, wovon sie sprach. »Ich hatte jahrelang keinen Kontakt mehr mit Grace. Sie hat mir wegen was geschrieben?«

»Typisch Grace«, sagte sie und rang sich ein Lächeln ab. »Nichts interessierte sie – es sei denn, es ging um sie. Dexter ist tot, Scott.«

Einen Moment lang war ich völlig verdattert: Dexter war ein kräftiger Kerl – er machte sich ständig über andere lustig –, aber tot? Das war ein bisschen extrem. Weil ich ein Außenseiter war, der nie mit jemandem redete, und er verhasst war, hatten die anderen Mitglieder des Squashteams immer dafür gesorgt, dass wir Doppel spielten. Deswegen hatte ich, mehr als die anderen, seine Schlägerwerferei und seine höhnischen Bemerkungen zu erdulden.

Seine Mutter betrachtete mein Gesicht, und ich war dankbar, dass ich nichts vortäuschen musste – ich war aufrichtig schockiert. Sie selbst bemühte sich, die Tränen wegzublinzeln – was gar nicht so leicht war, wenn man bedachte, wie viel Haut ihr die Schönheitschirurgen im Laufe der Jahre weggeschnitten hatten.

»Ich habe Grace gebeten, dir zu schreiben, weil ich wusste, wie nahe ihr euch wart«, sagte sie. »Er hat immer gesagt, wie oft du ihn um Rat gebeten hast, und zwar nicht nur auf dem Platz.«

Das hatte Dexter gesagt? Ich hätte eher Bart Simpson um Rat gefragt. Du lieber Gott!

»Jetzt können wir ehrlich miteinander reden, Scott – du hast nicht dazugehört, nicht wahr? Dexter hat gesagt, dass er sich deswegen gemeldet hat, um mir dir zusammen zu spielen – er wollte nicht, dass du dich ausgeschlossen fühlst. Er war immer so aufmerksam.«

Ich nickte bedächtig. »Das war ein Teil von Dexter, den viele Leute nicht gesehen haben.« Ich meine, was hätte ich sonst sagen sollen – er war ihr einziges Kind, um Gottes willen. »Wie ist es denn passiert?«

»Er ist ertrunken – er war allein im Strandhaus und ist eines Nachts schwimmen gegangen.«

Ich kannte den Strandabschnitt – er war sogar im Hellen gefährlich. Niemand, der noch ganz bei Trost war, würde dort im Dunkeln schwimmen gehen. Bruchstücke von Dingen, die ich gehört hatte, fielen mir ein – er hatte das Jurastudium geschmissen, es gab hässliche Geschichten über Alkoholexzesse, angeblich hatte er einige Zeit in einer Reha-Klinik in Utah verbracht.

»Natürlich gab es gehässige Gerüchte«, sagte seine Mutter. »Du weißt ja, wie die Leute sind – aber der Coroner und die Polizei waren sich einig, dass es ein Unfall war.«

Ich erinnerte mich, dass sein Großvater ein angesehener Richter am Obersten Gerichtshof gewesen war, und ich nahm an, jemand hatte die Sache geregelt. Wenn es einen Abschiedsbrief im Haus gegeben hatte, war er vermutlich seinen Eltern zugesteckt worden, die ihn dann vernichteten.

Für jemanden in meinem Alter hatte ich zu viele Erfahrungen mit dem Tod, aber selbst das konnte mich nicht schützen. Ich hatte immer geglaubt, dass ich es sein würde, aber Corcoran – der blöde Hund – war der Erste aus meiner Klasse, der diese Welt verließ, und deshalb muss ich wohl bleich geworden sein.

»Du bist ja ganz blass«, sagte Mrs Corcoran und fasste mich am Arm, um mich zu trösten. »Ich hätte es nicht so rundheraus sagen sollen, aber, Scott, ich kenne keine richtige …«

Sie schluckte hart, und ich glaubte schon, sie würde gleich weinen, was sie zum Glück aber nicht tat. Stattdessen setzte sie eine verkrampft-heitere Miene auf. »Und wie geht's dir – immer noch im Kunsthandel tätig?«

Der Kummer hatte sie nicht aus der Bahn geworfen. Kunsthandel: Das war die Legende, die ich für ihre Freunde und Angehörigen geschaffen hatte, als ich zum ersten Mal für die *Division* operativ im Ausland tätig gewesen war. Von Rechts wegen durfte niemand von der Existenz dieses Geheimdienstes wissen, deshalb hatte ich Monate damit zugebracht, meine Tarnung zu entwerfen, bis der Leiter sie schließlich absegnete.

Bei einem unangemeldeten sonntäglichen Besuch in Avalon hatte ich Bill und Grace beim Mittagessen gesagt, dass ich die RAND Corporation satthabe, die Forschung, die Psychologie selbst. Das Größte, was sie beide mir vermittelt hätten, sei das Interesse an der Kunst, und darum hätte ich bei RAND gekündigt, um eine Firma zu gründen, die mit Gemälden des frühen 20. Jahrhunderts handle. Hauptsitz der Firma sei Berlin.

Die Legende war, wenn ich so sagen darf, gar nicht schlecht: Sie erlaubte mir, für meine wahre Tätigkeit in ganz Europa umherzureisen, und lieferte zugleich einen Grund, weshalb ich den Kontakt zu meinen früheren Bekannten verloren hatte, bis ich so gut wie vergessen war. Offensichtlich war die Legende glaubhaft gewesen – denn hier stand ich, so viele Jahre danach, und hörte einer Frau zu, die mit Bill und Grace befreundet gewesen war und mich nach meinem Kunsthandel fragte.

Ich lächelte. »Ja, ich bin immer noch im Kunsthandel. Und kann damit gerade so überleben.«

Sie blickte von meinem Cashmerepullover hinab auf meine teuren Schuhe. Da merkte ich, dass ich einen Fehler gemacht hatte – aus Achtung vor Bill und in seinem Gedenken hatte ich mich für den Anlass feingemacht.

Ihre Augen verengten sich. »Wohl mehr als überleben.«

Ich wollte nicht, dass sie glaubte, meine fiktive Firma sei erfolgreich, oder dass die Leute Fragen stellten, warum sie noch nie etwas davon gehört hatten. Deshalb tat ich den geradezu revolutionären Schritt, die Wahrheit zu sagen. »Ich hatte Glück. Vielleicht wissen Sie es ja schon – aber Grace hat mir etwas Geld hinterlassen.«

Sie stutzte. »Ich hätte alles, was ich besitze, dagegen gewettet.«

»Ja, sie konnte ziemlich distanziert sein«, erwiderte ich, »aber darunter muss sie wohl Gefühle gehabt haben.«

»Pflichtgefühle, wenn du mich fragst«, entgegnete sie schnippisch. »Aber die beiden sind inzwischen tot, deshalb spielt es wohl keine Rolle mehr – Grace hat dich nie gewollt, Scott, von Anfang an nicht.«

Welche Schwierigkeiten auch immer ich mit meiner Stiefmutter gehabt hatte – ich hatte nie damit gerechnet, dass jemand das so unverblümt ausdrücken würde. Ob Mrs Corcoran da vielleicht übertrieb? Ein Ausdruck des Zweifels muss über mein Gesicht gehuscht sein.

»Sieh mich nicht so an. Ich habe selbst gehört, wie sie es gesagt hat – ungefähr eine Woche nach deiner Ankunft aus Detroit. Wir haben dahinten Kaffee getrunken.« Sie deutete über den Rasen auf die Stelle, wo man über den See blickte.

»Bill, Grace und ich haben dich beobachtet – das Kindermädchen war mit dir zum Ufer gegangen, um sich mit dir die Schwäne anzusehen, glaube ich.«

So jung ich war, ich erinnerte mich daran – ich hatte noch nie Schwäne gesehen und hielt sie für das Schönste auf der Welt.

»Bill konnte einfach nicht den Blick von dir lassen«, fuhr Mrs Corcoran fort. »Ehrlich gesagt habe ich nie einen Mann gesehen, der von einem Kind so bezaubert war. Auch Grace ist das aufgefallen. Sie hat ihn ständig angesehen, und dann hat sie, ganz ruhig, gesagt: ›Ich hab's mir anders überlegt, Bill – ein Kind passt nicht zu uns.‹ Er drehte sich zu ihr um. ›Du irrst dich‹, sagte er. ›Genau das brauchen wir. Sogar mehr Kinder – damit etwas Leben in die Bude kommt.‹ Das hatte etwas Endgültiges, aber Grace ließ nicht locker, sie war entschlossen, ihren Willen zu bekommen – anscheinend hatten sie nur ein paar Tage Zeit, um der Agentur mitzuteilen, ob sie dich behalten wollten.«

Mrs Corcoran machte eine Pause, um zu sehen, wie ich reagierte. Was erwartete sie denn – will denn nicht jeder Mensch glauben, dass seine Eltern ihn lieben?

»Ja, Grace hatte viel Erfahrung im Einkaufen«, sagte ich. »Sie hat alles nur mit Rückgaberecht gekauft.«

Die alte Frau lachte. »Deshalb hast du mir immer gefallen, Scott – du lässt nicht zu, dass dich irgendwas kränkt.«

Ich nickte bloß.

»Wie auch immer: Der Streit zwischen den beiden wurde immer heftiger, bis Grace die Beherrschung verlor. ›Du weißt schon, was du für ein Problem hast, Bill?‹, sagte sie. ›Du bist ein Gepäckträger. Kaum siehst du jemanden mit einer Last, willst du sofort helfen.‹ Und dann erklärte sie ihm, dass du am nächsten Morgen zurückfahren würdest, ist zurück zum Haus gegangen und hat behauptet, sie wolle nach dem Mittagessen schauen. Niemand hat sie den restlichen Tag mehr gesehen. Bill saß lange schweigend da, den Blick auf dich gerichtet. Dann hat er gesagt: ›Scott wird in Avalon bleiben, bis er aufs College geht. Länger, wenn er's möchte. Er bleibt, weil ich es sage – Grace wird sich damit abfinden müssen.‹ Was sollte ich sagen? Ich hatte nie die stählerne Seite an ihm erlebt – vielleicht hat das niemand. Dann hat er sich zu mir umgewandt und etwas ganz Seltsames gesagt. Du weißt vermutlich, dass Bill kein gläubiger Mensch war – ich habe ihn kein einziges Mal über Gott reden hören –, aber er hat mir erzählt, dass er jede Nacht, während du schliefst, an deinem Bett gesessen hat. ›Ich glaube, Scott wurde uns gesandt‹, sagte er. ›Ich habe das Gefühl, dazu auserwählt zu sein, mich um ihn zu kümmern. Ich weiß nicht, warum ich das denke, aber eines Tages, glaube ich, wird er etwas sehr Wichtiges tun.‹«

Mrs Corcoran stand in dem alten Haus, jetzt, nach so vielen Jahren, und lächelte mich an. »Hast du, Scott? Hatte Bill recht? Hast du etwas sehr Wichtiges getan?«

Ich erwiderte das Lächeln und schüttelte den Kopf. »Nur wenn man glaubt, dass das Auffinden von ein paar Bildern wichtig ist. Aber Bill war ein guter Kerl, und es war gut, dass er so was geglaubt hat.«

Vom Rasen her rief jemand Mrs Corcorans Namen – vermutlich musste sie eine Rede halten. Sie tätschelte meinen Arm und wandte sich zum Gehen.

»Na, wer weiß? Du bist jung, du hast ja noch Zeit. Goodbye, Scott.«

Aber ich hatte sie nicht – Zeit, meine ich. Ich war noch in den Dreißigern, aber mein Rennen war gelaufen. Nur ein Narr hätte geglaubt, es könnte anders sein. Also – sag dem Narren Guten Tag, sage ich zu mir selbst, wenn ich an jene Zeit zurückdenke.

KAPITEL NEUNUNDZWANZIG

Der Sarazene war kurz zuvor in Afghanistan eingetroffen und legte nun ein schnelles Reisetempo vor. Dabei hielt er sich möglichst lange in den spärlich bevölkerten Tälern auf und ritt immer in Richtung Osten. Es war fast fünfzehn Jahre her, dass er als jugendlicher *muji* in dem Land gewesen war, aber jeden Tag traf er immer noch auf Spuren des damaligen afghanisch-sowjetischen Krieges: verlassene Geschützstellungen, ein rostiges Teil Artillerie, die Hütte eines Ziegenhirten, die eine Bombe in Schutt und Asche gelegt hatte.

Bäche und Flüsse durchzogen die Talsohlen, die Schutz boten. An den fruchtbaren Streifen beidseits der Wasserläufe wurde nur eine Pflanze angebaut: Hanf. Die hohen, von Feuchtigkeit schweren Pflanzen lieferten eine gute Deckung vor den Wärmebildkameras der US-Aufklärungsflüge.

Schließlich musste er jedoch die Täler verlassen und in den unwirtlichen Hindukusch hinaufsteigen. In den steilen Wäldern folgte er den Pfaden, die Holzfäller angelegt hatten, und hoffte, die Überwachungsdrohnen würden seine Packpferde sehen und ihn als belanglosen illegalen Holzfäller abtun. Doch oberhalb der Baumgrenze fiel ihm jeder Atemzug schwer, es gab keine Deckung, und deswegen musste er sein Tempo noch mehr beschleunigen.

Eines späten Nachmittags glaubte er in der Ferne den Schuttkegel zu erkennen, von dem aus er seinen ersten Hind-Kampfhubschrauber abgeschossen hatte, aber das war lange her, und er war sich nicht sicher. Er stieg höher, überquerte eine schmale Brücke und kam an Patronenhülsen und Raketenbehältern sehr viel jüngerer Jahrgänge vorbei.

In den Jahren, die seitdem vergangen waren, hatte er das Land zuletzt als *muji* gesehen, und die Afghanen hatten kaum etwas anderes als Krieg gekannt: An die Stelle der Russen waren die Warlords getreten, Mullah Omars Taliban hatten die Warlords besiegt, Amerika, das Osama bin Laden gejagt hatte, hatte die Taliban vernichtet, die Warlords waren zurückgekehrt, und jetzt bemühten sich die USA und eine Koalition von Alliierten mit aller Kraft darum, das Wiedererstarken der Taliban zu verhindern.

Die verbrauchte Munition verriet ihm, dass er sich in der Nähe der Provinz Kunar befand – die die Amerikaner als »Feindeszentrale« bezeichneten. Und tatsächlich hörte er in jener Nacht in einem tiefer gelegenen Tal amerikanische Apache-Helikopter fliegen, gefolgt von einem AC-130-Flugzeug, von dem die Leute behaupteten, es feuere colaflaschengroße Kugeln ab.

In den folgenden Tagen wurde er mehrmals angehalten – hauptsächlich von US- oder NATO-Patrouillen, doch zweimal von wilden Männern, die sich als Angehörige der Antikoalitions-Miliz ausgaben, bei denen es sich aber garantiert um Taliban unter falscher Flagge handelte. Er antwortete allen das Gleiche: Er sei strenggläubiger libanesischer Arzt, der für eine medizinische humanitäre Mission von Moscheen und Einzelpersonen in seinem Heimatland Geld gesammelt habe. Sein Ziel sei es, den Muslimen in entlegenen Gebieten Hilfe zu bringen, in denen es, weil die fortdauernden Kriege die Infrastruktur zerstört hätten, keine Kliniken mehr gebe und die Ärzte geflohen seien.

Er habe seine Vorräte per Schiff von Beirut nach Karatschi geschickt, sei nachgeflogen, habe einen Lkw gekauft, sei durch Pakistan nach Afghanistan gefahren und habe auf dem Shaddle-Basar – dem größten Opiummarkt der Welt – den Lkw gegen die

Lastpferde eingetauscht. Das alles stimmte, und er hatte sogar eine billige Digitalkamera dabei, auf der er Fotos von sich zeigen konnte, wie er in einem Dutzend zerstörter Dörfer Kranke pflegte und Kinder impfte.

Das – in Verbindung mit der Tatsache, dass man jedes Mal, wenn seine Packpferde durchsucht wurden, eine große Vielzahl medizinischer Versorgungsgüter fand – milderte die Besorgnis beider Seiten. Die einzigen mitgeführten Gegenstände, die zu Fragen Anlass gaben, waren eine dicke, verstärkte Glasscheibe und mehrere Säcke mit Ätzkalk. Wer danach fragte, dem erzählte er, dass die Glasscheibe als leicht zu sterilisierende Arbeitsplatte dem Mischen von Medikamenten diente. Und der Ätzkalk? Wie sonst sollte er die Tupfer und Verbände vernichten, mit denen er praktisch alles behandelte – von Wundbrand bis Masern?

Niemand hatte Lust, tief in die kleine Satteltasche mit seiner Kleidung und einem Paar zweiter Sandalen zu greifen. Ganz unten darin befanden sich ein faltbarer »Schutzhelm« mit einem klappbaren Schutzschirm, eine Schachtel mit R-700D-Einweg-Gesichtsmasken, ein schwarzer ABC-Schutzanzug, Gummistiefel, Kevlarhandschuhe und Rollen eines Spezialklebebands, mit dem sich vom Helm bis zu den Stiefeln jeder Spalt versiegeln ließ. Wäre die Ausrüstung gefunden worden, hätte er gesagt, dass Milzbrand bei Huftieren – einschließlich Ziegen und Kamelen – natürlicherweise vorkomme und dass er nicht die Absicht habe, für seine Arbeit zu sterben. Als weiteren Beweis hätte er ihnen die Fläschchen mit einem Antibiotikum gezeigt, gestohlen aus dem Krankenhaus, in dem er im Libanon gearbeitet hatte, das Standardmedikament zur Behandlung der Krankheit. Aber die Männer, denen er begegnete, waren Soldaten – Guerillas oder andere –, die nach Waffen und Sprengstoffen suchten, und niemand fragte nach.

Nur einmal log er. Als man ihn fragte, was sein nächstes Ziel sei. Er zuckte mit den Schultern, zeigte auf seine Habseligkeiten und antwortete, er besitze nicht einmal eine Landkarte.

»Ich gehe hin, wo immer Gott mich hinführt.« Aber er besaß

doch eine Karte – sie befand sich in seinem Kopf, und er kannte sein Ziel ganz genau.

Bei drei Gelegenheiten halfen ihm NATO-Soldaten, nachdem sie ihn durchsucht hatten, seine Versorgungsgüter wieder auf die Packpferde zu laden. Der schwierigste Teil war das Anheben und Festzurren der beiden schweren Lkw-Batterien auf den vier Pferden in der Nachhut. Die Batterien dienten dazu, die kleinen Kühlboxen mit Strom zu versorgen, und die Soldaten lächelten über den Einfallsreichtum des Arztes. In den Boxen befanden sich Regale mit winzigen Glasfläschchen, die zahllosen Kindern helfen würden: Impfstoffe gegen Polio, Diphtherie und Keuchhusten. Darunter versteckt waren, unterscheidbar nur durch eine zusätzliche Null, die er zur Chargennummer hinzugefügt hatte, zwei Ampullen, die etwas ganz anderes enthielten.

Zu jener Zeit existierten angeblich nur zwei Proben des Pockenvirus auf der Erde. Aufbewahrt zu Forschungszwecken, befand sich die eine in einem praktisch bombensicheren Tiefkühlschrank in den *Centers for Disease Control* in Atlanta, die andere in einer russischen Hochsicherheitsanlage namens Vector in Sibirien. Es gab jedoch eine dritte Probe. Niemand auf der Welt wusste davon, außer dem Sarazenen. Sie befand sich in den beiden Fläschchen auf dem Rücken seines drahtigen Packpferdes tief im Hindukusch.

Diese Probe hatte er nicht gestohlen. Er hatte sie auch nicht irgendeinem abtrünnigen russischen Wissenschaftler abgekauft, und sie war ihm nicht von einem gescheiterten Staat wie beispielsweise Nordkorea zugespielt worden, der seine eigenen illegalen Forschungen durchgeführt hatte. Nein, das Erstaunliche war, dass der Sarazene sie selbst künstlich hergestellt hatte.

In seiner Garage.

Ohne das Internet wäre es ihm nie gelungen. Während die Suche nach ihm zunehmend verzweifelter wurde, kam ich schließlich dahinter, dass der Sarazene mehrere Jahre nach Abschluss seines Medizinstudiums in El Mina, einer alten Stadt im Norden des Libanon, eine Stelle angenommen hatte.

Er arbeitete in der Nachtschicht in der Notaufnahme der örtlichen Klinik – eine harte, erschöpfende Tätigkeit in einem Krankenhaus, das unterversorgt war und zu wenig Personal hatte. Trotz der ständigen Müdigkeit nutzte er jede freie Minute, um im Verborgenen das weiterzuverfolgen, was er als sein Lebenswerk ansah: den Dschihad gegen den fernen Feind.

Während andere Soldaten Allahs ihre Zeit in verborgenen Ausbildungslagern in Pakistan verschwendeten oder davon fantasierten, ein US-Visum zu erhalten, las er alles, was er über Massenvernichtungswaffen finden konnte. Einzig und allein das Internet hatte einem Arzt in einem alten Krankenhaus in einer Stadt, die niemand kannte, umfassenden Zugang zu den neuesten Forschungen zu jeder bedeutenden Biowaffe in der Welt gewährt.

Dabei handelte es sich um eine dieser unvorhergesehenen, aber tödlichen Folgen – die CIA würde so etwas Bumerang nennen –, nachdem das World Wide Web eine Pandorabüchse voll furchterregender Möglichkeiten geöffnet hatte.

Der Sarazene war nicht wie Kinder in der westlichen Welt aufgewachsen, deshalb kannte er sich nicht gut aus mit Computern, aber er wusste genug: Indem er eine gute Proxy-Verbindung nutzte, konnte er seine unablässige Suche in völliger Anonymität durchführen.

Mithilfe seiner medizinischen und biologischen Kenntnisse konzentrierte er sich monatelang auf das, was er für die am leichtesten erhältlichen Stoffe zur biologischen Kriegsführung hielt – Rizin, Milzbrand-Erreger, Tuberkulosebazillen, Sarin, Tabun und Soman – und von denen alle imstande waren, auf breiter Front Tod und noch größere Panik zu verursachen. Doch alle gingen mit enormen Nachteilen einher: Die meisten waren entweder nicht ansteckend oder wirkten am besten, wenn sie im Rahmen von Luftbombardements eingesetzt wurden.

Frustriert wegen der ausbleibenden Fortschritte, gegen Wellen der Verzweiflung ankämpfend, steckte er mitten in seinen Nachforschungen über Milzbrand – von dem zumindest die Bakterien erhältlich waren. Die Krankheit war im Nahen Osten, darunter dem Libanon, weit verbreitet, aber der Erreger musste erst »waffentauglich« gemacht werden. Und dann las er etwas, was die Welt, in der wir leben, grundlegend veränderte.

Niemand nahm groß Notiz davon.

Auf den Online-Seiten von *The Annals of Virology* – einer Monatszeitschrift, die nicht gerade reißenden Absatz fand – stieß er auf ein Experiment, das ein Labor im Staat New York durchgeführt hatte. Zum ersten Mal in der Geschichte war eine Lebensform vollständig mittels handelsüblicher chemischer Stoffe erzeugt worden – alle erworben für ein paar Hundert Dollar. Es war an einem Spätnachmittag, und ausnahmsweise vergaß der Sarazene, sich zum *maghrib*, dem Sonnenuntergangsgebet, niederzuknien. Mit wachsendem Staunen las er, dass die Wissenschaftler das Poliovirus gänzlich neu erschaffen hatten.

Laut dem Artikel zielten die Forscher darauf ab, die US-Regierung davor zu warnen, dass terroristische Gruppen biologische Waffen herstellen könnten, ohne das natürliche Virus je erhalten zu haben. Gute Idee. Es gab mindestens einen Terroristen, den sie erst darauf gebracht hatten, als er von ihren Forschungsergebnissen las. Noch alarmierender war – oder vielleicht auch nicht, das hängt vom Grad Ihres Zynismus ab – der Name der Organisation, die das Forschungsvorhaben mit dreihunderttausend Dollar finanziert hatte: das Pentagon.

Der Sarazene war jedoch überzeugt, dass die verblüffende Entdeckung nichts mit dem Verteidigungsministerium oder Wissenschaftlern in New York zu tun hatte – diese waren lediglich

Instrumente. Vielmehr handelte es sich um das Werk Allahs: Jemand hatte ein Virus künstlich hergestellt und ihm die Tür geöffnet. Und dahinter lag der Heilige Gral aller Bioterror-Waffen, ein enorm ansteckender Wirkstoff, der durch Tröpfcheninfektion verbreitet wurde, der stärkste Killer in der Geschichte des Planeten: das Pockenvirus.

In den darauffolgenden Wochen erfuhr der Sarazene, dass die Forscher, die das öffentlich zugängliche Genom – also seine genetische Karte – verwendet hatten, die Bausteine dafür, die sogenannten Nukleinsäure-Basenpaare, von einem der unzähligen Unternehmen erworben hatten, die Material an die biotechnische Industrie verkaufen. Diese Basenpaare haben den fürstlichen Preis von zehn Cent pro Stück, und laut einem Bericht in einem Internetdiskussionsforum für Biologiefreaks wurden sie per E-Mail bestellt. Weil das Online-Bestellsystem des Unternehmens voll automatisiert war, so der Bericht im Forum, gab es keine Namensverifizierung, und es fragte auch niemand danach, warum man das Material erwerben wollte.

Sobald das New Yorker Labor die mikroskopischen Bausteine erworben hatte, brachten die Wissenschaftler ein Jahr damit zu, sie in die richtige Ordnung zu bringen und dann – in einem komplexen, aber öffentlich bekannten Verfahren – zusammenzufügen. Der Sarazene, der Arzt war und dem Dutzende Handbücher über Molekularbiologie zur Verfügung standen, verstand schon bald genug von dem Vorgang, um zu vermuten, dass er das, was in einem Labor im Staat New York möglich war, in einer Garage in El Mina nachahmen konnte – sofern er eine Sache ausfindig machen konnte.

Er hatte irgendwo etwas darüber gelesen, und er fing an zu recherchieren. Nachdem er zwei Stunden online gewesen war, hatte er es gefunden: das Pocken-Genom. Einst das am besten gehütete Geheimnis der Welt, war die komplette chemische und genetische Landkarte des Virus dem explosionsartig gewachsenen biologischen Wissen und der weltweiten Verbreitung komplexer wissenschaftlicher Artikel übers Internet zum Opfer gefallen. Es gab keine »Torwächter« mehr, sodass ständig potenziell tödliche Informationen durchsickerten. Zwar hatte der Sarazene zwei Stunden benötigt, um das Genom ausfindig zu machen, aber wäre er erfahrener in der Internetrecherche gewesen, hätte er es in weniger als der Hälfte der Zeit auf einem Dutzend Biologie- oder Forschungs-Sites gefunden. Das weiß ich, weil ich es getan habe.

Dem Artikel in *The Annals of Virology* entnahm der Sarazene, dass das Poliovirus 7741 Basenpaare – sozusagen »Buchstaben« – in seinem Genom aufweist. Jetzt erkannte er, dass das Pockenvirus 185 578 Basenpaare hatte, was die Schwierigkeit der Neuerschaffung immens vergrößerte. Aber er ritt auf einer Welle des Wissens und der Zuversicht und dachte nicht daran, sich von der Kleinigkeit von zusätzlichen 178 000 Basenpaaren abschrecken zu lassen.

Rasch entschied er, dass das wichtigste Ziel darin bestand, sich zu schützen: Das Pockenvirus ist ein hochgefährlicher Krankheitserreger, und es war fast sicher, dass ihm in dem komplizierten und instabilen Verfahren der Synthetisierung ein Fehler unterlaufen würde. Dass er sich angesteckt hatte, würde er erst dann erfahren, wenn er Fieber und kurz darauf einen Ausschlag mit flüssigkeitsgefüllten Blasen bekam. Dann aber wäre es auch schon zu spät: Bislang ist noch kein Gegenmittel gegen Pocken gefunden worden.

Er musste einen Impfstoff finden. Und um dieses Ziel zu erreichen, nahm er einen sechswöchigen Urlaub. Statt nach Beirut zu fahren und nach Kairo zu fliegen, um Freunde zu besuchen, wie er dem Ärztlichen Direktor des Krankenhauses gesagt hatte, war er am frühen Morgen mit dem Bus nach Damaskus gefahren. Dort tötete er Tlass, stahl den Impfstoff, wendete die zweizinkige Impfnadel bei sich an und überquerte wieder die Grenze zurück in den Libanon.

Fünf Tage lag er hinter verschlossener Tür in einem Hotelzimmer und kämpfte gegen sein schreckliches Fieber – die Nebenwirkung des hochdosierten Impfstoffs, den er genommen hatte.

Sobald das Fieber heruntergegangen war und sich die verräterische Narbe auf seinem Arm gebildet hatte, kehrte er nach El Mina zurück. Zwar hatte sich nach außen hin nichts verändert, doch sein Leben war in eine völlig neue Phase eingetreten: Er war bereit, sich auf seine epochale Reise zu begeben.

KAPITEL EINUNDDREISSIG

Als Erstes machte er sich daran, die Garage unter seiner kleinen Wohnung abzudichten und in ein provisorisches Hochsicherheitslabor umzuwandeln.

Einen Vorteil hatte er bei der Ausführung dieser Arbeit: Es gab ganz in der Nähe ein gutes Vorbild. Obwohl alles andere im Krankenhaus in El Mina kaputtging, verfügte es über eine Isolierstation mit zwei Betten und einem angeschlossenen Labor. Da in der Region Milzbrand grassierte, hatte das Krankenhaus das Programm der Weltgesundheitsorganisation nutzen können, das Entwicklungsländern bei der Bekämpfung der Krankheit helfen sollte. Nicht dass das Krankenhaus über die rudimentärsten Geräte zum Retten von Menschenleben verfügte. Dafür aber hatte die Genfer Organisation ein kleines Vermögen bereitgestellt, damit eine erstklassige Isolierstation gebaut werden konnte.

Soweit der Sarazene wusste, war diese in zehn Jahren nur einmal genutzt worden und mittlerweile nur noch eine Art Zwischenlager. Trotzdem stellte sie eine ausgezeichnete Blaupause für das eigene Labor dar und lieferte schließlich die Hälfte der Ausrüstungsgegenstände, die er benötigte – Inkubatoren, ein Mikroskop, Petrischalen, Pipetten, Sterilisationsschränke sowie zahlreiche weitere Gegenstände. Sie wurden nie als fehlend gemeldet.

Im Laufe der folgenden Woche stellte er mithilfe eines Computers und einer Internetverbindung, die er im Labor installiert hatte, eine Liste mit mehr als sechzig Biotechnologie-Unternehmen weltweit zusammen, die DNS-Material von weniger als siebzig Basenpaaren lieferten, ohne dafür eine Namensverifikation oder irgendwelche anderen Informationen zu verlangen.

Sehr viel später, als ich erstmals davon erfuhr, glaubte ich es nicht. Vor Verzweiflung ging ich online und tat es selbst.

Doch bevor der Sarazene DNS bestellen konnte, musste er zwei entscheidende Ausrüstungsgegenstände ausfindig machen: Gen-Synthesizer – von der Größe eines anständigen Computerdruckers. Dafür benötigte er eine Stunde. Der schwindelerregende Fortschritt in der Biotech-Industrie hatte dazu geführt, dass es Geräte, die nicht mehr die schnellsten oder besten waren, zu enorm herabgesetzten Preisen auf dem Markt gab.

Er fand zwei Synthesizer in ausgezeichnetem Zustand, einen bei eBay, den anderen bei *usedlabequipment.com.* Zusammen kosteten sie unter fünftausend Dollar, deshalb war der Sarazene dankbar, dass er als Arzt gut verdient und immer bescheiden gelebt hatte. Denn so konnte er die Geräte mühelos von seinen Ersparnissen kaufen. Und was ihm noch wichtiger war: Die Verkäufer hatten zudem kein Interesse daran zu erfahren, wer der Käufer war. Sie wollten nur eine gültige Kreditkartennummer haben. Eine anonyme Western-Union-Geldüberweisung reichte auch.

Am Tag, als der zweite Apparat eintraf, machte er sich an die Arbeit. Am Abend surfte er dann im Internet, um seine jetzt schon riesige Bibliothek über Virologie zu vergrößern, als er die neueste Online-Ausgabe der angesehenen Fachzeitschrift *Science* durchsah. In einem der Hauptartikel ging es um einen Forscher, der kurz zuvor einen Organismus mit 300 000 Basenpaaren synthetisiert hatte. In dem kurzen Zeitraum, in dem er sich bezüglich seiner Vorgehensweise entschieden hatte, waren 185 000 Basenpaare bereits Schnee von gestern. Das war das Tempo, mit dem das Gen-Engineering voranschritt.

Nachdem er den Artikel zu Ende gelesen hatte, wusste er, dass die Herstellung eines Pockenvirus im Rahmen seiner Möglichkeiten lag und sein Stelldichein mit dem Schicksal gesichert war. Er betete bis spät in die Nacht. Es war eine riesengroße Verantwortung, und er bat Allah, dafür zu sorgen, dass er sich ihrer würdig erwies.

Ein halbes Jahr später, nachdem er geklebt und noch einmal geklebt hatte, wieder zurückgegangen war, recherchiert und dazugelernt hatte – wobei er nicht nur sein Wissen nutzte, sondern auch die große Anzahl billiger Ausrüstungsgegenstände, die schnell verfügbar wurden –, brachte er seine Arbeiten zum Abschluss.

So gut er konnte, hatte er, ein Molekül nach dem anderen, das Pockenvirus künstlich erschaffen. Laut jedem Test, den er durchlaufen lassen konnte, war das Virus mit seinem natürlich vorkommenden Gegenstück identisch.

In den Tausenden Jahren, seit dem Virus der Sprung von irgendeiner anderen Lebensform auf den Menschen gelungen ist, sind zwei unterschiedliche Typen der Erkrankung entstanden – *Variola minor*, oft Kuhpocken genannt, die selten tödlich verlaufen, und ihr größerer Bruder, *Variola major*, die Krankheit, die sich für menschliche Populationen als verheerend erwiesen hat, seit sich die Menschheit zu großen Stämmen zusammenschloss. Und das Virus für ebendiese Variante – mit einer Todesrate von ungefähr 30 Prozent – hatte der Sarazene synthetisiert. Jedoch gab für es *Variola major* eine Vielzahl verschiedener Erregerstämme, von denen einige sehr viel tödlicher waren als andere.

Weil der Sarazene dies wusste, begann er sein Virus zu verfeinern und herauszufordern: eine etablierte Methode, um es nach einer gewissen Zeit zum Mutieren zu zwingen und, im Kauderwelsch der Mikrobiologen, zu frittieren und damit in die hochinfektiöse Variante eines Virus zu verwandeln, das bereits das ansteckendste auf der Welt war.

Erfreut, dass das Virus so tödlich war, wie er es nur hatte machen können, machte er sich daran, dessen genetische Struktur zu modifizieren. Das war der einfachste, aber auch gefährlichste Teil der Übung. Allerdings auch der notwendigste …

Nachdem die natürlich vorkommende Form der Pocken auf dem Planeten ausgemerzt worden war, stellte die Weltgesundheitsorganisation fest, dass sie einen Riesenvorrat an Impfstoff-Dosen bereithielt. Nach mehreren Jahren, als alle überzeugt waren, dass das Virus nicht wieder auftauchen würde, wurde dieses Schutz-Reservoir vernichtet. Obwohl eine enorme Anzahl von Menschen routinemäßig gegen Pocken geimpft worden war – in erster Linie Kinder in der westlichen Welt –, wusste der Sarazene, dass der Impfschutz nach fünf Jahren nachließ und infolgedessen praktisch niemand auf der Erde mehr über Immunität verfügte.

Dies war ideal für seine Zwecke – aber es gab ein Problem. Die Vereinigten Staaten, das Ziel seiner Attacke, machten sich zunehmend Sorgen wegen eines Biowaffen-Angriffs und hatten im Gefolge des 11. September über dreihundert Millionen Impfdosen produziert und gelagert, eine für jeden Einwohner. Als der Sarazene davon erfuhr, stürzte es ihn in Verzweiflung. Eine ganze Nacht lang recherchierte er über Schutzimpfungen und erfuhr dabei, dass achtzig Prozent einer Bevölkerung ungeschützt bleiben würden. Denn der Impfstoff schlug bei einer erheblichen Anzahl von Menschen nicht an, zudem konnte er Schwangeren, Neugeborenen, älteren Mitbürgern oder Personen mit geschädigtem Immunsystem nicht verabreicht werden.

Trotzdem erschütterte ihn die Existenz des Impfstoff-Lagers enorm. Kurz vor Sonnenaufgang nach jener langen Nacht hatte er deshalb überlegt, ob er seinen Plan aufgeben und nach einer anderen Waffe suchen sollte. Doch wieder kam ihm die fortdauernde Explosion naturwissenschaftlichen Wissens – oder Allah – zu Hilfe.

Als er sich in die Fachliteratur vertiefte, stieß er auf den Forschungsbericht einer Gruppe australischer Wissenschaftler. Sie arbeiteten in einer Forschungseinrichtung in Canberra und hatten versucht, einen Weg zu finden, wie sich der Paarungszyklus von Mäusen steuern ließ. An Mäusepocken forschend, einer Krankheit, die eng mit den Pocken verwandt ist, hatten die Forscher ein Gen aus dem Immunsystem, bekannt als IL-4, in das Virus eingespleißt. Dabei machten sie eine verblüffende Entdeckung: Das Virus überwand jeden Impfstoff, der den Mäusen verabreicht worden war, und löschte die Tiere aus.

Die Hinzufügung von einem Gen – nur einem Gen – hatte das Virus in einen Erreger verwandelt, der jeden Impfstoff durchbrach.

Mit neuer Hoffnung folgte der Sarazene diesem obskuren Forschungspfad. Auf selten besuchten Seiten des Internets – häufig folgte er dabei kaum mehr als Hinweisen in wissenschaftlichen Foren – sah er, dass etliche Forscher auf der ganzen Welt versucht hatten, die Forschungen der Australier zu kopieren, wenngleich mit unterschiedlichem Erfolg.

Als das Tageslicht in die Welt außerhalb seines Kokons fiel, arbeitete er weiter und stieß auf einen jüngst geposteten Bericht mehrerer niederländischer Agrarwissenschaftler, die an Kuhpocken forschten. Sie hatten beschlossen, ein etwas anderes Gen in das Virus einzuspleißen, wobei es ihnen gelungen war, den Impfstoff nicht nur zu überwinden, sondern den Vorgang auch mehrfach zu wiederholen.

Dass das entsprechende Gen von denselben Firmen, die ihn mit den Nukleinsäure-Basenpaaren beliefert hatten, leicht zu erhalten war, wusste der Sarazene. Umgehend bestellte er das Gen, öffnete zwei Tage später das winzige Päckchen und führte die Wissenschaft in unkartierte Gewässer.

Die massive Impfdosis, die er bei sich selbst angewendet hatte, würde, wie er wusste, keinen Schutz bieten, falls er erfolgreich ein waffentaugliches Pockenvirus baute: Er wäre so gut wie nackt in der heißen Zone. Deshalb stahl er aus dem Krankenhaus einen kompletten ABC-Schutzanzug, um sich vor Ansteckung zu schützen, und fuhr anschließend an die Küste. Er kam nur langsam voran auf der Straße, die parallel zum Meer verlief, bis er einen Tauch-Shop fand. Dort kaufte er vier Sauerstoffflaschen und einen Luftregler, bezahlte in bar, lud alles in den Kofferraum seines Wagens und kehrte in seinen Kokon zurück.

Jedes Mal, wenn er an seinem impfresistenten Virus arbeitete, dauerte es zwanzig Minuten, bis er den entwendeten ABC-

Schutzanzug und das speziell modifizierte Atemgerät angelegt hatte, aber die wissenschaftliche Arbeit war einfach. Teilweise infolge der Fachkenntnis, die er erlangt hatte, und teilweise, weil das neue Gen rund dreihundert Basenpaare umfasste, beendete er das Einspleißen in das Virus in weniger als einem Monat.

Die beiden Glasampullen mit der zusätzlichen Null bargen eine potenzielle Katastrophe, und es gab einen einfachen Grund, warum der Sarazene sie nach Afghanistan gebracht hatte: Seine ganze bemerkenswerte Arbeit wäre umsonst gewesen, hätte er einen Fehler gemacht und das Virus würde nicht wirken. Dabei war er sich wohl bewusst, dass Pocken nur bei Menschen vorkamen – nicht einmal unsere engsten Verwandten, Schimpansen und Affen, steckten sich damit an. Das hieß, es ließ sich nur auf eine Weise herausfinden, ob sein Virus genauso tödlich wirkte wie das Original: Um zu erkennen, ob es den Impfstoff überwand, musste man einen Menschenversuch durchführen.

Tief in den Bergen des Hindukusch plante er, jene drei Testpersonen zu finden, die für sein düsteres Experiment erforderlich waren.

Nachdem er die Provinz Kunar und die dortigen US-Patrouillen weit hinter sich gelassen hatte, stieß er auf ein trockenes Flussbett, das aufgrund der weitgehend zerstörten Infrastruktur des Landes mittlerweile als Straße diente. Mehrere Tage hintereinander ging er darin weiter, immer wieder vom aufgewirbelten Staub der vorbeifahrenden Lkws und der allgegenwärtigen Toyota-Allradwagen eingenebelt. Schließlich aber, an einem sengend heißen Vormittag, kam er seinem Ziel näher: Vor sich sah er, als Silhouette vor dem Himmel, vier Männer auf Pferden mit AK-47-Gewehren, die Wache hielten.

Der Sarazene führte seine Packpferde weiter, bog um eine Flussbiegung und erblickte, in einiger Entfernung, eine Stadt aus Lehm und Stein, die aussah, als habe sie sich seit dem Mittelalter kaum verändert. Am gegenüberliegenden Ufer, hoch oben an einem Pass, der tiefer ins Gebirge führte, stand eine stark befestigte Gruppe von Gebäuden, die in den Berghang gebaut waren.

Einst ein britisches Fort aus dem 19. Jahrhundert, war es zu einem Wohnquartier, einer Festung und zum Sitz der regionalen Macht umgewandelt worden. Der Sarazene ging unter den Resten einer Straßenbrücke hindurch, stieg zu einer löchrigen Asphaltstraße hinauf und hielt auf das Fort zu. Auf halber Strecke eines Weges, der einst eine Hauptstraße gewesen war, ging er zwischen einem Durcheinander von riesigen Felsbrocken hindurch, und als er auf der anderen Seite erschien, stand er zwei der Reiter unmittelbar gegenüber.

Die Gewehre lässig auf seine Brust gerichtet befehligten sie die Straße. Der Sarazene ahnte, dass sie nur allzu gern abdrücken würden.

»Wer bist du?«, fragte der mit den schönen Goldintarsien am Schaft seiner Waffe – der Höherrangige der beiden.

Der Sarazene antwortete, hielt aber kurz darauf inne, als ihm klar wurde, dass der Name, den er benutzte – der in seinem Pass –, nichts ausrichten würde. Stattdessen zeigte er zum Eingang des Forts.

»Richten Sie ihm etwas aus, bitte. Sagen Sie, der Junge mit der Blowpipe ist wieder da.«

KAPITEL ZWEIUNDDREISSIG

In den Jahren, die seit ihrem letzten Treffen vergangen waren, ähnelte Abdul Mohammad Khans äußere Erscheinung immer mehr einem mittelalterlichen Gemälde und weniger einem Warlord. Seine Haut hatte die Struktur von gepunztem Leder angenommen, außerdem trug er ein *chapin* – das lange afghanische Gewand – von feinstem Tuch, einen goldenen Dolch als Sinnbild seiner Autorität sowie auf Hochglanz polierte Kalbslederstiefel. Leider wurde dieser Effekt durch seine riesige goldene Rolex zunichtegemacht.

Die Jahre hatten es nicht gut mit ihm gemeint – aber die Jahre meinen es mit niemandem gut in Afghanistan. Dafür aber konnte er von sich etwas behaupten, dessen sich nur wenige Zeitgenossen rühmen konnten: Er lebte noch. Inzwischen Ende sechzig, war er der Kriegsherr seines Clans, sodass Soldaten wie Besucher in aufrichtiger Verehrung zur Seite traten, wenn er durch die gepflasterte Anlage humpelte. Alle fragten sich, wer dieser muskulöse Mann wohl sei, der am Tor angekommen war und den Kriegsherr Khan so eilig empfing.

Manche sagten, es handle sich um einen ehemaligen Kriegskameraden, einen *Muji*-Helden, andere behaupteten, er sei ein Arzt, der gekommen sei, um Khan wegen irgendeiner schrecklichen Krankheit zu behandeln. Aber was immer die Vorgeschichte des Fremden war, ihm wurde eine Ehre zuteil, die ihnen allen verweigert wurde: Der große Khan legte dem Mann den Arm um die Schultern und geleitete ihn persönlich in sein opulentes Audienzzimmer.

Einst hatte der Raum das Büro des britischen Kommandeurs der Nordwest-Grenze beherbergt, und so verfügte er über eine hohe Decke, einen Kamin sowie ein Podium, auf dem der Schreibtisch des Kommandeurs gestanden hatte. Auf diesem lagen nun museumsreife Teppiche und Seidenkissen, die aus Palästen im Iran und in China über die Grenze gekommen waren. In einer goldenen Feuerschale in einer Ecke brannte Weihrauch. Auch beherbergte der Raum alle nötigen Gerätschaften zur Teebereitung, aber von allen exotischen und schönen Dingen in dem Raum war es die Wand gegenüber dem Kamin, die die Aufmerksamkeit aller Besucher auf sich zog.

Khan schaute mit schwerlidrigen Augen zu, wie der Sarazene die mächtigen Betonblöcke musterte. Der Besucher blieb stehen und starrte auf das Basrelief mit den zappelnden Gliedmaßen und schreienden Gesichtern der beiden Männer, die Khan verraten hatten und für immer im Augenblick des Todes festgehalten, wie kristallisiert waren. Aus irgendeinem Grund hatte sich der Sarazene immer vorgestellt, dass die Männer kaum mehr als Jungs gewesen waren, doch jetzt erkannte er, dass es sich um erwachsene und erfahrene Kämpfer gehandelt hatte, großgewachsen und schwer bewaffnet. Und das machte ihre Todesangst noch eindrucksvoller.

Der Sarazene trat näher. Alter und Rauch hatten den Blöcken eine honigfarbene Patina verliehen, sodass sie fast einer Bronzeplastik ähnelten. Lord Khan trat neben ihn. »Dir gefällt meine Skulptur, was? Weißt du, was die Namen der Männer bedeuten?«

Der Sarazene schüttelte den Kopf. Auch wenn man ihm die Geschichte schon oft erzählt hatte, diesen Teil kannte er noch nicht.

»Dumm und Dümmer«, sagte der Warlord und brach in schallendes Gelächter aus. »So hat ein Kerl von der CIA sie getauft, als er vor Jahren zu Besuch kam – jetzt nennen alle sie so.«

Der Sarazene spannte sich fast unmerklich an. »Kommen oft Leute von der CIA her?«

»Alle paar Jahre«, sagte Lord Khan achselzuckend. »Versuchen immer, meine Unterstützung zu kaufen – für irgendeine Fraktion, die sie in dem Monat gerade unterstützen.« Er ging auf den Kamin zu. »Ich habe ihr Geld nie angenommen, aber ich muss zugeben, ihr Humor gefällt mir.«

Ein alter Mann, der mit untergeschlagenen Beinen im Schummerlicht saß und dessen Augen vom grauen Star matt geworden waren, erhob sich und wollte für seinen Herrn und seinen Besucher Tee zubereiten. Lord Khan stoppte ihn, wandte sich zu dem Sarazenen um und zeigte auf das Personal und ein Dutzend Leibwächter, die sich hier und da im Raum befanden. »Sollen die rausgehen?«

Der Sarazene nickte. Privatsphäre war genau das, was er brauchte.

Khan lächelte. »Dachte ich's mir doch. Niemand kommt nach Afghanistan zu einem privaten Besuch.«

Während der Raum sich leerte, löffelte er Teeblätter in eine Kanne. »Erinnerst du dich, als ich dir das letzte Mal Tee serviert habe?«

»Der Krieg war vorbei«, antwortete der Sarazene. »Wir waren dabei, unsere Zelte abzubrechen. Sie und ich saßen in der Küche und rauchten Zigaretten.«

Lord Khans Gesichtszüge entspannten sich – das waren gute Zeiten gewesen, voller Kameradschaft und Tapferkeit. Er erinnerte sich gern daran. »Ich war auf dem Weg nach Hause, und du begabst dich auf eine viel längere Reise.«

Der Sarazene sagte nichts. Er nahm zwei zierliche Tassen aus einem Regal und stellte sie neben das Kaminfeuer, um sie zu wärmen.

»Als ich das letzte Mal nachgesehen habe«, fuhr Lord Khan leise fort, »besaß das Haus Saud immer noch seine Paläste und seine Macht.«

»Aber wie lange noch?«, fragte der Sarazene, ebenso leise. »Vielleicht erfahren wir bald, ob sie ohne die Hilfe des fernen Feindes überleben können.«

Die beiden Männer sahen einander an. »Als ich hörte, dass du ein reisender Arzt bist«, sagte Lord Khan, »habe ich mich gefragt, ob du dich verändert hast, milder geworden bist mit zunehmendem Alter …« Er stockte. »Du verrichtest also noch immer die Arbeit Gottes?«

»Immer. Ich brauche drei Menschen, Abdul Mohammad Khan, drei verzichtbare Menschen. Wenn Sie mir helfen können, wird Gott Ihr Tun sicherlich mit großem Verständnis betrachten.«

»Was meinst du genau – wie verzichtbar?«

Der Sarazene gab keine Antwort. Er drehte sich lediglich um und blickte hinüber zu Dumm und Dümmer.

»Ah«, sagte Lord Khan, »so verzichtbar.« Er brauchte Zeit zum Nachdenken, deshalb trat er auf einen Balkon mit Blick auf die Anlage und rief den unten versammelten Soldaten Befehle zu. Was immer die Risiken waren, ihm blieb kaum eine andere Wahl: Der Sarazene war bereit gewesen, für Khan und seine Leute sein Leben zu lassen, diese Schuld ließ sich nicht begleichen. Er kehrte um, trank seinen Tee aus. »Irgendeine Präferenz, was die Gefangenen betrifft?«, fragte er.

»Juden wären ideal«, sagte der Sarazene.

Lord Khan lachte über den Scherz. »Gewiss. Ich schaue mal in der örtlichen Synagoge vorbei.«

Der Sarazene erwiderte das Grinsen. Sie wussten beide, dass es in Afghanistan schon seit Jahrzehnten keine Juden mehr gab. Nicht mehr, seit die letzten Angehörigen der einst blühenden Gemeinde gezwungen worden waren, um ihr Leben zu laufen.

»Im Ernst«, fuhr der Sarazene fort, »die Menschen müssen jung und gesund sein – und keine Muslime.«

»Oder Amerikaner«, fügte Lord Khan hinzu. »Wenn du einen von denen entführst, trauern alle, als ob die Welt zusammenbricht.«

Der Sarazene nickte. »Wenn wir Muslime ausschließen, heißt das, es müssen Ausländer sein – ich schätze also mal, es wird genug Ärger geben.«

Der Vorschlag hat einen großen Vorteil, dachte Lord Khan. Afghanistan war voll von potenziellen Opfern: Mitarbeiter europäischer Hilfsorganisationen, christliche Missionare, englische Bauarbeiter, internationale Journalisten.

Dazu sagte er nichts, aber er kannte Männer, die seit Jahren im Entführungsgeschäft tätig waren. Es handelte sich um eine Bande von einem Dutzend Brüdern und Cousins, die einst unter seinem Kommando gekämpft hatten und jetzt jenseits der Grenze im Iran lebten. Und was genauso wichtig war: Sie würden für Abdul Mohammad Khan sterben, wenn er sie darum bat – er hatte einmal ihrer Mutter das Leben gerettet.

»Ein letztes Kriterium«, sagte der Sarazene. »Die Gefangenen müssen nicht unbedingt Männer sein.«

Das gefiel Lord Khan – Frauen machten die Sache sehr viel leichter. Sie waren zwar schwieriger zu entführen, aber leichter zu kontrollieren und zu verstecken: Kein ausländischer Soldat würde sich trauen, unter einen Schleier und ein knöchellanges Gewand zu schauen.

»Habe ich drei Wochen Zeit?«, fragte Khan. Unfassbar – der Sarazene hätte drei Monate gewartet, wenn es sein musste. Da er kein Vertrauen darin hatte, dass seine Worte seine Dankbarkeit zum Ausdruck bringen konnten, umarmte er den alten Krieger herzlich.

Nachdem das Geschäftliche erledigt war, zog Lord Khan an einem Klingelseil und ließ sein Personal wieder ins Zimmer kommen. Er sagte es nicht, aber je weniger Zeit er mit dem Sarazenen allein verbrachte, umso leichter war es, jede Kenntnis künftiger Ereignisse abzustreiten.

»Und was ist mit dir, mein Freund?«, sagte er, als die Tür aufging und seine Leibwächter eintraten. »Bist du mit einer Frau gesegnet?«

Lord Khan machte Konversation wegen seiner Leibwächter, aber weil ein Schatten des Kummers über das Gesicht seines Besuchers huschte, ahnte er, dass er die Frage besser nicht gestellt hätte.

»Ich war gesegnet«, antwortete der Sarazene leise. »Unmittelbar nach Abschluss meines Medizinstudiums bin ich nach Gaza gegangen, in das Flüchtlingslager Jabalia. Dort war die Not der Menschen am größten.«

Mehrere Leibwächter und Bedienstete tauschten Blicke. Gaza war keine Gegend, in der man sich sorglos aufhalten konnte – es war vermutlich der einzige Ort in der Welt, neben dem Afghanistan sicher wirkte.

»Ich habe während meines Medizinstudiums in Beirut eine Frau Vorlesungen darüber halten hören. Sie hat mich auf die Idee mit dem fernen Feind gebracht«, fuhr der Sarazene fort. »Nach meiner Ankunft habe ich sie wiedergetroffen. Zwei Jahre später waren wir verheiratet, und dann …« Er ballte die Faust, zuckte mit den Achseln. Die schlichten Bewegungen sagten mehr als Worte über seinen Verlust.

»Wie ist sie gestorben?«, fragte Lord Khan. Alle Blicke im Raum waren auf den Besucher gerichtet.

»Eine israelische Rakete – sie saß in einem Auto.«

Langes Schweigen. Keiner der Zuhörer hatte etwas Neues hinzuzufügen – alles, was sie über die Israelis dachten, war vor langer Zeit gesagt worden.

»Wurde sie gezielt getötet?«, fragte Lord Khan schließlich.

»Angeblich nicht – Kollateralschaden. Aber Sie wissen ja, wie die Zionisten lügen.«

Khan nickte, dann sagte er in ehrfurchtsvollem Ton: »Friede sei mit ihr. Wie hieß sie noch gleich? Ich werde für sie beten.«

»Amina. Unter dem Namen kannten sie die meisten Leute. Amina Ebadi«, sagte der Sarazene. »Meine Frau und die Mutter meines einzigen Kindes.«

KAPITEL DREIUNDDREISSIG

In jener Nacht schlug der Sarazene seine provisorische Klinik auf der Veranda des Gästehauses auf. Und während er zwei Tage später dort stand und ein Kind mit einem zertrümmerten Bein behandelte, sah er Lord Khan und seine Leibwächter fortreiten.

Die Historie des Forts und der Stadt hatte den Warlord veranlasst, die entlegenen Gräber seiner fünf jüngeren Brüder aufzusuchen, die alle in diversen Konflikten getötet worden waren. Tatsächlich aber ritt er in schnellem Tempo auf die iranische Grenze zu.

Drei Wochen später kehrte er erschöpft zurück, klagend über stechende Schmerzen im linken Arm. Das war eine Ausrede, um den Gastarzt aus dem Bett zu holen. Sie saßen allein im Gästehaus, tranken wieder Tee, und der Sarazene hörte gebannt zu, während Lord Khan ihm mitteilte, er solle sich darauf vorbereiten, sofort nach dem Morgengebet abzureisen.

Khan zog eine Übersichtskarte der US-Armee hervor, zeichnete die Route nach und erklärte dem Sarazenen, dass er mehr als sechshundert Kilometer schweren Geländes vor sich habe. Er müsse Dörfern ausweichen, sich auf alten *Muji*-Nachschubwegen halten und allein durch eines der unwegsamsten und abgelegensten Gebiete der Erde reisen. Auf über zweitausendvierhundert Meter Höhe gelegen, auf halber Höhe eines Bergs, der keinen Namen trug, sondern nur nummeriert war, würde er einen vorgeschobenen sowjetischen Beobachtungsposten vorfinden, der vor Jahren in Trümmern zurückgelassen worden war.

Dort würde er mit einer Gruppe von Männern zusammentreffen. Und in der Einsamkeit des Hochgebirges, weit entfernt von jeder Zivilisation, würden seine Gebete erhört werden.

»Sind die Personen schon gefangen genommen worden?«, fragte der Sarazene und fasste neuen Mut.

»Heute Abend. Sie wurden beobachtet und ausgewählt – zwei Männer und eine Frau. Die Frau ist schwanger.«

KAPITEL VIERUNDDREISSIG

Der Sarazene sah die acht Stammesmitglieder nicht, die die Tauschware brachten. Es war Nacht, sie trafen in aller Stille in dem alten Beobachtungsposten ein, die Hufe der Pferde mit Lappen umwickelt, um die Geräusche zu dämpfen.

Nicht nur der Sarazene bekam die seltsame Karawane nie zu Gesicht – in der Woche vor ihrer Ankunft hatte auch niemand sonst sie gesehen. Sieben Tage lang hatten die Stammesmitglieder kurz vor Sonnenaufgang ihr Lager aufgeschlagen, hatten tagsüber geschlafen und waren so schnell gereist, wie die Pferde sie durch die Nacht trugen.

Ich weiß das, weil sehr viel später – nach den Ereignissen in jenem schauerlichen Sommer – ein Team aus Spezialeinheiten und CIA-Agenten heimlich die Grenze zum Iran überschritten, das befestigte Dorf gestürmt und die Männer verhört hatte. Ich bin mir sicher, dass keiner der acht Männer sich jemals vollends davon erholte.

Natürlich waren nicht einmal die Stammesleute lange genug auf Berg Nr. 792, um Zeuge dessen zu werden, was genau der Sarazene tat. Aber nachdem ich alle geheim gehaltenen Beweise gesehen hatte und da ich, wie schon erwähnt, mehr über den Sarazenen wusste als jeder andere, bin ich wahrscheinlich am ehesten in der Lage zu erzählen, was dort im Hochgebirge geschah – in einem Gebiet, das trotz der ständigen Gebetsrituale des Sarazenen dem Begriff »gottverlassen« eine völlig neue Bedeutung verliehen hat.

Obwohl die Stammesleute das Getrappel ihrer Pferde gut gedämpft hatten, wusste der Sarazene, dass sie eingetroffen waren. Denn vier Tage zuvor war er angekommen und hatte sein Lager in der alten Schlafbaracke des tief in den Fels gesprengten Beobachtungspostens aufgeschlagen. Und in dieser Felsenhöhle schreckte er nun aus dem Schlaf. Entweder seine Intuition aus dem Schlachtfeld oder die ruhelose Bewegung seiner Pferde verriet ihm, dass er nicht mehr allein auf dem Berg war.

Regungslos lag er da. Durch die Entscheidung für die frühen Morgenstunden einer mondlosen Nacht und weil sie das Getrappel ihrer Pferde sorgfältig gedämpft hatten, signalisierten ihm die Entführer, dass sie nicht einmal von ihm gesehen werden wollten. Deshalb ging er nicht zu ihnen, um sie zu begrüßen.

Nach einer halben Stunde glaubte er das Klatschen von Zügeln zu hören, so als würde ein Pferd zu einem Trab den Berg hinunter gedrängt, doch er war sich nicht sicher. Er wartete noch einmal zwanzig Minuten, dann stieg er auf den breiten Felsvorsprung.

Die Stammesleute – sie waren den Berghang zur Hälfte hinabgeritten und machten eine Pause, um die Pferde zu tränken – blickten zurück und sahen den winzigen Lichtschein einer Sturmlampe. Mehr erkannten sie nicht von der Person, die, sehr bald, zum meistgesuchten Mann der Welt werden sollte.

Die Entführer hatten die drei Gefangenen an die Ringbolzen gebunden, die früher einmal einen Funkmast gesichert hatten. Dort sah der Sarazene sie zum ersten Mal: gefesselt an Händen und Füßen und geknebelt, die Frau halb verhüllt in dem schwarzen Gewand, unter dem sie während der wilden Reise versteckt worden war.

Zufrieden, dass sie ordentlich gesichert waren, näherte der Sarazene sich ihnen und hob das Gewand der Frau an, um sie genauer anzusehen. Das Baumwollhemd war knitterig und aufgerissen, die Knöpfe am Hosenschlitz der Jeans herausgerissen. Er konnte nicht umhin, sich zu fragen, was auf der Reise mit ihr passiert war – die Gesetzlosen, die sie entführt hatten, mochten strenggläubige Muslime sein, doch sie waren auch Männer.

Das zerrissene Hemd bedeckte kaum ihren Bauch. Nach dem Äußeren zu urteilen, war sie ungefähr im fünften Monat schwanger, schätzte er, ganz der Arzt. Einen anderen Mann – einen humaneren, weniger fundamentalistisch-religiösen Mann – hätte das vielleicht gerührt. Nicht aber den Sarazenen: Die Gefangenen waren für ihn keine Menschen, sondern ein Geschenk Gottes.

Im Umdrehen sah er, hängend am Stahlgestell, auf dem früher einmal ein sowjetischer Feldstecher montiert gewesen war, ein Paket, das nicht nur die Schlüssel zu den Fesseln, sondern auch die Pässe und Brieftaschen der Gefangenen enthielt.

Unter den Blicken der geknebelten Gefangenen klappte er die Dokumente auf und erfuhr, dass die Frau Italienerin war, achtundzwanzig Jahre alt, unverheiratet, Mitarbeiterin der Hilfsorganisation *World Vision*. Er nahm an, sie war während eines ihrer Außeneinsätze geschnappt worden, wahrscheinlich verraten von den Leuten, denen sie zu helfen versuchte.

Er sah sich das Passfoto der Frau an. Wahrscheinlich hatte es niemand erkannt, weil sie sich in einem unreinen Zustand befand, aber sie war hübsch: langes, dunkles Haar, ein offenes Lächeln, tiefgrüne Augen. Sie fixierte das Gesicht des Sarazenen, versuchte mit ihm zu kommunizieren, flehte ihn an, aber er ignorierte ihren Blick und wandte seine Aufmerksamkeit den beiden Männern zu.

Der jüngere war Japaner. Er war Mitte zwanzig, hatte eine Meckifrisur und an einem seiner muskulösen Oberarme eine Stacheldraht-Tätowierung. Im Libanon hatte der Sarazene genug von populärer Kultur gesehen, um zu wissen, dass der Mann wohl als hip oder cool galt. Er fand ihn auf Anhieb unsympathisch. Seinen Dokumenten zufolge arbeitete er als freiberuflicher Tonmann. Wegen der gefahrvollen Lage in Afghanistan und der gefräßigen Nachfrage der 24-Stunden-Nachrichtensender verdiente er vermutlich ein Vermögen, was die viertausend Dollar und die zwei kleinen Kokainpäckchen erklären würde, die hinten in seiner Brieftasche steckten.

Der Typ, der neben ihm gefesselt war – der Älteste und Ruhigste von allen – war ein holländischer Ingenieur. In seinem Pass stand, dass er 46 Jahre alt war, den Fotos in seiner Brieftasche war zu entnehmen, dass er Vater dreier Kinder im Teenageralter war. Die Visa verwiesen darauf, dass er immer wieder in Krisengebiete – Nigeria, Irak, Bosnien, Kuwait – geschickt worden war und alle Entsendungen überlebt hatte. Nicht dieses Mal, *inschallah,* dachte der Sarazene.

Noch einmal betrachtete er alle Gefangenen. Seine Miene verriet es nicht, aber er war hocherfreut: Alle waren kräftig, außerdem verriet ihm sein geschulter Blick als Arzt, dass sie bei guter Gesundheit waren. Wenn sein hausgemachtes Virus sie tötete, konnte es jeden töten.

Es gab noch eine weitere gute Nachricht: Trotz ihrer Situation waren sie vergleichsweise ruhig, deshalb nahm er an, dass die Stammesleute ihnen weisgemacht hatten, sie seien Geiseln in einer der üblichen Finanztransaktionen. Abgesehen von Opium und Hanfpflanzen waren Entführungen gegen Lösegeld praktisch die einzige Wachstumsbranche in Afghanistan. Die Gesetzlosen hatten ihren Opfern vermutlich erklärt, dass ihnen, solange sie sich anständig benahmen und ihre Arbeitgeber wussten, wie das Spiel gespielt wurde, kein Leid geschehen werde. Ein paar harte Wochen ohne jeden Komfort, dann würden sie in ihre klimatisierten Lager zurückkehren, ihre Arbeitgeber würden um ein paar Hunderttausend Dollar ärmer sein, und eine Gruppe von Dörfern ohne fließendes Wasser und Transportmittel würde genug Geld haben, um die kommenden zehn Jahre davon zu leben.

Der Sarazene nahm ihnen die Knebel aus dem Mund und warf ihnen drei Wasserflaschen hin. Sie hatten kaum ausgetrunken, als sie auch schon anfingen, mit ihm zu reden. Da Englisch die einzige Sprache war, die die drei Gefangenen gemeinsam hatten, versuchten sie es zunächst damit. Der Sarazene zuckte mit den Achseln und tat so, als habe er keine Ahnung, was sie da sagten. Dann probierte es die Frau mit ein paar Brocken Urdu, der Nationalsprache Pakistans, die sie aufgelesen hatte, als sie dort arbeitete. Als Nächstes versuchten sie es mit Dari, der verbreitetsten aller afghanischen Sprachen, aber die Aussprache der drei Gefangenen war so schlecht und ihr Vokabular so begrenzt, dass sie keine Ahnung gehabt hätten, was sie hätten sagen sollen, wenn er geantwortet hätte.

Stattdessen redete er auf Arabisch schnell auf sie ein, und jetzt waren sie an der Reihe, verwirrt dreinzublicken. Scheinbar ohne Hoffnung auf Verständigung drehte sich der Sarazene um und ging in die Schlafbaracke. Als er schließlich die Pferde herausgeholt hatte, redeten die drei Gefangenen leise auf Englisch miteinander. Ihr Gespräch bestätigte, was der Sarazene vermutet hatte: Sie waren überzeugt, wegen einer Lösegeldforderung entführt worden zu sein. Der japanische Hipster schlug sogar vor, an der Kette zu ziehen, um die AWACS-Flugzeuge – oder welche anderen Mittel man auch nutzte, um sie zu finden – auf sich aufmerksam zu machen.

Der niederländische Ingenieur hatte den Sarazenen beobachtet und war gar nicht überzeugt, dass es sich bei ihm nur um einen unbedeutenden Handlanger handelte. Da war etwas an seinen sparsamen Bewegungen, der gespannten Energie, was ihn glauben ließ, dass mit ihm nicht zu spaßen war. Die gleichen Eigenschaften waren ihm bei den kampferprobten Guerillas im Kosovo aufgefallen, den härtesten Männern, denen er je begegnet war.

»Ich denke, wir sollten die Sache den Unterhändlern überlassen«, riet er. »Bei uns in den Niederlanden gibt es ein Sprichwort: ›Wenn du bis zum Halse in der Scheiße steckst, schlag keine Wellen – was immer du auch tust.‹«

Bevor sie weiter ihre Lage besprechen konnten, brüllte der Sarazene sie an. Zwar konnten sie seine Worte nicht übersetzen, aber sie verstanden mit Sicherheit die schnelle Geste, die er über seinen Mund machte: Er wollte Ruhe. Und als er dann seine Gebetsmatte aus seiner Satteltasche holte, verstanden sie auch, warum. Es dämmerte, und es war Zeit für das erste Gebet des Tages.

Kaum war er damit fertig, griff der Sarazene nach seiner AK-

47, löste den Sicherungsriegel, stellte das Gewehr auf volle Automatik und löste ihre Fußfesseln. Einen nach dem anderen, die Hände immer noch gefesselt, hievte er sie auf die Pferde, dabei rempelte er den verletzten Arm des Japaners an – die Verletzung hatte er sich wohl während der Entführung durch die Gesetzlosen zugezogen – und ging besonders brutal mit ihm um. Auf diesem Ausflug würde keiner bummeln.

Der erste Tag der Reise war der einfachste, doch bei Einbruch der Dunkelheit waren die Gefangenen still und erschöpft und vom Reiten wundgescheuert. Der Sarazene befahl ihnen abzusteigen, band sie mit einer langen Kette an einen stählernen Erdspieß, den er in den Boden getrieben hatte, und machte sich daran, ein Feuer zu entfachen, während sie hinter ein paar Felsen schlurften, um ihre Notdurft zu verrichten.

Mit dem Rücken zu ihnen sitzend bereitete er eine Kanne Tee, schwarz und süß genug, um den Geschmack des starken Beruhigungsmittels, das er hinzugefügt hatte, zu kaschieren. Dann goss er den Tee in drei Becher. Während des ganzen schrecklichen Tages hatte er sich trotz der pantomimischen Bitten der Gefangenen geweigert, die Wasserflaschen herumzureichen. Deshalb tranken sie den Tee gierig aus. Der Sarazene warf Decken auf den Boden neben dem Lagerfeuer. Innerhalb einer Stunde waren seine immer noch an Händen und Füßen gefesselten Gefangenen in einen tiefen, seltsamen Schlaf gefallen.

Der Sarazene näherte sich der Frau und kniete sich neben sie. Sie lag auf dem Gesicht, die Beine gespreizt, ein Knie angewinkelt. Jetzt, wo auch die beiden Männer fest schliefen, drohte keine Gefahr, dass er gestört wurde. Er streckte die Hand aus und zog die Jeans mit den fehlenden Knöpfen herunter, bis die weiße Unterhose zu sehen war.

Einen Augenblick lang sah er hin, dann berührte seine Hand ihren nackten Hintern und glitt langsam in Richtung der weichen Innenseite ihres Oberschenkels. Erst im letzten Moment ermahnte er sich, dass er ein Mann Gottes war und Arzt, und zügelte sich. Schwer atmend wandte er sich ab und blickte in den sternenübersäten Nachthimmel. Er murmelte ein Gebet um Vergebung, nahm sich mehrere Minuten lang Zeit, um sich zu beruhigen, und öffnete schließlich die kleine Rolle mit den medizinischen Vorräten, die er früher in der Nacht von einem der Packpferde heruntergenommen hatte. In der Rolle befanden sich eine Tube mit Betäubungsgel, eine zweizinkige Impfnadel und die beiden verbliebenen Glasfläschchen mit dem Pockenimpfstoff, die er aus dem Versuchslabor in Syrien gestohlen hatte.

Während des langen Tagesritts hatte er entschieden, dass sich an der Frau am besten testen ließ, ob das Virus den Impfstoff durchbrechen konnte, deshalb musste er sie möglichst schnell immunisieren. Rasch verwarf er die Idee, sie am Arm zu impfen – sie sollte die Einstichstelle nicht sehen und sich fragen, was sie bedeutete –, und war zum Schluss gelangt, dass die Stelle, wo ihre Gesäßhälften zusammentrafen, am besten geeignet wäre. Die würde sie nicht sehen können, außerdem würde sie höchstwahrscheinlich glauben, dass es sich um eine Sattelwunde handelte.

Abgesehen von der kurzen Begegnung mit der Versuchung ging die Impfung ohne Schwierigkeiten vonstatten. Am folgenden Morgen erwachte die Frau dann mit Fieber, rasenden Kopfschmerzen und einer geschwollenen Stelle am Hintern. Der Sarazene lauschte den Männern, die darüber spekulierten, ob sie in der Nacht etwas gebissen haben könnte, und sah dann zu, wie sie sich umwandten und ihm pantomimisch mitteilten, dass die Frau Schwierigkeiten haben würde zu reiten. Der Sarazene erwiderte pantomimisch, dass sie sich wohl am Sattel wundgescheuert habe, gab ihnen volle Feldflaschen mit Wasser und legte zur Polsterung eine Decke auf den Sattel der Frau. Er half ihr sogar in den Sattel.

Sechs weitere Tage, an denen sie Tag und Nacht unterwegs waren und nur Rast machten, wenn er zu erschöpft war, ritt der Sarazene hinter ihnen her, wobei er mit einem geknoteten Seil die Pferde und mitunter auch ihre Reiter wach und in Bewegung hielt.

Vierundzwanzig Stunden nach der Impfung fiel das Fieber der

Frau langsam wieder. Und obwohl er das nicht erkennen konnte – wenn er ihr nicht die Jeans herunterziehen und nachsehen wollte, ob eine Narbe entstanden war –, war der Sarazene zuversichtlich, dass der Impfstoff angeschlagen hatte.

Von Stunde zu Stunde stiegen sie höher. Dabei nahmen sie eine lange, sich schlängelnde Route, um jede menschliche Ansiedlung zu meiden, und begaben sich tief in den trostlosesten Teil des Hindukusch. Trotz ihrer überwältigenden Müdigkeit wunderten sich die Gefangenen nicht, welch großes Tempo der Sarazene vorlegte: Jeder in Afghanistan, und zwar auf beiden Seiten des Kidnapping-Geschäfts, kannte die Regel, dass unmittelbar nach der Übergabe die Ware in Bewegung gehalten werden musste.

Das Verstehen der Gründe machte die Reise jedoch keineswegs weniger mühselig, und als der Sarazene schließlich kurz nach Mitternacht an seinem Endziel ankam, waren die Gefangenen vor Erschöpfung kaum noch bei Bewusstsein. Als sie die hängenden Köpfe hoben, erblickten sie ein verlassenes Dorf. Es lag so entlegen und versteckt, dass selbst ein Berghirte erhebliche Mühe gehabt hätte, es zu finden.

Aber nicht der Sarazene – er kannte es besser als jeden anderen Ort auf Erden.

KAPITEL FÜNFUNDDREISSIG

Nachdem er die Gefangenen in Handschellen zurückgelassen hatte, legte er den Pferden am Dorfeingang Fußfesseln an und kehrte, mit der Waffe im Anschlag, in die aufregende Zeit seiner Jugend zurück.

Damals, in seinem Labor im Libanon, war er zu dem Schluss gekommen, dass es nur einen Ort gab, der so entlegen war, dass er dort seinen Menschenversuch durchführen konnte: das zerstörte Dorf, in dem er während des sowjetisch-afghanischen Krieges ein Jahr lang biwakiert hatte.

Jetzt, während er durch die zerstörten Straßen spazierte – jedes Gebäude vertraut, jedes geschwärzte Einschussloch voller Erinnerungen –, rief er eine Begrüßung auf Arabisch. *»Allahu Akbar.«*

Er konnte nicht wissen, ob die Taliban, eine Gruppe von Kriegsflüchtlingen oder eine der endlosen Karawanen der Drogenkuriere das Dorf besetzt hielten, und er hatte nicht vor, seine Gefangenen da hereinzuholen, bevor er wusste, dass er allein war.

»Allahu Akbar.« Gott ist groß. Doch er bekam nur eine Antwort: das Rauschen des Windes, des ständig scharfen Windes, an den er sich so gut erinnerte, der, der ganz bis nach China blies. Sobald er überzeugt war, dass er hier allein war, wandte er sich zu der alten Moschee um und betrat die Küche, in der er damals zum ersten Mal zusammen mit Abdul Mohammad Khan eine Zigarette geraucht hatte.

Die Gespenster tanzten rings um ihn herum – er sah die bärtigen Gesichter der anderen *muji* förmlich vor sich, die im Halbkreis gesessen und ihre letzten Ersuchen an den großen Warlord gerichtet hatten. Sie waren alle so jung gewesen, so lebendig. Für den Sarazenen war es die Zeit, bevor er verheiratet war, bevor er selbst ein Kind hatte. Und einen Augenblick lang erinnerte er sich daran, wie es war, so viel Weg vor sich zu haben und kaum einen hinter sich.

Er schüttelte den Tagtraum ab, machte ein Feuer im Kamin – vermutlich das erste, seit die *muji* abgezogen waren – und baute einen provisorischen Stall in dem Bereich, wo früher das Getreide gelagert worden war. Erst dann holte er die Gefangenen herein, kettete sie an die alten Spülsteine, füllte ihre Wasserflaschen nach und gab jedem zwei der Hartkekse, die sie seit ihrer Gefangennahme ernährt hatten und die sie inzwischen hassten.

Sie aßen mechanisch, zu erschöpft, um sich fürs Essen zu interessieren. Sie machten sich nicht einmal die Mühe, sich auf ihren Schlafdecken auszubreiten, sondern legten sich bloß auf das alte, in einer Ecke gestapelte Stroh. Für die beiden Männer sollte es der letzte fieberlose Schlaf ihres Lebens sein.

Als die drei am Morgen aufwachten, hörten sie Gehämmere. Der Sarazene war schon seit Stunden auf den Beinen. Er baute eines der Stein-Lagerhäuser wieder auf, die an einer Felsklippe unweit der Moschee standen. Wenn sie durch einen Spalt im Mauerwerk spähten, sahen die drei Gefangenen, dass er einen eingestürzten Teil repariert hatte und jetzt mithilfe eines der Pferde eine Hartholztür transportierte, die die wenig stabile, aus den Angeln gefallene ersetzen sollte. Es war klar, dass dies ihre Zelle werden würde.

Nur einmal betrat der Sarazene die Küche, und zwar, um eine verstärkte Glasscheibe aus einer der Kisten zu holen, die aus der Sicht der Gefangenen etwas enthielten, was nach medizinischen Vorräten aussah. Sie beobachteten, wie er zur Baustelle zurückkehrte, die Glasscheibe auf eine Mauer stellte und mit einer Mischung aus Schlamm und Mörtel ins Mauerwerk einsetzte. Ein Fenster? Seltsam, dachten die Gefangenen. Aber das war ja gar kein richtiges Fenster – sondern bloß ein Beobachtungsschlitz.

Kurz nach der Mittagszeit verlegte er die Gefangenen wortlos in das, was ihr steinernes Grab werden sollte. Kaum hockten sie darin, schauten sie sich um und sahen, dass er einen Stapel Satteldecken als Bettzeug in eine Ecke geworfen, hinter einem groben Vorhang eine Toilettengrube ausgehoben und eine Dose mit Hartkeksen hingestellt, vier große Fässer mit Wasser und einen Holzofen mit einem anständigen Vorrat an Brennholz bereitgestellt hatte. Abermals versuchten sie, mit ihm zu kommunizieren, und verlangten zu wissen, wie lange sie in diesem stickigen Raum gefangen gehalten werden würden, aber er überprüfte nur ihre mit Ringbolzen an der Wand befestigten Ketten und ging wieder.

Kurz darauf hörten sie auf den steinernen Straßen den Hufschlag der Pferde, und als sie sich auf einen der Wasserkanister stellten, um durch die Beobachtungsscheibe zu spähen, sahen sie, dass er mit seinen Packpferden aus dem Dorf ritt. Wo in Gottes Namen wollte er hin? Die nächste menschliche Ansiedlung musste, selbst mit einem schnellen Pferd, mindestens mehrere

Tagesreisen entfernt liegen, außerdem war es unwahrscheinlich, dass er sie so lange unbewacht zurücklassen würde.

Trotzdem machten sie sich an den Versuch, die Ringschrauben aus dem Felsgestein zu lösen, in dem sie befestigt waren. Eine quälend langsame und undankbare Aufgabe – die einzigen Werkzeuge waren Holzstücke aus ihrem Feuerholzstapel –, aber nach vier Stunden hatten sie im Granit und im Mörtel kaum Spuren hinterlassen, als sie hörten, wie die Pferde zurückkehrten.

Wieder schauten sie aus dem Beobachtungsfenster und sahen, dass der Sarazene im Gewirr der verfallenen Straßen und Häuser verschwand. Er grub und hämmerte, kehrte dann in Abständen zu den Packpferden zurück und lud etliche graue Metallkisten und mindestens ein Dutzend Holzkisten ab. Wo er die gefunden hatte, war ihnen schleierhaft.

In jener Nacht ging zum ersten Mal, seit er sie eingekerkert hatte, die Zellentür auf. Der Sarazene betrat den Raum und legte wortlos drei Teller mit etwas hin, was wie ein vegetarisches Curry aussah, dazu einen runden, flachen Brotfladen, den die Afghanen *naan* nennen. Es war die erste warme Mahlzeit, die die Gefangenen seit fast zwei Wochen gesehen hatten, weshalb sie sich hungrig darüber hermachten. So einfach das Mahl auch war, es sei das beste, das er je gegessen habe, sagte der niederländische Ingenieur lachend.

Binnen einer Stunde fielen sie in einen seltsamen, traumlosen Schlaf. Was nicht verwunderlich war – denn das *naan* und das Currygericht waren mit einem Barbiturat namens Pentobarbital versetzt gewesen, einem solch starken Schlafmittel, dass es von den meisten Sterbehilfe-Organisationen empfohlen wird.

Kurz vor zwei Uhr morgens betrat der Sarazene, ein kleines Chirurgen-Set und eine Petroleum-Sturmlampe in Händen, erneut die Zelle. Er sah furchteinflößend aus. Er trug seinen vollständigen schwarzen ABC-Anzug, Kevlarhandschuhe und einen Helm mit dem transparenten Schutzschirm. Auf dem Rücken trug er einen Sauerstofftank, aus dem er durch ein Mundstück Luft in seinen mit Klebeband luftdicht gemachten Anzug strömen ließ.

Er arbeitete schnell, weil er möglichst wenig Sauerstoff verbrauchen wollte. Er kniete sich neben die Frau, zog ihr die Jeans herunter, schob die streng riechende Unterhose zur Seite und schaute sich die Impfstelle an. Mit stiller Genugtuung sah er die flache Narbe. Und da wusste er, dass der Impfstoff perfekt angeschlagen hatte. Damit war die Frau so gut geschützt, wie es die moderne Medizin ermöglichte.

Er legte ihr das Kleidungsstück wieder an und nahm sich den Tonmann vor. Er schob den Ärmel seines T-Shirts hoch und betrachtete das Stacheldraht-Tattoo. Der Sarazene hasste Tätowierungen und wählte diese als Impfstelle.

Er holte eine Injektionsspritze hervor und überprüfte den Kolben durch den transparenten Sichtschirm. Dann griff er nach dem Set und holte daraus eines der beiden Glasfläschchen mit der um eine Null erweiterten Chargennummer hervor. Das Fläschchen war mit einem speziellen Gummipfropfen versiegelt, und während der Sarazene die Spritze in seiner kevlarbehandschuhten Hand hielt, schob er die Injektionsnadel durch den Gummi ins Fläschchen.

Während seine schnellen Atemzüge durch den Sauerstoffregler rasselten, drückte er Luft in das Fläschchen, dann zog er den Kolben hoch und füllte die Spritze mit dem möglicherweise gefährlichsten Krankheitserreger auf dem Planeten. Die Zeit würde es zeigen.

Im Schummerlicht der Sturmlampe – definitiv eine Szene aus dem inneren Kreise der Hölle – beugte sich der Mann im schwarzen ABC-Schutzanzug über den Gefangenen und drückte die Injektionsnadel, mit einem letzten Gebet an Allah, in das Stacheldraht-Tattoo.

Der Sarazene war ein guter Arzt und hatte viel Erfahrung mit intravenösen Injektionen, deswegen regte sich der junge japanische Hipster in seinem schlaftrunkenen Zustand kaum, als die Nadel tiefer eindrang. Langsam drückte der Sarazene den Kolben herunter und beobachtete, wie der Pegel der klaren Flüssigkeit fiel, während diese in den Blutkreislauf des Opfers strömte.

Nach zehn Sekunden war alles erledigt, der junge Mann seufzte leise und drehte sich im Schlaf um.

Augenblicklich legte der Sarazene das Glasfläschchen und die Spritze in einen speziellen roten ABC-Container, den er zuvor mit einem starken, handelsüblichen Lysol-Desinfektionsmittel gefüllt hatte.

Als Nächstes befasste er sich mit dem niederländischen Ingenieur. Er wiederholte das Ganze am Oberschenkel des Mannes, wobei er kurz innehielt, als er – einen Augenblick lang – glaubte, der erste Nadelstich hätte ihn geweckt. Er irrte sich. Er packte die Spritze fester und drückte den Kolben herunter. Er war dabei, den Mann so sicher von seiner Frau und seinen drei Kindern zu trennen, als hielte er ihm den Lauf der AK-47 an die Schläfe.

Jetzt, da sein Experiment beendet war, griff er nach seinem Chirurgen-Set, dem ABC-Behälter und der Sturmlampe.

Ganz leise – selbst das Geräusch des Luftreglers schien leiser geworden zu sein – ging er zur Tür. Dabei betete er fest, dass sein Virus frittiert war und dass es durch das zusätzliche Gen waffentauglich war und jeden Impfstoff durchbrechen konnte.

KAPITEL SECHSUNDDREISSIG

Ich glaube nicht, dass es viele schöne Arten gibt zu sterben, aber ich kenne eine der schlimmsten: weit weg von zu Hause und von der Familie, wie ein Hund in einem verlassenen Dorf angekettet, der Körper kollabierend unter dem Ansturm der Pockeninfektion und nur ein Bartgesicht vor einer luftundurchlässigen Fensterscheibe, das deine Schreie nach Hilfe hört.

Mit Kopfschmerzen, die an ihrer Schädelbasis hämmerten, waren die Gefangenen spät am folgenden Morgen aufgewacht. Sie fragten sich, ob es sich um eine Reaktion auf das Essen handelte, aber keine Minute lang glaubten sie, möglicherweise betäubt worden zu sein. Warum sollte das jemand tun? Es war ja nicht so, dass sie entkommen konnten – sie waren in einer Steinzelle an Ringbolzen angekettet.

Als die beiden Männer sich schließlich aufrafften, um sich an dem kleinen Waschbecken zu waschen, sahen sie an sich etwas, was aussah wie kleine Bisswunden: ein rötlicher Bereich auf dem tätowierten Bizeps des einen Mannes, der andere mit einem am Oberschenkel. Der erste Gedanke war: ein Skorpion oder eine Spinne. Und deshalb machten sie sich daran, mit einer Öllampe jeden Zentimeter der Zelle abzusuchen, aber vergebens.

Im Laufe des Tages und während der folgenden zwölf Tage wurden das Fieber und der Nachtschweiß stetig schlimmer. Es fiel der Frau zu, sie in der stickigen Zelle zu pflegen. Sie wechselte ihre Decken, gab ihnen Essen, säuberte ihre fiebrig-heißen Leiber und wusch ihre verschmutzten Kleider. Dabei war sie ständig umgeben von ihrem Schweiß, ihrem Atem und ihrem Speichel – sie merkte es nicht, aber sie schwamm in einem unsichtbaren Meer aus Milliarden von Krankheitserregern. Sie befand sich an einem extrem infizierten Ort.

Als sie einmal unbedingt frische Luft in die Zelle lassen wollte, stellte sie sich auf einen der Wasserkanister und blickte aus dem Fenster, um so vielleicht die Aufmerksamkeit des Sarazenen auf sich zu lenken. Was sie sah, jagte ihr mehr Angst ein als alles andere während ihrer langen Tortur, auch wenn sie nicht sagen konnte, warum. Er stand dreißig Meter entfernt und sprach lebhaft in ein Satellitentelefon. Bis zu diesem Zeitpunkt hatte sie angenommen, er sei bloß ein kleiner Handlanger in diesem ganzen Unternehmen, aber jetzt glaubte sie, dass er vielleicht doch nicht das Schmiedchen war – vielleicht war er der Schmied. Wie er so das Telefon hielt, erkannte sie deutlich sein Gesicht und glaubte an den Lippenbewegungen und den wenigen Worten, die sie identifizieren konnte, ablesen zu können, dass er Englisch sprach. Er legte auf, drehte sich um und sah sie hinter der Glasscheibe. Ein Ausdruck des Entsetzens, gefolgt von unbändiger Wut, huschte über seine Züge. Und da war ihr klar, dass sie etwas gesehen hatte, was sie nicht hätte sehen sollen.

Was ihr aber nicht half.

An jenem Nachmittag steigerten sich die Symptome bei den Männern, die fortwährend schlimmer geworden waren, abermals: Das Fieber schoss in ungeheure Höhen, die Blasen, die sich auf ihren Gliedmaßen gebildet hatten, überzogen die äußeren Extremitäten und füllten sich mit Eiter. Jetzt waren ihre Nächte erfüllt von halluzinatorischen Träumen, die Gefäße begannen zu platzen und machten die Haut schwarz von Einblutungen, das Fleisch begann sich vom Skelett zu lösen, und ihre Körper verströmten merkwürdige Gerüche. Die Schmerzen wurden derart unerträglich, dass sie zwei Tage lang schrien, bis sie wahrscheinlich an Erschöpfung ebenso wie an allem anderen verstarben.

Alle paar Stunden erschien das Gesicht des Sarazenen am Fenster, er wollte nachschauen, wie seine Schöpfung vorankam. Was er zu seiner Freude sah, war das Ergebnis eines wirklich hochinfektiösen Virus, und auch wenn er nicht sicher sein konnte, handelte es sich offenbar um einen Typus von *Variola major* namens *hämorrhagische Pocken*. Bekannt unter Forschern als »Vorschlaghammer« führt dieser Typus zu Blutungen im größten Organ des Körpers, der Haut, und ist zu hundert Prozent tödlich. Zu hundert Prozent.

Als die Männer schließlich gestorben waren, litt auch die Frau unter schnell ansteigender Temperatur und beängstigendem Nachtschweiß, und da wusste sie, dass es ab jetzt mit ihr rasant bergab gehen würde. Spät eines Abends sah der Sarazene mit Genugtuung, wie sie zum Waschbecken taumelte, um sich das brennende Gesicht zu kühlen, und auf dem Handrücken die ersten Blasen fand. Da wusste er, dass er nicht nur ein hochansteckendes Virus synthetisiert hatte, sondern dass der Erreger wegen des hinzugefügten Gens auch den besten und modernsten Impfstoff zu durchbrechen vermochte. Es war, ohne Frage, die Terrorwaffe aller Terrorwaffen.

Weil die Frau die Zukunft gesehen hatte, sowohl für sich als auch für das Ungeborene, das sie bereits liebte, nahm sie es noch schwerer als die Männer. Und der Sarazene suchte Zuflucht darin, sich die spektakuläre Landschaft anzusehen, sich die Ohren mit Watte zuzustopfen und Koranstellen aufzusagen, um die Schreie der Frau zu übertönen.

Als sie schließlich verblutet war, rührte er sich nicht. Er wollte den Augenblick auskosten: Die drei Leichen bewiesen, dass er sich nun in Reichweite eines Ereignisses befand, das Terrorismusexperten als derart beängstigend empfunden haben, dass sie ihm einen besonderen Namen verliehen haben. Sie nennen es die »schleichende Auslöschung« Amerikas.

KAPITEL SIEBENUNDDREISSIG

Es ist die reine Wahrheit: Ohne einen wirksamen Impfstoff kann kein Land auf der Erde einen konzertierten Pocken-Angriff überleben, nicht einmal ein Land mit 310 Millionen Menschen, das für über die Hälfte des weltweiten Reichtums zeichnet, das über genug nukleare Sprengköpfe verfügt, um den Planeten hundert Mal zu vernichten, und mehr Nobelpreisträger in Medizin und Naturwissenschaften hervorgebracht hat als jede andere Nation der Welt. Es wäre angesichts von *Variola major* ebenso hilflos wie die Gefangenen, die tot in ihren eigenen Flüssigkeiten in ihrem steinernen Sarg lagen.

Aber nur ein Mensch und ein Virus – konnte man damit wirklich ein solches Ereignis auslösen? Der Sarazene wusste, dass das machbar war. Wie überraschenderweise auch Washington.

Man nannte es »Operation Dark Winter«.

Das war der Name einer Bioterror-Simulation, die im Frühjahr 2001 im Luftwaffenstützpunkt Andrews durchgeführt worden war. Jahre später, als er im Libanon arbeitete, hatte der Sarazene im Internet einen Bericht über die Ergebnisse der Übung gelesen. Auch wenn er nie daran gedacht hätte, Pocken waffentauglich zu machen, hätte ihm der damalige Geheimbericht sicherlich die richtige Richtung gewiesen.

Dark Winter geht von einem Pocken-Angriff auf die Vereinigten Staaten aus, bei dem eine infizierte Person ein Einkaufszentrum in Oklahoma City betritt. Zudem unterstellt es die Ausbreitung der Krankheit und schätzt die Zahl der Opfer. Dreizehn Tage, nachdem der einzige Infizierte das Einkaufszentrum betreten hatte, hatte sich das Virus auf fünfundzwanzig Staaten ausgebreitet, hunderttausend Menschen angesteckt, ein Drittel davon getötet, das Gesundheitssystem lahmgelegt, die Wirtschaft in den freien Fall geschickt und zu einem mehr oder minder kompletten Zusammenbruch der sozialen Ordnung geführt. Natürlich hat das Virus nicht unterschieden, wen es angreift, und Polizisten, Feuerwehrleute und Pflegepersonal fielen ihm ebenso schnell – wahrscheinlich sogar schneller – zum Opfer wie die Allgemeinbevölkerung. Es kam zu Plünderungen, Brände blieben ungelöscht. Krankenhäuser mussten ihre Türen abschließen und verbarrikadieren. Das Planspiel wurde in einem frühen Stadium abgebrochen: Keiner musste noch mehr erfahren.

Alle, die den Bericht lasen und an seiner Formulierung mitwirkten, hatten vermutlich denselben Gedanken – das war nur eine infizierte Person in einer Einkaufsmeile in Oklahoma City, die einen nicht besonders infektiösen Stamm des Virus in sich trug. Man stelle sich die New Yorker U-Bahn vor, die Macy's Thanksgiving Day Parade oder den Superbowl.

Und obwohl die Regierung schließlich die Herstellung und die Lagerung des Impfstoffs anordnete, stellte sie keine echte Finanzierung bereit, um ein Heilmittel gegen die Krankheit zu finden – der einzige sichere Weg, das Pockenvirus auszumerzen und aus dem Regal potenzieller Waffen zu nehmen. Wie oftmals gesagt wird: Generäle kämpfen immer im letzten Krieg, nicht im nächsten.

Und was, wenn es zwanzig, hundert, tausend infizierte Menschen gäbe? Zwar machte der Bericht *Dark Winter* keine genaueren Angaben, doch schienen all die CIA-Analysten, Biowaffen-Verteidigungs-Experten, Epidemiologen und ihre endlosen Computersimulationen davon auszugehen, dass es sich bei der Person in Oklahoma City um einen infizierten Selbstmordattentäter handelte – jemanden, der absichtlich mit dem Virus infiziert war und der anschließend auf Amerika losgelassen wurde.

Aber für den Sarazenen war der Einsatz infizierter Selbstmordattentäter – von Pathologen als Vektoren bezeichnet – Unsinn. Zwar war es in einem Flüchtlingslager im Gazastreifen vielleicht möglich, junge Märtyrer zu finden, die bereit waren, mit einem Bombengürtel um den Bauch ein Café zu betreten und sich in einer ungeheuren Detonation in die Luft zu sprengen, doch war das etwas ganz anderes als die langsame Agonie der Pocken. Da er zusammen mit seiner Frau in den Lagern gearbeitet hatte, wusste der Sarazene, dass Möchtegern-Krieger an eitergefüllten Blasen nichts Heroisches finden würden – selbst wenn man sie in der Welt nach dem 11. September durch die US-Einwanderungsstellen schleusen könnte.

Nein, er hatte sich etwas sehr viel Wirkungsvolleres ausgedacht als irgendein Szenario, das amerikanische Experten sich vorstellten. Seiner Schätzung nach würde sein Plan mindestens *zehntausend* Vektoren bereitstellen, die sich dann im gesamten Land des fernen Feindes ausbreiten konnten.

Damit könnte man, in der Tat, die »schleichende Auslöschung« Amerikas herbeiführen.

KAPITEL ACHTUNDDREISSIG

Der Sarazene nahm die Watte aus den Ohren und ging zum Dorf. Am Rand blieb er neben einem kleinen Steinhaufen stehen, den er dort aufgestellt hatte. Im Weitergehen zählte er jeden Schritt. Nach neun Schritten bog er scharf nach links ab, um einer vergrabenen Landmine auszuweichen.

Das ganze Dorf war vermint – diese Arbeit hatte er in Angriff genommen, gleich nachdem er die Gefangenen in dem Häuschen, ihrem steinernen Sarg, eingekerkert hatte. Begleitet von den Packpferden war er auf verschlungenen steilen Pfaden geritten, die noch höher in die aufragenden Berge hinaufführten. Weil er sich falsch erinnert hatte, fand er erst nach mehreren falschen Abzweigungen – in einem Durcheinander windumtoster Felsen – den Eingang zu einer Höhlenanlage.

Die Berge waren übersät mit solchen Orten – manche natürlich vorkommend, andere mittels Dynamit ausgehöhlt. Alle wurden von den *muji* während des lang währenden Krieges mit den Russen genutzt. Diesen, ein Munitionsdepot, hatte der Sarazene mit seinen Kameraden gebaut und dann bei Kriegsende sofort verlassen.

Im Schein einer Taschenlampe begab er sich in den tiefsten Teil der Höhle. Der Lichtschein huschte über die Wände. Munitionskisten kamen zum Vorschein, Granaten, Granatwerfer und anderes Kriegsgerät, das so viele Jahre nicht angerührt worden war. Fast alles davon hatte die CIA geliefert, deshalb war es von guter Qualität – nichts von diesem sowjetischen oder pakistanischen Dreck –, außerdem hatte die dünne Bergluft sie besser erhalten als jeder unterirdische Bunker.

Der Sarazene fand, was er brauchte, legte es in graue Munitionskisten und ein Dutzend Holzfässer und kehrte zum Dorf zurück. Den ganzen Nachmittag und bis spät in den Abend legte er Sprengfallen und Landminen entlang der Gassen und zwischen den zerstörten Gebäuden aus. Und zwar aus einem einfachen Grund: Im Unterschied zu seiner Haltung gegenüber den Russen hatte er stets großen Respekt vor den US-Soldaten und vielen ihrer Alliierten gehabt.

Seit er den Menschenversuch ersonnen hatte, wusste er, dass UN-Truppen die Gefangenen suchen würden, und das mit wachsender Entschlossenheit, sollten sie keine Lösegeldforderung erhalten. Und obwohl er glaubte, dass sie keinesfalls in ein zerstörtes Dorf kommen würden, das so entlegen war wie dieses, ging er keine Risiken ein.

Jetzt, da seine Mission bald zum Ende kommen würde, musste er seinen geheimen Zeichen sorgfältig folgen, damit er nicht über einen unsichtbaren Draht stolperte oder die falsche Tür öffnete.

Ein Fehler, und er würde sich der Italienerin und ihren beiden Freunden im himmlischen Chor zugesellen.

Er ging zurück in die Küche, fütterte die Pferde, kochte sein Essen und schlief besser als seit Monaten. Er erwachte bei Sonnenaufgang, und nach der rituellen Waschung und den Gebeten bereitete er sich auf seine Abreise vor. Er hatte hinter dem Haus des Dorfältesten bereits eine große Grube ausgehoben und füllte diese jetzt mit den Beuteln von Ätzkalk, die er speziell zu dem Zweck mitgebracht hatte. Die Substanz würde die Leichen zerstören und auch jedes andere Material in der Grube derart zersetzen, dass kein Spurensicherungsexperte in der Lage sein würde, einen Hinweis darauf zu finden, was an diesem einsamen, bösen Ort passiert war.

Bekleidet mit seinem ABC-Schutzanzug und mit einer seiner letzten Sauerstoffflaschen auf dem Rücken bohrte er mit einem Handbohrer ein kleines Loch in die massive Holztür. Er schob eine Kunststoffröhre mit einem kleinen Stutzen am Ende durch das Loch, steckte das andere Ende in einen großen Behälter mit Lysol und goss mittels einer Fußpumpe das Desinfektionsmittel literweise über die Leichen und das Zelleninnere. Als er den Eindruck hatte, so viel wie möglich damit bedeckt zu haben, tauschte er das Desinfektionsmittel gegen einen alten Militärkanister voller Benzin. Er spritzte den Brennstoff hinein, schüttete ihn über die Leichen, das Stroh, die Holzbalken und das Mauerwerk. Er zog die Plastikröhre heraus und füllte das Loch mit einem mit Benzin getränkten Lappen, hielt ein Streichholz daran und ging schnell in Deckung.

Er war hin- und hergerissen gewesen, ob er die Zelle anzünden sollte, um sie so noch besser zu sterilisieren, da er befürchtete, der Rauch könnte Aufmerksamkeit erregen. Aber der Tag war klar und hell, und er war zuversichtlich, dass das Holz darin so alt war, dass es schnell und sauber verbrennen würde. Darin hatte er recht, aber dann war er doch überrascht von der Wucht der Flammen – als wäre die Natur selbst beleidigt von dem, was hinter diesen Mauern geschehen war.

Sobald die Flammen ausgegangen waren, löschte er die Glut mit noch mehr Lysol. Dabei behielt er die ABC-Ausrüstung an und schleppte mithilfe der Pferde, mit Seilen und mehreren Fleischerhaken die verkohlten Leichen in die Grube. Kurz darauf folgte alles andere, was von irgendeinem der Gefangenen während ihres Aufenthalts angefasst oder berührt worden war – Teller, Utensilien, Spritzen, die verbrannten Überreste der Satteldecken. Immer noch im Anzug, übergoss er sich selbst mit dem Desinfektionsmittel, zog sich aus, duschte mit dem Lysol, kleidete sich wieder an und warf den Anzug in den Ätzkalk.

Es dämmerte. Er hatte das Auffüllen des Grabes fast beendet, als er in die Küche zurückging, um die letzten beiden Beutel Ätzkalk zu holen und den Inhalt in die oberste Schicht der Grube zu schütten. Das sollte wilde Tiere fernhalten.

Drinnen warteten die Pferde darauf, gesattelt zu werden. Die Einsamkeit und die Stille des Hochgebirges waren geradezu erdrückend. Selbst der Wind flüsterte.

Er hörte gar nichts und wäre niemals vor dem Verhängnis, das mit über dreihundert Stundenkilometern auf ihn zukam, gewarnt worden – wenn da nicht die Pferde gewesen wären.

KAPITEL NEUNUNDDREISSIG

Die Russen hatten damit angefangen, und die UN- und die US-Truppen waren ihnen darin gefolgt: Sämtliche Kampfhubschrauber in Afghanistan waren mit flüsterleisen Rotoren und Motoren ausgerüstet. Das hieß: Man hörte sie erst, wenn sie direkt über einem waren.

Zumindest für Menschen galt das. Den *muji* war jedoch aufgefallen, dass die Pferde sich anders verhielten, und deswegen hatten sie vor langer Zeit gelernt, das Verhalten ihrer Tiere zu lesen, als hinge ihr Leben davon ab.

Der Sarazene hievte gerade die Beutel mit Ätzkalk auf seine Schulter, als er zwei der Tiere wiehern hörte. Er drehte sich um.

Es war Jahre her, dass er an Pferden ein solches Verhalten bemerkt hatte, doch es hätte auch gestern gewesen sein können. Helikopter waren im Anflug.

Er ließ die Beutel fallen, griff nach seiner AK-47 und dem Rucksack mit seinem Pass, dem Bargeld und der medizinischen Ausrüstung, band die Pferde los und schlug ihnen auf die Kruppe, damit sie in die hereinbrechende Dunkelheit davongaloppierten. Mit Sicherheit würden sie allein den Weg hinunter ins Tal finden, wo die Dorfbewohner die acht kostbaren Bergpferde finden würden. Da sie so viel wert waren wie ein großer Hino-Lkw, würden sie dieses Vermögen bestimmt nicht gefährden, indem sie es jemandem meldeten.

Zwei Minuten später landeten drei US-Hubschrauber mit zwanzig australischen Soldaten an Bord – alarmiert durch den Bericht eines Satelliten, der Wärmebilderkennung verwendete, um die abseits gelegenen Areale nach den Entführten abzusuchen. Ironischerweise war es nicht das Feuer gewesen, sondern das Virus, das den Alarm ausgelöst hatte. Wegen des hohen Fiebers, das mit einer Pockeninfektion einhergeht, suchten die Analysten, die die Satellitenbilder interpretierten, nach Wärmebildaufnahmen vom Vortag und zogen nicht einmal in Betracht, dass die Wärme von drei Menschen hervorgebracht worden sein könnte. Eher von acht – das war ungefähr die Größe der Gruppe, die sie jagten. Niemand kam darauf – weder die Analysten noch die CIA-Agenten in der Alec-Station, die die Rettungsaktion leiteten, noch sonst jemand in der Behörde –, dass ein Einzelner drei Gefangene in seiner Gewalt haben könnte. Entführungen liefen einfach nicht so ab.

Als die australischen Soldaten aus den Hubschraubern stiegen, erwarteten sie folglich, eine kleine Gruppe Taliban oder eine Karawane von Drogenkurieren zu finden, und hatten sich auf mindestens fünf potenzielle Feinde eingestellt. Und weil sie mit einem Kreuzfeuer rechneten, agierten sie langsam und vorsichtig. Auch die erste Sprengfalle bremste ihr Vorrücken.

Als zwei der Soldaten, die sich streng an das korrekte Vorgehen hielten, zu einem Haus am Dorfrand kamen, traten sie links und rechts neben die Tür und stießen sie mit dem Fuß auf, wodurch sie zwei große, an der Rückseite angebrachte Landminen auslösten. Die Detonation durchtrennte einen Draht, der wie eine alte Wäscheleine aussehen sollte, über die Gasse führte und hinter ihnen eine Mörserbombe auslöste. Die beiden Gefreiten hatten ihr Kreuzfeuer gefunden – sie hatten keine Chance.

Der Offizier, der ihnen am nächsten stand, ein Leutnant namens Pete Keating, machte sich erst gar nicht die Mühe, sich mit seinem befehlshabenden Offizier zu beratschlagen, dem Hauptmann, der mehrere Hundert Meter entfernt stand. Die meisten im Trupp hielten ihn, wenn nicht für regelrecht gefährlich, so doch zumindest für einen Trottel. Keating beorderte alle Mann zurück und legte einen Kordon rund um das gesamte Dorf. Das hätten sie gleich nach der Landung machen sollen, aber der Hauptmann hatte es nicht für notwendig gehalten.

»Was wollen die Feudelträger denn machen – etwa versuchen, die Berge runterzugehen?«, hatte er gefragt. »Wenn die da drin sind, geben wir ihnen die Gelegenheit, sich zu ergeben. Ruft einfach: ›He, Jungs – heute ist Waschtag, und wir haben die Maschine‹«, hatte er gesagt und seinen Männern damit bestätigt, was für ein rassistischer Trottel er doch war.

Keating hatte ihn nochmals zu überzeugen versucht, das Dorf zu umstellen, aber das wurde zurückgewiesen, und so hatte er seine Männer vorsichtig hineingeschickt. Jetzt versuchte er verzweifelt, die Lage wieder in den Griff zu bekommen. Er schickte vier Männer los, die nach den Gefreiten suchen sollten – nicht, dass er viel Hoffnung hatte. Die übrigen ließ er in zwei großen bogenförmigen Bewegungen aufmarschieren, um endlich das Dorf zu sichern.

Dreihundert Meter entfernt lief der Sarazene schnell, mit großen Ausweichbewegungen und jeden Schritt zählend, auf den Dorfbrunnen und einen steilen Hang zu, der zu einem kaum erkennbaren Pfad und dahinter in die Freiheit der Berge führte.

Wäre Keating weniger entschlossen gewesen und hätte er eine

Minute lang gezögert, wäre der Sarazene dem Kordon entkommen. Doch der Leutnant, guter Soldat, der er war, zauderte nicht. Fast in Sichtweite des Weges musste sich der Sarazene hinter den Brunnen werfen, um vier anrückenden Infanteriesoldaten auszuweichen.

Jetzt saß er in dem Kessel fest, und er wusste, dass die jungen Soldaten ihr Bestes geben würden, um die Katastrophe zu vermeiden, auf die er so lange hingearbeitet hatte. Er ging in die Hocke und flitzte zu einer niedrigen Mauer aus Trümmern. Er entkam unbemerkt und war wieder auf den Straßen, wo ein falscher Schritt, eine falsche Erinnerung an die Drähte ihn das Leben kosten könnte.

Die Soldaten bewegten sich langsam, überprüften jedes Gebäude, brachten die Bodenminen zur Detonation, wenn sie sie fanden, rückten in immer engeren Kreisbewegungen vor. Der Sarazene spurtete durch eine kurvige Gasse und einen alten Ziegenstall und musste schnell den Rückzug antreten, als er fast in einen Trupp Soldaten hineingerannt wäre. Er zog sich zurück, vorbei am Haus des Dorfältesten und in die mit Schutt übersäte Gasse.

In seinem panikartigen Zustand bedeutete das einen schlimmen Fehler: Die Gasse war von einem Stapel aus Mauersteinen versperrt. Es gab keinen Weg zurück. Die einkreisenden Soldaten waren so dicht hinter ihm, dass er hören konnte, wie sie sich verständigten. Er nahm die AK-47 von der Schulter – besser, wie ein *muji* zu sterben, als wie ein Hund niederzuknien – und blickte zum Himmel.

Gott war bei ihm: die Hausdächer. Wenn er nur auf eines davon hinaufkäme. Dort oben gab es keine Landminen, deshalb könnte er sich viel schneller bewegen. Er setzte alles auf eine Karte, lief den heranrückenden Soldaten entgegen und versuchte zu einer ummauerten Zisterne zu kommen, bevor sie um die Ecke bogen.

Er erreichte die Zisterne, sprang auf die flache Abdeckung und nutzte sie als Sprungbrett, um auf das Dach der alten Moschee zu klettern. Augenblicke später, während er flach dalag und seinen keuchenden Atem zu beherrschen versuchte, gingen die Soldaten unter ihm vorbei. Dann blieben sie stehen, sie versuchten die Geräusche von allem aufzunehmen, was sich zwischen den Häusern vor ihnen bewegte.

Kein Laut. Die Stille auf dem Berg war so laut, dass Leutnant Keating – der vom Rand des Dorfs seine Leute per Funk kommandierte – sich allmählich fragte, ob das Dorf verlassen war. Vielleicht war es vor Jahren von den abziehenden *muji* vermint worden. Aber warum hätten sie das tun sollen? Die einzigen Leute, die die Häuser wiederbesetzen würden, waren arme afghanische Familien oder durchziehende Ziegenhirten. Nein – wahrscheinlicher war, dass sie zufällig auf irgendein sehr wertvolles Ziel gestoßen waren und dass die Feinde sich bedeckt hielten und zuschauten. Folglich war die Stille das Bedrohlichste, was Keating je gehört hatte. Leise sprach er mit seinem Trupp über Funk. »Langsam. Ganz langsam.«

Der Sarazene zählte langsam bis sieben und rührte sich dabei nicht vom Fleck. Dann zog er seine weichen Ledersandalen aus und lief auf den dicken Wollsocken leise über die alten Lehmdachziegel. Er sprang über eine schmale Gasse, stürzte dabei fast durch ein Loch, wo die Ziegel zusammengekracht waren, und hechtete hinter eine niedrige Brüstung. Und da erblickte er seine Chance.

Er spähte durch eine kleine Lücke im Mauerwerk, unsichtbar für die Nachtsichtgeräte der Australier, und bemerkte die Soldaten, die auf drei verschiedenen Gassen anrückten. Das war die sich zuziehende Schlinge, der er sich entziehen musste, wenn er entkommen wollte. Er zog seine Sandalen wieder an, presste das Kinn so fest ans Mauerwerk, dass es zu bluten anfing, drückte das Sturmgewehr an die Schulter und dankte Allah, dass es mit einem Mündungsfeuerdämpfer und einem Schalldämpfer ausgerüstet war.

Ein schlechterer Kämpfer, ein Mann, der nie als Guerilla gekämpft hatte, hätte geschossen, um zu töten. Doch der Sarazene beherrschte sein Fach – im Durchschnitt sind sieben Männer erforderlich, um einen Schwerverwundeten zu behandeln und zu evakuieren. Die Toten brauchen niemanden.

Er wählte in jeder der drei Gassen ein Ziel aus. Hätte er keinen Schalldämpfer gehabt, hätten sie ihn beim ersten Schuss gehört und wären in Deckung gegangen. Hätte sein Gewehr keinen Mündungsfeuerdämpfer besessen, hätten sie seine Stellung entdeckt und ihn und die Brüstung mit Salven aus ihren Sturmgewehren zerfetzt.

Er schoss. Wegen des Knisterns in ihren Kopfhörern hörten die Soldaten nicht einmal die drei leisen Plopps. Dem einen verpasste er eine Kugel in den Oberschenkel. Er war so gut wie tot, wenn man ihm nicht sofort einen Druckverband anlegte. Der andere bekam eine Kugel in den Hals – für ihn konnte man vermutlich nichts mehr tun. Und dem dritten zerschoss er den Unterarm, was für jede Menge Schmerzen reichte. Alle drei stürzten aufschreiend zu Boden, ihre Kameraden hechteten in Verteidigungsstellung und versuchten, einander Deckung zu geben.

Gute Soldaten, disziplinierte Soldaten – und das hier waren, trotz des Hauptmanns, wirklich gute Soldaten – tun alles für ihre Verwundeten. Im nachfolgenden Chaos, während sie inmitten der Dunkelheit und des Schreckens eines Feuergefechts versuchten, ihren angeschossenen Kameraden zu helfen und zugleich den Feind ausfindig zu machen, mussten sich einzelne Trupps hinter Schuttbergen hervorwagen, um sich in Hauseingänge zu flüchten.

Hinter der Brüstung beobachtete der Sarazene, wie der Kessel um ihn löchrig wurde – und dann brach. Es war keine große Lücke, und sie würde wahrscheinlich auch nicht lange bestehen, aber es könnte reichen. Er ging nicht in die Hocke, sondern wälzte sich, den Rucksack und das Gewehr an die Brust gepresst, über das schräge Dach und stürzte über den Dachsturz nach unten. Die Mauer eines Gebäudes sauste an ihm vorbei – Allah möge ihm helfen, wenn er sich ein Bein brach –, er drehte sich mitten in der Luft und landete auf der Hüfte. Der Schmerz hätte ihn fast überwältigt, aber er rappelte sich auf und rannte los. Jetzt war nicht die Zeit, da ein erfahrener *muji* wimmerte oder humpelte: Er war ein Veteran des grausamsten Bürgerkrieges seit Jahrzehnten und hatte nicht vor, jetzt wie ein Christ zu flennen.

Er spurtete auf eine gewundene Gasse zu, die durch die Lücke der Absperrungskette führen würde. Dabei geriet er hinter der schiefen Fassade eines zerstörten Hauses vorübergehend außer Sichtweite eines Trupps. Wenn die Soldaten sich drei Meter zur einen oder zur anderen Seite bewegten …

Es gelang ihm, durch die Schlinge zu schlüpfen. Er kam an einem Halbmond vorbei, den er in eine Holztür gekratzt hatte, hoffte bei Gott, dass er sich richtig erinnerte, und begann zu zählen. Er lief fünfundzwanzig Schritte vorwärts, machte drei nach links, wich erfolgreich einer vergrabenen Tretmine aus und erblickte unmittelbar vor sich die Berge – die Sicherheit.

Hinter sich hörte er, wie ein Soldat seinen Kameraden zurief, sie sollten sich auf den Boden werfen. Er rechnete damit, im nächsten Moment das ohrenbetäubende Knattern von Karabinern zu hören und alle Beherrschung über seine Beine zu verlieren, sobald die Kugeln seinen ungeschützten Rücken treffen und seine Wirbelsäule durchtrennen würden. Stattdessen aber hatte der Soldat einen Stolperdraht gefunden, der zu zwei hinter einem Stapel alter Ölfässer versteckten Granaten führte. Während seine Kameraden sich niederkauerten, riss der Soldat an dem Draht.

Die Granaten detonierten. Im grellen Lichtblitz sah Feldwebel Keating, der nach vorn rannte, um den Kordon wieder zu schließen, den Sarazenen außerhalb des Kessels: Er sprintete auf eine Gruppe eingestürzter Mauern zu, die Schutz boten. Keating hockte sich auf ein Knie, drückte den Schaft seines Karabiners gegen die Schulter und schoss. Da er von Spezialeinheiten ausgebildet worden war, wusste er, was er tat: Bei jedem Feuerstoß gab er drei Schüsse ab und schwenkte dabei schnell von links nach rechts und wieder zurück.

Ein paar Zentimeter weiter links oder rechts – oder ein Glückstreffer –, und alles wäre anders gekommen. Aber das Schicksal wollte es anders … Rings um den Sarazenen wirbelten die Hochgeschwindigkeitsgeschosse Staub und Steine auf, doch keines traf ihn. Keating verfluchte sein Nachtsichtgerät und die unvermeidliche Distanz zwischen Auge und Abzug. Der Sarazene dankte natürlich der Hand Gottes.

Mit Höchstgeschwindigkeit bog er um die Ecke von drei zerstörten Mauern, täuschte links an und schwenkte, immer noch seinen Rucksack und das Gewehr festhaltend, scharf nach rechts ab. Dann glitt und stürzte er einen steilen Hang hinab in das alles verschlingende Dunkel einer felsübersäten Schlucht.

Ein junger australischer Offizier hatte ihn in der Stichflamme einer Granate für den Bruchteil einer Sekunde erblickt. Das war das einzige Mal, dass der Sarazene jemals von einem Zivilisten oder Soldaten gesehen wurde. Bis ich ihn traf, natürlich.

KAPITEL VIERZIG

Die Australier setzten dem Sarazenen nicht nach, was ein Fehler war. Doch ihr Auftrag lautete, die drei entführten Zivilisten zu finden, und nicht, einen einzelnen Aufständischen zu verfolgen. Wie sich jedoch herausstellte, hatten sie in dieser unerfreulichen Nacht unglaublich viel Glück: Weil der australische Hauptmann eine Kugel in den Oberschenkel bekommen hatte, führte jetzt Leutnant Keating das Kommando.

Keating war erst sechsundzwanzig Jahre alt, hatte aber bereits einen Einsatz in Afghanistan hinter sich, weshalb sein Gesicht trotz seiner jungen Jahre deutlich gezeichnet war. Er stammte aus einer Kleinstadt namens Cunnamulla. In dieser landwirtschaftlichen Region mit überwiegend Weizenanbau, die so weit im Westen lag, am Rande dessen, was die Australier »das Nimmernimmer-Land« nennen, war es so heiß, dass die Einheimischen behaupteten, ein Mann, der Frauen lieber mochte als Bier, sei pervers. Aber weil einige Nachbarn ein paar Schafe besaßen, wusste Keating nach einem Ausbruch von Maul- und Klauenseuche, wofür Ätzkalk benutzt wurde.

Als er schließlich in die Küche trat und die beiden weggeworfenen Beutel auf dem Boden sah, kam es ihm deshalb vor, als bewegte sich der Boden unter seinen Füßen. Ätzkalk war in diesem Teil der Welt völlig ungebräuchlich. Wieso hatte sich also jemand die Mühe gemacht, hier welchen herzubringen? Bestimmt nicht die Entführer. Er glaubte nach wie vor, dass die Sprengfallen ein hochwertiges Objekt in dem Dorf schützen sollten, aber er war sich nicht mehr sicher, ob es noch existierte. Sofort befahl er seinen Männern, ihre Taschenlampen zu holen und nach einem Grab oder einer Bestattungsgrube zu suchen.

Zuerst fanden sie die verkohlten Überreste des Stein-Lagerhauses. Und während Keating dahinterzukommen versuchte, was das bedeutete, hörte er jemanden rufen.

Einer der Jungspunde. Er kümmerte sich weder um sein Kommunikations-Headset noch um das korrekte Vorgehen und rief seinen Kameraden zu: »Ich hab's gefunden! Bringt mal eine Schaufel her.«

Keating und mehrere seiner Leute kamen – vorsichtig, wegen der Sprengfallen – zum Bereich des Dorfältesten hinter dem Haus herübergelaufen. Ein Blick auf den frisch umgegrabenen Boden – tief und breit genug, um wer weiß was zu enthalten, Spuren von Ätzkalk darum verstreut – reichte. Aber Keating hatte keine Lust, Risiken einzugehen.

»Geht da sofort weg! Alle zum Landeplatz. Marsch!«

Einer der Feldwebel – wie alle anderen hatte er keinen Schimmer, was hier eigentlich los war – drehte sich zu Keating um. »Woll'n wir nicht die übrigen Häuser durchsuchen, Chef? Könnten doch noch ein paar mehr feindliche Kämpfer hier sein.«

Keating schüttelte den Kopf. Die ausgeklügelten Sprengfallen sowie der Umstand, dass niemand versucht hatte, den Trupp festzunageln, hatten ihn davon überzeugt, dass sich der einzige Dorfbewohner aus dem Staub gemacht hatte. »Nein, Sarge. Worum immer es sich handelt, ich glaube, wir haben es gefunden.«

Im Landebereich – die Verwundeten wurden behandelt, der einzige Sanitäter des Trupps versuchte, dem Hauptmann einen

Zugang für eine Infusion zu legen – rief Keating sofort über das abhörsichere Kommunikationsnetz ihren Stützpunkt an.

Die Medevac-Hubschrauber waren bereits auf dem Weg, um die Verwundeten auszufliegen. Der Telefonist im Stützpunkt, der dreihundert Kilometer entfernt in einem Blockhaus mit Klimaanlage untergebracht war, nahm an, dass der Offizier sie antreiben wollte und sich ziemlich schnell beklagen würde, dass sie an der Front seien und einfach nur verdammt gute Unterstützung bräuchten. So wie die das immer taten.

Aber Keating unterbrach das gelangweilte Update des Typen über die Helis und sagte, man brauche *auf der Stelle* eine ABC-Einheit am Berg. Weil man sich hier im Heer befand, löste das natürlich einen Haufen Fragen, Anfragen über die Autorisierung und Verwirrung hinsichtlich der Befehlskette aus. Keating wusste, dass das noch Stunden so weitergehen konnte, deshalb schrie er den verdatterten Telefonisten an: »Wir sind eventuell kontaminiert – haben Sie das verstanden? Soweit ich weiß, radioaktiv. Das ist garantiert was Ernstes.«

Ähnlich wie der Telefonist waren auch Keatings Leute – darunter der Hauptmann, der kaum noch bei Bewusstsein war – total baff. Einen Augenblick lang schien die Stille sogar den Wind verschluckt zu haben. Dann redete der Telefonist schnell, sagte, er solle dranbleiben. Gleichzeitig öffnete er eine ganze Reihe von Kanälen, damit sich Keating möglichst schnell durch die Befehlskette durcharbeiten konnte.

Keating legte auf – der Abbruch der Kommunikation würde die Jungs mit Sicherheit auf Trab bringen: In der Armee musste man, wie sonst im Leben auch, manchmal eine Krise erzeugen, um auf sich aufmerksam zu machen. Zwar bezweifelte er, dass es sich um Radioaktivität handelte, aber seine Intuition sagte ihm, dass sie auf etwas ganz Übles gestoßen waren, und ihm fiel keine andere Möglichkeit ein, wie er die Dringlichkeit übermitteln sollte. Dass er einen Anschiss bekommen würde wegen Überreaktion, war ihm sowieso schon klar, aber was sollte er machen?

Zwar entfalteten die Stabsoffiziere im Stützpunkt einen wahren Wirbelwind von Aktivitäten, doch war keinem von ihnen Folgendes bewusst: Wäre der Hauptmann nicht angeschossen worden und wäre Keating andernorts als im australischen Westen aufgewachsen und hätte er nicht das Aussehen und die Verwendung von Ätzkalk gekannt – wären diese Faktoren und noch weitere nicht zusammengekommen –, dann wäre das Team von Männern in Raumanzügen, ausgerüstet mit aufblasbaren Schutzzelten und Türmen von Klieg-Scheinwerfern, niemals rechtzeitig eingetroffen.

So aber landete ihre Flotte von Chinook-Hubschraubern gerade noch rechtzeitig – jede weitere Verzögerung um nur eine Stunde hätte bedeutet, dass der Ätzkalk sein Werk verrichtet hätte und sie niemals den Fetzen einer Satteldecke gefunden hätten.

KAPITEL EINUNDVIERZIG

Als die Chinooks gelandet waren, war der Sarazene bereits den ersten der steilen Hänge hinabgestiegen und überquerte eine enge, windumtoste Ebene. Ähnlich wie die westliche Welt Glück gehabt hatte, weil Keating am Berg das Kommando übernommen hatte, war auch der Sarazene vom Glück begünstigt. Er saß auf einem Pferd.

Wegen der verletzten Hüfte war der Abstieg zunehmend schwieriger geworden. Seine Erfahrung als Arzt verriet ihm, dass sie nicht gebrochen war, aber welchen Schaden auch immer sie davongetragen hatte, das Gehen fiel ihm immer schwerer.

Weil er keine Krücke, keinen Stock hatte, der ihn entlastet hätte, musste er möglichst schnell eine Höhle oder ein Erdloch finden, um sich wenigstens ein paar Stunden hinzulegen und auszuruhen. Gerade als er das Hochplateau überqueren wollte, sah er das Pferd.

Es war eines seiner Packpferde, es hatte sich von seinen Artgenossen getrennt und wirkte einsam und verlassen im Sternenlicht. Als es seine Stimme erkannte, trottete es, auf etwas Gesellschaft und eine Leckerei hoffend, gehorsam auf ihn zu. Er griff nach dem Führseil, das er früher am Abend durchgeschnitten hatte, nutzte es als provisorisches Halfter und stieg auf.

Er drängte das Pferd zum Galopp und ritt schnell über das Hochplateau. Dabei stieß er auf einen Pfad, auf dem die Ziegenhirten im Sommer zu den höher gelegenen Weiden gelangten, und überließ dem Pferd die Führung. In den Bergen aufgewachsen und trittsicher, wie es war, brachte es ihn auf dem bröckeligen Pfad rasch nach unten. Instinktiv vermied es dabei die Auswaschungen und losen Kiesel und wurde nie kopfscheu, nicht einmal, als es unter seinen Hufen dreihundert Meter oder mehr steil nach unten ging.

Als es schließlich dämmerte, überflogen US- und UN-Hubschrauber die schmale Hochebene. Aber sie glaubten, einen Mann zu Fuß zu suchen, und begründeten alle Maßnahmen auf dieser Annahme. Weil das Gelände mit Schluchten und Höhlen übersät war, natürlichen und von Menschen errichteten, wurde das Ganze eine langsame, mühsame Suche für die Piloten und die Späher.

Die Suchräume wurden stetig erweitert, aber das Pferd hielt den Sarazenen weit jenseits der zunehmenden Reichweite. Binnen zwei Tagen hatte er sich dann Nomadenhirten angeschlossen. Tagsüber ritt mit er ihnen, des Nachts schlief er zwischen ihren Zelten.

Eines Morgens, als sie einen hohen Bergkamm entlangritten, erblickte er dann die alte transafghanische Straße, die das Tal unter ihnen durchschnitt. Er verabschiedete sich von den Nomaden und wandte sich der Straße zu.

Zwei Stunden später schloss er sich einem Strom von klapprigen Lkws, rasenden Toyota-Pick-ups und überfüllten Bussen an und entschwand im Chaos des modernen Afghanistan.

Die Männer in den weißen ABC-Anzügen arbeiteten in ihrem transparenten silberfarbenen Schutzzelt methodisch. Mobile Stromgeneratoren und hochentwickelte Filter trugen den Geruch von feuchter Erde und Ätzkalk davon und ersetzten ihn durch gereinigte Luft, deren Temperatur auf konstant 20 Grad Celsius gehalten wurde.

Obwohl sie nur langsam vorankamen, dauerte es nur ein paar Stunden, bis die Vorgesetzten und Techniker feststellten, dass es auf dem Berg kein atomares Material gab.

Diese Entdeckung beförderte weder Keatings Reputation noch seine Karriereaussichten. »Alarmist« war noch das Freundlichste, was jemand in der Befehlskette dazu sagte, bevor man an der ganzen Exhumierung ziemlich das Interesse verlor. Die allgemeine Meinung in der ABC-Mannschaft lautete, dass irgendein Drogenkurier beschlossen hatte, ein paar Pferde zu begraben – entweder die eigenen oder, wahrscheinlicher, die, die irgendeinem Rivalen gehörten. Was Fehden anging, da waren sich alle einig, spielten die Afghanen in einer eigenen Liga.

Aber es gab ein Detail, das sie nicht so leicht abtun konnten, und das war der Ätzkalk. Das hielt Keating in jenen schwierigen Tagen aufrecht – das und seine unerschütterliche Überzeugung, dass es in dem Durcheinander von Gebäuden etwas zutiefst Merkwürdiges, etwas zutiefst Unheimliches gab. Verstärkt wurde dieses Gefühl durch die abgelegene Lage des Dorfes mit seiner spektakulären Aussicht, weshalb er ihm einen Namen verlieh: das Overlook-Hotel.

Dann fanden die Männer im Zelt die erste verkohlte Leiche. Oder wenigstens das, was davon übriggeblieben war. Dabei stellten sie fest, dass es sich um eine Frau handelte, und obwohl sie noch keine Beweise hatten, waren sie sicher, dass sie tiefer unten noch zwei weitere Tote finden würden – einen Japaner und einen Niederländer. Was für eine Art Entführer war das, der seine Opfer in einer mit Ätzkalk gefüllten Grube entsorgte, ohne wenigstens eine Lösegeldforderung zu stellen?

Neben der Leiche, tief im Chemieschlamm, fanden sie etwas, was übriggeblieben war – etwa handtellergroß – und wie eine Satteldecke aussah. Sie wussten es nicht, doch in der letzten Nacht ihres Lebens hatte die Frau sich die Decke auf das Gesicht gelegt, um sich selbst zu ersticken, damit die gnadenlosen Schmerzen aufhörten. Die Folge war, dass die Decke ihren Speichel, ihr Blut, Partikel von Körpergewebe und das vollständige genetische Material der Blasen enthielt, die sich an ihrem Mund und ihrem Hals gebildet hatten.

Die Decke, die sie vor den schlimmsten Flammen geschützt hatte, war noch immer von ihrer teilweise verbrannten Hand umklammert, als der Sarazene die Frau mit den Pferden in die Grube zog. Eine Stunde später, und der Ätzkalk hätte die Decke komplett zerstört.

Inzwischen besorgt und gezwungen anzuerkennen, dass es sich vielleicht gar nicht um eine Entführung handelte – was Keatings Ruf und seine Karriereaussichten auf der Stelle wiederherstellte –, erhöhten das ABC-Team und seine Vorgesetzten ihr Arbeitstempo enorm. Ihre erste Aufgabe bestand darin festzustellen, womit genau sie es zu tun hatten. Deshalb versiegelten sie den kleinen Fetzen Decke in einem luftdichten ABC-Container, sicherten diesen zusätzlich in einem Bleibehälter und schickten die Fracht, erst per Hubschrauber und dann mit einem speziellen Übernacht-Jet, nach Fort Detrick in Maryland.

KAPITEL DREIUNDVIERZIG

Fort Detrick, Teil des medizinischen Forschungszentrums der US-Armee, besteht aus einer Ansammlung von Gebäuden auf einem 500 Hektar großen Hochsicherheitsgelände vor den Toren der Stadt Frederick.

Eines seiner größten Institute beherbergt die führende Behörde für biologische Kriegsführung der USA, das Forschungsinstitut für Infektionskrankheiten. Es ist so geheimnisumwittert, dass etliche Verschwörungstheoretiker behauptet haben, in seinen Laboratorien habe die US-Regierung das HI-Virus entwickelt.

Wenn sie recht hätten, dann wäre das lang gestreckte, niedrige Gebäude nicht weit entfernt von dem, was früher als Anthrax-Turm bezeichnet wurde, wo die NASA angeblich die Mondlandung inszeniert hatte. Niemand weiß das, denn nur sehr wenige Menschen durften jemals das Gelände betreten – nicht einmal einer, der eine so hohe Sicherheitsprüfung durchlaufen hatte wie ich.

Hier nun traf an einem Sonntagmorgen, in einem der Bio-Hochsicherheitslabors, der versiegelte Behälter aus Afghanistan ein. Weil niemand im Overlook-Hotel wusste, womit sie es zu tun hatten, hatte man ihn nicht mit dem Stempel »Höchste Priorität« versehen.

Aus diesem Grund wurde der Behälter in eine Warteschlange eingereiht und erst nach 21 Uhr geöffnet. Zu dem Zeitpunkt war der einzige Mikrobiologe im Dienst ein Mittvierziger namens Walter Drax – ein kleinlicher, nachtragender Mann, der gern in der Nachtschicht arbeitete, weil das bedeutete, dass er sich nicht mit den – von ihm so titulierten – Arschlöchern und Primitivlingen abgeben musste. Seiner Meinung nach handelte es sich dabei um eine sehr große Gruppe, zu der die meisten seiner Kollegen und mit Sicherheit alle im Management gehörten – also die Leute, die ihm seiner Ansicht nach jede Möglichkeit der Beförderung und die damit einhergehende höhere Bezahlung blockiert hatten.

Er arbeitete allein in einem Labor mit der Biologischen Schutzstufe vier, in dem ständiger Unterdruck herrschte, und trug einen Anzug nicht unähnlich dem des Sarazenen, wobei sein Luftregler mit einer Deckenleitung verbunden war. Er öffnete die Kiste in einem speziellen Schrank, entfernte das kleine Stück Satteldecke und bereitete es für die Analyse vor.

Als er auf den Bildschirm seines Elektronenmikroskops spähte, glaubte er einfach nicht, was er da sah. Mit klopfendem Herzen und stark schwitzend in seinem Schutzanzug überprüfte er das Ganze dreimal – er wechselte sogar das Gerät. Dann ging er zu seiner Arbeitsstation zurück und schlug in der Fachliteratur und den geheimen Handbüchern des Instituts nach. Schließlich war er überzeugt.

Er hatte den Erreger von *Variola major* vor sich. Instinktiv wusste er, dass es sich um eine hochinfektiöse Variante handelte, aber was ihm richtig Angst einjagte, war das, was er sah, wenn er tief in die komplexe Struktur des DNS-Moleküls schaute: Es war genetisch hergestellt worden. Er hegte keinen Zweifel daran, dass es sich hierbei um eine waffentaugliche, militärisch genutzte Variante des Krankheitserregers handelte. Eine Massenvernichtungswaffe.

Indem er das DNS-Molekül zerlegte und die Bilder in den Handbüchern verglich mit dem, was er im Elektronenmikróskop sehen konnte, erfuhr er schnell, dass jemand ein spezifisches Gen eingefügt hatte. Ihm fiel nur ein Grund dafür ein, warum irgendwer so etwas tat: Das Virus war konstruiert worden, um den Impfstoff zu durchbrechen.

Sollte das funktionieren – und Drax sah keinen Grund, der dagegensprach –, dann wäre niemand in der Welt, nicht einmal die Nazis mit ihren Viehwaggons und Kanistern mit Zyklon B, jemals im Besitz einer effizienteren Waffe gewesen.

Die normale Vorgehensweise in solch einem Fall – wenn man unter solchen Umständen irgendetwas als normal ansehen konnte – bestand darin, dass Drax seinen Dienstvorgesetzten zu Hause anrief und ihn über seinen Fund in Kenntnis setzte. Aber Drax wollte das nicht. Er wäre verdammt, wenn er irgendwelchen dieser Leute einen Platz in der Geschichte des Instituts und den *Ruhm* überlassen würde, die die Entdeckung eines waffenfähigen Pockenvirus mit sich bringen würde.

Ich meine, er sagte sich, dass der ganze Laden doch immer noch von den Typen redete, die das Ebolavirus in einem verdammten Affen entdeckt hatten.

Stattdessen beschloss er, diese Leute alle außen vor zu lassen und mit seiner Cousine zu sprechen. Auch die mochte er nicht besonders, allerdings war sie mit einem Sonderassistenten beim Nationalen Sicherheitsrat verheiratet – einem Mann, den Drax insgeheim »Lip Gloss« nannte, weil er sehr dazu neigte, sich bei seinen Vorgesetzten einzuschleimen.

Als er ihn an den Apparat bekam, sagte Drax, ohne das kleine Stückchen Satteldecke zu erwähnen, dass er mit dem höchstrangigen Mitglied der US-Nachrichtendienste sprechen müsse, den man so spät am Sonntagabend erreichen könne. Lip Gloss lachte und sagte, so liefen die Dinge nicht und er solle ihm lieber erzählen, worum es ging, und überhaupt, was stimme denn mit seinen Vorgesetzten nicht, und sicherlich hätten sie doch ein vorgeschriebenes Verfahren für so etwas …

Drax war nicht in der Stimmung für Verzögerungen. »Oh, tut mir leid. Aber vielleicht solltest du mal den Mund halten. Es gibt eine sichere Leitung direkt ins Labor. Und nun mach, was ich dir sage – bring jemanden dazu, mich anzurufen. Es geht um die nationale Sicherheit.«

Er legte auf, bevor Lip Gloss antworten konnte. Dann setzte er sich hin und wartete. Seit Jahren hatte er sich nicht mehr so gut gefühlt.

Es waren die Worte »nationale Sicherheit« sowie der Umstand, dass Drax für das bedeutendste Biowaffen-Verteidigungs-Labor arbeitete, die Lip Gloss davon überzeugten, den stellvertretenden US-Geheimdienstkoordinator anzurufen, den er gut kannte, weil ihre Söhne, die im Teenageralter waren, in derselben Mannschaft Baseball spielten.

Die Folge: Der stellvertretende Geheimdienstkoordinator rief Drax an und hörte sich mit zunehmendem Entsetzen an, was ihm der Labortechniker von dem Stück Material, das aus Afghanistan eingetroffen war, und den verschiedenen Typen von Pockenviren erzählte.

»Angesichts der Panik, die so etwas verursachen würde, wollte ich, dass so wenig Leute wie möglich davon wissen – ich hielt es für das Beste, mich gleich an die Spitze zu wenden«, sagte Drax.

Der stellvertretende Geheimdienstkoordinator gratulierte ihm zu seiner Weitsicht, ermahnte ihn, mit niemandem darüber zu sprechen und sich ruhig zu verhalten, bis er zurückrief. Der Vize-Geheimdienstkoordinator hatte jedoch ein unmittelbares, überragendes Problem: Sagte Drax die Wahrheit? War es nicht ein Wissenschaftler in derselben Abteilung in Fort Detrick gewesen, der verdächtigt worden war, den Anthrax-Erreger hergestellt und mit der Post an mehrere US-Senatoren geschickt zu haben? Andererseits: Der Kerl, mit dem er da auf der sicheren Leitung gesprochen hatte, klang zwar zweifelsfrei wie eine Nervensäge, was aber nicht unbedingt hieß, dass er ein Fort-Detrick-Irrer war.

Er rief den Institutsleiter an, einen hochrangigen Offizier und ebenfalls renommierten Wissenschaftler, schwor ihn auf Geheimhaltung ein, erzählte, was er soeben erfahren hatte, und bat ihn – nein, befahl ihm –, sofort ins Labor zu fahren, um die Herkunft der Probe zu bestätigen und Drax' Befunde zu untersuchen.

Vierzig Minuten später rief der Institutsleiter, als er vor Drax' Elektronenmikroskop saß, zurück und übermittelte dem stellvertretenden Geheimdienstkoordinator die Nachricht, die dieser schon befürchtet hatte. Jetzt begannen die Regierungsmaschinerie und die Panik so richtig auf Touren zu kommen. Dies alles spielte sich ab, während nur zwei Menschen in der riesigen US-Biowaffen-Verteidigungs-Anlage – der Organisation, die das Epizentrum der Ereignisse hätte sein sollen – eine Ahnung davon hatten, was tatsächlich geschah. Für ein Ausweichmanöver war dies ein spektakulärer Erfolg.

Für uns Übrige war das alles ein glücklicher Zufall – denn es bedeutete, dass sich der Regierung zumindest eine Chance bot, die Situation geheim zu halten. Wenn der Sarazene nämlich erfahren sollte, dass man ihn verfolgte, dann würde er entweder sofort untertauchen oder sein Vorhaben beschleunigen. Die Geheimhaltung aufrechtzuerhalten war ausschlaggebend, und in dieser Hinsicht würden die nächsten Stunden entscheidend sein …

Das Geheimnis blieb gewahrt. Um Mitternacht an jenem Sonntagabend kannten nur neun Menschen auf der Welt – abgesehen vom Sarazenen – die Wahrheit. Kurz darauf wurde ich, obwohl ich meinen Dienstausweis schon vor langer Zeit abgegeben hatte, der zehnte.

Die ersten beiden Eingeweihten – Drax und sein Chef – befanden sich in der Forschungseinrichtung für Infektionskrankheiten der US-Armee. Der dritte war der stellvertretende Leiter der US-Geheimdienste. Sowie er die Wahrheit der Mitteilung bestätigt hatte, rief er den Leiter der nationalen Geheimdienste – den US-Geheimdienstkoordinator – an, der damit der vierte wurde.

Der Geheimdienstkoordinator, kein grauer Bürokrat, kannte sich in Geschichte und Praxis der ausufernden Geheimdienste bestens aus: Er hatte seine Laufbahn bei der NSA begonnen, hatte Fotos von sowjetischen Militäreinrichtungen analysiert, aufgenommen von U2-Aufklärungsflugzeugen, und verdeckte Ermittlungen bei der CIA durchgeführt. Wegen seiner dunklen Vergangenheit – gezielte Tötungen im Rahmen seiner Tätigkeit – und weil er der leiseste, zurückhaltendste Mensch war, der je in Washington arbeitete, hatte man ihm einen Spitznamen verliehen, der ihn seine gesamte geheimnisumwitterte Karriere hindurch begleitete. *Flüsternder Tod* nannte man ihn.

Er rief den Präsidenten an, der in seinem Zimmer in der Privatwohnung im zweiten Stock des Weißen Hauses schlief, und wartete einen Augenblick, während der Oberbefehlshaber der US-Streitkräfte den Schlaf abschüttelte und sich ins angrenzende Arbeitszimmer begab. Es war inzwischen nach 23 Uhr.

Der Präsident war seit sieben Jahren Witwer und ging nicht aus Furcht, jemanden zu wecken, ins angrenzende Zimmer. Seit dem Tod seiner Frau führte er ein monastisches Leben und schlief allein. Nein, er wollte sich ein wenig Zeit lassen und sich von der Türrückseite einen Bademantel holen. Dem Zeitpunkt des Anrufs und dem Tonfall des Flüsternden Todes war zu entnehmen, dass etwas Immenses geschehen war, und er wollte nicht, dass die verdammte *New York Times* berichtete, er habe in der Unterhose im Bett gelegen, als er davon erfuhr.

Der Präsident saß an seinem Schreibtisch und hörte dem Flüsterer zu, der berichtete, dass aus einem verlassenen Dorf in Afghanistan eine Probe pathogener Pockenviren geborgen worden war, dass es sich nicht um gewöhnliche Pockenviren handelte, sondern diese offenbar künstlich hergestellt worden waren, um den Impfstoff zu überwinden, dass die Genanalyse darauf hindeutete, dass das Virus aus einzelnen Bestandteilen hergestellt worden war, die auf der ganzen Welt mühelos erhältlich waren, dass das Virus offenbar im Hindukusch einer mörderischen klinischen Studie unterzogen worden war, dass drei unschuldige Menschen tot waren und der einzige Verdächtige – eine Person, über die niemand etwas wusste – entkommen und zweifellos in einem der angrenzenden arabischen Länder untergetaucht war, die zusammen eine Bevölkerung von ungefähr 400 Millionen Menschen hatten. Kurzum: Sie waren mit einer potenziellen Katastrophe konfrontiert.

Damit wurde der Präsident – der froh war, den Bademantel angezogen zu haben – zur fünften Person, die in das Geheimnis eingeweiht war.

Weder er noch der Geheimdienstkoordinator hegten irgendeinen Zweifel – nicht zu diesem Zeitpunkt und nicht in den folgenden Wochen –, dass die USA das Ziel waren. Beklommen und zunehmend wütend fragte der Präsident den Geheimdienstkoordinator, wie viel Zeit ihnen bliebe, bis ein Angriff gestartet würde.

»Das weiß ich nicht«, antwortete der Flüsternde Tod. »Ich kann nur sagen, dass jemand – oder eine Gruppe – das Virus anscheinend künstlich hergestellt und aktuell guten Grund zu der Annahme hat, dass es wirkt. Warum sollten die das aufschieben?«

»Verstehe«, sagte der Präsident kühl, »aber Sie sind der Koordinator der nationalen Geheimdienste, ich benötige einen Zeitrahmen – einen Einschätzung, irgendwas.«

»Wieso sollte ich das wissen? Es ist verdammt knapp. Mehr kann ich nicht sagen.« Es war ein kleiner Trost, dass das Aufzeichnungssystem des Weißen Hauses sich bis ins private Arbeitszimmer des Präsidenten erstreckte – denn es bedeutete, dass es nun eine historische Aufzeichnung gab, dass der Flüsternde Tod dieses eine Mal seine Stimme erhoben hatte.

Er sagte dem Präsidenten, dass er sofort einen Wagen rufen und in zwanzig Minuten im Weißen Haus sein werde. Dann legte er auf und blieb einen Augenblick lang in Gedanken versunken sitzen. In der langen, von seiner Besorgnis erfüllten Stille konnte er nicht anders, als zu denken, dass Fort Detrick seinem Spitznamen, Fort Doom, wieder einmal alle Ehre gemacht hatte.

KAPITEL FÜNFUNDVIERZIG

Während der Regierungswagen durch die menschenleeren Straßen zum Weißen Haus raste, saß der Flüsternde Tod im schützenden Kokon des Fonds – die dicke Glasscheibe hochgefahren – und tätigte eine Reihe von Telefonaten. Im ersten Anruf ordnete er die sofortige Festnahme von Walter Drax an. Auch der flüchtigste Blick in die Personalakte des Mannes zeigte, dass er zu viel Wut in sich hatte und eine tickende Zeitbombe war, da man bei ihm nie wissen konnte, ob er nicht reden oder prahlen würde.

Ein paar Minuten später verschafften sich sechs Männer in drei schwarzen Geländewagen Zugang zum Gelände des Instituts, wurden von mehreren Sicherheitskräften vor Ort empfangen und marschierten in Drax' Labor. Die Pistolen deutlich sichtbar unter ihren Jacken, befahlen sie dem Institutsleiter, in sein Büro zurückzukehren, zeigten Drax irgendwelche Ausweise, die echte FBI-Ausweise sein konnten oder auch nicht, und erklärten ihm, er sei wegen des Verdachts auf Spionage festgenommen.

Drax, der total nervös aussah, erwiderte, er habe keine Ahnung, wovon sie redeten – er sei ein treuer Staatsbürger, sei es sein ganzes Leben gewesen. Sie ignorierten ihn, lasen ihm seine Rechte vor, und als er darum bat, einen Anwalt anrufen zu dürfen, antworteten sie, das werde geregelt, sobald er offiziell angeklagt sei. Natürlich hatten sie das gar nicht vor – vielmehr brachten sie ihn zu einem Flugplatz auf der anderen Seite von Frederick, wo ein wartendes Regierungsflugzeug ihn zu einem privaten Flugplatz in die Black Hills in Süd-Dakota flog. Von dort beförderten ihn wieder Regierungs-Geländewagen zu einem entlegenen Ranchhaus mit trostlosen Zimmern.

Aufgrund eines jener merkwürdigen Zufälle, die das Leben manchmal durcheinanderwirbeln, handelte es sich um dasselbe Haus, in das ich gebracht worden war, nachdem ich den Rider of the Blue getötet hatte – andere Angehörige der Geheimdienste hatten es übernommen und für ähnliche Zwecke genutzt, nachdem die *Division* aufgelöst worden war. Wie ich selbst so viele Jahre zuvor waren auch Drax und sein Geheimnis der Welt abhandengekommen.

Das zweite Telefongespräch, das der Flüsterer tätigte – nun ja, eigentlich waren es drei Telefonate –, ging an die Botschafter Italiens, Japans und der Niederlande. Mit großem Bedauern teilte er ihnen mit, er habe soeben erfahren, dass ihre Staatsbürger tot seien, getötet von ihren Entführern, als diese merkten, dass sich Soldaten näherten. »Sie unternahmen einen eiligen Versuch, die Leichname zu vergraben, und wir exhumieren sie im Moment«, sagte er. »Natürlich werden die rechtsmedizinischen Untersuchungen und die offizielle Identifikation eine gewisse Zeit in Anspruch nehmen.« Er teilte ihnen mit, dass, auch aus operativen Gründen, die Informationen geheim gehalten werden müssten, und obwohl er es nicht ausdrücklich sagte, vermittelte er den Eindruck, dass eine dramatische Verfolgungsjagd nach wie vor im Gange war.

Sein letzter Anruf ging an den Leiter der CIA. Ohne eine Erklärung zu liefern – was in der Welt der Geheimdienste nicht unüblich ist –, sagte er ihm, er solle dafür sorgen, dass die Männer in den ABC-Anzügen im Overlook-Hotel informiert würden, dass sämtliche Analysen negativ ausgefallen seien. Weil die Männer nicht mehr benötigt würden, sollten sie umgehend in ihre Stützpunkte zurückkehren. Erst nachdem sie gegangen seien, sollten die eigenen Agenten der CIA anrücken, die Grube abdichten und die Fundstätte komplett abriegeln.

Als er die Telefonate beendet hatte, mit denen die offensichtlichsten Löcher gestopft waren, durch die das Geheimnis entweichen könnte, hatte er das Tor zum Weißen Haus passiert.

KAPITEL SECHSUNDVIERZIG

Überraschend an James Grosvenor waren seine große Intelligenz, seine Umgänglichkeit und seine Bescheidenheit – mit anderen Worten: Er war kein typischer Politiker. Niemand hatte beabsichtigt, er selbst am wenigsten, dass er je zum Präsidenten der Vereinigten Staaten gewählt werden sollte.

Beinahe sein gesamtes Arbeitsleben lang war er Geschäftsmann gewesen, der den größeren Teil davon damit verbrachte, in Not geratene Industrieunternehmen zu übernehmen und profitabel zu machen. Man nenne ihn altmodisch, aber er glaubte an die US-amerikanische Wirtschaft, das fachliche Können der amerikanischen Arbeiter und daran, dass fleißige Männer und Frauen einen Lohn verdienten, von dem sie leben konnten, und eine anständige Gesundheitsfürsorge. Woran er nicht glaubte, das waren Gewerkschaften: Wenn sich Arbeitgeber anständig benahmen, bestand kein Bedarf daran. Natürlich vergalten seine Angestellten ihm das mit ihrer Loyalität, und ihre Produktivitätsraten zählten stets zu den höchsten im ganzen Land.

Der Erfolg und der Reichtum, die sich aus dieser Herangehensweise ergaben, ermöglichten es ihm, immer größere Firmen zu übernehmen, und verschafften ihm eine Medienpräsenz als ein Mann, der sich dafür engagierte, die industrielle Basis des Landes zu retten. »Phönix erhebt sich« lautete der Titel einer Sendung über ihn in *60 Minutes.* Kurz nachdem die Sendung ausgestrahlt wurde, bot man ihm den Posten des Wirtschaftsministers an, und da er genügend Geld besaß und gern eine neue Herausforderung annahm, akzeptierte er. Für einen Selfmademann waren die Regierungsarbeit und die endlosen bürokratischen Verfahren eine Offenbarung, aber er hielt an seiner Arbeitsweise fest und war damit so erfolgreich, dass er, als der Gesundheitsminister wegen eines Korruptionsskandals geschasst wurde, in dessen Ressort überwechselte.

Seine Frau war an Brustkrebs gestorben, und so brachte er in das Ressort ein so ungestümes Engagement ein, wie man es in dem muffigen Gebäude an der Independence Avenue seit Jahren nicht mehr erlebt hatte. Es war allgemein anerkannt, dass er die Rechte gewöhnlicher Staatsbürger vertrat – sehr zum Ärger der mächtigen Gesundheitswesen-Lobby –, was sein öffentliches Ansehen weiter stärkte. Zwei Jahre später wurde er gebeten, im Wahlkampf für die Vizepräsidentschaft zu kandidieren. Die Kandidatin war die erste Frau, die je für das höchste Amt für eine große Partei kandidiert hatte, wobei Grosvenor durchaus bewusst war, dass man ihn ausgewählt hatte, um die Doppelkandidatur durch eine starke männliche Präsenz auszubalancieren.

Keiner seiner Freunde rechnete damit, dass er die Kandidatur annehmen würde, doch er und Anne hatten keine Kinder bekommen, deshalb fiel es ihm zunehmend schwerer, das Loch, das ihr Tod gerissen hatte, zu füllen. Seine Antwort bestand darin, noch härter zu arbeiten und sich noch größeren Herausforderungen zu stellen. Unter dem energiegeladenen Äußeren war er ein trauriger Mann – aber auch ein anständiger.

Nachdem er zwei Tage gründlich nachgedacht hatte, nahm er an. Aber insgeheim räumte er weder sich noch der Kandidatin große Chancen auf einen Sieg ein. Die Wahlumfragen taten es auch nicht.

Dann erlitt die Kandidatin, während sie bei einer Veranstaltung in Iowa zehn Wochen vor der Wahl eine Rede hielt, eine

Hirnblutung infolge eines Aneurysmas. Als wären die Bilder, wie sie auf dem Podium zusammensackte und einen Anfall bekam, nicht schon schlimm genug – die folgenden vier Tage, während sie lebenserhaltende Maßnahmen erhielt und ihre Familie an ihrem Bett wachte, waren noch schlimmer.

In dieser Zeit nahm Grosvenor nicht nur seine eigenen Termine wahr, sondern übernahm auch die Mehrheit ihrer Termine, hielt praktisch im Alleingang den Wahlkampf am Leben. Bei jeder Gelegenheit sprach er davon, wie er die Krankheit seiner Frau bewältigt habe, und rief seiner Zuhörerschaft in Erinnerung, was in ihrer aller Leben wirklich wichtig war – Gesundheit, ein langes Leben, die Liebe zu anderen. Ausnahmsweise klang das in einem politischen Wahlkampf aufrichtig.

Er war immer geistreich und witzig gewesen, eine Art gutaussehender, augenzwinkernder Mann, und die Wahlprognosen wurden günstiger. Doch der echte Wendepunkt kam an dem Abend, als die Angehörigen beschlossen, die lebenserhaltenden Maßnahmen für die Kandidatin einzustellen. Grosvenor befand sich im Krankenhaus, und nachdem alles vorüber war, ging er durch eine Seitentür nach draußen, um ein wenig Luft zu schnappen. Kurz darauf gesellte sich ihm der Witwer der Kandidatin zu. Beide glaubten, sie wären völlig unter sich.

Doch irgendjemand beobachtete sie – wahrscheinlich ein Krankenhausmitarbeiter – und nahm die Szene mit einer Handykamera auf. Das körnige, aus beträchtlicher Entfernung aufgenommene Video war verschwommen, aber doch deutlich genug, dass man sehen konnte, wie der Mann der Kandidatin kollabierte und in Tränen ausbrach. Nach einer Pause, als deutlich war, dass der Mann seine Gefühle nicht beherrschen konnte, streckte Grosvenor die Hände aus, legte die Arme um den Mann und hielt ihn mehrere Minuten lang an sich gedrückt.

Zwei Männer, beide nicht mehr jung, vor einem Krankenhaus stehend, der eine Kandidat für das Amt des Vizepräsidenten, dem anderen in seiner Zeit des Schmerzes beistehend – das war ein so menschlicher, authentischer Augenblick, dass das Video,

Minuten nachdem die anonyme Kameraperson es im Internet hochgeladen hatte, rasend schnell bekannt wurde. Während der Dauer des Videoclips blickten die Wähler hinter den Vorhang der Bilder und Verdrehungen, und was sie in dem Mann erkannten, der in die erste Reihe trat, war, glaube ich, ein Mensch, der sich nicht besonders stark von ihnen selbst unterschied.

Am ersten Dienstag im November kam es zwar nicht zu einem Erdrutschsieg. Aber Grosvenor – dem vielleicht ungewöhnlichsten Kandidaten in der amerikanischen Politik der Jetztzeit – genügte es, über die Ziellinie gekommen zu sein. »Ich bin wie Lyndon Johnson, nur ohne das Attentat«, erklärte er gegenüber Freunden unmittelbar vor der Amtseinführung.

Doch die eine Frage, die niemand beantworten konnte – die einzige, die sein Kontrahent im Wahlkampf der Bevölkerung immer wieder eingehämmert hatte –, lautete, ob James Balthazar Grosvenor genügend stählerne Nerven besaß, um auch schwere Krisen zu bewältigen.

Wir alle – die Nation, die Welt, der Mann selbst – waren dabei, es herauszufinden.

KAPITEL SIEBENUNDVIERZIG

Der Flüsterer betrat das Oval Office und sah, dass der Außenminister, der Verteidigungsminister und die Heimatschutzministerin einbestellt worden waren und bereits vor dem Lincoln-Schreibtisch saßen. Präsident Grosvenors Stabschef machte sich Notizen und zeichnete mithilfe eines kleinen MP3-Players die Gespräche auf – ob nun für die Nachwelt, seine Autobiographie oder um seinem Gedächtnis nachzuhelfen, wusste niemand so ganz genau.

Die Grundlagen der Situation waren den drei Ministern vom Präsidenten bereits erläutert worden. Damit waren nun neun Personen in das Geheimnis eingeweiht. Jetzt, wo der Kern der Regierung versammelt war, gab es, so Grosvenor, keinen größeren Landesverrat, als wenn einer von ihnen die Bedrohung, der sich die Nation im Moment gegenübersah, preisgeben würde – und das gelte auch für Ehefrauen, Kinder, Geliebte, Hotelpagen oder irgendwen sonst.

Sie nickten ernst. Grosvenor hoffte nur, dass das ehrlich war. Er wollte gerade eine hastig geschriebene Tagesordnung vorlesen, als der Verteidigungsminister ihn unterbrach. »Im Lichte dessen, was wir wissen, wäre es da nicht eine gute Idee, wenn wir mit einer Lesung aus der Bibel oder einem kurzen Gebet begännen?«

Der Flüsterer und der Außenminister rollten mit den Augen, und so wusste Grosvenor, dass mindestens zwei Atheisten im Küchenkabinett saßen.

»Gute Idee, Hal«, antwortete er gleichmütig dem Verteidigungsminister, »sicherlich werden wir alle privatim um wie auch immer geartete spirituelle Hilfe bitten, die wir im Laufe der Nacht benötigen werden. Vorerst aber lassen Sie uns fortfahren.«

Eine gute, diplomatische Antwort, die den Verteidigungsminister Hal Enderby wie auch die hinter ihm sitzenden Atheisten zufriedenzustellen schien.

Der Präsident wandte sich dem Flüsterer zu. »Zunächst einmal: Sind wir sicher, dass das Virus mit dem Ziel geschaffen wurde, den Impfstoff auszuschalten?«

»Ja«, erwiderte der Flüsterer. »Ein Gen – anscheinend hängt es mit dem Immunsystem zusammen – ist in die DNS des Virus eingebaut worden. Ausgeschlossen, dass das Zufall ist.«

»Wird das Virus wirken? Könnte es den Impfstoff überwinden?«, fragte der Präsident. »Ich meine, das ist doch etwas völlig Neues – so etwas wurde doch noch nie getan, oder?«

»Das stimmt leider nicht, Sir«, antwortete der Flüsterer. Er sah sich um und ließ durch seinen Blick die Anwesenden wissen, dass er gleich etwas streng Geheimes mitteilen würde. »In den späten 1980er Jahren besaß die Sowjetunion mindestens zehn Tonnen Pockenviren-Material, das sie entwickelt hatten, um es in MIRV-Sprengköpfen einzusetzen. Nach Angaben eines hohen Beamten in unseren Diensten ist das Material gentechnisch so manipuliert worden, dass es Impfstoffe überwindet. Ich glaube, wir haben allen Grund, das für möglich zu halten.«

Dass der führende Spion des Landes so etwas enthüllte, überschattete das Treffen sofort. Durchbrochen wurde die düstere Atmosphäre von der einzigen Frau im Raum, der Ministerin für Heimatschutz: »Aber das heißt nicht, dass diese Variante wirkt. Die Russen sind das eine, Terroristen etwas ganz anderes. Wir verfügen über keine Möglichkeit, das in Erfahrung zu bringen, oder doch?«

»Ich denke, wir wissen es«, sagte Präsident Grosvenor. »Der Mann im Hindukusch hatte drei Gefangene – es ist unvorstellbar, dass sein Experiment nicht beinhaltete, einen von ihnen zu impfen und zu testen, ob das Virus den Impfstoff durchbrochen hat.«

»Das ist auch meine Interpretation«, stimmte der Flüsterer zu. »Ganz offensichtlich hat das Virus gewirkt – alle Gefangenen sind tot.«

»Was bedeutet, dass wir keine Verteidigungslinie haben«, sagte der Präsident. »Dreihundert Millionen Impfdosen sind höchstwahrscheinlich nutzlos.« Stille senkte sich über den matt erleuchteten Raum. »Wir hätten ein Anti-Virus-Medikament entwickeln sollen, ein Heilmittel. Nur das gäbe echte Sicherheit«, sagte Grosvenor, fast zu sich selbst.

»Die Tür ist zugeschlagen. Dafür bleibt keine Zeit mehr«, entgegnete der Außenminister, ein älterer Mann, der schon jetzt erschöpft aussah.

Grosvenor nickte und wandte sich an den Flüsterer. »Und es handelt sich hier um ein sogenanntes heißes Virus?«

»Ein sehr heißes«, sagte der Flüsterer. »Ich glaube, auch das geschah mit Absicht. Je heißer die Virusvariante, desto schneller brennt sie aus. Ein Virus lebt im strengen Wortsinne nicht«, fuhr er fort, »aber es ist mit Sicherheit auch nicht tot. Es kann nicht außerhalb seines Wirts überleben – in diesem Fall der menschliche Körper. Je schneller es seinen Wirt zerstört, desto schneller lässt die Epidemie nach. Wer immer dieses Virus entwickelt hat, dürfte nicht die Welt vernichten wollen – sondern nur uns.«

»Das ist tröstlich«, sagte der Präsident ironisch. »Also gut – der Mann ist entkommen. Wie finden wir ihn?« Er wandte sich seinem Stabschef zu. »Über Echelon?«

Innerhalb von fünf Minuten hatte der Stabschef die Telefonate getätigt, die dem Oval Office alles liefern würden, was Echelon abgehört hatte. Um die Menge des Materials handhabbar zu halten, hatte der Flüsterer vorgeschlagen, die erste »Anzapfaktion« in einem weiten Kreis um den Berggipfel im Hindukusch in den vergangenen zwölf Tagen durchzuführen. Trotzdem würde auch in diesem Fall die Datenmenge gigantisch sein.

In der Bergregion gab es natürlich kein Festnetz, und außerhalb von Kabul und einigen größeren Städten gab es auch keine Handymasten, deshalb stammten die Daten von Satellitentelefonen. Die mochte Echelon zwar gern, denn Satellitentelefone sendeten Signale aus, die besonders leicht abgefangen werden konnten. Das Problem war nur, dass die steinzeitliche Qualität aller anderen Kommunikationsmittel in Afghanistan bedeutete, dass jeder eines besaß. Drogenhändler, Waffenschmuggler, Warlords, Taliban-Kommandanten, Mitarbeiter von Hilfsorganisationen, Journalisten, Dorfvorsteher, Ärzte und reisende Regierungsbeamte – sie alle waren damit ausgestattet.

Hinzu kamen zehn unterschiedliche regionale Sprachen und über vierzig Dialekte – von Codes und Verschlüsselungen, die von rudimentär bis hochkomplex reichten, ganz zu schweigen. Darum hatte das Material einen kaum zu bewältigenden Umfang.

Dennoch: Wenn der einzelne Mann, den Leutnant Keating auf dem Berggipfel kurz gesehen hatte, irgendwo in der Nähe des Dorfes ein Satellitentelefon benutzt hatte, würde Echelon das Gespräch gehört und aufgezeichnet haben. Natürlich war dem Präsidenten bewusst, dass es keine Garantie dafür gab, dass der Mann tatsächlich ein Satellitentelefon besaß. Doch unter den derzeitigen Umständen blieb ihm keine Wahl – wenn man nichts anderes in Händen hält, nimmt man, was man hat.

Als Reaktion auf eine direkte Anordnung des Präsidenten begannen die wassergekühlten IBM-Roadrunner-Computer in Fort Meade (die zu den schnellsten der Welt gehörten), ihre Datenbanken zu scannen.

Wenn sie beim ersten Anlauf nichts fanden, würden sie ihren Suchkreis Kilometer um Kilometer erweitern, bis dieser nicht nur Länder, sondern Subkontinente abdeckte. Die versammelten Anwesenden suchten buchstäblich nach einer einzelnen Stimme unter zig Millionen.

KAPITEL ACHTUNDVIERZIG

In der Zwischenzeit versuchten die fünf Männer und die Frau, die sich um den Lincoln-Schreibtisch versammelt hatten, einen Plan zu entwickeln. Fast augenblicklich bekriegten sie sich gegenseitig.

Nur in einem waren sie sich einig: Es sollte keine Veränderung hinsichtlich des Bedrohungsstatus des Landes geben. Dieser lag auf einem niedrigen Niveau, und um Panik und unerwünschte Fragen zu vermeiden, musste das auch so bleiben. Doch in den zwei Stunden, die folgten, gingen sich die Atheisten und die Gottgläubigen bei jeder Idee gegenseitig an die Gurgel, verbündeten sich dann plötzlich bei mehreren anderen Gelegenheiten gegen den Präsidenten, zerstritten sich wieder untereinander, bildeten unsichere Allianzen mit ihren früheren Opponenten, kehrten zu ihren ursprünglichen Bündnissen zurück und spielten sich schließlich bei mehreren Anlässen als einsame Revolverhelden auf.

»Das hier ist schlimmer als ein Treffen der *loya jirga*«, sagte der Stabschef leise in seinen MP3-Player. Er meinte die Große Ratsversammlung aller afghanischen Stammesführer. Das Treffen wurde deshalb so genannt, obwohl der Ausdruck »beschissenes Riesendurcheinander« es besser getroffen hätte.

Als sich schließlich Erschöpfung in der Runde breitmachte, hatten sich alle gegen den Flüsterer verbündet, den sie insgeheim für den starrköpfigsten Menschen hielten, dem sie je begegnet waren. »Ach, nehmen Sie doch die Hand von Ihrem Schwanz!«, warf ihm die Ministerin für Heimatschutz einmal verärgert vor. Das war eine so wenig damenhafte, so unchristliche Formulierung, dass sogar sie selbst von dem Satz geschockt war. Der Flüsterer lachte, gutmütig, wie er war, und alle stimmten ein.

Infolgedessen waren alle in besserer Stimmung, als der Flüsterer die erste wirklich gute Idee hatte. Er brachte Polonium 210 ins Spiel.

Alle hatten ihn deswegen so starrsinnig gefunden, weil er sich bei jedem Vorschlag weigerte, ihn aufzugreifen, solange ihm niemand erklären könne, wie man denn eine weltweite Schleppnetzfahndung nach einem Mann starten wolle, ohne zu enthüllen, warum man ihn suchte.

»Wir gehen also zu den Pakistani und sagen denen, wir brauchen unbedingt eure Hilfe, aber, sorry, wir können euch nicht den Grund nennen. Die werden nicht nur beleidigt sein, sondern auch darüber spekulieren, und wenn genug Leute spekulieren, findet meiner Erfahrung nach jemand die richtige Antwort.«

Später, nachdem sie alle aufgehört hatten, über den Aussetzer der Ministerin zu lachen, ging der Flüsterer noch einmal mit ihnen das Problem durch. »Wir reden davon, die Ressourcen aller US-Nachrichtendienste und ihrer Alliierten einzusetzen. Das sind über hunderttausend Leute, die einen Mann jagen. Alle werden annehmen, dass es sich um einen Terroristen handelt, und was wollen wir sagen, wenn …«

Er stockte, als ihm eine Idee kam.

Der Präsident sah ihn an. »Was ist denn los?«

Der Flüsterer lächelte sie an. »Wir werden behaupten, dass wir über sehr glaubhafte Geheimdienstberichte verfügen, nach denen die Entführung der ausländischen Staatsbürger Teil eines sehr viel größeren Komplotts ist. Dass es darum geht, Geld zusammenzubekommen, um ein Gramm Polonium 210 zu kaufen.«

»Atomwaffenfähiges Material?«, fragte der Außenminister.

»Ganz genau«, erklärte der Flüsterer. »Wir werden sagen, dass entweder der Mann oder die Organisation, der er angehört, sich in der letzten Phase der Entwicklung einer atomaren Kofferbombe befindet.«

Während er die Idee sacken ließ, sahen die anderen aus wie Höhlenmenschen, die gerade eben das Feuer entdeckt hatten.

»Alle werden helfen«, sagte der Verteidigungsminister. »Es gibt kein Land in der Welt – nicht mal die irren Randstaaten –, das möchte, dass jemand in seinem Hinterhof an einer schmutzigen Atombombe bastelt.«

»Das gibt uns einen Grund, die größte Verfolgungsjagd der Geschichte zu starten«, antwortete der Flüsterer. »Das Ganze ist so ernst, dass niemand Zweifel anmelden wird – wer würde sich schon so etwas ausdenken? Natürlich zögern wir damit, genauere Informationen zu veröffentlichen …«

»Aber wir lassen die Information selbst durchsickern«, fügte die Heimatschutzministerin hinzu. »In irgendeinem angesehenen Blatt – in der *Times* oder der *Post*.«

Der Flüsterer lächelte. Endlich verstanden sie seine Idee.

»Das wird eine Panik auslösen«, sagte der Stabschef, wobei er dafür sorgte, dass seine vernünftige Bemerkung laut genug fürs Protokoll war.

»Natürlich – aber nicht eine so große wie bei einer Pockenepidemie«, gab der Flüsterer zurück. Er hatte bereits über die Reaktionen in der Öffentlichkeit nachgedacht und bezweifelte, dass dies sofort zum Abbruch der Aktion führen würde. »Es geht um eine Bombe, um eine Großstadt. Der Präsident kann der Öffentlichkeit versichern, dass wir über genügend Ressourcen verfügen, um den Angriff stoppen zu können.«

Alle wandten sich dem Oberbefehlshaber zu, um seine Reaktion zu sehen, und stellten verwundert fest, dass die Betrübnis in seiner Miene noch ausgeprägter war als sonst.

»Es sagt viel aus über unsere Zeit«, sagte er, »wenn eine nukleare Kofferbombe erträglicher erscheint als die Wahrheit.«

Sie waren keine dummen Menschen, keiner von ihnen, und

so gab die Diskussion allen zu denken. Womit hatte das alles angefangen?, müssen sie sich gefragt haben. Warum war die Welt so verrückt geworden?

Aber der Flüsterer war ein Pragmatiker, der härteste von ihnen allen. Und deshalb glaubte er nicht, dass es etwas brachte, über die Feindschaft zwischen den Menschen allzu lange nachzudenken. »Diese Vorgehensweise bedeutet, dass wir die Flughäfen und Grenzen mit Agenten ausstatten und mit Scannern ausrüsten können. Wie wir die nennen, ist unwichtig – Geigerzähler oder was auch immer –, solange sie die Körpertemperatur erfassen. Fieber gehört zu den ersten Anzeichen einer Pockeninfektion. Natürlich richten wir besonderes Augenmerk auf Araber und Muslime. Das ist dann zwar rassistisch, aber was soll's? Jeder mit einer erhöhten Temperatur wird noch einmal durchleuchtet und kommt in Quarantäne, falls erforderlich.«

Der Außenminister unterbrach ihn: »Ist das die wahrscheinlichste Angriffsmethode? Leute, die sich mit Absicht …«

»… mit Pocken infiziert haben«, vervollständigte der Flüsterer den Satz. »Vor mehreren Jahren haben wir eine Simulation namens *Dark Winter* durchgeführt, und das war immer die bevorzugte Hypothese. Wenn wir einen der Vektoren dingfest machen können, ihn dann zurückverfolgen und seine Bewegungen rekonstruieren, dann finden wir die Verantwortlichen.«

Stille. Doch es war die Stille des Erfolgs, nicht der Enttäuschung, wie der Flüsterer wusste. Es hatte Stunden gedauert, aber jetzt hatten sie eine praktikable Strategie. Unter den Umständen war es ein ausgezeichneter Plan, deshalb konnte man ihnen nicht vorwerfen, dass ihre Gesichter aus Hoffnung und Zuversicht eine kleine Röte zeigten.

Schade nur, dass der Plan keinerlei Aussicht auf Erfolg hatte.

Erstens: Egal, wie viele Agenten man auf den Fall angesetzt hätte, es gab nur eine Handvoll Leute, die die Bewegungen des Sarazenen kannten, und diese Personen waren mit Sicherheit nicht geneigt, jemandem zu helfen. Als Lord Abdul Mohammad Khan hörte, dass die Hölle losbrechen würde, und die Pakistaner, die Afghanen und sogar die iranische Regierung nach einem Mann suchten, der durch den Hindukusch gereist war und mutmaßlich versuchte, Polonium 210 zu erwerben, konnte er nicht sicher sein, dass das etwas mit jenem Arzt zu tun hatte, der früher einmal so geschickt mit einer Blowpipe umgehen konnte. Trotzdem entsandte er, nur um auf Nummer sicher zu gehen, einen Kurier – einen seiner Enkel, der völlig vertrauenswürdig war – mit einer Wortnachricht an die iranischen Entführer. Der Inhalt war einfach: Er befahl ihnen, dass sie, beim Leben ihrer Mutter, mit keinem Sterbenswörtchen verrieten, was sie für ihn getan hatten, als sie sich die drei Ausländer schnappten. Die Antwort fiel genauso knapp aus. Beim Leben ihrer Mutter – sie würden schweigen wie ein Grab.

Das zweite Problem bestand darin, dass die Leute im Weißen Haus an die Bedeutung von Zahlen glaubten, an Agenten auf allen Flughäfen, an Scanner und an erhöhte Körpertemperatur. Ihr Credo waren infizierte Selbstmordattentäter als Vektoren. Der Sarazene hingegen glaubte nicht daran, und angesichts der Tatsache, dass er der mit dem Pockenvirus war, machte dies den entscheidenden Unterschied.

Am Horizont zog die Dämmerung herauf. Der Außenminister hatte gerade eben in die Runde gefragt, ob man nicht etwas zu essen bestellen wolle, als sie eine Meldung von Echelon erhielten.

KAPITEL NEUNUNDVIERZIG

Es waren zwei Telefonate. Echelons erste Anzapfaktion hatte zwei Telefongespräche über Satellit ergeben. Beide entsprachen den Suchkriterien besser, als man erwarten konnte.

Die Gespräche lagen drei Tage auseinander, und beide wurden in dem ausgewählten Zeitraum getätigt. Und obwohl es ziemlich viele atmosphärische Störungen gegeben hatte – vermutlich ein weiterer Sturm, der durch den Hindukusch bis nach China fegte –, waren die NSA-Analysten, die die Hochprioritätssuche für das Weiße Haus gemanagt hatten, sicher, dass sie im Umkreis von ein paar Kilometern um das zerstörte Dorf getätigt worden waren.

Es konnte sogar sein, dass sie *in dem* Dorf getätigt worden waren, aber dieses Präzisionsniveau musste warten, bis die IBM-Roadrunners die genauen Koordinaten zu bestimmen versuchten, indem sie die Störungen herausfilterten.

Zudem sprachen die beiden Personen in der Leitung – der Mann im Hindukusch und eine Frau in einer öffentlichen Telefonzelle in der Südtürkei – Englisch. Allerdings handelte es sich nicht um ihre Muttersprache.

Der Präsident und der Flüsterer hörten sich den Bericht des Stabschefs an und blickten sich an. Ihre Mienen verrieten, was die drei Kabinettsminister dachten: *Das kann doch gar nicht besser laufen.*

Aber dann riss ihre Glückssträhne.

Es konnte durchaus sein, dass die beiden Personen am Telefon Englisch gesprochen hatten, aber das half ihnen auch nicht viel weiter. Im ersten Telefonat sagte der Mann kaum etwas, anscheinend hörte er einem Bericht zu. Die Frau führte fast das ganze Gespräch und machte einen sehr intelligenten Eindruck – sie hatte es vorher aufgezeichnet, wahrscheinlich auf einem Handy. Was sie zu sagen hatte, war aus BBC, CNN, MSNBC und einer ganzen Reihe weiterer englischsprachiger TV-Nachrichtendienste zusammengeschnitten worden. Obwohl sie das Gespräch einige Male unterbrach und etwas anbot, was offenbar weitere Informationen waren, war es nicht möglich, eine Vorstellung von ihrem Alter, ihrem Bildungsgrad oder irgendetwas anderem zu gewinnen, mit dem FBI-Profiler möglicherweise etwas anfangen konnten.

Der eigentliche Inhalt dieses merkwürdigen Telefonats war noch geheimnisvoller. Die Hälfte davon bestand aus verschlüsselten Wörtern, die zweifelsfrei nicht zum Inhalt passten. Die Analysten, die das Gespräch geprüft hatten, waren der Meinung, dass es Informationen über ein medizinisches Problem übermittelte, was aber wiederum vermutlich einen Code für etwas anderes darstellte.

Das zweite Telefonat war noch kürzer. Wieder hatte die Frau es vorher aufgezeichnet, es handelte sich offenbar um eine Art Update. Der Mann dankte ihr, und selbst über die zeitliche und räumliche Entfernung war die Erleichterung in seiner Stimme zu hören. Er sprach ununterbrochen sechs Sekunden lang, dann legte er auf.

Die Gruppe im Oval Office war völlig perplex. Was vor einigen Minuten so vielversprechend begonnen hatte, hatte sich jetzt in ein Knäuel unentwirrbarer Probleme verwandelt.

Wieder blickte der Stabschef auf den Bericht, der ihm zugemailt worden war, und sagte den Anwesenden, dass Echelon die gesamte Datenbank der letzten sechs Jahre durchsucht hatte, um herauszufinden, ob über das Sat-Telefon irgendwelche anderen Gespräche geführt oder empfangen worden waren. Nichts – nur die beiden Telefonate, wie einzelne Atome, die im Cyberspace herumschwirrten und praktisch nicht zu entschlüsseln waren.

Und doch fanden sich selbst in diesem Durcheinander von Codes und Stimmen, die aus Nachrichtensendungen ausgeliehen worden waren, Hinweise. Vier Wörter, aus Versehen von der Frau an einer Stelle gesprochen, waren arabisch. Der Mann schnitt ihr in derselben Sprache unwirsch das Wort ab – er schalt sie, Arabisch gesprochen zu haben. Also handelte es sich um Araber. Vielleicht war aber auch dies ein geprobtes, bewusstes »Versehen«, um einen potenzieller Lauscher zu veranlassen, eine falsche Schlussfolgerung zu ziehen.

Es gab noch einen Hinweis: Im Hintergrund auf der türkischen Seite des Gesprächs übertönte das Dröhnen starken Autoverkehrs die Klänge einer Berieselungsmusik, einer Radiostation oder von irgendetwas anderem. Aber nicht ganz – irgendwas klang da wie Musik, und die Analysten schätzten, dass diese über die Telefonleitung übermittelt worden war, während die Frau ihre Aufnahme vor der Sprechmuschel abspielen ließ. Worum es sich dabei handelte, ließ sich jedoch nicht erkennen. In dem Bericht hieß es, dass man wochenlang würde nachforschen müssen, um eine Antwort aus dieser Entdeckung herausfiltern zu können.

Normalerweise wären solche Hintergrundgeräusche unwichtig gewesen – Echelon wäre im Nu in der Lage gewesen, den Ort der Telefonzelle zu identifizieren. Doch das türkische Telefoniesystem war alles andere als normal. Wer immer bei Echelon die Software geschrieben hatte, die als Diebin in den regionalen Telekommunikations-Schnittstellen fungierte, rechnete nicht mit nachlässiger Arbeitsausführung, illegalen Verbindungen, undokumentierten Reparaturen, mysteriösen Neuverkabelungen, damit man nicht zahlen musste, grassierender Korruption und ständigem technischem Versagen. Echelon könne nur eines: Die Telefonzelle auf das Zentrum einer Kleinstadt einkreisen, irgendwo in einem Acht-Kilometer-Radius, in dem eine Frau zwei Anrufe erhalten hatte, hieß es in dem Bericht, während Verkehr vorbeirauschte und im Hintergrund irgendeine Art von Musik gespielt wurde.

»Was ist mit dem akustischen Fingerabdruck?«, fragte der Präsident und konzentrierte sich damit auf Echelons geheimste Fähigkeit. Seine Stimme klang noch erschöpfter, als er aussah.

»Die Frau hat nicht so lange am Stück gesprochen, dass wir ein Muster draus generieren konnten«, sagte der Stabschef und blickte weiter in den Bericht. Er wandte sich den drei Ministern zu, im Wissen, dass sie nicht in Echelons innerste Geheimnisse eingeweiht waren … »Das System benötigt mindestens sechs Sekunden. Dann vergleicht es die Elemente einer Stimme mit mehr als zweihundert Millionen anderen Stimmen – Terroristen, Kriminelle, Untergrundkämpfer – und mit Informationen, die aus Datenbanken aus der ganzen Welt stammen.« Er erwärmte sich hörbar für das Thema. Technik hatte ihn schon immer begeistert.

»Das ist aber nur der Anfang. Was das Spiel komplett verändert, ist, dass Echelon jeden Vokal und jedes Geräusch in einen digitalen …«

»Das reicht«, unterbrach ihn der Flüsterer. Sein Blick verriet dem Stabschef, dass ein Wort mehr genügte, und er würde gemäß den Bestimmungen des Gesetzes zum Schutz der Nationalen Sicherheit aufstehen und ihn erwürgen. »Was ist mit dem Mann?«, fragte er. »Hat man die notwendigen sechs Sekunden von ihm bekommen, während er gesprochen hat?«

»Ja, von ihm gibt es eine ziemlich gute Stichprobe«, sagte der Stabschef, der immer noch gekränkt war, weil der Geheimdienstkoordinator ihn abgewatscht hatte. »Aber es gibt keinen Abgleich – es gibt nicht mal eine Untergruppe von Stimmen, die der seinen einigermaßen entspricht –, weder auf Englisch noch auf Arabisch. Hier steht: ›Jeder Geheimdienst- und Strafverfolgungs-Datenbank völlig unbekannt.‹«

Diese Entwicklung machte dem Flüsterer große Angst. Das sagte er zwar weder dem Präsidenten noch den anderen, aber womit kein Geheimdienst der Welt zu Rande kam, das war ein *cleanskin* – ein unbeschriebenes Blatt. Wo fing man bei einer Person an, die keine Geschichte, keine Gestalt hatte, über die es keine Aufzeichnungen gab? Der Flüsterer war noch nie einem solchen Menschen begegnet – keinem echten – und hatte es auch nie gewollt.

Die anderen bemerkten die Besorgnis in seiner ernsten Miene. In der kurzen, peinlichen Stille, die folgte, wurde ihnen klar, dass das Glück sie verlassen hatte.

Der Präsident riss sich als Erster zusammen und wurde seiner Führungsposition gerecht – was sie brauchten. Trotz all der Stunden voll von Enttäuschungen und zerstörten Hoffnungen, sagte er ihnen, bleibe doch eines wahr: Es gab eine Frau in der Südtürkei, die die Identität des Mannes kannte und die mit ihm gesprochen hatte. Sie hatte ihm Informationen zukommen lassen, die allem Anschein nach sehr wichtig waren. Warum sonst hätte er sich, mitten im Testen eines Virus, das er synthetisiert hatte – eine bemerkenswerte Leistung –, die Mühe machen sollen, die Frau anzurufen? Und das sogar zweimal. Wer so schlau war, ein tödliches Virus gentechnisch herzustellen, musste doch gewusst haben, dass die Gefahr bestand, von jemandem belauscht zu werden. Warum tat er das? Was war so wichtig? Und noch wichtiger: Wer war diese Frau?

»Also … gehen wir in die Türkei«, fasste er zusammen. »Aber wie?«

Natürlich waren der Verteidigungs- und der Außenminister sowie die Heimatschutzministerin – die Dreierbande, wie der Flüsterer sie insgeheim nannte – alle dafür, die Fünfte US-Armee und die Mittelmeerflotte loszuschicken und die Strände zu stürmen. Hunderttausend Agenten würden nicht reichen für das, was ihnen vorschwebte. Der Präsident beruhigte sie.

»Wir haben einen Blick auf eine Person erhascht«, sagte er. »Wenn wir da reinstürmen und das Gebiet überschwemmen, bekommt sie Angst und flieht nach Syrien, nach Saudi-Arabien, in den Jemen – wohin auch immer, in irgendein Loch, aus dem wir sie möglicherweise niemals ausgraben können.« Die Anzahl der Bodentruppen und das große Kompetenzgerangel zwischen den Geheimdiensten würden dazu führen, dass die Operation komplett unterminiert wurde. »Was meinen Sie, Flüsterer?«

»Das trifft den Nagel auf den Kopf. Die Wirkungskraft jeder Operation steht in umgekehrtem Verhältnis zur Anzahl der beteiligten Personen«, sagte er und nahm in Kauf, nötigenfalls gegen die Dreierbande in den Krieg zu ziehen. »Das ist die Art von Arbeit, die Geheimagenten tun, jedenfalls die besten. Wir schicken einen Pfadfinder rein. Und wenn er seine Sache beherrscht und wir noch mal Glück haben, findet er genug heraus, um uns Übrigen den Weg zu erhellen.«

Die Dreierbande schwieg. Wahrscheinlich träumten sie noch immer von massiven Bombardierungen und den Eröffnungsszenen von *Der Soldat James Ryan*.

»Wen entsenden wir?«, fragte der Präsident.

»Ich weiß es nicht«, antwortete der Flüsterer. Und genau deshalb respektierte der Präsident ihn so sehr: Er gehörte zu den wenigen Leuten in Washington, die bereitwillig zugaben, wenn sie etwas nicht wussten. »Ich komme auf Sie zurück.«

Allen ging der gleiche Gedanke durch den Kopf. Ein Mann,

das war alles, ein *Pfadfinder*, allein in einem fremden Land. Kein Job für einen Mann, der Angst hatte durchzudrehen, kein Job für jemanden, der nicht gelernt hatte zu tanzen.

Die sechs Personen im Oval Office kamen zu dem Schluss, dass sie im Grunde nichts mehr zu besprechen hatten. Sie warteten ab, was der Flüsterer meinte. Aber der stand auf und nahm schwungvoll die Kopie des Echelon-Berichts an sich, die der Stabschef auf den Beistelltisch gelegt hatte – er wollte nicht, dass er für alle sichtbar herumlag.

Während die Hüter des großen Geheimnisses zur Tür gingen, kam dem Präsidenten ein letzter Gedanke. Er rief dem Flüsterer noch zu: »Wo genau in der Türkei liegt eigentlich dieser Ort?«

Der Flüsterer blätterte im Echelon-Bericht. »In einer Provinz namens Muğla«, antwortete er. »Die Stadt heißt Bodrum.«

KAPITEL FÜNFZIG

Der Flüsterer duschte nicht, aß nicht, ruhte nicht. Von seinem Wagen aus gab er telefonisch Order, jede aktuelle Regierungsakte über die südliche Türkei auf seinen Computer im Büro herunterzuladen, sobald er dort eingetroffen war. Er wollte möglichst viel über die Gegend wissen, bevor er überhaupt einen Gedanken daran verschwendete, welchen Geheimdienst – ganz zu schweigen davon, welchen Agenten – er als Pfadfinder einsetzen würde.

Sofort nach seiner Rückkehr aus dem Weißen Haus verbrachte er deshalb den Morgen in seinem großen Büro, bei geschlossener Tür, vor dem Bildschirm seines Rechners.

Er hatte eben eine Analyse des Außenministeriums zur aktuellen politischen Situation in der Türkei zu Ende gelesen – weitere zehn Seiten Geschwafel, wie er im Stillen dachte – und griff nach einer dünnen Akte, die der US-Botschaft in Ankara zugesandt worden war.

Sie stammte von einem Detective im Morddezernat der New Yorker Polizei. Darin bat dieser um Hilfe bei der Aufdeckung der

Namen aller US-Staatsbürgerinnen, die in den vergangenen sechs Monaten ein türkisches Visum beantragt hatten. Der Flüsterer wusste es nicht, aber Ben Bradley war eine Idee gekommen, und zwar eine gute: Jemand, der eine türkische Telefonnummer und einen teuren Kalender mit Bildern von spektakulären römischen Ruinen besaß, hatte möglicherweise vor, dorthin zu reisen.

Der Flüsterer folgerte, dass die Sache einen Mord in einem Hotel namens *Eastside Inn* betraf – nicht gerade die Art von Hotel, in der er in nächster Zeit absteigen würde, nach den grobkörnigen Fotos zu schließen, die an den Polizeibericht angeheftet waren –, und wollte das Foto gerade zur Seite legen.

Da hielt er inne. Das gute Auge für Details, das er als junger Mann entwickelt hatte, als er Spionagefotos von sowjetischen Militäreinrichtungen analysierte, hatte er bis heute. Aus Gewohnheit blickte er immer tief in den Hintergrund eines jeden Fotos. Jetzt betrachtete er einen Mann, der im Schummerlicht des Tatorts kaum zu erkennen war. Der Flüsterer kannte ihn. Selbst auf dem Foto wirkte er wie ein Außenseiter, der nur zuschaute. Was er vermutlich sein halbes Leben lang getan hatte.

Der Flüsterer betrachtete das Bild von mir lange Zeit, dann drückte er eine Taste auf seinem Schreibtisch, um seinen Sonderassistenten herbeizuzitieren. Kurz darauf betrat ein gut gekleideter, hochmotivierter Endzwanziger das Zimmer.

»Ich möchte, dass Sie einen Mann finden«, ordnete der Flüsterer an. »Ich weiß nicht, welchen Namen er aktuell benutzt, aber lange Zeit hat er sich Scott Murdoch genannt.«

Der Sonderassistent betrachtete das Foto, das der Flüsterer ihm auf dem Schreibtisch hinschob. Das Gesicht im Hintergrund war penibel eingekreist. »Und wer ist das?«, fragte er.

»Vor Jahren war er unter dem Namen Rider of the Blue bekannt. Er war wahrscheinlich der beste Geheimdienstagent, den es je gegeben hat.«

Der Sonderassistent lächelte. »Ich dachte, das sind Sie.«

»Das hab ich auch gedacht«, erwiderte der Flüsterer. »Bis ich ihm begegnet bin.«

Die ersten Zuhörer trafen sehr frühzeitig ein und strömten in den größten Hörsaal auf dem Campus der New York University. Offen gesagt bezweifelte ich, dass der Raum groß genug war, um alle aufzunehmen. Es war der erste Tag von Ben Bradleys lange geplantem Symposium – das Davos-Forum der Ermittler und der Techniker, die für sie in der Boxengasse arbeiteten.

Sie kamen aus zwanzig Ländern – sogar eine zweiköpfige Delegation der bosnischen Polizei war darunter. Die Männer konnten zwar kein Englisch, hatten aber jemanden mit Befugnissen davon überzeugt, unbedingt teilnehmen zu müssen. Laut allen Berichten hatten sie sehr viel Spaß in New York. Und so ließen sie Bradley beim morgendlichen Kaffee wissen, dass sie es unterstützen würden, wenn die Veranstaltung alljährlich stattfand. Sie schlugen vor, die nächste in Las Vegas abzuhalten.

Nach seiner Begrüßungsansprache, in der er von wenigen eigenen Erlebnissen im Zusammenhang mit dem 11. September berichtete, darunter der Notlage des Mannes im Rollstuhl – und dabei ausließ, wie er den Mann gerettet hatte –, bekam Bradley langanhaltenden Applaus. Dann stellte er einen noch unbekannten Kollegen vor, der Jude Garrett bei so vielen seiner Ermittlungen assistiert hatte. Mit anderen Worten: Ich war an der Reihe.

Dank Battleboi und der Datenbanken, die er manipuliert hatte, war ich jetzt wieder Peter Campbell. Als ich ihn in Alt-Japan aufgesucht hatte, um ihn um Hilfe beim Erwerb einer neuen Identität zu bitten, hatte ich ihn gefragt, ob er mir, angesichts der Tatsache, dass wir nur wenig Zeit hatten, eine überzeugende neue Identität verleihen könne.

Er nickte. »Wir haben einen Riesenvorteil – die Leute glauben, was sie in Datenbanken sehen. Die haben nie die wichtigste Regel im Cyberspace gelernt: Computer lügen nicht, aber Lügner können mit Computern umgehen.«

Ich lachte. »Sind Sie deshalb so gut – weil Sie ein Erzlügner sind?«

»In gewisser Weise. Ich glaube wohl an alternative Realitäten. Schauen Sie sich doch mal um, ich lebe in einer. Im Grunde sind sie eine einzige große Lüge. Ich habe das noch niemandem gesagt«, fuhr er fort, »aber in einem fairen Kampf bin ich Ihren Kumpeln beim FBI oder irgendwelchen dieser Geheimdiensttypen überlegen. Schauen Sie, für die sind alternative Realitäten oder der Cyberspace doch bloß ein Job. Weil ich dick und unattraktiv bin, sehe ich das anders – ich mag die reale Welt nicht besonders.« Er zeigte auf die Regale mit Festplatten. »Das ist mein Leben.«

»Komisch. Ich habe Sie nie für dick oder unattraktiv gehalten. Sondern für japanisch.« An seiner Miene war abzulesen, wie viel ihm meine Antwort bedeutete. »Aber Sie haben wahrscheinlich recht«, fuhr ich fort, »Sie sind der Beste. Und nun verrate ich Ihnen mal etwas: Wenn ich je in die Bredouille geriete und Computerhilfe benötigte, dann wären Sie der Mann, den ich anrufen würde.«

Er lachte und trank seinen Tee aus. »Woll'n wir loslegen?«

Als ich ging, war Peter Campbell Absolvent der Universität von Chicago, der anschließend in Harvard Medizin studierte und danach Garrett jahrelang bei seinen Forschungen half. Wie ich mir vorher ausgedacht hatte, war Campbell derjenige, der das Manuskript von Garretts erstaunlichem Buch gefunden hatte, und weil ich Zugang zu seinen penibel geführten Unterlagen hatte, hatte mich der Verleger gebeten, das Buch zu redigieren. Infolgedessen verfügte ich über ein enzyklopädisches Wissen über all die Fälle – ich meine, das war fast so, als hätte ich selbst darin ermittelt.

Als ich somit als Peter Campbell vor den versammelten Berufskollegen stand, begann ich nervös, fing mich aber rasch. Ich sprach über Garretts Zurückgezogenheit, darüber, dass ich zu den wenigen Freunden gehörte, die er gehabt habe, dass er im Grunde ein Doppelleben führte: Zwar hätten alle gewusst, dass er Agent beim FBI war, doch den Großteil seiner Arbeit habe er für Regierungsbehörden geleistet, die ich geziert als einen Teil der »Welt der Geheimdienste« bezeichnete.

Dann redete ich über eine Reihe dieser Ermittlungen – die, die in dem Buch im Vordergrund standen. Als ich glaubte, das Interesse meiner Zuhörer geweckt zu haben, gab ich die Fälle zur Diskussion frei. Die Hände schossen nur so in die Höhe. Ich muss sagen, ich fand allmählich Spaß daran – es ist schon seltsam bizarr, auf einem Podium zu stehen und zu hören, wie die Kollegen einen attackieren, analysieren und loben. Ein bisschen, wie den eigenen Nachruf zu lesen.

Eine Frau in türkisfarbener Bluse, die ganz vorne saß, leitete den Angriff – zerpflückte Indizien, analysierte Motive und stellte pointierte Fragen. Sie hatte einen klaren Verstand und ein noch attraktiveres Gesicht – naturgelockte Haare, hohe Wangenknochen und Augen, die fast ständig zu lachen schienen. An einer Stelle sagte sie: »Mir sind da ein paar Dinge aufgefallen, die er in dem Text geschrieben hat – ich glaube, er mochte Frauen nicht besonders, oder?«

Woher hatte sie das denn? Ich hatte den Eindruck, dass ich Frauen sehr gut leiden konnte. »Ganz im Gegenteil«, gab ich zurück. »Außerdem: Wenn er sich dann doch einmal vorwagte, fanden ihn Frauen offenbar äußerst charmant und – ich glaube nicht, indiskret zu sein – sexuell sehr anziehend.«

Sie verzog keine Miene. »Charmant, intelligent – *und sexy*? Gott, dann hätte ich ihn gern kennengelernt!« Ringsum brandete Applaus auf, dazwischen einzelne Zurufe.

Während ich sie angrinste, begriff ich, dass all die Monate, in denen ich versucht hatte, in die Normalität zurückzukehren, vielleicht doch ihr Gutes hatten. Außerdem fühlte ich mich genügend zu ihr hingezogen, um zu hoffen, dass sich später am Tag vielleicht die Gelegenheit bot, mit ihr zu sprechen und sie nach ihrer Telefonnummer zu fragen.

Bis dahin aber konzentrierte ich mich wieder auf meinen Vortrag. Ich berichtete den Zuhörern von einem Fall, den Jude – wäre er noch am Leben – vermutlich am interessantesten von allen gefunden hätte. Ich erzählte von dem Tag, als die Zwillingstürme einstürzten, und von dem Mord im *Eastside Inn.*

»Ben Bradley hat vorhin von dem Mann im Rollstuhl gesprochen«, sagte ich. »Was er Ihnen dabei nicht gesagt hat: Er gehörte zu der Gruppe, die den Mann nach unten getragen hat.«

Einen Augenblick herrschte Stille unter den Zuhörern, gefolgt von einer Woge von Applaus für Ben. Er und Marcie, die neben ihm saß, sahen mich verwundert an. Bislang hatten sie keine Ahnung gehabt, dass ich über Bens mutige Tat Bescheid wusste, aber in diesem Moment begriffen sie wohl, warum ich zugesagt hatte, auf dem Symposium zu sprechen.

»Aber er ist dabei nicht Jesus begegnet«, sagte Marcie zu ihrem Mann und täuschte Überraschung vor.

»Uns hätte klar sein müssen, dass er die Wahrheit herausfindet: Denn er ist ein verdammter Ermittler«, schalt Bradley sich und stand auf, um sich für den Applaus zu bedanken.

Als das Geklatsche aufhörte, redete ich weiter. »Trotzdem war es ein Tag voll bemerkenswerter Ereignisse. Bens Tat war nur eines davon. Früher am selben Morgen kam eine junge Frau zu spät zur Arbeit. Als sie sich den Türmen näherte, sah sie, wie das erste Flugzeug in einen der Türme einschlug, und erkannte, dass sie – nach Meinung aller anderen – an ihrem Schreibtisch saß und bereits so gut wie tot war.«

Zum zweiten Mal innerhalb einer Minute war Bradley bestürzt. Ich hatte ihm meine Theorie nie mitgeteilt, und deshalb hob er die Hände, als wollte er sagen: *Wo, zum Teufel, führt das alles hin?*

Also erklärte ich ihm und den Zuhörern: »Sehen Sie, die Frau, deren Verspätung ihr eben noch das Leben gerettet hat, will jemanden umbringen, und jetzt hat sie das perfekte Alibi: Sie ist tot. Also ist sie durch das Chaos und die Atmosphäre der Angst spaziert, bis sie einen Ort gefunden hat, wo sie unbehelligt leben kann und niemand sie finden wird. Und dieser Ort heißt *Eastside Inn.* Immer wenn sie ausgeht, verkleidet sie sich. Und auf einem dieser Ausflüge leiht sie sich dann ein Fachbuch aus – vermutlich das definitive Werk darüber, wie man einen Menschen tötet und ungeschoren davonkommt. Wir alle kennen das Buch – es ist das von Jude Garrett.«

Das verursachte eine gewisse Unruhe, scharfes Luftholen unter den Delegierten. Bradley fing meinen Blick auf und applaudierte stumm – wodurch er mir zu verstehen gab, dass er die Theorie ziemlich gut fand.

»Sie lädt eine Frau – jung, wahrscheinlich attraktiv – in das *Eastside Inn* ein. Ein bisschen Drogen, ein bisschen Sex. Dann bringt sie ihr Date um – genau nach Buchvorlage, sozusagen – und verschwindet. Als die Beamten der New Yorker Polizei eintreffen, finden sie ein Opfer ohne Gesicht, ohne Fingerabdrücke und ohne Zähne vor. Das haben wir also – ein Opfer, das keiner identifizieren kann, und eine Mörderin, die niemand verdächtigt, weil sie tot ist. Warum der Mord? Wer sind diese Leute? Wo ist das Motiv? Was bedeutet das alles?«

Ich sah mich um. Die Zuhörer schüttelten den Kopf in stiller Bewunderung für das Verbrechen. »Ja«, sagte ich. »Sie haben recht – beeindruckend. Jude hatte einen Namen für solche Leute. Er nannte sie *Hirnficker.*«

Die Leute lachten. Langsam, aber sicher brachten sie ihre Kommentare und Ideen vor. Doch ich hörte kaum noch zu, denn ich hatte drei Männer gesehen, die den Hörsaal betraten und sich geräuschlos in die letzte Reihe setzten.

Aus diesem Grund nahm ich, als die attraktive Frau in der türkisfarbenen Bluse mit einer brillanten Idee aufwartete, diese kaum wahr. Obwohl ich mich Wochen später daran erinnerte, was die Frau gesagt hatte, verfluche ich mich noch heute, dass ich dem damals keine Beachtung schenkte.

Zu meiner Verteidigung kann ich nur vorbringen, dass ich die Welt der Geheimdienste kannte und deshalb wusste, was die Männer dort hinten im Hörsaal vorhatten. Sie wollten mich abholen.

TEIL DREI

KAPITEL EINS

Die in Australien beheimatete Sydney-Trichternetzspinne ist höchstwahrscheinlich die giftigste Spinne der Welt – schlimmer noch als die Brasilianische Wanderspinne, die weiß Gott schon übel genug ist.

Vor langer Zeit ermittelte ich in einem Fall, bei dem mithilfe des Nervengifts einer Sydney-Trichternetzspinne ein amerikanischer Ingenieur getötet wurde, ein Agent eines unserer in Rumänien operierenden Geheimdienste. Im Rahmen der Nachforschung zeigte mir ein Biologe eines der schwarzen, kräftig gebauten Geschöpfe – ein Sydney-Männchen, das giftigste und aggressivste Exemplar der Tiergruppe.

Ich verspreche Ihnen: Selbst wenn Ihnen noch nie eine Spinne begegnet wäre, wenn Sie sich mit Spinnentieren überhaupt nicht auskennten – Sie würden, kaum dass Sie eine Sydney-Trichternetzspinne gesehen haben, wissen, dass Sie da etwas Tödliches betrachten. Es gibt Männer – und einige Frauen – in der Welt der Geheimdienste, über die sich Ähnliches sagen ließe. Man spürt auf Anhieb, dass sie nichts von jener Mitmenschlichkeit haben, die den meisten Menschen zu eigen ist. Deswegen wäre ich erfreut gewesen, mich ihrer Nähe entziehen und Reißaus nehmen zu können.

Es waren drei solcher Männer, die hinten im Hörsaal auf das Ende der Veranstaltung des Forums warteten. Sobald die Delegierten den Saal verlassen hatten, um zu Mittag zu essen, sodass nur noch Bradley und ich vorne standen, während die beiden Bosnier in der Nähe des Tonpults ihren Rausch ausschliefen, kamen sie auf uns zu.

Bradley hatte die Männer bereits bemerkt. »Sie kennen die?«

»In gewisser Weise.«

»Und wer sind die?«

»Fragen Sie mich lieber nicht, Ben.«

Der Polizist erkannte die Gefahr, die von ihnen ausging, und sicherlich missfiel ihm auch, wie sie da auf uns zugeschlendert kamen, aber ich legte meine Hand auf seinen Arm. »Am besten, Sie gehen jetzt«, sagte ich leise.

Er blieb skeptisch. Ich war sein Kollege, deshalb wollte er für mich da sein, falls es Ärger gab. Aber ich kannte den Auftrag der Männer – jemand sandte mir eine Botschaft: Es gibt keinen Raum für Verhandlungen, tu einfach, was man dir sagt. »Gehen Sie, Ben«, wiederholte ich.

Widerstrebend und über die Schulter zurückblickend ging er in Richtung Tür. Die Spinnen blieben vor mir stehen.

»Scott Murdoch?«, fragte der Größte von ihnen – offensichtlich der Teamführer.

Scott Murdoch, dachte ich – so weit gingen die in der Zeit zurück. »Ja, wenn Sie mich so nennen wollen«, entgegnete ich.

»Sind Sie bereit, Dr. Murdoch?«

Ich beugte mich vor und griff nach meiner schönen ledernen Aktentasche – ein Geschenk an mich selbst, als ich in New York ankam und irrtümlich glaubte, ich könne mein anderes Leben hinter mir lassen.

Es hatte keinen Sinn, die Männer zu fragen, wohin wir gingen – ich wusste, sie würden mir nicht die Wahrheit sagen, und ich war noch nicht bereit für all die Lügen. Ich verdiente nur noch ein paar mehr Augenblicke Sonnenschein, fand ich.

KAPITEL ZWEI

Zunächst fuhren sie mich zum East River. Auf dem Heliport wartete ein Hubschrauber. Wir flogen zu einem Flugplatz in Jersey, wo ein Geschäftsjet abhob, kaum dass wir an Bord waren.

Eine Stunde vor Sonnenuntergang sah ich die Baudenkmale

Washingtons als Silhouetten vor dem dunkler werdenden Himmel. Wir landeten auf der Andrews Air Force Base, wo drei Geländewagen mit Männern in Anzügen als Fahrer auf uns warteten. Vermutlich gehörten sie dem FBI oder dem Secret Service an, aber ich irrte – sie gehörten einer sehr viel höheren Kategorie an.

Der Typ im ersten Fahrzeug stellte sein Blaulicht aufs Dach, weshalb wir trotz des dichten Verkehrs ziemlich schnell vorankamen. Wir bogen in die 17th Street ein, gelangten zum Old Executive Office Building, passierten einen Kontrollpunkt und fuhren eine Rampe hinunter in einen Parkbereich.

Damit hatten die Spinnen ihre Mission erfüllt – sie übergaben mich vier Männern in Anzügen, die mich durch einen Empfangsbereich geleiteten, über einen fensterlosen Flur und in einen Aufzug. Der nur nach unten fuhr. Wir betraten einen unterirdischen Bereich, der von bewaffneten Sicherheitskräften bewacht wurde. Es war gar nicht notwendig, dass ich meine Taschen leerte – ich wurde in einen Körperscanner gestellt, der alles sah, Metallisches wie Biologisches, bis ins kleinste Detail.

Geröntgt und durchgewunken stiegen wir in einen Golfwagen und fuhren durch eine Reihe von breiten Gängen. So desorientierend allein das schon war, es war nicht das Seltsamste: Ich hatte das Gefühl, dass kein Mensch mich ansah. So als habe man allen gesagt, sie sollten den Blick abwenden.

Wir kamen abermals an einem Fahrstuhl an, der – meinem Eindruck nach – sechs Stockwerke hinauffuhr. Dort übergaben mich die Anzugträger einem älteren Mann, besser gekleidet, mit grauem Haar. Er sagte: »Folgen Sie mir bitte, Mr Jackson.«

Mein Name war nicht Jackson, ich hatte noch nie etwas von einem Jackson gehört, Jackson hatte nie zu einem meiner vielen Decknamen gezählt. Da dämmerte mir, dass ich ein Gespenst war, ein Schatten ohne Präsenz oder Namen. Wenn ich nicht bereits gewusst hätte, wie ernst die ganze Sache sein musste, dann wusste ich es jetzt.

Der Silberfuchs führte mich durch einen fensterlosen Bereich voller Arbeitsstationen, aber auch diesmal blickte kein Mensch in meine Richtung. Wir gingen durch eine kleine Küche und in ein sehr viel größeres Büro. Schließlich sah ich ein paar Fenster, aber wegen der Düsternis draußen sowie der Verzerrung durch – so meine Vermutung – das kugelsichere Glas bekam ich kein Gefühl dafür, wo wir uns befanden.

Der Silberfuchs sagte leise etwas in sein Revers-Mikro. Wartete auf eine Antwort und öffnete dann die Tür. Nachdem er mir ein Zeichen gegeben hatte weiterzugehen, betrat ich das Büro.

KAPITEL DREI

Als Erstes fällt am Oval Office auf, dass es viel kleiner ist, als es im Fernsehen erscheint. Der Präsident dagegen kam mir viel größer vor.

Fast eins neunzig groß, mit offenem Jackett, dicke Tränensäcke unter den Augen, erhob er sich hinter seinem Schreibtisch, gab mir die Hand und bedeutete mir mit einer Geste, dass wir zu den Sofas in der Ecke hinübergehen sollten. Als ich mich dorthin wandte, bemerkte ich, dass wir nicht allein waren. Ein Mann saß im Halbschatten. Natürlich hätte ich es mir denken können – das war die Person, die die Spinnen entsandt hatte, die Männer, die dafür sorgen sollten, dass ich begriff: Die Vorladung war nicht verhandelbar.

»Hallo, Scott.«

»Hallo, Flüsterer.«

Damals waren wir uns ein paarmal begegnet. Er war zwanzig Jahre älter als ich und bahnte sich bereits den Weg an die Spitze der Geheimdienste, während ich ein schnell aufsteigender Stern in der *Division* war. Dann stürzten die Zwillingstürme ein, und ich schlug einen anderen Weg ein. Es heißt, dass er an jenem Nachmittag – und spät am Abend des 11. September – eine fulminante Kritik an der gesamten US-Geheimdienstgemeinschaft und ihrem umfassenden Versagen geschrieben habe.

Obwohl niemand, den ich kannte, das Dossier je gelesen hatte, war er anscheinend so gnadenlos in seiner Einschätzung einzelner Personen – sich selbst eingeschlossen – und so schonungslos in seiner Kritik am FBI und an der CIA gewesen, dass seine Karriere hoffnungslos beschädigt war, sobald er das Papier dem Präsidenten und den vier Kongressführern vorgelegt hatte. Er war ein intelligenter Mann und musste deshalb gewusst haben, dass er mit seiner Kritik beruflichen Selbstmord beging.

Stattdessen kam der damalige Präsident, als der volle Umfang des Desasters offenkundig wurde, zu dem Schluss, dass er die einzige Person sei, der es offensichtlich mehr um Ehrlichkeit ging als darum, ihren Arsch zu retten. Wie immer auch die Wendung »Aus Zorn zum Sieg« auf Lateinisch heißt, sie sollte zum Motto des Flüsterers werden. Innerhalb eines Jahres war er zum Koordinator der nationalen Geheimdienste ernannt worden.

Ich kann nicht gerade behaupten, dass wir einander bei unseren beruflichen Zusammentreffen sehr sympathisch waren, aber es gab da immer eine Art argwöhnische Bewunderung – so als stünden sich ein Weißer Hai und ein Salzwasserkrokodil gegenüber.

»Wir haben ein kleines Problem«, sagte er, als wir uns setzten. »Es geht dabei um Pocken.«

Damit war ich die zehnte Person, die eingeweiht war.

Der Präsident saß rechts von mir, und ich spürte, dass er mich beobachtete, um meine Reaktion abzuschätzen. Der Flüsterer desgleichen. Aber ich zeigte keine Gefühlsreaktion, wenigstens nicht im herkömmlichen Sinne. Sicher, ich empfand Verzweiflung, war aber nicht überrascht. Mein einziger echter Gedanke kreiste jedoch um einen Mann, den ich einmal in Berlin getroffen hatte, aber es war jetzt nicht der richtige Zeitpunkt, darauf zu sprechen zu kommen, deshalb nickte ich nur und sagte: »Sprechen Sie weiter.«

»Wie es scheint, hat ein Araber …«, fuhr der Flüsterer fort.

»Wir wissen nicht, ob es sich um einen Araber handelt«, unterbrach ihn der Präsident.

»Der Präsident hat recht«, gestand der Flüsterer zu. »Es könnte sich dabei um einen Versuch von Desinformation handeln. Sagen wir also, ein Mann in Afghanistan, der irgendein Arabisch sprach, hat das Virus synthetisiert. In den letzten Tagen hat er ein Humanexperiment vorgenommen – seine Version einer klinischen Versuchsreihe.«

Wieder blickten sie mich alle an, wollten ergründen, wie ich reagierte. Ich zuckte mit den Achseln – wenn man sich die Mühe macht, das Virus herzustellen, will man es vermutlich auch testen. »Und – hat es funktioniert?«, fragte ich.

»Natürlich hat es funktioniert, verdammt noch mal! Wir wären nicht hier, wenn es nicht geklappt hätte«, sagte der Flüsterer, erbost über meinen scheinbaren Gleichmut. Einen Moment lang dachte ich, er würde die Stimme heben, was er dann aber doch nicht tat.

»Zudem hat es den Anschein, als sei das Virus so manipuliert worden, dass es den Impfstoff überwindet«, fügte er hinzu.

Der Präsident sah mich nach wie vor an. Als ich wieder schwieg, schüttelte er den Kopf und lächelte verkrampft. »Das muss man Ihnen lassen – Ihnen wird nicht schnell bange.«

Ich dankte ihm und erwiderte seinen Blick. Es fiel schwer, ihn nicht zu mögen. Wie gesagt, er war weit davon entfernt, ein durchschnittlicher Politiker zu sein.

»Was haben Sie sonst noch?«, fragte ich.

Der Flüsterer griff in einen Dokumentenkoffer und reichte mir eine Kopie des Echelon-Berichts. Als ich ihn zu lesen begann, stellte ich fest, dass nichts geschwärzt oder herausgeschnitten worden war – man hatte mir unbearbeitete, ungeschönte Geheimdienstinformationen vorgelegt, und da wurde mir klar, wie panisch die Leute waren. Im Rückblick glaube ich, dass sie, während der Nachmittag sich bis in die Nacht hinzog, tatsächlich glaubten, das ganze Land werde den Bach runtergehen.

»Zwei Telefonate«, sagte der Flüsterer, als ich den Bericht aus der Hand legte. »Drei Tage auseinander.«

»Ja«, antwortete ich und überlegte. »Der Typ in Afghanistan

hat den ersten Anruf getätigt. Er hat eine öffentliche Telefonzelle in der Türkei angerufen, dort hat eine Frau auf ihn gewartet. Sie hatte Stunden damit zugebracht, eine Nachricht zu verschlüsseln, also war sie darauf vorbereitet, dass er sie anrufen würde. Wieso hat sie das gewusst?«

»Im Voraus arrangiert«, erwiderte der Flüsterer. »Sie kennen das ja. An einem bestimmten Tag, zu einer bestimmten Zeit wird er anrufen …«

»Mitten aus dem Hindukusch? Während er eine außergewöhnliche Bioterror-Bombe testet? Das glaube ich nicht – das Risiko würde er nicht eingehen. Wahrscheinlicher dürfte sein, dass etwas passiert war und die Frau deshalb dringend mit ihm sprechen musste. Was bedeutet«, fuhr ich fort, »dass sie über irgendeine Möglichkeit verfügt, ihn wissen zu lassen, dass er sie anrufen muss.«

Der Präsident und der Flüsterer saßen schweigend da und dachten darüber nach.

»Gut«, sagte der Präsident. »Sie hat Kontakt mit ihm aufgenommen. Und warum hat Echelon das nicht gehört?«

»Da gibt es jede Menge Möglichkeiten«, sagte ich. »Sie befand sich außerhalb des Suchgebiets. Eine Nachricht, die Tage vorher an ein unbekanntes Handy geschickt wurde. Ein persönlich übergebener Brief. Es könnte alles sein. Vermutlich handelt es sich um eine nichtssagende Nachricht in irgendeinem obskuren Internetforum.«

»Das ergibt Sinn«, sagte der Flüsterer. »Der Mann bekommt eine automatische SMS-Meldung, die ihm verrät, Soundso habe ein neues Profil gepostet, oder was auch immer.«

»Ja, und sobald er sie gesehen hat, weiß er, was die Nachricht wirklich bedeutet – dass er die Frau anrufen soll. Also hat er das bei der erstbesten Gelegenheit getan, von einem völlig anderen Telefon aus. Er hört die verschlüsselte Nachricht der Frau ab, die ihm bestimmte Informationen mitteilt. Außerdem weist sie ihn an, dass er in drei Tagen zurückrufen soll. Er tut's. Und das ist der zweite Anruf.«

»Zwei Telefonate und irgendeine Art Alarmmeldung oder -nachricht, die wir nicht identifizieren können«, sagte der Präsident. »Das ist nicht viel, aber mehr haben wir nicht.« Er schaute mich direkt an. »Der Flüsterer meint, dass Sie der beste Mann sind, um in die Türkei zu fliegen und die Frau zu finden.«

»Allein?«, fragte ich, völlig unverbindlich.

»Ja«, sagte der Flüsterer.

Ist ja klar, dachte ich. Auch ich hätte einen Pfadfinder eingesetzt: jemanden, der in tiefer Deckung reingeht, eine Person, die sich an den Mauern einer dunklen Gasse entlangtasten kann, einen Mann, der mit dem Fallschirm abspringt, um den Weg für die nachfolgenden Angriffstruppen zu erhellen. Auch wusste ich, dass die meisten Pfadfinder nicht gerade das auszeichnete, was die Geheimdienstexperten »Langlebigkeit« nannten.

»Was ist mit den türkischen Geheimdiensten?«, fragte ich. »Werden die da sein, um zu helfen?«

»Die helfen eher sich selber«, sagte der Flüsterer. »Alle Informationen, die sie bekommen – ich würde mit einer Stunde rechnen, dann lassen sie sie durchsickern oder, was wahrscheinlicher ist, geben sie an die halbe Welt weiter.«

Als der Flüsterer sagte, er wünsche jemanden, der da »allein« reingeht, meinte er auch allein. Ich saß schweigend da, dachte an die Türkei und eine Vielzahl anderer Dinge.

»Sie scheinen nicht besonders begeistert zu sein«, sagte der Präsident schließlich und betrachtete die Anspannung in meinen Gesichtszügen. »Was sagen Sie dazu?«

Das Telefon klingelte. Angesichts der Größenordnung dessen, worüber wir diskutierten, war der Anruf vermutlich wichtig – vielleicht hatte Nordkorea ja gerade einen Atomwaffenangriff gestartet, um einen ansonsten perfekten Tag abzurunden.

Als der Präsident antwortete – und sich abwandte, um ein wenig für sich zu sein –, klappte der Flüsterer sein Handy auf, um die neuesten Nachrichten zu checken. Ich schaute aus dem Fenster – man bekam nicht jeden Tag die Gelegenheit, die Aussicht aus dem Oval Office zu bewundern. Doch in Wahrheit sah ich nichts.

Ich dachte an meine gescheiterten Träume, daran, ein normales Leben zu führen, und an eine attraktive Frau in New York, deren Telefonnummer ich nie erfahren würde. Ich dachte an den 4. Juli, Tage am Strand und all die Dinge, die so leicht im Feuer verloren gehen. Doch hauptsächlich dachte ich daran, dass die geheime Welt einen nie verlässt – immer wartet sie in der Dunkelheit darauf, ihre Kinder wieder zu verschlingen.

Auf einmal bekam ich ein ungutes Gefühl hinsichtlich dessen, was vor mir lag. Und da sah ich etwas. Ich sah es so klar, als sei es auf der anderen Seite des Fensters. Ich segelte auf einer alten Yacht mit geflickten Segeln, schnell trieb mich der Wind über ein fremdes Meer, nur die Sterne leiteten mich in der Finsternis. Da war nichts als Stille, eine Stille, die so laut war, dass sie schrie, während ich sah, wie das Boot und ich immer kleiner wurden. Und als es dann auf dem schwarzen, endlosen Wasser verschwand, erfasste mich eine Angst, eine Art von endzeitlicher Angst, in der Magengrube.

In all den Jahren, in denen ich schrecklichen Gefahren ausgesetzt war, war dies das erste Mal, dass ich je so etwas gedacht oder empfunden hatte. Man muss keinen Harvard-Doktortitel in Psychologie haben, um zu wissen, dass es sich um eine Todesvision handelte.

Tief erschüttert hörte ich, wie der Präsident auflegte. Ich wandte mich zu ihm um.

»Sie wollten es uns gerade sagen. Fliegen Sie nun in die Türkei?«

»Wann geht's los?«, gab ich zurück. Es hatte keinen Sinn, sich zu streiten, keinen Sinn, sich zu beschweren. Dunkles Omen oder nicht, das Leben hat so eine Art, uns in die Ecke zu treiben. Entweder man stellt sich oder nicht.

»Morgen früh«, sagte der Flüsterer. »Sie gehen unter tiefer Deckung rein. Nur wir drei werden wissen, wer Sie sind und worin Ihr Auftrag besteht.«

»Wir brauchen einen Namen, etwas, woran wir Sie erkennen«, fügte der Präsident hinzu. »Irgendeine Präferenz?«

Die Yacht und das Meer müssen noch ganz frisch in meinen Gedanken gewesen sein, denn unaufgefordert kam mir ein Wort aus dem Mund. Leise sagte ich: »Pilgrim.«

Der Flüsterer und der Präsident tauschten einen Blick, um festzustellen, ob es Einwände gab. »Von mir aus«, sagte der Flüsterer.

»Ja, das scheint gut zu passen«, antwortete der Präsident. »Das ist er dann – ein Pilger.«

KAPITEL VIER

Als ich schließlich das Weiße Haus verließ, war es so spät, dass der abendliche Straßenverkehr nachgelassen hatte. Der Flüsterer und ich saßen im Fond seines Regierungswagens und fuhren quer durch die Stadt. Er sah furchtbar aus. Jede Stunde, die er sich nicht ausgeruht hatte, forderte ihren Tribut, und nachdem ihn die Krise zweiundzwanzig Stunden lang unablässig gefordert hatte, war sein Gesicht so grau wie ein Grabstein.

Schlimmer noch: Der Abend war noch längst nicht zu Ende.

Weil nur wir drei den wahren Zweck meines Auftrags kannten – und keiner die Absicht hatte, die Anzahl aus freien Stücken zu vergrößern –, hatte der Flüsterer mir bereits angeboten, als mein Agentenführer zu fungieren. Ich würde der Agent am Boden sein, er hätte die Aufgabe, mich zu »führen«. Wie jeder Bodensoldat und sein Vorgesetzter hatten wir unzählige Einzelheiten durchzuarbeiten, daher nahm ich an, dass wir zu seinem Büro fuhren, um damit anzufangen. Der Plan sah vor, dass ich in weniger als zwölf Stunden mit einer Linienmaschine in die Türkei fliegen würde.

Zuvor, nachdem der Präsident mir die Hand geschüttelt und mir eine Auswahl an Andenken angeboten hatte, entweder ein gerahmtes Foto von sich oder einen Satz Weißes-Haus-Golfbälle – ich muss sagen, unter den Umständen hatte er einen ziemlich guten Humor –, war der Flüsterer noch dageblieben. Für ein

Vier-Augen-Gespräch. Der Silberfuchs hatte mich in ein leeres Büro gebracht. Nach fünf Minuten war der Koordinator wieder erschienen und hatte mich hinunter in die Garage des Weißen Hauses begleitet. Um die Zahl der Personen zu verringern, die mich sahen, nahmen wir die Treppe. Wir waren kaum einige Stufen gegangen, als der Flüsterer zu schnaufen begann. Er war zu dick, und es war offensichtlich, dass er mit körperlicher Bewegung auf Kriegsfuß stand.

Ich hatte gehofft, wir könnten die Zeit im Auto dazu nutzen, an meiner Legende zu arbeiten. Doch sobald er dem Fahrer seine Anweisungen zugemurmelt und die Schutzscheibe hochgefahren hatte, prüfte er nochmals, ob neue Nachrichten auf seinem Mobiltelefon eingegangen waren, und holte dann ein batteriebetriebenes Blutdruckmessgerät aus seiner Aktentasche.

Er rollte einen Hemdsärmel hoch, schob die Manschette über den Oberarm und pumpte sie auf. Während er die Luft daraus abließ, blickte er auf den digitalen Messwert auf dem kleinen Display. Ich auch.

»Meine Güte«, sagte ich. »Hundertfünfundsechzig zu neunzig – das bringt Sie noch mal um.«

»Nein, nein – das ist gar nicht schlecht«, antwortete er. »Stellen Sie sich vor, wie hoch er wäre, wenn ich wie ein gewöhnlicher Mensch reden würde.«

Der Flüsterer war nicht bekannt für seine Witze, daher wusste ich seinen Versuch zu schätzen. Er steckte das Messgerät wieder ein und sank tiefer in den Sitz. Wahrscheinlich brauchte er ein paar Augenblicke, um die Müdigkeit zurückzudrängen, deshalb wunderte ich mich, als er aus dem Fenster schaute und das Wort ergriff.

»Es ist mein Jubiläum, wissen Sie – morgen sind es dreißig Jahre, dass ich dem Dienst beigetreten bin. Dreißig Jahre, und kein Jahr Frieden. Aber so ist das wohl in unserem Geschäft. Immer befindet man sich mit irgendjemandem in einem beschissenen Krieg.«

Ich sah das Spiegelbild seines Gesichts in der Glasscheibe. Er wirkte viel älter, als er war. Und bei aller nach außen vorgetragenen Tapferkeit dürfte er sich wegen seines Blutdrucks und der Frage, wie viel Missbrauch sein Körper noch ertragen konnte, Sorgen gemacht haben.

»Drei Ehen. Vier Kinder, die ich kaum kenne«, fuhr er fort. »Trotzdem war es ein lohnendes Leben, verglichen mit dem vieler anderer. Aber man wäre ein Narr, wenn man sich nicht fragte: Hat irgendetwas davon irgendetwas bewirkt? Sie haben dieses Problem nicht, oder?« Er wandte sich mir zu und sah mich an. »Wenn die diese Sache durchziehen, redet man noch in fünfzig Jahren von Pilgrim.«

Vielleicht fehlt mir da etwas, aber solche Dinge sind mir nicht wichtig. Sind es nie gewesen. Also zuckte ich nur mit den Achseln.

Er drehte sich wieder zum Fenster um. »Das ist echt, ja? Es interessiert Sie wirklich einen feuchten Kehricht, oder? Aber ich beneide Sie – ich wünschte, ich wäre zwanzig Jahre jünger. Es hätte mir gefallen, diese eine wirklich große Chance zu bekommen.«

»Ich überlasse sie Ihnen, Dave«, sagte ich leise. »Ich schenke sie Ihnen.« Er hieß Dave mit Vornamen. Woran sich aber kaum einer erinnerte. »Ich habe einen Mordsschiss davor.«

Er lachte kurz auf. »Dann verbergen Sie das verdammt gut. Ich habe noch kurz mit dem Präsidenten gesprochen, um herauszufinden, was er von Ihnen hält.«

»Das dachte ich mir.«

»Er war beeindruckt. Er hat gesagt, Sie seien der coolste Hundesohn, dem er je begegnet ist.«

»Dann muss er genauer hinschauen.«

»Nein«, antwortete der Flüsterer. »Ich habe Ihr Gesicht beobachtet, als ich Ihnen von dem Pockenvirus erzählt habe. Vielleicht haben wir es hier mit der Apokalypse zu tun – die vier Reiter haben ihre Rösser gesattelt und sind auf dem Weg –, aber Sie haben kein Gefühl gezeigt, keine Panik, nicht einmal Überraschung.«

»Das stimmt – jedenfalls das mit der Überraschung. Ich habe mich tatsächlich nicht gewundert.«

»Nein, nein. Jeder hätte sich …«

Ich wurde sauer, weil ich in ein Leben hineingezogen worden war, an dem ich wirklich nicht teilhaben wollte.

»Ich war nicht überrascht«, sagte ich in scharfem Ton, »weil ich nämlich, anders als die sogenannten Experten in Washington, zugehört habe.«

»Und was haben Sie da gehört?«

Ich schaute nach vorn und sah, dass wir auf einen langen Rückstau zusteuerten. »Waren Sie schon mal in Berlin, Dave?«

»Berlin? Was hat Berlin damit zu tun?«

KAPITEL FÜNF

Der Flüsterer wusste nicht, worauf ich hinauswollte, aber er beschloss, die Dinge zu nehmen, wie sie kamen. »Ja, ich war in Berlin. In den Achtzigern, kurz vor dem Fall der Mauer«, sagte er.

Ich hätte mich natürlich daran erinnern sollen – er war damals bei der CIA, der Stationschef am heißesten Hotspot des Kalten Krieges, in der damaligen Hauptstadt der Spionage.

»Erinnern Sie sich noch an den Bebelplatz – den großen Platz in der Nähe des Doms?«

»Nein. Das war drüben in Ostberlin. Bei meinem Job bin ich nicht oft über die Mauer geklettert.« Er lächelte. Irgendwie hatte ich das Gefühl, dass er sich gern an die alten Zeiten erinnerte, als die Sowjets der Feind waren und alle die Spielregeln kannten.

»In meiner ersten Zeit«, fuhr ich fort, »wurde ich ins Berliner Büro der *Division* versetzt. Von dort bin ich nach Moskau gegangen und hatte mein Treffen mit dem damaligen Rider of the Blue.«

Er schaute mich einen langen Augenblick an, denn ihm ging auf, dass wir noch nie darüber gesprochen hatten. »Das war eine irrsinnige Geschichte. Und dann noch mitten in Moskau. Ich habe immer gefunden, dass enorm viel Mut dazugehört hat.«

»Danke«, erwiderte ich ruhig. Und meinte es auch so. Von einem Mann mit seinem Lebenslauf ausgesprochen bedeutete das Lob wirklich etwas.

»Vor den ganzen Ereignissen«, sagte ich, »bin ich eines Sonntags auf dem Bebelplatz spazieren gegangen. Nicht wegen der bedeutenden Architektur – sondern wegen des Bösen, das dort herrschte.«

»Welches Böse?«

»Eines Abends im Mai 1933 haben die Nazis einen Fackelzug auf den Platz geführt und die Bibliothek der angrenzenden Friedrich-Wilhelms-Universität geplündert. Vierzigtausend Menschen jubelten, während sie über zwanzigtausend Bücher überwiegend jüdischer Autoren verbrannten. Viele Jahre später wurde eine Glasscheibe in den Boden gesetzt an der Stelle, wo der Scheiterhaufen gebrannt hatte. Es ist ein Fenster, und wenn man sich darüberbeugt, kann man in den darunterliegenden Raum blicken. Der Raum ist weiß, vom Boden bis zur Decke mit schlichten Regalen versehen …«

»Eine leere Bibliothek?«, fragte der Flüsterer.

»Genau«, erwiderte ich. »Die Art von Gesellschaft, in der wir leben würden, wenn die Fanatiker gewonnen hätten.«

»Ein gutes Mahnmal«, sagte er und nickte. »Besser als irgendein blödes Standbild.«

Ich blickte durch die Windschutzscheibe. Der Stau begann sich allmählich aufzulösen.

»Nach ein paar Besuchen auf dem Platz«, fuhr ich fort, »ist mir klar geworden, dass die leere Bibliothek nicht das einzig Interessante war. Ein alter Straßenkehrer mit Triefaugen, der jeden Sonntag dort war und den Platz fegte, war nicht echt.«

»Woher wissen Sie das?« Seine professionelle Neugier war angestachelt.

»Seine Legende war nicht ganz richtig. Er war zu gründlich in seiner Arbeit, der graue Overall war ein wenig zu gut geschnitten. Wie auch immer – eines Tages habe ich ihn gefragt, wieso er den Platz fegt. Er hat geantwortet, er sei siebzig Jahre alt, es sei schwierig, Arbeit zu finden, man müsse ehrlich seinen Lebensunterhalt verdienen – und dann hat er meinen Gesichtsausdruck bemerkt und sich die Mühe erspart, mich weiter anzulügen. Er hat sich hingesetzt, einen Ärmel hochgeschoben und mir sieben verblasste Ziffern gezeigt, die auf sein Handgelenk tätowiert waren. Er war Jude, und er wies auf Gruppen alter Männer aus seiner Generation, die sich, in den Sonntagsstaat gekleidet, in der Nähe sonnten. Er sagte mir, das seien Deutsche – aber wie so viele Deutsche hatten sie sich nicht geändert, sie hatten bloß verloren. Im Herzen, sagte er, sangen sie immer noch die alten Lieder.

Er erzählte mir, er fege den Platz, damit sie ihn sahen und wussten: Ein Jude hatte überlebt, das jüdische Volk lebt weiter, seine Menschen haben das alles durchgestanden. Der Platz stellte seine Rache dar. Als Kind war er sein Spielplatz gewesen – er sagte, er sei an jenem Abend dort gewesen, als die Nazis kamen. Ich habe ihm nicht geglaubt – was wollte denn ein siebenjähriger Jude an dem Ort? Da zeigte er auf die alte Universität und sagte, sein Vater sei der Bibliothekar gewesen und die Familie habe in einer Wohnung hinter seinem Büro gewohnt. Ein paar Jahre nach der Bücherverbrennung hat der Pöbel ihn und seine Familie abgeholt. Wie gesagt, es ist immer dasselbe – erst werden die Bücher verbrannt, und am Ende verbrennen sie Menschen. Seine Eltern und vier Geschwister sind alle umgekommen. In fünf Jahren war er in drei Lagern gewesen, alles Vernichtungslager, darunter Auschwitz.

Weil es ein solches Wunder war, dass er überlebt hatte, fragte ich ihn, was er gelernt habe. Er lachte und sagte, nichts, was man originell nennen könnte. Der Tod ist schrecklich, das Leid schlimmer. Wie üblich waren die Arschlöcher in der Mehrheit – auf beiden Seiten des Zauns. Dann dachte er einen Augenblick nach. Eines habe ihn seine Erfahrung gelehrt: Wenn Millionen Menschen, ein ganzes politisches System, zahllose Bürger, die an Gott glauben, sagen, sie würden dich töten – *dann hör ihnen einfach zu.*«

Der Flüsterer drehte sich um und sah mich an. »Das haben

Sie also gemeint, ja? Sie haben den muslimischen Fundamentalisten zugehört?«

»Ja«, antwortete ich. »Ich habe gehört, wie Bomben in unseren Botschaften hochgingen, Pöbelhaufen nach Blut schrien, Mullahs Todesurteile fällten, sogenannte Führer nach dem Dschihad schrien. Sie haben Bücher verbrannt, Dave – der Grad des Hasses in Teilen der islamischen Welt hat Sonnentemperatur erreicht. Und ich habe ihnen zugehört.«

»Und Sie glauben nicht, dass wir … hier in Washington die richtigen Leute haben?« Er sagte es ohne Zorn. Ich war früher ein führender Geheimdienstagent gewesen, und er wollte es wirklich wissen, glaube ich.

»Vielleicht verstehen sie es auf intellektueller Ebene. Aber sie *fühlen* es nicht.«

Er drehte sich wieder um und schaute aus dem Fenster. Es begann zu regnen. Lange sagte er kein Wort, und ich fragte mich allmählich, ob wohl sein Blutdruck wieder hochgeschnellt war.

»Ich denke, Sie haben recht«, sagte er schließlich. »Ich glaube, dass wir, so wie die Juden, an die fundamentale Güte des Menschen geglaubt haben. Wir haben nie geglaubt, dass so etwas passieren könnte. Aber verdammt, jetzt haben sie unsere Aufmerksamkeit.«

Wir passierten mehrere Elektrotore und blieben neben einem Wachhäuschen stehen. Wir waren gar nicht zum Büro des Flüsterers gefahren, sondern zu seinem Wohnhaus.

KAPITEL SECHS

Die Vorhänge im Arbeitszimmer des Flüsterers waren zugezogen, aber nach mehreren Stunden sah ich durch einen schmalen Spalt, dass der Regen aufgehört hatte und ein blutroter Mond aufgegangen war. Ein schlechtes Omen, fand ich.

Normalerweise bin ich zu rational, um solchen Dingen irgendeine Bedeutung beizumessen, doch das geistige Bild von der alten Yacht auf einem schaumgefleckten Meer hatte mich stark erschüttert. Es war, als sei eine Ecke des Universums angehoben worden und als sähe ich die Straße vor mir. Nein, nicht eine Straße, korrigierte ich mich – sondern eine Sackgasse.

Zum Glück hatte ich zu viel zu tun, als dass ich dem Gedanken lange nachhängen konnte. Wir waren zum Haus des Flüsterers gefahren, weil er wusste, dass in jeder verdeckten Operation die eigene Seite immer die größte Gefahr darstellte. Mehr Agenten waren Klatsch, Spekulationen und unachtsamen Bemerkungen zum Opfer gefallen als irgendeiner anderen Ursache, deswegen vollzog der Flüsterer sein eigenes Ausweichmanöver. Wir mieden sein Büro und die unvermeidlichen Gespräche darin.

Er hatte das Haus von seinem Vater geerbt, einem Investmentbanker und späteren Senator. Ein wunderschönes, weitläufiges Gebäude, das seinen Weg ins Nationalregister historischer Stätten gefunden hatte. Infolgedessen schlugen wir unser Hauptquartier im Arbeitszimmer eines Hauses auf, das früher einmal einer Verwandten von Martha Washington gehört hatte.

Dank der Stellung des Flüsterers in der Regierung waren die Kommunikationen fast genauso gut geschützt wie die des Weißen Hauses: Das Gebäude wurde ständig nach Wanzen und anderen Lauschangriffen abgesucht und war mit einer Internetverbindung ausgestattet, die Teil des Hochsicherheitsnetzes der Regierung war.

Als wir das Arbeitszimmer betraten, zog der Flüsterer das Jackett aus, lud die Kaffeemaschine und begann eine Reihe von tiefen Atemübungen. Sie würden ihm helfen, seinen Blutdruck zu kontrollieren, sagte er, aber das glaubte ich nicht: Der alte Kämpe schüttelte den Rost der Vergangenheit ab und bereitete sich darauf vor, Muskeln anzuspannen, die seit Jahren nicht mehr benutzt worden waren. David James McKinley – gescheiterter Ehemann, abwesender Vater, Koordinator der US-Geheimdienste, ein Mann, der betrübt war, keinen Platz im Pantheon gefunden zu haben – hätte genauso gut wieder zurück in Berlin sein können. Er war wieder im Einsatz.

Er rief umgehend seine Sekretäre, Sonderassistenten, Berater und zwei Telefonisten ins Zimmer – ein Dutzend Leute – und wies ihnen verschiedene Räume zu. Er machte klar, dass sein Arbeitszimmer für alle tabu war, und das Schöne daran war, dass kein Mensch auch nur ahnte, dass ich mich im Gebäude befand.

Nachdem ein Backoffice installiert war, machten der Flüsterer und ich uns daran, eine Unzahl von Details zu klären – jene Dinge, die über Leben und Tod entschieden, wenn man Terroristen in der Südtürkei suchte, einem Land an der Grenze des Ödlands, weniger als eine Tagesfahrt vom Irak und von Syrien entfernt. Auch wenn wir nicht darüber sprachen, wussten wir beide, was wir da taten: Wir schickten einen Spion in die Kälte.

Alle paar Minuten ging der Flüsterer hinaus ins Backoffice, um Akten zu holen und Aufgaben zu verteilen. Natürlich waren die Mitarbeiter sich bewusst, dass es hier um etwas Bedeutendes ging, und so fing ihr Chef an, schlaue Hinweise zu streuen. Das Ergebnis: Als die Nachricht über die schmutzige Bombe publik wurde, nahmen die Leute, die der Ermittlung am nächsten standen, sofort an, dass sie an der Suche nach den Terroristen teilnahmen, die diese zu kaufen versuchten. Dave McKinley vertraute niemandem, und so nahm es nicht wunder, dass es hieß, er sei der beste Agentenführer seiner Generation.

Im holzgetäfelten Arbeitszimmer war ich bereits zu dem Schluss gelangt, dass die öffentlichen Telefonzellen im Zentrum von Bodrum der beste Ort waren, um anzufangen. Angesichts der Informationen, die wir besaßen, waren sie der *einzige* Ort, um anzufangen. Natürlich hatte die türkische Telekom keine verlässliche Karte der Telefonzellen, deshalb entschieden der Flüsterer und ich, dass ich die dreizehn Quadratkilometer zu Fuß absuchen würde.

Er rief den Chef der NSA an und bat ihn, umgehend ein Satellitenfoto des Stadtzentrums zu ihm nach Hause zu mailen. Während wir darauf warteten, ging er ins Esszimmer, wo die Berater ihr Hauptquartier aufgeschlagen hatten. Er bat einen von ihnen, die CIA anzurufen und ihnen mitzuteilen, dass sie sechs Stunden

Zeit hätten, ein Smartphone zu liefern, ausgestattet mit einer speziell vergrößerten Digitalkamera. Die Kamera wiederum müsse mit dem internen GPS-System des Telefons verbunden sein.

Die Idee dahinter war, dass ich mit meinem Mobiltelefon hochauflösende Fotos von jeder Telefonzelle in Bodrum schoss, wobei ich mich als Tourist ausgab, der Schnappschüsse von den Straßenszenen in der Altstadt machte. Die Fotos würden anschließend automatisch auf die Karte heruntergeladen, sodass ich eine komplette Aufzeichnung des Aussehens und der genauen Position jeder Telefonzelle im Zielgebiet haben würde.

Irgendwo auf dieser Liste würde sich die Telefonzelle befinden, nach der wir suchten. Wir wussten, dass eine Frau sie an bestimmten Tagen betreten und, bei beiden Gelegenheiten am frühen Abend, mit dem Mann gesprochen hatte, den wir fassen mussten. Im Hintergrund war Verkehrslärm zu hören, wodurch Fußgängerzonen ausgeschlossen waren. Man hörte auch Musik. Was das für Klänge waren, wussten wir nicht – wir warteten darauf, dass die NSA sie isolierte, verstärkte und identifizierte.

Als Ermittlungsplan war die Konzentration auf Telefonzellen zwar nicht viel, überhaupt nicht viel – falls es sich um einen Patienten gehandelt hätte, hätte man sagen müssen, es hinge am Tropf. Doch in gewisser Hinsicht genügte es. Meine Reise hatte begonnen.

Nachdem nun also der erste Schritt der Ermittlungen getan war, begannen der Flüsterer und ich, meine Legende auszuarbeiten. Wir waren zu dem Schluss gekommen, dass ich, weil uns herzlich wenig Zeit blieb, sie zu entwickeln, als Special Agent des FBI in die Türkei einreisen würde, der im Mordfall *Eastside Inn* ermittelte.

Diese Legende brachte größere Probleme mit sich: Warum ermittelte das FBI in einem Mord in New York, und wieso hatte es sich erst jetzt eingeschaltet? Auch konnte ich nicht ohne Einladung in die Türkei reisen – wir würden die Genehmigung der türkischen Regierung benötigen. Außerdem machten wir uns Sorgen, dass selbst an einem guten Tag der Zusammenhang zwischen dem Mord und Bodrum und ein paar Ziffern einer Telefonnummer ziemlich dürftig aussehen würde.

Dann kam uns das Glück zu Hilfe – oder zumindest kam es uns so vor. Wir hätten es natürlich besser wissen müssen.

KAPITEL SIEBEN

Mitten bei der Arbeit, um meine dubiose Legende aufzupeppen, bekam der Flüsterer einen Anruf aus dem Wohnzimmer. Dort hatten wir zwei Sonderberater stationiert – jeder mit einer Unbedenklichkeitsbescheinigung, die hoch genug war, um Zugang zu den meisten Regierungsdokumenten zu erhalten.

Der Flüsterer ging hinaus, um sich mit ihnen zu beratschlagen, und kehrte ein paar Minuten später mit einer Akte zurück, die eben aus dem Außenministerium eingetroffen war. Sie enthielt einen Bericht über einen amerikanischen Staatsbürger, der mehrere Tage zuvor in Bodrum zu Tode gekommen war – zehn knappe, oberflächliche und entmutigende Absätze lang.

Ein junger Mann war gestorben. Und so grausig das auch war, muss ich gestehen, dass es für uns eine ziemlich gute Nachricht war: Ein solcher Todesfall könnte das Interesse des FBI legitimieren.

Der Flüsterer reichte mir die Akte, aber obwohl der volle Name des Opfers oben daraufstand, übersah ich ihn. Einer der späteren Absätze stach mir allerdings ins Auge: Darin hieß es, er sei bei seinen Freunden und Bekannten als Dodge bekannt.

»Dodge? Warum Dodge?«, fragte ich den Flüsterer.

»Wie die Automarke«, antwortete er. »Der Kerl war achtundzwanzig Jahre alt, der Erbe eines Automobilvermögens und Milliardär. Seine Kumpel haben ihn Dodge oder Glückspilz genannt, nehme ich an.«

»So ein Glückspilz war er nun auch nicht.« Ich las weiter. Laut dem Bericht war er mit seiner Frau in einer der Villen an der Steilküste in Bodrum abgestiegen, bekannt als »das Französische

Haus«, als er entweder ausrutschte oder sprang und auf die dreißig Meter darunter befindlichen Felsen fiel – oder hinabgestoßen wurde. Boote und Taucher benötigten zwei Stunden, um den Leichnam aus der stürmischen See zu bergen.

»Ich glaube nicht, dass er eine Beisetzung mit offenem Sarg bekommt«, sagte der Flüsterer, als ich mir die beigefügten Fotos angesehen hatte und die Akte aus der Hand legte.

Es gab keine Beweise, und vielleicht neigte ich auch dazu, nach Verbindungen zu suchen, wo es keine gab. Und zugegebenermaßen habe ich, so wie jeder, Vergnügen an einer guten Verschwörungstheorie. Aber ich fragte mich doch, ob es einen Zusammenhang zwischen einem Zettel in einem Abflussrohr im *Eastside Inn* und der zerschmetterten Leiche eines Milliardärs gab.

»Was meinen Sie?«, fragte ich und drehte mich um. »Nur Zufall, oder hängen Dodges Tod und der Mord an der Frau in Manhattan zusammen?«

Der Flüsterer hatte die Akten über den Fall der Frau gelesen, als wir meine Legende ausarbeiteten, und war auch nicht kompetenter als andere, ein Urteil darüber zu fällen.

»Höchstwahrscheinlich – aber es ist mir egal«, antwortete er. »Mich interessiert nur eines: Vor einer halben Stunde haben wir, was die Legende angeht, Messing poliert und es Gold genannt. Jetzt haben wir einen milliardenschweren Amerikaner, der unter fragwürdigen Umständen umgekommen ist. Und zwar einen Amerikaner mit guten Verbindungen …«

»Woher wissen Sie, dass er über gute Verbindungen verfügt?«

»Zeigen Sie mir eine Familie mit so viel Geld, die das nicht hat.«

»Es gibt keine Familie – nur die Frau. Jedenfalls steht das im Bericht«, spielte ich den Advocatus Diaboli.

»Na und? Es wird Tanten geben, Paten, Anwälte, einen Treuhänder. Ich lass das mal vom Backoffice überprüfen, aber bei einer Milliarde Dollar muss es jemanden geben.«

Er hatte natürlich recht – weil ich bei Bill und Grace aufgewachsen war, wusste ich das. »Na gut, also ein Treuhänder oder Anwalt erfährt, dass Dodge tot ist. Was dann?«

»Ich werde das Außenministerium bitten, ihn anzurufen. Die sagen, sie hätten Zweifel wegen des Todesfalls, aber sie bräuchten jemanden mit Befugnissen, um die Regierung um Hilfe bitten zu können. Der Anwalt oder Treuhänder stimmt zu …«

»Ja, den Teil würde ich glauben – er ist dazu verpflichtet«, fügte ich hinzu.

»Das Außenministerium schlägt vor, dass der Treuhänder im Weißen Haus anruft und ein offizielles Ersuchen stellt«, sagte der Flüsterer. »Der Stabschef nimmt den Anruf entgegen. Er sagt, er verstehe – der Treuhänder möchte eine regelrechte Ermittlung. Es ist ein fremdes Land, alles kann passiert sein. Was also unternimmt das Weiße Haus?«

»Es fordert das FBI auf, einen Special Agent zu entsenden, um die Ermittlung zu überwachen.«

»Genau«, sagte der Flüsterer. »Und jetzt kommt das Beste: Grosvenor kann den Präsidenten der Türkei anrufen, damit dieser sie persönlich arrangiert. Eine Milliarde Dollar und der Name einer großen Autodynastie – es ist glaubhaft, dass er das tun würde.«

Wir wussten beide: Von nun an war ich Special Agent des FBI.

»Was für einen Namen wollen Sie haben?«, fragte der Flüsterer.

»Brodie Wilson.«

»Wer ist das?«, fragte der Flüsterer. Er kannte die Prozedur – er wollte sich vergewissern, dass ich, falls ich irgendwann in naher Zukunft einer wirklich harten Befragung unterzogen würde, meine Namen nicht verwechselte.

»Ein Toter. Er war der Segelpartner meines Stiefvaters. Bill hat immer gesagt, er sei der beste Mann am Spinnaker gewesen, den er je kannte.« Plötzlich erfasste mich eine Welle der Traurigkeit – den Grund konnte ich mir nicht erklären.

Der Flüsterer bekam nichts davon mit. Er war zu beschäftigt, den Agentenführer zu spielen. »Gut, Sie wurden auf Long Island geboren, waren jedes Wochenende segeln, das Geburtsdatum ist das gleiche wie Ihres, die nächste Angehörige ist Ihre verwitwete Mutter – okay?«

Ich nickte – und merkte es mir. Die Informationen waren für den Pass bestimmt – ein eselsohriges Exemplar mit jeder Menge Stempel, das in wenigen Stunden von der CIA hergestellt werden musste. Der Flüsterer griff schon zum Telefon – konferierte mit dem Wohnzimmer, der Küche und dem Esszimmer –, um dies und eine Vielzahl anderer Details zu regeln, die einen gefälschten Namen in eine echte Identität verwandeln würden.

Ich nutzte die Gelegenheit zum Nachdenken: In der Türkei würde ich einen Verbindungsmann benötigen, um mit dem Flüsterer in Kontakt zu treten. Den ich aber nicht direkt anrufen konnte – ein FBI-Agent wäre für die türkische Version von Echelon von Interesse, und die Türken würden höchstwahrscheinlich jeden Anruf abhören. Aber wenn ich den Zusammenhang zwischen dem Tod von Dodge und dem Mord im *Eastside Inn* herstellte, könnte ich berechtigterweise mit dem New Yorker Detective des Morddezernats sprechen, der den Fall leitete.

Meine Idee war, dass Ben Bradley als unsere Mailbox fungieren könnte – er würde die verschlüsselten Nachrichten annehmen und sie zwischen uns beiden hin- und herleiten. Sobald der Flüsterer das Telefonat beendete, erklärte ich ihm meine Idee. Er war skeptisch.

»Wie hieß der Kerl noch gleich?«

»Bradley. Ben Bradley«, antwortete ich.

»Ist er vertrauenswürdig?«

Der Flüsterer befand sich irgendwo weit jenseits der Erschöpfung, aber sein Gesicht hellte sich auf, als ich ihm von der Sache mit den Zwillingstürmen erzählte und davon, was Bradley für den Mann im Rollstuhl getan hatte. »Er ist ein Patriot«, sagte ich.

»Siebenundsechzig Stockwerke?«, entgegnete der Flüsterer. »Er ist kein Patriot, sondern eine Sportskanone, verdammt noch mal.« Er griff zum Telefon und traf Vorkehrungen, damit Leute vom FBI losgingen und ihn abholten.

Bradley schlief, als das Telefon klingelte. Zweimal ließ er den Anrufbeantworter anspringen, aber als die Gegensprechanlage der Wohnung schrillte, blieb ihm nichts anderes übrig, als dranzugehen, fand er. Eine unbekannte Stimme an der Eingangstür des Gebäudes forderte ihn auf, auf der Stelle seinen gottverdammten Telefonhörer abzunehmen.

Mit Marcie neben sich nahm Bradley das Telefon zur Hand – und hörte, dass draußen ein Wagen auf ihn warte. Man brauche ihn in der Stadt im Hauptquartier des FBI, sofort. Er versuchte noch herauszufinden, worum es ging, aber der Typ am anderen Ende verweigerte jede Auskunft.

Nachdem er sich rasch seine Arbeiterjeans und ein Sweatshirt angezogen hatte – es war zwei Uhr morgens –, wurde er in dasselbe unscheinbare Gebäude gefahren, das ich einige Monate zuvor besucht hatte, und in den 11. Stock eskortiert. Ein Nachtschicht-Agent brachte ihn in einen schalldichten Raum, der bis auf eine sichere Telefonleitung und einen Stuhl leer war, und schloss die Tür hinter ihm ab. Das Telefon klingelte, Bradley nahm den Anruf entgegen und hörte meine Stimme am anderen Ende.

Ich sagte ihm, dass wir nicht viel Zeit hätten, er also genau zuhören sollte. »Mein Name ist Brodie Wilson. Ich bin Special Agent beim FBI. Haben Sie verstanden?« Ben steckte das spielend weg – das muss ich ihm lassen.

Ich würde in wenigen Stunden nach Bodrum aufbrechen, sagte ich und verschaffte ihm einen kurzen Überblick über Dodges Tod. Sofort fragte er nach dem Zusammenhang zur Frau im *Eastside Inn*, aber ich schnitt ihm das Wort ab – diese Ermittlung sei nicht unser primäres Interesse. Dann sagte ich ihm, ich würde ihn aus der Türkei anrufen und seine Aufgabe sei es, genau zuzuhören und das Gesagte an eine Nummer mit zehn Ziffern weiterzuleiten, die ich ihm noch geben würde.

»Sie dürfen niemals versuchen, das Gesagte aufzuzeichnen –

unter keinen Umständen. Nur Notizen und Gedächtnis«, sagte ich, schroffer als nötig, aber ich machte mir Sorgen. Falls Ben ein Aufzeichnungsgerät benutzte, würde das türkische Gegenstück zu Echelon davon erfahren, und viele rote Lampen würden aufleuchten.

»Möglicherweise werden Sie aufgefordert, Nachrichten an mich zurückzuschicken. Das gleiche Vorgehen, okay? Hier ist die zehnstellige Telefonnummer …«

Ich hatte die Hälfte genannt, als er mich unterbrach. »Die ist falsch.«

»Nein«, entgegnete ich gereizt. Auch ich war hundemüde.

»Die kann nicht richtig sein, Scott – ich meine, Brodie –, so eine Vorwahl gibt es nicht.«

»Doch.«

»Nein, wenn ich's Ihnen doch sage …« Er wollte mit mir streiten, aber ich unterband es.

»Das ist eine Vorwahl, Ben! Die Leute kennen sie bloß nicht, okay? Niemand kennt die.«

»Oh«, sagte er, und ich nannte ihm die restlichen Ziffern. Ich verschwieg es ihm, aber er hatte jetzt die Nummer des Hochsicherheits-Handys des US-Geheimdienstkoordinators – die nur fünf anderen Personen bekannt war, unter anderem dem Präsidenten.

Ohne es zu ahnen, steckte Ben jetzt mittendrin in der Sache.

KAPITEL NEUN

Auch der Flüsterer hatte telefoniert. Als ich mein Telefongespräch mit Ben beendet hatte, hatte er bereits zahllose andere Details geregelt – vom Flugticket und von den Kreditkarten bis hin zu den Sachen, die man in den Taschen von Brodie Wilson finden würde.

An erster Stelle unter dem Material, das meinen Namen in eine glaubhafte Legende verwandeln sollte, stand ein vier Jahre alter

Laptop mit jeder Menge Kilometern unter der Haube. Darauf würde ein E-Mail-Programm mit Hunderten alten Nachrichten sein, geschäftlichen wie privaten, sowie Dokumente und heruntergeladene Dateien über vergangene Fälle.

»Sie müssen das auf dem Flug durchlesen und sich mit dem Krempel vertraut machen«, sagte der Flüsterer. »Konzentrieren Sie sich dabei auf die Datei mit Ihren Familienfotos. Sie sind geschieden, haben aber zwei oder drei Kinder – ich erinnere mich nicht mehr genau, was ich denen gesagt habe. Beim Zeugs über frühere Ermittlungen können Sie schummeln, aber natürlich nicht bezüglich Ihrer Familie. Ich habe gesagt, Sie wären ein treusorgender Vater.«

»Irgendeine davon verschlüsselt?«, fragte ich.

»Mit Passwort und irgendeinem Low-Level-Code, aber den könnten die ziemlich schnell knacken. Wenn wir die panzerten, würde das zu sehr vielen komischen Fragen führen, nehme ich an. Außerdem laden Sie iTunes drauf, und Sie erhalten einen MP3-Player. Aber ich warne Sie – die Computerfreaks in unserer Behörde haben einen fürchterlichen Musikgeschmack.«

»Danke – dann muss ich wohl Rap-Fan werden«, erwiderte ich. Ich hörte Autoreifen auf der kiesbestreuten Einfahrt knirschen. Vermutlich handelte es sich um die Backoffice-Mitarbeiter, die nach getaner Arbeit nach Hause fuhren. »Wann wird alles bereit sein?«, fragte ich.

»Um sechs Uhr. Ihre Kleider, der Pass und Ihr Laptop werden am Sicherheitsposten hinterlegt. Der Wachmann wird Ihnen die Sachen in die Küche stellen.«

Wir hatten bereits geregelt, dass ich sein Gästezimmer benutzte. Also würde ich nur zwei Stunden Schlaf bekommen, bevor ich mich wieder auf den Weg machen musste. Gott sei Dank gab's Adrenalin, dachte ich.

»Das Taxi kommt kurz vor sieben Uhr«, fuhr er fort. »Ich habe ein Treffen für Sie arrangiert, bevor Sie in den Flieger steigen. Die Details finden Sie bei Ihren Sachen.«

Sein Gesicht war weiß wie die Wand, und wir beide wussten,

dass es absolut ausgeschlossen war, dass er wach sein würde, wenn ich das Haus verließ. Es blieb nur noch eines zu tun: Lebewohl zu sagen.

Er nahm unsere Notizzettel und USB-Sticks, warf sie in den Kamin und hielt ein Streichholz daran. Das stand zwar sicherlich nicht im Handbuch, im Abschnitt über die regelrechte Vernichtung von geheimem Material, aber wenigstens verlieh das Kaminfeuer dem Raum eine heimelige Atmosphäre und nahm uns das Gefühl von Kälte, das wir angesichts der bevorstehenden Mission empfanden.

»Ich wünschte, ich könnte dort sein, um Schützenhilfe zu leisten«, sagte er aufrichtig. »Vor allem, wenn Sie mit dem Rücken zur Wand stehen. Aber ich kann nicht.«

»Niemand kann das«, entgegnete ich.

»Da haben Sie recht – Sie sind auf sich allein gestellt.«

Als sich unsere Blicke trafen, rechnete ich damit, dass er die Hand ausstrecken, meine Hand schütteln und mir viel Glück wünschen würde, was er aber nicht tat.

»Sie sind nicht wie ich. Sie sind anders als die Agenten, die ich kennengelernt habe, Scott. Ihr Plus ist Ihr Herz«, sagte er.

Einen Augenblick lang dachte ich darüber nach. Mein Plus war mein Herz? Das hatte mir noch nie jemand gesagt, aber es schien etwas dran zu sein.

»Sie empfinden Dinge wohl stärker, als Sie es sollten«, sagte er. »In bestimmten Situationen könnte Ihnen das das Leben sehr schwer machen.«

Er drehte sich um und stocherte im Feuer herum. Es war nicht angenehm, so etwas gesagt zu bekommen, aber er hatte das Recht dazu – er war mein Agentenführer.

»Wenn aus irgendeinem Grund alles zum Teufel geht und Sie überzeugt sind, die wollen Sie bearbeiten, warten Sie nicht zu lange – drücken Sie den Exit-Knopf.«

»Mich umbringen, meinen Sie?«

Er antwortete nicht, nicht direkt. »Waren Sie schon mal in Afghanistan?«

»Nein.«

»Sie Glücklicher. Ich war ein paar Jahre in Kabul – zweimal. Die Briten waren dort hundert Jahre vorher, aber die Lage war gar nicht so anders. Es gibt da ein Lied, das sie immer gesungen haben:

Wenn du verwundet wirst und auf den Ebenen Afghanistans liegen bleibst
und dann die Frauen kommen, um kleinzuschneiden, was übriggeblieben ist,
dann wälz dich zu deinem Gewehr herum, schieß dir in den Kopf
und tritt vor deinen Gott wie ein Soldat.«

Er zuckte irgendwie mit den Achseln und versuchte, die Bedeutung herunterzuspielen. »Also ja, wie die englischen Soldaten gesungen haben: ›Wälz dich zu deinem Gewehr herum.‹ Es hat keinen Sinn zu leiden, Scott – keinen Sinn, es hinauszuzögern.«

Da wusste ich zweifelsfrei, dass er ins Archiv gegangen war und meine Akte gelesen hatte.

KAPITEL ZEHN

Schlaf konnte man es eigentlich nicht nennen – nach ein paar ruhelosen Stunden, die ich im Gästezimmer des Flüsterers auf dem Bett gelegen hatte, stand ich im Morgengrauen auf. Da ich zuvor die hintere Tür des Hauses hatte aufgehen hören, wunderte ich mich nicht, auf der Küchenbank die Utensilien meines neuen Lebens vorzufinden.

Ich öffnete den ziemlich ramponierten Koffer – den Samsonite, den ich angeblich seit Jahren für Familienurlaube und auch für berufliche Aufträge benutzte –, legte die restlichen Sachen hinein und ging ins Schlafzimmer zurück.

Nachdem ich geduscht hatte, sah ich die Kleidungsstücke durch, die mir zur Verfügung gestellt worden waren, und freute mich, dass die meisten Schildchen von Geschäften in New York trugen. Da wusste jemand, was er tat. Ich wählte eine Garderobe, die ein FBI-Agent auf einer Reise an einen exotischen Ort tragen würde. Mit anderen Worten: Ich kleidete mich, als würde ich ins Büro gehen, ließ aber die Krawatte weg. Dann überprüfte ich die lederne Brieftasche mit ihren Kreditkarten, steckte sie ins Jackett und sah mir den Pass an.

Irgendwann am gestrigen Abend hatten der Flüsterer und ich ein Foto von mir vor einer weißen Wand gemacht. Anschließend hatte er es per E-Mail der CIA in Langley zugeschickt. Jetzt betrachtete ich das Foto, das in den vielbenutzten Pass geklebt war. Ich musste zugeben, die Techniker hatten gute Arbeit geleistet mit ihrer Top-Version von Photoshop. Meine Haare waren anders frisiert, und um die Augen hatte ich weniger Falten. Das war ich, nur fünf Jahre jünger.

Ich überprüfte meine Habseligkeiten ein letztes Mal, packte Kleidung und Toilettenartikel in den Koffer und widmete mich dem mitgelieferten Bordcase. Dort hinein legte ich meine Reiseunterlagen, Pass, Laptop und das teilweise gelesene Exemplar eines Buchs, das man mir für den Flug mitgegeben hatte. Ich warf einen Blick auf den Einband und lächelte.

Vermutlich hatte jemand sich den Kopf darüber zerbrochen, womit sich ein FBI-Agent auf einem Langstreckenflug unterhalten würde, und war zu dem Schluss gelangt, dass ein ernsthaftes Werk über kriminaltechnische Ermittlungen ideal wäre. Es war mein Buch. Das freute mich – nicht aus Eitelkeit, sondern weil es bedeutete, dass ich mich nicht durch einen Roman quälen müsste, nur auf die Aussicht hin, dass irgendein Grenzpolizist mich darüber befragte.

Oben auf das Buch legte ich die 9-Millimeter-Beretta im Holster – die Standardwaffe des FBI – sowie die mitgelieferte Schachtel mit Munition. Ich würde als Erster aussteigen und zu einem Sicherheitsbeamten des Flughafens geleitet werden. Die Dokumente wären in meiner Brieftasche, die mich als befugt auswiesen, die Waffe »in allen denkbaren Situationen« zu tragen.

Leise schloss ich die Tür und verließ, in der Kleidung eines anderen, das Haus im fahlen Licht zwischen Sonnenaufgang und Morgen. Ich ging am Wachmann in seinem Wachhäuschen vorbei, aber er warf nur einen kurzen Blick in meine Richtung und wandte sich dann ab. Das Taxi wartete auf der anderen Seite des elektronischen Tors, ich warf meinen Koffer und mein Bordcase in den Fond und stieg ein.

Der Flüsterer hatte geregelt, dass das Taxi mich zu einem Termin brachte, doch ich hatte bereits beschlossen, die Vorkehrungen zu ändern. Ich sagte dem Fahrer, er solle mich zur Union Station fahren und mich bei den Mietwagenbüros absetzen. Ich wollte den Pass, den Führerschein, die Kreditkarten und alles andere, was sich in Brodies Brieftasche befand, ausprobieren. Besser, ich fand heraus, dass jemand die Sache vergeigt hatte, während ich mich noch in DC aufhielt, als unter Überwachung im Istanbuler Flughafen.

Alles ging durch. Nach ein paar Minuten hatte ich die Adresse meines Kontaktmanns in das Navigationssystem des Fahrzeugs eingegeben und steuerte in die morgendliche Rushhour.

Vierzig Minuten später passierte ich das Tor einer Virginia-Pferdefarm, fuhr eine lange Zufahrt entlang und hielt vor einem wunderschönen Farmhaus. Im Nu kam ein Mann heraus, um mich in Empfang zu nehmen. Er war Anfang achtzig und lebte einsam auf seinen sanft geschwungenen Ländereien – seine Frau seit zehn Jahren tot und die Pferde längst weg –, deshalb war er nur zu glücklich, ein paar Stunden mit mir über sein Lebenswerk zu sprechen.

Er hatte den Nobelpreis gewonnen und war einst der führende Virologe der Welt gewesen, Teil des Teams, das vor langer Zeit die Ausmerzung des Pockenvirus geplant hatte. Ihm war erklärt worden, ich sei FBI-Ermittler, der eine Bedrohungs-Analyse mit Blick auf biologische Waffen durchführe. Tatsächlich aber wollte der Flüsterer, dass ich möglichst viele Kenntnisse besaß, in der Hoffnung, dass irgendein winziges Detail, eine geringfügige Information sich zu einem späteren Zeitpunkt als Schlüssel erweisen würde. Das war entweder eine sehr gute Idee oder ein Zeichen seiner Verzweiflung – suchen Sie's sich aus.

Aus seiner Bibliothek holte der hochbetagte Herr Bücher von Fachzeitschriften und mehrere vergilbte Notizbücher, die seine Forschungsnotizen enthielten. Während ich alles durchlas, was er mir gab, fragte ich ihn, ob es jemandem gelungen sei, ein Heilmittel gegen irgendeine Variante des Pockenvirus zu finden.

Er lachte – das trockene, raue Lachen, das manche ältere Menschen von sich geben, wenn nicht mehr viel von ihrem Leben übrig ist. »Nachdem das Virus ausgemerzt war, hat die Wissenschaft das Interesse verloren – alle Gelder sind in die AIDS-Forschung geflossen, da konnte man Ruhm ernten. Es wurden keine Preise verliehen, weil keine dringende Notwendigkeit bestand, und es gab kein Heilmittel, weil es keine Forschungen gab«, sagte er.

»Man braucht also nur ein halbes Dutzend infizierte Selbstmordattentäter, und wir haben eine ausgewachsene Katastrophe«, erwiderte ich.

Er sah mich an, als wäre ich verrückt.

»Was ist denn?«, fragte ich.

»Menschliche Vektoren?«, sagte er. »Wollen Sie das sagen? Dann verraten Sie mir mal, wie diese Selbstmordattentäter hierherkommen wollen – auf Karren mit Steinrädern?«

»Was meinen Sie damit?«

»Vor viertausend Jahren entsandten die Hethiter mit Pesterregern infizierte Menschen in die Städte der Feinde. Soweit ich weiß, war dies das letzte Mal, dass jemand menschliche Vektoren für die biologische Kriegsführung benutzt hat.«

Er mochte ja den Nobelpreis gewonnen haben, aber sein Einwand schien mir nicht stimmig zu sein. »Nein, sämtliche Regierungsstudien basieren auf Leuten, die in das Land geschickt wurden …«

Ärgerlich schüttelte er den totenschädelähnlichen Kopf. »Das liegt daran, dass die Regierungen keinen Schimmer haben«, sagte er. »Sogar britische Soldaten – die nicht gerade wissenschaftliche

Genies waren – sind auf die Idee gekommen, mit kontaminierten Gütern die amerikanischen Ureinwohner auszurotten.«

»Decken, meinen Sie …?«

»Natürlich spreche ich von Decken – frisch aus ihrer Pockenstation. Aber das ist jetzt fast dreihundert Jahre her, und seither hat sich vieles verändert. Lesen Sie Zeitungen? Jede Woche findet sich darin irgendeine Geschichte über vergiftete Tiernahrung aus China, die zurückgerufen wird, verunreinigte Zahnpasta, die im Hafen beschlagnahmt wird, importierte Babynahrung, die mit Melamin kontaminiert ist. Und das sind Zufälle. Stellen Sie sich vor, wie leicht es wäre, so etwas mit Absicht zu tun.«

Er schaute mich an, um zu erkennen, ob ich ihm folgte. Ich bekam das Gefühl, dass er seit Jahren die Trommel schlug, aber niemand sich in Marsch gesetzt hatte.

»Reden Sie weiter«, sagte ich.

Seine Stimme klang jetzt leiser, aber nicht aufgrund von Erschöpfung oder wegen seines Alters, sondern aus Resignation. »Wissen Sie, wir haben in diesem Land alles outgesourct. Stellen wir eigentlich überhaupt etwas noch selbst her? Wenn man sich für so vieles auf Einfuhren verlässt, gibt es keine Sicherheit. Keine echte Sicherheit. Wer zum Teufel würde sich mit Vektoren abgeben? Ich bin kein Alarmist, sondern Wissenschaftler, und ich sage Ihnen: Die können Sie vergessen. Kontamination, das ist die Gefahr. Man finde etwas Gewöhnliches und schicke den Krankheitserreger aus Übersee ins Land – die neue Version der Decke. So würde das ein moderner, intelligenter Feind machen.«

Er strich sich mit der Hand über die Stelle, wo früher seine Haare gewesen waren. »Ich bin alt und müde, aber es wird passieren, und zwar so, wie ich es erklärt habe. Ein Schriftsteller namens Robert Louis Stevenson hat einmal gesagt, dass wir ›früher oder später alle gemeinsam an einer Tafel Platz nehmen, an der uns die Folgen unserer Taten serviert werden‹. Er hatte recht – und deshalb sage ich: Ziehen Sie sich einen Stuhl heran, und nehmen Sie Ihre Gabel zur Hand. Die Zeit naht, da uns allen aufgetischt werden wird.«

Als ich auf der Pferdefarm angekommen war, hatte ich meinen Glauben. Ich glaubte an Rock 'n' Roll, den westlichen Traum und die Gleichheit aller Menschen. Doch am meisten glaubte ich an eine weltweite Schleppnetzfahndung nach einem arabischen Flüchtigen und daran, dass Temperatur-Checks an jeder Grenze den Stift in der Granate lassen würden.

Als ich von der Farm wegfuhr, hatte ich immer noch meinen Glauben an Rock 'n' Roll, aber an wenig mehr sonst. Der alte Mann mit der durchscheinenden Haut und dem ungeduldigen Gebaren hatte mich davon überzeugt, dass das, was er als »modernen, intelligenten Feind« bezeichnet hatte, nie gefasst werden würde, wenn man die üblichen Verdächtigen fasste. Und auch davon, dass es keine Selbstmord-Vektoren geben würde.

Während ich seine baumgesäumte Zufahrt entlangfuhr und mich zum National Airport aufmachte, wurde mir klar, dass wir eine neue Art von Terroristen jagten. Ich sah die Zukunft – und ahnte, dass die Tage der Fundamentalisten und Fanatiker gezählt waren. In ihre Fußstapfen traten die Angehörigen einer neuen Generation, wobei es sich beim Mann mit dem Pockenvirus – hervorragend ausgebildet und technikaffin – vermutlich um den ersten handelte. Die Höhlenbewohner mit ihren Bombengürteln und zu Geschossen umgewandelten Passagierflugzeugen wirkten dagegen wie eine Einwahlverbindung. Dieser Mann war quasi das Breitband. Und wenn er alles auf eigene Faust machte? Sollte er das alles ohne Hilfe hinbekommen haben, dann wäre es eine noch erstaunlichere Leistung.

Niemand denkt gern, dass er seinen Meister gefunden hat – besonders nicht ein Geheimdienstagent, der ausgewählt und ausgebildet worden war, der Beste auf dem Schlachtfeld zu sein. Aber das war meine tiefsitzende Angst, als ich am Flughafen ankam. Und ich muss gestehen: Während der Sarazene und ich einander in den vor uns liegenden Wochen immer enger umkreisten, sollte sich dieses Gefühl nicht wieder legen. Er wäre auf jedem Gebiet, das er studierte, ein brillanter Kopf gewesen.

Also war ich düsterer Stimmung, als ich den Mietwagen abgab, durch die Sicherheitskontrolle ging und das Flugzeug nach La Guardia in New York bestieg. Von dort fuhr ich mit dem Taxi zum JFK – ich war jetzt aktiver Agent, genau wie jeder Bundespolizist mit Sitz in Manhattan – und bestieg den Flieger nach Istanbul zwanzig Minuten vor dem Start.

Während der folgenden sechs Stunden vergrub ich mich in die E-Mails, Fotografien und Fallnotizen, die das Skelett von Brodie Wilsons Leben bildeten. Erst als ich Fleisch auf die Knochen gebracht hatte – meinen Kindern Namen geben und Geburtsdaten verleihen musste, an die ich mich auch unter Druck erinnern würde, die grässliche, auf meinen MP3-Player geladene Musik hörte –, klappte ich den Rechner zu und stellte meinen Sitz nach hinten.

Aber ich hatte nicht vor zu schlafen. Vielmehr wollte ich über die andere Sache nachdenken, die mir im Kopf herumgegangen war: das, was in meiner Akte stand.

KAPITEL ZWÖLF

Ich habe Männer erlebt, die so verängstigt waren, dass sie defäkierten. Ich habe Männer gesehen, die kurz vor ihrem Tod eine Erektion bekamen. Aber ich habe nur einen Mann gesehen, der so schreckliche Angst hatte, dass er beides gleichzeitig tat.

Es handelte sich um einen Gefangenen in Khun Yuam, dem geheimen CIA-Gefängnis im gesetzlosen Dschungel an der Grenze zwischen Thailand und Birma. Wie erwähnt, bin ich als junger Mann dorthin gefahren, weil einer der Wachleute unter fragwürdigen Umständen ums Leben gekommen war und weil angesichts des Charakters der dunklen Künste, die dort praktiziert wurden, sowie der Bedeutung der Gefangenen in jedem ungewöhnlichen Todesfall ermittelt werden musste. Das war meine Aufgabe, so jung und unerfahren ich damals auch war.

Der Militärangehörige, der umgekommen war – ein Amerikaner lettischer Herkunft mit dem Spitznamen Smokey Joe –, war ein unangenehmer Zeitgenosse gewesen, die Art Kerl, die einem erst den Arm bricht und einen dann niederschlägt, weil man nicht salutiert hat. Man hatte ihn im Rückstrudel eines tosenden Flusses treibend gefunden, und obwohl jemand sich große Mühe gegeben hatte, es so aussehen zu lassen, als sei er von einer maroden Seilbrücke gestürzt, war ich davon nicht überzeugt.

Ich wählte einen CIA-Verhörexperten aus dem Mitarbeiterstab des Gefängnisses, weil er ungefähr genauso groß wie Smokey Joe war, und bat ihn, ohne den Grund zu nennen, mich zu der Brücke zu begleiten. Ein Dutzend seiner Kollegen und eine noch größere Anzahl Wachleute kamen mit, wobei alle damit rechneten, dass ich meine Theorie über das mögliche Geschehen dort möglicherweise erläuterte. Stattdessen hatte ich ein langes elastisches Seil dabei. Zu besorgt, er könne vor seinen Kollegen das Gesicht verlieren, widersprach der CIA-Typ kaum, als ich ihm das eine Ende des Seils ums Sprunggelenk band, das andere Ende um einen dicken Holzstamm, und ihn aufforderte zu springen.

Fünf Mal sprang er – oder wir simulierten, dass ihn jemand schubste. Rasch hatten wir zwei Dinge herausgefunden: Es wäre unter diesen Umständen nicht möglich gewesen, dass Smokey Joe eine Blutspur hinterlassen hätte, wie ich sie auf einem Felsen auf halbem Weg nach unten gefunden hatte, und – zweitens – dass der Verhörspezialist keine besonders große Lust auf improvisiertes Bungee-Springen verspürte.

Die Blutspritzer bedeuteten, dass der Wachmann wie ein Speer von der Fußbrücke geschleudert worden sein musste, wobei man aufgrund seiner Größe zwei Männer dafür benötigt hätte. Es fiel nicht schwer, die Verdächtigen einzugrenzen – die Brücke wurde ausschließlich von Gefängniswärtern genutzt, die in einem Schmugglerlager an der nahe gelegenen Grenze billigen Schnaps kaufen wollten, oder von Opiumkurieren, die den Militärpatrouillen auf der Landstraße aus dem Weg gingen. Ich entschied mich für die Opiumkuriere.

Mehrere Tage kampierte ich mit sechs Special-Forces-Soldaten, die der CIA angegliedert waren, unter einem Felsüberhang nahe der Brücke. Es war kurz vor Sonnenuntergang am vierten Tag, als wir etwas kommen hörten – einen harten Burschen, der, seinem Gesichtsausdruck nach zu urteilen, ziemlich vollgedröhnt war. Er ging barfuß, der Oberkörper war nackt, über den Brustkorb verlief eine lange Narbe, vermutlich von einem Hieb mit einer Machete. Über die Schulter hatte er ein altes M16-Sturmgewehr und einen schmutzigen Micky-Maus-Rucksack geschlungen. Darin befanden sich zweifellos Ziegel aus No.-2-Opium, in Lumpen eingewickelt, die ihre lange Reise auf die Straßen der USA und Europas antraten.

Er pfiff einen Elton-John-Song durch die gelben Zähne, als sich die Jungs von den Special Forces auf ihn stürzten. »Crocodile Rock« blieb ihm im Halse stecken, das M16 fiel zu Boden, er hatte keine Zeit, seine Machete mit der langen Klinge hervorzuholen, und starrte mich mit einer Mischung aus Trotz und Hass an. Zwei Minuten lang hörte ich mir seine wenig überzeugende Geschichte an, wonach er den Pfad nur selten benutze und eine Woche zuvor in Chiang Mai gewesen sei. Dann wusste ich, dass er log.

Ich beschloss, ihn zurück ins Betonstein-Gefängnis mitzunehmen, wo ihn, wie ich glaubte, ein paar Tage in der erdrückenden Hitze in einer der Einzelzellen möglicherweise kooperativer stimmen würden. Die CIA-Jungs, von denen die meisten Smokey Joe gemocht hatten, weil er bereit gewesen war, Gefangene zu schlagen, ohne dass man zweimal darum bat, hatten andere Vorstellungen. Sie hatten keine Lust, Zeit zu verlieren, indem sie ihn verhörten, oder einen jungen Kerl von der *Division* zu fragen, ob sie das Verhör übernehmen könnten.

Sie beschlossen, das anzuwenden, was ihre Handbücher verschämt »verstärkte Verhörtechniken« nannten, und füllten eine große Betonbadewanne in einer Ecke des Gefängniskrankenhauses. Erst als das Wasser fast bis zum Rand stand, zerrten zwei Wachleute den Drogenkurier dort hinein – die Augen verbunden, an Händen und Füßen gefesselt.

Fast auf Anhieb wünschte ich, ich hätte den Jungs von der CIA gesagt, dass das hier mein Fall sei und sie, verdammt noch mal, zurück in ihre Käfige verschwinden sollten. Sicher, man kann sich einreden, dass andere Regeln gelten, wenn man im nationalen Interesse arbeitet, aber das hier hatte auch nicht im Entferntesten etwas damit zu tun. Wenn ich zurückblicke, war ich wohl eingeschüchtert oder wollte einfach nur zum Team dazugehören – die Psychologie der Kleingruppe, wie die Fachleute das nennen. Was immer es war, jedenfalls schwieg ich, zu meiner Schande.

Nackt bis auf die zerschlissene Unterhose, die Augen verbunden, hatte der Kurier weder eine Ahnung, wo er sich befand, noch, was passierte. Deshalb war er auch bereits der Panik nahe, als man ihn mit dem Gesicht nach oben auf ein Holzbrett band und es vom Boden hochhob.

Vier von ihnen – die in dieser Technik offensichtlich bewandert waren – trugen das Brett über die Badewanne und neigten es nach hinten, sodass sich sein Kopf, bis auf Mund und Nase, im Wasser befand. Vergeblich versuchte er sich zu wehren. Seiner stoßweisen Atmung war deutlich anzumerken, dass er glaubte, im nächsten Augenblick wieder ein paar Zentimeter abgesenkt zu werden und dann zu ertrinken.

Zwei weitere der Verhörspezialisten bezogen links und rechts von ihm Stellung. Einer schlug dem Gefangenen ein Handtuch über Mund und Nase und schüttete, sobald es dort fixiert war, aus einem großen Eimer Wasser darauf.

Es dauerte einen Moment, bis das Wasser durch den Stoff sickerte, dann floss es dem Kurier geradewegs hinunter in die nach hinten durchgestreckte Kehle. Das Wasser in der Luftröhre, verbunden mit dem Gefühl, dass eine Welle über seinem Gesicht zusammenschlug, ließ ihn glauben, dass er unter Wasser gedrückt worden war und ertrinken würde. Der unkontrollierbare Würgereflex setzte ein, während er sich abmühte, das Wasser nicht in seine Lunge eindringen zu lassen …

Das Wasser kam immer wieder. Das Gefühl zu ertrinken entlud sich in einer noch größeren Angst und wurde zu einer stetigen Abfolge von Zuckungen. Diese setzten sich fort, wieder und wieder, bis er eine Erektion bekam, die deutlich durch die Unterhose sichtbar war, und dann ins Wasser kotete.

Die Männer lachten, aber ich starrte ihn an – ich schämte mich und fühlte mich entehrt, ich erlebte jede Zuckung, als wäre ich es, der dort hilflos auf dem Brett festgeschnallt lag. Es heißt, Mitgefühl sei die reinste Form der Liebe, weil es im Gegenzug weder etwas erwartet noch etwas verlangt. Ich weiß nicht, ob das, was ich an dem Tag für einen thailändischen Drogenkurier empfand, Mitgefühl war, aber ich kann mit Sicherheit sagen, dass ich noch nie eine solche Angst gesehen habe. Ich konnte nur eines denken, nämlich dass er vermutlich ein besserer Mann war als die meisten – mein trockener Mund, mein panischer Herzschlag und mein schweißüberzogener Körper verrieten mir, dass ich es nicht halb so lang ausgehalten hätte. Mir wurde speiübel.

Die Agenten hörten auf. Sie nahmen das Handtuch von seinem Gesicht, ließen die Augenbinde aber umgebunden und fragten, ob er reden wolle. Zu verstört, um Worte bilden zu können, um jeden Atemzug kämpfend, während seine zuckenden Hände an den Fesseln zerrten, schwieg er. Der leitende CIA-Typ befahl seinen Männern, sie sollten das Handtuch wieder drauflegen und weitermachen.

In dem Augenblick fand ich meine Stimme wieder.

»Sofort aufhören, oder ich klage Sie alle an«, sagte ich und versuchte, den Satz so kalt und skrupellos wie möglich klingen zu lassen. Sie schauten mich an, musterten mich. Da hatte ich keine Wahl mehr – entweder ich gewann, oder ich würde für den Rest meiner Laufbahn als zu weich gelten.

»Wenn Sie möchten, kann ich das zur Grundlage einer internen Ermittlung machen. Wollen Sie mir vielleicht erklären, was dieser Mann mit der nationalen Sicherheit zu tun hat? Kramer, möchten Sie mir als Erster antworten?«

Nach einem Augenblick, der ein Jahr zu dauern schien, befahl Kramer, der Leiter, seinen Leuten, das Handtuch wegzunehmen und dem Drogenkurier die Augenbinde abzunehmen. Dieser harte Kerl mit der Machetennarbe, der vermutlich glaubte, er habe kein Problem damit, Schmerzen auszuhalten, blickte zu mir hoch. Es war mitleiderregend zu sehen, wie dankbar er war. »Sind Sie bereit, uns zu sagen, was geschehen ist?«, fragte ich ihn.

Er nickte. Doch es gelang ihm nicht, das Zittern in den Händen zu unterdrücken – sie hatten ihn gebrochen, das stand fest. Jahre später, als CIA-Leute Chalid Scheich Mohammed – den militärischen Kommandeur von al-Qaida – dem Waterboarding unterzogen, stellte er einen neuen Weltrekord auf, indem er der Folter zweieinhalb Minuten widerstand. Der Kurier hatte neunundzwanzig Sekunden ausgehalten, was ungefähr dem Durchschnitt entsprach.

Sobald er von dem Brett befreit worden und auf dem Boden zusammengesackt war, sagte er uns, er sei mit zwei Brüdern auf der Brücke gewesen. Diese leiteten das Hochland-Opium-Labor, aus dem die Drogen kämen, und die hätten beschlossen, Smokey Joe in einen menschlichen Speer zu verwandeln. Der Kurier sagte, er habe den Mann nie angefasst, und ich hatte das Gefühl, dass er die Wahrheit sagte.

Er erklärte, der Wachmann habe sich ein nettes kleines Zubrot verdient, indem er die Drogenkuriere herunterschüttelte, wenn sie die Schlucht überquerten: Er habe die wacklige Hängebrücke zur ersten Mautstraße Thailands gemacht. Zuerst hatte er sich damit begnügt, das rohe No. 2 auszuwickeln und Späne vom Ziegel zu raspeln – sozusagen die Eintrittskarte zu lochen. Dann tauschte er die Späne bei den Schmugglern gegen Schnaps ein, den er im Gefängnis verkaufte. Natürlich wurde er immer gieriger, und aus den Spänen wurden mächtige Stücke – so groß, dass die beiden Brüder schließlich beschlossen, dass eine Mautstraße nicht im wirtschaftlichen Interesse Nordthailands liege.

Wir hatten unsere Antwort gefunden, und obwohl es keinen internen Ermittlungsbericht gab, mussten wir alle gegenüber unseren Vorgesetzten unsere Version des Falls schriftlich darlegen.

Ich bin sicher, dass es im Bericht der CIA hieß, dass man lediglich mäßige, vernünftige Gewalt angewendet habe, während in meinem natürlich das Gegenteil stand. Damit wäre der Fall eigentlich beendet gewesen – wer in der Geheimdienstgemeinschaft interessierte sich schon für einen thailändischen Drogenkurier? Hätte es da nicht einen Abschnitt im CIA-Report gegeben, den ich nicht bestreiten konnte.

Kramer hat wohl berichtet, dass er Angst in meiner Miene gesehen habe, dass ich offenbar aus lauter Mitgefühl für den Mann, der befragt wurde, ganz starr und schweißgebadet gewesen sei. Möglicherweise hätte er sogar meinen Mut in Frage gestellt und ob ich tatsächlich für den Dienst an vorderster Front geeignet sei. Auf seine Art wollte er damit vermutlich ausdrücken, dass mein Plus mein Herz sei.

Es war dieser Bericht, den der Flüsterer gelesen haben musste, als er sich meine Akte aus dem Archiv kommen ließ. Ich konnte viele Jahre lang über meine Schwächen nachdenken, und ich muss sagen: Was der Flüsterer mir bei meiner Abreise sagte, war vermutlich richtig. Für mich hatte es keinen Sinn zu leiden. Lieber ein schnelles Ende machen.

Als ich aus dem Fenster schaute, sah ich den weiten Bogen des Bosporus und die Kuppeln der prachtvollen Moscheen Istanbuls. Die Räder der Maschine setzten auf der Landebahn auf. Ich war in der Türkei.

KAPITEL DREIZEHN

Auf einem anderen Flughafen – in Islamabad – donnerten alte Passagierjets über den Asphalt. Der Sarazene war der alten transafghanischen Fernstraße hinunter nach Kabul gefolgt und hatte sich in einem der äußeren Ringe der Hölle wiedergefunden: Die afghanische Stadt war übervoll mit US- und Koalitionstruppen und wurde von der ständigen Bedrohung durch Selbstmordattentäter heimgesucht.

Nach einem Tag, den er mit Gebeten und einer unruhigen Rast verbracht hatte, war er die ausgetretene Invasionsroute hinunter zur pakistanischen Grenze gereist, hatte sie inmitten einer Flut von Reisenden überquert und sich durch Peschawar und weiter nach Islamabad durchgeschlagen.

Der Flug nach Beirut hatte Verspätung – jeder Flug aus Pakistan hatte Verspätung –, aber das interessierte ihn nicht. Er war in Sicherheit. Wenn es den Amerikanern oder Australiern oder wer immer diejenigen waren, die ihn beinah in dem zerstörten Dorf gefasst hatten, gelungen wäre, seine Identität aufzudecken, hätte man ihn festgenommen, kaum dass er seinen Pass am Check-in-Schalter vorzeigte.

Stattdessen war es eine ganz gewöhnliche Situation – der oberflächliche Blick in den Pass, ein Blick auf das Flugticket, und dann der obligatorische Smalltalk, während der Mitarbeiter am Abfertigungsschalter auf das »Trinkgeld« wartete, damit er dafür sorgte, dass der aufgegebene Koffer nach Beirut und nicht nach Moskau geschickt wurde. Der Sarazene entrichtete das Bestechungsgeld und begab sich zum Flugsteig. Überall standen schwer bewaffnete Männer in Uniform herum, aber regelrechte Security war nirgends zu sehen: wie üblich zu viele Knarren und nicht genug Hirn.

Er bestieg die Maschine, flog nach Beirut, kehrte in seine triste Wohnung in El Mina zurück und machte sich sofort wieder an die Arbeit. Er hatte beim örtlichen Krankenhaus Monate zuvor gekündigt, aber vorher hatte er noch den chaotischen Lagerraum geplündert und zwei weiße Chemikalienschutzanzüge und ihre Luftregler, Kisten mit zehntausend kleinen Glasfläschchen, die er eigens für sein Vorhaben bestellt hatte, sowie ein Buch mit den offiziellen Versandscheinen des Krankenhauses mitgenommen.

All diese Dinge hatte er in seiner Garage deponiert. Angetan mit einem der Anzüge und einem Sauerstoffgerät, machte er sich daran, so viel wie möglich von seinem Supervirus herzustellen. Vielleicht lag es an den spektakulären Ergebnissen, die er im Hindukusch gesehen hatte, vielleicht war es auch seinem wachsenden Know-how zu verdanken, aber die Produktion verlief sehr viel schneller als erwartet.

Tag für Tag arbeitete er mit großen pharmazeutischen Tanks, die er zu einer Art provisorischem Bioreaktor zusammengebastelt hatte, und übertrug das tödliche Virus in die Glasfläschchen, versiegelte ihre Gummipfropfen mit einem Spezialkleber, den er zu dem Zweck käuflich erworben hatte, und verstaute alles in Industrie-Kühlschränken, die er gebraucht in Beirut gekauft hatte.

Während er sich dem Ende seiner Produktion näherte, nahm er sich einen Tag frei, reiste nach Beirut und stellte sich zwei Stunden in einer Schlange an, um ein neu auf dem Markt erhältliches Mobiltelefon zu kaufen, dasjenige, das in einem Hollywoodfilm vorkam und das alle jungen Leute offenbar unbedingt haben wollten. Er bezahlte es in bar, ging dann mehrere Kilometer und kaufte eine Prepaid-SIM-Karte, mit der er ein Jahr lang Mobilfunkdienste in Anspruch nehmen konnte. Das Einzige, was noch blieb, war, das Handy hübsch einzupacken.

Am folgenden Freitag nach den Gebeten überreichte er das Geschenk einem anderen Mitglied der Gemeinde – einem Jugendlichen, mit dem er sich angefreundet hatte, kurz nach seiner Ankunft in der Stadt. Der Junge erinnerte den Sarazenen stark an sich selbst im gleichen Alter – vaterlos, tiefreligiös und voller feuriger Träume über den unwiderstehlichen Aufstieg des Islam.

Der Junge war so arm, dass sich, als er das Geschenk auswickelte und das Handy sah, seine Augen weiteten und er es gar nicht glauben konnte, dass es nun ihm gehörte. Der Sarazene erklärte ihm, dass er El Mina verlassen werde, um Arbeit und ein neues Leben in einer der schnell wachsenden muslimischen Gemeinden in Europa zu finden. Das Handy sei ein Geschenk, damit er sich an ihn erinnere, und im Gegenzug erwarte er lediglich, dass der junge Mann ihm einen kleinen Gefallen erweise.

»Wenn ich einen Ort gefunden habe, wo ich leben kann, rufe ich dich auf dem neuen Handy an und treffe Vorkehrungen, um dir einen Schlüssel zu schicken und dich zu bitten, meine Garage einem Kurier aus Beirut aufzumachen, der ein paar Kisten abholen wird. Hast du das verstanden?«

Der Junge nickte und wiederholte die Anweisungen fehlerfrei. Männer – selbst junge Männer – in der muslimischen Welt nehmen freundschaftliche Verpflichtungen sehr viel ernster als ihre Altersgenossen im Westen, und deshalb hatte der Sarazene keinen Zweifel, dass der Jugendliche seiner Bitte buchstabengetreu nachkommen würde. Mit Tränen in den Augen und ohne die leiseste Ahnung von dem Komplott, an dem er jetzt teilnahm, streckte der Jugendliche den Arm aus und umarmte den Sarazenen, den Mann, den er sich oft als Vater gewünscht hatte.

Der Sarazene ging davon, ohne einen Blick zurückzuwerfen. Mit dem Beiruter Kurier hatte er bereits gesprochen – zweimal die Woche traf er mit seinem Kühl-Lastwagen am Krankenhaus ein, um Blutkonserven und Medikamente anzuliefern oder abzuholen. Der Sarazene sagte ihm, dass in seiner Garage Kisten mit medizinischen Vorräten stünden, die ihm zugeschickt werden müssten, und bat ihn, sich für einen Anruf bereitzuhalten.

Jetzt, da seine Vorbereitungen fast beendet waren, traf der Sarazene wieder in seiner Wohnung ein und ging in die Garage. Die Gensequenzierungsgeräte, Chemikalienschutzanzüge und anderen Ausrüstungsgegenstände waren bereits fort, zertrümmert und verbrannt zu einer nicht identifizierbaren Masse und im Kofferraum seines Autos zur örtlichen Müllkippe gebracht. Er verpackte die Fläschchen mit dem versiegelten Virus, klebte die offiziellen Versandscheine des Krankenhauses darauf und beschriftete diese auf dem dafür vorgesehenen Feld als »abgelaufenen Impfstoff«: Die genaue Adresse, an die sie geschickt wurden, würde noch warten müssen – er kannte sie noch nicht –, aber er konnte sich auf den Jungen mit dem Handy verlassen, dass er sie einsetzen würde, wenn die Zeit gekommen war.

Er stellte die Kartons in den Kühlschrank, verschloss die Garage und ging nach oben in seinen Wohnbereich. Schwitzend verpackte er die einzigen anderen Sachen, an denen ihm wirklich etwas lag – Fotos, Souvenirs und kleine Andenken an seine Frau und seinen Sohn –, in einer Kiste, die er bei der in Beirut gemieteten Gepäckaufbewahrung einlagern wollte. Er war fast fertig, als drei Männer von einer lokalen Wohltätigkeitsorganisation in einem Pick-up-Truck eintrafen, um sein Bett, seinen Schreibtisch sowie weitere Haushaltswaren abzuholen. Sobald die Gegenstände aufgeladen waren, stand er allein in seiner leeren Wohnung.

Er betrachtete die beiden Zimmer ein letztes Mal – es waren gute Jahre gewesen, produktive Jahre. Auch einsame Jahre. Es gab Zeiten, da ihm seine Frau und der Junge so sehr fehlten, dass der Schmerz fast körperlich war. Aber rückblickend war es so, wie sich alles entwickelt hatte, vielleicht das Beste. Nein, es war *definitiv* das Beste. Es war Allahs Wille.

Nur ihm selbst bekannt hatte er ein Datum für die schleichende Auslöschung Amerikas festgesetzt, einen Tag, der noch lange nach seinem Tod in die Geschichte eingehen würde. Das Datum war der 12. Oktober, der Columbus Day, wie er wusste: der Tag, an dem Amerika von den Europäern entdeckt worden war und alle wirklichen Schwierigkeiten in der Welt begonnen hatten.

Wie angemessen, dachte er vergnügt bei sich, dass sich zukünftige Generationen jenes Datum als Anfang des Niedergangs des fernen Feindes rot anstreichen würden.

Er hatte hart gearbeitet, aber wenn er seinen Termin einhalten wollte, hatte er trotzdem keine Zeit zu verlieren. Er verließ die Wohnung, drehte den Schlüssel im Schloss um und machte sich auf den Weg nach Deutschland.

KAPITEL VIERZEHN

Ich passierte den Schalter der türkischen Einwanderungsbehörde ohne Schwierigkeiten, und als ich die Gepäckrückgabe erreichte, lag mein Samsonite auf dem Gepäckband. Als ich losging, um ihn zu holen, sah ich, dass noch kein anderes Gepäck aus meinem Flugzeug eingetroffen war, und da wusste ich, was geschehen war: Mein Koffer war als erster ausgeladen worden und zum Vor-Ort-Büro des MIT, des türkischen Geheimdienstes, geschickt worden, wo er durchsucht und fotografiert worden war.

Ich war nicht beleidigt. Ich war angeblich ein vereidigter Beamter einer ausländischen Macht, deshalb war es verständlich, dass man sich für mich interessierte. Aber um Himmels willen, hätte man das nicht wenigstens professionell erledigen können und meinen Koffer zusammen mit den anderen aus dem Flug aufs Gepäckband schicken können? Ich schaute mich nach der Zollhalle um, konnte aber niemanden sehen, der mich ins Visier nahm. Die hockten vermutlich in einem Zimmer oben und überprüften mich mit einer ihrer Überwachungskameras.

Ich ging durch den Zoll, ohne angehalten zu werden, ein Heer von Taxifahrern sprach mich an, dann fand ich den Shuttlebus, der mich zum Terminal für die Inlandsflüge brachte. Der internationale Flughafen wirkte dagegen fast menschenleer – da waren Männer mit großen Messingspendern auf dem Rücken, die Becher mit Apfeltee verkauften, provisorische Stände mit zuckersüßem Gebäck und Typen, die Nüsse über Kohlengrills rösteten. Es war 38 Grad warm, die Hitze schlug einem entgegen wie eine Wand, und es hätte eine Woche gedauert, bis die Feuerwehr sich durch den Verkehr gekämpft hätte.

Ich reihte mich in eine Warteschlange vor dem Check-in-Schalter der Turkish Airlines ein und rückte zentimeterweise vor, bis ich schließlich vor einer jungen Frau mit schwerem Goldschmuck, viel zu viel Make-up und einem gestärkten Kopftuch stand, das ihr Haar verbarg – dem Islam zufolge die Krönung einer Frau. Sie nahm meinen Koffer entgegen, tauschte mein Ticket gegen einen Boardingpass und wies mir den Weg zu meinem Gate.

Die Schlange vor der Sicherheitsschleuse war länger als ein Häuserblock, aber es gelang mir, sie zu umgehen, indem ich einen der Sicherheitsbeamten ansprach und ihm erklärte, auf Englisch und mit den paar Brocken Türkisch, die mir zu Gebote standen, dass ich eine Waffe trage. Schnell wurde ich in ein fensterloses Büro eskortiert, wo fünf Männer, alle in Anzügen und stark rauchend, meinen Pass, den Dienstausweis und weitere Dokumente inspizierten, darunter die Kopie eines Schreibens des Weißen Hauses an den Staatspräsidenten der Türkei, in dem diesem dafür gedankt wurde, dass er dem FBI »in dieser betrüblichen und unglückseligen Angelegenheit« half.

Mit dem Schriftstück klappte es, und zwei von ihnen ließen einen Golfwagen kommen und mich zum Milas-Bodrum-Gate fahren. Ich war der erste Passagier, der dort eintraf, und weil ich noch eine Stunde bis zum Abflug hatte, hatte ich vor, meinen Laptop aufzuklappen und weiter frühere Fälle zu studieren. Aber dazu kam es nicht.

Kaum hatte ich mich hingesetzt, blickte ich zu einem oben an der Decke angebrachten Fernsehbildschirm hoch. Er war eingestellt auf einen türkischen Nachrichtensender, in dem Archivaufnahmen irgendeiner Bergregion in Afghanistan gezeigt wurden. Ich dachte, es handele sich um eine weitere Geschichte über den endlosen Krieg, und wollte mich gerade abwenden, als sie zu einem Schaubild eines Koffers wechselten und zu den Elementen, die nötig waren, um eine schmutzige Bombe herzustellen.

Da wusste ich, dass der Flüsterer die Geschichte über den Sarazenen hatte durchsickern lassen, der versucht habe, das Polonium 210 zu kaufen, und obwohl ich keine direkten Beweise hatte, war ich sicher, dass er das getan hatte, damit es mit meiner Ankunft in der Türkei in Zusammenhang gebracht wurde. Kein Wunder, dass die MIT-Agenten drüben bei den internationalen Ankünften mit meinem Koffer so nachlässig umgegangen waren – sie waren vermutlich von der neuesten Nachricht abgelenkt, der größten Geschichte des internationalen Terrorismus seit Jahren. Ich lächelte in stiller Bewunderung: Das war die Definition eines guten Agentenführers – ein vollendetes Ablenkungsmanöver zu orchestrieren, um seinen Agenten aus der Schusslinie zu nehmen.

Ich stand auf und fragte eine Frau am Schalter, ob ich mir die Fernbedienung für den Fernseher ausleihen dürfe. In der folgenden Stunde, während sich der Wartebereich mit meinen Mitreisenden füllte, surfte ich durch BBC, CNN, MSNBC, Al Dschasira, SkyNews, Bloomberg und ein Dutzend weitere englischsprachige Nachrichtensender, um der Geschichte über die schmutzige Bombe zu folgen. Wie üblich handelte es sich hauptsächlich um dieselbe kleine Menge an Informationen, die endlos recycelt wurde, aber hin und wieder wurde ein neues Häppchen hinzugefügt, das die Moderatoren und Experten durchkauen konnten: Mehr als zweitausend Geheimdienstagenten sollten nach Afghanistan und Pakistan entsandt werden, die Regierungen von Saudi-Arabien, Iran und der Jemen hatten ihre Mitarbeit zugesagt, das Weiße Haus kündigte an, der Präsident werde eine Rede an die Nation halten.

Zwar freute ich mich schon darauf, was Grosvenor zu sagen hätte, aber gerade als die Presseleute aufstanden und eine Kamera Grosvenor einfing, wie er sich dem Rednerpult näherte, wurde mein Flug zum letzten Mal aufgerufen.

Ich gab die Fernbedienung zurück, ging über die Gangway und suchte meinen Sitzplatz. Fünfzig Minuten später erhaschte ich einen Blick auf das türkisblaue Wasser der Ägäis – vermutlich das schönste Meer der Welt –, während die Maschine einen weiten Bogen flog und schließlich auf dem Flughafen von Milas landete. Er lag vierzig Kilometer von Bodrum entfernt im Landesinneren, und nachdem ich erneut das Begrüßungsritual durchlaufen hatte, damit ich meinen Koffer zurückbekam – diesmal gab es keinen MIT, der unsichtbare Unterstützung lieferte –, begab ich mich zum Mietwagenschalter.

Es dauerte Ewigkeiten. Computer waren offenbar noch nicht im türkischen Hinterland angekommen – sämtlicher Papierkram musste von Hand ausgefüllt, Kopien auf verschiedenen Schreibtischen verteilt werden. Schließlich wurde von vorne ein viertüriger Fiat herbeigeschafft, und nachdem es mir und zwei Büromitarbeitern gelungen war, das Navigationsgerät auf Englisch umzustellen, verließ ich das Flughafengelände und nahm die Straße nach Bodrum. Wegen des starken Verkehrs kam ich nicht schnell voran, und als ich schließlich oben auf einer Anhöhe ankam, erkannte ich den Grund: Weiter vorne fuhr eine Kolonne aus grell angestrichenen Sattelschleppern und Pritschenwagen. Der Zirkus war in der Stadt – buchstäblich.

Das war kein billiger Tingeltangel – es handelte sich um den türkischen Staatszirkus, der, laut der Werbetafel auf der Seite eines der Sattelzüge, »hundert Akrobaten, achtzig Hochseilartisten und vier Schlangenbeschwörer« bot. Zum Glück bog der Konvoi in den Außenbezirken von Milas auf ein Ausstellungsgelände ab, wo man das große Zelt aufstellen wollte. Der Stau löste sich auf, und ich gab Gas.

Acht Kilometer weiter kurbelte ich das Seitenfenster herunter und ließ die warme Brise über mich hinwegwehen, die mich mit dem Duft von Kiefernwäldern und dem Versprechen einer weiteren tödlichen Mission umgab. Ja, ich war schon lange im Ruhestand gewesen und hatte Angst. Ja, ich war allein und lebte eine wohldurchdachte Lüge. Aber es gab einen Teil in mir, der so lebendig war, dass es fast berauschend war.

KAPITEL FÜNFZEHN

Die Kilometer zogen schnell vorbei. Ich fuhr an Olivenhainen und winzigen Dörfern mit weißen kubistischen Häusern vorbei, auf fernen Hügeln waren verfallene Windmühlen zu erkennen, die die Bauern früher zum Kornmahlen genutzt hatten, aber das, was ich brauchte, sah ich nicht. Verdammt …

Ich suchte nach einer Stelle, wo ich anhalten konnte, ohne Verdacht zu erregen, die Art von Ort, wo ein neu angekommener FBI-Agent einen Stopp einlegen würde, um den Sonnenschein zu genießen und sich die neuen Nachrichten auf dem Handy anzusehen. Mehrere Kilometer nach einem größeren Dorf mit einer kleinen Moschee und einem belebten Wochenmarkt – dem Aussehen nach seit Jahrhunderten unverändert – bog ich um eine Kurve und sah zu meiner Rechten ein Café mit einem Panoramablick in Sicht kommen. Ich hatte die Küste erreicht.

Ich bog auf den Parkplatz des Cafés ein, hielt in einiger Entfernung von der offenen Terrasse und ignorierte die Aussicht. Ich stieg aus, klappte mein Handy auf, und während ich aufs Display schaute, augenscheinlich, um meine Nachrichten zu checken, wanderte ich ruhelos um den Fiat. Das Ganze war fingiert, eine Inszenierung, aufgeführt für die Insassen irgendwelcher Fahrzeuge, die mir womöglich gefolgt waren. Ich wusste, dass ich keine Nachrichten haben würde – sondern ließ vielmehr ein Programm durchlaufen, das die Techniker in Langley in die Software des Handys eingepflanzt hatten. Nahe dem Heck des Fiats begann das Handy zu piepen, und während ich näher kam, wurde es lauter. Irgendwo im Radlauf des rechten Hinterreifens – zu dem man sich vermutlich durch den Kofferraum Zugang verschafft hatte – befand sich ein Peilsender, der zweifellos von den Jungs beim MIT angebracht worden war. Sie wollten wissen, wo ich mich gerade aufhielt – das war keine Überraschung –, aber insgeheim war ich froh, dass sie das hinbekommen hatten. Wie jeder erfahrene Agent einem sagen würde, ist es sehr viel leichter, ein Auto abzuschütteln als einen Verfolger.

Erleichtert darüber, dass ich solo unterwegs war, stellte ich mein Handy aus, entfernte den Akku, steckte beide Teile in die Tasche und drehte mich zu der Aussicht um. Kein Wunder, dass das Café überfüllt war: Die schroffen Berge zogen sich bis hinunter zur Ägäis, und ganz Bodrum lag vor mir ausgebreitet. Es war spät am Nachmittag, das Sonnenlicht fiel auf die Yachthäfen und die beiden Buchten, die die Stadt umschlossen, und beleuchtete die Mauern der prächtigen Burg aus dem 15. Jahrhundert, die die Kreuzfahrer erbaut hatten und die auf der Felszunge zwischen den beiden Buchten stand. Es war das Kastell von Sankt Peter, wie ich mich erinnerte.

Es war über zehn Jahre her, dass ich die Stadt das letzte Mal gesehen hatte. Sie war gewachsen und hatte sich verändert, aber das hielt nicht die Erinnerungen auf, die sich mir aufdrängten. Einen Augenblick lang war ich wieder ein junger Agent, der zuschaute, wie die Lichter exklusiver Hotels auf dem Wasser tanzten, der Musik aus den zahllosen Nachtclubs lauschte, die die Luft erfüllte. Wie konnte ein Auftrag, der so vielversprechend begonnen hatte, in einem solchen Desaster enden?

Ich versuchte, die Erinnerung abzuschütteln, und ging zu einem der großen Fernrohre auf Stativen, aufgestellt für Touristen, die ein paar Lira übrighatten. Ich steckte die Münzen hinein und sah atemberaubend deutlich die teuren, sich an die Steilküste schmiegenden Villen und eine Vielzahl erstaunlicher Yachten, alle zu groß für jede Marina im Mittelmeer oder in der Ägäis, die vor der Küste vor Anker lagen. Ich glitt an ihnen vorbei und richtete das Fernrohr nach oben, bis ich eine Villa fand, die allein und umgeben von einer riesigen Gartenanlage auf einer Landspitze stand.

Erbaut vor über fünfzig Jahren und mit hohen Kolonnaden, von Wein bedeckten Loggien und abgestuften Terrassen, hatte sie ein leicht römisches Aussehen. Die Fensterläden waren geschlossen, und weil das nachmittägliche Licht die Landspitze nicht mehr beschien, schien es, als liege sie lauernd im Schatten. So imposant das Haus auch war, es gefiel mir nicht: Sogar auf diese Entfernung schien es etwas Unheimliches auszustrahlen. Ich hatte keine besonderen Kenntnisse darüber, aber ich war sicher, dass es sich um das Französische Haus handelte, von dessen Grundstück mit seinen ausgedehnten Rasenflächen Dodge in den Tod gestürzt war.

Ich kehrte zum Wagen zurück und fuhr ins Zentrum von Bodrum – zurück in meine Vergangenheit.

KAPITEL SECHZEHN

Das Hotel, das man für mich gebucht hatte, war nicht gerade das, was man mondän nennen würde – ich meine, die Leute bohrten nicht gerade Löcher in die Wände, um hineinzukommen. Diese Art Hotels lagen unten am Hafen, ganz in der Nähe von 24-Stunden-Champagnerbars, Open-Air-Discos und Dessous-

Modenschauen, die ukrainische Models an Privatstränden veranstalteten.

Mein Hotel lag in einer Seitenstraße mit einer Autowerkstatt am einen Ende und einem Gebrauchtmöbelladen am anderen. Es war aus einem einzigen Zementblock gebaut, der blau angestrichen worden war. »Müde« war ungefähr das freundlichste Wort, das man auf das Gebäude anwenden konnte. Als ich vorfuhr, musste ich zugeben, dass die Mitarbeiter im improvisierten Büro des Flüsterers herausragende Arbeit geleistet hatten – es war genau die Sorte Hotel, von der man erwartete, dass ein FBI-Agent, der auf Staatskosten reiste, darin absteigen würde.

Noch während ich die Vordertreppe hinaufstieg, wusste ich, was ich drinnen vorfinden würde: verblasste Vorhänge, ein karges Buffet zum Frühstück und zwei Palmen in Übertöpfen, die vor sich hin mickerten. Der Mann, der hinter der Rezeption stand, hatte, so wie das Hotel, auch schon bessere Zeiten erlebt. Im Laufe der Jahre schien sein Gesicht einiges an Schlägen eingesteckt zu haben. Später erfuhr ich, dass er früher mal einer der erfolgreichsten türkischen Mittelgewichtler gewesen war. Wenn so ein Sieger aussah, wollte ich mit Sicherheit nicht den Verlierer sehen. Doch wenn er lächelte – und er strahlte mich an, als ich durch die Tür hereinkam –, waren seine Gesichtszüge so voller Vitalität und guten Willens, dass man ihn einfach mögen musste. Er schüttelte mir die Hand und stellte sich mir als Manager und Eigentümer vor, zog eine Karteikarte hervor, auf die ich meinen Namen schreiben musste, Passangaben und Heimatadresse, und machte Kopien von meinen drei Kreditkarten. »Nur um auf der Seite der Sicherheit zu sein«, vertraute er mir vergnügt an.

Sagen wir einfach, dass sein Englisch sehr besonders war.

»Es ist ein großes Schande, dass Sie an dem Samstagabend nicht hier waren, Mr Brodie David Wilson«, fügte er hinzu. Aus irgendeinem Grund hatte er beschlossen, dass man alle englischen Muttersprachler mit dem vollen Namen anzureden habe, der im Pass aufgeführt war.

»Das Feuerwerk waren von einer Art, die selten jemand gesehen hat.«

»Feuerwerk?«

»Zafer Bayrami.«

Ich hatte keine Ahnung, wovon er redete. Vielleicht war es irgendeine Art Segen. »Zafer Bayrami?«

»Der Tag des Sieges. Alle Völkers der Erde kennen dieses Datum – die Nation der großen Türkei drehte die Köpfe der Feinde um, die hauptsächlich von den Griechen waren.«

»Ah ja«, sagte ich. »Kein Wunder, dass es ein Feuerwerk gegeben hat.«

»Ich bin zum Zuschauen auf das Dach raufgegangen. Eine riesige Bombe des Phosphors ist über der Landspitze des Südens explodiert. Die griechischen Völkers glaubten wahrscheinlich, wir würden wieder angreifen.« Er hielt das für einen guten Witz und lachte laut.

»Die südliche Landspitze. Liegt da nicht das Französische Haus?«

Ein Schatten huschte über sein Gesicht. »Ja.«

»Und am Samstagabend ist dort jemand ums Leben gekommen, oder?«

»Ein Unglück allerersten Ranges, ein Mann von sehr wenigen Jahren. Schrecklich.« Er schüttelte betrübt den Kopf. Er liebte das Leben vermutlich so sehr, dass er den Tod praktisch jedes Menschen als verstörend empfand. Na ja, nicht, wenn es sich um einen Griechen handelte. »Sind Sie deshalb zu uns gekommen – für die Ermittlung, Mr Brodie David Wilson?«

»Ja. Wer hat Ihnen das denn gesagt?«

»Die Polizei«, antwortete er, als wäre das ganz normal. »Sie waren heute Morgen hier, zwei. Die Weibliche hat Ihnen eine Nachricht hinterlassen.«

Er reichte mir ein Kuvert und rief den Hotelpagen.

Mein Zimmer sah ziemlich so aus, wie ich es erwartet hatte, bis hin zu den verblassten Vorhängen und einem kleinen Stapel Zeitschriften mit Kaffeeflecken auf den Titelseiten.

Kaum waren wir im Zimmer, begann der Hotelpage, ein albanischer Herumtreiber von Ende zwanzig, Türen zu öffnen und zu schließen in dem uralten Glauben, dass das Trinkgeld umso höher ausfallen würde, je mehr Aktivität man entfaltete. Ich schenkte ihm nicht viel Aufmerksamkeit: Mein Interesse war, mich hinsichtlich der schmutzigen Bombe auf den neuesten Stand zu bringen und zu hören, was der Präsident gesagt hatte, um die Nation zu beruhigen.

Ich fand die Fernbedienung und schaltete den Fernseher in der Ecke an. Ich bekam den Sender Al Dschasira herein, der mit der Geschichte aufmachte, es aber geschafft hatte, einen eigenen Standpunkt zu finden: Man erklärte der überwiegend arabischen Zuschauerschaft, dass die Entwicklungen in den vergangenen zwölf Stunden zu einer explosionsartigen Steigerung von Fahndungen aufgrund ethnischer Kriterien auf Flughäfen und Reise-Terminals auf der ganzen Welt geführt hätten. Ausnahmsweise – auch wenn ihnen die Gründe nicht klar waren – hatten sie es richtig verstanden.

Ich zappte und fand zwei lokale Nachrichtensender, eine Talkshow für Frauen, mehrere sonderbare Seifenopern, die so schlecht ausgeleuchtet waren, dass einem die Augen wehtaten, dann kehrte ich zurück zu Al Dschasira. Weil das nicht stimmen konnte – wo waren BBC, CNN und all die anderen? –, fing ich an, wahllos Tasten zu drücken. Mit Waffen kannte ich mich aus, aber Fernbedienungen waren nicht gerade meine Stärke.

Ich erklärte dem Hotelpagen halb pantomimisch, halb auf Türkisch, dass ich die englischen Kabelnachrichtensender hereinbekommen wollte. Ich schrieb ihm sogar die Namen auf, damit er mich verstand.

»Nein, nein – nicht hier«, wiederholte er immer wieder und zeigte auf Al Dschasira, womit er deutlich machte, dass, wenn man englische Nachrichten hören wollte, nur diese Möglichkeit bestand. Er war derart hartnäckig, dass ich mich gezwungen sah, es zu akzeptieren: In Bodrum standen keine englischsprachigen Sender zur Verfügung.

Nachdem er gegangen war, ließ ich mich auf einen Sessel sinken. Die Lage war ernst, und das aus einem einfachen Grund: Die Nachrichten der Frau in Bodrum an den Mann im Hindukusch bestanden vollständig aus Bruchstücken aus englischsprachigen Nachrichtensendern.

Durch die CIA-Analyse der Aufzeichnungen wussten wir, dass die Audio-Qualität der Nachrichtensendungen zu gut war, als dass sie aus einem Computer stammen konnten: Die Sendungen wurden nahe vor einem Fernsehlautsprecher aufgezeichnet, und mir schwebte ein geistiges Bild der Frau vor Augen, wie sie das Material sorgfältig aufzeichnete und zusammenschnitt.

Doch wenn man die Sender in dem Teil der Türkei nicht empfangen konnte, dann musste die Frau das Material andernorts aufgenommen haben und zur Telefonzelle in Bodrum gefahren sein, um die Nachrichten zu versenden. Das bedeutete, dass sie aus Hunderten Kilometern Entfernung gekommen sein konnte – aus dem Irak oder dem Libanon oder von weiß Gott woher.

Ich fuhr mir mit der Hand durchs Haar. Inzwischen war ich seit zehn Minuten in Bodrum, aber die Möglichkeiten, was die Herkunft der Frau betraf, waren exponentiell gestiegen. Hundemüde beschloss ich, das Problem beiseitezuschieben und mich an meinen ursprünglichen Plan zu halten. Der vorsah zu duschen, mir mein Handy zu schnappen und – indem ich die Karte von Bodrums Zentrum nutzte, die ich im Kopf hatte – damit anzufangen, Telefonzellen ausfindig zu machen und zu fotografieren. Ganz so lief die Sache dann aber doch nicht ab.

Es war drei Uhr morgens, als ich aufwachte, immer noch im Sessel. Wer zu dieser Zeit auf den Straßen herumspazierte und Fotos machte – selbst wenn in einigen Stadtteilen Bodrums immer noch Partys gefeiert wurden –, würde ebenjene Art von Aufmerksamkeit auf sich ziehen, die ich vermeiden wollte.

Da mir nichts Besseres einfiel, nahm ich mir vor, zumindest eine Nacht durchzuschlafen, und machte mich gerade bettfein, als ich das Kuvert sah, das die Bodrum-Cops mir gegeben hatten. Es enthielt noch schlechtere Nachrichten.

In wenigen knappen Zeilen – zum Glück in gutem Englisch – hieß es darin, dass man bereits versucht habe, mich vor meinem Abflug aus den USA zu kontaktieren, um mir die Reise zu ersparen. Die Beweislage im Mordfall Dodge sei klipp und klar, hieß es weiter: Es handle sich um einen tragischen Unfall, und folglich seien die Ermittlungen eingestellt worden.

KAPITEL ACHTZEHN

Gab es keine Ermittlungen, dann war auch die Anwesenheit des Agenten Brodie Wilson in Bodrum nicht notwendig.

Mach langsam, wir sind noch nicht fertig, ermahnte ich mich, als ich am folgenden Morgen pünktlich um neun im Polizeipräsidium eintraf. Diese Zeit hatte die Polizistin, die den Brief unterschrieben hatte, für ein Treffen mit ihr vorgeschlagen.

»Dann können Sie problemlos mit dem Nachmittagsflug Bodrum wieder verlassen«, hatte sie geschrieben. »Es dürfte nicht länger als zwanzig Minuten dauern, Sie auf den neuesten Stand zu bringen.«

Im Präsidium wurde ich an einen jungen Polizisten in wunderschön gebügelter Uniform und den blanksten Stiefeln außerhalb einer Ehrengarde der Marine weitergereicht. Er war höchstens sechzehn. Er ging mir voran durch das Gebäude, ein Treppenhaus hoch und in ein Gewirr von Büroräumen, in denen die Kriminalbeamten saßen. Am Ende eines Flurs betraten wir ein Zimmer mit zwei Schreibtischen und einem Blick in den Innenhof eines angrenzenden Hauses. Das weiß getünchte Haus war abbruchreif, der Putz bröckelte von den Mauern, auf dem Dach lagen da und dort zerbrochene Ziegel, aber das spielte keine Rolle. Der Innenhof war wunderschön wegen der zwei alten Frangipani-Bäume.

Nur einer der Schreibtische war besetzt. Dahinter saß eine junge Frau mit einem dicken Schopf schwarzer Haare – offensichtlich eine Sekretärin – mit einem Telefonhörer am Hals und tippte auf einem Computer, der so alt war, dass er vermutlich mit einem vorinstallierten *Pong* geliefert worden war.

Die Sekretärin gehörte zu jenen Frauen, an denen alles extravagant ist – ihre Gesten, die Brüste, die gegen die enge Bluse drückten, das Make-up, der Hintern im schmalen Bleistiftrock. Vermutlich auch die Stimmungen. Während ich darauf wartete, dass sie das Telefonat beendete, kam mir in den Sinn, dass sie, in vielerlei Hinsicht, die Widersprüche der modernen Türkei repräsentierte. Sie war jung in einer vergangenheitsbezogenen Kultur, unverfroren weiblich in einer männerdominierten Welt, areligiös und westlich aussehend in einem Land, dessen eines Gesicht stets nach Osten in Richtung Islam gewendet war.

Und natürlich gab es da noch – für eine zutiefst konservative Nation – einen letzten Widerspruch, den größten Widerspruch von allen. Drogen. Die Türkei war zum entscheidenden Drehkreuz im lukrativsten Handelsweg der Welt geworden, eine moderne Seidenstraße, auf der Opium, halb raffiniertes Heroin und reines Haschisch von Pakistan und Afghanistan nach Westeuropa befördert wurden, über die Grenze zum Libanon oder über den Kaukasus nach Russland. Wenn Drogen einfach nur eine moderne Ware waren – so wie Öl, das durch transnationale Pipelines gepumpt wurde –, dann war die Türkei zum größten Umschlagplatz der Welt geworden.

Das alles wusste ich wegen Christos Nikolaides, dem griechischen Drogenhändler, dessen Tod ich auf Santorin befohlen hatte. Bei der Jagd auf ihn hatte ich von der DEA erfahren, dass Patros Nikolaides und sechs weitere große Kartelle in der Türkei – vor allem in diesem Teil – dick im Geschäft waren und dass trotz der tapferen Bemühungen einiger guter türkischer Beamter die Korruption zugenommen hatte und die Profite immer spektakulärer geworden waren.

Da die Sekretärin keinerlei Anstalten machte, das Telefonat zu beenden, zog ich mir einen Stuhl heran und hing meinen Gedanken an Patros und seine albanischen Vollstrecker nach. Sobald ich in die Sicherheit von Amerika zurückgekehrt war, war der Mann aus meinem Gedächtnis verschwunden. Aber es lag schon eine gewisse Ironie darin, dass ich unter dem Druck der Krise, vor der wir standen, in einen Winkel der Welt hineingezogen worden war, den er so gut kannte. Ich fragte mich, wo er jetzt wohl steckte. Immer noch hinter seinen vier Meter hohen Mauern in Thessaloniki, seine Lavendelpflanzen pflegend und den Tod seines Sohnes betrauernd, so hoffte ich.

Es war ein Fehler – ein großer Fehler – gewesen, nicht intensiver über ihn nachgedacht zu haben, aber schließlich legte die Frau auf, schenkte mir ein geziemend extravagantes Lächeln, richtete ihre Bluse, falls ich noch nicht bemerkt hatte, was sie als ihre zwei größten Pluspunkte ansah, und fragte, ob ich Brodie Wilson sei.

Ich nickte. Darauf erklärte sie mir, dass ihre Chefin eine Viertelstunde später komme. »Sie fährt jeden Morgen mit dem kleinen Kerl in einen kleinen Park. Ihr Wagen sei gerade liegengeblieben. Italienisch – das Auto, meine ich –, was erklärt, dass er nichts taugt.«

Daraus schloss ich, dass sie einen Freund hatte, der Italiener war. Außerdem schien es, dass sie ihr Englisch zum großen Teil in moderner amerikanischer Musik, Sommerkinohits und Chatten im Internet aufgelesen hatte.

»Dem kleinen Kerl?«

»Ihrem Sohn.«

»Ist ihr Ehemann auch Polizist? So ist das meistens in dieser Branche.« Es war mir ziemlich egal, ich machte nur Konversation – Sie wissen schon, belangloses Zeugs reden.

»Nein, sie ist geschieden.«

»Wie alt ist denn ihr Sohn?«

»Der kleine Kerl ist sechs.« Der Ausdruck gefiel ihr offensichtlich. Wahrscheinlich glaubte sie, damit genauso hip zu sein wie jeder Amerikaner auf Besuch.

»Ist schon schwierig, als alleinstehende Mutter mit einem Jungen in dem Alter.«

Sie zuckte mit den Schultern – ich bezweifle, dass sie je darüber nachgedacht hatte. Wie aus dem Nichts erschien das Desaster und versuchte mir die Hand zu schütteln. »Haben Sie Kinder, Mr Wilson?«

»Nein, keine kleinen Kerle«, sagte ich, weil ich mich nicht konzentriert hatte und unausweichlich die Wahrheit sagte – zumindest die Wahrheit über mich, aber in direktem Widerspruch zu meiner Legende. Ich erkannte sofort meinen Fehler, überlegte, ob ich meine Worte zurücknehmen sollte, ließ diese törichte Idee aber wieder fallen. Irgendwie gelang es mir, die Fassung zu wahren.

»Keine, die bei mir leben«, fuhr ich lächelnd fort. »Ich bin geschieden, deshalb weiß ich, wie schwierig es ist – meine Exfrau sagt mir das unentwegt.«

Sie lachte; sie hatte nichts Ungewöhnliches bemerkt. Keine schlechte Korrektur, dachte ich, aber ich hatte feuchte Hände bekommen und versetzte mir einen metaphorischen Schlag auf den Hinterkopf, damit ich aufwachte. »Ist das Ihre Chefin?«, fragte ich, um das Thema zu wechseln, und deutete auf ein Foto auf dem anderen Schreibtisch.

Darauf war eine lächelnde Frau zu sehen, mit einem Kopftuch und einem Overall bekleidet auf einer Leiter stehend, die Seitenmauer eines kleinen Hauses in Bodrum streichend. Das Foto musste unten im alten Hafen aufgenommen worden sein – neben einem großen Gebäude war ein Schild auf Englisch und Türkisch: GÜL & SÖHNE, MARINA UND SCHIFFSWERFT.

»Ja«, sagte die Sekretärin und trat neben mich. »Das war vor ein paar Jahren, kurz nachdem sie hergekommen ist.«

Ich sah mir das Foto genauer an – sie war eine schöne Frau, in den Dreißigern, auch irgendwie exotisch: hohe Wangenknochen und große Mandelaugen.

»Sie sieht sehr gut aus«, sagte ich.

»Danke«, hörte ich hinter mir eine eisige Stimme. »Es heißt, ich habe das von meiner Mutter.«

Ich drehte mich um, und da stand natürlich die Polizistin. Sie legte ihre Handtasche und ihr Handy auf den Tisch und wandte sich an die Sekretärin. »Gehen Sie bitte an Ihren Schreibtisch, Hayrunnisa.«

Das musste man ihr nicht zweimal sagen. Die Polizistin trug ein Kopftuch, das unter einem Jackett mit hohem Kragen steckte, das bis zu den Knien hinabging. Darunter hatte sie eine langärmelige Bluse und eine weite Hose an, die gerade bis zu den hochhackigen Schuhen reichte. Alles war von guter Qualität – auch sehr modisch –, aber kein bisschen Haut war zu sehen, nur die Hände und das Gesicht. Das war die andere Seite der Türkei – konservativ, islamisch und zutiefst misstrauisch, was den Westen und seine Werte betraf.

»Leyla Cumali.« Sie streckte nicht die Hand aus, und man musste kein Detective sein, um festzustellen, dass ich ihr unsympathisch war. Vielleicht, weil ich als Ermittler in ihrem Revier wilderte, vielleicht, weil ich Amerikaner war. Wahrscheinlich beides. Anscheinend galt in der Türkei: Zweimal daneben, und du bist raus.

»Schade, dass Sie wegen so wenig so weit gereist sind«, sagte sie und setzte sich an ihren Schreibtisch. »Wie ich Ihnen in meinem Brief schrieb, handelt es sich beim Tod des jungen Mannes eindeutig um einen Unfall.«

»Wann haben Sie vor, die Ermittlungen abzuschließen?«, fragte ich.

»Heute. Die Ermittlungsakte wird im Laufe des Vormittags an meine Vorgesetzten geschickt. Angenommen, alles ist in Ordnung, wird sie danach zum Abteilungsleiter in Ankara weitergeleitet, der sie schließen wird. Das ist nur noch eine Formalität.«

»Das wird leider verschoben werden müssen«, sagte ich. »Ich muss die Ermittlungen überprüfen, bevor eine Entscheidung getroffen wird.« Normalerweise bin ich nicht so abrupt, aber das

Gespräch durfte mir nicht entgleiten. Irgendwie musste ich Zeit gewinnen.

Sie versuchte es zu kaschieren, doch sie war sofort wütend – ich sah das in ihren Mandelaugen. Sie richtete sie auf mich und versuchte, mich zu irgendeiner versöhnlichen Geste zu bewegen, aber man hatte mich schon besser zum Wegsehen gezwungen.

»Ich glaube nicht, dass man die Sache aufschieben muss«, sagte sie schließlich. »Wie gesagt, ich kann das in zwanzig Minuten mit Ihnen besprechen. In weniger, wahrscheinlich. So klar ist die Faktenlage.«

Sie zog einen Aktenschrank auf, holte eine Registraturschublade mit Akten heraus und fand ein Foto der Rasenfläche auf der Rückseite des Französischen Hauses. Sie knallte es auf den Tisch.

»Hier ist er abgestürzt«, sagte sie und zeigte auf einen dreißig Meter hohen Abschnitt der Steilküste.

Gesichert wurde der bröckelige Felshang durch einen Holzzaun mit zwei Latten, der um die gesamte private Landspitze führte und an einem wunderschönen Gartenpavillon an der Spitze des Kaps endete.

»Vier Meter nördlich des Pavillons ist er entweder auf den Zaun geklettert oder darübergestiegen«, sagte sie. »Wir kennen die genaue Stelle, weil einer aus meinem Forensik-Team eine Faser seiner Hose fand, die sich an einem Splitter verfangen hatte.«

Ihr Englisch war nahezu perfekt, aber sie betonte den Ausdruck »Forensik-Team« ein wenig zu sehr – immer noch wütend ließ sie mich wissen, dass sie keine Hinterwäldlerin war, sondern ihre Arbeit auf gründliche, moderne Weise erledigt hatte. Ich wollte eine Frage stellen, aber sie fuhr mir über den Mund.

»Sie haben um eine Überprüfung gebeten, bringen wir sie zu Ende. Der junge Amerikaner starb um 21.36 Uhr. Das wissen wir, weil sein Handy in seiner Tasche war und die Uhr stehen blieb, als er auf dem Felsen aufschlug. Das war sechs Minuten, nachdem ein großer Phosphorstern über der Landspitze explodierte. Das markierte den Beginn eines Feuerwerks. Ich bezweifle, dass Sie es wissen, aber Samstagnacht war …«

»Zafer Bayrami«, sagte ich.

Sie war überrascht. »Glückwunsch«, antwortete sie. »Vielleicht sind Sie ja doch nicht so ignorant wie die meisten Ihrer Landsleute.«

Ich ließ das durchgehen – was soll's? Ich hatte mich mit weitaus schwierigeren Problemen zu befassen als mit ihrer Attitüde.

»Das Opfer, Mr Dodge, hatte in der Bücherei des Hauses gesessen, Alkohol getrunken und Drogen genommen – der Toxikologiebericht zeigt das –, als der Phosphorstern explodierte und den Beginn der abendlichen Festivitäten markierte. Er griff nach einem Fernglas – wir fanden die Tasche dazu direkt innerhalb des Zauns – und ging über den Rasen, um sich das Feuerwerk anzusehen.«

Das machte mich hellhörig – mein Radar sagte mir, dass da irgendwas nicht stimmte –, aber ich hatte keine Zeit, darüber nachzudenken: Ich wollte mich darauf konzentrieren, was sie sagte, und sie machte mit Lichtgeschwindigkeit weiter.

»Um einen besseren Blick auf das Feuerwerk zu haben, hat er sich entweder auf die Brüstung gestellt oder ist darübergestiegen. Desorientiert durch den Cocktail aus Drogen und Alkohol, auf unvertrautem Gelände, vielleicht geblendet von den ständigen Licht-Explosionen, hat er den Halt auf der abbröckelnden Felskante verloren und ist abgestürzt. Hören Sie mir überhaupt zu, Agent Wilson?«

Ich nickte.

»Wir haben die Situation mit einem Dummy von genau der gleichen Größe und dem gleichen Gewicht nachgestellt. Eins Komma acht Sekunden nach dem Sturz ist er durch irgendwelches Gebüsch gestürzt, das aus dem Felshang wächst. Sie können die zerbrochenen Äste sehen, außerdem haben wir mehrere Haarbüschel im Blattwerk gefunden. Auch dies könnten Sie interessant finden: Die Flugbahn stimmt völlig überein mit einem Mann, der ausgerutscht ist. Das hier sind die Unterlagen dieser Versuche.« Sie schob einen kleinen Stapel mit technischen Schaubildern über den Tisch. »Wir glauben, dass er versucht hat, sich an einem Ast festzuhalten – an einer Hand waren Risswunden –, aber er ist weiter hinuntergestürzt, bis er einunddreißig Meter weiter unten auf die Felsen prallte. Das entspricht einem zehnstöckigen Gebäude. Unter den vielen anderen Verletzungen hat er sich zwei Wirbelbrüche zugezogen. Er war sofort tot.«

Ich nickte – das war in der Akte des Außenministeriums als Todesursache angegeben. Sie und ihr Forensik-Team hatten herausragende Arbeit geleistet, wie ich eingestehen musste. Gott steh uns bei, dachte ich. Ich hatte keine Wahl, außer sie weiter zu attackieren.

»Auf dem Anwesen befanden sich Sicherheitskräfte«, sagte ich. »Viele Leute auf Booten. Einige von ihnen müssen sich in der Nähe der Landspitze aufgehalten haben. Wer hat ihn schreien gehört?« Ich fühlte nur vor.

»Niemand. Selbst wenn er geschrien hätte, die Geräusche des Feuerwerks hätten die Schreie übertönt. War das die Frage, die Sie mir stellen wollten?«

»Nein, eigentlich nicht«, entgegnete ich gereizt. »Ich wollte wissen, wer genau sich an jenem Abend auf dem Anwesen aufgehalten hat.«

»Das ist komisch«, gab Cumali in sarkastischem Tonfall zurück. »Genau diese Frage haben auch wir uns gestellt. Abgesehen von den Sicherheitsbeamten war da niemand. Er war allein.«

»Wieso sind Sie da so sicher?«, fragte ich. »Das Anwesen ist riesig.«

Sie warf mir einen vernichtenden Blick zu. »Zwei Komma acht Hektar insgesamt«, sagte sie, öffnete eine andere Mappe und nahm weitere Fotos heraus. Darunter befanden sich mehrere Karten.

»Die einzigen Leute, die das Anwesen mieten, sind enorm reich – infolgedessen gibt es hundertacht Kameras, die die Einzäunung überwachen. Das System wurde von einem der weltweit führenden Sicherheitsunternehmen installiert – einem amerikanischen, wie Sie sicher gern hören werden –, und es ist ausgeschlossen, das Gelände zu betreten, ohne gesehen und aufgezeichnet zu werden.«

Sie verteilte Fotos, die Dutzende verschiedener Kameras zeigten – Kameras, die auf Stangen angebracht waren, an den Seiten von Gebäuden, versteckt im Blattwerk. Einige waren starr, andere schwenkbar, alle waren mit Infrarot und Nachtsicht-Hardware ausgestattet. Mit den Augen eines Fachmanns betrachtet war klar, dass die Anlage ein Vermögen gekostet haben musste.

Sie untermauerte das mit einigen der Karten. »Das hier sind die Spezifikationen des Anwesens – Sie sehen, es gibt keinen Zentimeter der Einzäunung, der nicht überwacht wird.«

Als Nächstes kamen etliche Berichte, die zeigten, dass die Kameras perfekt funktioniert hatten. Ich sah sie mir gar nicht an – ich war mir sicher, dass sie recht hatte. Die Lage verschlechterte sich sekündlich. Vielleicht könnte ich die Kommissarin ein paar Tage hinhalten, aber darüber hinaus – nun ja, es kam mir schlechterdings unmöglich vor. »Was ist mit der Felsklippe?«, fragte ich. »Was sollte jemanden davon abhalten, dort hinaufzuklettern?«

Sie seufzte. »Am einen Ende liegt ein kleiner Strand – der sogenannte Deutsche Strand –, dort gibt es eine Bootsrampe, einen Salzwasserpool und ein Bootshaus. Der Strandabschnitt gehört zum Anwesen, angegliedert ist eine Wachstube. Darin haben sich zwei Männer aufgehalten, vier Kameras haben die Treppe zum Anwesen und die gesamte Klippenwand überwacht. Wollen Sie wissen, wie gut die Überwachungskameras waren? Eine davon hat ein leicht verwaschenes Bild aufgezeichnet, das unser Interesse weckte – dann wurde mir klar, dass sie den Moment eingefangen hatte, als das Opfer vorbeiflog. Eine Fünftelsekunde, und die Kamera hat es festgehalten.«

Ich warf einen kurzen Blick auf die Frangipani-Bäume, sammelte mich einen Augenblick und versuchte, meine Gedanken für einen erneuten Angriff zu ordnen. »Sie sagten, Dodge sei allein gewesen – was er aber natürlich nicht war«, sagte ich. »Dort waren auch die Sicherheitsleute. Was hätte einen von ihnen davon abhalten sollen, sich ihm von hinten zu nähern und ihn in die Ewigkeit zu stoßen?«

Sie blickte kaum auf ihre Unterlagen. Sie konnte den Einwand mit verbundenen Augen abschießen. »In jener Nacht waren achtzehn Männer im Dienst.« Sie legte mir Fotos von allen vor. In ihren Rängen waren mehr als nur einige Gorillas.

»So wie vielfach in der Branche sind nicht alle gute Menschen, aber das ist unwichtig: Es war ihnen nicht erlaubt, auf dem Gelände zu patrouillieren. Sie mussten auf ihren Sicherheitsposten bleiben, ihre Monitore überwachen und durften nur in Gruppen zu sechst mit dem Vorgesetzten losgehen, wenn die Einzäunung durchbrochen würde. Alle Wachleute befanden sich unter Kameraüberwachung«, fuhr sie fort. »Die Aufzeichnungen zeigen, dass keiner der Männer seinen Posten verlassen hat, weder eine Stunde vor noch eine Stunde nach dem Tod von Mr Dodge. Es tut mir leid, Sie enttäuschen zu müssen, aber die Sicherheitsleute sind sauber.«

»Sie enttäuschen mich gar nicht«, log ich. »Ich versuche nur hinter die Wahrheit zu kommen. Sicher, die Wachleute mögen sauber sein – es sei denn, die Bänder und CDs wurden manipuliert.« Ich klammerte mich an alles, was ich in die Finger bekommen konnte, aber ich versuchte, das mit einer gewissen Verve hinzubekommen.

»Es sind CDs«, sagte Cumali, die mir weder meine Verve noch viel von irgendetwas anderem abkaufte. »Sie sind überprüft worden. Alle sind mit einem integrierten Code versehen, was bedeutet: Wenn man sie bearbeitet, zeigt sich das sofort. Mir wurde gesagt, dass das gleiche System im Weißen Haus verwendet wird.«

Damit hatte sie recht, und das Schöne an den Sicherheitsvorkehrungen des Französischen Hauses bestand darin, dass die reichen Leute auf dem Anwesen völlige Freiheit genossen. Sie standen nicht unter ständiger Überwachung – was vermutlich reichen Dilettanten, die Drogen nahmen, sehr viel bedeutete –, doch niemand konnte das Gelände betreten, ohne observiert und angesprochen zu werden. Die Bewohner waren wahrscheinlich so sicher, wie sie es nirgendwo in der Welt gewesen wären.

»Wie sieht's mit dem Motiv aus?«, fragte ich und versuchte, nicht zu zeigen, dass es sich dabei nur um einen weiteren Wurf eines Würfels handelte.

»Die Ehefrau, natürlich. Der Tote hat keine Geschwister, seine Eltern sind tot, und sie ist die einzige Erbin. Ihr Name ist Cameron.« Sie schob ein Foto über den Schreibtisch.

Cameron – fotografiert in Totalaufnahme und in die Kamera blickend – hatte alles. Sie war Mitte zwanzig, hochgewachsen und elegant, von einem kühlen Hochmut, den man normalerweise nur bei Models findet und bei denen, die wirklich schön sind. Laut dem Bericht des Außenministeriums hatte sie als »persönliche Einkaufsberaterin« in einem Prada-Geschäft an der Fifth Avenue gearbeitet, als sie Dodge kennenlernte. Typisch – wie sonst sollte ein Mädchen aus dem Nirgendwo einen jungen Milliardär treffen? In einem Waschsalon?

»Wie lange waren sie verheiratet?«, fragte ich und betrachtete noch immer Camerons Gesicht. Sie war genau so eine Frau.

»Acht Monate.«

Ich schaute Cumali kurz an. »Acht Monate und ein Vermögen von einer Milliarde Dollar – das klingt für mich nach einem ziemlich guten Motiv.«

Die Polizistin schüttelte den Kopf. Warum wunderte mich das nicht? »Ab 20 Uhr befand sie sich mit vier weiteren Partygästen im Helikopter ihres Mannes – sie besuchten eine Reihe von Clubs entlang der Küste. Uns liegen die Aufzeichnungen der Überwachungskameras von allen vor – jede Minute kann belegt werden.«

Ich sah es förmlich – andere Nachtschwärmer, die in Porsches, BMWs und vielleicht ein paar Ferraris vor den Diskotheken vorfuhren. Dann tauchte sie mit ihrer Gruppe in einem Bell JetRanger auf. Ist schwer, eine Milliarde zu schlagen.

»Gut – sagen wir, sie ist sauber«, theoretisierte ich. »Sie hat jemanden, der das für sie erledigt.«

»Wen? Sie kannte ein paar Leute – andere reiche Paare, die von Monaco oder St. Tropez heruntergesegelt waren und sich hier mit ein paar Freunden trafen. Bekannte, eigentlich. Wir haben alle befragt, aber es gab niemanden, von dem man auch nur entfernt annehmen konnte, dass er in ihrem Auftrag arbeitete.«

»Eine Mietbande«, gab ich zurück. »Ein bezahlter Killer.«

Sie lachte – aber nicht, weil sie das komisch gefunden hätte. »Wie findet man denn so einen?«, wollte sie wissen. »Keinen Stümper, sondern einen Profikiller? Jemanden, der nicht die Anzahlung nimmt und einfach abhaut. Wie dem auch sei, dann haben Sie immer noch das Problem, dass er allein auf dem Anwesen war.«

»Aber eine Milliarde Dollar«, sagte ich, eher zu mir selbst als zu ihr, »das ist eine Stange Geld.«

»Was habt ihr Amerikaner eigentlich immer?«, fragte sie verächtlich. »Warum denkt ihr immer gleich automatisch an Mord? Wenn sie Geld wollte – ein paar Millionen würden reichen –, wieso hat sie sich denn nicht einfach scheiden lassen?«

Ich war müde, ich war frustriert. Ich machte mir Riesensorgen, dass ich Luft in eine Ermittlung pumpte, aus der sie aber immer mehr wich. Doch hauptsächlich war ich die Frau und ihre Einstellung mir und meinem Land gegenüber leid. Ich wollte um sie herumspielen, wollte, dass sie ihre eigenen Fehler eingestand. Ich hätte sie gern nach dem Drogenhandel befragt und nach der neuen Seidenstraße und dem Völkermord an den Kurden und allem anderen, was ich in die Finger bekam, aber ich zügelte mich – das musste ich, des übergeordneten Wohles wegen und alledem.

»Hat es einen Ehevertrag gegeben?«, fragte ich erschöpft.

Aber das interessierte sie nicht. »Ich habe mich nicht danach erkundigt«, sagte sie. »Wozu auch? Wie gesagt, es war niemand sonst auf dem Anwesen, die einzige Person mit einem Motiv befand sich dreißig Kilometer entfernt, Mr Dodges Handlungen waren klar und unzweideutig, die forensischen Beweise sind unwiderlegbar. Es war ein Unfall.«

Sie begann die Fotos und Berichte einzusammeln und sie in den Aktenschrank zurückzulegen. »Das ist der Bericht für Sie, Mr Wilson. Ich glaube, selbst das FBI stimmt zu, dass die türkische Polizei gründliche und professionelle Arbeit geleistet hat.«

»Ich benötige die Akten, die Rohdaten und alles andere, Detective«, sagte ich und zeigte auf den Stapel Unterlagen. Ich rechnete mit einem Wutausbruch – und wurde nicht enttäuscht.

»*Was?*«

Ich sah, dass Hayrunnisa unsere Gesichter beobachtete, und hatte meine Freude daran.

»Ich habe Ihnen gesagt, dass ich meine eigene Prüfung vornehmen muss«, sagte ich gleichmütig.

»Nein«, antwortete Cumali. Um ihrer Antwort Nachdruck zu verleihen, wiederholte sie sie auf Türkisch.

»Ich habe eine weite Reise gemacht, Detective Cumali. Mein Besuch ist von den höchsten Rängen der Regierung organisiert worden. Wollen Sie, dass ich dort anrufe und sage, dass ich nicht die Kooperation bekomme, die ich benötige?«

Sie rührte sich nicht. Und die Sekretärin auch nicht – wahrscheinlich hatte sie noch nie gehört, dass jemand ihrer Chefin mit so etwas drohte. Ich streckte die Hand nach den Akten aus, aber Cumali schüttelte den Kopf.

»Das sind die Originale. Außerdem sind die meisten sowieso hauptsächlich auf Türkisch«, sagte sie.

»Viele davon wurden bestimmt für die Witwe übersetzt«, gab ich zurück, aber sie machte keine Geste, sie mir auszuhändigen. »Bitte, Detective – lassen Sie uns vernünftig sein«, sagte ich.

Sie starrte mich weiter an, dann schien sie nachzugeben. »Für wie lange benötigen Sie die Unterlagen?«, fragte sie.

»Drei Tage, vielleicht vier.« Das war nicht lange, aber das Beste, was ich erreichen konnte.

Noch immer zutiefst wütend blickte sie die Sekretärin an – und das hätte mich warnen sollen, dass sie einen Plan hatte. Sie sagte einige harsche Worte auf Türkisch, aber da war ein Wort, das ich verstand, weil es dem Englischen so ähnlich ist: *fotokopi*.

»Vielen Dank«, sagte ich höflich.

»Es gibt hier in Bodrum nichts für Sie zu tun, Agent Wilson«, sagte sie nach einem Augenblick. »Gar nichts.«

Und damit kehrte sie mir den Rücken zu und fing an, sich mit ihrem Terminplan und ihrer Post zu beschäftigen. Sie hob auch nicht den Kopf, als Hayrunnisa mit den fotokopierten Akten zurückkehrte. Nicht mal, als ich die in meinen Rucksack steckte und mit langen Schritten ihr Büro verließ.

KAPITEL NEUNZEHN

Von allen Todesfällen von allen Menschen auf der Welt hatten wir uns ausgerechnet den Tod von Dodge ausgesucht. Was uns wie ein großes Glück erschien, hatte sich als schrecklicher Irrtum erwiesen.

Weil es sich bei seinem Tod so eindeutig um einen Unfall handelte, gab es nichts zu ermitteln, und wenn es nichts zu ermitteln gab, hätte sich Agent Wilson genauso gut in ein Flugzeug setzen und nach Hause fliegen können. Detective Leyla Cumali hatte das durchaus richtig erkannt.

Ich hatte mir ein paar Tage Luft verschafft, aber das war bei Weitem nicht genug. Als ich das Polizeirevier verließ, dachte ich erneut daran, dass es die nicht hinterfragten Annahmen sind, die einem jedes Mal ein Bein stellen. Der Flüsterer und ich hätten tiefer bohren und uns fragen sollen, was genau ich ermitteln würde. Fairerweise muss gesagt werden, dass wir müde und verzweifelt waren, als wir die Entscheidung trafen, und unter den meisten Umständen hätte der Tod eines Achtundzwanzigjährigen auf wellenumtosten Felsen etwas dargestellt, in dem zu ermitteln sich lohnte. Doch Ausflüchte halfen uns auch nicht weiter, wir hatten unsere Flagge an den Mast genagelt und zahlten – so wie Piraten – den Preis, als das Schiff unterging.

Die Frage war: Was wollte ich dagegen unternehmen? Die Kurzantwort lautete: Ich hatte keine Ahnung. Allerdings habe ich so eine Art, mit Stress umzugehen – entweder ich mache einen Spaziergang, oder ich arbeite. Bodrum bot die Gelegenheit, beides zu tun, und so rief ich mir in Erinnerung, dass der Hauptauftrag – oder zumindest der erste Schritt dazu – in der Identifizierung der Telefonzellen in der Altstadt bestand.

Also holte ich das Handy mit der eigens modifizierten Kamera aus meinem Rucksack, setzte den Akku wieder ein und bog am Ende der Straße nach rechts ab. Dabei ging ich nach der inneren Landkarte in meinem Kopf vor, und nachdem ich fünf Minuten schnell gegangen war und endlich spürte, wie die Angst auf ein beherrschbares Niveau sank, kam ich am Rand des Suchgebiets an.

Ich hatte es im Kopf in Sektoren eingeteilt und verlangsamte meine Schritte, entschlossen, keiner potenziellen Zielperson zu gestatten, meinen Blicken oder meiner Kamera zu entkommen. Was gar nicht so leicht war. Den größten Teil des Jahres ist Bodrum, mit einer Einwohnerzahl von fünfzigtausend, ein verschlafenes Städtchen, doch im Sommer schwillt die Zahl auf eine halbe Million an, und obwohl sich die Saison dem Ende zuneigte, waren die Straßen voll von Urlaubern, Szene-Typen und dem riesigen Kosmos von Leuten, die diese ausnehmen.

Ich kam an zahllosen Läden vorbei, die türkische Ledersandalen und seltene Perserteppiche verkauften, von denen fast alle importiert waren, hergestellt in irgendeiner Fabrik in China. Alle paar Hundert Meter gab es Bars voller Wohlgerüche, die sich auf das spezialisierten, was man in Spanien Tapas nennen würde, was so weit im Osten aber *meze* hieß. Und diese Bars waren immer voll, ob bei Tag oder Nacht.

Jedes Mal, wenn ich eine Telefonzelle sah, fotografierte ich sie, zuversichtlich, dass die Software in meinem Mobiltelefon sie auf die Karte herunterlud und die genaue Position der Telefonzelle aufzeichnete. Irgendwann kaufte ich dann einen Döner Kebab und setzte mich auf eine Bank unter einen Jacaranda-Baum, um ihn zu essen. Erst nach einigen Minuten schaute ich in die Auslage des Ladens neben mir. Ausgestellt war eine herausragende Sammlung von Saxophonen und klassischen elektrischen Gitarren. Ich trat an die Tür und blickte in den dunklen Raum dahinter.

Es war einer dieser Läden, die mir so gut gefallen und die man heute nur noch selten sieht. Eine Seite des Raumes wurde von Stapeln von Noten, Regalen mit Schallplatten, Körben mit CDs eingenommen. Wenn mir jemand gesagt hätte, dass weiter hinten Kisten mit Achtspurbandaufnahmen standen, hätte ich ihm geglaubt. Die andere Seite war den Instrumenten gewidmet – genug Gibsons und Fender Stratocasters, um jeden Rock-'n'-Roll-Sänger zum Lächeln zu bringen – und einer Vielzahl türkischer Volksinstrumente, die ich nicht mit einem Namen und erst recht nicht mit einem Klang in Verbindung brachte.

Der Typ, der hinter dem Tresen rauchte – Mitte vierzig, dem Aussehen seiner verwaschenen Jeans und den verträumten Augen nach Musiker –, machte mir ein Zeichen hereinzukommen. Zu einer anderen Zeit und in einem anderen Leben hätte ich Stunden in dem Laden verbracht, aber ich breitete meine Hände wie zur stummen Entschuldigung aus und machte mich wieder an meine vorliegende Aufgabe.

In den folgenden Stunden schoss ich genug Fotos von Telefonzellen vor Touristenläden und Straßenmärkten, dass es für ein ganzes Leben gereicht hätte, wartete Ewigkeiten, um die Hauptverkehrsstraße zu überqueren, um eine zehn Meter neben einer BP-Tankstelle zu fotografieren, und fand mindestens sechs, die aussahen, als wären sie aus einem anderen Land hereingebracht worden und illegal mit den Überlandleitungen verbunden. Kein Wunder, dass die türkische Telekom nichts von ihnen wusste.

Am späten Nachmittag, wundgelaufen und durstig, fand ich mich auf einem kleinen öffentlichen Platz wieder. Ich setzte mich in ein Straßencafé, wobei mein erster Gedanke war, ein Efes-Bier zu bestellen, aber zum Glück habe ich ein gewisses Maß an Selbstwahrnehmung und ahnte deshalb, dass es in meiner Stimmung aus Wut und Verzweiflung womöglich nicht bei einem geblieben wäre. Stattdessen bestellte ich einen Kaffee und machte mich an die Aufgabe, der ich den ganzen Tag ausgewichen war: Ich öffnete den Rucksack, nahm die Akten über Dodges Todesfall heraus und fing an, das Desaster zu untersuchen, in das der Flüsterer und ich hineingeraten waren.

Zwanzig Minuten später war ich mir sicher, dass etwas mit den Ermittlungen überhaupt nicht stimmte. Der Schlüssel lag nicht in den Befragungen, der forensischen Untersuchung oder der Analyse der Überwachungsvideos. Entscheidend war der Toxikologiebericht.

Neben vielen anderen Akten war er für Cameron übersetzt worden. Und Detective Cumali hatte recht: Sie zeigten, dass der Tote Drogen im Körper gehabt hatte. Aber ich bezweifelte, dass sie sich ein Urteil darüber erlauben konnte, was die Mengen wirklich bedeuteten. Auf der letzten Seite des Berichts des Rechtsmediziners hieß es lediglich, dass sie ausreichten, um die Urteilskraft und innere Ausgeglichenheit des Opfers erheblich zu beeinträchtigen.

»Erheblich beeinträchtigen?« Heiliger Bimbam, der junge Milliardär war total drauf gewesen. Aufgrund meiner medizinischen Ausbildung und eigener dunkler Erfahrungen wusste ich, dass er sich diese Menge an Drogen nicht in einigen Stunden einverleibt haben konnte – nicht, ohne dass er eine Überdosis genommen hätte. Dodge hatte sich auf einer ausgedehnten Komatour befunden: drei, vier Tage lang nach meiner Schätzung.

Anders als Cumali – und alle aus ihrem Forensik-Team – verschaffte mir meine wechselhafte Vergangenheit zudem einen sachkundigen Einblick in die tatsächliche Wirkungsweise, die diese Drogen auf ihn gehabt haben mussten. Da waren, natürlich, *Tina* – in jenen Tagen war *Tina* immer dabei – und ihr treuer kleiner Begleiter GHB, auch »Easy Lay« genannt, um die Stimmungsschwankungen abzuschwächen, sowie ein ordentliches Quantum Ecstasy, um die Seele zu besänftigen. Der Schlaf war immer der Feind von jemandem, der sich auf einer Komatour befand, darum die erheblichen Spuren von Koks: um ihn wach zu halten. Ich war davon überzeugt, dass niemand auf einem viertägigen Drogentrip, der einen Cocktail dieser Substanzen intus hatte, irgendein Interesse an einem Feuerwerk aufbrachte. Das war Sonntagsschule im Vergleich zur der Lightshow, die in seinem Kopf und seinen Geschlechtsteilen ablief.

Dann erinnerte ich mich an die Alarmglocke, die wegen des Fernglases in meinem Kopf losgegangen war. Und da wurde mir klar, worin mein Problem bestand: Wer würde sich mit einem Fernglas ein Feuerwerk anschauen, das fast über seinem Kopf explodierte? Nur wenn man sich selber blenden wollte. Und warum zum absoluten Ende des Grundstücks gehen und sich auf den Rand einer Klippe stellen – hätte man denn von der Rasenfläche oder der Terrasse nicht einen genauso guten Blick gehabt? Selbst der chronischste Drogenkonsument hätte irgendeinen Instinkt zur Selbsterhaltung besessen. Nein, etwas anderes hatte ihn dazu verleitet, sich in diesem Zustand der schweren Drogenvergiftung das Fernglas zu schnappen und runter zum Klippenrand zu gehen.

Mir war nicht klar, worum es sich dabei handelte – die Antwort auf viele Dinge war mir verborgen –, aber eines wusste ich genau: Die Lage war gar nicht so trostlos, wie sie im Büro von Detective Cumali ausgesehen hatte, als mich ihre Verachtung und der Geruch der Frangipani ganz betäubten.

Ich dachte wieder an jene Flasche Efes. Lieber nicht. Hoffnung war noch gefährlicher als Verzweiflung.

Was ich wirklich brauchte, war mein Wagen.

KAPITEL ZWANZIG

Das Französische Haus war ziemlich leicht zu finden. Sobald man Bodrum verlassen und die südliche Landzunge erreicht hatte, folgte man der langen Straße, die sich unter überhängenden Zypressen hindurchschlängelte, bis zum Ende.

Es war fast dunkel, als ich schließlich ankam. Das große schmiedeeiserne Tor, das die Straße versperrte, unterstützt durch schwarze Segeltuchplanen als Sichtschutz, war geschlossen, die Scheinwerfer oben auf den Steinsäulen waren ausgeschaltet. Ein Polizeiwagen stand nahezu unsichtbar in einem Waldstück, und als ich mit meinem Wagen zum Stehen kam, beugte sich ein übergewichtiger Polizist aus dem Fenster, brüllte irgendetwas auf Türkisch und winkte mich weg.

Ich schaltete den Motor ab und stieg aus. Er stieß seine Tür auf, knurrte irgendetwas, und ich sah, dass seine Hand nach seinem Gummiknüppel griff. Es tut mir leid, das berichten zu müssen, aber türkische Polizisten stehen nicht gerade in dem Ruf, zweimal zu bitten. Zum Glück kam ich ihm im letzten Moment zuvor. Ich hatte meinen Dienstausweis gezückt und ihm vor das Gesicht gehalten, bevor er in Schlagweite gekommen war.

Genervt starrte er eine Sekunde lang darauf, dann kehrte er zu seinem Einsatzwagen zurück. Ich hörte ihn sich über Funk streiten, und als man ihm schließlich gesagt hatte, was er tun sollte, zog er seine Hose hoch und ließ sich reichlich Zeit, sich einer kleinen Fußgängertür zu nähern, die sich mithilfe einer elektronischen Tastatur öffnen ließ. Das Gerät war in Beton eingelassen, eine Zwölf-Ziffern-Version, spezialangefertigt und undurchdringlich: Niemand würde in nächster Zeit die Abdeckung abnehmen und versuchen, den Schaltkreis zu manipulieren. Zwei an einer hohen Mauer angebrachte Kameras – eine starr, die andere schwenkbar und mit Bewegungsmelder versehen – betrachteten uns aus ihren Glasaugen. Beim zweiten Versuch konsultierte der Bulle einen Zettel, gab den Code richtig ein, das Tor schwang auf, und er trat einen Schritt zurück. Als ich an ihm vorbeiging, konnte ich seine Alkoholfahne riechen.

Klickend schloss sich das Tor hinter mir, und als ich allein in der Düsternis dastand, sah ich, dass eine dreißig Meter breite Rasenfläche das Grundstück innerhalb der Mauer umgab. Vermutlich handelte es sich um einen elektronischen Wassergraben, überwacht von Kameras und wahrscheinlich voll mit Bewegungsmeldern. Kein Eindringling – selbst wenn man annahm, dass er über die Mauer gestiegen war – hätte eine Chance, ihn unentdeckt zu überqueren und die Baumlinie am Ende zu erreichen. Das Haus war vor Jahrzehnten erbaut worden, als Bodrum noch ein unbekanntes Fischerdorf war, doch selbst damals hatte sich jemand große Mühe gegeben, die Sicherheit des Eigentümers zu gewährleisten. Warum eigentlich?

Ich folgte der baumbestandenen Zufahrt durch einen Tunnel aus überhängenden Ästen. Meine Schuhe knirschten auf dem Kies. Es wurde stetig dunkler und ruhiger, und obwohl ich es nicht erklären konnte, öffnete ich mein Jackett und vergewisserte mich, dass ich die Beretta hinter meinem Gürtel im Rücken greifen konnte. So ein Ort, so eine Nacht war das.

Die Auffahrt führte links und rechts um einen ausgeschalteten Springbrunnen herum, dann kam das Haus in Sicht. Der Anblick war nicht gerade beruhigend: Das Haus war riesig und dunkel, und was aus der Ferne durch ein Fernglas betrachtet unheimlich wirkte, sah von Nahem aus, als wollte es einen überwältigen. Die meisten Häuser, die an spektakulären Standorten gebaut werden, selbst alte Häuser, sind entworfen, damit sich eine Aussicht bietet, mit großen Fenstern und langen Glasfronten. Das Französische Haus hatte breite Dachvorsprünge, eine Eichentür und Fenster, die tief in die Sandsteinfassade eingelassen waren. Allem Anschein nach war es erbaut worden, damit man ungestört blieb – ein Eindruck, der noch verstärkt wurde, da alle Fensterläden an der Vorderseite geschlossen waren.

Ich schlich um die Seite des Gebäudes. Dabei wich ich den Flächen mit dunklem Schatten nahe der Mauer aus und kam an einem Hubschrauberlandeplatz und einer aus Stein gebauten Sicherheitszentrale in der Nähe der Garagen vorbei. Sie war unbesetzt. Davon weg führte ein schmaler Fußweg, dem ich folgte, durch eine hohe Hecke und weiter auf einen terrassierten Rasen. Die Aussicht war fantastisch – eine Perlenkette von fernen Inseln, die von Flutlicht erhellte Kreuzfahrerburg, die Lichter von Bodrum entlang der Buchten –, aber sie gefiel mir nicht. Überhaupt nicht. Man nenne mich paranoid, aber ich wurde einfach das Gefühl nicht los, dass jemand im Haus war und mich beobachtete.

Ich drehte mich um und blickte nach hinten. Das Haus lag im Dunkeln, so still, dass es schien, als liege es im Koma. Die Fensterläden im Erdgeschoss waren hier geöffnet, aber alle anderen waren geschlossen. Ich zog mein Jackett aus, legte es auf eine Teakholzbank und ging über die weitläufige Rasenfläche in Richtung des schmiedeeisernen Gartenpavillons. Auf halbem Weg hörte ich etwas in den Weiten der Stille und fuhr herum. Auf einem Balkon im zweiten Stock schwang ein Fensterladen in seinen Angeln auf. Das konnte vom Wind verursacht sein. Allerdings wusste ich nicht, ob der Fensterladen befestigt gewesen war, als ich das Haus zum ersten Mal angeschaut hatte.

Ich gelangte zum Gartenpavillon, machte vier Schritte in Richtung Norden und stieg über den Zaun. Hier hatte Dodge gestanden, als er hinabgestürzt war. Plötzlich war mir übel: Der Felshang war so steil, die anbrandenden Wellen tief unten derart desorientierend, dass mir war, als zöge es mich hinunter. Der Boden unter meinen Füßen bröckelte, und ich wusste, das Geländer hinter mir war zu weit weg, um es erreichen zu können. Ich glaubte, dicht hinter mir etwas gespürt oder gehört zu haben – ich war mir da nicht sicher –, aber ich hatte keine Zeit zu schreien. Blitzartig sprang ich zum Geländer zurück und packte es. Aber da war niemand.

Ich atmete tief durch und kletterte wieder zurück auf festen Boden. Ich war stocknüchtern und hätte doch, wäre ich nur einen Schritt weiter gegangen, hinunterstürzen können. Was zum Teufel hatte Dodge hier gewollt?

Geschützt durch das Geländer blickte ich erneut aufs Meer. Ich versuchte mir vorzustellen, wie es vielleicht gewesen war: die Luft voller Explosionen und farbenfroher Raketen, der Klang von Musik, der von Partybooten und Diskotheken über das Wasser herüberwehte, der silbrige Mond, der sein Licht auf der spiegelnden Meeresfläche bis nach Griechenland schickte. Darunter ging ein Mann, ein wenig torkelnd, den Rasen hinunter, auf einer viertägigen Drogenkoma-Tour, und versuchte vielleicht wieder nüchtern zu werden und das tobende Testosteron und die wirbelnde Paranoia zu beruhigen. Aber wieso, fragte ich mich noch einmal, wieso der Gang zum Gartenpavillon?

Er hatte etwas gesucht, nahm ich an, wahrscheinlich auf dem

Wasser draußen in der Bucht. Je näher er dort herankam, desto größer die Chance, dass er es sah. Darum hatte er sein Fernglas mitgenommen und hatte sich entweder auf den Zaun gestellt oder war darübergeklettert. Aber wonach hatte er gesucht?

Die Aufzeichnungen seines Handys, die sich unter den Unterlagen befanden, die Detective Cumali mir ausgehändigt hatte, zeigten, dass er mindestens eine Stunde vor und eine Stunde nach seinem Tod keinen Anruf erhalten hatte. Die Überwachungskameras zeigten zudem, dass während des gleichen Zeitraums niemand das Wachhaus verlassen und mit ihm gesprochen hatte.

Doch etwas oder jemand hatte ihn dazu veranlasst, sich ein Fernglas zu schnappen, seine liebe Freundin *Tina* zu verlassen, aus der Bibliothek auf die Terrasse und den Rasen hinunterzugehen, um vielleicht etwas im dunklen Wasser der Bucht zu erkennen.

Angenommen es handelte sich um eine Person, die ihn buchstäblich den Gartenweg hinunter zum Gartenpavillon geführt hatte. Die logischste Erklärung war, dass sie entweder wusste, wie man das Überwachungssystem austricksen konnte, oder, wie man auf das Anwesen innerhalb des elektronischen Wassergrabens kam. Es musste jemand sein, den Dodge kannte oder dem er vertraute, andernfalls hätte er den Alarm ausgelöst. Möglicherweise hatte er Dodge dann über die Kante gestoßen und war auf demselben Weg gegangen, auf dem er hereingekommen war.

Fast augenblicklich kam mir ein anderer Gedanke: Wenn es Mord war, dann hatte ich in jüngerer Zeit nur einen erlebt, der auch nur annähernd so gut ausgeführt wurde. Das war Tausende Kilometer weit entfernt, im *Eastside Inn.* Irgendwelche Zweifel, die ich bezüglich des Zusammenhangs zwischen den beiden Morden hatte, legten sich schnell.

Ich drehte mich um, ging die Rasenfläche hinauf, hob mein Jackett auf und stieg die Stufen zur französischen Terrasse hinauf. Höchste Zeit, sich das dunkle, brütende Haus einmal von innen anzusehen.

Ich rüttelte an den Griffen zweier Fenstertüren, aber vergebens. Die dritte war unverschlossen, was bedeutete, dass die abwesenden Wachleute entweder nachlässig waren oder sich jemand im Haus aufhielt.

Ich schaltete die kleine Taschenlampe an, die an meinem Schlüsselring befestigt war, betrat den Salon und schloss die Tür. Im schmalen Lichtkegel der Taschenlampe sah ich ein wunderschönes Zimmer. Wer immer es eingerichtet hatte, hatte Geschmack: Grace hätte sich sofort wie zu Hause gefühlt. Die meisten Möbelstücke waren englische Antiquitäten – schlicht, elegant und ungeheuer teuer. Auf dem gediegenen Parkettboden lagen große Seidenteppiche, an den elfenbeinfarbenen Wänden hing ein halbes Dutzend Gemälde der allergrößten Impressionisten.

Der dünne Lichtstrahl glitt über die Bilder hinweg und fiel auf eine hohe doppelflügelige Tür, die in eine Bibliothek führte. In vielerlei Hinsicht war dies ein schöneres Zimmer als der Salon – es war kleiner, und das machte die Proportionen besser, und die Reihen von Büchern verliehen ihm eine wärmere, weniger steife Atmosphäre. Es wunderte mich gar nicht, dass Dodge hier sein Hauptquartier aufgeschlagen hatte.

Neben einem tiefen Sessel stand ein Beistelltisch, und obgleich die Drogen entfernt worden waren, waren die Utensilien immer noch da: die Alufolie, eine Glaspfeife, ein halbes Dutzend Flaschen Evian, Zigaretten sowie ein überquellender Aschenbecher. Durch eine Front von Glastüren bot sich vom Sessel aus ein Panoramablick aufs Meer und auf den Himmel – verdammt, wenn er das Feuerwerk hätte sehen wollen, hätte er nicht mal aufstehen müssen. Dank der beiden vergoldeten Spiegel beidseits des Kamins direkt hinter dem Sessel wäre der Effekt im Zimmer noch außergewöhnlicher gewesen.

Es kam mir vor, als passten die Spiegel – denen Grace sicherlich ihre Zustimmung verweigert hätte – nicht in die Bibliothek, aber auch die Reichen haben ihre eigenartigen Vorlieben.

Ich trat über das Absperrband, das diese Seite des Hauses sicherte – es spielte keine Rolle, die Türken hatten gesagt, die Ermittlungen seien beendet –, lehnte mich an die Rückseite des Stuhls und schaute nach draußen. Ich versuchte mir vorzustellen, was jemand zu ihm gesagt haben könnte, das ihn dazu veranlasste, den Schutz seines Hauptquartiers zu verlassen.

Ich tauchte hinab in meinen Geist, hielt die Luft an und versuchte, tiefer zu schwimmen. Wieder einmal, genau so wie damals, als ich im Zimmer im *Eastside Inn* gestanden und begriffen hatte, dass es eine Frau war, die dort wohnte, schloss ich alles andere aus ... Die Antwort lag nahe ... sie lag unmittelbar auf der anderen Seite des Wissens ... wenn ich sie nur berühren könnte ... eine Person, die er kennt, tritt durch die hohe Tür ...

Ich hörte es nicht, aber hinter mir ging die verborgene Tür auf. Eine von denen, die man in vielen alten Bibliotheken findet – dekoriert mit Buchrücken, die sich nahtlos in den Rest der Regale einfügen. Wer immer durch die Tür trat, musste wohl Schuhe mit Gummisohlen tragen, denn ich hörte keinen Schritt auf dem Seidenteppich. Aber es gibt so ein Geräusch, das Kleidung macht, wenn sie bewegt wird – vielleicht ist es auch gar kein Geräusch, sondern eher eine Luftverwirbelung, die man kaum verbergen kann. Jetzt spürte ich sie.

Mein Herz klopfte mir bis zum Hals, als ich hinter mich griff. Ich zog in einer flüssigen Bewegung die Beretta, löste den Sicherheitsbügel, drehte mich schnell um, kauerte mich breitbeinig hin, um ein kleineres Ziel abzugeben, hob die Waffe als direkte Verlängerung meines rechten Arms und bog einen Finger um den Abzug – genau so, wie man es mir vor so vielen Jahren beigebracht hatte, als ich jung war und noch nicht wusste, wie es ist, einen Menschen zu töten und die Gesichter seiner beiden kleinen Töchter in meinen Träumen zu sehen.

Ein anderer Mann, ein weniger gestörter Mann, hätte geschossen. Stattdessen zögerte ich, schaute den Lauf entlang auf mein

Ziel und sah eine barfüßige, schwarz gekleidete Frau – was angemessen war, wenn man bedachte, dass sie erst seit Kurzem verwitwet war. Es war Cameron.

»Wer zum Teufel sind Sie?«, fragte sie und versuchte ruhig zu wirken im Schummerlicht, aber die Waffe hatte ihr Angst eingejagt, und sie konnte nicht verhindern, dass ihre Hände zitterten.

Ich steckte die Waffe ein. »Mein Name ist Brodie Wilson, ich bin …«

»Der FBI-Typ? Mrs Cumali, die türkische Polizistin, hat gesagt, sie würde jemanden schicken.«

»Stimmt.«

»Betritt das FBI immer unangekündigt die Häuser anderer Leute?«

»Ich bitte um Entschuldigung«, antwortete ich. »Ich hatte den Eindruck, das Haus sei leer. Ich wollte mich umschauen.«

Ihre Hand zitterte nicht mehr, aber sie war noch immer erschüttert und zog eine Zigarette hervor. Doch sie zündete sie nicht an – es handelte sich um eine dieser E-Zigaretten, die Leute rauchten, die sich das Rauchen abgewöhnen wollten. Sie ließ die Zigarette von ihren eleganten Fingern baumeln. »Ermittelt das FBI für gewöhnlich in Unfällen? Wer hat Sie gebeten, nach Bodrum zu kommen?«

»Einer der Anwälte oder Treuhänder Ihres Mannes, glaube ich.«

»Typisch«, sagte sie. »Wer war es – Fairfax, Resnick, Porter?«

Ihrer Liste nach zu urteilen gab es viele im Kreis um ihren Mann, die etwas dagegen hatten, dass eine Verkäuferin – selbst wenn sie bei Prada arbeitete – den Jackpot gewann. »Das weiß ich nicht«, antwortete ich.

Sie lachte, jedoch ohne jeden Humor. »Sie würden es mir nicht verraten, selbst wenn Sie's wüssten, oder?«

»Nein.«

Sie nahm einen Zug von ihrer E-Zigarette. Bei jedem anderen hätte das lächerlich ausgesehen.

»Das Haus wirkte verlassen«, sagte ich. »Das mit der Waffe tut mir leid, aber Sie haben mich erschreckt.«

Sie machte sich gar nicht die Mühe zu antworten. Ich hatte das Gefühl, dass sie mich musterte.

»Wie sind Sie auf das Grundstück gekommen?«, fragte ich und versuchte, die Frage so locker wie möglich klingen zu lassen.

»Was meinen Sie damit?«

»Ich bin durch das Vordertor reingekommen – da standen keine Autos, und der diensthabende Polizist hat nichts davon gesagt, dass Sie zu Hause sind.«

»Unser Boot liegt in der Bucht vor Anker – da wohne ich seit dem Unfall. Eines der Beiboote hat mich an Land gebracht, und ich bin die Treppe raufgegangen.« Sie musste meine Zweifel bemerkt haben, denn sie zuckte mit den Schultern. »Das Beiboot liegt im Bootshaus. Das Crew-Mitglied ist noch da unten – fragen Sie ihn doch, wenn Sie wollen.«

»Das werde ich selbstverständlich nicht tun. Es ist Ihr Haus, Sie können darin tun, was Sie wollen. Das waren Sie dort oben auf der Terrasse, oder?«

Sie zögerte. »Ich habe gar nicht bemerkt, dass Sie mich beobachtet haben.«

»Ich war unten auf dem Rasen – ich war mir nicht sicher, aber ich dachte, ich hätte einen Schatten gesehen.«

»Ein Fensterladen hat im Wind geschlagen«, antwortete sie.

Ich wandte mich rasch um – ich glaubte gehört zu haben, dass irgendwo weit weg eine Tür geschlossen wurde. »Ist sonst noch jemand im Haus?«

»Nein. Wieso?«

»Ich dachte, ich hätte gehört …« Ich lauschte angestrengter, konnte aber nichts hören. Absolute Stille.

»Es ist ein altes Haus«, erklärte sie. »Wenn der Wind aus Süden kommt, bläst er durch den Keller nach oben.« Sie fing damit an, Lampen einzuschalten. Ich konnte nicht erkennen, ob sie mich damit ablenken wollte oder ob sie das Dunkel aufrichtig leid war.

Im weichen Licht sah ich sie deutlich. Jack Lemmon hat einmal über Marilyn Monroe gesagt, sie sei wie ein Blitz in der Flasche. Damit hätte er auch Cameron beschreiben können. Schlank und sportlich, ihre Haut so makellos, dass sie das Licht zu reflektieren schien. Es fiel mir jetzt auf – und ich sah es später noch mehrmals: Sie hatte so eine Art, den Kopf zur Seite zu neigen und den Blick zu schärfen, dass jeder, mit dem sie redete, glaubte, er wäre der einzige Mensch im Raum, wenn nicht in der Welt.

Und sie war klug – das wusste ich, weil ich eine Abschrift der Vernehmung gelesen hatte, die die Bodrumer Polizisten mit ihr am Abend des sogenannten Unfalls geführt hatten. Als man ihr sagte, sie dürfe keinen Anwalt dabeihaben, und sie versuchte, das bruchstückhafte Englisch eines Dolmetschers zu verstehen, erschöpft und allein, blieb sie während des gesamten Verhörs höflich und hilfsbereit. Wenn man in der Türkei seine Beherrschung verliert, kann man sich – ob schuldig oder nicht – durchaus in einer Welt voller Scherereien wiederfinden. Intelligent *und* selbstbeherrscht – vergiss das nicht, dachte ich.

Als sie mit ihrer Ausleuchtung zufrieden war, wandte sie sich um und öffnete eine der Mineralwasserflaschen.

»Die türkische Polizei hat mir gesagt, dass Sie die Alleinerbin des Vermögens Ihres Mannes sind«, sagte ich, so neutral wie möglich.

Sie trank einen Schluck. »Ist das ein offizielles Verhör, Mr Wilson?«, fragte sie in vernünftigem Tonfall.

»Nein, aber ich kann es dazu machen, wenn Sie möchten.«

Sie hob die Schultern. »Ist ja kein Geheimnis. Ja, ich bin die Erbin.«

»Gab es einen Ehevertrag?«

Sie zögerte. Ich merkte, dass sie nicht antworten würde.

»Unser New Yorker Büro kann die Dokumente anfordern, wenn Sie möchten. Aus dem, was Sie vorhin gesagt haben, schließe ich, dass der Anwalt oder Treuhänder uns gern unterstützen würde.«

»Ja, es gab einen Ehevertrag«, sagte sie in spitzem Tonfall.

»Was sahen die Regelungen im Falle einer Scheidung vor?«

Sie trank noch einen Schluck. »Für die ersten fünf Jahre bekomme ich vierzigtausend Dollar pro Jahr. Danach steigt die

Summe in kleinen Stufen, bis ich fünfzig bin. Dann – um den Begriff des Anwalts zu verwenden – bin ich ›ausbezahlt‹, und der Ehevertrag ist nicht mehr gültig.«

»Vierzigtausend pro Jahr für fünf Jahre«, sagte ich. »Das müssen Sie ungefähr auch bei Prada verdient haben.«

»Ja, das kommt hin.«

»Und was bekommen Sie jetzt, wo Sie seine Witwe sind?«

»Es ist eine Stiftung … das ist kompliziert – ich bin nicht sicher, ob irgendjemand genau weiß …«

»Wie viel?«, wiederholte ich.

»Rund eins Komma zwei Milliarden«, sagte sie und wandte sich ab.

Die Zahl hing einen Augenblick lang in der Luft – wie das bei derartigen Zahlen oft der Fall ist –, dann drehte Cameron sich um und sah mich an. Zu meiner Überraschung zitterte sie vor Emotion, ihre Augen blitzten vor Wut.

»Wissen Sie, warum ich die Fensterläden auf der Terrasse geschlossen habe? Wissen Sie, wieso ich dort oben war? Das war das Schlafzimmer, das mein Mann und ich uns geteilt haben. Ich komme jeden Abend vom Boot hier herüber. Ich spaziere über den Rasen und gehe in das Zimmer. Wenn ich auf dem Bett liege, kann ich ihn riechen, ich kann glauben, dass er, wenn ich mich umdrehen würde, immer noch da wäre. Die Leute können über das Geld sagen, was sie wollen – ein paar Laken in einem Schlafzimmer in einem gemieteten Haus sind das Einzige, was mir von ihm geblieben ist. Ich habe meinen Mann geliebt, Mr Wilson.«

Tränen traten ihr in die Augen. Sie kämpfte dagegen, und in diesem Augenblick hatte sie so viel Würde und Tapferkeit, dass es schwerfiel, kein Mitleid mit ihr zu haben. Wenn das gespielt war, dann war sie eine große Tragödin.

»Also, ich möchte, dass Sie gehen. Irgendwelche weiteren Fragen können Sie mit der türkischen Polizei besprechen. Die leitet die Ermittlungen, sie besitzt auch eine vollständige Abschrift der Vernehmung. Ich habe nichts mehr hinzuzufügen.«

Während ich die Terrasse überquerte und zum Vordertor ging, neigte ich dazu, ihr zu glauben, aber natürlich weiß man nie. Kurz bevor ich um die Ecke des Gebäudes bog, blickte ich zurück. Sie stand auf der Terrasse, allein im Schatten des düsteren Hauses, barfuß und schmerzlich schön, und schaute in die Richtung des Gartenpavillons und der Stelle, wo ihr Ehemann umgekommen war. Einen Augenblick lang glaubte ich, sie würde sich umdrehen und mich ansehen, aber sie tat es nicht.

Ich betrat die lange Auffahrt, die Nacht verschlang mich, das unheimliche Haus entschwand in die Dunkelheit. Ich war mit Zweifeln gekommen und ging in der Überzeugung, dass jemand Dodge dazu gebracht hatte, seine Drogen gegen ein Fernglas auszutauschen und seinen letzten Gang zu machen.

Es war eine gute Theorie, aber sie würde nicht reichen, nicht, wenn ich im Spiel bleiben wollte. Leyla Cumali würde schon dafür sorgen – sie hatte sich ihre eigene Version der Ereignisse zurechtgelegt und ihre Berufsehre darauf verwettet. Sie konnte es sich gar nicht leisten, sich zu irren, und würde alles in ihrer Macht Stehende tun, den amerikanischen Eindringling nach Hause zu schicken.

Ich brauchte Beweise.

KAPITEL ZWEIUNDZWANZIG

Hätte es da nicht zwei Verkehrsampeln gegeben, hätte ich sie nicht gefunden.

Ich war von der südlich gelegenen Landspitze heruntergefahren und gelangte in die Randbezirke der Stadt zu jener Zeit, da sich Restaurants in Bars verwandeln, Frauen daran denken, ihre High Heels abzustreifen, und für gewöhnlich nüchterne Ehepaare anfangen, ein letztes Glas Raki zu bestellen.

Die Verkehrsampel – an einer quirligen Kreuzung mit einem Club an einer Ecke und einer Baustelle an der anderen – wechselte von Grün auf Gelb. Der Abstand war zwar kurz genug, dass ich noch über die Kreuzung hätte fahren können, aber weil so viele Mopeds den eigenen Regeln folgten und Massen von Fußgängern angeheitert waren, beschloss ich, kein Risiko einzugehen.

Während ich auf Grün wartete, blickte ich über die Baustelle. Unter den Graffiti, die für diverse politische Parteien warben, befand sich auch ein zerschlissenes Plakat, das für eine All-Night-Party warb, die am Abend von Zafer Bayrami stattgefunden hatte. Das Plakat zeigte eine stilisierte Grafik des Hafens, das Französische Haus oben auf der Landspitze und wie die riesige »Bombe des Phosphors« darüber explodierte. Magnesiumpulver, nichts weiter, dachte ich müßig und erinnerte mich an den Chemieunterricht an der Caulfield Academy. Es war das gleiche Material, das Fotografen in den guten alten Zeiten in ihren Blitzlichtern verwendeten.

Da kam mir eine Idee, die so abwegig war, dass ich sie mir wiederholen musste. Danach kam sie mir noch irrsinniger vor.

Dodge war in der Bibliothek gewesen, als das Feuerwerk abgebrannt wurde – Cumali hatte es mir gesagt, und es gab keinerlei gegenteilige Hinweise. Das hieß, er hatte im Ledersessel gesessen, mit zwei großen Spiegeln hinter sich, als das Magnesium draußen vor den großen Glastüren explodierte. Es gab eine Chance, dass diese scheinbar unverbundenen Elemente – das Magnesium und die Spiegel – den Beweis liefern würden, den ich unbedingt brauchte.

Die Idee faszinierte mich so sehr, dass ich erst nach einer Weile bemerkte, wie die Fahrer hinter mir hupten, weil ich Grün hatte. Ich gab Gas, kramte einhändig durch die Akten, die Cumali mir gegeben hatte, fand eine Notiz an den Rechtsmediziner mit ihrer Handynummer daran befestigt, und zog mein Mobiltelefon hervor. Ich hatte die Hälfte der Nummer gewählt, als mir klar wurde, dass es eine Frau mit einem sechsjährigen Kind vielleicht gar nicht schätzte, geweckt zu werden, und überhaupt: Was würde sie so spät am Abend wohl tun?

So beschloss ich, zum Hotel zu fahren, ins Internet zu gehen, die Website der Uffizien in Florenz zu suchen und auf allen ihren E-Mail-Adressen meine Telefonnummer und die dringende Bitte um Hilfe zu hinterlassen.

Die Uffizien, ein ehemaliger Palazzo der Medici, zählen zu den größten Kunstmuseen Europas und beherbergen eine der schönsten Sammlungen von Renaissance-Gemälden der Welt. Als ich jung war, hatten Bill und Grace mich ein halbes Dutzend Mal durch die Gänge mitgenommen. Bei einer Gelegenheit – dem Besuch, den ich am meisten genossen hatte – hatte Bill eine Tour durch das organisiert, was der Museumsdirektor bescheiden ihre »Werkstatt« nannte: eine Einrichtung zur Kunstrestauration, die beidseits des Atlantiks nicht ihresgleichen hatte. Und die Einrichtungen dieser Werkstatt benötigte ich jetzt. Ich hoffte, dass, sobald die Mitarbeiter früh am Morgen eintrafen, jemand meine Nachricht in die richtigen Hände weiterleitete und man sich mit mir in Verbindung setzte.

Ich fuhr vor dem Hotel vor, parkte den Wagen und ging zur Rezeption, um meinen Zimmerschlüssel zu holen. Der Manager gab mir wieder ein Kuvert.

»Ich hoffe, dies ist keine Nachricht von der Sorte, die Mr Brodie David Wilson großen Kummer verursachen könnte«, sagte er. Der Umschlag war unverschlossen, weshalb ich annahm, dass er die Nachricht bereits gelesen hatte und dass sie mir höchstwahrscheinlich großen Kummer bereiten würde.

Ich hatte recht. Der Brief kam von Leyla Cumali. Sie teilte mir mit, dass sie meine »Bitte«, die Ermittlungen im Todesfall Dodge noch nicht abzuschließen, mit ihren Vorgesetzten besprochen hatte.

»Nach gründlicher Durchsicht der Akte und aller Belege und Dokumente haben meine Vorgesetzten beschlossen, dass eine Verschiebung aus ermittlungstechnischen Gründen nicht gerechtfertigt ist.«

Der Polizeichef und seine leitenden Beamten waren zu dem Schluss gekommen, schrieb sie, dass es sich eindeutig um »Tod durch Unglücksfall« handele und dass die Akte somit am Morgen nach Ankara weitergeleitet würde, Dodges Leichnam an seine Frau zur Bestattung freigegeben und die Pässe ihrer Freunde und Bekannten zurückgegeben würden, sodass diese umgehend die Stadt verlassen könnten.

»Die Polizei Bodrum dankt Ihnen für Ihr Interesse und ist stolz, dass sie dem FBI jede mögliche Unterstützung leisten durfte«, schrieb sie. »Die Kopien des Materials, das wir Ihnen für Ihre Akten geliefert haben, dürfen Sie behalten.«

Kein Wunder, dass Cumali etwas allzu leicht kapituliert zu haben schien. Ich würde im Regen stehen, wenn die Polizei umsetzte, was sie beschlossen hatte – es würde nicht nötig sein, dass das FBI in Bodrum war, und die Wiedereröffnung der Ermittlungen wäre nicht möglich. Der Leichnam wäre verbrannt, alle potenziellen Zeugen in alle Welt verstreut. Mein Impuls war, Cumali unverzüglich anzurufen, aber meine ruhigen Instinkte behielten die Oberhand. Ich würde sie am Morgen anrufen – die Uffizien hatten Vorrang.

Der Manager beobachtete mich genau. Ich sagte, dass das Leben voller Leid sei und Brodie David Wilson solcherlei Kummer kenne. Verflucht, ich war so müde, dass ich schon anfing, so wie er zu reden. Ich ging auf mein Zimmer, und nachdem ich die Uffizien mit E-Mails bombardiert hatte, wollte ich nur noch ins Bett kriechen.

Aber ich musste noch ein Telefonat führen. Ich steckte den Akku in mein Handy und rief Ben Bradley an. Ich informierte ihn darüber, dass die örtliche Polizei überzeugt sei, es handele sich bei Dodges Tod um einen Unfall, und man die Ermittlungen abgeschlossen habe.

»Verdammt«, antwortete Bradley.

»Ja. Aber die liegen auch falsch. Ich arbeite an etwas, um die Ermittlungen offen zu halten, aber Sie sollten die anderen Beteiligten davon in Kenntnis setzen.«

»Kann ich irgendetwas tun?«, fragte Bradley.

»Danke. Aber das ist mein Chaos, ich muss das selbst klarkriegen.«

Ich legte auf, ließ aber den Akku im Telefon, nur für den Fall, dass eine dringende Antwort kam. So müde ich war, ich war noch nicht mal eingeschlafen, als es klingelte. »Ich habe ganz vergessen zu fragen«, sagte Bradley, »wann, glauben Sie, wissen Sie, ob Ihre Idee funktioniert hat?«

Die Frage kam vom Flüsterer, ich wusste es. Die Panik in seiner Stimme war kaum zu überhören.

»Morgen um diese Zeit. Möglicherweise muss ich am Morgen nach Italien fliegen.«

KAPITEL DREIUNDZWANZIG

Um sieben wachte ich auf und rief Cumali unverzüglich vom Handy an, wurde aber sofort zu ihrem AB durchgestellt. Ich hinterließ eine Nachricht, dass sie mich dringend zurückrufen solle, und versuchte sie weiter zu erreichen, aber nach zwanzig Minuten hatte ich immer noch nicht mit ihr gesprochen.

Ich ging hinunter zum Empfang, machte einen weiteren Rundgang durch die englische Sprache mit dem Manager und bekam von ihm die Adresse von *Gül & Söhne, Marina und Schiffswerft.* Ich gab sie in das Navigationssystem des Fiats ein. Sieben Minuten später war ich im alten Hafen und stand vor dem Haus, das Cumali auf dem Foto geschwärzt hatte.

Das Haus war einst ein Fischerhaus gewesen, zweistöckig, mit Terrakottakübeln und Fensterbrettern voller Blumen. Ich war überrascht – es verströmte etwas Heiteres, Sanftes, das ich an der Frau keineswegs wahrgenommen hatte. Ich schritt den Weg zur Tür entlang und läutete. Keine Antwort.

Ich ging über eine kleine Rasenfläche und eine Auffahrt entlang, die eng an der hohen Mauer zu Güls Schiffswerft entlangführte, und warf einen Blick in die Garage. Darin stand die italienische Klapperkiste – schwarze Lackierung, mit hochgeklappter Motorhaube … aber nirgends ein Lebenszeichen. Ich ging zur Rückseite des Hauses und lauschte: kein Laut, keine Bewegung.

Nur eine Tigerkatze, die sich hinter dem Küchenfenster das Ohr kratzte.

Zurück im Auto, sah ich auf die Uhr und begann, ein Raster zu fahren, das immer weitere Kreise um das Haus schlug. Ich suchte nach einem Park an einer Ecke. Ich musste Leyla Cumali schnell finden. Zehn Minuten darauf sah ich eine kleine Rasenfläche, auf der sich ein halbes Dutzend Kinder auf den Schaukeln vergnügten. Die Mütter standen in der Nähe, und zu meiner großen Erleichterung befand sich Leyla Cumali unter ihnen.

Ich parkte und stieg aus. Während sie mit dem Rücken zu mir stand und ihren Sohn auf der Schaukel anstieß, stand ich nur einige Meter von ihr entfernt da, als eine der anderen Mütter ihr etwas auf Türkisch zurief und in meine Richtung zeigte.

Die Kommissarin wandte sich um und blickte mich an. In diesem Augenblick lag so viel Wut in ihren Gesichtszügen wegen der unerwarteten Einmischung, dass ich sie mir kaum erklären konnte. Aber da war noch etwas anderes … etwas Verstohlenes … in der Art, wie sie sich bewegte, um ihren Sohn hochzuheben. Der Eindruck, der sich mir aufdrängte – ein flüchtiger Moment des Erkennens –, war, dass ich auf ein Geheimnis gestoßen war.

Während sie mich böse anfunkelte, lugte der Sohn mit einem Auge hinter ihrem Rock hervor. Ich lächelte ihn an und sagte: »Das muss Ihr Sohn sein.«

Zu meiner Ehrenrettung muss ich sagen, dass ich keine Miene verzog, als er, mutiger geworden, weiter hinter seiner Mutter hervorkam und ich sah, dass er am Down-Syndrom litt.

Wie jedes dieser Kinder, denen ich begegnet bin, hatte er ein schönes Gesicht – lächelnd und voller Unschuld. Er sagte etwas auf Türkisch, was vermutlich »Guten Morgen« hieß. Doch anstatt zu versuchen, ihn in einer Sprache anzureden, die er nicht verstand, verneigte ich mich aus irgendeinem Grund vor ihm. Er hielt das offensichtlich für das Lustigste, was er je erlebt hatte, und bekam ebenfalls eine ziemlich gute Verbeugung hin. Die Mütter und die anderen Kinder, die alle zuschauten, lachten, was ihn lediglich dazu ermunterte, sich vor dem verrückten Amerikaner noch mehrmals zu verbeugen.

Die einzige Person, die das nicht komisch fand, war seine Mutter. »Wie haben Sie mich gefunden? Mein Brief hat es doch klar ausgedrückt. Ich bin nicht bereit, mich zu streiten …«

»Ich bin nicht hier, um mit Ihnen zu streiten«, unterbrach ich. »Ich möchte, dass Sie mich zum Französischen Haus begleiten.«

Das ließ ein bisschen Luft aus ihrer Wut. »Wieso?«

»Ich glaube, dass Dodge ermordet wurde und dass wir das vielleicht beweisen können.«

»Ermordet? Wie soll denn jemand auf das Grundstück gekommen sein?«

»Keine Ahnung. Der erste Schritt ist zu beweisen, dass sich noch jemand anderer im Haus befand. Ich denke, das können wir.«

Sie überlegte einen Moment lang, dann schüttelte sie den Kopf. »Nein. Das Beweismaterial zeigt eindeutig …«

»Vergessen Sie das Beweismaterial. Beweismaterial ist eine Liste der Dinge, die Sie gefunden haben. Was ist mit den Dingen, die Sie nicht gefunden haben? Wie nennen Sie die – unwichtig?«

Das war ein Zitat aus meinem Buch, weshalb ich mich sofort schalt – wieder war ich aus meiner Legende herausgetreten. Dann fiel mir ein, dass das Buch ja als Teil meiner Reiselektüre eingepackt worden war, und ich ließ die Selbstkritik sausen. Cumali war noch immer skeptisch.

»Wir müssen das jetzt machen – bevor die Ermittlungen geschlossen werden«, sagte ich in dringlichem Tonfall.

»Nein. Meine Vorgesetzten haben den Bericht schon abgesegnet.«

Ich musste mich anstrengen, Ruhe zu bewahren. »Wenn ich recht habe und die Bodrumer Polizei den Leichnam freigegeben und den Leute die Pässe zurückgegeben hat, wird sie sich verantworten müssen. Nicht vor mir – sondern vor den höchsten Ebenen der Regierung.«

Sie schwankte. Die anderen Mütter und Kinder brachen bereits zur Schule auf, winkten Cumali und ihrem sich verneigenden Sohn zum Abschied zu.

»Ich kann jetzt nicht«, sagte sie. »Ich muss meinen Sohn beim Kindermädchen abgeben. Mein Auto ist kaputt, das kann also eine Weile …«

»Ich kann Sie fahren«, erwiderte ich und zeigte auf den Fiat.

Das schien ihr gar nicht zu gefallen. Sie sah aber auch keinen anderen Ausweg, deshalb nickte sie zustimmend. Der kleine Junge an ihrer Hand dagegen fand es toll und fasste mich mit seiner anderen Hand, als ich mit ihnen zum Wagen ging.

Cumali öffnete die Tür zum Fond, setzte ihren Sohn ins Auto und stieg nach ihm ein. Es war schon schlimm genug für eine Muslima, mit einem Mann in einem Auto zu sitzen, den sie kaum kannte; dass sie auf dem Beifahrersitz mitfuhr, war schlicht undenkbar.

Während sie mir den Weg zeigte, sagte ich über die Schulter: »Ich finde, Sie sollten Ihr Büro anrufen – sagen Sie ihnen, etwas ist dazwischengekommen, und bringen Sie sie dazu, mit dem Versenden der Akte nach Ankara noch zu warten.«

Weil sie nicht antwortete, blickte ich in den Rückspiegel und sah, dass sie mich mit frostiger Miene anstarrte. Es würde nicht angenehm werden, wenn sie von meiner Idee erfuhr, aber das konnte ich nicht ändern. Kurz darauf sah ich, dass sie ihr Mobiltelefon hervorzog und anfing, etwas auf Türkisch zu sagen.

Sie legte auf und erklärte, dass sie ihrem Chef eine Nachricht auf Band gesprochen und mehrere ihrer Kollegen gebeten habe, sich mit uns an der südlichen Landspitze zu treffen. Das klang, als hätte sie Verstärkung herbeigerufen. Ich bekam keine Gelegenheit, mich dazu zu äußern – der kleine Junge begann, lebhaft auf Türkisch auf sie einzureden. Beim Blick in den Spiegel stellte ich fest, dass Cumali konzentriert zuhörte. Offensichtlich sollte er wissen, dass seine Gedanken gewürdigt wurden, und je länger ich zuschaute, desto klarer wurde mir, dass sie endlose Geduld mit ihm hatte.

»Ich soll Ihnen von meinem Sohn ausrichten, dass wir am

Donnerstag den Zirkus besuchen«, übersetzte sie. »Er hat gesagt, dass wir mit der Großen Parade anfangen und dann den Akrobaten und Löwen zuschauen, den Clowns ...«

»Und Schlangenbeschwörern«, fügte ich hinzu. »Ich habe den Zirkus bei meiner Ankunft gesehen. Bitte sagen Sie ihm, dass der Zirkus wie ein ganz großer ausgesehen hat.«

Cumali übersetzte, und der Junge lachte. Rasch entspann sich zwischen ihnen etwas, das wie ein Streit klang. Schließlich erläuterte sie: »Mein Sohn hat mich gebeten, Sie zu fragen, ob Sie mitkommen möchten, aber ich habe ihm geantwortet, dass Sie an dem Abend eine Besprechung haben – dass Sie zu tun haben.«

»Ja, jammerschade, dass ich eine Besprechung habe. Ich wäre gern mitgekommen. Bitte entschuldigen Sie mich bei ihm.«

Sie sprach mit ihm auf Türkisch. Dann sagte sie mir, ich solle links abbiegen und zwanzig Meter weiter vorn anhalten. Wir fuhren an dem bescheidenen Haus vor. Eine Reihe von Gartenzwergen am Weg zur Haustür, eine Kinderrutsche auf einem Rasenviereck und ein Coca-Cola-Auslieferungslager auf der gegenüberliegenden Seite. Die Motoren der beiden großen Lkws, die aus der Zufahrt herausfuhren, waren so laut, dass ich keine Gelegenheit bekam, mich richtig von dem kleinen Kerl zu verabschieden, bevor seine Mutter ihn aus dem Auto bugsiert hatte und mit ihm durch das Gartentor auf das Haus zuging.

Eine junge Frau, wahrscheinlich Ende zwanzig, dunkelhaarig und stark übergewichtig, öffnete die Tür und küsste den Jungen auf den Kopf. Während Cumali mit dem Kindermädchen sprach, hatte ich die Gelegenheit, noch einmal über den verstohlenen Augenblick im Park nachzudenken. Die naheliegende Erklärung lautete, dass es wegen des Down-Syndroms war und seine Mutter intuitiv versucht hatte, den Jungen vor meiner Aufdringlichkeit zu schützen. Aber das glaubte ich nicht – Cumali wie auch ihr Sohn fühlten sich unter anderen Menschen und Kindern völlig wohl. Nein, ich hatte das Gefühl, dass es da um etwas ganz anderes ging. Nur hatte ich keine Ahnung, worum. Eine Mutter und ihr Kind, die in einem Park spielten – na und?

Derweil war Cumali zurückgekommen. Ihr Sohn stand im Türrahmen und hob die Hand, um mir zuzuwinken. Zwar saß ich hinterm Steuer, dennoch bekam ich eine ziemlich gute Verbeugung hin, und sein Gesicht hellte sich auf. Er erwiderte den Gruß zweimal.

Cumali stieg auf den Rücksitz, ich schaute ihren Sohn einen Augenblick lang an. Er war ein großartiger Junge, und es war schrecklich – ich kann es leider nicht schönreden –, es war fürchterlich, was ich ihm am Ende antat.

Ich legte den ersten Gang ein und fuhr zum Französischen Haus.

KAPITEL VIERUNDZWANZIG

Cumalis Kollegen waren bereits eingetroffen, und das hohe Tor stand offen. Wir fuhren die lange Auffahrt entlang und fanden drei von ihnen, die in der Nähe ihrer Wagen warteten, alle in Zivil, rauchend, zwei an ihren Mobiltelefonen.

Zwei sahen aus wie ganz gewöhnliche Polizisten. Dem Dritten jedoch stand die Korruption ins Gesicht geschrieben. Er war Mitte vierzig, groß und übergewichtig, ein vulgärer Typ mit Wurstfingern und im schicken Anzug. Cumali stellte ihn vor, aber ich verstand seinen Namen nicht. Um sozusagen auf der sicheren Seite zu sein, nahm ich mir vor, ihn »Officer« zu nennen.

Als die Polizisten an der Tür läuteten, vibrierte das Mobiltelefon in meiner Tasche. Es war das vierte Mal, seit ich Cumali im Park vorgefunden hatte, aber ich entschied, das Gespräch nicht entgegenzunehmen. Ich nahm an – nein, ich hoffte –, dass es sich nicht um jemanden aus den Uffizien handelte, denn ich hatte keine Lust, ihm alles auf die Schnelle zu erklären. Ich würde viel Zeit brauchen, sie über etwas aufzuklären, das ihnen vermutlich wie eine der merkwürdigsten Ideen vorkommen würde, die sie je gehört hatten.

Als niemand an die Tür kam, öffnete Cumali sie mit ihrem

Kartenschlüssel. Im Haus war es genauso düster wie immer, und obwohl ich in diesem Teil des Hauses nicht gewesen war, ging ich ihnen voran durch ein fürstliches Esszimmer in die Bibliothek. Das Einzige, was sich seit dem vorherigen Abend geändert hatte, war, dass die Vorhänge zugezogen waren, deshalb nahm ich an, dass Cameron sich in Erinnerungen an ihren toten Ehemann ergangen hatte, nachdem ich weggefahren war. Es sei denn, natürlich, dass ich wirklich eine zufallende Tür gehört hatte und, wer immer sich im Haus befand, gekommen war und sich für den Abend in die Bibliothek gesetzt hatte.

Ich zog die Vorhänge zurück, ließ das Licht in den Raum fluten und wandte mich den vier türkischen Polizisten zu. »Ich habe Detective Cumali gesagt, dass Dodge in der Nacht seines Todes nicht allein gewesen ist. Ich glaube, ein Besucher hat sein Zimmer betreten – und zwar einer, den er gekannt hat.«

»Und wie soll der auf das Grundstück gelangt sein?«, fragte der Typ, den ich Officer nannte, streitlustig. Typisch.

Weil ich fürchtete, wir könnten in diesem Kaninchenloch Zeit verschwenden, antwortete ich ihm ebenso schroff. »Einen Moment – nehmen wir mal an, der Besucher hat gewusst, wie man das System ausschalten kann, sagen wir, er hat einen Ort gekannt, wo die Kameras nicht hinkommen, stellen wir uns vor, er hat einen Weg über die Mauer gefunden, denken wir *irgendetwas*. Was, ist nicht wichtig.«

»Okay, aber beeilen Sie sich«, sagte einer der Polizisten.

Ich ignorierte ihn. »Das Licht ist ausgeschaltet, die Vorhänge sind zurückgezogen – so steht es im Tatortbericht.« Ich zeigte auf den ledernen Ohrensessel. »Die beiden sind hier. Der Besucher steht, Dodge sitzt neben seinem Drogendepot. Er ist drauf, und er geht nicht. Aber der Besucher hat einen Plan: Er will Dodge dazu bringen, zum Gartenpavillon runterzugehen, um ihn dann die Klippe hinabzustoßen.«

»Und was sagt er, damit Dodge da runtergeht?«, warf der »Officer« dazwischen.

»Das weiß ich nicht«, erwiderte ich.

»Mann – was wissen Sie eigentlich?«

»Das Folgende: Während der Besucher mit ihm spricht, fängt das Feuerwerk an. Es beginnt mit einem weißen Stern, der über der Landspitze explodiert. Alle sagen, er war riesig …«

»Ja, man konnte ihn bis nach Istanbul sehen«, gab der andere Polizist zum Besten.

Ich lächelte höflich – Istanbul lag achthundert Kilometer entfernt. »Aber das ist die eine Sache, die der Mörder nicht bedacht hat. Den Charakter des Feuerwerks.«

Die Polizisten blickten sich an – wovon redete dieser FBI-Typ da? Ein Feuerwerk war ein Feuerwerk.

Zumindest hatte ich jetzt ihre ungeteilte Aufmerksamkeit. »Um so hell zu sein, dass man es bis Istanbul sehen kann, hätte es zerkleinertes Magnesium enthalten müssen. Das ist üblich bei großen Feuerwerkskörpern – einen Augenblick lang wird es taghell. Deswegen haben es die Fotografen früher ja auch in ihren Blitzgeräten verwendet.«

»Schauen Sie«, sagte Cumali. »Feuerwerk, Magnesium – bedeutet das denn irgendetwas?« Worauf ihr die anderen wie aus einem Mund zustimmten.

»Das bedeutet, wir haben einen Blitz, und wir haben ein Opfer – Dodge – und seinen Besucher«, antwortete ich. »Jetzt brauchen wir nur noch den Film.«

Ich wies auf die beiden riesigen Spiegel neben dem Kamin. »Spiegel sind aus Glas, das an der Rückseite mit einem Überzug aus Silbernitrat hergestelltem Belag versehen wurde. Und das ist dasselbe Material, das man früher in Fotokameras benutzt hat.«

Großes Schweigen. Sie starrten mich nur an, versuchten, es zu verarbeiten.

»Das ist alles hier gewesen«, sagte ich. »Ein Blitzlicht. Ein Objekt. Eine lichtempfindliche Schicht. Ich glaube, wir haben ein Foto von dem, der sich in diesem Zimmer aufgehalten hat. Und ich glaube, dass dieses Foto hinten auf den Spiegeln eingeprägt ist.«

Noch immer sagten sie nichts, sahen mich weiterhin ungläubig an. Ich konnte es ihnen nicht verdenken – selbst ich fand die Idee ziemlich wüst.

Cumali fasste sich als Erste. »Nur dass ich das richtig verstehe – Sie glauben, Sie können die Spiegel ›entwickeln‹?«

»Genau.«

»Wo denn – in einem Ein-Stunden-Fotoladen?«

Ich lächelte, doch bevor ich darauf reagieren konnte, mischte sich »Officer« ein. »Das ist doch lächerlich – Fotos auf der Rückseite von Spiegeln«, höhnte er. »Wir vergeuden hier nur unsere Zeit.« Und damit bedeutete er den anderen, sie sollten hinausgehen. Wahrscheinlich gab es da noch ein paar Kriminelle, die er ausnehmen musste.

Ich konnte nicht anders, ich musste mich einfach zu ihm umdrehen. Bestechlichkeit konnte ich noch nie gut leiden. »Warum sagen Sie, das sei lächerlich? Weil man es noch nie getan hat? Das FBI hat die besten kriminaltechnischen Labors in der Welt, haben wir uns da verstanden? Die besten. Wir sind es gewohnt, Neuland zu betreten. Woher wollen Sie wissen, was lächerlich ist und was nicht?«

Das Funkeln in seinen Schweinsäuglein und die geschürzten Lippen verrieten mir, dass ich mir einen Feind fürs Leben gemacht hatte. Es war mir egal. Ehe die Dinge noch weiter aus dem Ruder liefen, klingelte wieder mein Handy. Mit einem Blick auf das Display stellte ich fest, dass es sich um eine italienische Telefonnummer handelte.

»Das sind bestimmt die Uffizien in Florenz«, erklärte ich. »Ich werde sie bei der Wiederherstellung der Aufnahme um Hilfe bitten.«

Einer der Polizisten – anscheinend der Leiter der Gruppe – schüttelte den Kopf. »Nein. Es wird keine Hilfe geben, weder von den Spaghettifressern noch von sonst jemandem. Die Spiegel bleiben, wo sie sind. Wir wollen hier nicht nach dem letzten Strohhalm greifen, oder wie Ihre Leute das nennen.«

»Na gut. Ist mir recht. Hiermit stelle ich im Namen des FBI ein offizielles Ersuchen, die Spiegel in Besitz zu nehmen, um sie kriminaltechnisch untersuchen zu lassen. Sollten Sie sich weigern, benötige ich Ihre Gründe schriftlich, damit ich sie ans Weiße Haus und an die verantwortlichen Beamten in Ankara weiterleiten kann.«

Stille. Wieder klingelte mein Handy, aber ich nahm nicht ab. Wir alle standen schweigend da. Kurz bevor das Klingeln aufhörte, zuckte der Anführer mit den Achseln. »Dann nehmen Sie die verdammten Spiegel mit«, sagte er verärgert. »Verschwenden Sie Ihre Zeit, wenn Sie wollen.«

»Vielen Dank. Wen muss ich anrufen, um die Spiegel abnehmen zu lassen?«

Der Officer lachte. »Keine Ahnung. Versuchen Sie's doch mit dem FBI-Labor – die Leute da wissen doch alles, die können Ihnen bestimmt weiterhelfen.«

Die beiden Detectives grinsten. Cumali waren ihre Kollegen offensichtlich peinlich, aber als der Anführer sie nach draußen auf die Terrasse rief, ging sie gehorsam hinterher.

Während sie sich ihre Zigaretten anzündeten und über den Rasen spazierten, um den Ausblick zu genießen und sich dabei mit Sicherheit den Mund über mich zu zerreißen, rief ich bei den Uffizien zurück. Jemand hatte den Direktor der Werkstatt benachrichtigt. Ihm, dem wohl führenden Kunstrestaurator der Welt, erläuterte ich, was ich brauchte.

Kaum hatte er zu lachen aufgehört, bat er mich, es ihm noch einmal zu erklären. Nach ungefähr einem Dutzend Fragen erteilte er seine Zustimmung – vermutlich mehr wegen der Herausforderung als aus irgendeinem anderen Grund –, ließ mich jedoch wissen, dass er keinesfalls damit rechne, dass die Sache klappen würde.

»Es ist dringend, nehme ich an?«, fragte er.

»Selbstverständlich. Ist nicht alles dringend? Ich schicke sie Ihnen so schnell wie möglich.«

Als er aufgelegt hatte, tätigte ich ein weiteres Telefonat und erhielt – aus einer ganz anderen Ecke – ebenfalls die Zusage, mir zu helfen.

Der Manager meines Hotels traf am Französischen Haus mit zwei arg ramponierten Lkws und acht Gefährten ein, die aussahen, als hätten sie einen Tag Freigang. Schande über mich, dass ich sie nach ihrem Äußeren beurteilte – denn sie entpuppten sich als die besten und fleißigsten Männer, denen ich je begegnet war.

Sie waren Freunde des Managers, er hatte sie im Nu zusammengetrommelt, und als ich sie vor dem Haus traf und ihnen mitteilte, ich würde sie bezahlen, lehnten sie alle ab.

»Diese Leutens sagen, dass sie vom Geld heute keine küssende Liebe haben«, übersetzte der Manager, irgendwie. Je länger ich ihm zuhörte, desto mehr klangen seine Sätze wie eines dieser Übersetzungsprogramme. »Ist genug für sie, zu haben die Gelegenheit, das große Anwesen zu sehen«, sagte er.

Allem Anschein nach war keiner der Männer – so wie fast alle Bewohner Bodrums – jemals durch das hohe Tor gegangen, und sie waren nur zu bereit, dem Hilferuf des Managers nachzukommen. Während ich ihnen voran um das Haus zur hinteren Terrasse ging, begegneten wir Cumali und ihren Kollegen auf dem Weg nach draußen. Es entstand ein peinlicher Moment, als die beiden Gruppen einander gegenüberstanden, aber der Manager trat beiseite, und seine Arbeiter folgten seinem Beispiel, um die Polizisten vorbeizulassen.

Und so konnte ich seine abschätzige Miene deutlich erkennen, als der »Officer« fast hautnah an mir vorbeiging. Der Manager wandte sich um, sah, dass ich ihn anschaute, und lächelte. Kaum waren die Polizisten außer Hörweite, kam er an meine Seite und sagte: »Er ist der Mann mit dem Namen, den wir SpongeBob nennen.«

Alle Arbeiter nickten. »SpongeBob? Wie in dem Comic?« Der Manager nickte und ahmte eine saugende Geste nach.

»Ach ja, der große Schwamm«, sagte ich und rieb Daumen und Zeigefinger aneinander: die auf der ganzen Welt gültige Geste für Bestechlichkeit. Der Manager und seine Freunde lachten. Einer der Männer spuckte auf den Boden. Einen Augenblick lang hatten wir alle Sprachgrenzen überwunden. Dann bogen wir um die Hausecke.

Nachdem ich ihnen gestattet hatte, kurz die Aussicht zu bewundern, führte ich sie durch die Doppeltür in die Bibliothek. Zwei der Männer waren Tischler, und während sie sich über die Logistik und die Anfertigung von Transportkisten berieten, die die Spiegel schützen sollten, kehrten mehrere andere zu ihren Lkws zurück, um Leitern und Werkzeug zu holen.

Ich schlenderte hinaus auf den Rasen und versuchte, jemanden bei FedEx zu erreichen, der kurzfristig organisieren konnte, dass die Spiegel abgeholt und nach Florenz geflogen wurden. Ich wartete auf eine weitere Customer-Service-Antwort, man werde zurückrufen, als der Manager, offensichtlich aufgebracht, herbeieilte. Ich sollte mit ihm ins Haus kommen. Einen Moment lang glaubte ich, sie hätten einen der Spiegel fallen lassen, dann aber wurde mir klar, dass ich hätte hören müssen, wie er zersprang, und ich schob diese Möglichkeit beiseite.

Vorläufig gab ich es auf mit FedEx und ging hinter dem Manager auf die Terrasse, durch die Tür und in die Bibliothek. Dort blieb ich stehen. Die Männer standen schweigend an einer Seite und beobachteten mich. Sie hatten beide Spiegel von der Wand genommen, und ich schaute auf die Wände aus behauenem Naturstein, wo sie gehangen hatten.

Als ich die Spiegel zum ersten Mal sah, hatte ich sie als fehl am Platz empfunden, aber das als irgendjemandes exzentrische Laune abgetan. Aber falsch – die Spiegel hatten dazu gedient, große, in den Stein gemeißelte Hakenkreuze zu verdecken. Und in der Tat, sie waren wunderschön gemeißelt, beide gekrönt vom Adler des Dritten Reichs. Ich starrte auf die Hakenkreuze. Als Kind hatte ich Hakenkreuze im Büro des Kommandanten in Natzweiler-Struthof gesehen, und einen schrecklichen Augenblick lang sah ich wieder die Frau mit dem Baby im Arm und den beiden Kindern, die sich an ihrem Rock festklammerten.

Unter den Blicken des Managers und seiner Freunde ging ich auf die üblen Dinger zu. Alle Anwesenden wirkten betreten. Die Türkei war im Zweiten Weltkrieg neutral gewesen, aber alle wussten, wofür die Symbole standen. Vermutlich waren alle zutiefst gekränkt von dem, was man nun hier in ihrer Stadt gefunden hatte.

Ich streckte den Arm aus – ich wollte sie wirklich nicht berühren – und strich mit dem Finger über die Meißelspuren. Dicker Staub lag auf meinem Finger: Die Spiegel waren vor Jahren angebracht worden.

Ich drehte mich zu den Männern um und fragte: »Warum wird das hier eigentlich ›das Französische Haus‹ genannt?«

KAPITEL SECHSUNDZWANZIG

Es war gar nicht der Name des Hauses, jedenfalls nicht ursprünglich. Als es erbaut wurde, unmittelbar nach Kriegsende, nannte man es *La Salle d'Attente.* Das Wartezimmer. Warten auf was?, fragte ich mich.

Ich saß mit dem Manager und seinem Team auf den Stufen, die von der Terrasse hinunter auf den Rasen führten. Vor uns lag die Ägäis ausgebreitet, über uns fuhr eine laue Brise raschelnd durch die Palmen. Die Männer hatten ihren Lunch hervorgeholt und bestanden darauf, ihre Mahlzeit aus Oliven, Käse und Holzofenbrot mit mir zu teilen. Nur indem ich ihnen meinen FBI-Dienstausweis zeigte und ihnen sagte, dass mir Alkohol verboten sei, konnte ich dem Wein und dem Raki ausweichen, die offenbar jeden Bissen begleiteten. Ich war dankbar, dass sie die Spiegel vor dem Lunch von den Wänden genommen hatten.

Wir führten eine, gelinge gesagt, etwas chaotische Unterhaltung – und das nicht wegen des Alkohols. Alle Männer, der Manager eingeschlossen, hatten ihre eigene Version von der Geschichte des Hauses. Da keiner von ihnen alt genug war, um sich an dessen Bau erinnern zu können, stützten sie sich auf Erzählungen, die sie vom Hörensagen von ihren Großeltern kannten.

Doch in einem stimmten alle überein, nämlich, dass eine Deutsche das Haus hatte erbauen lassen. Soweit ich verstand, war das im Jahr 1946 gewesen, kaum ein Jahr nach Kriegsende, als Deutschland – mit sieben Millionen Toten – in Trümmern lag. Es hieß, dass ihre Familie ihre Vermögenswerte vor Kriegsausbruch in die Schweiz geschafft habe und ihr Vermögen unangetastet geblieben sei. Vielleicht stimmte das: Es gab Deutsche, die genau das getan hatten. Man frage die Jungs des Bankhauses Richeloud.

Einigkeit unter den Geschichtenerzählern bestand auch darin, dass die Frau auf dem alten, grasbewachsenen Flugplatz in Milas gelandet und von einem Auto abgeholt worden war, um die Mittagszeit das Grundstück inspizierte und zwei Stunden später wieder abflog. Nach einigen Monaten trafen dann die Bauarbeiter ein.

Weil es damals kaum Straßen gab, mussten alle Handwerker und Ingenieure, ebenso wie sämtliche Baumaterialien, per Frachtkahn zur Baustelle gebracht werden. Die hageren Männer – alles Deutsche – errichteten Schlafbaracken und eine Feldküche und hielten sich aus Gründen, die nur sie selbst kannten, von den Dorfbewohnern fern.

Nach zwei Jahren – das Haus war fertig – rissen die letzten der Männer ihre schlichten Wohnunterkünfte ab, gestalteten den Garten und zogen ab. Nur eines blieb von ihrem Aufenthalt: der Name der kleinen Bucht am Fuß der Klippe, unzugänglich außer per Boot, wo sie mit den Frachtkähnen angelegt hatten und jeden Abend geschwommen waren. »Diesen Sand des Wassers«, sagte der Manager, »nennen die Leutens von Bodrum …«

»… den Deutschen Strand«, sagte ich.

All den Mühen und Kosten zum Trotz erzählten mir die Männer, hätte niemand in der Villa gewohnt – zumindest nicht dauerhaft. Zuerst sei alle paar Monate das Licht angegangen, für etwa eine Woche zu sehen gewesen, dann blieb es wieder dunkel. Alle nahmen an, dass es sich um ein Ferienhaus handelte, doch die sorgfältig gepflegten Pflanzen und das geschützte Grundstück verhinderten, dass man auch nur einen Blick von den Leuten erhaschte, die das »Wartezimmer« ihr Feriendomizil nannten.

Das Wartezimmer, dachte ich wieder – was für ein seltsamer Name. »Warum hat man den Namen geändert?«, fragte ich die Männer.

Der Manager lachte. Dafür musste er seine Kollegen nicht konsultieren. »Es war der Natur nach sehr einfach«, sagte er. »*La Salle d'Attente* ist eine Komplikation viel zu schwer für die Fischer auszusprechen. Sie kannten aber die Sprache, in der es gesprochen wurde, deshalb haben sie die Schultern gezuckt und es Französisches Haus genannt. Im Laufe der Jahre ist es hängengeblieben, und alle Leutens haben es dasselbe genannt.«

Die Jahreszeiten verstrichen, sagten die Männer, die Pflanzen wurden größer, und die Villa schien in einen langen Schlaf zu fallen und wurde schließlich jahrelang überhaupt nicht mehr bewohnt.

Langsam zunächst, dann schneller, veränderte der Tourismus die Küste – im Hafen entstanden Marinas, und auf der Landspitze wurden weitere schöne Villen gebaut. Dann, vor ungefähr acht Jahren, kam ein Mann – niemand kannte ihn – und öffnete das Haus. Einige Wochen darauf trafen aus Übersee Handwerker ein und begannen damit, die Villa zu sanieren, wobei sie sogar eine hochmoderne Alarmanlage einbauten. Schließlich hielt das 21. Jahrhundert Einzug im Französischen Haus.

Einige Monate vor dem Beginn dieses denkwürdigen Sommers erhielt ein örtlicher Immobilienmakler einen Anruf von jemandem, der sagte, es sei an der Zeit, dass sich die Villa rentiere: Sie solle für zweihunderttausend Dollar pro Woche als Ferienhaus vermietet werden.

Die Männer lächelten über die erstaunliche Zahl und zuckten mit den Achseln.

»Wer war eigentlich die Frau, die die Villa erbauen ließ?«, fragte ich in die Stille und dachte an die Hakenkreuze.

Die Männer schüttelten den Kopf: Es war ihnen ein Rätsel. Der Manager sah auf die Uhr und sagte ihnen, sie sollten jetzt lieber die Spiegel verladen, wenn die noch rechtzeitig am Flughafen eintreffen sollten. Sie korkten ihre Flaschen zu, standen auf und gingen auf die Terrasse zurück.

Ich drehte mich um und ging den Rasen hinunter. Auf halbem Weg blieb ich stehen und warf einen Blick zurück aufs Haus. Es war definitiv unheimlich, und mein Eindruck hatte nicht getrogen, als ich es zum ersten Mal von der Auffahrt erblickte: Es war erbaut worden, damit man ungestört blieb. Aber »das Wartezimmer« – warum nannte man ein Haus so? Und was war mit den Leuten, die in all den Jahren gekommen waren und es nur kurze Zeit bewohnt hatten? Wer waren sie?

Ich weiß nicht, wieso ich das dachte – vielleicht war der Grund die Weite des Meeres, vielleicht der Anblick eines Frachters am Horizont –, aber ich habe gelernt, meiner Intuition zu vertrauen. Ein Schiff, dachte ich. Darauf hatten sie gewartet: dass ein Schiff kommt.

Der Manager stand auf der Terrasse. Er winkte, damit ich auf ihn aufmerksam wurde. »Die Verladung der Spiegel sind alle Systeme fertig und beendet«, rief er. »Jetzt wir brauchen nur noch die Person von Ihnen.«

Ich lächelte, ging nach oben und schloss mich dem Konvoi zum Flughafen von Milas an.

KAPITEL SIEBENUNDZWANZIG

Ich landete in der Abenddämmerung in Florenz. Keine Wolke stand am Himmel, die großartige Renaissancestadt lag unter mir in all ihrer betörenden Schönheit. Ich saß im Cockpit einer FedEx-Maschine, die von Istanbul umgeleitet worden war, damit sie zwei große Kisten mitnehmen konnte – eine besondere Gefälligkeit fürs FBI.

Die Piloten, zwei Cowboys – ein englischer und ein australischer – luden mich ein, auf dem freien Sitz vorne Platz zu nehmen. Hätte ich gewusst, dass sie sich während des gesamten Fluges über Kricket streiten würden, wäre ich im Passagierraum geblieben.

Ein Lkw der Uffizien fuhr auf das Vorfeld, um uns in Empfang zu nehmen, und zwischen den drei Lageristen des Museums und den beiden Kricketfans wurden die großen Kisten aus dem Bauch des Flugzeugs innerhalb von Minuten auf die Ladefläche geliftet. Wie kaum eine andere Stadt in der Welt ist Florenz selbst ein Kunstwerk, doch löste das Wiedersehen nur wenig Freude in mir aus. Als ich das letzte Mal auf seinen Straßen ging, war Bill dabei gewesen. Und nun erfasste mich wegen der Art, wie ich ihn behandelt hatte, erneut ein Gefühl der Reue.

In der Abenddämmerung kamen wir im Stadtzentrum an, fuhren durch eine der schmalen Seitenstraßen, die sich in fünfhundert Jahren wenig verändert hatten, und blieben vor einer riesigen zweiflügeligen Eichentür stehen, an die ich mich schwach erinnerte. Die Werkstatt befand sich in einem separaten Gebäudekomplex des Museums – einer Gruppe von Kellerräumen und Lagerhäusern mit zwei Meter dicken Wänden –, der einst die riesigen Wein- und Getreidevorräte der Medici beherbergt hatte.

Kameras überwachten jeden Zentimeter der Straße, bevor die Eichentür zurückschwang und der Lkw in eine riesige Sicherheitszone fuhr. Ich stieg aus der Fahrerkabine und betrachtete die Hightech-Konsolen, die Trupps bewaffneter Wachleute, die Gestelle mit Überwachungsmonitoren und die massiven Stahltore, die das weitere Vordringen in das Gebäude verhinderten. Der Ort wies wenig Ähnlichkeit mit dem auf, den ich vor so vielen Jahren besucht hatte. Was mich aber gar nicht wunderte – die Uffizien waren Anfang der 1990er Jahre Ziel eines Bombenanschlags gewesen, und offensichtlich wollte das Museum keine Risiken mehr eingehen.

Zwei Wachleute kamen herbei und nahmen von den Lageristen und dem Fahrer mit Handscannern die Fingerabdrücke. Obwohl die Männer einander schon seit Jahren kannten, mussten die Wachleute warten, bis die zentrale Datenbank die Identität der Männer bestätigte, bevor das Stahltor geöffnet werden durfte. Während der Lkw und seine Fracht drinnen verschwanden, blieb ich zurück. Ein Typ im Anzug erschien, veranlasste, dass ich für einen Security-Ausweis fotografiert wurde, und erklärte mir, dass der Direktor und sein Team mich erwarteten.

Nachdem der Ausweis an meinem Mantel angebracht worden war, band einer der Wachleute einen Kupferdraht um mein Fußgelenk: Jede elektrostatische Aufladung, die meine Kleidung oder meine Schuhe verursachten, würde von dem Draht auf den Fußboden abgeleitet werden, wodurch jede Gefahr von Funkenflug vermieden wurde. Nach Raub und Terrorismus war ein winziger Blitz, der die flüchtigen chemischen Substanzen in Brand setzen könnte, die bei der Restauration von Kunstwerken zum Einsatz kamen, das, was Werkstätten wie diese am meisten fürchteten.

Die Uffizien hatten sich auf die Reparatur großer Ölgemälde und Fresken spezialisiert. Zwar habe es seit meinem vorherigen Besuch viele Veränderungen gegeben, hatte der Direktor mir am Telefon gesagt, aber man besitze noch immer die riesigen Fotoplatten und Entwicklungsbäder, die für diese Arbeit nötig waren. Diese waren es auch, die schon bald über die Zukunft meiner Mission entscheiden würden.

Der Anzugträger ging mir voran zu einem Aufzug, wir fuhren sechs Stockwerke nach unten, und ich betrat etwas, das wie ein Konferenzzimmer aussah: vier opake Glaswände, ein langer Tisch und an einer Seite zwei Techniker, die an Rechnerbildschirmen saßen, die mit einer riesigen Anzahl von Festplatten verbunden waren.

Drei Frauen und ein halbes Dutzend Männer standen auf, um mich zu begrüßen. Einer von ihnen streckte die Hand aus und stellte sich mir als der Direktor vor. Er war überraschend jung, aber sein langes Haar war völlig ergraut. Das ständige Risiko, die unschätzbaren Kunstwerke zu ruinieren, hatte vermutlich seinen Tribut gefordert. In den wenigen Stunden, seit wir zum ersten Mal miteinander gesprochen hatten, hätten die im Raum Versammelten mehrere Strategien entwickelt, um von den Spiegeln ein Bild herzustellen, sagte er. Keine davon sei allerdings sehr aussichtsreich.

»Aber vielleicht«, fügte er mit einem Lächeln hinzu, »können ja auch Kunstrestauratoren Wunder wirken. Sind Sie bereit?«

Ich nickte, und er legte einen Schalter an der Wand um. Die vier opaken Wände wurden völlig durchsichtig. Sie bestanden aus Flüssigkristall: Elektrischer Strom ordnete die Moleküle neu und machte sie transparent.

Wir standen in einem gläsernen Kubus, mitten in der Luft, und blickten auf einen erstaunlichen Raum hinunter.

So groß wie ein Fußballfeld und fast zwanzig Meter hoch – gewölbt und reinweiß –, war er wahrscheinlich noch älter als die Herrschaft der Medici. Darin standen, zwergenhaft klein vor der Riesenfläche, ein hydraulischer Lastenaufzug zum Anheben monumentaler Statuen, Gerüste zum Heben und Senken von Ölgemälden, Säuberungsbäder aus Edelstahl, groß genug für einen Obelisken, sowie ein Dampfraum, in dem jahrhundertealter Schmutz von Marmor und Stein entfernt wurde. Dazwischen bewegten sich leise, batteriegetriebene Gabelstapler, kleine mobile Kräne und Dutzende Aufseher und Spezialisten in weißen Schutzanzügen. Das Ganze sah aus, als hätte die NASA die Katakomben übernommen.

Beinahe unmittelbar unter mir wurde ein Tizian gereinigt, und nicht weit davon entfernt arbeiteten ein Mann und eine Frau an einer Bronzetür von Bernini, die ich früher einmal im Vatikan gesehen hatte. Doch am spektakulärsten von allem war eine Gruppe von Ölgemälden, die nahtlos ineinandergefügt und an einer Mauer befestigt waren. Hergestellt von den riesigen Fotoplatten, die bei Restaurierungen verwendet werden, war sie entweder als Inspiration oder als ein Memento der herausragenden Arbeit der Restauratoren zusammengesetzt worden.

Sie zeigte *Das Abendmahl* von Leonardo da Vinci.

Das Gemälde war lebensgroß und wirkte so lebendig, als wäre es erst gestern gemalt worden. Und da überkam mich das flüchtige Gefühl, wie es gewesen sein musste vor fünfhundert Jahren, wenn man die Dominikanerkirche Santa Maria delle Grazie betrat und es zum ersten Mal erblickte.

Der Direktor setzte ein drahtloses Headset auf und wies auf zwei vergoldete Bilderrahmen, die vor der Wand standen. Die Spiegel waren aus den Rahmen herausgenommen worden, und beide hingen von einem Deckenkran. Während wir zuschauten, senkte er die Spiegel in einen Tank mit einer blauen Flüssigkeit – einem Lösungsmittel, von dem man hoffte, dass es den Film vom Glas trennte, ohne ihn zu beschädigen. Falls das nicht klappte oder falls die Silberschicht zerbröselte, konnten wir alle nach Hause gehen.

Fast augenblicklich wurde ein großes Zelt über den Tank gesenkt und dunkelte ihn ab. »Wenn man die Silberschicht herunterbekommt, muss sie wie ein Filmnegativ behandelt werden – sie darf auf keinen Fall dem Licht ausgesetzt werden«, sagte der Direktor.

Mir kamen Zweifel. Wie viel Hoffnung bestand wirklich? Sicher, die Uffizien hatten Michelangelos Marmor-Pietà restauriert, nachdem ein geistig gestörter Australier mit einem Hammer darauf eingeschlagen hatte. Doch selbst sie zweifelten daran, ein Bild aus alten Spiegeln hervorlocken zu können.

Der Direktor klippte das Headset an sein Ohr, lauschte kurz, dann drehte er sich zu uns Übrigen um: »Es hat geklappt – sie haben die Filme unversehrt herunterbekommen.«

Während die anderen lächelten und applaudierten, wandte er sich an mich: »Sie werden jetzt die Filme mit einer tiefgefrorenen Platte aus Gelatine umschließen, um sie zu stabilisieren, und sie dann zum Entwickeln in die Dunkelkammer verlegen.«

Zwei Minuten später rollten Männer in weißen Schutzanzügen einen großen Lastkarren aus dem Zelt und schoben ihn in einen gläsernen Aufzug. Ich schaute zu, wie die beiden Spiegel, in Foliendecken eingewickelt, in die Höhe stiegen.

Der Aufzug stoppte neben einem Kubus, der in dem Gewölberaum frei schwebte: die Dunkelkammer, nahm ich an.

»Es könnte eine Weile dauern«, sagte der Direktor, »aber sobald die Techniker die Filme ›entwickelt‹ haben, können sie sagen, ob darauf irgendetwas zu erkennen ist.«

KAPITEL ACHTUNDZWANZIG

Ich saß mit dem Rest des Teams in der Personalkantine der Uffizien und trank einen Espresso nach dem anderen, als der Anruf kam.

Der Direktor nahm ihn auf seinem Handy entgegen, drehte sich zu mir um und sprach so laut, dass alle mithören konnten: »Auf dem Film ist etwas zu sehen.«

Wir liefen durch weiße, stille Flure und schreckten eine Gruppe reicher Spender auf, die gerade an einer Sonderführung hinter den Kulissen teilnahmen, betraten einen Lastenaufzug und eilten weiter zum Konferenzraum.

Durch die Glasscheiben sahen wir die Techniker, die sich um einen ihrer beiden Großbildschirme drängten. Einer von ihnen bediente die Tastatur, während die wassergekühlten Festplatten schnell rotierten.

Der Direktor war die ganze Zeit nicht von meiner Seite gewichen. »Was auch immer sie auf der Silberschicht entdeckt haben, wird digitalisiert und auf eine CD gespeichert. Und das ist es, was sie sich gerade anschauen.«

Wir liefen durch die Tür. Das Bild von zwei Menschen – nur zwei Menschen, die sich im Raum aufhielten –, mehr brauchte ich nicht. Jedes zusätzliche Detail, das den Besucher näher identifizierte, wäre ein Bonus.

Auf dem Bildschirm war nichts. Nun ja, das stimmte nicht ganz – es war Dunkelheit in verschiedenen Abstufungen zu sehen, so als betrachtete man einen Teich in einer mondlosen Nacht. Der Direktor muss die Verzweiflung auf meinem Gesicht gesehen haben.

»Kein Grund zur Panik – noch nicht«, sagte er. »Sie arbeiten jetzt mit der Software, um das Bild zu verstärken, und dann versuchen sie, die fehlenden mikroskopischen Pixel aus den umgebenden Fragmenten einzusetzen. Das ist die gleiche Methode, die wir bei beschädigten Fresken anwenden.«

Aber ich war in Panik – das wäre er auch gewesen, hätte er gewusst, wie viel tatsächlich auf dem Spiel stand. Der junge Techniker am Keyboard, dessen Haut so weiß wie die Wände war, gab Befehl auf Befehl ein. Ich sah die gespannte, nahezu religiöse Konzentration auf seinem Gesicht: Er hatte ganz sicher noch nicht aufgegeben, und das war tröstlich.

Langsam, beinahe unmerklich anfangs, aber dann mit zunehmender Geschwindigkeit, da die Festplatten immer schneller rotierten, hob sich ein Schatten in dem dunklen Ozean ab. An den verschiedenen gelb blinkenden Kontrollleuchten sah ich, dass sie das System bis an die Grenze seiner Belastbarkeit trieben, aber auch diese Jungs dachten nicht daran aufzugeben. Ich sah Teile eines Raums aus dem Teich auftauchen: Bruchstücke eines Kerzenhalters, die Umrisse eines Fensters mit Aussicht, die Seite eines Kamins. Es war definitiv die Bibliothek im Französischen Haus oder im *Salle d'Attente* oder wie auch immer es sich schimpfte. Ich konnte es kaum fassen.

»Ich glaube, wir haben da eine Person«, sagte der blasse Techniker und hackte weiter auf die Tastatur ein. Er wies auf eine Stelle auf dem Teichwasser, die dunkler war als der Rest, aber mit einem schattenhaften Umriss versehen. Diese Stelle markierte er mit einem elektronischen Gitternetz, bombardierte sie geradezu mit Licht und Pixeln, und da war der Ledersessel – ich konnte ihn sehen!

Trotz der gleichbleibend konstanten Klimatisierung waren meine Hände schweißnass. Ich konnte einen verschwommenen Kopf ausmachen, eine Armbeuge, Teile vom Hals eines Mannes in dem Sessel. Es war so gut wie sicher Dodge. Die Techniker arbeiteten weiter, die Warnlampen summten immer lauter und schneller, und das dunkle Wasser um den Sessel herum wurde klarer.

Dodge war allein.

Nichtsdestotrotz drehten der Direktor und sein Team sich stolz zu mir um. Ihr angewandtes Konzept hatte sich rundherum als Erfolg erwiesen: Sie hatten ein Bild aus einem bisher gänzlich unbekannten Datenträger wiederhergestellt. Es war zweifellos eine hervorragende Leistung. Gleichzeitig bestand kein Zweifel, dass es mir absolut nicht weiterhalf.

»Was ist los?«, fragten sie, als sie meinen Gesichtsausdruck registrierten.

»Ich wusste, dass da ein Mann auf einem Sessel saß. Ich suche eine weitere Person. Ich brauche zwei Personen. Was ist mit dem zweiten Spiegel? Er wird den Raum aus einem anderen Blickwinkel zeigen.«

Wir drehten uns um: Der blasse Typ und sein Kollege hatten bereits das zweite Bild auf den Bildschirm geholt. Man musste kein Experte in Computergrafik sein, um zu erkennen, dass es von weitaus schlechterer Qualität war – die vorherrschende Schwärze war tiefer und die vorhandenen Aufhellungen gering und voller Schatten. Wir hätten uns genauso gut unter Wasser befinden können.

Die Techniker arbeiteten schneller. Die Dunkelheit nahm ab, und der Typ am Keyboard schaffte es erneut, Teile der Bibliothek sichtbar zu machen. Stücke des Sessels und des Tisches tauchten auf, aber ihre Schatten waren weit weniger deutlich, und die Warnlampen waren inzwischen gelb-orange und fingen vereinzelt sogar an, rot zu blinken. Meine Hoffnungen verflüchtigten sich.

Die Techniker selbst wirkten ebenfalls entmutigt, blickten immer wieder auf und sahen, dass ständig mehr Warnlampen aufleuchteten, sie aber dennoch keinen wirklichen Fortschritt bei dem Bild erzielten.

Das war das Problem mit Glück, nahm ich an – es verließ einen. Ich spürte, dass der Direktor und andere Mitglieder des Teams mir Blicke zuwarfen. Sie wussten, wie enttäuscht ich sein musste, und fragten sich, wie ich es aufnehmen würde.

Alle Lampen blinkten jetzt rot, und mir wurde klar, dass die

Techniker aufgehört hatten, das Bild zu verbessern – sie waren an die Grenzen der Technologie gestoßen. Das halb geformte Bild der Bibliothek hing auf dem Schirm wie ein stiller Vorwurf des Versagens. Der blasse Techniker beugte sich weiter vor, wies auf einen Bereich in dem Dunkel und sagte etwas auf Italienisch, das ich nicht verstand. Der Direktor und der Rest des Teams starrten auf den Punkt, den er meinte, aber es war klar, dass keiner etwas sah.

Der Techniker – nicht sehr zuversichtlich, weil er seinen eigenen Augen misstraute – legte ein Gitternetz über die Stelle. Er ignorierte die roten Lampen und zoomte sie heran, manipulierte die Pixel und versuchte, ihnen die Wahrheit zu entlocken.

Nichts.

Sein Kollege trat heran und gab einen Befehl ein. Der Bereich unter dem Gitter wurde umgekehrt – aus Schwarz wurde Weiß, als wäre es jetzt ein Bildnegativ. Plötzlich konnten wir etwas erkennen: einen vertikalen Schatten, beinahe außerhalb des Bildrahmens. Die beiden Techniker arbeiteten schneller, trieben die Software und die Festplatten über die Grenzen ihrer Belastbarkeit. Warnbalken tauchten auf, aber die Jungs klickten sie weg, sobald sie erschienen. Die roten Lampen blinkten nicht mehr – sie waren jetzt ein konstanter roter Balken. Trotzdem ließen sie sich nicht beirren und machten weiter.

Aber es gab keinen erkennbaren Fortschritt – ein dichter Schatten hielt uns zum Narren, das war alles. Dann drehten sie alles wieder um, machten aus dem Negativ erneut ein Positiv und entfernten das Gitternetz und den Zoom.

Es war da! Verschwommen, irgendwie geisterhaft, aber aus dem Schatten war eine Person geworden, die vor dem Kamin stand. Es war unmöglich, irgendetwas Bestimmtes zu erkennen – nicht einmal, ob es ein Mann oder eine Frau war –, aber das spielte keine Rolle. Es befanden sich definitiv zwei Menschen in diesem Raum.

Der Direktor und sein Team starrten den Bildschirm einen Moment lang an, dann brachen sie in Jubelrufe aus, während die beiden Techniker aufsprangen und ihre Kollegen umarmten.

Ich riss mich von dem Bild los, lächelte und applaudierte ihnen allen: Sie wussten es nicht, sie würden es nie erfahren – aber der Pfadfinder war wieder im Geschäft.

KAPITEL NEUNUNDZWANZIG

Ich trat durch die Eichentüren hinaus in eine solch frische und klare Nacht, dass das alte Kopfsteinpflaster und die Renaissancefassaden fast zu plastisch wirkten, wie die Landschaft irgendeines fremdartigen Videospiels. Nur die Menschenmenge auf den Straßen und der totale Mangel an Taxis bewiesen mir, dass es sich um die Realität handelte.

Ich hatte zwei Telefonanrufe zu tätigen und wartete beim ersten, dass jemand abnahm, während ich an den Außenkameras der Werkstatt vorbei zu einem breiten Durchgang ging.

Leyla Cumali meldete sich, und ohne weitere Einleitung informierte ich sie, dass ich ein Foto hatte, das Dodge und eine weitere Person in der Bibliothek zeigte, sechs Minuten bevor er getötet wurde. Am anderen Ende herrschte bestürztes Schweigen.

Ich füllte die Stille, indem ich ihr mitteilte, dass der Direktor der Reparaturwerkstatt der Uffizien einen vollständigen Bericht anfertigen und ihn ihr zusammen mit einer Kopie des Fotos schicken würde.

»Ich informiere meine Kollegen«, raffte sie sich schließlich auf zu sagen. Sie konnte ihre Niedergeschlagenheit nicht verbergen. Ich war sicher, dass SpongeBob und seine Kumpel sich überschlagen würden vor Begeisterung.

»Wie es aussieht, haben wir keine andere Wahl«, fuhr sie fort. »Wir werden heute Abend eine Mordermittlung eröffnen.«

»Gut«, antwortete ich. »Gut.«

»Woher wussten Sie, dass Dodge nicht allein war?«, fragte sie, und etwas von der alten Verachtung schlich sich wieder in ihre Stimme.

»Es waren die Drogen – und das Fernglas. Niemand braucht ein Fernglas, um sich ein Feuerwerk anzuschauen.«

»Warum hatte er es dann bei sich?«

»Sie müssen es Schritt für Schritt betrachten. Jemand wusste offenbar, wie man heimlich auf das Anwesen gelangt«, erklärte ich ihr, während ich immer noch versuchte, ein verdammtes Taxi zu finden. »Dieser Jemand betrat das Haus und fand Dodge in der Bibliothek. Es war ein Freund von ihm oder zumindest ein Bekannter – wenn es ein Fremder gewesen wäre, hätte er die Alarmanlage aktiviert. Ich bin ziemlich sicher, dass der Besucher irgendeinen Notfall vortäuschte. Dass er Dodge etwas erzählte, was ihn genug aufrüttelte, um durch seine entfesselte Libido und den Drogenrausch zu dringen.«

»Was hat er ihm erzählt?«, wollte sie wissen. Sie klang ungeduldig.

»Wenn Sie Ihre Verhöre mit den Bekannten noch einmal durchgehen, werden Sie feststellen, dass mindestens sechs von ihnen von sich aus zu Protokoll gaben, dass er seine Frau sehr liebte.«

»Das ist richtig«, gab Cumali zu.

»Cameron war in dieser Nacht mit dem Hubschrauber auf Kneipentour. Ich glaube, der Besucher hat ihm erzählt, dass der Helikopter gerade in die Bucht gestürzt war.«

Schweigen. Cumali antwortete nicht – es war nur ein scharfes Einatmen zu hören.

»Dodge hätte dem Besucher fraglos geglaubt«, fuhr ich fort. »Es gibt einen Landeplatz auf dem Grundstück, und er wird geglaubt haben, dass sie sich auf dem Nachhauseweg befand. Er versuchte, nüchtern zu werden, schnappte sich den Feldstecher, um die Bucht abzusuchen, und er und der Besucher rannten hinaus auf den Rasen. Er sah nicht nach oben zum Feuerwerk, er sah hinaus aufs Wasser – und je weiter er hinaustrat auf die Landzunge, desto größer war seine Chance, etwas zu erkennen. Deshalb wählte er die Stelle vier Meter vom Pavillon entfernt aus: Dort gab es kein Laubwerk – der einzige Baum dort war derjenige, den er danach bei seinem Sturz gestreift hat –, und er hatte von dort die beste Aussicht auf die Bucht. Als er nichts erkennen konnte –

warum sollte er auch, da draußen war schließlich nichts –, stand er entweder am Geländer, oder er kletterte darüber. Er muss das Fernglas vor seine Augen gehalten haben, als er einen Stoß im Rücken spürte. Der Mörder hat es wahrscheinlich kaum als Mord betrachtet – quasi nur als eine Art dezente Hilfestellung. Sogar so dezent, dass Ihre Versuche mit dem fallenden Dummy absolut mit einem fallenden Mann übereinstimmten.«

An dem Punkt hörte ich auf: Es war unnötig, seinen Sturz über die Klippe und den Aufprall auf die Felsen nachzuerzählen. Es bestand schließlich kein Zweifel, dass genau das passiert war.

Cumali antwortete nicht, und schließlich musste ich nachfragen: »Sind Sie noch dran?«

»Ich bin da«, sagte sie. »Ich veranlasse, dass keiner seinen Reisepass zurückerhält. Wir beginnen umgehend mit der Arbeit. Ich werde eine vollständige Liste erstellen von allen, mit denen er Kontakt hatte. Wie Sie schon sagten – der Besucher muss jemand gewesen sein, den er gekannt hat. Wir können Cameron oder die anderen im Hubschrauber unberücksichtigt lassen – sie können ihn im Haus nicht aufgesucht haben, schließlich kämpften sie gerade im Wasser um ihr Leben. Und Sie hatten recht: Ich glaube nicht, dass jemand dafür bezahlt wurde. Die Antwort liegt im Freundeskreis.«

Es gab noch ein weiteres Detail zum Mörder, von dem sie nichts wusste – nichts wissen konnte. Nennen wir es einen kleinen unverwechselbaren Hinweis, aber er hatte mich wirklich wütend gemacht. Ich war sicher, dass die Faser von Dodges Chino absichtlich am Geländer befestigt worden war, um sicherzugehen, dass die Polizei den richtigen Schluss zog.

Ein Fall, in dem der Mörder nach genau der gleichen Prozedur vorgegangen war, kam in meinem Buch vor.

Endlich hatte ich ein Taxi gefunden, als mich die Hiobsbotschaft erreichte.

Nach Beendigung meines Gesprächs mit Cumali hatte ich ein freies Taxi gesehen und war auf die Straße gestürzt, um es mir zu schnappen. Es war ein schieres Wunder, dass man als Fußgänger eine Horde durchgedrehter italienischer Autofahrer überlebte, aber irgendwie schaffte ich es, ins Taxi zu klettern und den Fahrer zu bitten, mich zum Flughafen zu fahren.

Ich wollte so schnell wie möglich zurück nach Bodrum. Sobald ich meinen Sicherheitsgurt festgeschnallt hatte – und mir wünschte, es wäre ein Rennfahrergeschirr, so wie der Typ fuhr –, tätigte ich deshalb den zweiten Anruf. Er ging an Ben Bradley.

Als er sich meldete, informierte ich ihn, dass ich in Florenz war. »Wir sind wieder im Geschäft«, berichtete ich stolz. »Es handelt sich um Mord. Sagen Sie das auch den anderen Beteiligten.«

»Ich versuche seit zwei Stunden, Sie zu erreichen«, antwortete er.

»Tut mir leid«, erwiderte ich. »Ich hatte mein Handy abgeschaltet.« Es konnte nur einen Grund dafür geben, dass er versucht hatte, mich anzurufen. Es ging um eine Nachricht vom Flüsterer, und ich wusste, das konnte nichts Gutes bedeuten.

Zur Tarnung redete er noch eine Weile weiter über den Mord im *Eastside Inn*. Dann erwähnte er, dass einige unserer Kollegen eine Reihe von Versuchen durchgeführt hatten, also genau genommen Computersimulationen, von denen ich wissen sollte.

Ben verstand nicht, was er mir da erzählte – er gab nur die Nachricht weiter –, sodass es keinen Sinn hatte, ihm Fragen zu stellen. Mir blieb nichts weiter übrig, als zuzuhören, mit zunehmender Mutlosigkeit.

Ben berichtete, dass die Jungs ein interessantes Datum genannt hatten, und zwar den 30. September.

»Aber Sie wissen ja, wie Computerfreaks sind«, fuhr er fort, und ich hatte das Gefühl, dass er von einem Manuskript ablas. »Es ist schwer, sie festzunageln. Sie sagen, Sie müssen eine zweiwöchige Pufferzone für irgendwelche unvorhergesehenen Probleme einkalkulieren, sodass Sie von der zweiten Oktoberwoche ausgehen sollten.«

Ich legte auf und blieb reglos sitzen, lange Zeit tief in Gedanken versunken. Ich wusste durch Bens Nachricht, dass der Flüsterer ein Team darangesetzt hatte, Computersimulationen anzustellen – wahrscheinlich unter den Auspizien irgendeines Kriegsszenarios –, wie lange ein Zivilist bräuchte, eine beträchtliche Menge Pockenviren herzustellen unter Nutzung öffentlich zugänglicher Einrichtungen. Ausgehend von dieser Prämisse hatten sie durchgerechnet, dass es bis Ende September zu schaffen wäre, und dann hatten sie zwei Wochen Spielraum hinzugerechnet.

Jetzt hatten wir ein Datum – alle Zeit, alle Geschehnisse, alle Hoffnungen liefen auf dieses Datum zu. Nehmen wir den 12. Oktober, sagte ich mir. Columbus Day. Der Todestag meiner Mutter.

KAPITEL EINUNDDREISSIG

Als die Zollbeamten das abgenutzte Gepäck des Sarazenen kontrollierten, fanden sie: ordentlich gefaltete lange Hosen, zwei Oberhemden, Stethoskop und Thermometer – die Standardausrüstung eines Arztes –, eine Ausgabe des Korans und eine englische Zeitschrift. Es war nicht der *Economist* oder das *British Medical Journal*. Es war ein Exemplar von *Bra-Busters* und präsentierte mindestens eine Busenschönheit mit Übergröße auf jeder Seite.

Die beiden Zollbeamten sagten kein Wort, aber die Blicke, die sie austauschten, sprachen Bände. »Typisch Muslim«, schienen sie zu sagen, »tut scheinheilig fromm nach außen hin und ist genauso ein Dreckskerl wie alle anderen.«

Wären die Männer etwas aufmerksamer gewesen, hätten sie

bemerkt, dass das heilige Buch in einer separierten Tasche des Rollkoffers untergebracht war, so als stehe es unter Quarantäne und habe nichts zu schaffen mit dem Unrat, mit dem es gezwungenermaßen reisen musste. Der Sarazene hatte die Zeitschrift am Flughafen in Beirut gekauft, falls die Beamten der deutschen Passkontrolle ihn in einen ihrer Verhörräume beordert und in die Mangel genommen hätten. Das Letzte, was er wollte, war, wie ein frommer Muslim auszusehen. So wie sich die Welt entwickelt hatte, war es auf jeden Fall sicherer, beim Überqueren einer Grenze als Heuchler statt als Gottesmann angesehen zu werden.

Wie sich jedoch herausstellte, war die Zeitschrift nicht notwendig. Er war am Frankfurter Flughafen – Europas größtem und belebtestem – während der morgendlichen Hauptstoßzeit angekommen, so wie er es geplant hatte. Er wusste aus Erfahrung, dass ein Besucher höchstwahrscheinlich sehr viel weniger Gefahr lief, überprüft zu werden, wenn die Warteschlangen lang und die Einwanderungsbeamten müde und überarbeitet waren.

Nach einer Stunde Warten in einer Schlange wies er sich vor einem jungen Beamten in einer tristen graubraunen Uniform aus. Der Mann warf einen Blick auf das Foto in dem libanesischen Pass und dann auf die Person vor ihm, die ihn anlächelte: guter Anzug, gepflegter kurz geschorener Bart, hübsches Gesicht. Ein Arzt laut dem Einreiseformular, das er ausgefüllt hatte.

»Der Zweck Ihres Besuches?«, fragte der junge Beamte, erst auf Deutsch, und dann, nachdem ihm das einen ausdruckslosen Blick eingebracht hatte, auf Englisch.

»Eine medizinische Konferenz«, antwortete der Sarazene. Außer dem Bankgewerbe waren Frankfurts Hauptwirtschaftszweig große Tagungen und Messen – die alle auf dem speziell dafür erbauten Messegelände stattfanden. Der Sarazene holte die Tickets und den Reisepass hervor, die er online gekauft hatte, und legte sie auf den Tisch. Der Beamte warf kaum einen Blick darauf, aber der Sarazene wusste, dass es die Kleinigkeiten waren – Dinge wie die Pornozeitschrift und, wie in Damaskus, der

Schmutz unter den Fingernägeln –, die für die wirkliche Einschätzung sorgten.

Der Beamte sah sich das Rückflugticket an, schob den Pass durch den Scanner und betrachtete den Computerbildschirm. Natürlich tauchte nichts Verdächtiges auf: Die Buchung war echt, und der Name hatte noch nie auf irgendeiner Fahndungsliste gestanden.

»Wie lange haben Sie vor zu bleiben?«, fragte er.

»Zwei Wochen«, erwiderte der Sarazene. »Vielleicht etwas länger, das kommt darauf an, wie lange das Geld reicht.« Er lächelte.

Der Beamte grummelte und stempelte den Pass für drei Monate ab. Jeder bekam drei Monate. Selbst wenn es der saubere Pass von einem eingetragenen Mitglied von al-Qaida gewesen wäre, hätte er drei Monate bekommen. Deutschland wollte, dass seine Messebesucher blieben – dem Land gefiel das Geld, das sie hier ausgaben.

Natürlich hatte der Sarazene geplant, länger als zwei Wochen zu bleiben, aber selbst wenn der Einwanderungsbeamte ihm nur die vierzehn Tage eingeräumt hätte, hätte es keine Rolle gespielt. Der Sarazene wusste, was jeder illegale Einwanderer der Welt nur zu gut wusste: Die Strafverfolgung in Europa war sogar noch nachlässiger als die Grenzkontrollen. *Halt dich aus allem raus und leg dich ordentlich ins Zeug, dann kannst du so lange bleiben, wie du willst.* Die langfristige Zukunft sah ebenfalls gut aus – alle paar Jahre gab es eine Amnestie. Woher sollte da die Motivation kommen, wieder abzuhauen?

Der Sarazene hob seinen Koffer vom Gepäckförderband, steckte die Demütigung durch die abfälligen Blicke weg, die die Zollbeamten austauschten, wurde durchgewinkt und machte sich auf ins Getümmel des riesigen Flughafens. Er drängelte sich auf den vollen Bürgersteig, warf die Pornozeitschrift und ihre Versuchungen in einen Mülleimer, fand einen Bus, der ihn in die Innenstadt fuhr, und verschwand im sich ständig verändernden Universum des islamischen Europa.

Es war eine fremde Welt, eine, die ich kennengelernt hatte,

als ich in Europa stationiert war. Auf der Jagd nach Spuren und Kontakten Dutzender verschiedener Fälle hatte ich viele trostlose Industriestädte durchstreift und die zahllosen Wohnsiedlungen mit ihrem stalinistischen Baustil in den Randbezirken aufgesucht. Aber für einen, der solche Orte nie gesehen hatte, war es bestimmt nicht einfach, die allmähliche Veränderung wahrzunehmen, die inzwischen stattgefunden hatte. Der häufigste Name für einen Jungen in Belgien war jetzt Mohammed. Drei Millionen türkische Muslime lebten allein in Deutschland. Beinahe zehn Prozent der Bevölkerung von Frankreich waren Anhänger des Islam.

Wie ein Schweizer Schriftsteller einmal sagte: »Wir riefen Arbeitskräfte, und es kamen Menschen«, und was niemand vorhergesehen hatte, war, dass diese Arbeitskräfte ihre Moscheen, ihre heiligen Bücher und einen großen Anteil ihrer Kultur mitbrachten.

Aufgrund der Verpflichtung des Islam zur Nächstenliebe und weil die muslimische Bevölkerung explosionsartig wuchs, gründete jede Stadt sehr schnell ein nüchternes, nur für Männer zugelassenes Wohnheim, in dem fromme muslimische Männer spendenfinanziert ihr Halal-Essen bekamen und übernachten konnten. Es war die Frankfurter Zweigstelle eines solchen »sicheren Hauses«, die der Sarazene an seinem ersten Tag in Europa aufsuchte, immer noch erstaunt darüber, wie leicht es gewesen war, über die Grenze zu kommen.

Am nächsten Tag, ärmlich gekleidet in Jeans und abgewetzten Arbeitsstiefeln, brachte er sein Gepäck in ein Langzeitschließfach auf Frankfurts Hauptbahnhof und kaufte ein Ticket an einem Fahrkartenautomaten. Er ließ bereits seinen Bart wachsen – womit er nur ein weiteres Gesicht unter der Masse muslimischer Arbeiter war – und bestieg einen Zug nach Karlsruhe. An den Ausläufern des Schwarzwalds gelegen war die Stadt während des Zweiten Weltkriegs ins Steinzeitalter zurückgebombt worden, und in den darauffolgenden Jahrzehnten hatte man ihren Wiederaufbau zu einem ausgedehnten

Industriezentrum verfolgen können. Unter ihren vielen Fabrikanlagen befand sich eine, die für den Plan des Sarazenen von entscheidender Bedeutung war.

Als er noch in seiner Wohnung in El Mina gelebt hatte, hatte er stundenlang das Web durchforstet, bis er eine Moschee mit exakt den geografischen Attributen fand, die für ihn wichtig waren. Deshalb wusste er, als er aus dem Frankfurter Zug stieg, genau, wohin er gehen musste. Er fand problemlos seinen Weg zur Wilhelmstraße und auf halbem Weg dorthin einen ehemaligen Eckladen – ironischerweise hatte er früher einer jüdischen Familie gehört, die während des Holocaust getötet worden war – mit einem kleinen Minarett. Der einzige Unterschied zwischen diesem und den zwölfhundert anderen islamischen Gebetszentren in Deutschland bestand darin, dass es beinahe in Sichtweite der ausgekundschafteten Fabrik lag, nämlich der europäischen Tochtergesellschaft eines mächtigen US-Konzerns.

Es war Freitag, und wie geplant betrat der Sarazene die Moschee nur einen Moment, bevor die Abendgebete begannen. Sobald diese beendet waren, näherte sich, wie die Tradition es gebot, der Imam dem Fremden und begrüßte ihn im Namen der Gemeinde. Als sie ihn einluden, mit ihnen Tee zu trinken, erklärte der Sarazene – zögerlich, wie es den sich um ihn scharenden Männern erschien –, dass er ein Flüchtling des jüngsten Krieges im Libanon sei.

Er lieferte eine glaubhafte Vorstellung von irgendeinem weiteren x-beliebigen Flüchtling, der ein neues Leben in Europa beginnen wollte, indem er ihnen auftischte, dass er einer Schlepperbande beinahe sein gesamtes Geld gegeben habe, damit sie ihn per Boot nach Spanien bringen würde und von dort quer durch das grenzfreie Europa per Lastwagen. Er blickte auf, in die Gesichter seiner Glaubensbrüder, und seine Stimme stockte, so als könne er unmöglich weitere Details dieser schrecklichen Reise erzählen.

Ich muss zugeben, dass das ein geschickter Schachzug war, und die meisten seiner Zuhörer – ebenfalls Arbeiter – nickten verständnisvoll: Die Details mochten sich unterscheiden, aber sie selbst waren auf ähnliche Weise nach Europa gekommen.

Der sogenannte illegale Einwanderer fuhr fort, dass er bei einem Cousin in der Nähe von Frankfurt untergekommen sei, aber, da er nur noch sehr wenig Geld habe, unbedingt Arbeit brauche. Deswegen sei er nach Karlsruhe gekommen, nämlich in der Hoffnung, hier einen Job zu finden. Nachdem er den Köder ausgeworfen hatte, behauptete er, früher in der Exportabteilung eines großen Beiruter Konzerns gearbeitet zu haben.

»*Inschallah*, vielleicht gibt es so etwas in der großen Fabrik am Ende der Straße?«, fragte er.

Nahezu alle Gläubigen arbeiteten bei Chyron Chemicals, und genau wie er es erwartet hatte, schluckten sie prompt den Köder und boten an, sich unter ihren Arbeitskumpeln und Kollegen umzuhören. Er dankte ihnen mit einem allgemeinen, aber passenden Zitat aus dem Koran, was ihnen bestätigte, dass ihr erster Eindruck von ihm korrekt gewesen war: Es handelte sich bei ihm ganz gewiss um einen ehrenhaften und gläubigen Mann.

Mit leiser Stimme, die suggerieren sollte, wie peinlich es ihm war, erzählte er, dass er kein Geld für Essen oder eine weitere Zugfahrt habe und sich frage, ob es hier möglicherweise eins der »sicheren Häuser« gebe, wo er bleiben könnte, bis er Arbeit gefunden hatte. Natürlich nahm die Glaubensgemeinschaft ihn auf, sorgte für Mahlzeiten und Schutz – schließlich war es eine der fünf Säulen des Islam, für die Armen zu sorgen.

Und so, ohne dass es ihnen bewusst war, hatten sie in gut einer Stunde die Verantwortung für den Sarazenen übernommen. Sie gehörten zu den Menschen, die solche Dinge ernst nahmen, und schon drei Tage später machten sich ihre Anfragen und Fürsprachen bezahlt: Ein türkischer Aufseher in Chyrons Versandabteilung informierte sie über einen freien Arbeitsplatz für den Flüchtling als Lagerist in der Nachtschicht.

Nach den Abendgebeten führten ihn die Männer, die sich sehr für ihn freuten, in ein Café und luden ihn zum Essen ein. Dort erzählten sie dem Sarazenen von den bemerkenswerten Arbeitsbedingungen, in deren Genuss er nun komme: die hauseigene Gesundheitsversorgung, die subventionierte Cafeteria und der schöne Gebetsraum. Was jedoch keiner von ihnen erwähnte, war, dass all diese Jobs früher Amerikaner innehatten.

Der alte Nobelpreisträger in Virginia hatte recht gehabt, als er die Frage stellte, ob die größten Industrienationen der Welt überhaupt noch Waren und Maschinen herstellten. Millionen von Jobs, zusammen mit dem größten Teil der produzierenden Industrie des Landes, waren im Laufe der Jahrzehnte ausgelagert worden, und ein großer Teil der Sicherheit der Nation war mit ihnen verschwunden. Was Chyron Chemicals anging, war die Gefahr besonders akut, denn es handelte sich um einen Pharmakonzern und -exporteur, einen der angesehensten der Welt. Obgleich es nur wenigen Menschen bewusst war, war das Kernland von Amerika in Wirklichkeit nur so sicher wie ein anonymes Werk in einer Stadt, von der so gut wie niemand jemals gehört hatte.

In einer besseren Welt hätte der Sarazene – in dem Café mit seinen Resopaltischen und der sonderbaren türkisch-deutschen Musik – noch eine letzte Hürde überwinden müssen. Tatsächlich hatte er eine Weile geglaubt, dass sie die einzige war, die sehr wahrscheinlich zum Misslingen seines Plans führen könnte. Mit Sicherheit war doch wohl davon auszugehen, so hatte er sich damals in El Mina gefragt, dass das amerikanische Gesundheitsministerium Arzneimittelsendungen überprüfen würde, hinsichtlich eventueller Verunreinigungen?

Er fand die Antwort im Internet – die Abschrift einer Anhörung des Ministeriums im Kongress. Laut dieser standen allein in einem einzigen Land über fünfhundert Werke, die Medikamente und ihre Bestandteile in die USA versandten.

»Wie viele dieser Werke hat die Food and Drug Administration im Laufe des vergangenen Jahres überprüft?«, fragte ein Kongressabgeordneter.

»Dreizehn«, kam die Antwort.

Der Sarazene las es zweimal durch, um sicherzugehen, dass er es richtig verstanden hatte: Nur dreizehn von fünfhundert Fabriken waren inspiziert worden. Und das war in China gewesen, der Nation mit der weltweit schlechtesten Reputation in Sachen Produktsicherheit. In dem Moment war ihm klar geworden, dass Sendungen von Chyron – der Tochtergesellschaft eines US-Konzerns, ansässig in einem Land der Ersten Welt – niemals überprüft werden würden.

Am Abend nach dem Festmahl ging er um zehn Uhr die verlassene Wilhelmstraße entlang und meldete sich am Sicherheitstor von Chyron, bekam einen Mitarbeiter-Ausweis ausgestellt und wurde zur Vertriebshalle geschickt. Dort traf er auf den türkischen Aufseher. Der führte ihn an endlosen Paletten mit Medikamenten vorbei, die auf ihren Versand in Städte in allen Teilen der Vereinigten Staaten warteten, und erklärte ihm seine Pflichten. Keine der Paletten war bewacht, nichts war verschlossen und versiegelt – war es nie gewesen; niemand hatte es jemals für nötig gehalten. Allerdings hatte es auch niemand jemals für nötig gehalten, die Türen zum Cockpit von Passagierflugzeugen abzuriegeln.

Nachdem der Aufseher nach Hause gegangen war und den Sarazenen in der riesigen Lagerhalle allein gelassen hatte, holte der seine Gebetsmatte heraus, richtete sie gen Mekka aus und sprach ein Gebet. Ein Kind, das viel Leid erfahren hatte in Saudi-Arabien, ein Teenager, der einen Dschihad geführt hatte gegen die Sowjets in Afghanistan, ein tiefgläubiger Muslim, der ein Prädikatsexamen in Medizin erworben hatte, ein Mann, der in Damaskus einen Fremden wilden Hunden vorgeworfen hatte, ein Fanatiker, der drei Ausländer mit Pocken infiziert und zugesehen hatte, wie sie qualvoll starben, dankte Allah für die Gnade, die ihm erwiesen worden war.

Zum Schluss schickte er noch ein letztes Dankgebet an Gott – für die Frau in der Türkei, die so viel für ihn getan hatte.

Ich landete wieder in Bodrum, als die Sonne gerade aufging. Ohne Gepäck und mit einem frisch ausgestellten Visum im Pass, zusammen mit meinem FBI-Ausweis, passierte ich ohne Verzögerung den türkischen Einwanderungsschalter. Ich verließ den Terminal, ging zu meinem Wagen auf dem Parkplatz und machte mich auf zu der als D330 bekannten Schnellstraße nach Bodrum.

Alles lief gut in der nächsten Viertelstunde, aber trotz der frühen Morgenstunde traf ich auf eine lange Schlange von Lastern, Touristenkutschen und unzähligen Türken, die unentwegt verärgert hupten. Ich verließ die Straße bei der ersten sich bietenden Gelegenheit und fuhr nach Südwesten in Richtung Meer in der Annahme, dass ich früher oder später entweder auf Bodrum oder wieder auf die Schnellstraße treffen würde.

Es kam aber anders: Ich landete in einer verlassenen Gegend, die übersät war von Erdrutschen und verstreuten Felsbrocken, tiefen Rissen und zerklüfteten Gräben. Es war gefährliches Gelände. Selbst die Bäume waren verkrüppelt in der bröseligen Erde, als wüssten sie, dass sie sich den falschen Ort zum Wurzelnschlagen ausgesucht hatten. Die Türkei liegt in einem Erdbebengebiet, und an der Südküste erstrecken sich ausgedehnte Teile, die auf sich ständig veränderndem, instabilem Untergrund liegen.

Ich gelangte an eine Kreuzung, bog links ab, fuhr schnell um eine Kurve und wusste, dass ich früher schon einmal in dieser verlassenen Ecke der Welt gewesen war. Obgleich ich ausgebildeter Psychologe war, konnte ich nicht sagen, ob mich der Zufall hierhergeführt hatte oder mein Unterbewusstsein. Ich wusste nur, dass ich gleich am Ende der Straße den Ozean sehen würde und dass sich, nur einen knappen Kilometer weiter hinaus, der Standort eines Schiffswracks befand, bildlich gesprochen.

Wie erwartet erreichte ich das Meer – eine aufgewühlte, chaotische Strömung, die an die Felsen brandete – und fuhr die Felskuppe entlang. Vor mir sah ich das schmale Steilufer, wo ich vor so langer Zeit als junger Agent den Wagen geparkt hatte.

Ich hielt in der Nähe eines verlassenen Kiosks, stieg aus und ging nahe an den Rand der Klippe. Abgesichert – wenn man es so nennen wollte – wurde sie durch einen eingeknickten Sicherheitszaun. Daran waren Warnschilder angebracht, auf denen in vier Sprachen LEBENSGEFAHR stand.

Obgleich niemand mehr an diesen Ort kam, war er vor langer Zeit einmal unglaublich beliebt gewesen, sowohl bei Touristen als auch bei Archäologen. Die ständigen Erdbeben und Erdrutsche hatten jedoch irgendwann überhandgenommen, und der Kiosk wurde aufgegeben. Die Touristen hatten jede Menge andere Ruinen gefunden, die genauso attraktiv waren und verdammt viel sicherer. Sehr bedauerlich, denn es war wirklich eine spektakuläre Lage.

Ich blieb vor dem Zaun stehen und blickte über die Klippen. Steinstufen und Überreste antiker Häuser führten hinab in die tosende See. Marmorpfeiler, Teile von Säulenhallen und die Überreste einer römischen Straße schmiegten sich an die Felswand. Seetang und Treibholz lagen verstreut zwischen den Ruinen, und die vom Wind herangetragene Gischt hatte im Laufe der Jahrhunderte alles mit Salz überkrustet, was ihnen einen geisterhaften Schimmer verlieh.

Weiter draußen auf dem Meer waren in den Tiefen des Meeres die Umrisse einer großen Piazza deutlich erkennbar, ein klassischer Säulengang stand auf einer Felsnase, durchströmt vom Sonnenlicht – man nannte ihn »die Tür zum Nirgendwo« –, und die ruhelose See flutete vor und zurück über eine breite Marmorplattform, wahrscheinlich der Boden irgendeines großen öffentlichen Gebäudes.

Es war eine der bedeutenden Städte der Antike gewesen, ein Handelshafen lange vor Christi Geburt, aber ein gewaltiges Erdbeben hatte die Küste zerrissen und das Kliff hochgedrückt. Das Meer war hereingeströmt und hatte so gut wie jeden ertränkt, der den ersten Erdstoß überlebt hatte.

Ich ging am Zaun entlang, wobei Erde abbröckelte und sechzig Meter tief hinunter auf die Felsen fiel, und bog um die Ecke des Steilufers. Der Wind war hier viel stärker, die Vegetation verkümmerter und das Erdreich eher noch unstabiler, sodass ich gezwungen war, mich an einem stählernen Warnschild festzuhalten. Ich blickte hinunter: Ein alter hölzerner Steg ragte ins Wasser, der seit der Zeit, als ich ihn das erste Mal gesehen hatte, noch mehr zerfallen war.

Vor Jahrzehnten hatte ihn eine Gruppe geschäftstüchtiger Fischer gebaut, die schnell gemerkt hatten, dass es weitaus lukrativer war, Touristen und Archäologen mit ihren Booten durch die Ruinen zu fahren, als Netze auszuwerfen und Hummerkörbe auszusetzen. Die Hauptattraktion war damals nicht die zerstörte Stadtlandschaft oder die Tür zum Nirgendwo gewesen, sondern ein langer Tunnel, der zu dem führte, was als schönstes römisches Amphitheater neben dem Kolosseum galt. Berühmt in der Antike für die Brutalität seiner Gladiatorenkämpfe bezeichnete man es als »das Theater des Todes«.

Ich hatte es nie gesehen – seit dreißig Jahren hatte es, außer einigen wenigen mutigen Archäologen, niemand betreten. Der Tunnel, der einzige Weg hinein und hinaus, war abgesperrt und verriegelt worden, nachdem durch einen gigantischen Erdrutsch große Risse in der Decke entstanden waren. Sogar die Einwände der Tourenbetreiber wurden leiser und leiser – niemand wollte drinnen überrascht werden, wenn die ganze Decke einstürzte.

Aber es waren nicht das römische Schlachthaus oder die anderen Ruinen, die mich zum Rand der Klippe geführt hatten. Es war der alte Steg, der eine Flut schmerzhafter Erinnerungen zurückbrachte.

Vor vielen Jahren war die *Division* in voller Stärke am Steg eingetroffen. Gleich nach Sonnenuntergang waren acht Agenten, leger gekleidet, einige mit Rucksäcken ausgestattet, die Küste heruntergekommen auf einer für diesen Ausflug geeigneten kleinen Motoryacht.

Sie wirkten wie eine Gruppe junger Leute, die ihren Spaß haben wollten. Ich war nicht bei ihnen: Als Juniorpartner des Teams hatte es zu meinem Job gehört, separat anzureisen mit einem extra dafür gekauften Transporter, zu dem schmalen Felsvorsprung zu fahren und so nahe wie möglich bei dem verlassenen Kiosk zu parken. Im Falle, dass etwas schiefging und jemand evakuiert werden musste, sollte ich dieses Teammitglied auf ein weiteres Boot verfrachten, das in einer Marina in Bodrum ankerte. Im schlimmsten Fall sollte ich dann den Verwundeten zu einem Arzt fahren, der in Warteposition stand für derartige Notfälle.

Ich war unerfahren, und ich weiß noch, dass ich mächtiges Fracksausen hatte in jener Nacht: Wir waren in die entlegenste Gegend der Türkei gekommen, um einen Mann zu töten.

Er hieß Finlay Robert Finlay, was natürlich nicht sein wirklicher Name war. Sein wirklicher Name war russisch, aber wir kannten ihn nur unter dem falschen. Es handelte sich um einen übergewichtigen Mann von Ende vierzig, den es nach allem gelüstete, inklusive Betrug. Als junger Mann war er Konsulatsbeamter im russischen Konsulat in Kairo gewesen, als die CIA es geschafft hatte, ihn umzudrehen. Außer dass sie ihm ein hübsches monatliches Honorar zahlte, stellte sie nichts mit ihm an: Er war ein Schläfer, und sie ließen ihn in Ruhe sein sorgenfreies Leben führen und weiter herumhuren und gaben sich damit zufrieden zu beobachten, wie er die Karriereleiter hinaufkletterte. Er war ein heller Kopf, sodass es keine Überraschung war, dass er nach wenigen Jahren der KGB-Chef von Teheran wurde und unter höchstem diplomatischem Schutz arbeitete.

Das war der Zeitpunkt, an dem die CIA zu dem Entschluss kam, dass sich ihre Investition auszahlen sollte. Vernünftigerweise verlangte sie von ihm nur erstklassiges Geheimdienstmaterial und bestand darauf, dass er keine unnötigen Risiken einging. Sie hatte ihn zu lange großzügig unterstützt, um das jetzt aus Gier zu gefährden. Er wurde schnell einer der wichtigsten Aktivposten des Geheimdienstes, und sie blieben an seiner Seite bei einem halben Dutzend diplomatischer Posten, bis er nach Moskau zurückversetzt und in den inneren Zirkel des russischen Geheimdienstes berufen wurde.

Aber ein Leben wie das von Finlay Finlay hinterlässt kleine Spuren, auf die früher oder später die Gegenspionage aufmerksam wird. Finlay begriff die Gefahr, und eines Tages überdachte er in seiner Sommer-Datscha nahe Moskau seine berufliche Karriere und kam zu dem zwangsläufigen Schluss, dass schon ziemlich bald diese vielen Einzelheiten eine kritische Masse ergäben. Und dann würde das auch für ihn *Vyschaja mera* heißen.

Er verabredete an einem schönen Sonntag im Sommer einen Familienbesuch in der Nähe von Sankt Petersburg und machte einen Segelausflug auf einer kleinen Einhandjolle. Dann befestigte er seine Sachen wasserdicht verpackt um seine Taille, glitt über Bord und schwamm nach Finnland. Es war keine große Entfernung, aber in Anbetracht seines Körperumfangs war es auch keine Kleinigkeit.

Er machte sich auf den Weg zur amerikanischen Botschaft, wies sich gegenüber dem schockierten diensthabenden Beamten aus und wurde herzlich empfangen von seinen CIA-Betreuern. Nachdem er Bericht erstattet hatte, überprüfte er seine Bankkonten und stellte fest, dass er inzwischen durch seine monatlichen Zuwendungen und die Boni, die er für jedes gelieferte hochrangige Stück Geheimdienstmaterial erhalten hatte, ein wohlhabender Mann war. Die CIA besorgte ihm eine neue Identität, siedelte ihn in Arizona an, beobachtete ihn eine Zeitlang, und dann, zufrieden damit, dass er sich in seinem neuen Leben eingerichtet hatte, ließ sie ihn aus den Augen.

Das Einzige, was niemand vorhersagen konnte, war jedoch, dass Russland in die Hände von Verbrechern fiel, die sich als Politiker ausgaben. Große Vermögen wurden angehäuft, als die Bodenschätze des Landes an Leute mit den richtigen Verbindungen verkauft wurden, von denen viele frühere KGB-Agenten waren. Finlay verfolgte es von seinem Heim in Scottsdale aus – nichts zu Aufwendiges, ein hübsches kleines Vier-Zimmer-Haus –, und seine Frustration wuchs. Er liebte das Geld, unser Freund Finlay.

Er war lange genug innerhalb der Geheimdienstwelt gewesen, um in einem Banksafe mehrere falsche Pässe aufzubewahren, und er wusste um den Wert dessen, was er immer noch im Kopf gespeichert hatte. Eines Morgens fuhr er nach Chula Vista, südlich von San Diego, und passierte die Grenze nach Mexiko. Laut dem falschen Pass, den er bei sich hatte, war er ein Kanadier mit Wohnsitz in den Vereinigten Staaten. Unter dem falschen Namen reisend flog er nach Europa, nahm Kontakt auf mit seinen früheren Kumpels in Moskau und traf sich mit ihnen in einem Café am Züricher Flughafen.

Finlay, oder welchen Namen auch immer er benutzte zu diesem Zeitpunkt, gab ihnen eine Kostprobe – eine Art Vorspeise, wenn Sie so wollen – von allem, was er wusste über das Personal und die Doppelagenten, die seine früheren besten Freunde in McLean, Virginia, eingekauft hatten. Es traf sich wirklich gut, dass die Russen das vollständige Menü bestellten und ein weiterer Spion aus der Kälte kam.

Finlay war kein Dummkopf – er hielt sein bestes Material zurück, setzte es äußerst sparsam ein und manövrierte sich dabei die ganze Zeit näher heran an diejenigen mit den richtigen Verbindungen. Und als er sich endlich so richtig fest verbissen hatte, war er in der Lage, seine besten Geheimnisse gegen eine Gasförderungslizenz hier und einen Industriekomplex dort zu einem Schleuderpreis zu tauschen.

Als die CIA schließlich bemerkte, dass einer ihrer früheren Verbündeten sie ausverkaufte, und die *Division* auf den Plan rief, war Finlay längst ein reicher Mann mit einer Villa hinter drei Meter hohen Mauern in Barvikha, Moskaus begehrtestem Vorort. Und obgleich er nicht so reich war wie einige seiner Nachbarn, so war er doch reich genug, zusätzlich ein luxuriöses Penthouse in Monaco zu erwerben.

Er hatte seinen Namen ein halbes Dutzend Mal geändert und dank eines hervorragenden plastischen Chirurgen seine Erscheinung modifiziert, aber die Rattenfänger in der *Division* spürten ihn auf. Wir hätten ihn in Moskau oder Monaco töten können – man kann einen Menschen überall töten –, aber eine erfolgreiche Hinrichtung wird nicht an der Todesanzeige gemessen, sondern an der Fluchtmöglichkeit. In Moskau bestand das Problem darin, ins Land hinein und wieder hinaus zu gelangen, während die gut zwei Quadratkilometer, die das Fürstentum Monaco ausmachen – mit über viertausend Überwachungskameras –, die am besten überwachte Briefmarke der Welt war.

Finlays Penthouse hatte jedoch einen Vorteil für uns. Die Panoramafenster und die Glastür zur Terrasse boten uns die Gelegenheit, mit einem Spezialmikrofon alles zu belauschen, was drinnen gesprochen wurde. Das System war zwar nicht perfekt, es entging uns ziemlich viel, aber eines der Details, das wir abhörten, betraf ein Boot. Wir wussten, dass er keins besaß, sodass eine sofortige Überprüfung der Marina, wo all die Luxusyachten ankerten, schnell die Tatsache erbrachte, dass Finlay zusammen mit einer kleinen Gesellschaft vorhatte, zu der wahrscheinlich seltsamsten Party der Welt zu reisen.

Einmal im Jahr fand sie sechs Stunden vor Einsetzen der Flut in Bodrum statt.

KAPITEL VIERUNDDREISSIG

Nicht lange nachdem unsere acht Agenten den Steg betreten hatten, trafen die Feiernden in voller Stärke ein. Das hier war eine Party, zu der man keinesfalls zu spät kommen wollte.

Die große Mehrheit der Nachtschwärmer parkte in der Nähe der Klippe und kletterte mithilfe speziell montierter Seile und Leitern hinunter in die Ruinen. Die Tussis hatten sich ihre Handtaschen und Handys um den Hals geschlungen und die Röcke halb über den Po gezogen. Sie gaben ihr Bestes, die Balance zu halten und ihre Würde zu wahren. Natürlich stand schon ein Typ unten mit einem Punktstrahler und pickte die aufregendste Unterwäsche heraus, zur allgemeinen Gaudi der bereits Anwesenden. Nach dem häufigen Gejohle zu schließen, verzichtete eine überraschend große Anzahl von Frauen gänzlich auf das Tragen von Unterhöschen, wenn sie abfeiern gingen.

Alle paar Minuten dauerte der Abstieg irgendeinem der Typen zu lange, worauf er sich ein Seil schnappte und sich durch die Luft nach unten schwang. Ich nahm an, dass die meisten dieser Amateur-Tarzane Kiffer waren. Meiner Einschätzung nach waren sie in der Regel so high, dass sie sich einen Dreck um ihre persönliche Sicherheit scherten. Mindestens ein halbes Dutzend Mal sah ich, wie sie die Klippen streiften, hart auf den Felsen landeten und sich gegenseitig abklatschten, bevor sie sich den nächsten Joint anzündeten. Und da heißt es immer, Drogen schaden dem Verstand nicht.

Die Idee für die Party in Bodrum – und den riesigen Gewinn, den sie einbrachte – hatte ein deutscher Rucksacktourist. Er war irgendwann in Bodrum hängengeblieben, hatte von den Ruinen gehört und war nachts mit einem Scooter hinausgefahren, um den Mond durch die »Tür zum Nirgendwo« zu fotografieren. Irgendwann in seiner chaotischen Vergangenheit hatte er mal zwei Jahre Ozeanografie in Amerika studiert, bevor er abgebrochen hatte. Von diesem Studium erinnerte er sich noch an genug, um zu wissen, dass zweimal im Jahr die Ruinen weit weniger spektakulär waren: nämlich immer dann, wenn bei einer *king tide* der größte Teil von ihnen von einer besonders hohen Flut überschwemmt wurde.

Aber das hieß umgekehrt, dass es natürlich auch die entsprechend ausgeprägte Ebbe gab und dann sehr viel mehr von der alten Stadt sichtbar würde als sonst. Zum Beispiel würde die weiße Marmorplattform aus dem Wasser ragen. Er starrte sie an und dachte: Mann, was wäre das für eine tolle Tanzfläche.

Zwei Monate später, nachdem er die Gezeitentabellen studiert und mithilfe einer Taucherausrüstung die Fläche vermessen hatte, parkten er und ein paar Kumpel mit Generatoren ausgerüstete Trucks auf dem Steilufer, verlegten Kabel für eine Lightshow die Klippe hinunter und vertäuten Lastkähne mit großen Lautsprechern kurz vor der Küste. Sie schnitten Löcher in den Zaun, befestigten Leitern und Seile an Zementpfosten, damit die Kunden nach unten klettern konnten, und stellten einen Gorilla an jedem Pfosten auf, um den Eintritt zu kassieren.

Die Leute bezahlten nur zu gern. Wo sonst auf der Welt konnte man mitten im Ozean bei Sternenlicht feiern, umringt von hohen antiken Ruinen, um auf dem Grab von zwanzigtausend Menschen zu tanzen? Alle waren sich darin einig, dass es die beste Tanzparty war, die sie je erlebt hatten.

In der Nacht, in der ich es miterlebte, war der jährliche Bodrum-Rave gewaltig und eher noch spektakulärer als sonst. Inzwischen gab es zehn Lastkähne mit Lautsprechern, die innerhalb eines Felsenrings ankerten, geschützt vor dem Wellengang. Auf den größten war ein Holzgerüst montiert, und auf dem stand wie ein Zirkusdirektor in irgendeinem futuristischen Zirkus ein DJ, weit und breit als Chemikalien-Ali bekannt. Irgendwelche Leute waren in den Felsen postiert und erzeugten mit Nebelmaschinen eine Art übernatürlich wirkenden Nebel – die »Tür zum Nirgendwo« schien auf einer Wolke zu schweben. Erst dann starteten sie mit ihrer Laser- und Stroboskopshow.

Mitten in diesem Mahlstrom lifteten ein paar der Sicherheitsleute einen Laufsteg aus Stahl und fuhren ihn vom Klippenboden bis zu der gerade erst aufgetauchten Plattform mit ihren vier zerbrochenen Säulen. Während sich die Musik zu einem Crescendo steigerte, so laut, dass man sie beinahe anfassen konnte, gingen die ersten Feierwütigen, allen voran ein Dutzend hochgewachsene Modepüppchen, über den Laufsteg und betraten eine Zone, die seit zweitausend Jahren niemand betreten hatte. Oder zumindest nicht seit dem Event vom Vorjahr.

Mit der dröhnenden Musik, den grellen Lichtreflexen und gebündelten Laserstrahlen, den wirbelnden Silhouetten auf der Tanzfläche, dem Rauch, der die Ruinen geisterhaft fahl wirken ließ, und der Tür zum Nirgendwo, die ätherisch und mysteriös über dem Wasser schwebte, war es leicht vorstellbar, dass Tote aus ihrem Grab auferstehen. Und wenn sie das täten, dann in einer Nacht wie dieser.

Na ja, einer der lebenden Toten tauchte auf – wenngleich er davon noch nichts wusste. Er traf mit einer der vielen riesigen Yachten ein, die sich durch den Nebel vortastete und gleich außerhalb des Rings von Lastkähnen ankerte.

Als das Boot zwischen anderen Mega-Yachten auf und ab schaukelte, waren die Scharfschützen der *Division*, die Beobachter und Sicherheitsleute alle auf ihren Posten. Nach dem Verlassen ihres Bootes hatten sie den unauffälligen kleinen Kreuzer beordert, küstennah im Dunkeln zu warten, hatten ihre Kopfhörer und Manschettenmikrofone befestigt und beobachtet, wie die Menge immer größer und unübersichtlicher wurde. Zufrieden, dass niemand sie zur Kenntnis nahm, mischten sie sich unters Volk, verteilten sich und nahmen ihre vorgegebenen Positionen ein.

Der Mitarbeiter in Schlüsselstellung war ein vierunddreißigjähriger Schwarzer, eine der lustigsten und witzigsten Personen, die man sich vorstellen kann. Wie alle von uns, als wir uns der Truppe anschlossen, hatte er einen anderen Namen angenommen – er nannte sich McKinley Waters, zu Ehren von »Muddy« Waters, dem großen Bluessänger aus dem Delta. Jeder, der jemals Mack, wie wir ihn nannten, Slide Guitar spielen und »Midnight Special« singen gehört hatte, fragte sich, warum er seine Zeit im Spionagegeschäft vergeudete.

Mack war der Hauptschütze und hatte in einer kleinen Mulde nahe dem Rand des Felsvorsprungs Stellung bezogen. Sein Gewehr lag bereits fertig montiert verborgen im Schatten neben ihm, und er genehmigte sich immer mal wieder einen Schluck aus seiner Jack-Daniel's-Flasche, in der Eistee war. Für seine Umgebung sah er aus wie irgendein Kerl, der sich volllaufen ließ und darauf wartete, dass sich die Menge verzog, bevor er sich auf den Weg nach unten machte.

Etwas weiter entfernt auf der Klippe hatte sich der Reserveschütze unter einer Gruppe verkümmerter Bäume versteckt – ein Arschloch, das Greenburg hieß und zu der Sorte Typen gehörte, die keinen Hehl daraus machten, dass sie reich heiraten würden. Er hing herum mit zwei anderen, und sie wirkten wie eine Gruppe Kumpel, die noch am Überlegen waren, ob sie das Geld bezahlen und die Klippe hinunterklettern sollten oder nicht. In Wirklichkeit waren die beiden anderen Jungs Beobachter: Außer dass sie Finlay aufstöbern sollten, war es ihr Job, die Männer, die sich ausschließlich auf das Schießen konzentrierten, zu warnen, wenn von irgendwo außerhalb ihres Gesichtsfelds Gefahr drohte.

Ich befand mich auf der Klippe neben dem gemieteten Van. Zufällig hatte ich den besten Blick und das gesamte Team auf seinen jeweiligen Posten im Auge. Deshalb bekam ich auch mit, dass ihre Anspannung zunahm, als sich Finlay genau zum richtigen Zeitpunkt blicken ließ: Nur ein paar Minuten später, und er wäre durch die Tür zum Nirgendwo verschwunden.

Seine Sicherheitsleute, alles Ex-KGB-Typen, tauchten auf dem Sonnendeck im hinteren Teil der Yacht auf und suchten mit ihren Ferngläsern die Klippe ab, den kleinen Strand und die Tanzfläche.

Erst als sie das Kommando »Alles klar« gaben, erschienen Menschen von drinnen: Es war eine Gruppe junger Frauen, die todschicke Chanel- und Gucci-Klamotten trugen. Sie warteten an Deck, während ein Schnellboot zu Wasser gelassen wurde, um sie zur Tanzfläche zu bringen.

Ich sah, wie Mack seine Flasche absetzte und seine Hand in den Schatten gleiten ließ. Bestimmt erwartete er, dass Finlay auftauchen und seine vier Begleiterinnen mit einem Kuss verabschieden würde, und er machte sich bereit. Die beiden Beobachter, die besorgt waren wegen der zunehmenden Rauchwolke, schlenderten weg von Greenburg, damit sie klarere Sicht hatten. Ein Sicherheitstyp ging über den Parkplatz auf den Zaun zu, um alle abzusichern. Ich hörte durch meine Hörmuschel, wie unsere drei Jungs, die unten beim Wasser so taten, als würden sie mitfeiern – ein dritter Schütze, noch ein Sicherheitsmann und ein weiterer Bewaffneter, falls es zu einem Feuergefecht mit Finlays Schlägertruppe kommen sollte –, sich mit dem Einsatzleiter absprachen. Der befand sich draußen auf dem Boot, das das Team hertransportiert hatte, und bekam von allen außer mir ein Update. Wir alle nahmen an, dass der Abschuss kurz bevorstand.

Die Sache, die keiner von uns ahnte, war, dass eine Gruppe Männer auf einem anderen Boot, das seine Scheinwerfer ausgeschaltet hatte, ebenfalls eifriges Interesse hatte an allem, was an der Küste vor sich ging. Getarnt durch die Rauchwirbel und die zunehmende Anzahl dicker Yachten war ihr bescheidenes Boot praktisch unsichtbar. Und dennoch hatten die Männer an Bord eine verblüffend gute Sicht: Sie waren alle mit erstklassigen militärischen Nachtsichtgeräten ausgestattet.

Die Ferngläser waren von Finlays Sicherheitschef geliefert worden, der bei dem Bodrum-Trip auf keinen Fall irgendein Risiko eingehen wollte. Um die Sicherheit noch zu verstärken, hatte er eine Gruppe hartgesottener Kerle engagiert – Freiberufler, die zu den Besten ihres Fachs gehörten –, auf eigene Faust nach Bodrum zu reisen. Sie wurden telefonisch instruiert. Ein Container mit Ausrüstung wartete bei ihrer Ankunft auf sie, und sie ruhten sich zwei Tage lang aus, bevor sie die Anweisung bekamen, an Bord eines Bootes zu gehen, das er organisiert hatte. Das war das Boot, das kurz vor der Küste ankerte.

Im Dunkeln sahen die Freelancer, wie Finlay den mit kugelsicherem Glas versehenen Salon verließ und sich den jungen Frauen näherte. Wir sahen ihn von der Klippe aus ebenfalls. Mack ließ das Ziel zwei Schritte gehen – nur um sicherzugehen, dass die Gorillas neben ihm ihn nicht rechtzeitig wieder nach drinnen zerren konnten, sollte eine zweite Kugel notwendig sein. Er hatte seinen Finger am Abzug, als der ihm an nächsten stehende Beobachter ihm eine Warnung zurief.

Eine weitere Rauchwolke drohte sein Ziel zu verdecken. Greenburg hatte es auch bemerkt und kniete sich hin, machte sich bereit, falls er den Schuss abfeuern musste. Aber Mack schätzte die Wolke ab, kam zu dem Schluss, dass er genug Zeit hatte, zielte schnell und feuerte. Dank der hämmernden Musik bekam niemand das scharfe Schussgeräusch mit. Die Kugel traf Finlay, aber es war ein übereilter Schuss, und was eigentlich ein großes Loch in seine Stirn schlagen und sein Hirn zerstören sollte, hatte ihn weiter unten getroffen.

Er fiel aufs Deck, und ein Stück seiner Kehle bespritzte das Gucci-Kleid hinter ihm. Er lebte noch, wand sich und zuckte, aber Macks Sicht war durch den Rauch behindert, und er konnte keinen zweiten Schuss anbringen. Einer der Beobachter sprach eindringlich in sein Mikrofon und instruierte Greenburg, einen zweiten Schuss abzugeben.

Die Sicherheitsleute an Bord waren in Aufruhr, aber die Männer auf dem Reserveboot hörten Finlay durch ihre Kopfhörer schreien, als er zu Boden fiel, und sie suchten die Felsklippen mit ihren Nachtsichtgeräten ab. Einer von ihnen sah Greenburg, wie er kniete und seine Waffe hob, und brüllte etwas auf Kroatisch …

Ein Scharfschütze neben ihm schwenkte schnell um, nahm Greenburg ins Visier und schoss. Greenburg – sein eigener Finger kurz davor abzudrücken – bekam die Kugel in die Brust, fiel hin und schlug um sich. Ich stand am nächsten, und da ich sah, dass er noch lebte, sprintete ich zu ihm.

Ich brach dabei alle Regeln – Priorität hatte die Mission, nicht die Sicherheit des Teams –, denn ich hätte auf weitere Befehle des Einsatzleiters warten müssen. Aber Greenburg lag gut sichtbar dort und würde wieder beschossen werden und innerhalb von Sekunden tot sein, wenn ihn nicht jemand in Deckung brachte.

Niemand wusste, aus welcher Richtung die Feinde schossen, aber Mack erkannte die Gefahr sofort: Wenn jemand vom

Meer aus Greenburg ins Visier nehmen konnte, konnten sie auch mich treffen. Er brüllte mir eine Warnung zu, nahm an, dass ihn der Rauch immer noch verbarg, duckte sich tief und rannte, so schnell er konnte, um mich abzufangen und zu Boden zu ziehen. Er mochte mich, wir beide liebten den Blues, und ich glaube, das spielte eine Rolle, aber genauso tat es die Tatsache, dass er von Natur aus ein mutiger Mann war.

Auf halbem Wege zu mir riss die Brise eine Lücke in den Rauch, und die Typen auf dem Boot waren sehr gut – zwei Kugeln trafen Mack knapp oberhalb der Nieren. Aber hätte Gott es nicht anders gefügt, wäre ich es gewesen.

Er ließ sein Gewehr fallen und ging schreiend zu Boden. Ich fuhr herum, lief schnell zu ihm, warf mich schützend über ihn, und wir rollten weg – während Gewehrschüsse die bröselige Erde um uns herum aufwirbelten –, bis wir in eine kleine Mulde kullerten, wo wir in Sicherheit waren. Die Partyteilnehmer schrien – sie hatten inzwischen mitbekommen, dass zwei Männer angeschossen und schwer verletzt waren –, aber sie hatten keine Ahnung, was tatsächlich vor sich ging oder wo die Schützen sich befanden. Was ihre Panik eher noch verstärkte.

Der Einsatzleiter hatte nicht diese Schwierigkeiten beim Verorten der Quelle: Er war auf dem Deck des kleinen Kreuzers auf und ab gegangen, als er etwas wahrnahm, was er trotz des vielen Rauches und der Schatten als Mündungsfeuer identifizierte. Als die Abteilung sich an dem Morgen aufgemacht hatte, hatte er vorsichtshalber einen Satz blau-rote Blinklichter an Bord schaffen lassen. Die wuchtete er jetzt auf das Kabinendach und befahl dem Skipper loszufahren.

Die Auftragskiller auf dem für die Rückendeckung zuständigen Boot sahen das sich schnell nähernde Boot mit seinen Blinklichtern und kamen umgehend zu einem logischen, aber falschen Schluss. In vier verschiedenen Sprachen brüllten sie ihrem Steuermann zu, sich unter die Besucherboote zu mischen, in der Hoffnung, sich quasi unsichtbar zu machen. Sie wussten, dass sie in einer regulären Verfolgungsjagd keine Chance gehabt hätten, und das Letzte, was sie brauchten, war ein Schusswechsel mit der türkischen Polizei.

Ihr Boot glitt zwischen den anderen Booten hindurch und fuhr an zweien so dicht vorbei, dass Farbe von ihren Rümpfen abschrammte. Die Schreie der Insassen sagten dem Einsatzleiter, dass das nicht identifizierte Boot verschwunden war, sodass er dem Skipper die Order gab, umzudrehen und Kurs auf Finlays Mega-Yacht zu nehmen.

In der Verwirrung ermöglichte ihm ihr Blinklicht, von hinten so nah an das große Boot heranzufahren, dass er Finlay in einer Blutlache liegen sehen konnte. Zwei der Frauen und ein verstörtes Crew-Mitglied, die glaubten, dass der Einsatzleiter von der Polizei war, riefen ihm zu, schnell die Ambulanz oder einen Rettungshubschrauber anzufordern, aber der Einsatzleiter wusste aufgrund des großen Lochs in Finlays Hals und der Art und Weise, wie er zuckte, dass sie ihren Job erledigt hatten: Er war kurz davor zu verbluten. Der Einsatzleiter wandte sich an seinen Skipper und befahl ihm, so schnell wie möglich zu verschwinden, und erst als das mutmaßliche Polizeiboot abhaute, wurde Finlays Sicherheitschef bewusst, dass er sich gerade Auge in Auge mit dem Mann befunden hatte, der für den Überfall verantwortlich war. Allerdings war ihm das inzwischen ziemlich egal, denn sein Brötchengeber war gerade ausgelöscht worden. Seine Hauptsorge war jetzt, wie er über die türkische Grenze kam, bevor die Türken ihn in einen Raum sperrten und ihm befahlen, sich tief zu bücken und seinen Arsch frei zu machen, weil die Party gerade erst begonnen hatte, wie sie ihm klarmachen würden.

Der Einsatzleiter hörte sich die Berichte von allen am Ufer Stationierten an, während sein Boot über das Wasser raste. Und froh darüber, dass die Mission abgeschlossen war, befahl er den Männern am Fuß der Klippe, schnell zum Landungssteg zu laufen, wo er sie in drei Minuten aufsammeln würde. Dann gab er mir den Befehl für Plan B, für unseren Notfallplan.

Die beiden Beobachter hatten alles mitgehört, packten Greenburg unter den Armen und zogen ihn zum Van. Er war bereits tot – die Kugel in seiner Brust war zersplittert, als sie seine Rippen traf, und die Splitter hatten so viel von seinem Herzen und seiner Lunge zerstört, dass er nie wirklich eine Chance gehabt hatte.

In der seichten Mulde hatte ich getan, was ich konnte, um Macks Blutung zu stoppen. Er war ein kräftiger Typ, aber irgendwie schaffte ich es, ihn mir über die Schulter zu wuchten und auf den Beifahrersitz des Vans zu hieven. Ich stellte den Sitz zurück, schnappte mir mein Jackett und schnürte es ihm um die Taille, um den Blutverlust möglichst noch weiter einzudämmen. Er war immer noch bei Bewusstsein und sah das Etikett im Jackett. »Barneys?«, fragte er. »Welcher verdammte Bluesmann kauft denn bei Barneys?«

Wir lachten, aber wir wussten beide, dass er keine Chance hätte, wenn er nicht bald ärztliche Hilfe bekäme. Ich schwang mich hinter das Steuerrad, trat aufs Gaspedal und raste über den Parkplatz. Die Feiernden stoben auseinander, während der Beobachter direkt hinter mir bereits an seinem Handy hing und mit dem Einsatzleiter auf einer, wie wir alle hofften, ausreichend sicheren Leitung sprach.

Als ich scharf wendete auf dem Asphalt, beendete der Beobachter sein Telefongespräch und sagte mir, dass ich ihn und seinen Kumpel am Hafen von Bodrum absetzen sollte wie geplant. Sie mussten verschwinden, bevor alles abgeriegelt wurde: Die Türkei war ein stolzes Land, und die Türken würden sauer darauf reagieren, dass Leute direkt vor ihrer Nase exekutiert worden waren. Die Beobachter würden Greenburgs Leiche mit an Bord nehmen, während ich Mack zu dem Arzt fuhr, der in Bereitschaft wartete. Der würde hoffentlich die Wunden so weit versorgen und stabilisieren, dass Zeit genug bliebe für einen Tarnhubschrauber von der US-Mittelmeerflotte, im Tiefflug über die Küste hereinzukommen und uns beide hinauszubringen. Der Chopper mit einem Arzt und zwei Spezialisten an Bord war bereits verständigt. Er würde, sobald er uns aufgesammelt hatte, zum Flugzeugträger fliegen, wo es Operationssäle und ein voll einsatzfähiges Chirurgenteam gab.

Mack hatte eine Chance, und ich fuhr noch schneller. Es war

eine wilde Fahrt, und ich glaube nicht, dass jemals jemand in einem Kastenwagen diese Strecke schneller bewältigt hatte. Wir erreichten den Hafen, und wie das Glück es wollte, lag er praktisch verlassen da. Schließlich war es Samstagnacht, und alle Boote waren entweder auf der Party in den Ruinen oder ankerten in der Nähe von Bodrums vielen direkt am Strand gelegenen Restaurants.

Ich fuhr rückwärts ans Dock, half den Beobachtern, Greenburgs Leiche an Bord zu schaffen, und setzte mich wieder hinters Steuerrad. Wir hatten eine schlechte Straße vor uns und jede Menge Ärger im Nacken.

KAPITEL FÜNFUNDDREISSIG

Wir sangen. Mack und ich sangen »Midnight Special« und all die alten Bluessongs aus dem Delta, während wir durch die finster werdende Nacht rasten, über Straßen, über die ich erst einmal zuvor gefahren war in meinem Leben. Dabei hatte ich ständig Angst, dass ich eine Kurve verpasste oder die falsche Abzweigung nahm, was ihn letztendlich das Leben kosten würde, das ich oben auf dem Kliff noch versucht hatte, in der Schwebe zu halten.

Wir sangen, um Macks drohendes Absinken in die Bewusstlosigkeit aufzuhalten, wir sangen, um dem Tod, unserem unsichtbaren Beifahrer, eine lange Nase zu zeigen, und wir sangen, um uns gegenseitig zu versichern, dass wir lebten und das Leben liebten und dass niemand in diesem Auto leicht oder kampflos zu überwältigen war. Es fing an zu regnen.

Wir fuhren nach Süden, rasten durch eine zunehmend entlegene Gegend, in der uns nur vereinzelte Lichter kleiner Bauernhäuser einen Hinweis gaben, wo das Land endete und das Meer begann. Schließlich entdeckte ich die Abzweigung, die ich gesucht hatte, nahm sie mit so halsbrecherischer Geschwindigkeit, dass der Schotter aufspritzte, und begann die lange Abfahrt zu einem abgelegenen Fischerdorf. Wir umfuhren eine Landspitze, bekamen den Regen voll von vorn und sahen die spärliche Beleuchtung am Wasserrand. Ich erreichte das Dorf und eine schmale Gasse, die mir bekannt vorkam.

Mack war inzwischen schon fast in eine andere Welt hinübergeglitten, mein Jackett war durchtränkt von seinem Blut – und ich fuhr einhändig und versuchte unentwegt, ihn wach zu halten und zum Weiterkämpfen zu motivieren.

Ich schickte ein Gebet zum Himmel in der Hoffnung, dass ich mich nicht verfahren hatte, und fuhr um eine Kurve. Als ich einen von verwelkten Blumen eingefassten Dorfbrunnen mit einem alten Eimer an einem Seil sah, wusste ich, dass ich kurz vorm Ziel war. Ich hielt in der Dunkelheit, nahm die Taschenlampe von meinem Schlüsselanhänger zur Hand und beleuchtete die Eingangspforte – ich wollte nicht mit einem halbtoten Mann über der Schulter an die falsche Tür klopfen.

Der Strahl der Taschenlampe erfasste ein Messingschild an der Pforte. Verschmutzt und verblasst standen darauf auf Englisch der Name des Bewohners und sein akademischer Grad – für Medizin und Chirurgie – von der Universität Sydney. So wie es um den Typen stand, der hier praktizierte, war es wahrscheinlich nicht die beste Werbung für diese hehre Institution.

Ich öffnete die Beifahrertür, hob mir Mack über die Schultern, kickte die Pforte auf und ging auf die Eingangstür des heruntergekommenen kleinen Hauses zu. Sie wurde geöffnet, bevor ich sie erreicht hatte. Der Arzt hatte das Auto draußen gehört und wollte nachschauen, was los war. Er stand auf der Türschwelle und spähte herüber – ein Gesicht wie ein ungemachtes Bett, dünne Beine in schlabberigen Shorts und ein derartig verwaschenes T-Shirt, dass die Stripper-Bar, für das es Reklame machte, wahrscheinlich schon vor Jahren geschlossen hatte. Er war Anfang vierzig, aber in Anbetracht seiner Liebe zur Flasche wäre es eine Überraschung, wenn er die fünfzig erreichen würde. Ich kannte seinen wirklichen Namen nicht – dank der Tafel an der Pforte kannten ihn alle Türken aus der Umgebung schlicht als Dr. Sydney – und das schien ihm auch ganz recht zu sein.

Ich war ihm eine Woche zuvor begegnet, nachdem der Einsatzleiter alle Vorbereitungen getroffen hatte, und ich war zu ihm geschickt worden, um die Route auszutesten. Ihm war mitgeteilt worden, dass ich ein Reiseführer sei, der eine Gruppe Amerikaner auf einer Tour begleitete und der möglicherweise, in dem unwahrscheinlichen Fall, dass ein Notfall eintreten sollte, seine Hilfe benötigen würde. Ich glaube nicht, dass er auch nur ein Wort davon glaubte, aber dem Hörensagen nach schätzte er die türkischen Behörden nicht sonderlich, und unsere stattliche Vorauszahlung tat ein Übriges, sodass er keine Fragen stellte.

»Hallo, Mr Jacobs«, sagte er. Jacobs war der Name, den ich in der Türkei benutzte. Er warf einen Blick auf Mack, der über meiner Schulter hing, und sah das blutgetränkte Jackett um seine Hüfte. »Das muss ja eine ziemliche Tour gewesen sein, auf der Sie gewesen sind – erinnern Sie mich daran, sie auf keinen Fall zu machen.« Nach meiner Erfahrung sind die meisten Australier nicht so leicht aus der Fassung zu bringen, und dafür war ich zutiefst dankbar.

Zusammen trugen wir Mack in die Küche, und obgleich der Arzt schwer nach Schnaps roch, war da etwas in der Art und Weise, wie er sich straffte und Macks Kleidung aufschnitt und beschädigtes Gewebe entfernte, das mir sagte, dass er früher ein disziplinierter und fähiger Chirurg gewesen war.

Ich rief mir alles, woran ich mich aus meinem Medizinstudium erinnerte, ins Gedächtnis, um ihn, so gut es ging, als OP-Assistent zu unterstützen. Wasser wurde erhitzt, die Küchenbank leergeräumt und zum OP-Tisch umfunktioniert, die Leselampen aus seinem Arbeitszimmer und dem Schlafzimmer eingesetzt, um die Wunde auszuleuchten – kurz, wir versuchten verzweifelt, den angeschlagenen Körper zu stabilisieren und Mack am Leben zu halten, bis der Chopper mit den Spezialisten und Plasmavorräten eintreffen würde.

Nicht ein Mal während dieser grauenvollen Zeit zitterte die Hand des Arztes, nicht ein Mal ließ er in seinem Bemühen nach – er improvisierte und fluchte und bemühte sich, sein vom

Schnapskonsum und von vielen vergeudeten Jahren verschüttetes Wissen zu aktivieren, jede Idee und Strategie, die er je gelernt hatte.

Es funktionierte nicht. Mack wurde ohnmächtig, und wir strengten uns noch mehr an, holten ihn wieder zurück, aber dann wurde er erneut bewusstlos. Als der Hubschrauber nur noch knapp achtzehn Minuten entfernt war, schien der Bluesmann zu seufzen. Er hob eine Hand, so als wollte er unsere Gesichter in stillem Dank berühren, und sackte weg. Wir kämpften noch verbissener, aber dieses Mal konnten wir ihn nicht zurückholen, und wir beide verfielen schließlich in Schweigen.

Dr. Sydney ließ den Kopf hängen, und es war unmöglich, von meinem Platz aus zu sehen, ob sein Körper vor Anstrengung oder wegen etwas weitaus Menschlicherem zitterte. Nach einer Weile blickte er mich an, und ich sah die Verzweiflung in seinen Augen und die Qual, die es für ihn bedeutete, jemanden unter seinen Händen sterben zu sehen.

»Ich habe früher verwundete Kinder operiert«, sagte er leise, als ob er damit das Trinken erklären wollte, das heruntergekommene Häuschen, das Leben im Exil und den ganzen Schmerz, den er mit sich herumschleppte. Ich nickte, und ich verstand andeutungsweise, wie es gewesen sein musste, ein kleines Kind unter dem Skalpell sterben zu sehen.

»War er ein Freund von Ihnen?«, fragte er.

Ich nickte, und mit einem Zartgefühl, das mich nicht länger überraschte, murmelte er eine Entschuldigung und machte sich in einem anderen Teil des Hauses zu schaffen. Ich zog das Hemd über Macks Gesicht – ich wollte ihm so viel Würde wie möglich geben – und sprach ein paar Worte. Man konnte es nicht Beten nennen. Aber aus Respekt für ihn und in der Hoffnung, dass seine Seele noch anwesend war, sagte ich, was ich sagen musste, über Freundschaft, Mut und mein unglaubliches Bedauern, die Regeln gebrochen zu haben oben auf der Felskuppe.

Der Arzt kam zurück und begann, sauber zu machen, und ich ging ins Wohnzimmer. Es dauerte noch vierzehn Minuten bis zum Eintreffen des Hubschraubers, und eine Nachricht auf meinem Handy teilte mir mit, dass sie eine Müllhalde hinter der Stadt entdeckt hatten, wo sie ungesehen landen konnten. Ich versuchte, mir die Erschütterung nicht anmerken zu lassen, rief sie an und teilte ihnen mit, dass sie die medizinische Ausrüstung zurücklassen konnten: Es war kein Patient, was sie evakuieren würden, es war eine Leiche.

Ich entledigte mich des Autos, indem ich es Dr. Sydney überließ – als kleine Entschädigung für das, was er getan hatte in dem Versuch, Mack zu retten. Und jetzt musste ich mich nur noch wegen der türkischen Bullen sorgen. Ich versuchte herauszufinden, was sie taten, und wandte mich dem Fernseher zu, der leise in einer Ecke des Wohnzimmers lief.

Er zeigte ein türkisches Nachrichtenprogramm, aber es gab nichts über die Morde bei dem Rave oder über einen Polizeieinsatz, der in meine Richtung unterwegs war. Ich benutzte die Fernbedienung, um mich durch die lokalen Kanäle zu zappen – Seifenopern, türkisch synchronisierte Hollywoodfilme und zwei weitere Nachrichtensendungen – aber nichts, was alarmierend war.

Auch auf BBC, CNN, Bloomberg und MSNBC war nichts zu sehen …

KAPITEL SECHSUNDDREISSIG

Einen Augenblick lang bekam ich keine Luft. Ich stand immer noch auf dem Steilufer oberhalb der Ruinen, tief in Gedanken an die Vergangenheit versunken, aber es war die Erinnerung an den Fernseher in der alten Hütte des Arztes, die mir die Atemluft genommen hatte.

Wenn Dr. Sydney in einer so entlegenen Gegend englischsprachige Nachrichtensender empfangen konnte, wieso gab es sie dann nicht auch in Bodrum?

Ich rannte zum Fiat.

Es war immer noch früh, es herrschte wenig Verkehr, und die

Fahrt nach Bodrum verlief beinahe so schnell wie damals mit Mack neben mir auf dem Beifahrersitz. Ich parkte auf dem Bürgersteig vor dem Hotel, lief die Stufen hinauf und sah den Manager, der aus dem Speiseraum kam.

»Ahh«, sagte er lächelnd. »War die Reise der Spiegel mit die große Glas ein Erfolg?«

»Tut mir leid«, antwortete ich, »ich habe keine Zeit. Ich brauche Informationen über den TV-Empfang.«

Er sah mich verwirrt an. Warum zum Teufel wollte ich das wissen?

»Der Page sagte, dass man keine englischsprachigen Nachrichtensender in Bodrum empfangen kann. Stimmt das?«

»Das ist ganz die Wahrheit«, erwiderte er. »Die Firma von die große Betrug, die DigiTurk heißen, die uns die Sender mit Scheißendreck geben, keinen solchen Service haben.«

»Es muss einen Weg geben – ich habe BBC, MSNBC und verschiedene andere gesehen«, beharrte ich.

Er dachte einen Moment nach, wandte sich um und telefonierte. Er sprach türkisch, hörte zu und legte dann die Hand über seine Sprechmuschel, während er mit mir redete. Er richtete mir aus, seine Frau vermutete, dass einige Menschen Digitalboxen kauften und damit auf europäische Satellitensysteme zugreifen konnten, die die Nachrichtenkanäle sendeten, die ich erwähnt hatte.

»Wie heißt dieser Service – dieser Satellit? Weiß sie das?«, fragte ich.

Der Manager fragte sie, dann drehte er sich zu mir um und gab mir die Antwort. »Sky«, sagte er.

Sky war ein britischer Satellitensender, und ich wusste von meiner Zeit in London, dass es sich um einen Pay-TV-Service handelte. Das bedeutete, dass es Abonnenten gab und, wenn die Kunden einen Decoder kauften, dass jemand in der Organisation über eine Namensliste verfügte.

Ich lief schnell hoch in mein Zimmer und rief die Firma in England an. Ich wurde acht- oder neunmal weiterverbunden, bis ich schließlich bei einem hilfsbereiten Typen aus Nordengland landete, bei dessen Akzent man quasi den Yorkshirepudding mitschmeckte.

Er war verantwortlich für die europäischen Abonnenten, und er erklärte mir, dass alle Kanäle, an denen ich interessiert war, von Skys Premium-Astra-Satelliten übertragen wurden.

»Es hat eine echt große Speicherkapazität, dieses Teil – es ist dafür entworfen worden, Westeuropa abzudecken, und reicht bis nach Griechenland. Vor einiger Zeit wurde die Software des Satelliten nachgerüstet und das Signal verstärkt, und plötzlich konnte man es mit einer Ein-Meter-Schüssel auch in der Türkei empfangen. Natürlich braucht man immer noch den Decoder und eine Zugangskarte, aber das heißt, dass sehr viel mehr Menschen es empfangen können.«

»Wie viele Abonnenten haben Sie, Mr Howell?«

»In der Türkei? Es gibt natürlich auch Auswanderer – sie nehmen ihre Decoder und Chipkarten mit, wenn sie umziehen. Dann gibt es noch die auf englischsprachige Touristen spezialisierten Kneipen und Clubs – die Kunden wollen schließlich ihren Fußball sehen. Und zu guter Letzt haben wir noch die Einheimischen, die schlicht das Programm mögen. Alle zusammen sind es wahrscheinlich ungefähr zehntausend.«

»Können Sie es eingrenzen auf bestimmte Gebiete?«

»Selbstverständlich.«

»Wie viele Menschen sind es in der Umgebung von Bodrum – sagen wir in der Provinz, die Muğla heißt?«, fragte ich und gab mir große Mühe, meine Hoffnungen nicht zu hoch zu schrauben.

»Warten Sie eine Sekunde«, antwortete er, und ich hörte, wie er auf die Tastatur einhackte. »Es geht um eine Mordermittlung, sagten Sie?« Er machte Konversation, während er daran arbeitete, die Daten zu bekommen.

»Jawohl, ein junger Amerikaner. Er liebte Sport und Fernsehen«, log ich. »Ich versuche nur, ein paar Fäden zu verknüpfen.«

»Ich hab's«, meldete er sich wieder. »Ungefähr elfhundert Abonnenten.«

Meine Stimmung stieg sprunghaft an. Das hieß, dass es Menschen in Bodrum gab, die die TV-Sender empfangen konnten, die ich brauchte. Ich blickte aus dem Fenster und stellte mir die Frau vor, die ich suchte, wie sie im Schneidersitz in einem der weißen kubischen Häuser vor einem Fernseher mit einer Sky-Box saß, kurze, prägnante Zitate von Moderatoren verschiedener Nachrichtenprogramme aufnahm und Stunden damit zubrachte, sie zu bearbeiten und zu verschlüsseln. Elfhundert Geräte – es hatte die Suche nach ihr dramatisch eingegrenzt – und ich war noch nicht am Ende.

»Wenn Sie die Auswanderer und die Bars abziehen, wie viele Abonnenten, denken Sie, bleiben dann übrig?«, fragte ich.

»Haushalte? Höchstwahrscheinlich sechs- oder siebenhundert«, antwortete er.

Ich war nah dran! Sechs- oder siebenhundert Haushalte waren viel Arbeit, viel Klinkenputzen und durchgelaufene Schuhsohlen, um jeden einzelnen ausfindig zu machen, aber es bedeutete, dass die potenziellen Verdächtigen jetzt eingekreist waren. Irgendwo innerhalb dieser Gruppe war die Frau, die ich suchte.

»Ist das eine gute Zahl?«, wollte Howell wissen.

»Eine sehr gute«, informierte ich ihn, unfähig, das Grinsen aus meiner Stimme zu halten. »Können Sie mir die Liste der Abonnenten zukommen lassen?«

»Klar, aber ich bräuchte eine Vollmacht. Nichts für ungut, aber wir müssen sicher sein, dass es wirklich das FBI ist, das danach fragt.«

»Ich kann Ihnen einen offiziellen Brief innerhalb von zwei Stunden zukommen lassen. Und danach, wie lange würden Sie dann brauchen?«

»Ich muss es nur herunterladen und ausdrucken. Ein paar Minuten.«

Es lief besser, als ich gedacht hatte: Schon sehr bald würde ich eine Liste mit sechshundert Adressen haben, und die Frau wäre eine von ihnen. Wir waren auf dem richtigen Weg.

»Danke«, sagte ich. »Ich kann Ihnen gar nicht sagen, wie hilfreich dies ist.«

»Kein Problem. Natürlich haben Sie Glück, dass Sie nur die offiziellen Anmeldungen haben wollten.«

Meine Jubellaune wurde jäh unterbrochen. »Was wollen Sie damit sagen?«

»Nun ja, viele Leute frisieren heutzutage ihre Geräte …«

Mir wurde flau im Magen.

»Sie benutzen Raub-Decoder«, fuhr er fort. »Chinesische hauptsächlich – wenn es keine Rolex-Uhren und Louis-Vuitton-Handtaschen sind, fälschen sie unsere Geräte und Zugangskarten. Sie verkaufen sie zum Beispiel über kleine Elektroläden und Internetcafés. Es ist ein Riesengeschäft. Sobald Sie das Gerät und die Karte gekauft haben, haben Sie vollen Zugang zu allen Dienstleistungen. Sind Sie noch dran?«

»In einer Gegend wie Muğla«, sagte ich leise, »wie viele gefälschte Decoder könnte es da geben, denken Sie?«

»In einer Gegend dieser Größe? Zehntausend – vielleicht auch mehr. Es gibt keine Möglichkeit, die Benutzer aufzuspüren, die sind total abgetaucht. Wir denken, dass wir nächstes Jahr über die Technologie verfügen, sie zu verfolgen …«

Ich hörte schon nicht mehr zu: Nächstes Jahr könnten wir tot sein. Zehntausend Geräte ohne Abonnentenliste machten es zu einer unmöglichen Aufgabe. Ich dankte ihm für seine Hilfe und legte auf.

Ich blieb reglos stehen, bedrängt von der Stille und der dumpfen Verzweiflung, die sich in mir ausbreitete. Erst so große Hoffnung zu haben, die dann so radikal zerstört wurde, war ein harter Schlag. Zum ersten Mal, seit ich zwangsrekrutiert worden war in diesen Krieg, hatte ich für einen kurzen Moment geglaubt, einen echten Zugang zu dem Problem zu haben. Jetzt, nachdem sich diese Hoffnung in Rauch aufgelöst hatte, war ich in der Stimmung, brutal ehrlich zu mir selbst zu sein.

Was hatte ich denn wirklich?, fragte ich mich. Ich hatte eine Liste von Telefonzellen zusammengestellt, durch einen unglaublichen Glücksfall und die Arbeit eines Teams italienischer Experten war ich im Spiel geblieben – und davon abgesehen? Jeder, der Augen im Kopf hatte, konnte sehen, dass ich sehr wenig hatte.

Und ich war auch wütend. Ich war wütend auf die verdammten Chinesen, dass sie die Piraterie mit anderer Leute Produkte und Ideen nicht unterbanden. Ich war wütend auf Bradley und den Flüsterer und all die anderen, die nicht da waren, um mir zu helfen. Und ich war wütend auf die Araber, die glaubten, je größer die Anzahl der Opfer, desto größer der Sieg. Aber am wütendsten war ich auf die Frau und den Mann im Hindukusch, die mir immer um eine Nasenlänge voraus waren.

Ich ging zum Fenster und versuchte, mich wieder in den Griff zu bekommen. Die Verhandlungen mit Sky waren keine komplette Pleite: Sie hatten mich gelehrt, dass die Frau mit ziemlicher Gewissheit in der Gegend lebte, und das war ein echter Fortschritt. Ich blickte über die Dächer – sie war da draußen irgendwo. Ich musste sie nur finden.

Ich versuchte, mir vorzustellen, in welcher der Telefonzellen sie gestanden hatte, darauf gewartet hatte, dass das Telefon klingelte, aber mir fiel nichts weiter dazu ein. Dennoch konnte ich den vorbeifahrenden Verkehr hören und die leise Musikberieselung im Hintergrund – den Radiosender oder was es, verdammt noch mal, war.

Überhaupt, dachte ich, wo blieb das Update zur Musik? Was trieben eigentlich der Flüsterer und diese Jungs zu Haus? Sollte die NSA nicht versuchen, die Musik zu isolieren, zu verstärken und zu identifizieren?

Ich war gerade in der richtigen Stimmung, meine Frustration an jemandem auszulassen, und es war mir egal, dass es in New York mitten in der Nacht war. Ich griff zum Telefon.

Bradley meldete sich und versicherte mir, dass er noch nicht im Bett liege, aber seiner Stimme nach zu urteilen war er ganz sicher erschöpft. Tja, ich auch. Er wollte sich schon nach Dodges Tod erkundigen, nur um die Tarnung aufrechtzuerhalten, aber ich ließ ihn nicht zu Wort kommen.

»Erinnern Sie sich noch an die Musik, über die wir geredet haben?«, fragte ich. Natürlich tat er das nicht, er hatte keine Ahnung, wovon ich sprach. »Da gab es Verkehrsgeräusche, und sie spielte im Hintergrund …«

»Oh, ja klar, ich erinnere mich«, sagte er. Jetzt war er im Film.

»Was ist passiert?«, fragte ich. »Jemand sollte Nachforschungen anstellen, versuchen, sie zu identifizieren.«

»Keine Ahnung, ich habe nichts gehört.«

»Kümmern Sie sich darum. Telefonieren Sie herum.«

»Klar«, antwortete Bradley. Verschnupft durch meinen Tonfall reagierte er umgehend genauso gereizt wie ich. »Wann brauchen Sie es?«

»Jetzt«, erwiderte ich. »Vor ein paar Stunden wäre noch besser gewesen.«

Total ausgehungert aß ich schon den dritten alten Schokoriegel aus der Minibar, hockte auf dem Stuhl, starrte hinunter auf die Stadt und dachte an die Frau, als das Telefon klingelte. Es war Bradley, und er sagte, dass das mit der Musik eine ziemliche Pleite sei.

»Sie haben den New Yorker Verkehr herausgefiltert«, informierte er mich. Der Hinweis auf New York war nichts weiter als bedeutungslose Verpackung. »Und sie haben die Musik verstärkt. Es handelt sich natürlich um türkische. Wie es scheint, spielt jemand auf einem Kaval …«

»Einem was?«, fragte ich nach.

»Einem Kaval. Ein Blasinstrument, offenbar so etwas wie eine Flöte – sieben Löcher auf der Vorderseite und eins auf der Rückseite. Es ist ein Folkloreding. Es heißt, dass Schäfer sie benutzen, um ihre Herde zu führen.«

»Na toll – wir suchen einen Schäfer, der seine Herde durch den Stoßverkehr treibt«, sagte ich.

»Nicht ganz«, widersprach Bradley. »Das Instrument ist ziemlich verbreitet. Es soll sehr beliebt sein bei Volksmusikgruppen.«

»Ein Kaval also? Und wo kam das her? Von einer CD? Live? Aus dem Radio?«

»Nach dem Herausfiltern der Hintergrundgeräusche und dem Verstärken der Musik haben sie das verloren, was sie die Signatur nennen – sie können es nicht sagen.«

»Himmelherrgott! Die machen es einem wirklich nicht leicht, was?«

Ich blickte über die Dächer und fragte mich wieder: Wo hatte sie nur gestanden? Irgendein Ort, wo man Verkehrsgeräusche hören konnte und wo auf einem türkischen Volksinstrument, das Kaval hieß, Musik gespielt wurde. *Wo?*

»Es gibt noch ein Problem«, fuhr Bradley fort. »Sie können auch die Melodie nicht identifizieren. Die Materialprobe ist nicht sehr groß, aber niemand scheint sie je gehört zu haben.«

»Das ist merkwürdig«, sagte ich. »Man sollte annehmen, wenn es sich um Volksmusik handelt, dass all die Experten …«

»Ja, ich schätze auch.«

Wir schwiegen einen Moment, und, als klar wurde, dass es nichts weiter zu besprechen gab, schnitt ich ein anderes Thema an. »Es tut mir leid, Ben«, sagte ich.

»Was?«

»Dass ich gerade ein Arschloch war.«

»Aber Sie waren doch schon immer ein Arschloch«, entgegnete er trocken, wie es seine Art war. »Wie dem auch sei, ich habe Ihren Freunden gesagt, dass Sie langsam unter Druck geraten und kurz davor sind schlappzumachen.«

»Oh, gut, das ist ganz bestimmt gut für meine Karriere«, antwortete ich.

»Freut mich, dass ich helfen konnte«, sagte er. Er lachte nicht –

schließlich handelte es sich um Ben Bradley –, aber ich hörte seiner Stimme an, dass ich die Dinge wieder ins Lot gebracht hatte zwischen uns, und ich war dankbar dafür.

»Eins noch«, sagte ich.

»Klar.«

»Bitten Sie sie, einen Weg zu finden, mir die Aufnahme zu schicken. Nur die Musik, nicht die Verkehrsgeräusche.« Ich wusste nicht, warum, aber ich wollte sie hören.

KAPITEL ACHTUNDDREISSIG

Zwanzig Minuten später, nachdem ich geduscht hatte, verließ ich das Badezimmer und fand eine neue E-Mail auf meinem Laptop vor. Sie war von Apple und teilte mir mit, dass sie siebenundzwanzig Dollar von meiner Kreditkarte abgebucht hatten für Musik-Downloads.

Ich hatte keine Musik heruntergeladen, und ich befürchtete, dass irgendein Idiot von der CIA sich einen Scherz daraus gemacht hatte, Brodie Wilsons bereits beträchtlicher Sammlung beschissener Musik noch mehr hinzuzufügen. Ich ging auf iTunes, sah, dass eine Serie neuer Aufnahmen angekommen war, und merkte, dass die meisten nichts anderes als Verpackung waren – es gab nur eine, auf die es ankam, und ich wusste, dass sie vom Flüsterer war.

An dem Abend in seinem Büro, bevor ich in die Türkei geflogen war, hatte ich an der Wand ein signiertes Exemplar von »Exile on Main Street« von den Rolling Stones gesehen, das trotz unserer Müdigkeit zu einer angeregten Diskussion darüber geführt hatte, ob das wirklich ihr bestes Album war. Wer hätte gedacht, dass der Koordinator der US-Geheimdienste ein heimlicher Stones-Experte war? Als ich die Liste der neuen Aufnahmen überflog, stellte ich fest, dass Bradley nicht geflachst hatte: Er hatte unseren Freunden tatsächlich gesteckt, dass ich dabei war schlappzumachen. Der Flüsterer hatte mir »19th Nervous Breakdown« von den Stones geschickt.

Ich klickte es an und lauschte dreißig Sekunden, bevor es sich verwandelte. Eingebettet in die Mitte, befreit von den Verkehrsgeräuschen und der merkwürdigen Nachricht der Frau, war die Kaval-Musik. Ich spielte sie zweimal ab – sie dauerte nicht viel länger als zwei Minuten –, dann lud ich sie mir auf meinen MP3-Player. Ich dachte, sie würde mich vielleicht irgendwie inspirieren, wenn ich versuchte, Telefonzelle für Telefonzelle ausfindig zu machen.

Tat sie aber nicht. Sie bescherte mir Kopfschmerzen.

Als ich die vierte Zelle fotografiert hatte und beschloss, Frauen in der Nachbarschaft zu fragen, ob sie sich erinnerten, eine Frau gesehen zu haben, die auf einen Anruf wartete – was mir allerdings nichts als verwirrte Blicke oder misstrauisches Kopfschütteln einbrachte –, wusste ich, dass es ein sehr langer Tag werden würde. Wie sagten die Türken noch mal? Einen Brunnen graben mit einer Nadel?

Dennoch, wenn man trinken will, muss man manchmal genau das tun. Ich ging eine schmale Straße entlang, lauschte dem Kaval und fragte mich wieder, warum keiner der Experten die Melodie identifizieren konnte, als ich stehen blieb: Mir war ein Einfall gekommen. Ich sah auf die Straßenkarte meines Handys auf der Suche nach der nächsten Telefonzelle, und die sagte mir, dass ich rechts abbiegen musste. Stattdessen steuerte ich nach links in Richtung Stadtzentrum.

Vor mir sah ich die violetten Dolden des Jacaranda-Baums, den ich suchte, und einen Augenblick später den Typen vom Schallplattenladen, der gerade die Rollläden vor den Schaufenstern hochzog. Als er mich sah, lächelte er.

»Ich dachte mir schon, dass Sie wahrscheinlich wiederkommen würden«, sagte er und zeigte auf eine der klassischen Gitarren im Fenster. »Sie sehen aus wie ein echter Stratocaster-Typ.«

»Ich würde liebend gern eine Strat kaufen, aber nicht heute. Ich brauche Ihre Hilfe.«

»Klar«, antwortete er. Ich half ihm, die restlichen Rollläden hochzuziehen, und dann führte er mich durch die Ladentür in die dunkle Höhle des Musikladens. Er war sogar noch besser, als ich gedacht hatte: Im hinteren Teil stand ein Schrank voller restaurierter Plattenspieler für Nostalgiker, eine bessere Auswahl moderner Gitarren, als die meisten Läden in New York führten, und genug alte Vinyl-Scheiben aus den Siebzigern, um den Flüsterer zum Weinen zu bringen.

Ich wies auf seine Sammlung türkischer Volksinstrumente und sagte ihm, dass ich ein auf einem Kaval gespieltes Musikstück habe und hoffe, er könne es identifizieren.

»Viele andere haben es versucht«, erklärte ich, »aber niemand scheint in der Lage zu sein, es zu bestimmen.«

»Ich wünschte, mein Vater würde noch leben«, sagte er. »Er war Experte für traditionelle Weisen. Aber ich kann es ja mal versuchen.«

Ich stellte den MP3-Player an und sah zu, wie er lauschte. Er spielte es vier-, vielleicht fünfmal ab. Dann schloss er den Player an eine Dockingstation an und spielte es über die Tonanlage des Ladens ab. Drei Touristen, die hereingekommen waren, hörten zu.

»Fetzt nicht gerade«, kommentierte einer von ihnen, ein Neuseeländer. Er hatte recht. Die Musik war quälend, mehr wie ein Schrei im Wind.

Der Ladeninhaber spielte sie noch einmal. Sein verträumter Blick war ganz konzentriert. Dann schüttelte er den Kopf, aber das wunderte mich nicht: Es war ohnehin reine Spekulation gewesen. Ich wollte ihm schon danken, da fiel er mir ins Wort.

»Es ist kein Kaval«, sagte er.

»Was?«

»Deshalb haben Sie Probleme damit, die Melodie zu erkennen – sie war nicht für einen Kaval geschrieben. So gut wie jeder hätte diesen Fehler gemacht, aber ich bin ziemlich sicher, dass sie für ein sehr viel älteres Instrument gedacht war. Hören Sie ...«

Er spielte sie erneut ab. »Ein Kaval hat sieben Löcher auf der Vorderseite und eins auf der Rückseite. Es ist schwer – Sie müssen ganz genau hinhören –, aber das Instrument, das hier gespielt wird, hat nur sechs Löcher auf der Vorderseite und eins hinten. Es gibt kein siebtes Loch.«

Ich lauschte ein weiteres Mal, aber, ehrlich gesagt, ich hörte den Unterschied nicht heraus – ich hatte keine Ahnung, wie viele Löcher das Instrument hatte. »Sind Sie sicher?«, fragte ich.

»Jawohl«, antwortete er.

»Was ist es dann?«

»Ich kann Ihnen absolut nichts über die Melodie sagen«, sagte er. »Aber ich glaube, was wir hören, ist eine *Çigirtma*. Sie ist praktisch vergessen – ich kenne sie nur, weil mein Vater die alten Sachen liebte. Ich habe das Instrument einmal gehört, als ich noch ein Kind war.«

»Warum ist sie denn vergessen – ist sie ausgestorben?«

»Fast – die Vögel sind es. Für einen Kaval braucht man das Holz eines Pflaumenbaums, aber eine Çigirtma wird aus dem Flügelknochen eines Steinadlers geschnitzt. Die Vögel gehören seit Jahren zu den gefährdeten Arten, sodass das Instrument dahinschwand – und genauso die Musik, die dafür geschrieben war. Deshalb können Sie die Melodie nicht finden.«

Er entfernte den MP3-Player wieder aus der Dockingstation und reichte ihn mir. »Kennen Sie das Hotel Ducasse?«, fragte er. »Dort kann man Ihnen vielleicht weiterhelfen.«

KAPITEL NEUNUNDDREISSIG

Das Hotel Ducasse gehörte zu diesen Orten, die ich schon mal erwähnt habe – es war derart angesagt, dass die Leute sich ein Bein dafür ausrissen hineinzugelangen. Es lag direkt am Wasser, verfügte über einen Privatstrand, Badehäuschen, die man im Sommer für ein kleines Vermögen mieten konnte, und ein Dutzend flache Boote, die Kellner, Essen und Getränke zu den vor dem Hotel ankernden Yachten transportierten. Das war der untere Teil des Etablissements.

Der exklusive Bereich, der sich oben auf dem Dach befand,

hieß Skybar. Ich war direkt vom Musikladen hierhergekommen und ging durch die Art-déco-Eingangstür des Hotels, überquerte mehrere Quadratkilometer kubanischen Mahagoni-Fußboden und umkurvte extravagante Sitzgruppen mit Philippe-Starck-Möbeln, bevor ich den zur Skybar führenden Fahrstuhl fand. Während ich darauf zuging, sah ich, wie der Typ, der ihn bediente – gekleidet in eine Art schwarzen Designerpyjama –, meine billigen FBI-Stil-Klamotten registrierte und sich bereitmachte, mir mitzuteilen, dass man nur mit Vorbestellung Zutritt habe. Aber bei Bedarf habe ich einen ziemlich tödlichen Blick, also aktivierte ich ihn zu DEFCON 1, und prompt beschloss er, dass die Sache es nicht wert war, dafür zu sterben, dass er mich abwies.

Er fuhr mich nach oben, und ich betrat einen Zoo. Die Hauptattraktion der Skybar war ein blendend weißer, randloser Pool mit Glasboden und einem weiten Blick über die Bucht zur Kreuzfahrerburg und – wie passend – zum Französischen Haus.

Gegenüber vom Pool befanden sich einige ultraluxuriöse Umkleidehäuschen, die von einigen der führenden osteuropäischen Kleptokraten und ihren Familien besetzt waren. Leicht erhöht boten sie den besten Blick auf den Pool und dessen unglaubliches Aufgebot an Fleisch und Silikon: auf spärlich bekleidete Frauen aller Altersgruppen mit aufgespritzten Lippen und künstlichen, wie angeschraubten Brüsten sowie junge, durchtrainierte Kerle in den knappen Badehosen, die gemeinhin als Bananen-Hängematten bekannt waren.

Gegenüber von den Badehäuschen standen die Bar und eine kleine Bühne für eine fünfköpfige Band. Einer der Gitarristen war mein Ziel, aber um zu ihm zu kommen, musste ich einige Hürden überwinden. Die erste näherte sich mir mit einem verständnisvollen Lächeln, die Hände weit gespreizt in einer Geste schweigenden Bedauerns. Es war der Geschäftsführer, und anders als seine Kunden verfügte er über Stil: ein Franzose, schätzte ich, handgenähte Schuhe von Berluti, leichter Brioni-Anzug, goldgefasste Brille.

»Es tut mir leid, Sir«, sagte er. »Heute sind wir komplett ausgebucht.«

Ich überflog die zwei Dutzend leeren Tische – es war noch früh – und die noch zahlreicheren Stühle an der Bar. Ich lächelte ihn ebenso freundlich an. »Ja, das sehe ich.«

Er hatte mir bereits den Arm um die Schultern gelegt und führte mich zurück zum Fahrstuhl, wo der Ninja wartete, um mich zurück auf die Straße zu befördern, wohin ich gehörte. Ich griff in meine Jackentasche, und der *Maître* nahm an, dass ich nach meiner Brieftasche und einer Handvoll Geldnoten greifen wollte, um ihn zu bestechen.

»Bitte, Sir – bringen Sie uns beide nicht in Verlegenheit«, sagte er echt gequält.

»Das habe ich nicht vor«, erwiderte ich und präsentierte meine goldene Plakette.

Er betrachtete sie einen Moment und schenkte sich den Mist mit der Beschützernummer, während er überlegte, was zu tun war.

»Wollen Sie jemanden verhaften, Mr Wilson?«, erkundigte er sich.

»Möglicherweise.«

Er beugte sich näher vor – man merkte ihm an, dass er ein schreckliches Klatschmaul war – und senkte die Stimme: »Können Sie mir sagen, wen?«

Ich beugte mich genauso weit vor und senkte meine Stimme ebenfalls zu einem Flüstern. »Tut mir leid, das ist verboten.«

»Natürlich. Aber Sie können mir wahrscheinlich sagen, um welche Anklage es sich handelt.«

»Sicher«, sagte ich und wies auf den Bereich um den Pool herum. »Schlechter Geschmack.«

Er brach in schallendes Gelächter aus und schüttelte mir die Hand. »Verdammt, dann wird es sich hier aber leeren. Sie werden einen Bus brauchen.«

Er entließ den Ninja mit einem Blick, gab dem Barmann ein Zeichen und führte mich zurück zur Fleischmeile. »Seien Sie mein Gast, Mr Wilson – Anton an der Bar wird sich um Ihre Drinks kümmern.«

Ich dankte ihm, ging am Pool vorbei und setzte mich auf einen Barhocker. Ich bat Anton um einen Kaffee und wandte meine Aufmerksamkeit der Band zu. Es war der Bassspieler, der mich interessierte – sein Name war Ahmut Pamuk. Ein Typ von Mitte fünfzig, ordentlich gekleidet, der offenbar schon vor Jahren beschlossen hatte, einfach nur seinen Groove herunterzuspielen und die Zuschauer zu ignorieren. In der Skybar war das wahrscheinlich das Klügste, was er machen konnte. Er beherrschte sein Handwerk sehr gut. Er war ein Mann, der bereits die besten Jahre seines Lebens der Musik gewidmet hatte und wahrscheinlich »noch einen letzten Gig« spielen würde, bevor sie ihn zu Grabe trugen.

Aber der Eigentümer des Musikladens hatte mich gewarnt, dass er einer der unleidlichsten Zeitgenossen wäre, die man sich vorstellen konnte, und als ich ihn auf der Bühne seine tägliche Arbeit verrichten sah, ahnte ich auch, warum. Für einen Vollblutmusiker, einen Mann, der große Hoffnungen und Träume gehabt hatte, war das Spielen endloser Wiederholungen von »Mamma Mia« und »Yellow Submarine« genug, um total verbittert zu werden.

Als Anton mir meinen Kaffee brachte, war Pamuk mitten in einer Zusammenstellung der Hits aus *Titanic*, und ich wartete darauf, dass er zum Ende kam. Der Eigentümer hatte mich informiert, dass der Mann seit Jahren traditionelle und volkstümliche Musik sammelte. Sein Vater – ebenfalls ein Musiker – hatte damit begonnen, weil er befürchtete, dass sie, wenn sie nicht gesammelt und aufgeschrieben wurde, für immer verloren wäre. Später hatte sein Sohn das Staffelholz übernommen und die Arbeit fortgesetzt. Offenbar kam Pamuk einigermaßen über die Runden – indem er in der Skybar spielte und zusätzlich als Tankwart arbeitete –, und ständig spürte er vergessene Musik auf, spielte einige der Instrumente selbst, schrieb sie auf wie eine verloren gegangene Sprache und schickte sie an die türkischen Landesarchive. Der Ladeninhaber hatte jedenfalls behauptet, wenn irgendein Einheimischer die Melodie der Çigirtma identifizieren konnte, dann sei er das.

Das Potpourri war beendet, die Band verließ die Bühne ohne Applaus, und ich stand auf. Ich stellte mich Pamuk vor und sagte ihm, dass ich auf seine Hilfe hoffte bei einem bestimmten Musikstück. Eigentlich hatte ich ihn bitten wollen, sich den MP3-Player anzuhören, aber dazu kam es erst gar nicht: Der Ladeninhaber hatte nicht übertrieben, als er Pamuk beschrieben hatte.

»Das war das Brunch-Publikum, und ich stehe jetzt seit einer Stunde auf der Bühne – Sie haben bestimmt den tosenden Applaus gehört, nicht wahr?«, sagte er. »Ich gehe jetzt etwas essen, dann trinke ich einen Kaffee, und dann werde ich eine Siesta machen.« Er drehte sich um und wollte weggehen.

»Mr Pamuk«, ließ ich mich nicht beirren, »ich bin kein Musikforscher oder irgendein ausländischer Wissenschaftler.« Ich wies meine Plakette vor. Er wusste nicht genau, wie er reagieren sollte, hielt es aber wohl für klüger, wenigstens ein Lippenbekenntnis abzulegen als Zeichen seiner Kooperationsbereitschaft.

»Okay, ich gebe Ihnen meine Telefonnummer. Rufen Sie mich morgen an, dann verabreden wir ein Treffen.«

»Morgen reicht nicht. Es muss heute sein«, widersprach ich.

Er funkelte mich wütend an, aber er war noch nie mit meinem DEFCON-1-Blick konfrontiert worden und lenkte ein.

»Ab sechzehn Uhr arbeite ich in der … Nr. 176 …«, rasselte er den Namen einer Straße herunter, den ich niemals würde aussprechen können, geschweige denn sie finden, was er ganz bestimmt wusste. Arschloch.

»Schreiben Sie es auf, bitte«, wies ich ihn an und gab Anton ein Zeichen, dass ich einen Stift brauchte. Knurrend gab Pamuk nach, und ich ging und ließ die Adresse in meine Tasche gleiten.

Es war mir schon nicht mehr wichtig: Angesichts seiner Persönlichkeit war ich sicher, dass das Treffen die reinste Zeitverschwendung werden würde.

Abgesehen davon, dass ich erst den fleischigen Teil seiner Hand durchstoßen musste, erwies sich die anschließende Unterhaltung mit Ahmut Pamuk dann aber doch als recht erfreulich.

Nachdem ich die Skybar verlassen hatte, ging ich am Hafen entlang, fand eine Bank im Schatten, schob den Akku wieder in mein Handy und rief Cumali auf der Polizeiwache an. Ich hatte seit Florenz nicht mehr mit ihr geredet, und ich wollte überprüfen, ob es irgendwelche Fortschritte gab in der kürzlich wiederaufgenommenen Ermittlung im Mordfall Dodge.

Wie sich herausstellte, war sehr wenig passiert. Hayrunnisa nahm den Anruf entgegen und teilte mir mit, dass Cumali kurz nach elf Uhr gegangen sei und den ganzen Tag nicht zurückerwartet werde.

»Wohin ist sie gegangen?«, wollte ich wissen.

»Sie musste sich um einige private Dinge kümmern.«

Ich wollte sie schon unter Druck setzen, als mir bewusst wurde, dass Donnerstag war und Cumalis Sohn mich eingeladen hatte, mir die Große Parade und die Clowns anzusehen. Sie war mit ihm in den Staatszirkus gefahren.

Ich sagte, ich würde mich morgen früh wieder melden, und verbrachte eine weitere Stunde damit, Leute zu überprüfen, die in der Nähe von Telefonhäuschen arbeiteten. Es war wieder vergebens, und mir wurde klar, dass es jetzt während der Mittagszeit, in der die meisten Büros und Läden schlossen, eine nahezu aussichtslose Tätigkeit war.

Da mir kaum eine andere Wahl blieb, als ebenfalls eine Pause zu machen, beschloss ich, mich auf das Französische Haus zu konzentrieren. Meine Zuversicht war schwer erschüttert worden von dem Fehler, den der Flüsterer und ich gemacht hatten: Wir hatten unsere gesamte Mission gefährdet durch die Annahme, dass der Tod von Dodge ermittlungswürdig wäre. Solche Fehler blieben selten unbestraft in der Geheimdienstwelt, und auf dem

Rückflug von Florenz hatte ich beschlossen, dass so etwas nie wieder vorkommen sollte. Komme, was da wolle, ich würde der Polizei immer einen Schritt voraus sein. Wissen ist Macht, heißt es schließlich.

Die Kernfrage lautete schlicht: Wie war es dem Mörder gelungen, unbemerkt das Anwesen zu betreten und wieder zu verschwinden? In den Akten über Dodges Tod, die Cumali mir überlassen hatte, war ein Hinweis auf die Firma, die zuständig war für die Vermietung der Villa, und ich hielt es für keine schlechte Idee, dort anzusetzen.

Prestige Realty hieß die Firma, und ihre außergewöhnliche Fassade war mir mehrmals aufgefallen während meiner Spaziergänge. Ein Blick auf meine Armbanduhr sagte mir, wenn ich mich beeilte, würde ich vielleicht noch jemanden antreffen, bevor sie über die Mittagszeit schlossen.

Ich gelangte bis in Rufweite dorthin, als ein Mann gerade die Eingangstür schließen wollte. Als er mich auf Englisch rufen hörte, drehte er sich um und knipste das Lächeln an, das Immobilienmakler reservieren für Leute, von denen sie befürchten, dass sie möglicherweise abspringen. Sobald er mich sah, knipste er es wieder aus.

Er war Anfang vierzig, hatte Schmalzlocken, trug sein Hemd offen und war mit Goldketten behängt, die groß genug waren, um ein Kreuzfahrtschiff zu verankern. Ich mochte ihn auf der Stelle. Auf seltsame Weise wirkte er absolut ohne Falsch. Wenn man von einem Mann, der so aussah, übers Ohr gehauen wurde, hatte man wirklich selbst Schuld.

Ich stellte mich als FBI-Agent vor, der mit ihm über das Französische Haus reden wollte. Er zuckte mit den Achseln und meinte, dass einer der örtlichen Polizeibeamten ihn bereits vor ungefähr einer Woche aufgesucht und eine Kopie des Mietvertrags mitgenommen habe. Er sei nur der Makler, und mehr könne er wirklich nicht sagen.

Er hatte es offensichtlich eilig zu gehen, und ich entschuldigte mich dafür, seine kostbare Zeit in Anspruch nehmen zu müssen – meiner Ansicht nach hatte Höflichkeit noch nie geschadet. Dann informierte ich ihn, dass die Polizei sich im Rahmen der Ermittlungen zu dem Unfalltod an uns gewandt hatte.

»Wieso das denn?«, fragte er überrascht.

Offenbar war noch nichts durchgesickert von den neuesten Entwicklungen, die sich über Nacht in dem Fall ergeben hatten – obgleich ich annahm, dass das, was ich ihm gleich eröffnen würde, dem größten Teil der Bodrumer Bevölkerung bis spätestens abends bekannt wäre.

Ich blickte auf die gläserne Eingangstür und sah seinen Namen in Goldbuchstaben. »Es ist jetzt eine Mordermittlung, Mr Kaya. Der junge Amerikaner wurde von der Klippe gestoßen.«

Er war schockiert – und auch bestürzt. »Er war ein netter Mann«, sagte er. »Nicht wie die meisten Arschlöcher, die hier Villen mieten. Er unterhielt sich mit einem, war interessiert, wollte mich sogar mal mitnehmen auf seine Yacht. Scheiße – ermordet?«

»Sie verstehen sicher, warum ich mit Ihnen reden muss.«

»Ich wollte gerade zum Mittagessen …«

»Gut, ich begleite Sie.«

Er lachte. »Also, so war das nicht gemeint.«

»Klar.« Ich lächelte. »Und wo wollen wir essen?«

KAPITEL EINUNDVIERZIG

Es war ein erstklassiges Barbecue-Lokal am Strand: Eine Veranda mit geschliffenem Holzfußboden ragte über den Sand hinaus, weiße Leinensegel schirmten die Sonne ab, und wir hatten – nicht weiter überraschend bei meinem Gast – von unseren Designermöbeln aus einen erstklassigen Ausblick auf Gruppen von Touristen-Tussis, die sich oben ohne sonnten.

Sobald wir uns gesetzt hatten, fragte ich ihn, ob er von der Nazi-Vergangenheit des Hauses wisse, und er blickte mich an, als ob ich vergessen hätte, meine Medikamente einzunehmen.

»Das ist nicht Ihr Ernst, oder?«, fragte er. Er blickte mich an und sah, dass es doch der Fall war.

»Wem gehört es?«, war meine nächste Frage.

»Ich weiß es nicht genau«, antwortete er ziemlich erschüttert. »Ich erhielt einen Brief – das dürfte jetzt ungefähr sieben Jahre her sein – von einem Anwalt in Liechtenstein, in dem er mich darüber in Kenntnis setzte, dass er im Auftrag einer Wohltätigkeitsstiftung tätig ist, der das Anwesen gehört. Und dass die Stiftungsangehörigen beschlossen hätten, Einnahmen zu erwirtschaften.«

»Haben Sie ihn gefragt, wer hinter der Stiftung steht, wer der wirkliche Eigentümer ist?«, fragte ich weiter.

»Sicher. Ich habe sogar meinen eigenen Anwalt damit beauftragt, es herauszufinden, aber es führte nach einer Reihe von Briefkastenfirmen nur in eine Sackgasse.«

Ich schwieg, aber ich wusste, dass die meisten der in Liechtenstein angesiedelten Stiftungen so konstruiert waren, dass niemand sie durchschauen konnte. Genau aus dem Grund war ja das winzige Fürstentum – hundertsechzig Quadratkilometer groß, eingezwängt zwischen der Schweiz und Österreich – die erste Anlaufstelle für Europäer, hauptsächlich Deutsche, die ihr Vermögen vor der Steuerbehörde verstecken wollten.

»Also der Anwalt, der im Auftrag der Stiftung arbeitete, sagte, dass es vermietet werden sollte. War das, nachdem es renoviert worden war?«

»Richtig – und es war leicht verdientes Geld für wenig Arbeit. Ich kassierte die Miete, zog die Unterhaltskosten und meine Provision ab und überwies den Rest an eine Bank in Liechtenstein. Das war alles.«

»Wer hat einen Schlüssel zu dem Anwesen?«, fragte ich. »Außer Ihnen?«

»Niemand hat einen Schlüssel. Alles läuft nur über Codes. Es gibt vier Tore, alle mit einer elektronischen Tastatur ausgestattet, die mit einem Computer verbunden ist. Sie ist fälschungssicher.«

»Okay – wie läuft es also? Ein neuer Mieter kommt an, und dann?«

»Ich treffe mich mit dem Hausverwalter am Haus – all diese Leute haben Hausverwalter und persönliche Assistenten«, erklärte er. »Ich gebe meinen sechsstelligen Code in die Tastatur ein und drücke auf die Rautetaste. Der Bildschirm fragt mich, ob ich den Code ändern möchte, und ich bestätige es. Dann gebe ich meinen Code erneut ein, warte zwanzig Sekunden, und dann sagt er mir, dass ich den neuen Code eingeben soll.

Ich mache einen kurzen Spaziergang, und der Hausverwalter oder der Mieter geben ihre eigenen sechs Ziffern ein – auf diese Weise habe ich keine Ahnung, wie sie lauten. Und das Gleiche wiederholen wir an den übrigen drei Toren.«

»Dann entscheiden die also, wem sie den Code geben?«, fragte ich nach.

»Genau. Sie bringen ihre Angestellten mit – alle sicherheitsüberprüft. Es ist also nicht so, als würden sie ihn Fremden geben.«

»Was ist mit Gärtnern, dem Poolreiniger – solchen Leuten?«

»Das entscheidet der Mieter. Aber ich habe noch nie gehört, dass irgendeiner den Code einem Ortsansässigen gegeben hat. Sie lassen sie am Lieferanteneingang an der Gegensprechanlage klingeln, der Sicherheitschef überprüft sie und öffnet persönlich das Tor.«

»Und wenn der Mietvertrag ausläuft, läuft es andersherum, richtig? Sie geben ihren Code ein, und Sie ersetzen ihn durch Ihren?«

»Sie haben's erfasst.«

Ich schwieg und dachte nach. »Und im Winter, wenn keine Mieter da sind?«

»Dann besteht kein Anlass für derartige Sicherheitsvorkehrungen«, erwiderte er.

»Das heißt, Sie geben den Gärtnern und den Poolreinigern Ihren Code?«

»Nicht direkt – es gibt einen Hausmeister, der einen Teil des Jahres auf dem Anwesen verbleibt. Er lässt sie herein und hält einiges instand. Er bewohnt zwei Räume in der Mansarde über dem Bootshaus, aber im Sommer muss er ausziehen. Reiche Leute mögen keine Fremden auf ihrem Anwesen.«

»Aber er lebt dort acht Monate im Jahr?«

»Ungefähr«, bestätigte er.

»Er müsste das Haus besser kennen als jeder andere, oder?«

»Ich nehme es an.«

»Wie heißt er?«

»Gianfranco Luca.«

»Wo kann ich ihn finden?«

»Er hat einen Sommerjob hier am Strand. Ein kleines Team, das Massagen für Touristen anbietet.«

Der Kellner hielt sich in der Nähe auf, und ich signalisierte ihm, die Rechnung zu bringen. Kaya bot an, mich zurück in die Altstadt zu fahren, aber ich sagte ihm, ich wolle bei diesem schönen Wetter lieber zu Fuß gehen. Er erhob sich, wir schüttelten uns die Hände, und er gab mir eine Geschäftskarte – die aussah wie ein Gold-Ingot – und versicherte mir, dass ich ihn jederzeit anrufen könne, wenn ich weitere Informationen brauchte.

Erst nachdem er gegangen war und ich auf das Wechselgeld wartete, warf ich einen Blick auf die Karte und konnte ein weiteres Geheimnis des Lebens lüften. Rechts unten in der Ecke stand seine Bürotelefonnummer.

Die ersten sieben Ziffern waren 9025234. Die Nummern, die sich jemand im *Eastside Inn* aufgeschrieben und die Toilette hinuntergespült hatte. Ich schloss daraus, dass, wer auch immer da gewohnt hatte, wissen wollte, wie hoch die Miete einer teuren Villa in dieser Gegend war. So etwas wie das Französische Haus.

KAPITEL ZWEIUNDVIERZIG

Ich kehrte nicht in die Stadt zurück – stattdessen ging ich über den Parkplatz des Restaurants zum Strand und fand einen Kiosk, der Liegestühle und Sonnenschirme vermietete.

Ich setzte mich an den Strand, legte meine Schuhe und das Jackett auf dem Liegestuhl ab, krempelte die Hosenbeine hoch und ließ meine Füße vom Wasser umspülen, während ich den Strand entlangschlenderte.

Am anderen Ende, am Fuß eines kleinen Felsvorsprungs und halb versteckt zwischen verstreuten Felsbrocken, fand ich Gianfrancos Betrieb. Eher zufällig und weil ich mich im Schatten der Felsen befand, konnte ich mich unbemerkt von hinten nähern.

Für Intimität sollte der rundum aufgestellte Stoffsonnenschutz sorgen, auf dem der Name seines Geschäfts stand, aber er war schlecht verankert, sodass ich durch eine Lücke spähen konnte.

Gianfranco war Mitte zwanzig, hatte olivfarbene Haut, trug einen Zweitagebart und hatte volles, lockiges Haar. Jawohl, er sah gut aus, aber wahrscheinlich nicht ganz so gut, wie er selbst glaubte: Seine Augen waren zu tiefliegend, und er war etwas zu muskulös.

Dennoch war er attraktiv genug für die deutschen Frauen mittleren Alters, die hier Urlaub machten, ihren Spaß haben wollten und vielleicht auf etwas intensiveren Körperkontakt aus waren in der heißen türkischen Sonne. Eine von ihnen lag mit dem Gesicht nach unten auf dem Massagetisch, der Verschluss ihres Badeanzugs war geöffnet, und ein Handtuch bedeckte ihren Po.

Gianfranco, der nichts weiter als eine Bananen-Hängematte trug, massierte eins seiner zwanzig Öle – bereitet nach antiken Rezepten laut dem Quatsch, der auf seinem Sonnenschutz stand – in den Rücken der Frau ein, wobei er seine Finger leicht über die Seiten ihrer Brüste gleiten ließ. Sie erhob keine Einwände, und er beugte sich nach diesem Vortasten weiter vor und ließ seine massierenden Hände unter das Handtuch gleiten, das ihren Po bedeckte, wodurch die weiße Hängematte nur noch Zentimeter von ihrem Gesicht entfernt war.

Es war nicht zu erkennen, ob seine Hände sich bereits unter ihrem Badekostüm befanden oder nicht, was aber ohnehin keine Rolle spielte – sie würden es auf jeden Fall bald sein. Erinnern Sie sich noch an die Zeiten, als geschiedene Frauen mittleren Alters in Urlaub fuhren und ihr größtes Abenteuer darin bestand, zu viel zu trinken und irgendwelche kitschigen Andenken zu kaufen? Kein Wunder, dass die Souvenirläden in der Altstadt nach und nach pleitegingen.

Während er unter dem Handtuch ihren Hintern knetete, beglückwünschte sie ihn zu seinen starken Händen. Ich schätzte, Englisch war die einzige Sprache, die sie gemeinsam hatten.

»Ja, ich habe sie als Kind trainiert«, sagte er. »Ich habe in einer Autowaschanlage gearbeitet. Ich war Experte für Wachsen und Polieren.«

»Jede Wette, dass du das warst«, lachte sie, und ihre Stimme wurde zunehmend kehlig. »Warst du auch für Innenreinigung zuständig?«

»O ja«, antwortete er, »das war meine Spezialität.« Er beugte sich noch dichter vor. »Das ist es immer noch. Ich berechne nur ein klein wenig mehr.«

»Und wie wäre es mit dem vollen Pflegeprogramm? Wie viel kostet das?«

Er war nahe genug, um es ihr ins Ohr zu flüstern, und sie muss einverstanden gewesen sein mit dem Preis. »Nimmst du Kreditkarten?«, fragte sie.

»Natürlich«, bestätigte er lachend, seine Hände inzwischen sicher unter ihrem Badeanzug. »Dies ist ein Full-Service-Unternehmen.«

»Das freut mich zu hören«, sagte sie, während sie ihre Hand über seinen muskulösen Oberschenkel gleiten ließ und sich auf die Hängematte zubewegte.

Es war, wie eine bevorstehende Zugkatastrophe zu beobachten – man konnte irgendwie nicht die Augen abwenden –, aber ich befürchtete, dass sie kurz davor war, die Banane zu schälen, und trat zwischen die Wände des Sonnenschutzes.

»Gianfranco, nicht wahr?«, sagte ich heiter und tat so, als habe ich nichts Ungewöhnliches bemerkt.

Die Hand der Deutschen zuckte sofort zurück, und sie zog das Handtuch wieder über ihren Hintern. Gianfranco jedoch war wütend und beschimpfte mich, hier einfach so einzudringen und die

Privatsphäre seines Sonnenschutzes zu verletzen. Ich könne von Glück sagen, wenn er mir keinen Tritt in den Hintern versetze.

Ich ließ es an mir abprallen, aber es schien, dass er umso wütender wurde, je mehr er über die unbenutzte Kreditkarte nachdachte. So wütend, dass er schließlich auf mich losging und mir einen Boxhieb versetzen wollte.

Ich fing seinen Unterarm in der Luft ab, und das Ganze lief so schnell ab, dass er es gar nicht mitbekam. Ich presste Daumen und Zeigefinger tief in seinen Arm. Bei Krav Maga hatte ich gelernt, dass dort ein Nerv sitzt, der unter Druck die Hand teilweise lähmt.

Gianfranco spürte, wie seine Finger erschlafften – was wahrscheinlich nicht das Einzige war – und seine Hand ihm nicht länger gehorchte. Er blickte mich an, und ich lächelte.

»Ich bin vom FBI«, sagte ich freundlich.

Die deutsche Frau war bereits vom Tisch gerutscht, hatte ihr Oberteil hochgezogen und sich ihre wenigen Sachen vom Stuhl geschnappt.

»Was wollen Sie?«, fragte Gianfranco.

Ich nahm seine Shorts von einem Tisch, warf sie ihm zu und wartete, bis er sich angezogen hatte, einhändig. »Ich ermittle im Mordfall im Französischen Haus«, klärte ich ihn auf.

»Was hat das mit mir zu tun? Ich arbeite dort nur im Winter.«

Ich registrierte seine Antwort sehr genau, ging aber gleich zur nächsten Frage über, ohne offenkundige Pause. Verhalte dich ganz normal, befahl ich mir, setz ihn bloß nicht unter Druck.

»So habe ich es auch verstanden. Ein bisschen Instandhaltung, den Poolreiniger hereinlassen, den Gärtnern helfen – ist das richtig?«

»Jawohl.« Er streckte und beugte seine Finger, spürte, dass sie sich wieder bewegen ließen.

»Wie viel zahlt man Ihnen?«

»Nichts. Nur freies Wohnen, das ist alles. Ich muss genug am Strand verdienen im Sommer, um mich das ganze Jahr über Wasser zu halten.« Er warf einen Blick in die Richtung, in die die deutsche Hausfrau verschwunden war. »Vielen Dank, nebenbei bemerkt. Sie hätte mir mindestens einhundert eingebracht.«

Ich überhörte es. »Sie wohnen über dem Bootshaus, stimmt's? Wie kommen Sie hoch ins Haus?«

»Es gibt eine Treppe, die über die Klippen hinaufführt.«

»Gesichert durch ein Sicherheitstor mit einer elektronischen Tastatur. Sie benutzen Mr Kayas Code?«

»Stimmt – wenn er daran denkt, ihn mir zu geben.«

»Und wenn Sie nicht die Treppe benutzen, wie kommen Sie dann nach oben?«

»Ich verstehe nicht.«

»Sicher tun Sie das. Es gibt noch einen anderen Weg auf das Grundstück, nicht wahr?«

»Sie meinen, die Klippe hochklettern mit Seilen und Kletterhaken?«

»Tun Sie nicht schlauer, als Sie sind. Wie kommt man an den Toren und Kameras vorbei hinauf?«

»Ich weiß nicht, wovon Sie reden«, behauptete er.

Ich schwieg, sah ihn nur an, und obgleich er sich zunehmend unwohl fühlte, fügte er nichts hinzu.

Ich zuckte mit den Achseln und beließ es dabei. Ich wusste, dass er log – er war so voller Scheiße, dass er nach einem Einlauf in einen Schuhkarton gepasst hätte.

Der Grund, warum ich so sicher sein konnte, war sehr einfach. Zu Beginn unserer Unterhaltung hatte ich erwähnt, dass ich einen Mordfall untersuchte. Jeder in Bodrum hielt Dodges Tod für einen Unfall – sogar Kaya, der Makler, hatte es kaum glauben wollen –, aber bei Gianfranco hatte ich registriert, dass er nicht überrascht gewesen war. Absolut nicht.

Ich wusste nicht, welche Rolle er gespielt hatte bei den Vorfällen in dem Haus – meine Intuition sagte mir, dass sie wahrscheinlich nur sehr klein gewesen war –, aber er wusste, dass es einen anderen Weg auf das Gelände gab, und er kannte ihn.

»Danke für Ihre Hilfe, Mr Luca«, sagte ich. »Ich bin sicher, dass wir uns noch sprechen werden.«

Er erschien nicht gerade hocherfreut über diese Aussicht, und vielleicht hätte ich meine Meinung geändert und wäre noch geblieben, um die Dinge mit ihm weiterzuverfolgen, aber es war zwanzig vor vier. Zeit zu gehen.

KAPITEL DREIUNDVIERZIG

Ich ging zurück zu meinem Liegestuhl, zog die Schuhe an und machte mich rasch auf den Weg zurück in die Stadt. Dabei verließ ich mich auf mein Gedächtnis und durchquerte ein halbes Dutzend enger Gassen, passierte seitlich einen Platz und sah vor mir dichten Verkehr auf der Straße, nach der ich gesucht hatte.

Ich erreichte die Kreuzung, blickte in beide Richtungen, um die Nummer 176 ausfindig zu machen, und stellte fest, dass ich hier schon einmal gewesen war.

Plötzlich verschoben sich die Achsen der Welt, und sie geriet aus den Fugen.

In diesem Augenblick – in diesem Bruchteil einer Sekunde – neigte sich das Gleichgewicht der hoffnungslosen Ermittlung zu meinen Gunsten, und ich wusste, dass ich das gesuchte Telefonhäuschen gefunden hatte.

Es stand an der gegenüberliegenden Seite der Durchgangsstraße, zehn Meter entfernt von einer BP-Tankstelle. Ich erkannte es, weil es eines der Telefonhäuschen war, die ich an meinem ersten Tag hier fotografiert hatte. Um mich herum waren die Verkehrsgeräusche zu vernehmen, die wir im Hintergrund auf der Echelon-Aufnahme gehört hatten. Nummer 176 war die Tankstelle, und – anders als beim ersten Mal – ein Mann saß auf einem Stuhl draußen, um Benzin abzufüllen. Es war Ahmut Pamuk, und auf einem Tisch vor ihm lagen einige Werkzeuge, mit denen man Leder und Holz bearbeiten konnte. Er benutzte sie, um ein traditionelles türkisches Saiteninstrument zu reparieren.

Heute repariert er ein Instrument, ging mir durch den Kopf,

bei einer anderen Gelegenheit spielte er eins. Zum Beispiel eine Çigirtma.

Ich verharrte regungslos und tat das, was ich schon so oft in meinem Leben getan habe: Ich verdrängte alles um mich herum und horchte in mich hinein. Ich sah vor meinem geistigen Auge, wie sich eine Frau näherte: Sie kam entweder zu Fuß in die Nähe der Tankstelle, oder sie kam mit dem Auto und stellte es an der Tankstelle ab – es war die einzige Stelle, wo man hier parken konnte.

Sie ging zum Telefonhäuschen, wartete darauf, dass es klingelte, und dann hielt sie ihr Handy mit der aufgenommenen Nachricht an den Hörer. Es gab keine Läden oder Häuser in der Nähe, von denen aus jemand sie hätte beobachten können – wahrscheinlich hatte sie deshalb diesen Ort gewählt –, aber ihr Handy war gerade weit genug von der Sprechmuschel des Telefons entfernt gewesen, dass Echelon die Verkehrsgeräusche und den schwachen Ton von Ahmut Pamuk auffangen konnte.

Der Musiker hatte an seinem Tisch gesessen, das seltsame Streichinstrument gespielt und wahrscheinlich die Noten des Volksliedes aufgeschrieben, um es an die Archive zu schicken.

Ich sagte nichts, tat nichts, fühlte nichts. Ich ließ mir die Szene mehrmals durch den Kopf gehen, um auszuschließen, dass mein akutes Bedürfnis nach Informationen mein logisches Denken beeinflusst hatte. Als ich schließlich sicher war, keinen falschen Gefühlsregungen nachgegeben zu haben, drehte ich mich um und nahm jeden Quadratzentimeter des Büros und des Dachs der Tankstelle unter die Lupe. Ich suchte nach Hinweisen, und erst als ich sie gefunden hatte, ließ ich meinen Gefühlen freien Lauf und jubilierte innerlich.

Entgegen jeder Wahrscheinlichkeit, nur mithilfe einiger weniger, zufällig eingefangener Geräusche, hatte ich das Telefonhäuschen gefunden, und dank meiner jetzigen Entdeckung wusste ich, dass eine Chance bestand, die Frau zu identifizieren.

Ich überquerte die Straße zur Hälfte, kletterte über ein verrostetes Geländer, das die Fahrbahnen trennte, wich einem Schwarm ankommender Fahrzeuge aus und ging auf Pamuk zu. Er sah mich näher kommen und gab sich nicht die geringste Mühe, seinen Missmut zu verbergen. Wenigstens konnte ich mir so den Austausch von Höflichkeiten schenken.

»Besitzen Sie eine Çigirtma, oder haben Sie sich von jemandem eine geliehen?«, fragte ich.

»Eine was?«, erwiderte er.

Ich war ziemlich sicher, dass es nicht an meiner gar nicht so schlechten Aussprache lag, sondern dass er sich einfach nur wie ein Arschloch verhielt.

»Eine Çigirtma«, wiederholte ich.

Er sah mich ausdruckslos an und zuckte mit den Achseln. »Ich weiß nicht, wovon Sie reden, Amerikaner – vielleicht ist es der Akzent.«

Ich unterdrückte meinen Zorn und nahm eine Ahle zur Hand – mit einer langen, dünnen Nadel an der Spitze –, die er gerade benutzt hatte, um ein Leder zu durchlöchern. Ich ritzte damit etwas auf die Oberfläche seines Tisches …

»Hey – was tun Sie da?«, beschwerte er sich, aber ich ignorierte ihn.

»Da, bitte sehr«, sagte ich, als ich den Namen des Instruments fertig gekritzelt hatte. »Kennen Sie es jetzt?«

»O ja«, sagte er, kaum dass er einen Blick darauf geworfen hatte. »Eine Çigirtma.« Komisch, es klang beinahe genauso wie bei mir.

»Sie haben auf einer gespielt hier an diesem Tisch, vor ein paar Wochen – vielleicht ein Volkslied für die Archive?« Ich fragte ihn nur, um absolut sicher zu sein, dass ich die richtige Telefonzelle gefunden hatte: Viele Ermittlungen waren schon gescheitert an Agenten, die so übereifrig hinter bestimmten Informationen her waren, dass sie zu falschen Schlussfolgerungen gelangten.

»Ich weiß nicht – ich kann mich nicht erinnern«, sagte er, mit unglaublicher Verdrießlichkeit.

Ich muss zugeben, dass ich voller gespannter Erregung war, so kurz davor, endlich eine greifbare Spur in dem Labyrinth zu finden. Vielleicht war das der Grund, dass ich durchdrehte. Ich hielt immer noch die Ahle in der Hand – ein gemeines kleines Miststück von Werkzeug –, und Pamuks linke Hand lag auf dem Tisch. Es ging so schnell, dass ich bezweifle, ob er es überhaupt sah. Ich trieb die Spitze der Nadel direkt durch das dünne Hautgewebe zwischen Daumen und Zeigefinger und nagelte seine Hand an den Tisch. Er schrie auf vor Schmerz, aber eigentlich hätte er mir danken müssen, dass ich so gut gezielt hatte – ein paar Millimeter weiter nach links oder rechts, und er hätte nie wieder Bass spielen können.

Blitzschnell packte ich seinen Unterarm, um ihn zu fixieren. In einer solchen Situation haben die meisten Menschen den Impuls, ihre Hand wegzuziehen, und wenn er das getan hätte, hätte er sich das Fleisch aufgerissen und den Schaden dramatisch verschlimmert. Ihn festzuhalten bedeutete, dass er nur diese eine Stichwunde hatte, die – auch wenn sie sehr wehtat – schnell heilen würde.

Es war schon merkwürdig, wie durch diesen Stich mit einer Ahle durch seine Hand seine Konzentration befördert wurde. Er blickte mich an und hörte mir äußerst aufmerksam zu, während er sich auf die Lippen biss vor Schmerz.

»Sie sind ein guter Bassspieler«, fing ich an, »vielleicht einer der besten, die ich je gehört habe – und ich weiß, wovon ich rede –, aber es ist nicht die Schuld Ihrer Umwelt, dass es nicht gut lief für Sie. Sie spielen nicht gern Coverversionen von anderer Leute Musik? Dann hören Sie auf damit. Komponieren Sie, spielen Sie diese Stücke auf Volksmusikkonzerten für Touristen, tun Sie *irgendetwas* – aber kommen Sie runter von dieser inneren Einstellung. Das ist der Ratschlag, und jetzt kommt die Warnung. Wenn Sie mich jetzt anlügen, verspreche ich Ihnen, dass Sie in Zukunft auch nicht eins dieser Dinge tun können, nicht einmal mehr ›Mamma Mia‹ zum zehntausendsten Mal spielen. Sondern dass Sie mit etwas Glück gerade noch auf einer Ukulele mit Ihren verdammten Zähnen klimpern können. Kapiert?«

Er nickte eingeschüchtert, hielt mich vermutlich für eine Art US-behördlich autorisierten Irren. Ich überlegte, ob ich ihm erzählen sollte, dass ich von der Post käme, nicht vom FBI, beschloss dann aber, es drauf ankommen zu lassen. Ich befahl ihm, absolut stillzuhalten, und schaffte es, die Ahle herauszuziehen, ohne weiteren Schaden anzurichten. Er keuchte vor Schmerzen, aber das war nichts im Vergleich zu seinem Brüllen, als ich die Wunde mit einem kräftigen Schuss Raki aus der offenen Flasche, die auf dem Tisch stand, begoss.

»Alkohol«, erklärte ich ihm, »ist ein großartiges Desinfektionsmittel.« Ich schnappte mir ein Stück weißes Leinen, mit dem er das Volksinstrument nach Beendigung der Reparatur polieren wollte, und verband seine Hand. Ich tat es fachmännisch, gerade fest genug, um den Schmerz zu lindern und die Blutung zu unterbinden.

»Waren Sie Arzt?«, fragte er.

»Nein«, antwortete ich, »ich habe nur das eine oder andere an Wissen aufgeschnappt im Laufe der Zeit – hauptsächlich habe ich Schusswunden verbunden.«

Er starrte mich an und kam zu dem Schluss, dass es kein Scherz von mir war, und genau das hatte ich bezweckt mit dieser Bemerkung.

»Haben Sie auf der Çigirtma gespielt, ja oder nein?«, fragte ich erneut, nachdem ich fertig war mit dem Verband.

»Ja«, gab er zu, dankbar, dass er seine Hand zurückhatte. Er bewegte die Finger, um sicherzugehen, dass sie immer noch funktionierten.

»Wie war meine Aussprache dieses Mal – okay?«

»Nicht schlecht«, sagte er. »Sie scheint sich deutlich verbessert zu haben, dank der Nadel.«

Ich konnte nicht anders, ich lachte. Ich schenkte ihm einen Raki ein und sagte jetzt deutlich freundlicher: »Ich würde Ihnen gern ein Musikstück vorspielen«, und zog den MP3-Player hervor. »Sind Sie das?«

Er lauschte einen Moment. »Jawohl … jawohl, das bin ich«, antwortete er total verblüfft.

Ich wusste in dem Moment ohne jeden Zweifel, dass meine Logik kein Opfer meiner Emotionen geworden war.

»Wie haben Sie das aufgenommen?«, fragte Pamuk und wies auf den MP3-Player.

»Jemand kam hierher zum Tanken«, log ich. »Eine Person in dem Wagen telefonierte und hinterließ eine Nachricht auf einem Anrufbeantworter in New York. Die Musik spielte im Hintergrund. Es geht um eine Mordermittlung – mehr kann ich Ihnen nicht sagen.«

Das Letzte, was ich wollte, war, die Wichtigkeit des Telefonhäuschens zu enthüllen oder auch nur auf seine Existenz hinzuweisen, und ich registrierte erfreut, dass er sich mit meiner Erklärung absolut zufriedengab.

»New York?«, lächelte er. »Mann – letztendlich ist aus mir doch noch ein international gespielter Künstler geworden.«

Ich lächelte und zeigte auf das, was ich im Büro und auf dem Dach der Tankstelle entdeckt hatte. »Sie haben Videokameras?«, erkundigte ich mich.

»Ja, falls irgendjemand wegfährt, ohne zu bezahlen. Und wegen bewaffneter Raubüberfälle. Aber es hat seit Jahren keine gegeben.«

»Hören Sie zu, Mr Pamuk, dies ist wichtig: Wie werden die Filmaufnahmen aufgezeichnet? Mit Tonbändern oder mit Disketten?«

»Es ist ein altes System. Tonbänder«, antwortete er. »VHS.«

»Wo sind sie – das Gerät und die Bänder?«

»Beides ist hier, im Büro.«

»Okay«, sagte ich. »Wie sind die Bänder katalogisiert und abgelegt?«

Er lachte. »Was für eine Ablage? Es gibt einen Karton, und die Bänder werden hineingeworfen.«

»Und dann wiederbenutzt – überspielt?«

»Genau«, bestätigte er.

Es war genau das, was ich befürchtet hatte – dass eine der Kameras die Frau eingefangen hatte, die sich dem Telefonhäuschen näherte – entweder zu Fuß oder im Auto –, aber dass das Band wiederbenutzt und das Filmmaterial gelöscht worden war.

»Gut«, sagte ich. »Sagen Sie mir, wie es funktioniert. Wer wechselt die Bänder aus?«

»Wir alle tun es – wer auch immer gerade arbeitet«, erläuterte er. »Als Erstes vergewisserst du dich zu Beginn deiner Schicht, dass genug Geld in der Kasse ist, und dann überprüfst du das Aufnahmegerät. Wenn das Band nahezu abgespielt ist«, fuhr er fort, »holst du es raus, wirfst es in den Karton, suchst dir ein anderes, spulst es zurück und drückst auf Aufnahme.«

»Also sind möglicherweise einige Bänder seit Wochen oder Monaten nicht benutzt worden, richtig?«, fragte ich.

»Sicher – kommt darauf an, welches sich jemand herausgreift. Soweit ich weiß, sind möglicherweise die, die zuunterst im Karton liegen, seit einem Jahr nicht benutzt worden.«

Ich dachte einen Moment nach. Es war reines Glücksspiel, so viel war sicher. »Was passiert, wenn jemand wegfährt, ohne zu bezahlen?«, fragte ich nach.

»Wir lassen das Band zurücklaufen, notieren das Autokennzeichen und rufen die Polizei.«

»Geben Sie ihnen das Band? Für eine strafrechtliche Verfolgung oder etwas in der Art?«

Er sah mich an und lachte ungläubig. »Dies ist die Türkei, Mr Wilson. Die Bullen finden anhand des Kennzeichens den Fahrzeughalter heraus und reden mit dem Kerl. Sehr bald ist er bereit, die doppelte Summe seiner Tankrechnung auszuspucken, die dann an die Tankstelle geht. Er muss auch den Bullen ein ›Bußgeld‹ zahlen, das die einstecken. Wer braucht schon eine Anklage? Alle sind glücklich, bis auf den Typen, der abgehauen ist, und der kümmert niemanden.«

Das System hatte auch für mich seine Vorteile – es bedeutete, dass keins der Bänder auf der Bodrumer Polizeiwache lagerte oder im Justizsystem herumirrte.

»Und Sie schauen sich die Bänder auf einem Fernseher in Ihrem Büro an, richtig?«

»Genau«, bestätigte er und sah zu, wie ich um die Vorderfront der Tankstelle ging und mir jede Kamera ansah und ihren Einzugsbereich überprüfte. Es war sehr, sehr fraglich, ob eine davon sie eingefangen hatte. Denn egal ob sie zu Fuß oder mit dem Auto gekommen war, sie hätte zum Telefonhäuschen gehen müssen. Wenn sie sich dabei ganz am Rand des Bordsteins gehalten hatte, hielt ich es für unwahrscheinlich, dass eine der Kameras sie aufgenommen hatte. Und alles sowieso unter der Voraussetzung, dass ich das richtige Band finden würde und es nicht überspielt worden war.

»Sind die Bänder zeitcodiert – laufen das Datum, die Uhrzeit und die Minuten unten mit?«, fragte ich.

Er nickte – jawohl –, und das verschaffte mir einen Vorteil: Dank Echelon kannte ich die exakten Daten und Uhrzeiten von beiden aufgenommenen Telefongesprächen.

»Gut«, sagte ich. »Führen Sie mich in Ihr Büro. Ich möchte mir die Bänder ansehen.«

KAPITEL FÜNFUNDVIERZIG

Eine Stunde später saß ich immer noch allein vor dem uralten Schwarz-Weiß-Fernseher, der nur wenig größer war als meine Hand und dessen Bildqualität miserabel war.

Neben mir lagen ein großer Haufen VHS-Bänder, die ich bereits abgespielt hatte, und eine kleinere Anzahl noch unbesehener, die sich schnell verringernde Sammlung all meiner Hoffnungen. Vielleicht auch der ganzen westlichen Welt, aber es war das Beste, nicht darüber nachzudenken.

Das Büro war klein und eng, und sollte es in den vergangenen zehn Jahren einmal sauber gemacht worden sein, hätte mich das überrascht. Trotz der Hitze – Klimaanlagen hatten es noch nicht bis in Bodrumer BP-Tankstellen geschafft – bestand keine Gefahr einzuschlafen. Mein Stuhl war derartig marode und unbequem, dass ich alle paar Minuten aufstehen musste, um meinen Rücken und meinen Hintern zu entlasten.

Die ganze Zeit, mit nur kurzen Unterbrechungen, in denen ich ein weiteres Band auf den aussortierten Haufen warf, lief die Datumsanzeige vor meinen Augen ab, und ich stand in der Gefahr, noch vor Ende des Tages zu schielen. Nur für den Fall, dass meine Konzentration nachließ, hatte ich mir das Datum, die Stunde und die Minute jedes der beiden Telefongespräche notiert und noch eine Sicherheitsspanne von fünfzehn Minuten davor und danach zugegeben, um ganz sicherzugehen, dass sie nicht früher gekommen war oder hinterher noch gewartet hatte.

Ich überprüfte immer wieder die notierten Daten, war ihnen auch ein paarmal recht nahe gekommen und hatte gesehen, wie die Datumsanzeige auf eine der beiden Zeiten zulief, wobei mein Puls zu rasen anfing und meine Müdigkeit wie weggeblasen war. Aber jedes Mal musste ich erleben, wie das Band abrupt stoppte und ich wieder vor Filmmaterial aus einer vollkommen anderen Woche saß.

Einmal kam ich bis auf hundertvierzig Sekunden an das erste Telefongespräch heran und war mir sicher, dass die Frau gleich ins Bild marschieren würde. Aber plötzlich knisterte und rauschte der Fernseher nur noch, als das Band komplett zu Ende war, und ich starrte verzweifelt und ungläubig darauf. Ahmut Pamuk hatte nicht übertrieben, als er das System als veraltet und chaotisch beschrieben hatte.

Ich war inzwischen bei den letzten drei Bändern angelangt, als er in der Tür erschien. »Wollen Sie einen Kaffee?«, fragte er.

Ich zögerte und sah skeptisch aus, schätze ich.

Er lachte. »Ich weiß, was Sie denken: Bloß nicht mehr von diesem türkischen Mist – so dick, dass man nicht weiß, ob man ihn trinken oder kauen soll. Aber den meine ich nicht. Ich biete Ihnen eine Tasse echt amerikanischen Java an, so dünn wie Pisse, so schwach, dass wir Türken damit normalerweise Babyflaschen füllen.«

»Klingt perfekt«, bedankte ich mich.

»Unter einer Bedingung«, fuhr er fort. »Ich gehe und kaufe ihn und blamiere mich vor dem Cafébesitzer Ihretwegen, aber wenn jemand hier hält, müssen Sie die Zapfsäule bedienen.«

»Okay«, stimmte ich zu. Mit nur noch drei übriggebliebenen Bändern wusste ich, dass die Chancen, die Frau zu entdecken, sowieso minimal waren, und ich hatte schon so gut wie aufgegeben. Abgesehen von einem Wunder war ein Kaffee genau das, was ich brauchte.

Ich hatte das nächste Band abgespielt und war schon halb durch das vorletzte, als Pamuk mir den Kaffee reichte. Ich nahm den Deckel ab, blickte mich um nach einem Mülleimer, warf ihn hinein und sah wieder auf den Bildschirm. Ich hatte neun Tage übersprungen und sah mit wachsendem Staunen, dass sich die Datumsanzeige am unteren Rand schnell auf das Datum und die Zeit des zweiten Telefonanrufs zubewegte.

Ich überprüfte sicherheitshalber noch einmal meine Notizen und starrte wieder wie gebannt auf den Bildschirm. Hinter mir stand Pamuk im Türrahmen und genoss seinen sirupartigen Kaffee, und mir war klar: Wenn ich die Frau sah, durfte ich keine Reaktion zeigen. Er glaubte, ich suchte nach jemandem, der zum Tanken kam, und wenn ich mich selbst als Lügner entlarvte, würde es zu einem Rattenschwanz von Fragen führen. Abgesehen davon bestand das Risiko, wie gering auch immer, dass er die Frau kannte. Ich befahl mir, total neutral und ruhig zu bleiben.

»Meinten Sie das ernst, was Sie vorhin gesagt haben?«, wollte Pamuk wissen, der die Gelegenheit nutzte, sich zu entspannen und ein Schwätzchen zu halten.

»Meinte ich was?« Ich beobachtete weiter das Filmmaterial, traute mich nicht, auf Vorlauf zu drücken, um ja nichts zu verpassen.

»Dass ich einer der Besten bin, die Sie je gehört haben.«

»Das stimmt«, antwortete ich und sah, wie die Sekunden vorbeiflogen und eine weitere Minute verging. Lauf weiter, beschwor ich das Band im Stillen: *Lauf weiter.*

»Haben Sie selbst gespielt?«, wollte Pamuk wissen.

»Als ich noch Jugendlicher war. Ich war gerade gut genug, um zu wissen, dass ich nie spitze werden würde. Ich hätte alles darum gegeben, Ihr Talent zu haben.«

Er schwieg. Ich hätte ihn gern angesehen, um seine Reaktion mitzubekommen, aber ich durfte meine Aufmerksamkeit nicht unterbrechen. Wenn ich sie zu sehen kriegen würde, wäre es schon sehr bald. Ich warf einen schnellen Blick auf den VHS-Player – es war noch viel Bandmaterial übrig, aber dank des Sicherheitssystems der BP war das keine Garantie. Es könnte jeden Moment ein Tag, eine Woche oder ein Monat übersprungen werden. Ich blickte wieder auf den Bildschirm, beobachtete, wie die Sekunden wegschnurrten, und spürte Pamuks Gegenwart hinter mir.

Er nahm in meiner Wahrnehmung immer größeren Raum ein, und ein seltsames Gefühl befiel mich. Wahrscheinlich waren meine Sinne überempfindlich, aber ich hatte das Gefühl, die Gewissheit, dass ich aus einem bestimmten Grund in sein Leben getreten war. Es erinnerte mich an den Priester, dem ich vor langer Zeit in Thailand begegnet war und der gesagt hatte, dass sich unsere Wege vielleicht deswegen kreuzten, damit er mir etwas sagen konnte. Es kam mir so vor, als wäre es jetzt an mir, es weiterzugeben.

Ich behielt meine Konzentration bei und ließ meine Augen nicht abschweifen. »Sie hassen Ihre Arbeit«, sagte ich ruhig, »Sie hassen die Musik, die Sie spielen müssen, und das reicht aus, um das Herz eines Mannes verkümmern zu lassen. Jedes Mannes.«

Auf dem Bildschirm war kein Zeichen eines Fahrzeugs oder Fußgängers zu sehen – nichts. Vielleicht kam sie näher oder parkte ihr Auto und hielt sich so dicht am Rand des Gehwegs, dass sie dem Sichtwinkel sämtlicher Kameras auswich – und das ging noch von der Annahme aus, dass das Band nicht zu Ende war oder plötzlich wieder etwas übersprungen wurde. Ich blickte erneut auf die Datumsanzeige. Die Minute des Anrufs rückte immer näher.

Wenn ich sie nicht bald sähe, würde das winzige Zeitfenster sich für immer schließen.

Ich sprach mit neutraler, sachlicher Stimme, ohne Aufregung oder Besorgnis zu zeigen: »Ich bin mal einem Mann begegnet – das ist viele Jahre her«, sagte ich. »Er war buddhistischer Mönch, und er hat mir etwas gesagt, was ich nie vergessen habe. Er sagte, wenn du frei sein willst, musst du nur loslassen.«

Pamuk erwiderte nichts darauf, und ich konnte natürlich leider nicht sein Gesicht sehen. Ich beobachtete, wie die Datumsanzeige die Sekunden schluckte – wo war sie?

Wo war sie?

»Das ist interessant«, sagte Pamuk schließlich und wiederholte es: »Du musst nur loslassen. Ist es das, was Sie mir sagen wollen – ich soll die Scheißjobs hinschmeißen?«

»Ich will Ihnen gar nichts sagen. Aber vielleicht ist das hier meine wirkliche Mission: dass ich unterwegs bin, um etwas weiterzugeben, sozusagen. Nehmen Sie es als Geschenk, wenn Sie wollen.«

Ich sah ein Auto auf dem Bildschirm. Es bewegte sich über den Schirm, als sollte es geparkt werden: ein Fiat, dachte ich, dunkle Farbe, aber es war schwer zu sagen bei einem Schwarz-Weiß-Fernseher. Ich setzte mich nicht aufrecht hin auf meinem Stuhl, auch wenn ich es gern getan hätte. Ich beugte nur meine Schultern vor, so als würde ich mich lockern.

Ich überprüfte die Datumsanzeige – die Zeiten waren nahezu deckungsgleich. Nur Augenblicke später tauchte eine Frau von dort auf, wo sie geparkt haben musste. Sie war eine Muslima mit einem Kopftuch, dem üblichen langen Kleid, den Kopf gebeugt, während sie vorwärtseilte zu der Stelle, an der, wie ich wusste, das Telefonhäuschen stand.

Auf halbem Weg vorbei an den Zapfsäulen, in deutlicher Entfernung von der Bordsteinkante, griff sie in ihre Handtasche und holte ein Handy heraus. Dann blieb sie stehen, blickte sich um, als ob sie sichergehen wollte, dass niemand sie beobachtete, und ich sah ihr Gesicht zum ersten Mal.

Ich starrte es, wie mir schien, minutenlang an, aber laut der Datumsanzeige dauerte es nur etwas länger als zwei Sekunden. Sie überprüfte die Zeit auf ihrer Armbanduhr, ging auf das Telefonhäuschen zu und verschwand aus dem Sichtfeld.

Ich verharrte reglos. Ich blickte weiter konzentriert auf den Bildschirm, obgleich meine Gedanken sich überschlugen und ich weiterhin die, wie ich hoffte, richtige Körpersprache vortäuschte, um Pamuk zu überzeugen, dass ich nichts von Interesse gesehen hatte. Kurze Zeit später – vielleicht einige Minuten, aber es fiel mir schwer, das zu beurteilen – war das Band zu Ende, und ich sah die Frau nicht wieder aus der Telefonzelle herauskommen.

Ich benutzte das Rauschen als Vorwand, um mich umzudrehen und zu überprüfen, ob Pamuk etwas Unpassendes bemerkt hatte. Er war nicht mehr da.

Ich war so vertieft gewesen in das, was auf dem Bildschirm vor sich ging, dass ich überhört hatte, wie ein Auto vorgefahren war, und auch nicht bemerkt hatte, wie Pamuk hinausgegangen war, um den Fahrer zu bedienen. Ich blieb allein und schweigend lange Zeit sitzen, dachte über die Frau nach, die ich gesehen hatte. Endlich erhob ich mich und verließ das Büro. Wenn schon sonst nichts, so würde die frische Luft mir guttun.

Pamuk hatte gerade einen weiteren Kunden abgefertigt, und als der wegfuhr, drehte er sich zu mir um. »Haben Sie gefunden, was Sie gesucht haben?«, wollte er wissen.

»Nein«, log ich.

»Sehen Sie deshalb so blass aus?«

»Ein paar Stunden in Ihrem sogenannten Büro würden jeden so aussehen lassen«, entgegnete ich.

Er lächelte. »Ich wollte Ihnen danken für das, was Sie gesagt haben – das mit dem Freisein.«

»Keine Ursache. Tut mir leid, dass ich Sie mit der Nadel gestochen habe.«

»Ich habe es wahrscheinlich verdient – wurde langsam Zeit, dass mich jemand wachrüttelt.« Er lachte.

Wir gaben uns die Hände, und ich ging. Wir haben uns nie wieder gesehen, aber ein paar Jahre später hörte ich ein Interview mit ihm im Öffentlichen Rundfunk der Vereinigten Staaten. Ich erfuhr, dass er inzwischen eine Reihe Hits mit traditionellen Instrumenten produziert hatte und eine Art türkischer Kenny G. geworden war. Sein bestverkauftes Album hieß »Wenn du frei sein willst«.

Allein und tief in Gedanken ging ich im schwindenden Tageslicht die Straße entlang. Ich hatte das VHS-Band nicht mitgenommen, das Einzige, was geholfen hätte, die Frau zu identifizieren, weil ich es nicht benötigte. Ich hatte ihr Gesicht erkannt, als sie stehen geblieben war, um sich umzublicken.

Es war Leyla Cumali.

KAPITEL SECHSUNDVIERZIG

Kurz nach dem elften September, als die US-Luftwaffe begann, Orte in Afghanistan zu bombardieren in dem Versuch, die Führer von al-Qaida zu töten, wurde eine Frau, die in einem abgelegenen Dorf lebte, zur Legende in den Moscheen, in denen der islamische Fundamentalismus blühte.

Die Luftwaffe warf einige lasergelenkte Bomben über einem unauffälligen Haus ab, aber unglücklicherweise hatte der US-Geheimdienst mal wieder einen Fehler gemacht. Ein Mann namens Ayman al-Zawahiri war gar nicht zu Hause – nur seine Frau und ein paar seiner Kinder.

Wie aus dem Nichts mitten in einer frostigen Nacht machte die heftige Explosion das Haus dem Erdboden gleich und tötete die meisten Kinder. Ihre Mutter jedoch überlebte, wenn auch schwer verletzt. Beinahe sofort stürzten sich die Männer aus den Nachbarhäusern über die Ruinen, verfluchten die Amerikaner und schworen ewige Rache, zerrten das Mauerwerk und die Trümmer mit bloßen Händen auseinander, um zu der Frau zu gelangen.

Sie war bei Bewusstsein, konnte sich nicht bewegen, wusste aber, dass sie in dem Durcheinander des Angriffs keine Gelegenheit gehabt hatte, ihren Gesichtsschleier anzulegen. Sie hörte, wie die Retter immer näher kamen, und sobald sie in Rufweite waren, rief sie ihnen vollkommen außer sich zu aufzuhören. Da sie die Frau eines islamischen Fundamentalisten und fromme Muslima war, durfte kein Mann, der nicht direkter mit ihr verwandt war, ihr unverschleiertes Gesicht sehen. Sie sagte, dass sie lieber sterben würde, als das zuzulassen, und es war keine leere Drohung. Trotz der flehentlichen Bitten der Retter und ihrer Frauen gelang es nicht, sie umzustimmen. Einige Stunden später erlag sie, immer noch unverschleiert, ihren Verletzungen.

Ich hatte über den Vorfall gelesen, kurz nachdem er sich ereignet hatte, und ich grübelte wieder über dieses Maß an Frömmigkeit oder Wahnsinn nach – suchen Sie sich die Definition aus, die Ihnen am genehmsten ist –, während ich durch die Straßen von Bodrum ging. Im Hinterkopf gehabt und zu finden erwartet hatte ich genau diese Sorte Frau, die über eine vorkonfigurierte Nachricht auf einem Handy mit dem meistgesuchten Terroristen der Welt kommunizierte. Stattdessen war ich auf Cumali gestoßen – eine moderne, berufstätige Frau nach allgemeinem Verständnis, die allein hierhergefahren war in ihrem schwarzen italienischen Wagen, und ich konnte die Quadratur des Kreises einfach nicht lösen.

Bestimmt war der Typ im Hindukusch der erste einer neuen Art islamistischer Fanatiker – intelligent, erstklassige Bildung, technisch versiert. Er war die Sorte Mann, die die Flugzeugentführer vom 11. September wie Strolche und Rabauken aussehen ließ. Zumindest war der Westen jetzt an einen Feind geraten, der seine Befürchtungen rechtfertigte, und ich persönlich glaubte, dass er das Gesicht der Zukunft war. Sehr bald schon würden wir uns zurücksehnen nach den guten alten Tagen von Selbstmordattentätern und Entführern. Aber wie gebildet er auch sein mochte, er war und blieb ein eiserner Anhänger des Islam. Trotzdem war seine einzige Verbündete, soweit uns bekannt, offenbar alles andere als eine Fundamentalistin. Ja, sie zog sich sittsam entsprechend ihrem Glauben an, aber Leyla Cumali kam einem absolut nicht vor wie die Frau von al-Zawahiri.

Ich blieb vor einer Bar am Strand stehen, die bei vielen Rucksacktouristen in Bodrum beliebt war, und lehnte die lautstarke Einladung von drei jungen Deutschen ab, mich zu ihnen zu gesellen. Ich blickte mich um und sah etwas weiter die Straße hinunter das, was ich jetzt brauchte – eine ruhige Bank im Schatten. Dort setzte ich mich hin und rief Bradley an.

Ich unterbrach ihn, als er gerade an seinem Schreibtisch ein Sandwich aß, brachte ihn schnell auf den neuesten Stand hinsichtlich der Vergangenheit des Französischen Hauses und informierte ihn darüber, was es mit der Telefonnummer des Immobilienmaklers auf sich hatte. Erst dann kam ich zum wahren Grund meines Anrufs. Ich erklärte ihm, die einzige weitere signifikante Neuigkeit sei, dass die für die Ermittlung verantwortliche Frau sehr kompetent zu sein schien.

»Ihr Name ist Leyla Cumali«, sagte ich ihm. »Merken Sie ihn sich, Ben – ich glaube, dass wir noch viel mit ihr zu tun haben werden. Sie ist Mitte dreißig und geschieden, aber außer der Tatsache, dass sie erst einige Jahre hier lebt, weiß ich nichts über sie.«

Es klang normal genug, aber ich hoffte, dass ich gerade den richtigen Tonfall getroffen hatte, um Bradley zu signalisieren, dass er unseren Freund anrufen und seine Leute dazu anleiten musste, so viel wie möglich über sie herauszufinden. Bradley enttäuschte mich nicht.

»Cumali, sagten Sie? Können Sie das bitte buchstabieren?«

Ich buchstabierte ihren Namen, aber ich machte keinen Vorstoß, den Flüsterer zu informieren, dass sie die Frau aus dem Telefonhäuschen war. So wichtig die Entdeckung auch war, war ich doch verunsichert. Ich wusste noch nicht genug über sie, und sie passte in keins der Profile, die ich mir vorgestellt hatte. Außerdem befürchtete ich, dass jemand in der Regierung – vielleicht sogar der Präsident selbst – befehlen würde, sie heimlich einzufangen, in irgendein Dritte-Welt-Land auszuliefern und sie so lange zu foltern, bis sie die Identität und den Aufenthalt des Sarazenen aus ihr herausgeholt hätten. Meiner Meinung nach würde das mit ziemlicher Sicherheit zu einer Katastrophe führen.

Von Anfang an hatte ich geglaubt, dass die beteiligte Frau eine Möglichkeit haben musste, Verbindung zu ihm aufzunehmen, und nichts hatte mich von der Meinung abgebracht, dass die wahrscheinlichste Methode eine unverfängliche Nachricht über ein Internetforum war. Zum Beispiel so etwas wie eine Partnersuche-Website oder eine der vielen Kleinanzeigen unzähliger verschiedener Elektronikzeitschriften. Eine derartige Nachricht, nichtssagend für jeden anderen, hätte Bände gesprochen für den Sarazenen.

Und ja, so raffiniert, wie das System an sich schon war, hatte es noch einen weiteren großen Vorteil: Es konnte eine eingebaute Falle haben. Eine winzige Veränderung – die Veränderung der Schreibweise eines Wortes zum Beispiel – würde dem Sarazenen signalisieren, dass sie unter Zwang handelte und er verschwinden musste. Sobald er gewarnt war, dass wir ihm auf der Spur waren, würden wir ihn meiner Meinung nach nie wieder zu fassen kriegen.

Aus dem Grund wollte ich den Flüsterer persönlich warnen, dass eine Auslieferung wahrscheinlich zur Katastrophe führen würde. Außerdem wollte ich ihm mehr Einzelheiten liefern über die Beziehung zwischen einer modernen türkischen Polizistin und einem glühenden arabischen Terroristen.

Als die Dunkelheit einsetzte, wusste ich, dass ich eine perfekte Gelegenheit hatte, Leyla Cumalis Leben weitaus gründlicher zu untersuchen.

Immer noch auf der Bank sitzend, während die Schatten um mich herum länger wurden, wählte ich eine andere Nummer.

»Guten Abend, Mr Brodie David Wilson«, sagte der Manager, als er meine Stimme hörte. »Vielleicht Sie haben mehr Abenteuer für die Hilfe von mir und den einfachen Handwerkern?«

»Heute nicht«, erwiderte ich. »Ich wüsste gern etwas über den Staatszirkus in Milas – wann beginnt und wann endet die Vorstellung?«

»Sie sein ein Mann von vielen Überraschungen – Sie wollen eine Beobachtung von die Zirkus?«

»Nein, ich dachte an eine Teilnahme.«

Er lachte. »Sie mich nehmen auf die Arm.«

»Ja«, gab ich zu. »Ein Kollege empfahl mir hinzugehen, und ich überlege, wie viel Zeit ich dafür habe.«

»Ich gehe in die Leitung von die Internet«, sagte er, und ich hörte, wie er auf die Tastatur eintippte. »Ja, hier es ist – alles in der Sprache von die Türken. Es ist von sehr große Glück für Sie, dass Sie haben die Vorteile von meine mündliche Übersetzung.«

»Und es ist eine exzellente Übersetzung«, lobte ich ihn.

»Die Zeiten sind die folgenden: Die Große Parade beginnt um sechs für die Abendvorstellung, und die fantastische Werk von die Schlussaufführung endet um elf und dreißig.«

Ich dankte ihm und legte auf. Die Dunkelheit setzte gegen halb neun ein, sodass ich im Schutz der Nacht gegen neun Uhr in Cumalis Haus sein konnte. Wenn sie von Milas zurückkäme, wäre es schon nach Mitternacht, was mir drei Stunden für meinen Job ließ.

Es war natürlich nur eine Annahme – das unbedingte Vertrauen darauf, dass der Zirkus seine Vorstellung pünktlich beendete. Man sollte denken, dass ich inzwischen gelernt haben müsste, wie gefährlich Annahmen sein können.

Ich warf einen Blick auf die Uhr an einem nahe gelegenen Gebäude: Es war fünf Uhr nachmittags. Noch vier Stunden bis zu meinem heimlichen Date am alten Hafen, vier Stunden, um eine Bootsfahrt zu unternehmen, vier Stunden, um einen geheimen Pfad zu finden.

Als Erstes musste ich allerdings einen Werkzeugladen finden.

KAPITEL ACHTUNDVIERZIG

Das kleine Fischerboot fuhr parallel entlang des »Deutschen Strandes«. Erst in allerletzter Minute legte der wettergegerbte Skipper den Rückwärtsgang des aufheulenden Innenbordmotors ein, drehte das Steuerrad wie wild und legte einen perfekten Halt neben dem Holzsteg hin.

Als ich den alten Mann angesprochen hatte, der in Bodrums Hafen eine der Winden seines Bootes reparierte, und ihm von dem Ausflug erzählte, den ich im Sinn hatte, lehnte er anfänglich klipp und klar ab.

»Niemand fährt zu diesem Landeplatz«, sagte er. »Das Französische Haus ist …« Er fand das richtige Wort nicht und mimte ein Messer, das eine Kehle durchschnitt, und ich verstand die Bedeutung: Es war verboten.

»Ich bin sicher, dass das stimmt«, erwiderte ich, »außer für die Polizei«, und zog meine Marke hervor. Er blickte sie einen Moment an, dann nahm er sie in die Hand, um sie noch genauer zu inspizieren. Eine Sekunde lang glaubte ich, er wollte hineinbeißen, um ihre Echtheit zu überprüfen.

Stattdessen reichte er sie mir zurück, sah aber immer noch skeptisch aus. »Wie viel?«, fragte er.

Ich erklärte ihm, dass er auf mich warten müsse – insgesamt würden wir ungefähr drei Stunden brauchen –, und bot eine Summe an, die schätzungsweise mehr als großzügig war. Er blickte mich an und lächelte, wobei er eine hübsche Ansammlung kaputter Zähne zur Schau stellte.

»Ich dachte, Sie wollten ein Boot mieten, nicht kaufen.« Immer noch lachend über seinen enormen Glücksfall warf er die Winde zwischen seine Netze und winkte mich an Bord.

Sobald wir nahe genug am Anlegesteg waren, kletterte ich auf den Bootsrand, hielt meine Plastiktüte aus dem Heimwerkerladen fest umklammert und sprang an Land. Die überhängende Klippe ragte über uns empor, und ich wusste aus Erfahrung, dass niemand in dem Gebäude oder auf den Rasenflächen uns sehen konnte. Trotzdem war ich froh über die Deckung, die uns die Abenddämmerung bot. Ich konnte wirklich nicht genauer erklären, warum: Ich wusste nur, dass ich das Haus nicht mochte, den »Deutschen Strand« genauso wenig, und ich war mir ziemlich sicher: Wenn ich recht behielte, würde ich auch das, was ich finden würde, nicht mögen.

La Salle d'Attente – das Wartezimmer –, und ich war bereits aufgrund des Standorts davon überzeugt, dass die früheren Besucher hier vor vielen Jahren auf ein Boot gewartet hatten. Laut den halb vergessenen Geschichten waren sie ungesehen nach Bodrum gelangt, hatten einige Tage in der düsteren Abgeschlossenheit des Anwesens verbracht und verschwanden dann unter Umständen, die gleichermaßen mysteriös waren.

Ich nahm an, dass damals wahrscheinlich ein Kajütboot im Bootshaus vertäut gewesen war – ein Schiff, in dem die Besucher vor allen Blicken verborgen geblieben wären –, während es hinausfuhr, um eine Verabredung mit einem vorbeifahrenden Frachter wahrzunehmen.

Aber die Klippe zu Fuß hinabzuklettern ergab keinen Sinn – sie war völlig einsehbar für jedermann. Deshalb glaubte ich, dass es einen anderen Weg von der Villa ins Bootshaus gab.

Ich rief dem Skipper zu, dass ich jetzt den Pfad hochklettern werde, ging über den Steg, und sobald ich außer Sichtweite war, begann ich, das Bootshaus zu untersuchen. Es schloss eng an die emporragende Klippe an, und in deren Schatten fand ich schnell das, wonach ich suchte: eine Tür, die ins Innere des Hauses führte. Sie war zwar verschlossen, aber das Holz war alt und gab schnell dem Druck meiner Schulter nach.

Ich trat aus dem schwächer werdenden Licht hinein in den Raum. Er war sehr groß, und da lag, an unter Wasser liegenden Schienen vertäut, ein perfekt gewartetes Kajütboot. Ich fragte mich, wer wohl alles auf den vornehmen Sitzen im abgedunkelten Innenbereich gesessen hatte.

Auf der einen Seite befanden sich zwei breite Türen, die durch elektrische Winden betätigt wurden und auf das Wasser hinausführten. Auf der gegenüberliegenden Seite gab es Umkleidekabinen, zwei Duschen, eine Toilette und eine große Werkstatt. An einer Wand war eine steile Treppe angebracht.

Ich öffnete die Plastiktüte, holte das Gerät heraus, das ich gekauft hatte, und ging auf sie zu.

KAPITEL NEUNUNDVIERZIG

Ich betrat zwei kleine Zimmer. Im Winter war es Gianfrancos Unterkunft, doch jetzt waren die Möbel verhüllt von Schonbezügen, und alles andere war verpackt worden.

Ich schaltete das Handgerät ein und beobachtete, wie die Nadel des Voltmeters ausschlug. Es stammte aus der Schweiz und war teuer, aber anders als bei dem meisten chinesischen Schrott konnte ich mir sicher sein, dass das Gerät funktionierte. Es war für Bauarbeiter und Renovierungen gedacht – es zeigte an, an welchen Stellen sich in Wänden und Decken Stromleitungen befanden, damit sie nicht versehentlich Nägel hineinschlugen und sich selbst durch einen Stromschlag gefährdeten.

Wenn es eine Geheimtür oder Falltür im Bootshaus gab, musste sie meiner Meinung nach entweder mechanisch oder elektrisch zu bedienen sein. Das Problem mit der mechanischen Bedienung war, dass es ein kompliziertes System wäre: Man bräuchte Hebel und Flaschenzüge, Ketten und Gegengewichte. Ein elektrisches System andererseits erforderte nur einen Elektromotor, und den hielt ich für den wahrscheinlicheren Kandidaten.

Ich hielt das Gerät waagerecht gegen die Wand und begann,

sie der Länge nach abzusuchen. Ich suchte ein Stromkabel, das zu einem versteckten Schalter führte, aber obgleich das Gerät viele Kabel aufspürte, führten alle nur zu Lichtschaltern oder Steckdosen. Als ich mit den Wänden fertig war, begann ich die Decke und den Boden abzusuchen, hatte dort aber auch nicht mehr Erfolg.

Ich ging nach unten und stellte fest, dass der Wind zugenommen hatte und an den Türen, die zum Meer führten, rüttelte. Ein Sturm kam auf. Aber ich ignorierte ihn und betrat die Werkstatt. Der Raum, voller Elektrowerkzeuge und Borde mit Farben, schloss an die Klippe an, und ich hielt ihn für den wahrscheinlichsten Ort für eine versteckte Tür. Ich begann mit der hinteren Wand und arbeitete mich schnell vor.

Die Nadel des Voltmeters schlug weiter nach beiden Seiten aus – überall in der Wand gab es Kabel. Aber jedes führte zu einer der Steckdosen oder einem der Lichtschalter, die jeweils ihre offensichtliche Funktion hatten. Die Decke und der Zementfußboden – sogar unter den Werkbänken suchte ich – ergaben auch nichts, und meine Zuversicht sank.

Ich überlegte, ob mich die Hakenkreuze zu sehr umgetrieben und auf die falsche Spur gesetzt hatten, und ging in die Umkleideräume. Hoffnung keimte in mir auf, als ich unter einer Holzbank einen Schalter fand – und fiel sofort in sich zusammen, als sich herausstellte, dass er nur zur Bedienung der Fußbodenheizung diente.

Von hier aus ging ich zu den Duschen, beschloss aber, zuerst die Toilette zu untersuchen. So langsam gingen mir die Möglichkeiten aus.

Die Decken und Fußböden waren sauber, genau wie drei der Wände. Aber an derjenigen, an der ein Waschbecken und darüber ein Spiegelschrank angebracht waren, bemerkte ich etwas.

Es gab keine Lichtschalter oder Steckdosen an dieser Wand, und die flackernde Nadel meines Geräts erregte mich nicht sonderlich: Ich nahm an, dass es eine kleine Glühbirne im Spiegelschrank gab. Ich öffnete die Glastür, aber außer einer alten Zahnbürste fand ich nichts.

Mit dem Messgerät verfolgte ich das Kabel entlang des Putzes, bis ich zu einem rechten Winkel gelangte und auf die Wand mit der Toilette und dem Wasserkasten stieß. Das war seltsam – ein elektrisches Kabel verlief gerade entlang einer Seitenwand und verschwand dann in einer Ecke. Was befand sich hinter der Toilette?, fragte ich mich. Ich klopfte an die Wand – sie war solide gemauert.

Ich ging zurück zum Spiegelschrank und suchte ihn rundherum mit dem Gerät ab. Das Kabel endete definitiv hinter dem Schrank. Der war im Wesentlichen ein Holzkasten, und ich prüfte ihn sorgfältig: Er war alt und ziemlich sicher zu der Zeit angefertigt, als das Haus gebaut worden war. Aber der Spiegel war neu. Ich überlegte, ob jemand, der für die Wartung zuständig war – Gianfranco zum Beispiel –, beauftragt worden war, den Spiegel zu ersetzen, und, als er den Schrank von der Wand abnahm, etwas weitaus Interessanteres dahinter entdeckt hatte.

Mit der Taschenlampe an meinem Schlüsselring leuchtete ich in die Ecken des Schrankes und tastete mit den Fingern die Kanten ab. Sollte es einen Schalter dahinter geben, musste er leicht erreichbar sein. Es war nichts zu sehen, und ich wollte schon den Schrank von der Wand abschrauben – oder mir einfach einen Hammer aus der Werkstatt greifen und ihn herunterhauen –, als ich einen kleinen, geschickt versteckten Hebel unter der hinteren Kante entdeckte.

Ich zog daran. Der Schrank bewegte sich, trat aus der Wand heraus, und ich konnte ihn nach oben klappen: ein perfektes Stück deutscher Konstruktionstechnik.

Eingelassen in die Wand dahinter war ein Messingknopf mit einem eingeritzten Hakenkreuz. Ich drückte ihn.

Ein Elektromotor surrte, und dann drehte sich die ganze Wand mit der Toilette und dem Wasserkasten um ihre eigene Achse. Das Ganze war meisterhaft konstruiert – die Wand selbst bestand aus Steinquadern und musste eine Tonne wiegen, während sich gleichzeitig alle Wasser- und Abwasserrohre mitbewegten, ohne dass sie dabei beschädigt wurden.

Direkt hinter dem sich gerade öffnenden Hohlraum befand sich eine große Nische, in der der Elektromotor stand, der den Mechanismus bediente. Eine Reihe Steinstufen – breit und gut gebaut – führten hinunter in die Dunkelheit. Ich sah drei Messingschalter an der Wand und nahm an, dass sie für Beleuchtung waren, aber ich knipste sie nicht an. Ich hatte keine Ahnung, was vor mir lag, und wie jeder Geheimagent wusste ich, dass in der Dunkelheit Sicherheit lag. Ich überlegte, ob ich den Knopf suchen sollte, der die Wand hinter mir schließen würde, verwarf die Idee jedoch. Es war sicherer, sie offen zu lassen. Wenn ich wie der Teufel zurückrennen müsste, wollte ich keine Zeit damit verschwenden, nach einem Schalter zu tasten und darauf zu warten, dass sich eine Tür öffnete.

Das war ein Fehler.

Ich stieg leise die Stufen hinunter und betrat einen Tunnel, der groß genug war, um aufrecht darin zu stehen, gut gebaut und gut entwässert, mit gefliestem Boden und einem Belüftungsschacht in der Decke. Die Luft war frisch und gut.

Der dünne Strahl meiner Taschenlampe leuchtete den Raum vor mir aus, und bevor ihn die Dunkelheit verschluckte, konnte ich erkennen, dass der Tunnel aus solidem Felsen gehauen war. Irgendwo weiter oben – durch das Kliff hindurch und weit unterhalb der ausgedehnten Rasenflächen – würde er, da war ich mir sicher, eine Verbindung zur Villa haben.

Ich tastete mich weiter vor, und mein schwacher Lichtstrahl fing ein Glitzern auf von etwas Bronzenem an der Wand. Als ich näher trat, sah ich, dass eine Gedenktafel am Felsen angebracht war. Mein Deutsch war zwar eingerostet, aber es reichte gerade noch aus. Mit sinkendem Mut las ich: »Mit der Hilfe Gottes des Allmächtigen haben zwischen den Jahren 1946 und 1949 folgende Männer – stolze Soldaten des Dritten Reichs – dieses Haus entworfen, konstruiert und gebaut.«

Es folgten eine Liste ihrer Namen, ihr militärischer Rang und die Aufgabe, die sie bei diesem Bau übernommen hatten. Ich sah, dass die meisten von ihnen Mitglieder der Waffen-SS gewesen waren – und während ich dastand, sah ich vor mir das Foto der Mutter und ihrer Kinder auf ihrem Weg zur Gaskammer. Es war eine Abteilung der SS gewesen, die für die Vernichtungslager zuständig war.

Am unteren Rand der Gedenktafel stand der Name der Gruppe, die die Konstruktion des Hauses finanziert und organisiert hatte. Sie hieß *Stille Hilfe*, und das bestätigte meine Vermutung, seit ich die Hakenkreuze an der Wand der Bibliothek entdeckt hatte.

Stille Hilfe war eine Organisation – *ODESSA* eine mutmaßliche weitere –, die flüchtigen Nazis, vor allem führenden SS-Mitgliedern, geholfen hatte, aus Europa zu entkommen. Sie war eines der besten geheimen Netzwerke, die je gegründet wurden, und man konnte nicht als Geheimagent in Berlin gearbeitet haben, ohne davon gehört zu haben. Nach meiner Erinnerung hatten sie Geld zur Verfügung gestellt, falsche Pässe beschafft und Transportmöglichkeiten auf geheimen Wegen organisiert, die als »Rattenlinien« bekannt waren. Mit Sicherheit war die Villa als Anlaufstation eines dieser Fluchtwege gebaut worden, als Verschiffungsstation, um Flüchtige und ihre Familien nach Ägypten, Amerika und Australien, hauptsächlich aber nach Südamerika zu schaffen.

Ich holte tief Luft und dachte, wie falsch ich gelegen hatte: Trotz des Belüftungssystems war die frische Luft absolut nicht frisch und gut. Sie war ranzig und faulig, und ich eilte voran, wollte so schnell wie möglich hier wegkommen, von dem Ort und der schrecklichen Erinnerung an die Menschen, die einstmals durch den Tunnel geflohen waren.

Über mir zeigte der Strahl der Taschenlampe an, dass ich zum Ende des Tunnels gelangt war. Ich erwartete eine steile Treppe und brauchte deshalb einen Moment, um zu erkennen, dass ich die Fähigkeiten der deutschen Soldaten unterschätzt hatte: Es war ein Fahrstuhl.

KAPITEL EINUNDFÜNFZIG

Rasch und leise glitt der kleine Fahrstuhl den Schacht hinauf. Ich war auf der Hut – ich hatte keine Ahnung, wo im Haus er halten würde und ob jemand anwesend wäre.

Als er mit einem Ruck anhielt, hörte ich das Geräusch eines Elektromotors. Schließlich ging die Tür auf, und ich sah, was er angetrieben hatte: Die verkleidete Wand eines großen Wäscheschranks, die den Fahrstuhl verdeckt hatte, war beiseitegeglitten. Ich trat hinaus ins Dunkel, bewegte mich schnell zwischen Regalen mit sauber gebügelten Laken und öffnete leise die Tür einen Spalt weit.

Ich blickte hinaus auf einen Flur. Ich befand mich im zweiten Stock, einem Teil des Hauses, in dem ich noch nie gewesen war. Ich hätte verschwinden können – ich hatte den geheimen Zugang zur Villa gefunden –, aber ich hörte eine Stimme, gedämpft und nicht identifizierbar aufgrund der Entfernung, und trat leise hinaus auf den langen Flur.

Das Geräusch stoppte, aber ich schlich gebückt vorwärts, bis ich mich gegenüber der Prunktreppe befand. Am anderen Ende stand eine Tür, die in das große Schlafzimmer führte, einen Spaltbreit offen.

Von drinnen hörte ich wieder die Stimme: Es war Cameron, und es kam mir vor, als würde sie möglicherweise leise mit sich selbst reden, etwas Zeit im Schlafzimmer im Gedenken an ihren Ehemann verbringen. Ich erinnerte mich, dass sie gesagt hatte, wenn sie auf dem Bett liege, könnte sie ihn noch riechen und sich vorstellen, dass er immer noch lebte.

Dann hörte ich die zweite Stimme.

Es war eine Frauenstimme – dem Klang nach eine junge Amerikanerin aus dem Mittleren Westen. Sie sagte etwas von einem Restaurant, als sie plötzlich abbrach.

»Was war das?«, fragte sie.

»Ich habe nichts gehört«, antwortete Cameron.

»Nein, kein Geräusch. Da ist ein Luftzug.«

Sie hatte recht – der Wind wehte durch den Tunnel in den Fahrstuhlschacht und drang aus dem Wäscheschrank.

»Hast du die Tür zum Bootshaus aufgelassen?«

»Natürlich nicht«, verneinte die andere Frau.

Sie wussten beide über den Tunnel Bescheid – so viel zu Camerons oscarreifer Vorstellung, dass sie ihren Mann liebte.

»Vielleicht hat der Wind eine der Türen unten aufgerissen«, meinte Cameron. »Es kommt Sturm auf.«

»Ich weiß nicht. Ich werde mal nachsehen.«

»Ich dachte, wir wollten ins Bett gehen«, erwiderte Cameron.

»Das tun wir auch. Es dauert nur eine Minute.«

Ich hörte, wie eine Schublade aufgezogen wurde, dann ein metallisches Klicken. Aus langer unglücklicher Erfahrung erkannte ich das Geräusch einer Pistole, die entsichert wurde, wenn ich es hörte. Ich drehte mich um und eilte zurück zum Wäscheschrank.

Der Flur war zu lang, und mir wurde auf der Stelle klar, dass mich die Frau, sobald sie aus dem Schlafzimmer trat, sehen würde. Ich wandte mich nach links, öffnete eine Tür und betrat ein Gästezimmer. Ich schloss leise die Tür und stand mit rasendem Puls im unbeleuchteten Raum, hoffte, dass sie die Prunktreppe hinuntergehen würde.

Das tat sie nicht. Ich hörte Schritte näher kommen und bereitete mich darauf vor, sie zu überfallen und zu entwaffnen, sobald sie die Tür öffnete. Sie ging vorbei – zur Hintertreppe, nahm ich an –, und ich gab ihr eine Minute, bevor ich mich in den Flur zurückschlich.

Er war leer, und ich eilte zum Wäscheschrank, sah zu, wie sich die Geheimwand hinter mir schloss, und wartete, dass der Fahrstuhl den Tunnel hinunterglitt. Erst dann lehnte ich mich gegen die Wand und konzentrierte mich, versuchte, mir den genauen Klang und Tonfall der Stimme der Frau ins Gedächtnis zu rufen.

In Wirklichkeit hätte ich mich nicht anstrengen müssen. Seltsamerweise war es der Geruch von Gardenien, der sich als bedeutsam herausstellen sollte.

KAPITEL ZWEIUNDFÜNFZIG

Ich ging am Hafen entlang und stemmte mich gegen den schnell auffrischenden Wind, während mein Gesicht von der Gischt der Schaumkronen der hohen Brandung besprüht wurde. Der Sommersturm – wild und unberechenbar – fegte heran. Über mir tauchten bereits Gewitterwolken auf, und Blitze erhellten den Horizont.

Die Rückfahrt vom Französischen Haus über die Bucht war ein Kampf gegen den Wind und die Strömung gewesen. Als wir den Hafen erreichten, sah sogar der Skipper grün im Gesicht aus und meinte lachend, dass ich vielleicht doch noch das bessere Ende des Geschäfts erwischt hätte. Ich bezahlte ihn und ging auf unsicheren Beinen auf die Hafenpromenade zu.

Am Ende der Bucht fand ich, was ich ein paar Tage zuvor entdeckt hatte: ein Stadtviertel voller Werkstätten und verwahrloster Läden, die sich darauf spezialisiert hatten, Motorroller und Mopeds an die Legionen von Touristen zu vermieten. Ich betrat den vollsten von ihnen – es ist nicht sehr wahrscheinlich, dass jemand sich an einen Mann in einer größeren Menschenmenge erinnert – und suchte mir den gängigsten Roller unter den Angeboten aus, eine Tiefeinsteiger-Vespa. Ich gab einem überarbeiteten Verkäufer meinen Führerschein und meine Passdaten und fuhr hinaus in den zunehmenden Sturm.

An einem Laden, der Handys und andere kleine elektronische

Geräte verkaufte, hielt ich an. Ich überflog die Auslagen auf dem Tresen, zeigte auf das, was ich brauchte, und kaufte zwei davon.

Ich fuhr um die Ecke in eine menschenleere Gasse, hielt an einer zerfurchten Stelle und beschmierte die Fahrzeugkennzeichen mit Dreck, um sie unentzifferbar zu machen. Das war sicherer, als sie zu entfernen. Wenn ein Verkehrspolizist mich anhalten und bemängeln würde, dass die Kennzeichen unlesbar waren, würde ich nur mit den Achseln zucken und sagen, dass ich keine Ahnung hätte. Der Zweck des Motorrollers war simpel: Er sollte mir die schnelle Flucht ermöglichen, für den Fall, dass etwas schiefging.

Aus dem Grund musste ich ihn hinter Cumalis Haus parken. Daher umkreiste ich nach der Durchquerung des alten Hafens das riesige Gebäude, in dem *Gül & Söhne, Marina und Schiffswerft* untergebracht war. Dann bog ich in eine schmale Straße ein, die zu den Verladerampen an der Rückseite führte. Alles war schon geschlossen, und mit etwas Glück würde es keine weiteren Gebäude geben, von denen aus man das Gelände überblicken konnte. Ich parkte die Vespa hinter einer Reihe Müllcontainer eng an der Steinmauer, die die rückwärtige Begrenzung zu Cumalis Grundstück bildete, und stellte mich im Schutz der Nacht auf die Sitzbank.

Während um mich herum die ersten Regentropfen aufspritzten und der Wind durch das Blechdach von Güls Lagerhaus pfiff, sprang ich hoch, packte die Mauerkante, zog mich hinauf und bewegte mich schnell über das Hausdach.

Vier Meter über dem Boden war der Sturm noch heftiger, und ich musste meine ganze Konzentration aufbieten, um den dröhnenden Donner zu ignorieren und nicht den Halt zu verlieren, während ich mich auf Cumalis Garage zubewegte.

Ich kletterte auf das Dach, bückte mich tief und überquerte die regennassen, glitschigen Dachziegel. Von da aus musste ich über eine schmale Lücke hinüber zum hinteren Haus springen und mich an einem gusseisernen Gitter festhalten, das ein Fenster im zweiten Stock sicherte. Ich war nicht mehr so jung wie früher –

oder so fit –, aber ich konnte mich immer noch ohne größere Schwierigkeiten über ein Gewirr alter Kabel schwingen, um auf das schräge Dach zu gelangen.

Ich kniete mich hin im Dunkeln, entfernte vier Terrakotta-Dachziegel und schlüpfte hinab auf den Dachboden. Er war unbewohnt und nicht unterteilt, und erfreut stellte ich fest, dass Cumali ihn als Speicher benutzte. Das bedeutete, dass es eine Zugangsklappe geben musste, was mir die Notwendigkeit ersparte, mir einen Weg durch die Decke zu schlagen.

Ohne die Dachziegel wieder an Ort und Stelle zu legen, bewegte ich mich langsam durch den Dachboden und gewöhnte meine Augen an die Dunkelheit. Ich sah eine Klappleiter, die gegen eine Wand gelehnt war, und wusste, dass ich die Zugangsklappe gefunden hatte. Vorsichtig hob ich sie etwas an und starrte hinunter ins Treppenhaus. Ich hielt Ausschau nach dem verräterischen roten Blinken eines Sensors. Aber da war nichts, und so war ich mir sicher, dass es keine Alarmanlage gab.

Ich öffnete die Klappe, ließ die Leiter leise hinab und kletterte hinunter in Cumalis dunkles, stilles Haus.

Dann erstarrte ich.

Ich war nicht allein. Es war nicht mehr als eine kaum wahrnehmbare Bewegung, ein gedämpftes Geräusch – vielleicht nur ein Schritt auf einem Holzfußboden –, aber ich registrierte, dass er aus dem Raum an der Vorderseite des Hauses kam. Cumalis Schlafzimmer, wie ich vermutete.

War es möglich, dass sie doch nicht nach Milas gefahren war? Wo war dann ihr Sohn? Könnte sich noch jemand anderes im Haus aufhalten – das Kindermädchen zum Beispiel? Ich hatte keinen Schimmer, aber eine Notlösung parat – ich zog die Beretta aus meinem Hosenbund und ging leise auf die Tür zu.

Sie stand einen Spaltbreit offen, aber es drang so gut wie kein Licht heraus. Sollte es Cumali sein, war ich geliefert, aber bei jedem anderen hatte ich eine Außenseiterchance. Die Wahrscheinlichkeit, dass mich jemand in der Dunkelheit erkennen konnte, nachdem ich ihn zu Tode erschreckt hatte und ihm das Herz in die Hose gerutscht war, war mehr als gering. Ich durfte nur auf keinen Fall den Mund aufmachen und etwas sagen – mein Akzent würde das Feld der Verdächtigen stark eingrenzen.

Ich trat so heftig gegen die Tür, dass sie aus den Angeln flog, und stürmte hinein – genau wie man es mir beigebracht hatte. Der Lärm und die Plötzlichkeit der Bewegung waren dazu angelegt, sogar den erfahrensten Profis den letzten Nerv zu rauben. Ich sicherte den Raum mit vorgehaltener Pistole und sah als Erstes grüne Augen, die mich anstarrten. Ihre Besitzerin saß auf dem Bett.

Leckte sich die Pfoten.

Es war die Tigerkatze, die ich im Küchenfenster gesehen hatte, wie sie sich gekratzt hatte. Verdammt, ich hätte daran denken müssen, dass sie ein Haustier hat – ich werde nachlässig, schalt ich mich selbst.

Verärgert drehte ich mich um, ging die Treppe hinunter und betrat ihr Wohnzimmer. Die Vorhänge waren zugezogen, der Raum lag in mehr oder weniger dunklen Schatten, aber das Erste, was mir auffiel, war der Fernseher in der Ecke, auf dem ein Sky-Decoder stand. Ich starrte die Geräte an und stellte mir Cumali vor, wie sie im Schneidersitz auf dem Fußboden saß, während ihr Sohn oben schlief, und die ganze Nacht hindurch ihre Nachrichten entwarf und überspielte.

Der Lösung so nahe gekommen zu sein feuerte mich noch mehr an. Ich trat schnell ans Fenster und vergewisserte mich, dass die Vorhänge wirklich fest geschlossen waren, bevor ich eine Lampe anknipste. Das Schlimmste nämlich, was man nach dem Eindringen in ein Haus machen kann, ist, eine Taschenlampe zu benutzen. Licht ist verräterisch, nichts alarmiert einen Nachbarn oder Vorbeigehenden schneller als ein umherwandernder Lichtstrahl in einem Haus. Der sanfte Schein einer Lampe jedoch kommt jedem normal vor.

In einer Ecke des Raums stand Cumalis unordentlicher, mit Akten und Rechnungen übersäter Schreibtisch. Nur um den Computerbildschirm und die Tastatur herum war er aufgeräumt.

Ich bewegte die Maus, und der Bildschirm flackerte auf – glücklicherweise hatte sie, wie die meisten Menschen, ihren Computer angelassen, sodass ich mir nicht den Kopf zerbrechen musste, wie ich ihr Passwort knacken konnte, oder die Festplatte entfernen musste. Ich griff in meine Tasche, holte die beiden USB-Sticks heraus, die ich im Handyladen gekauft hatte, und schob einen in das Laufwerk. Der zweite war nur als Ersatz für den Notfall gedacht. Gott sei Dank kannte ich mich mit Windows gut genug aus, sodass ich keine Probleme damit hatte, mir alles zu überspielen, obgleich es türkisch war.

Nachdem ich ihre gesamten Dateien inklusive E-Mails auf meinen Stick kopiert hatte, machte ich mich daran, ihren Schreibtisch zu durchsuchen. Ich teilte ihn in vier Bereiche auf und ging methodisch und gründlich vor, ließ mir dabei ausreichend Zeit. Ich benutzte meine Handykamera, um alles, was von Interesse war, zu fotografieren, aber ich ahnte bereits, dass ich mich nur an die üblichen Regeln hielt – es gab nichts, was irgendwie auf eine düstere Verschwörung hinwies.

Zwischen einem Stapel Rechnungen, die noch bezahlt werden mussten, lag ein Ordner, der Cumalis Festnetz- und Handyrechnungen enthielt, und ich nahm mir einige Minuten, um ihn durchzusehen. Alle Nummern, die sie angerufen hatte, schienen unverdächtig zu sein. Auf jeden Fall waren es keine mit Vorwahlen für Pakistan, den Jemen, Afghanistan, Saudi-Arabien oder für eines der anderen Ballungsgebiete islamistischer Fundamentalisten. Und ich entdeckte auch keinen Hinweis darauf, dass es sich um günstige Einwahlnummern handelte, die man für Auslandsgespräche benutzte. Es schien sich ausschließlich um Inlandsgespräche zu handeln. Ich machte trotzdem ein Foto.

Dann ging die Lampe aus.

Vor Schreck griff ich instinktiv nach meiner Waffe. Trotz angestrengten Lauschens hörte ich nichts, nicht einmal die Tigerkatze. Ich erhob mich vom Schreibtisch und schlich zum Fenster, wollte sehen, was draußen los war. Ich zog vorsichtig eine Ecke des Vorhangs beiseite und blickte auf die Straße. Der Sturm war noch stärker geworden, und die gesamte Umgebung lag da in totaler Dunkelheit. Es war ein Stromausfall.

Natürlich hätte ich mich fragen müssen, ob der nur Bodrum betraf oder ob er darüber hinausging. Leider tat ich das nicht.

KAPITEL DREIUNDFÜNFZIG

Gezwungenermaßen musste ich jetzt meine Taschenlampe benutzen. Ich kehrte zum Schreibtisch zurück und begann mit den Schubladen. Sie gaben noch weniger her.

Auf einem Stück Papier – ein halbfertig gelöstes Kreuzworträtsel, herausgerissen aus einer Londoner Zeitung – war das Wort »Clownfisch« am Rand notiert. Vielleicht hatte sich jemand an einer Lösung versucht. Vielleicht auch nicht. Das Wort war flüchtig hingekritzelt worden, und ich konnte dem Krakel nicht entnehmen, ob es Cumalis Handschrift war oder nicht. Also fotografierte ich es ebenfalls.

Ein paar Minuten später blätterte ich durch die Seiten eines alten Kalenders und fand eine handgeschriebene Liste von Meereslebewesen – alle auf Englisch –, in der dasselbe Wort auftauchte. Wieder sagte es mir nichts. Vielleicht hatte sie nur versucht, ihrem Sohn etwas beizubringen. Ich machte weiter.

Dank des Stromausfalls benutzte ich jetzt bedenkenloser die Taschenlampe – jeder in Bodrum war nun auf solche Notbeleuchtungen angewiesen –, leuchtete damit den Raum ab, suchte in den Kalksteinwänden und den unebenen Holzdielenböden nach einem versteckten Safe. Da war nichts, also zog ich den USB-Stick aus dem Computer – glücklicherweise waren bereits vor dem Stromausfall alle Daten gespeichert worden –, ging wieder die Treppe hinauf und in den nächstwahrscheinlichen Raum, in dem ich möglicherweise etwas finden könnte: in Cumalis Schlafzimmer.

Ich wollte schon bei ihrer Kommode anfangen, als der Strahl der Taschenlampe auf einen großen Aktenschrank in ihrem begehbaren Kleiderschrank fiel. Ich zog versuchsweise an einer der Schubladen und stellte fest, dass der Schrank merkwürdigerweise verschlossen war.

Ich öffnete meine Brieftasche und entnahm ihr ein kleines Set Picks. Obgleich es Jahre her war, dass ich diese Technik gelernt hatte, war das Schloss so leicht zu knacken, dass ich weniger als eine Minute dafür brauchte. Die erste Schublade war voller Polizeiakten – einschließlich einiger, die mit dem Tod von Dodge zu tun hatten –, aber hinter ihnen entdeckte ich in einer Lücke den Grund, warum Cumali den Schrank verschlossen hatte. Sie wollte nicht, dass ihr Sohn an die Walther P99 gelangte, die dort lag.

Es war nichts Besonderes an ihrer Präsenz – viele Polizisten bewahren eine Reservewaffe zu Hause auf –, aber ich entdeckte die in den Lauf eingravierte Seriennummer und speicherte sie in meinem Handy zwecks späterer Überprüfung. Wer konnte schon wissen? Irgendwann, irgendwo hatte sie möglicherweise jemand benutzt, oder sie war auf jemanden registriert worden, und das könnte mir einen echten Hinweis geben.

Die nächste Schublade war beinahe leer – nur Rechnungen, die mit »bezahlt« abgestempelt waren, und ein Ordner, der Rechnungen mit einzeln aufgeführten Positionen des örtlichen Krankenhauses beinhaltete. Obgleich das meiste auf Türkisch war, waren die Namen der bestellten Medikamente auf Englisch, und ich erinnerte mich noch aus meinem Medizinstudium, wofür sie benutzt wurden. Ich sah mir die erste Seite des Ordners an, stieß auf den Namen des Patienten und das Datum und wusste jetzt, dass Cumalis Sohn vor einigen Wochen mit Meningokokken-Meningitis eingeliefert worden war.

Es ist eine extrem gefährliche Infektion, besonders für Kinder, und bekanntermaßen schwer rechtzeitig zu diagnostizieren. Viele Ärzte, sogar die in Notaufnahmen, verwechseln sie oft mit Grippe, und wenn der Fehler entdeckt wird, ist es häufig zu spät. Cumali muss Glück gehabt haben, an einen Notarzt geraten zu sein, der erfahren genug und außerdem entschlossen genug war, nicht auf den Laborbefund zu warten. Stattdessen hatte er dem

Jungen umgehend eine massive Dosis Antibiotika verabreicht, die zweifellos sein Leben gerettet hat.

Ich durchsuchte weiter den Aktenschrank mit dem guten Gefühl, dass der kleine Kerl letztendlich verschont geblieben war. Auf der letzten Seite betrachtete ich Leyla Cumalis Unterschrift auf der Rechnung und wollte den Ordner schon zurückstellen, als ich innehielt. Vielleicht tat ich das aus einem Reflex heraus oder weil ich noch nie bewusst ihren ausgeschriebenen Namen gelesen hatte. Jedenfalls war mir etwas klar geworden: Ich kannte ihren Familiennamen nicht. Jedenfalls nicht sicher.

In der Türkei galt für eine geschiedene Frau die strikte Praxis, ihren Mädchennamen wieder anzunehmen, aber ich meinte einmal gelesen zu haben, dass ein Gericht auch anderweitig entscheiden konnte. Angenommen, dass gegen jede Wahrscheinlichkeit Cumali ihr Ehename war, dann bedeutete das, dass es möglicherweise einen Hinweis auf ein früheres Leben, auf einen früheren Familiennamen geben musste.

Bei meiner Durchsuchung hatte ich keine Geburtsurkunde gefunden, keine Heiratsurkunde, keinen Pass – absolut nichts, was mir ihren Geburtsnamen verriet. Es war möglich, dass die Dokumente an einem sicheren Ort aufbewahrt wurden – in einem Safe in ihrem Büro auf der Polizeiwache zum Beispiel –, aber ich konnte nicht sicher sein und arbeitete schneller, ging jede Schublade des Aktenschranks durch, um vielleicht doch noch auf etwas zu stoßen.

Die Vorhänge hinter mir waren fest geschlossen, und der Wind erstickte jedes andere Geräusch, sodass ich keine Ahnung hatte, dass ein Wagen die Straße entlanggefahren kam und in Cumalis Einfahrt einbog.

Erst später fand ich heraus, dass der Stromausfall weit über Bodrum hinausgegangen war. Bis nach Milas beispielsweise – was bedeutete, dass die Abendvorstellung des Zirkus nicht stattgefunden hatte. Die Eintrittskarten behielten bis zur nächsten Woche ihre Gültigkeit, und das Publikum brach früh auf und machte sich auf den Heimweg.

Der kleine Junge dürfte auf der Fahrt nach Hause eingeschlafen sein, sodass Cumali draußen vor der Garage so nah wie möglich an der Hintertür hielt. Sie hob ihn hoch, schlug die Tür ihres Fiats zu und trug das Kind über den kurzen betonierten Weg.

Sie steckte den Schlüssel in die hintere Tür, öffnete sie mit einer Hand, und der scharfe Windstoß, der durch die fehlenden vier Terrakottaziegel auf dem Dach fuhr, dürfte ihr sofort bedeutet haben, dass etwas nicht stimmte. Wenn sie noch irgendwelche Zweifel gehabt hätte, wären diese von dem Geräusch meiner Schritte auf dem nackten Holzfußboden über ihr zerstreut worden.

Sie kehrte mit ihrem Sohn auf dem Arm um, ging zurück zum Wagen und rief mit ihrem Handy den Notruf. Ich habe keinen Zweifel, dass sie der Vermittlung die Geheimnummer angegeben hatte – über die alle Polizeikräfte verfügen –, die das Signal dafür war, dass ein Beamter in Schwierigkeiten war und dringend Hilfe brauchte. Eine andere Erklärung gab es nicht für die Schnelligkeit und die Mannstärke, mit der die Polizei eintraf.

Komischerweise war es genau die Schnelligkeit, was mir eine Chance eröffnete – keine große, zugegeben, aber trotzdem eine Chance. Manchmal muss man halt nehmen, was man kriegen kann, ohne Ansprüche zu stellen.

Der Wagen der ersten Einsatztruppe raste die Straße entlang – ohne Sirene oder Blinklicht, in der Hoffnung, den Eindringling zu überraschen –, hielt aber etwas zu abrupt am Randstein. Das Geräusch von aufspritzendem Schotter, das fast total geschluckt wurde vom Wind, war das erste Zeichen für mich, dass etwas absolut nicht stimmte.

Ein Agent, der nicht so viele Jahre auf dem Buckel hatte wie ich, wäre möglicherweise ans Fenster gegangen, um hinauszusehen, aber ich verharrte regungslos und lauschte. Ich hörte das metallische Geräusch einer Wagentür, die geöffnet wurde. Als die Tür nicht zugeschlagen wurde, wusste ich nur zu genau, dass die Insassen nicht bemerkt werden wollten, um das Überraschungsmoment auf ihrer Seite zu haben.

Obgleich ich sicher war, dass sich Polizisten vor dem Haus befanden, machte ich weiter mit der Durchsuchung des Aktenschrankes. Ich war nicht bereit, die einzige Gelegenheit sausen zu lassen, die ich je bekäme, nach einem Dokument zu suchen – irgendeinem Dokument –, das mir Cumalis Geburtsnamen verriet. Ich ging davon aus, dass die Besucher noch auf Verstärkung warteten, womit eine Sache von vornherein klar war: Sie würden das Haus nicht in einer Mannschaftsstärke stürmen, die klein genug war, dass ich es mit ihr aufnehmen konnte. Ich beschloss, so lange zu bleiben, bis ich den nächsten Wagen eintreffen hörte, und dann blitzschnell zu verschwinden.

Ich suchte weiter, wobei ich angestrengt auf jedes Geräusch jenseits des Sturmgeheuls achtete. Weniger als eine Minute später hörte ich mindestens ein weiteres Auto vorfahren. Vielleicht waren es auch zwei. Trotz meines vorherigen Plans – nennen Sie mich ruhig verrückt, wenn Sie wollen – machte ich weiter. In der untersten Schublade, unter einem Stapel alter Polizei-Zeitschriften, fand ich ein großes ledergebundenes Buch, das vom Typ her aussah wie etwas, was ich schon oft gesehen hatte: ein Hochzeitsalbum.

Es war nicht das, worauf ich gehofft hatte, aber unter diesen Umständen noch das Beste. Ich konnte nur hoffen, dass türkische Fotografen genauso geschäftstüchtig waren wie ihre amerikanischen Kollegen. Ich schlug das Album aufs Geratewohl auf, zog eins der Fotos heraus und warf das Album dahin zurück, wo ich es gefunden hatte. Ich vertraute darauf, dass ein viele Jahre altes Foto nicht vermisst werden würde.

Schnell stopfte ich mir die Fotografie ins Hemd, verstreute einige Teile aus dem Aktenschrank über den Fußboden und öffnete zwei Schubladen der Kommode, damit es wie ein Amateureinbruch wirkte. Die Walther P99 nahm ich an mich und spannte sie – zumindest war in diesem Fall die Glücksgöttin auf meiner Seite. Ich hätte auf keinen Fall meine eigene Waffe benutzen können, denn falls der Verdacht auf mich gefallen wäre, hätte mich jede ballistische Untersuchung der Kugeln mit Sicherheit überführt. Aber die Walther war absolut nicht mit mir in Verbindung zu bringen. Ich ging auf das Badezimmer zu und bereitete mich darauf vor, die Waffe zu benutzen.

Im Haus ging jetzt das Licht an – der Stromausfall war behoben worden. Vielleicht liebte die Glücksgöttin mich doch nicht richtig. Ich ging nach rechts auf die Leiter zu, die hinauf auf den Boden führte und die ich vorsorglich unten gelassen hatte. Auch die Dachziegel hatte ich nicht wieder an Ort und Stelle gesetzt, für den Fall, dass ich schnell verschwinden musste.

Ich hörte Schritte – Stiefelschritte, genau genommen –, die sich über die Vordertreppe näherten, und wusste nun, dass die Polizisten jeden Moment da sein würden. Ich kletterte die Leiter hoch und hörte, wie sich ein Schlüssel im Schloss drehte.

Gerade noch rechtzeitig schaffte ich es auf den Dachboden, als die Vordertür aufgerissen wurde und eine Männerstimme etwas auf Türkisch brüllte. Es war klar, dass der Polizist denjenigen, wer auch immer da drinnen war, aufforderte, die Waffe fallen zu lassen und mit erhobenen Händen herauszukommen.

Ich zog die Leiter hoch, rannte auf den Teil des Bodens zu, wo ich die Dachziegel entfernt hatte, und kroch durch die Öffnung hinauf auf das schräge Dach. Mich im Schatten haltend robbte ich vorwärts und überflog mit einem schnellen Blick die Umgebung. Ich sah Cumalis Auto in der Auffahrt und konnte sie darin mit ihrem Sohn auf dem Arm klar erkennen, während sich eine Gruppe ihrer Kollegen auf die Garage zubewegte und auf dem Hinterhof verteilte. Sie hatten den Platz umstellt.

Es gab nur einen Ausweg: übers Dach zu sprinten und einen

Satz über die fünf Meter breite Auffahrt auf das Dach von Güls angrenzendem Lagerhaus zu riskieren. Kein Problem – fünf Meter waren kein Problem für mich.

Gewiss. Fünf Meter weit zu springen hatte ich seit meiner Ausbildung nicht mehr probiert, und schon damals war ich nicht gerade ein Kandidat für die Goldmedaille gewesen.

KAPITEL FÜNFUNDFÜNFZIG

Ich blieb im Schatten liegen und versuchte krampfhaft, mir einen besseren Plan auszudenken, als ich hörte, wie unter mir eine Tür aufgerissen wurde. Eine Sekunde später hörte ich den ohrenbetäubenden Lärm einer explodierenden Blendgranate. Türkische Cops fackeln nicht lange. Ich schätzte, sie hatten sich bis zu Cumalis Schlafzimmer vorgearbeitet und würden nun ihre Aufmerksamkeit jeden Augenblick dem Bodenraum zuwenden.

Mehr brauchte es wirklich nicht, um mich auf Trab zu bringen. Ich richtete mich auf und rannte geduckt und so schnell ich konnte, zur Dachkante. Im nächsten Augenblick schon hatten meine Füße den Kontakt zu den Dachziegeln verloren, und ich schwamm sozusagen in der Luft, ruderte verzweifelt mit Armen und Beinen und versuchte, die Lücke zu überwinden und die Regenrinne an der Seite des Lagerhauses zu fassen zu kriegen. Ich fiel, und einen schrecklichen Moment lang glaubte ich, dass ich es nicht geschafft hätte. Als Nächstes spürte ich, dass meine linke Hand die Rinne berührte und dann abrutschte, aber mit der rechten packte ich das Metall und hielt es fest. Ich schwang wie ein schlechter Trapezkünstler hin und her, langte nach oben, konnte mich auch mit der linken Hand festhalten und mich hinauf auf das Dach des Lagerhauses ziehen …

Leider war die Nacht nicht dunkel genug.

Ich hörte Stimmen brüllen, den scharfen Knall eines Pistolenschusses, und ich wusste, dass zumindest einer der Polizisten in der Nähe der Garage mich gesehen hatte. Die Kugel hatte mich verfehlt, und ich war zuversichtlich, dass mich keiner der Polizisten in der Dunkelheit erkannte. Das Problem war, wie ich es bewerkstelligen konnte, vom Dach zu fliehen.

Schon hörte ich laute Befehle, das Geräusch von Funkgeräten, die aktiviert wurden, und ich brauchte keine Übersetzung, um zu wissen, dass die Männer den Befehl hatten, das Lagerhaus abzuriegeln. Ich musste die Versorgungstreppe vom Dach hinunter finden, ins Gebäude gelangen und zu den Verladerampen im hinteren Haus. Draußen stand die Vespa.

Es würde ein Wettrennen werden, und es begann mit einem schlechten Start – einer der Polizisten hatte einen Hubschrauber angefordert.

Der Pilot hatte seine Suchscheinwerfer eingeschaltet, und ich sah den breiten Lichtstrahl näher kommen, während ich über das Blechdach sprintete und eine Leiter zu einer höher gelegenen Stelle des Dachs hochkletterte. Ich lief auf zwei große Kühltürme zu in der optimistischen Annahme, dass Mr Gül und seine Söhne ihre Wasserversorgung regelmäßig warten ließen, und wurde nicht enttäuscht. Eine abgeschlossene Tür neben den beiden Türmen führte wahrscheinlich zu einem Treppenhaus. Ich zielte mit der Walther aufs Schloss und pustete es weg.

Dann trat ich die Tür auf und rannte halb springend, halb laufend die erste Treppe hinunter. Es gab kaum Licht, aber ich sah, dass ich in der Reparaturwerft war – einem höhlenartigen, gespenstischen Ort. Zwischen hoch aufragenden Wänden lagen mehrere Trockendocks, und ein Dutzend Luxusyachten hingen an riesigen motorgesteuerten Greifarmen darüber. Diese waren an Schienen an den Dachsparren angebracht. So konnte man die großen Boote hydraulisch von einem Arbeitsbereich zum nächsten bewegen, ohne sie zwischendurch zu Boden zu lassen. Eine spitzenmäßige Anlage.

Während die aufgehängten Boote in dem heftigen Wind quietschten und stöhnten, stieg ich die nächste Treppe hinunter. Plötzlich gingen vier Deckenleuchten an – große Natriumdampflampen.

Wenn die Polizisten mich erkennen würden, wäre das beinahe genauso schlimm, wie geschnappt zu werden. Also ging ich in die Hocke und zielte. Anders als beim Weitsprung war ich auf dem Schießstand immer ziemlich gut gewesen. Ich feuerte vier Mal schnell hintereinander und schaltete alle Lampen in einer beeindruckenden Explosion aus Gas und Glashagel aus.

In der Dunkelheit hörte ich türkische Stimmen fluchen, mehr Männer trafen ein, und das Geräusch von großen Rolltoren war zu vernehmen. Ich wusste, dass sehr bald schon genug Männer dort unten wären, um eine Kette zu bilden und das Gelände abzusuchen, bis sie mich gestellt hatten. Ich rannte zurück über die Treppen, kletterte auf das Stahlgerüst direkt unter dem Schienennetz und sprintete zum Schaltkasten. Ich sah, wie immer mehr Polizisten hereinströmten, und konnte nur hoffen, dass keiner von ihnen nach oben zu den Dachsparren schauen und meine Silhouette im Gegenlicht entdecken würde.

Ich erreichte den Schaltkasten und dankte einem Gott, von dem ich nicht einmal sicher war, dass er existierte: Sechs identische Fernsteuerungsgeräte steckten in Ladestationen, die an der Wand befestigt waren. Ich schnappte mir das erstbeste, schaltete es an und sah, wie eine Nummerntastatur und ein Display aufleuchteten. Flach auf dem Boden liegend und ohne einen echten Plan, was ich als Nächstes tun wollte, handelte ich intuitiv. Ich richtete das Gerät wahllos in die Dunkelheit und betätigte den daran angebrachten Joystick.

Die motorisch gesteuerten Greifarme, die eine große Yacht hielten, begannen sich in Bewegung zu setzen, und mit ihnen glitt das Boot über die oben angebrachten Schienen. Eine Gruppe von vier Cops unten, alle in Uniformen mit viel Lametta, bemerkte den weiß-goldenen Kreuzer, der zunehmend an Geschwindigkeit gewann, über ihren Köpfen. Der Älteste der Gruppe, rotgesichtig und übergewichtig, die Knöpfe an seiner Uniformjacke angespannt, erriet entweder, was los war, oder er sah das Glimmen meines Handgeräts. Er gestikulierte wie wild nach oben zum Gerüst und brüllte Befehle.

Polizisten rannten zu den Zugangsleitern an den Wänden und begannen, zu mir hinaufzuklettern. Sie waren meistenteils jung, feuerten sich gegenseitig an, und es fehlte meiner Meinung nach nicht viel, dass sich so etwas wie Festtagsstimmung breitmachte. Ihnen war klar, dass ein einzelner Mann keine Chance hatte gegen so viele, und sie wollten ihn unbedingt dafür bezahlen lassen, das Haus einer Kollegin beschädigt zu haben. Ein zufälliger »Sturz« lag durchaus im Bereich des Möglichen.

Wie wahnsinnig hantierte ich mit der Fernbedienung. An jedem Boot war seitlich eine vierstellige Identifikationsnummer angebracht, und wenn ich die auf der Tastatur eingab, konnte ich über die Steuerung jedes Boot vor- oder zurückbewegen, nach links oder nach rechts. Während immer mehr Polizisten eintrafen, um sich an der Jagd zu beteiligen, lag ich außerhalb ihrer Sichtweite und versuchte, so viele Boote wie möglich in Bewegung zu setzen, um das Maximum an Verwirrung für meine Flucht nutzen zu können.

Der einzige Teil des Geräts, über den ich mir nicht im Klaren war, war ein gelber Knopf unten – ich hatte zwar eine Vermutung, aber ich wollte es nicht darauf ankommen lassen. Stattdessen erhöhte ich die Geschwindigkeit der weiß-goldenen Yacht und lenkte sie so, dass sie mit einer zwölf Meter langen Schaluppe zusammenstoßen musste. Dann machte ich mich ganz flach.

Einer der Polizisten, die die Wand hochkletterten, sah das Unheil auf sie zukommen und brüllte eine Warnung. Alle dort unten machten, dass sie wegkamen – unter zwei großen Booten zu stehen, die kollidierten, war kein empfehlenswerter Standort.

In dem Moment, wo sie zusammenprallten, flogen Trümmer in alle Richtungen. Die Schaluppe löste sich aus ihren Greifarmen, fiel fünfzehn Meter tief zu Boden und zerbarst in tausend Teile.

In dem Chaos und dem allgemeinen Schrecken rappelte ich mich auf. Ein fünfzehn Meter langes, schwarzes Schnellboot mit zwei Gasturbinen und einer großen Heckflosse – der Traum eines jeden Schmugglers – kam auf mich zu. Als es an mir vorbeipreschte, sprang ich, packte eine verchromte Haltestange an der Seite und schwang mich an Bord.

KAPITEL SECHSUNDFÜNFZIG

An Bord eines Schnellboots versteckt zu sein hatte zwar meine Situation verbessert – doch es war auch eine Tatsache, dass die Steuerbordseite der *Titanic* zunächst etwas länger durchhielt als die Backbordseite. Noch immer steckte ich in einer Lagerhalle mit mehreren Dutzend türkischen Polizisten fest, die auf Krawall gebürstet waren.

Ich rollte mich über das Deck des Schnellboots und schaffte es ausnahmsweise einmal, den richtigen Zeitpunkt zu erwischen: Eine sehr schön restaurierte Riva-Yacht aus den 1960er Jahren glitt an mir vorbei in die andere Richtung. Ich sprang hinüber und landete auf ihrem Teakholzdeck. Mit gespreizten Gliedern versuchte ich, irgendwie Halt zu finden, und die Riva transportierte mich zu den Verladerampen im hinteren Bereich.

Irgendwo hinter mir ertönte ein ohrenbetäubendes Krachen – ich nahm an, dass zwei weitere Yachten zusammengestoßen waren, aber ich hatte keine Zeit, mich umzudrehen und es mir anzusehen. Ein Katamaran, den ich ebenfalls in Marsch gesetzt hatte, tauchte im rechten Winkel aus der Dunkelheit auf und kam direkt auf mich zu.

Sein hochseetauglich stahlverstärkter Bug würde die Riva wie Butter in zwei Hälften schneiden, aber es gab nichts, was ich tun konnte, außer durchzuhalten. Wenn ich vom Schnellboot sprang, würde ich neben dem Kleinholz fünfzehn Meter unter mir als Haufen zerbrochener Knochen enden. Ich wappnete mich für den Aufprall, aber im letzten Moment schrammte die Yacht am Katamaran vorbei. Ich sah, wie knapp neben mir der Lack an der Bootshaut abgeschält wurde.

Licht zerriss die Dunkelheit, und ich wurde gewahr, dass die Polizisten vom Hof draußen Bänke mit Arbeitslampen hereingerollt hatten. Mein erster Impuls war, sie ebenfalls auszuschießen, aber nach kurzer Überlegung entschied ich mich dagegen, weil das mit ziemlicher Sicherheit meine Position preisgegeben hätte. Stattdessen musste ich mit ansehen, wie sie die Lampen in Position brachten und das Schienennetz und die tobenden Boote nach einem Hinweis auf mich absuchten.

Mit jeder Sekunde trug mich die Riva näher zu den Verladerampen, aber die Polizisten an den Lampen arbeiteten methodisch. Sie leuchteten Sektor für Sektor ab, und es war nur eine Frage von Sekunden, bis sie mich auf dem Boot erwischen würden. Ich ließ mich über die Seite gleiten, baumelte dort einen Moment und suchte die Umgebung unter mir nach irgendwelchen Polizisten ab. Meiner Meinung nach war alles klar, aber in der Verwirrung und Eile täuschte ich mich. Ein Cop in einem Haifischlederanzug rollte ein Kabel für weitere Arbeitslampen herein.

Ich hing nur noch an meinen Fingerspitzen an der Seite der Riva und wartete … wartete … und ließ los. Ich fiel etwa sechs Meter tief und riss mir beinahe die Arme aus den Gelenken, als ich mich an einer waagerecht angebrachten Wasserleitung festhielt, die die Sprinkleranlage versorgte. Für Schmerzensschreie blieb mir gar keine Zeit, sondern ich hangelte mich sofort an der Leitung entlang, bis ich mich auf das Dach des Lagerraums fallen lassen konnte. Von dort aus erreichte ich die Seitenwand, und während ein Dutzend Polizisten hochkletterten, um mich zu stellen, kletterte ich Stück für Stück die Aluminium-Hausverkleidung hinunter.

Auf dem Boden angekommen zog ich die Fernbedienung aus dem Hosenbund, während die Beamten an den Arbeitslampen die Dachsparren und die oben befestigten Boote absuchten. Ich sprintete zur Rückseite, dann um eine Ecke – und da war die Verladerampe, zehn Meter vor mir. Polizisten, die hereingekommen waren, um den Anbau abzusuchen, hatten eines der Rolltore offen gelassen, und ich wusste, dass mein Roller nur noch zwanzig Meter weit weg war, versteckt in der Dunkelheit hinter den Müllcontainern.

In vollem Lauf fing ich aus den Augenwinkeln eine Bewegung zu meiner Linken auf. Ich fuhr herum, zog blitzschnell die Walther, sah dann aber, dass es nur ein Straßenköter war, der hier nach Futter gesucht hatte.

Der Hund war jedoch nicht das Problem. Es war die Stimme von hinten, die mir plötzlich einen Befehl zurief. Zwar auf Türkisch, aber es gibt Situationen, in denen sich alle Sprachen gleichen.

»Waffe fallen lassen, Hände hoch«, sagte die Stimme – oder etwas, was dem sehr nahe kam.

Vermutlich war der Kerl bewaffnet, was hieß, dass er mich direkt vor sich hatte, und zwar meinem Gehör nach ungefähr zehn Meter entfernt. Gut gemacht, türkischer Bulle – zu weit für mich, um dich anzuspringen, nah genug für dich, um mich nicht zu verfehlen. Ich ließ die Walther fallen, behielt aber die Fernbedienung in der Hand.

Der Polizist sagte irgendetwas, und ich schloss aus dem Tonfall, dass ich mich umdrehen sollte. Das tat ich ganz langsam, bis ich ihm von Angesicht zu Angesicht gegenüberstand. Es war der Cop in dem Haifischlederanzug, der sich hingekniet hatte und immer noch versuchte, ein Kabel mit den Arbeitslampen zu verbinden. Er zielte mit einer gemeinen kleinen Glock auf meine Brust. Aber das war nicht das, was mich am meisten verblüffte. Meine größte Verblüffung galt seinem Namen. Es war SpongeBob.

Er blickte mich an, noch überraschter, als ich es war. »*Seni!*«, sagte er, und dann wiederholte er es auf Englisch. »Sie.«

Als ihm die volle Bedeutung meiner misslichen Lage aufging, verzog er die Lippen zu einem breiten Grinsen. Ich hatte ja schon erwähnt, dass ich mir einen Feind fürs Leben geschaffen hatte, und ich behielt recht – für ihn war dies die Rache mit einer hübschen Zugabe.

Ich sah, dass hinter ihm das Schnellboot das Ende des Schienennetzes erreicht hatte und schnell zu uns zurückfuhr. SpongeBob, der immer noch triumphierte, brüllte über seine Schulter seinen

Kollegen in dem höhlenartigen Raum zu, sich zu beeilen und zu ihm zu kommen. Glücklicherweise erwähnte er meinen Namen nicht, und ich glaube, dass er sich das als große Überraschung aufsparte. Das Schnellboot kam näher, immer näher …

Laufschritte, die schnell auf uns zukamen, waren zu vernehmen. Das Schnellboot hing jetzt direkt über SpongeBob, und ich hatte nur eine Sekunde zum Handeln, bevor unsere Mission total scheiterte. Ich drückte den gelben Knopf.

SpongeBob hörte das Rasseln von Ketten, und sein Blick schoss nach oben. Die Greifarme, die das riesige Boot hielten, öffneten sich. Er war viel zu erschrocken, um auch nur zu schreien – stattdessen versuchte er wegzurennen. Aber er war kein Athlet, und der Haifischlederanzug beengte ihn noch zusätzlich in seiner Bewegungsfreiheit, sodass er kaum mehr als einen eher komischen Ausfallschritt machte.

Das Schnellboot fiel, und zwar mit dem Heck voran, in dem die Zwillingsturbinen und somit das ganze Gewicht saßen. Es stürzte hinunter und erwischte ihn am Schädel, drückte ihm den Kopf in die Brust, zerquetschte seinen Hals und tötete ihn, noch bevor er zu Boden fiel.

Als sein Körper aufschlug, hechtete ich bereits hinter einen Fahrzeugkran. Das Schnellboot schlug auf den Boden und zerbarst in Fragmente aus Fiberglas und Metall. Obgleich der stählerne Kran mich vor den meisten Trümmerteilen schützte, spürte ich trotzdem einen stechenden Schmerz in der linken Wade.

Ich ignorierte ihn, kam auf die Füße und rannte, so schnell ich konnte und so gut ich sehen konnte, durch die Staubwolken und die herumschwirrenden Trümmer hindurch auf das Rolltor zu. Ich hörte die Polizisten schreien und nahm an, dass sie sich gegenseitig warnten, in Deckung zu gehen, falls noch mehr Boote herunterregnen sollten.

Ich sah das offene Rolltor, lief hindurch und sprintete hinaus in die Nacht. Hinter den Müllcontainern, auf die ich zurannte, sah ich die Vespa und war dankbar, dass ich die Voraussicht gehabt hatte, den Schlüssel in der Zündung zu lassen. Meine Hände zitterten derart, dass ich wahrscheinlich fünf Minuten gebraucht hätte, um ihn hineinzustecken.

Der Motor sprang an, und ich schoss hinter den Müllcontainern hervor und zwischen einem Stapel Schiffscontainer hindurch und schleuderte förmlich über die Straße in die Nacht hinein, bevor die ersten Polizisten es aus dem Lagerhaus geschafft hatten.

Meine einzige Sorge galt dem Hubschrauber, aber ich konnte kein Anzeichen von ihm entdecken. Wahrscheinlich hatte der Polizeichef ihn zurückbeordert, nachdem er mich in die Enge getrieben glaubte. Aus welchem Grund auch immer, sobald ich befahrenere Straßen erreichte, fuhr ich vorsichtiger und erreichte das Hotel ohne Probleme. Ich stellte die Vespa in die kleine Garage, die für den alten Mercedes des Managers reserviert war.

Ich hatte nicht einmal bemerkt, dass ich verletzt war.

KAPITEL SIEBENUNDFÜNFZIG

Aber der Manager tat es. Er war allein im Foyer und saß hinter seinem Schreibtisch in der Rezeption, als er aufblickte und mich hereinkommen sah. Wie gewöhnlich kam er mit ausgestreckten Händen und strahlendem Lächeln auf mich zu, um mich zu begrüßen.

»Ah, Mr Brodie David Wilson – Sie sich haben relaxt mit eine Dinner von die feine Qualität, ich hoffe.«

Bevor ich antworten konnte, sah ich, dass sich sein Gesichtsausdruck veränderte: Besorgnis und Bestürzung überzogen seine Miene.

»Aber Sie eine Verletzung tragen von Ernsthaftigkeit«, sagte er und wies auf die immer makellos sauberen Fliesen, die ich auf meinem Weg zu ihm mit Blut verschmiert hatte.

Ich blickte an mir herunter, bemerkte einen Riss an der linken Wade in der Hose und nahm an, dass ein Stück der herumfliegenden Trümmerteile des Schnellboots mehr Schaden angerichtet hatte, als mir bewusst war. Das Blut war bis in die Sohle meiner Turnschuhe gesickert, und jetzt hatte ich es über das Hotelfoyer verteilt.

»Verdammt«, sagte ich. »Ich habe die Hauptstraße weiter unten in der Nähe der BP-Tankstelle überquert. Da gibt es ein rostiges Geländer, das die Fahrbahnen trennt. Ich schätze, ich habe mich nicht genug vorgesehen beim Hinüberklettern.«

Es war keine spitzenmäßige Erklärung, aber etwas Besseres fiel mir auf die Schnelle nicht ein, und der Manager schien sich damit zufriedenzugeben.

»Ja, ich kenne die Stelle«, sagte er. »Der Verkehr ist von große Wahnsinn. Bitte, Sie mich lassen von Hilfe sein.«

Aber ich lehnte ab und bestand darauf, umgehend in mein Zimmer zu gehen. Ich machte mich auf Zehenspitzen davon, um nicht noch mehr Blut auf dem Fußboden zu verteilen. Sobald ich drinnen war und die Tür abgeschlossen hatte, zog ich meine Hose aus. Ich fand eine Reisepinzette und entfernte mir damit ein scharfes Stück Metall aus der Wade. Kaum war es draußen, fing die Wunde wieder wie verrückt an zu bluten. Aber ich hatte vorsorglich bereits ein T-Shirt in Streifen zerrissen, womit ich sie zusammenpresste und in wenigen Sekunden verbunden hatte.

Erst dann öffnete ich mein Hemd und sah mir das Foto an, das ich aus dem Hochzeitsalbum entwendet hatte. Es zeigte Cumali und ihren damaligen Ehemann, die lächelnd und Arm in Arm direkt vom Hochzeitsempfang in ihre Flitterwochen abreisten. Er war ein hübscher Kerl von Ende zwanzig, aber er hatte etwas an sich – sei es der Schnitt seiner Leinenhose oder die Pilotensonnenbrille, die an seiner Hand baumelte –, was mich zu der Annahme führte, dass er ein Spieler war. Ich konnte ihn mir partout nicht vorstellen als jemanden, der ein treues Mitglied der örtlichen Moschee war, und wieder einmal, als ich Cumalis schönes Gesicht betrachtete, konnte ich die Quadratur des Kreises nicht lösen.

Ich drehte das Foto um und sah, dass sich türkische Fotografen nicht von ihren Kollegen anderswo auf der Welt unterschieden:

Auf der Rückseite standen der Name des Fotografen, eine Kennziffer und eine Telefonnummer in Istanbul, für den Fall, dass jemand Abzüge bestellen wollte.

Es war allerdings zu spät, um ihn anzurufen. Meine Wade pochte heftig. Ich öffnete den Laptop, um nach Nachrichten zu sehen. Ich war überrascht, dass es keine Information von Bradley über Cumalis Vergangenheit gab, und ich wollte schon den Flüsterer und die Rechercheure von der CIA verfluchen, als ich eine Textnachricht von Apple entdeckte, die mich informierte, wie viel sie mir für meinen neuesten Musik-Download berechnet hatten.

Ich öffnete iTunes und sah, dass ich stolzer Besitzer von »Turkey's Greatest Hits« war, einer Zusammenstellung der neuesten Nominierungen des Landes für den Eurovision Song Contest. Du meine Güte.

Ich musste zwei Tracks ertragen und noch Teile eines dritten, bevor ich, eingebettet in die Musikstücke, eine Reihe von Textdokumenten fand. Obgleich es nicht erwähnt wurde, war klar, dass die CIA-Jungs sich in die Datenbank der türkischen Polizei gehackt und Cumalis Personalakte aufgestöbert hatten.

Laut ihrem Bericht hatte sie zwei Jahre Jura studiert, dann das Studium abgebrochen und sich bei der nationalen Polizeiakademie beworben, wo sie eine vierjährige Ausbildung absolviert hatte. In ihrem Abschlussjahr hatte sie Verbrechensaufklärung belegt, und nachdem sie eine Zeitlang in Ankara und Istanbul Dienst getan hatte, wurde sie aufgrund ihrer guten Englischkenntnisse dorthin geschickt, wo diese am besten genutzt werden konnten: nach Bodrum.

Sie hatten noch jede Menge anderer Sachen aufgelistet, hauptsächlich Belobigungen und Beförderungen. Allem Anschein nach war Leyla Cumali eine gute Polizeibeamtin, aber es handelte sich um den üblichen Karrierekram. Klar war jedoch, dass die türkische Polizei sie seit ihrer Zeit an der Akademie ausschließlich unter dem Namen Cumali kannte und keinem anderen.

Die Rechercheure in Langley hatten sich ebenfalls gefragt, ob das ihr wirklicher Name war, und sie hatten versucht, eine elektronische Hintertür zu finden, um Zugang zu Heiratsurkunden, Geburtsurkunden oder Passbeantragungen zu bekommen, aber sie waren gegen eine Wand gelaufen. Erstaunlicherweise konnten türkische Meldebehörden nicht gehackt werden. Das lag nicht daran, dass die Regierung wie das Pentagon über ein komplexes System von Cybersicherheit verfügte. Die Antwort war sehr viel schlichter: Keins der Archive war digitalisiert. Die offiziellen Daten existierten nur auf Papier, wahrscheinlich noch gebündelt, mit einem Band verschnürt und in endlosen Magazinen gelagert. Laut Langley war der einzige Weg, um Zugang zu etwas zu bekommen, das älter als fünf Jahre war, eine schriftliche Anforderung. Ein Prozess, der sich über einen Monat hinziehen konnte.

Ich starrte frustriert auf den Bericht. Wie so häufig im Fall von Recherchen des Geheimdienstes war alles nur die Spitze des Eisbergs. Ich ging zwar davon aus, dass sie früher oder später die Namensfrage lösen würden, aber, wie die Anwälte immer gern sagen: Die Zeit drängte. Sauer über die CIA-Arbeit ging ich zu Bett.

Dank Langley ruhte jetzt die gesamte Ermittlung auf einem Fotografen in Istanbul, von dem ich noch nie gehört hatte und der genauso gut schon in Rente oder tot sein konnte.

KAPITEL ACHTUNDFÜNFZIG

Er war weder das eine noch das andere – obgleich sein Husten und das Geräusch des Feuerzeugs, das auf einen regelmäßigen Zigarettenkonsum schließen ließ, eher darauf hindeuteten, dass ihm der Tod möglicherweise näher war, als er sich das wünschte.

Ich war noch vor der Morgendämmerung aufgewacht, hatte mich mit meinem verletzten Bein zum Laptop geschleppt, meinen USB-Stick in den Schlitz gesteckt und angefangen, mich durch Cumalis Akten zu arbeiten. Es wäre eine lange und mühselige Arbeit geworden, nur war das meiste auf Türkisch, und deswegen hatte ich keine andere Wahl, als den größten Teil zu überspringen. Dennoch bleibt dabei etwas hängen, man bekommt so etwas wie ein Gespür für die Dinge, und meines verriet mir, dass zwischen den Briefen und Arbeitsakten nichts auf irgendetwas Verdächtiges hinwies: Der Fehler, den die meisten Menschen machen, wenn sie vermeiden wollen, dass jemand etwas Bestimmtes zu sehen bekommt, liegt darin, dass sie es verschlüsseln. Das bedeutet natürlich, dass jemand wie ich genau weiß, wo er nachsehen muss.

Wie ich schon vermutet hatte, als ich ihr Wohnzimmer durchsuchte, war nichts codiert, und wenn sie klug genug gewesen sein sollte, irgendwelche belastenden Akten vor aller Augen zu »verstecken«, konnte ich sie ums Verrecken nicht identifizieren. Genauso wenig gab es irgendetwas auf Arabisch, obgleich wir gute Gründe für den Verdacht hatten, dass sie die Sprache beherrschte.

Nachdem ich bei den Akten eine Niete gezogen hatte, wandte ich mich den E-Mails zu. Gott sei Dank waren viele auf Englisch, und ich sah, dass sie einen großen Freundes- und Bekanntenkreis hatte, darunter viele andere Mütter, die Kinder mit Down-Syndrom hatten. Zwischen den Hunderten von Nachrichten fand ich nur zwei, die mich innehalten ließen. Beide waren von einer palästinensischen Wohlfahrtseinrichtung, die den Al-Aqsa-Märtyrer-Brigaden angegliedert war, eine Gruppe, die häufig Selbstmordattentate gegen Israelis organisierte. Die E-Mails bestätigten Spenden an ein Waisenhaus im Gazastreifen, und meine erste Reaktion war, mich zu fragen, ob Cumali wirklich Kindern helfen wollte – sie spendete schließlich nicht für UNICEF. Andererseits war Wohltätigkeit eine der fünf Säulen des Islam, und wenn es ein Verbrechen war, Geld für Organisationen zu spenden, die mit radikalen Gruppierungen zu tun hatten, müssten wir am Ende die halbe muslimische Welt anklagen. Mehr wahrscheinlich.

Ich markierte die beiden E-Mails mit einer roten Fahne, dann steckte ich den USB-Stick in einen Umschlag und adressierte ihn an Bradley in New York. Sobald FedEx öffnete, würde ich ihm den Stick per Kurier schicken, damit er ihn dem Flüsterer für weitere Analysen übermitteln konnte. Ich blickte auf die Uhr. Es war sieben Uhr, und obgleich es noch früh war, wollte ich herausfinden, ob der Fotograf tot oder lebendig war.

Ich wählte die Nummer, wartete endlose Minuten, wie mir schien, wollte schon aufgeben und es später noch einmal versuchen, als sich eine verärgerte Stimme auf Türkisch meldete. Ich entschuldigte mich dafür, nur Englisch zu sprechen, und redete ganz langsam in der Hoffnung, dass er mir folgen konnte.

»Können Sie ein bisschen schneller sprechen? Ich schlafe hier ja ein«, sagte er in einem Tonfall, der anzeigte, dass er zu viele Western gesehen hatte.

Erfreut darüber, dass wir zumindest kommunizieren konnten, fragte ich ihn, ob er Fotograf sei, und als er das bestätigte, erklärte ich ihm, dass ich an ein spezielles Geschenk für den Hochzeitstag zweier Freunde denke. Ich wolle von ihrem großen Tag gern eine Foto-Collage zusammenstellen und brauche dafür einige Abzüge.

»Haben Sie die Kennziffer?«, fragte er schon höflicher, jetzt, wo die Aussicht auf ein Geschäft bestand.

»Klar«, erwiderte ich und las ihm die Nummer von der Rückseite des gestohlenen Hochglanzfotos vor.

Er bat mich zu warten, während er seine Unterlagen durchsah, und ein oder zwei Minuten später war er wieder am Telefon und teilte mir mit, dass es kein Problem sei, er habe die Unterlagen vor sich.

»Nur um auf Nummer sicher zu gehen und jede Verwechslung zu vermeiden«, sagte ich, »können Sie mir die Namen der Braut und des Bräutigams bestätigen?«

»No Problemo, Pardner. Der Bräutigam ist Ali-Reza Cumali …« Er fuhr fort und gab mir eine Adresse durch, aber daran war ich schon nicht mehr interessiert: Als ich den Namen hörte, wusste ich mit Sicherheit, dass die Polizistin ihren Mädchennamen nicht wieder angenommen hatte.

»Und die Braut?«, fragte ich und versuchte, mir meine Aufregung nicht anmerken zu lassen. »Haben Sie auch deren Namen?«

»Sicher«, antwortete er. »Leyla al-Nassouri. Ist das das Paar?«

»Jawohl, das sind sie, Sheriff.« Er lachte. »Ich wusste nie genau, wie ihr Mädchenname geschrieben wird«, fuhr ich fort. »Können Sie ihn für mich buchstabieren?«

Das tat er, und ich dankte ihm für seine Hilfe. Ich stellte in Aussicht, dass ich mich wieder melden würde, sobald ich die vollständige Liste der Fotos hätte, die ich brauchte, und legte auf. Der Name al-Nassouri war nicht türkisch – er stammte direkt aus dem Jemen oder Saudi-Arabien oder den Golfstaaten. Woher auch immer, er war arabisch. Und das war auch der Mann im Hindukusch.

Ich nahm meinen Pass an mich, ging zur Tür und rannte beinahe zum Fahrstuhl.

KAPITEL NEUNUNDFÜNFZIG

Die Türen glitten auf – und obgleich es erst zwanzig nach sieben Uhr morgens war, schien ich mitten in eine Feier zu platzen. Der Manager, die Empfangsdame, der Page und weiteres Hotelpersonal hatten sich am Empfangstresen versammelt, und zu ihnen gesellt hatten sich einige der Tischler und andere Freunde des Managers, die mir mit den Spiegeln geholfen hatten.

Die Unterhaltung – natürlich auf Türkisch – verlief äußerst angeregt, und es wurden Kaffee und Gebäck herumgereicht. Trotz der frühen Stunde hatte jemand eine Flasche Raki mitgebracht, und ich fragte mich, ob jemand im Lotto gewonnen hatte oder etwas dergleichen.

Der Manager kam auf mich zu, während er fast noch strahlender lächelte als sonst, und wedelte mit einer Ausgabe der lokalen Morgenzeitung. »Wir haben Neuigkeiten von größter Freude«, sagte er. »Sie erinnern den SpongeBob, den Mann von die größte Korruption, eine Schande für alle Bürger von Gutheit?«

»Ja, ich erinnere mich. Warum?«

»Er sein tot.«

»Tot?«, sagte ich und tat überrascht. Ich nahm die Zeitung zur Hand und sah eine Außenaufnahme des am Hafen gelegenen Lagerhauses, wo es von Polizisten nur so wimmelte. »Das ist schwer zu glauben«, sagte ich. »Wie ist das passiert?«

»Zerquetscht – flach wie der Kuchen von eine Pfanne«, erklärte er. »Irgendein Mann mit eine idiotische Hirn brach ein in die Haus von eine Frauen-Polizistin.«

»Ein Einbruch in das Haus einer Polizistin? Also wirklich, was für ein Idiotenhirn.«

»Wahrscheinlich ein Grieche«, sagte er und meinte es absolut ernst.

»Wann ist das passiert?«, fragte ich und gab mir Mühe, mich total normal zu verhalten und einfach mitzuspielen. Alle anderen standen um den Tresen herum, und der Manager und ich waren in unserer eigenen, abgeschlossenen Welt.

»Gestern Abend, während Sie hatten Ihr Relax mit dem Dinner von die feine Qualität. Kurz bevor Sie hereinkommen mit Ihre blutige …«

Er hielt inne, als ihm ein Gedanke kam, und obgleich er den Satz bestimmt gern zurückgenommen hätte, konnte er das nicht.

»Sie sagen, der Mörder wegrannte von die Bootsplatz mit eine Spur von die blutige Verletzung«, sagte er. Er machte erneut eine Pause und blickte mich an.

Unsere Blicke trafen sich – und jetzt bestand kein Zweifel daran, dass er wusste, wer der Mörder war. Ich hätte es abstreiten können, aber ich glaube nicht, dass es überzeugend gewesen wäre. Vielleicht hätte ich auch irgendeine dunkle Bedrohung erfinden können, aber ich war mir sicher, dass er nicht leicht einzuschüchtern war. Es gefiel mir zwar nicht, aber ich musste mich wohl oder übel auf meine Intuition verlassen – und auf seine Freundschaft.

»Nein, nein«, sagte ich schließlich. »Sie machen da einen Fehler von ziemlicher Bedeutung. Mein feines Dinner hatte ich nicht gestern Abend – ich hatte es am Abend davor.«

Er blickte mich verwirrt an, wollte schon widersprechen, weil ich mich seiner Meinung nach gründlich irrte, aber ich redete einfach weiter, sodass er keine Gelegenheit hatte, in weitere Fettnäpfchen zu treten.

»Gestern Abend waren Sie und ich hier – hier in der Lounge«, sagte ich. »Wissen Sie noch? Es war ruhig, niemand anders war hier.«

Plötzlich leuchteten seine Augen auf, als es ihm dämmerte. »O ja«, sagte er. »Natürlich, das ist richtig – das Dinner war von die vergangene Abend.«

»Jetzt erinnern Sie sich wieder. Gestern Abend haben Sie und ich uns unterhalten, Sie haben mir das mit den Griechen erklärt. Es war eine lange Unterhaltung.«

»O ja, eine von die längste. Diese verdammte griechische Leute – nichts sein einfach mit ihnen.«

»Stimmt. Sie haben mir viele Dinge, viele Geschichten erzählt. Es war schon weit nach zehn Uhr abends, als ich zu Bett ging.«

»Später wahrscheinlich, elf Uhr ist eher die Zeit von meine Erinnerung«, sagte er mit großer Begeisterung.

»Ja, ich glaube, Sie haben recht«, erwiderte ich.

Wir blickten uns erneut an, und ich wusste, dass meine Intuition hinsichtlich seiner Person richtig gewesen war. Bei ihm war das Geheimnis sicher.

Er wies auf den Pass in meiner Hand und senkte die Stimme. »Wollen Sie aufbrechen in Eile und nicht kehren zurück?«, fragte er.

»Nein, nein«, sagte ich. »Wenn jemand fragen sollte: Ich bin nach Bulgarien gefahren und habe erwähnt, dass ich einen wichtigen Zeugen aufsuchen muss.«

Ich verabschiedete mich von ihm und ging zur Eingangstür und zu meinem Wagen. Dort öffnete ich den Kofferraum, zog die Gummi-Auskleidung heraus und konnte ins rechte Hinterrad greifen. Ich entfernte den Sender, der mittels eines Magneten in der Radwölbung hing, und befestigte ihn ganz unten am Pfosten einer Parkuhr.

Mit ein wenig Glück würde kein Fußgänger ihn entdecken, und wer auch immer beim MIT den Sender überwachte, würde davon ausgehen, dass mein Wagen immer noch am Straßenrand geparkt war.

Ich setzte mich hinters Lenkrad und fuhr in Richtung Grenze.

KAPITEL SECHZIG

Den ganzen Tag lang raste ich mit dem Fiat über endlose Schnellstraßen – hielt nur, um zu tanken, passierte nachmittags die in der Ferne sichtbaren Minarette Istanbuls und erreichte am frühen Abend die bulgarische Grenze.

Die karge Ecke der Welt, wo die Türkei, Griechenland und Bulgarien aufeinandertreffen, ist eine der verkehrsreichsten Straßenkreuzungen Europas, und gleich nachdem ich die Türkei verlassen hatte und in eine Art Niemandsland fuhr, war ich umgeben von überlangen Sattelschleppern, die auf die bulgarische Einwanderungsbehörde und den Zoll zukrochen.

Als ich nach vierzig Minuten nur ungefähr hundert Meter vorangekommen war, rief ich zu einem dänischen Lastwagenfahrer hinüber, ob er wisse, wie lange es wohl dauere, über die Grenze zu kommen.

»Ungefähr acht Stunden von jetzt an«, lautete seine Antwort. »Kommt darauf an, wie viele illegale Immigranten sie finden und verfolgen müssen.«

Bulgarien hatte es irgendwie geschafft, in die Europäische Union aufgenommen zu werden, und war im Handumdrehen die verwundbarste Grenze innerhalb der Gemeinschaft geworden. Das Land war geradezu ein Magnet für jeden, der illegal in die EU gelangen und von da aus weiterreisen wollte in andere, reichere Länder wie Deutschland oder Frankreich. Angesichts der vielen Laster und Busse schien kein Mangel zu bestehen an Leichtsinnigen und Menschenschmugglern.

Ich überlegte, ob ich nach vorn gehen und meine Marke vorzeigen sollte, ließ es aber lieber bleiben. Es bestand immer die Möglichkeit, auf einen Sturkopf zu treffen, dem es höchste Befriedigung verschaffte, dem FBI zu zeigen, wo der Hammer hing. Stattdessen traf ich gewisse andere Vorkehrungen: Ich bog ab auf den Seitenstreifen und fuhr an der endlosen Schlange vorbei. Ich fuhr unter zwei Konstruktionen hindurch, an denen oben Kameras und Ampeln installiert waren, und meiner Einschätzung nach konnte es nicht mehr lange dauern, bis ich die Grenzkontrolleure auf dem Hals hatte.

Zwei Minuten später sah ich im Dämmerlicht einen Wagen mit eingeschaltetem Blaulicht auftauchen, der sich mir auf dem Standstreifen schnell näherte. Er hielt ungefähr zehn Meter vor mir, blockierte meinen Weg, und der Mann auf dem Beifahrersitz – wahrscheinlich der Ältere der beiden – stieg aus und kam auf mich zu. Er war ungefähr in meinem Alter und übergewichtig, und er trug eine Uniform, die aussah, als ob ein eher noch dickerer Mann darin geschlafen hätte. So wie es aussah, würde er mich gleich anschnauzen und mir befehlen, zurück ans Ende der Schlange zu fahren.

Ich verfügte über ungefähr zehn Wörter Bulgarisch, die ich bei einem Besuch vor vielen Jahren aufgeschnappt hatte, und glücklicherweise beinhalteten sie »Es tut mir leid«. Ich kam ihm mit dieser Redewendung zuvor und registrierte, dass ihn das zumindest etwas freundlicher stimmte, wie sein Gesichtsausdruck vermuten ließ. Seine Augen konnte ich leider nicht sehen, weil er trotz der späten Stunde eine Sonnenbrille trug.

Ich redete einfach weiter, wechselte zu Englisch und streute die bulgarische Entschuldigung immer mal wieder ein. Ich erzählte ihm, dass ich früher schon einmal in seinem schönen Land gewesen sei und mich jedes Mal die Freundlichkeit der Menschen hier schier überwältigt habe. Und dass ich hoffte, dass das jetzt auch wieder der Fall wäre, weil ich Hilfe brauchte. Ich sei schon sehr spät dran und müsse unbedingt einen Flug nach Sofia erreichen.

Er grunzte und sah aus, als wollte er mir sagen, dass ihn das einen Scheißdreck angehe – wie ich schon sagte, es waren freundliche Menschen –, als er bemerkte, dass ich ihm meinen Pass reichte. Er sah mich fragend an. Ich hielt seinem Blick stand, und er nahm den Pass entgegen. Er öffnete ihn bei den persönlichen Angaben und fand die fünfhundert Lew in Scheinen – ungefähr dreihundertfünfzig Dollar, ein Monatslohn hier im tiefen Osten –, die ich hineingelegt hatte.

Das war jetzt der Teil, der immer der gefährlichste bei einer solchen Transaktion war. Einen Beamten zu bestechen ist ein schweres Vergehen in jedem Rechtssystem, und in dieser Phase des Geschehens könnte der Typ in Uniform einen ohne Weiteres hochgehen lassen, wenn er wollte. Fünfhundert, um an die Spitze der Schlange zu kommen? Wie wär's mit zwanzigtausend – und noch deine Uhr und die Kamera, bitte –, wenn du nicht der versuchten Bestechung beschuldigt werden willst.

Er bat mich um meinen Führerschein, und mit ihm und dem Pass ging er zurück zu seinem Einsatzwagen. Fahrzeuge, die ich auf dem Standstreifen überholt hatte, krochen jetzt an mir vorbei, hupten wie verrückt vor Begeisterung über die hervorragende bulgarische Justiz und reckten die Daumen für die beiden Beamten. Ich konnte es ihnen nicht verdenken – in ihrer Lage hätte ich wahrscheinlich ähnliche Empfindungen gehabt.

Der Mann kam zurück und befahl mir, die Fahrertür zu öffnen. Wie es aussah, würde ich jetzt gleich gründlich gefilzt werden, und ich wappnete mich innerlich und hielt mich bereit, jederzeit meine Marke vorzuzeigen. Aber er stellte sich auf den Türeinstieg, sodass er jetzt dicht neben mir stand, und hielt die Tür halb geschlossen.

»Fahren Sie«, sagte er, »und drücken Sie auf die Hupe.« Ich tat wie befohlen, und er signalisierte einigen Sattelschleppern, sofort anzuhalten und eine Lücke zu lassen.

»Fahren Sie dazwischen«, wies er mich an, und begleitet vom lauten Quietschen von Druckluftbremsen quetschte ich mich in die mittlere Fahrspur, die von Schildern in einem halben Dutzend Sprachen als »nur für Dienstfahrzeuge« ausgewiesen war.

»Schneller«, forderte der Beamte mich auf. Ich brauchte keine weitere Anfeuerung und gab kräftig Gas.

Mit dem Beamten, der immer noch in meiner offenen Tür hing, und gefolgt von dem Einsatzwagen mit seinem Blaulicht rasten wir an der kilometerlangen Schlange von Sattelschleppern und Bussen vorbei, bis wir eine Reihe Glaskabinen erreichten, die geschmückt waren mit verschiedenen Wappen und einer riesigen bulgarischen Flagge.

Der Typ, der an meiner Tür hing, griff sich meinen Pass, betrat eine der Kabinen, borgte sich einen Stempel von einem seiner Kollegen und stempelte meinen Pass. Er kam zurück, reichte mir den Pass und wollte mir wahrscheinlich sagen, dass sein Kollege auch eine Zuwendung brauchte, aber ich trat bereits das Gaspedal durch und schoss in die Nacht davon, bevor er auch nur den Mund öffnen konnte.

Ich fuhr schnell. Im Scheinwerferlicht, das die Nacht durchschnitt, tauchten ausgedehnte Wälder auf und – als ob das Leben in der neuen EU nicht schon surreal genug wäre – Scharen von Frauen in hautengen Miniröcken und haushohen Stöckelschuhen, die am Straßenrand standen, mitten im Nirgendwo. An den Hauptfernstraßen in anderen Ländern standen endlose Werbetafeln – in Osteuropa Prostituierte, und in keinem Land mehr als in Bulgarien.

Ich fuhr an Hunderten von ihnen vorbei – hauptsächlich Roma- und Sinti-Frauen, verwahrloste Figuren in Unterwäsche und Kunstpelz, Kinder mit hartem Blick, deren Leben sich um die Kabine eines Sattelschleppers oder den Rücksitz eines Wagens drehte. Wenn sie schwanger wurden, verkauften ihre Zuhälter sie noch teurer, und man musste kein Genie sein, um zu dem Schluss zu gelangen, dass die Existenz von Waisen das Einzige war, was in diesem Land Wachstum zu verzeichnen hatte.

Porajmos, fiel mir ein, als ich weiterfuhr. Das rumänische Wort, das ich vor so vielen Jahren von Bill gelernt hatte: Ich sah nur eine andere Form des Verschlingens vor mir.

Zu guter Letzt wurden die jungen Frauen abgelöst von Tankstellen und Fastfood-Läden, und ich erreichte die Stadt Swilengrad, einen Außenposten von ungefähr zwanzigtausend Einwohnern, für den praktisch nichts sprach, außer einer Hauptstraße, die Fußgängerzone war, und jeder Menge Läden, die weit über Mitternacht hinaus geöffnet hatten, um den endlosen Strom von Lastwagenfahrern zu versorgen.

Ich parkte den Wagen weit entfernt und fand vier der Läden, die ich brauchte, auf einem Fleck. Ich wählte den heruntergekommensten von ihnen aus, der, soweit ich das beurteilen konnte, keine Video- oder Kameraüberwachung hatte. Drinnen kaufte ich die beiden Gegenstände, derentwegen ich über tausend Kilometer in zwölf Stunden gefahren war, vom äußeren Rand Asiens bis in den ehemaligen Sowjetblockstaat: ein schrottreifes Handy und eine anonyme Prepaid-SIM-Karte.

Ich ging zurück zu meinem Wagen, und unter einer allein stehenden Straßenlaterne in einer dunklen Ecke einer bulgarischen Stadt, von der kein Mensch je gehört hat, umgeben von Ackerland und jungen Roma-Huren, rief ich eine Nummer mit einer Vorwahlnummer an, die gar nicht existierte.

KAPITEL EINUNDSECHZIG

Ich benutzte ein nicht aufspürbares Handy innerhalb des bulgarischen Telefonnetzes, war mir also ziemlich sicher, dass der MIT nicht mithörte, und wartete darauf, direkt mit dem Flüsterer zu sprechen.

Ich musste ihm Leyla Cumalis wirklichen Namen mitteilen, ich musste ihn informieren, dass sie Araberin war, und ich musste unbedingt enthüllen, dass sie die Frau in der Telefonzelle war. Das war das allererste Gebot für jeden Agenten, der noch »am Leben« und weit weg von zu Hause war: sein Wissen weiterzugeben. Es war die einzige Absicherung gegen Festnahme oder Tod, und sie brachten einem vom ersten Tag an bei, dass Informationen erst dann existierten, wenn sie sicher weitergeleitet worden waren. Aber noch wichtiger als alles andere war mir, mit ihm über das Problem von Auslieferung und Folter zu sprechen.

Das Telefon klingelte fünf Mal, bevor ich des Flüsterers Stimme hörte. »Wer ist da?«, fragte er. Es war früher Nachmittag in Washington, und ich war erschrocken, wie erschöpft er klang.

»Dave, ich bin's«, meldete ich mich und benutzte absichtlich seinen wenig bekannten Vornamen, nur für den Fall, dass jemand mithörte. Ich behielt einen lockeren, ruhigen Plauderton bei trotz meiner Aufregung und meiner zunehmenden Besorgnis hinsichtlich meiner Umgebung.

Obgleich er überrascht gewesen sein musste, meine Stimme zu hören, nahm er den Tenor der Unterhaltung sofort auf. »Hey, was gibt's?«, fragte er genauso beiläufig, und ich wurde wieder einmal daran erinnert, was für ein guter Geheimdienstbeamter er war.

»Erinnern Sie sich noch an die Frau, über die wir kürzlich geredet haben, Leyla Cumali?«

»Die Polizistin?«

»Ja. Also, ihr wirklicher Name ist Leyla al-Nassouri.«

»Klingt arabisch.«

»Stimmt. Sie war das in der Telefonzelle.«

Am anderen Ende herrschte Totenstille. Trotz seines einstudierten Gleichmuts, trotz seiner jahrelangen Erfahrung und seiner enormen Fähigkeiten hatte ich den Flüsterer so schockiert, dass er mit Schweigen reagierte.

Ich wusste es in dem Moment nicht, aber die Wirkung meiner Worte wurde noch verstärkt durch das Scheitern all unserer Bemühungen. Die hunderttausend Agenten, die für viele Spionagedienste arbeiteten und von denen jeder Einzelne vermutlich nach einem Mann suchte, der versuchte, eine ganz gemeine Bombe zu basteln, lieferten nichts weiter als eine Menge heißer Luft. In seinem tiefsten Inneren ging der Flüsterer davon aus, dass wir es mit jemandem zu tun hatten, der sauber war, der noch nie aktenkundig geworden war, und dass die Chancen, ihn rechtzeitig zu fassen zu kriegen, von Stunde zu Stunde abnahmen.

»O ja – in der Telefonzelle, hm?«, sagte er schließlich, als er seine Stimme wiedergefunden hatte und so tat, als hätte das keine große Bedeutung. »Sind Sie sich sicher?«

»Es besteht kein Zweifel. Ich habe jemanden kennengelernt, der ein Instrument spielte – ich versuche gar nicht erst, es auszusprechen –, das aus dem Flügelknochen eines Adlers geschnitzt wird. Er zeigte mir etwas Filmmaterial.«

»Klingt abstrus«, sagte der Flüsterer und klang, als wäre das alles unglaublich amüsant. »Wie wird das geschrieben? Al-Nassouri, nicht die Adler-Sache.«

Ich buchstabierte es für ihn, und unter normalen Umständen hätte die nächste Frage gelautet, von wo aus ich anrief, aber ich war mir sicher, dass er das bereits wusste. In Anbetracht seines Jobs wurden alle Anrufe auf das Handy des Flüsterers aufgezeichnet, und er hatte bestimmt schon längst einem seiner Assistenten eine Notiz zugeschoben, dass Echelon den Anruf zurückverfolgen sollte.

Während er auf die Antwort wartete, redete ich weiter. »Es gibt etwas, zu dem ich eine dezidierte Meinung habe, Dave – eine sehr dezidierte. Sie müssen behutsam vorgehen. Sie sollten sich sehr gut überlegen, mit wem Sie reden.«

»Warum?«, wollte er wissen. »Denken Sie, dass wir irgendwelche Leute auf tolle Ideen bringen? Dass sie sich möglicherweise einmischen wollen und es dabei zu Verletzten kommen kann?«

»Genau das. Wir müssen davon ausgehen, dass sie ihn kontaktieren kann, aber ich bin mir ziemlich sicher, dass das System eine eingebaute Falle hat.«

»Ein wohlüberlegter Fehler unter Zwang – etwas in der Art?«

»Ja.«

Er überlegte ein paar Sekunden. »Ich schätze, der Typ müsste verrückt sein, wenn es nicht so wäre.«

»Wir könnten ihn ganz und gar verlieren.«

»Ich verstehe«, sagte er. Es gab eine weitere Pause, während er überlegte, was zu tun war. »Ich muss dies zumindest einer weiteren Person weitergeben. Stimmen Sie mir zu?«

Er meinte den Präsidenten. »Können Sie ihn davon überzeugen, sich zurückzuhalten?«, fragte ich.

»Ich glaube schon. Er ist ein kluger Mann, er wird die Problematik verstehen. Können Sie die Sache zu Ende bringen?«, fragte er.

»Ihn finden? Ich habe eine gute Chance«, erwiderte ich.

Ich hörte einen leisen Stoßseufzer der Erleichterung – oder vielleicht war es auch nur sein Blutdruck, der sich wieder normalisierte. »Okay, wir bleiben weiter bei der totalen Geheimhaltung. Und ich setze die Rechercheure wieder auf sie an«, sagte er.

»Haben Sie ihre bisherigen Erfolge gesehen?«, fragte ich.

»Sicher – nicht viel anzufangen damit, was?«

»Verdammt hoffnungslos. Wir müssen in anderen Bahnen denken, andere Maßnahmen ergreifen, andere Leute darauf ansetzen.«

»Wen?«

Auf meiner Fahrt durch die Türkei hatte ich, während ich der weißen Linie Kilometer für Kilometer folgte, bis ich beinahe hypnotisiert war, über die Recherchen der CIA nachgedacht und darüber, wie man sie verdammt noch mal kompensieren konnte. Irgendwo etwas südlich von Istanbul wusste ich, was zu tun war. *Hai, domo*, sagte ich zu mir selbst.

»Es gibt jemanden, den ich kenne«, erklärte ich. »Ich habe ihm mal gesagt, sollte ich jemals in der Klemme stecken und Computerhilfe benötigen, wäre er der Typ, den ich anrufen würde. Er heißt Battleboi.«

»Wiederholen Sie das«, forderte der Flüsterer mich auf.

»Battleboi.«

»Ich glaube, das habe ich schon beim ersten Mal verstanden.«

»Er wird mit i am Ende geschrieben, nicht mit y.«

»Ach so, das ist natürlich ein Unterschied. Battleboi mit i – das ist fast schon alltäglich, oder?«

»Sein wirklicher Name ist Lorenzo – das ist sein Vorname. Er ist verhaftet worden, weil er die Daten von fünfzehn Millionen Kreditkarten gestohlen hat.«

Ich hörte, wie der Flüsterer auf seiner Tastatur etwas eingab. Offenbar verschaffte er sich Zugang zur Datenbank des FBI, und einen Moment später redete er weiter.

»Ja, tja, das stimmt alles – Herr im Himmel, der Typ gehört ja in die Ruhmeshalle aller Hacker. Wie auch immer, vor zwei Tagen hat er sich mit der Staatsanwaltschaft von Manhattan über ein Strafmaß verständigt.«

»Was hat er gekriegt?«

»Fünfzehn Jahre in Leavenworth.«

»Fünfzehn Jahre?!«, fragte ich ungläubig. Ich verfluchte die Verantwortlichen – fünfzehn Jahre im Knast, und das wegen Kreditkartenbetrug? Ich hielt es für unmöglich, dass er das überleben würde.

»Was sagten Sie?«, fragte der Flüsterer nach, der mein Fluchen mitbekommen hatte.

»Ich sagte, es sind Arschlöcher. Er hat immer befürchtet, dass sie ihn erst zur Ader lassen und all seine Informationen aus ihm rausholen würden, um ihn anschließend aufs Kreuz zu legen.«

»Ich habe nichts dergleichen gehört.«

»Kann ich mir vorstellen, aber Sie müssen ihn da rausholen – zumindest bis wir fertig sind. Sagen Sie ihm, dass ein Freund – Jude Garrett – seine Hilfe braucht. Er wird das andere Team übertreffen, egal, über welche Ressourcen sie verfügen.«

»Battleboi, du liebe Güte. Sind Sie sich ganz sicher?«

»Natürlich bin ich mir sicher!«

»Okay … okay«, sagte er. »Wie soll er sich mit Ihnen in Verbindung setzen?«

»Ich weiß nicht – wenn er fünfzehn Millionen Kreditkarten klauen kann, wird er bestimmt einen Weg finden.«

Wir hatten alles Notwendige besprochen, und plötzlich fühlte ich mich hundemüde.

»Bevor Sie auflegen …«, sagte der Flüsterer und hielt dann inne. Ich fragte mich schon, ob er den Faden verloren hatte. Aber wie sich herausstellte, fiel es ihm einfach schwer, es auszusprechen, das war alles.

»Ich habe Ihnen doch mal gesagt, dass ich Sie beneidet habe«, fuhr er fort, eher noch leiser als gewöhnlich. »Wissen Sie noch?«

»Sicher, das war im Wagen«, bestätigte ich.

»Ich tue es nicht mehr – ich bin nur froh, dass Sie da sind, Kumpel. Ich glaube nicht, dass jemand anders es geschafft hätte. Das war ausgezeichnete Arbeit. Gratuliere.«

Das aus Dave McKinleys Mund bedeutete mehr als von jedem anderen auf der Welt. »Danke«, sagte ich.

Nachdem wir aufgelegt hatten, blieb ich lange Zeit sitzen und dachte nach. Es gab eine Sache, die ich immer noch nicht begreifen konnte: Leyla al-Nassouri-Cumali passte in keins der Profile, die ich mir vorstellen konnte.

KAPITEL ZWEIUNDSECHZIG

Die Glückssträhne des Teenagers in El Mina, die mit dem unerwarteten Geschenk eines Handys begonnen hatte, hielt unvermindert an.

An einem Mittwochnachmittag, als er aus der Schule kam und auf dem Nachhauseweg war, klingelte besagtes Handy, und er sprach mit dem Mann, der es ihm geschenkt hatte. Der Sarazene sagte, dass er von Deutschland aus anrufe, wo er glücklicherweise sowohl eine Moschee gefunden habe, die entsprechend seinem strengen Glauben geführt werde, als auch einen Job, der vielversprechend sei für die Zukunft.

Der Junge wollte schon Fragen stellen, wahrscheinlich mit dem Hintergedanken, sich eines Tages möglicherweise der Vaterfigur, die so großzügig zu ihm gewesen war, anzuschließen. Aber der Sarazene ließ ihn nicht zu Wort kommen. Er sagte, dass er leider auf dem Weg zur Arbeit sei und nur wenig Zeit habe und dass der Junge ganz genau zuhören müsse.

»Nimm einen Kugelschreiber zur Hand. Ich nenne dir jetzt eine Adresse.«

Während der Junge sich unter dem Schatten eines Baums auf

eine Mauer setzte und seinen Rucksack durchwühlte, erklärte der Sarazene, dass er ihm bereits einen Schlüssel geschickt habe, mit dem er die Garage seiner alten Wohnung aufschließen könne. Darinnen befänden sich die Kisten mit medizinischen Gütern, von denen er ihm erzählt habe. Er wisse es sicher noch: diese abgelaufenen Impfstoffe, die bereits mit einem Absender versehen und versandfertig verpackt waren? Sobald der Schlüssel da sei, solle er die Garage öffnen und die folgende Adresse einfügen.

»Schreib dazu ›zu meinen Händen‹«, wies ihn der Sarazene an, »und adressiere es an Chyron Chemicals in Karlsruhe, Deutschland. Ich buchstabiere es jetzt und beginne mit dem Straßennamen. Okay?«

Sobald er fertig war und sich von dem Jungen alles noch einmal hatte wiederholen lassen, fügte er hinzu, dass er bereits einen Beiruter Kurier beauftragt habe, am Sonnabendmorgen mit einem Kühllaster zur Garage zu kommen. Ob der Junge bitte da sein und ihm die Tür öffnen könne?

Natürlich konnte er.

Nachdem das erledigt war, blieb nur noch eins zu tun. Er wies den Jungen an, die Firma in Beirut anzurufen, von der er die großen Kühlschränke gekauft hatte, und mit ihnen zu verhandeln, sie zurückzukaufen.

»Egal wie viel Geld du erhältst, du kannst es behalten«, sagte der Sarazene. »Das sollte dafür sorgen, dass du hart verhandelst«, fügte er lachend hinzu.

Als der Sarazene ihn informierte, was er ungefähr erwarten konnte für die Gegenstände, konnte der Junge es kaum fassen – es entsprach ungefähr sechs Monatsgehältern seiner Mutter, die in einer örtlichen Wäscherei arbeitete. Er wollte ihm danken, aber der Doktor unterbrach ihn wieder. Er sagte, dass er sich beeilen müsse, um rechtzeitig zur Arbeit zu kommen. Dann beendete der Sarazene das Gespräch, und obgleich der Junge es nicht wusste, war es das letzte Mal, dass sie miteinander gesprochen hatten.

Der Sarazene verließ die öffentliche Telefonzelle neben dem

Karlsruher Marktplatz und setzte sich einen Moment auf eine Holzbank. Er war jetzt kurz vor dem Ziel: In ein paar Tagen wäre die Garage leer, und die zehntausend kleinen Fläschchen wären auf den Lastwagen einer Spedition verladen, die sich auf Medizinprodukte spezialisiert hatte.

Die Kisten, die die kostbaren Ampullen enthielten, würden als Absender offizielle Aufkleber eines libanesischen Krankenhauses tragen, ihr Empfänger war bestens bekannt als einer der weltweit größten Produzenten von Impfstoffen, und alle waren adressiert an einen Mann, der offizieller Mitarbeiter im Lager genau dieser Firma war.

KAPITEL DREIUNDSECHZIG

Die Kisten trafen fünf Tage später ein.

Laut ihren Versanddokumenten hatte der Kurier sie zum Hafen von Tripolis transportiert, wo sie in einen Kühlcontainer verladen worden waren. Ein kleiner Frachter der Cedars-Linie hatte sie übers Mittelmeer befördert, und einige Tage später waren sie beim europäischen Zoll in Neapel gelandet.

Wie soll ich es freundlich formulieren? Italien ist auch zu seinen besten Zeiten nicht gerade bekannt für Gründlichkeit oder bürokratische Effizienz. Als die Kisten ankamen, geschah das zum schlechtesten Zeitpunkt. Alle Mitarbeiter des Zolls hatten mit ständigen Budgetkürzungen zu kämpfen, und ihre Kräfte wurden noch weiter dezimiert durch eine Flut von Booten, die illegale Immigranten, die die kurze Reise von Nordafrika übers Meer riskierten, in ihr Land brachten.

Obwohl in den Kisten ein hochgefährlicher Wirkstoff der Biologischen Schutzstufe vier versteckt war, wurde nicht eine einzige zur Überprüfung geöffnet, geschweige denn ihr Inhalt analysiert. Die überarbeiteten Beamten glaubten, was auf den Versanddokumenten stand: dass es sich um abgelaufene Impfstoffe handelte, die zurück an den Hersteller in Deutschland gingen.

In Neapel wurden die Kisten ohne weitere Überprüfung auf einen Lkw verladen und in Richtung Norden gefahren. Sie überquerten die unbewachte Grenze nach Österreich und gelangten dann nach Deutschland.

Sie trafen am Sicherheitstor von Chyron Chemicals ein – nur eine weitere Fracht unter den Hunderten, die jeden Tag hier ein und aus gingen –, und zwar um 23.06 Uhr laut den Computeraufzeichnungen der Wachmänner. Einer von ihnen sah die Kontaktnummer auf den Dokumenten, registrierte, dass es sich um einen Typen handelte, der im Lager arbeitete, rief ihn an und informierte ihn, dass eine Lieferung unterwegs war.

Der Schlagbaum hob sich, der Fahrer wurde durchgewinkt, und drei Minuten später befanden sich zehntausend Ampullen mit flüssigem Holocaust im Besitz des Sarazenen. Die Reise, die vor so langer Zeit als Verschlusssache begonnen hatte, die irgendwie ins Netz durchgesickert war, war beinahe zu Ende.

Der Sarazene verstaute die Kisten sofort in einem selten aufgesuchten Bereich der Lagerhalle, in dem ausrangiertes Verpackungsmaterial aufbewahrt wurde, und beklebte die Vorderseiten gut sichtbar mit einem Etikett auf Türkisch und Deutsch: NICHT TRANSPORTIEREN. AUF WEITERE ANWEISUNGEN WARTEN.

Ursprünglich hatte er vorgehabt, Ampullen eines bestimmten Medikaments, das für die vierzig größten Städte der Vereinigten Staaten vorgesehen war, zu leeren und mit seiner Spezialmischung zu füllen. Es wäre eine langwierige und gefährliche Prozedur geworden. Doch er hatte bereits an seinem ersten Arbeitstag festgestellt, dass es nicht nötig war. Die Glasampullen, die er im Libanon benutzt hatte, waren denen, die Chyron benutzte, so ähnlich, dass sogar ein Experte allergrößte Schwierigkeiten hätte, den Unterschied zu bemerken. Er musste also nichts weiter tun, als sie neu zu etikettieren.

Umgehend hatte er mit Lösungsmitteln experimentiert, die die Etiketten von den regulären Medikamenten entfernten, ohne sie zu beschädigen. Er brauchte intakte Etiketten, und er fand das, was er suchte, in einem großen Bastelladen – ein gebräuchliches Lösungsmittel, das die meisten handelsüblichen Klebemittel entfernte.

Zehn Halbliterflaschen davon hatte er bereits in seinem Schließfach eingelagert, und jetzt musste er nur noch die Etiketten der regulären Medikamente entfernen und sie auf die kleinen Ampullen mit dem Pockenvirus kleben. Dann würden sie perfekt getarnt verschifft werden nach Amerika, ausgeliefert werden in die vierzig Städte, und den Rest würde mit absoluter Sicherheit das amerikanische Gesundheitssystem erledigen.

Er war sich bewusst, dass das Austauschen der Etiketten ein langer und aufwendiger Prozess werden würde, aber glücklicherweise arbeitete er allein in der Nachtschicht, hatte wenig zu tun und alle Zeit der Welt. Er hatte es so häufig in seinem Kopf durchgespielt – hatte einmal sogar nachts seine Zeit gestoppt –, dass er sich sicher war, es bis zum Stichtag schaffen zu können.

Es blieben ihm noch neun Tage.

KAPITEL VIERUNDSECHZIG

Ich fuhr die tausend Kilometer zurück und kam am frühen Nachmittag wieder in Bodrum an. Immer noch versuchte ich vergeblich, das, was ich über Leyla Cumalis Leben wusste, mit ihrer Rolle in dem drohenden Flächenbrand in Einklang zu bringen.

Ich hatte zweimal unterwegs gehalten, um zu tanken und einen Kaffee zu trinken, und jedes Mal hatte ich mein Handy und meinen Laptop überprüft in der Hoffnung auf Nachricht von Battleboi. Aber da war nichts außer zwei Spam-Mails, die automatisch vom Filter erfasst worden und direkt im Papierkorb gelandet waren. Ich wurde zunehmend frustrierter und besorgter – vielleicht war der Samurai-Hacker doch nicht besser als die Jungs von der CIA –, sodass ich, als der Manager mir durch das Foyer entgegeneilte, befürchtete, dass schon wieder eine neue Katastrophe im Anmarsch war.

Wie sich herausstellte, war ich so müde, dass ich die Zeichen falsch gedeutet hatte: Er eilte nur deswegen auf mich zu, weil er es kaum fassen konnte, dass ich zurück war. Ich erfuhr umgehend, dass er mir die Geschichte mit der Reise nach Bulgarien nicht abgenommen hatte, sondern im Gegenteil geglaubt hatte, dass ich nach der Tötung von SpongeBob die Fliege machen würde.

»Sie sein eine Person von viele große Überraschungen«, sagte er und schüttelte mir begeistert die Hand. »Vielleicht alle die Menschen von die FBI sein so wie Sie?«

»Gutaussehend und intelligent?«, fragte ich. »Nein, nur ich.«

Er klopfte mir auf den Rücken und sagte dann leise: »Es sein niemand gekommen, Sie zu besuchen. Die Zeitung sagen, der Mann sein eine Räuber gewesen, wahrscheinlich einer für die Benutzung von Drogen.«

Erleichtert dankte ich ihm und ging auf mein Zimmer. Als Erstes überprüfte ich meinen Laptop auf E-Mails, aber da war immer noch nichts von Battleboi. Trotz meiner Müdigkeit ging ich davon aus, dass ich nicht würde schlafen können – schließlich musste ich alle paar Minuten nachschauen, ob Nachrichten angekommen waren.

Stattdessen nahm ich mir die Akten von Dodges Tod vor, die Cumali mir gegeben hatte, und setzte mich an den Schreibtisch. Ich konnte die Wartezeit dazu benutzen, vielleicht die Spur einer amerikanischen Frau mit Mittel-West-Akzent zu finden.

KAPITEL FÜNFUNDSECHZIG

Einen ersten flüchtigen Blick konnte ich nach vierzig Minuten auf sie werfen. Es waren nur ein paar Wörter in einem Verhörprotokoll, aber sie genügten.

Cumali und ihr Team hatten Dodges und Camerons Freunde gefragt, woher sie das reiche Paar kannten, und sie gebeten aufzulisten, wie oft sie gemeinsam in Bodrum gewesen waren. Es waren Standardfragen – die Polizisten hatten versucht, sich von ihrem jeweiligen Leben ein Bild zu machen, und glücklicherweise war das meiste ins Englische übersetzt.

Zwischen diesen Protokollen befand sich eins über einen jungen Typen namens Nathaniel Clunies-Ross, den Spross einer schwerreichen britischen Bankendynastie, den Dodge seit Jahren kannte.

Er und seine Freundin waren aus St. Tropez gekommen, um eine Woche mit Dodge und seiner frisch Angetrauten zu verbringen. Daran war nichts weiter bemerkenswert, außer dass er erst sechsundzwanzig war und mit einem hundert Millionen Dollar teuren Boot durch die Welt gondelte. Ich kämpfte mich weiter durch ein halbes Dutzend Seiten ausführlicher Erzählungen von verpfuschten Biographien schwerreicher Menschen.

Auf der letzten Seite beschrieb er kurz eine wodkaselige Nacht in einem bekannten Tanzclub. Es handelte sich um den Club Zulu, der nahe Bodrum an der Küste lag. Laut seiner Aussage waren sechs von ihnen per Hubschrauber gekommen, und gegen Ende der Nacht hatte Cameron eine junge Frau, die Ingrid hieß, getroffen. Diese Ingrid gehörte zu einer größeren Gruppe und war eine flüchtige Bekannte von Cameron.

Die beiden Gruppen hatten sich zusammengesetzt, und das Interessanteste war, jedenfalls laut Clunies-Ross, dass einer der Typen aus Ingrids Gruppe – er konnte sich nicht an seinen Namen erinnern, aber er war sich ziemlich sicher, dass er Italiener und wahrscheinlich ihr Freund war – seine Abenteuer mit Urlauberinnen mittleren Alters beschrieb. »Er betreibt einen Massagebetrieb am Strand«, hatte Clunies-Ross erklärt.

Ich las schnell weiter. Meine Müdigkeit war wie weggeblasen, und ich war aufs Äußerste konzentriert. Ich überflog den Rest des Protokolls, fand aber keine weitere Erwähnung von Gianfranco oder, was wichtiger gewesen wäre, von der Frau namens Ingrid.

Ich schlug die Akte ganz hinten auf und fand die Dokumente, die das Protokoll erhärteten, einschließlich Fotos einer Überwachungskamera vom Club Zulu – wenn auch grobkörnig und verzerrt. Das letzte von ihnen zeigte eine Gruppe Menschen, offensichtlich ziemlich betrunken, beim Verlassen des Clubs. Ich sah Cameron und Dodge, einen Typen, von dem ich annahm, dass es sich um Clunies-Ross und seine Freundin handelte – mit sehr tiefem Dekolleté und sehr langen Beinen –, und rechts hinten, beinahe nicht zu erkennen, Gianfranco.

Er hatte den Arm um eine faszinierende Frau gelegt. Sie trug kurz geschnittene Haare, einen noch kürzeren Rock und war gebräunt und schlank, kurz: eine dieser lässigen jungen Frauen, die sich absolut wohlfühlen in ihrer Haut. Wie es der Zufall wollte, blickte sie direkt in die Kamera. Sie hatte große Augen, etwas tiefliegender, als man erwarten würde, und vermittelte einem den Eindruck, dass sie direkt durch einen hindurchsah. Meine Intuition, geschärft und sensibilisiert durch zahllose komplizierte Einsätze und Tausende schlafloser Nächte, sagte mir, dass es sich um Ingrid handelte.

Ich durchblätterte auch die anderen Akten: Irgendwo musste es ein Stammblatt geben, eine Auflistung aller Namen, die während der Ermittlung aufgetaucht waren. Es gab jede Menge Namen, aber es gab nur eine Ingrid.

Ingrid Kohl.

Die Liste enthielt einen Querverweis auf die Information, die die Polizei über sie gesammelt hatte. Ich blätterte vor zu Band B, Seite 46, und sah, dass es so gut wie nichts war. Sie war eine so bedeutungslose Bekannte, ihre Interaktionen mit Cameron und Dodge waren so minimal, dass die Polizisten es nicht für nötig gehalten hatten, sie zu verhören. Allerdings hatten sie eine Kopie ihres Passes gemacht.

Ich betrachtete das Foto im Pass. Es war die Frau mit dem kurz geschnittenen Haar aus dem Club Zulu, Ingrid Kohl.

Es hatte kein Verhör gegeben, aber einige Dinge waren Tatsachen: Sie kannte Cameron, sie war eine Freundin oder hatte sogar eine intimere Beziehung zu Gianfranco, und sie war Amerikanerin. Laut ihrem Pass stammte sie aus Chicago, dem Herzen des Mittleren Westens.

Ich arbeitete noch mehr Akten durch und hoffte auf weitere Erwähnungen oder weitere Fotos von ihr, aber da kam nichts mehr. Es blieb bei dem einen Hinweis von dem Banker, der Dodge und Cameron besucht hatte, und einem ganz schlechten Foto von einer Überwachungskamera.

Es dämmerte schon, als ich es mir erneut ansah, und obgleich ich mein Gedächtnis intensiv durchforstete, konnte ich mich an keine Frau erinnern, die so attraktiv war wie Ms Kohl. Aber ich konzentrierte mich auf meine Ermittlungsaufgabe, indem ich immer wieder versuchte, mir eine passende Stimme zu dem Foto vorzustellen und sie mit dem Duft von Gardenien in Verbindung zu bringen …

Als der Computer piepte und mir eine E-Mail ankündigte, glaubte ich natürlich, dass sie von Battleboi war, und ich drehte mich hastig zum Laptop um – nur um wieder enttäuscht zu werden. Es waren weitere Spam-Mails, und sie waren gleich wieder im Papierkorb gelandet.

Wo zum Teufel blieb der Samurai?, fragte ich mich frustriert und markierte die Spams, um sie zu löschen. Ich sah, dass sie für irgendein preisgekröntes Produkt warben, und klickte auf »Löschen«. Nichts passierte, sie waren nach wie vor da. Ich klickte erneut auf »Löschen« – mit demselben Resultat. Und endlich wurde mir klar, was für ein Idiot ich war. Die als Spam-Mails getarnten Nachrichten waren selbstverständlich von Battleboi.

Als ich ihn das erste Mal traf und wir in Alt-Japan saßen und Scott Murdochs akademische Daten löschten, hatte er mir erzählt, dass er vor Kurzem einen besonders gemeinen Virus entworfen habe, der genauso aussah wie die zahllosen Spam-Nachrichten, die im Netz zirkulierten. Er sei so auffällig, dass ihn sogar die primitivsten Spam-Filter erkennen und direkt in den Papierkorb weiterleiten würden. Wenn der nichtsahnende Besitzer – der davon ausging, dass der Filter seinen Job getan hatte – versuchte, die Nachricht zu löschen, würde er sie unabsichtlich aktivieren. Umgehend würde er dadurch einen Virus herunterladen, einen Spyware-Trojaner oder irgendein anderes Programm, das Battleboi für notwendig erachtete – um beispielsweise mit einem einzigen Tastenanschlag Kreditkartendaten zu erfassen.

Wegen seiner Verhaftung durch die Bundespolizei hatte er nie die Gelegenheit gehabt, seine neue Spam-Bombe anzuwenden – bis jetzt. Und ich wusste, dass ich mir bereits alle Informationen heruntergeladen hatte, die er über Leyla al-Nassouri-Cumali hatte sammeln können. Ich musste sie nur noch finden.

Ich öffnete die erste Spam-Mail und nahm erfreut zur Kenntnis, dass ich der glückliche Gewinner eines Online-Gewinnspiels war. Um meinen Gewinn von 24 796 321,81 Dollar geltend machen zu können, sollte ich nur eine E-Mail schicken, und sie würden mir einen Zulassungscode mailen und eine Liste mit Anweisungen. Die anderen Spams waren Erinnerungsschreiben, die mir rieten, mich zu beeilen, um meinen Geldregen nicht aufs Spiel zu setzen.

Ich klickte versuchsweise den Auszahlbefehl an, ohne den Zulassungscode, aber da tat sich nichts. Ich schätzte, was ich wirklich brauchte, war ein chiffrierter Code, der eine versteckte Datei öffnete, und fragte mich schon, ob Battleboi ihn mir in einer separaten Mail schicken würde, als mir klar wurde, dass ich ihn bereits hatte.

Ich kopierte die Ziffern meines Gewinns, löschte die Punkte und das Komma, gab sie als Zulassungscode ein und klickte »Auszahlung« an. Und es funktionierte.

Ein Dokument öffnete sich, und ich sah ein Foto von Leyla Cumali mit ungefähr sechzehn Jahren. Es stammte von einem Führerschein. Darunter war eine Liste von allem, was Battleboi bisher herausgefunden hatte, und als ich es überflog, sah ich, dass er genau wie gehofft komplett andere Wege gegangen war.

Da Cumali Polizistin war, hatte er einen gewissen Bildungsgrad vorausgesetzt und versucht, ihre Schulausbildung zurückzuverfolgen. Diese Strategie verschaffte ihm einen großen Vorteil: Sie verringerte die Anzahl von Menschen, die er überprüfen musste, gewaltig. Denn so schockierend es ist, aber über 45 Prozent aller arabischen Frauen können weder lesen noch schreiben.

Er konzentrierte sich auf sechs arabische Nationen und begann mit seiner Recherche bei den Mittelschulen und den Oberschulen. Er fand nur eine Leyla al-Nassouri im richtigen Alter – in einem Online-Archiv einer Schule in Bahrain, wo sie einen Aufsatzwettbewerb in Englisch gewonnen hatte.

Er verlor ihre Spur für eine Weile, fand dann aber heraus, dass Leyla auf Arabisch »nachts geboren« bedeutete. Als Nächstes begann er, Blogs und soziale Netzwerk-Sites abzusuchen, indem er Dutzende verschiedene Variationen benutzte. Unter dem Begriff »Mitternacht« stieß er schließlich auf eine Frau, die sich verschiedentlich in einem örtlichen Blog über Sporttauchen in Bahrain geäußert hatte.

Er verschaffte sich Zugang zu ihrer Datenbank und fand heraus, dass »Mitternacht« der Online-Nickname von Leyla al-Nassouri war, und somit kannte er nun die E-Mail-Adresse, die sie damals benutzt hatte. Er ging davon aus, dass sie über siebzehn war, und ausgestattet mit ihrem Namen und der E-Mail-Adresse versuchte er, sich in die Bahrainer Kraftfahrzeugbehörde zu hacken in der Hoffnung, die Einzelheiten ihres Führerscheins zu bekommen. Es kostete ihn über vier Stunden brachialen Hackings, aber letztendlich brach er in das behördliche Netzwerk ein und fand ihre Anmeldung. Nun hatte er ein Foto und auch ihr Geburtsdatum und ihren Geburtsort.

Sie war in Saudi-Arabien geboren.

Battleboi schrieb weiter, dass er sie dann für eine ganze Weile aus den Augen verloren hatte und nichts weiter ausgraben konnte. Erst zwei Jahre später tauchte sie wieder auf, als er ein Foto von ihr und den Abriss ihrer akademischen Ausbildung an einer juristischen Fakultät in Istanbul fand.

»Das ist alles, was ich im Moment habe«, schrieb er.

Ich schloss die Seiten und blieb tief in Gedanken sitzen. Ich sah sie wieder vor mir, wie sie sich der Telefonzelle näherte und mit einem Terroristen im Hindukusch sprach, dem meistgesuchten Mann der Welt. Eine arabische Frau, die über eine gute Bildung verfügte, eine Sporttaucherin, die einen Führerschein besaß, und eine Frau, die weit reiste, um zu studieren.

Battleboi hatte großartige Arbeit geleistet, aber die Dinge waren absolut nicht klarer geworden. Leyla Cumali mochte ja in Saudi-Arabien geboren sein, aber das ergab immer noch keinerlei Sinn.

KAPITEL SIEBENUNDSECHZIG

Ich ging spazieren. Mit hochgezogenen Schultern, die Hände in den Taschen vergraben, grübelte ich wieder einmal über die Widersprüche in Cumalis Leben nach.

Nach dem Verlassen des Hotels schlenderte ich durch das Labyrinth kleiner Gassen, und nach hundert vergeblichen Versuchen, die Quadratur des Kreises zu lösen, fand ich mich am Strand wieder. Es war später Nachmittag und immer noch warm – das letzte Aufflackern des Sommers, bevor der Herbst einsetzte.

Ich setzte mich auf eine Bank und blickte über das fremde Meer, das mit seinem türkisfarbenen Glanz beinahe übernatürlich wirkte. Ein Vater planschte mit seinen drei Kindern im flachen Wasser am Strand. Ihr Gelächter füllte die Luft, und von dort aus war es nur ein kleiner Schritt für mich, an einen kleinen Jungen zu denken, der keinen Vater hatte, mit dem er im Wasser planschen konnte, und der nicht einmal wusste, was ein Down-Syndrom war.

Die Mutter der Kinder kam näher, um ein Foto von ihren Kindern zu machen, während ich an Cumali denken musste und daran, wie ihr wahrscheinlich das Herz gebrochen war, als sie die verräterische Vierfingerfurche quer über der Handfläche ihres neugeborenen Babys sah und ihr bewusst wurde, dass er das eine unter siebenhundert war.

Die ganze Welt schien sich zu verlangsamen: Das glitzernde

Wasser aus dem Eimer der Kinder schien gleichsam in der Luft hängen zu bleiben, das lachende Gesicht des Vaters schien sich kaum zu bewegen, die Hand der Mutter schien auf dem Kameraauslöser zu verharren. Mein Verstand hatte sich an einem seltsamen Gedanken verhakt.

Beweise nennen wir das, was wir haben. Aber was ist mit den Dingen, die wir nicht herausgefunden haben? Manchmal sind die Dinge, die fehlen, von viel größerer Bedeutung.

In der ganzen Zeit, die ich beim Durchsuchen in Cumalis Wohnung zugebracht hatte, hatte ich kein einziges Foto von ihr mit dem Baby gesehen. Es gab keins von ihr mit ihm als Neugeborenem auf ihrem Schreibtisch, nicht eines von ihr, wie sie mit ihm spielte, als er noch Kleinkind war, keine Porträts an der Wand. Ich hatte keine Fotos in den Schubladen gefunden, und ich hatte keine gerahmten neben ihrem Bett gesehen. Warum bewahrte sie ein Album mit Fotos von einer gescheiterten Ehe auf und kein einziges von sich als Familie oder von dem kleinen Kerl als Baby? Waren das nicht die Dinge, die eine Mutter immer aufbewahrte? Es sei denn …

Er war nicht ihr Kind.

Das Wasser hing immer noch in der Luft, die Mutter hielt die Kamera immer noch vor ihr Gesicht, und der Vater verharrte immer noch lachend. Ich fragte mich, wieso ich nicht früher daran gedacht hatte: Sie war vor drei Jahren mit ihrem Sohn nach Bodrum gekommen, hatte ihren Ehemann weit hinter sich gelassen und keine Freunde oder Bekannten, die irgendwelche Einwände erheben konnten. Sie hätte den Leuten erzählen können, was immer sie wollte.

Und wenn er nicht ihr Kind war, wessen Kind war er dann?

Das Wasser fiel herunter, die Mutter knipste ihr Foto, der Vater bespritzte seine Kinder jetzt mit Wasser, und ich fing an zu rennen.

Es war Abendessenszeit, und wenn ich schnell genug wäre, würde ich Cumalis Haus erreichen, bevor sie abgewaschen hatte.

Cumali öffnete die Tür. Sie trug ein Sporthemd, eine Jeans und einen Topflappen. Da sie keine Besucher erwartete, hatte sie das Kopftuch abgelegt und sich die Haare in einem Pferdeschwanz zurückgebunden. Ich muss zugeben, dass es ihr stand. Es betonte ihre hohen Wangenknochen und die großen Augen, und wieder einmal war ich überwältigt von ihrer Attraktivität.

Sie schien nicht verlegen zu sein, dass ich sie mit unbedecktem Haar sah und einem oben offenen Hemd. Sie war nur sauer, dass sie zu Hause gestört wurde.

»Was wollen Sie?«, fragte sie.

»Ihre Hilfe«, erwiderte ich. »Darf ich reinkommen?«

»Nein – ich bin beschäftigt, ich will gerade das Essen auf den Tisch stellen.«

Ich wollte schon Einwände erheben, so beharrlich bleiben wie nötig, aber die Mühe wurde mir erspart. Der kleine Kerl tauchte aus der Küche auf, sah mich und wollte auf mich losrennen. Er rief etwas auf Türkisch, blieb dann stehen, nahm Haltung an und machte eine perfekte Verbeugung.

»Sehr gut«, lachte ich.

»Kein Wunder – er übt schon den ganzen Tag«, sagte Cumali schon weniger streng und strich dem Kleinen einige verirrte Haarsträhnen aus der Stirn.

»Es wird nur ein paar Minuten dauern«, sagte ich, und nach einer kleinen Besinnungspause trat sie zurück und ließ mich eintreten – mehr für ihren Sohn, wenn er das denn war, als aus dem Wunsch heraus, mir zu helfen.

Ich ging den Flur vor ihnen hinunter und guckte mich neugierig überall um, so als wäre ich noch nie zuvor in dem Haus gewesen. Der kleine Kerl war direkt hinter mir und plapperte munter weiter auf Türkisch, forderte seine Mutter auf zu übersetzen.

»Er möchte Sie mitnehmen auf ein Picknick«, sagte sie. »Er hat im Fernsehen einen Film gesehen, wo es um einen amerikanischen Jungen geht. Offenbar machen das auch seine besten Freunde.«

Ich lachte nicht – es bedeutete dem Kind alles. »Ein Picknick? Natürlich«, sagte ich und blieb stehen, um mich zu ihm hinunterzubeugen. »Wann immer du willst – ich verspreche es.«

Wir betraten die Küche, und sie ging zum Herd und zog mithilfe ihres Topflappens eine Tajine von der Kochplatte, probierte den Inhalt mit einem kurzen Holzlöffel und füllte sich und ihrem Sohn auf. Sie bot mir nichts an – ein echter Affront in der muslimischen Welt, in der sich wegen des Alkoholverbots die Gastfreundschaft zum größten Teil ums Essen drehte. Es war klar, dass sie mich so schnell wie möglich loswerden wollte.

»Sie sagten, Sie bräuchten meine Hilfe – wobei?«, fragte sie, sobald sie sich hingesetzt und angefangen hatte zu essen.

»Erinnern Sie sich an eine Frau, die Ingrid Kohl heißt?«, fragte ich und dankte Gott, dass ich eine Ausrede hatte, die gut genug war, um wieder ihr Haus zu betreten.

Sie hielt inne und dachte nach, während der kleine Kerl mich anlächelte und aus seinem Micky-Maus-Glas trank.

»Ingrid Kohl«, sagte Cumali. »Eine Rucksacktouristin … Amerikanerin … eine Bekannte von Cameron, glaube ich. Meinten Sie die?«

»Ja. Haben Sie noch irgendwelche weiteren Informationen über sie?«

»Sie war nebensächlich, ich glaube, wir haben sie nicht einmal verhört. Sie sind zur Abendessenszeit hierhergekommen, um sich nach ihr zu erkundigen? Warum?«

»Ich glaube, sie und Cameron kennen sich. Ich glaube, sie kennen sich schon sehr lange. Ich habe den Verdacht, dass sie ein Liebespaar sind.«

Sie starrte mich an, ihre Gabel verharrte auf halbem Wege zu ihrem Mund. »Haben Sie irgendwelche Beweise – oder ist das nur Wunschdenken?«

»Sie meinen, wie bei den Spiegeln?«, erwiderte ich scharf. »Es gibt Beweise – ich muss sie nur erhärten.«

»Sie wollen mir also erzählen, dass sie weiß, wie man auf das Anwesen gelangt, dass sie eine Verdächtige ist?«

»Genau das will ich damit sagen. Aber ich muss ihre Stimme hören.«

»Ihre Stimme?«

»Ich werde es Ihnen erklären, wenn ich mir sicher bin«, antwortete ich. Ich wollte mich nicht auf eine lange Diskussion über Dodges Ermordung einlassen, ich wollte sie nur aus der verdammten Küche kriegen und mir die Dinge schnappen, die ich bereits im Visier hatte.

»Können Sie die beiden Frauen auf die Polizeiwache bestellen für morgen früh?«, fragte ich. »Ich möchte Ingrids Stimme hören und anschließend ihr und Cameron einige Fragen stellen.«

Cumali war alles andere als begeistert. »Cameron ist bereits ausführlich verhört worden. Ich müsste mehr wissen …«

»Ich möchte es schnell erledigen«, unterbrach ich sie. »Ich möchte so schnell wie möglich die Türkei verlassen. Mit Ihrer Hilfe könnte ich das schaffen.«

Vielleicht war es meine Nachdrücklichkeit – näher lag allerdings der Gedanke, dass sie die Möglichkeit sah, mich loszuwerden –, aber egal aus welchem Grund, sie gab nach. »In Ordnung, ich werde Hayrunnisa gleich morgen früh als Erstes anrufen und sie auffordern, es in die Wege zu leiten.«

»Können Sie sie jetzt anrufen, bitte?« Ich hatte bereits die Küche überflogen und konnte nirgends ihre Handtasche oder ihr Handy sehen. Ich hoffte darauf, dass beide in einem anderen Zimmer waren.

»Sie zu Hause anrufen, meinen Sie?«

»Ja.«

»Nein. Wie ich schon sagte, ich werde sie morgen früh anrufen.«

»Dann geben Sie mir die Nummer«, beharrte ich. »Ich rufe sie an.«

Sie sah mich entnervt an, dann seufzte sie, erhob sich und ging in ihr Wohnzimmer, um ihr Telefon zu holen.

Ich handelte schnell, miaute die Katze an, die mich aus der Ecke beobachtete. Es funktionierte. Der Kleine lachte und blickte in die andere Richtung. Ich trat hinter ihn und hatte den ersten Gegenstand in meiner Tasche, bevor er es mitbekam.

Als er sich wieder zu mir umdrehte, stand ich mit dem Rücken zu ihm am Herd, und er konnte nicht sehen, wie ich zum zweiten Gegenstand griff. Um ihn abzulenken, zog ich mein Handy heraus, als ich mich wieder zu ihm umdrehte, und fing an, Grimassen zu schneiden und Aufnahmen von ihm zu machen.

Er musste wieder lachen, und genau das tat er auch noch, als seine Mutter mit dem Handy am Ohr zurückkam und auf Türkisch mit Hayrunnisa sprach. Cumali legte auf und sah mich an.

»Sie wird sie morgen früh um acht Uhr anrufen und ihnen sagen, dass sie um zehn zur Wache kommen sollen. Zufrieden?«

»Vielen Dank.«

»Also, können mein Sohn und ich jetzt unser Abendessen zu uns nehmen?«

»Natürlich«, sagte ich. »Ich finde allein hinaus.«

Ich verbeugte mich vor dem kleinen Kerl, drehte mich um und ging zur Vordertür hinaus. Ich wandte mich nach rechts, hielt auf die nächstgelegene Hauptstraße zu und setzte mich in Trab. Ich hörte erst auf, als ich glücklicherweise ein freies Taxi fand, das vom Hafen zurück in die Innenstadt fuhr.

Ich sagte dem Fahrer, dass ich zu einigen Souvenirläden wollte, und dirigierte ihn zu denjenigen, die ich an meinem ersten Tag in Bodrum gesehen hatte. Es war schon spät, aber ich wusste, dass sie durchgehend geöffnet hatten und der größte von ihnen Kurierdienste für FedEx übernahm.

Drinnen kaufte ich ein halbes Dutzend Souvenirs und sagte dem alten Verkäufer hinter dem Tresen, ich wolle sie per Express nach New York schicken und brauche jetzt nur noch einen Karton, um sie zu verpacken. Den adressierte ich an Ben Bradley auf der Polizeiwache und legte eine Notiz bei. Sollte irgendjemand in der Türkei das Paket untersuchen, würde er es für harmlos halten. Ein Polizist auf einem Auslandseinsatz hatte nur den Jungs in der Dienststelle ein paar Andenken geschickt, um sie neidisch zu machen.

Ich schrieb Bradley, dass die bordeauxroten Feze unter den anderen Detectives verteilt werden sollten, die Bauchtänzer-Lampe aus Plastik sei für seinen Schreibtisch, und die anderen beiden Gegenstände hätte ich unserem gemeinsamen Freund zugedacht. »Keine Sorge, er wird den Scherz schon verstehen«, schrieb ich.

Natürlich war es kein Scherz. In einer Stunde würde ich Bradley anrufen und ihm genau erklären, was mit dem hölzernen Probierlöffel und der Micky-Maus-Tasse zu geschehen hatte.

Nehmen Sie eine Probe von dem angetrockneten Speichel und ordnen Sie einen DNA-Test an, so schnell wie möglich, würde ich ihm sagen. Erst dann würde ich genau wissen, welche Beziehung zwischen Cumali und dem kleinen Kerl bestand.

KAPITEL NEUNUNDSECHZIG

Der Plan war geändert worden. Ich kam am nächsten Morgen ein paar Minuten vor zehn zur Polizeiwache und erfuhr, dass Ingrid Kohl wegen einer Erkältung, die sie plagte, erst später am Tag kommen würde. Vielleicht stimmte es – wer konnte das schon wissen?

Mit Cameron hatten sie andererseits nicht einmal gesprochen – jedenfalls nicht persönlich. Hayrunnisa hatte auf dem Boot angerufen, aber die persönliche Assistentin der jungen Frau hatte sich geweigert, sie zu wecken.

»Meine Anweisungen sind unmissverständlich – sie darf nicht gestört werden. Wenn Madam aufsteht, bitte ich sie, Sie anzurufen.«

Ich wies Hayrunnisa an, sich bei mir zu melden, sobald eine von beiden sich blicken ließ. Aber wie sich herausstellte, saß ich zwei Stunden später vor einem nahe gelegenen Café – wo ich den Weg meines FedEx-Pakets auf meinem Handy verfolgte und sah, dass es über Nacht bis nach New York gekommen war und kurz vor der Auslieferung stand –, als ich Ingrid das erste Mal sah.

Sie kam über die Straße auf mich zu. Sie trug eine billige Tasche über der Schulter, hatte sich eine gefälschte Tom-Ford-Sonnenbrille auf den Kopf geschoben und einen jungen Hund bei sich – eine absolute Promenadenmischung –, den sie an ein Stück Seil angeleint hatte. Diesen Monat führten It-Girls eigentlich Designerhunde aus, aber Ingrid war es entweder total schnuppe, oder sie machte sich über diese Attitüde lustig. Beinahe hätte ich gelacht.

Bis auf eine Sache: Das körnige Foto war ihr absolut nicht gerecht geworden. Sie war größer, als sie darauf gewirkt hatte, und in ihren Baumwollshorts und einem dünnen weißen T-Shirt strahlte sie eine Sinnlichkeit aus, die ich nicht erwartet hatte. Ihr kurzes Haar war etwas nachgewachsen, und dadurch wirkten ihre blauen Augen eher noch tiefliegender und vermittelten den Eindruck, als würde sie direkt durch einen hindurchsehen.

Sie war umwerfend, daran bestand kein Zweifel. Der beste Beweis dafür waren die fünf hippen jungen Typen, die sie von einem nahen Tisch anstarrten – aber auch wenn sie es merkte, schien sie es nicht wichtig zu nehmen. Vielleicht stand ihr deswegen alles – sogar dieser blöde Hund.

Vor langer Zeit sagte ich mal, dass es Orte gibt, an die ich mich mein Leben lang erinnern würde. Auch an Menschen. Und damals in diesem nichtssagenden Café unter der heißen türkischen Sonne wusste ich genau, dass sie zu diesen Menschen gehörte, deren ersten Anblick ich nie vergessen würde.

Sie verließ den Bürgersteig und schlängelte sich durch die Cafétische hindurch auf die Verkaufstheke zu. Als sie an den coolen Typen vorbeikam – ihrer Sprache nach zu urteilen, Serben –, streckte einer den Arm aus und packte sie beim Handgelenk.

»Was für ein Hund ist das?«, wollte der Typ mit den Designerbartstoppeln, dem aufgeknöpften Hemd und dem einen tätowierten Bizeps in betontem Englisch wissen.

Sie maß ihn mit einem derart vernichtenden Blick, dass seine

Bartstoppeln hätten verdorren können. »Lassen Sie meinen Arm los, bitte«, sagte sie.

Er tat es nicht. »Ist doch nur eine Frage«, erwiderte er lächelnd.

»Es ist eine deutsche Züchtung«, sagte Ingrid. »Ein Schwanzhund.«

»Ein was?«, fragte der Typ.

»Ein Schwanzhund. Ich zeige auf irgendeinen Typen, und er apportiert mir dessen Schwanz im Maul. Wollen Sie es sehen?«

Der Hund knurrte wie aufs Stichwort, und das Lächeln verschwand aus dem Gesicht des Kerls, dessen Wut noch verstärkt wurde durch seine vier Freunde, die ihn auslachten. Ingrid zog ihre Hand weg und ging weiter auf die Theke zu.

Ich blieb sitzen und konzentrierte mich ganz auf ihre Stimme, aber sie war nicht so klar umrissen, wie ich gedacht hatte. Sie hatte die Wahrheit gesagt, was ihre Erkältung betraf. Ihre Stimme war krächzend und klang verzerrt. Außerdem war die Akustik in der Villa eine völlig andere gewesen – es hallte dort in den großen Räumen viel stärker wider. Und ich hatte sie ja nur aus der Entfernung gehört. Obgleich mein Gefühl mir sagte, dass sie es gewesen war in dem Schlafzimmer, konnte ich mir doch nicht sicher sein.

Voller Zweifel betrachtete ich sie erneut, als sie mit der Promenadenmischung an der Theke stand, und ich musste ehrlich zu mir selbst sein. Vielleicht wollte ich gar nicht, dass sie die Mörderin war.

KAPITEL SIEBZIG

Ingrid wurde von einem jungen Polizisten zur Hintertür der Polizeidienststelle hereingelassen, der auf Hochglanz polierte Stiefel trug. Sie band ihren Schwanzhund am Handlauf der Treppe fest und stieg die Stufen hoch zu Cumalis Büro.

Ich hatte das Café vor ihr verlassen, um bereit zu sein, wenn sie eintraf, saß schon an dem Konferenztisch in der Ecke des Büros und beobachtete sie vom Fenster aus. Cumali selbst hatte sich entschuldigt und gesagt, sie müsse sich um einen dringenderen Fall kümmern – um die Suche nach SpongeBobs Mörder.

»Ich wollte eigentlich zu Detective Cumali«, sagte Ingrid, als sie eintrat und mich in der Ecke nicht bemerkte. Das gab mir die Gelegenheit, auf ihre Stimme zu achten. Aber ich war mir immer noch nicht sicher.

»Ich fürchte, die Kriminalbeamtin ist nicht hier«, erwiderte Hayrunnisa. »Ich glaube, dieser Gentleman kann Ihnen weiterhelfen.«

Ingrid drehte sich um und musterte mich. Ihr Blick fiel auf meine plumpen Schuhe im FBI-Stil, wanderte langsam meine formlosen Hosenbeine hinauf, ruhte dann einen Moment auf dem billigen Hemd und der unansehnlichen Krawatte. Ich fühlte mich, als fehlte mir jetzt nur noch ein Kugelschreiberetui für die Hemdtasche.

Nachdem ich sie im Café erlebt hatte, fehlte mir das Verlangen, sie genauso zu taxieren, und das kühle Desinteresse, mit dem ich sie ansah, verschaffte mir einen kleinen Vorteil.

Dann lächelte sie, und der Vorteil war im Handumdrehen verschwunden. »Und Sie sind …?«, fragte sie. Ich hatte das dumme Gefühl, dass sie es bereits wusste.

»Mein Name ist B. D. Wilson«, sagte ich. »Ich bin vom FBI.«

Die meisten Menschen – sogar diejenigen, die nichts zu verbergen haben – durchfährt ein Angstschauer, wenn sie diesen Satz hören. Wenn das bei Ingrid Kohl der Fall sein sollte, war kein Anzeichen davon zu bemerken. »Dann wüsste ich nicht, wie Sie mir helfen könnten. Mir wurde mitgeteilt, dass ich heute meinen Reisepass abholen kann.«

Sie warf Hayrunnisa einen vernichtenden Blick zu, und mir wurde klar, dass die Sekretärin Ms Kohl einfach irgendetwas aufgetischt hatte, was ihr Kommen garantierte. Es war wahrscheinlich die übliche Handlungsweise in türkischen Polizeidienststellen.

Um Hayrunnisa nicht im Regen stehen zu lassen, antwortete

ich für sie. »Ich bin sicher, dass wir das arrangieren können. Vorher habe ich nur ein paar Fragen.«

Ingrid ließ ihre Tasche auf den Boden fallen und setzte sich. »Legen Sie los«, sagte sie. Sie war nicht leicht aus der Fassung zu bringen.

Ich stellte eine kleine digitale Videokamera auf den Schreibtisch, drückte auf einen Knopf und überprüfte, ob Ton und Bild liefen. Ich gab die Uhrzeit und das Datum an und las dann Ingrids vollen Namen von der vor mir liegenden Kopie des Passes ab.

Ich sah, dass sie das Gerät genau anschaute, achtete aber nicht weiter darauf. Was ich besser hätte tun sollen. Stattdessen wandte ich mich ihr zu und setzte sie davon in Kenntnis, dass ich vereidigter Polizeibeamter sei und Dodges Tod untersuche.

»Es ist jetzt ein Mordfall«, erklärte ich.

»Das habe ich gehört.«

»Von wem?«

»Von allen. Amerikanische Rucksacktouristen reden über nichts anderes.«

»Wo haben Sie ihn und seine Frau kennengelernt?«

Sie sagte aus, dass sie sich in verschiedenen Clubs und Bars gesehen, aber nie miteinander geredet hätten. »Das änderte sich eines Nachts vor einem Club, der ›The Suppository‹ genannt wird.«

»Es gibt einen Club, der ›Das Zäpfchen‹ heißt?«, fragte ich. Ich meine, das würde doch jeder fragen, oder etwa nicht?

»Nicht wirklich. Er heißt eigentlich ›The Texas Book Depository‹ – Sie wissen schon, die Sache mit Kennedy und Oswald. Zwei Hipster aus L. A. betreiben ihn, aber es ist ein solcher Saftladen, dass alle ihn nur ›Das Zäpfchen‹ nennen. Wie auch immer, ich war gerade aufgebrochen mit einigen Freunden, als ich einen streunenden Hund hinter einem Müllhaufen liegen sah. Er war furchtbar verprügelt worden, und während ich noch überlegte, wie ich ihn wohl auf mein Moped bugsieren konnte, kamen Dodge und Cameron dazu. Sie riefen einen Wagen, und wir fuhren ihn zu einem Tierarzt. Von da an unterhielten wir uns immer, wenn wir uns über den Weg liefen. Meistens über den Hund.«

»Also kennen Sie Dodge gut genug, dass er, wenn Sie eines Abends in sein Haus gekommen wären, mit schlechten Nachrichten, gewusst hätte, wer Sie sind?«

Sie zuckte mit den Achseln, wirkte verwirrt. »Ich nehme es an.«

»Das ist der Hund, nicht wahr?«, fragte ich und zeigte zum Fenster.

»Jawohl.«

Ich redete weiter, während ich meine Notizen konsultierte, nur um das Schweigen zu überbrücken. »Wie heißt der Hund?«

»Gianfranco«, sagte sie.

Ich reagierte nicht. »Das ist italienisch, oder?«

»Ja, er erinnert mich an einen Typen, den ich kenne – einige Hunde können einfach nicht anders, sie müssen jedem nachjagen.«

Ich lächelte und blickte auf. »Haben Sie Familie, Ms Kohl?«

»Irgendwo.«

»In Chicago?«

»Überall. Verheiratet, geschieden, wieder verheiratet, getrennt. Sie wissen ja, wie es läuft.«

»Brüder, Schwestern?«

»Drei Stiefbrüder. Keinen, auf den ich Wert lege.«

»Und Sie sind von Chicago weggezogen, ist das richtig?«

»Ich bin nach New York gegangen, wenn Sie das meinen – für ungefähr acht Monate –, aber es gefiel mir dort nicht, also habe ich einen Reisepass beantragt und bin hierhergekommen. Ich bin sicher, dass Sie all das irgendwo gespeichert haben.«

Ich überhörte das und machte weiter. »Sind Sie allein nach Europa gekommen?«

»Ja.«

»Das war mutig, nicht wahr?«

Sie zuckte nur mit den Achseln, schenkte sich die Antwort. Sie war klug, aber weit mehr als das – sie war unabhängig, gab einem das Gefühl, dass sie auf nichts und niemanden angewiesen war.

»Wie haben Sie gelebt – in Bezug auf Geld, meine ich?«

»Wie jeder andere. Ich arbeite. In Cafés, Bars, vier Wochen habe ich mal als Rausschmeißerin in einem Club in Berlin gearbeitet. Ich verdiene genug, um klarzukommen.«

»Wie sieht es mit der Zukunft aus?«

»Sie wissen schon – Heirat, zwei Kinder, ein Haus in der Vorstadt. Der Typ müsste sich allerdings schick kleiden – jemand wie Sie, Mr Wilson. Sind Sie verheiratet?«

Mann, ich könnte glatt über sie herfallen, sagte ich mir. Mit dem Stiel einer Axt. »Ich dachte mehr an die unmittelbare Zukunft.«

»Der Sommer ist so gut wie gelaufen. Vielleicht fahre ich nach Perugia in Italien – dort gibt es eine Universität für Ausländer, von der ich gehört habe.«

Ich blickte auf von meinen Notizen, überprüfte, ob die Kamera noch lief, und blickte sie an. »Sind Sie lesbisch oder bisexuell, Ms Kohl?«

Sie hielt meinem DEFCON-1-Blick mühelos stand. »Und verraten Sie mir bitte«, parierte sie, »auf welcher Seite des Zaunes Sie grasen, Mr Wilson?«

»Das ist hier nicht relevant«, antwortete ich leichthin.

»Genau das, denke ich, trifft auch auf Ihre Frage zu«, entgegnete sie.

»Da gibt es einen großen Unterschied. Es wurde unterstellt, dass Cameron bisexuell ist.«

»Na und? Sie müssen mehr unter Leute gehen. Viele moderne Frauen sind das – ich glaube, sie haben derartig die Schnauze voll von Männern, dass sie es mal mit dem anderen Team ausprobieren.«

Bevor ich auf diese Theorie eingehen konnte, hörte ich das Klackern hoher Absätze auf dem Linoleum im Flur.

Cameron kam herein.

Ingrid drehte sich um, und da die Stühle zufällig günstig standen, sah ich glücklicherweise beide gleichzeitig genau in der Sekunde, in der sie sich anschauten.

Kein Anzeichen von Zuneigung, kein geheimes Erkennungszeichen lief zwischen ihnen ab. Sie sahen sich gegenseitig an, genau wie sich flüchtige Bekannte anschauen würden. Wenn sie schauspielerten, dann gelang ihnen das perfekt – allerdings würde man für die eine oder andere Milliarde auch eine gute Vorstellung erwarten, oder?

»Hi«, sagte Cameron zu Ingrid und streckte ihre Hand aus. »Ich hab gar nicht damit gerechnet, dich hier zu sehen. Man hat mir gesagt, dass ich meinen Reisepass abholen kann.«

»Mir auch«, antwortete Ingrid säuerlich und wies mit dem Daumen anklagend auf Hayrunnisa. »Mr Wilson hier hat mich gerade gefragt, ob du bisexuell bist.«

»Tatsächlich?«, antwortete Cameron. »Und was hast du ihm geantwortet?« Sie zog einen Stuhl heran und setzte sich. Auch ihr war keinerlei Besorgnis anzumerken, und ich musste ihre Selbstkontrolle bewundern.

»Ich sagte ihm, du bist es – aber nur mit schwarzen Miezen. Ich fand, da wir es hier mit Männerfantasie zu tun haben, könnten wir auch gleich das volle Programm durchziehen.«

Cameron lachte.

»Mord ist keine Männerfantasie«, widersprach ich.

Ich informierte auch Cameron, dass es jetzt eine Mordermittlung war, und ich klärte sie auf über das Feuerwerk und die Sache mit den Spiegeln, die nach Florenz geschafft worden waren. Die ganze Zeit versuchte ich jedoch, die beiden einzuschätzen, hinter ihre tatsächliche Beziehung zu kommen. Waren sie nun ein Paar oder nur zwei attraktive Frauen, die es irgendwie nach Bodrum verschlagen hatte und die nichts weiter waren als Schiffe in der Nacht? War es Ingrid gewesen, die ich gehört hatte im Schlafzimmer? Wer war die Frau, die von dem Geheimzugang wusste und – da war ich mir sicher – Dodge überredet hatte, zum Kliff zu gehen, und ihn dann über die Kante gestoßen hatte?

»Ich habe ein Foto von Dodge und dem Mörder in der Bibliothek. Ich brauche nur noch ein Gesicht dazu«, sagte ich.

Die beiden sahen mich an, erschrocken angesichts der Existenz eines Fotos – das war jetzt mal Klatsch, von dem sie noch nicht gehört hatten.

»War das Ihre Idee – die Spiegel zu entwickeln?«, fragte Ingrid, und ich spürte, wie die Stimmung kippte. Sie mochte nicht viel von meiner Kleidung halten, aber sie hatte neu entdeckten Respekt vor meinen Fähigkeiten.

»Ja«, erwiderte ich.

»Irre, da muss man erst mal drauf kommen«, sagte sie nachdenklich.

Ich fing an zu erklären, mit welchen Schwierigkeiten jemand konfrontiert war, der ungesehen auf das Anwesen gelangen wollte. »Es muss einen geheimen Zugang geben, einen Durchgang, um es mal so zu sagen.«

Aber weiter kam ich nicht. Ingrid bückte sich und hob ihre Tasche vom Fußboden hoch. »Entschuldigung«, sagte sie. »Ich brauche etwas für meine Erkältung.«

Während sie versuchte, ihre Lutschpastillen zu finden, entglitt ihr die Tasche, und der Inhalt wurde auf dem Tisch und dem Boden verstreut. Cameron und ich bückten uns und hoben einen Lippenstift, Kleingeld, eine abgenutzte Kamera und ein Dutzend andere unwichtige Dinge auf. Als ich mich aufrichtete, sah ich, dass Ingrid den Rest ihrer Sachen vom Tisch zurück in ihre Tasche fegte. Übriggeblieben war nur noch eine Glasröhre mit einer eingeätzten Blume an der Seite.

»Parfum?«, fragte ich und nahm sie in die Hand.

»Ja«, antwortete sie. »Ich habe es im Großen Basar in Istanbul gekauft – einige Händler stellen es selbst her. Es ist ein bisschen stark – kann einen Elefanten auf fünfzig Schritt Entfernung betäuben.«

Ich lächelte, nahm die Verschlusskappe ab und besprühte meine Hand. »Gardenien«, sagte ich.

Sie sah mir ins Gesicht und wusste, dass etwas nicht stimmte. »Was sind Sie – ein verdammter Experte für Hortikultur?« Sie versuchte es wegzulachen und nahm das Parfum an sich, aber es war zu spät.

Alle Zweifel, die ich wegen ihrer Stimme gehabt hatte, waren beseitigt. Ich wusste jetzt mit Gewissheit, dass sie es gewesen war in Camerons Schlafzimmer: Als ich aus dem Gästezimmer gekommen und zum versteckten Fahrstuhl gegangen war, hatte ich denselben unverwechselbaren Duft im Flur gerochen, der noch in der Luft hing, nachdem sie vorbeigegangen war.

»Nein, Hortikultur ist nicht mein Gebiet«, sagte ich. »Ich bin Spezialagent beim FBI und ermittle in mehreren Mordfällen. Gianfranco, der Typ, nach dem Sie Ihren Hund genannt haben – seit wann haben Sie eine Beziehung mit ihm?«

Sie und Cameron spürten die Aggression in meiner Stimme, und sie wussten, dass sich alles geändert hatte.

»Was hat Gianfranco denn damit zu schaffen?«, verlangte Ingrid zu wissen.

»Beantworten Sie die Frage, Ms Kohl.«

»Ich weiß es nicht mehr.«

»Hat er Ihnen den Tunnel ins Haus gezeigt?«

»In welches Haus?«

»In Camerons Haus.«

»Es gibt keinen Tunnel in mein Haus«, versuchte es Cameron.

Ich wandte mich ihr zu und war selbst überrascht über meine Wut. Dodge war ihr Ehemann gewesen, und in jedem Verhör hatten ihre Freunde beteuert, wie sehr er sie vergöttert hatte. »Erzählen Sie mir nicht, dass es keinen Tunnel gibt – ich bin hindurchgegangen.«

»Ach ja? Auch wenn da einer ist«, unterbrach Ingrid, »niemand hat ihn mir je gezeigt.«

»Gianfranco sagt, dass er es getan hat.« Das war frei erfunden, in der Hoffnung, sie zu verunsichern. Es funktionierte nicht.

»Dann ist er ein Lügner«, schoss sie zurück. Cameron war von den Informationen und meiner Wut echt erschüttert, aber nicht Ingrid. Sie ging im Gegenteil zum Angriff über.

»Sie glauben ihm?«, fragte sie. »Franco ist Ihr Zeuge? Ein Typ, der für einen Zehner und ein paar Zerquetschte Frauen mittleren Alters am Strand befummelt? Jeder ordentliche Anwalt würde ihn in Stücke reißen. Haben Sie ihn nach seinem Handel mit Hasch gefragt? Oder herausgefunden, dass sein Name nicht Gianfranco und er kein Italiener ist? Aber welche Frau träumt schon davon, von einem Kerl gevögelt zu werden, der Abdul heißt? Aber natürlich wissen Sie das alles …«

Sie blickte mich an, während ich mich insgeheim verfluchte – ich hatte zwar gespürt, dass da etwas in Gianfrancos Englisch war, das mehr nach Istanbul als nach Neapel klang, aber ich hatte mir nicht die Zeit genommen, es richtig durchzudenken.

»Oh, wie ich sehe, ist Ihnen die Nationalität entgangen«, sagte sie lächelnd.

»Das ist nicht relevant. Es ist mir egal, wie sein richtiger Name lautet oder aus welchem Land er ist.«

»Aber mir nicht«, gab sie zurück. »Es geht um die Frage der Glaubwürdigkeit. Gianfranco besitzt keine, und bisher haben Sie weniger als nichts.«

»Sind Sie Anwältin, Ms Kohl?«

»Nein – aber ich habe viel gelesen.«

Es war etwas an der Art und Weise, wie sie mir diesen Satz an den Kopf warf und mich ansah, das mich an nackte Bühnenbretter und einen kalten Probenraum denken ließ. Ich machte einen Versuch aufs Geratewohl.

»Wo war es – New York, Los Angeles?«

»Wo war was?«

»Wo haben Sie Schauspielunterricht genommen?«

Ingrid reagierte nicht, aber als ich sah, dass Cameron ihr einen Blick zuwarf, wusste ich, dass ich richtiglag.

»Sie können theoretisieren, so viel Sie wollen«, entgegnete sie. »Wenn Abdul – ich meine Gianfranco – einen geheimen Weg ins

Haus kennt, dann würde ich sagen, dass er es ist auf dem Spiegel-Foto. Wahrscheinlich hat er Dodge umgebracht.«

»Das ergibt keinen Sinn«, konterte ich. »Welches Motiv sollte er haben?«

»Welches sollte meins sein?«

»Ich glaube, Sie und Cameron lieben sich. Ich glaube, Sie beide haben es geplant und wegen des Geldes getan.«

Sie lachte. »Cameron und ich sind Fremde. Wir sind uns nicht mehr als ein paarmal über den Weg gelaufen. Die längste Zeit, die wir miteinander verbracht haben, war in einer Tierklinik. Eine tolle Liebesgeschichte.«

»Das mag alles stimmen für Ingrid Kohl«, sagte ich. »Aber ich glaube nicht, dass Sie wirklich Ingrid Kohl sind …«

»Dann werfen Sie doch einen Blick in meinen Reisepass«, fuhr sie mich an. »Das ist doch totaler Schwachsinn. Du meine Güte! Natürlich bin ich Ingrid Kohl.«

»Nein«, widersprach ich. »Ich glaube, Sie haben die Identität gestohlen. Ich glaube, Sie spielen eine Rolle. Ich bin davon überzeugt, dass, welches auch immer Ihr richtiger Name ist, Sie und Cameron sich schon lange kennen – vielleicht sind Sie sogar zusammen aufgewachsen. Sie haben Turkey Scratch, oder wie auch immer das Kaff hieß, verlassen und sind nach New York gezogen. Dann sind Sie beide nach Bodrum gekommen aus einem einzigen Grund: um Dodge umzubringen. Das ist ein Kapitalverbrechen, und auch wenn Sie vielleicht die Spritze abwenden können: Sie beide werden den Rest Ihres Lebens im Zuchthaus verbringen.«

Ingrid lächelte. »Turkey Scratch? Das ist lustig. Haben Sie sich das ausgedacht – so wie alles andere?«

»Wir werden ja sehen. Ich bin noch nicht fertig …«

»Tja, ich schon.« Sie wandte sich an Cameron. »Ich weiß nicht, wie du das siehst, aber ich will einen Rechtsanwalt.«

»Ja, ich brauche ebenfalls juristische Unterstützung«, pflichtete Cameron ihr bei und sah aus wie ein Reh im Scheinwerferlicht. Sie ergriff ihre Handtasche und wollte aufstehen.

»Nein«, sagte ich. »Ich habe noch verschiedene Fragen.«

»Stehen wir unter Anklage?«, verlangte Ingrid zu wissen.

Ich sagte nichts – es war klar, dass sie nicht leicht einzuschüchtern war.

»Dachte ich's mir doch«, sagte sie in das Schweigen hinein. »Sie können uns nicht festhalten, nicht wahr? Es fällt nicht in Ihren Zuständigkeitsbereich.« Sie lächelte.

Cameron war bereits auf dem Weg zur Tür. Ingrid hob die Lutschpastillen auf und warf sie in ihre Tasche. Als sie sie sich über die Schulter schlang, drehte sie sich um und trat dicht an mich heran. Es war nichts zu machen, ich fühlte mich wie ein Drachenflieger in einem Gewittersturm.

»Sie halten sich für sehr klug, aber Sie wissen nichts über mich oder Cameron oder sonst irgendetwas. Sie wissen nicht mal die Hälfte von dem, was hier abläuft. Nicht annähernd. Sie haben keine Ahnung und greifen nach Strohhalmen, darum geht es hier. Sicher, Sie denken, Sie haben einige Beweise. Soll ich Ihnen mal sagen, was ich noch gelesen habe? *Beweismaterial ist nur eine Liste von Dingen, die Sie gefunden haben. Was ist mit den Dingen, die Sie nicht gefunden haben? Wie nennen Sie die?*«

Jetzt war es an mir zu lächeln. »Gutes Zitat – gar keine schlechte Lektüre.« Jetzt wusste ich, dass sie es war, die die Frau in New York getötet und in ein Säurebad geworfen hatte. »Das Zitat stammt aus einem Buch, das *Grundsätze moderner Ermittlungstechniken* heißt und von einem Mann namens Jude Garrett geschrieben wurde«, fuhr ich fort. »Und ich weiß, woher Sie dieses Buch haben – Sie haben es sich aus der New York Public Library ausgeliehen mit einem falschen Führerschein aus Florida. Sie haben es mitgenommen ins Zimmer 89 im *Eastside Inn*, wo Sie gewohnt haben, und haben es als Vorlage benutzt, um jemanden umzubringen. Wie ist das als Beweis?«

Sie sah mich ausdruckslos an – mein Gott, es war ein Triumph an Selbstkontrolle ihrerseits. Aber ihr Schweigen sagte mir, dass ihre Welt von Grund auf erschüttert war, dass der Schleier über ihrem sorgfältig geplanten Verbrechen von oben bis unten zerrissen war.

Sie drehte sich auf dem Absatz um und ging hinaus. Ich schätzte, dass sich Cameron innerhalb von einer Stunde mit einem Heer von gut bezahlten Anwälten aus den obersten Etagen umgeben haben würde, aber das würde ihnen nicht viel helfen. Ich wusste jetzt, was sie getan hatten, alles vom ersten Tag an, als die Zwillingstürme einstürzten, bis zum wahren Grund, warum es Risswunden auf Dodges Händen gab.

Jedenfalls schenkte ich ihrer Äußerung, dass ich nicht mal die Hälfte von allem verstanden hatte, keine Beachtung. Ich hielt es für Prahlerei, billiges Gerede, aber damit hatte ich sie unterschätzt. Ich hätte genau zuhören und über jedes einzelne Wort nachdenken sollen.

Ich blickte auf und fing Hayrunnisas Blick auf. Sie starrte mich schwer beeindruckt an. »Wow!«, sagte sie.

Ich lächelte bescheiden. »Danke.«

»Nicht *Sie*«, berichtigte sie mich. »Die Frau. Wow!«

Wenn ich ehrlich sein sollte, stimmte ich ihr zu. Ingrid Kohl – oder wie auch immer ihr richtiger Name war – hatte ihre Sache beim Verhör fantastisch gemacht. Besser, als ich es je erwartet hätte. Trotzdem gab es jede Menge Material auf der Videokamera, das helfen würde, sie vor Gericht zu überführen. Ich hob das Gerät hoch – und konnte einfach nicht anders: Ich fing an zu lachen.

»Was ist los?«, erkundigte sich Hayrunnisa.

»Sie hatten recht«, sagte ich. »Wow! Sie hat nicht aus Versehen ihre Tasche fallen lassen und den Inhalt verstreut – es war Ablenkung. Sie hat die verdammte Kamera abgeschaltet.«

KAPITEL ZWEIUNDSIEBZIG

Wundgelaufen und hungrig, aber viel zu angespannt, um etwas zu essen oder mich auszuruhen, ging ich am Hafen entlang. Es war jetzt drei Stunden her, dass ich mein Handy wieder eingeschaltet und Cumalis Büro verlassen hatte, und ich hatte bereits den Strand, die Altstadt und jetzt das Hafengebiet abgehakt.

Zweimal hatte ich angefangen, Bradleys Nummer zu wählen, weil ich es nicht mehr erwarten konnte, die Ergebnisse des DNS-Abgleichs zu hören, konnte mich aber noch rechtzeitig bremsen. Ich hatte ihm gegenüber am Telefon betont, wie eilig es war, und wusste, dass er und der Flüsterer dafür sorgen würden, dass das Labor die Analysen im Eilverfahren durchzog. Er würde mich umgehend anrufen, sobald er sie hatte, aber das machte es nicht leichter. Komm schon, redete ich mir gut zu. Komm schon.

Ich befand mich mitten in einer Gruppe von Ständen mit Meeresfrüchten und lärmigen Hafenbars, als das Handy klingelte. Ich meldete mich, ohne auch nur auf das Anrufer-Display zu schauen. »Ben?«, fragte ich.

»Wir haben die Ergebnisse«, antwortete er. »Noch keine Einzelheiten, nur eine telefonische Zusammenfassung, aber ich dachte mir, dass Sie sie gern so schnell wie möglich hätten.«

»Legen Sie los«, forderte ich ihn auf und bemühte mich um einen ruhigen Tonfall.

»Der kleine Junge ist definitiv nicht der Sohn dieser Frau.«

Meine Antwort war ein tiefes Ausatmen – ich war so angespannt, dass ich nicht einmal gemerkt hatte, wie ich die Luft angehalten hatte. Warum um alles in der Welt zog Cumali ihn als ihren eigenen Sohn auf?, fragte ich mich.

»Aber die beiden Individuen sind eng miteinander verwandt«, fuhr Ben fort. »Es gibt eine 99,8-prozentige Wahrscheinlichkeit, dass sie die Tante des Jungen ist.«

»Seine Tante?«, sagte ich ungläubig und wiederholte es noch einmal nur für mich. Seine *Tante*?

»Was ist mit dem Vater? Können Sie uns irgendetwas darüber sagen?«, fragte ich.

»Ja. Der Vater des Kindes ist der Bruder der Frau.«

Also, dachte ich, zog Leyla Cumali den Sohn ihres Bruders auf. Ich spürte, wie eine Welle der Erregung mich erfasste – eine plötzliche Klarheit –, aber ich schwieg.

»Das ist alles, was ich Ihnen im Moment sagen kann«, sagte Bradley.

»Gut«, sagte ich gelassen und legte auf.

Ich blieb regungslos stehen, blendete die Geräusche der Trinker in den Bars aus. Leyla Cumalis Bruder hatte einen kleinen Jungen, und sie zog ihn in absoluter Heimlichkeit als ihr eigenes Kind auf.

Wieder fragte ich mich, warum? Warum deswegen lügen? Was war beschämend daran, sich um seinen Neffen zu kümmern?

Ich dachte an den Morgen, als ich ihr im Park an der Ecke begegnet war – an die Wut, mit der sie auf mein Eindringen reagiert hatte, und an die verstohlene Art und Weise, wie sie den kleinen Kerl hochgehoben hatte und mit ihm weggegangen war. Ich entsann mich, dass ich damals dachte, zufällig auf ein Geheimnis gestoßen zu sein. Es war nicht normal. Nichts von alledem ergab irgendeinen Sinn.

Es sei denn, dass der Vater ein Geächteter war – ein Soldat in einem geheimen Krieg zum Beispiel. Ein Mann, der immer in Bewegung war, ein Mann, der gesucht wurde wegen Dschihad oder Terrorismus oder etwas noch Schlimmerem …

Vielleicht hätte so eine Person ihren Sohn ihrer Schwester übergeben, damit sie ihn aufzog.

Unter diesen Umständen hätte Leyla Al-Nassouri-Cumali erschrocken reagiert, wenn ein amerikanischer Ermittler auftauchte und die Existenz des Jungen entdeckte.

Aber was war mit der Mutter des Kleinen? Wo war sie? Tot wahrscheinlich – von einer Bombe getroffen oder erschossen in einem der Dutzend Länder, in denen es muslimische Frauen beinahe täglich erwischte.

Ich fand eine Bank, setzte mich und starrte zu Boden. Nach langer Zeit blickte ich auf, und von dem Moment an hatte ich das überwältigende Gefühl, an einem Wendepunkt zu sein: Ich glaubte nicht länger, dass Leyla al-Nassouri am Telefon mit einem Terroristen gesprochen hatte. Ich glaubte, dass sie mit ihrem Bruder gesprochen hatte.

Endlich hatte ich die Quadratur des Kreises gelöst – ich verstand die wirkliche Verbindung zwischen einem arabischen

Fanatiker und einer modernen türkischen Polizistin. Sie hatten nicht über den Ablauf einer tödlichen Verschwörung diskutiert oder über die Sterberate von Pocken. Wir waren von dieser Annahme ausgegangen und hatten uns darauf fixiert, Belastungsmaterial zu sammeln unter der Überschrift »Terrorismus«. Aber die Wahrheit war sehr viel menschlicher: Sie waren eine Familie.

Ja, wahrscheinlich wusste sie, dass er ein Geächteter war, aber ich bezweifelte, dass sie eine Ahnung von der Größe des Anschlags hatte, den er plante. Es gab zahllose arabische Männer, die islamische Fundamentalisten waren und an den Dschihad glaubten. Allein zwanzigtausend standen auf der Flugverbotsliste der Vereinigten Staaten – und auf alle war irgendein Kopfgeld ausgesetzt. Alle versuchten, sich nicht von Echelon oder seinen Nachfolgesystemen aufspüren zu lassen. Für sie war er wahrscheinlich einer von ihnen – ein Feld-Wald-und-Wiesen-Fanatiker. Es gab keinerlei Beweise dafür, dass sie wusste, dass er einen Massenmord größten Ausmaßes plante, oder dass sie auch nur wusste, dass er sich im Hindukusch aufhielt.

Ich hatte es jetzt eilig, schlängelte mich durch Gruppen von Urlaubern, wich Autos aus und marschierte zum Hotel. Aber was war mit den beiden Telefonanrufen? Warum hatte der Sarazene zu einem kritischen Zeitpunkt alles riskiert, um mit ihr zu sprechen?

Wie ich schon sagte, mir wurde nach und nach alles klar. In dem Aktenschrank in Cumalis Schlafzimmer hatte ich die Rechnung des örtlichen Krankenhauses gefunden – diejenige, aus der hervorging, dass der kleine Junge eine Meningokokken-Meningitis hatte. Ich erinnerte mich nicht mehr an das genaue Datum seiner Erkrankung, aber das musste ich auch nicht. Ich war mir sicher, dass es mit den beiden Telefongesprächen zwischen Leyla Cumali und ihrem Bruder übereinstimmte.

Als sie erfahren hatte, wie schwer krank er war, hatte sie wohl die verschlüsselte Botschaft im Internet-Nachrichtenforum losgeschickt und dem Sarazenen mitgeteilt, dass er sie dringend anrufen musste. In ihrer Not dürfte sie geglaubt haben, dass ein Vater das Recht hatte, es zu erfahren, und dass ihr Bruder aufgrund seines Glaubens für seinen Sohn würde beten wollen.

Die meisten Websites, die Partnersuche oder private Anzeigen anbieten, machen automatisch andere Benutzer auf Angebote aufmerksam, die sie interessieren könnten. Der Sarazene dürfte eine Textbotschaft erhalten haben, die besagte, dass ein Fan irgendeines obskuren Dichters – oder etwas in der Art – einen Artikel verschickt hatte. In dem Wissen, dass es schlechte Nachrichten waren, hatte er sie in der vorher festgelegten Telefonzelle angerufen und sich ihre vorher aufgenommene verschlüsselte Nachricht angehört.

Was für eine grauenhafte Zeit muss das für ihn gewesen sein. Auf einem menschenleeren Berg in Afghanistan war er dabei, sein Lebenswerk zu testen, es krepierten gerade drei Menschen elendig an Pocken in einer abgeschlossenen Hütte. Und die ganze Zeit war ihm bewusst, wenn er aufflöge, würde es seinen umgehenden Tod bedeuten. Und genau in dem Moment erfuhr er, dass sein Sohn schwer erkrankt war – möglicherweise lebensgefährlich.

Verzweifelt dürfte er alles darangesetzt haben, von Cumali auf den neuesten Stand gebracht zu werden, und das war der zweite Anruf, den er tätigte. Sie hatte ihm gesagt, dass die Medikamente gewirkt hatten, die Krise überstanden und sein Sohn gerettet war. Deshalb gab es keine weiteren Anrufe.

Aber noch etwas wurde mir bewusst, und ich konnte es leider nicht vermeiden – der Sarazene musste diesen kleinen Jungen von ganzem Herzen lieben, wenn er alles riskierte für einen Telefonanruf. Es gefiel mir nicht, es gefiel mir ganz und gar nicht. Seit der Erschießung des Rider of the Blue wusste ich: Wenn man einen Mann töten muss, ist es viel besser, wenn es sich um ein Ungeheuer handelt und nicht um einen liebenden Vater.

Ich lief die Hoteltreppe hinauf, eilte in mein Zimmer, warf Kleidung zum Wechseln in eine Tasche und schnappte mir meinen Reisepass. Jetzt kannte ich den Nachnamen des Sarazenen.

Es war derselbe wie der seiner Schwester – al-Nassouri. Und ich wusste, woher die Familie stammte.

Ich würde nach Saudi-Arabien fliegen.

TEIL VIER

KAPITEL EINS

Die Turkish-Airlines-Maschine mit der Flugnummer 473 startete am Flughafen Milas, kurvte steil vor der untergehenden Sonne und steuerte quer über einen Winkel des Mittelmeers in Richtung Beirut.

Nachdem ich das Hotel verlassen hatte, setzte ich mich in den Fiat, raste zum Flughafen und nahm den ersten Flieger in Richtung Süden – Hauptsache, er brachte mich näher heran an Saudi-Arabien.

Ich wollte keine Zeit verlieren. Sobald ich in der Luft war, wollte ich telefonisch veranlassen, dass ein Flugzeug der US-Regierung mich auf halbem Wege abholte – auf der Startbahn im Libanon.

Kaum war das glitzernde Wasser des Mittelmeers in Sicht und die »Fasten Seat Belts«-Anzeige erloschen, nahm ich mein Handy und begab mich zur Toilette. Bei verriegelter Tür und ohne mir Gedanken über etwaige Lauscher zu machen, rief ich Battleboi in New York an. Als Erstes musste ich wissen, wohin ich mich in Saudi-Arabien begeben sollte.

Rachel-san nahm ab. »Ich bin's«, sagte ich, ohne mich weiter zu identifizieren. »Ich muss mit dem großen Kerl sprechen.«

»Hören Sie«, sagte ich, sobald er am Telefon war. Aber ich hatte keine Zeit für Smalltalk. »Sie sagten, Sie haben den Führerscheinantrag der Frau gefunden …«

»So ist es.«

»Sie ist in Saudi-Arabien geboren – in welcher Stadt?«

»Bleiben Sie dran.« Ich hörte, wie er in sein Büro tappte.

»Ich habe den Antrag hier vor mir liegen«, sagte er nach einer kurzen Pause. »Dschiddah – steht da. Ein Ort namens Dschiddah.«

»Danke«, antwortete ich. »Tolle Arbeit.« Ich wollte das Gespräch gerade beenden, aber er kam mir zuvor.

»Haben Sie schon gehört, was passiert ist?«, fragte er.

»In Leavenworth?«

»Genau. Ich habe Ihnen ja gesagt, dass sie mich erst ausnehmen und dann aufs Kreuz legen werden. Es tut mir leid, aber … ich muss Sie das fragen … ich brauche Hilfe.«

Er stockte und musste kurz innehalten, um seine Emotionen in den Griff zu bekommen. »Ich schaffe das – die Zeit abzusitzen, meine ich –, aber ich werde Rachel verlieren. Sie will Kinder – ich kann sie nicht bitten, auf mich zu warten und darauf zu verzichten. Fünf Jahre weniger ist alles, worum ich bitte. Ich weiß nicht, wer Sie wirklich sind, aber …«

»Das reicht«, unterbrach ich ihn schroffer, als ich es meinte, aber da es sein konnte, dass jemand zuhörte, konnte ich ihm nicht durchgehen lassen, auch nur in die Nähe der Frage meiner Identität zu kommen.

»Ja, schon klar«, sagte er voller Sarkasmus, und obwohl mir klar war, dass er ausgenutzt und verarscht worden war, schmeckte mir die ganze Sache gar nicht.

»Ich bin nicht so wie die Leute, die Sie gelinkt haben«, sagte ich und wurde lauter. »Wenn ich Ihnen mein Wort gebe, dann meine ich das auch so. Ich werde *alles* tun, was ich kann. Okay? Zurzeit habe ich aber selber einige Probleme …«

»Schon klar«, sagte er. Ich glaube, meine Verärgerung beruhigte ihn mehr als alles, was ich hätte sagen können. Dann beendete ich das Gespräch.

Als Nächstes rief ich den Flüsterer an. Auch hier bedurfte es keiner einleitenden Worte. »Ich weiß, wie er heißt«, sagte ich leise.

Noch nie in der Geschichte der Geheimdienste war auf den Einschlag einer solchen Bombe hin wohl je eine solche Stille eingetreten. Nach einer gefühlten Ewigkeit antwortete der Flüsterer: »Sie meinen den Kerl in Afghanistan?«

»So ist es. Er heißt al-Nassouri. Er ist der Bruder der Polizistin.«

Das war es – fertig. Der Organismus hatte seine Bestimmung erfüllt. Er hatte die Informationen weitergegeben. Wenn ich jetzt tot umgefallen wäre, so hätte das keine Rolle gespielt – die Mission würde überleben.

»Noch was?«, fragte der Flüsterer.

»Noch nicht allzu viel – geboren in Dschiddah, Saudi-Arabien«, antwortete ich.

»Saudi-Arabien? Fragen Sie mich mal, warum mich das nicht überrascht«, erwiderte der Flüsterer.

»In einigen Stunden dürfte ich seinen vollen Namen und sein Geburtsdatum haben. Ich hoffe, ich bekomme ein Foto.«

»Wo um Gottes willen sind Sie?!«, rief er plötzlich. Erst zum zweiten Mal seit Menschengedenken wurde seine Stimme laut. Vermutlich hatte die automatische Ortungsfunktion meines Handys soeben auf seinem Computerbildschirm angezeigt, dass ich mich in der Mitte des Mittelmeers befand. Aber im Grunde genommen versetzte ihn nicht mein Aufenthaltsort in Alarm – es waren die Emotionen, der Stress, die Erleichterung, die sich in Dave McKinley ihren Weg bahnten. Wir hatten einen Namen, wir hatten eine Identität, wir hatten einen Mann, den wir jagen konnten. Jetzt war alles nur noch eine Frage der Zeit.

»Ich bin an Bord der TA473 auf dem Weg nach Beirut«, antwortete ich. »Ich brauche Unterstützung, um nach Dschiddah zu kommen, und jede Menge Hilfe, wenn ich dort bin.«

»Darüber sprechen wir gleich. Aber zunächst mal: Wie lange brauchen Sie, um mir die restlichen Einzelheiten mitteilen zu können?«

Ich sah auf die Uhr und überschlug kurz die Flugzeit und die Zeit, die ich für die Suche in den Dokumenten brauchen würde. »Zwölf Stunden – dann sollte ich haben, was ich brauche.«

»Sicher?«

»Ja.«

»Ich bin jetzt im Büro«, sagte er, »aber nachher nicht mehr. Dann bin ich unterwegs – Sie wissen, wohin. Wir werden auf Ihren Anruf warten.«

Er meinte das Weiße Haus, und dass er gemeinsam mit dem Präsidenten im Oval Office sein würde.

KAPITEL ZWEI

Ich entriegelte die Toilettentür und blickte in die Gesichter eines halben Dutzends stocksaurer Passagiere, die eine Flugbegleiterin herbeigerufen hatten. An ihrer entschlossenen Miene war zu erkennen, dass es ihr um Recht und Ordnung ging.

»Die Leute haben die ganze Zeit an die Tür geklopft«, sagte sie eisig.

»Ja, ich hab's gehört«, antwortete ich. Es stimmte, aber was hätte ich machen sollen – das Gespräch mit dem Chef des Geheimdienstes beenden?

»Sie wissen sicherlich, dass es strafbar ist, während des Fluges ein Handy zu benutzen.«

Ich nickte. Mein Gott, war ich müde. »Ja, ich weiß.«

»Und Sie haben doch sicher auch unseren Film gesehen, der das sehr deutlich macht?«

»Klar, junge Frau! Aber wissen Sie – es ist mir so was von egal.«

Die Passagiere, die Türkisch oder Libanesisch miteinander sprachen, starrten mich an, als ich zu meinem Platz zurückging. Vermutlich sagten sie: »Wieder mal so ein scheußlicher Amerikaner.«

Deshalb war ich ziemlich befriedigt, als ich feststellte, dass der Flieger – nachdem wir wenig später in Beirut gelandet waren – nicht zum Flugsteig geleitet wurde. Stattdessen hielten wir auf dem Vorfeld, während eine motorisierte Hebebühne, drei Polizeiwagen und ein halbes Dutzend schwarze Geländewagen auf uns zurasten.

Während die Passagiere und das Kabinenpersonal aus den Fenstern schauten, sich wunderten, was um alles in der Welt da vor sich ging, und Angst bekamen, kam die eisige Flugbegleiterin auf mich zu.

»Mr Wilson?«, fragte sie. »Folgen Sie mir bitte.«

Ein Brite, der in der nächsten Reihe saß, starrte auf den Trupp bewaffneter Polizisten, die sich näherten. »Oje – und das alles nur, weil er sein Handy benutzt hat? Die Libanesen fackeln nicht lange, was?«, witzelte er.

Ich musste lächeln, als ich nach meinem Handgepäck griff und dem Eismädchen den Gang entlang folgte. Zwei ihrer Kollegen legten bereits einen Hebel um und öffneten eine der Kabinentüren. Als sie zur Seite glitt, wurde die Plattform der Hebebühne an den Ausgang gehoben.

Auf ihr stand ein Mann mittleren Alters in einem dunklen Anzug. Er schaute in die Kabine und sah mich. »Brodie Wilson?«

Ich nickte.

»Haben Sie Ihren Pass dabei?«

Ich zog den Pass hervor und händigte ihn ihm aus. Er überprüfte das Foto sowie die Beschreibung der körperlichen Merkmale auf dem Datenblatt und gab die Passnummer in sein Handy ein. Kurz darauf erhielt er grünes Licht und gab mir den Pass zurück.

»Ich bin Wesley Carter, Handelsattaché bei der Botschaft«, sagte er. Ich hatte ihn noch nie zuvor gesehen, aber ich wusste, dass das nicht stimmte – ganz ohne Zweifel war er der Chef der CIA-Station Beirut. »Kommen Sie bitte mit.«

Während alle an Bord mich beobachteten und das Eismädchen etwas verlegen dastand, trat ich auf die Plattform, und die Hebebühne wurde heruntergefahren. An strategischen Punkten um die Geländewagen herum standen vier Amerikaner in Anzügen. Es waren bewaffnete Sicherheitskräfte, wie ich wusste. Sie schauten zu, wie Carter mich in den Fond eines der Fahrzeuge bugsierte und den libanesischen Polizisten in den Einsatzwagen ein Zeichen gab.

Nachdem sie das Blaulicht angeschaltet hatten, fuhren wir mit hoher Geschwindigkeit über den Asphalt zu einer angrenzenden Startbahn.

»Wir haben Ihnen einen Privatjet besorgt«, erklärte Carter.

»Das Flugzeug gehört einem arabischen Waffenhändler, so eine Art Freund von uns. Das Einzige, was wir kurzfristig bekommen konnten. Die Piloten sind allerdings unsere Leute – waren früher bei der Air Force, sind also sauber.«

Ich blickte durch das Panzerglas und sah in der Ferne einen schwarzen G4-Business-Jet mit verlängertem Rumpf. Die Triebwerke liefen bereits. Ich fragte mich, wie viele Raketenwerfer man den Freunden der CIA im Nahen Osten wohl liefern musste, um sich so etwas leisten zu können.

Carter sprach leiser. »Der Flüsterer hat mir gesagt, dass Sie in Ihrer eigenen Liga spielen und auf der Suche nach der schmutzigen Bombe sind.«

Ich nickte. »Sind das nicht alle?«

Er lachte. »Wenn nicht noch mehr! Dreitausend allein hier in Beirut – alle in der Region helfen dabei. Trotzdem: nichts, nirgends. Was ist mit Ihnen?«

Ich schüttelte den Kopf. »Bis jetzt nichts.«

»Ich glaube, er ist ein Einzelkämpfer.«

»Wer?«

»Der Atom-Kerl.«

Ich wandte mich ihm zu. »Warum?«

»Die menschliche Natur, glaube ich … Wenn er nicht allein wäre, hätten wir irgendwas gehört. Die Leute reden immer, jeder wird verraten. Nicht weit von hier entfernt gab es einen Revoluzzer – keinen Bombenwerfer, aber viele hielten ihn für einen Fanatiker. Er hatte ein Dutzend Gefolgsleute, die ihn verehrten, sie sind miteinander durch die Hölle gegangen. Trotzdem hat einer ihn verraten. Sie kennen die Geschichte – Judas hat Jesus mit einem Kuss verraten.«

Jetzt musste ich lachen.

»Das ist zweitausend Jahre her«, fuhr Carter fort, »und nichts hat sich geändert – jedenfalls nicht in diesem Teil der Welt.«

Der Geländewagen hielt an der Gangway der G4, und ich nahm meine Reisetasche. »Gute Story«, sagte ich und schüttelte ihm die Hand.

Ich öffnete die Tür und lief zur Gangway. Hinter mir hörte ich Carter rufen: »Vergessen Sie nicht: Diese Jungs, zu denen Sie reisen, das ist Abschaum. Viel Glück!«

Ich lächelte – ich brauchte kein Glück. Ob der Sarazene Einzelkämpfer war, spielte überhaupt keine Rolle. In wenigen Stunden würde ich seinen vollständigen Namen, sein Geburtsdatum, die Geschichte seiner Kindheit und Jugend kennen und vermutlich ein Foto von ihm haben. Das würde Carter und hundert anderen CIA-Chefs vor Ort ausreichen, ihre Männer und die anderer Nationen – also die gesamte Welt der Geheimdienste – zu mobilisieren, um ihn zu finden.

Achtundvierzig Stunden – so meine Schätzung. In achtundvierzig Stunden würden wir ihn haben: Wir würden es rechtzeitig schaffen.

KAPITEL DREI

Alle Etiketten waren korrekt auf den winzigen Glasfläschchen angebracht. Der Sarazene hatte es termingerecht geschafft.

Er hatte unermüdlich gearbeitet, aber Glück hatte auch eine Rolle gespielt – einer seiner Kollegen hatte einen Autounfall gebaut, was ihm die Gelegenheit gegeben hatte, ein paar Doppelschichten einzulegen.

Gleich zu Beginn hatte er die Arbeit wie eine Produktionsstraße aufgebaut. Er hatte sich in einem Bereich des Lagers eingerichtet, der versteckt hinter aufgetürmtem, flachgedrücktem Verpackungsmaterial lag. Dort war er ungestört und hatte einen Gartenschlauch, einen Abfluss, eine Abfallpresse, eine professionelle Heißklebepistole und etliche große Kunststoffgefäße zur Hand.

Er füllte die Gefäße mit dem chemischen Lösungsmittel, schlitzte die eingeschweißten Medikamentenpackungen auf und tauchte die kleinen Glasfläschchen zweieinhalb Minuten lang in die Lösung – wie er herausgefunden hatte, der optimale Zeitraum zum Ablösen der Etiketten. Dann legte er diese zwei Minuten lang zum Trocknen vor einen Heizlüfter – genau die Zeit, die er brauchte, um die nicht mehr benötigten Flaschen in die Presse zu legen, sie bis zur Unkenntlichkeit zu zerstören und das flüssige Medikament, das sie enthalten hatten, durch den Abfluss fortzuspülen.

Am längsten dauerte es, die Rückseite der Etiketten mit dem Klebstoff zu versehen und dann auf seinen eigenen Glasfläschchen anzubringen. Anfangs hatte er befürchtet, es ginge so langsam voran, dass er den Termin unter keinen Umständen einhalten könne. Aber rasch wurde ihm klar, dass sein Output dramatisch stieg, wenn er nicht zu viel darüber nachdachte, sondern einen Rhythmus fand und sich wie ein Roboter mit Heißklebepistole vorkam.

Glücklicherweise gab es im Lager ein eigenes Einschweißgerät zum Reparieren von Packungen, die während der Herstellung oder der Konfektionierung für den Versand beschädigt worden waren. Daher war es für den Sarazenen sehr einfach, seine tödlichen Ampullen in den richtigen Verpackungen zu versiegeln.

Am Ende seines ersten Abends an dieser Arbeit besaß er tausend winzige Phiolen, die praktisch identisch mit denen waren, die Chyron benutzte. Sie enthielten eine ähnlich aussehende, klare Flüssigkeit, waren mit den korrekten Etiketten für ein weit verbreitetes Medikament beklebt, in den originalen Plastikverpackungen versiegelt und mit den gesetzlich vorgeschriebenen Barcodes, Seriennummern und Versandpapieren versehen. Der einzige Unterschied – und den konnte man nur durch eine aufwendige chemische Analyse entdecken – war, dass der potenziell lebensrettende Wirkstoff durch die vom Sarazenen eigenhändig hergestellte Apokalypse ersetzt worden war.

Als Arzt kannte er den Vorgang genau, der ablaufen würde, sobald die Ampullen in Amerika eingetroffen sein würden. Ein Arzt oder eine hinreichend qualifizierte Krankenschwester würde eine Spritze mit einer mindestens einen Zoll langen Kanüle in die Spitze der Flasche einführen. Die Länge der Kanüle war wichtig, da der Wirkstoff, den sie zu injizieren glaubten, intramuskulär verabreicht werden musste. Er müsste in den Deltamuskel am Oberarm injiziert werden, und die Länge der Kanüle von mindestens einem Zoll war nötig, um in das Muskelgewebe Erwachsener oder größerer Kinder einzudringen. Bei Kleinkindern reichte es aus, wenn die Kanüle 7/8 Zoll lang war, wobei die Injektion hinten am Oberschenkel verabreicht wurde.

Wie alt der Patient auch war oder wo immer die Injektion erfolgte: Wenn das Virus erst einmal im Körper war – bei der intramuskulären Injektion würde es keine Ausfälle geben –, gab es keine Rettung mehr. Einen solchen Menschen konnte man vollkommen zutreffend als Zombie beschreiben, als wandelnden Toten.

Dem Sarazenen war auch klar, dass es überall eine kleine Gruppe gab, nämlich Neugeborene, die von der Verabreichung des vermeintlichen Medikaments ausgeschlossen war. Doch das interessierte ihn nicht. Da zehntausend Virus-Vektoren freigesetzt sein würden und Pocken wie eine normale Erkältung über die Luft übertragen wurden, bestand für Säuglinge oder irgendwen sonst nur eine einzige Aussicht, sich nicht anzustecken: Man musste aufhören zu atmen.

Nachdem er tausend Ampullen fertiggestellt hatte, machte er voller Zuversicht, noch schneller fertigen zu können, in dieser ersten Nacht Feierabend und ging hoffnungsvoll und überglücklich nach Hause. Es wurde bereits hell, aber statt in seiner winzigen Wohnung ins Bett zu fallen, begann er ein Ritual, das er in der kommenden Woche beibehalten würde.

Er schaltete den Fernseher an und stellte den Wetterkanal ein.

Früh am Morgen wurde dort ein umfassender aktueller Bericht über die Wetterlage auf dem US-amerikanischen Festland gesendet. Zu seiner großen Freude sah der Sarazene, dass sich im Norden Kanadas langsam eine jahreszeitlich unübliche Kaltfront bildete, von der erwartet wurde, dass sie über die USA ziehen würde. Alle Experten des Senders sagten voraus, dass es einen frühen und außergewöhnlich kalten Herbst geben werde.

Diese scheinbar so harmlose Entwicklung garantierte, dass der anstehende Angriff noch verheerender sein würde, sofern das überhaupt möglich war. Alle durch die Luft übertragenen Viruserkrankungen – nicht nur Pocken – waren bei Kälte wesentlich ansteckender, wobei die meisten Experten davon ausgingen, dass derartige Witterungsverhältnisse die Übertragung um mindestens dreißig Prozent beschleunigten. Die Gründe dafür lagen auf der Hand – die Menschen husten und niesen, sie nehmen den Bus, statt zu Fuß zu gehen, sie essen in Restaurants und nicht in Straßencafés. Bei sinkenden Temperaturen rücken die Menschen unwillkürlich zusammen und sorgen so für eine Umgebung, die für den Transfer von Virusmaterial wesentlich besser geeignet ist.

Einige Tage später, als er die letzten der zehntausend Ampullen bearbeitet hatte, sah der Sarazene, dass die Kaltfront sich weiter verstärkte und ausbreitete.

Er brachte die in Plastik versiegelten Pakete in das eigentliche Lager, legte sie an die für ihren Bestimmungsort richtigen Laderampen und überprüfte ein letztes Mal, ob alle Versandpapiere in Ordnung waren.

In vierundzwanzig Stunden würden einige Lastwagen des endlosen Konvois, der sich regelmäßig durch die europäische Produktionsanlage von Chyron bewegte, die Pakete abholen und sie die hundertvierzig Kilometer über Mannheim, vorbei am riesigen US-Militärstützpunkt in Darmstadt, zum Flughafen Frankfurt transportieren.

Die Flüge nach Amerika würden etwa zehn Stunden dauern. Dann würden die Pakete zu den regionalen Frachtzentren des Unternehmens befördert und etwa zwölf Stunden später auf Lkws geladen und an Arztpraxen in den gesamten Vereinigten Staaten ausgeliefert werden.

Allein in dem riesigen, dunklen Lager, nur mit seinen Gedanken und Gott als Gesellschaft, war der Sarazene sich sicher, dass in achtundvierzig Stunden ein Sturm – im wörtlichen wie auch im übertragenen Sinne – das Land treffen würde.

Die Innenausstattung des Privatjets des Waffenhändlers war so hässlich, dass es meinem ästhetischen Empfinden genauso wehtat wie meinen Augen. Die Wände waren mit violettem Panne-Samt verkleidet, die Sessel mit dunkelrotem und mit Monogrammen besticktem Brokat bezogen, und sämtliche Beschläge waren vergoldet und so stark poliert, dass sie aussahen, als seien sie aus Messing.

Doch das Flugzeug konnte in sehr großer Höhe fliegen, wo es weniger Turbulenzen gibt und die Luft dünner ist. Das bedeutete, dass die beiden Piloten der US Air Force es in Rekordzeit nach Dschiddah schaffen würden. Außerdem hatte der Flieger noch einen Vorteil: Im hinteren Teil der Kabine gab es eine Tür, die in ein Schlafzimmer mit Doppelbett und einem angrenzenden Badezimmer führte, das mit einer Kombination aus Chrom, Spiegeln und Leopardenfell dekoriert war.

Ich schaffte es, das Dekor zu ignorieren, duschte, kleidete mich um und legte mich aufs Bett. Ich habe keine Ahnung, wie lange ich geschlafen hatte, aber irgendwann wachte ich auf, schob die Jalousie hoch und stellte überrascht fest, dass es Nacht geworden war und wir unter einem endlosen Sternenzelt flogen.

Ich wandte mich um und dachte in der Einsamkeit des Fluges darüber nach, welche immensen Anstrengungen ich unternommen hatte, um dem Leben im Verborgenen zu entkommen, wie es in Paris in jenen wenigen wunderbaren Monaten war, als ich auf dem Weg in die Normalität war, und wie sehr ich mir gewünscht hatte, einen Menschen zu finden, der mich so sehr liebte, wie ich ihn lieben wollte. Ich hätte auch gerne Kinder gehabt, aber unter den gegebenen Umständen – zurückgeschleudert in die Welt der Geheimdienste und auch jetzt dabei, in dunklen Gassen Schatten hinterherzujagen – war es wahrscheinlich am besten so, wie sich alles entwickelt hatte. Vielleicht später, wenn die Mission endlich erfüllt war, dachte ich versonnen …

Mit diesen Gedanken und irgendwo zwischen Himmel und Wüste muss ich wieder eingeschlafen sein. Und wieder einmal – wie aus dem Nichts – hatte ich eine Vision, in der ich mich auf der alten Yacht über dem endlosen Meer dahinsegeln sah, hinein in das langsam ersterbende Licht.

Mitten in dieser Vision hörte ich eine Stimme aus der Ferne, die ich nicht kannte. Doch kurz darauf wurde mir klar: Das war nicht Gott, sondern der Pilot, der ankündigte, dass wir in fünfzehn Minuten landen würden.

Ich schwang die Beine aus dem Bett und saß einen Augenblick lang still da. Die Todesvision beunruhigte mich noch stärker als beim ersten Mal. Sie war klarer und eindringlicher – so als käme der Tod immer näher.

KAPITEL FÜNF

Eine hochrangige Delegation in makellosen weißen *thawbs* und den charakteristischen rot karierten Kopfbedeckungen, von denen zwei goldbetresst waren und ihre Träger als Mitglieder der saudischen Königsfamilie auswiesen, empfing mich auf der Landebahn in Dschiddah.

Etwa zwölf von ihnen warteten, vom starken Wüstenwind gepeitscht, unten an der Gangway, und mindestens vierzig weitere – Jungs mit Sturmgewehren – standen in der Nähe einer Flotte schwarzer Cadillac Escalades.

Der Chef der Delegation – einer der Goldbetressten – kam einen Schritt vor, schüttelte mir die Hand und stellte sich als Koordinator der Mabahith, der saudi-arabischen Geheimpolizei, vor. Er war ein Mann von Ende dreißig mit laschem Händedruck, schweren Lidern und etwa so viel Charisma wie ein Todesengel.

Er wies auf die übrige Gruppe. »Das hier sind alles führende Mitglieder meiner Organisation. Wir sind vor zwei Stunden von Riad hierhergeflogen«, erklärte er und zeigte auf einen Jumbo ohne Kennzeichen, der auf der angrenzenden Landebahn stand. Dass sie ein Flugzeug dieser Größe benötigten, um ihre Flotte gepanzerter Geländewagen zu transportieren, konnte ich mir gut vorstellen.

Ich lächelte und grüßte das Team mit erhobener Hand. Am liebsten hätte ich gefragt, warum denn keine Frauen mit von der Partie waren, dachte mir aber, dass uns das möglicherweise einen schlechten Start bescheren könnte. Stattdessen dankte ich dem Koordinator für seine Hilfe. »Ich habe mit Dave McKinley gesprochen, als ich die Türkei verließ – ich vermute, er hat Sie dann sofort angerufen.«

Der Typ sah mich an, als sei ich von allen guten Geistern verlassen. »Ich habe noch nie mit dem Flüsterer gesprochen – Präsident Grosvenor hat Seine Majestät den König persönlich angerufen.« Kein Wunder, dass wir eine 747 und eine kleine Armee zur Hand hatten.

Ich war bislang nur ein einziges Mal in Saudi-Arabien gewesen, aber ich erinnerte mich gut genug daran, um zu wissen, dass gute Manieren dort von entscheidender Bedeutung sind. Also wandte ich mich an die Delegation.

»Es ist eine große Ehre für einen amerikanischen Polizisten, die Gelegenheit zu haben, mit der ruhmreichen Mabahith zusammenzuarbeiten«, log ich laut in den schneidenden Wind hinein. »Jeder in unserer Organisation – ja, im gesamten Geheimdienst – ist voller Hochachtung für Ihren Dienst.« Dies waren genau die Jungs, die Carter als Abschaum bezeichnet hatte. »Wie Sie sicherlich wissen, gehen wir davon aus, dass wir kurz davor sind, den Mann zu identifizieren, der versucht hat, Material für eine schmutzige Bombe zu kaufen. Ich bin sicher, dass wir diese Mission mit den geradezu legendären Fähigkeiten, dem Wissen und der Intelligenz der Mabahith schnell und erfolgreich abschließen können.«

Sie waren begeistert. Alle lächelten und nickten, traten einen Schritt vor, um mich auf die Wange zu küssen und sich vorzustellen. Nachdem die Formalitäten beendet waren, begaben wir uns zu den Escalades und rasten vom Gelände des Flughafens in Richtung eines Lichtermeers in der Ferne.

Ich war auf meiner früheren Reise schon einmal in Dschiddah gewesen. Daher kannte ich die Stadt zur Genüge. Man kann sie nur unter einer Bedingung empfehlen: Sagen wir, jemand möchte Selbstmord begehen, hat aber noch nicht den rechten Mut dazu – nach zwei Tagen in Dschiddah dürfte es klappen.

Ohne Kinos, Musikveranstaltungen, Bars, Cafés oder Partys für beide Geschlechter gab es abends wenig zu unternehmen, und so fuhren wir auf einer nahezu leeren Autobahn. Was die Jungs in den ersten Wagen jedoch keinesfalls davon abhielt, das Blaulicht einzuschalten, sodass wir unglaublich schnell mit heulenden Sirenen durch die flache, gesichtslose Landschaft rasten.

Wir wurden erst langsamer, als wir die Corniche erreichten, und bogen dann rechts ab. Durch das Fenster konnte ich die Hauptmoschee der Stadt mit einem riesigen Parkplatz davor sehen – ein Areal, von dem ich einmal gehört hatte, es sei früher für finstere Zwecke genutzt worden. Dann fuhren wir am Außenministerium vorbei und bogen in eine Seitenstraße ein. Wir hielten an einem Sicherheitskontrollpunkt, dessen Personal bewaffnete Männer waren. Sie sahen aus wie Wärter eines Hochsicherheitsgefängnisses. Wahrscheinlich waren sie das tatsächlich. Die Mabahith zählt zu den wenigen Staatssicherheitsbehörden weltweit, die ein eigenes Gefängnissystem unterhalten, und man muss nicht sehr tief graben, um herauszufinden, dass die Insassen häufig gefoltert werden.

Wir näherten uns einem düster aussehenden Gebäude, bogen in eine Tiefgarage ein und fuhren mit dem Fahrstuhl hinauf in einen riesigen Konferenzraum, der mit Computerarbeitsplätzen, Großbildleinwänden, Einrichtungen für Videokonferenzen und Glaskabinen mit vielen Festplatten und Servern ausgestattet war.

»Herzlich willkommen in der Kommandozentrale«, sagte der Koordinator.

Dort saßen noch einmal hundert Mann – allem Anschein nach Agenten und Analysten – an ihren Schreibtischen. Sie erhoben sich, als wir eintraten. Ihr Chef sprach Arabisch mit ihnen, stellte mich vor und wandte sich dann mir zu: »Sagen Sie uns, was Sie benötigen.«

Ich erklärte ihm, dass wir nach einem Mann von etwa dreißig Jahren mit dem Familiennamen al-Nassouri suchten. »Abgesehen davon wissen wir nichts über ihn«, sagte ich. »Außer ... dass er eine Schwester hat, die hier in Dschiddah geboren wurde.«

Ich sagte ihnen, ihr Name sei Leyla, gab ihnen ihr Geburtsdatum und fügte hinzu, dass wir glaubten, sie sei mit ihrer Familie nach Bahrain gezogen. Der Koordinator nickte, gab seinen Agenten eine Reihe von Anweisungen auf Arabisch und ließ sie loslegen.

Er begleitete mich zu einem Stuhl neben seinem eigenen an der zentralen Bedienkonsole. Dort hatte ich die Gelegenheit, Zeuge eines einzigartigen Vorgangs zu werden. Natürlich hatte ich schon darüber gelesen, doch ich hatte die Maschinerie eines totalitären Staates noch nie mit eigenen Augen auf Hochtouren laufen sehen. Jedem, der Privatsphäre und Freiheit wertschätzt, jagt dieser Anblick einen Schrecken in die Glieder.

Die Agenten orderten Geburtsurkunden, Krankenhauseinweisungen, Pass- und Visum-Anträge, archivierte Mitgliederverzeichnisse jeder Moschee, Einschulungen, Hochschul-Einschreibungen, vertrauliche Krankenakten, Eintragungen bei der Zulassungsbehörde und, wenn mich nicht alles täuschte, Protokolle der Besuche auf jeder öffentlichen Toilette des Königreichs.

Und es ging immer weiter und weiter – nicht nur mit Informationen über die Zielperson, sondern über jeden mit demselben Nachnamen, um absolut jedes Mitglied der Familie. Zwar fand das alles auf Arabisch statt, sodass ich nicht zu kontrollieren vermochte, ob sie Fortschritte machten. Trotzdem sah ich beeindruckt zu, wie die bis zur Decke aufgetürmten Festplatten rotierten und suchten, wie Männer in den Tiefen des Gebäudes verschwanden und mit alten Ordnern voller Dokumente zurückkehrten und wie ein Team männlicher Schreibkräfte hinter der zentralen Bedienkonsole die Zusammenfassung der Ergebnisse ständig aktualisierte, um den Koordinator auf dem Laufenden zu halten.

Die Analysten und Agenten saßen an ihren Arbeitsplätzen und machten ab und an kurze Pausen, um sich einen Kaffee zu genehmigen oder um Fragen durch den riesigen Raum zu rufen. Nach drei Stunden – der Raum war inzwischen übersät mit Ausdrucken und Checklisten – kehrte einer der ranghöchsten Ermittler aus dem Archiv zurück und brachte eine dünne Akte mit offiziellen Dokumenten, um die ein rotes Band gebunden war. Höflich rief er auf Arabisch nach seinem Chef, und was immer er auch gesagt haben mochte, es hatte zur Folge, dass alle innehielten und sich dem Koordinator zuwandten.

Er nahm den dünnen Aktenordner, blickte unter seinen schweren Lidern auf die Seiten, verlangte nach der neuesten Fassung des Ergebnisberichts und wandte sich mir zu.

»Wir haben jetzt alles, was wir benötigen, Mr Wilson«, sagte er. »Ich muss zugeben, dass ich etwas verwirrt bin. Ich glaube, es hat da einen schwerwiegenden Fehler gegeben.«

»Was für einen Fehler?«, fragte ich und musste meine aufkommende Angst im Zaum halten, um ruhig zu bleiben.

»Der Name des Mannes, nach dem Sie suchen, ist Zakaria al-Nassouri«, sagte er und übergab mir eine Kopie der arabischen Geburtsurkunde.

Ich nahm sie und schaute sie kurz an. Ich konnte nur noch eines denken: Was für einer langen, langen Reise es bedurft hatte, um dieses Stück Papier zu bekommen. In gewisser Weise mein ganzes Leben lang.

»Die Frau, die Sie erwähnten«, fuhr er fort, »Leyla al-Nassouri, hatte eine Schwester und einen Bruder. Dieser Bruder, Zakaria, wurde fünf Jahre vor ihr geboren, auch hier in Dschiddah. Ihr Vater war Zoologe am Institut für Meeresbiologie des Roten Meeres. Offensichtlich war er Spezialist für …« Er hatte Mühe mit dem Lateinisch, unternahm aber dennoch einen Versuch: *»Amphiprion ocellaris.«*

Dutzende andere Männer im Raum lachten – was auch immer das zu bedeuten hatte.

»Clownfisch«, sagte ich leise. Langsam wurde mir etwas klar. Ich schob die Geburtsurkunde in eine Plastikhülle und legte sie neben mein Handy. »Das heißt Clownfisch. Ich glaube, der Mann, nach dem ich suche, hat diese Bezeichnung als eine Art Codenamen benutzt – vermutlich, um sich in ein Internetforum einzuloggen.«

Der Koordinator nickte nur, redete weiter. »Den Archiven zufolge kannten meine Vorgänger bei der Mabahith den Vater gut. Er wurde vor fünfundzwanzig Jahren hingerichtet.«

Ich war schockiert. »Hingerichtet?«, fragte ich. »Weswegen?«

Der Koordinator überflog einige Dokumente und fand, wonach er gesucht hatte. »Das Übliche – Verderbtheit auf Erden.«

»Entschuldigen Sie, aber was genau heißt ›Verderbtheit auf Erden‹?«

Er lachte. »So ungefähr alles, was wir wollen.« Fast alle Mitglieder seines Teams fanden das auch lustig. »In diesem Fall«, fuhr er fort, »bedeutete es, dass er die königliche Familie kritisiert hatte und sich für deren Beseitigung eingesetzt hat.« Plötzlich lachte er nicht mehr, und seine Agenten auch nicht – es war seine Familie, von der hier die Rede war.

»Hinrichtungen werden öffentlich vollstreckt, oder?«

»Ja«, antwortete er. »Er wurde unten an der Straße geköpft, auf dem Parkplatz vor der Moschee.«

Ich senkte den Kopf. Mein Gott, was für eine Schweinerei. Eine öffentliche Enthauptung reicht, um jeden zu radikalisieren – kein Wunder, dass sein Sohn zum Terroristen heranwuchs. »Wie alt war Zakaria al-Nassouri damals?«

Er sah erneut in der Akte nach. »Vierzehn.«

Ich seufzte. »Gibt es irgendwelche Hinweise darauf, dass er Zeuge der Hinrichtung war?« Die ganze Sache war ein solches Fiasko, dass ich alles für möglich hielt.

»Das wusste niemand genau, aber es gab ein Foto, das mitten auf dem Platz aufgenommen worden war. Einige Agenten meinten, dass er darauf vermutlich zu sehen ist. Deshalb ist es in der Akte der Familie abgelegt worden.« Er nahm ein altes Foto aus dem Ordner und reichte es mir.

Es war in Schwarz-Weiß, sehr schräg von oben aufgenommen – vermutlich von einer Überwachungskamera. Es zeigte einen Teenager, lang und schlaksig, der auf dem fast leeren Platz von einem brennend heißen Wüstenwind gepeitscht wurde.

Die gesamte Körpersprache – die vollkommene Trostlosigkeit, in der der Junge dort stand – sprach so deutlich von Schmerz und Verlust, dass ich wenig Zweifel daran hatte, dass er es war. Ein Polizist mit erhobenem Bambusrohr näherte sich ihm und versuchte, ihn fortzujagen. Dadurch war der Rücken des Jungen halb zur Kamera gedreht und sein Gesicht abgewandt. Nicht einmal jetzt, da ich ein Foto von ihm in der Hand hielt, konnte ich sein Gesicht sehen. Es war mir nicht bewusst, aber es war ein schlechtes Omen.

Ich schob das Foto in die Plastikhülle, und der Koordinator führte weiter aus.

»Daten aus der Einwanderungsbehörde belegen, dass die Mutter kurz nach der Hinrichtung ihres Mannes mit den drei Kindern nach Bahrain ausgewandert ist. Ich bezweifle, dass sie eine Alternative hatte – aufgrund des Verbrechens ihres Mannes wäre sie bei ihrer Familie und ihren Freunden eine Ausgestoßene gewesen. Gut, dass sie weg war«, sagte er achselzuckend. »Aber aufgrund ihrer Geschichte hat die Familie uns weiterhin interessiert – jedenfalls in den ersten Jahren. Bahrain ist ein befreundeter Nachbarstaat, und dort hat man sie in unserem Auftrag beobachtet.«

Er griff hinüber zu einem weiteren Ordner und entnahm ihm einige Bögen, vermutlich Berichte von Agenten, die die Beobachtung durchgeführt hatten. Dabei schob sich der Ärmel seines *thawb* hoch, und eine goldene, mit Saphiren besetzte Rolex kam zum Vorschein, die vermutlich mehr gekostet hatte, als die meisten Menschen in ihrem ganzen Leben verdienen.

»Sie hat eine Arbeit angenommen«, sagte der Koordinator,

während er die Bögen überflog, »und sie hat aufgehört, einen Schleier zu tragen. Was sagt Ihnen das?« Er sah seine Männer an. »Keine gute Mutter und keine gute Muslima, was?«

Alle Männer murmelten zustimmend.

Wer weiß, vielleicht hat die Enthauptung ihres Mannes etwas damit zu tun, dass sie berufstätig wurde, dachte ich. Carter hatte schon recht, was diese Leute hier betraf, aber hatten wir eine Alternative? Im Moment brauchten wir sie.

»Der Junge trat einer kleinen Moschee bei – sehr konservativ und antiwestlich – in einem Vorort von Manama, der Hauptstadt. Um seinen sechzehnten Geburtstag herum half man ihm dort, nach Pakistan zu fliegen …«

Ich hielt den Atem an. Mit sechzehn ist man noch ein Kind, aber ich rechnete kurz aus, von welchem Jahr hier die Rede war. »Ging er nach Afghanistan?«, fragte ich. »Erzählen Sie mir gerade, dass er Mudschahed war?«

»Ja«, antwortete er. »Einige Leute behaupteten, dass er ein Held gewesen sei und drei Hind-Kampfhubschrauber abgeschossen hat.«

Plötzlich verstand ich, warum er an den Hindukusch gereist war, um das Virus zu testen, wo er den Sprengstoff für die Sprengfallen im Dorf gefunden hatte und wie er es geschafft hatte, den Australiern über lang vergessene Pfade zu entkommen. Und mir fiel ein anderer Saudi ein, der nach Afghanistan gegangen war, um gegen die Sowjets zu kämpfen – auch er Fundamentalist, auch er ein Mann, der die königliche Familie leidenschaftlich hasste und schließlich Amerika angriff. Osama bin Laden.

»Er war also in Afghanistan – und was dann?«, fragte ich.

»Wir haben nur noch ein Dokument«, antwortete er und nahm den dünnen Ordner, der mit dem roten Band zusammengebunden war. Er öffnete ihn und entnahm ihm ein beeindruckend aussehendes, auf Arabisch geschriebenes Formular, das mit einem offiziellen Siegel versehen war.

»Das hier haben wir in den Papierarchiven gefunden. Es wurde uns vor etwa vierzehn Jahren von der afghanischen Regierung geschickt.« Er reichte es mir. »Es ist eine Sterbeurkunde. Wie gesagt, es gibt da einen Fehler: Er wurde zwei Wochen vor Ende des Krieges getötet.«

Ich sah ihn entgeistert an und blickte nicht einmal auf das Dokument. Ich war sprachlos.

»Sehen Sie, Sie jagen den falschen Mann«, sagte er. »Zakaria al-Nassouri ist tot.«

KAPITEL SECHS

Ich sah die Mondsichel über dem Roten Meer aufgehen und betrachtete die Minarette der städtischen Moschee, die wie schweigende Wächter dastanden. Ich fühlte mich immer stärker von der Wüste bedrängt und glaubte förmlich, die Pumpen zu hören, die täglich Millionen Barrel Öl unter ihrem Sand heraussaugten.

Ich hielt die Sterbeurkunde immer noch in der Hand, war aufgestanden und wortlos an das Fenster gegangen – ich brauchte einen Augenblick, um mich zu sammeln, nachzudenken. Unter Aufbietung all meiner Willenskraft zwang ich mich, die Sache zu analysieren. Zakaria al-Nassouri war nicht tot – ich war mir sicher, dass Leyla Cumali mit ihrem Bruder telefoniert hatte. Ich hatte seine Stimme in den Aufnahmen gehört, seinen Sohn getroffen. DNS lügt nicht.

Was bedeutete also eine so alte Sterbeurkunde? Es dauerte einen Augenblick, bis mir die Antwort klar war, und sie war schlechter als alles, was ich mir hätte vorstellen können. Mein Magen verkrampfte sich, und ich muss zugeben, dass ich einige entsetzliche Herzschläge lang daran dachte aufzugeben.

Aber ich wusste, dass eines der Wesensmerkmale jeder erfolgreichen Mission – vielleicht des Lebens selbst – die Entschlossenheit ist, niemals zurückzuweichen, niemals aufzugeben. Wie hieß doch noch der Spruch des Flüsterers? »Tritt vor deinen Gott wie ein Soldat.«

Hunderte von Augenpaaren waren auf meinen Rücken gerichtet, und ich drehte mich um. »Er ist nicht tot«, sagte ich voller Überzeugung. »Es ist unmöglich. Er hat einen sechs Jahre alten Sohn – wir haben die DNS gesehen.«

Ich sah, wie sich Entsetzen in ihren Reihen breitmachte – behauptete ich etwa, dass der saudische Geheimdienst einen Fehler gemacht hatte oder inkompetent war? Was für ein Idiot ich war! Verstört und verzweifelt hatte ich vergessen, wie wichtig Schmeicheleien und gute Manieren hier waren. Ich ruderte auf der Stelle zurück.

»Selbstverständlich bedarf es einer Organisation mit den Fähigkeiten und der Erfahrung der Mabahith – von deren erhabener Führung gar nicht zu sprechen –, um Dinge zu erkennen, die wir nie bemerkt haben.« Das war so zuckersüß, dass es Diabetes hätte auslösen können, aber es funktionierte: Alle entspannten sich, lächelten und nickten.

Ich zeigte auf das Dokument. »Ich glaube, dass Zakaria al-Nassouri sich in den letzten Wochen des Konflikts seine eigene Sterbeurkunde gekauft hat – entweder in den dunklen Gassen von Kabul oder indem er einen afghanischen Beamten bestochen hat, sie auszustellen.«

»Warum?«, fragte der Koordinator.

»Weil er Mudschahed war. Er wusste, dass Leute wie wir ihm immer auf den Fersen sein würden. Vielleicht auch, weil er plante, einen noch viel größeren Krieg zu führen. Als seine alte Identität erloschen war, nahm er eine neue an. Das war nicht schwer. Afghanistan, Pakistan, Iran – in der gesamten Region herrschte das Chaos, überall Korruption.«

Konfrontiert mit meinem Versagen hielt ich inne. »Ich glaube, dass er es irgendwie geschafft hat, an einen neuen Pass zu kommen.«

Der Koordinator stierte ins Leere. »Sie wissen ja, was das bedeutet. Nämlich, dass wir nicht wissen, wie er jetzt heißt, welche Nationalität er hat, unter welcher Flagge er reist …«

»Sie haben recht – wir wissen nichts von alledem«, bestätigte ich und versuchte zu verbergen, dass ich am Boden zerstört war.

»Aber irgendwo«, fuhr ich fort, »hat irgendwer in der arabischen Welt von einem Mann im richtigen Alter, einem Ex-Mudschahed, einem im Exil Lebenden gehört, dessen Vater in Saudi-Arabien hingerichtet worden ist. Wie viele davon wird es wohl geben? Genau hier müssen wir anknüpfen.«

Der Koordinator dachte darüber nach, und ich sah vor meinem geistigen Auge, wie die Sekunden auf seiner millionenteuren Armbanduhr davonliefen. »Wenn es überhaupt etwas gibt, dann sicherlich keine digitalen Dateien«, sagte er schließlich laut nachdenkend. »Andernfalls wären wir bereits auf sie gestoßen. Vielleicht in den Papierakten … da könnte etwas drin sein, von ganz früher.«

Er sagte harsch etwas auf Arabisch, gab offenbar Befehle. Aufgrund der einsetzenden hektischen Aktivitäten ging ich davon aus, dass er Verstärkung angefordert hatte, dass noch mehr Analysten und Ermittler und darüber hinaus Männer herbeizitiert werden sollten, die schon lange im Ruhestand waren, sich aber möglicherweise an etwas erinnern konnten. Dutzende hochrangige Agenten standen eilig auf, griffen nach ihren Laptops und ihren Zigaretten und gingen zu den Fahrstühlen.

Der Koordinator zeigte auf sie. »Das ist der wichtigste Suchtrupp – sie fangen jetzt sofort an, die Papierakten zu durchsuchen. Ich habe noch zweihundert Mann angefordert, die bereits auf dem Weg sind, aber ich kann Ihnen versichern, das dauert seine Zeit. Oben gibt es eine Gästewohnung – ruhen Sie sich doch etwas aus.«

Ich bedankte mich bei ihm, aber ich wusste, dass ich das nicht konnte. Ich sah auf die Uhr: In sechs Stunden musste ich die beiden Männer anrufen, die im Oval Office warteten. Ich ging zum Fenster und blickte in die sternenklare Nacht. Irgendwo da draußen war eine Wüste, die so unermesslich groß war, dass sie »die große Leere« genannt wurde. Und ich dachte wieder an den Sarazenen.

T. E. Lawrence, auch Lawrence von Arabien genannt, verstand etwas von diesem Teil der Welt und dem Wesen seiner Menschen. Er sagte, Tagträumer seien gefährlich – sie würden versuchen, ihre Träume zu leben und in die Tat umzusetzen. Der Tagtraum von Zakaria al-Nassouri war, uns alle zu zerstören. Meiner war, ihn zu ergreifen. Ich fragte mich, wer von uns beiden am Morgen erwachen und feststellen würde, dass sein Alptraum begonnen hatte.

KAPITEL SIEBEN

Die Flure waren kilometerlang. An beiden Seiten standen sechs Meter hohe motorisierte Lagerregale wie Monolithe. Sobald man ein Aktenzeichen, einen Namen oder andere Daten über eine Bedienkonsole eingab, bewegten die Regale sich leise und gaben die entsprechenden Archivschachteln frei. Es war, als stünde man mitten in einer Festplatte.

Es gab achtzehn identische Stockwerke, alle voller Papierarchive: die Rohdaten aus vielen Jahrzehnten Überwachung, Verrat und Verdächtigungen. Der Komplex lag weit hinter dem regionalen Hauptquartier der Mabahith versteckt, war mit diesem aber durch einen gemeinsamen zentralen Innenhof verbunden. Es wimmelte von Männern, die die Lagerregale durchsuchten und ihnen Archivschachteln entnahmen. Der Koordinator hatte wahrhaftig Wort gehalten und jeden Agenten und Analysten herangezogen, dessen er habhaft werden konnte.

Ich war vom Konferenzraum heruntergekommen und hatte mich neben einige der hochrangigen Agenten an eine Befehlsstelle gesetzt, von der aus man den Innenhof überblickte. Ich beobachtete, wie Gruppen von Männern in jedem Stockwerk vergilbte Papierakten öffneten und Berge von Daten sichteten, um irgendetwas zu finden, was auf einen Mann hinwies oder ihn auch nur beiläufig erwähnte, dessen Vater vor so vielen Jahren in Saudi-Arabien hingerichtet worden war.

Drei Stunden, in denen ich ihnen beim Durchforsten der arabischen Akten zusah, drei Stunden in einem fensterlosen Bunker mit Männern, die keinen Alkohol anrührten, aber täglich dreißig Zigaretten rauchten. Drei Stunden, in denen ich jede Minute zählte und dann der Verzweiflung so nahe war, wie ich es niemals sein wollte. Als einer meiner Nachbarn sagte, dass die erste Einheit sich auf den Weg machen würde, um Personen zu interviewen, die möglicherweise etwas zu der lang vergessenen Geschichte beitragen könnten, griff ich zu meinem Jackett, um sie zu begleiten.

Die drei Agenten waren harte Kerle. Der jüngste von ihnen war in den Zwanzigern und ein Mann mit einem so niedrigen IQ, dass er vermutlich täglich zweimal gegossen werden musste. Auf dem Weg sammelten wir noch acht weitere ihrer Kollegen ein. Dann fuhren wir in einem Konvoi von vier schwarzen Geländewagen, deren Scheiben so stark verdunkelt waren, dass man den Eindruck hatte, durch eine permanente Mitternacht zu fahren. Ich bin mir allerdings sicher, dass die Verdunkelung ihren wirklichen Zweck in bewundernswerter Weise erfüllte: Jeder normale Bürger, der den Konvoi vorbeifahren sah, bekam es zwangsläufig mit der Angst zu tun.

Kilometer für Kilometer fuhren wir kreuz und quer durch die wuchernde Stadt – viereinhalb Millionen mitten in der Wüste ausgesetzte Seelen, von denen die Hälfte wahrscheinlich beim weltgrößten Erdölkonzern Aramco beschäftigt war – und befragten Menschen über eine Familie, die bereits vor langer Zeit verschwunden war. Wir saßen in den *majlis*, den guten Stuben, ärmlicher Häuser weit draußen in den Vororten, und befragten Männer, deren Hände zitterten, wir sahen dunkeläugige Kinder, die uns von schattigen Fluren aus beobachteten, und erblickten verschleierte Frauen in bodenlangen Burkas, die bei unserem Erscheinen davonhuschten. Wir besuchten einen älteren Mann namens Sa'id bin Abdullah bin Mabrouk al-Bishi – den Scharfrichter, der al-Nassouris Vater geköpft hatte – in der Hoffnung, dass der Verurteilte in den letzten Augenblicken seines Lebens womöglich etwas über den Berufsweg und die Zukunft gesagt hatte, die er sich für seinen Sohn erhoffte. Danach fuhren wir zu einem bescheidenen Einfamilienhaus, das sich so nah am Wasser befand, dass man das Salz riechen konnte. Aus irgendeinem Grunde, der mir selbst nicht ganz klar war, fotografierte ich es mit meinem Handy. Es war das Haus, in dem al-Nassouri seine Kindheit verbracht hatte, und wir befragten den Mann, der nach der Flucht der Familie dort eingezogen war, ob er in den darauffolgenden Jahren etwas gehört hatte.

Niemand wusste irgendetwas.

Schließlich machten wir eine Pause und hielten an einer Bude am Straßenrand, um einen Kaffee zu trinken. Wir saßen draußen und hörten dem Idioten in seinen Zwanzigern zu, der über irgendeine Tussi herzog, die er in Marokko kennengelernt hatte, als ein Handy klingelte und ich gebeten wurde, sofort zurückzukommen.

Das Team hatte sich in einem offenen Lageraum versammelt, der an einer Seite des Innenhofs gelegen war. Die Luft war von Zigarettenrauch geschwängert. Der Koordinator stand am Tisch, eine Archivschachtel vor sich und viele weitere auf dem Fußboden. Aus ihnen quollen Observationsberichte, Interviews mit Informanten und Aufzeichnungen über Gerüchte und Klatsch.

Der Koordinator teilte mir mit, sie seien auf eine Schachtel mit Material über eine Reihe konservativer Moscheen in Bahrain gestoßen, das man ursprünglich als völlig bedeutungslos eingestuft hatte.

»Dort gab es eine dünne Akte, die sich als interessant erwiesen hat«, fuhr er fort. »Dabei geht es um eine kleine Moschee außerhalb von Manama.« Er schaute mich an, um sicherzugehen, dass ich die Bedeutung seiner Worte verstanden habe.

»Zakaria al-Nassouris Moschee?«, fragte ich. Ich versuchte mit neutraler Stimme zu sprechen und meine aufkeimende Hoffnung zu bekämpfen.

Er nickte. »Die Akte enthält die übliche nichtssagende Analyse und einige unvollständige Mitgliederlisten, aber darunter befand sich auch das hier …« Er hielt ein dreiseitiges, auf Arabisch verfasstes Dokument hoch.

»Vor ungefähr fünf Jahren hat ein untergeordneter Agent vor Ort einen Mitarbeiter einer saudischen Hilfsorganisation interviewt, der Lebensmittel und Medizin an Flüchtlinge im Gazastreifen verteilt hatte. Als er an einem zerstörten Krankenhaus den Lieferwagen entlud, hatte er etwas über einen Mann gehört, der etwas früher an jenem Abend nach einem israelischen Raketenangriff dort eingeliefert worden war. Nachdem er seine Arbeit beendet hatte, ging er hinauf zu dem Verwundeten, um zu sehen, ob er ihm in irgendeiner Weise helfen konnte. Der Mann, der Schrapnellwunden nahe der Wirbelsäule hatte, fiel immer wieder ins Delirium, und so blieb der Mitarbeiter der Hilfsorganisation schließlich die ganze Nacht über bei ihm sitzen.«

Der Koordinator hielt inne, warf einen kurzen Blick auf das Dokument und überprüfte die Fakten. »Der Verwundete war allem Anschein nach Arzt und hat irgendwann, halb in seinem Delirium, erwähnt, dass er früher Mitglied einer Moschee in Manama war. So landete der Bericht in dieser Akte hier. Alle waren davon ausgegangen, dass er Bahrainer war, aber das konnte nicht sein. Denn etwas später – wieder im Delirium – hat er behauptet, dass sein Vater öffentlich hingerichtet worden war …«

Ich setzte mich so schnell auf, dass ich Glück hatte, nicht vom Stuhl zu fallen. »Das wird in Bahrain nicht gemacht«, sagte ich.

»Genau – das macht nur ein Land.«

»Saudi-Arabien«, antwortete ich.

»Ja. Wie es aussieht, war der Mann mit seiner palästinensischen Frau und seinem Kind in einem Auto unterwegs, als die Rakete sie traf – ob das Fahrzeug das Ziel war oder zufällig getroffen wurde, weiß niemand. Die Frau starb, allerdings nicht sofort. In seinem weitschweifigen Bericht heißt es, dass er sie im Arm hielt und dass sie ihm das Versprechen – einen Schwur vor Gott – abgenommen hat, dass er ihr gemeinsames Kind beschützen werde. Der Kleine hatte nur leichte Verletzungen und hat daher überlebt …«

»Gelobt sei Allah«, sagten alle im Raum auf Arabisch.

»Aber die Mutter wusste«, fuhr der Koordinator fort, »dass die

Tragödie für ihren Sohn doppelt schwer war. Er hatte nicht nur seine Mutter verloren, sondern litt auch …«

»… am Down-Syndrom«, sagte ich und war mir plötzlich ganz sicher.

»Woher wussten Sie das?«

»Das ist er – ganz sicher. Das ist al-Nassouri«, sagte ich und stand auf. Ich musste die Nervosität loswerden, die mich immer stärker packte. »Es ist sein Sohn. Ich kenne den Jungen. Wohin hat das Krankenhaus den Jungen gebracht – in ein Waisenhaus?«

»Genau.«

»Eine Einrichtung der Al-Aqsa-Märtyrer-Brigaden – ich habe die Belege gesehen.« Endlich begriff ich, warum Leyla Cumali das Geld nicht an UNICEF überwiesen hatte.

»Was noch?«, fragte ich, vermutlich etwas barscher, als es die Höflichkeit geboten hätte, aber wir waren gerade so in Fahrt, dass niemand es bemerkte.

»Der Name der toten Frau war Amina Ebadi – zumindest ist das einer der Namen, die sie benutzte. Viele der palästinensischen Aktivisten benutzen Alias-Namen oder *Noms de Guerre*. Wir haben Nachforschungen über sie angestellt, können aber nichts finden.«

»Ja, aber was ist mit ihm – was ist mit dem Arzt?«, fragte ich, und meine Stimme krächzte vor Anspannung. »Hat der Mitarbeiter der Hilfsorganisation den Namen herausgefunden, den er benutzte?«

»Das war eine eigenartige Sache – der Arzt war in schrecklicher Verfassung, aber als der Mitarbeiter am folgenden Abend wiederkam, hatte er das Krankenhaus auf eigenen Wunsch verlassen. Wahrscheinlich hatte er Angst, dass er im Delirium etwas verraten hat …«

»Sein Name, Koordinator? Hat er den Namen herausbekommen?«

»Nein.«

Ich starrte ihn an. »Da gibt es nichts? *Gar nichts?*«

Er nickte. »Wir haben alles durchgesehen. Der ursprüngliche

Bericht ist nicht weiter verfolgt worden. Er schien keinerlei Bedeutung zu haben …«

»Bis jetzt«, sagte ich bitter. Ich streckte meinen Kopf nach hinten und versuchte durchzuatmen. Es schien, als hätten die Neuigkeiten die Luft aus dem Raum gesaugt – und mit ihr die Energie. Die Agenten und der Koordinator beobachteten mich weiter, aber ich versuchte nachzudenken.

Ich wusste mehr über Zakaria al-Nassouri, als jeder verdeckte Ermittler wissen durfte. Ich wusste, dass er in Dschiddah geboren wurde und aufwuchs, dass er voller Verzweiflung auf dem Platz stand, auf dem sein Vater hingerichtet wurde, und dass seine Mutter ihn mit ins Exil nach Bahrain genommen hatte. Ich kannte den Namen der Moschee in Manama, der er beigetreten war, und ich wusste, dass seine Glaubensbrüder ihm ermöglicht hatten, nach Afghanistan zu gehen, um gegen die Sowjets zu kämpfen. Bei Kriegsende hatte er sich eine Sterbeurkunde gekauft, es irgendwie geschafft, sich einen neuen Pass zu besorgen, und war dann spurlos in der arabischen Welt verschwunden. Er hatte Medizin studiert, seinen Doktor gemacht, eine Frau kennengelernt, die manchmal den Namen Amina Ebadi benutzte, und sie geheiratet. Gemeinsam hatten sie im undokumentierten und gesetzlosen Grenzland gearbeitet – in den Flüchtlingslagern von Gaza, der Hölle auf Erden, wenn es denn eine gibt. Jetzt wusste ich, dass das Ehepaar mit seinem Kind unterwegs war, als alle drei von einer israelischen Rakete getroffen wurden, die die Frau tötete und den Arzt verletzte. Der Junge wurde in ein Waisenhaus gebracht, und der Arzt muss seine Schwester Leyla gebeten haben, den Kleinen da herauszuholen und zu sich zu nehmen. Voller Hass, ohne familiäre Verpflichtungen, unter Verwendung seiner Kenntnisse als Arzt und mithilfe der unermesslichen Flut an Informationen im Internet hatte er sich darangemacht, einen Pockenerreger zu synthetisieren. Er war nach Afghanistan zurückgekehrt, um sie zu testen, und wir hatten ihn am Telefon gehört, besorgt um sein geliebtes Kind, die einzige Verbindung, die ihm zu seiner toten Frau geblieben war.

Und danach? Danach verstummte die Musik, und es kam nichts mehr. Wer war er jetzt? Welchen Namen benutzte er? Und – das Wichtigste – wo steckte er? »Einen Zugang«, sagte ich leise. »Irgendwie muss man vordringen und wieder einen Zugang finden.«

Niemand wusste, ob ich Selbstgespräche führte oder den anderen Vorschläge machte. Vermutlich wusste ich es selbst nicht.

»Mehr haben wir nicht über den Mann«, sagte der Koordinator und zeigte weit ausholend auf die Stockwerke vollautomatischer Aktenregistraturen. »Es gibt keinen Namen, keine Identität, keine Spur. Jedenfalls nicht hier.«

Er hatte recht. Stille senkte sich über den Raum. Durch den Nebel aus Zigarettenrauch schaute ich auf die Männer. Keiner von uns allen hatte einen Zugang gefunden, es gab keinerlei Hoffnung mehr, und ich wusste …

Er war uns entwischt.

Ich versuchte krampfhaft, mir meine Verzweiflung nicht anmerken zu lassen, und richtete mich ein wenig auf. Bill hatte mir immer gesagt, dass es für schlechte Manieren keine Entschuldigung gebe. Und ich schuldete den saudi-arabischen Männern einiges.

»Sie haben mehr getan, als irgendjemand hätte erbitten können«, sagte ich. »Es war eine undankbare Aufgabe. Dennoch haben Sie sie mit hoher Kompetenz und ohne zu zögern übernommen. Dafür danke ich Ihnen von ganzem Herzen.«

Vermutlich war es das erste Mal, dass sie wirkliches Lob statt leerer Schmeicheleien hörten, und ich konnte in ihren Gesichtern erkennen, mit welchem Stolz es sie erfüllte.

»*Jazak Allahu Khayran*«, sagte ich schließlich mit verhunzter Aussprache, aber immerhin mit dem einzigen arabischen Satz, an den ich mich von meinen früheren Besuchen erinnern konnte. Es ist die traditionelle Art, seinen Dank auszudrücken: »Möge Allah dich mit Gutem belohnen.«

»*Waiyyaki*«, sagten alle, freundlich lächelnd über meine Bemühungen, und gaben damit die altehrwürdige Antwort: »Und dich auch.«

Und damit standen sie auf und begannen, alles zusammenzuräumen. Ich stand allein da und versuchte angestrengt, einen neuen Ansatz zu finden, einen neuen Pfad. Ein Wunder.

Ich durchforstete den Katalog meiner Erinnerungen, ging jedem noch so abwegigen Gedanken nach. Aber ich stand letztlich mit leeren Händen da.

Ich hatte den Sarazenen identifiziert, aber ich kannte ihn nicht. Ich hatte ihn aufgespürt, aber ich konnte ihn nicht finden. Er war jemand, und zugleich war er niemand. Das war die Wahrheit, und nichts in der Welt würde daran etwas ändern.

Ich sah auf die Uhr.

KAPITEL ACHT

Es wurde das schlimmste Telefonat, das ich je geführt habe. Niemand war ärgerlich, niemand schimpfte oder erhob irgendwelche Anschuldigungen, aber das Gefühl von Versagen und Angst war überwältigend.

Nachdem ich mich vom Koordinator der Mabahith verabschiedet hatte, brachte mich einer der schwarzen Geländewagen zum nahe gelegenen Hochsicherheitskomplex, in dem das US-Konsulat untergebracht war. Carter von der CIA-Station Beirut hatte vorab bereits dort angerufen und meine Ankunft angekündigt. Daher konnte ich die Absperrungen und Wachhäuschen, die vor Selbstmordattentaten schützen sollten, ohne große Verzögerung passieren.

Der junge diensthabende Polizist im Konsulat vermutete, dass ich ein Bett für die Nacht benötigte, und wollte mir den Weg zum Gäste-Apartment zeigen. Aber ich hielt ihn auf halbem Wege zum Fahrstuhl an und sagte ihm, dass ich ein Telefonat in der Tempest-Zone des Gebäudes zu tätigen hatte, einem Bereich, der gegen jede Art von elektronischem Abhören gesichert war. Es mochte sein, dass die Mabahith und ich gut miteinander auskamen, aber das hieß nicht, dass ich ihr traute.

Der Diensthabende zögerte – vermutlich fragte er sich, wer ich eigentlich genau war –, dann aktivierte er die elektronischen Verriegelungen der explosionssicheren Türen und führte mich tief hinein ins Herz des Gebäudes. Wir passierten einen internen Sicherheitsposten, der deutlich machte, dass wir einen von der CIA in Anspruch genommenen Bereich betraten. Dann gelangten wir in einen kleinen Raum, in dem sich nichts außer einem Schreibtisch und einem Telefon befand. Der fadeste Ort, den man sich vorstellen kann. Er zeichnete sich einzig und allein durch seine absolute Geräuschlosigkeit aus.

Ich schloss die Tür, aktivierte die elektronische Verriegelung und bat den Vermittler, mich mit dem Oval Office zu verbinden.

Das Telefonat wurde augenblicklich entgegengenommen, und ich hörte die Stimme des Präsidenten. Seine Erschöpfung war ihm deutlich anzuhören, aber ebenso offensichtlich war, dass ihn die Hoffnung auf gute Nachrichten aufrecht hielt. Ich hatte zugesagt, dass ich den vollständigen Namen, das Geburtsdatum und wahrscheinlich ein Foto des Sarazenen haben würde. Und das alles hatte ich jetzt auch. Aber ich hatte nicht damit gerechnet, dass es nutzlos sein würde.

Der Flüsterer tat kund, dass er ebenfalls am Telefon war. Ich nahm an, dass ihn meine niedergeschlagene Begrüßung bereits vermuten ließ, dass eine Katastrophe ins Haus stand. So wie jeder gute Agentenführer hatte er gelernt, auch jede noch so kleine Nuance menschlichen Verhaltens wahrzunehmen. »Was ist los?«, fragte er angespannt.

Ich teilte es ihnen klar, kühl und geradeheraus mit, als wäre es einer dieser Unfallberichte, wie man sie in Tageszeitungen lesen kann. Ich sagte, dass wir trotz aller Anstrengungen und entgegen den vielversprechenden Aussichten von vor einigen Stunden nichts in der Hand hatten, mit dem man arbeiten konnte.

Eine entsetzliche Stille folgte.

»Gerade noch sind wir als Tiger gesprungen, jetzt liegen wir hier als Bettvorleger«, sagte der Flüsterer schließlich. »Was für eine Pleite ...«

»Eine absolute Pleite, und die Zeit wird knapp«, ergänzte der Präsident, dessen Erschöpfung jetzt nicht mehr von Hoffnung überlagert war, sondern sich überdeutlich zeigte.

»Was ist mit den anderen?«, fragte ich. »All denen, die nach der schmutzigen Bombe suchen. Gibt es etwas von ihnen?«

»Hunderttausend Leute und nichts«, antwortete Grosvenor.

»Ich vermute, wir hatten nie eine Chance. Wie's aussieht, sind wir in den perfekten Sturm geraten …«, begann der Flüsterer.

»Ein unbeschriebenes Blatt und ein Einzelkämpfer«, sagte ich.

»Ein unbeschriebenes Blatt, ja. Aber ein totaler Einzelkämpfer – nein«, antwortete er.

»Wie meinen Sie das?«

»In Afghanistan – dort muss er zumindest für kurze Zeit jemanden gehabt haben, der ihm half. Ein Einzelkämpfer kann nicht drei Geiseln nehmen.«

Er hatte recht, aber das schien nicht mehr von Bedeutung zu sein. Wie auch immer, der Präsident war bereits einen Schritt weiter.

»Wir müssen uns die Frau schnappen – wie heißt sie doch gleich … Cumali? So schnell wie möglich. Ist das der Plan?«, fragte er den Flüsterer.

»Ja. Pilgrim glaubt, dass sie ahnungslos ist – hab ich recht?«

»Fast«, sagte ich. »Wie der Flüsterer Ihnen vermutlich schon gesagt hat, Mr President, hat sie eine Möglichkeit, Kontakt zu ihm aufzunehmen. Allerdings glaube ich, dass ihre Nachrichten gezinkt sind. Sie wird einen Buchstaben falsch setzen, ein anderes Wort verwenden – das wird das Zeichen für ihn sein, sich sofort aus dem Staub zu machen.«

»Da könnten Sie recht haben«, sagte der Präsident. »Er hat eine verdammte Sterbeurkunde gekauft, er ist ziemlich schlau – aber wir müssen es probieren.«

»Ich werde sofort ein Team hinschicken«, sagte der Flüsterer. »Wir werden sie aus der Türkei herausholen und nach Bright Light überstellen.«

»Bright Light« war der Codename für Khun Yuam, das Geheimgefängnis der CIA, das ich oben an der thailändisch-birmanischen Grenze besucht hatte. Die Geschichte war die, dass jemand, der erst einmal dort verschwunden war, nie wieder auftauchte. Angesichts der gewaltigen Geschehnisse, auf die wir zusteuerten, war es schon eigenartig, aber ich konnte nicht anders, als an den Kleinen zu denken und an das, was mit ihm geschehen würde. Er würde zurück ins Waisenhaus kommen – entweder nach Gaza oder in die Türkei, dachte ich. Wo auch immer es sein würde, es würde da nicht viele Verbeugungen und nicht viel zu lachen geben.

»Bei Tagesanbruch oder kurz davor werde ich eine Verfügung erlassen«, fuhr Grosvenor fort, »und die Grenzen schließen. Wir werden das Land, so gut wir nur können, isolieren – Flughäfen, Übergangsstellen der See- und Landgrenzen, alles nur irgend Denkbare.«

Es war offensichtlich, dass sie immer noch die Fährte mit dem menschlichen Vektor verfolgten. Selbst wenn sie recht hätten, was die Verbreitungsmethode betraf – doch über eine halbe Million illegaler Einwanderer, die jedes Jahr in das Land kamen, sprachen klar dafür, dass jeder Versuch, die Grenzen zu sichern, wenig bringen würde. Wie der alte Virologe gesagt hatte: Früher oder später werden wir alle an der Tafel Platz nehmen, an der uns die Folgen unserer Taten serviert werden.

Wenngleich ich bezweifelte, dass ihr Plan erfolgreich sein würde, sagte ich nichts. Ich hatte keine Alternative, und es wäre ungehobelt gewesen, ihn zu zerpflücken, ohne etwas Besseres im Angebot zu haben. Sie gaben ihr Bestes, das Land über Wasser zu halten, das war alles.

»Wir müssen ja nicht sagen, dass es sich um Pocken handelt«, schlug der Flüsterer vor. »Wir könnten behaupten, dass es sich um eine hochinfektiöse Vogelgrippe-Variante handelt. So schlimm die auch wäre, sie ist nicht mit demselben Schrecken verbunden. Sobald man ›Pocken‹ sagt und ›Vorschlaghammer‹ hinzufügt, ist es wie mit dem Mount Everest – der macht sich sein eigenes Wetter.«

»Nein«, antwortete Grosvenor – offensichtlich hatte auch er darüber nachgedacht. »Was passiert, wenn die Wahrheit herauskommt? Unsere einzige Chance besteht darin, mit der Öffentlichkeit zusammenzuarbeiten. Wenn sie die Chance dazu erhalten, zeigen sich Amerikaner immer den Umständen gewachsen. Wenn man sie verrät, verliert man sie. Ein Vektor, eine Spur, mehr brauchen wir nicht zum Zurückverfolgen. Ich habe zudem vor, den Impfstoff herauszugeben. Ich weiß nicht, ob es irgendetwas nützt, aber wir müssen es probieren und alles einsetzen, was wir haben.«

»Ja, Mr President«, sagte der Flüsterer. »Was ist mit Ihnen, Pilgrim? Kommen Sie nach Hause?«

»Ich fliege nach Gaza«, antwortete ich.

Der Flüsterer fand als Erster die Fassung wieder. »Ein Amerikaner allein in Gaza, ohne eine Legende? Die stehen dort mit Bombengürteln und Baseballschlägern Schlange – es dauert keinen Tag, und Sie sind ein toter Mann.«

»Ich habe mit den Saudis gesprochen – sie haben einige Leute da, die helfen können.«

»Das heißt, dass die Schlange nur halb so lang ist.«

»Al-Nassouri war dort – es ist die einzige Spur, die wir haben.«

»Sie müssen das nicht tun«, sagte der Präsident. »Dass wir ihn nicht gefunden haben, spricht nicht gegen Sie. Im Gegenteil. Bei unserem ersten Treffen habe ich den Flüsterer gebeten zurückzustehen – ich habe ihm gesagt, dass Sie der coolste Hundesohn sind, den ich je kennengelernt habe. Mir war nicht klar, dass Sie auch der beste sind. Sie haben herausragende Arbeit geleistet.«

»Danke«, sagte ich nur.

»Ich werde Ihnen kein Anerkennungsschreiben schicken«, fuhr er fort und versuchte einen leichteren Ton anzuschlagen. »So etwas haben Sie bereits.«

»Und die Golfbälle«, fügte ich hinzu.

Sie lachten – was mir eine willkommene Gelegenheit verschaffte. »Darf ich Sie um etwas bitten, Mr President?«

»Bitte.«

»Es gibt da einen Hacker, den wir aus Leavenworth geholt haben und der Großartiges geleistet hat. Wäre es möglich, ihn nicht zurückzuschicken?«

»Ihn begnadigen, meinen Sie?«

»Wenn's möglich wäre«, antwortete ich.

»Was meinen Sie, Flüsterer? Kennen Sie den Kerl?«

»Ja, es war exzellente Arbeit. Ich würde das unterstützen.«

»Gut. Ich lasse mir vom Flüsterer den Namen geben und werde die Verfügung erlassen.«

»Danke, Mr President.« Mehr konnte ich nicht sagen. Ich dachte daran, wie Battleboi Rachel umarmen würde, wenn er die Nachricht bekäme.

»Viel Glück, Pilgrim«, sagte der Präsident und beendete damit das Telefonat. »Ich hoffe, wir sehen uns unter angenehmeren Umständen wieder.« Er klang nicht sehr zuversichtlich.

Dann war die Leitung unterbrochen, und ich saß in der schallisolierten Stille und dachte, dass dies vermutlich die letzten friedlichen Momente waren, die ich für längere Zeit haben würde. Vielleicht die letzten für immer.

Gaza.

Der Flüsterer hatte recht – es war einer der tödlichsten Orte weltweit. Das einzig Gute war, dass man dort nirgends segeln konnte: Zumindest würden dort keine alten Boote mit geflickten Segeln auf mich warten.

Woanders vielleicht, aber nicht in Gaza.

KAPITEL NEUN

Man war in Deutschland – deshalb kamen die Lkws pünktlich. Es war kurz nach sechs Uhr morgens, und es nieselte, als sie die Sicherheitstore von Chyron passierten.

Wie schon Tausende Male zuvor fuhren sie am gläsernen Verwaltungsgebäude vorbei und über das Werksgelände und hielten an den Laderampen im hinteren Teil. Der Typ im Lager – ein großer Muslim, an dessen Namen sich keiner der Fahrer so recht erinnern konnte – saß bereits am Steuer des Gabelstaplers und wartete darauf, bei der Verladung der Kartons mit den Arzneien zu helfen, die nach Amerika versandt werden sollten. Er sagte nichts – ohnehin sprach er wenig –, aber die Fahrer mochten ihn. Er arbeitete schnell und sah um etliches intelligenter aus als die meisten seiner Kollegen.

Es handelte sich um eine große Lieferung, die alles enthielt, von Paletten mit Impfstoffen bis hin zu Steigen mit Antibiotika – Millionen Dosen unterschiedlicher Medikamente. Dennoch hatte der Sarazene sie in weniger als fünf Minuten in den Laderäumen der Lkws verstaut. Er hatte auch alle Dokumente parat, und die Fahrer wussten, dass es bei ihm nicht nötig war, sie zu überprüfen – es war immer alles korrekt.

Sie schnappten sich die Papiere, rannten durch den Regen, kletterten in ihre Fahrerkabinen und steuerten in Rekordzeit zurück zur A5.

Hätten sie in ihre Rückspiegel geblickt – was keiner von ihnen tat –, dann hätten sie gesehen, dass der Sarazene sich auf dem Gabelstapler nicht rührte: Er saß dort in Gedanken vertieft und beobachtete sie, bis sie außer Sicht waren. Er wusste, dass der Regen und die Straßenbauarbeiten auf der A5 – auf der A5 wurde immer gebaut – ihre Fahrt verzögern würden. Deshalb hatten sie sich so beeilt. Allerdings würden sie sich nicht so sehr verspäten, dass sie die geplanten Flüge nicht mehr erreichten.

Schließlich senkte er den Kopf, legte ihn auf die Unterarme und versank in einen Zustand zwischen Gebet und Erschöpfung. Es war vorbei, er hatte es nicht mehr in der Hand. Die Erleichterung überwältigte ihn so sehr, dass er spürte, wie seine Augen zu brennen begannen und sich mit Tränen füllten. Die erdrückende Verantwortung der vergangenen drei Jahre, die große Bürde, das Werk Allahs erfüllen zu müssen, war von ihm genommen. Der Pfeil war abgeschossen, nun lag das Schicksal der Mission, das Wohlergehen ganzer Nationen, das Überleben einer wie auch immer gearteten Unschuld auf dieser Welt beim System der

Grenzkontrollen, das der Sarazene für so fragil hielt, dass es praktisch nicht existierte. Aber das unterlag nicht seiner Kontrolle. Er hatte getan, was er konnte – alles andere lag in Gottes Hand.

Ein immer stärker werdendes Gefühl von Freiheit erfasste ihn, er hob den Kopf und verließ den Fahrersitz. Er ging zurück ins Lager zu seinem Spind und reinigte ihn. Zum ersten und einzigen Mal, seit er bei Chyron arbeitete, wartete er nicht das Ende seiner Schicht ab. Stattdessen schwang er sich den Rucksack über die Schulter, passierte unbemerkt die Sicherheitstore und ging zunehmend leichteren Herzens im Nieselregen die leere Straße entlang.

Er kehrte in seine winzige Wohnung zurück – die aus nicht mehr als einem Bett, einem Tisch und einem Waschbecken in der Ecke bestand –, nahm die Lebensmittel aus dem Schrank, packte seine Ersatzkleidung in den Rucksack, legte die Schlüssel auf den Tisch und warf die Tür hinter sich zu. Er unternahm keinen Versuch, das ihm noch zustehende Gehalt zu bekommen, seine Mietkaution zurückzuerhalten oder sich von den Männern in der Moschee in der Wilhelmstraße zu verabschieden, die ihm gegenüber so großherzig gewesen waren. Er verschwand auf ebenso mysteriöse Weise, wie er gekommen war.

Zielstrebig und schnell ging er durch die erwachende Stadt zum Bahnhof und kaufte eine Fahrkarte. Einige Minuten darauf kam auch schon der ICE nach Frankfurt in Sicht. Dort würde er sein Gepäck und seinen Arztkoffer aus dem Langzeitschließfach holen, sich in einer Toilettenkabine einschließen und die Kleidung wie auch die Identität eines libanesischen Arztes anlegen, der auf der Messe an einer Konferenz teilgenommen hatte.

In den vergangenen Wochen, als der Abschluss seiner Mission näher rückte, hatte er immer öfter überlegt, was er danach tun würde. Er hatte keine Lust, in Deutschland zu bleiben, und keinen Grund, in den Libanon zurückzukehren. Er wusste, dass innerhalb weniger Tage eine moderne Pest – er bezeichnete sie für sich als »Schwarze Pocken« – wie eine Bombe ins öffentliche Bewusstsein einschlagen würde. Sie würde langsam beginnen, wie ein Streichholz im Stroh, dann aber schnell zu dem werden, was wissenschaftlich als selbstverstärkender Prozess bezeichnet wird: eine Explosion, und die ganze Scheune würde lichterloh brennen.

Amerika, die große Ungläubige, würde zum Ground Zero werden, die Todesrate astronomisch sein. Ohne seine Schutzmacht wäre Israel extrem verwundbar und letztlich der Gnade seiner feindlichen Nachbarn ausgeliefert. Infolge der einbrechenden Konjunktur würde der Ölpreis kollabieren, und die herrschende saudische Elite – unfähig, sich weiterhin vom eigenen Volk freizukaufen oder auf die Unterstützung durch die USA zurückzugreifen – würde zu furchtbaren Unterdrückungsmaßnahmen Zuflucht nehmen und so die Saat für ihren Untergang säen.

Kurzfristig würde die Welt stillgelegt sein und Reisen sich als unmöglich erweisen, da die Staaten ihre Sicherheit in Quarantäne und Isolation suchen würden. Einige würden dabei erfolgreicher sein als andere. Und wenngleich den Pocken in den hundert Jahren vor ihrer Ausrottung eine Milliarde Menschen zum Opfer gefallen waren, hatte es nichts dergleichen in der modernen Welt je gegeben – nicht einmal Aids war damit vergleichbar. Und niemand konnte vorhersagen, wohin die Wellen der Infektion fluten, welche Richtung sie einschlagen würden.

Je näher die Zeit des Sterbens – wie er es nannte – rückte, desto sicherer wurde er, dass er unter allen Umständen bei seinem Sohn sein wollte. Wenn sie ihr Leben verlieren sollten, so war es Allahs Wille, und alles, worum er bat, war, bei dem Kind zu sein, sodass er es fest umarmen und ihm sagen konnte, dass sie sich vor nichts fürchten mussten, weder in dieser noch in der kommenden Welt. Wenn es Gottes Plan war, dass sie am Leben blieben, dann würde er ihn so bald wie möglich nach Afghanistan bringen. Gemeinsam würden sie an schattigen Flussufern spazieren gehen, und vielleicht würde er ihm auch die Berghänge zeigen, an denen er die Hind-Kampfhubschrauber abgeschossen hatte. Und wenn der Sommer ging und der Herbst langsam käme, würden sie durch breite Täler zur Festung von Abdul Mohammad Khan aufbrechen. Gab es einen besseren Ort, um seinen Sohn großzuziehen, als zwischen den Strenggläubigen und Mutigen? Und wenn die Zeit reif wäre, würden sie nach Saudi-Arabien zurückkehren und in dem Land gemeinsam lachen und gemeinsam alt werden, in dem die Seele seines Vaters ihnen am nächsten war.

Mit seinem Sohn zusammen sein. Der Gedanke hatte ihn alles in Karlsruhe aushalten lassen. Einmal war er abends in ein Internetcafé gegangen und hatte bei seiner Suche im Netz bereits ein Wohnheim in Milas gefunden, das für einen strenggläubigen Muslim geeignet war.

Ja, er würde in Frankfurt als Arzt wieder auftauchen, den Zug zum Flughafen nehmen und ein Flugzeug besteigen. Er wollte nach Bodrum.

KAPITEL ZEHN

Ein Privatjet benötigt bei maximaler Leistung rund zwei Stunden von Dschiddah bis zum Gazastreifen, einem Fleckchen Erde erbärmlichsten Elends, eingeklemmt zwischen Israel und Ägypten, der Heimat von anderthalb Millionen staatenloser Araber und mindestens zwanzig Gruppen, die vom US-amerikanischen Außenministerium als terroristische Vereinigungen eingestuft werden.

In der CIA-Station Beirut hatte man dafür gesorgt, dass die kitschige rote Gulfstream des Waffenhändlers durch einen Learjet der CIA ersetzt wurde, dessen Inneneinrichtung in drei Schattierungen von Beige gehalten war. Zumindest verursachte mir das keine Migräne. Das konnte als Vorteil gelten. Der Nachteil war allerdings, dass es keine Betten an Bord gab. Und das sollte sich als bedeutsam erweisen. Ich war gezwungen, aufrecht zu sitzen, und meine einzigen Begleiter waren der Blick auf endlose Felder von Bohrtürmen und meine Gedanken.

Das waren miserable Begleiter. Ich glaube nicht, dass ich eitel bin, aber ich verfüge über ein nicht unerhebliches Maß an professionellem Stolz. Wenn man in einem Flugzeug in neuntausend Metern Höhe sitzt, kann man sich nirgends verstecken – vor allem nicht vor der Wahrheit. Ich war Zakaria al-Nassouri dicht auf den Fersen – und er hatte mich geschlagen.

Vielleicht hatte ich nie eine Chance gehabt – er war zu gut, zu clever, hatte einen zu großen Vorsprung, als dass man ihn jemals ergreifen würde. Er war der Mann, der Ätzkalk in die Berge des Hindukusch gebracht hatte. Ätzkalk auf dem Rücken von Lastpferden – achthundert Kilometer weit, durch eine der unwirtlichsten Regionen der Welt! Er hatte jeden Schritt, jede Einzelheit geplant.

Selbstverständlich hatte ein Mann, der zu so etwas in der Lage war, auch vorausgesehen, dass der Tag kommen würde, an dem jemand aus meinem Gewerbe versuchen würde, ihn zu finden. Wie ein über frischen Schnee Flüchtender hatte er den Boden hinter sich gefegt. Vor mehr als vierzehn Jahren hatte er eine Sterbeurkunde gekauft, dann einen falschen Pass. Ja, vielleicht war er viel zu weit voraus, um jemals ergriffen zu werden.

Und dennoch: Soweit ich das beurteilen konnte, hätten wir nichts anders machen können. Von den zehn Menschen, die das Geheimnis kannten, hatten die acht Regierungsbeamten nicht nur ihr Schweigen bewahrt, sondern auch bewundernswert schnell agiert. Und ohne Überheblichkeit kann ich behaupten, dass die beiden anderen Mitglieder der Gruppe – der Flüsterer und ich – zu den weltweit Besten unserer Zunft gehörten, die zudem mit allen Ressourcen und Technologien ausgerüstet waren, die das mächtigste Land der Erde aufbieten konnte. Wir waren Spitzenjäger, und so wie alle Spitzenjäger waren wir auf die Jagd programmiert …

Ich hielt inne und korrigierte mich. Nicht jeder Spitzenjäger jagt. Mir fielen mindestens zwei ein, die das nicht taten. Haie jagen, aber Krokodile liegen reglos im Schilf und warten, dass ihre Beute sich ihnen nähert.

Da wurde mir klar, wo unser Fehler lag – wir hatten ihn gejagt, statt ihm eine Falle zu stellen. Wir hatten niemals eine Chance, jedenfalls nicht, wenn wir ihm einfach nur hinterherliefen – sein Vorsprung war viel zu groß. Doch bei einer Falle wäre sein Vorsprung bedeutungslos.

Blieb uns noch Zeit? Vielleicht hatten wir noch eine Karte auszuspielen. Wir mussten ihn irgendwie aus dem Dunkel hervorziehen, ihn an die Wasserstelle locken.

Ich schaute eine gefühlte Ewigkeit lang aus dem Fenster. Ich nahm weder die Wolken noch die Bohranlagen wahr, aber ich gelangte immer mehr zu der Überzeugung, dass wir eine Chance hatten. Grund hierfür war die Lektion, die ich vor langer Zeit im Büro eines Bankers in Genf gelernt hatte: Liebe ist nicht schwach, *Liebe ist stark.*

Ich löste meinen Sicherheitsgurt und stand auf. Ich hatte gar nicht bemerkt, dass heftige Turbulenzen den kleinen Jet durchschüttelten, ihn hin und her warfen, aber mir blieb keine Zeit, mir deswegen Sorgen zu machen. Ich ging in den vorderen Teil der Kabine, stieß, als die Maschine gerade durchsackte, mit dem Kopf an die Decke, griff nach einer Sitzlehne und bewegte mich halb kriechend, halb nach vorn geschleudert auf einen kleinen Schrank zu, in dem sich das Sicherheitstelefon der CIA befand.

Ich griff zum Hörer und wählte.

KAPITEL ELF

Der Flüsterer nahm den Anruf fast augenblicklich entgegen, aber seine Stimme, die noch leiser war als sonst, war so heiser, dass es sich anhörte, als würde Säure über Kies rinnen. Es hatte zu großen Stress, zu wenig Schlaf, zu viele Enttäuschungen gegeben, als dass ein Mensch allein damit fertigwerden konnte.

Ich erzählte ihm von dem Fehler, der uns unterlaufen war, indem wir versucht hatten, dem Sarazenen hinterherzujagen, und erklärte ihm, was ich versuchen wollte – nicht in jeder Einzelheit, nur in groben Zügen. Glücklicherweise war er so erfahren, dass ich ihm nicht erst eine Zeichnung machen musste.

Ich sagte, dass wir Cumalis Überstellung aufschieben und den Präsidenten überzeugen müssten, seine Rede an die Nation hinauszuzögern. »Ich brauche Zeit, damit es funktioniert, Dave«, sagte ich.

Er lachte etwas gequält. »Sie bitten mich um das Einzige, was wir nicht haben«, entgegnete er, und wieder verriet seine Stimme sein Alter. »Wir können das nicht hinauszögern. Ich habe gerade vor zwanzig Minuten mit ihm gesprochen – es geht nicht.«

Ich trug ihm meine Argumente vor und bettelte ihn an. Als das alles zu nichts führte, herrschte ich ihn ärgerlich an, er täte gut daran, mir endlich zuzuhören, denn ich sei der beste Agent meiner Generation und sage ihm hiermit – verdammt noch mal! –, dass wir eine Chance hätten. Als er einen Augenblick lang nichts sagte, wusste ich, dass die pure Überheblichkeit meiner Worte, die so gar nicht meinem Charakter entsprach, ihn schockiert hatte. Dann bat er mich zu warten.

Ich ließ nicht los – im wörtlichen wie im übertragenen Sinne, derweil die Turbulenzen mich hin und her warfen und er mit einem anderen Telefon den Präsidenten anrief. Kurz darauf hörte ich seine Schritte über den Holzfußboden seines Arbeitszimmers zurückkehren.

»Ich habe eben mit Grosvenor gesprochen«, berichtete er. »Er glaubt nicht, dass es funktionieren wird, er glaubt nicht daran …«

»Herrgott noch mal!«, warf ich dazwischen. »Haben Sie ihm unseren Fehler erklärt?«

»Natürlich«, antwortete der Flüsterer knapp. »Ich habe ihm gesagt, dass wir wie ein wilder, vom Sheriff zusammengerufener Suchtrupp losgeritten sind, es aber besser gewesen wäre, wie Desperados auf den Zug zu warten. Wie war das – klar genug?«

»Und trotzdem hat er's nicht begriffen?«

»Lassen Sie mich doch mal ausreden. Er hat gesagt, dass er nicht daran glaubt – aber er glaubt an Sie. Sie haben sechsunddreißig Stunden Zeit.«

Ich war unglaublich erleichtert. Noch eine Chance auf Rettung, noch eine Chance auf Erlösung. »Danke«, sagte ich verlegen.

»Rufen Sie uns an – ob's gut geht oder nicht. Sobald es aussieht, als gehe die Sache in die Binsen, muss er es wissen. Er hat die Rede an die Nation bereits verfasst. Er will nicht, dass Sie ihm falsche Hoffnungen machen und dass das Wunschdenken über die Logik siegt. Wenn's Mist wird, versuchen Sie nicht, es schönzureden.«

»Okay«, sagte ich.

»Sie haben meine Nummer. Hier ist noch eine, falls es Probleme gibt. Es ist die von Grosvenor.«

Mein Gedächtnis ist zwar nicht schlecht, aber ich wollte mich nicht darauf verlassen, zog mein Handy hervor und gab die Nummer unter der Kurzwahlnummer 911 ein. Ich war noch dabei, als der Flüsterer schon loslegte.

»Gut, wir haben sechsunddreißig Stunden, und wir haben einen grob umrissenen Plan. Los geht's! Was ist der erste Schritt?«

»Ein Telefonat«, antwortete ich. »Wir können es aber nicht selbst führen. Es muss absolut echt klingen. Wer ist der ranghöchste Spion, den wir im türkischen Geheimdienst haben?«

Ich wusste, dass die CIA – wie jeder andere der größeren Geheimdienste – wegen der strategischen Bedeutung des Landes vermutlich Jahre damit verbracht hatte, Überläufer im MIT heranzuziehen.

Der Flüsterer sagte nichts – ich hatte ihn darum gebeten, eines der am besten gehüteten Geheimnisse unseres Landes preiszugeben.

»Dave?«, forderte ich ihn auf.

»Es gibt da jemanden, den wir einsetzen könnten«, sagte er widerstrebend.

»Wer ist es?« Ich wusste, dass ich allzu sehr drängelte, aber ich musste wissen, ob die Sache laufen konnte.

»Verfluchter Mist … hören Sie auf mit der Fragerei«, antwortete er.

»Wer?«

»Es gibt zwei stellvertretende Leiter des MIT«, sagte er schließlich. »Einer von ihnen ist in ärmlichen Verhältnissen aufgewachsen, steht jetzt allerdings auf Gucci … alles klar?«

»Herr im Himmel … ein stellvertretender Koordinator!«, sagte ich bestürzt. Obwohl ich schon so viele Jahre in der *Division* war, konnte mich das Ausmaß von Verrat in der Welt der Geheimdienste noch immer schockieren. »Es dürfte ihm gar nicht gefallen, diese Aufgabe zu übernehmen«, sagte ich.

»Ihm wird nichts anderes übrigbleiben – er muss befürchten, dass ich ihn sonst an seine Regierung verrate. Vielleicht werden Verräter in der Türkei ja sogar noch gehenkt. Wie sehen die Einzelheiten aus?« Ich hörte Papier rascheln, als er seinen Stift nahm, um sich Notizen zu machen.

Nachdem ich fertig war, las er mir zur Kontrolle die Stichpunkte noch einmal vor. Allerdings hatte er mehr getan, als sie nur niederzuschreiben: Er hatte sie gleichzeitig auch verbessert und bearbeitet. Einmal mehr dankte ich Gott für diesen großartigen Agentenführer.

»Was jetzt?«, fragte ich. »Rufen Sie ihn an und bringen Sie ihn dazu, es zu tun?«

»Ja, in Warp-Geschwindigkeit, wenn wir noch eine Chance haben wollen.«

Ich meldete mich ab. Und während der Flüsterer eine Bombe auf einen stellvertretenden Koordinator des MIT niedergehen ließ, hämmerte ich gegen die Cockpittür. Die Stimme des Expiloten der US Air Force ertönte über die Gegensprechanlage.

»Was ist los?«

»Planänderung. Streichen Sie Gaza, wir fliegen nach Bodrum.«

Die Tür sprang auf. »Wo ist Bodrum?«

Ich rief ihm die Antwort zu, war aber schon wieder auf dem Weg zurück zum Schrank. Ich musste dringend ein weiteres Telefonat führen.

Als sein Handy klingelte, saß Bradley gerade in einer Bar in der Lower East Side. Es war nicht irgend so ein Schickimicki-Laden mit Tapas und einem »Degustationsmenü«, sondern eine richtige Kneipe mit nikotinvergilbten Wänden und Drinks, die so stark waren, dass sich einem die Zehennägel aufrollten. Ein letztes Überbleibsel des alten New York – anders gesagt: eine Kaschemme für Polizisten.

Ben war auf der Abschiedsparty für einen alten Kollegen. Da der Ruheständler so bekannt und die Kneipe so eigenartig geschnitten war, konnte er dem Gewusel und Gelärme nur draußen auf der Straße entgehen. Deswegen stand er mit einer Flasche Bier im Nieselregen, als er an die Front der geheimen Welt einberufen wurde.

»Wo sind Sie?«, fragte er.

»In einem Jet der CIA über Jordanien.« Es hatte keinen Sinn, etwas zu verbergen. Ich wollte, dass er wachgerüttelt wurde. »Sobald unser Gespräch beendet ist«, fuhr ich fort, »müssen Sie den Mann anrufen, dem Sie die Meldungen übergeben haben. Sein Name ist David McKinley, er ist Koordinator des amerikanischen Geheimdienstes.«

Ich hörte Bradley tief einatmen. »Verdammt, ich dachte …«

»Vergessen Sie, was Sie gedacht haben. Hier geht's ums Ganze. Sagen Sie Dave, dass ich ganz schnell einen Wingman benötige. Er wird dafür sorgen, dass ein Hubschrauber Sie zum Flughafen bringt und dass dort eine Regierungsmaschine auf Sie wartet.«

»Wohin fliege ich?«

»Nach Bodrum. McKinley kümmert sich um die Dokumente – Sie sind ein Detective der New Yorker Polizei, der im Mordfall Ingrid Kohl ermittelt.«

»Wer ist Ingrid Kohl?«

»Das ist der Name der toten Frau, die Sie im *Eastside Inn* gefunden haben.«

»Woher wissen Sie …«

»Später«, sagte ich und dankte der Vorsehung für Cameron und für Ingrid, wer auch immer sie tatsächlich gewesen sein mochte: Ihre Verbrechen hatten mich auf die Türkei gebracht und uns die letzte Chance verschafft.

»Ich hole Sie am Flughafen ab«, sagte ich. »Und Ben – vergessen Sie Ihre Pistole nicht.«

In zehn Kilometern Höhe, als die Maschine hart in Richtung Bodrum drehte und die Turbulenzen endlich nachließen, dachte ich, dass er die Waffe nicht benötigen würde, wenn alles nach Plan lief.

Andererseits: Wann war das jemals der Fall gewesen?

KAPITEL DREIZEHN

Trotz seiner vehementen Einwände tätigte der stellvertretende Koordinator des türkischen MIT zwanzig Minuten nach meinem Gespräch mit dem Flüsterer ein Telefonat. Und zwar mit Leyla Cumali.

Selbstverständlich habe ich das Gespräch nie selbst gehört, doch einige Zeit danach las ich eine ins Englische übersetzte Abschrift. Selbst anhand dieses Dokuments, ohne Modulation und Gefühle, war leicht zu erkennen, dass der Kerl vom MIT ein Meister seines Fachs war. Er hatte veranlasst, dass einer seiner Assistenten anrief und mit Cumali einen Termin vereinbarte, zu dem sie ihn anrufen sollte. Sie erhielt eine Nummer der MIT-Telefonvermittlung, und als sie endlich über mehrere Assistenten zu ihm durchgedrungen war, war sie zweifellos davon überzeugt, mit einem sehr mächtigen Mann zu sprechen.

Sehr höflich trug er ihr vor, dass er ihre Hilfe in einer höchst vertraulichen Angelegenheit benötige, die einen Besucher aus dem Ausland beträfe. Mein Gott, wie erleichtert sie gewesen sein musste, als ihr klar wurde, dass er nicht gegen sie ermittelte.

»Wie gut kennen Sie Brodie David Wilson?«, fragte er.

Im Mitschnitt wird eine Pause vermerkt – sicher brauchte Cumali eine gewisse Zeit, um ihrer Überraschung Herr zu werden – aber der Schlapphut redete ihr gut zu.

»Nur Ihre Eindrücke, Detective – Sie machen hier schließlich keine Aussage«, sagte er mit einem Lachen. Verdammt, der Kerl war wirklich gut.

Er hörte ihr ruhig zu, während sie über mich berichtete, und unterbrach sie immer wieder einmal, um sie glauben zu machen, dass es ihn interessierte.

»Vielen Dank, sehr gut«, sagte er, als sie am Ende angekommen war. »Hatten Sie je den Eindruck, dass er möglicherweise nicht vom FBI ist?«, fragte er und begann die Fallstricke auszulegen.

»Nein ... nein«, antwortete Cumali, zögerte dann aber, als sie genauer darüber nachdachte. »Eine Sache war da schon: Er war intelligent – ich meine, herausragend intelligent – in allem, was er tat. Ich weiß noch, dass ich mich gefragt habe, ob alle Agenten des FBI so gut sind.«

»Ja, das würde passen ... dass er sehr gut ist«, sagte der Vize-Koordinator dunkel. »Sagen Sie, hat er in Ihrer Gegenwart je Telefonate geführt, deren Inhalte Ihnen verdächtig vorkamen oder Sie verwirrt haben?«

»Nein ... Er hatte allerdings eine eigenartige Gewohnheit ... mir war das gar nicht aufgefallen, aber meiner Sekretärin. Außer wenn er telefonierte, nahm er immer den Akku aus seinem Handy.«

Sieh an, dachte ich, trotz ihres Make-ups und der Stilettos war Hayrunnisa schlauer, als ich ihr zugetraut hatte.

»Warum sollte er denn den Akku herausnehmen?«

»Ich habe keine Ahnung.«

»Dann helfe ich Ihnen. Wenn jemand ein Handy in der Tasche hat, kann es per Fernzugriff angeschaltet werden, ohne dass er es bemerkt. Ist es eingeschaltet, kann das eingebaute Mikrofon aktiviert werden. Jemand, der das Telefon anzapft, kann dann alles hören, was in einem Zimmer gesagt wird. Wenn der Akku herausgenommen wurde, besteht dieses Risiko nicht.«

»Das habe ich nicht gewusst«, antwortete Cumali.

»Ihnen ist also nicht klar, dass Agenten des Geheimdienstes das immer tun?«

»Agenten des Geheimdienstes? Können Sie mir sagen, worum es hier eigentlich geht?«

Der stellvertretende Koordinator arbeitete nach den Anweisungen des Flüsterers. Es handelte sich um genau die Frage, die Cumali hatte stellen sollen. Das war ihm gelungen, wie es nur ein wirklicher Experte hinbekam.

»Sie sind vereidigte Polizistin – eine hochangesehene, darf ich hinzufügen. Dies hier ist alles höchst vertraulich.«

»Selbstverständlich.«

»Wir haben Kameras an der Grenze zu Bulgarien, die alle Grenzbewegungen aufzeichnen. Wir kennen auch das Kennzeichen von Brodie Wilsons Mietwagen. Dank unserer speziellen Software wissen wir daher, dass er nach Bulgarien eingereist ist. Wissen Sie, warum?«

Die Geschichte mit der Nummernschild-Erkennung war Quatsch – natürlich gab es so etwas, aber die Türkei war weit entfernt davon, ein solches System einzusetzen. Das konnte Cumali jedoch nicht wissen.

»Nein«, sagte sie.

»Zwei unserer Leute, die jenseits der Grenze tätig sind, haben ihn in einer Stadt namens Swilengrad ausfindig gemacht, wo er ein billiges Handy und eine SIM-Karte gekauft und ein Telefonat getätigt hat. Haben Sie jemals gehört, dass er diese Stadt erwähnt hat?«

»Nie.«

»Aufgrund dieser Erkenntnisse haben wir großes Interesse an Agent Wilson bekommen. Aus Gründen, die ich hier nicht erläutern kann, glauben wir jetzt, dass dies nicht seine wahre Identität ist. Wir nehmen an, sein Name ist Michael John Spitz. Fällt Ihnen zu diesem Namen irgendwas ein, Detective?«

»Überhaupt nichts«, antwortete Cumali.

»Spitz gehört einer Eliteeinheit der CIA an«, fuhr der stellvertretende Koordinator fort. »Das würde erklären, warum Sie den Eindruck hatten, dass er ein herausragender Ermittler ist. Seine Einheit jagt Terroristen.«

Ich konnte mir die Angst vorstellen, die Cumali ins Herz fuhr, während sie in ihrem weiß getünchten Haus am alten Hafen saß und plötzlich über die verschlüsselten Anrufe nachdenken musste, die sie mit dem Hindukusch geführt hatte.

Seine Einheit jagt Terroristen.

Im Namen Allahs, muss sie gedacht haben, wen jagte die CIA? Sie? Ihren Bruder? Sie wusste, dass er sich versteckte, aber in was um alles in der Welt hatte er sie da hineingezogen?

»Wir glauben, dass die Mordermittlung eine Tarnung ist«, fuhr der stellvertretende Koordinator fort. »Etwas hat ihn nach Bodrum geführt. Haben Sie irgendeine Idee, in welcher Sache er ermitteln könnte?«

»Nein«, log sie. In der Niederschrift war hier vermerkt, dass sie es »mit Nachdruck« sagte.

»Trotzdem vielen Dank, Sie haben uns sehr geholfen. Derzeit werden wir nichts unternehmen. Wir werden Spitz' Telefonate abhören und erst einmal abwarten. Aber ich gebe Ihnen eine Telefonnummer, eine Direktdurchwahl. Wenn Sie irgendetwas hören, müssen Sie mich sofort anrufen. Haben Sie verstanden?«, sagte er. Dann nannte er ihr die Nummer und legte auf.

Der Flüsterer und ich hatten alle Regeln gebrochen: Wir hatten dafür gesorgt, dass die Zielperson wusste, worum es in der Mission wirklich ging. Doch damit hatten wir eine Falle aufgestellt – Cumali war Kriminalbeamtin, und ich setzte alles darauf, dass ihr Instinkt sie dazu bringen würde zu ermitteln. Sie würde mehr wissen wollen – dafür würde schon ihre Angst sorgen – und vermutlich an einem ganz bestimmten Ort suchen: in meinem Hotelzimmer.

Sie würde das zwar nicht selbst tun, aber aufgrund ihrer Arbeit kannte sie jede Menge Kriminelle. Meine Aufgabe bestand jetzt darin, dafür zu sorgen, dass alles bereit war, wenn sie kamen.

Zum ersten Mal in meinem Berufsleben stand ich in der Kälte – ich war in einem Einsatz ohne eine Legende oder Tarnung.

Der kleine Jet hatte Jordanien überflogen und landete am späten Vormittag in Milas. Unverzüglich passierte ich die türkische Passkontrolle, holte meinen Wagen ab und fuhr statt nach Bodrum schnell nach Milas. Unmittelbar hinter dem Rathaus fand ich ein Kamerageschäft und sah zu, wie eine junge Frau mein Handy nahm und ein Foto des Hauses in Dschiddah ausdruckte, in dem Cumali ihre Kindheit verbracht hatte. In dem Laden wurde auch Handyzubehör verkauft, deshalb kaufte ich einen zusätzlichen Akku für das alte Ding, das ich in Bulgarien erstanden hatte.

In der Nähe fand ich einen Werkzeugladen, in dem ich eine Handbohrmaschine, einen kleinen Lötkolben, eine Flasche Alleskleber und ein halbes Dutzend andere Artikel kaufte. Ich warf sie ins Auto und raste nach Bodrum. Ich kam noch zur Mittagszeit im Hotel an. Daher war der Hotelmanager nicht im Haus, und ich konnte sofort in mein Zimmer gehen.

Ich hob den ramponierten Samsonite-Koffer von der Garderobenablage und schnitt das Stofffutter vorsichtig auf, das die beiden Schlösser innen abdeckte. Dann bohrte ich das winzige Schlüsselloch des einen Schlosses auf und nahm mir das bulgarische Handy vor. Ich lötete den neuen Akku zusätzlich an – was die Betriebsdauer verdoppelte – und öffnete das Menü. Es kostete mich frustrierende zwanzig Minuten, die Software so zu verändern, dass die Kamera alle zwei Sekunden eine Aufnahme machte.

Anschließend befestigte ich die notdürftig zusammengebastelte Kamera mit Klebeband so im Inneren des Koffers, dass die Linse der Kamera an das durchbohrte Schloss stieß und ein klares Bild des Raumes lieferte. Bevor ich das Zimmer verließ, musste ich nur noch das Telefon einschalten, das Innenfutter des

Koffers wieder verkleben und den Koffer zurück auf die Garderobenablage legen. Ich ging davon aus, dass die Kamera perfekt versteckt war, außerdem hatte der Platz noch einen weiteren großen Vorteil: Jemand, der nach etwas suchte, würde in einem Kasten oder einem Koffer nachschauen, aber kaum jemals den Gegenstand selbst untersuchen.

Jetzt hatte ich mein eigenes Überwachungssystem. Es wurde zwar nur von Draht und Band zusammengehalten, war aber funktionsfähig: Ich musste absolut sicher sein, ob die Einbrecher gefunden hatten, was ich hier gerade einschleusen wollte. Davon hing alles Weitere ab.

Ich nahm das kurz zuvor ausgedruckte Foto von Cumalis früherem Zuhause und legte eine CD bei, auf der sich eine Kopie ihres Führerscheins aus Bahrain, Einzelheiten ihres Tauch-Blogs und eine Kurzfassung ihres Collegekurses in Istanbul befanden. Alles zusammen legte ich in einen Plastikordner und diesen in den Zimmersafe – ein wirklich antikes Stück mit einem batteriebetriebenen elektronischen Nummernblock, den jeder Einbrecher, der dieser Bezeichnung würdig ist, abschalten kann, um dann den Code zu löschen und den Safe zu öffnen.

Das Foto und die Dokumente sollten Leyla Cumali davon überzeugen, dass Michael Spitz ihr auf den Fersen war.

Weil diese Dokumente echt waren, würde der sogenannte Halo-Effekt auf alles ausstrahlen, was sie sonst noch fanden – ich setzte darauf, dass die Dreckskerle auch meinen Laptop stehlen würden. Dort würde Cumali zwei – von A bis Z gefälschte – E-Mails vorfinden, die ich während des Fluges über Jordanien verfasst hatte. Ich überprüfte sie noch einmal und war gerade dabei, sie unter dem richtigen Datum in meinem Posteingang einzuordnen, als das Telefon im Hotelzimmer klingelte.

Die Frau gab sich als Sekretärin der New Yorker Mordkommission aus, aber ich kapierte sofort, dass das Blödsinn war und sie mit großer Sicherheit zu den Innendienstmitarbeitern des Flüsterers gehörte.

»Bei der Maschine, die Sie erwarten, handelt es sich um die

Turkish Airlines 349 aus Rom, Ankunftszeit in Milas um 15.28 Uhr«, sagte sie.

Ich erwartete keinen Flug aus Rom, aber ich dachte mir Folgendes: Der Flüsterer war zu der Überzeugung gekommen, dass ein Jet der Regierung zu viele Fragen aufwerfen würde, und hatte Bradley deshalb auf einen Linienflug gebucht.

Ich sah auf die Uhr: Ich hatte noch zehn Minuten, wenn ich rechtzeitig nach Milas kommen wollte. Ich checkte meine Mails zu Ende, löschte aber keine einzige Datei – das richtig vertrauliche Material war durch eine nicht zu knackende 128-Bit-Verschlüsselung geschützt, deren Vorhandensein der Täuschung zusätzlich Glaubwürdigkeit verleihen würde. Der Computer selbst war mit einem Passwort geschützt, außerdem gab es irgendeinen Low-Level-Code, aber ich war zuversichtlich, dass dieser – genau wie der Flüsterer mir gesagt hatte, als er ihn mir gab – schnell geknackt werden konnte, wenn jemand das wirklich wollte.

Ich legte den Laptop neben das andere Material in den Safe, schaltete das bulgarische Handy ein, verklebte das Innenfutter und verließ schnell das Zimmer.

Der Hotelpage, der junge Mann an der Rezeption und die Frau am Empfang sahen mich aus dem Fahrstuhl kommen. Ich schob den Zimmerschlüssel über die Empfangstheke und rief so laut, dass jeder es hören konnte: »Ich fahre zum Flughafen. Sagen Sie allen, die anrufen, dass ich gegen halb sechs zurück bin.«

Ich wusste, wenn Cumali mein Zimmer durchsuchen lassen würde, würde sie als Erstes versuchen herauszufinden, wo ich mich aufhielt. Ich hoffte, dass ich ihr und den Dreckskerlen soeben etwas Aufwand erspart hatte.

Während ich zu meinem Auto lief, rechnete ich mir aus, dass sie bei meiner Rückkehr über die Ladeebene an der Hinterseite ins Hotel gekommen sein würden, mit dem Lastenfahrstuhl nach oben gefahren wären, das Schloss meines Hotelzimmers aufgebrochen hätten und – um es wie einen x-beliebigen Hotelraub aussehen zu lassen – ein Chaos im Zimmer hinterlassen hätten.

Ich hätte nicht schieferliegen können.

Ich erreichte den Flughafen rechtzeitig: Zwei Minuten, nachdem ich angekommen war, passierte Bradley die Zollabfertigung.

Ich geleitete ihn aus dem Terminal hinaus zum Parkplatz – vorbei an Männern, die Apfeltee aus riesigen Behältern auf ihrem Rücken verkauften, vorbei an schier endlosen Ansammlungen von Ganoven und Bettlern und einem attraktiven, slawisch aussehenden Paar, höchstwahrscheinlich Taschendiebe.

Der Wind, der uns auf der Straße entgegenblies, kam geradewegs aus Asien und führte eine Fülle exotischer Gerüche mit sich, die Lautsprecher übertrugen den Ruf eines Muezzin, der die Muslime wissen ließ, dass es Zeit für das Gebet war. Ich sah, wie Bradley den chaotischen Verkehr, die in der Ferne liegenden und mit Kiefern bewachsenen Hügel, die Minarette der nahen Moschee betrachtete, und wusste, dass ihn das alles extrem aufwühlte.

»Wir sind nah an den Grenzen zum Irak und zu Syrien«, sagte ich. »Schon was anderes als Paris, was?«

Er nickte.

»In meinem Geschäft gewöhnt man sich an fremde Orte«, fuhr ich fort, »aber an die Einsamkeit gewöhnt man sich nie. Schön, dass Sie da sind.«

»Ganz meinerseits«, sagte er. »Verraten Sie mir, warum wir hier sind?«

»Nein«, antwortete ich, »aber ich sage Ihnen alles Nötige.«

Wir waren beim Fiat angekommen. Während ich den üblichen Totentanz mit dem türkischen Straßenverkehr vollführte, bat ich Bradley, die Akkus aus unseren Handys zu nehmen. Bis ich ihm den Grund dafür erklärt hatte, waren wir schon auf der Autobahn.

»Wir – das heißt die US-Regierung – jagen einen Mann«, erklärte ich. »Und das bereits seit Wochen …«

»Der Kerl, über den zurzeit alle reden?«, fragte er. »Der mit der schmutzigen Bombe?«

»Es gibt niemanden mit einer schmutzigen Bombe«, antwortete ich. »Das war eine Tarngeschichte.«

Ich bemerkte die Überraschung in Bradleys Miene und ahnte, was er dachte – er hatte den Präsidenten im Fernsehen etliche Male darüber sprechen hören. Ich hatte keine Zeit, es ihm zu erklären, und fuhr fort.

»Vor einigen Tagen dachten wir, dass wir ihn drangekriegt hätten, aber da lagen wir falsch. Wir haben weder seinen Namen noch seine Nationalität oder eine Ahnung, wo er sich aufhält. Unsere einzige Verbindung ist seine Schwester …«

»Leyla Cumali.« In diesem Moment der Erkenntnis blitzten seine Augen auf.

»Ja. Seit zwölf Stunden weiß sie, dass ich nicht in einem Mordfall ermittle – sondern dass ich CIA-Agent bin.«

»Sind Sie das denn?«

»Nein, weit mehr als das. Ich glaube, wenn wir nach Bodrum kommen, wird sie dafür gesorgt haben, dass mein Hotelzimmer ausgeraubt ist. Die Diebe werden einige Dinge mitgenommen haben, auch meinen Laptop. Er ist auf unterschiedliche Weise gesichert, aber es wird sie nicht viel Mühe kosten, auf die Daten zuzugreifen. In dem Fall wird sie zwei E-Mails vorfinden, die sie für bedeutsam halten wird. Aus der ersten erfährt sie, dass wir verschlüsselte Telefonate abgefangen haben, die sie mit einem Mann im Hindukusch geführt hat …«

»Im wo?«, fragte Bradley.

»In Afghanistan. Sie wird lesen, dass wir den Inhalt der Telefonate nicht kennen – da sie verschlüsselt waren –, dass wir aber angesichts dessen, dass sie in Saudi-Arabien geboren ist, ihr Vater dort öffentlich hingerichtet wurde und ihr Telefonfreund in die Entführung von drei vermissten Ausländern verwickelt ist, davon ausgehen, dass sie an einer terroristischen Aktion beteiligt ist.«

»Ist sie das denn?«

»Ich glaube nicht, aber das Dokument nennt Einzelheiten über ihre bevorstehende Überstellung nach Bright Light.«

»Was ist Bright Light?«

»Sie wird im Internet recherchieren und einige Zeitungsartikel finden, in denen behauptet wird, dass der Ort in Thailand liegt und zum System geheimer CIA-Gefängnisse gehört.«

»Stimmt das?«

»Ja.«

»Was passiert in Bright Light?«

»Dort werden Menschen gefoltert.«

»So etwas macht unser Land mit Frauen?«

»So etwas macht unser Land mit jedem.«

Ben war erst seit dreißig Minuten im Auslandseinsatz, erhielt aber bereits eine ordentliche Ausbildung. Ich ließ ihn einen Augenblick lang in düsterem Schweigen versinken, während ich einen türkischen Militärkonvoi überholte, der in Richtung syrische Grenze fuhr.

»Cumali ist die einzige Sorgeberechtigte für einen sechsjährigen Jungen«, fuhr ich fort, als die Panzertransportfahrzeuge in meinem Rückspiegel verschwanden. »Selbstverständlich kann der Kleine nicht sich selbst überlassen werden – daher wird in dem Dokument dargelegt, wie für ihn gesorgt werden soll.«

Ich zog mein Handy hervor, setzte den Akku wieder ein, öffnete den Fotoordner und reichte Ben das Telefon. Auf dem Bildschirm war ein Bild des kleinen Kerls, das ich in Cumalis Küche aufgenommen hatte.

»Er hat das Down-Syndrom«, sagte Bradley und schaute mich an.

»Ja«, antwortete ich. »Im Dokument steht, dass unsere Leute ihn mitnehmen und in ein Waisenhaus nach Bulgarien bringen werden, eines der ärmsten Länder Europas. Aufgrund dieser Armut und weil er Ausländer ist, wird man dort nichts für seine Förderung tun und nicht auf seine speziellen Bedürfnisse eingehen.« Bradley ließ die Augen nicht von mir – ich glaube, er war angeekelt. »Das Dokument soll sie in Panik versetzen«, fuhr ich fort.

»Ich glaube, das könnte so gerade eben klappen«, antwortete er. »Und warum?«

»Wir wissen, dass sie mit unserer Zielperson Verbindung aufnehmen kann. Leider müssen wir damit rechnen, dass sie ihn warnt, sobald wir versuchen, sie unter Druck zu setzen – dann geht er auf Tauchstation, und wir verlieren ihn komplett. Wenn sie allerdings glaubt, Geheiminformationen zu lesen, und sie das in Panik versetzt, wird sie die Zielperson freiwillig kontaktieren. Ohne absichtliche Fehler, ohne clever getarnte Warnungen. Er ist der einzige Mensch, der ihr helfen kann, der einzige Mensch, der ihr erklären kann, was abläuft. Selbst wenn er sie gern ignorieren würde, er kann es nicht – er ist Araber, er ist ihr Bruder, und das macht ihn zum Familienoberhaupt.«

Bradley dachte darüber nach und schaute sich anschließend das Foto noch einmal an, das er immer noch in der Hand hielt. Der kleine Kerl lachte – ein Kind, nur ein Pfand in einem großen Spiel.

»Haben Sie sich das alles selber ausgedacht?« Was ich in seiner Stimme hörte, war keine Bewunderung.

»So ziemlich.«

»Ist sie immer so – Ihre Arbeit?«

»Nein«, antwortete ich und dachte an die beiden kleinen Mädchen in Moskau. »Manchmal ist sie schlimmer.«

Bradley atmete tief ein. »Okay. Also, Cumali setzt sich mit ihrem Bruder in Verbindung – was dann?«

»Sie erzählt ihm von der zweiten E-Mail.«

KAPITEL SECHZEHN

Ich bog auf die langsamere Spur ein und musterte die hinter mir fahrenden Fahrzeuge im Rückspiegel. Zufrieden stellte ich fest, dass wir nicht verfolgt wurden, und so führte ich Ben noch tiefer ins Schattenreich.

»Die zweite E-Mail täuscht vor, vom Vize-Koordinator der CIA zu stammen. Sie ist auf vorgestern datiert. Darin heißt es, dass wir einen Durchbruch erzielt haben, was die drei Ausländer im Hindukusch betrifft.«

»Haben Sie aber nicht, oder?«, fragte Ben.

»Nein. Der Mann und die Vorgänge sind uns ein Rätsel. Er ist ein einsamer Wolf, eine Ein-Mann-Organisation. Es gibt keinerlei Gerüchte und keine Möglichkeit des Verrats. Wir sind die ganze Zeit auf der Suche nach einem Geist.«

Ich nahm die Ausfahrt nach Bodrum. »Aber wir haben ihn ganz kurz gesehen«, fuhr ich fort. »Wir wissen, dass er zweimal in Afghanistan gewesen ist. Das erste Mal, als er noch ein Teenager war, um als Mudschahed gegen die Sowjets zu kämpfen, und dann wieder vor einigen Monaten, um die drei Ausländer zu entführen …«

»Warum hat er diese Leute entführt?«

»Das darf ich Ihnen nicht sagen.«

Ben war brüskiert, aber daran konnte ich nichts ändern – er brauchte es nicht zu wissen. Das war eine goldene Regel in der Welt, in die er jetzt eingetreten war.

»Ein Aspekt dieses Ereignisses war allerdings von entscheidender Bedeutung für unseren Plan. Er war Dave McKinley eingefallen: Einer allein kann nicht drei Personen entführen. Nicht in Afghanistan, nicht an unterschiedlichen Orten, nicht aus einem verschanzten Gebäudekomplex. Dabei muss unser Geist also Hilfe gehabt haben. Das hat uns einen Zugang eröffnet. McKinley hat zwei Touren in Afghanistan unternommen. Niemand in der westlichen Welt weiß mehr über das Land als er. Er ist sich sicher, dass es alte Weggefährten bei den Mudschaheddin waren – darunter womöglich einer der Warlords –, die unserem Mann geholfen haben. Diese Verbindungen reichen sehr weit, was erklären würde, warum selbst Tausende von Agenten im Land nichts gehört haben. In der zweiten Mail steht, dass einer dieser Helfer in zwei Tagen als Gegenleistung für eine hohe Summe und eine neue Identität den Namen unseres Geistes und all seiner Helfer verraten wird.«

Wir waren an der Küste angekommen, und die untergehende Sonne tauchte das azurblaue Meer in unendliche Schattierungen von Rot. Ich bezweifelte, dass Ben je etwas so Schönes gesehen hatte, aber er nahm es kaum wahr.

»Wenn das mit der Belohnung stimmen würde, was würde dann mit den Männern geschehen, die er verraten hat?«, fragte er.

»Sie würden verhört und anschließend der afghanischen Regierung übergeben.«

»Und dann hingerichtet.«

»Ja. Der Name des Verräters wird in der Mail nicht genannt, aber es wird klar, dass ich ihn kenne.«

»Wenn also Ihre Zielperson – der Geist – sich und seine Kameraden retten will, muss er von Ihnen den Namen des Überläufers herausbekommen und ihn ganz schnell an den Warlord weitergeben.«

»Das ist richtig«, antwortete ich. »Unsere Zielperson muss ans Wasserloch kommen, er muss nach Bodrum kommen und mich zum Reden bringen. Und er hat weniger als einen Tag Zeit dafür.«

»Dann schnappen Sie ihn sich.«

»Nein.«

Bradley stutzte. »Nein?! Was soll das heißen, ›Nein‹? Ich dachte ...«

»Ihn gefangen zu nehmen würde nichts bringen. Der Mann hat Informationen, die wir benötigen. Sagen wir mal, er hat ein Paket nach Amerika geschickt – oder ist kurz davor –, und wir haben keine Chance, es zu finden. Wir müssen ihn dazu bringen, uns alle Angaben zur Lieferung zu nennen.«

»Sie müssen ihn foltern.«

»Nein – es ist dasselbe Problem wie mit seiner Schwester. Wenn wir feststellen, dass er uns einen Haufen Mist erzählt hat, wird es zu spät sein. Das Paket wäre bereits angekommen. Nein, er muss uns die Angaben freiwillig machen.«

Bradley lachte. »Wie wollen Sie ihn denn dazu bringen?«

»Das werde nicht ich tun«, antwortete ich. »Sondern Sie.«

»Nein!«, schrie Ben und sah mich wütend an. Noch nie hatte ich ihn so aufgebracht erlebt. Ich hatte ihm gerade erklärt, wie wir den Sarazenen zwingen wollten, die Details der Lieferung preiszugeben, und nachdem ich damit nun fertig war, gab er sich keinerlei Mühe mehr zu verbergen, wie sehr es ihn anekelte, mit dem Urheber einer solchen Idee auch nur im selben Auto zu sitzen.

»Das mach ich nicht. Verdammt noch mal, das würde niemand tun! Was für ein Mensch denkt sich denn so etwas aus – wes Geistes Kind muss man sein?!«

»Dann machen Sie mir einen besseren Vorschlag«, antwortete ich und versuchte, ruhig zu bleiben. »Mir gefällt das genauso wenig wie Ihnen.«

»Ach ja? Sie vergessen dabei aber etwas – Sie haben sich dieses Leben *ausgesucht*.«

»Hab ich nicht. Falls Sie sich erinnern: Ich habe versucht, es hinter mir zu lassen – dieses Leben hat *mich* ausgesucht.«

Ich war stinksauer – das Letzte, was ich jetzt brauchte, war eine Lektion in Moral. Ich trat auf die Bremse und bog auf den Parkplatz des Cafés mit dem Panoramablick über Bodrum und das Meer ab.

»Mich interessiert diese blöde Aussicht nicht«, sagte Bradley.

»Ich bin hierhergefahren, damit Sie ungestört sind.«

»Ungestört – um was zu tun?«

»Um mit Marcie zu sprechen.«

Ich hielt weitab von der Menschenmenge auf der Terrasse und wollte aus dem Auto steigen, damit er allein war.

»Warum soll ich mit Marcie sprechen?«, wollte er wissen.

»Sie haben mir einmal gesagt, dass ihre Eltern ein Haus am Meer haben – in North Carolina oder so.«

»Was hat das alles mit einem Haus am Meer zu tun?«

»Haben sie eines oder nicht?«, insistierte ich.

»Ja, an den Outer Banks. Warum?«

»Sagen Sie ihr, sie soll dorthin fahren – jetzt, heute Abend.«

»Nur mal so am Rande: Es könnte sein, dass sie wissen möchte, warum sie das tun soll.«

Darauf ging ich gar nicht ein. »Sagen Sie ihr, sie soll so viele Lebensmittel und so viel Trinkwasser mitnehmen, wie sie kann. Grundnahrungsmittel – Reis, Mehl. Und Gasflaschen. Sie muss unbedingt Gasflaschen mitnehmen. So viele sie bekommen kann.«

Er schaute mich an, seine Wut war verflogen. »Sie machen mir Angst, Scott.«

»*Brodie!* Ich heiße Brodie.«

»Entschuldigung.«

»Sie müssen keine Angst haben. Wo Sie sind, sind Sie ganz sicher – als Moralapostel auf dem hohen Ross. Kann sie mit einer Waffe umgehen?«

»Klar. Hab ich ihr beigebracht.«

»Sie soll Waffen mitnehmen – Gewehre, Flinten, Büchsen. Ich sage Ihnen gleich, welches die besten Fabrikate und Modellnummern sind. Sobald sie sich im Haus eingerichtet hat, kann ich ihr Schritt für Schritt erklären, wie sie daraus vollautomatische Waffen machen kann. Sie braucht Munition. Viel Munition.«

Bradley versuchte mich zu unterbrechen.

»Schweigen Sie. Sie muss jeden, der sich dem Haus auf weniger als 200 Meter nähert, auffordern zurückzugehen. Wer dennoch näher kommt, den muss sie erschießen. Keine Warnschüsse. Zweihundert Meter, das ist wichtig – bei der Entfernung besteht keine Gefahr, dass sie Aerosolpartikel einatmet und sich infiziert.«

Ich sah die Angst in seinen Augen aufflackern. »Womit infiziert?«

»Mit einem Virus. Hochansteckend und resistent gegen jeden bekannten Impfstoff. Diese Version wird hämorrhagisch genannt. Man geht davon aus, dass die Sterberate hundert Prozent beträgt. Das ist es, was in diesem Moment in unser Land geschickt wird. Pockenviren.«

Jetzt war Ben Bradley – Polizist im Morddezernat aus Manhattan, Held des 11. September, jemand, der erst zum zweiten Mal in seinem Leben eine Reise nach Übersee unternahm, ein Außenseiter, der vor nicht einmal zwölf Stunden in die geheime Welt einberufen worden war, ein Kerl, der auf einem einsamen Ausguck hoch über der türkischen Küste saß, der mutigste Mann, den ich je kennengelernt habe – die elfte Person, die Bescheid wusste.

KAPITEL ACHTZEHN

Schweigend fuhren wir die gewundene Straße hinunter nach Bodrum. Ben hatte Marcie nicht angerufen – angesichts der Wahl zwischen zwei Übeln und da ihm keine Alternative zu meinem Plan einfiel, dem Sarazenen die Wahrheit zu entlocken, wählte er das kleinere.

»Erklären Sie mir die einzelnen Schritte noch einmal genau«, sagte er, nachdem er seinen Schock und seine Angst vor der heraufziehenden Katastrophe überwunden hatte.

Nachdem ich ihm den Plan noch einmal erklärt und eine Fülle von Fragen beantwortet hatte – bis dahin, wie lang das Seil sein und wie eng die Schlaufe gezogen werden sollte –, legte ich den nächsten Gang ein, raste an der Terrasse vorbei, und wir machten uns auf den Weg.

Ich konzentrierte mich aufs Fahren und verlangsamte das Tempo erst, als wir in Bodrum ankamen und begannen, uns durch die Nebenstraßen zu schlängeln. Als wir in die Nähe des Hauses kamen, nach dem ich gesucht hatte, fuhr ich an den Straßenrand und parkte etwa fünfzig Meter davon entfernt. Ich zeigte Ben das Haus und forderte ihn auf, zehn wichtige Merkmale des Gebäudes zu nennen und die Aufzählung sofort zu wiederholen. Das ist eine Standardmethode, sich etwas zu merken. Die meisten Studien haben nachgewiesen, dass ein Mensch sich selbst unter extremem Stress an sechs Merkmale erinnern kann. Ich war zuversichtlich, dass Bradley auch im brodelnden Strudel einer auf Hochtouren laufenden Mission das richtige Haus finden würde, und fuhr wieder auf die Straße und zum Hotel.

Während Ben zur Rezeption ging, steuerte ich direkt auf mein Zimmer zu. Denn ich war gespannt auf die Verwüstungen, die Cumalis Drecksäcke angerichtet hatten. Beim Betreten des Fahrstuhls sah ich, wie der Hotelmanager lächelnd Bens Pass nahm.

»Ahh, Mr Benjamin Michael Bradley«, sagte er. »Ich will brauchen von Sie Kreditkarten drei zu packen an Seite von Safe.«

»Wie bitte?«, fragte Ben.

KAPITEL NEUNZEHN

Da war nichts. Ich stand mitten in meinem Hotelzimmer, aber es war nichts angerührt worden.

Ich schloss die Tür hinter mir und ging zum Schrank, gab den Code am Safe ein und öffnete ihn. Der Laptop und der Plastikordner lagen genau dort, wo ich sie hingelegt hatte.

Ich ließ meinen Blick durch den Raum schweifen. Was um alles in der Welt hatte ich falsch gemacht? Wie konnte es sein, dass Cumali alles durchschaut hatte? Hatte der Typ vom MIT ihr einen Wink gegeben, sei es absichtlich oder ungewollt? Das konnte ich mir nicht vorstellen – für ihn stand viel zu viel auf dem Spiel, als dass er wegen eines Telefonats mit einer kleinen Polizistin irgendetwas riskieren würde. Warum hatte sie also nicht angebissen? Während ich im Geiste von einer Theorie zur anderen sprang, ging ich durch das Zimmer. Ich ging am ungemachten Bett vorbei – ich hatte das »BITTE NICHT STÖREN«-Schild an die Tür gehängt, als ich das Zimmer verließ, damit die Drecksäcke nicht gestört werden würden – und weiter ins Bad.

Alles war genau so, wie ich es verlassen hatte. Ohne mir etwas dabei zu denken, griff ich nach einem Handtuch, das ich auf einem Hocker hatte liegen lassen, und sah die Zahnpastatube auf der Ablage, auf die ich sie gelegt hatte. Seit meiner Kindheit habe ich eine eigenartige Angewohnheit: Ich lege meine Zahnbürste immer quer vor den Verschluss der Tube. Jetzt lag sie längs zur Tube. Jemand hatte beides anders hingelegt, um den Badezimmerschrank öffnen zu können.

Ich drehte mich schnell um, ging ins Zimmer und hievte den Koffer vom Schrank. Erleichtert sah ich, dass ein Eindringling, selbst wenn er hineingesehen haben sollte, das bulgarische Handy nicht entdeckt hatte – es war immer noch im Futter versteckt. Ich zog das Klebeband ab, klickte auf ein Icon und öffnete die Fotos, die in Zwei-Sekunden-Intervallen aufgenommen worden waren.

Sofort sah ich, dass die Drecksäcke durchaus gekommen waren – allerdings beherrschten sie ihr Fach weit besser, als ich angenommen hatte.

Am Zeitcode konnte ich erkennen, dass zwei Männer, zweiunddreißig Minuten nachdem ich das Zimmer verlassen hatte, dort eingedrungen waren. Auf einem Foto waren sie direkt von vorne in perfekter Bildschärfe zu erkennen: zwei Angebertypen mit kalten Augen, Anfang dreißig, mit teuren Lederjacken und geschulterten Rucksäcken. An ihren schnellen, effizienten Bewegungen und dem minimalen Wortwechsel war zu erkennen, dass es sich um Profis handelte. Da ich das Mikrofon des Handys eingeschaltet hatte, hatte ich eine schwache Aufzeichnung ihrer gedämpften Stimmen. Zwar verstand ich nicht, was sie sagten, aber ich erkannte die Sprache. Es waren Albaner. Im Nachhinein wusste ich: Die Alarmglocken hätten bei mir läuten sollen.

Ihre Nationalität erklärte auch, warum sie so problemlos in das Zimmer gelangen konnten. Auf einem Bild war im Hintergrund zu erkennen, dass sie dem dort stehenden Hotelpagen – ihr Landsmann und genauso fies wie sie selbst – ein Bündel Banknoten gaben. Ich ging davon aus, dass er sich anschließend in eine Nische des Foyers verdrückt hatte, um Schmiere zu stehen, falls ich früher zurückkehren sollte.

Es gab Tausende von Fotos – Gott sei Dank hatten die zwei Akkus durchgehalten –, aber ich überflog sie nur kurz. Da ich die

Arbeitsweise von Profis genau kenne, konnte ich mir ein genaues Bild davon machen, wie sie vorgegangen waren.

Die Fotos ließen erkennen, wie der Boss – derjenige, der die Befehle gab – die Lederjacke ablegte und sich an die Arbeit machte. Darunter trug er ein hautenges schwarzes T-Shirt, das er mit Sicherheit ausgewählt hatte, weil es seinen Waschbrettbauch besonders gut zur Geltung brachte. Jede Menge Steroide, dachte ich.

Er zog eine Digitalkamera aus einem der Rucksäcke hervor und fotografierte das Chaos auf dem kleinen Schreibtisch, bevor sie ihn durchsuchten, sodass sie danach alles wieder genauso hinlegen konnten, wie es vorher gelegen hatte. Ich ging davon aus, dass sie bei allem anderen, was sie schnell erledigten, in derselben Weise vorgegangen waren. Kein Wunder, dass ich lediglich an der minimal falsch positionierten Zahnbürste hatte bemerken können, dass jemand im Zimmer gewesen war.

Dann wandten sie ihre Aufmerksamkeit dem Safe zu. Obgleich die Fotos nicht sehr scharf waren, war zu erkennen, dass er ihnen keinerlei Schwierigkeiten bereitete. Der Muskelprotz drehte die billige runde Tastatur entgegen dem Uhrzeigersinn und drückte sie heraus, sodass das Stromkabel und die Verschaltung freilagen. So konnte er die Batterien herausnehmen, den Code löschen und seine eigene Tastatur einsetzen. An einer Serie von zehn Fotos ließ sich ablesen, dass er die Tür in weniger als zwanzig Sekunden geöffnet hatte.

Dann nahmen sie den Plastikordner heraus und fotografierten das Bild von Cumalis Elternhaus, bevor der Muskelprotz seinen eigenen Laptop zur Hand nahm, die CD einlegte und kopierte. Sobald das beendet war, wandten sie sich meinem Computer zu. Ich brauchte mich nicht durch alle Überwachungsfotos hindurchzuarbeiten, um zu wissen, was sie machten …

Sie nahmen einen winzigen Schraubenzieher, um meine Festplatte zu entfernen und sie in ihren eigenen Computer einzusetzen. So umgingen sie die meisten Sicherheitsfunktionen meines Laptops. Mithilfe einer codegenerierenden Software hatten sie den verbliebenen Schutz geknackt und konnten dann innerhalb weniger Minuten auf meine sämtlichen Dokumente und E-Mails zugreifen.

Von nun an war es ein Kinderspiel, alles auf USB-Sticks zu kopieren, meine Festplatte in den Laptop zurückzusetzen und alles wieder in den Safe zu legen. Ich schaute die restlichen heimlich aufgenommenen Bilder durch und sah, wie die Männer mein Zimmer weiter durchsuchten, ins Badezimmer gingen und das Zimmer sechsundzwanzig Minuten, nachdem sie gekommen waren, mit allem, was sie benötigten, durch die Tür verließen.

Ich saß auf dem Bett und betrachtete ein Foto, das zeigte, wie sie das Zimmer verließen. Meine Hand zitterte vor Erleichterung: Es hatte geklappt – die erste Hürde war genommen. Cumali hatte das Telefonat mit unserem Mann beim MIT für bare Münze genommen und tat genau, was wir gehofft hatten.

Zweifellos würden sie die gestohlenen Daten lesen können. Was bedeutete, dass die nächsten Schritte einzig in ihren Händen lagen. Würde sie glauben, was sie in den E-Mails las? War mir, müde und besorgt, wie ich war, ein kleiner, aber womöglich tödlicher Fehler unterlaufen? Würde ihre Panik groß genug sein, ihr Entsetzen beim Gedanken an Bright Light für sich selbst und ein bulgarisches Waisenhaus für das Kind groß genug, dass sie eine verschlüsselte Botschaft verfassen und sich mit ihrem Bruder in Verbindung setzen würde?

Wäre ich nicht so sehr mit diesen Fragen beschäftigt gewesen, hätte ich vielleicht einem Foto, das ich gerade aufgerufen hatte, mehr Aufmerksamkeit geschenkt. Ich wusste, dass in dem Gebiet sieben große Drogenkartelle tätig waren und dass eines von ihnen, das eines Lavendelbauers aus der Gegend von Thessaloniki, ein von ganzem Herzen kommendes Interesse an den Aktivitäten amerikanischer Geheimdienstagenten hegte. Wäre ich aufmerksamer gewesen, hätte ich darüber nachgedacht, wen Cumali am wahrscheinlichsten für ihre schmutzige Arbeit finden würde. Oder vielleicht wäre mir an einem der Männer, deren Bild ich aufgenommen hatte, sogar etwas aufgefallen. Aber all das war nicht der Fall.

Dann klopfte es an der Tür.

Ich blickte durch den Spion und sah, dass es Bradley war.

»Sind die Einbrecher gekommen?«, fragte er.

»Ja«, antwortete ich.

Er ließ sich in einen Sessel fallen. »Was ist eigentlich mit diesem Hotelmanager los, sagen Sie mal?«

»Der Professor? Was ist mit ihm?«

Er drehte sich um und sah mich an. »Ein Professor! Professor für was?«

»Für Englisch«, sagte ich.

Bradley lächelte matt – sehr zu meiner Erleichterung. Denn das hieß, dass er den Abscheu vor der Rolle, die ihm zugedacht war, allmählich überwand. Für den Fall, dass alles voranging, benötigte ich ihn in gelassener Verfassung und bereit, sich hundertprozentig einzusetzen. Mein Leben würde davon abhängen.

KAPITEL ZWANZIG

»Und was passiert jetzt?«, fragte Bradley.

Er hatte mein Zimmer verlassen, war in seines zurückgegangen, hatte seine Sachen ausgepackt und geduscht. Er sah weniger verhärmt und etwas entspannter aus, als wir gemeinsam im Restaurant des Hotels saßen. Es war neun Uhr abends, wir stocherten in unseren Meze, keiner von uns hatte richtig Appetit, die Beklemmung war bedrückend. Wir waren allein. Die Saison ging ihrem Ende entgegen, die wenigen Hotelgäste waren bereits auf dem Weg zu den Strandbars und Restaurants.

»Als Nächstes wird Cumali die gefälschten E-Mails lesen. Wir hoffen, dass sie sich dann mit ihrem Bruder in Verbindung setzt«, antwortete ich.

»Woher wissen wir, ob sie das tut?«

»Echelon«, sagte ich.

»Was ist Echelon?«

»Etwas, das es nicht gibt. Aber wenn es das gäbe, würde es

Handys, Festnetzleitungen, E-Mails, jede Art von Kommunikation in diesem Teil der Türkei überwachen – vor allem eine bestimmte Telefonzelle, sechs Kilometer von hier entfernt.«

»Und wenn Cumali ihn kontaktiert, wann würde sie das Ihrer Meinung nach tun?«

Genau diese Frage hatte auch mich die ganze Zeit über beschäftigt. »Mittlerweile dürfte sie die gestohlenen Daten erhalten haben«, antwortete ich. »So wie die Albaner das erledigt haben, sollte sie nicht viel Zeit zur Entschlüsselung brauchen – die Passwörter sind ja bereits geknackt. Wenn sie alles glaubt, was sie liest, wird ihr das einen Riesenschrecken einjagen. Sie wird es immer wieder durchlesen und versuchen, noch mehr Sachen auf der Festplatte zu finden, und dadurch Zeit verlieren. Schließlich wird das größte Entsetzen, vielleicht sogar ein Anfall von Übelkeit, abebben. Sie wird an ihrem Computer in dem alten Fischerhaus sitzen und eine Botschaft über ein Internetforum oder eine Datingbörse schicken. Fast zeitgleich wird der Sarazene eine SMS von der entsprechenden Website bekommen, über die ihm mitgeteilt wird, dass jemand, der seine Interessen teilt, soeben einen Eintrag gepostet hat. Er wird genau wissen, was das zu bedeuten hat: Er muss sich dringend mit ihr in Verbindung setzen, wahrscheinlich zu einem vorher verabredeten Zeitpunkt. Unterdessen muss Cumali Sequenzen englischsprachiger Nachrichten aufnehmen und daraus eine Botschaft verschlüsseln. Die Angst wird sie etwas langsamer machen, und dann wird sie zur Telefonzelle fahren und auf seinen Anruf warten. Ich gehe davon aus, dass Echelon etwas von ihr hören wird, sobald sie das alles erledigt hat – spätestens um Mitternacht. Das ist unsere Galgenfrist. Wenn bis dahin nichts passiert, hat sie die Sache durchschaut, und wir sind erledigt.«

»Und angenommen Echelon hört etwas? Dann ruft McKinley Sie an und sagt Ihnen, dass der Mann vermutlich auf dem Weg ist?«, fragte Bradley.

»Ja. McKinleys Meldung wird sehr kurz sein – vermutlich nach dem Motto: Partner, du bist dran.«

»Mitternacht«, sagte Ben leise und schaute auf die Uhr über dem Kamin. »Noch drei Stunden.« Er lachte beinahe. »Das wird ein langer Abend.«

»Ja«, antwortete ich gelassen. In all den Jahren hatte ich viele lange Abende erlebt und dabei etwas über Geduld gelernt. »Sie haben die Wahl – möchten Sie Karten spielen oder eine Geschichte hören?«

»Mal sehen«, antwortete er. »Ist es eine gute Geschichte?«

»Das müssen Sie selbst entscheiden«, sagte ich. »Es geht um eine Frau namens Ingrid Kohl.«

KAPITEL EINUNDZWANZIG

»Nicht alle Todesurteile werden von Richtern oder Gouverneuren unterzeichnet«, begann ich. »In diesem Fall war es ein Ehevertrag.«

Ben und ich waren vom Speisesaal in die Lounge umgezogen – ein gemütliches Plätzchen mit offenem Kamin, einer trägen Katze und einem guten Blick durch das Foyer zum Eingang –, nur für den Fall, dass Cumali oder die Albaner einen anderen Plan hatten und uns einen Besuch abstatten wollten.

»Der Mann und die Frau, um die es hier geht, kannten sich seit sechs Wochen, als sie sich entschlossen zu heiraten«, fuhr ich fort. »Ihr Name war Cameron, seiner Dodge, und auf dem Spiel standen eins Komma zwei Milliarden.«

»Kein Wunder, dass es einen Ehevertrag gab«, sagte Ben und griff nach seinem Bier.

Wenn es je einen Abend für einen Drink gibt, dann diesen und keinen anderen, dachte ich, aber es gelang mir, den Gedanken beiseitezuschieben. »Cameron hatte als bessere Verkäuferin gearbeitet, hatte also nicht viel Verhandlungsmacht – und auch keinen Zugang zu guter Beratung. Kein Wunder, dass es ein knallharter Vertrag wurde. Wenn sie sich von Dodge hätte scheiden lassen, vor allem in den ersten fünf Jahren, hätte sie so gut wie nichts erhalten. Als Witwe jedoch alles. Wenn ihr also die Liebe abhandenkommen sollte …«

»… und sie echtes Geld haben wollte …«, ergänzte Ben.

»Dodge hatte keinen Ehevertrag unterzeichnet …«

»Sondern sein Todesurteil«, sagte der Detective des Morddezernats und hob beeindruckt die Augenbrauen.

»Einige Monate später entschied Cameron, nicht länger bei Dodge bleiben zu wollen«, fuhr ich fort.

»War ein anderer Mann im Spiel?«

»Wie meistens. In diesem Fall war es allerdings eine Frau.«

»Wow, jetzt wird's richtig spannend.«

»Also, es ist so: Es gibt da einige Dinge, die ich nicht weiß. Ich musste mir einiges zusammenreimen und mich auf meine Erfahrung verlassen. Aber ich weiß, dass ich richtigliege.«

Er nickte. »Sicher. Sie sind der einzige Ermittler, mit dem ich nicht streiten würde.«

»Meine Intuition sagt mir, dass die beiden Frauen gemeinsam aufgewachsen sind. Ich glaube, dass sie schon ein Paar waren, bevor Dodge auf der Bildfläche erschien«, sagte ich. »Egal, nennen wir also Camerons Freundin einfach Marilyn – ihren wahren Namen kenne ich nicht.«

Ich blickte verstohlen auf die Uhr – es waren erst zwanzig Minuten vergangen. Ganz offensichtlich vergeht die Zeit langsam, wenn man auf den Weltuntergang wartet.

»Sie hatten Turkey Scratch, oder in welchem Nest sie auch aufgewachsen sein mögen, verlassen und waren nach Manhattan gezogen – voller Träume, vermute ich. Cameron bekam eine Stelle bei Prada, Marilyn wollte Schauspielerin werden. Anders ausgedrückt: Sie hat irgendeinen Bürojob angenommen.«

»Dann lernte Cameron den Milliardär kennen«, sagte Ben.

»Genau. Es war eine stürmische Liebesgeschichte, und Cameron muss gewusst haben, dass es ihre einzige Chance auf ein Vermögen war – der Blitz schlägt nie zweimal ein. Vielleicht hat sie sich mit Marilyn zusammengesetzt, um die Sache zu besprechen, vielleicht ging auch alles sehr kultiviert vonstatten, aber nach meiner Erfahrung ist das Leben viel unappetitlicher – ich denke, sie hat ihre lebenslange Freundin einfach sitzenlassen. Was auch immer passierte, sie hat ihn geheiratet. In einem bin ich mir sicher: Dodge hat Marilyn nie kennengelernt und sie auch nie gesehen – das ist wichtig für alles, was später passierte.«

»Gut«, sagte Ben. »Dodge und Cameron heiraten also, aber es lief nicht so richtig mit den beiden.«

»Es hat nicht lange gedauert. Auch wenn Marilyn sich sicherlich verraten fühlte, hat Cameron den Kontakt zu ihr wieder aufgenommen. Sie wollte Dodge loswerden, allerdings gab es da ein Problem …«

»Den Ehevertrag.«

»Richtig. Aber die Frauen sahen einen Ausweg – sie könnten einander *und* das Geld haben. Sie mussten ihn töten.«

»Wie sah ihr Plan aus?«, fragte Ben.

»Das wussten sie nicht. Dann, eines Morgens, kam ihnen eine Gruppe von Terroristen zu Hilfe: am 11. September. Das Büro, in dem Marilyn arbeitete, lag in einem der Türme, aber sie verspätete sich. Sie sah, wie die Flugzeuge einschlugen, und ihr war klar, dass sie in den Augen der gesamten Welt tot war. Für eine Mörderin in spe gibt es kein besseres Alibi.«

Ich blickte auf und sah drei Hotelgäste durch den Eingang kommen und zum Fahrstuhl gehen. Wie üblich lief das Programm meines Gewerbes bei mir im Hintergrund, aber ich wusste, dass alle Gäste jetzt im Hotel waren. Innerhalb der nächsten zehn Minuten würde der junge Chef vom Dienst den Eingang verschließen, überprüfen, ob die Laderampe und der Lastenfahrstuhl gesichert waren, und das Licht im Hause dimmen. Ich blickte zur Uhr auf dem Kaminsims – die Zeiger hatten sich kaum bewegt. Wo steckte Cumali? Wo zum Teufel war Echelon?

»Aber Marilyn musste tot bleiben«, sagte Ben und holte mich zurück nach New York und zum 11. September.

»Das stimmt. Deshalb ging sie durch den Rauch und zwischen den abgerissenen Körperteilen hindurch und fand den perfekten Ort, um sich komplett ausklinken zu können. Das *Eastside Inn.*

Sie war Schauspielerin und setzte ihr Können ein, um sicherzustellen, dass niemand sie erkannte oder beschreiben konnte. Sie spielte jeden Tag eine andere Rolle.«

Ben nickte. »Genau – ich habe nicht ein einziges Phantombild bekommen. Sie muss es von Anfang an geplant haben. Deshalb ging sie in die Bücherei in New York und nahm sich Ihr Buch vor.«

»Richtig. Im Anhang des Buches geht es um die Aufklärungsrate von Mordfällen in unterschiedlichen Ländern. Sie musste nur einige Minuten lang lesen und wusste, dass es viel bessere Gegenden als Amerika gab, wenn man jemanden ermorden wollte. Die Türkei war ideal – die Rechtsmedizin spielt dort kaum eine Rolle, und die Ermittler sind überlastet. Für Cameron würde es ein Leichtes sein, Dodge zu einer Kreuzfahrt in der Ägäis zu überreden, aber das stellte Marilyn zugleich vor ein großes Problem.«

»Tote bekommen keinen Pass«, sagte Bradley.

Ich nickte. Das Licht im gesamten Hotel wurde gedimmt, die Katze streckte sich, Bradley und ich schauten zur Uhr über dem Kamin. Noch einhundertfünfzwanzig Minuten.

Ich legte eine Pause ein, ging zur Bar und schenkte mir einen Kaffee ein. Meine Hände zitterten.

KAPITEL ZWEIUNDZWANZIG

Auch in Washington sah man auf die Uhr. Es war Spätnachmittag an der Ostküste, und der Flüsterer hatte selbst abgeschätzt, wann Echelon eine verschlüsselte Botschaft von Cumali empfangen würde. Er erwartete sie sogar noch früher als ich.

Sollte das geschehen, so seine Berechnung, dann nicht später als 23 Uhr Bodrumer Ortszeit. Entweder war er pessimistischer oder realistischer als ich.

Als nach seiner Berechnung noch sechzig Minuten Zeit blieben, schloss er seine Bürotür, nahm kein einziges Telefonat mehr an und gab strikte Anweisung, nicht gestört zu werden. Sollte der Präsident ihn sprechen wollen, stand eine gesicherte Standleitung mit Direktdurchwahl auf seinem Schreibtisch bereit, und die NSA würde ihm Einzelheiten blitzartig über einen geschützten Internetkanal übermitteln.

Tief im Inneren hielt er das nicht für wahrscheinlich. Die Erfahrung hatte ihn gelehrt, dass Wünschen gar nichts bringt, außerdem hatte er zu viel Wahnsinn, zu viel Fanatismus erlebt, um zu erwarten, dass ein terroristischer Plan je gut endete. Als junger Analyst war er auf seiner ersten Reise nach Afghanistan von einer schwangeren Frau, die einen Bombengürtel trug, schwer verletzt worden. Jahre später, als Chef der CIA-Station, hatte er Kinder gesehen, die Granaten umklammerten, während sie auf GIs zuliefen und um Bonbons bettelten.

Nein, er war sich sicher: In Kürze würde der Präsident die Landesgrenzen schließen lassen, und die Panik würde einsetzen. Die Schlangen von Menschen, die nach Impfstoffen anstünden, wären kilometerlang, in den Straßen würde Militär patrouillieren, und die entsetzliche Suche nach Selbstmordattentätern würde beginnen. Sobald der Präsident seine Rede an die Nation beendet hatte, würde der Flüsterer ihm das Dokument reichen, an dem er jetzt zu schreiben begann. Es war seine Rücktrittserklärung.

Er formulierte sie mit der ihm eigenen schonungslosen Ehrlichkeit, aber mit einer Trauer, die so schwer auf ihm lastete, dass er meinte, sie würde ihn erdrücken. Trauer um sein Land, um die Bürger, die er im Stich gelassen hatte, Trauer um seine Kinder, die ihn kaum kannten, Trauer um eine Karriere, die vor dreißig Jahren mit so immensen Verheißungen begonnen hatte und nun in einem historischen Versagen endete.

Die Uhr auf seinem Schreibtisch zeigte die verrinnende Zeit an – der Internetkanal war geöffnet, sein Monitor eingeschaltet –, bis sie abgelaufen war. Die Zeit war um, kein Wort von Echelon. Zum ersten Mal in seinem Leben bereitete es ihm nichts als Qualen, erwiesenermaßen recht gehabt zu haben.

Er öffnete die Schublade und legte sich die Manschette um den

Arm, um seinen Blutdruck zu messen, als das Kontrolllicht des Telefons aufblinkte. Er nahm den Hörer ab.

»Nichts?«, fragte der Präsident, ohne sich auch nur zu bemühen, seine Angst zu verbergen.

»Nein«, antwortete der Flüsterer. »Offensichtlich hat Cumali es nicht geschluckt – irgendein kleiner, aber entscheidender Fehler, vermute ich. Pilgrim berechnet die Galgenfrist anders, er sagt, uns bleiben noch siebenundfünfzig Minuten. Aber das wird nichts ändern. Was wollen Sie machen – sich jetzt an die Bürger wenden?«

Es folgte ein längeres Schweigen, während Grosvenor sich bemühte, Ordnung in seine aufgewühlten Gedanken zu bringen. »Nein«, sagte er schließlich. »Ich habe ihm sechsunddreißig Stunden Zeit gegeben. Wir ziehen das bis zum Schluss durch. Das hat er verdient.«

Grosvenor legte auf, tief erschüttert angesichts dessen, was die Nation und die Menschen erwartete. Ihm war klar, dass das Urteil der Öffentlichkeit und das der Geschichte gnadenlos ausfallen würden.

So wie der Flüsterer hatte er eine Stunde zuvor alle Termine abgesagt und keine Anrufe mehr entgegengenommen. Nun saß er allein in der sich aufblähenden Stille des Nachmittags. Er stützte den Kopf in die Hände und wünschte, Anne wäre noch am Leben, er wünschte, sie hätten Kinder gehabt, er wünschte, er hätte eine Familie, in deren Schoß er Trost und Sinn finden könnte.

Aber da war nichts. Nur ein Orkan von Angst, der durch die einsamen Flure seiner Seele fegte.

KAPITEL DREIUNDZWANZIG

Bradley und ich befanden uns in einem anderen Flur. Wir gingen durch die düstere Stille des Hotels zu meinem Zimmer.

Bis zum Ablauf der Frist waren es keine dreißig Minuten mehr.

Ich musste mich dringend bewegen, um die erdrückende Anspannung etwas abzubauen, und hatte daher vorgeschlagen, Bradley die Akten der türkischen Polizei über Dodges Tod zu geben. Da er wusste, dass sie für eine künftige Strafverfolgung von entscheidender Bedeutung waren, hatte er eingewilligt, und wir hatten der trägen Katze Gute Nacht gesagt und uns durch das verlassene Foyer auf den Weg gemacht. Als wir gerade den Fahrstuhl betreten wollten, blieb ich stehen – ich hatte das unabweisliche Gefühl, dass wir beobachtet wurden.

Es war niemand da, nicht einmal der Chef vom Dienst, aber an der Wand war eine Fernüberwachungskamera angebracht, die auf die Rezeption und den dortigen Safe gerichtet war. Ich fragte mich, wer in einem nahe gelegenen Büro uns wohl gerade beobachtete.

Ich flüsterte Ben zu, er solle den Fahrstuhl nehmen, ich würde die Treppe benutzen – für eine Gruppe von Angreifern, Albanern beispielsweise, wäre es ziemlich schwierig, ein Ziel zu verfolgen, das sich aufgeteilt hat. Der Polizist blickte mich fragend an.

»Ich brauche etwas Bewegung!«, sagte ich.

Er wusste, dass das Blödsinn war, und ich rannte nach links, sobald er im Fahrstuhl war. Ich nahm immer zwei Stufen auf einmal und traf ihn ohne einen Zwischenfall exakt in dem Moment wieder, als sich die Stahltür öffnete. Er starrte mich an und hob eine Augenbraue – ich hielt die entsicherte Beretta 9 mm in der Hand.

»Ist das eine Hantel?«, fragte er, ohne eine Miene zu verziehen.

Ich ließ die Waffe sinken, und wir gingen zusammen zu meinem Zimmer. Immer noch hatte ich das Gefühl, beobachtet zu werden, aber im Flur waren keine Kameras installiert. Obgleich ich mich rasch umschaute und hinter uns in die Dunkelheit blickte, konnte ich nichts erkennen.

Als ich die Tür aufsperrte, kam mir plötzlich ein Gedanke: Möglicherweise war der Page – von wem auch immer angeheuert – noch im Hotel, um ein Auge auf mich zu haben. Ich schloss die Tür hinter uns, verriegelte sie und legte die Pistole in Reichweite auf den Couchtisch.

»Wir waren in Manhattan«, erinnerte Bradley mich. »Cameron und Marilyn hatten sich dazu entschlossen, Dodge in der Türkei umzubringen, aber es gab ein Problem.«

»Genau. Marilyn brauchte einen Pass«, sagte ich. »Daher begannen sie zu suchen: eine Einzelgängerin, vielleicht neu in der Stadt, auf jeden Fall eine Frau, die niemand vermissen würde.«

»Haben sie eine gefunden?«

»Klar.«

»Wo?«

»In einer Lesbenbar, *Craig's List* am Washington Square an einem Sonntagnachmittag – oder so in der Art, spielt auch keine Rolle. Aber Marilyn hat sich mit ihr verabredet und ist mit ihr ausgegangen. Später am Abend hat sie sie ins *Eastside Inn* eingeladen – mit dem Versprechen auf Sex und Drogen. Stattdessen hat sie sie ermordet.« Wir sahen einander an. »Sie hat Marilyn ermordet, um ihre Identität anzunehmen, Ben«, sagte ich.

Ben sagte nichts, dachte darüber nach – wie jeder gute Polizist, der nach Widersprüchen sucht.

»Erinnern Sie sich noch an diese Frau in Ihrem Seminar?«, fuhr ich fort. »Türkisfarbene Bluse, sehr intelligent, saß ganz vorne?«

»Na klar. Ich bezweifle allerdings, dass sie intelligent ist. Sie haben ihr nämlich gesagt, dass Frauen Sie sexuell attraktiv finden, und sie hat Ihnen zugestimmt.«

Ich lachte. »Sie hat gesagt, dass der Mord etwas mit Identitätsdiebstahl zu tun haben könnte, aber in dem Moment habe ich mich gerade nicht konzentriert. Erinnern Sie sich noch daran, als diese Kerle reingekommen sind und sich hinten hingesetzt haben? Ich hätte allerdings zuhören sollen – sie hat richtiggelegen.«

»Und Sie behaupten, die Tote heißt Ingrid Kohl?«, fragte Bradley. »War das die Frau, die wir in der Säure gefunden haben?«

»Ja«, antwortete ich. »Marilyn war tot. Sie hatte keine Identität mehr. Daher musste sie Ingrids Gesicht und ihre Fingerabdrücke zerstören und ihr die Zähne ziehen. Der Leichnam durfte auf keinen Fall identifiziert werden – sie wollte ihr den Namen stehlen und zu ihr werden. Nachdem die echte Ingrid tot war, hat sie deren Portemonnaie, ihre Handtasche und die Wohnungsschlüssel an sich genommen. Sie reinigte Zimmer 89, versprühte handelsübliches Desinfektionsmittel, schaute alles noch einmal durch, verbrannte alles, was sie sonst noch finden konnte, und ging fort.«

»Sie meinen, sie ist in Ingrids Wohnung gezogen?«

»Das weiß ich nicht. Sie hat sich eine Einzelgängerin ausgewählt, es wäre also möglich gewesen. Wie auch immer: Auf jeden Fall hat sie sofort Ingrids Habseligkeiten durchstöbert und sich in sie verwandelt. Innerhalb weniger Stunden besaß sie dann ihre Sozialversicherungsnummer und alles andere, was sie brauchte, um eine Geburtsurkunde zu erhalten.«

»Und mit einer Geburtsurkunde bekommt man auch einen Pass«, ergänzte Bradley.

»So ist es«, antwortete ich und sammelte die Ordner zusammen, in denen es um den Mord an Dodge ging.

Ich blickte auf die Digitaluhr auf dem Nachtschrank – noch fünfzehn Minuten – und versuchte, jeden Gedanken an einen Fehlschlag zu vermeiden. Noch war Zeit. Ein Telefonanruf und eine kurze Meldung, mehr brauchten wir nicht.

»Jetzt ist sie also Ingrid Kohl, und zum Beweis hat sie einen echten Pass mit ihrem eigenen Foto«, sagte Bradley.

»Sie ist nach Europa geflohen«, erklärte ich, »hat für sich eine Identität als junge Rucksacktouristin erfunden und ist vier Monate vor Cameron und Dodge in die Türkei gekommen.«

»Wie sah ihr Plan aus? Wie wollten sie und Cameron ihn umbringen?«

»Ich bin mir nicht sicher, ob sie das schon wussten. Ich glaube eher, sie wollten es sich vor Ort überlegen – ein nächtlicher Sturz vom Heck des Boots, ein goldener Schuss gepanschter Drogen, abwarten, bis er abgefüllt ist, und ihn dann in der Badewanne ertränken. Aber Ingrid hatte Glück – sie traf einen Gauner, der sich Gianfranco nannte, einen Kerl, der mehr als irgendwer sonst über das Haus wusste, in dem Dodge sich aufhielt. Ich glaube, er hatte so eine Masche ... wenn das Anwesen nicht bewohnt war, führte er regelmäßig junge Frauen durch einen geheimen Tunnel in die verriegelte Villa und hatte dort Sex mit ihnen.«

»Ein Geheimweg in das Gebäude?«, fragte Ben. »Das war genau das, was Ingrid brauchte.«

»Richtig«, bestätigte ich und gab ihm den Stapel Akten. Noch zehn Minuten.

»Dodge und Cameron segelten mit ihrem Boot nach Bodrum und begegneten Ingrid irgendwo in den Clubs – ganz beiläufig, nichts Außergewöhnliches. Dodge hatte Camerons Partnerin nie gesehen. Daher gab es für ihn keinerlei Grund, sie für etwas anderes zu halten, als sie vorgab. Die beiden Frauen warteten, bis sie sicher waren, dass er allein auf dem Anwesen war – an dem Abend gab es ein großes Feuerwerk. Ingrid ging ins Bootshaus und dann durch den Tunnel. Dodge war in der Bücherei und reichlich mit Drogen zugedröhnt, als eine Frau in das Zimmer stürmte. Natürlich hat er angenommen, dass sie von den Sicherheitskräften hereingelassen worden war. Meine Theorie lautet, dass sie ihm – scheinbar ganz außer Atem – mitteilte, dass ein Hubschrauber mit Cameron an Bord gerade in der Bucht abgestürzt sei.«

»Verdammt«, sagte Ben, offensichtlich geschockt von der Perfidie dieses Einfalls.

»Natürlich hat Dodge ihr geglaubt«, sagte ich. »Nicht, dass er in einem Zustand rationaler Denkfähigkeit gewesen wäre – er war vollkommen zugedröhnt und außerdem voller Selbsthass und Ekel.«

»Woher wissen Sie das?«

»Er hatte etliche Schnittwunden auf der Handfläche. Die Polizisten dachten, er hätte beim Fallen nach den Büschen am Kliff gegriffen, aber dafür waren die Wunden zu regelmäßig. Er hatte sie sich in der Bücherei selbst zugefügt. Das ist bei Drogenabhängigen gar nicht selten – selbstverletzendes Verhalten nennt man das.«

Ben schwieg. »Armer Kerl«, sagte er schließlich. »Hat alles

Geld der Welt und sitzt da ganz allein, mit einem Messer …« Ihm versagte fast die Stimme vor Traurigkeit.

»Er schnappte sich ein Fernglas, Ingrid führte ihn hinunter auf den Rasen«, sagte ich. »Er wollte unbedingt sehen, was passiert war, und stand dicht am Geländer. Vermutlich hat Ingrid ihm angeboten, ihn festzuhalten. Alles lief perfekt. Ingrid gab ihm einen winzigen Stoß, er flog durch die Luft, und eine Milliarde Dollar klopften an die Tür.«

Ich zuckte mit den Schultern. Das war's – aus und fertig. Ben sah mich an.

»Haben Sie je einen so gut durchdachten Mord gesehen?«, fragte er. »Selbst wenn die türkischen Polizisten an Mord gedacht hätten – es gab nichts, was Ingrid und Cameron miteinander verband.«

»Absolut nichts«, bestätigte ich. »Wie hätte sie auch zur Verdächtigen werden können? Es gab keine frühere Beziehung, keine aktuelle Verstrickung, kein Motiv.«

Ben schüttelte nur den Kopf. »Brillant.«

»Das war es ganz sicher«, sagte ich. »Beide Morde – dieser und der in Manhattan.«

Ben hatte eine Akte gefunden, die ihn interessierte, und klappte sie auf: Er sah das Passfoto von Ingrid und betrachtete ihr schönes Gesicht.

»Wenn Sie recht haben, was die Abfuhr betrifft, muss Ingrid Cameron wirklich lieben – wegen so eines Kerls sitzengelassen zu werden, dann zu ihr zurückzukommen und für sie zu töten. Nicht einmal, sondern – wie Sie sagen – zweimal.«

So hatte ich es noch nie gesehen. »Ja, das ist wohl wahr«, sagte ich. »Ist aber eine eigenartige Liebe.«

Natürlich hätte ich mich an das erinnern sollen, was Ingrid gesagt hatte, als ich mit ihr sprach: dass ich nicht einmal die Hälfte verstehen würde. Vermutlich handelte es sich dabei um Arroganz meinerseits – ich war mir ganz sicher, das gesamte Verbrechen aufgedeckt zu haben.

Bradley auch. »Wie viel Pech die beiden hatten«, sagte er. »Sie hatten nahezu perfekte Morde verübt und wären davongekommen – hätten nicht die höchste Ebene der US-Geheimdienstgemeinschaft und einer ihrer Ermittler diese Stadt ins Visier genommen.«

»Pech für die beiden vielleicht – aber nicht für uns«, sagte ich. »Ohne Ingrid und Cameron hätte ich diese perfekte Tarnung nicht gehabt – wir wären niemals so nahe herangekommen wie jetzt. Gott möge den beiden beistehen, aber sie spielten eine wichtige Rolle bei dem, was ein großer Sieg hätte werden können.«

»Ist es denn vorbei?«, fragte er überrascht und schaute auf seine Uhr. Noch fünf Minuten. »Glauben Sie nicht mehr daran, dass er noch anruft?«

Ich schüttelte den Kopf. »Ich habe es Ihnen nicht gesagt, aber McKinley hatte seine eigene Kalkulation, wann er etwas hören würde. Ich war der Vorreiter – er ist von einer Stunde weniger ausgegangen.«

»Was passiert jetzt?«, fragte er leise.

»Telefonieren Sie«, sagte ich. »Nehmen Sie den ersten Flug nach Hause. Wenn Sie am frühen Morgen fliegen, könnten Sie es schaffen, bevor die Flughäfen geschlossen werden. Dann machen Sie das, was ich vorgeschlagen habe – fahren Sie mit Marcie zusammen sofort zum Haus am Meer. Gemeinsam haben Sie eine Chance.«

»Zu dritt wäre es noch besser«, entgegnete er. »Kommen Sie mit uns.«

Ich lächelte, schüttelte aber den Kopf. »Nein, ich fliege nach Paris.«

»Paris?«, fragte er schockiert. »Städte werden am stärksten betroffen sein.«

»Ja. Aber dort war ich glücklich … ich hatte viele Träume … wenn es ganz übel wird, wäre ich gerne dort in der Nähe.«

Er sah mich lange an – traurig, wie es schien, aber es war schwer zu erkennen. Dann fragte er mich, wie lange es dauern würde, bis das Virus seine Kraft verlöre und andere …

Ich hob die Hand, bedeutete ihm, still zu sein. Ich glaubte, draußen im Flur etwas gehört zu haben. Wir standen wie angewurzelt da und horchten. Dann hörten wir es beide: Schritte.

Ich griff nach der Beretta auf dem Nachtschrank und schlich leise zum Türspion. Ben zog seine Pistole und zielte auf die Stelle, wo die Tür sich öffnen würde.

Ich spähte durch den Spion und sah den Schatten eines Mannes an der Wand. Er kam näher.

KAPITEL VIERUNDZWANZIG

Der Mann kam in Sicht – es war der Hotelpage. Ohne zu bemerken, dass er beobachtet wurde, schob er einen Umschlag unter der Tür hindurch.

Ich wartete, bis er weggegangen war, legte dann die Pistole beiseite und hob das Kuvert auf. Ben beobachtete mich, während ich es mit rasendem Herzen, voller Hoffnung und zugleich unendlich verzagt, öffnete und ein einziges Blatt Papier herauszog.

Beim Lesen hatte ich das Gefühl, als ob eine Mauer aus Angst und Anspannung in mir zusammenbräche. Ich konnte nur noch den Kopf schütteln.

»Was ist los?«, fragte Ben.

»Ich bin ein Idiot«, antwortete ich. »Es musste überhaupt keine Botschaft geben, die Echelon hätte abhören können. Cumali musste nicht zur Telefonzelle gehen – der Mann ist bereits hier.«

»In Bodrum? Woher wissen Sie das?«

Ich zeigte auf den Brief. »Sie möchte mich morgen früh um elf Uhr abholen – sie lädt mich zu einem Picknick gemeinsam mit ihrem angeblichen Sohn ein.«

»Nein, das kann nicht stimmen«, entgegnete Ben. »Was kann schon passieren, wenn der Junge dabei ist?«

Ich lachte. »Das wird er nicht. Sie wird mir irgendeine Entschuldigung auftischen. Warum sonst sollte sie mich plötzlich zu einem Picknick einladen? Sie kann mich nicht ausstehen. Nein, ihr Bruder ist hier, Ben. Morgen werde ich ihn treffen.«

Ich war mir meiner Sache so absolut sicher, dass auch Bens Zweifel schwanden. Ein Blick in sein Gesicht verriet mir, wie sehr es ihm vor der Rolle graute, die er jetzt zu übernehmen hatte. Um ehrlich zu sein, ich freute mich genauso wenig auf meine.

Ich schloss ihm die Tür auf. »Rufen Sie sofort den Flüsterer an. Sagen Sie ihm nur: Partner, wir sind dran.«

KAPITEL FÜNFUNDZWANZIG

Ich war als Pfadfinder in die Türkei gekommen und endete jetzt als Lockvogel. Vor meiner Abfahrt hatte ich keinerlei Anstrengungen unternommen, meine Angelegenheiten zu regeln. Jetzt allerdings hatte ich den Eindruck, es schnell tun zu müssen.

Kaum hatte Bradley das Zimmer verlassen, um den Flüsterer anzurufen, setzte ich mich an den kleinen Schreibtisch, zog ein Blatt Papier hervor und begann, so spät ich auch dran sein mochte, mein Testament zu schreiben. Unter normalen Umständen – lediglich mit meiner staatlichen Rente, der jährlichen Zahlung von Grace und meiner kleinen Gemäldesammlung – hätte ich mir keine weiteren Gedanken gemacht.

Aber die Dinge waren komplizierter geworden. Als Ben und Marcie mich auffliegen ließen und mich dadurch nötigten, Paris zu verlassen, gehörten zu den wenigen Dingen, die ich in meine Reisetasche geworfen hatte, zwei Briefe des Anwalts aus New York, die mit dem Tod von Bill und Grace zu tun hatten.

Der Name des betagten Anwalts war Finbar Hanrahan, Sohn eines mittellosen irischen Einwanderers, ein Mann von so großer Integrität, dass die Gefahr drohte, er könne seinem Berufsstand im Alleingang zu Ehre und Respekt verhelfen. Er war Bills Anwalt vor dessen Ehe mit Grace gewesen, und ich hatte ihn über die Jahre einige Male getroffen.

Als ich, im Besitz der beiden Briefe, zurück in New York war, hatte ich einen Termin mit ihm verabredet. Und so erhob er sich eines Nachmittags hinter seinem Schreibtisch in seinem spektakulären Büro und begrüßte mich herzlich. Er ging mit mir zu einem Sofa in der Ecke, von dem aus man bis hinauf zum Central Park sehen konnte, und stellte mich zwei anderen Männern vor, von denen ich einen als einen früheren Wirtschaftsminister erkannte. Finbar erklärte mir, beide seien Anwälte, aber keiner von ihnen sei mit seiner Kanzlei assoziiert.

»Die Herren haben gewisse Dokumente gelesen, und ich habe sie gebeten, als unparteiische Beobachter hier anwesend zu sein. Ihre Aufgabe besteht darin, dafür zu sorgen, dass alles, was ich tue, nach Recht und Gesetz ist und später nicht missdeutet oder in Frage gestellt werden kann. Ich möchte in dieser Sache peinlich genau vorgehen.«

Das erschien mir alles ziemlich seltsam, aber ich ließ es durchgehen – ich dachte mir, Finbar würde schon wissen, was er tat. »Sie erwähnten in Ihrem Brief eine kleine Angelegenheit bezüglich Bills Vermögen, die noch abschließend geregelt werden müsse«, sagte ich. »Geht es darum?«

»Ja«, erwiderte er, »aber es gibt da eine wichtige Frage, die wir vorher klären müssen.« Er blickte die beiden Weisen an, und sie nickten. Na los, schienen beide zu sagen.

»Möglicherweise wissen Sie das nicht«, begann Finbar, »aber Bill mochte Sie sehr. Ja, mehr als das – er meinte, dass Sie in gewisser Hinsicht ein ganz besonderer Mensch seien –, er glaubte, dass es Ihnen bestimmt sei, etwas sehr Wichtiges zu vollbringen.«

Ich grinste. »Jaja, eine von Grace' Freundinnen hat mir davon erzählt. Offensichtlich war er ein wenig aus dem Gleichgewicht geraten.«

Finbar lächelte. »Nein, nicht aus dem Gleichgewicht geraten – auch wenn er sich immer mehr Sorgen um Sie machte. Vor allem, seit Sie Harvard verlassen hatten und nach Europa gegangen sind. Offen gestanden, er hat nicht geglaubt, dass Sie in irgendeiner Weise auf dem Kunstmarkt tätig sind.«

Die Nachricht überraschte mich nicht – Bill war nicht nur intelligent gewesen, sondern verfügte auch über eine ausgeprägte

Intuition. Ich antwortete nicht, sondern blickte den altgedienten Anwalt nur mit einem Pokerface an.

»Bill hatte keine Ahnung davon, wie Sie Ihr Geld verdienen«, fuhr er fort, »und hat sich Sorgen gemacht, Sie könnten in Geschäfte verwickelt sein, die entweder rechtswidrig oder zumindest unmoralisch sind.«

Er wartete auf eine Antwort, aber ich nickte nur und gab keinen Kommentar ab.

»Er hat gesagt, dass Sie bei einigen Gelegenheiten, bei denen er mit Ihnen darüber sprechen wollte, nicht gerade das gewesen seien, was er als ›entgegenkommend‹ bezeichnete.«

Wieder nickte ich nur.

»Deshalb hier meine Fragen, Scott: Was genau tun Sie?«

»Zurzeit nichts«, antwortete ich. »Ich bin zurück in New York, um zu sehen, ob ich etwas finde, was mein Interesse weckt.« Ich hielt es für keine gute Idee, ihm zu sagen, dass ich Schutz suchte und vor meiner Vergangenheit davonlief.

»Ja, aber davor?«

»Ich habe für die Regierung gearbeitet«, sagte ich nach einer Pause.

»Na ja, das scheint mir das halbe Land zu tun – wobei ich den Ausdruck ›arbeiten‹ weit auslege.« Er hatte einen ziemlich trockenen Humor, der gute alte Finbar. »Was genau haben Sie für die Regierung getan?«

»Es tut mir leid«, sagte ich. »Es ist mir verboten, darüber zu sprechen.« Ich sah, dass die beiden Weisen Blicke miteinander tauschten – offensichtlich glaubten sie mir nicht.

»Wer hat Ihnen das aufgetragen?«, fragte Finbar und ignorierte sie. Er tat mir leid – es war offensichtlich, dass er es unbedingt herausfinden wollte.

»Ein Dekret«, antwortete ich leise.

Der Wirtschaftsminister a. D. blickte auf – jetzt wurde es ihm zu viel. »Sie haben in Europa gearbeitet, aber das Weiße Haus hat Ihnen verboten, darüber zu sprechen. Ist das so richtig?«

»Das stimmt, Herr Minister.«

»Es muss doch irgendjemanden geben – einen Vorgesetzten oder sonst wen –, mit dem wir darüber sprechen können, und sei es nur ganz allgemein«, insistierte Finbar.

»Ich glaube nicht, dass das möglich ist«, erwiderte ich. »Vermutlich bin ich ohnehin schon zu weit gegangen.« Aber was sollte es, die *Division*, die offiziell nie existiert hatte, war ohnehin bereits begraben.

Finbar seufzte. »Bill war da sehr eindeutig, Scott – wir können nur fortfahren, wenn ich von Ihrer Integrität und Ehrlichkeit überzeugt bin. Sie müssen uns helfen …«

»Ich kann nicht – ich habe mein Wort gegeben, absolut nichts dazu zu sagen. Ich habe mich vertraglich dazu verpflichtet.« Ich glaube, die Härte und Endgültigkeit meines Tons überraschte sie.

»Dann fürchte ich …« Der Anwalt blickte traurig auf die beiden anderen Männer, um bestätigt zu werden, und sie nickten. »Ich fürchte, wir müssen dieses Meeting beenden.«

Ich stand auf, die anderen auch. Ich war enttäuscht, dass ich nie erfahren würde, was Bill vorgehabt hatte, aber ich wusste nicht, was ich noch tun konnte. Der Exwirtschaftsminister wollte mir gerade zum Abschied die Hand geben, als mir eine Idee kam.

»Ich habe ein Anerkennungsschreiben, das vielleicht hilfreich wäre. Es betrifft ein Ereignis, in das ich vor einigen Jahren involviert war.«

»Ein Ereignis? Was für ein Ereignis? Ein Wohltätigkeitslauf oder so etwas?«, fragte der frühere Minister.

»Nicht ganz«, antwortete ich. »Einige Teile des Briefs müssten geschwärzt werden, aber ich glaube, Sie dürfen ihn sehen.«

»Von wem ist es?«, fragte Finbar begierig.

»Vom Präsidenten. Es ist handgeschrieben, auf dem Briefpapier des Weißen Hauses.« Die drei Männer sagten nichts. Finbar sah aus, als müsse er sich bücken, um seinen Unterkiefer vom Fußboden aufzuheben. Der frühere Minister erholte sich als Erster, immer noch skeptisch.

»Welcher Präsident?«, fragte er.

»Ihr alter Chef«, sagte ich kalt. Ich konnte den Kerl nicht besonders gut leiden. »Egal, rufen Sie ihn an«, fuhr ich fort. »Ich bin sicher, Sie haben seine Telefonnummer. Bitten Sie ihn um Erlaubnis, das Schreiben lesen zu dürfen. Sagen Sie ihm, es geht um einen jungen Mann und ein schreckliches Ereignis auf dem Roten Platz – ich bin sicher, dass er sich erinnert.«

Dem Exminister fehlten die Worte. Finbar machte dem Schweigen ein Ende. »Wir sollten hier abbrechen«, sagte er. »Ich denke, wir sind in einen Bereich geraten, in dem es um die nationale Sicherheit geht …«

»Da können Sie ganz sicher sein«, erwiderte ich.

Finbar sah zu den anderen beiden Anwälten und sprach den früheren Minister an. »Jim, wenn es Ihnen nichts ausmacht – könnten Sie den Anruf nachher tätigen, als reine Formsache?«

Er nickte.

»Bis dahin – sind wir uns einig?«, fragte Finbar. »Wir sind überzeugt. Können wir fortfahren?«

Beide Männer nickten, doch an der Art und Weise, wie der Minister a. D. mich ansah, war abzulesen, dass er in der Kabinettssitzung anwesend gewesen war, in der es um den Tod des Rider of the Blue ging. Vermutlich hätte er sich nie träumen lassen, dass er dem Mann, der den Rider getötet hatte, je von Angesicht zu Angesicht gegenüberstehen würde.

KAPITEL SECHSUNDZWANZIG

Finbar nahm einen Aktenordner aus einem Wandsafe, und die anderen beiden Anwälte legten ihre Sakkos ab. Von unserem Adlerhorst aus sah ich hinaus in den Regen, der von den Windböen über den Park in unsere Richtung gepeitscht wurde. Ich hatte immer noch keine Ahnung, was hier vor sich ging.

»Wie Sie wissen, wurde Bills erhebliches Vermögen bei seinem Tod in einer Reihe von Trusts gehalten, die dann – in ihrer Gesamtheit – auf Grace übergingen«, erklärte Finbar und klappte den Aktenordner auf. »Es gab jedoch einen kleinen, aber sehr speziellen Teil seines Lebenswerkes, der isoliert in einer gesonderten Unternehmensstruktur gehalten wurde. Sein Inhalt hatte sich über Jahre aufgebaut, und – ganz ehrlich – Grace hat dafür niemals besonderes Interesse entwickelt. Vor seinem Tod hat Bill mit meiner Hilfe Vorkehrungen getroffen, dass es in Ihre Hände übergehen soll. Ich glaube, er machte sich Sorgen darum, dass Grace Sie im Falle, dass sie ihn überleben sollte, nicht bedenken würde.« Er lächelte. »Bill war offensichtlich ein intelligenter Mann – wir wissen ja, was dabei herausgekommen ist, oder?«

Ich grinste zurück. »Sie hat mir achtzigtausend im Jahr vermacht.«

»Nur weil ich darauf bestanden habe«, gab er zurück. »Ich habe ihr gesagt, wenn sie nicht ein Zeichen guten Willens setzt, würden Sie wahrscheinlich das Testament anfechten und könnten am Ende mit einem Vermögen dastehen.«

»Das muss ihr den Magen umgedreht haben.«

»Und ob es das hat! Bill wollte, dass diese Vorkehrungen bis zu Grace' Tod geheim bleiben – ich glaube, er machte sich Sorgen, dass sie sie anfechten und Sie mit Gerichts- und Anwaltskosten erdrücken würde. Da sie nun von uns gegangen ist und Ihre Integrität sichergestellt ist, ist jetzt alles so, wie es sein soll.« Er griff in den Aktenordner und entnahm ihm eine Mappe mit Dokumenten. »Der erste Teil von Bills Testament betrifft eine Immobilie in SoHo. Haben Sie sie schon mal gesehen?«

»Ich habe nicht einmal davon gewusst«, antwortete ich.

»Es handelt sich um ein altes Teelager mit einer gusseisernen Fassade und einem riesigen Innenraum. Einige Leute meinen, man könne daraus ein großartiges Wohnhaus machen. Es ist mir gänzlich schleierhaft, wie man auf eine derartige Idee kommen kann.«

Finbar, ein kinderloser Witwer, lebte in einer vor dem Krieg gebauten Vierzehn-Zimmer-Genossenschaftswohnung im elitärsten und vornehmsten Gebäude der Park Avenue. Deshalb wunderte es mich gar nicht, dass ein umgebautes Lager für ihn nur eine Stufe über einem Müllkübel rangierte.

»Bill hat es mit Wärme- und Schallschutz, einer hochmodernen Klimaanlage, einem durchdachten System zur Regelung der Luftfeuchtigkeit und modernstem Brandschutz ausstatten lassen. Er wollte, dass Sie dieses Gebäude bekommen – mit allem, was dazugehört.«

Er übergab den beiden Weisen den Aktenordner zusammen mit einem Stapel anderer Dokumente, und sie unterzeichneten und beglaubigten sie.

»Was gehört denn dazu?«, fragte ich.

Finbar lächelte. »Bill war sehr ordentlich, ein durch und durch rationaler Mensch, aber es gab einen Bereich seines Lebens, in dem er sich nie von irgendetwas trennen konnte …«

»Die Bilder!«, unterbrach ich ihn, ebenso erschrocken wie erstaunt.

»So ist es«, antwortete Finbar. »Wie Sie sicherlich wissen, gab es kaum einen unbekannten Künstler, den er nicht unterstützte, indem er seine Werke kaufte – manchmal ganze Ausstellungen.«

»Er hat mir einmal erklärt«, sagte ich, »dass für die meisten Leute Wohltätigkeit bedeutet, großen Wohlfahrtsorganisationen Geld zu überweisen – er hingegen unterstütze lieber hungernde Künstler.«

»Genau das hat er getan – Jahr für Jahr, mit einem Scheck nach dem nächsten. Aber er hatte ein Auge dafür, Scott – das war das Bemerkenswerte –, und behielt alles, was er gekauft hat.«

»In dem Teelager?«

»Deshalb hat er es umgebaut – er hat dort alles gelagert, wie Brennholz. Warhol, Roy Lichtenstein, Hockney, Jasper Johns, Rauschenberg … die Reihe ließe sich endlos fortführen. Hier ist die Bestandsliste.«

Er schob mir einen Ausdruck herüber, und ich blätterte ihn durch – auf jeder Seite standen eine Menge Namen, die heute jedes Kind kennt.

»Was ist mit Grace? Hat sie nach Bills Tod niemals danach gefragt?«

»Wie gesagt, es hat sie nicht interessiert. Er muss ihr irgendwann erzählt haben, dass er alles, was er noch besaß, verkauft und die Erlöse einem der Trusts überwiesen hat.«

Er schob ein weiteres dickes Dokument über den Schreibtisch. »Natürlich musste ich die Gemälde versichern, weshalb sie regelmäßig geschätzt werden mussten. Hier sind die jüngsten Daten.«

Ich nahm die Liste und sah, dass neben jedem aufgeführten Gemälde dessen geschätzter Wert vermerkt war. Auf der letzten Seite stand die Summe. Ich starrte auf die Zahl und sah, dass ich ein sehr wohlhabender Mann war – vielleicht nicht so reich wie Cameron, aber mehr als deren Hälfte hatte ich immerhin geschafft.

Die drei Männer beobachteten mich, als ich mich erhob und zum Fenster ging. Der Regen prasselte ans Fenster, und ich hätte nicht mehr sagen können, ob er es war, was meinen Blick trübte, oder meine Tränen. Selbst am Ende seines Lebens, als er an meinem Charakter zweifelte, hatte Bill versucht, für mich zu sorgen. Was hätte ich mehr verlangen können? Er war ein wunderbarer Mensch. Und wieder einmal wurde mir klar, dass ich ihn besser hätte behandeln sollen.

Ich drehte mich um und blickte Finbar an. Er händigte mir alle Dokumente aus – alles mit Brief und Siegel.

»Herzlichen Glückwunsch«, sagte er. »Sie sind jetzt Besitzer einer der großartigsten Sammlungen moderner Kunst weltweit.«

KAPITEL SIEBENUNDZWANZIG

Ich saß allein in einem Billighotel in einer Seitenstraße in Bodrum und schrieb mein Testament. Ich musste entscheiden, was mit einem Schatz an Gemälden geschehen sollte, für die die meisten Museumskuratoren ihr Leben gegeben hätten.

Die Sammlung war vollkommen unberührt. Obwohl ich viel Zeit in der Stille des Teelagers verbracht hatte – ich war durch die turmhohen Gestelle mit Gemälden gegangen, hatte Meisterwerke hervorgezogen, die seit Jahrzehnten niemand zu Gesicht bekommen hatte –, hatte ich kein einziges davon verkauft. Sie gehörten zu sehr zu Bill. Außerdem hatte ich meine Empfindungen für die Werke – wie auch für den Reichtum, den sie darstellten – noch immer nicht so weit geklärt, dass ich damit hätte umgehen können.

Trotzdem bereitete es mir seltsamerweise keinerlei Probleme, für den Fall meines Todes Verfügungen über sie zu treffen. Es kam mir vor, als habe sich die Antwort in meinem Hinterkopf seit Stunden, wenn nicht über eine noch längere Zeit, herauskristallisiert.

Ich schrieb, dass das Museum of Modern Art hundert Gemälde nach eigener Wahl erhalten solle, unter der Bedingung, dass man sie in einer Dauerausstellung präsentierte. Außerdem verfügte ich, dass das Museum auch den Folianten mit Zeichnungen von Rauschenberg erhalten solle, dessentwegen Bill und ich vor so langer Zeit nach Straßburg gefahren waren. Dann beschrieb ich das Foto der Bäuerin und ihrer Kinder auf dem Weg in die Gaskammer, das ich im KZ Natzweiler gesehen hatte – das Foto hatte mich in vielen Träumen verfolgt –, und bat darum, das Museum möge eine Kopie davon erwerben.

Die übrigen Gemälde, einschließlich des Gebäudes, in dem sie untergebracht waren, sollten verkauft und die Erlöse dem William-J.-Murdoch-Heim für Roma- und Sinti-Waisen gestiftet werden.

Dann kam ich zum schwierigsten Teil der Übung. Zum Schluss schrieb ich, dass das Museum of Modern Art am Eingang der Galerie, in der die hundert Werke ausgestellt sein würden, eine kleine Schautafel anbringen möge. Auf ihr sollten die Zeichnungen von Rauschenberg, die Kopie des Fotos aus dem KZ und folgende Widmung zu sehen sein: »Den Bürgerinnen und Bürgern von New York, gestiftet in Erinnerung an Bill …«

Ich legte meinen Stift beiseite und saß lange reglos da. Ich war unsicher, was ich als Nächstes schreiben sollte, konnte die Worte nicht finden, die Bills Andenken angemessen würdigten. Ich dachte daran, wie wir durch den Tannenwald der Vogesen gefahren waren, erinnerte mich an das Böse schlechthin – den in der Gaskammer lauernden Tod. Wieder spürte ich seine Kraft, die ich damals empfand, als ich meine Hand ungefragt in seine schob, und erinnerte mich an das in seinen Augen aufleuchtende Glück, als er zu mir hinunterblickte. Und plötzlich fielen mir die Worte ein, die meinem Pflegevater alles bedeutet hätten: »Den Bürgerinnen und Bürgern von New York, gestiftet in Erinnerung an Bill Murdoch – von seinem ihn liebenden Sohn Scott.«

Ich schloss damit, dass ich Finbar Hanrahan, Rechtsanwalt an der Park Avenue, und James Balthazar Grosvenor, Präsident der Vereinigten Staaten, als Testamentsvollstrecker einsetzte. Ich dachte mir, wenn ich schon für mein Land sterben sollte, war das das Mindeste, was er für mich tun könnte.

Ich rief die Rezeption an, hörte die verschlafene Stimme des jungen diensthabenden Chefs und bat ihn, in mein Zimmer zu kommen. Ohne ihn den Inhalt des Dokuments sehen zu lassen, ließ ich ihn meine Unterschrift bezeugen, dann schob ich die Seite in ein Kuvert, das ich an Finbar adressierte.

Diesen Umschlag steckte ich in einen anderen, schrieb Bens Namen darauf und notierte: »Bitte überbringen Sie diesen Umschlag im Falle meines Todes eigenhändig, wenn Sie zurück in New York sind.«

Ich schob ihn unter der Tür hindurch in Bens dunkles Zimmer und ging zurück in meines. Ich verriegelte die Tür, schleuderte meine Schuhe von mir und legte mich vollständig bekleidet auf das Bett. In der Stille der Nacht gingen mir zwei Zeilen eines alten Gedichtes durch den Kopf, an dessen Autor ich mich nicht mehr erinnern konnte:

Ich schlief und träumte, das Leben sei Schönheit.
Ich erwachte und sah, dass es Pflicht ist.

Das Leben war Pflicht. So wie jeder andere in die Schlacht ziehende Soldat dachte ich an den vor mir liegenden Kampf. Ehrlich gesagt erhoffte ich mir weder Erfolg noch Ruhm. Sondern nur, dass ich meine Pflicht ehrenhaft und mutig erfüllen würde.

Pünktlich um elf Uhr vormittags bei nahezu wolkenlosem Himmel und Temperaturen, die zu hoch für die Jahreszeit waren, traf Cumali ein.

Ich wartete auf dem Gehweg vor dem Hotel in Sportschuhen, Chino und einem sommerlichen, locker flatternden Hemd – der perfekte Look für ein Picknick, wie ich fand. Die Beretta hatte ich hinten in meinen Hosenbund gesteckt. Das war allerdings reine Dekoration und gehörte zur Legende eines trotteligen Geheimagenten. Ich wusste, dass sie mich nicht retten konnte und dass ich sie verlieren würde, sobald ich angegriffen würde. Die Chino hatte tiefe Taschen, und ebendeshalb hatte ich sie ausgesucht – die wirkliche Waffe steckte in einer der Taschen, und wenn ich ganz auf lässig dahinschlurfte, die Hände tief in die Taschen vergraben, konnte ich sie ständig in der Hand halten.

Der schwarze Fiat kam, fuhr an die Seite und hielt. Cumali war allein. Hätte ich noch eine Bestätigung dessen gebraucht, was hier wirklich vor sich ging, hatte sie sie mir soeben gegeben. Freundlich lächelnd ging ich zum Auto, um die Beifahrertür zu öffnen. Sie war verriegelt, Cumali zeigte auf den Rücksitz. Ganz offensichtlich ging es für eine Muslima in Ordnung, einen Mann in seinen Tod zu führen, nicht aber, gemeinsam mit ihm vorne im Auto zu sitzen.

Ich öffnete die hintere Tür und stieg ein. »Wo ist denn der Kleine?«

»Heute findet ein Schulausflug statt. Und er durfte mitgehen. Wir treffen die Kinder beim Picknick – er will doch mit seinem amerikanischen Freund angeben.«

Sie war eine gute Polizistin, aber keine gute Schauspielerin. Über die Zeilen hatte sie zu lange nachgedacht, sodass sie auswendig gelernt klangen.

»Was für ein Ausflug denn?«, fragte ich und machte weiter, als sei alles in bester Ordnung.

»Archäologie – ›blöde Ruinen‹, sagen die Kinder dazu.« Sie lachte, und das schien ihre Anspannung etwas zu lösen. »Ein interessanter Ort – wird Ihnen gefallen.«

Da hatte ich meine Zweifel. »Ist es weit weg?«

»Mit dem Auto ist es eine ziemliche Strecke«, antwortete sie, »aber ich bin Miteigentümerin eines kleinen Motorboots. Wenn es Ihnen nichts ausmacht, Schiffsjunge zu sein, ist es schneller, und die Sicht ist spektakulärer. Dann können wir meinen Sohn auf dem gleichen Weg zurückbringen – er liebt das Boot.«

Jemand wusste hier ganz genau, was zu tun war. Es war leicht, sich an ein Auto dranzuhängen, bei einem Boot war es fast unmöglich – das Blickfeld war zu weit, außerdem gab es keinen Verkehr, in dem man sich verstecken konnte. Die wollten sichergehen, dass mir niemand folgte, der mir zu Hilfe kommen könnte.

»Hört sich super an«, sagte ich.

Mein Gefühl war ganz anders. Trotz meines jahrelangen Trainings, trotz meiner genauen Planungen spürte ich, wie sich die Angst in mir breitmachte und mir die Kehle zuschnürte. Es ist nicht leicht, sich wissentlich einer großen Gefahr auszusetzen.

Cumali steuerte auf eine versteckte kleine Bucht mit einem alten Steg und einigen Dutzend kleinen vor Anker liegenden Booten zu. Weil ich hinten saß, konnte ich nicht erkennen, ob sie den einzigen Ausrüstungsgegenstand mitgebracht hatte, der für meinen Plan entscheidend war. Falls nicht, müsste ich die Aktion beenden. »Haben Sie Ihr Handy dabei?«, fragte ich.

»Warum?«, fragte sie aufgeschreckt, sah in den Rückspiegel und blickte mir prüfend ins Gesicht.

Ich zuckte mit den Schultern. »Wir wollen doch auf einem sinkenden Boot nicht nach Hilfe winken, oder?«

Sie lächelte. Ihre Anspannung wich. »Natürlich nicht.« Sie fingerte am Bund ihrer Jeans und hielt das Handy hoch.

Die Mission lief an. Es gab kein Zurück mehr.

Sie bog auf einen Parkplatz ein, und ich löste meinen Sicherheitsgurt. »Nehmen wir etwas mit?«

»Im Kofferraum ist ein Picknickkorb. Ich trinke keinen Alkohol, aber ich habe Bier gekauft, und da ist auch eine Menge zu essen – bedienen Sie sich einfach.«

Der Todeskandidat bekommt seine Henkersmahlzeit, dachte ich und musste fast lachen. Ich bemerkte, dass mich so allmählich Stress und Angst packten, und wollte die Sache endlich über die Bühne bringen. Ich nahm den Picknickkorb aus dem Kofferraum und drehte mich um, um Cumali zum Steg zu folgen. Sie kniete dort und versuchte, die Leine von einem kleinen, alten, aber gut gepflegten hölzernen Motorboot loszumachen. Ich fragte mich, was sie wohl dafür bezahlt hatten, es für einen Tag zu chartern.

Ohne zu bemerken, dass sie beobachtet wurde, stand sie auf und starrte auf die kleine Bucht, die wunderschön im Morgenlicht lag – das türkisfarbene Wasser, der verlassene Strand, die weiß gekalkten Häuser. Plötzlich wurde mir klar, dass Cumali sich das Bild einprägte, dass sie Abschied nahm. Davor hatte ich mich gefragt, ob ich sie ausreichend stark in Panik versetzt hatte. Jetzt erkannte ich, dass sie angesichts der Drohung mit Bright Light und einem bulgarischen Waisenhaus das Grauen erfasst hatte. Ich ging davon aus, dass sie und der Kleine sehr bald mit ihrem Bruder zusammen das Land verlassen und vermutlich schnellstens in Richtung der Grenze zum Irak oder zu Syrien fahren würden. Als ich weiter darüber nachdachte, wurde mir klar, dass sie zur Hauptverdächtigen werden würde, sollte ich vermisst werden. Daher blieb ihr kaum eine Alternative. Für uns alle neigte sich die Zeit in Bodrum ihrem Ende entgegen.

Sie löste sich von ihren Gedanken und ging hinunter in die Kabine. Als ich endlich an Bord war und den Korb verstaut hatte, hatte sie bereits den Motor gestartet, ein kleines, neben dem Ruder angebrachtes Funkgerät eingeschaltet und sprach auf Türkisch ins Mikrofon. Sie legte es zurück in die Halterung und drehte sich um.

»Ich habe dem Hafenkapitän gemeldet, dass wir losfahren und wohin wir wollen«, sagte sie.

Das war eine hübsche Idee, aber sie hatte ganz sicher nicht mit dem Hafenkapitän gesprochen, sondern mit ihrem Bruder und seinen Helfern, wer immer das sein mochte. Sie hatte sie wissen lassen, dass wir auf dem Weg waren. Natürlich hatte ich bereits herausgefunden, was unser Ziel war.

KAPITEL NEUNUNDZWANZIG

Die Ruinen der versunkenen Stadt klammerten sich an die Klippen, die uralten Stufen folgten ihrem ewigen Pfad ins Meer, die »Tür zum Nirgendwo« lag wie eine Silhouette unter der brennenden Mittagssonne.

Als wir uns ihnen näherten, war Cumali langsamer geworden, sodass ich die Ruinen in all ihrer Pracht betrachten konnte. Ich hatte angemessen erstaunt reagiert, als ob ich sie noch nie gesehen hätte.

Die Klippen und der Parkplatz waren so verlassen wie immer. Das Einzige, was wir hörten, als wir über die versunkene Tanzfläche fuhren, war das Geschrei einiger kreisender Möwen über uns. Ihre schwermütigen Rufe erschienen mir wie passende Begleitmusik, während Cumali das kleine Boot zu einem verrotteten Anleger steuerte.

Ich ergriff die Leine, schwang mich vom Deck und sicherte das Boot. Am Strand lagen zahlreiche Teerbrocken, zwei tote Möwen und Scharen von Krebsen, die wie Kakerlaken in einer ärmlichen Küche Deckung suchten. Ich hasste diesen Ort.

Cumali trat zu mir, sie trug den Picknickkorb, ich nahm ihn ihr ab und zeigte auf die Umgebung. »Sieht nicht gerade wie ein hübsches Plätzchen für ein Picknick aus.«

Sie lachte. Jetzt, da sie mich an den verabredeten Platz gebracht und damit ihren Teil des Plans fast erfüllt hatte, war sie entspannter.

»Hier picknicken wir nicht. Es gibt dahinten einen Tunnel, der in ein römisches Amphitheater führt … die Fachleute sagen, es ist das großartigste weltweit – es kommt gleich nach dem Kolosseum.«

Ich tat mein Bestes, erfreut auszusehen. »Hört sich toll an. Wo sind die Kinder?«

Auch darüber hatte sie ganz offensichtlich nachgedacht – oder ihr Bruder. »Schon da«, sagte sie leichthin. »Sie sind mit dem Bus gekommen. Es gibt da einen Pfad, der von der Straße aus hinführt.«

Ich wusste, dass das nicht stimmte. Das Gebiet war ausgekundschaftet worden, als der Anschlag auf Finlay Finlay geplant wurde, und der Einsatzleiter hatte uns davor gewarnt, falls etwas schiefgehen sollte, das Tor zum Tunnel freizuschießen und in der Ruine Zuflucht zu suchen: Es war eine Sackgasse. Es gab absolut keine Möglichkeit, dort wieder herauszukommen.

»Ich freue mich auf den Kleinen«, sagte ich, während wir uns den Weg über die mit Seetang überzogenen Steine bahnten.

»Er ist so aufgeregt«, sagte sie. »Ich habe es kaum geschafft, ihn zum Frühstücken zu bewegen.«

Wir fanden einen unwegsamen Pfad, der zu einer dunklen Öffnung seitlich an den Klippen führte, kurz oberhalb des Strandes.

»Dort beginnt der Tunnel«, sagte sie. »Die Würdenträger und Generäle kamen üblicherweise mit dem Boot. Von Fanfaren begleitet gingen sie dann von Bord und hinein in das Amphitheater.«

»Ich hätte gedacht, dass der Ort hier bekannter ist und mehr Touristen hier wären«, bemerkte ich.

»Bis vor einigen Jahren war es überfüllt, aber das führte zu derartigen Schäden, dass jetzt nur noch Archäologen und Schulklassen hierherdürfen.« Die Lügen kamen ihr jetzt immer leichter von den Lippen.

»Wie heißt das Amphitheater?«, fragte ich.

Sie antwortete etwas auf Türkisch, was ich natürlich nicht verstand.

»Und auf Englisch?«

»Ich glaube, es gibt keine direkte Übersetzung dafür. Ich bin mir nicht sicher, was es bedeutet.«

Vermutlich hielt sie es für keine gute Idee, mir zu sagen, dass ich gerade dabei war, einen Ort zu betreten, der »Theater des Todes« genannt wird.

Wir blieben am Eingang des Tunnels stehen, und ich erblickte ein Tor aus schweren, verrosteten Stangen, halb versteckt im Dunkel. Möglicherweise war es früher mit Ketten oder Vorhängeschlössern verriegelt, jetzt allerdings nicht. »Wird es nicht verriegelt?«, fragte ich.

»Man kann nur mit dem Boot hierherkommen, und kaum jemand weiß davon. Es ist seit Jahren nicht mehr verriegelt«, antwortete sie.

Das war der erste Fehler, den sie gemacht hatten. Ich konnte Spuren im Rost erkennen, die durch eine herausgezogene Kette entstanden waren – vermutlich war sie erst vor wenigen Stunden durchtrennt worden. Es half mir zwar nicht, aber ich empfand es dennoch als beruhigend. Denn es bedeutete, dass sie gehetzt handelten und Einzelheiten übersahen. Meine Erfahrung sagte mir, dass das von Vorteil war.

Cumali stieß das Tor auf und wollte gerade hineingehen, als ich sie anhielt. »Halt, lassen Sie mich zuerst gehen«, sagte ich wie ein perfekter Gentleman.

Ich halte es für sehr wichtig, auch auf dem Weg in den eigenen Tod gute Manieren zu wahren. Außerdem hätte ich so, sollte alles den Bach hinuntergehen, ein freies Schussfeld vor mir.

Ich ging durch das Tor in die Dunkelheit und spürte, wie der Schweiß sich allmählich um die Beretta hinten an meinem Hosenbund sammelte. Ich wusste, dass der Sarazene am anderen Ende des Tunnels auf mich wartete.

Bradley hatte keine Mühe gehabt, das richtige Haus zu finden. Wie geplant hatte er das Hotel verlassen, fünf Minuten nachdem Cumali mich abgeholt hatte. Er hatte eine detaillierte Karte benutzt, die ich für ihn gezeichnet hatte, und begab sich direkt in einen der besten Läden für Bootsausrüstung in Bodrum.

Drei Minuten später verließ er den Laden mit einer Plastikeinkaufstüte, in der sich der einzige Artikel befand, den er gekauft hatte, und wieder folgte er der Karte und ging nach Südwesten. Nach elf Minuten bog er in die gesuchte Straße ein und sah auf halber Strecke das Auslieferungslager für Coca-Cola. Er ging darauf zu, überquerte die Straße und blieb vor einem kleinen Haus stehen.

Nachdem er dessen Aussehen genau überprüft hatte und sich an sechs Einzelheiten erinnern konnte, war er sicher, das richtige Gebäude gefunden zu haben. Er öffnete das Tor, ging an den Gartenzwergen vorbei und klopfte an die Tür. Es war 11.25 Uhr, er war genau im Zeitplan. Einige Sekunden darauf hörte er im Haus die Stimme einer Frau etwas auf Türkisch rufen, und obwohl er die Sprache nicht verstand, war er sich sicher, dass sie fragte: »Wer ist da?«

Er antwortete nicht, ließ die Stille wirken, und wie die meisten Menschen in einer solchen Situation öffnete die Frau schließlich die Tür. Sie war das Kindermädchen des Jungen. Bradley hatte geplant, die unverriegelte Tür kräftig aufzustoßen, in das Haus einzudringen, die Tür hinter sich zuzuschlagen und der Frau in der Abgeschiedenheit des Hauses gegenüberzutreten.

Es funktionierte nicht. Als ich das Vorgehen mit Bradley besprochen hatte, übersah ich die Tatsache, dass die Frau extrem übergewichtig war. Als Bradley die Tür mit aller Macht aufstieß, traf diese auf ihren plumpen, gewaltigen Körper und wurde gestoppt. Dadurch erhielt die überraschte junge Frau gerade genug Zeit, die Tür heftig zurückzudrücken und zu schreien. Einen

Augenblick lang sah es so aus, als ob Bradley ausgesperrt werden und der ganze Plan platzen würde. Gott sei Dank reagierte der Polizist schnell, zog seine Pistole, rammte sie dem entsetzten Kindermädchen durch den Türspalt geradewegs zwischen die Zähne und schrie sie an zurückzugehen.

Sie verstand zwar nicht alle Worte, aber die Botschaft kam an. Sie trat einen Schritt zurück, Bradley drängte sich ins Haus und schlug die Tür hinter sich zu, wobei er die Waffe ständig auf die Frau richtete. Sie war zu verängstigt, um schreien zu können, und das verschaffte Bradley die Gelegenheit, die Gardinen zur Seite zu schieben und aus einem schmalen Fenster hinauszuschauen. Erleichtert stellte er fest, dass sich draußen nichts bewegte und dass drei Lkws von Coca-Cola, die mit laut röhrenden Motoren im Lager manövrierten, ihre Schreie übertönt hatten.

Als er sich wieder umdrehte, sah er ihre große Angst und wie sehr sie zitterte. Bevor er noch etwas sagen konnte, erschien im Flur hinten im Haus ein Gesicht. Große Augen blickten den Flur entlang auf ihn und das Kindermädchen. Es war der Kleine.

Bradleys Waffe war hinter dem massigen Körper der Frau verborgen. Er senkte die Waffe, sodass sie außer Sicht war, und lächelte das Kind an. Mehr brauchte der Junge nicht. Er kam nach vorne, grinste zurück und plapperte etwas auf Türkisch.

Das Kindermädchen drehte sich um und hielt das Kind schützend fest. Das – in Verbindung mit Bradleys Grinsen – schien sie zu beruhigen, sodass ihr Zittern, das einem ausgewachsenen Beben glich, langsam zu einem leichten Tremor verebbte.

»Was sagt er?«, fragte Bradley, zeigte dabei auf den Jungen und versuchte, so freundlich wie möglich zu klingen.

Die junge Frau schluckte, versuchte, ihren trockenen Hals zu befeuchten, und mühte sich, die wenigen Englischkenntnisse hervorzukramen, die sie bei ihrer Arbeit für viele Familien über die Jahre hinweg erworben hatte.

»Er sagt: du Amerikaner?«, brachte sie schließlich hervor.

Bradley lächelte den kleinen Kerl an. »Ja – aus New York.«

Das Kindermädchen übersetzte es dem Jungen, wobei sie

ihn immer noch festhielt. »Er fragt: du Freund von Verbeugenmann?«, sagte sie.

Bradley blickte verwirrt – Verbeugenmann? Was in aller Welt sollte das bedeuten? Aber das Kindermädchen kam ihm zu Hilfe. »Er meinen FBI-Mann.«

»Ach so«, antwortete Bradley. »Brodie Wilson. Ja, er ist mein Freund.«

Der Kleine sagte etwas, und das Kindermädchen übersetzte für ihn: »Wo ist Verbeugenmann?«

»Er ist bei deiner Mama«, antwortete Bradley.

»Wohin sie gehen?« Das Kindermädchen übersetzte weiter für den Jungen.

Bradley wollte das Kind nicht ängstigen und glaubte, eine gute Idee zu haben. »Sie machen ein Picknick«, sagte er.

Kaum war das übersetzt, löste sich der Junge schier in Tränen auf, schien untröstlich zu sein. Bradley hatte nicht wissen können, dass es der größte Traum des Kindes war, mit seinem amerikanischen Freund ein Picknick zu veranstalten – und nun hatten sie ihn nicht mitgenommen.

Bradley war verwirrt. Trotz der Tränen und des großen Kummers des Kleinen gelang es dem Kindermädchen endlich, das Problem zu verstehen, das sie Bradley zu dessen Beruhigung erklärte.

Der Polizist beugte sich hinunter, hielt die Waffe außer Sicht und erklärte dem Jungen, dass alles in Ordnung sei. Seine Mama werde bald kommen, ihn abzuholen, aber erst wollten sie noch ein kleines Spiel miteinander machen.

Sowie das Kindermädchen das übersetzt hatte, war der Junge beruhigt, lächelte Bradley an und machte eine seiner allerbesten Verbeugungen vor dem Polizisten.

Ben und Marcie hatten keine Kinder. Deshalb waren sie für Ben eine recht fremde Art, aber er konnte nicht umhin, von dem Kind, das sich so sehnsüchtig etwas so Einfaches wie ein Picknick wünschte, zutiefst angerührt zu sein. Er fühlte den Widerwillen in sich aufsteigen, und der Gedanke an das, was er zu tun hatte, ekelte ihn – aber er wusste auch, dass er keine Wahl hatte. Ein leidendes Kind war nichts im Vergleich zum Massaker, das die Pocken anrichten würden. Und so bedeutete er dem Kindermädchen, den Flur hinunterzugehen.

In der Küche zog er sofort die Vorhänge zu und verriegelte die Hintertür. Erst dann richtete er seine Aufmerksamkeit auf den Raum. Es war ein herkömmliches, für Bodrum typisches Haus. Die Küche hatte, wie in diesen Häusern üblich, eine sehr hohe Decke, sodass die Hitze sich gut verteilen konnte. In der Mitte weit oben hing eine Lampe von einem Balken. Sie war an einem schweren bronzenen Bolzen befestigt. Bradley erkannte sofort, dass das perfekt war.

Er wandte sich der jungen Frau zu, ließ sich ihr Handy geben und schloss es an das Ladegerät an, das auf dem Küchentresen lag. Das war ein kluger Gedanke – hätte das Telefon im entscheidenden Moment keinen Saft mehr, wäre alles verloren.

Langsam und deutlich artikulierend erklärte er dem Kindermädchen, er wolle unbedingt, dass sie und der Junge lebend aus dieser Sache herauskämen. »Das wird aber nicht gelingen«, sagte er, »wenn Sie zu fliehen versuchen, wenn Sie auf ein Klingeln an der Tür reagieren oder das Telefon anfassen. Sie werden alles tun, was ich sage. Verstanden?«

Sie nickte. Dann setzte Brad sich mit seiner Waffe in Reichweite hin, öffnete die Plastiktüte und entnahm ihr ein langes, dickes Seil.

Der Kleine kam voller Neugier näher und setzte sich neben ihn. Gemeinsam begannen sie, die Schlinge zu knüpfen.

KAPITEL EINUNDDREISSIG

Ich ging Cumali voran tiefer in den Tunnel, dessen Wände mit Fragmenten antiker Mosaike verziert waren. Gewaltige Risse, die die Erdbeben von Jahrhunderten geschlagen hatten, hatten das Tunnelgewölbe gespalten. Schweigen legte sich drückend auf uns.

Auf beiden Seiten lagen die Ruinen des ehemaligen Hypogäums, der unterirdischen Höhlen und Zellen, in denen einst die Sklaven und die Tiere untergebracht waren, die in blutigen Kämpfen erbarmungslos aufeinandergehetzt wurden. Ich fühlte mich von der unendlichen Traurigkeit dieses Ortes umfangen. Es war, als hätte das Verderben hier tiefe Wurzeln geschlagen.

Cumali zeigte auf die vergitterten Verliese – etwas zu schnell, ein wenig zu nervös. »In die Zellen passten nur ein paar Hundert Menschen«, erklärte sie. »Die Riesenspektakel und die Seeschlachten, in denen häufig Tausende von Gefangenen oder Sklaven getötet wurden, fanden fast ausschließlich im Kolosseum statt. Hier in den Provinzen, die ohne die Reichtümer eines Cäsaren auskommen mussten, kämpften vor allem Gladiatoren, und es wurden bekannte Mythen nachgestellt. Diese Geschichten waren natürlich auch außerordentlich beliebt – viel Gewalt und viele Morde, aber wenig Handlung.«

»Hört sich wie ein Hollywoodfilm an«, sagte ich mit ausgedörrten Lippen und versuchte, mich so normal wie möglich zu verhalten. Cumali schien mich nicht zu hören.

Wir nahmen eine Abzweigung und verließen den Tunnel, dann erblickte ich das Amphitheater. Cumali hatte es tatsächlich sehr genau beschrieben: Die Symmetrie, die mehrstöckigen, fast unversehrten marmornen Kolonnaden und die schiere Größe der Anlage waren außergewöhnlich. Gleiches galt für die Stille. In der brennenden Mittagssonne schien es, als würde die Arena des Todes schweigend innehalten und darauf warten, dass eine neue Vorführung begann.

»Wo sind die anderen?«, fragte ich.

»Über uns. Dort befindet sich eine Plattform, von der aus man einen großartigen Blick auf die Arena hat. Wenn wir die Kolonnaden entlanggehen, kommen wir zu den Stufen, die dort hinaufführen.«

Sie drehte sich um, um die Führung zu übernehmen, als ich den Ersten von ihnen entdeckte. Er stand versteckt in einem verfallenen Durchgang, ohne sich bewusst zu sein, dass Dunkelheit für ein trainiertes Auge bisweilen relativ ist. Er war schwarz gekleidet, eine finstere Erscheinung im Schatten. Vermutlich war es seine Aufgabe, dicht hinter mir zu bleiben und mir jede Möglichkeit zu nehmen, durch den Tunnel zu entkommen.

Ich ließ meinen Blick durch die Arena schweifen und verhielt mich wie ein ganz normaler, interessierter Tourist. Der Sarazene und seine Handlanger würden mich einkesseln, und da ich wusste, wo der eine sich versteckt hatte, konnte ich mir ziemlich genau vorstellen, wo die anderen steckten.

Cumali ging jetzt etwas schneller und zeigte auf das Zentrum der Anlage. »Vor zweitausend Jahren war der Sand in der Arena dunkelrot gefärbt«, sagte sie.

»Damit das Blut nicht zu sehen ist?«, fragte ich.

»Genau.«

Nun entdeckte ich das nächste Mitglied des Teams, einen untersetzten, bulligen Mann, der in einer Wabe aus zerbröselnden Torbögen genau über uns stand. Ich war überrascht – er war in den Sechzigern und damit meiner Meinung nach eigentlich viel zu alt für diese Art von Rodeo. Etwas an ihm ließ eine Erinnerung in mir aufblitzen, aber ich hatte keine Zeit, lange darüber zu sinnieren. Cumali hatte mich zu einem gewaltigen, verfallenen Durchgang geführt – eine Sackgasse, dessen war ich mir sicher –, und sie redete ununterbrochen, um sich selbst zu beruhigen.

»Natürlich mussten die Leichen entfernt werden, bevor die nächste Vorstellung beginnen konnte. Das geschah immer unter der Aufsicht von zwei Männern, die als mythologische Figuren verkleidet die Arena betraten. Der erste sollte vermutlich Pluto darstellen, den Gott des Todes. Er schlug die Leichen mit einem Hammer und demonstrierte damit, dass der Mann, die Frau oder das Kind jetzt ihm gehörten. Der zweite war Merkur, der nach dem Mythos einen Stab trug und die Seelen in die Unterwelt geleitete. In diesem Fall war der Stab aus heißem Eisen. Damit berührte er den Körper, um festzustellen, ob der Mensch wirklich tot war.«

»Sich tot zu stellen bot also auch keinen Ausweg.«

»Absolut nicht«, bestätigte sie.

Wir gingen tiefer in die Finsternis hinein. Über uns brach das Sonnenlicht durch das zerfallene Dach, und ich ging davon aus, dass ich Zakaria al-Nassouri dort treffen würde und wir einander von Angesicht zu Angesicht gegenüberstehen würden. Meine Reise war fast vorüber.

Jetzt musste alles genau nach Zeitplan laufen. Mir durfte kein Fehler unterlaufen – mein Leben und alles andere hingen davon ab.

Ich schob die Hände tiefer in die Taschen, ganz nett und entspannt – und war mir sicher, dass die Männer, die mich aus der Dunkelheit beobachteten, bereits die kleine Ausbuchtung hinten an meinem Hosenbund bemerkt hatten. Ich stellte mir vor, dass sie sich darüber amüsierten. Denn sie wussten, dass ich nicht die Zeit haben würde, meine rechte Hand aus der Tasche zu ziehen, nach hinten zu greifen, die Pistole herauszuziehen und zu schießen.

Dämlicher Amerikaner.

Man hatte mir beigebracht, wie Amateure arbeiten: Sie konzentrierten sich auf die Pistole, weil sie dachten, dass dort die Gefahr lauert, und dabei machten sie sich keine Gedanken über meine linke Hand, die um die einzige Waffe gelegt war, an der mir etwas lag – mein Handy. Es war eingeschaltet, einsatzbereit, alle Tasten waren per Kurzwahl auf ein und dieselbe Nummer programmiert: auf Ben Bradleys Telefon, das in seiner Tasche lag, im Haus des Kindermädchens in der Stadt.

In den Sekunden, bevor die Männer sich auf mich stürzten, musste ich nur eines tun: eine Taste des Handys betätigen. Irgendeine.

Bradley würde den Anruf nicht entgegennehmen. Er würde die Nummer sehen, dann würde der Countdown beginnen. Exakt vier Minuten später würde er das Handy des Kindermädchens nehmen, es aus dem Ladegerät ziehen und Cumali anrufen. Sie würde die anrufende Telefonnummer sehen, sie als die des Kindermädchens identifizieren, und da sie sich sorgen würde, ob es Probleme mit dem Kleinen gab, würde sie das Gespräch entgegennehmen. Dann würde sie etwas erfahren, das alles ändern würde.

Die vier Minuten waren entscheidend. Das war der Zeitraum, der nach meiner Schätzung zwischen dem Zeitpunkt verstreichen würde, an dem sie mich ergriffen, und dem Augenblick, in dem der Sarazene auftauchen würde. Wenn das Handy seiner Schwester zu früh klingelte, würde der Sarazene womöglich bemerken, dass etwas nicht stimmte, sich umdrehen und in den Ruinen verschwinden. Und wie sollte ich einen Mann unter Druck setzen, der bereits verschwunden war?

Wenn Cumalis Handy zu spät klingelte, würde ich gewaltige Probleme bekommen. Der Sarazene wollte unbedingt Informationen über den vermeintlichen Verräter erhalten, hatte aber nicht viel Zeit. Er würde sie nicht mit höflicher Konversation vergeuden, auch konnte ich mir gut vorstellen, dass er eine Zwölf-Volt-Lkw-Batterie mit Krokodilklemmen bei der Hand hatte. Wie jeder Folterknecht weiß, ist dieses Instrument einfach zu beschaffen, lässt sich leicht tragen – und ist extrem schnell, wenn einen der Schaden, den man dem Opfer zufügt, nicht weiter stört. Ich war mir nicht sicher, ob ich das lange durchhalten würde.

Vier Minuten – vergeig es nicht, Ben.

Wir gingen an einem Berg von Schutt und Müll entlang – Scherben, leere Bierflaschen und ein Kühlboxdeckel aus poliertem Stahl. Offensichtlich waren junge Leute hier jahrelang eingefallen, um ordentlich Party zu machen.

Neben dem Haufen befand sich ein Trog aus Marmor, der von einer steinernen Gorgone gespeist wurde und früher von den Würdenträgern zur Fußwäsche benutzt wurde. Der Trog war an einem Ende zerbrochen, aber – dieser Tatsache hätte ich mehr Aufmerksamkeit widmen sollen – mit Felsbrocken abgedichtet und voll Wasser. Doch ich war mit meinen Gedanken ganz woanders: Ich wartete darauf, angegriffen zu werden, die magische Taste zu drücken, bevor mir die Arme auf den Rücken gedreht wurden.

Als wir ins Sonnenlicht traten, das durch das zerstörte Dach fiel, sah ich, dass der Weg oben in den riesigen verfallenen Gemäuern verschwand.

Ich hatte die Sackgasse erreicht, war in einer tiefen Schlucht gefangen. Mein linker Zeigefinger war das Einzige, was sich noch zwischen mir und der Katastrophe befand.

KAPITEL ZWEIUNDDREISSIG

»War das der falsche Weg?«, fragte ich, zeigte auf die Mauer aus Schutt und ging zurück zu Cumali.

Sie war nicht mehr allein.

Der erste der Handlanger war aus einem Seitengang hervorgetreten und blockierte jetzt meinen Fluchtweg. Er versuchte nicht einmal, sich zu verstecken, und schaute mich direkt an. Es war der Muskelprotz, der in mein Hotelzimmer eingebrochen war. Er trug noch immer seine Lederjacke und ein genauso enges T-Shirt. Vielleicht lag es an meinen extrem geschärften Sinnen oder daran, dass ich ihn in natura sah, aber jetzt fiel mir ein, dass ich ihn vor langer Zeit auf einem Foto gesehen hatte: Er stand lachend an Deck von Christos Nikolaides' umgebautem Eisbrecher, als dieser bei Santorin vor Anker lag.

Plötzlich wusste ich, welches der Drogenkartelle Cumali aus welchem Grunde um Hilfe gebeten hatte. Als ein alter Mann oben in Thessaloniki gehört hatte, dass es um einen Agenten des amerikanischen Geheimdienstes ging, hatte er seine Beteiligung sicherlich überglücklich zugesagt.

»Sehen Sie sich auch ein wenig um?«, fragte ich den Mann. »Sie sind wohl mit der Schulklasse hier, was?«

Ich wollte auf jeden Fall verhindern, dass er den Eindruck bekam, ich würde irgendeinen Verdacht hegen. Sie mussten überzeugt sein, das Überraschungsmoment vollständig auf ihrer Seite zu haben. Andernfalls könnte der Sarazene bemerken, dass es eine Falle war.

Ich hörte einen Schritt auf dem Kies – der Muskelprotz sollte mich nur ablenken, der Angriff kam von hinten. Keine Zeit zum Nachdenken, nur entscheiden. Ja oder nein? Starten oder noch warten?

Ich drückte eine Handytaste, kurz und fest.

Es war die richtige Entscheidung. Mein Finger war kaum von der Taste, als sie mich trafen – zwei von ihnen, sehr schnell, sehr heftig, halbwegs professionell. Ich ging in die Knie, aber bevor ich zusammenbrach, erwischte ich einen von ihnen mit dem Ellenbogen am Kehlkopf, sodass er vor Schmerzen keuchte und ins Taumeln geriet. Der andere hatte mich um den Hals gepackt und schlug mir die Faust ins Gesicht. Ich fühlte mein Jochbein brechen. Ich hätte zurückschlagen können, zog aber lieber eine Show ab. Es hatte keinen Sinn, dass ich mich zusammenschlagen ließ, ich benötigte all meine Kraft für das, was noch kam.

Ich hielt mir die Wange und warf mich lang ausgestreckt in den Dreck. Dann begann ich zu zählen. Vier Minuten: zweihundertvierzig Sekunden …

Zweihundertzweidreißig. Zweihundert…

Der Mann mit dem blutunterlaufenen und geschwollenen Kehlkopf war zu den anderen Angreifern zurückgestolpert. Ich schaute kurz auf sein Gesicht. Es war dieser Bulle von Mann – gedrungen, mit kurz geschnittenem Haar und einer Grausamkeit in den Augen, die man bei Männern außerhalb von Gefängnissen selten sieht. Ich hatte ihn schon einmal gesehen, auch diesen Gesichtsausdruck – auf einem Fahndungsfoto, das ich von der griechischen Polizei erhalten hatte. Und ich erinnerte mich, dass er eine wirklich sehr dicke Akte hatte. Es war Patros Nikolaides, der Vater von Christos. Der alte Pate selbst hatte sein ummauertes Anwesen verlassen.

Er und sein Scherge rissen mir die Pistole aus dem Gürtel, zerrissen mein Hemd, griffen mir in den Schritt und zogen mir die Schuhe von den Füßen, um zu sehen, ob ich noch irgendwo Waffen versteckt hatte. Sie schnitten meine Taschen auf und nahmen die Brieftasche, die Schlüssel und das Handy heraus. Dann rief Nikolaides nach Cumali.

»Hast du sie?«

Sie warf ihm ein Paar Polizeihandschellen zu, und er und sein Scherge drehten mir die Arme auf den Rücken und befestigten die Handschellen so eng an meinen Handgelenken, dass mir klar war, das Gewebe würde infolge mangelnder Durchblutung in zwanzig Minuten absterben, und ich würde meine Hände niemals wieder gebrauchen können. Zufrieden, dass sie mich bewegungsunfähig gemacht hatten, standen sie auf, hoben ihre Waffen auf, zertrümmerten mein Handy, warfen es neben meine fortgeschleuderte Beretta und erhoben sich keuchend. Sie sprachen ein Gemisch aus Griechisch und Albanisch, aber es war nicht schwierig, sich auszumalen, was sie sagten – diese amerikanischen Agenten sind nicht halb so gut, wie sie selbst meinen, vor allem, wenn sie auf die wirklich harten Hunde vom Balkan treffen.

Dann trat der bullige Alte, der eine respektable Glock in der Hand hielt, einen Schritt vor, blickte auf mich hinunter – ich lag mit gefesselten Händen und dem Gesicht im Dreck am Boden – und trat mir mit der Stahlspitze seines Arbeitsstiefels heftig in die Rippen.

»Das ist für meinen Hals«, krächzte er und bedeutete dem Muskelprotz und seinem Helfer, die beide mit Skorpion-Maschinenpistolen bewaffnet waren, mich auf die Füße zu stellen.

Ich kämpfte eine Welle von Übelkeit nieder, die mich nach dem Tritt in die Rippen überkommen hatte, stand schwankend da und schaute Cumali an.

»Was geht hier vor?«, fragte ich durch zusammengebissene Zähne. Ich japste nach Luft und versuchte, irgendwie mit den ungeheuren Schmerzen in meiner Brust und in meinem Gesicht fertigzuwerden. Ausnahmsweise spielte ich ihnen absolut nichts vor. Dies war kein Spaziergang.

Noch einhundertachtundsiebzig Sekunden.

»Sie hätten die bulgarische Grenze nicht in Ihrem Mietwagen passieren sollen«, antwortete Cumali. »Das war dumm – sie wird von Kameras überwacht, die mit Nummernschild-Erkennung ausgerüstet sind.«

Sie versuchte nicht einmal, den triumphalen Ton in ihrer Stimme zu unterdrücken. Für sie war klar: Sie hatte den amerikanischen Elite-Agenten ausgetrickst.

»Bulgarien?«, entgegnete ich. »Ich war noch nie in diesem Scheiß-Bulgarien.«

Höhnisch lächelnd schüttelte sie den Kopf. »Und Sie waren auch noch nie in Swilengrad und wissen nichts über Bright Light und ein Waisenhaus für einen kleinen Jungen. Ihr Name ist Michael John Spitz, und Sie sind Geheimagent, Mitglied einer Spezialeinheit der CIA.«

Ich hielt kurz inne – genau so lange, dass es aussah, als sei ich erschrocken und versuchte, es zu verbergen.

»Ich habe keine Ahnung, wovon Sie reden«, entgegnete ich. »Sie wissen doch, dass ich FBI-Agent bin und hier Ermittlungen …«

Die Stahlkappe des Stiefels traf mich genau unterhalb der Kniescheibe. Ich atmete so tief wie möglich ein, um den explodierenden Schmerz zu bekämpfen. Hätten der Muskelprotz und sein Scherge mich nicht festgehalten, wäre ich zusammengebrochen.

»Lüg nicht, verdammte Scheiße«, sagte Patros Nikolaides lächelnd zu mir. Schön, einem Menschen zu begegnen, der seine Arbeit liebt.

Noch einhundertzweiunddreißig Sekunden.

Dann erblickte ich ihn.

Der weltweit meistgesuchte Mann trat aus dem Nebendurchgang hervor, ließ die Schatten hinter sich und bewegte sich auf einen Lichtkegel zu.

Er war groß und muskulös, genau wie ich es von einem ehemaligen Mudschahed erwartet hatte, und nicht einmal sein billiger westlicher Anzug konnte seine immense Anspannung verbergen. »Gefährlich«, dachte ich, kaum dass ich ihn unter Qualen wahrgenommen hatte. Ich blickte ihm direkt in die dunklen Augen. Die scharfe Intelligenz darin war nicht zu übersehen. Sei auf der Hut, sagte ich mir, pass bloß gut auf.

Sein Bart war sauber gestutzt, die Kiefer waren zusammengepresst, die Lippen ein entschlossener Strich – er strahlte Autorität aus, ihn umgab eine Aura von Befehlsgewalt. »Ich glaube, Sie haben nach mir gesucht, Mr Spitz«, sagte er leise.

»Ich heiße nicht Spitz, und ich habe keine Ahnung, wer Sie ...«

Ich sah, wie sich der Stiefel des Bullen nach hinten bewegte, und machte mich auf den Tritt gefasst, aber der Sarazene erhob die Hand und stoppte ihn.

»Bitte«, sagte er zu mir, als schmerzten ihn die Lügen. »Meine Schwester, gelobt sei Gott, verfügt über Kontakte zum türkischen Geheimdienst. Sie hat herausgefunden, wer Sie wirklich sind ...«

»Ihre Schwester?«, fragte ich.

Er ignorierte es. »Sie weiß nichts über meine Arbeit und nur wenig über mich, vor allem was die letzten Jahre betrifft, aber ihr ist sehr bewusst, was mit muslimischen Männern geschieht, die von Agenten wie Ihnen gejagt werden. Die gesamte arabische Welt weiß es.«

»Ich bin FBI-Agent«, wiederholte ich durch einen roten Schleier von Schmerz. »Mein Name ist Brodie Wilson, ich ermittle in einem Mordfall.«

»Ich habe nicht viel Zeit. Ich werde Ihnen einige Fragen stellen, und Sie werden mir genau das mitteilen, was ich wissen muss. Ja?«

»Wie soll ich das machen? Ich heiße nicht Spitz! Ich weiß nicht, worüber wir hier überhaupt sprechen.«

Noch achtundneunzig Sekunden. Mehr nicht – Bradleys Anruf musste möglichst bald erfolgen. Mein Knie schwoll an wie ein Ballon, gleichzeitig überkamen mich immer stärker werdende Anfälle von Übelkeit, meine Brust war nur noch Schmerz, und wegen der Wange fiel das Sprechen immer schwerer.

»Tun Sie sich das nicht an«, sagte der Sarazene. »Sie sind Amerikaner, Mr Spitz – ein gottloser Mensch. Wenn Sie am Abgrund stehen, wenn Sie kurz davor stehen, gerädert zu werden – an wen werden Sie sich um Hilfe wenden? Sie haben einige winzige Fehler gemacht, haben ausreichend Beweise in Ihrem Kielwasser hinterlassen, um hier zu enden. Nein, Sie sind wirklich nicht besonders gut. Was meinen Sie wohl, worauf diese Fehler zurückzuführen sind? Wessen Hand mich beschützt hat? Was glauben Sie, wer Sie an diesen Platz geführt hat? Es war nicht Leyla al-Nassouri. Es war Gott.«

Ich sagte nichts, sackte lediglich etwas zusammen – so als gäbe ich mich geschlagen. Der Muskelprotz und der Scherge lockerten ihren Griff ein wenig und versuchten mich zu stützen. Ich warf mich nach vorne, dabei setzte ich meinen Kopf als einzige Waffe ein, die mir zur Verfügung stand, und stieß mit der Schädeldecke gegen Nikolaides' Gesicht. Seine Unterlippe riss, ich spürte, wie warmes Blut hervorsprudelte, dann flog er nach hinten und spuckte zwei seiner unteren Schneidezähne aus.

Noch ein paar herausgeschundene Sekunden. *Komm schon, Ben – gleich ist es so weit. Schummel ein bisschen!*

Der Bulle brüllte vor Schmerzen und stürzte sich auf mich, bis ihn die Schulter des Sarazenen stoppte, der sich zwischen uns stellte.

»Wir vergeuden unsere Zeit«, sagte er und schaute den Muskelprotz und den Schergen an. »Fangt an.«

Ich hätte gerne noch ein wenig geplaudert, gerne noch weitere dreiundsechzig Sekunden geschwatzt, aber sie schienen nicht daran interessiert zu sein. Die beiden albanischen Schläger zogen mich hinunter in den Durchgang. Das verwirrte mich etwas, denn ich hatte erwartet, dass sie die Lkw-Batterie – oder welche Geräte sie auch immer benötigten – unmittelbar zur Hand haben würden.

Die Verwirrung verflüchtigte sich, als ich den überfließenden Marmortrog sah und begriff, was er zu bedeuten hatte. Ich versuchte mit aller Macht, mich mental in einen anderen Modus zu versetzen – ich hatte mich auf Schmerzen vorbereitet, nicht auf das Grauen. Ich war davon ausgegangen, dass ich den Krokodilklemmen oder den Flachzangen, mit denen sie mir die Fingernägel ausrissen, über einen kurzen Zeitraum würde standhalten können. Aber jetzt musste ich Zeit gewinnen, musste das Spiel über die Zeit bringen – jede einzelne Sekunde zählte. Wenn ich anfangen würde zu sprechen, wäre alles verloren.

Noch zweiundvierzig Sekunden. Der Drogenkurier in Khun Yuam, der harte Kerl mit der Machetennarbe quer über der Brust, hatte neunundzwanzig ausgehalten.

Der Sarazene blieb am Marmortrog stehen und sagte etwas auf Arabisch zu seiner Schwester. Ich konnte seine Worte nicht verstehen, aber seine Handbewegungen sagten alles – er bat sie, einen Spaziergang zu machen. Bei dem, was jetzt geschehen würde, sollte eine Frau nicht zugegen sein.

Noch achtunddreißig Sekunden. Lass mich nicht im Stich, Ben!

KAPITEL DREIUNDDREISSIG

Bradley nahm ebenfalls die Zeit. Allerdings benutzte er eine Armbanduhr, sodass seine Zeitmessung sich von meiner unterschied – und exakter war. Er ging von sechsundvierzig Sekunden aus.

Das fettleibige Kindermädchen war schweißgebadet, ihre Beine sahen aus, als würden sie jeden Augenblick nachgeben. Noch schlimmer war, dass sie in einer Urinlache stand – sie hatte sich in dem Moment eingenässt, als sie begriffen hatte, was Bradley vorhatte. Mit vorgehaltener Pistole und entsprechend meinen Anweisungen hatte er sie und den Kleinen in die Mitte des Zimmers zitiert, direkt unter den robusten Dachbalken. Jetzt, sieben Minuten später, winselte die Frau immer noch und bettelte auf Türkisch um Hilfe, und auch der Junge weinte immer noch und fragte nach seiner Mutter, wenngleich er seinen ersten Angstanfall überwunden hatte.

Die ganze Angelegenheit zerrte an Bradleys Nerven, und wenn er gerade einmal nicht auf seine Armbanduhr schaute, schaute er auf den Boden, als müsse er sich jeden Moment übergeben. Trotz ihrer Verzweiflung bemerkte die junge Frau das und konnte sich keinen Reim darauf machen – vielleicht war er ja trotz allem gar kein so böser Mann. Das ermutigte sie, ihn unter Aufbietung ihrer gesamten begrenzten Englischkenntnisse anzuflehen, sie beide gehen zu lassen.

»Ruhe!«, schrie Bradley noch lauter und erhob die Waffe gegen sie, als sie immer noch nicht aufhören wollte.

Wieder erbebte sie und brach in Tränen aus, und die Schluchzer des Jungen wurden noch mitleiderregender. Bradley wollte nur noch eines: das alles hinter sich bringen. Noch war es nicht so weit, aber er nahm das Handy des Kindermädchens vom Ladegerät. Zwar hatte ich darauf bestanden, dass er sich exakt an den Zeitplan halten sollte. Aber er rechtfertigte es vor sich selbst, indem er sich sagte, dass es eine gewisse Zeit dauerte, Cumalis Handynummer zu wählen, und dass auch eine Verzögerung eintreten würde, bis sie den Anruf annahm.

Es klingelte viermal – *komm schon, komm schon!*

Der Anruf wurde entgegengenommen – Gott sei Dank, dachte er –, und er hörte eine Frau auf Türkisch sprechen. Er nahm nur einige Worte wahr und sprach dann laut über sie hinweg. Er fragte sie, ob sie Leyla Cumali sei, und wies sie an, genau zuzuhören …

Die Frau sprach einfach weiter, in völlig unbeteiligtem Tonfall. Es war, als sei … dann bemerkte Bradley es: Es war eine automatische Sprachmitteilung.

Die junge Frau wankte – die hundertvierzig Kilo lasteten schwer auf ihren weichen Knien – und erkannte durch ihre Tränen hindurch, dass gerade etwas sehr schiefging: Bradley war der Panik nahe. Er atmete schwer, sagte kein Wort – die Ansage war in einer Sprache, die er nicht verstand, er hatte keine Möglichkeit, sie zu entschlüsseln, und wusste nicht, was er tun sollte. Hierzu stand nichts im Handbuch – wo zum Teufel steckte die türkische Polizistin?!

Er blickte auf die Uhr – in zweiunddreißig Sekunden würden die vier Minuten verstrichen sein. Er wollte das Telefonat gerade beenden und es noch einmal versuchen, als die Stimme als Serviceleistung der Telefongesellschaft ihren Kunden gegenüber die

Ansage auf Englisch wiederholte: »Der Teilnehmer ist zurzeit leider nicht erreichbar oder hat sein Handy abgeschaltet.«

Bradley senkte das Handy und starrte in die Luft. O mein Gott.

KAPITEL VIERUNDDREISSIG

Cumali war eine Treppe aus zerbrochenen Marmorstufen hinabgestiegen und hatte einen Bereich betreten, der mehr als alle anderen Legionen von Archäologen und Historikern zu den Ruinen gelockt hatte.

Tief unter der Erde, in einem Gewölbe, das immer noch mit Fragmenten von Mosaiken und Fresken geschmückt war, stand sie neben einem Bassin, dessen reflektierende Wasseroberfläche still wie der Tod war. Es war das Herzstück des einstigen Tempels, ein Ort, an dem die höchsten Beamten ihren Göttern als Dank für eine sichere Reise Opfergaben brachten. Cumali hatte es vor vielen Jahren zum ersten Mal gesehen und war zu seiner geheimnisvollen Schönheit zurückgekehrt, weil sie hoffte, hier so weit unter der Erde zu sein, dass es unmöglich wäre, Spitz' Schreie und sein verzweifeltes Flehen zu hören. Ihr war nicht klar, dass es in diesem unterirdischen Raum ebenso unmöglich war, einen Handyanruf zu empfangen.

Sie starrte auf ihr Gesicht, das sich auf der Wasseroberfläche spiegelte, und sagte sich, was auch immer ihr Bruder dem Amerikaner jetzt gerade antue, würde sich wenig von dem unterscheiden, was muslimische Männer in Abu Ghraib und Guantanamo Bay heimsuchte. Und in Bright Light.

Getröstet von dem Gedanken ging sie weiter, am reflektierenden Bassin vorbei und tiefer hinein in die katakombenartigen Gänge des Tempels.

Kein Laut und kein Funksignal würden sie hier je erreichen.

Der Muskelmann und sein Scherge hatten eine kurze Holzplanke herbeigeschafft, die zwischen den Bergen von Geröll und Müll versteckt worden war. Ich kämpfte und wehrte mich. Ich versuchte, Zeit zu gewinnen, aber mein verletztes Knie und die Schmerzen in meiner Brust machten es ihnen leicht, mich mit schweren Lederriemen an das Holz zu schnallen.

Mein Gesicht zeigte nach oben, und ich war so stramm gefesselt, dass ich mich nicht bewegen konnte, als plötzlich das Gesicht des Sarazenen über mir auftauchte – teilnahmslos streckte er die Hand nach unten und packte mein Handgelenk. Er war Arzt und prüfte meinen Puls. Er brummte zufrieden – an meinem Herzschlag erkannte er, dass ich Angst hatte.

Er zeigte auf Nikolaides. »Wenn ich fertig bin«, erklärte er mir, »wird der Mann mit dem Zahnproblem Sie zu einem Mordfall befragen, den Ihr Geheimdienst auf Santorin verübt hat. Er möchte wissen, wer den Angriff befohlen hat und wie diejenigen heißen, die den Mord begangen haben. Haben Sie verstanden?«

»Santorin? Ich weiß nichts über Santorin.«

Sie schienen nicht überzeugt zu sein. Nikolaides warf dem Muskelprotz einen Eimer zu und klaubte ein langes, schmutziges Handtuch aus dem Geröll. Es konnte losgehen.

Der Sarazene sah mich immer noch an. »Sie können sich das ersparen«, erklärte er mir.

Ich schwieg. Er zuckte mit den Schultern.

»Als ich im Hindukusch war, haben mir einige Menschen geholfen. Wie Sie wissen, hat sich einer von ihnen entschlossen, uns zu verraten. Selbstverständlich kann ich nicht zulassen, dass so etwas geschieht. Ich will, dass Sie mir den Namen des Verräters nennen.«

»Selbst wenn ich ihn wüsste«, antwortete ich, »sobald ich ihn Ihnen genannt habe, würden Sie mich töten.«

Er nickte. »Ich werde Sie ohnehin töten.«

»Das dachte ich mir – sonst hätten Sie ja alle versucht, Ihre Gesichter zu verbergen.«

Ich hielt es für sehr wahrscheinlich, dass ich in einem wasserfesten Leichentuch enden würde, das vermutlich bereits in einem Spind des Motorbootes versteckt war. Es würde sicher Jahre dauern, bis ein Fischer es endlich an Bord ziehen würde. Sollte Ben nicht durchkommen, konnte ich nur hoffen, tot zu sein, bevor sie mich hineinwickelten.

»Wenn Sie wissen, dass Sie sterben, welchen Sinn hat es da, vorher noch zu leiden? Den Namen, Mr Spitz.«

»Ich bin FBI-Agent. Ich bin nach Bodrum gekommen, um …«

»Ich habe eine E-Mail gelesen!«, blaffte er mich an, während sein Gesicht sich meinem näherte. »Vom Vize-Direktor der CIA.«

Ich tat mein Bestes, möglichst schockiert auszusehen. Er registrierte es und lächelte. »Also – der Name des Verräters.«

»Ich bin FBI-Agent …«

Verärgert gab er Nikolaides ein Zeichen. Der Grieche wickelte das schmutzige Handtuch fest um mein Gesicht, sodass meine Augen und meine Nase bedeckt waren und mein Mund gewaltsam geöffnet wurde. Nikolaides legte beide Enden des Lappens um die Planke und band sie zusammen. Um mich war es dunkel, schon jetzt konnte ich nur schwer atmen, mein Kopf war so fest an die Planke gebunden, dass ich mich nicht bewegen konnte.

Ich spürte, dass sie mich anhoben, und in meiner ganz privaten grauenhaften Finsternis und allein in meinem Horror wusste ich, dass sie mich über das Wasser hielten.

Neunundzwanzig Sekunden nach meiner Berechnung – genau die Zeit, die der Drogenkurier ausgehalten hatte. Trotz meiner Schwächen und obwohl ich meinen Mut immer angezweifelt hatte, musste ich nur so lange widerstehen wie er.

Sie begannen, mich herabzulassen. Ich atmete tief ein. Das Handtuch stank nach Schweiß und Maschinenöl. Das Letzte, was ich hörte, war der Satz des Sarazenen: »Sie zittern ja, Mr Spitz.«

Dann schlug ich auf dem Wasser auf.

Es überspülte meinen Rumpf, während die Planke tiefer in den Trog sank, legte sich eisig auf meine Genitalien und reizte die offene Wunde an meiner Brust. Hilflos sank ich tiefer und spürte, wie mein festgezurrter Kopf und dann die Ohren ins Wasser tauchten.

Dann kippten sie die Planke nach hinten.

Das Wasser überflutete mein Gesicht. Ich versuchte, nicht in Panik zu geraten, aber ohne die Arme bewegen oder den Körper drehen zu können, nahm ich noch einen tiefen Atemzug von der mit Öl verpesteten Luft, erreichte damit jedoch nur, dass ich die Feuchtigkeit durch das Handtuch noch schneller einsog. Wasser rann mir in die Kehle, und ich begann zu husten.

Eine Wand aus Wasser traf auf mein Gesicht. Jetzt hustete ich nicht mehr, sondern würgte. In der Dunkelheit und mit nach hinten gekipptem Kopf konnte ich nicht mehr erkennen, ob das Wasser aus einem Eimer kam oder ob sie mich noch tiefer in den Trog getaucht hatten. Das Gefühl zu ertrinken war unbändig, das Verlangen danach, durch das durchtränkte Handtuch Luft zu bekommen, grauenvoll.

Stattdessen floss Flüssigkeit in meine Nasenlöcher und meinen Mund und rann in meine steil gelagerte Kehle. Der Würgereflex setzte ein, um mich zu retten, und wurde zu einem grollenden Donner aus Krämpfen und Erstickungsanfällen.

Immer mehr Wasser traf mich, und ich verlor langsam die Orientierung. Ich hatte nur noch einen Gedanken, einen Glauben, eine Wahrheit, an die ich mich klammern konnte: Achtzehn Sekunden noch, dann würde Bradley anrufen. Siebzehn Sekunden, und die Erlösung wäre zum Greifen nah. Sechzehn …

Ich war so straff gefesselt, dass ich trotz des immer stärker werdenden Terrors weder strampeln noch treten konnte. Immer mehr Wasser floss in meine Nase und meinen Mund, schien mich zu ertränken, und durch das ständige Würgen und Krampfen wurde meine Kehle wund. Ich hätte geschrien, aber das verdreckte Handtuch und der Druck des Wassers verhinderten sogar diese Erleichterung. Ohne die Möglichkeit, sich nach außen zu wenden, wandte sich das Grauen nach innen und hallte in meiner Brust wider.

Meine Beine und mein Rücken zuckten instinktiv, versuchten, mich zur Flucht zu bewegen. Dadurch verbrauchte ich wertvolle Energie. Wieder spürte ich, dass ich weiter nach hinten gekippt wurde. Wasser überflutete mich erneut. Noch ein Würgeanfall. Wo war Bradley? Er musste anrufen.

Irgendetwas in meinen rasenden Gedanken sagte mir, dass ich mit meiner Zeitrechnung nicht mehr richtiglag. Wie viele Sekunden noch? Da war nichts außer Finsternis und dem verzweifelten Drang zu atmen. Durchhalten, überleben, nicht zurückweichen – sonst war nichts geblieben.

Ich wirbelte durch Dunkelheit und unermessliche Angst. Mein Kopf wurde noch weiter nach hinten gestreckt, und ich tauchte tiefer ein. Vielleicht war es nichts als ein großer Eimer voller Wasser, aber ich fühlte mich, als sei ich tief unter der Oberfläche, erstickend, nach Luft schnappend und würgend in einem nassen Grab – um mein Leben kämpfend.

Ich wusste, ich würde nicht mehr lange durchhalten, aber plötzlich schoss ich in die Höhe, das Wasser floss von meinem Gesicht, und ich konnte durch das Handtuch Luft atmen. Es war sehr wenig, kaum der Rede wert, aber es war Atem, es war Leben. Dann stellten sie mich aufrecht hin. Bradley hatte angerufen – so musste es sein!

Ich versuchte mehr Luft in meine Lunge zu bekommen – ich musste bereit sein, meine Rolle zu übernehmen –, aber ich schnappte immer noch nach Luft und würgte. Dann war das Handtuch weg, und ich atmete tief ein, während meine Brust sich hob und meine Luftröhre zitterte und krampfte.

Ich musste die Kontrolle wiedererlangen, musste die Situation beherrschen – bei Gott, jetzt war es am Sarazenen, an der Tafel Platz zu nehmen, an der ihm die Folgen seiner Taten aufgetischt würden.

Eine Hand schob sich unter mein zerrissenes Hemd. Nachdem ich das Wasser aus den Augen geblinzelt hatte, sah ich, dass er den Rhythmus und die Stärke meines Herzschlags überprüfte. Ich erblickte den alten Bullen, der hinter ihm stand und durch seine fleckigen Zähne über mich lachte. Er genoss meine Verzweiflung und meine Angst.

Ein Aufwallen wilder Panik zerriss mich: Niemand hier benahm sich, als ob sich das Blatt gewendet hätte. Da wusste ich, dass es keinen Telefonanruf gegeben hatte. Wo um Gottes willen steckte Ben?

Ich sackte zusammen – ich war allein im Theater des Todes, und dieses Mal würde ich der Welt wirklich abhandenkommen. Ich wäre zu Boden gefallen, aber der Muskelprotz und der Scherge hatten die Planke in den Händen und hielten mich aufrecht.

»Der Name des Verräters?«, fragte der Sarazene.

Ich versuchte zu sprechen, aber meine Kehle war wundgerissen, mein von Adrenalin und Cortisol geflutetes Bewusstsein kämpfte. Also starrte ich auf den Boden und schüttelte den Kopf – nein, ich würde ihm keinen einzigen Namen nennen.

»Das waren siebenunddreißig Sekunden«, sagte er. »Länger als der Durchschnitt. Darauf können Sie stolz sein. Sie haben länger ausgehalten, als irgendjemand erwarten konnte. Aber so kann es minutenlang weitergehen, wenn es uns gefällt. Alle zerbrechen daran, niemand kann gewinnen. Wie ist der Name?«

Meine Hände zitterten, aber ich konnte nichts dagegen tun. Ich blickte auf und versuchte zu sprechen. Die erste Silbe klang so leise, dass sie nicht zu hören war. Der Sarazene beugte sich so weit zu mir, dass er mich hören konnte.

»Legen Sie das Handtuch wieder an«, flüsterte ich.

Er schlug mir mit dem Handrücken derart heftig ins Gesicht, dass meine Lippe aufplatzte. Aber er konnte mir keine Angst mehr einflößen. In einem Winkel meines Bewusstseins hatte ich einen kleinen Vorrat an Mut gefunden – ich dachte an Ben Bradley und jene siebenundsechzig Stockwerke.

Der Muskelprotz und der Scherge kippten die Planke wieder und trugen mich zurück zum Trog. Der Sarazene wollte mir gerade das Handtuch wieder anlegen, als Nikolaides etwas rief und ihm wohl befahl, er solle zur Seite gehen. Er hatte einen Steinmetzhammer – ein schweres, brutales Ding – aus den Gerätschaften geklaubt, die sie neben dem Geröll versteckt hatten.

Als das Brett, auf dem ich festgeschnallt war, wieder flach lag, und sich meine schuhlosen Füße direkt vor ihm befanden, zog er die breiten Schultern zurück und schwang den Hammer, so stark er konnte.

Er traf mit voller Kraft auf die linke Fußsohle. Die Haut platzte auf, und die Knöchelchen und kleinen Gelenke wurden zerschmettert. Ein Blitz brennenden, Brechreiz erzeugenden Schmerzes – wie ein massiver elektrischer Speer – fuhr durch mein Schienbein, das Bein hinauf und bis in die Leiste. Er hätte genauso gut meine Hoden zertrümmern können. Ich wäre bewusstlos geworden, hätte nicht mein eigener aufheulender Schrei mich auf eine seltsame Weise bei Bewusstsein gehalten.

Nikolaides lachte. »Siehst du – seine Stimme ist schon wieder kräftiger«, sagte er zum Sarazenen. »Manchmal sind die guten alten Methoden eben immer noch die besten.«

Er schlug noch einmal auf mich ein. Dieses Mal näher an den Zehen. Ich hörte noch mehr Knochen bersten und schrie noch lauter. Ich war auf dem Weg in die Bewusstlosigkeit. Doch der Scherge – er stand neben meinem Kopf und feuerte den alten Bullen an – schlug mir heftig ins Gesicht, um mich im Hier und Jetzt zu halten.

Er rief dem Bullen zu: »Noch mal.«

»Nein«, befahl der Sarazene. »Das dauert schon zu lange. Wenn er bewusstlos wird, müssen wir den ganzen Tag hier verbringen.«

Er wandte sich mir zu. »Verraten Sie mir endlich den Namen.«

»Ich bin Brodie David Wilson. Ich bin FBI…«

Sie legten das Handtuch wieder an und senkten mich ins Wasser.

Cumali war durch den hinteren Teil des Tempels gegangen, vorbei an den Ruinen der mächtigen Mauern, und betrat einen unterirdischen Raum, der Spoliarium hieß – der Bereich, in dem den toten Gladiatoren die Waffen abgenommen und ihre Leichen entsorgt wurden.

Sie fragte sich, was oben vor sich ging – sicher würde es nicht mehr lange dauern, bis sie hören würde, dass ihr Bruder sie rief, um ihr zu sagen, dass alles vorbei war und sie gehen könnten.

Was für eine Vergeudung, dachte sie – Spitz war ein brillanter Ermittler, mit Sicherheit der beste, den sie je kennengelernt hatte. Allein die Idee mit den Spiegeln im Französischen Haus reichte, um das zu belegen. Er wäre auch mit dem Täuschungsmanöver um seine Identität durchgekommen – hätte es nicht den Grenzübertritt mit einem Mietauto gegeben, das Rückschlüsse auf ihn ermöglichte. Gab es denn in Amerika keine Kameras mit Nummernschild-Erkennung? Vermutlich haben sie sie sogar entwickelt. Komisch, dass ein so cleverer Mann einen solchen Fehler beging.

Natürlich hätte sie nie erfahren, wer er wirklich war, wenn es den Anruf des Mannes vom MIT nicht gegeben hätte. Und was war eigentlich mit diesen Typen? Ein Anruf, und dann nichts mehr – keine weiteren Fragen, keine Kontaktaufnahmen, um Näheres über Spitz' Aufenthalte oder weitere Einzelheiten über ihn zu erfahren. Dank ihrer Kontakte in die Drogenwelt hatte sie mit einem einzigen Einbruch mehr über ihn erfahren als der türkische Geheimdienst mit all seinen Ressourcen. Es schien tatsächlich, als seien sie überhaupt nicht sehr an Spitz interessiert.

Ein fürchterlicher Gedanke durchfuhr sie – was, wenn der Amerikaner gar keinen Fehler gemacht hatte, als er über die Grenze fuhr? Wenn beispielsweise der Vize-Koordinator des MIT für die Gegenseite arbeitete oder ihr Anruf umgeleitet worden war und sie gar nicht mit ihm gesprochen hatte? Was, wenn alle

Indizien, denen sie nachgegangen war, untergeschoben waren? Was, wenn es eine Finte war? Das würde bedeuten, dass sie ihrem Bruder die Informationen zugänglich machen sollte, um ihn dazu zu bewegen, aus dem Schatten herauszutreten.

»Allmächtiger«, sagte sie und lief los.

Sie passierte die Gewölbe, in denen dereinst die Waffen der Gladiatoren gelagert hatten, und rannte die lange Rampe hoch in Richtung Porta Libitinensis – das Tor des Todes, durch das die Körper der toten Entertainer fortgetragen wurden.

Sie hatte fast den verfallenen Torbogen erreicht, und die gesamte Arena breitete sich vor ihr aus, als ihr Handy – das endlich ein Netz hatte – klingelte. Sie zog es hervor und sah, dass sie mindestens ein Dutzend Anrufe verpasst hatte. Alle stammten, ebenso wie der aktuelle, vom Kindermädchen.

Verzweifelt und voller Angst nahm sie den Anruf entgegen und fragte auf Türkisch: »Was ist los?«

Doch es war nicht die Stimme des Kindermädchens, die antwortete. Es war eine männliche Stimme, die Englisch mit amerikanischem Akzent sprach.

»Leyla Cumali?«, fragte der Mann am anderen Ende.

Entsetzt schrie sie auf: »Wer sind Sie?«

Aber er antwortete nicht, sondern sagte nur genau die Worte, die wir beide in meinem Hotelzimmer vereinbart hatten: »Ich habe Ihnen eine Videodatei geschickt. Schauen Sie sie an.«

In ihrer Verwirrung und ihrer Angst schien sie nicht zuzuhören und wollte erneut von ihm wissen, wer er sei.

»Wenn Sie Ihren Neffen retten wollen, schauen Sie sich das Video an«, verlangte Ben. »Es ist ein Film in Echtzeit. Es passiert genau jetzt.«

Ihr Neffe? Cumali dachte nach. Sie wussten alles.

Dem Weinen nahe und mit zitternden Händen fand sie die Videodatei und öffnete sie. Sie schaute sie an – und kollabierte fast. Sie schrie ins Telefon: »Nein … bitte … o nein!«

Wieder ertrank ich – diesmal ebenso in Schmerzen wie im Wasser. Ich kämpfte um mein Leben, die Flüssigkeit ergoss sich über mein Gesicht und meinen zerschmetterten Fuß und überschwemmte mich mit einer nicht enden wollenden Flut von Höllenqualen. Es dauerte nicht lange, und mein Bewusstsein war von nichts anderem mehr erfüllt.

Mein Kopf war nach hinten geneigt, der Mund stand weit offen, ständig floss Wasser hinein und erzeugte endlose Würgekrämpfe. Meine Brust hob sich ständig, meine Lunge schrie nach Luft, mein Körper kollabierte. Das Grauen hatte jeden rationalen Gedanken ausgelöscht und mich in die Enge getrieben. Ich hatte noch einmal versucht zu zählen, musste aber bei siebenundfünfzig Sekunden abbrechen. Das schien eine Ewigkeit her zu sein.

Hinter meiner Augenbinde war ich bis jenseits des äußersten Sterns gereist. Ich hatte die Leere am Ende des Universums gesehen, eine gestaltlose, unendliche Finsternis. Ich wusste, dass sie mich weit über jeden Schmerz hinaus verletzt hatten, dass meine Seele für immer gezeichnet war.

Eine Erinnerung blitzte in mir auf. Der Flüsterer hatte etwas gesagt. Er hatte gesagt, wenn es mir je zu viel werden sollte, sollte ich es beenden. Mich zu meinem Gewehr rollen und vor meinen Gott treten wie ein Soldat. Doch ebendies war die größte Grausamkeit, die schlimmste Qual: Da die Folterknechte die Menge des Wassers genau kontrollierten, konnte ich nicht einmal tief einatmen, meine Lunge fluten und mich selbst schnell ertränken. Selbst die letzte Würde, mein Leben selbst zu beenden, wurde mir vorenthalten. Ich war genötigt weiterzumachen, zu leiden, an der Tür zum Nirgendwo zu stehen, ohne hindurchgehen zu können.

Der Sarazene sah auf die Uhr – der Amerikaner hatte es bereits hundertfünfundzwanzig Sekunden lang ausgehalten – länger als jeder andere Mann, den er kannte, viel länger, als er erwartet hatte. Er näherte sich der Marke, die Chalid Scheich Mohammed gesetzt hatte, ein großer Krieger, Diener des Einen Wahren Gottes und ein mutiger Schüler des heiligen Korans. Jetzt müsste er aber sicherlich bald reden? Er gab den beiden Albanern ein Zeichen.

Ich spürte, wie das Wasser von meinem Haar strömte und mir das verdreckte Handtuch vom Gesicht gerissen wurde, als sie mich herauszogen. Ich schlotterte, mein Körper war vollkommen außer Kontrolle, mein Bewusstsein nicht weit davon entfernt. Das Grauen war leibhaftig, alle Ängste meines Lebens hatten Gestalt angenommen. Ich konnte nicht sprechen, aber als ich aus dem Abgrund zurückkam, kehrte der Schmerz in meinem Fuß mit unbändiger Heftigkeit zurück, und ich spürte, dass ich kurz davor war, in die ersehnte Bewusstlosigkeit zu fallen. Doch ein Adrenalinstoß verhinderte das, als der Sarazene heftig auf mein gebrochenes Jochbein schlug.

Er zog mir gewaltsam die Lider auseinander und blickte mir in die Pupillen, um festzustellen, wie viel Leben noch in mir war, während seine andere Hand meinen Hals abtastete, bis er eine Arterie gefunden hatte, und überprüfte, ob mein Herz regelmäßig schlug oder auszusetzen drohte. Er trat zurück und schaute mich an. Ich rang nach Luft, versuchte meinen Tremor unter Kontrolle zu bekommen und drängte den Schmerz im Fuß zurück.

»Wer sind Sie?«, fragte er so leise, dass vermutlich nur ich es hören konnte.

Ich sah Beunruhigung und Verwirrung in seinem Gesicht – und das gab mir Kraft. In unserer gewaltigen Schlacht der Willenskräfte war ich im Begriff zu sterben, aber ich würde als Sieger daraus hervorgehen.

»Der Name?«, fragte er.

Schwach schüttelte ich den Kopf.

»Überlass ihn mir«, sagte Nikolaides, der vor Ungeduld beinahe platzte.

»Nein«, erwiderte der Sarazene, »du würdest ihn umbringen, und dann erfahren wir gar nichts. Uns bleiben noch mehrere Stunden, falls nötig.«

»Bis jemand mit dem Boot vorbeikommt, um die Ruinen zu besichtigen, und neugierig wird«, sagte Nikolaides.

»Dann verleg das Boot«, erwiderte der Sarazene. »Zieh es hinter die Felsen, damit es nicht zu sehen ist.«

Nikolaides zögerte. Er war es nicht gewohnt, herumkommandiert zu werden.

»Los«, sagte der Sarazene. »Wir vergeuden nur noch mehr Zeit.«

Der Bulle glotzte nur und gab nach. Er wandte sich an die beiden Albaner, die ihm helfen sollten. Die Männer verschwanden unten im Hauptgang, der Sarazene blickte auf mich herab. Ich war immer noch an der Planke festgebunden, die gegen den Trog gelehnt war, meine Handgelenke waren geschwollen und völlig verdreht, die stählernen Handschellen schnitten mir ins Fleisch, die Finger waren blutleer und weiß wie Marmor. Er stieß mit der Schuhspitze an meinen zerschmetterten Fuß und sah zu, wie ich wimmerte. Er tat es noch einmal, fester jetzt, und obwohl ich es nicht wollte, schrie ich auf.

»Es wird nur immer noch schlimmer«, kündigte er mir flüsternd an.

Er hob den Fuß, holte Schwung, um in mein rohes Fleisch zu treten, doch weiter kam er nicht mehr. Aus dem Dunkel des Seitengangs hörten wir eine Stimme.

Cumali schrie etwas auf Arabisch – wie wahnsinnig.

KAPITEL NEUNUNDDREISSIG

Von dort, wo ich lag, hatte ich einen freien Blick auf Cumali. Sie rannte in die Helligkeit, die Angst stand ihr ins Gesicht geschrieben, sie hielt das Handy umklammert. Ihr Bruder lief ihr entgegen.

Einen Augenblick lang fragte ich mich, was geschehen war. Ich war überzeugt, dass der Plan geplatzt war, deshalb fiel es mir schwer, selbst die einfachsten Informationen zu verarbeiten. Ich konnte mir nicht vorstellen, dass Bradley noch am Leben war. Und ich konnte mich nicht mehr daran erinnern, dass ein einziger Telefonanruf sowohl mich wie auch die Mission retten konnte.

Ich versuchte, mich nicht den Schmerzen in meinem Fuß und meinen Handgelenken auszuliefern, und schaute verwirrt zu, als Cumali bei ihrem Bruder ankam und ihm das Handy zuwarf. Er sprach Arabisch, aber es war klar, dass er wissen wollte, was los war. Atemlos zeigte Cumali nur auf das Handy. Der Sarazene blickte auf das Display …

Sein geliebter Sohn starrte zurück, unschuldig und ohne etwas zu verstehen. Tränen liefen dem kleinen Kerl über das Gesicht, aber da er gefilmt wurde, versuchte er, so gut wie möglich zu lächeln. Um seinen Hals lag eine Henkersschlinge.

Der Sarazene starrte auf das stumme Display, sein gesamtes Universum erbebte, alles, was er zu wissen und zu verstehen glaubte, wurde in seinen Grundfesten erschüttert. Er schaute auf mich, mordlüstern und unberechenbar. Jemand bedrohte sein Kind! Er würde …

Er stürzte auf mich zu, in seinen Augen loderte Wut, und in meinem gemarterten Inneren rastete endlich ein Gang ein. Es war der Anruf, dem ich so angestrengt entgegengezählt hatte, auf den ich so verzweifelt gewartet hatte. Das war die einzige Erklärung für die Qualen der Frau und die Wut des Sarazenen …

Bradley war durchgekommen!

Ich versuchte mich ein wenig aufzurichten, war aber immer noch an der Planke festgebunden. Trotz einer Woge aus Schmerz gelang es mir, mich an das zu erinnern, was ich in meinem Hotelzimmer geprobt hatte, als mein Geist und mein Körper noch heil waren und das Grauen etwas, das nur andere Menschen kannten. Ich war davon ausgegangen, dass die größte Gefahr in dem Moment bestehen würde, in dem der Sarazene erkannte, dass es sich um eine Finte handelte und das Leben seines Kindes auf dem Spiel stand: Möglicherweise würde er in Wut um sich schlagen und jeden töten, der sich gerade in seiner Nähe befand. Ich kramte hervor, was ich zu sagen hatte.

»Wenn Sie vernünftig sind, können Sie Ihren Sohn retten«, sagte ich, ein wenig stockend.

»Woher wissen Sie, dass er mein Sohn ist?!«, schrie er.

»Sie können ihn retten, wenn Sie es wollen«, wiederholte ich, ohne mir die Mühe für eine Erklärung zu machen.

Seine Schwester war inzwischen wieder so weit bei Sinnen, dass sie den Bruder in ihrer Seelenpein – halb auf Arabisch, halb auf Englisch – anschreien konnte, keine Zeit zu verlieren und mich zu fragen, was er tun solle, um das Kind zu retten. Der Sarazene starrte weiter auf mich, unsicher, ob er vor der Ausweglosigkeit der Situation oder vor seiner Wut kapitulieren sollte.

»Schau dir das Bild an!«, schrie Cumali. »Schau auf deinen Sohn!«

Sie hielt ihm das Handy noch näher ans Gesicht. Er blickte wieder auf das Bild seines Kindes. Dann drehte er sich zu mir um …

»Was geht da vor sich? Los!«, befahl er.

»Sprechen Sie mit dem Mann am Handy«, antwortete ich.

Der Sarazene nahm das Handy. »Wer sind Sie?!«, fragte er in giftigem Tonfall auf Englisch und versuchte, die Kontrolle über das Gespräch zu erlangen.

Bradley würde das ignorieren – genau wie wir es geplant hatten, würde er dem Sarazenen sagen, er solle sich den Videoclip ansehen, den er ihm gleich schicken werde. Die erste Einstellung würde eine Uhr oder Armbanduhr zeigen und beweisen, dass nichts fingiert war und wir das Ganze nicht aufgezeichnet hatten. Alles fand in genau diesem Augenblick statt.

Der Sarazene spielte den Clip ab. Er sah die Uhr – und dann schien er zu taumeln. Seine Schwester, die ihn ebenfalls beobachtete, klammerte sich an ihn und wimmerte in einer Mischung aus Arabisch und Türkisch. Der Clip zeigte das eine Ende des Seils, das an dem Bronzebolzen angebracht war, an dem vorher die Küchenlampe gehangen hatte. Das andere Ende bildete die Schlinge um den Hals des Kindes. Es stand auf den Schultern des fettleibigen und schweißgebadeten Kindermädchens. Sowie ihre schwachen Knie nachgäben, würde sie stürzen, und der Junge würde hängen.

Es war eine entsetzliche Szene, deshalb war es nicht verwunderlich, dass Bradley so vehement dagegen opponiert hatte. Aber ich hatte etwas derart Schockierendes gebraucht, damit dem Sarazenen keine Zeit zum Handeln oder Planen blieb. Tatsächlich kann ich es mir aber nicht ganz als eigenes Verdienst anrechnen – soweit das in diesem Zusammenhang überhaupt das richtige Wort ist –, das Ganze ersonnen zu haben. Ich hatte darüber vor Jahren einmal etwas gelesen. Im Zweiten Weltkrieg hatten japanische Soldaten gefangen genommene europäische Väter gezwungen, ihre Kinder in genau dieser Weise zu halten. Dann hatten sie die Mütter der Kinder gezwungen zuzusehen, bis ihre Männer strauchelten und fielen. Für die Japaner war das so eine Art Sportvergnügen.

Der Sarazene senkte das Handy und schaute mich hasserfüllt an. Während er wie angewurzelt dastand, stürzte Cumali sich auf mich, um mir mein verwundetes Gesicht zu zerkratzen.

Ihr Bruder hielt sie zurück – er versuchte nachzudenken. Seine Blicke huschten kreuz und quer über die Mauern der Ruinen. Diese Blicke offenbarten das Gefängnis, in dem er sich befand, klarer, als es Käfigstangen hätten tun können. Allmählich funktionierte mein Kopf wieder. Und da wusste ich, dass ich den Druck aufrechterhalten und ihm jede Möglichkeit nehmen musste, das von mir verfasste Drehbuch durcheinanderzubringen.

»Ich und meine Leute werden keinerlei Verzögerung dulden«, sagte ich. »Hören Sie noch mal ins Handy.«

Roboterhaft, im Schockzustand nahm der Sarazene das Handy und hörte am anderen Ende eine Frau hysterisch schluchzen und auf Türkisch mit ihm sprechen. Das verwirrte ihn, weil er die Sprache nicht verstand. Er gab das Telefon seiner Schwester.

Sie begann, ins Arabische zu übersetzen, aber ich unterbrach sie. »Auf Englisch«, befahl ich.

Sie erklärte ihrem Bruder, dass es das Kindermädchen sei. »Sie fleht uns an. Sie kann kaum noch stehen! Sie sagt, wenn wir sie nicht retten können, sollen wir wenigstens das Kind retten.«

Sie packte den Sarazenen am Hemd, völlig außer sich. »Was um Gottes willen hast du getan? In was hast du uns da hineingezogen?!«

Er stieß ihre Hand zurück. Worauf sie schwer atmend rückwärtstaumelte und ihn voller Wut anstarrte.

»Wir schätzen, dass das Kindermädchen noch sechs Minuten stehen kann«, sagte ich. »Vielleicht täuschen wir uns aber auch. Es könnten auch noch weniger sein.«

Das hatte ich mir ausgedacht, aber in dieser verzweifelten Lage stellte niemand so etwas in Frage. Der Sarazene blickte auf das Foto im Handy und dann auf mich. Er rang mit sich und wusste nicht, was er machen sollte.

»Sie sind sein Vater«, sagte ich leise. »Sie tragen die Verantwortung für Ihren Sohn – retten Sie ihn.«

Vor langer Zeit in Genf hatte ich gelernt, dass Liebe nicht schwach ist, sondern stark. Jetzt hatte ich alles auf ihre Kraft gesetzt. Der Sarazene sagte nichts, er war außer Gefecht gesetzt – unfähig, nachzudenken oder etwas zu entscheiden, gefangen zwischen seinem großartigen Plan und der Angst um das Leben seines Sohnes.

Ich musste ihn bezwingen, stieß tief hinunter in mein zerbrochenes Inneres und fand die Erinnerung an das, was ich sagen musste. »Was ist ein Versprechen wert?«, fragte ich ihn. »Vor allem eines, das man seiner sterbenden Frau gegeben hat? Aber machen Sie weiter, wenn Sie wollen – brechen Sie das Versprechen, das Sie vor Allah abgelegt haben.«

Er starrte mich an, flach atmend, voller Angst. »Woher wissen Sie das? Wer hat Ihnen von Gaza erzählt?«

Ich antwortete nicht, worauf er sich von uns abwandte. Er war verloren in der Finsternis, versuchte einen Weg aus dem Gefängnis zu finden und dachte daran – dessen war ich mir sicher –, wie er seine sterbende Frau im Arm gehalten hatte, dass sein Sohn die letzte greifbare Verbindung zu ihr war und dass er ihr und Gott das heilige Versprechen gegeben hatte, den Kleinen zu beschützen.

Ich sah, dass seine Schultern herabsanken, und dann brach es qualvoll aus ihm heraus. »Was wollen Sie?«, fragte er und drehte sich dabei zu mir um. »Sagen Sie mir, was ich tun soll.«

Cumali schluchzte erleichtert auf und schlang die Arme um ihn.

»Ich muss den Mann am Handy wissen lassen, dass ich am Leben und in Sicherheit bin«, sagte ich. »Binden Sie mich los.«

Der Sarazene zögerte – er wusste, dass es kein Zurück geben würde, wenn er mich erst einmal freigelassen hatte –, aber er bekam keine Zeit mehr zum Nachdenken. Cumali trat einen Schritt vor, löste die Lederriemen, mit denen ich an der Planke festgeschnallt war, nahm einen Schlüssel aus ihrer Tasche und öffnete die Handschellen.

Sie fielen zu Boden. Wegen der Schmerzen, die das jetzt in meine geschwollenen Hände zurückfließende Blut verursachte, verlor ich fast das Bewusstsein. Es gelang mir, mich am Trog festzuhalten und mich hochzuziehen. Kaum hatte mein zerschmetterter Fuß den Boden berührt, schickte mich die Explosion zermalmter Nerven fast zurück in den Morast, aber irgendwie kam ich doch auf die Füße und streckte die Hand nach dem Handy aus.

Der Sarazene gab es mir, doch ich führte es nicht bis hinauf ans Gesicht. Stattdessen streckte ich beiden die Hand entgegen.

»Die Waffen«, sagte ich.

Beide händigten mir ihre Pistolen aus. Bei der Waffe der Polizistin handelte es sich um eine Standardversion der Beretta Kaliber 9, bei der des Sarazenen – vermutlich hatte er sie von Nikolaides erhalten – um eine in der Schweiz hergestellte SIG 1911 Stainless. Eine bessere Waffe konnte man käuflich nicht erwerben.

Ich schob mir die Beretta in die Tasche und behielt die SIG locker in meiner geschwollenen Hand. Angesichts des Zustands meiner Hände war ich mir nicht sicher, ob ich überhaupt in der Lage wäre, sie abzufeuern. Ich verlagerte das Gewicht auf meinen zertrümmerten Fuß, kämpfte gegen eine Welle von Übelkeit und führte das Handy zum Mund.

»Ben?«, sagte ich mit krächzender, rauer Stimme, die er vermutlich kaum erkennen konnte.

»Sind Sie das?«, fragte er.

Die Stimme des Polizisten, von der ich angenommen hatte, dass ich sie niemals wieder hören würde, überwältigte mich fast. Einen Augenblick lang sank ich in mir zusammen, gleichzeitig wurde mir klar, dass sie mich beinahe vernichtet hatten.

»So könnte man sagen«, antwortete ich einen Augenblick später. »Ich schalte jetzt das Mikrofon ein, Ben«, fuhr ich fort und versuchte, mich an die Einzelheiten zu erinnern, die ich so minutiös geplant hatte. »Sie hören alles, was hier vor sich geht. Wenn mir etwas geschieht, erschießen Sie das Kindermädchen – okay?«

Ich sah, dass der Sarazene und Cumali die Information aufgenommen hatten. Trotz der verheerenden Einschläge, die mein Inneres getroffen hatten, wusste ich, dass ich schnell handeln musste. Ich wandte mich an die Frau.

»Gehen Sie runter in den Tunnel, halten Sie sich versteckt und beobachten Sie den Strand. Wenn Sie die anderen sehen, kommen Sie sofort zurück und warnen mich. Denken Sie daran: Wenn Sie besonders schlau sein wollen und sie dazu bringen, mich anzugreifen, wird der Mann in Bodrum das hören. Und Sie wissen ja, was er dann macht.«

Sie nickte und rannte los. Sie wollte um alles in der Welt, dass es funktionierte, dass der Junge gerettet wurde. Ich bezweifle, dass ihr in ihrer großen Sorge und Angst überhaupt klar war, dass sie zu meiner stärksten Verbündeten geworden war.

Ich drehte mich um und sah den Sarazenen an. Erst jetzt lag der schwierigste Teil vor mir – ungeachtet der Tortur, die ich durchlebt hatte. Ich musste ihn dazu bringen, mir die Wahrheit zu sagen und mich nicht mit Lügen und Falschinformationen zu besiegen.

»Mein Name ist Scott Murdoch«, sagte ich, von den Schmerzen meiner Verletzungen geplagt. »Ich bin amerikanischer Geheimagent. Ich werde Ihnen jetzt einige Fragen stellen.«

»Im Hindukusch, das Dorf hieß …«

Ich fiel ihm ins Wort, sodass er den Eindruck haben musste, dass ich die Antwort bereits kannte. So hielt ich das unerbittliche Tempo aufrecht. »Welche Nationalität hatte Ihre neue Identität?«

»Libanesisch.«

Das war mein erster Treffer: Ich hatte eine Nationalität, und damit könnten wir nötigenfalls beginnen, ihm nachzuspüren. Allmählich wurde es eng für ihn.

Im Haus in Bodrum hielt Bradley sich das Handy dicht ans Ohr – er versuchte, alles zu hören. Auf der Bank vor ihm lag Papier verstreut, und wegen meines Tempos machte er sich überaus hektisch Notizen.

Später sagte er mir, dass er aufgrund meiner Stimme fast sicher gewesen sei, dass ich gleich stehenden Fußes sterben würde.

KAPITEL EINUNDVIERZIG

Genau den Eindruck hatte ich auch selbst. Ich schöpfte eine Handvoll Wasser aus dem Trog und goss es mir übers Gesicht – wenn es mir nur half durchzuhalten, den Schmerz zu lindern und das aufkommende Fieber zu kühlen. »Wer ist Sa'id bin Abdullah bin Mabrouk al-Bishi?«, wollte ich von ihm wissen.

»Scharfrichter«, antwortete der Sarazene.

»Land?«

»Saudi-Arabien.«

»Woher kennen Sie ihn?«

Er hielt inne, und mir wurde klar, dass die Wunde auch nach so vielen Jahren immer noch offen war. »Er hat meinen Vater getötet.«

»Schneller«, warnte ich ihn. »Wann sind Sie geboren?«

Kaum hatte er begonnen zu antworten, traf ihn schon meine nächste Frage.

»Welche Blutgruppe haben Sie?«

Er hatte die Antwort erst zur Hälfte ausgesprochen, als ich er-

neut ausholte. Ich musste weiter dafür sorgen, dass er nicht Tritt fassen konnte.

»Wie lautet der nichtwissenschaftliche Name für *Amphiprion ocellaris*?«

»Clownfisch.«

»Wo haben Sie Ihr Medizinstudium abgeschlossen?«

»Universität Beirut.«

»Wer hat es Ihnen bezahlt?«

»Ein Stipendium – vom Außenministerium der USA.«

Ich zeigte keine Reaktion, aber klar – das ergab Sinn.

»Welcher Moschee gehörten Sie als Jugendlicher in Bahrain an?«

Ich konnte mich nicht an den Namen erinnern, aber die Antwort des Sarazenen hörte sich richtig an.

»Welcher radikalen Gruppe war die Moschee angegliedert?«

»Muslimbruderschaft.«

»Name des letzten Krankenhauses, in dem Sie gearbeitet haben.«

»Bezirkskrankenhaus El Mina.«

Das war der zweite Treffer: Krankenhäuser führten Personalakten, und darin würde sich der Name finden, den er benutzte, seit er den libanesischen Pass hatte.

»Wie hieß der Ärztliche Direktor? … In welchem Jahr haben Sie dort begonnen … In welchem Monat?«

Dem Sarazenen blieb keine andere Wahl, als zu antworten – das Tempo des Verhörs war unerbittlich. Allerdings musste ich teuer dazuzahlen. Meine kleine Energiereserve neigte sich rasant ihrem Ende zu, außerdem war ich inzwischen sicher, dass es sich bei den Schmerzen im Hinterkopf um ein Symptom von Fieber handelte – wahrscheinlich breitete sich von den offenen Wunden eine Infektion auf meinen gesamten Körper aus. *Schneller, befahl ich mir. Schneller …*

»Der Name der Mutter des Jungen?«

»Amina.«

»Ebadi?«

»Ja«, antwortete er, überrascht von meinem Wissen.

»Wie viele andere Namen hat sie benutzt?«

»Vier.«

»Welche Verbindung besteht zwischen den Al-Aqsa-Märtyrer-Brigaden und dem Waisenhaus, in dem Ihr Sohn war?«

»Sie haben es gegründet.«

»Wie wurde Ihre Frau getötet?«

»Eine zionistische Rakete.« Mein Gott, was für eine Verbitterung in seiner Stimme lag.

»Wie hieß der Sohn von Nikolaides, der auf Santorin starb, mit Vornamen?«

»Was?«, entgegnete er verwirrt und verzweifelt. »Sind wir jetzt wieder bei den Griechen?!«

Er hatte nicht die geringste Ahnung, wohin es als Nächstes ging, und das gab mir Kraft. Mir wurde klar, dass jedes Detail meiner weiten Reise zählte – ich machte von jeder Fährte Gebrauch, endlich konnte ich jedes kleine Detail einsetzen. Nichts war vergeblich gewesen. Nichts.

»Der Name des Sohnes!«, befahl ich.

Er versuchte sich zu erinnern, war vielleicht nicht einmal sicher, ob er ihm je mitgeteilt worden war. »Ich weiß nicht … Ich kann mich nicht …« Er geriet in Panik. »Christopher!«, rief er, aber er war sich nicht sicher. »Nein, nein …«

»Christos«, sagte ich und ließ es ihm durchgehen.

»Wo waren Sie am Tag, bevor Sie nach Bodrum gekommen sind?«

»In Deutschland.«

Ich ging davon aus, dass das stimmte – er konnte nicht allzu weit weg gewesen sein.

»Wie lange waren Sie dort?«

»Zwei Monate.«

»Wie heißt die Straße, in der sich die Moschee befand, die Sie dort besucht haben?«

»Wilhelmstraße.«

»Welche Stadt?«

»Karlsruhe.«

»Nennen Sie die Namen der drei Ausländer, die Sie im Hindukusch getötet haben.«

»Ich kann mich … Ich kann mich nicht erinnern …«

»Die Vornamen! Wie haben sie sich gegenseitig angesprochen?«

»Jannika …«

Ich wartete nicht. Ich konnte mich ebenfalls nicht daran erinnern. »Haben Sie ein Message Board im Internet benutzt, um mit Ihrer Schwester Nachrichten auszutauschen?«

»Ja.«

»Wer war Clownfisch?«

»Mein Spitzname.«

»Welche Krankheit hatte Ihr Sohn, als Sie am Hindukusch waren?«

Er starrte mich an – wieso in drei Teufels Namen wusste ich, dass sein Sohn krank gewesen war?

»Grip…«

In seiner Verzweiflung versuchte er, mich anzulügen, mich auf die Probe zu stellen, aber ich sah ihn unverwandt an, sodass er sich eines Besseren besann.

»Meningokokken-Meningitis.«

»Nicht so langsam. Und versuchen Sie das nicht noch einmal. Wie heißt das größte Hotel in Karlsruhe?«

»Zum Deutschen König«, antwortete er.

»Haben Sie dort gearbeitet?«

»In dem Hotel?«

»In Karlsruhe!«

»Ja.«

»Wo?«

»Bei Chyron.«

Das sagte mir nichts, und ich war mir nicht einmal sicher, ob ich es korrekt verstanden hatte. »Den vollständigen Namen.«

»Es ist amerikanisch, das heißt, es ist …«

»Den vollständigen Namen!«

Der Sarazene schwitzte. Vermutlich versuchte er, sich an das Schild vorne am Gebäude zu erinnern, aber es fiel ihm nicht ein. Ich hob das Handy, um mit Ben zu sprechen – als würde ich den Jungen bedrohen. Da hatte er es …

»Chyron Pharma-Fabrik GmbH.«

»Der Name der Moschee, die Sie als Kind besucht haben.«

Der Name war mir egal – ich sah, dass der Sarazene sich entspannte, die Muskeln um seinen Kiefer herum lockerten sich um ein Winziges – und erkannte, dass Karlsruhe und die dortige Chemiefabrik der heißeste aller Hotspots war.

»Ihre Adresse, als Sie in El Mina arbeiteten?«

Der Sarazene konnte kaum Schritt halten, aber er nannte mir den Straßennamen und eine Hausnummer. Er war noch nicht ganz zu Ende, als ich ihn erneut traf: »Nennen Sie mir drei Personen, die das bestätigen können.«

Er nannte sie, aber El Mina interessierte mich ebenso wenig, auch wenn ich davon ausging, dass er dort das Virus synthetisiert hatte.

»Was für einen Job hatten Sie bei Chyron?« Ich war dort zurück, wo ich sein wollte – am Hotspot. An seiner Miene war zu erkennen, dass er meine Begeisterung gar nicht teilte.

»Lagerarbeiter.«

»Name des Vorgesetzten?«

»Serdar …«

»Welche Schicht?«

»Nachtschicht.«

»Was ist Chyrons Haupttätigkeitsgebiet?«

»Pharma – Medikamente.«

»Welche Art von Medikamenten?«

»Impfstoffe.«

Ich spielte auf Risiko. Ich ging das vermutlich größte Risiko meines Lebens ein, aber ein Arzt nahm nicht ohne Grund einen Job in der Nachtschicht der Versandabteilung eines Pharmaunternehmens an.

»Wann hat das Virus Karlsruhe verlassen?«

Er hielt ganz kurz inne … und ich führte das Handy zum Mund, bereit, die Bombe zu entsichern. Er starrte mich noch einen Augenblick länger an.

»Gestern«, sagte er leise.

Ich hatte das Gefühl, als ob das Rätsel wie ein Turm aus Granit in sich zusammenfiel. Die Erleichterung traf mich wie ein Blitz, der so intensiv war, dass ich einen Augenblick lang meine Schmerzen vergaß. Jetzt wusste ich: In den vergangenen vierundzwanzig Stunden hatte ein mit Pocken kontaminierter Impfstoff ein in Deutschland ansässiges Unternehmen namens Chyron Chemicals verlassen.

Er befand sich bereits in Amerika oder nicht mehr sehr weit davon entfernt, deshalb lautete mein dringlichster Gedanke: Wie groß? Welchen Umfang hatte der Angriff?

»Wie viele Dosen?«, fragte ich.

»Hundert.«

Ich nahm eine winzige Änderung des Tonfalls wahr, ein Verschlucken des Lautes am Ende des Wortes, als ob er versuchte, die Zahl herunterzuspielen. Das alarmierte mich. Ich hatte das Handy immer noch vor dem Mund. Die SIG hielt ich in der anderen Hand und zielte direkt auf sein Gesicht.

»Ich werde das Folgende nur ein einziges Mal tun. Ich frage Sie zum zweiten Mal. Wie viele?«

Er schien in sich zusammenzusacken. »Zehntausend.«

Es bedurfte einer ungeheuren Selbstbeherrschung, um keine Reaktion zu zeigen. Zehntausend?! Die Anzahl musste richtig sein, für eine Lüge war sie zu gewaltig. Und genau in diesem Moment konnte ich das letzte Stück des Puzzles einfügen. Angesichts des schieren Ausmaßes des Angriffs und angesichts der Jahreszeit konnte das Virus nur an einem einzigen Ort versteckt sein. Ich war überzeugt zu wissen, wo es sich befand und was er geplant hatte. Erstmals seit einer gefühlten Ewigkeit hatte ich keine Fragen mehr.

Ich lehnte mich gegen den Trog – voller Schmerzen, jenseits jeder Erschöpfung. Weil das Fieber allmählich die Kontrolle über meinen Körper übernahm, begann Schweiß meine Wangen hinunterzurinnen.

Ich hob den Kopf und erblickte al-Nassouri, der mich anstarrte. Er wusste, warum das Verhör beendet war: Ich hatte alles herausgefunden, was ich brauchte. Seine Arbeit von Jahren, das Einzige, was seinem Leben Sinn und Inhalt gegeben hatte, lag in Trümmern. Er wollte gerade etwas sagen, mich wohl im Namen seines Gottes verfluchen, bekam dazu jedoch keine Gelegenheit mehr. Cumali kam auf uns zugerannt.

»Sie kommen«, rief sie und hielt stolpernd an.

»Gemeinsam?«, fragte ich und warf meine Erschöpfung schnell ab. »Oder nacheinander?«

»Nein. Gemeinsam.«

Das ließ mir eine Chance – wenn sie nacheinander kämen, würde der Letzte durch die Schießerei gewarnt werden, außerdem wollte ich mein Glück nicht gegen irgendeinen Mistkerl mit Maschinenpistole aufbieten. Sie zu überraschen und als Gruppe zu treffen, das war die beste Waffe.

Ich hörte Bradley ins Handy schreien. Er machte sich Sorgen, was passiert war, und fragte sich, warum in Gottes Namen die Befragung beendet worden war. Schnell ergriff ich das Handy.

»Es gibt ein Problem«, sagte ich. »Bleiben Sie dran, drei Minuten …«

Ich steckte das Handy ein und bewegte meine geschwollenen Finger. Ich wollte feststellen, ob ich die SIG abfeuern könnte. Eines stand nämlich fest – wegen des verletzten Fußes würde ich weder stehen noch auch nur kriechen können. Ich brauchte Hilfe.

KAPITEL ZWEIUNDVIERZIG

Die Beretta flog durch die Luft. Ich hatte sie aus der Tasche gezogen und schnell Cumali zugeworfen. Sie fing sie auf und schaute mich überrascht an.

»Wenn mir auch nur das Geringste geschieht«, sagte ich, »wird der Mann in Bodrum keinerlei Entschuldigungen akzeptieren. Er wird das Kindermädchen erschießen. Sorgen Sie also lieber dafür, dass ich am Leben bleibe. Verstanden?«

Sie wollte gerade nicken, doch ihr Bruder ging dazwischen: »Das ist keine Arbeit für sie, sie ist eine Frau – geben Sie mir die Waffe.«

Ich starrte ihn ungläubig an, riss mich aber zusammen – angesichts seines persönlichen Hintergrundes und seiner Überzeugungen hätte ich das voraussehen sollen.

»Nein«, sagte ich.

»Sie wissen, dass ich Mudschahed war«, versuchte er weiter, mich zu überzeugen. »Ich habe bereits getötet und kann besser schießen. Geben Sie sie mir.«

»Nein«, sagte ich mit Nachdruck. »Ich traue Ihnen nicht – und außerdem sind Sie der Lockvogel.«

Er stutzte – der Lockvogel? Ich hatte keine Zeit, es ihm zu erklären, und wandte mich wieder an Cumali. »Haben Sie schon mal einen Menschen getötet?«

»Noch nie.« Und sie sah auch nicht so aus, als gefiele ihr die Idee besonders gut.

»Dann denken Sie einfach daran: Sie erschießen keinen Menschen, Sie retten Ihren Neffen.«

Ich erklärte ihr, dass sie in den Bereich voller Geröll laufen solle, wo sie sich verstecken konnte und zugleich freie Sicht auf die drei Männer hatte. »Ihr Ziel ist der Alte. Er ist langsamer und hat nur eine Pistole. Ich werde versuchen, die beiden anderen, die Maschinenpistolen haben, zu erledigen. Ich werde hier sitzen. Der Lockvogel wird stehen und so tun, als würde er mich verhören. Sobald Sie sehen, dass ich mich auf die Schultern rolle, eröffnen Sie das Feuer. Zielen Sie auf Nikolaides' Brust – wenn er zusammenbricht, müssen Sie immer weiter schießen, klar? Lärm hilft immer.«

Ich nahm den polierten Stahldeckel der alten Kühlbox und stellte ihn gegen eine herabgefallene Säule. Dann duckte ich mich und lehnte mich gegen den Wassertrog, den Rücken halb dem herannahenden Feind zugewandt.

Wenn sie mich zusammengesunken und von ihnen abgewandt erblicken würden, würden sie keinerlei Verdacht hegen, dass etwas nicht in Ordnung war. Außerdem könnten sie die SIG auf meinem Schoß nicht sehen. Der Kühlboxdeckel war kein besonders guter Spiegel, aber es würde schon gehen. Er würde mir einen klaren Blick aufs Schlachtfeld und auf die genaue Position der drei herannahenden Gegner verschaffen.

Ich hörte Cumali flüstern: »Sie kommen!«

Ich entsicherte die SIG, hoffte, dass die Polizistin in ihrer Anspannung nicht vergessen hatte, das Gleiche zu tun, und wartete gemeinsam mit dem über mir stehenden Sarazenen. Ich atmete schwer, war ein gebrochener Mann, dessen Blick zufällig beharrlich auf den glänzenden Deckel der Kühlbox gerichtet war.

Im Spiegel sah ich, wie Nikolaides und die beiden anderen näher kamen, und zwang mich, den Augenblick abzuwarten, den Scharfschützen als »maximal wirkungsvolle Reichweite« bezeichnen. Vier Sekunden … drei …

Die Sonne wanderte minimal weiter, sodass ein gerader Lichtstrahl durch das zerstörte Dach stieß. Er traf auf den Deckel der Kühlbox. Das Aufblitzen zog die Aufmerksamkeit der drei Männer unmittelbar auf sich.

Nikolaides war kein Dummkopf – ihm fiel auf, dass der Stahldeckel bewegt worden war. Er kniff die Augen zusammen, blickte genau hin und erkannte, dass ich sie beobachtete. Er schrie den Albanern eine Warnung zu, warf sich zur Seite und zog seine Pistole.

Ich ließ mich auf die Schulter fallen und brachte mich rollend in Schussposition. Cumali eröffnete das Feuer mit der Beretta, war aber nicht gut genug, auch nur irgendetwas zu treffen, erst recht nicht den rennenden bulligen Alten.

Ich rollte immer weiter durch Schlamm und Dreck, schrie dabei immer wieder auf, wenn die Schmerzen in meinem zerschmetterten Fuß und meiner verletzten Brust mich durchfuhren, und nahm den Muskelprotz ins Visier. Er fuchtelte mit seiner Maschinenpistole herum und war offensichtlich bereit, den

Wassertrog und alles in dessen unmittelbarer Umgebung in die Luft zu jagen, mich eingeschlossen.

Der unbewaffnete Sarazene befand sich genau zwischen uns und wollte sich hinter dem Geröll in Sicherheit bringen.

Verkehrt herum und auf dem Rücken liegend hatte ich den Finger am Abzug, aber er war so stark geschwollen, dass ich kaum etwas spüren konnte. Voller Verzweiflung feuerte ich kurz nacheinander dreimal auf den Muskelprotz, wobei ich mein Bestes gab, die drei Schüsse unterschiedlich zu setzen. Normalerweise hätte mein erster Schuss das Ziel zumindest getroffen, aber die jetzige Situation war alles andere als normal, und die beiden ersten verfehlten das Ziel komplett.

Der dritte traf ihn in die Leiste, war also nicht annähernd tödlich, aber aus solcher Nähe abgefeuert, dass es ihn nach hinten warf. Er ließ seine Skorpion fallen und umfasste, was von seinen Genitalien übriggeblieben war.

Cumali gab einen Kugelhagel ab, während sie den sich schnell bewegenden Nikolaides verfolgte, hatte aber keinen Schimmer, was sonst auf dem Schlachtfeld vor sich ging. Sie verfehlte den alten Bullen um einen Kilometer, durchschoss seinem Schergen aber den Hals. Der fiel sofort um.

Sie feuerte immer weiter und jagte Nikolaides auch noch, als der sich rasend schnell dem Wassertrog näherte. Überall um mich herum fuhren Kugeln aufspritzend in den Schlamm.

Mein Güte! Ich hätte ihr eine Warnung zugeschrien, aber wegen der Schreie des Muskelprotzes, der das aus seinem Schritt rinnende Blut aufzuhalten versuchte, hätte mich ohnehin niemand gehört. Ich versuchte mich rollend in Sicherheit zu bringen, wurde aber zurückgeschleudert. Als ein jäher Schmerz in den Weichteilen meiner Schulter explodierte, wusste ich, dass einer ihrer wild abgefeuerten Schüsse mich getroffen hatte.

Es gelang mir, mich auf ein Knie zu stützen. Schnell richtete ich die SIG auf die verschwommenen Umrisse von Nikolaides, der immer noch unverwundet war. Ich verfluchte meinen verdammten Finger, der kaum abdrücken konnte, und sah, dass meine linke Hand, mit der ich den Lauf stützte, wie Espenlaub zitterte.

Ich drückte viermal ab, kurz hintereinander, doch gelang es mir lediglich, dem Alten in die Beine zu schießen und ihn zu Fall zu bringen, sodass seine Pistole davonflog. Ich beeilte mich, denn ich musste die Sache schnell zu Ende bringen, sonst hätte ich keine Kraft mehr dazu. Der entmannte Muskelmann stürzte sich auf seine Maschinenpistole.

Augenblicklich schoss ich – erstmals war ich der Lage wirklich gewachsen – und versenkte zwei Kugeln in seiner Brust. Das war nicht besonders originell, reichte aber, ihn zu töten.

Nikolaides – blutend und unbewaffnet – sah, wie der Muskelprotz zusammensackte. Er lag ausgestreckt im Dreck und schaute mich hasserfüllt und verwirrt an. Vermutlich hatte er alles für ganz einfach gehalten, ein lockerer Vormittags-Job. Aber irgendwie hatte ich das Waterboarding überlebt, hatte die, die mich gefangen hatten, gegen ihn in Stellung gebracht und konnte immer noch gut genug schießen, um zwei von ihnen zu erledigen.

»Wer zum Teufel sind Sie?«, knurrte er.

Ich sah, dass sein Blick zu seiner Pistole huschte, die fast in Reichweite lag. Ich musste ständig an sein Lächeln denken, als er mein Knie mit der stahlverstärkten Stiefelspitze zertrümmert hatte, und an die Gewalt der Hammerschläge auf meinen Fuß.

»Man nannte mich den Rider of the Blue«, sagte ich. »Ich war es, der den Mord an Christos auf Santorin befohlen hat.«

Nikolaides' Gesicht verzerrte sich – war er der Rache so nahe gekommen, nur um jetzt zu scheitern? Er heulte auf, und ein enormer Energieschub durchfuhr ihn wie ein Todesröcheln. Er stürzte sich auf seine Pistole. Ich schoss zweimal – die Entfernung war so gering, dass sein Kopf praktisch explodierte.

Ich wandte mich ab – es bereitete mir keinerlei Vergnügen, jemandem das Leben zu nehmen, nicht einmal einem Menschen wie ihm. An dem Tag, an dem ich Vergnügen daran empfinden würde, wäre es an der Zeit, das Schlachtfeld für immer zu verlassen. Ich richtete die SIG auf Cumali – sie war schweißgebadet, so mit Adrenalin vollgepumpt, dass sie vermutlich nicht wirklich begriff, was geschehen war. Ich befahl ihr, das Magazin aus der Beretta herauszunehmen.

»Behalten Sie die Waffe in der Hand, zielen Sie auf den Boden und feuern Sie dreimal ab«, sagte ich, um sicherzugehen, dass keine Patrone mehr im Lauf steckte.

»Jetzt die Waffe fallen lassen«, sagte ich. Sobald die Beretta im Dreck lag, befahl ich Cumali, mit den beiden Maschinenpistolen und Nikolaides' Pistole genauso zu verfahren.

»Bringen Sie mir jetzt alle Magazine.«

Sie sammelte sie auf und übergab sie mir, und ich steckte sie in die Tasche. Nachdem alle Waffen und deren Munition voneinander getrennt waren, zeigte ich auf die Handschellen, die dort auf dem Boden lagen, wo sie sie hatte fallen lassen. Der Schlüssel steckte noch.

»Legen Sie ihm die Handschellen an«, sagte ich und zeigte auf den Sarazenen.

Er hatte sich mühsam hinter dem Geröll hervorgeschleppt und stützte sich auf den Wassertrog. In der tiefen Schlucht seiner Verzweiflung fragte er sich, warum sein Gott ihn im letzten Augenblick verlassen hatte.

»Hände auf den Rücken«, befahl ich ihr.

Während sie ihm die Handschellen anlegte, sah ich, dass Myriaden von Fliegen sich bereits auf den Leichen niederließen. Aber das war nichts im Vergleich zu dem Schlachtfest, welches die Geheimdienste in einem halben Dutzend Länder veranstalten würden, wenn sie sich erst auf ihn stürzten.

Er hob den gesenkten Kopf und schaute mich an. Ich hatte die SIG in einer Hand und zielte immer noch auf ihn. Mit der anderen riss ich Streifen aus meinem Hemd, um meine Schulter mit einem Notverband zu versorgen und die Blutung zu stoppen. Als sich unsere Blicke trafen, wussten wir beide, dass er – was auch immer von seinem Leben übrigbleiben würde – nie wieder die Gelegenheit bekommen würde, sein düsteres Geschichtsbuch zu Ende zu schreiben.

»Ich liebe ihn«, sagte er nur. Er sprach von seinem Sohn.

»Ich weiß«, antwortete ich. »Das war die einzige Waffe, die ich hatte.«

Cumali reichte mir die Schlüssel der Handschellen. Ich steckte sie zur Munition in meine Tasche. Ich zurrte den Verband mit meinen Zähnen fest, sicherte ihn, und als das Blut nur noch tropfte, nahm ich Cumalis Handy aus meiner Tasche: Die drei Minuten waren fast um.

»Noch da?«, krächzte ich.

»Gott im Himmel«, antwortete er. »Wie viele Tote?« Er hatte die Schüsse durch das Mikrofon gehört.

»Drei. Es ist vorbei – Sie können sie gehen lassen.«

Kurz danach teilte er mir mit, dass das Kindermädchen zusammengebrochen war und er den Kleinen abgenommen hatte. Ich wandte mich um, schaute den Sarazenen und seine Schwester so an, dass sie es von meiner Miene ablesen konnten: Die Frau und das Kind waren in Sicherheit.

Der Sarazene saß im Schmutz neben dem Trog, seine Hände waren fest hinter seinem Rücken gefesselt, er hielt den Kopf gesenkt. Er betete. Cumali schlotterte, gab sich einer Welle der Erleichterung hin und brach in Tränen aus.

Ich wollte das Gespräch gerade beenden, denn ich hatte einen weiteren, entscheidenden Anruf zu tätigen, aber das Fieber wurde immer stärker, und in meinem Kopf drehte sich alles. Doch in dem wirbelnden Durcheinander gab es noch etwas, das ich wissen musste.

»Hätten Sie das Kindermädchen erschossen?«, fragte ich Ben. Er schwieg, aber das reichte mir als Antwort.

»Sie denn?«, entgegnete er einen Augenblick später.

»Das ist der Unterschied zwischen uns, Ben«, sagte ich leise. »Deshalb bin ich für dieses Geschäft gemacht und Sie nicht. Natürlich hätte ich.«

Zitternd, nicht nur wegen des Fiebers, beendete ich das Gespräch und winkte Cumali herbei. Ich konnte nicht gehen – mein Gott, ich war so erschöpft und geschunden, dass ich kaum noch stehen konnte –, und ich musste mich an jemanden anlehnen. Sie reichte mir den Arm, damit ich den zerfetzten Fuß entlasten konnte. Ich drehte mich um und sah den Sarazenen an.

»Wenn Sie mir nachkommen«, sagte ich, »erschieße ich Sie beide.«

Er nickte. Wir sahen einander zum letzten Mal an. Unser beider Leben hatte sich für immer verändert. Mir fiel ein, was eine Gruppe britischer Soldaten nach dem Krieg in Argentinien gesagt hatte: Nur ihre Feinde wussten, wie es an der Front wirklich gewesen ist.

Dann schwieg ich – was gab es noch zu sagen? – und bedeutete Cumali, hinauszugehen und ihn mit angelegten Handschellen im Schmutz sitzen zu lassen. Der einzige Schlüssel dazu befand sich in meiner Tasche, die Waffen waren unschädlich gemacht, und ich wusste mit Sicherheit, dass es nur einen einzigen Weg aus den Ruinen gab – mit dem Boot. Und das einzige Boot nahm ich mit. Ich wusste, dass er in der Falle saß und dass nach meinem nächsten Anruf keine zwanzig Minuten vergehen würden, bis Männer von einem Dutzend unterschiedlicher Geheimdienste eintreffen würden. Sie hätten nicht viel mehr zu tun, als ihn gefangen zu nehmen. Es gab keinen Plan mehr zu enträtseln, kein Netzwerk mehr aufzudecken, keine Mitverschwörer ausfindig zu machen. Die schleichende Auslöschung Amerikas war fast gestoppt.

Jetzt beeilte ich mich. Mit geschwollenen und zitternden Fingern wollte ich meinen zweiten Anruf tätigen. Ich versuchte, mich an die Nummer zu erinnern, die ich erhalten hatte, die aber in meinem zerstörten Handy gespeichert war.

Einen Fuß nachziehend und von Cumali gestützt ging ich in den zerfallenen Durchgang zurück, tiefer in die Dunkelheit. Doch es gab da eine Sache, die ich trotz allem übersehen hatte. Den Rest meines Lebens würde ich mich über den Fehler wundern, den ich gemacht hatte.

Cumali ging mir voran durch das vergitterte Tor. Während ich über die Felsbrocken ging, traf mich das blendende Sonnenlicht wie ein Schlag.

Die kurze Strecke vom Wassertrog stellte die schmerzhafteste Reise meines Lebens dar, jeder einzelne Schritt glich einem neuerlichen Schlag. Das Waterboarding, der Blutverlust und das steigende Fieber entwickelten sich zu einer Flutwelle und forderten den letzten Tribut von meiner verbliebenen Kraft. Vergangenheit und Gegenwart verbanden sich miteinander und wurden eins.

Ich lehnte mich an einen Felsbrocken und befahl Cumali, das Boot aus seinem Versteck zu holen und an den alten Anleger zu bringen. Gerade als sie sich zu einer winzigen Bucht hinter einer Geröllhalde aufmachte, drückte ich die letzte Zahl der Telefonnummer und hörte das Piepen des Handys, das eine internationale Verbindung aufbaute. Der Anruf wurde sofort entgegengenommen.

Meine Stimme war kaum zu hören. »Mr President?«, sagte ich, so klar ich konnte.

»Wer ist da?«, antwortete ein Mann, der zu jung klang, als dass es Grosvenor hätte sein können.

»Ich muss … ich muss mit …«

»Ich kann Sie kaum hören. Bitte identifizieren Sie sich.« Er klang wie ein Marinesoldat.

Ich war schwächer, als ich es je für möglich gehalten hatte – über alle Maßen verletzt, aber ich wusste, was geschehen war. Ich benutzte Cumalis Handy, und das Kommunikationssystem des Weißen Hauses hatte den Anruf als einen identifiziert, der aus einer völlig unbekannten Quelle kam. Klar, ich hatte die Durchwahl des Präsidenten gewählt, aber sie würden einen Anruf wie diesen nicht einfach so durchgehen lassen, erst mussten sie wissen, wer ich war. Deshalb war mein Anruf an ein Hochsicherheits-Kommunikationszentrum weitergeleitet worden, das verborgen in den Bergen Colorados lag, und so sprach ich jetzt mit einem von tausendachthundert Marines und Technikern, die dort stationiert waren.

»Identifizieren Sie sich«, wiederholte der Funker der Marines.

»Mein Name ist Sco...«, aber das war nicht das, was ich sagen musste, ein Name bedeutete gar nichts. Während ich so in der brennenden Sonne stand und meine Augen schmerzten, hatte ich das Gefühl, meinen Körper zu verlassen. Es war, als würde ich von weit oben auf mich hinabblicken.

»Ich kann Sie kaum hören«, sagte der Funker. »Wiederholen Sie bitte.«

Ich nahm es kaum wahr. Ich sah, wie der alte Bulle mit dem Steinmetzhammer ausholte, und ich hörte jemanden in meinem Kopf schreien. Ich begriff, dass es meine eigene Stimme war – aber die einzigen Geräusche am Strand waren der Motor des nahenden Bootes und die schreienden Möwen, die darüber kreisten.

»Pilgrim ...« Endlich gelang es mir, das Wort rauszubringen. Zumindest glaubte ich, es gesagt zu haben, aber ich konnte mir da nicht sicher sein – vielleicht hatte ich es mir auch eingebildet.

»Das habe ich nicht verstanden. Wiederholen Sie.«

Stille. Ich beobachtete einen kleinen Jungen mit Down-Syndrom, der den Sandstrand entlanglief und seinem Vater in die Arme sprang.

»Sind Sie noch da? Sagen Sie das bitte noch einmal.« Die Stimme des Funkers holte mich zurück.

»Ich ... bin ... Pilgrim«, sagte ich.

Der Funker hörte es. Im vergangenen Monat war jedem Marine zu Beginn jeder Schicht ein Befehl nachdrücklicher als jeder andere eingetrichtert worden: »Wenn Sie ein Wort, einen bestimmten Codenamen hören, so ist diesem Anruf die Priorität vor jedem anderen einzuräumen.« Der Funker hörte es genau jetzt ...

»Sind Sie da?! Bitte, bleiben Sie dran, Sir. Bitte, bleiben Sie dran, Pilgrim!«

Rasch gab er über seine Tastatur mehrere Befehle ein und rief eine Reihe Beamter an, die sofort in Kenntnis zu setzen waren – *Pilgrim lebt, Pilgrim hat Kontakt aufgenommen, Pilgrim ist aus der Kälte gekommen.*

Der Erste auf der Liste war der diensthabende Offizier der NSA, der an seinem Schreibtisch in einem kleinen Büro im Weißen Haus saß. Es war spät – gerade vier Uhr morgens an der Ostküste –, als er das Telefon abnahm und eine anonyme Stimme hörte: »Für den Präsidenten. Pilgrim.«

Zwar war der Offizier sicher, dass der Oberste Befehlshaber schlief. Doch seine Anweisungen waren klar, deshalb wählte er sofort die Nummer des Telefons im Schlafzimmer des Präsidenten.

Grosvenor war indes weit davon entfernt zu schlafen: Mehr als zwölf Stunden zuvor hatte der Flüsterer angerufen und ihm von einer vielversprechenden Botschaft von Bradley berichtet. Er saß in einem Sessel und schaute hinaus auf die Lichter Washingtons, ohne auch nur eines davon wahrzunehmen, als das Telefon klingelte. Hastig griff er danach und versetzte damit dem Offizier einen Schrecken, der mit einer kleinen Verzögerung gerechnet hatte. Grosvenor hörte, wie der Mann stockend die Botschaft hervorbrachte.

»Was war das?«, bellte der Präsident, von Anspannung überwältigt.

»Es ist Pilgrim«, sagte der Offizier endlich. Er hörte, dass der Präsident etwas wie »Gütiger Gott« murmelte, aber er war sich nicht sicher. Warum sollte der Präsident jetzt beten?

»Sind Sie dran, Pilgrim?« Ich hörte Grosvenors unverwechselbare Stimme, obwohl die Verbindung hohl und fremd klang. Irgendwo in meinem zerbrochenen Inneren war mir klar, dass sie sie in Colorado verschlüsselten.

»Zehntausend Dosen«, flüsterte ich.

»Zehntausend?!«, wiederholte der Präsident ungläubig.

»Schon da«, fuhr ich fort. »Er setzt unsere eigenen Ärzte ein – geht wohl in ein paar Stunden los.«

Zu irgendeinem Zeitpunkt, nachdem ich den Wassertrog verlassen hatte, muss der Profi in mir sich zurückgemeldet haben, und ohne dass ich mir dessen bewusst war, hatte ich geübt, was ich zu sagen hatte. Weil mir die Kehle brannte, musste ich unbedingt etwas trinken, aber kaum dachte ich daran, schob ich die Vorstellung mit aller Macht beiseite, da ich fürchtete, der Würgereflex würde einsetzen. Ich versuchte, konzentriert zu bleiben.

»Von Chyron.« Mir versagte fast die Stimme.

»Wiederholen Sie das, bitte«, sagte der Präsident.

»Es ist ein Pharmaunternehmen … Karlsruhe … in Deutschland.«

Eine andere Stimme kam an die Leitung. Der Flüsterer. Da wusste ich, dass sie ihn zugeschaltet hatten und er mithörte. »Können Sie das buchstabieren?«

Ich versuchte es einige Male, kam aber über die ersten Buchstaben nicht hinaus und rang um meinen Verstand.

»Karlsruhe?«, fragte Dave, um es zu bestätigen.

Noch nie hatte ich seine Stimme so sanft gehört, und ich fragte mich, warum sie so klang. Ich hoffte, dass alles in Ordnung war.

»Dort gibt es ein Hotel. Zum Deutschen König«, brachte ich heraus, bevor meine Stimme wieder versagte.

»Großartig, das ist großartig«, sagte der Flüsterer.

Der Präsident fragte sich sicherlich, ob ich im Begriff war zu sterben, aber obwohl so viel auf dem Spiel stand und die Zeit drängte, versuchte er nicht, mich unter Druck zu setzen – er wusste wohl, dass ich schon irgendwie zum Punkt kommen würde.

»Weiter«, mehr sagte er nicht. »Sie sind ein verdammter Held. Weiter.«

»Ich hätte nach den Chargennummern fragen müssen«, schweifte ich ab, schwächer denn je. »Ich vergesse einiges … Der Sarazene hat mich verletzt, wissen Sie … Da war ein Kind …«

»Ja, das wissen wir«, sagte der Flüsterer.

»Wir hätten das nicht tun dürfen … Es war … Ich wusste einfach keinen anderen Weg …«

»Natürlich nicht«, antwortete der Flüsterer. »Es ist alles vorbei.«

Von irgendwoher bekam ich einen Energieschub, der mir zu etwas Klarheit verhalf. »Es ist ein Impfstoff«, sagte ich. »Es befindet sich in Impfampullen.«

»Was für ein Impfstoff?«, fragte der Flüsterer, immer noch in diesem eigenartig sanften Tonfall.

»Gegen Grippe«, sagte ich. »Er hat es in Grippe-Impfampullen eingebracht. Jetzt ist Saison. Die Impfungen beginnen morgen.«

Am anderen Ende war Stille. Da wurde ihnen wohl klar, dass ich es geschafft hatte. Zwei Telefonate aus dem Hindukusch hatten auf irgendeine Weise zu Arztpraxen in ganz Amerika geführt. Das bestätigte der Flüsterer und teilte dem Präsidenten mit, dass sie alles hatten: den Tag, den Hersteller und die Methode. Ich dachte gerade, dass sie auflegen wollten – es gab Millionen von Dingen zu organisieren –, stattdessen sprach Grosvenor mit mir.

»Wo sind Sie?«, fragte er.

Ich antwortete nicht. Ich war fertig. Und blinzelte in die Sonne und dachte an die lange Reise, die vor mir lag.

»Er ist an der Küste«, sagte der Flüsterer. »Dreißig Kilometer von Bodrum. Stimmt das?«

Immer noch sagte ich nichts. Ich sammelte meine Kräfte, bot alle Ressourcen auf, die mir geblieben waren – ich würde auf allen vieren durch den Sand zum alten Anleger kriechen müssen.

»Halten Sie noch durch, Scott?«, fragte Grosvenor. »Ich schicke Ihnen sofort Hubschrauber der Mittelmeerflotte. Halten Sie durch!«

»Wir müssen vorab die türkische Regierung informieren«, unterbrach ihn der Flüsterer.

»Scheiß auf die türkische Regierung«, entgegnete Grosvenor.

»Nein, nicht! Schicken Sie niemanden«, sagte ich. »Ich werde nicht mehr hier sein.«

Grosvenor wollte mir widersprechen, wollte wissen, was ich damit meinte, aber der Flüsterer hielt ihn davon ab.

»Es ist gut, Scott – ich verstehe. Es ist alles in Ordnung.«

»Für mich aber nicht, verdammt noch mal!«, rief Grosvenor. »Ich sage Ihnen, die Hubschrauber kommen.«

»Er ist verletzt, Mr President – die haben ihn verwundet …«

Es war an der Zeit zu gehen. Plötzlich begann ich, mir Sorgen zu machen, dass ich etwas vergessen hatte. »Haben Sie verstanden?«, fragte ich sie. »Zehntausend Dosen … Chyron … Grippeimpfungen.«

»Ja, haben wir«, sagte der Präsident sanft. »Ich möchte Ihnen im Namen der …«

Ich brach das Telefonat ab. Es war vollbracht. Alles war vollbracht. Durchhalten – hatte ich nicht genau das immer von mir erwartet? Durchhalten.

KAPITEL VIERUNDVIERZIG

Die Flut war höher als sonst – was mir zugutekam. Humpelnd und taumelnd lief ich über den von der Sonne hart gebrannten Sand auf den hölzernen Anleger zu. Mir blieb keine andere Möglichkeit, als das immer weiter auflaufende Wasser zu durchqueren.

Als ich bis zum Knöchel im Wasser stand, linderte die plötzliche Kühle den Schmerz in meinem Fuß und in meiner Seele. Ich stand eine Minute lang dort und ließ das kühle Wasser mein Fieber senken und das Salz meine offenen Wunden reizen und reinigen.

Mit klarerem Kopf erreichte ich den Anleger, griff nach dem Handlauf und bewegte mich auf Cumali zu, die auf mich wartete. Sie hatte das kleine Boot mit dem Heck voraus angelegt und den Motor auf Leerlauf geschaltet. Ich hatte es ihr nicht gesagt – wir hatten über nichts miteinander gesprochen –, aber ihre Reise war zu Ende. Ich würde mich allein auf den Weg machen und wusste, dass das, was vor mir lag, schwer genug war, vor allem in meinem Zustand. Und ich wollte endlich los.

Da hörten wir den Schuss.

Wir drehten uns um und blickten auf das »Theater des Todes«. Und da ging mir auf, was ich übersehen hatte – den Fehler, über den ich mich für den Rest meines Lebens wundern sollte. Hatte ich ihn absichtlich begangen?

Natürlich war ich erschöpft, als ich die Ruinen verließ. Ich konnte kaum gehen und musste dringend Washington anrufen. Selbstverständlich hatte ich alle nötigen Vorkehrungen getroffen, die Waffen entladen und die Magazine eingesammelt. Doch dies alles hatte ich auf der Ebene meines Bewusstseins veranlasst. Ahnte ich in einer viel tiefer liegenden Schicht meiner Seele, dass es noch eine Waffe gab? Eine vollständig geladene – meine eigene Beretta, die Waffe, die mir die Albaner bei den verfallenen Gemäuern abgenommen und in der Nähe meines zerstörten Handys weggeworfen hatten? Hatte ich sie dort liegen gelassen, damit der Sarazene sie gegen sich selbst richten konnte – und wenn ja, warum?

Offensichtlich erinnerte er sich daran. Und als ich dann den Schuss hörte, wusste ich, was er getan hatte: Mit den an seinem Rücken gefesselten Händen war er tiefer in den Gang hineingestolpert oder -gekrochen und hatte sich neben die Waffe gesetzt. Er hatte es geschafft, die Hände über sein Gesäß zu bewegen und die Pistole vom Boden aufzuheben, manövrierte sie zwischen seine Oberschenkel, senkte den Kopf, sodass der Lauf fast in seinem Mund steckte, und drückte ab. Vermutlich kannte auch er das alte Lied:

Wenn du verwundet wirst und auf den Ebenen Afghanistans liegen bleibst
und dann die Frauen kommen und kleinschneiden, was übriggeblieben ist,
dann wälz dich zu deinem Gewehr, schieß dir in den Kopf
und tritt vor deinen Gott wie ein Soldat.

Cumali war ebenso schnell wie mir klar, was der Schuss bedeutete, deshalb wollte sie zu den Ruinen zurücklaufen. Ich hielt sie fest, war aber so schwach, dass sie mich abschüttelte. Nur die Dringlichkeit in meiner Stimme brachte sie dazu anzuhalten.

»Hören Sie!«, schrie ich. »Wenn sie kommen, sagen Sie ihnen, dass Sie von nichts wussten. Sagen Sie, dass Sie mir letztlich das Leben gerettet haben, erzählen Sie ihnen von dem Mann, den Sie erschossen haben. Sagen Sie, dass Sie mich freigelassen haben, dass Sie Ihren Bruder verraten haben. Sagen Sie ihnen, was Sie wollen. Ich bin der Einzige, der die Wahrheit kennt – und ich werde nicht hier sein.«

Sie sah mich verwirrt an. »Warum tun Sie das?«, wollte sie wissen. »Warum tun Sie das für eine Muslima?«

»Ich mache das nicht für Sie!«, antwortete ich. »Ich mache das für den Jungen – er verdient eine Mutter.«

Ich griff nach dem Dach der Bootskabine und hievte mich an Bord. Cumali rannte auf den Tunnel zu, aber ich wusste, dass ihr Einsatz vergebens war. Ihr Bruder war ein Mudschahed, er hatte drei sowjetische Hind-Kampfhubschrauber abgeschossen: Er hatte sein Ziel sicher nicht verfehlt.

KAPITEL FÜNFUNDVIERZIG

Den Kapitänssitz umklammernd, gegen das Fieber und den Schmerz ankämpfend, lenkte ich das kleine Boot vom Steg ins offene Meer. Ich steuerte in Richtung Süden, hielt mich dabei eng an der Küste, öffnete den Gashebel weit und legte ein schnelles Tempo vor.

Der Wind hatte gedreht, er blies heftig gegen die Gezeitenströmung, und der Bug pflügte durch die steile Dünung, sodass die Gischt aufspritzte und der alte Motor aufheulte. Vielleicht hatte die Reise mir den Rest gegeben, doch ich zwang mich, den Schmerz zu unterdrücken, und hielt mithilfe meiner unverletzten Schulter das Steuer auf Kurs geradeaus. Schließlich umrundete ich eine Landspitze und gelangte in eine weite, windgeschützte Wasserfläche. Dann war ich so zuversichtlich, dass ich das Steuerrad losband und das Boot sich selbst überließ.

Ich ging unter Deck und begann zu suchen. In einer der Vorderkabinen fand ich einen alten Rucksack und legte die SIG und die Munition hinein, die sich noch in meinen Taschen befanden. Daneben, in eine Segeltasche eingepackt, fand ich ein schweres, wasserdichtes Laken, das bereits mit Bleigewichten versehen war. Es war unlogisch, aber ich befand mich in einem elenden Zustand und hatte keine Lust, mit meinem eigenen Leichentuch zu reisen. Ich öffnete das Fenster, warf das Laken hinaus und schaute zu, wie es auf den Wellen tanzte und im schäumenden Kielwasser versank.

Unter einer Sitzbank im Heck fand ich das Gesuchte: den Erste-Hilfe-Kasten. Er musste wohl zwanzig Jahre alt sein, war aber nie geöffnet worden und überraschend gut ausgestattet.

Ich nahm den Kasten mit zum Radhaus, säuberte mit Tupfern meinen zerschmetterten Fuß und entfernte mit einer Schere das verbrannte Fleisch von der Stelle, wo die Kugel in meine Schulter eingedrungen war. Ich öffnete eine Flasche Desinfektionsmittel, achtzehn Jahre über dem Verfallsdatum, und goss es auf die Wunde. Es wirkte noch immer – und zwar verdammt stark –, ich schrie auf vor Schmerz und blieb gerade ausreichend bei Bewusstsein, um dankbar zu sein, dass mich niemand hören konnte.

Und so erblickte ich, die Wunden verbunden mit vergilbtem Verbandszeug, stinkend nach Desinfektionsmittel und ausgestattet mit einer aus einem Riemen umgearbeiteten Krücke, schließlich jenen Küstenabschnitt, nach dem ich gesucht hatte. Im allerletzten Licht des Tages, während im Süden ein Sturm aufzog, drehte ich das Steuerrad und fuhr zwischen den eng stehenden Felsen hindurch, die ein abgelegenes Fischerdorf schützten. Wegen der ersten Regenschauer war der Anlegesteg menschenleer, sodass ich unbeobachtet darauf zusteuern konnte.

Ich brachte das kleine Boot mit dem Heck voran hinein, ließ den Motor laufen und vertäute es an einem Poller. Den anderen

Riemen rammte ich durch die Speichen des Steuerrads, damit es in Position blieb, und warf den Rucksack und die improvisierte Krücke auf den Steg. Während sich der Motor abmühte, das Boot wieder auf See zu steuern, straffte sich die Festmacherleine, die ich als Halt nutzte, um an Land zu kommen. Mit einem Messer, das ich an Bord gefunden hatte, durchtrennte ich die Leine und sah zu, wie sich das Boot in die Dunkelheit der eng stehenden Felsen hinein in Gang setzte. Auch wenn es dem Boot gelang, durch den Kanal zu steuern, die umliegende Küste war so schroff, dass es mit Sicherheit an Land geworfen wurde und noch vor Sonnenaufgang daran zerschellen würde.

Ich schlang den Rucksack über die Schulter und stützte mich auf die Krücke. Wie ein Heimkehrer aus irgendeinem fernen Krieg machte ich mich auf, vorbei an zwei Cafés mit geschlossenen Fensterläden und hinein in die Seitenstraßen einer winzigen Stadt, an die ich mich kaum erinnerte.

KAPITEL SECHSUNDVIERZIG

In den ärmlichen Häusern waren die Vorhänge zugezogen. Die wenigen Straßenlaternen standen weit auseinander. In der einbrechenden Dunkelheit ging ich eine schmale Straße entlang und sah – gerade als ich fürchtete, falsch abgebogen zu sein – einen öffentlichen Brunnen.

Der alte Eimer war noch immer am Seil festgebunden, die Blumen darum herum so verwelkt, wie sie es schon immer gewesen waren. Der völligen Erschöpfung nahe, humpelte ich daran vorbei und kam an dem alten Häuschen an, dessen Messingschild inzwischen nicht mehr zu lesen war. Ich klopfte kräftig an die Tür. Nach einer gefühlten Ewigkeit ging die Tür auf, und ich sah Dr. Sydney auf der Schwelle stehen: unrasiert, die schlabbrigen Shorts eingetauscht gegen eine zerschlissene Chino samt altem T-Shirt mit dem Aufdruck »Oktoberfest 1992«, aber ansonsten nur wenig verändert in den zurückliegenden Jahren.

Zwar hatte der Suff offensichtlich weiterhin in jedem anderen Organ schwere Schäden angerichtet, doch sein Kopf – und sein Gedächtnis – hatten sich erstaunlich gut gehalten. In meinem Gesicht lag etwas, das er wiedererkannte. Ich schaute zu, wie er in der Vergangenheit fischte, um einen Namen zu finden. »Jacob, nicht wahr?«

»Fast«, antwortete ich.

Er musterte meine bandagierte Schulter und meinen verbundenen Fuß, meine zerlumpten Kleider und meine ausgemergelten Gesichtszüge. »Sie sehen gut aus, Jacob«, sagte er, ohne die Miene zu verziehen.

Ich nickte. »Sie auch, Doktor. Adrett gekleidet, wie immer.«

Er brach in lautes Lachen aus. »Kommen Sie rein. Wir können uns gegenseitig anlügen, während ich nachsehe, ob wir den Fuß retten können.«

Er ging mir voran ins Haus. Und da wurde mir klar, wie seltsam doch die Erinnerung ist – die Räume kamen mir kleiner vor, die Entfernungen viel kürzer als in der Nacht, als wir Mack denselben Weg getragen hatten. In der Küche brachte der Australier drei Lampen in Stellung, legte mich auf die Küchenbank, nahm den Verband ab, warf einen Blick auf meinen Fuß und verpasste mir eine gewaltige Dosis eines intravenösen Antibiotikums und eine noch höhere Dosis Schmerzmittel. Was Medikamente betraf, war feine Zurückhaltung zum Glück nicht seine starke Seite.

Er gelangte zu dem Schluss, dass trotz der Schwellung und der blauen Flecken weder meine Rippen noch meine Kniescheibe gebrochen waren. Angebrochen vielleicht, aber das ließ sich nur mittels einer Röntgenaufnahme erkennen.

»Hätten Sie Lust, ins Krankenhaus nach Milas zu fahren?«, fragte er.

Er sah meinen Gesichtsausdruck, lächelte – »Hatte ich's mir doch gedacht, das ist keine Option« – und erklärte mir, er werde beides, so gut er konnte, schienen und verbinden.

Anschließend spritzte er ein Lokalanästhetikum, säuberte und nähte die Schusswunde und sagte mir, ich hätte großes Glück gehabt.

»Das kommt mir nicht so vor«, antwortete ich.

»Einen Zentimeter weiter, und Sie wären nicht ins Krankenhaus gekommen, nicht mal in ein improvisiertes. Sondern in die Leichenhalle.«

Nachdem er die übrigen Wunden versorgt hatte, widmete er sich dem Schaden, den die Hammerschläge angerichtet hatten. Er war Kinderchirurg gewesen, extrem erfahren mit Opfern von Verkehrsunfällen, deshalb glaubte ich ihm, als er mir erläuterte, dass die Prellungen und Schwellungen schließlich von allein zurückgehen würden.

»Ohne Röntgenaufnahmen und einen Operationssaal kann ich gegen die gebrochenen Knöchelchen kaum etwas machen«, sagte er lächelnd. »Eine ruhige Hand wäre ebenfalls hilfreich.«

Er beschloss, die Knochen einzeln per Hand in die beste Lage zu bringen, anschließend zu richten und zu bandagieren, wobei er hoffte, dass nichts verrutschte.

»Sie müssen sich viel bewegen, damit das Sprunggelenk beweglich bleibt, und verhindern, dass die Muskulatur im Unterschenkel atrophiert. Vielleicht klappt es dann.«

Ich nickte. Er rückte die Lampen zurecht, damit er anfangen konnte. »Das wird jetzt ein bisschen wehtun.«

Da hatte er recht.

Irgendwann nach Mitternacht war das Werk getan. Er legte eine Pause ein – ich wurde immer wieder bewusstlos –, denn er bezweifelte wohl, dass ich noch mehr aushalten konnte. Er fasste mich unter die Arme und zog mich von der Bank. Wir durchquerten die Küche, betraten das Wohnzimmer und steuerten auf ein Treppenhaus zu, das in ein nicht genutztes Zimmer führte.

Auf halbem Weg dorthin hörte ich aus einer Ecke des Zimmers Stimmen und sah erneut den alten Fernseher, in dem CNN lief. Es liefen die Abendnachrichten, der Washingtoner Korrespondent des Senders berichtete gerade über die hektischen Bemühungen seit den frühen Morgenstunden, zehntausend Dosen eines Grippeimpfstoffs ausfindig zu machen und sicherzustellen, die versehentlich mit potenziell tödlichen Spuren von Motoröl kontaminiert waren.

Der Arzt sollte nicht mitbekommen, dass ich mich auf irgendeine Weise für den Vorfall interessierte, deshalb sagte ich ihm, dass ich mich einen Moment ausruhen müsse. Während ich mich an der Stuhllehne festhielt, blickte ich auf den Fernseher.

»Der Alarm wurde zum ersten Mal vom Präsidenten während einer Pressekonferenz um 6 Uhr morgens verkündet«, berichtete der Korrespondent.

»Gleichzeitig haben das FBI und die örtlichen Strafverfolgungsbehörden im ganzen Land damit begonnen, sämtliche Grippeimpfstoffe ausfindig zu machen und sicherzustellen, die von einem Labor in Karlsruhe, Deutschland, hergestellt wurden. Betreiber ist die Firma Chyron Chemicals. Der Präsident lobte ausdrücklich die Mitarbeiter der Food and Drug Administration, die das Problem aufdeckten und das Weiße Haus um 4 Uhr morgens telefonisch benachrichtigten …«

»Sind Sie so weit?«, fragte der Arzt, worauf ich nickte und mir von ihm die Treppe hinaufhelfen ließ. Dass Washington diese Version verbreitete, wunderte mich gar nicht. Wie sagte doch mal jemand? Das erste Opfer des Krieges ist die Wahrheit.

Ich erreichte das Bett und setzte mich darauf. Mein Kopf fiel aufs Kissen, der Arzt schaltete das Licht aus, dann driftete ich in eine eigenartige Bewusstlosigkeit.

KAPITEL SIEBENUNDVIERZIG

In den folgenden Tagen und Nächten schnellte mein Fieber so sehr in die Höhe, dass der Arzt kaum Gelegenheit bekam, das kleine Zimmer zu verlassen. Später sagte er, er habe an meiner Seite gesessen, an einem immer vollen Glas Jack Daniel's genippt und zugehört, wie ich eine erstaunliche Traumlandschaft durchstreift hätte.

Dabei erfuhr er etwas über einen Mann, der an eine Planke gefesselt war und in einem unendlichen Ozean ertrank, einen in der sengenden Sonne enthaupteten Vater, eine Stadt voller Menschen, die an einem unheilbaren Virus litten und verbluteten, ein erhängtes Kind mit dem Down-Syndrom. Lächelnd sagte er, dass es mit dem Bewusstsein etwas Merkwürdiges auf sich habe – dass es unter dem Ansturm eines Fiebers und hoher Dosen von Medikamenten solch furchterregende Fantasien auslösen könne.

Wenn er gewusst hätte …

Besorgt, dass die Schreckensszenarien schlimmer werden könnten, und überzeugt, dass es sich um eine Nebenwirkung der Medikamente handele, beschloss er, sie sofort abzusetzen. Vielleicht lag es an der Umstellung der Medikation, vielleicht hatte die Natur auch ihren Lauf genommen, aber das Fieber überschritt seinen Scheitelpunkt, und die alptraumartigen Erinnerungen verschwanden. Als ich schließlich ein wenig feste Nahrung zu mir nehmen konnte, beschloss er, ins Dorf zu fahren und einige Lebensmittel und andere Vorräte einzukaufen. Wahrscheinlich war ihm einfach nur der Jack Daniel's ausgegangen.

Als er zurückkam, machte er einen besorgten Eindruck. Ein Mann und eine Frau seien im Dorf eingetroffen, sagte er, die behaupteten, Touristen auf einer Autoreise zu sein, aber sich angeblich in beiden Cafés im Dorf beiläufig danach erkundigt hätten, ob in letzter Zeit irgendwelche Amerikaner auf Durchreise gewesen seien.

Ich hatte immer geahnt, dass der Flüsterer und seine Legionen mich aufspüren würden – Leute reden, Echelon lauscht. Jemand war ins Archiv gegangen und hatte den Bericht über Macks Tod vor all den Jahren gefunden. Allerdings hatte ich keine Angst vor den Fremden. Ich wusste ja, sie waren entsandt worden, um mir, falls nötig, zu helfen – und doch hatte ich nicht die Absicht, mit ihnen zu reden. Ich war eine Ruine von einem Mann, aber ich hatte meine Pflicht getan. Niemand konnte mehr verlangen, und wie ich durch die verbliebenen Trümmer steuerte, ging nur mich etwas an.

Ich erzählte dem Arzt nichts über die Eindringlinge, aber im Laufe des Tages bemerkte ich, dass er zunehmend besorgter wurde über das, was an seiner Tür aufgetaucht war. An diesem Abend ging ich zum ersten Mal langsam hinunter in die Küche und stellte fest, dass er ziemlich gut kochen konnte. Während er sein sogenanntes Referenz-Gericht würzte – mariniertes Lamm mit Thymian und Knoblauch –, fragte er mich, ob ich noch immer den »Midnight Special« singe.

»Ob ich noch immer an Mack denke, meinen Sie? Öfter, als ich mir je vorgestellt hätte.«

»Ich auch. Eine schreckliche Nacht. Kurz nachdem Sie gegangen waren, habe ich einen Heli gehört. Die haben seinen Leichnam abgeholt, stimmt's?«

»Ja.«

»Wo ist er beerdigt worden?« Die Frage sollte beiläufig klingen, aber sie war seltsam, und ich wusste, worauf er hinauswollte.

»In Arlington.«

»Er war also beim Militär?«

»Natürlich – nur war er zufällig ein Kämpfer in einem Krieg, der nie erklärt worden ist.«

Der Arzt legte seine Kräuter zur Seite und drehte sich um – er war an seinem Punkt angekommen. »Und Sie auch, Jacob? Sind Sie auch beim Militär?«

»Machen Sie sich deswegen Sorgen?«

»Natürlich mache ich mir Scheiß-Sorgen! Ich sorge mich seit Ihrer Ankunft hier. Sobald Sie eingeschlafen waren, habe ich Ihren Rucksack aufgemacht. Darin befand sich eine SIG mit Schmauchspuren und genügend Munition, um ein kleines afrikanisches Land zu bewaffnen. Und jetzt kreuzen hier zwei Leute auf, und da frage ich mich schon, wann das Geballere losgeht.«

Er war ein guter Mensch, hatte das Richtige für mich getan. Und verdiente eine ehrliche Antwort. »Ja, ich bin auch Soldat.«

»Regulärer oder Söldner?«

Ich lächelte. »Gezogen für diesen Einsatz.«

»CIA oder irgendwas Schlimmeres?«

»Ich finde, etwas Besseres, aber Sie mögen da anderer Meinung sein.«

»Und die Leute in der Stadt?«

»Sind von uns. Die sollen nachsehen, ob's mir gut geht.«

»Sind Sie da sicher?«

»Es sind keine Killer, Doc. Wenn sie es wären, wären wir längst tot. Keine Sorge – ich gebe Ihnen mein Wort.«

Das beruhigte ihn. Ein paar Tage später, kurz nach Einbruch der Dunkelheit, klopfte es an der Tür. Etwas daran – die Lautstärke, die Tatsache, dass das Vordertor nicht in seiner Angel gequietscht hatte, die Tageszeit – beunruhigte mich.

Ich nickte dem Arzt zu, er solle zur Tür gehen, und humpelte, so schnell ich konnte, in das alte Zimmer, von dem aus ein schmales Fenster einen einigermaßen guten Blick auf die Haustür bot. Dort stand ein Typ von Mitte dreißig – gekleidet wie ein Tourist, aber so auf Draht, so voller Anspannung, dass die Kleidung nur einen flüchtigen Beobachter in die Irre geführt hätte.

Der Arzt öffnete die Tür. Der Tourist erklärte, er wolle mit dem Mann sprechen, der vor einigen Wochen im Haus eingetroffen sei. Der Arzt antwortete, der einzige andere Bewohner sei sein Bruder gewesen, auf Familienbesuch, und vor einigen Tagen nach Australien zurückgekehrt.

Der Agent nickte nur. Vermutlich hatte man ihm eingeschärft, Ruhe zu bewahren. »Na ja, wenn Ihr Bruder zurückkommt, und Sie stellen ganz zufällig fest, dass er Amerikaner ist, mit einem Einschussloch in der Schulter, können Sie ihm ja das hier geben.«

Er überreichte ein versiegeltes Päckchen und ging. Ein paar Minuten später in der Küche schaute der Arzt zu, wie ich das Siegel aufbrach und ein Stapel Briefe herausfiel. Seine Augen weiteten sich, als er sah, dass der erste Brief das Siegel des Präsidenten der Vereinigten Staaten trug.

Er staunte noch mehr, als ich den Brief ignorierte und mir die anderen ansah. Ich erkannte die Handschrift auf einem davon – sie stammte vom Flüsterer –, den ich neben den Brief des Präsidenten legte.

Damit blieben zwei Briefe. Einer steckte in einem Kuvert des NYPD, mit Bradleys Daten auf der Rückseite, der andere – in einer merkwürdigen Krakelschrift geschrieben – war an das Oval Office adressiert, mit einem Vermerk: »Bitte leiten Sie das Ersuchen an den Mann weiter, der bisweilen den Namen Jude Garrett benutzt.« Woher dieser Brief kam, war mir klar.

Ich nahm die beiden Briefe, humpelte mitten durch die Küche und ging hinauf in mein Zimmer.

KAPITEL ACHTUNDVIERZIG

Zuerst las ich den Brief von Bradley. Sobald er das Haus des Kindermädchens verlassen hatte, habe dieses die örtliche Polizei angerufen und dort erzählt, was geschehen war, schrieb er.

Weil sie für Cumali arbeitete, hatte sie keine Mühe, sie davon zu überzeugen, dass die Geschichte stimmte, und das, obwohl sie so außergewöhnlich war. Ein schwarzer Amerikaner war nicht besonders schwer zu finden. Alarmiert von einer Fahndungsausschreibung las ihn dann ein Polizeiwagen auf, noch bevor er am Hotel ankam. Die Beamten warfen ihn auf die Motorhaube, entwaffneten ihn und nahmen ihn mit auf die Wache. Er befürchtete das Schlimmste – irgendeine türkische Form der verstärkten Befragung –, aber da war in der »Arena des Todes« bereits die Hölle ausgebrochen.

Mehrere Hubschrauber der US-amerikanischen Mittelmeerflotte waren bereits auf Befehl des Präsidenten entsandt worden – nicht, um mich aufzulesen, sondern um den Sarazenen festzunehmen und Beweise zu sammeln. Grosvenor rief den Staatspräsidenten der Türkei an, benachrichtigte ihn über den Anflug der Hubschrauber und teilte ihm mit, dass man den Mann ausfindig gemacht habe, der das Material für eine schmutzige Bombe zu kaufen versucht habe. Infolgedessen kamen Agenten des MIT und türkische Polizisten in den Ruinen zusammen. Zwei Zerstörer der türkischen Kriegsflotte hielten sich vor der Küste bereit, ein halbes Dutzend US-Hubschrauber standen auf dem Strand und zweihundert Soldaten und Geheimdienstagenten in den Ruinen. Dann erging der Befehl, Bradley auf Eis zu legen, bis sich die Situation geklärt hatte.

Nach fünf Tagen in einer Zelle – und im Anschluss an ein direktes Ersuchen seitens Grosvenors an seinen türkischen Amtskollegen – wurde Bradley entlassen und erhielt seinen Pass zurück. Er ging zurück ins Hotel und führte eine tränenreiche telefonische Wiedervereinigung mit Marcie, die, kaum dass sie wiederhergestellt war, fragte, wann er wieder nach Hause komme.

»In ein paar Tagen.«

»Wie bitte?!«, rief sie.

Cop bis zum Ende, fuhr er nicht ab, ohne die Auslieferung Camerons und Ingrids wegen des Mordes an Dodge und der Frau im *Eastside Inn* zu organisieren. Am nächsten Morgen, weniger als zwölf Stunden nach seiner Entlassung, kehrte er in die Wache zurück und begab sich zu Cumalis Büro. Hayrunnisa erzählte ihm im Flüsterton, dass ihre Chefin noch immer »Bericht erstatte« – und sich dabei anscheinend eisern an die Geschichte hielt, die ich ihr empfohlen hatte. Daher bat er sie, den Leiter der Mordermittlungen aufsuchen zu dürfen. Nach einer Vielzahl hektischer Telefonate eskortierte der Junge mit den glänzenden Stiefeln Bradley zum luxuriösen Büro des Polizeichefs von Bodrum.

Ich erinnerte mich an den Mann – ich hatte ihn gesehen, während mich die Hälfte seiner Leute in der Nacht, als ich SpongeBob plattmachte, durch die Bootsreparaturwerkstatt verfolgte. Der Polizeichef war Mitte fünfzig, voluminös, hatte eine rosige Gesichtshaut und einen hübschen Schnauzbart, und die Goldknöpfe an seiner imposanten Uniform drohten jeden Moment abzuspringen. Trotz des Eau de Cologne, das er benutzte, verströmte er einen starken Körpergeruch, sodass mich das, was Ben berichtete, eigentlich nicht wunderte.

Der Polizeichef habe ihm gesagt, schrieb Bradley, umfangreiche Schriftsätze von Anwälten bekommen zu haben, die sowohl für Cameron als auch für Ingrid tätig waren. Wie vorauszusehen war: Kaum hatten die beiden Frauen ihr Gespräch mit mir beendet, waren sie schon losgezogen und hatten sich Rechtsbeistand besorgt. Der Polizeichef sagte, die Schriftsätze hätten ihn dazu bewogen, sämtliche Beweise noch einmal persönlich zu überprüfen.

»Natürlich musste ich alles davon abziehen, was der Mann, der sich Brodie David Wilson nannte, angeblich entdeckt hatte. Er war gar nicht Angehöriger des FBI, und er war unter falschem Vorwand ins Land eingereist. Wie wir wissen, folgte er seiner eigenen Agenda und wollte den Fall verkomplizieren und verlängern. Mein eigener Bericht beweist, dass die türkische Kriminalpolizei, wie üblich, herausragende Arbeit geleistet hat. Es war eindeutig, dass ihr ursprüngliches Ermittlungsergebnis korrekt war – dass es sich bei Mr Dodges Tod um einen Unfall handelte. Sein Sturz war ein tragischer Unglücksfall.«

Ben starrte ihn ungläubig an, was der korpulente Türke aber offenbar nicht bemerkte. Er lächelte, zündete sich noch eine Zigarette an und breitete seine Hände weit aus.

»Selbstverständlich wollte ich dieses Urteil nicht ganz allein fällen, deswegen habe ich das Beweismaterial und die Schriftsätze einem unserer renommiertesten örtlichen Richter vorgelegt. Auch er sah keinen Grund, die beiden Frauen und die anderen wesentlichen Zeugen noch länger in Bodrum festzuhalten. Der Richter schlug vor – und ich habe dem zugestimmt –, dass wir die Pässe zurückgeben und die Frauen, bis zu weiteren Ermittlungen, auf Kaution freilassen.«

»Die Frauen auf freien Fuß lassen?!«, fragte Ben. Er nahm es schwer, weil er wieder als Anwalt der Toten handelte. »Wie hoch war die Kaution?«

Der türkische Polizist versuchte, ihn abzuwimmeln. »Da waren zehn von denen … ich bin mir nicht sicher … Es gibt da eine Akte, ich müsste …«

»Wie viel?«, beharrte Ben und machte sich gar nicht erst die Mühe, seine Verärgerung zu verbergen.

Der Polizeichef ließ allen Anschein von Höflichkeit fahren. »Zweihunderttausend Dollar von jedem«, knurrte er.

Zehn Personen. Zwei Millionen Dollar! Das war ein Vermögen – aber nicht für Cameron. Ben brauchte gar nicht erst zu fragen, was sie getan hatte. Natürlich hatte sie das Bestechungsgeld gezahlt und sich so freigekauft.

»Wann sind die beiden abgereist?«, fragte er verzweifelt.

»Vor drei Tagen. Sie sind an Bord des riesigen Kreuzfahrtschiffs gegangen, eine Stunde später waren sie auf See.«

»Und wenn Ihre ›weiteren Ermittlungen‹ nun etwas aufdecken?«, fragte Ben in bitterem Tonfall. »Was machen Sie dann?«

»Wir schreiben ihnen und bitten sie zurückzukommen. Aber wie ich Ihnen bereits gesagt habe, wird das sicherlich nicht nötig sein.« Der Kerl habe dabei beinahe gelächelt, schrieb Ben.

Wie erwähnt wunderte mich das gar nicht. Jetzt, wo das FBI aus dem Bild entfernt war, und gerüstet mit der ganzen Arbeit, die ich geleistet hatte, hatten der Bodrumer Polizeichef und ein korrupter Richter dafür gesorgt, dass sich Cameron in die Ecke gedrängt fühlte, und das getan, was Generationen ihrer osmanischen Vorläufer getan hatten: Sie hatten die Hand aufgehalten.

Er könne kaum noch etwas tun, schrieb Ben – die beiden Täterinnen hätten Bodrum verlassen, außerdem habe Camerons Bestechung garantiert, dass sämtliche wichtigen Zeugen ebenfalls in alle Winde zerstreut seien. Er glaubte, den Fall in New York vielleicht wiederaufnehmen zu können, war aber realistisch genug zu wissen, dass, mit seinen begrenzten Ressourcen und einer Mörderin, die unter den Toten des World Trade Center aufgelistet war, wenig Hoffnung bestand, es sei denn, die beiden Frauen kehrten nach Amerika zurück. Mit so viel Geld mussten sie aber sicher nicht zurückkehren – sie konnten für den Rest ihres Lebens in der Welt herumreisen.

Einige Minuten lang saß ich schweigend da und dachte über die beiden Frauen und ihre Verbrechen nach. Doch selbst jetzt fiel es mir nicht ein. Nein, die Bemerkung, die Ingrid mir gegenüber hatte fallen lassen, wonach ich auch nicht die Hälfte davon verstanden habe, kam mir überhaupt nicht in den Sinn.

KAPITEL NEUNUNDVIERZIG

Der zweite Brief, derjenige, der über das Oval Office an Jude Garrett adressiert war, kam von Battleboi.

Er war besser geschrieben, als ich mir vorgestellt hatte. Und so wie ich den großen, dicken Kerl kannte, musste er stundenlang darüber geschwitzt haben.

»Ich war an Händen und Füßen gefesselt«, schrieb er, »einer von zehn Gefangenen in einem Bus mit vergitterten Fenstern. Wir fuhren über ein Vorfeld in La Guardia, um einen Con-Air-Flug zum Großen Haus unten in Kansas zu nehmen, als uns zwei schwarze Geländewagen mit eingeschalteten Sirenen stoppten. Wer immer die Jungs darin auch waren, sie hatten vermutlich eine richtig hohe Sicherheitsüberprüfung, denn sie durften auf einem Flughafen fahren, aber abgesehen davon interessierte es mich nicht.

Am Morgen hatte ich Rachel geschrieben, sie solle nicht auf mich warten, und dachte darüber nach, wie ich mit fünfzehn Jahren Leavenworth zu Rande kommen würde.«

Er schrieb, dass die beiden US-Marshals im Bus – Jungs, die ihn wegen seines Umfangs und seines exzentrischen Gebarens immer wieder verhöhnt hatten – ausstiegen und mit den Anzugträgern zusammentrafen, die aus den Geländewagen stiegen.

Der oberste der Anzugträger – ein hochrangiger Beamter im Justizministerium, wie sich herausstellte – zeigte seinen Dienstausweis vor und fing an, Befehle zu bellen. Während die Verurteilten durch die Gitterfenster zuschauten, stiegen die beiden US-Marshals sofort zurück in den Bus und gingen den Mittelgang zwischen den Gefangenen entlang.

»Sie blieben unmittelbar neben mir stehen, schlossen die Handschellen auf, die mich am Sitz festbanden, und führten mich zur Tür. Ich fragte sie, was zum Teufel los sei, aber sie gaben mir keine Antwort. Sie wussten es wahrscheinlich selbst nicht. Auf dem Vorfeld überreichte mir der leitende Beamte einen Brief. Ich riss den Umschlag auf und sah, dass er aus dem Oval Office kam, aber ich wusste nicht, was er bedeutete – zum ersten Mal in meinem Leben schaltete ich nicht. Als ich den Brief zu Ende gelesen hatte, hätte ich fast geheult. Der Präsident hatte mich begnadigt. ›Für Dienste, geleistet zur Verteidigung unseres Landes‹, hieß es darin. Gott allein weiß, wer Sie sind, aber Sie haben gesagt, Sie würden alles tun, um mir zu helfen, und Sie haben Wort gehalten.«

Nachdem die Formalitäten erledigt gewesen seien, schrieb Battleboi weiter, sei er nach Alt-Japan zurückgekehrt, durch die Wohnung gelaufen, ohne vorher die Schuhe ausgezogen zu haben, und habe Rachel verzweifelt in einer Ecke ihres Schlafzimmers vorgefunden. Sie blickte auf, sah ihn und glaubte einen Augenblick lang, sie träume. Dann lächelte der Traum, streckte die Arme nach ihr aus und erklärte ihr, da er Sohn strenggläubiger katholischer Eltern war, staunend: ›Es ist das Markus-Evangelium, Baby – Kapitel sechzehn, Vers sechs.‹«

Sie hatte keine Ahnung, wovon er redete, aber es war ihr egal – sie ließ sich von ihm in seine mächtigen Arme nehmen, küsste ihn, und nachdem sie lange in stiller Dankbarkeit so dagestanden hatten, setzte er sich und schrieb den Brief an mich.

»Sie haben mir eine zweite Chance gegeben – zu leben, zu lieben, Kinder zu haben. Wie soll man so jemandem danken?«, schrieb er. »Ich nehme an, dass wir uns nie mehr wiedersehen, aber vergessen Sie nie: An diesem Datum werden wir jedes Jahr unseren Esstisch für Sie mitdecken und darauf warten, dass Sie an die Tür klopfen.

Gute Reise, und möge Gott, bei welchem Namen Sie ihn auch immer nennen, Sie beschützen.«

Am folgenden Tag, nach meinem normalen Ritual aus Bewegung und Physiotherapie, machte ich eine Bestandsaufnahme meiner Gesundheit. Zwar heilte mein Fuß sichtlich ab, aber ich musste doch zugeben: Wenn ich wollte, dass ich ihn je wieder vollständig benutzen konnte, musste ich meine Anstrengungen dramatisch erhöhen.

Ich sprach mit dem Arzt darüber. An jenem Abend – nach dem Abendessen, das Dorf lag im Dunkel – wagte ich mich zum ersten Mal nach draußen. Langsam, auf meine provisorische Krücke als Gehstock verzichtend, ging ich durch die schmalen Straßen und am Hafen entlang. Ich zog meinen Fuß seltsam lahm nach und wurde zunehmend müde, nötigte ihn aber, seinen Dienst zu tun.

Das Gehen war mühsam und schmerzhaft, sodass ich nach zwei Stunden schließlich durch das Vordertor trat und im Wohnzimmer zusammenbrach. Der Arzt war schon zu Bett gegangen, und nachdem ich mich erholt hatte, nutzte ich die Gelegenheit, in seinen überladenen Bücherregalen zu stöbern. Ganz hinten, staubbedeckt, fand ich eine Bibel, die ihm sein Vater zum Abschluss des Medizinstudiums geschenkt hatte.

Ich schlug das Markus-Evangelium nach, Kapitel sechzehn, Vers sechs. Es war eine King-James-Bibel, und auch wenn Sie nicht an Gott glauben, sind die Worte doch wunderschön. Ich saß lange da und dachte an Battleboi und Rachel … und auch wenn ich nicht gerade behaupten kann, dass ich betete, war ich doch dankbar, dass zumindest ein Gutes bei der ganzen fürchterlichen Unternehmung herausgekommen war.

Am folgenden Abend ging ich, trotz der Schmerzen und der Müdigkeit, erneut durch die leeren, dunklen Straßen. Und in der darauffolgenden Nacht und in der Nacht danach. Ich begegnete keinem Menschen, sprach mit niemandem – ich war ein Schatten in der Dunkelheit, aber ein Schatten, der stärker wurde.

Einen Monat später, nachdem ich mich immer weiter hinausgewagt hatte, hatte ich genug Selbstvertrauen, um den Fuß einem extremen Test zu unterziehen: einem 15-Kilometer-Spaziergang auf einem Küstenweg und hinunter in ein selten besuchtes Fischerdorf, das, so der Arzt, zu den schönsten an der Küste gehöre.

»Besuchen Sie unbedingt die Bootswerft«, sagte er. »Dort wird noch nach alter Tradition gearbeitet. Sie ist die letzte, die noch Holzschiffe baut.«

Früh an einem kalten, klaren Morgen brach ich auf und wanderte durch die leeren Hügel der Südtürkei. Der Geruch nach Kiefern und die ruhelose See waren meine einzigen Begleiter. Zu meiner Überraschung fiel mir das Gehen recht leicht. Ich humpelte zwar noch und musste mich von Zeit zu Zeit ausruhen – aber die gemeinen, kräftezehrenden Schmerzen waren verschwunden. Und da wusste ich, dass sich meine Zeit bei dem Arzt dem Ende zuneigte.

Schließlich schlängelte sich der Küstenpfad hinunter in das Dorf – unberührt vom Tourismus, ein authentisches Durcheinander von Häuschen und Bootsschuppen, Heimat von Männern und Frauen, deren Leben sich über die Jahrhunderte wenig verändert hatte.

Nachdem ich in einem verschlafenen kleinen Restaurant frische Meeresfrüchte zu Mittag gegessen hatte, ging ich zur Bootswerft am einen Ende der kleinen Bucht. Der Arzt hatte recht gehabt – es war schön anzusehen, wie die alten Öfen glühten, Rauch in der Luft hing und die Bootsbauer lange Bretter bogen und zurechtzimmerten, während sie die gedrungenen Fischerboote für die nächste Saison reparierten. Niemand achtete auf mich, und so spazierte ich vorbei an den Stapeln von trocknendem Holz und dachte daran, wie viele großartige Fertigkeiten die Welt verloren hatte, wie viele Dinge von Wert verschwunden waren, ohne dass irgendjemand von uns es auch nur bemerkt hätte. Die alten Männer mit ihren Meißeln und Handsägen waren einst die am höchsten bezahlten Mitglieder ihrer Gemeinden gewesen, und was hatten wir an ihre Stelle gesetzt? Finanzjongleure und junge Devisenhändler.

Ich bog um eine Ecke – und blieb stehen. Hinten auf der Werft, unter einem durchhängenden Segeltuchdach, hoch oben auf einem hölzernen Gestell, stand eine Ketsch mit Holzrumpf. Sie war ungefähr zwanzig Meter lang, wahrscheinlich ein halbes Jahrhundert alt, und obwohl sie nicht lackiert war und ihre Masten nicht aufgerichtet waren, musste sie früher eine Schönheit gewesen sein.

Wer immer sie besessen hatte, er hatte die beinahe verlorenen Fertigkeiten der Werft genutzt, um mit ihrer Restaurierung zu beginnen. Aber nach dem Staub auf ihrem Heckspiegel zu urteilen, war den Handwerkern entweder das Geld oder das Interesse ausgegangen. Ich ging darauf zu und zog das Segeltuchdach beiseite, damit das Licht gleichmäßiger auf sie fiel. Ich hatte immer gefunden, dass es nichts Traurigeres gab als ein verlassenes Schiff, aber man hatte herausragende Arbeit geleistet, die der Ketsch eine Würde verlieh, die ihre problematische Situation Lügen strafte.

Dank Bills Lektionen im Long-Island-Sund hatte ich viel über Boote gelernt, und darum erkannte ich auf den ersten Blick, dass es sich um ein Segelboot handelte, das beinahe alles abwettern konnte.

»Sie steht zum Verkauf«, sagte eine Männerstimme hinter mir. Das Englisch war für einen so verschlafenen Teil der Welt ausgezeichnet.

Ich drehte mich um und nahm an, dass es sich um den Besitzer der Werft handelte. Er war Mitte dreißig und hatte ein freundliches Lächeln – ein Mann, der wahrscheinlich etwas aus der Firma machen und sein Dorf am Leben erhalten wollte.

»Ein reicher Russe hat sie gefunden und hergebracht«, sagte er. »In ihrer Glanzzeit hat sie die Fastnet, die Transpac, die Sydney-Hobart und die meisten anderen klassischen Hochseeregatten gewonnen. Als wir sie bekamen, hatte sie jahrelang an einem Liegeplatz vor den griechischen Inseln vor sich hin gemodert, deswegen haben wir sie vom Kiel aufwärts restauriert.«

»Was ist dann passiert?«, fragte ich.

»Der Russe hat nicht mehr angerufen. Vor allem aber wurden die Rechnungen nicht mehr bezahlt. Schätze mal, er ist entweder pleitegegangen, oder ein anderer Oligarch hat ihn umbringen lassen.«

Wahrscheinlich Letzteres: So wurden die meisten geschäftlichen Dispute in Russland beigelegt. Der Werftbesitzer deutete auf eine alte Leiter, die an der Wand der Ketsch lehnte. »Bitte«, sagte er. Und ich stieg die Leiter hoch, auf das breite Teak-Deck.

Die Kajüte war weit nach hinten gesetzt, hatte eine schöne, niedrige Form, das Steuerrad dagegen war hoch angebracht, damit man einen souveränen Blick auf die See hatte. Es war leicht zu erkennen, warum der Russe das Schiff gerettet hatte.

Ich betrat das Steuerhaus, ging nach unten und schlenderte durch die Pantry und die Schlafkabinen. In den Jahren, als ich segelte, hatte ich Männer sagen hören, dass einmal im Leben ein Schiff mit einem Segler redete, und ich wusste – mehr oder weniger –, dass diese Ketsch für mich gemacht war.

Der Besitzer war mir an Bord gefolgt. Ich schlüpfte aus einem Decksluk im Vorschiff und fand ihn in der Nähe eines Sets von Winschen. »Wie lange dauert es, sie zu streichen?«

»Eine Woche«, antwortete er.

»Einen Satz Segel zu bekommen dürfte ein Problem sein …«

»Wir haben noch die Originale – sie sind geflickt, aber in Ordnung. Kommen Sie ins Büro, dann kann ich Ihnen die Unterlagen zeigen.«

Zwanzig Minuten später hatte ich den Preis ausgehandelt und zusätzlich zwanzig Riesen draufgelegt, um die Navigationsausrüstung auf den neuesten Stand bringen und das Boot mit Lebensmitteln, Treibstoff und Wasser ausstatten zu lassen. Ich lieh mir das Mobiltelefon des Besitzers, ging nach draußen und rief Finbar Hanrahan in New York an, der regeln sollte, dass das Geld auf das Konto des Besitzers überwiesen wurde.

Der alte Anwalt fragte nicht, wofür das Geld war – als er hörte, dass ich in der Türkei war, nahm er wahrscheinlich an, dass ich in Regierungsgeschäften unterwegs war, und drängte mich nicht.

Bevor ich auflegte, bat ich ihn, auch dreißigtausend an Dr. Sydney zu schicken, um ihn für alles zu entschädigen, was er getan hatte. Ich hatte bereits beschlossen, nicht zurückzukehren, sondern auf dem Boot zu schlafen, um die erforderlichen Arbeiten zu überwachen. Ich hatte meinen Rucksack, in dem sich die SIG und die Briefe befanden – mehr benötigte ich nicht. Außerdem habe ich Abschiede nie gemocht.

Ich ging zurück ins Büro, und da fiel mir eines ein, wonach ich mich nicht erkundigt hatte. »Wie heißt sie eigentlich?«

»Nomad«, sagte der Besitzer.

Ich nickte. Wenn ich einen Zweifel gehegt hatte, dass die Ketsch für mich gemacht war, dann zerstreute der Name ihn. Ich habe wohl erwähnt, dass »Sarazene« – in einem sehr alten Wortsinn – Wanderer oder Nomade bedeutet.

KAPITEL EINUNDFÜNFZIG

Früh an einem Montagmorgen fuhr ich raus. Obgleich das Boot für eine Person eigentlich zu groß war, fielen mir die Fertigkeiten, die Bill mir beigebracht hatte, rasch wieder ein, und ich entdeckte, dass ich die Ketsch, solange ich nicht allzu ehrgeizig agierte, gut genug segeln konnte.

Sie muss einen seltsamen Anblick geboten haben, mit dem frisch gestrichenen Rumpf, verblichenen Segeln und einem geflickten Spinnaker, aber es lohnte nicht, sich darüber Gedanken zu machen: Es war so spät im Jahr, und der Winter war so weit fortgeschritten, dass die wenigen anderen Schiffe immer weit am Horizont zu sehen waren.

Während ich selbstbewusster wurde und meine Seemannskunst zurückkehrte, stellte ich fest, dass die *Nomad* noch immer eine atemberaubende Schnelligkeit und Leichtigkeit beim Steuern besaß, und nach einem dreiwöchigen Törn hielt ich auf den Stiefel Italiens zu, wobei mir vorschwebte, die Adria in Richtung Split hinaufzusegeln.

Ich lief einen winzigen Außenposten an der Westküste Griechenlands an – nicht mehr als ein Einkaufsladen und ein verfallener Steg –, um Treibstoff zu bunkern und Vorräte einzukaufen. Der ältere Ladenbesitzer betankte den Dieselmotor des Boots, legte das Obst und die Milch, die ich gekauft hatte, in Kartons und legte noch einen Stapel *International Herald Tribunes* dazu, die in den vergangenen Monaten nicht verkauft worden waren.

»Die können genauso gut Sie haben. Ich würde sie nur verbrennen.«

Zwei Tage später – ich trank Kaffee in der spätnachmittäglichen Sonne, während ich eine einsame Küste entlangsegelte – war ich bei einer der letzten Zeitungen angelangt, als ich auf der Rückseite einen kurzen Artikel entdeckte, der neben den Finanzseiten fast untergegangen wäre. Es war nichts Großes, einer von den Artikeln, die man ständig liest, einfach nur ein Bericht darüber, dass die griechische Polizei in Bezug auf den Tod einer jungen Amerikanerin, die von ihrer Luxusyacht vor der Küste der Partyinsel Mykonos gestürzt war, keine verdächtigen Umstände gefunden hatte.

»Die Frau, Witwe eines reichen Autoerben, Dodge …«

Ich setzte mich auf und überflog die Absätze, bis ich den Namen fand: Cameron war tot. Laut Angaben der Polizei war sie unter Drogeneinfluss vom Heck ihrer Yacht gestürzt – und der örtliche Rechtsmediziner habe einen Cocktail von Partydrogen und Alkohol im Körper gefunden.

Mitten in dem Text war ein Foto von Cameron und Ingrid, Arm in Arm, sie posierten mit Ingrids herrenlosem Hund vor einem imposanten Barockgebäude. Mit einem wachsenden Gefühl der Beklemmung las ich weiter, um die näheren Umstände herauszufinden.

Einige Absätze weiter unten erhielt ich die Antwort. Dort hieß es, Cameron habe erst kürzlich wieder geheiratet. Sie habe Ingrid Kohl das Jawort gegeben, einer Frau, die sie kurz zuvor in der Stadt Bodrum, Türkei, kennengelernt habe.

»Die beiden Frauen gehörten zu den Ersten, die eine neue

Ich lief einen winzigen Außenposten an der Westküste Griechenlands an – nicht mehr als ein Einkaufsladen und ein verfallener Steg –, um Treibstoff zu bunkern und Vorräte einzukaufen. Der ältere Ladenbesitzer betankte den Dieselmotor des Boots, legte das Obst und die Milch, die ich gekauft hatte, in Kartons und legte noch einen Stapel *International Herald Tribunes* dazu, die in den vergangenen Monaten nicht verkauft worden waren.

»Die können genauso gut Sie haben. Ich würde sie nur verbrennen.«

Zwei Tage später – ich trank Kaffee in der spätnachmittäglichen Sonne, während ich eine einsame Küste entlangsegelte – war ich bei einer der letzten Zeitungen angelangt, als ich auf der Rückseite einen kurzen Artikel entdeckte, der neben den Finanzseiten fast untergegangen wäre. Es war nichts Großes, einer von den Artikeln, die man ständig liest, einfach nur ein Bericht darüber, dass die griechische Polizei in Bezug auf den Tod einer jungen Amerikanerin, die von ihrer Luxusyacht vor der Küste der Partyinsel Mykonos gestürzt war, keine verdächtigen Umstände gefunden hatte.

»Die Frau, Witwe eines reichen Autoerben, Dodge …«

Ich setzte mich auf und überflog die Absätze, bis ich den Namen fand: Cameron war tot. Laut Angaben der Polizei war sie unter Drogeneinfluss vom Heck ihrer Yacht gestürzt – und der örtliche Rechtsmediziner habe einen Cocktail von Partydrogen und Alkohol im Körper gefunden.

Mitten in dem Text war ein Foto von Cameron und Ingrid, Arm in Arm, sie posierten mit Ingrids herrenlosem Hund vor einem imposanten Barockgebäude. Mit einem wachsenden Gefühl der Beklemmung las ich weiter, um die näheren Umstände herauszufinden.

Einige Absätze weiter unten erhielt ich die Antwort. Dort hieß es, Cameron habe erst kürzlich wieder geheiratet. Sie habe Ingrid Kohl das Jawort gegeben, einer Frau, die sie kurz zuvor in der Stadt Bodrum, Türkei, kennengelernt habe.

»Die beiden Frauen gehörten zu den Ersten, die eine neue

Bevor ich auflegte, bat ich ihn, auch dreißigtausend an Dr. Sydney zu schicken, um ihn für alles zu entschädigen, was er getan hatte. Ich hatte bereits beschlossen, nicht zurückzukehren, sondern auf dem Boot zu schlafen, um die erforderlichen Arbeiten zu überwachen. Ich hatte meinen Rucksack, in dem sich die SIG und die Briefe befanden – mehr benötigte ich nicht. Außerdem habe ich Abschiede nie gemocht.

Ich ging zurück ins Büro, und da fiel mir eines ein, wonach ich mich nicht erkundigt hatte. »Wie heißt sie eigentlich?«

»Nomad«, sagte der Besitzer.

Ich nickte. Wenn ich einen Zweifel gehegt hatte, dass die Ketsch für mich gemacht war, dann zerstreute der Name ihn. Ich habe wohl erwähnt, dass »Sarazene« – in einem sehr alten Wortsinn – Wanderer oder Nomade bedeutet.

KAPITEL EINUNDFÜNFZIG

Früh an einem Montagmorgen fuhr ich raus. Obgleich das Boot für eine Person eigentlich zu groß war, fielen mir die Fertigkeiten, die Bill mir beigebracht hatte, rasch wieder ein, und ich entdeckte, dass ich die Ketsch, solange ich nicht allzu ehrgeizig agierte, gut genug segeln konnte.

Sie muss einen seltsamen Anblick geboten haben, mit dem frisch gestrichenen Rumpf, verblichenen Segeln und einem geflickten Spinnaker, aber es lohnte nicht, sich darüber Gedanken zu machen: Es war so spät im Jahr, und der Winter war so weit fortgeschritten, dass die wenigen anderen Schiffe immer weit am Horizont zu sehen waren.

Während ich selbstbewusster wurde und meine Seemannskunst zurückkehrte, stellte ich fest, dass die *Nomad* noch immer eine atemberaubende Schnelligkeit und Leichtigkeit beim Steuern besaß, und nach einem dreiwöchigen Törn hielt ich auf den Stiefel Italiens zu, wobei mir vorschwebte, die Adria in Richtung Split hinaufzusegeln.

Ich war schon einmal dort gewesen.

In der Nacht, als ich aus dem Fenster des Oval Office sah, hatte ich eine Vision der Zukunft gehabt. Genauso wie damals, als ich zurückgeblickt hatte, war ich jetzt allein auf einer alten Yacht: Die Segel waren geflickt und ausgeblichen, der Wind trieb mich vor in die Dunkelheit, immer kleiner wurden das Boot und ich auf einem endlosen Meer.

Dies war nun die Nacht, dies war der Augenblick, und ich wartete allein, wagte kaum zu atmen, während die See auf mich zurollte. Die *Nomad* neigte sich, die Gischt schäumte an ihrem Bug, als der Wind ein wenig nachließ und dann rasch wieder auffrischte. Wir legten an Geschwindigkeit zu, ich trat an die Reling, um die Winsch zu bedienen. Die Takelage begann unter der Belastung leise zu pfeifen – und obwohl sich keine Menschenseele auf dem wie dunkel gestrichenen Meer befand, war ich nicht mehr allein.

Bill Murdoch war an der anderen Winsch, seine breiten Schultern hoben und senkten sich, er rief und lachte mich wieder einmal an, um ihre verdammte Nase in den Wind zu bekommen.

Auf dem Vorschiff mühte sich eine Frau, Fahrtenlichter zu setzen. Weil ich noch so klein gewesen war, als meine Mutter starb, hatte ich kaum Erinnerungen an sie, deshalb war es eine Quelle geheimen Schmerzes für mich, dass ich mich mit jedem Jahr, das verging, immer weniger an ihr Gesicht erinnern konnte. Heute Nacht, erhellt von den Navigationslichtern, sah ich sie deutlich vor mir, in allen Einzelheiten.

Hinter mir ertönten Stimmen, Polnisch sprechend. Die Frau, deren Foto ich gesehen hatte, wie sie ihre Kinder festhielt und mit ihnen zur Gaskammer ging, war jetzt an Bord mit mir. Sie saß im Cockpit, alt geworden und glücklich, im Kreise ihrer erwachsenen Kinder und Enkel.

Ja, vieles war gestorben, und es war gewiss eine Todesvision gewesen, was ich gesehen hatte. Aber es war nicht meiner – es war eine andere Art Tod. Ich sagte all den Gespenstern meiner Vergangenheit Lebewohl. So wie der buddhistische Priester es mir auf der Straße nach Khun Yuam vor all den Jahren gesagt hatte: Wenn du frei sein willst, musst du loslassen.

Und unter dem gewölbten Himmel, während ich auf dem weindunklen Meer dahinsegelte, wurde mir klar, dass ich in eine geheime Welt hineingeboren worden war, dass ich dazu bestimmt war, Agent zu sein. Ich hatte es nicht gewählt, ich hatte es mir nie wirklich gewünscht, aber genau das war mir zugeteilt worden. Am Beginn der Reise hatte ich es für eine Last gehalten, in dieser Nacht aber erkannte ich: Es war ein Geschenk.

Und da wusste ich, dass ich – nicht in diesem Jahr, aber vielleicht im nächsten – nach New York zurückkehren würde. An einem bestimmten Tag, zu einer festgesetzten Stunde, würde ich zu einem Gebäude in der Nähe der Canal Street gehen, klingeln und die Treppe nach Alt-Japan hochsteigen.

Die Wohnungstür würde sich öffnen, und in der Wohnung würde ich einen Tisch für uns drei gedeckt sehen, denn ich wusste, dass der Mann, der dort wohnte, immer sein Wort halten würde.

Unter Rachels Blicken würde Battleboi lachen und seine riesigen Arme nach mir ausstrecken. Nach einem Moment würden wir einander anschauen, und er würde mich fragen, warum ich gekommen sei.

Ich würde lächeln und nichts sagen, doch in meinem Herzen würde ich die Antwort kennen, ich würde genau wissen, was ich hinter mich gebracht hatte: das, was im Markus-Evangelium, Kapitel sechzehn, Vers sechs, geschrieben stand.

Dort heißt es über die epische Geschichte von der Rückkehr von den Toten und die Wiedererweckung zum Leben: »Er ist auferstanden.«

Er ist auferstanden.

DANK

Es war wohl John Irving – der sowohl den National Book Award für einen Roman gewonnen als auch den Oscar für ein Drehbuch bekommen hat –, der sagte, dass das Schreiben fürs Kino dem Schwimmen in einem Bad und das Schreiben eines Romans dem Schwimmen im Meer gleicht.

Diesen Satz hatte ich lange vor der Zeit gelesen, als ich mit *Faceless* begann, aber selbst damals war ich nicht darauf gefasst, wie groß dieses Meer sein und wie viel Mühe mich die Überquerung kosten würde. Es wäre mir niemals gelungen ohne eine Vielzahl von Menschen auf den Hilfsschiffen, die mir Mut machten und gelegentlich »Hai!« zubrüllten, wenn es so schien, als würde ich schlappmachen. Es wäre in der Tat flegelhaft, sie nicht zu erwähnen und ihnen nicht von Herzen zu danken.

Zunächst danke ich Doug Mitchell, einem wirklich großen Filmproduzenten und noch größeren Freund, für die vielen gemeinsamen Jahre. Er gab mir nicht nur kluge Ratschläge, sondern unterstützte mich und glaubte an mich, als ich dies sehr benötigte. Außerdem George Miller – Filmregisseur und Oscarpreisträger –, der einmal in mein Büro kam und mich fragte, ob ich mit ihm zusammen an einem Drehbuch schreiben wolle. Damit begann eine Forschungsreise in die Welt des Erzählens, die nie aufgehört hat und vermutlich weitergehen wird, bis sich unser Leben dem Ende zuneigt und die Bilder schließlich verblassen – wie es in *Road Warrior/Mad Max 2* heißt.

Ich habe dem gesamten Team der Secoma Group in Europa zu danken, vor allem Tony Field, Louise Knapp und Carolina Scavini – alle ausgewiesene Fachleute in der IT-Welt – für ihre Freundschaft, ihre vorbehaltlose Loyalität und ihre großartige praktische Hilfe. Sie haben sich um so vieles gekümmert und mir auf so vielerlei überraschende Weise geholfen, dass ich es nie auf angemessene Weise ausdrücken kann. Ich bin mir bewusst, dass ein Autor sich das eigentlich nicht eingestehen sollte, aber das ist die Wahrheit.

Dank gebührt François Micheloud und Clément Bucher, langjährigen Freunden und Geschäftspartnern, die mich mit den Feinheiten des Lebens in der Schweiz vertraut und unser Leben daher sehr viel angenehmer und interessanter gemacht haben. Es war ihr Vorschlag, dass ich sie zu einem Besuch ins KZ Natzweiler-Struthof begleite – ein grauenvoller und furchterregender Ort, an dem ich lange dastand und das Foto einer Frau betrachtete, die mit ihren Kindern in die Gaskammer ging. Dort entstand der Keim zu einer Idee.

Bill Scott-Kerr ist der Verleger von Transworld, dessen Imprint Bantam ist. Sein ungezügelter Enthusiasmus, seine intelligenten Anmerkungen, das gründliche Lektorat und das brillante Marketing, seine unverzagte Unterstützung und seine profunde Kenntnis der geheimnisvollen Funktionsweise des Verlagswesens – ein Thema, das meiner Ansicht nach einen Dan-Brown-Roman verdiente – haben alles übertroffen, was ich je erwartet hatte. Oder wahrscheinlich verdient habe. Ich hoffe nur, dass ich die Gelegenheit bekomme, mit ihm und den herausragenden Teams sowohl bei Transworld als auch bei Random House weiter auf dieser Straße zu reisen.

Gleiches gilt für Steven Maat, meinen Verleger in den Niederlanden, der als Erster das Manuskript gekauft hat – in dem Stadium erst zu einem Drittel fertig, und von einem Debüt-Romancier noch dazu. Ich habe immer gefunden, dass die Niederländer ein mutiges und intelligentes Volk sind, aber jetzt weiß ich es! Danke, Steven.

Jay Mandel in New York und Cathryn Summerhayes in London haben das Buch vertreten und zahllose wirre E-Mails von mir beantwortet – und dies stets auf elegante, blitzgescheite und angemessen schonungslose Weise. Beide arbeiten als Literaturagenten bei WME und haben wirklich herausragende Arbeit geleistet. Möge es ihnen immer gut gehen.

Ich muss auch Danny Greenberg in Los Angeles danken, der mir seit so vielen Jahren ein Freund und auch mein Film-Agent ist, dass wir wahrscheinlich beide nicht gern darüber nachdenken. Das Schicksal der Filmrechte liegt bei ihm, und ich weiß, sie könnten nicht in besseren und auch nicht in professionelleren Händen liegen.

Don Steel ist in ernster Gefahr, Rechtsanwälten einen guten Ruf zu verschaffen. Der Medien-Fachanwalt bei Hansen, Jacobson in Los Angeles ist wirklich einer von den Guten – und ein feiner Anwalt dazu –, und dies in einer Stadt, die viel zu wenige von beiden hat. Es ist nicht verwunderlich, dass er in dieser Kanzlei arbeitet – Tom Hansen hat Geschmack und ist intelligent und versammelt Gleichgesinnte um sich. Vielen Dank an sie beide.

Besonderer Erwähnung bedürfen Brian und Sandra Maki für all die Arbeit und das Vertrauen, das sie – über so viele Jahre – sowohl mir als auch dem Projekt entgegengebracht haben. Brian, ein unersättlicher Leser, mühte sich durch einen frühen Entwurf des Romans, machte nützliche Vorschläge und nahm eine Fülle grammatikalischer Korrekturen vor. Wir sind vielleicht nicht immer einer Meinung, was den richtigen Sprachgebrauch des Englischen betrifft, aber das mindert keinen Moment seinen ungeheuren Beitrag! Großen Dank an euch beide.

Jennifer Winchester half in einer Weise, die nur meine Familie und ich jemals ganz zu würdigen wissen. Geduldig und unerschütterlich war sie immer da und hat nie die Fassung verloren oder gereizt reagiert – selbst dann, als ich dauernd beides tat. Dank an sie und auch, insbesondere, an Marinka Bjelosovic, die in den vergangenen acht Jahren so hart für uns gearbeitet hat. Ihr ist die Zeit sicher verdammt viel länger vorgekommen.

An meine Kinder – Alexandra, Stephanie-Marie, Connor und Dylan – ich danke euch so sehr für eure grenzenlose Unterstützung und euer bedingungsloses Vertrauen. Euretwegen ist alles die Mühe wert. Besonders Dylan ist hier zu erwähnen. Jeden

Morgen kam er in mein Büro, schaute sich die Seiten an, die ich in der Nacht geschrieben hatte, und nickte. »Das machst du gut, Dad«, sagte er jedes Mal. Er war vier Jahre alt und konnte noch nicht lesen – aber ich habe keinen Zweifel, dass es die herzerwärmendste Rezension bleiben wird, die ich je bekam.

Schließlich an Kristen, meine Frau – meine beste Freundin, Diskussionspartnerin und Gefährtin bei jedem Schritt auf dieser Reise: danke. Sie hat sich zahllose schlechte Ideen angehört, wusste, wie man diese sanft begrub, und hat immer die guten erkannt, wenn ich das Glück hatte, eine solche zu haben. Die Fehler in diesem Buch sind alle meine, aber was immer gut darin ist, gebührt in enormem Maße ihr. Ohne Kris' uneingeschränkte Hilfe, ihren Rat und ihre Ermutigung hätte ich es nie geschafft. *Faceless* ist ihr gewidmet, in Liebe.

Tom Wood
Kill Shot

512 Seiten
ISBN 978-3-442-47894-1
auch als E-Book erhältlich

Der Auftragskiller Victor ist das Gesicht in der Menge, der Mann, den man nicht wahrnimmt – bis es zu spät ist. Diesmal bittet ihn ein alter Freund um Hilfe, und Victor kann nicht ablehnen. Doch ausnahmsweise geht es nicht um einen Mordauftrag, sondern vielmehr darum, jemandes Leben zu schützen. Von skrupellosen Gegnern durch ganz London gejagt muss Victor schon bald mehr sein als nur ein Bodyguard. Und mit jedem seiner Schritte lenkt er auch die Gefahr näher zu seinem Schützling.

www.goldmann-verlag.de
www.facebook.com/goldmannverlag

GOLDMANN
Lesen erleben